한국 아동문학가

100인

작가·작품론 ①

일러두기

· 이 책에 실린 작품은 편자와 작가의 협의를 통해 게재 허락을 받았습니다.

· 계간지 〈시와 동화〉에 실렸던 당시 원문의 내용과 표현을 최대한 그대로 살렸습니다.

· 책 제목은 《 》, 단편소설, 잡지, 연극, 노래 제목은 〈 〉로 표시하였습니다.

한국 아동문학가 100인 작가·작품론 ❶

초판 1쇄 발행 2022년 9월 20일

강정규 편저

ISBN 979-11-6581-379-6 (03800)

발행처 주식회사 스푼북 | **발행인** 박상희 | **총괄** 김남원

편집 박지연·김선영·박선정·허재희·권새미 | **디자인** 지현정·김광휘 | **마케팅** 손준연·이성호·구혜지

출판신고 2016년 11월 15일 제2017-000267호

주소 (03993) 서울시 마포구 월드컵북로 6길 88-7 ky21빌딩 2층

전화 02-6357-0050(편집) 02-6357-0051(마케팅)

팩스 02-6357-0052 | **전자우편** book@spoonbook.co.kr

한국 아동문학가
100인
작가·작품론 ①

강정규 편저

스푼북

〈시와 동화〉는 1997년 9월에 첫 호를 발행하여 현재까지 20년이 훌쩍 넘는 시간 동안 아동문학 전문 계간지로, 아름다운 동시와 동화를 소개하고 아동문학가들을 양성해 한국 아동문학의 지평을 넓히는 데 일조해 왔습니다. 매 호마다 한국 아동문학사에서 빼놓을 수 없는 작가들의 작품을 소개하고 작품 세계를 논하는 뜻깊은 기획을 진행해 온 것 또한 커다란 업적이자 성취입니다.

〈시와 동화〉가 걸어온 세월만큼이나 방대한 분량의 이야기와 역사적 의미가 쌓여 《한국 아동문학가 100인 작가·작품론》 1, 2, 3권이 나오게 되었습니다. 한국 아동문학 작가들이 걸어온 자취를 기록하고 의미를 되새기는 일에 함께할 수 있어 영광입니다.

〈퐁당퐁당〉〈넉 점 반〉〈낮에 나온 반달〉 등 많은 작품을 남기며 한국 아동문학의 발전을 이끌었던 윤석중 선생님, 아름다운 동화 속에 평화주의와 반전주의, 생태주의의 철학을 담았던 권정생 선생님. 그리고 지금도 여전히 활발하게 활동하고 계신 강정규, 이상교, 소중애 선생님 등 이 책 속에 담긴 100인의 아동문학 작가들의 작품과 작품 세계는 시간과 세대를 넘어 우리와 우리 다음 세대에까지 전수될 것입니다. 그렇기에 이 책을 펴내는 것이 더욱 의미 있는 일이라고 생각합니다.

작가론, 작품론이라고는 하지만 내용이 어렵거나 딱딱하지 않습니다. 동료 아동문학 작가의 시선에서, 서로의 작품과 작품 세계에 애정을 담아 함께한 추억을 풀어 놓은 담백하고 맑은 수필과 같은 글들입니다. 이 책을 읽는 독자들도 시간을 뛰어넘어 작가들과 함께 걷는 느낌을 받게 될 것입니다.

이 책이 아동문학 발전에 힘쓰셨던 작가들에게 작으나마 유익이 된다면 기쁘겠습니다. 또한 아동문학을 사랑하는 독자들에게 한국 아동문학의 지나온 걸음을 다시 한번 따뜻한 눈길로 바라보는 계기가 되길 바랍니다.

(주)스푼북 대표
박상희

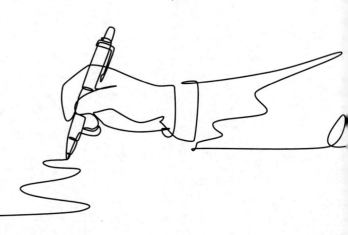

참 고맙습니다.

26년 전, 〈하얀 길〉의 작가 신지식 선생의 금일봉으로 〈시와 동화〉가 태어났습니다. 윤석중 선생 특집으로 구성된 창간호를 시작으로 지금까지 이어져 온 〈시와 동화〉가 (주)스푼북 박상희 대표님의 갚을 길 없는 도움으로 《한국 아동문학가 100인 작가·작품론》이라는 이름으로 간행됩니다.

더 많은 분을 모시지 못한 데다 집필 시기도 고르지 못해 연보를 다 채우지 못하고, 선생님들의 사진과 육필 등 여타 자료를 충분히 보충하지 못해 아쉬움이 남지만, 나름 대로 후학이나 연구자들에게 적으나마 보탬이 되고 한국 아동문학을 사랑하는 분들의 읽을거리가 된다면 더 바랄 게 없습니다.

끝으로 작업 과정에서 협력하신 김정옥, 문정옥, 백승자, 백우선, 송재찬, 유효진, 이경순, 이붕, 이창건 선생에게 감사의 말씀을 전합니다.

책이 무거운 고로 간략히 적습니다.

《한국 아동문학가 100인 작가·작품론》 편자

강정규

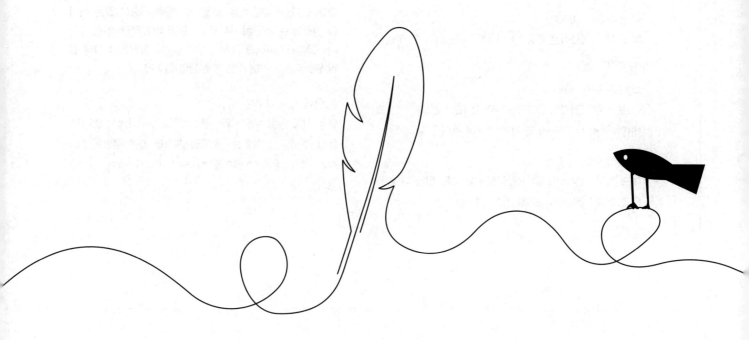

차례

한국 아동문학가 100인

윤석중

대표 작품

〈이슬〉 외 9편

인물론

윤석중 선생님과의 인연

작품론

윤석중 선생의 생애와 문학 세계

막사이사이상 수상 연설문

작은 시중꾼

어린이와 함께 선생이 걸어온 길

이슬

이슬이
밤마다 내려와
풀밭에서
자고 가지요.

이슬이
오늘은 해가 안 떠
늦잠들이 들었지요.

이슬이 깰까 봐
바람은 조심조심 불고
새들은 소리 없이 날지요.

《어깨동무》 (1940)

넉 점 반

아기가 아기가
가겟집에 가서
"영감님, 영감님
엄마가 시방
몇 시냐구요."
"넉 점 반이다."

"넉 점 반
넉 점 반."
아기는 오다가 개미 거둥
한참 앉아 구경하고.

"넉 점 반
넉 점 반."
아기는 오다가 잠자리 따라
한참 돌아다니고.

"넉 점 반
넉 점 반."
아기는 오다가
분꽃 따 물고 니나니 나니나
해가 꼴딱 져 돌아왔다.

"엄마
시방 넉 점 반이래."

《어깨동무》 (1940)

아기와 바람

바람이, 창을 넘어 들어와서, 아기 보는 그림책을 얼른 넘겼습니다.

"애, 애, 그만 보고 나가 놀자."

아기는, 바람을 따라 밖으로 나가서, 온종일 연을 날리고 놀았습니다.

이튿날도 바람은 찾아왔습니다. 이 날은, 창이 꼭 닫혀 있었습니다.

붕붕붕, 문풍지를 울려도, 아무도 열어 주지 않았습니다.

바람은, 뒤꼍으로 해서, 앞마당으로 해서, 마루 위로 올라갔습니다.

"으응, 미닫이도 닫았네."

마침 미닫이에 조그만 문구멍이 하나 뚫려 있었습니다.

바람은 그리로, 눈을 대고 들여다보았습니다.

"에그, 이 바람……."

엄마는 얼른 문구멍을 틀어막았습니다.

콜록콜록 아기 기침 소리가 났습니다.

"아하하, 어저께 감기가 들었구나……."

바람은, 마른 호박잎을 딛고 담을 넘어, 멀리멀리 가 버렸습니다.

《어깨동무》(1940)

꽃밭

아기가 꽃밭에서
넘어졌습니다.
정강이에 정강이에
새빨간 피.

아기는 으아 울었습니다.
한참 울다 자세히 보니
그건 그건 피가 아니고
새빨간 새빨간 꽃잎이었습니다.

《초승달》 (1946)

길 잃은 아기와 눈

눈 위로 걸어가니까
삐악 삐악 삐악
신발에서 병아리 소리가 났습니다.

아기는 재미가 나서
눈 위로 자꾸자꾸 걸어갔습니다.
삐악 삐악 삐악
삐악 삐악 삐악

자꾸 자꾸 걸어가다가
아기는 그만 길을 잃어버렸습니다.
"엄마아."
(엄마아)

아기가 하는 대로
산이 산이 불러도 대답이 없습니다.
눈 위에 털썩 주저앉아
아기는 어엉엉 울었습니다.
울다가 울다가 눈 위를 보니
조그만 발자국이
두 줄로 조옥 나 있습니다.

"하하 내 발자국!"

아기는 벌떡 일어나
궁둥이에 묻은 눈을 툭툭 털면서
발자국을 따라
집으로 집으로 돌아옵니다.
삐악 삐악 삐악

삐악 삐악 삐악

《초승달》 (1946)

가을 밤

문틈에서
드르렁드르렁.
"거, 누구요?"
"문풍지예요."

창밖에서
바스락바스락.
"거, 누구요?"
"가랑잎예요."

문구멍으로
기웃기웃.
"거, 누구요?"
"달빛예요."

《노래 선물》 (1957)

삼월과 그분네

삼월에도 초하루 3·1절은
대한 독립 만세를
목이 터지도록 부르던 날!
그분네의 눈에는
번쩍이는 적의 총칼이 안 보였습니다.
오직 오직 그분네의 눈에는
너무나 들볶여 뼈만 남은
앙상한 조국만이 어른거렸습니다.

아, 그 해 3월 1일
피로 물든 대한 독립 만세 소리!

봄 되면 붉게 붉게 피는 진달래는
그분네의 그분네의 핏자국입니다.

봄 되면 피를 토해 우는 뻐꾹새는
그분네의 그분네의 목소립니다.

얼음장을 뚫고서 달리는 냇물은
그분네의 그분네의 발소립니다.

《어린이를 위한 윤석중 시집》 (1960)

메아리

산에 산에 올라서
건넛산에 대고 불러보았다.
"여어이!"
(여어이!)

"너는 누구냐아?"
(너는 누구냐아?)

"나다아."
(나다아.)

"나가 누구냐아?"
(나가 누구냐아?)

"나가 나지 누구야."
(나가 나지 누구야)
"무엇이 어째?"
(무엇이 어째?)
나는 나하고 싸움을 할까 봐
산에서 얼른 내려와 버렸다.

《어린이를 위한 윤석중 시집》 (1960)

되었다 통일

되었다, 통일
무엇이? 산맥이.
그렇다! 우리나라 산맥은
한 줄기다, 한 줄기.

되었다, 통일
무엇이? 강들이.
그렇다! 두만강과 낙동강이
바다에서 만난다.

되었다, 통일.
무엇이? 꽃들이.
그렇다! 봄만 되면 진달래
활짝 핀다. 일제히.

되었다, 통일.
무엇이? 새들이.
그렇다. 팔도강산 구경을
마음대로 다닌다.
통일이 통일이

우리만 남았다
사람만 남았다.

《윤석중 아동문학 독본》(1962)

고리

우리들 마음이
어떻게 생겼을까?
우리들 마음이
어디 들어 있을까?

볼 수도 만질 수도
없는 마음을
사람마다 간직하고
살아가지요.

마음과 마음을
이을 수 있는
고리가 있다면

어떤 고릴까?
마음을 잇는 고리
사랑의 고리.
정이 서로 따뜻하게
통하는 고리.

이 세상 사람들이
서로 마음을 사랑의 고리로
잇고 산다면

세계가 한 마음이
될 수 있겠지.
정다운 한 식구가
될 수 있겠지.

〈새싹문학 25호〉 (1983)

윤석중
선생님과의
인연

노원호

윤석중 선생님을 처음 뵌 것은 1975년 1월, 〈조선일보〉 신춘문예 시상식장에서였다. 나는 그해 동시 부문에 당선되어 시상식에 참석하였고, 선생님은 심사 위원으로 자리를 함께하셨다. 시상식장에서의 인사는 말 한마디뿐이었다. '뽑아주셔서 고맙습니다.'라는 말이 전부였다. 그때 이원수 선생님도 동화 부문 심사 위원이어서 함께 뵙게 되었는데, 두 분 모두 워낙 윗분들이라 함부로 말을 붙일 수가 없었다. 윤석중 선생님에 대해 사전에 알고 있었던 것은, 우리나라 초등학교 음악 교과서에 많은 작품이 실려 있었다는 것, 그리고 우리나라 국민이라면 누구나 윤석중 선생님의 동요를 부르지 않은 사람이 없을 정도라는 것, 즉 〈졸업식 노래〉, 〈새 나라의 어린이〉, 〈산바람 강바람〉, 〈낮에 나온 반달〉, 〈오뚝이〉, 〈기찻길 옆〉, 〈퐁당퐁당〉, 〈앞으로〉, 〈무궁화 행진곡〉, 〈우산〉 등은 이미 교과서에 실려 있어서 알고 있는 노래들이었다. 선생님의 첫 인상도 인자하게 보였고, 그 풍채도 아주 당당해서 감히 말을 붙일 수가 없었다. 시상식이 끝나고 시골집에 와서야 사무실로 찾아뵙지 못하고 내려온 것이 내내 후회가 되었다. 그 뒤 한두 번 편지를 드리곤 했지만 뵙지는 못했다.

그러던 그해 가을, 새싹회에서 연락이 왔다. 〈매일신문〉 신춘문예 출신 다섯 명이 '매일문학회'를 만들어 〈잎 다섯〉이란 동인지를 내었다. 거기에 실린 작품 〈무명옷에서 들리는 물레 잣는 소리〉란 작품이 제3회 새싹문학상 수상 작품으로 선정되었다는 것이다. 그래서 윤석중 선생님이 시상을 하러 내가 근무하는 경북 청도 덕산 초등학교로 직접 오신다는 연락을 덧붙였다. 새싹문학상은 상을 받으러 오라는 것이 아니고, 상을 주러 직접 찾아간다는 소식도 함께 들었다. 뒤에 들은 얘기지만 윤석중 선생님은 '상은 가서 드려야지 어떻게 받으러 오라고 하느냐.'는 생각을 늘 가졌었다고 한다. 생각지도 않은 상을, 그것도 등단하고 얼마 되지도 않았는데 윤석중 선생님이 오신다는 연락을 받고, 그때부터 가슴이 설레기 시작했다. 시상 당일 학교 전체가 시상 준비에 여념이 없었지만, 그 먼 곳까지 오시는 선생님을 맞을 생각에 모두가 들떠 있었다. 오후가 되자 윤석중 선생님은 1회 수상자인 황베드로 수녀와 새싹회 직원을 데리고 함께 오셨다. 시상식은 거대하게 치러졌지만, 오후 늦게 서울로 올라가신 선생님을 생각하니 여간 미안한 것이 아니었다. 그때가 두 번째 만남이었다. 이듬해 〈소년동아일보〉와 새싹회가 공동 주최한 글짓기 대회를 치르기 위해 소년동아 김기경 기자와 함께 부산으로 내려오신다는 소식을 듣고, 부산에서 선생님을 뵌 것이 세 번째 만남이었다.

그것이 인연이 되어 나의 직장도 서울 화랑초등학교로 옮기게 되었다. 서울로 올라와서는 선생님을 자주 찾아뵈었다. 서울역 앞, 옛 대우빌딩에 새싹회 사무실이 있었는데, 선생님을 뵈러 갈 때마다 무언가 글을 쓰고 계셨다. 어떨 때는 동시 몇 편을 내밀면서 읽어 보라고 하셨다.

"요즘 내가 쓴 작품인데, 어떤지 읽어보고 얘기 좀 해 줘요."

제자나 새까만 후배한테 작품을 보여 주는 일이 쉽지 않은 일인데, 선생님은 종종 작품을 보여 주셨다. 내가 감히 선생님의 작품을 이렇다 저렇다 하고 얘기할 수가 없어 '참 좋다.'고 하면 그저 '허허'하고 웃음을 지으셨다. 언젠가 한 번은 또 작품을 보여 주시길래 '이것은 이렇게도 생각해 볼 수 있겠는데요.'하고 말씀드렸더니, 작품을 다시 읽어보시고는 '그렇겠구나.'하고 곧바로 수긍을 하셨다. 좋은 작품을 만들려는 선생님의 마음가짐이나 생활 모습이 나에게 큰 귀감이 되었다. 글을 쓰고 있지 않을 때는 무언가 늘 생각에 잠겨 있었다. 아마 생각으로 먼저 작품을 완성하고 옮겨 적는 것처럼 느껴졌다. 본인이 쓴 작품을 줄줄 외우고 있으니 말이다.

기억력도 대단하였다. 본인의 작품은 물론이고 1920~1930년대 우리나라 현대 아동문학이 시작될 무렵의 다른 사람 작품도 줄줄 외우고 있는 것을 보면, 기억력이 대단하다는 것을 피부로 직접 느낄 수 있었다.

선생님의 호는 석동(石童)이었다. 그런데 선생님은 이 호를 그렇게 좋아하지 않았다. 옛날 〈동아일보〉에 작품을 발표했는데, 문선공이 '석중(石重)'을 '석동(石童)'으로 활자를 잘못 뽑아서 발표되었다는 것이다. 당시 춘원 이광수 선생님이 그것을 보고 '자네, 이걸 호로 하면 되겠네.'하고 우스갯소리를 했다는 것이다. 그때부터 호라는 생각은 하고 있었지만, 선생님은 그렇게 직접 사용한 경우는 거의 없었다고 한다. 선생님이 돌아가시고 난 뒤 다른 사람이 '석동 윤석중'하고 논문이나 글에 많이 사용하고 있는 셈이다. 한때 몇몇 제자와 후배가 '석동문학회'를 만들었지만 선생님은 그렇게 반기지 않았다. 아마 '돌 아이'라는 호가 마음에 들지 않아서인지도 모를 일이다.

한때 윤석중 선생님과 황베드로 수녀, 정두리 시인, 그리고 필자와 함께 매달 한 번씩 모임을 가졌다. 특별한 일이 있어서가 아니라, 그저 만나서 점심 식사를 같이 하고, 이런저런 얘기 나누는 시간을 가진 것이다. 그럴 때마다 선생님은 유머러스한 말씀을 잘 하셨다. '문 닫고 들어오너라.'고 얘기 하면 '문 닫고 어떻게 들어오느냐.' 하고 곧바로 웃으면서 지적까지 해 주셨다.

　그와 아울러 선생님은 우리 한글 사용을 굉장히 중요하게 생각했다. 선생님이 우리 말을 새로 만들어 사용한 낱말도 여러 개 있다. '소풍'을 '나들이'로 '석가 탄신일'을 '부처님 오신 날'로 바꾸어 부른 것도 선생님이었다. 어느 날 조계종 총무원장님을 만났을 때 '석가 탄신일'은 어린이들이 잘 모르니 '부처님 오신 날'로 바꾸면 어떠냐고 말씀을 드린 것이 오늘날까지 쓰이고 있는 것이다. 한때 방송용어심의회 위원장, 옛 문교부 국어심의회 국어순화분과위원장을 맡으면서 우리말 순화에도 많은 노력을 하셨다. 그래 선지 선생님은 동요, 동시는 물론이고 다른 산문도 굉장히 쉽게 쓰셨다. 선생님은 '글을 어렵게 쓰기는 쉬워도, 쉽게 쓰기는 어렵다.'는 말씀을 자주 하셨다.

　1956년 1월 3일, 아동문화단체인 '새싹회'를 창립하여 생전에 많은 일을 하셨다. 소파상, 장한어머니상, 새싹문학상을 제정하여 오랫동안 시행해 왔다. 소파상과 장한어머니상은 당시 사회적으로도 굉장히 관심을 받았다. 그러나 뒷날 다른 단체에서 같은 이름으로 상을 만들자 선생님은 그만 중단을 하셨다. 지금까지 다시 시행하지 못하고 있는 것이 아쉽기도 하다. 다시 시행하자고 몇 번 말씀드렸지만, 선생님은 그냥 빙그레 웃고만 계셨다. 한국야쿠르트와 공동 주체로 '전국어린이건강글짓기 대회'를 35년 동안 시행한 것도 선생님과의 인연 중에 오래 남는다. 1회 때부터 행사 진행과 심사를 도와 왔기 때문에 선생님의 인품이나 확고한 생활 원칙을 직접 체득하고 배웠기 때문이다.

　선생님은 한평생 동심에서 살고, 동심으로 작품을 쓰고, 어린이와 함께 즐거운 인생을 보냈다. '늙지 않으려면 동심을 잃지 말아야 한다.'는 선생님의 말씀이 세월이 흐를수록 이렇게 진하게 다가오고 있다.

윤석중
선생의 생애와
문학 세계

노원호

I. 시작하면서

1911년 5월 25일은 윤석중(1911~2003) 선생이 이 세상에 태어난 날이다. 그러니까 올해가 그의 탄생 100주년이 되는 해이다. 한국 현대 아동문학의 시작을 1908년 육당 최남선의 〈소년〉 잡지를 기점으로 보고 있다면, 그의 일생은 한국 동시문학의 역사와 함께 하고 있는 셈이다. 근대 아동문학이 싹이 튼 1920년대부터 아동문학의 새로운 전성기를 맞은 2000년대 초반까지 그는 타의 추종을 불허할 만큼 활발히 활동을 했다. 동요·동시 등 문학작품만을 창작한 것이 아니라, 어린이 문화 운동에도 앞장서 이 나라 어린이들에게 꿈과 희망을 안겨 주었다.

그의 문학은 '세계 동요·동시사'를 보면 더욱 위대하다는 것을 알 수 있다. 동요·동시는 영국 등 유럽에서 시작되어 일본을 거쳐 한국으로 들어온 셈인데, 오히려 발상지보다는 한국에서 더 개화기를 맞고 지금까지 활발히 동시문학을 꽃피우고 있다. 한국의 동요·동시문학이 세계적으로 활발히 이루어지고 있는 데는 '윤석중'이라는 큰 인물이 그 중심에 있었기 때문이다. 그는 1924년부터 2003년 타계하기까지 1,200여 편이나 되는 동요·동시를 남겼으며, 그 가운데 노래로 작곡이 된 것만도 800여 편이나 된다. 우리나라 국민이라면 누구나 불렀을 작품으로는 〈고추 먹고 맴맴〉, 〈퐁당퐁당〉, 〈달 따러 가자〉, 〈산바람 강바람〉, 〈낮에 나온 반달〉, 〈우산〉, 〈기찻길 옆〉, 〈고향 땅〉, 〈달마중〉, 〈옥수수나무〉, 〈새 나라의 어린이〉, 〈어린이날 노래〉, 〈졸업식 노래〉 등 널리 불리어지고 있는 노래만도 상당히 많다. 한때 초등학교 음악 교과서에 50여 편이나 실릴 정도로 그의 노래는 우리 국민 3대가 함께 부르고 있는 셈이다.

특히 일본 침략기 때는 우리나라 어린이들에게 슬픔을 안겨줘서는 안 되겠다는 그의 철저한 문학 의식 때문에 일부러 맑고 밝은 동요를 지어 노래로 만들게 했다는 것이다. 그래선지 일부 비평가들은 그를 두고 '초현실적 낙천주의'니 '동심천사주의'니 하고 함부로 평을 하는 사람도 있었다. 이는 하늘만 보고 땅을 보지 못하는 어리석음을 보여준 것이다. 그것은 그의 작품 전체를 보지 않고 일부만 보고 그렇게 표현한 것이 아닌가 싶다. 그의 작품 전반을 보면 시대 상황에 따라 현실을 담은 작품이 상당히 많다. 이에 대해서는 2004년 '제8회 아동문학연구 발표대회' 자료집인《한국 아동문학연구》(한국 아동문학학회) 제10호에 발표한 필자의 논문이 실려 있다.

따라서 여기에서는 윤석중 선생이 걸어온 발자취와 그의 문학 세계에 관해서 간략하게나마 검토해 보고자 한다.

II. 윤석중 선생의 생애와 문학 의식

1. 생애

석동(石童) 윤석중 선생은 1911년 서울 중구 수표동 13번지에서 태어나 13세 때부터 작품을 쓰기 시작하여 2003년 세상을 떠날 때까지 작품 창작을 활발히 해 왔다. 그는 서울공립보통학교와 양정 고보를 거쳐 일본 동경 상지대학(1939)에 들어가 3년 동안 신문학을 전공했다.

그는 두 살 때 어머니를 여의고, 외할머니 밑에서 어린 시절을 외롭게 보냈다. 그러나 그에게는 그 외로움이 훗날 동요를 쓰게 한 큰 발판이 되기도 한다.

'수표동 다니러 가서 나는 많은 노랫감을 얻어냈다. 이렇게 말하면 다들 이상하게 여길 것이다. 저희 집을 다니러 가다니? 정말 그랬다. 나는 두 살 때 어머니가 돌아가셨고 외갓집에서 혼자 사시는 외할머니 무릎에서 컸기 때문이다. …… (중략) …… 내 나이 여덟 살 때 새어머니가 들어오셔서 수표동 집에서 사셨는데, 그래서 이따금 우리 집을 방문한 것이다.'

'많은 노랫감을 얻어냈다.'는 위의 인용문에서도 밝혔듯이 그는 열 살 안팎의 나이에서부터 동요 생각에 몰입했음을 짐작할 수 있다. 그의 나이 열두 살 때, 즉 1923년 〈어린이〉 잡지가 나오기 시작한 그 해에, 그는 이미 '꽃밭사'라는 독서회를 만들어 문학의 길에 발을 들여놓았고, 앞으로의 일을 결정하게 된다.

그의 문학 활동은 1924년 〈신소년〉 지에 동요 〈봄〉과 1925년 〈어린이〉 지에 동요 〈오뚝이〉가 입선되면서 시작되었다. 그러나 본격적으로 동시인으로 대우를 받게 된 것은 우리나라 첫 창작 동요집인《윤석중 동요집》(1932)을 출간하면서이다. 이듬해 1933년에는 '개벽사'에 들어가 소파 방정환에 이어 〈어린이〉 잡지를 주간하였으며, 그 해에 우리나라 첫 동시집인《잃어버린 댕기》를 출간하였다. 이로써 그는 그때까지 주류를 이루던 3·4조 또는 7·5조의 외형률을 탈피하고 자유 동시의 출현에 획기적인 계기를 마련한다.

1950년에는 그의 일곱 번째 동요집인《아침까치》를 출간하였고, 이듬해 1951년에는 '윤석중 아동문학 연구소'를 차려 전쟁 중인데도 아동 문화 운동에 박차를 가하였다. 1956년에는 '새싹회'를 창립하여 오늘에 이르기까지 많은 어린이 문화 운동을 펼쳤다. 그동안 새싹회에서는 신시 60돌 기념 사업으로 1968년 동요의 고향 일곱 군데에 노래 비를 세웠으며, 소파상(1957), 장한어머니상(1961), 새싹문학상(1973) 등을 제정하여 1990년대 중반까지 시행해 왔다. 1977년에는 계간 〈새싹문학〉을 창간하여 오늘날까지 발행(115호)해 오고 있다. 특히 1987년에는 새싹문학 해외 판인《한글나라》를 펴내어 외국에 있는 우리 교포 자녀들에게 민족의 얼을 심어주기도 했다.

그러한 공적으로 3·1 문화상 본상(1960), 문화훈장 국민장(1966), 필리핀라몬막사이사이상(1978), 대한민국문학상 본상(1982), 대한민국세종문화상(1983), 대한민국예술원상(1989), KBS동요대상(1990), 인촌상(1992), 금관문화훈장(2003) 등을 수상하였고, 1988년에는 세종대학교에서 명예 문학박사 학위를 받았다.

그는 그동안 동요·동시집 23권과 동화집 5권, 노래곡집 3권, 엮은 책 15권, 회고록 1권 등이 있으며, 1988년에는《새싹의 벗 윤석중 전집》30권을 내놓아 그의 문학을 집대성하기도 했다.

아무튼 그의 생애는 한국 동요·동시가 걸어온 길이고, 한국 동요·동시가 걸어온 길은 곧 그의 생애가 된다고 말할 수 있다.

2. 문학 의식

윤석중의 동요·동시들을 이해하는 데는 그의 문학 의식이 필연적으로 뒤따라야 한다. 어느 작가의 작품이든 그 작가의 문학 의식이 투영되지 않은 것이 없겠지만 윤석중의 경우는 조금 다른 면이 있다. 그는 현실을 현실 그대로 작품에 노출시키는 것이 아니라, 자기의 의지와 의식에 맞게 표현하고 있다. 즉 비참하고 비극적인 상황이라도 작품에서만은 그러한 면을 좀처럼 보여 주지 않으려고 한다. 바로 그러한 의식이 '초현실주의 시인'이니 '동심천사주의'니 하고 오해를 가지게 하는 점이기도 하다.

그가 작품 활동을 시작한 1920년대나 첫 동요·동시집을 내었던 1930년대는 일본의 침략기 상황이 점점 심화되었던 시기이다. 그런데도 그의 작품에는 시대 의식이 표면화된 것이 전체 작품에 비해 많지 않다. 그러나 그는 의식적으로 외면한 흔적을 다른 산문의 글에서 발견할 수 있다.

'어찌 해방 전만 그러랴. 38선의 기막힘, 6·25 동란, 겨레 싸움의 원통함, 남의 전쟁에 뛰어든 괴로움, 이런 일들이 연달아 생기는 동안 우리 겨레에게는 근심 걱정이 끊일 날이 없었다. 그렇다고 해서 하루 스물 네 시간, 1년 열두 달을 내리 울고만 지낼 수는 없는 노릇이다. 아무리 괴롭고 아무리 슬프더라도 자는 시간, 노는 시간, 웃는 시간이 필요한 것이다. 더군다나 동요에 있어서는 무겁거나 벅차지 않은 가볍고, 우습고, 재미나는 것이 많아야 한다.'

　윤석중은 이렇게 일제 치하의 핍박받고 궁핍했던 시대 상황과 6·25 전후의 비참한 현실을 직접 바깥으로 표현하는 것보다는 밝고 희망찬 내일을 의식적으로 작품에 담으려고 노력한 것이다.

　그리고 윤석중은 평소에 우스갯소리를 잘한다. 그와 잠시 얘기를 나누다 보면, 그의 기발한 생각과 기지를 알 수 있다. 그는 동시 창작에 있어서도 어린이들의 순수한 내면 세계를 기발하게 포착해 낸다. 즉 사물의 평범한 존재를 평범하게 인식하는 것이 아니라, 어린이들의 천진성을 발현시켜 그들 스스로가 아름다움의 충동을 느끼게 한다.

아기가 꽃밭에서 / 넘어졌습니다.

정강이에 정강이에 새빨간 피. // 아기는 으아 울었습니다.

한참 울다 자세히 보니 / 그건 그건 피가 아니고 /

새빨간 새빨간 꽃잎이었습니다.

　– 〈꽃밭〉 전문

　내용적으로는 매우 단순한 동시이지만, 그가 동심을 기지적으로 발견하고 있음을 보여 준다. '새빨간 꽃잎'을 '새빨간 피'로 인식한 어린이다운 발상이 바로 그러한 것이다. 때문에 그의 동요·동시에는 명쾌한 작품들이 많다. 이는 해학적인 그의 문학 의식과도 깊은 관계가 있다. 그는 동시를 쓰는 동안 줄곧 어린이들의 입장에 서서 즐겁고 경쾌한 작품을 빚으려고 노력했다. 어린이들에게 무거운 짐을 지워주지 말아야겠다는 그의 굳은 의지와 의식이 해학성과 잘 맞아 떨어진 것으로 보인다. 즉 그가 즐겁고 명쾌한 동시를 쓴 것은 그의 문학 의식과 깊은 관계가 있는 것이다.

III. 윤석중 선생의 문학과 작품 세계

　한국 창작 동요·동시의 태동기(1920년대) 때부터 작품을 발표해 온 윤석중의 작품에는 다양한 소재에 다양한 심상이 그려져 있다. 초기에서부터 후기까지 일관되게 지향해 온 순수 동심과 환상성이 그 첫 번째이고, 일제 강점기 시대와 6·25 전쟁의 비극적 상황을 밝은 의식으로 극복해 낸 그의 의지가 두 번째이다. 그리고 두 살 때 어머니를 여의고 외롭게 자라면서 강한 모정에의 그리움을 나타낸 것도 그의 작품에서 빼놓을

028

수 없는 내용이다. 또한 일본에서의 유학 생활과 피난으로 인한 가족과의 헤어짐이 그로 하여금 절감케 한 향수도 그의 작품에서 한 유형으로 나타나고 있다.

1. 환상적인 동심 구현

윤석중의 초기 작품이 의식적으로 초현실적이라는 것은 앞에서도 밝혔듯이 현실을 외면하고 낙천적인 사상을 작품에 담게 된 것은 시대 의식과는 달리, 또 하나의 목적을 가지고 있었다. 그것은 바로 '동심은 양심이고, 믿을 수 있는 마음'이라는 그의 작가적 의식이 동심을 지향하게 한 근본 원인이 되었다. '동심이 없는 동시는 시일 수는 있으나, 이미 동시가 아니다. 그러므로 동시를 쓰는 데는 동심의 이해가 필요 불가결의 요건이 될 수 있어야 한다.'는 이재철의 말처럼 동시 작품에서의 동심 지향은 당연한 일인지도 모른다. 그런데도 그의 작품에 나타난 동심 지향이 정서의 한 유형으로써 특별하다고 인정하는 것은 바로 환상적으로 그려내었다는 것이다. 이는 아동문학이 본질적으로 '꿈과 동경의 문학'이라는 김동리의 이론적 배경과 그 맥을 같이 하고 있기 때문이다.

> 딸랑 딸랑 딸랑 딸랑 딸랑 딸랑 해님 잔등에 불붙었다.
>
> 가자 가자 가자 가자 가자 가자 서쪽 하늘로 불 끄러 가자.
>
> – 〈저녁 놀〉 4, 5연

'해님 잔등에 불이 붙었다.'는 어린이다운 생각이 동심의 근원이 된다. 어쩌면 해님 잔등에 불이 나서 서쪽 하늘이 붉게 물든 것이 아닌가 하는 인식이 그것을 뒷받침해 주고 있다. 그러면서 그 동심 지향은 곧 환상으로 연결이 된다. '서쪽 하늘로 불 끄러 가자.'는 꿈의 대상이 바로 그것이다. 서쪽 하늘이라는 공간적 거리가 있어서 불을 끄러 가는 것이 실현될 수 없는 것처럼 보이지만, '가자 가자 가자.'라는 강한 의지 때문에 실현 가능성을 제시해 주고 있다. 더구나 '딸랑 딸랑 딸랑'이라는 의성어를 구사해서 불자동차의 이미지까지 떠올리게 하는 것은 바로 환상이 될 수 있을 것이다.

2. 민족의 비운과 빛의 만남

윤석중은 어려운 시대에 태어나서도, 그 어려움을 극복하면서 성장해 왔다. 일제 강점기 시대의 핍박받던 설움과 6·25 전쟁의 처참한 비극은 그에게서 지울 수 없는 현실로 나타난다. 그러나 그는 엄청난 비극적 현실을 '꿈'이라는 빛을 만남으로써 극복의 의지를 보이고 있다. 초기의 작품에서 초현실적인 작품이 많은 것도 바로 그런 이유에서

다. 아무리 현실이 어렵고 고통스럽더라도 내일을 위한 꿈을 가진다면 오늘의 고통쯤
은 거뜬히 이겨낼 수 있다고 믿은 것이다.

　물론 중기의 작품에서 독립과 전쟁의 현실을 담은 작품이 나타나고 있지만, 그의 작
품 전체를 두고 보면 밝고 명쾌한 것들이 대부분을 차지한다. 비록 비극적인 내용을 담
았다 하더라도 그 뒷면에는 희망을 가질 수 있는 용기를 은근히 나타내고 있다.

　① 우리나라 허리를 칭칭 동여 맨 38선을 풀어서

　　남쪽 아이와 북쪽 아이가 줄넘기를 하고 놀 때가 언제일까요.

　－〈줄넘기〉 전문

　② 두만강 가에서 / 피리 부는 아이들아

　　제주도 섬으로 놀러 오너라. (38선이 걸려서 못 간다.)

　　제주도 섬에서 조개 줍는 아이들아

　　두만강 가로 놀러 오너라. (38선이 걸려서 못 간단다.)

　－〈놀러 오너라〉 전문

　위의 두 작품은 모두 6·25 전쟁으로 인한 비극적인 사실을 담고 있다. 그러나 이 두
작품도 다같이 '통일'이 되기를 바라는 소망이 그 바탕에 깔려 있어서 희망을 안겨 준
다. 작품 ①은 민족의 한이 되어 있는 38선을 풀어서 줄넘기 할 때를 기다리고 있다는
내용이다. 여기서 38선을 푼다는 것은 바로 통일을 지향하는 염원이고, 남쪽 아이와 북
쪽 아이가 즐겁게 기다리는 것은 화자의 꿈이 될 수도 있다. 윤석중은 이러한 비극적인
사실 뒤에도 꿈을 가질 수 있는 조그만 빛을 만날 수 있게 한다. 결국 '통일'이라는 꿈을
가지면서 비극의 현실을 극복해 내고 있는 것이다.

　작품 ②도 희망을 가질 수 있다는 내용에서는 마찬가지다. 38선이 있어서 놀러 오지
못한다는 사실이 명확한데도, 제주도 섬으로 놀러 오라고 하는 화자의 마음속에 통일의
생각이 존재하고 있을 것이다. 1연에서의 청자가 2연에서는 화자가 되어, 그도 1연의
화자처럼 통일의 의지를 갖게 되는 것이다. 이러한 화자와 청자 간의 인식 행위가 같을
때 어린이들은 꿈이 빨리 이루어질 수 있다는 희망을 갖는다. 이러한 희망은 중기에 와
서 찬란한 빛으로 그 실체를 드러내기도 한다.

　3. 어머니에 대한 그리움

　윤석중의 작품에는 어머니를 그리워하는 동시가 상당히 많다. 초기에서부터 후기

에 이르기까지 일관되게 나타나는 것은 아마도 어릴 때 어머니를 여읜 탓이 아닌가 싶다.

'어려서 어머니를 여의고 외갓집에서 외할머니의 말라붙은 젖꼭지를 만지며 커서 그 랬는지 몰라도 엄마 품에 안기거나 등에 업혀서 엄마가 불러주는 자장가를 듣다가 스르르 잠이 들어버리는 동네 아기들이 얼마나 부러웠던지.'

어머니가 없이 자란 그로서는 당연한 일인지도 모른다. 그러나 소년 시절에는 어머니의 존재를 절실히 인식하지 못하다가 청년기에 접어들면서부터 비로소 어머니의 존재를 크게 인식하게 된다. 그의 작품에는 어머니의 존재가 두 가지 형태로 나타난다. 하나는 실존의 인물처럼 작품 속의 화자가 되어 그리움의 대상으로 등장하고, 하나는 윤석중 자신이 그리운 어머니가 되어 온갖 정성으로 아기들을 보살핀다. 전자는 어머니의 행동이나 모습을 떠올리면서 사랑과 베풂의 태도를 긍정적으로 인식하게 하고, 후자는 자장가를 통해 어머니의 그리움에 젖어보게 한다.

엄마 같은 사람이 휙 지나 가길래 달음박질 쫓아가서 불러봤어요. "엄마!"
엄마 같은 사람이 휙 돌아다보면서 "아가, 나는 너의 엄마 아니다."
– 〈엄마 같은 사람〉 1, 2연

이 작품에 나타난 어머니는 실존의 인물이 아니라, 그리움의 대상으로 나타난 환상의 인물이다. 어머니는 이미 세상을 떠났다. 지나가는 사람이 꼭 우리 어머니라면 얼마나 좋을까 하는 그의 바람이 환상의 얼굴을 만나게 한다. '아가, 나는 너희 엄마가 아니다.'란 말 한 마디가 환영의 실체를 말해 준다. 그렇지만 그는 그런 환영이라도 자주 만나기를 바란다. 이렇게 어머니를 그리워한 그는 모정의 그리움을 시적 정서의 한 유형으로 남겨 놓는다.

4. 향수의 이미지
그의 작품에 나타난 향수는 주로 그리움과 기다림의 이미지를 불러일으키면서 정서의 한 유형으로 나타나고 있다. 초기 작품은 일본 동경 유학 시절, 그리운 가족과 고국의 물상을 그려 놓았고, 중기에는 피난으로 잃어버린 고향을 그리움의 대상으로 떠올리고 있다. 그러나 후기에 와서는 실존의 고향이 아니라, 아늑하고 평온한 마음의 고향을 담고 있다.

'동요를 짓는 데에는 낯선 도쿄보다도 잔뼈가 굵은 서울이 더 좋게 생각이 들기도 하였다. 서울에 있을 때는 먼 길을 떠나가야 공부가 될 것 같았는데 막상 도쿄에 닿아서 생각하니 역시 서울에 있어야 붓대가 손에 잡힐 것 같았다.'

위의 인용문은 무엇을 뜻하는가? 가족과 헤어져서 먼 나라에 와 마음이 안정되지 못하고 일이 손에 잡히지 않는다는 솔직한 심정이 아니겠는가? 그는 그때부터 가족과 고향(고국)을 그리워하면서 작품 속에 향수를 담기 시작한다.

'부모도 형제도 집도 없이 자란 나는, 다리를 상한 제비보다도 마음이 서러웠습니다. 그러나 나에게도 고마우신 흥부님이 여러 분 계셨습니다. 그중에도 젖먹이 석중을 길러내신 외조모님의 은혜는 하늘보다 높습니다. 가난한, 그러나 말할 수 없이 착한 나의 고향은 흥부님의 고향인지도 모릅니다.'

위의 인용문은 동경 유학 시절에 펴낸《어깨동무》동요집의 머리말이다. 자기를 키워 준 외할머니를 생각하다 결국은 고향까지 생각한다. 여기서의 '고향'은 '고국'을 뜻한다고 그가 밝힌 바 있다.

> 물에서만 사는 물새들도 고향이 있는데 우리라고 고향이 없겠니.
> 땅덩이만 남더라도 고향은 고향이지.
> – 〈고향〉 2연

피난지에서 전쟁으로 잃어버린 고향 땅을 떠올리는 작품이다. 아내의 고향인 충청도 진잠으로 피난을 가서 잃어버린 고향 서울을 걱정하고 있다. '땅덩이만 남아도 고향은 고향이지.' 이 한 마디 말이 청자에게는 위안의 대상으로 들리고, 화자에게는 잃어버린 고향을 떠올리게 한다. 결국 향수의 근원지인 고향을 떠올린다는 것은 전쟁의 상처를 잊게 하는 기다림의 의지일 것이다.

후기에는 아늑하고 평온한 삶을 누리는 마음의 고향을 그리워한다.

> 고개 너머 또 고개 아득한 고향 저녁마다 놀 지는 저기가 거긴가
> 날 저무는 논길로 휘파람 날리며/아이들이 지금쯤 소 몰고 오겠네.
> – 〈고향 땅〉 2연

저녁마다 놀 지고 아이들이 소 모는 평온한 시골의 전원, 그 곳이 마음의 고향이다. 어쩌면 이 복잡한 도시를 벗어나 조용하고 아늑한 시골로 가서 살고 싶어 하는지도 모른다. 아무튼 이런 마음의 고향도 그리움과 기다림의 이미지로 향수를 불러일으키고 있다. 이렇게 그의 작품에는 고향을 소재로 한 작품이 많은데 그것은 바로 일찍 어머니를 여의고 외롭게 자라면서 모정을 그리워하는 심상 때문이라고 볼 수 있다. 그리고 일본 유학과 전쟁의 피난지에서 고향을 그리워하는 향수가 정서의 한 유형으로 자리 잡지 않았나 싶다.

Ⅳ. 마무리하면서

1924년 〈신소년〉 지에 동요 〈봄〉이 입선되면서 작품을 쓰기 시작한 윤석중은 2003년 세상을 떠나기까지 동요·동시만 1,200여 편을 남겼다. 우리나라 최초의 창작 동요집과 동시집을 펴내어 '동시'라는 용어를 처음으로 일반화시키기 시작한 장본인이기도 하다. 그뿐만 아니라 잡지와 신문 편집, 노래 보급 등으로 아동 문화 운동에도 앞장섰으며, 한국 아동문학사와 역사를 함께 한 대표적인 인물이다.

그의 작품에는 밝고 희망찬 내용들이 전체 작품에 비해 상당히 많다. 그래서 '초현실적이고 동심천사주의 시인'으로 오해를 받기도 했다. 그러나 그것은 그의 작품 전체를 보지 못한 오류에서 빚어진 것이다. 그가 첫 동요·동시집을 내었던 1930년대는 일제 강점기 상황에서 매우 어려운 시대였고, 작품 활동을 가장 활발히 했던 중기에는 6·25 전쟁이란 비극적 현실을 겪어야 했다. 그런데도 그의 작품에 밝고 희망찬 내용들이 많은 것은 의도적으로 비참한 시대 의식을 어린이들에게만은 무거운 짐을 지우지 말아야 되겠다는 확고한 그의 문학 의식 때문이었다. 그는 늘 밝은 동심과 기지, 희화적 인식으로 즐겁고 명랑한 동시를 쓰기로 굳은 의지를 가지고 있었던 것이다. 그의 작품에 나타나고 있는 정서는 순수 동심을 환상과 빛의 세계로 이끌어갔을 뿐 아니라, 모정과 향수를 바탕에 깔고 있었다. 이와 같이 그의 동요·동시가 담고 있는 정서의 유형들은 꿈과 동경이 본질로 되어 있는 아동문학의 이론과 잘 부합되고 있음을 보여 주는 것이다. 아무튼, 그가 이루어 놓은 업적을 볼 때 '동요 하면 윤석중을 연상하게 되고, 윤석중 하면 동요를 생각하게 된다.'는 피천득의 말처럼 그는 이제 한국 아동문학사에 길이 남을 선구적 존재로 존경받는 것이 당연하다고 본다.

작은 시중꾼

윤석중

　대법원장, 돌아가신 막사이사이 대통령의 부인, 오늘 상을 받으신 여러분, 그리고 내외 귀빈, 재단이사, 신사 숙녀 여러분!

　버젓한 제 나라 글을 지녔건만 오랜 세월을 중국 글자를 쓰며 살아왔고 일본의 식민지였던 36년 동안은 말하는 벙어리, 듣는 귀머거리, 눈 뜬 장님으로 지내 오다가 33년 전에 독립은 됐으나 나라 땅이 두 동강이 난 채 오늘에 이른, 불우한 나라에서 자라고 있는 어린이들에게 꿈과 기쁨과 희망을 안겨 주려고 50여 년 동안 묵묵히, 외로이 어린이를 위한 노래와 시만을 지어 온 이 사람에게, 가난한 사람 편이었고 억울한 사람 편이었던 자유와 정의의 수호자, 돌아가신 막사이사이 대통령을 기념해서 그의 생신날마다 베풀어지는 존귀하고도 자랑스러운 상을 주신 데 대해서 충심으로 감사하는 바입니다.

　어느 나라 시인은 말하기를 '어린이는 어른의 아버지'라고 했습니다. 그러나 이 사람은 서슴없이 말합니다. '어린이는 어른의 스승'이라고……. 그러므로 우리네 어른들은 어린 그네들을 가르치려고만 하지 말고 더 많은 것을 배워야 할 줄 압니다.

　우리는 어린이에게서 진실을 배워야겠습니다. 어른 세상에는 위선과 거짓이 가득 차 있기 때문입니다. 우리는 어린이에게서 착함을 배워야겠습니다. 어른 세상에는 몰인정과 부조리가 가득 차 있기 때문입니다. 우리는 어린이에게서 아름다움을 배워야겠습니다. 어른 세상에는 인조미(人造美)·가식미(假飾美)가 가득 차 있기 때문입니다. 어린이는 우리에게 진실과 착함과 아름다움을 가르쳐 주는 믿음직스러운 마음의 스승입니다.

　사랑에는 국경이 없다고 합니다. 그러나 이성 간의 사랑은 언어·풍속·환경이 다른 경우 오해와 불편이 따르기 쉽습니다. 종교에는 국경이 없다고 합니다. 그러나 그 종류가 너무도 많고 파벌도 심하기 때문에 국경을 쉽사리 넘을 수가 없습니다. 예술에는 국경이 없다고 합니다. 그러나 국가의 배경이 없고, 국력이 약한 예술이 세계로 진출하려면 힘이 듭니다. 그런데 정말로 국경이 없는 것은 동심(童心)인 줄 압니다. 동심이란 무엇입니까? 인간의 본심입니다. 인간의 양심입니다. 시간과 공간을 초월해서 동물이나 목석하고도 자유자재로 이야기를 주고받으며 정을 나눌 수 있는 것이 동심입니다.

　동심으로 돌아갑시다!

　그래서 깨끗한 마음으로, 참된 마음으로, 착한 마음으로, 아리따운 마음으로 세계가 한 가족이 되어서 지상천국을 건설해 봅시다. 이번에 일흔 살이 멀지 않은 나에게 돌아온 막사이사이상 가운데 언론 문학 창작상은 어린이를 위한 '마지막 봉사'에 더욱 기운을 내라는 위안과 격려의 상이 되어 주었습니다.

끝으로 막사이사이가 하신 말씀 한 구절을 인용하고자 합니다. "나의 직책은 대통령이지만 나의 마음은 이 나라의 한 병사에 지나지 않습니다." 그런데 나는 이렇게 말하고 싶습니다. "나의 직책은 문학가이지만 길이길이 어린이를 돌보는 작은 시중꾼이 되겠노라."고.

거듭거듭 감사를 드립니다.

어린이와 함께 선생이 걸어온 길

1911년 5월 25일 서울에서 태어남(본적:서울 중구 수표동 13번지).

1921년 서울 교동공립보통학교에 입학함.

1923년 글벗을 모아 꽃밭사를 만듦.

1924년 〈신소년〉에 동요 〈봄〉 입선함.

　　　　독서회 기쁨사를 만들어 등사판 잡지 〈기쁨〉과 회람 잡지 〈굴렁쇠〉를 냄.

1925년 〈어린이〉에 동요 〈오뚜기〉 입선함.

　　　　〈동아일보〉 신춘문예에 동화극 〈올빼미 눈〉 가작 입선함.

　　　　서울 교동공립보통학교에서 두 번 월반하여 4년 동안 다니고

　　　　서울 양정고등보통학교에 입학함.

1926년 조선물산장려회에서 전국적으로 모집한 〈조산물산장려가〉에 응모,

　　　　1등으로 뽑힌 뒤 본격적으로 동요를 짓기 시작함.

1930년 광주학생사건이 일어난 뒤, 양정고등보통학교를 졸업 전에 나옴.

1932년 《윤석중 동요집》을 냄.

1933년 우리나라 첫 동시집 《잃어버린 댕기》를 냄.

　　　　개벽사에 입사, 소파 방정환 선생의 뒤를 이어 〈어린이〉 잡지를 주관함.

1934년 〈조선중앙일보사〉에 입사, 〈소년중앙〉, 〈중앙〉 등을 맡아봄.

1935년 3월 15일, 박용실과 결혼함.

1936년 맏딸 주화 태어남.

　　　　일장기 말살 사건으로 〈조선중앙일보〉가 폐간됨.

　　　　〈조선일보〉로 옮겨 〈소년조선일보〉, 〈소년〉, 〈유년〉 일을 맡아봄.

1937년 맏아들 태원 태어남.

1939년 〈조선일보〉에서 일본 도쿄로 파견되어 계초장학금으로 조치대학에서

　　　　3년 동안 신문학(新聞學)을 전공함.

　　　　《윤석중 동요선》을 냄.

1940년 도쿄에서 동요집 《어깨동무》를 냄.

1941년 둘째 딸 영선 태어남.

1944년 둘째 아들 원 태어남.

1945년 8·15 해방이 되자 고려문화사에서 〈어린이 신문〉을 창간함.

　　　　12월 1일 아동문화협회를 창설하여 〈주간 소학생〉, 〈소학생〉 등

　　　　아동 도서 출판을 주재함.

1946년 동요집 《초생달》을 냄.

1947년 셋째 아들 혁 태어남.

　　　　노래동무회를 창립하여 동요 창작과 노래 보급에 앞장섬.

1948년 동요집 《굴렁쇠》를 냄.

　　　　노래책 《노래동무》를 냄.

1950년 동요집 《아침 까치》를 냄.

1951년 육군본부와 미 제8군 사령부에서 3년 동안 문관으로 일함.

　　　　전쟁 중에 '윤석중 아동연구소'를 차림(11월 11일).

1953년 윤석중 아동연구소에서 어린이 글 모음 《내가 겪은 이번 전쟁》을 엮어 냄.

1954년 윤석중 아동연구소에서 두 번째로 어린이 글 모음 《지붕 없는 학교》를 엮어 냄.

　　　　《윤석중 동요 100곡집》을 냄.

1955년 〈조선일보〉에 다시 입사하여 15년 동안 편집 고문으로

　　　　〈소년조선일보〉를 돌봄.

1956년 1월 3일 새싹회를 창립함.

　　　　이솝 이야기를 노래로 엮은 《사자와 쥐》, 동요집 《노래 동산》을 냄.

1957년 소파상을 제정함. 동요집 《노래 선물》을 냄.

1960년 동요집 《엄마 손》, 《어린이를 위한 윤석중 시집》을 냄.

1961년 장한어머니상을 제정함.

　　　　우리 민요에 새 노랫말을 지어 붙인 《어린이 민요책》을 냄.

　　　　3·1문화상 예술 부문 문학 본상을 받음.

1962년 《윤석중 아동문학 독본》을 냄.

1963년 《윤석중 동요집》을 냄.

1964년 《한국 동요 동시집》을 엮어 냄.

1965년 서울교육대학이 제정한 고마우신선생님상을 받음.

　　　　난파기념사업회 이사장이 됨.

1966년 문화훈장(국민장)을 받음.

　　　　동요집 《해바라기 꽃시계》, 《바람과 연》을 냄.

1967년 세계 동요·동시집 《작은 일꾼》, 이야기책 《토끼와 거북》,

　　　　동요집 《카네이션은 엄마꽃》을 냄.

1968년 나라에서 주는 한글공로표창을 받음.

　　　　동요·동시집 《꽃길》을 냄.

　　　　새서울 로타리 클럽 창립 회원이 됨.

　　　　　신시 60돌을 기념하여 노래비를 세움(전국 일곱 군데).

1969년 서울가정법원 조정위원이 됨.

　　　　　노래와 이야기책《이웃 사촌》, 얘기 노래책《금도끼 은도끼》를 냄.

1971년 동요·동시 풀이 책《동요 따라 동시 따라》, 속담 풀이책《마음의 등대》,

　　　　　노랫말을 우리말로 지어 붙인《세계 어린이 노래 예순 곡집》,

　　　　　회갑 동요집《윤석중 동산》을 냄.

1973년 새싹문학상을 제정함.

　　　　　외솔회에서 주는 외솔상을 받음.

　　　　　'윤석중 동요 반세기' 노래 잔치를 엶.

1975년 방송용어심의회 위원장, 대한적십자사 청소년 자문 위원회 위원장이 됨.

　　　　　중앙대·성신여대·숙명여대·국민대에서 아동문화 강의를 맡음.

1976년 문교부 국어심의회 국어순화분과 위원장이 됨.

1977년 〈새싹문학〉(계간)을 창간함.

　　　　　첫 창작동화집《열 손가락 이야기》를 냄.

　　　　　방송윤리위원회 위원장이 됨.

1978년 필리핀 라몬 막사이사이 재단이 주는

　　　　　라몬 막사이사이상(언론·문학·창작 부문)을 받음.

　　　　　영역 동요집《넉 점 반》이 나옴.

　　　　　새서울 로타리 클럽 회장이 됨. 예술원 정회원이 됨.

1979년 동요·동시집《엄마하고 나하고》를 냄.

1980년 창작동화집《어깨동무 쌍둥이》,《윤석중 동요 525곡집》을 냄.

　　　　　영문판《한국 동화 동요집》에 〈열 손가락 이야기〉가 수록됨.

1981년 사진 동요집《노래가 하나 가득》, 그림동화집《달 항아리》를 냄.

　　　　　방송위원회 위원장이 됨.

1982년 이솝 이야기 노래책《사람나라 짐승나라》를 새로 엮어 냄.

　　　　　'세계의 아빠와 아기'를 주제로 한 동요 70여 편을 지어 사진과 함께 〈소년한국

　　　　　일보〉에 연재함.

　　　　　새싹회 주최로 서울과 미주 일곱 군데에서 사진 동요전을 엶.

　　　　　동화집《멍청이 명철이》를 냄. 대한민국문학상 아동문학 부문 본상을 받음.

1983년 동요선집《날아라, 새들아》를 냄.

　　　　　대한민국세종문화상을 받음.

1985년 1월부터 〈소년〉(가톨릭출판사 발행)에 어린이를 위한 회고록

〈새싹의 벗 노래 나그네〉를 내기 시작함.

창덕궁과 덕수궁에 세웠던 〈반달〉과 〈새나라의 어린이〉 노래비를 어린이대공원으로 옮기고, 그 자리를 '노래 마당'이라 이름 지어 동요 모임을 가짐.

새싹회·〈한국일보〉 공동 주최, 한국국제문화협회 도움으로 해외새싹글짓기를 해마다 실시하기 시작함.

네 번째 《열두 대문》을 냄. 지난날을 돌아본 글 《어린이와 한평생》을 냄.

1986년 예술원 원로 회원이 됨.

1987년 1년에 네 차례 〈새싹문학〉 해외판 〈한글나라〉를 한국국제문화협회 도움으로 내기 시작함.

동요 모음 《아기 꿈》을 냄.

5월 15일 스승의 날, 모교인 양정고등학교에서 57년 만에 '명예 졸업장'을 탐.

1988년 5월 20일 세종호텔에서 세종대학교가 주는 명예 문학박사 학위 받음.

5월 《새싹의 벗 윤석중 전집》(30권·카세트 8개) 나옴.

5월 25일 남산 하얏트호텔에서 책잔치를 엶.

6월 15일 한국학회 주최로 유관순기념관에서 윤석중동요큰잔치 엶.

1989년 제34회 대한민국 예술원상(문학 부문) 수상함.

1990년 팔순 기념 동요집 《여든 살 먹은 아이》를 냄. KBS동요대상 받음.

1991년 반달 동요대상 받음.

1992년 인촌상(문학 부문) 받음.

1994년 동요집 《그 얼마나 고마우냐》를 냄.

1995년 동요집 《반갑구나 반가워》를 냄.

2003년 12월 9일 타계함.

한국 아동문학가 100인

김요섭

대표 작품

〈늙은 나무의 노래〉

작품론

김요섭 문학의 특성

대표 에세이 모음

나의 아동문학 사상

어린이와 함께 선생이 걸어온 길

늙은 나무의 노래

5백 년 묵은 나무가 있습니다.

그러니 이 나무는 생각할 수는 있으나 말할 수는 없습니다.

그래서 항상 이 나무는 말할 수 없는 것을 자기를 키워 준 햇빛과 흙, 비와 바람에게 원망하였습니다.

"새처럼 이 아름다운 강산을 노래할 수는 없을까?"

언제나 이런 서글픈 생각에 5백 년 묵은 나무는 5백 년을 두고 매일 햇빛과 흙, 비와 바람에게 불평을 말하였습니다.

새처럼 노래할 수 없다는 것이 얼마나 한스런 일인지 모르겠습니다.

더구나, 세상 사람들이 금수강산이라 자랑하는 이 한국 땅에서 났기 때문에 수놓은 듯 아름다운 산, 고요히 흘러가는 맑은 강물, 간 데마다 하얗고 붉은 예쁜 꽃, 이 아름다운 강산을 새들처럼 날아다니며 노래할 수 없는 것이 서러웠습니다.

'나도 새나 되었더라면 마음껏 이 강산 아름다운 곳만 찾아다니며 노래할 텐데……. 산을 덮는 안개며 골짜기 풀잎의 이슬—.'

오늘도 이런 생각을 하고 섰는데, 수풀 속에서 머리를 질끈 동이고 도끼랑 톱을 멘 사람들이 아침 이슬에 옷을 축축이 적시고 나타났습니다.

나무들은 놀라지 않을 수 없었습니다.

모두 무서운 얼굴들입니다.

"무슨 일일까?"

웃통을 벗고 중얼중얼 나무 밑에서 공론을 하던 사람들은 도끼랑 톱을 들고 제각기 흩어져 모두 나무에 덤벼들었습니다.

산을 울리고 흥타령에 맞춰 쩌엉쩌엉 쩌정쩡 나무를 찍기 시작하였습니다.

순식간에 쿵! 하고 나무 몇 그루가 큰 고함을 치며 땅 위에 아무렇게나 쓰러졌습니다.

이번에는 5백 년 묵은 나무 차례입니다.

한참 만에 5백 년 묵은 나무도 쿵! 하고 고함을 치며 땅 위에 쓰러졌습니다.

옆의 나무들은 몸이 한 줌이 되어 이 모양을 바라보고 섰습니다.

　그 다음 그 다음, 자꾸 사람들은 나무를 찍어 넘어뜨려 산속은 차츰 휑언해 갔습니다.

　산속에서는 보이지 않던 하늘이 이젠 보입니다.

　매일같이 그칠 줄 모르고 도끼질, 톱질하던 사람들은 산속에 나무를 하나도 안 남기고 죄다 넘어뜨리고서야 산으로부터 물러갔습니다.

　그 다음 아무도 이 산에는 오지 않았습니다.

　이리저리 넘어진 나무들은

　"이제 우리는 어떻게 되나?"

하는, 미리 생각하지 못할 앞날에 대한 근심에 휩싸였습니다.

　새들도 날아와 쓰러져 누운 나무들을 슬피 울어 주었습니다.

　나무들은 산 위에 이리저리 스러져 한여름을 보내고 마침내 눈 오는 겨울이 되었습니다.

　높은 산이 되어 다른 데보다 겨울이 빨리 옵니다.

　눈도 더 많이 쏟아집니다.

　사람들이 걸을 수 없을 만큼 눈은 퍼부었습니다.

　이따금 눈에 빠진 노루며 짐승들이 눈이 덮인 산길에서 처량히 울었습니다.

　그런데 푹푹 빠지는 눈길을 헤치고 수많은 사람들이 또 이 산 위에 나타났습니다.

　이번에는 산꼭대기에서 나무를 하나씩 산 밑으로 밀어 내려 보냅니다.

　나무들은 눈 위로 내리막길을 무서워하며 쭈룩 미끄럼을 쳐서 산 아래로 자꾸 내려갑니다.

　그 속에 5백 년 묵은 나무도 미끄러져 산 아래로 내려갔습니다. 산 밑에 내려온 나무들은 이번에는 여러 나무들이 한데 이리저리 묶이어 뗏목이 되었습니다.

　"대체 우리들은 어떻게 되누?"

　눈보라 속에서 사람들은 분주히 일하고 있었습니다.

　산 위에서는 어제도 오늘도 자꾸만 나무들이 눈 위로 미끄러져 내려왔습니다. 5백 년 묵은 나무가 뗏목이 되어 강물 위로 굴러 내려갈 때는 벌써 두만강 얼음도 터지고 봄이 되었습니다.

　흥겨운 뗏목 꾼의 봄노래를 싣고 뗏목은 두만강을 내려갑니다.

　찰싹찰싹 봄 빨래하는, 하얀 옷 입은 아낙네들을 구경하며 자꾸만 이름도 모르는 곳을 찾아 내려갔습니다.

　5백 년 묵은 나무는 생각하였습니다.

　"살아간다는 것이 참 이상도 한 일이다. 내가 산 위에 있을 때야 비나 이슬에나 내 몸을 적실 줄 알았지, 이렇게 두만강 물에 내 몸을 적실 줄이야."

"바람이 실어다 주는 가느다란 봄노래를 해마다 나무들 사이에 서서 귀 기울여 듣더니, 이젠 내 등에 이 노래를 싣고 두만강을 흘러가니 세상에 살아가는 모양이 이상도 한 일."

뗏목들은 두만강도 거지반 다 와서 어떤 기차가 들어오는 도시에 이르렀습니다.

이번에는 기차를 타고 벌써 와 있는 나무들이 산더미같이 쌓인 제재소에 도착하였습니다.

"아아! 산다는 것은 이상한 일! 이렇게 흘러 다니다가 내 몸 모양마저 변하는구나. 산에서 푸르게 자라던 잎을 달고 있던 내 옛 모습은 대체 어디로 갔으며, 이제 우리는 어디로 가누?"

이번에는 하늘의 구름도 거릴 듯한 그 높은 굴뚝이 서 있는 어느 공장에 5백 년 묵은 나무는 여러 동무 나무들과 함께 들어갔습니다.

이 공장은 종이 공장입니다.

이 공장을 거치고 나온 5백 년 묵은 나무들은, 아니 이젠 나무가 아닙니다. 이번에는 종이가 되어 쥐들이 살림하고 있는 서울 어느 인쇄소에 종이로 팔려 와, 그들은 어둔 창고를 지키고 앉아 있었습니다.

들락거리는 쥐들을 통하여 종이들은 인쇄소가 얼마만큼 크고, 사람들이 얼마나 일하고 있으며, 이런 것을 다 알 수가 있었습니다.

어제는 밤일할 때, 남직공하고 여직공이 감독의 눈을 피해 공장 구석에서 무엇이 어찌구저찌구 속살거리던 이야기도 재미나는 듯 전하여 주었습니다.

종이는 이 말을 들으니까, 밤 말은 쥐가 듣는다던 세상 사람들의 이야기가 생각나서 혼자 웃었습니다.

5백 년 묵은 나무에서 된 종이는 이 창고 속에 한 일 년을 있었습니다.

일 년 동안 창고 속에서 종이는.

"앞으로 우리는 어떻게 될까?"
하는 생각뿐이었습니다.

5백 년을 두고 햇빛과 흙과 바람과 비에게 원망한 종이는 새처럼 이 강산을 노래할 수 있게 해 달라던 옛적이 지금 새삼스레 생각났습니다.

"우리 뜻대로 되지 않는 것이 세상이다."

종이가 된 5백 년 묵은 나무는 이쯤까지 그의 생각이 깊어졌습니다.

"이젠 될 대로 돼라. 어떻게 되나 그것만 구경하자."

인쇄소 창고에 들어온 후 일 년이 된 나무는, 아니 이젠 종이죠. 종이는 새처럼 이 강산을 노래하고 싶다던 생각을 잊어버렸습니다.

그 어느 날, 인쇄소 사무실에는 머리가 덥수룩하고 파아란 얼굴의 젊은 청년이 찾아왔습니다.

핏기 없는 얼굴에 크게 뜬 눈만이 빛났습니다.

그는 지배인 책상 위에 원고 뭉치와 돈을 내놓았습니다.

몇 마디의 약속이 있고, 그는 눈 오는 추운 길을 외투도 없이 사라져 버렸습니다.

5백 년 묵어서 종이가 된 나무를 사람들이 안고 나가며 시집(詩集)을 박는다고 저희들끼리 말하였습니다.

공장에 들어와 이리 돌리고 저리 넘기고 온몸에 무수한 글자가 박힌 종이는, 이 손에서 저 손으로 옮겨 가는 사이에 한 권의 예쁘장한 책이 되었습니다.

시집 《늙은 나무의 노래》 겉 그림에는 몇 그루의 나무가 점잖은 색으로 그려져 있었습니다.

그만 시집이 된 종이는 입을 딱 벌리고 놀라지 않을 수 없었습니다.

꿈인지 생시인지 모르겠습니다.

"옛날 산속에서 소원하던 단 하나의 소원이 이제사 이런 모양으로 이루어지다니! 꿈이냐! 꿈이냐! 꿈이거든 길이 깨지 말아라. 내 몸을 통해서 시인은 이 강산을 노래하게 되니, 곧 내가 노래하는 것이나 마찬가지지. 하느님이여! 이 노래가, 이 책이 온 땅에 햇빛처럼 퍼지소서……."

기쁨을 못 이겨 두 손을 맞쥐고 이렇게 기도하였습니다.

"참 세상이란 예측치 못할 곳이다."

기도하고 나서 종이는 이렇게 생각하였습니다. 정말 그 말 그대로 예측치 못할 일은 세상일입니다.

시집이 잉크도 채 마르기 전에, 이 책 주인 젊은 시인은 추위와 굶주림에 못 이겨, 찬 냉돌 방 위에 그 큰 눈을 꾸욱 감고 몸도 냉돌처럼 차게 되어 그만 죽어 버렸습니다.

주인을 잃은 시집은 마땅히 인쇄소에서 책방으로 가야 되겠는데, 일본 경찰대가 타고 온 트럭이 와서 경찰서로 시집을 싣고 달아났습니다.

시집이 된 종이는 무슨 영문인지 모르겠습니다.

"참 세상이란 예측치 못할 곳이다. 이것도 꿈이냐?"

다시 한 번 느꼈습니다.

한자 한자 새까만 활자는 어둔 밤에 그냥 운 이 강산의 통곡이었습니다.

늙은 나무의 울음소리였습니다.

산으로부터 벌레 먹어 간 늙은 나무의 슬픈 흐느낌이었습니다.

그때 시가 박힌 종이는 알아차렸습니다.

"오라, 그래서 일본 놈들이 이 시집을 잡아 왔구나."

그러나 더 무서운 일이 또 생겼습니다.

인쇄소에서 금방 박아 나온 시집들을 죄다 불살라 버린답니다.

이 시집을 불살라 버리는 것도 나무가 하였습니다.

시집은 애걸하였습니다.

"애야 나무야, 너는 왜 나를 불사르니? 나도 전에는 너처럼 나무야. 우리 나무가 나무끼리 어떻게 이런 짓을 하니? 지금은 나는 종이지만 옛날엔 백두산의 나무였단다. 너도 백두산의 나무가 아니니?"

이 말은 아무 소용이 없었습니다.

활활 타는 불에 시집은 죄다 타 버렸습니다.

시집 《늙은 나무의 노래》는 재가 되었습니다.

바람이 불어와서 재를 날려 보냅니다. 그렇지만 한 책 시집 《늙은 나무의 노래》가 이 세상에 남아 있었습니다.

그것은 인쇄소에 있을 때, 어느 여직공이 좀 읽어 보려고 얻어 내온 것이 그 후 그 여직공네 장롱 속에 간직되어 있었습니다.

죽은 시인의 그 아름다운 두 눈은 그 후 하늘의 별이 되었습니다.

자기의 시집을 다 태움 당한 별은, 이 세상에 단 하나 남아 있는 시집을 밤마다 남몰래 꺼내 읽어 주는 소녀가 있는 것으로 행복하였습니다.

"소녀여! 길이 복 받아라."

별은 저녁마다 하늘에 나올 때, 뒷골목 석유 불이 비쳐 오는 소녀의 작은 집 들창을 향하여 축복하였습니다.

김요섭
문학의
특성

이재철

    김요섭의 문학 세계에서 가장 두드러진 특성은 그가 누구보다도 강렬한 주제 의식의 소유자라는 데에 있다. 초기 작품부터 몇 차례의 변신을 거듭해 오면서 그는 획기적인 자신의 방향 전환을 시도했다. 그러나 끝까지 버리지 않고 꾸준히 지켜온 일관된 흐름의 하나가 곧 이 주제 의식이다.

    그의 주제는 작품이라는 나무의 '뿌리'이며 작품의 안쪽에 침윤되어 있는 보이지 않는 작품의 지주로서, '그 작가의 문학 정신 속에서 생성되어가는, 늘 살아 있는 그 무엇'으로 해석된다.

    김요섭 문학 세계의 또 다른 특성은 주제 의식과 현실 의식의 적극성을 그만이 독특하게 갖는 풍요하고 스케일이 큰 환상성으로 접목시키고 있는 수법상의 기교를 들 수 있다.

    이러한 환상은 그의 작품 세계가 수차에 걸친 변모에도 불구하고, 초기부터 지금까지 작가의 의식 속에서 언제나 떠나지 않는 요소였다. 왜냐하면 그의 환상 세계는 '현실보다 더 선명한 색채와 힘 있는 리듬을 가진 시적 현실'로 파악되기 때문이다.

    그러한 의미에서 그가 아동문학에 끼친 영향을 서술하면,

    첫째, 그의 초기 작품 〈연〉 이후, 〈은하수〉 등 격조 높은 동화를 줄곧 발표함으로써 당시 1940년대 동화 문단의 품격을 높여 주었으며,

    둘째, 그의 풍부한 판타지의 능숙한 구사는 동화 작단에 많은 영향을 미쳐 우리 동화를 본격 동화로 이끌어 올리는 중추적 구실을 담당했고,

    셋째, 아동문학 이론 보급을 위한 전문지 발간 등 일련의 문학 운동은 아동 문단의 본격 문학 지향에 큰 밑거름을 마련해 주었다고 할 것이다.

_이재철, 《한국 현대 아동문학사》 발췌

나의
아동문학
사상

환상공학(幻想工學)

어린이의 마음은 어른들이 이미 만들어 놓은 일상을 다시 이어받는 것을 원하지 않는다. 그들은 오늘이 어제와 같기를 바라지도 않는다. 더욱이 내일이 언제나 오늘과 같은 것이라면 그들은 삶의 광채를 이 세상에서 잃을 것이다.

어린이들은 우리 인류의 유년 시대와 같은 원초적인 정력으로 모험과 탐험을 원한다. 어른들은 한 대상을 합리적인 방법, 합리적인 사고로 파악하고자 하나 어린이에게는 오로지 발견과 경이만이 있다.

어린이에게 있어 판타지는 한 대상을 직선적으로 발견하는 방법이기도 하며 그들의 우주이기도 하다. 자연이 이미 결부시켜 놓은 것조차 떼어버리고, 반대로 자연이 떼어 놓은 것조차 장난감을 조립하듯 다시 결부시키는 힘이 있다. 성서에 제일 처음 나오는 하늘과 땅을 떼어놓던 창세기 속의 신(神)의 노동적 흙과 꿈이 뒤섞인 창조의 힘이 넘쳐나기도 한다. 하물며 오늘의 기계와 물질을 질료로 한 문명쯤이야…….

어린이들이 꿈꾸는 판타지가 오늘처럼 절실하게 하나의 가치 체계로, 시대의 희망으로서 갈망되는 때도 없을 것이다. 더 아름답고 풍성한 환상 세계는 어린이의 생을 살찌게 하고 풍부한 자유를 누리게 한다. 그 세계는 현실보다 더 선명한 색채와 힘 있는 리듬을 가진 시적 현실이기도 하다. 그 까닭은 무한한 가능성을 지닌 세계가 어린이의 세계이기 때문이다. 그들이 꿈꾸고 공상한다는 것은 자유의 숨결이며 생명의 깃발이기도 하다.

날마다 새 재미로 시작하는 어린이의 소꿉놀이에서 전쟁놀이에 이르기까지 우리 어른들이 볼 때는 한낱 범상한 현실 생활의 일단같이 보이나 실은 이 놀이가 어린이의 전 존재이다. 몽환(夢幻)이나 상상, 거인, 괴기, 공포, 전투, 승리, 자유의 충족, 이런 것이 환상공학(工學)의 요소가 되기도 한다.

이와 같은 힘찬 생명력은 혼자 힘으로만 성장할 수 없기 때문에 어린이들은 더 판타지가 풍부한 문학과 예술을 공급해 주기를 권리로서 주장하고 있다.

그들은 또한 날개가 달린 새의 국어, 꽃의 국어, 별의 국어, 인형의 국어, 호랑이의 국어를 소유하고 있다. 이것은 어른과 다른 차원에 사는 어린이 세계의 이야기만이 아니다.

한 운명이 위기에 부딪혔을 때, 또는 붕괴될 때 인간은 유년 시대의 폭발적이며 정력에 찬 상상력의 작동으로 환상을 구축한다. 어찌 한 문명 사이에만 한하는 사실이랴. 한 개인의 내면사에서도 위기와 붕괴가 직면했을 때 겸허한 자는 판타지의 세계를 투시할 수 있다. 어린이의 마음처럼 단순하고 믿음으로 차 있다면……

안데르센 시대

동화라면 먼저 떠오르는 이름이 '안데르센'이다. 우리들은 흔히 그를 동화작가 안데르센이라고 부른다. 그러나 안데르센이 태어나고 또 문학 활동을 한 덴마크에서는 그를 대시인으로 부르고 있다고 한다.

그가 생전에 발표한 작품량은 장르별로 나누어 보면 시가(詩歌)가 763편, 동화 163편, 희곡 47편, 소설 14편, 기행문 23편, 전기 11편, 에세이·서간(書簡) 등 229편, 해학문, 풍자문, 유머, 소품 등이 7편으로, 전부 1천여 편이다.

이 작품 총계 속의 비중을 보아도 그가 시인으로 많은 활동을 했다는 것을 짐작할 수 있다. 또한 그의 동화가 그의 시에서 피어난 꽃이라는 것을 알 수가 있다.

물론 그의 서사산문시(敍事散文詩)《그림 없는 그림책》을 세계 문학의 재산 속에서 빼놓을 수는 없으나 오늘날 안데르센 동화는 모든 사람들의 어린 시절에 깊이 스며들어가 인생을 창조적으로 이끌어 주는 힘 있는 문학이 되었다.

안데르센 이전에 동화가 없었던 것은 아니다. '그림'의 동화가 있었다. 그러나 그림의 동화가 오랜 세월을 두고 전해온 싱싱한 민화(民話)를 채집한 것이라면 안데르센의 동화는 시인의 손으로 창작한 예술품이었던 것이다.

다시 말해서 안데르센 동화에 비로소 비평 의식이 담겨졌다. 그리고 대담하게 사랑의 문제도 다루었다. 그 대표적 작품이 〈미운 오리새끼〉이며 〈인어공주〉 같은 일련의 작품이다.

안데르센의 비평 의식은 그가 살던 시대적 배경, 영국에서는 의회가 노동조합을 합법화하고 프랑스에서는 '7월 혁명'이 일어나던 시대의 탓도 있었겠지만 풍자와 우의(寓意)로 전제 왕정과 귀족적 허식을 찌른 〈임금의 새 옷〉 같은 동화도 썼다.

안데르센이 한창 문학 활동을 하던 덴마크의 정치적 상황은 왕당파와 공화파가 갈라져 있었다. 이때 오덴세의 가난한 구두직공의 아들로 출발한 안데르센이 문단에 데뷔했다. 그가 상류 사회에 드나들면서 상류 사회 부인들을 상대로 낭독해 준 것이 오늘의 동화들이다.

그러나 한번은 이런 일도 있었다.

종이로 만든 궁성을 태워 버리는 내용의 동화를 한 친구에게 낭독해 주었다. 친구는 펄쩍 뛰면서 "왕실의 도움을 받고 국가에서 작가 기금을 타는 자네가 이런 동화를 쓰다니." 하고 귀띔해 주는 바람에 안데르센은 그 동화를 찢어 버렸다는 에피소드도 있다.

이 문제를 단순히 안데르센의 정치 문제 백치로만 돌릴 수는 없다. 좋은 질의 예술가란 작품을 쓰는 동안에는 일상에서 해방되어 정치의식도 저하된다는 증거 이외에 아무것도 아니다. 〈임금님의 새 옷〉 속에 어린이의 목소리로 나오는 '임금님은 벌거벗었다.'는 뼈아픈 고발은 단순히 전제 왕정의 허위성과 특권 계급의 허식을 찌르는 평민의 목소리로만 그칠 수 없다. 이 어린이의 눈과 목소리는 영원히 어린이의 입으로 낡은 세계를 향해 외친 목소리이기 때문이다.

어린이의 마음은 영원히 힘차고 자유스럽고 아름답다. 이 어린이의 마음을 그의 작품 속에 담는 데 성공했으므로 안데르센의 동화는 오늘날까지 늘 새로운 모습으로 사랑받고 있다.

그러나 안데르센의 생존 당시 그의 동화가 길이 빛나리라고 보증한 사람은 덴마크 문단에 별로 없었다. 오히려 그 반대로 그의 작품을 공격했으며 심지어는 키르케고르마저 1838년에 525부를 자비 출판한 그의 첫 저작 《지금도 살아 있는 자의 수기》에서 안데르센 동화에 대한 준열한 비판을 내렸다. 그중의 한 대목을 소개하면 다음과 같다.

안데르센은 작품 속에서 헛되이 인생의 노작(勞作)을 계속하고 있다. 그러다가는 그와 같은 노력을 내던지고 그 반대 방향으로 향해 버리고 만다. 그리고 그는 현실의 세계에서와 마찬가지로 기력을 잃고 불행을 절감하면서 자기 자신의 시적소산(詩的所産)으로서의 의기 상실 속에서 자기만족을 얻으려고 하는 것 같다. 그렇기 때문에 안데르센은 라퐁텐처럼 주저앉아 몰락하지 않으면 안 되는, 그 자신이 만든 주인공을 위하여 눈물 흘리고 있다. 그 까닭은 안데르센이야말로 그와 같기 때문이다. 안데르센이 자기 인생 속에서 행하고 있는 것과 똑같은 기쁨 없는 투쟁을 지금 그의 시 속에서 반복하고 있다.

이보다 앞서 안데르센은 〈나이팅게일〉이란 동화 속에서 키르케고르를 앵무새로 풍자한 일이 있기도 하다.

문학 교사

골목 안에 즐비하게 늘어선 만화 가게를 통해 보급되고 있는 저질 만화가 사회 문제로 많이 논의되고 있다.

얼마 전에는 저질 만화가 어린이들에게 나쁜 영향을 끼친다 하여 만화책의 화형식

(火刑式)까지 열어 불태워 버리기도 했다. 지상(紙上)을 통해 몇몇 사회단체의 이름으로 성토하는 성명서도 발표된 것을 보았다.

　문학과 예술의 엄격한 기준에서 볼 때, 저질 만화이든 질 좋은 만화이든 만화 그 자체를 근본적으로 부정한다. 오로지 예술성 높은 문학작품이나 미술로서의 그림책만이 어린이를 위한 양서이기 때문이다.

　오늘날 어린이에게 주는 정신적 공해가 비단 저질 만화뿐일까. 오히려 기성세대의 퇴폐적 사고방식과 생활 태도의 총화인 물질주의적 세태라든가 향락주의적 문화 풍조가 어린이 세계에 미치는 악영향은 저질 만화보다 더 심각한 바가 있다.

　병리의 사회 속에서 어린아이가 자연성을 파괴함이 없이 싱싱하게 자라게 하기 위해서는 여러 가지 방법이 있겠으나 그중에 가장 강력한 힘을 가진 것은 위대한 문학의 힘이 주는 감화이며, 제독(除毒) 작업이다.

　그러나 불행하게도 오늘날의 문학 활동도 역시 상업주의적 출판 기구 속에서의 행위이기 때문에 문학의 순수도가 오염되고 침범 받는 경우가 있으며 질 낮은 작품이 문학의 금박을 바르고 발호하기도 한다.

　초등학교에서와 중학교에서 어린이들에게 가장 영향력을 끼치는 문학 교사들의 사명이 그 어느 때보다 무겁다. 사명을 무겁게 인식한다고 문학 교사로서의 임무를 충실하게 다할 수는 없다.

　문학작품의 풍부한 독서량과 함께 체계적으로 문학 교양을 습득하지 않고는 어린이들에게 문학 세계를 선도하는 힘을 배양할 수 없을 것이다.

　교육 현장에서 전개되고 있는 문학 교사들의 활동을 살펴보면 흔히들 문학의 도덕적인 측면만을 중시하고 교육의 한 수단으로 활용하려는 경향이 있다. 그리하여 한 문학 작품을 문학 교재로 선택할 때 먼저 그 작품을 읽음으로써 얼마만큼 도덕적 성과를 올리게 되며 지적 축적을 이룰 수 있을까를 교사의 입장에서 생각하게 된다.

　이미 문학적 가치가 확정된 세계 명작의 경우 별로 문제가 될 것이 없겠으나 현대 작가 작품의 경우, 실은 이류·삼류 작가의 작품일수록 위의 평가 기준에 합격하기 쉬운 것이다.

　문학 교사들이 열어 줘야 할 문학 세계는 먼저 모국어의 아름다움에 감동을 느끼게 하는 일이다. 주로 시(詩) 작품을 통하여 이루어질 수 있다.

　다음으로 활기에 차고 신선한 상상력을 자극하고 개발하며, 산다는 것에 대한 환희와 생명의 외경을 감동적으로 그리는 일이다. 다시 말하면 그들의 투명하고 민감한 감도의 정신에 다채로운 이미지[心象]의 세계를 비쳐 주는 일일 것이다.

　그들의 심혼은 미술의 나라처럼 무한한 가능만이 보석 대신에 들어차 있다. 공상하는 것, 그 하나만으로도 어린 날은 즐겁다.

그들의 공상이란 파괴부터 시작한다. 어른들이 찍어낸 주형(鑄型)의 이미지 같은 것을 파괴하고, 변형을 하고, 좀 더 아름답고 힘찬 것을 위한 놀라움의 세계이다.

문학은 이와 같은 일을 정결한 정조(情操)의 배양과 함께 하는 것이다.

어린이들이 꿈꾼다는 것은 이 지구의 낡은 껍질이 벗겨지는 일이다. 스웨덴의 사상가 엘렌 케이는《아동의 세기(世紀)》란 저작 속에서 어린이란 이 지구의 새 인류의 탄생이라고 표현했다.

문학이 미래를 꿈꾸고 어린이들도 미래를 꿈꾸고 있듯이 문학과 어린이들과 튼튼히 대오를 짠 문학 교사 역시 칠판 앞에 선 교육 기술공으로 머물러 있을 수가 없다. 그도 역시 미래를 꿈꾸는 거인이 되어야 할 것이다.

현실은 문학 교사이든 여느 교사이든 그들의 수업 활동의 기준은 문교부 제정의 교과서이다. 이상적이고 자유 민주주의적 견지에서는 교사도 교과서를 만들 자유와 또 교과서를 선택할 자유가 있으나 현재 우리나라는 제도적으로 제한받고 있다.

그러나 문학 교사들은 자기 사명을 능동적으로 다하기 위해서 문학적 교재의 연구 활동, 문학 교재 등을 편성하여 문학 교육의 올바른 전개를 꾀해야만 할 것이다. 그것은 문학의 창조적 가치성의 깊은 이해에 뿌리를 두어야 함은 물론이다.

반동화(反童話)

제2차 대전 당시 생텍쥐페리는 멀리 고국을 떠나 미국에 망명해 있었다. 생텍쥐페리는 밤이 깊으면 일어나 새벽이 될 때까지 동화를 썼다. 나치에 점령당한 채 모든 불빛이 꺼진 파리를 그리워하면서 망명자의 서글픈 신세로 쓰는 동화였다.

출판사에서는 크리스마스용 동화집으로 발간할 원고이지만 새벽에 일어나 시장기를 견디며 쓰는 생텍쥐페리의 작업은 깊은 밤에 잠긴 정신, 파리의 새벽에게 바치는, 별과 모래의 눈부신 슬픔으로 드리는 기도이기도 했다.

이는《어린 왕자》를 제작할 때의 배경 때문인지 모르겠다. 생텍쥐페리의《어린 왕자》에서 발산하는 우수는 그 어느 다른 문학에서 대하기 어려운 절실함과 고귀함이 있다.

나의 개인적 체험을 근거로 하여 말하면《어린 왕자》가 방사하는 투명하고 정결한 우수는 마치 성화에서 보는, 십자가에서 처형당하기 전날 밤 그리스도의 얼굴에 서린 슬픔처럼 맑다.

물론 이밖에도 그 어딘가에는 샘물이 솟고 있기 때문에 사막이 아름답다는, 생텍쥐페리만의 독특한 사막애(沙漠愛)의 절실함이 지평으로 뻗어가면서 우수감으로 변하기도 했을 것이다. 또 희랍 시대의 철인처럼 지는 저녁 해를 보기 좋아하는 어린왕자의 그림자가 작품 위에 우수로 덮여 있기도 할 것이다. 별과 별의 여로(旅路) 끝에 뱀에게 육체만의 죽임을 당하는 재래식 동화의 끝머리답지 않은 절정이 우수감을 자아내는 원인일지도 모른다.

만약 이때 어린 왕자의 혼이 별로 돌아가지 않고 육체와 함께 뱀에게 죽임을 당했다면 허전한 우수보다는 심각한 슬픔만 되씹게 되었을지도 모른다.

무한을 배경을 한 우수감과 함께 인간 생텍쥐페리, 그리고 그의 동화 《어린 왕자》를 통해 내가 받은 것은 지식으로만 알고 있던 이데아의 세계를 실존 속에서 영혼의 떨림으로 체험한 사실이다.

그것은 마치 신(神)의 메시지가 만들어준 창조적 기쁨이었으며 황홀이었다. 나는 생텍쥐페리와 《어린 왕자》가 그 어느 쪽이 본신(本身)이며, 그 어느 쪽이 그림자인지 분간하기 어렵다. 어린 왕자가 어느 별에서 왔다가 육체만을 헌 옷처럼 벗어 버리고 다시 별에 돌아갔듯이 생텍쥐페리도 어느 별에서 이 지구에 잠시만 왔다가 돌아간 것처럼 느끼고 있다.

분명히 1944년 7월 31일 생텍쥐페리는 고공 사진 정찰(高空寫眞偵察)을 위해 보르고 기지에서 떠난 채 돌아오지 않았다. 물론 적에 의하여 격추당했거나 추락했을 것이다.

그런데도 생텍쥐페리가 탄 비행기는 눈에 보이는 저 하늘 어느 별에 빨려 들어간 것이라고 착각이 아닌 진심으로 나는 믿고 있다.

이 최초의 감동을 오래 간직하고 있는 동안에 《어린 왕자》 속에 담긴 생텍쥐페리의 중심 사상에 서서히 접근하게 되었다.

상대는 인간이 아니고 지배의 대상이기만 한 권력의 임금, 별마저 소유의 숫자로밖에 계산하지 않는 실업가, 자기도취에 빠져 있는 사람, 무엇 때문에 술을 마시고 있는지 모르는 술고래, 강도 산도 사막도 모르는 가운데 보고 받은 데이터만 가지고 추상세계 속에 빠진 지리학자, 가로등을 켜는 시적인 일을 하면서도 자기 일의 아름다움을 모르고 있는 오늘날 분업 사회의 기계 일부분과 같은 인간에 대한 풍자 등등, 바로 이것은 인간을 존재의 외각으로 몰아내며 비인간화를 강요하고 있는 현대 문명에 대한 조종(弔鐘)의 난타이기도 하다.

기성 체계의 허구를 고발하고 희화화하는 데 동심을 그 연장으로 쓴 것은 생텍쥐페리만의 새로운 방법은 아니다. 이런 형식은 이미 안데르센이나 톨스토이, 그 밖의 동화에서도 찾아볼 수 있다.

그보다 동화 《어린 왕자》 속에서 인간의 고독과 죽음과 사랑을 정면으로 파헤치면서 '길들이다', '관계의 창조'와 같은 사상을 낳은 것은 불신과 단절 속에 사는 현대인에게는 참으로 햇빛 같은 메시지가 아닐 수 없다.

《인간의 대지》어느 대목에서 생텍쥐페리는 이데올로기의 논쟁은 인간의 구원을 절망에 빠뜨리고 만다고 하면서 그보다는 곡괭이질 하는 사람은 그 곡괭이질이 갖는 의미를 알고자 한다고 했다.

《인간의 대지》영어판 이름대로 '바람과 모래와 별'의 현실을 오늘 우리들은 직면하게 되었다.

생텍쥐페리가 《어린 왕자》를 성공시킨 비밀대로 동심적 감각을 출발점으로 한 모험과 몽상, 그리고 발견이 있어야 할 것이다.

기성의 관념으로 읽으면 《어린 왕자》는 반동화이기도 하다. 어린이를 위하여 쓴 《어린 왕자》인데도 어른들이 더 많은 독자가 되어 있다는 사실만 보아도 그렇다. 그동안의 중요한 아동문학작품의 대개는 어른을 위하여 지어진 것이나 나중에 어린이들이 자기네 문학으로 점거했던 것이다.

동양의 마음

《그림 없는 그림책》이 출판된 것은 1839년이다.

그는 이 작품에 착수하기 전에 어린 날의 친구였던 헨리에터 한크 양에게 보내는 편지 가운데 이렇게 말하고 있다.

"나는 어저께부터 또 하나의 《아라비안나이트》를 쓰기 시작했습니다. 언젠가 한번 보여드릴 것입니다. 이것이야말로 더할 나위 없이 순수한 덴마크 시인으로서, 지붕 밑 다락방에 사는 가난한 한 젊은이가 저 달에 의탁하여 매일 밤 누구에겐가 이야기를 하는 것입니다. 일종의 《아라비안나이트》를 만들 작정입니다."

안데르센은 《아라비안나이트》에서 《그림 없는 그림책》의 형식 일부만을 빌려온 것은 아니다.

《아라비안나이트》 하면 동양을 연상한다. 안데르센의 마음속에 깃들어 있던 동양에 대한 동경은 《그림 없는 그림책》 첫째 밤 이야기로 점화되기도 했다.

뱀이 기어 다니는 갠지스 강변을 샌들을 신고 가시밭길을 걷는 인도 아가씨가 어둠속 강물을 따라 흐르는 램프의 불빛에 자기 사랑의 운명을 비쳐보는 이야기다.

안데르센은 본래 세계를 자신의 집으로 삼는 나그네였다. 나그네는 머나먼 곳을 항상 그리워한다.

《그림 없는 그림책》 속에 밤마다 달이 들려주는 이야기도 기실은 안데르센이 직접 보고 들은 것들이다. 그러나 그것은 어디까지나 나그네로서 자기가 대면하는 현실을 그림 속 풍경처럼 바라보는 관조의 현실이 없지도 않다.

이러한 방법은 첫째 밤의 경우와 같이 동양적 운명관을 가진 인도 아가씨의 사랑을 램프처럼, 산봉우리의 메아리처럼 형상하는 점은 신비감이 감도는 아름다움을 자아내게 한다.

그러나 자연에 대해 직접적으로 도전하는 유럽적 생의 형식 앞에서 과연 안데르센의 문학적 스타일이 적합한지 의문을 가지게 될 때도 있다.

1833년 안데르센이 국왕의 장학금을 받아 외국 유학을 떠난 일이 있다. 이때 안데르센은 3개월가량 파리에 머물면서 밤하늘에 불꽃놀이가 튀고 국회의사당이 화려한 무도회장으로 넘실거린 '7월 혁명' 기념 축제를 보았다. 루브르 궁전을 몇 번이나 찾아가 창작을 위해 취재하기도 했다.

이때 안데르센의 마음에 가장 시적 감동을 일으킨 것은 7월 혁명 때 루브르 궁전 안, 프랑스 옥좌에서 산화(散華)를 한 어느 적빈(赤貧) 소년의 이야기였다. 안데르센은 이 이야기를《그림 없는 그림책》속 다섯째 밤에 넣는 것을 잊지 않았다. 그러나 다섯째 밤에 나타난 소년의 죽음은 비로드처럼 화려하고, 국기처럼 위엄 있고, 피처럼 비극적인 내용이긴 하나 화사한 그림을 보는 듯한 느낌을 주는 까닭은 어디에 있을까. 마치 짙은 유화로 된 북구(북유럽) 신화를 수채화로 다시 그린 듯하다.

분명히 안데르센이 세계를 이해하는 방법과 현실을 해석하는 태도는 심정적이고 죽음을 보는 눈마저 심미적(審美的)이며 동양적이다. 이것을 그가 문예 사조상으로 낭만주의의 문학관에서 벗어나지 못한 탓으로만 돌릴 수 있을까.

그보다는 안데르센의 생래적인 온후성과 모든 것을 큰 긍정으로 보려 했던 생의 태도에 있는 것 같다.

《그림 없는 그림책》전편은, 여행 속에서도 스케치북을 들었던 안데르센이 달빛에 펜을 묻혀 그린 화집이라 보아야 할 것이다. 이 화집의 마음은 그의 생래적인 온후성과 동양의 마음이었다.

안데르센의 임종 당시 머리맡에는 전설적인 인도의 철인으로 알려진 비도바이(Bidpai)의 작품이 몇 권 흐트러져 있었다고 한다.

그러고 보면 안데르센의 동화 세계 속의 동양의 마음은 우연히 담겨진 것이 아닐 것이다.

_계간 〈아동문학사상〉 머리말 발췌

어린이와 함께 선생이 걸어온 길

1927년 4월 6일 함북 나남에서 태어남.

1941년 당시 유일하게 남아 있던 〈매일신보〉 신춘문예에 동화 〈고개 넘어 선생〉이 2석
　　　으로 입선되어 데뷔함(당시 나이 14세).

1947년 청진교원대학 재학 중, 동인 활동을 하다 월남해 대구 〈영남일보〉 문화부장에
　　　오름. 〈소학생〉에 동화 〈연〉, 〈나뭇잎과 보리씨〉, 〈진달래와 고향〉, 〈별 하나
　　　나 하나〉 발표함. 이밖에 다른 아동지에 〈샛별과 어머니〉, 〈꽃주막〉, 〈등불 없
　　　는 집〉 등을 발표, 문장 미학의 기초적인 인식조차 확립하지 못한 다른 동화작가
　　　들에 비해 그 문장이 세련되고 전위적인 작품으로 주목을 받음. 다른 동화작가
　　　들과는 구별되는 작품들을 꾸준히 발표하며 '죽순' 동인으로 많은 시를 발표함.

1951년 〈시와 생활〉 기자로 일함.

1954년 시집 《체중》(문성당)을 냄.

1955년 〈문학예술〉 편집장을 지냄.

1957년 대한민국 어린이헌상 기초 위원을 지냄.
　　　소년소설집 《따뜻한 밤》을 냄.

1958년 동화집 《깊은 밤 별들이 울리는 종소리》를 냄.

1959년 50년대 중반까지의 작품 세계와는 또 다른 세계를 보여 주는 소년소설집 《오
　　　멀고 먼 나라여》를 냄. 이 작품을 계기로 현실 저항적인 고발성과 현실 부정적
　　　인 페시미즘을 짙게 깔았던 작품들을 지양하고, 현실 긍정적인 희망과 기원을
　　　담아 동화보다는 소년소설에 전념하기 시작함.

1962년 '현대시' 동인으로 활동함.
　　　동화집 《장미극장》(보신재)을 냄.

1964년 소년소설집 《물새 발자국》을 냄.

1965년 〈날아다니는 코끼리〉, 〈인형의 도시〉로 제1회 소천아동문학상을 수상함.
　　　시집 《달과 기계》를 냄.

1966년 역서 《아동문학론》(릴리언·H·스미스)을 냄.

1968년 〈월간문학〉 편집 위원. 한국 신시 60년 기념사업회 사무국장 역임함.
　　　5월 문예상을 수상함.
　　　동화집 《날아다니는 코끼리》를 냄.

1970년 계간 아동문학 전문지 〈아동문학사상〉을 내기 시작함. 10권까지 계속 내어 70년
　　　대 아동문학에 지대한 공을 남김. 《어린 왕자》를 통권 6호에 소개하고 환상적

인 동화를 많이 쓰고 있는 동화작가 김은숙을 데뷔시킴.

시집 《국어의 주인》을 냄.

1971년 국제펜클럽 한국 본부 이사 역임함.

1973년 소년소설집 《햇빛과 바람이 많은 골목》을 냄.

시집 《빛과의 관계》를 냄.

한국문인협회 부이사장 3선.

1974년 동화집 《인형의 도시》를 냄.

1975년 동화집 《어른을 위한 동화집》을 냄.

동화는 문학의 대국이며, 포에지를 상실한 현대에 있어 최고의 예술 형식이며

순수 문학이라고 주장하며 종래의 좁은 문학관을 깨뜨리고 모든 인생의 문학으

로서 동화 예술을 개척, 어른을 위한 동화란 새 개념을 만들어 냄.

1976년 시집 《얼굴이 없는 얼굴》을 냄.

1977년 시집 《달을 몰고 다니는 진흙의 거인》을 냄.

한국문인협회 이사장 직무 대행.

1978년 동시집 《바이킹 155호를 쏘아라》를 냄.

대한민국 문화예술상을 수상함.

1979년 동화집 《꽃씨들이 잠든 땅》을 냄.

제4차 세계시인대회 사무총장을 역임함.

1980년 동화집 《봄 기러기》를 냄.

시집 《은빛의 신》을 냄.

1981년 한국시인협회상을 수상함.

룩셈부르크 신유럽에서 간행하는 《오늘의 시인 총서》에 시집이 불역됨.

1982년 〈아동문학평론〉(여름호)에서 김요섭 특집을 다룸.

1983년 시집 《검은 시간이 무덤을 파고》를 냄.

동화 《아이스크림을 만드는 로보트》로 제3회 이주홍문학상, 펜클럽문학상을
수상함.

1985년 평론집 《현대시의 우주》(문학예술사)를 냄.

1986년 동화집 《이슬꽃》을 냄.

평론집 《현대 동화의 환상적 탐험》을 냄.

서울시 문화상을 수상함.

1987년 시집 《맥》을 냄.

장편동화 《이슬꽃》으로 제9회 대한민국문학상 본상을 수상함.

1988년 시집 《빛의 뿌리》를 냄.

1991년 자전 《눈보라의 사상》을 냄.

1993년 대한민국예술원 회원이 됨.

1994년 시집 《63억 광년을 산 이슬》을 냄.

1997년 동화집 《푸른 머리의 사나이》를 냄.

　　　《김요섭 시선》을 냄.

1997년 11월 3일 오전 8시 50분 삼성서울병원에서 타계, 소망교회 묘지에 안장됨.

한국 아동문학가 100인

박홍근

대표 작품

〈만세〉 외 1편

편지

학부모들에게 드리는 글

어린이와 함께 선생이 걸어온 길

만세

읍 소재지의 공립 보통학교의 운동장, 밤사이에 내린 눈이 발목까지 왔다. 조회 직전 아이들은 눈을 치우기도 하고, 또 가장자리에서 눈싸움도 했다. 갑자기,

"조선 독립 만세!"

"독립 만세!"

요란한 소리가 얼어붙은 아침 공기를 뒤흔들었다. 아이들은 일제히 소리가 나는 교문 쪽으로 눈길을 돌렸다.

종이로 만든 태극기를 나부끼며 20명쯤 되는 아이들이 교문을 빠져 한길로 내닫고 있었다. 아이들이 우루루 교문 쪽으로 몰려갔다. 선생들이 허둥지둥 운동장으로 뛰어 나왔다. 교문이 닫히고 아이들은 교실로 쫓겨 들어갔다.

만세를 소리 높이 외치며 거리를 나선 아이들이 어떤 아이들인지 선생들이나 아이들 도 알지 못했다. 상민이는 옆자리가 비어 있는 것을 깨달았다.

'영식이도…….' 하는 생각이 머리를 스쳤다. 가슴이 뛰었다. 아까 영식이가 교문을 들어서는 것을 확실히 보았는데…….

상민이는 뒤로 몸을 제끼면서 영식이의 책상 안에 눈길을 보냈다.

책이 없다. '흐흥, 영식이도…….' 영식이 외에도 몇 아이의 자리가 비어 있었다. 선생 은 빈자리와 없는 아이들을 확인하고 나서,

"선생이 없는 동안 자리를 떠나선 안 돼. 잠깐 직원실에 갔다 올 테니까."

서 선생은 일본말로 한마디하고 교실을 나갔다. 아이들이 술렁거리기 시작했다. 이 틀 전 일이었다. 상민이와 함께 성황당 고개를 넘어 집으로 가던 영식이가.

"너 광주 학생 사건이 있은 후 전국 각지에서 만세 사건이 연달아 일어나는 걸 알고 있어?" 하고 말했다.

"그래, 알고 있어. 우리 큰 형님이 어젯밤에도 말했는걸."

"왜놈들은 우리의 적이야. 철저하게 투쟁을 해야 해."

영식이는 얼굴빛을 붉히면서 힘 있게 말했다. 상민이는 그렇게 말하는 영식이가 자 기와는 딴 세계의 사람처럼 느껴졌다. 어른같이 생각되기도 했다. 상민이는 뭐라고 해 야 좋을지 몰랐다.

상민이와 영식이는 같은 마을에 살고 있었다. 같은 마을이라고는 해도 상민이네는

철길 아래 나루 쪽에서 살며, 영식이네는 철길 윗마을에 살고 있었다. 같은 6학년이지만 영식이는 상민이보다 두 살이 더한 열일곱 살이다.

사립학교에서 4학년 때 상민이네 반에 전학해 왔다.

영식이의 아버지는 한의사였다. 몇 해 동안 상민이네 윗방을 빌려 한약방을 차린 일이 있었다. 그래서 상민이와 영식이는 한 반이 되기 전부터 친했던 것이다. 영식이는 같은 반이지만 상민이를 저와 같은 또래로 보지 않았다. 상민이도 역시 그렇게 생각할 때가 가끔 있었다. 언젠가 영식이가 "공은 치면 칠수록 높이 뛰는 거야. 왜놈들이 우리를 탄압하면 할수록 우리의 항일 정신은 불길처럼 일어나는 거야." 하고 상민이에게 말한 적이 있었다. 그때도 상민이는 영식이 정말로 어른처럼 느껴졌던 것이다.

그날 학교에서는 세 시간만 수업하고 방향이 같은 아이들끼리 모여 선생들의 감시 아래 집으로 돌아왔다. 만세 사건에 가담한 아이들은 모두가 상민이와 같이 아침저녁 성황당 고개를 넘어 통학하는 아이들이었다.

상민이네 마을은 읍에서 10리 밖에 되지 않았으나 그보다 10리는 더 먼 데서 다니는 아이들도 많았다. 마을은 온통 만세 사건 이야기로 들끓었다.

"아이들로만 볼 게 아니구먼. 어디 우리들이 그런 용기를 내겠어요?"

담배 가게 아저씨가 놀랍다는 듯이 말했다.

"우리 동네 아이들도 가담했다오?"

기철이네 아버지가 말했다.

"아직은 잘 모르지만 우리 동네 아이들이야 그런 엄두나 내겠어요. 윗마을이야 옛날부터 사상객이 많은 데니까……." 담배 가게 아저씨의 말이다.

담배 가게 아저씨는 3·1운동 때, 의병 시대에 불던 군대 나팔을 시위 대열 선두에서 불었다는 것이 언제나 자랑이었다. 상민이는 그 자리에 더 있고 싶지가 않았다. 어쩐지 부끄러운 생각이 들었다. 아침에 들은 만세 소리가 귀에 쟁쟁했다. 태극기가 눈에 선했다. 성황당 고개를 넘어 통학하는 아이들 중에서 만세 사건에 빠진 아이는 상민이만은 아니었다. 다른 아이들도 많았다. 상민이는 경찰에 잡혀간 아이들은 얼마나 고통을 당할까를 생각했다.

그러나 그보다 머리에서 떠나지 않는 생각은, 자기와 친한 영식이가 그 같은 일을 왜 자기에게는 비밀로 했을까 하는 일이었다.

'영식이가 나를 어린애로 본 것일까?'

'우리 형님이 군청에 다닌다고 친일파로 본 것일까?'

상민이의 큰형은 군청에 다녔다. 그러나 상민이가 보기에 친일파는 아니었다. 시골 아저씨나 할아버지들이 군청에 와서 신발을 신고 들어가서는 안 되는 줄로 알고 밖에서부터 신발을 벗어들고 안으로 들어가면, 으레껏 자리에서 일어나 친절하게 신을 신게 하고 의자를 권한다는 소문이 널리 나돌고 있는 사람이다.

그리고 서울에서 발행되는 〈개벽〉, 〈별건곤〉, 〈비판〉 같은 우리말 잡지를 구입해 보는 사람이었다. 상민이만 해도 큰형의 그러한 잡지를 뒤적거려 '해외에서의 독립 운동'이라든지 '민족'이라든지. 또는 '식민지'라든지 그러한 문제에 대해서 막연하게나마 알고 있었다.

상민이는 담배 가게 아저씨에게 3·1운동 때의 이야기를 듣고 얼마나 자랑스러웠고 가슴이 뛰었는지 모른다.

'그러한 정신이 우리들에게 있었구나!' 하는 생각이 언제나 머리에서 떠나지 않았다. 그러한 상민인데 영식이랑 또 다른 큰 아이들이 만세 사건에 자기를 빼놓은 것이 여간 섭섭하지 않았다. 따돌림을 받아 외톨이가 된 것 같은 기분이었다. 다음 날 아침 웃기기를 잘하는 종칠이가 난로 옆에서, "아이들이 만세를 외치고 태극기를 막 흔들며 관다리에 이르렀을 때 저쪽에서 경찰이 뛰어왔어. 그러나 아이들은 도망을 치지 않고 그대로 앞으로 나아갔어. 그래 관다리 한가운데에서 경찰과 맞서서 마구 치고 박고했어. 그때 키 작은 주 형사가 있잖아. 그 자를 키 큰 영식이와 석기가 번쩍 들어 다리 아래로 내던졌어!" 종칠이는 어제 집에서 들은 이야기를 제가 목격한 것처럼 눈을 굴리며 이야기를 했다.

"야, 신난다!"

"그놈 개새끼들 잘했어!"

상민이와 형일이가 소리쳤다. 아이들은 박수도 치고 와와 소리도 질렀다. 아이들은 통쾌했다. 보통 때에는 무서워서 옆에도 얼씬 못했던 주 형사를 다리 아래로 집어던졌다는 것이 통쾌하지 않을 수 없었던 것이다.

이때 드르릉 문이 열리며

"왜 교실에서 떠드는 거야!" 하고 고함소리가 났다.

4학년 담임은 고야마라는 일본 선생이었다. 아이들은 난롯가에서 개미 떼처럼 흩어졌다. 그러나 고야마 선생은 돌아가지 않고 교단 위에 올라섰다.

고야마 선생은 아이들을 사정없이 때리기로 이름이 나 있었다. 민족 차별을 어느 일본 선생보다 심하게 하는 것도 아이들은 잘 알고 있었다.

"소리친 사람 앞으로 나와."

고야마 선생은 성난 얼굴로 아이들을 둘러보며 고함을 질렀다. 종칠이가 앞으로 성큼성큼 나아갔다. 상민이도 지체 없이 고개를 굳굳히 들고 나아갔다. 형일이도……

"너희들 무슨 이야길 했어?"

"어제 관다리에서 아이들이 주 형사를 다리 아래로 내던진 얘기를 했습니다."

종칠이는 거침없이 말했다.

"뭐? 너희들도 콩밥을 먹어야 정신 차리겠어. 누가 그런 말을 하라고 했어?" 하고 고야마 선생은 종칠이의 뺨을 불이 번쩍 나게 때렸다.

"넌 뭐라고 했어?"

고야마 선생은 상민이를 턱으로 가리켰다.

"그놈 개새끼들 잘했다고 했어요."

상민이는 개새끼라는 일본말의 직역인 '이누노 고'라고 했다. 그것이 우스워서 그때까지 죽은 듯이 있던 아이들이 킥킥거리기 시작했다.

"조용히 못 해!"

상민이의 눈앞에서 불꽃이 번쩍했다. 뺨이 얼얼했다. 상민은 '저희 일본 애들이라면 이렇게 때리지 않을 거야. 선생님은 선생이지만 역시 일본 놈이구나……' 하는 생각이 순간 떠올랐다. 셋이서 대들어 주 형사처럼 이층 창문에서 밖으로 내던지고 싶은 충동을 느꼈다.

고야마 선생은 그 정도로써 만족하지 않았다. 세 아이는 고야마 선생의 뒤를 따라 직원실까지 갔다. 직원실에 가서도 또 몇 대 보기 좋게 맞았다.

직원실 한구석에서 팔을 들고 벌을 섰다. 서 선생은 못마땅한 얼굴을 하고 있었다. 얼마 안 돼서 조회 종이 울렸다. 그러자 그때까지 아무 말도 하지 않고 있던 서 선생은 "자 그만 하고 조회에 나가라!" 성난 소리로 명령했다.

아이들은 서 선생의 말이 떨어지자마자 팔을 내리고 꾸벅 절을 하고 직원실을 나오려고 했다.

그때,

"서 선생, 왜 그러시오?"

고야마 선생이 불쾌한 말투로 말했다.

"왜라니요. 그만하면 됐어요. 저애들은 나의 반 애들이오."

가시 돋친 말투로 말했다.

고야마 선생은 아무 말도 없었다. 아이들은 통쾌했다. 서 선생이 고야마 선생에게 이겼다고 생각했다. 역시 조선 사람은 다르다고 생각했다.

"피는 물보다 짙다는 말이 있지?"

종칠이가 신발장 앞에서 고무신을 들며 말했다.

"그래, 바로 그거야."

상민이가 웃으며 말했다.

그날 오후 학교에서 집으로 가는 도중 상민이는 성황당 고갯마루에서 읍 쪽으로 가는 석호의 아버지를 만났다. 혼자가 아니었다. 몸은 묶지 않았으나 양 옆에는 상민이도 낮익은 조선인 형사들이 붙어 있었다. 상민이는 석호의 아버지가 경찰에 잡혀간다는 것을 눈치챘다. '걔들, 왜놈의 앞잡이들아.' 하고 상민이는 속으로 외쳤다. 상민이는 용기를 내어,

"아저씨, 어디 가셔요?" 하고, 모자를 벗고 꾸벅 절을 했다.

"응, 학교에서 오니? 경찰에 좀 볼일이 있어서, 잘 가라."

태연하게 말하고 고개 아래로 내려갔다. 상민이는 가슴에서 무엇인가 쑥 치미는 것을 느꼈다. 상민이는 석호의 아버지가 보이지 않을 때까지 그 자리에 서서 뒷모습을 바라보았다.

상민이는 석호의 아버지를 존경했다. 석호의 아버지를 마을 사람들은 '사상객'이라고 불렀다. 영식이네 집 바로 앞집에서 살고 있었다. 독서회 사건으로 3년 동안 옥살이를 하고 몇 달 전에 풀려 나오던 날, 군내의 청년 수백 명이 읍에 있는 정거장까지 환영을 나갔던 것이다.

그때 상민이도 호기심으로 청년들을 따라 정거장으로 갔다. 흰 두루마기를 입은 수많은 사람들은, 석호의 아버지가 역 광장에 나타나자, 만세를 소리 높이 외치며 박수를 보냈다. 그때부터 상민이는 석호의 아버지를 더욱 위대한 사람으로 생각했다. 경찰의 제지로 광장에 오래 있지 못하고 사람들은 석호의 아버지를 앞세우고 성황당 고갯길을 넘어왔던 것이 상민은 언제나 자기의 일처럼 자랑스럽게 생각되었다.

그날 밤 상민이는 큰형에게, 낮에 석호의 아버지가 경찰에 끌려간 것을 말했다.

"그렇겠지. 놈들은 석호 아버지가 아이들을 뒤에서 조종한 걸로 알고 있겠지. 그런데 광주에서도 조선 학생들만 희생된 모양이더라. 여기도 아이들이 모두 퇴학을 당할 거야. 오늘 너희 학교 김동철 선생을 만났는데 일본 서장 놈의 압력이 대단하단다."

"6학년 아이들은 이제 두 달이면 졸업할 텐데, 그런 사정도 안 봐줘요?"

상민이는 몹시 안타까웠다.

"그런 사장을 봐줄 놈들이냐."

상민이의 큰형은 내뱉듯이 말했다.

상민이는 사흘 동안 많은 생각을 했다.

안개 속에 가리운 것처럼 희미했던 민족의식이 밝은 태양 아래서처럼 차차 또렷해지는 것을 스스로 느끼고 있었다.

"오늘 아침에도 경찰서 앞을 지나는데 어느 아이가 매 맞는 소리가 길에까지 들려왔어."

경찰서를 지나 학교에 오는 기찬이의 말이었다. 상민이는 제가 매 맞은 것처럼 몹시 짜릿했다.

“그리고 경찰서 앞에는 아이들의 부모와 친척들이 추위에 떨며 서성댔어.”

“그래…….”

상민이는 힘없이 말했다.

수업이 끝나자 교문을 나선 상민이의 발길은 저도 모르게 경찰서가 있는 관거리로 향하고 있었다.

‘공은 치면 칠수록…….’

영식이의 말이 머리에서 뱅뱅 돌았다. 눈이 그대로 푸실푸실 내렸다. 상민이의 모자와 검정 두루마기의 어깨에 눈이 쌓였다. 경찰서 앞에 이르자, 검도채로 힘껏 내려쳐 대나무가 깨지는 듯한 소리가 울렸다. 그와 동시에 “아이구!” 하는 비명이 울렸다.

상민이는 소름이 끼쳤다. 경찰서 앞을 지나 아이들이 갇혀 있다는 유도장 옆 언덕으로 올라갔다. 그러나 그쪽에는 창문이 없었다. 유도장 안을 바라볼 수가 없었다. 또 때리는 소리와 아이들의 비명이 상민이의 귀를 쨌다.

“우리는 놈들의 쇠사슬을 끊어야 해. 그래야 사람대우를 받고 살 수 있어!” 하던, 언젠가의 석호 아버지의 말이 귓가에서 윙윙 울렸다.

“그렇다. 나도 크면 석호 아버지 같은 사람이 되자!”

상민이의 가슴은 울렁거렸다. 상민이는 눈을 맞으며 한참 동안 아이들의 비명을 들었다. 그러다가,

“영식아! 철호야!”

아이들이 갇혀 매 맞고 있는 유도장을 향해 있는 힘을 다해 외쳤다.

구공탄

조심조심
양손에 구공탄 들고

허리도 못 펴고
살금살금 걷는다.

뒤따라오던 동생이
또 한 번 건드리자

화는 나도 구공탄은
사알짝 내려놓고

도망가는 동생을
오빠는 쫓아간다.

바람 찬 저녁 길에
구공탄 두 개.

〈세계일보〉 (1958)

학부모들에게 드리는 글

몇 해 전 우리나라의 경제가 한창 상승세를 보이고 있을 때 일본의 어느 사람이 "한국은 아무리 해도 일본을 따라잡을 수 없다."라고 호언을 했습니다. 그 이유는 한국 사람은 책을 읽지 않기 때문이라고 했습니다. 참으로 치욕적인 발언입니다.

그런데 냉정하게 생각해 보면 옳은 말이기도 합니다. 일본은 세계에서도 최고의 출판국이며 또 개인도 그만큼 책을 많이 읽습니다. 우리는 일본 사람에 비해 책을 읽지 않는 것이 사실입니다. 내가 살고 있는 아파트 단지는 중산층 사람들이 많다고 합니다.

이사를 가고 오는 사람들도 적지 않습니다. 나는 어느 때부터인가 그 이삿짐을 유심히 바라보는 버릇이 생겨났습니다. 이삿짐마다 마치 부(富)를 상징인 양 침대는 반드시 있습니다.

그런데 책을 꽂는 책장은 보이지 않습니다. 어른들이 책과는 담을 쌓고 있는 사람들이라는 것을 쉽게 알 수 있는 것입니다.

새로운 지식을 공급해 주는 독서는 의식주와 같이 중요합니다. 오늘날처럼 텔레비전이나 비디오 또는 라디오를 비롯하여 여러 가지 전달 매체가 발달되어도 활자에는 활자의 독특한 작용이 있는 것입니다.

그러므로 우리는 어린이들이 책을 많이 읽기를 바랍니다. 책을 읽는 데는 시청각에 의한 전달 방법에 비해 노력이 필요합니다. 책을 읽는 습관이 없으면 책과는 점점 거리가 멀어집니다. 어린이들이 즐겁게 책을 읽는 습관을 지니게 하려면 우선 가정에 책이 있어야 하고 또 부모가 책을 읽는 모범을 보여 주어야 합니다.

나의 어린 시절의 일을 예로 들어 매우 안 되게 생각하지만…….

우리 집에는 공무원인 형(나와는 15세 차이)의 책이 많았습니다. 형은 잡지의 독자란에 시를 발표하기도 했습니다. 1920년 중반부터 1930년대 초반에 서울에서 발행되는 〈개벽〉, 〈별건곤〉, 〈비판〉 같은 민족적인 잡지며 일본에서 발행되는 문학 서적이며 또 마르크스의 저작 같은 사상적인 책도 있었습니다. 그러므로 보통학교(초등학교) 3학년 때부터 나는 형의 책을 읽기 시작했습니다. 그때 나의 친구는 물론 동네 청년들도 알지 못했던 그 당시에 나타나기 시작한 터키의 혁명적인 정치가 '케말 파샤'에 대한 이야기를, 〈별건곤〉인가 〈비판〉인가에서 읽고 알고 있었던 것입니다. 그리고 오늘날에도 잊지 않고 기억하고 있는 것입니다.

또 말로의 《집 없는 아이》와 스토 부인의 《톰 아저씨의 오두막》 같은 것도 일본의 개조사에서 발행된 《세계대중문학전집》으로 읽었고, 또 축소된 《수호전》도 일본 책으로 읽었던 것입니다. 이와 같은 경우만 보아도 집에 책이 있어야 어린이들이 책을 읽는 습관을 지니게 된다는 것은 옳은 이야기로 생각됩니다.

어린이들의 독서의 중요성은 오늘날 더욱 절실해지고 있습니다. 대학의 입시에서 논술 시험이 큰 비중을 차지하고 있기 때문입니다.

어린이와 함께 선생이 걸어온 길

1919년 9월 19일 함북 성진시 쌍포리에서 부친 박신갑과 모친 방옥련의 5남으로 출생
　　　함. 11남매 중에서 맏이인 누님과 나 사이에서 6명, 아래에서 1명, 모두 7남매
　　　가 어린 나이에 세상을 떠남.

1938년 용정 대성중학교를 거쳐 동경의 일본 고등음악학교 예과에 입학함.
　　　다음 해 예과를 수료함.

1940년 일본 대학 전문부 예술과를 중퇴함.

1943년 경찰에 습작시 원고 60여 편과 문학 서적을 압수당하고 고향을 떠나, 서울에서
　　　극단의 검열 대본을 일본어로 번역하는 작업을 함.

1944년 9월 2일, 모친 63세로 세상을 떠남.

1945년 습작시 원고를 압수했던 한국인 형사에 체포되어 4월 28일부터 6월 29일까지
　　　옥고를 치름.
　　　해방 후 성진예술협회 창립에 참여. 〈애국가〉(안익태 곡), 〈조선의 노래〉(현제
　　　명 곡)의 가창 지도를 위해 성진시와 군내를 순회함.
　　　11월부터 성진 광명여중에서 교편을 잡는 한편, 〈문화〉에 시 〈돌아오는 깃발〉
　　　을 발표하며 본격 문학 활동을 시작함.

1946년 한문예총 출판부원(청진시)이 됨.
　　　〈새길신문〉에 시 〈정다움〉, 동시 〈고무총〉, 〈일기〉를 발표함.

1947년 김미사와 결혼함.
　　　평양 〈민주청년〉에서 기자로 일함.
　　　〈첫비〉 등 몇 편의 시를 발표함.
　　　장수철 선생과 자주 만남.

1948년 〈농민신문〉 편집기자로 일함.

1950년 국립출판사 출판국원으로 일함.
　　　9월 22일 인민군 징집을 피해 평양을 탈출, 도보로 2주일만에 고향에 감.
　　　12월 후퇴하는 국군을 따라 형과 조카 둘, 아내와 함께 흥남에서 LST '가평호'
　　　로 거제도에 도착함.
　　　고향을 떠날 때까지 부친 생존함.

1952년 해운대 미군부대에서 노동, 미군 CIC에 연행되었으나 3일 만에 석방됨.

1953년 해군본부 편수관. 〈어린이 신보〉를 편집함.
　　　임인수, 김영일 등과 자주 만남.

1955년 대한통신사 편집부장(서울). 〈소년세계〉에 동시 〈똑딱선〉 발표함. 이원수 선생
　　　　을 알게 됨.

1956년 해군본부에서 일하며, 옹진고등학교 강사로 일함.

1957년 해군본부의 서울 환도로 서울에서 살게 됨. 동요 〈나뭇잎 배〉가 중앙방송에서
　　　　방송되기 시작함.

　　　　마해송, 이주홍 선생 처음 만남.

　　　　〈새벗〉 등에 동시 발표함. 해군 퇴직, 공로표창장을 받음.

1959년 서울중앙방송국 문예계에서 문학 프로를 맡음.

　　　　〈자유문학〉 등 문학지에 시를 자주 발표함. 형 홍석(간암, 55세) 세상 떠남.

1960년 월간지 〈새사회〉의 주간이 됨.

　　　　동시집 《날아라 빨간 풍선》(신교출판사)을 간행함.

1963년 월간 〈사랑〉의 주간이 됨.

　　　　한국문인협회 아동문학분과회장(이후 10여 년 이사로 있음).

　　　　아동문학연간집 〈푸른 동산〉(배영사)을 간행함.

　　　　수필집 《여심과 우정과 시인과》(협성문화사, 석용원 박사와 공저)를 간행함.

1964년 천주교에 귀의함.

　　　　임인수와 공동 동시집 《종아 다시 울려라》(교학사)를 간행함.

1966년 동화 〈존〉으로 제2회 소천아동문학상을 받음.

　　　　마해송 선생과 포천 여행, 다음 날 마 선생 고혈압으로 별세함.

1968년 일본 동경에서 열린 한국시화전에 시 〈황혼〉을 출품함.

　　　　12월 김미사 파리에서 학업을 끝내고 귀국. 성심여대에 전임강사로 출강함.

1969년 장편소년소설 《해를 보며 별을 보며》(기독교서회)를 간행함.

1970년 전래동화집 《견우와 직녀》(장원사),

　　　　《세계의 우화》(여성동아 별책 부록)를 간행함.

1971년 한국 아동문학가협회 창립 부회장으로 추대됨.

　　　　시집 《임춘부》(배영사)를 간행함.

1972년 장편소년소설 《눈동자는 파래도》(경학사)를 간행함.

1974년 장편소년소설 《은행나뭇집 아이들》(가톨릭출판사)을 간행함.

　　　　동경 〈통일일보〉에 〈한국 전래동화를 권장한다〉를 기고함.

1975년 《한국전래동화》(을유문화사)를 간행함.

1977년 《세계전래동화집》(임정출판사, 이원수 선생 공저) 12권을 간행함.

　　　　동시 〈두고 온 고향 바다〉가 일어로 번역되어 다사카츠네 가즈의 《나의 민속지》

에 수록됨.

1978년 한국동요동인회 회장으로 추대됨.

장편소년소설 〈마음속에 태양을〉 소년조선에 227회 연재됨.

1979년 회갑 기념집 《나뭇잎 배》(기미문화사)를 출간함.

미국에서 열린 '세계 어린이 해' 시화전에 동시 〈바람개비〉를 출품함.

《한국 전래동화 1》(금성출판사), 단편동화집 《시계들이 본 꿈》(백합출판사), 동화집 《할아버지들이 없는 마을》(월간목회사), 단편동화집 《참 야단들이야》, 《봄을 물고 가는 깡충이》(삼성당), 장편소년소설 《해란강이 흐르는 땅》(가톨릭출판사), 수필집 《새 생명의 탄생》(배영사)을 간행함.

1980년 《우리고전의 향기》(민족문화추진회), 《허생전》(삼성당)을 간행함.

1981년 동화 〈야 내 얼굴 봤어〉로 제1회 이주홍아동문학상 받음.

1982년 한국 아동문학가협회장으로 추대됨.

전기 《김대건》, 《방정환》, 《전래동화 4》(금성출판사), 《오성과 한음》(현대교육사)을 간행함.

성지순례 차 21일간 그리스, 이스라엘, 이탈리아, 스위스, 독일, 프랑스, 영국 등을 여행함.

1983년 동화집 《이를 뽑기 싫어서》(꿈동산)를 간행함.

대한민국문학상(우수상)을 받음.

4월, 40년 만에 일본에 가서(고오즈섬에서 거행되는 '쥬리아제' 참석차)

헤어진 지 40년이 되는 친우 홍종칠 만남.

전기 《젊은 삶과 긴 업적》(요셉출판사),

《삼국지》(금성출판사) 전16권을 간행함.

1984년 한국 아동문학가협회장으로 다시 추대됨.

장편소년소설 《눈동자는 파래도》, 《모습도 아련한 어머니지만》(금성출판사), 동화집 《아기 여우와 꼬리》(예문사)를 간행함.

1985년 한국 아동문학가협회 고문이 됨.

〈나뭇잎 배〉가 '음악 시리즈 우표 1호'로 체신부에서 발행됨.

일본에서 발행되는 《민화 수첩》에 〈무당 호랑이〉를 일어로 기고함.

동화집 《은하수에 가지 않은 까치》(웅진 출판사),

《수호전》(금성출판사) 전16권을 간행함.

〈도깨비감투〉, 〈느티나무 편지〉, 〈나뭇잎 배〉, 〈구공탄〉, 〈방정환〉이

일본 나카무라 오사무의 일어 번역으로 《메아리》에 수록됨.

1987년 전기 《장보고》(웅진출판사)를 간행함.

1988년 전기 《김대건》(웅진출판사), 동화집 《아기 물새와 고동소리》(삼덕), 《쪼르르와 깡충이》(지경사)를 간행함.

　　　　일본 에스엘출판사가 간행한 동화집 《밤중에 본 구두》에 〈비바람 속에서도〉가 수록됨.

　　　　이주홍아동문학상 심사 위원장을 맡음.

1989년 고희 기념문집 《두고 온 고향 바다》, 전래동화집 《노래 주머니》(삼성출판사)를 간행함.

1990년 제1회 박홍근아동문학상 시상식(문예진흥원 강당, 제1회 수상자 유경환·최인학).

1992년 장편소년소설 《해란강이 흐르는 땅》을 일어로 번역(나카무라 오사무)되어 동경의 시간사에서 발행(동경과 고베에서 출판기념회)함.

　　　　동화집 《모두 함께 사는 세상》(학원출판사)이 나옴.

　　　　동시 〈밤중에 눈이 내리는 건〉 대만의 〈만천선〉 잡지에 실림.

1993년 〈한국 아동문학〉 여름호에 박홍근 특집 기사 실림.

1994년 동시집 《읍내로 가는 달구지》(곰), 동화집 《빗속의 엄마 얼굴》(한국독서지도회)을 간행함.

1995년 일본에서 발행되는 일본잡지 〈한국문화〉에 〈마음속에 살아 있는 아동문학가(마해송·이주홍·이원수의 문학과 인간)〉를 기고함.

　　　　전기 《이이》(두손미디어)를 간행함.

1996년 동화집 《기러기 아빠》(가정교육사)를 간행함.

　　　　계몽아동문학상, 소천아동문학상 운영 위원장을 맡음.

1997년 동화집 《베란다의 하얀 자동차》(민지사)를 간행함.

2006년 3월 28일 타계함.

한국 아동문학가 100인

어효선

＋｜————｜＊＋｜————｜＋

대표 작품
〈키 큰 할아버지〉 외 1편

인물론
난정 선생의 선비 정신

어린이와 함께 선생이 걸어온 길

키 큰
할아버지

키가 커서 키 큰 할아버지라고 불렀습니다. 키 큰 할아버지는 잘생긴 할아버지입니다. 불그레하고 갸름한 얼굴에 우뚝한 코, 어글어글한 눈, 입도 큰 편입니다. 그 얼굴에 하아얀 수염을 길렀습니다.

키 큰 할아버지는 일주일에 한 번, 꼭꼭 우리 집에 오십니다. 흰 두루마기에 까만 갓을 쓰고, 그 어글어글한 눈은 실눈을 해 가지고 늘 웃음을 띠고 들어서십니다.

"아저씨, 어서 오세요."

엄마가 부엌에서 나와 반갑게 맞이합니다.

"그래, 별고 없지. 어머니 계시냐?"

"네, 어서 올라가세요. 어머니, 아저씨 오셨어요."

엄마는 마루 끝에서 안방에다 대고 고합니다.

"오냐, 에구구구……."

누워 계시던 할머니가 끙 소리를 내고 일어나, 장지문을 드륵 열고 마루로 나오십니다.

"오라버님 오셨군요. 어서 들어오세요. 그래, 편찮으시지나 않으셨어요?"

"허허허, 편찮긴……."

키 큰 할아버지는 두루마기와 갓을 벗어서 못에 걸고 책상다리를 하고 앉으십니다.

"어서 담배 피우세요."

할머니는 돌을 파서 만든 담배합과 길다란 장죽, 그리고 동그란 놋재떨이를 할아버지 앞에 내놓으십니다.

뻑 뻑 뻐억 뻑 뻑…….

방 안에 독한 살담배 냄새가 이내 자욱해집니다. 엄마는 미리 보아 놓았던 아침 진짓상을 들여옵니다. 상에는 으레 하아얀 사기 주전자와 금테를 두른 하아얀 술잔이 접시 같은 잔대에 받쳐 놓여 있습니다.

키 큰 할아버지는 국부터 쭉 마십니다.

"자, 잔 받으세요."

할머니가 하아얀 사기 주전자를 들면, 키 큰 할아버지는 금테 두른 하아얀 사기잔을 잡으십니다.

"내가 따라 먹을걸……."

"아녜요, 어서 드세요."

한 잔, 두 잔, 석 잔……. 키 큰 할아버지의 얼굴빛이 점점 빨개집니다.

"한잔 더 드세요."

"아냐, 그만하고 밥 먹어야지."

할머니는 들었던 주전자를 방바닥에 내려놓고, 모로 앉으십니다.

할머니는 문갑 서랍에서 젓가락 짝만한 싸릿개비 서너 개를 꺼내 놓으십니다. 그러고는 치맛자락을 젖히고 빨간 귀주머니에서 돈 몇 장을 꺼내 두십니다. 싸릿개비에는 하얀 꼬리표가 달렸습니다.

"얘, 상 물려라."

밥그릇도 국그릇도 다 비었습니다. 반찬도 남은 것이 없습니다.

할아버지는 또 담배 한 대를 붙이십니다.

뻑 뻐억 뻑…….

"오라버니, 오늘은 전동 신전(신발 가게)에 가셔서 마른신(고무신처럼 생긴 비단으로 지은 신) 좀 사다 주세요."

키 큰 할아버지는 또 실눈을 해 가지고,

"옳아, 추석 명절이 가까워 오는구면. 추석빔이로군."

할머니는 싸릿개비와 돈을 키 큰 할아버지 앞으로 내미십니다.

싸릿개비는 신발의 크기입니다. 싸릿개비에 달린 꼬리표는 신발 임자의 이름입니다.

키 큰 할아버지는 허리에 찬 안경집에서 뿔테 안경을 꺼내 쓰고 꼬리표를 하나하나 읽으십니다.

"이건 할머니라, 이건 큰어멈이라, 이건 어멈이라, 이건 갑순이라, 요건 을순이라."

이렇게 외며 하나하나 옮겨 놓습니다.

"으흥, 왜 내 건 없어요. 난 안 사 줘요?"

나는 울상이 되어 할아버지를 쳐다봅니다.

"넌 할아버지 따라가서 신어보고 살걸. 우리 선일 빼놓다니, 호호홍……."

나는 좋아서, 콩콩 뛰어나가 댓돌 아래 내려섭니다.

"키 큰 할아버지, 빨리 가요."

하고, 소리칩니다.

키 큰 할아버지는 또 실눈을 해 가지고,

"오오냐, 이 담배나 다 피우구 가자, 그 녀석 급하긴……. 허허허."

나는 키 큰 할아버지의 커다란 손에 잡히어 갑니다. 키 큰 할아버지가 오시는 날이면

으레 무엇을 사러 갑니다. 그때마다 내가 따라 갑니다.

"할아버진 우리 집 심부름꾼이야?"

키 큰 할아버지를 쳐다보고 물었습니다.

"허허허, 심부름꾼이냐구, 딴은 심부름꾼이지. 너희 할머니 심부름을 다니니까, 허허허……."

"할아버지 집은 어디야?"

"할아버지 집, 저 동댐밖이란다."

"동댐밖? 동댐밖이 어디야?"

"동댐밖이 동댐밖이지 어디긴 어디야?"

"글쎄, 동댐밖이 어디냐구?"

"허, 동댐밖이라니까."

"글쎄, 그 동댐밖이 어디냐구?"

키 큰 할아버지는 그제서야,

"너 동대문 알지. 커다란 문 있지. 접때 뭘 사러 갔었더라? 옳지, 배우개(종로 4가)로 분 사러 갔었지. 박가분."

"응, 알아, 알아. 박가분 가게에서 보이던 커다란 집 같은 거, 알아, 알아. 그게 동대문이랬지."

"그럼 꽤 멀게."

"좀 멀지."

"할아버진 전차 타고 댕기겠네."

"전찬 무슨 전차. 할 일 없는 데 슬슬 걸어 다니지."

"그럼 다리 아프지."

나는 키 큰 할아버지를 따라 깡충깡충 뛰어갑니다. 동관(종로 3가)에서 종로 네거리까지는 유치원에 가기보다 퍽 멉니다.

"할아버지 동댐 밖은 더 멀지."

"세 곱절은 되지."

"할아버지 집에 할머니 있어요?"

"할머니, 할머닌 없어."

"왜 할머니가 없어?"

"죽었으니까 없지."

"죽었어? 그럼, 아들은 있어요?"

"아들? 아들도 딸도 없단다."

“그럼 나 같은 애는 있어요?”

“너 같은 애도 없어.”

“그럼 할아버지 혼자야?”

“그래, 나 혼자 산단다.”

“혼자 어떻게 살아?”

“왜 못 살아.”

“밥은 누가 해주구, 빨래는 누가 해줘요?”

“내가 다 하지.”

“남자가 어떻게 밥을 하구, 빨래를 해?”

“그래두 하지.”

“그럼 옷은 누가 지어 주지?”

“옷, 옷은 삯도 주구, 네 엄마가 해주지.”

가만히 생각하니까, 엄마가 지은 바지저고리를 보자기에 싸서 키 큰 할아버지에게 드리던 생각이 납니다. 그제야 키 큰 할아버지가 불쌍한 생각이 들었습니다.

일곱 밤만 자면, 아침에 꼭꼭 오시던 키 큰 할아버지가 오늘은 오시지 않았습니다.

“할머니, 키 큰 할아버지 왜 안 오셔요?”

할머니에게 물었습니다. 키 큰 할아버지가 오셔야 또 어디를 따라갈 텐데 점심때가 되어도 안 오십니다.

“글쎄다……, 병환이 나셨나? 어디 볼일 보고 오시는 게지…….”

나는 나갔다 들어갔다 하며 키 큰 할아버지를 기다렸습니다.

할머니는 대문 소리가 삐걱 삐걱 날 때마다,

“할아버지시냐?”

하고, 내다보십니다. 식구들이 마루 끝에서 점심을 먹으면서 걱정을 합니다. 엄마가,

“아무래도 병환이 나신 거예요. 그러게 여태 안 오시지요?”

하니까, 할머니도.

“그런가 봐, 어젯밤 꿈에 보이시더니.”

하고, 수저를 놓으십니다.

“어머님, 저녁 해먹고 제가 좀 가 뵈어야겠어요.”

나는 엄마를 따라 동댐 밖 키 큰 할아버지 댁에 갔습니다.

꼬불꼬불한 골목 안에 다 쓰러져 가는 초가 문간방이었습니다.

“방이 비었나, 불도 안 켜졌으니?”

엄마가 중얼거리며,

"아저씨, 아저씨 계세요?"

아무 대답이 없습니다. 문고리를 잡아당겼습니다. 깜깜한 방안에 허옇게 가로누운 것이 희미하게 보입니다.

"아저씨, 저예요. 어디 편찮으신가요? 불이나 켜고 계시지……."

더듬더듬 더듬어 남폿불을 켰습니다.

할아버지는 주무시는 듯했습니다.

"그래, 어디가 아프셔서……."

엄마가 다가앉으며 할아버지의 손을 만졌습니다.

"에그머니나!"

엄마는 펄쩍 물러앉았습니다.

엄마는 도로 다가앉아 훌쩍훌쩍 웁니다. 키 큰 할아버지는 그 어글어글한 눈을 꼭 감고 빙그레 웃고 계셨습니다.

파란 마음
하얀 마음

우리들 마음에 빛이 있다면
여름엔 여름엔 파랄 거예요.
산도 들도 나무도 파란 잎으로
파랗게, 파랗게 덮인 속에서
파아란 하늘 보며 자라니까요.

우리들 마음에 빛이 있다면
겨울엔 겨울엔 하얄 거예요.
산도 들도 지붕도 하얀 눈으로
하얗게 하얗게 덮인 속에서
깨끗한 마음으로 자라니까요.

난정
선생의
선비 정신

신현득

난정 어효선 선생을 생각하면 먼저 동요 〈꽃밭에서〉가 떠오른다.

아빠하고 나하고 만든 꽃밭에
채송화도 봉숭아도 한창입니다.
아빠가 매어 놓은 새끼줄 따라
나팔꽃도 어울리게 피었습니다.

애들하고 재밌게 뛰어 놀다가
아빠 생각나서 꽃을 땁니다.
아빠는 꽃처럼 살자고 했죠.
날보고 꽃같이 살자고 했죠.

6·25를 배경으로 한 이 노래는 권길상 곡으로 알려져 있다. 악상이 애조를 띤 것은 노래의 내용 때문이리라.

〈꽃밭에서〉는 난정의 대구 피난 시절, 〈소년세계〉에 발표한 동요다.

작품 속의 아빠는 아이와 같이 꽃밭을 만들었는데 피난을 가고 없다. 꽃이 한창일 무렵, 아이는 꽃을 따며 생사를 모르는 아빠 생각을 한다. '아빠는 꽃처럼 살자고 했죠. 날보고 꽃같이 살자고 했죠.' 하고. 6·25를 겪고 피난살이를 경험한 이라면 실감할 수 있으리라.

이 곡은 50년대 중반에 라디오에서 불리기 시작하였고, 곧 레코드판이 나왔다. 필자도 교사 시절에 이 노래를 아이들과 함께 불렀던 기억이 난다.

마음의 빛깔과 자연의 빛깔을 대비시킨 〈파란 마음 하얀 마음〉 동요도 한용희 곡으로 전국에서 불리었는데, 마음속의 빛깔을 통해 어린이의 미래상을 노래한 명작 동요로 지금까지 많은 사랑을 받고 있다.

난정은 이처럼 뛰어난 동요 작품도 많이 썼지만, 100여 편이 넘는 동화가 또한 일품이다. 그리고 선비의 멋과 운치를 주장한 수필집과 문인화첩도 있다. 그래서 세상은 난정을 시인·동화작가·수필가라 이름 지어 부른다.

그러나 예술 전반에서 본다면 난정은 문학가요, 서예가요, 문인화가(文人畵家)요, 전각가(篆刻家)요, 편집인이다. 여기에 장서가(藏書家)라는 호칭이 하나 더 있고, 양란(養蘭)이며, 추사(秋史)연구에도 일가를 이루었다.

난정의 예술을 이야기하려면, 선생이 이룬 여러 분야를 살펴야한다. 아동문학만으로는 선생의 한 모습밖에 볼 수가 없기 때문이다.

"난정 어효선 선생처럼 살아야지." 하는 이들이 꽤 많다. 필자도 그 가운데 한 사람이다. 그러나 아직도 난정의 경지에 이른 사람이 없다. 선생이 이룬 것, 쌓은 것이 많고 높기 때문이리라.

그래서 선생은 후배들로부터 배울 것이 많은 분, 본받아야 할 분, 예술에다 덕망을 갖춘 선배로 존경을 받고 있다. 난정을 따르는 후배들은 난정의 작품과 함께 그 인품을 좋아한다.

문단은 세력 다툼 때문에 어지럽다. 자기가 그런 데에 뜻이 없다 해도, 관련되는 한 사람이 휘몰고 보면 도리 없이 말려들게 된다. 그런데 난정은 그렇지 않다. 불편부당(不偏不黨), 고고(孤高)한 자세를 지켜왔다. 후배들이 먼저 배울 일이 이것이다.

이런 꼿꼿한 성품은 선생의 문학관과 맥락이 이어진다.

난정의 문학 사상은 우리의 전통인 선비 정신에서 찾아야 할 것이다. 그러나 옛것만을 고집하는 것이 아니라 온고지신(溫故知新)하는 분으로서, 지난날의 전통 안에 새로운 문물을 소화시킨다.

선생의 선비 정신은 그의 생활과 문학 속에 투영되어 있다. 난과 매화를 취미로 하고, 서예·문인화·전각에 일가를 이룬 일이 그렇다. 말씀은 조용하고 몸가짐도 걸음도 그러시다. 성품이 그럴 수 없이 곧지만 거절도 부드럽게, 못마땅한 일에도 부드러운 표현을 하며, 자신에게는 언제나 겸손하시다. 이는 중용에서 가르친 대로를 실천하는 것이 된다.

필자는 60년대 초 시골 행객의 모습으로 낙원동 129번지, 난정서소(蘭丁書巢)로 선생을 찾아뵈었으니 어언 40년 가까운 세월이 흘렀다. 그 뒤 불광동에서 뵐 때나, 오늘 서교동 서재에서 뵐 때나 그 방안의 향기, 그 명암이 변한 것이 없다.

방이나 벽지의 색깔은 언제나 낡아 있고, 볕이 드는 창 쪽으로 난초 화분이 조르륵. 집필 책상으로 쓰는 경상(經床), 표지가 낡은 고서(古書). 백자 몇 점. 필통과 벼룻집, 벼루, 연적. 필가(筆架)에 걸린 세필·중필·대필. 여러 개의 붓. 필세(筆洗), 사방탁자(四方卓子). 탁자에 고서 몇 권.

이런 문방사우(文房四友)가 난정의 시도 되고, 수필도 되고, 문인화의 소재도 된다.

고서 가운데는 추사서첩(秋史書帖)이 맨 윗자리에 있고, 추사 진묵(秋史 眞墨) 한 점이 정면 벽에 걸려 있다.

방안의 명암은 양란에 좋게, 그리 어둡지도 밝지도 않다. 커튼을 언제나 쳐 두는 것은 밝기를 난초분에 맞추기 위해서리라. 여기서 누구나 난정 서소(書巢)의 운치를 읽고 선생의 멋을 느끼게 된다. 자호(自號) 난정(蘭丁)은 바로 난을 키우는 이라는 뜻이다.

"오셨으니 박주(薄酒) 한 잔을—."

그러면서 소반에 받쳐오는 술은 탁주다. 선생은 술을 꽤 하시는 편이다. 술기운이 있으면 양란의 비결 '春不出 夏不日 秋不乾 冬不濕'의 四不論에서 이야기를 시작하여, 추사의 진가를 외칠 때는 조용하던 목소리가 약간은 높아진다.

"추사야 우리가 감히 따를 수 있나. 글자 모양 흉내는 낼 수 있지만 정신에 이르면 흉내를 못 내지. 추사체는 무서운 패기와 강유(強柔)를 겸했어. 세찬 듯, 부드러운 듯, 우는 듯, 웃는 듯, 춤추는 듯…… 실로 천변만화(千變萬化)야."

여기에 추사체의 '不均衡의 均衡, 不調和의 調和'론을 곁들인다. 그리고 동양화는 산수(山水)를 주장삼고, 서양화는 사람을 위주로 표현한다는 예술론에까지.

이쯤 이야기를 듣고 보면 난정의 예술이 선비 정신, 그중에서도 난초를 키우면서 얻은 수양과 추사의 기법에 이어지고 있음을 알게 된다.

난정은 문학가로서, 특히 서울 토박이로서 언어의 미를 아신다. 선생의 수필을 읽으면 그 문장과 철리에서도 공감이 되지만, 우리가 미처 몰랐던 참으로 아름다운 낱말을 문장의 적소에 쓰고 있음을 볼 수 있다.

그런가 하면 서울의 풍물을 많이도 알고 그것을 화제에 담는다. 음식의 맛과 멋, 술의 철학이 이런 이야기에 곁들여진다. 사랑의 철학에서 짝사랑의 인정 분별, 늙음과 죽음의 철학에 이르기까지. 그래서 선생께는 참으로 배울 것이 많다.

가는 허리, 홀쌕한 키, 송곳 자국 같은 볼우물, 조붓한 손, 까만 눈, 야무지게 다문 입술……. 이것이 난정이 보는 미인 요건이다.

'사랑은 즐겁고도 괴로운 것. 괴롭지 않고 어찌 즐거울 수 있나?'

사랑론을 편 선생의 수필 한 대목이다.

이 같은 난정의 예술적 기질은 우선 선생의 가계(家系)에서 그 맥을 찾을 수 있다. 선생의 선친 재한(在漢)공은 1926년 나운규(羅雲奎)의 민족 영화에 자막을 썼던 서예가셨다. 특히 잔글씨로서는 동양의 기록을 가진 분이었으니, 이는 바로 세계 일인자가 아니었을까?(서양에는 서예가 없으니.)

공은 대만에 살던 일본인이 24시간 걸려 엽서 한 장에 1만 5천자를 썼다는 보도를 보고, 당신은 10시간 동안 하루치의 신문 1만 500자를 엽서 3분의 2장에 베껴, 일인의 기록을 깨뜨린 일이 있다. 쌀알 한 개에 45자의 글씨를 쓰는 기록을 세워 크게 보도가 된 분이기도 하다.

"월탄(月灘)이 문인화를 하셨지. 이제 내가 마지막이 될 게야."

언젠가 난정이 하신 말씀이다.

문인화라면 국보인 추사의 세한도(歲寒圖)를 떠올리게 되지만, 오늘에는 월탄에서 난정으로 이어진다. 희귀 예술이 된 문인화가 난정에서 마지막이 된다면 큰일이다.

난정의 그림에, 난정이 친히 새긴 낙관을 한 문인화집 〈文房四友〉가 1993년 한국감정원에서 출판되었다. 이것이 달력 그림이 되기도 하였는데, 선생이 한 권을 주셔 필자도 소중히 지니고 있다.

난정은 문인화 연작 〈내가 본 서울 민속〉에 글을 곁들여 월간 〈소년〉에 2년 여 연재한 일이 있기도 하다.

정말이지, 이런 전통이 난정에서 끝나지 말았으면 한다. 난정의 정신을 계승할 후배가 나와야 한다.

그런데 어쩐 일일까. 후배들이 난정 어효선 선생을 좋아하고 존경하면서도, 선생을 따라잡지는 못하고 있으니…….

어린이와 함께 선생이 걸어온 길

1925년 11월 2일 서울 도심 종로구 인사동 247번지에서 십 대째 서울에 사는 어재한
　　(漁在漢)과 어머니 이을남(李乙南)의 큰아들로 출생함.
　　아버지는 영화 제작에 몰두하고 있었으며 글씨, 특히 '깨알보다 더 작은 글씨'
　　를 써서 유명해짐.
1932년 서울중앙유치원을 수료함.
　　서울교동보통학교 입학함. 교동보통학교는 한국 아동문학 초창기 이래 윤석중,
　　조풍연, 윤극영 등을 배출한 명문교인 만큼 알게 모르게 문학적 영향을 받은 것
　　으로 보임.
　　종로구 봉익동 83번지에서 수은동 집으로 세간남.
1934년 종로구 낙원동 129번지로 이사함.
1935년 늑막염을 앓아 휴학함.
　　이즈음 소석 김태희 문하에 자주 출입. 소석은 한문에 능하고 기독교 무교회주
　　의자로서 자택에서 주일마다 예배를 보고 〈복음신보(福音新報)〉를 발간. 이때,
　　노객들의 청담에 늘 배석, '노소년' 이라는 애칭을 얻음. 소석은 서화에도 조예
　　가 깊어 고서화를 감정해 주는 일이 많았다. 어려서부터 정신적인 영향이 컸으
　　며 그의 몰년(沒年)까지 사사.
1938년 서울교동보통학교를 졸업함.
　　한영중학원에 입학함.
　　청서가(淸書家) 자정(子貞) 하소기(河紹基)에 심취, 그의 서첩을 익힘.
1943년 한영중학원을 수료함.
　　신축한 낙원동 한옥을 경춘선 월곡, 석관동 66번지에 이축. 소개지(疏開地) 석
　　관동에서 아버지는 이장을 지냈으며 면의 위촉으로 부녀자 계몽을 위한 국어강
　　습소에 강사로 동원됨.
　　이해 일본 흥아서도연맹(興亞書道聯盟) 주최 전국 서도 전람회에 출품, 동상에
　　입상함.
1944년 경기도 고양군 뚝도면 능리(현 성동구 능동) 소재 계명학원에
　　일 년 남짓 출강함.
1947년 서울시 초등교육 검정고시에 합격함.
1948년 2월, 김명업과 결혼함.
　　11월, 서울매동국민학교 근무(1948~1952). 국어 교육에 몰입함.

윤재천 교장이 "우리 학교를 졸업식에 부를 노래를 지어보라."고 하여 〈졸업 축하의 노래〉, 〈선생님의 은혜〉 등 2편을 지음. 석당(石塘)을 처음 알게 됨. 윤 교장은 이 가사를 〈어린이〉(개벽사 복간판, 편집장 양재한)에 보내어 발표함. 동화작가 최병화(연희전문 출신)를 박문출판사로 찾아 갔다가, 그곳에 근무하는 이원수 만남.

1949년 2월, 큰아들 진이 출생함.

4월, 대한민국 정부수립 기념 노래 현상모집(문교부 주관)에 동요 〈어린이 노래〉 당선됨.

8월, 〈소년〉의 소년시 현상 모집에 동시 〈봄날〉 응모, 당선됨(심사 위원 박목월, 조지훈).

최병화가 〈새동무〉(주간 김원룡)에 소개해 동요 〈눈〉을 발표함.

1950년 이원수의 소개로 시인 김철수를 알게 됨.

4월, 동시 〈꽃이 피거든〉을 〈아동구락부〉에 발표함.

6월, 한국동란이 발발함.

1951년 1월, 피난길에서 윤석중, 윤극영을 만남.

가족을 천안에 두고 다시 부산에 피난, 토성초등학교 교사로 동원됨.

'어린이 노래회'를 하는 작곡가 권길상, 안병원과 교유함.

1952년 동시 〈꽃밭에서〉를 대구의 〈소년세계〉(주간 이원수)에 발표함. 후에 권길상의 작곡으로 전국에 파급됨. 정부 수복 전 귀경. 단신 귀경한 윤석중(당시 미 8군 문관)을 맞아 낙원동에서 같이 지냄.

동요 〈잠동무〉 지음.

이 무렵 술을 입에 댐.

6월, 〈조선일보〉 객원. 윤석중을 도와 〈조선일보〉, 〈소국민차지〉 편집에 종사함(1952~1959).

1953년 환도 후 서울 남산국민학교로 발탁 전근(1953~1957)함.

〈문학과 예술〉에 첫 수필 〈모자〉를 발표함.

〈종로구학보〉를 편집함.

수필 〈월야래우기(月夜來友記)〉를 발표함.

〈남산학보〉(뒤에 〈남산어린이〉) 펴냄.

이즈음 '이호신'을 필명으로 쓰기 시작함.

학교 방송 국어과를 담당함.

10월, 동요 〈과꽃〉, 〈소년서울〉에 발표함.

1955년 시인 임인수, 김요섭, 소설가 이종환과 교유함.

　　〈소년조선〉 작문 고선(考選).

　　잡지 〈학생계〉(주간 박두진) 창간호(4월) 편집에 조력함.

1956년 새싹회 창립 동인으로 활동함.

　　윤태영과 교유함.

1957년 이해 서울시 교육위의 교사 임지 순환제가 실시되자

　　이에 불응하고 남산초등학교 교직을 떠남.

　　6월, 동요 〈파란 마음 하얀 마음〉을 〈새벗〉(주간 강소천)에 발표함.

　　이상로와 교유함.

　　잡지 〈소년계〉(주간 이종환)가 창간되자 편집장으로 근무함.

　　문교부 편수국의 국어 교과서 교사용 지도서 편수를 돕던 중, 사무실인 교학

　　도서 건물의 화재로 전신 화상 및 대퇴 골절을 입어 세브란스 병원에 입원함.

　　퇴원 후 금농(琴農) 김공선을 알게 됨.

　　지팡이를 짚고 고대 국어학과 연구실에 나가며 약 3년간 국어 공부를 더함.

　　이해 담배를 배움.

　　KBS 프로 〈동시 감상〉 방송함.

1958년 〈소년조선일보〉 작문 고선(考選).

　　《콘사이스 국어사전》(홍웅선, 김민수 공저) 편찬 주간으로 일함.

1959년 소향(素鄕) 이상로가 호를 물어 즉석에서 난정(蘭丁)이라 자호(自號)하여 오늘
　　에 이름.

　　5월 19일, 작문 교육의 정립이 초미(焦眉)함을 통감하고 동지를 규합, 김요섭·
　　박화목·신지식·윤태영·이상로. 이형희·이준구·임인수·홍웅선·홍은순 등과 더불
　　어 '한국글짓기회'를 결성. 초등학교 부문을 맡고 상임위원이 됨. 시의(時宜)를
　　얻어 전국적인 호응을 얻음.

　　〈조선일보〉 객원 사임. 〈한국일보〉 작문 고선.

　　33년에 걸쳐 살아온 서울 도심을 옮김. 처음 가회동, 운니동으로 옮겼다가 교
　　외인 은평구 불광동 281-96번지로 정착함.

1960년 동양화가 박로수, 김세종과 교유함. 문인화를 시작함.

　　11월 제 1회 독서감상문현상모집(한국글짓기회) 이후 1964년(제5회)까지 매년
　　실시함.

　　4월, 수필집 《비 커피 운치(韻致)》(이원수, 홍웅선 공저)를 간행함.

1961년 대한교과서(주) 초대 편집과장에 취임해 3월, 제1회 글짓기교육연구및실천기록

을 모집함(한국글짓기회).

제1회 전국 초등학교 문집 콩쿠르 모집(한국글짓기회).

7월, 한국 아동 문화사 연표를 정리(1890~1961.07.)

〈새한신문〉에 6회 분재함.

11월, 첫 동요시집《봄 오는 소리》,《학교극 사전》(주평, 홍문구 공저).

《글짓기 교실》를 간행함.

1962년 대한교과서(주) 초대 출판부장에 취임함. 국정교과서 만드는 일에 전념.

3월, 방계 출판사 어문각을 창설, 초대 편집부장으로 전출됨.

소설가 오영수와 교우함.

《생활 작문 지도》엮음.

1963년 대한적십자사 청소년 적십자 자문 위원(1963~1974)이 됨.

10월, 〈새교실〉 주최 전국어린이산문콘테스트 심사 위원이 됨.

국내 초유의《학년별 아동문고》(어문각) 10종 전60권을 간행(1962~1963)함.

한국문인협회 이사로 피선됨.

예용해 저《인간 문화재》를 편집하여 출판문화상을 받음.

1964년 5월, 잡지 〈새소년〉(어문각)을 창간하여 주간으로 취임함.

시인 김구용과 교유함. 월탄 선생이 해사(海史)라 호를 지어줌.

한국문인협회 이사에 피선됨.

전국 초등학교 문집 콩쿠르 모집 시상(한국글짓기회).

〈소년한국〉 호남판 기념 전라남도어린이글짓기 대회 심사 위원이 됨.

대한적십자사 모집 작문 심사.

《한국 아동문학 선집》,《종이배》를 편집함.

1965년 〈새소년〉 기자로 동화작가 황영애를 맞음. 시인 김상옥과 교유함. 일요일이면

임인수와 서로 찾아다님.

〈새소년〉을 제20호에서 손 떼고 어문각을 사임함.

후진들에 의한 한국글짓기지도회가 발족하자 한국글짓기회는 자진 해산함.

풍문여고와 배화여고 주최 전국어린이글짓기 대회 심사 위원,

대한적십자사 모집 작문 심사 위원,

한국 제일의 작문 〈한국일보〉 심사 위원을 지냄.

증보《한국 아동문학사 연표》발표(아동문학 12집)함.

1966년 〈소년동아일보〉 편집 위원(1966~1970)을 지냄.

한국문인협회(이사장 박종화) 이사를 지냄.

《초등학교 글짓기》를 간행함.

1967년 금란여중고 교사 취임(1967~1973년. 금란여고에서 연극배우 윤석화를 가르침).

〈대전일보〉 주최 제6회 어린이예능대회 글짓기부 심사 위원을 지냄.

그림 동요집 《우리 집》을 간행함.

그림책 《아들 3형제》를 간행함.

1969년 한국문인협회 이사를 지냄.

그림책 《토끼와 거북》, 《혹 붙인 이야기》, 《나무꾼과 선녀》, 《숫자 놀이》를 간

행함.

1971년 소설가 윤주현과 교유함.

제3회 한정동아동문학상 수상함.

신춘문예 심사(〈서울신문〉, 〈조선일보〉).

1972년 소설가 최남백과 교유함.

신춘문예 심사(〈동아일보〉)함.

소천아동문학상 운영 및 심사 위원(1972~1983)을 지냄.

1973년 금란여중고 교사 사임. 교학사 주간에 취임함.

《표준 새국어사전》(김민수 공저)을 간행함.

1975년 《속담 풀이》, 첫 동화집 《도깨비 나오는 집》을 간행함.

1976년 교학사 〈소년 문고〉를 기획, 제1집 30권을 간행함.

소년중앙문학상 심사 위원(1976~1977),

세종문학상(〈한국일보〉) 심사 위원을 지냄.

신춘문예 심사(〈동아일보〉)함.

동화집 《나비 잡는 할아버지》(교학사)를 냄.

《즐거운 작문 교실》, 《즐거운 시 교실》, 《즐거운 국어 교실》, 《새로운 글짓기》

를 간행함.

1977년 4월, 문인 여기화(餘技畵) 특별 초대전에 출품함.

12월, 한국아동음악상 창설, 상임운영 위원을 맡음.

동요시집 《인형 아기 잠》을 간행함.

1978년 1월, 신세계백화점 주최 한국문인서화전에 출품함.

3월, 〈신한국문학전집〉(어문각판) 아동문학편 I, II 편집 위원을 지냄.

여성중앙 백만 원 원고료 현상 문예작품 심사 위원을 맡음.

동화집 《인형의 눈물》, 《종소리》, 《전래 동요를 찾아서》를 간행함.

1979년 통일에 관한 작문(〈한국일보〉) 심사 위원을 지냄.

동요시 선집《고 쪼그만 꽃씨 속에》(일지사)를 간행함.

1980년 어린이를 위한 선생님의 글(문교부 주최, 〈한국일보〉 주관), 세종아동문학상,
소년중앙문학상 심사 위원(1980~1984)을 지냄.

첫 수필집《멋과 운치(韻致)》(깊은샘사)를 간행함.

동화집《느티나무》(삼성당), 그림책《마술 맷돌》을 간행함.

1981년 14년 만에 마포구 서교동 379-2번지로 이사함.

신춘문예(〈동아일보〉) 심사 위원을 지냄.

대한민국문학상 심사 위원을 지냄.

동화집《종소리》(공저, 금성출판사)를 간행함.

1982년 2월,《한국문학》지령 백호기념 문인 화가 백자 서화전에 출품함.

4월, 한국소설가협회 유고 문인 돕기 문인 서화가 백자도예전에 출품함.

7월, 기독교방송 주최 선교 백주년 기념 도서화전(陶書畵展)에 출품함.

11월, 철재각록전(鐵齋刻綠展)에 서(書) 출품(2점)함.

신춘문예(〈경향신문〉) 심사 위원을 지냄.

문예교육연구회 창설 초대 회장이 됨. 〈문예교육〉(반年刊)을 간행함.

전래동화 및 창작동화집《힘센 장사 4사람》(견지사)을 간행함.

1983년 문화방송 자문 위원이 됨.

신춘문예(〈한국일보〉, 〈동아일보〉, 〈경향신문〉) 심사 위원을 지냄.

9월, 제1회 한국 각서(刻書) 협회전에 화(畵) 출품(2점)함.

교학사 〈소년문고〉 만 7년 만에 7집 총 210점을 발간함.

동화집《이상한 일기책》(꿈동산),《글짓기 이야기》를 간행함.

1984년 소천아동문학상 운영위가 해산함.

동화집《도깨비 할머니》(겸지사)를 간행함.

10월,《소년소녀 한국문학/현대문학 단편》(김요섭 공저)을 간행함.

11월, 서울시 문화상(출판 부문) 심사 위원을 지냄.

신춘문예(〈경향신문〉, 〈한국일보〉, 〈동아일보〉) 심사 위원을 지냄.

1985년 〈소년중앙〉(문예 동산)의 글짓기 고선 사퇴함.

신춘문예(〈동아일보〉, 〈경향신문〉) 심사 위원을 지냄.

문예진흥원 문화 지원 심사 위원을 지냄.

제19회 소천아동문학상을 수상함.

5월 25일~6월 3일 일본을 여행함.

12월, 〈경향신문〉, 〈동아일보〉 신춘문예 심사 위원을 지냄.

12월, 대표 선집 《파란 마음 하얀 마음》(카톨릭출판사)을 간행함.

1986년 9월 23일 대한민국문학상 본상을 수상함.

제34회 서울시문화상(출판부문) 심사 위원을 지냄.

〈동아일보〉 신춘문예 심사를 함.

1987년 1월 KBS 방송 자문 위원이 됨.

3월 10일 〈다시 쓴 한국전래동화〉《망주석 재판》, 《혹부리 영감》, 《좁쌀 한 톨로》(교학사)를 간행함.

5월 동화집 《소나기 그치고》(대교문화)를 간행함.

11월 〈다시 쓴 그림 한국 전래동화〉 전20권(교학사)을 간행함.

12월 〈동아일보〉, 〈조선일보〉 신춘문예 심사를 함.

1988년 6월 16일 춘천교육대학에 《난정문고》를 기증함.

1989년 6월 〈문학사상〉 지령 200호 기념 문인서화전에 출품함.

11월 제1회 바다글짓기대회 심사 위원장을 지냄.

대한민국문화상 심사 위원장을 지냄.

〈동아일보〉, 〈조선일보〉, 〈소년중앙〉 신춘문예 심사를 함.

1990년 4월 25일 《큰 빛 큰 별 한국 위인전》(교학사) 40권을 간행함.

4월 28일 《내가 자란 서울》(대원사)을 간행함.

6월 15일 제2회 바다글짓기대회 심사 위원장을 지냄.

6월 30일 동요시집 《인형아기 잠》(교학사)을 간행함.

8월 13일 KBS '11시에 만납시다'에 출연함.

9월 1일~30일 BBS '이 얘기 저 얘기'에 출연함.

9월 서울시문화상 출판문화부문 심사 위원을 지냄.

12월 20일 《우리들 마음에 빛이 있다면》(대교문화)을 간행함.

1991년 3월 15일 동화집 《달나라 소동》(용진출판사)을 간행함.

3월 27일 동요 〈꽃밭에서〉 우표 나옴.

5월 10일 동요시집 《아기 숟가락》(교학사)을 간행함.

12월 〈조선일보〉 신춘문예 심사를 함.

1992년 6월 15일 동화집 《집 나간 바둑이》를 간행함.

6월 30일 동화집 《개나리 피면》을 간행함.

10월 12일 KBS동요대상 수상함.

10월 31일~11월 3일 동경 체재.

12월 〈조선일보〉 신춘문예 동화 부문 심사를 함.

1993년 3월 9일 〈서울신문〉 '이세기의 인물탐구'에 〈동심에 사랑 심기 한평생〉이 실림.

　　　　4월 25일 글 그림 모음 《문방사우(文房四友)》(한국감정원)를 간행함.

　　　　6월 10일 《어효선 글짓기 교실》 전7권(교학사)을 펴냄.

　　　　6월 14일 〈문화일보〉 문예사계 아동문학 부문을 심사(정중수씨 공동)함.

　　　　12월 〈조선일보〉 신춘문예 심사 위원을 사퇴함.

1994년 2월 7일 《예술가의 삶-꽃밭에서》(혜화당)를 간행함.

　　　　10월 20일 옥관문화훈장 수훈함.

1997년 10월 공익광고협의회 선거 캠페인 로고송으로 〈파란 마음 하얀 마음〉 선정됨.

1998년 6월 (주)교학사 이사를 지냄.

2000년 소천아동문학상 운영 위원장을 맡음.

2004년 5월 15일 타계함.

한국 아동문학가 100인

박경종

대표 작품
〈돌아온 껌장수〉 외 1편

어린이와 함께 선생이 걸어온 길

돌아온
껌장수

함박눈이 소리 없이 내리는 날이었습니다. S다방에는 오늘도 손님이 많이 앉아 있었습니다. 다방 안엔 담배 연기와 사람들의 떠드는 소리로 꽉 차 있었습니다.

다방 문이 열릴 때마다 들어오는 사람들의 머리와 외투 위에는 하이얀 눈이 내려져 손으로 툭 툭 털면서 들어오고 있습니다.

자리에 앉아 있는 손님들은 창밖에 내리는 눈을 바라보고 있었습니다. 올해 들어 처음 내리는 눈이라고, 보는 사람마다 얼굴엔 약간의 웃음을 띠고 바라봅니다.

얼마 후였습니다. 껌을 파는 훈이라는 아이가 들어왔습니다. 훈이도 머리와 양복 위에는 하이얀 눈이 내려져 손으로 툭툭 털면서 들어옵니다. 훈이는 껌하고 휴지를 팔러 다니는 아이였습니다.

훈이는 다방에 들어와선 앞에 앉은 손님부터 마지막 자리에 앉은 손님까지 다니면서 껌과 휴지를 팔아 달라고 인사만 올립니다.

"아저씨! 껌 하나만 팔아 주세요!"

"아저씨! 휴지 하나만 팔아 주세요!"

이렇게 하다가도 여자 손님 앞에 가선 떡 붙어서 떨어지지 않을 정도로 서서 인사만 올립니다.

"아주머니! 껌 하나만 팔아 주세요!"

"아주머니! 휴지 하나만 팔아 주세요!"

훈이는 이렇게 한 분 두 분 찾아다니다가 둥그런 창문 앞에 앉은 머리가 흰 손님 앞에까지 왔습니다.

"아저씨! 껌 하나만 팔아 주세요!"

"아저씨! 휴지 하나만 팔아 주세요!"

창밖에 내리는 눈을, 웃으면서 바라보시던 아저씨는 훈이를 다시 한 번 쳐다봅니다. 훈이는 또다시 인사를 합니다.

"아저씨! 껌 하나만 팔아 주세요!"

"아저씨! 휴지 하나만 팔아 주세요!"

아저씨는 훈이를 보고 웃으면서 껌 통에 든 껌 한 개를 잡으시면서

"이 껌 하나 얼마지?"

"예, 십 원입니다."

"십 원?"

하면서 아저씨는 주머니 속에서 빨랑빨랑 소리 나는 새 돈 백 원짜리 한 장을 꺼내 훈이를 주었습니다.

훈이는 백 원짜리를 받아 들고 구십 원을 거슬러 드리려고 주머니 속을 이리저리 뒤져 보아도 구십 원도 되지 못합니다. 훈이는 아저씨를 보고 빙긋이 웃으면서

"아저씨! 돈 바꾸어 오겠습니다."

"그래라!"

아저씨는 머리만 끄덕끄덕 하였습니다. 머리가 흰 아저씨는 얼굴이 넓고 구렛나루 수염을 가진 점잖게 보이는 분이었습니다.

훈이는 껌 통을 아저씨 앞에다 놓고 다방 문을 열고 쏜살같이 달려 나갔습니다. 창밖에선 여전히 눈은 내리고 있습니다.

아저씨는 담배 한 대를 피워 물었습니다. 아저씨가 피워 보낸 담배 연기는 동그라미가 되어서 뱅글뱅글 굴러 가다간 어디로 사라져 버립니다. 아저씨는 또 한 번 연기를 뿜었습니다. 아저씨가 뿜어 올린 연기는 또 하얀 동그라미가 되어서 뱅글 뱅글 돌다가 또 어디로 사라져갑니다. 아저씨는 이렇게 장난을 하다가 담배 한 대를 다 피웠습니다. 그러나 돈을 바꾸러 나간 훈이는 돌아오지 않고 있습니다.

아저씨는 또 담배 한 대를 피워 물었습니다. 그때 다방 문이 열리었습니다. 아저씨는 들어오는 아이를 바라봅니다. 그러다 돈을 바꾸러 나간 아이는 아니고 신문 파는 아이가 들어왔습니다. 아저씨는 재떨이에 담배를 떨다가 훈이가 놓고 간 껌 통을 들여다보았습니다.

곁에 앉은 손님도 웃으면서 같이 들여다봅니다.

아저씨는 껌 통을 들고 혼자 들여다보다가 빙긋이 웃었습니다.

아저씨 곁에 앉아서 이 모양을 바라보단 손님 아저씨께서 그 껌 통을 받아 들고 휴지를 세 봅니다.

"하나 둘 셋 넷 다섯 여섯……."

하고 세다가 그만 혼자 웃었습니다.

"하하하……."

껌과 휴지를 세 보던 사람이 웃으니 같이 앉았던 사람들도 따라 웃었습니다.

머리가 흰 아저씨도 같이 웃었습니다.

"선생님. 모두 팔아야 칠십육 원밖에 안 되겠어요? 하하하하……."

하고 또 혼자 웃으면서 말을 계속합니다.

"선생님 백 원에 모두 산 셈 치세요!"

이 말을 들은 아저씨는 혼자 못마땅하다는 듯이 흰머리를 흔드시면서

"쓸데없는 소리 말아요! 그렇게 남을 의심해서야 되오?"

"선생님, 내 생각 같아서는 인젠 그 애가 안 돌아올 것 같아요!"

하고 마주 앉은 손님이 말하였습니다.

"정말 모두 그렇게 생각하세요?"

"예, 두고 보세요?"

"선생님, 벌써 어디로 달아났습니다."

"아니야. 난 반드시 돌아올 것만 같아."

"그래요."

"우리는 선생님처럼 그렇게 좋게 생각할 수가 없어요."

이렇게 서로 이야기를 주고받을 때에도 훈이는 돌아오지 않았습니다. 아저씨는 담배를 입에 물고 이상하다는 듯이 머리를 기웃기웃하였습니다. 바로 그때 다방 문이 열렸습니다. 세 사람의 눈은 모두 들어오는 사람을 바라봅니다. 그러나 기다리는 훈이는 안 오고, 담배장수 아이였습니다.

이것을 본 아저씨와 여러 손님도 같이 웃었습니다. 이럴 때 곁에 앉은 손님이 웃으면서

"선생님, 그렇게 기다리지 마시고. 껌이나 한 개씩 나눠 주세요!"

"껌? 가만히 있어요!"

하고 아저씨가 대답할 때, 또다시 다방 문이 열렸습니다. 아저씨와 여러 사람들은 문이 열리는 쪽을 봅니다. 그러나 또 기다리는 껌장수는 들어오지 않고 만년필 파는 아이가 들어왔습니다. 아저씨와 여러 사람들은 서로 바라보고 빙긋이 웃었습니다.

또 문이 열리었습니다. 또 아저씨와 여러 사람들은 내다봅니다. 그러나 이번에는 담배 파는 아이였습니다.

"선생님, 이 이상 더 기다리지 맙시다!"

"그러나, 나는 꼭 돌아올 것만 같은데요."

"그래요?"

머리 흰 아저씨는 대답은 없고 머리만 끄덕끄덕하였습니다. 아저씨 곁에 앉은 손님은 다시 아저씨를 불렀습니다.

"선생님, 그럼 우리 내기를 합시다!"

"무슨 내기?"

"만약 그 껌장수 아이가 돌아오면 우리가 이 통에 있는 것을 모두 팔아 주기로 하고,

그렇지 않으면 선생님이 우리를 껌 한 통씩 사주어야 합니다!"

"그러지, 그런 내기는 날마다 해도 자신이 있어!"

"예, 그래요? 아무리 선생님이 자신이 있어도 일은 이미 판가름이 난 걸요! 글쎄 얘기 좀 들어 보세요! 며칠 전이었어요. 어느 여자 손님들이 이야기하는 새에 신문 파는 아이가 왔다 갔다 하더니 그 여자 손님들이 곁에 두었던 핸드백이 없어졌대요."

"글쎄, 그런 소리 말아요! 이 다방 안에는 별별 사람들이 다 다니는데 왜 하필이면 신문 파는 아이가 훔쳐 갔다고 보아요?"

"남들이 다 그렇게 생각하고 있던데요?"

"그렇게 생각하는 사람들이 나쁜 거야! 어린이가 약하다고 아이들에게 죄를 씌우면 못 쓰는 거야! 아이들 세계보다 어른들의 세계가 더 나쁜 일이 많다는 것을 알아야 할 게 아니오?"

"그건 선생님께서 아이들 편에 서서 좋게 생각만 하시니 그렇지요!"

"그 핸드백을 신문 파는 아이가 훔쳐 갔는지 다른 놈이 훔쳐 갔는지 본 사람이 있어야 될 것이 아니요?"

"얼마 전에도 그런 일이 있어서 모두 다 그렇게 생각하고 있는 것 같습니다!"

"그런 말은 말아요!"

이렇게 이야기를 주고받을 때 다방 문이 열리었습니다. 기다리던 껌장수 훈이가 머리와 양복에 내린 하얀 눈을 두 손으로 툭툭 털면서 들어오고 있습니다. 이것을 본 머리가 흰 아저씨와 여러 사람들은 모두 웃으면서 같이 말하였습니다.

"온다!"

"아저씨, 미안합니다. 돈을 바꾸지 못해 이리저리 돌아다니다가 이렇게 늦었습니다!"

"좋아!"

하고 아저씨는 돈을 받아 놓고 훈이에게 물었습니다.

"너 이 통에 껌하고 휴지가 모두 몇 개지?"

"예! 껌이 여섯 개고 휴지가 여덟 개입니다!"

"그래, 그럼 모두 얼마지."

"예, 모두 칠십육 원이올시다!"

"칠십육 원? 하하하……."

하고 머리가 흰 아저씨가 웃으니 같이 앉은 사람들도 따라 웃었습니다.

"오늘, 내가 이 껌하고 휴지를 팔아 줄게."

하면서, 아저씨는 껌 세 개하고 휴지 세 개를 같이 앉은 사람에게 주었습니다.

같이 앉은 사람은 천장을 쳐다보면서 웃다가 돈 삼십육 원을 꺼내 놓았습니다. 맞은

편에 앉은 사람도 혼자 웃다가 할 수 없이 또 돈을 삼십육 원 꺼내 놓았습니다. 아저씨는 나머지 돈을 채워 칠십육 원을 훈이에게 주었습니다. 훈이는 좋아서 어쩔 줄을 몰랐습니다. 어떻게 되어서 이렇게 물건을 모두 팔아 주는지 훈이는 모르고 그저 고마운 인사만을 올렸습니다.

"아저씨, 고맙습니다."

"아니야. 네가 착한 아이기 때문이다!"

"아저씨, 고맙습니다."

하고 인사를 올리고 나가는 훈이 뒷모양을 바라보고 세 아저씨는 웃으면서 머리를 끄덕끄덕하였습니다.

훈이가 다방 문을 열고 나간 후였습니다. 머리가 흰 아저씨는 기분이 좋아서 또 담배 한 대를 피워 물었습니다.

그리고 벙글벙글 웃으시다가 나직한 소리로 혼자 말하였습니다.

"참, 어린이의 세계란 좋은 것이구나. 맑고도 깨끗하고 아름답고도 순진한 마음. 이 세상이 정말 동심의 세계로 돌아갈 수가 없을까?"

하고 아저씨는 혼자 고개를 끄덕끄덕하면서 담배를 길게 빨더니 연기를 또 길게 내뿜으시면서 앞에 앉은 사람보고 말하였습니다.

"하하……. 내가 하나 잊은 일이 있는데!"

"무슨 일인데요?"

하고 맞은편에 앉은 사람이 물었습니다.

"아까 그 껌 팔던 아이 이름이라도 물어볼 것을 그랬지?"

"좀 앉아 계시면 또 들어오겠지요."

"그럴까? 그러나 사람이라는 것은 기회가 있는 법이야! 그 기회를 놓치면 다시는 어려운 거야!"

"선생님, 하여튼 기다려 보기로 합시다!"

"그래. 기다리는 수밖에 없지. 그럼 모두 그 애가 들어오거든 날 좀 알려 주어요?" 하고 아저씨는 또 창밖을 내다보고 앉았습니다.

주일날 다방 안이라 그런지 손님들은 그저 가만히 앉아 있고 그 후는 신문 파는 아이들이나 껌장수 아이도 별로 더 들어오지를 않습니다.

머리가 흰 아저씨는 오후 네 시까지 다방에 앉아 있었으나, 돌아간 껌장수는 다신 오지를 않았습니다.

훈이는 머리가 흰 아저씨께 통에 든 껌과 휴지를 다 팔고 또 시장에 가서 껌하고 휴지를 사서 들고 좋아서 이 다방 저 다방으로 돌아다니었으나 그것은 다 팔지 못한 채

집으로 갔습니다.

훈이네 집은 미아리 고개 너무 산비탈에 있는 조그마한 집이었습니다. 집에는 아버지 어머님과 동생 순이하고 네 식구가 그날, 그날을 살아가고 있습니다. 훈이는 저녁 설거지를 하는 어머님을 보고 소리를 쳤습니다.

"어머님!"

"너 인제 오니?"

"예."

"그래, 많이 팔았니?"

"하하하……."

하고 훈이는 소리를 치면서 웃었습니다.

"오늘 말이요, 어느 다방에 들어갔는데요, 껌 하나를 사 준다던 아저씨가 거스름돈을 바꿔다 드렸더니 그 돈으로 내 껌통에 든 것을 모두 팔아 주었어요!"

"그래! 참 마음 좋은 아저씨구나!"

"예, 참 좋은 아저씬가 봐요! 머리가 희고 얼굴이 둥글고 구렛나룻 수염이 근사하게 난 분이여요!"

"그래, 똑똑히도 보았구나! 얼른 저녁이나 먹고 내일 학교 갈 준비를 하여라."

"예!"

하고, 껌 통을 동생 순이에게 맡기고 호주머니 속에 든 돈을 아버님께 모두 드렸습니다. 아버님은 훈이가 주는 돈을 받으면서

"우리 껌장수가 돌아왔구나! 오늘은 좀 수지가 맞은 모양이지? 하하하……."

하고 혼자 빙글빙글 웃으시었습니다.

학교 담장 밑에는 노란 개나리꽃이 곱게 피었습니다. 집으로 가던 꼬마들이 책보를 낀 채 옹기종기 모여 앉아서 이야기가 벌어졌습니다.

"얘들아, 훈이가 노래를 부르고 영남이가 피아노를 친다. 오늘밤 경연 대회는 참 재미있겠지?"

"정말, 우리도 시공관으로 구경 갔으면 좋겠다!"

"초대권만 있으면 얼마든지 들어갈 수 있지 않니?"

"글쎄 말이다!"

"서울 시내 초등학교 대표들이 전부 나온다니 얼마나 좋겠니?"

"정말!"

이렇게, 서로 재미나게 이야기를 주고받던 꼬마들도 각기 집으로 돌아갔습니다. 오늘 밤은 시공관에서 서울 시내 초등학교 음악 경연 대회를 가지게 되었습니다. 그런데,

훈이네 학교에서는 훈이하고 영남이가 학교 대표로 나가기로 했습니다.

음악 경연 대회를 앞두고 학교에서 각 학급 경연 대회를 열었습니다.

그런데, 이학년 일반에 있는 훈이가 노래를 일등을 하여서 학교 대표로 나가기로 하고 그 반주엔 같은 반에 있는 영남이가 하기로 하였습니다.

영남이와 훈이는 며칠 전부터 학교에서 음악 선생님과 같이 경연 대회에 나갈 준비를 하느라고 집으로 늦게야 가게 되었습니다. 그날 밤이었습니다.

벌써, 시공관에는 사람들이 꽉 들어차 있습니다. 관중들의 박수 소리와 함께 막이 올라갔습니다. 순서에 따라서 다음은 훈이 차례가 왔습니다. 훈이는 마이크 앞에 나와 서 있고 영남이는 피아노 앞에 앉았습니다. 영남이의 피아노 소리와 함께 훈이는 인사를 하였습니다. 조그마한 훈이가 인사를 올리자 청중들은 우레 같은 박수를 치고 있습니다. 청중들의 박수 속에는 훈이 아버지와 어머님 박수도 힘차게 섞여 나왔습니다. 훈이 아버지와 어머님은 좋아라고 무대 위에 선 훈이를 보고 소리 없는 웃음을 벙글벙글 웃고 앉았습니다. 처음엔 훈이가 지정곡인 〈가을바람〉을 부릅니다.

훈이 아버지 어머님은 숨을 죽이고 앉아서 듣고 있습니다.

또한 관중석 한 쪽엔 피아노 반주를 치는 영남의 아버지 어머님도 앉았습니다. 영남이 아버지 어머님도 좋아라고 벙글벙글 웃으면서 영남이를 바라보다간 훈이도 바라봅니다. 영남이 아버지는 노래하는 훈이를 바라보다가 머리를 갸웃갸웃 흔들었습니다.

그것은 지금 영남이 반주에 맞추어 노래를 부르는 아이가 분명히 어디서 본 아이였습니다. 그리하여 나직한 소리로 영남이 어머님과 이야기를 합니다.

"여보! 저 노래하는 애는 어디서 보던 애인데요?"

"그래요? 영남이 친구니까, 영남이와 같이 집에 와서 놀 때 보았겠지요!"

"아니오, 집에서 본 아이가 아니야요!"

"그럼 다른 곳에서 보았겠지요!"

이럴 때 영남이는 지정곡도 끝마치고 또 자유곡도 다 끝냈습니다.

관중들의 우레 같은 박수와 함께 영남이 아버지 어머님도 같이 쳤습니다. 박수를 치던 영남이 아버지는 혼자 소리를 쳤습니다.

"여보! 저 애를 다방에서 보았어요!"

"다방이오?"

"예!"

"내가 말이요, 저 애를 찾던 중이야요!"

"저 애를요?"

"그래!"

"아니, 영남이 보구 찾아오라고 하면 얼른 찾아올 터인데, 왜 찾았어요?"

"그땐 몰랐지! 영남이와 같은 학교에 다니는 줄은, 여보! 얼른 갑시다! 무대 뒤에 가서 영남이하고 그 애를 찾아서 저녁이나 같이 먹읍시다."

이리하여 영남이 아버지는 어머님과 같이 무대 뒤로 찾아갔습니다.

벌써 무대 뒤에선 음악 선생님과 훈이와 영남이와 그리고 훈이 아버지 어머님이 같이 나오고 있었습니다.

영남이 아버지는 음악 선생님께 먼저 인사를 올리었습니다. 그리고 다음은 음악 선생님의 소개로 훈이 아버지 어머님을 알게 되었습니다. 영남이 아버지는 기분이 좋아서 어쩔 줄을 모르면서

"선생님! 오늘밤은 내가 한턱내겠습니다. 이렇게 기쁜 밤이 어디 있겠어요?" 하고,

일행은 시공관을 나와서 자동차 두 대를 불러 서로 나눠 타고 종로에 있는 큰 음식점으로 들어갔습니다. 서로 초면이지만 아이들을 가운데 놓고 음식을 먹어 가면서 재미있는 이야기의 꽃을 피웠습니다. 영남이 아버지는 훈이 머리를 쓰다듬어 주면서

"훈이는 목소리도 곱지만 마음도 비할 수 없이 고운 아이야요!"

훈이 아버지는 웃으시면서

"목소리는 오늘 저녁에 들어 보아서 알았다고 하겠지만 마음이야 알 수 있습니까?"

"그것은 훈이 아버님은 모르는 일이야요. 지금부터 몇 달 전이었습니다. 훈이가 껌통을 들고 내가 앉은 다방으로 왔는데, 내가 백 원짜리를 주고 껌 한 개를 샀습니다. 그런데 잔돈이 없어서 그 껌통을 두고 나갔습니다. 그때 내 친구들은 그 애가 다시는 안 돌아온다고 하였습니다. 그러나 나는 훈이를 그렇게 보지를 않았습니다. 그리하여 내기를 하였더니 내가 이겼습니다."

영남이 아버지 말을 들은 훈이 어머님은 웃으시면서

"그날 훈이가 이야기하던 머리가 흰 마음 좋은 아저씨가 선생님이었군요?"

"예. 그리하여, 내가 그 껌통에 든 것을 모두 팔아 주었습니다. 그 후 나는 훈이를 다시 찾았으나 만날 길이 없었습니다."

이 말을 들은 훈이 아버지는 웃으시면서

"방학 때 껌을 팔아서 제 학용품을 산다고 하면서……. 누가 하라는 일을 하였습니까?"

이때 영남이 아버지는 술 한 잔 들고 훈이 아버지께 권하면서

"훈이 아버지! 내가 이렇게 말한다고 실례될지 모르지만 훈이를 우리 영남이하고 꼭같이 내가 책임을 져서 대학까지 보내드리겠습니다!"

"예?"

하고, 훈이 아버지 어머님은 물론 음악 선생님까지 놀라고 말았습니다.

다음 날 아침이었습니다. 경연 대회 결과를 발표한 조간신문을 훈이가 보고 좋아라
고 아버지를 불렀습니다.

"아버지! 우리 학교가 일등이야요!"

"그래!"

훈이네 집안은 아침부터 웃음꽃이 피었습니다.

팔지 않는
기차표

할아버지는
기차표를 사오라고 하신다.
저 함경도 홍원 가는 기차표를……

나는 좋아라고
정거장에 달려가니
하얗게 식은 난로가 날 기다리는데

서성거리는 여러 사람들 속에는
보따리를 든 할머님도
의자에 기대앉은 사람들도
다들 고향으로 갈 사람들인데

우리 할아버지 고향인
이북 홍원으로 가는
기차표는 팔지 않는다.

낡은 털모자를 쓰고
열심히 담배를 피우시는 할아버지도
이북 가는 기차를 기다리시는지
눈 내리는 창밖만 내다보고 앉았다.

나는
찌부러진 갓을 쓴
정거장을 뒤돌아보면서
내일도 나와 보고
모레도 나와 보고……

어린이와 함께 선생이 걸어온 길

1916년 5월 4일 함경남도 홍원에서 태어남.

1933년 〈조선중앙일보〉에 동요 〈왜가리〉가 당선됨.

1937년 동흥중학교를 졸업함.

1940년 〈동아일보〉 신춘문예에 동요 〈둥글다〉가 당선됨.

1943년 〈아이생활〉 편집동인 및 초등·중등 교원 생활, 잡지 기자 생활을 함.

1954년 5월 동시집 《꽃밭》(중앙문화사)을 냄.

1958년 12월 동화집 《노래하는 꽃》(인문각)을 냄.

1962년 5월 동시집 《초록바다》(인문각)를 냄.

1963년 6월 동화집 《송이골 다람쥐》(계절문화사)를 냄.

1966년 5월 동화집 《햇님이 보낸 화살》(교학사)을 냄.

1967년 10월 동시집 《고요한 한낮》(배영사)을 냄.

1969년 12월 동화집 《둘이서 아는 비밀》(대한기독교서회)을 냄.

　　　　동요 《우리는 귀염둥이》로 제 1회 한정동 아동문학상을 수상함.

1974년 4월 동시집 《조그마한 호수》(세종문화사)를 냄.

　　　　10월 동화집 《꼬리 달린 개구리》(세종문화사)를 냄.

　　　　12월 동화집 《다윗왕》(대한기독교서회)을 냄.

1976년 5월 동화집 《다람쥐 장수 아저씨》(월간문학사)를 냄.

　　　　12월 동화집 《햇님 달님 앞세우고》(교학사)를 냄.

1977년 12월 동화집 《쌍둥이 호박》(세종문화사)을 냄.

1978년 1월 동화집 《박경종 아동문학 선집》(세종문화사)을 냄.

1979년 1월 동시집 《우리 모두 나비 되어》(서문각)

　　　　12월 동화집 《병아리 풍년》(어문각)을 냄.

1980년 1월 동화집 《청개구리 나라》(교학사)를 냄.

　　　　1월 동화집 《왕건》(계몽사)을 냄.

1981년 1월 동시집 《엄마하고 나하고》(백록출판사)를 냄.

1982년 4월 동화집 《어린 양들의 기도》(보이스사)를 냄.

　　　　6월 동화집 《남으로 흐르는 강》(삼성당)을 냄.

1983년 10월 동시집 《억새꽃 웃음》(백록출판사)을 냄.

　　　　11월 동화집 《아기 물새》(꿈동산)를 냄.

1984년 5월 동시집 《병아리 모이》(백록출판사)를 냄.

10월 《날개 달린 흰 말을 타고서》(금성출판사)를 냄.
1985년 3월 동시집 《하얀 풀꽃》(보람)을 냄.

    동화 《날개달린 흰 말을 타고서》로 제5회 이주홍문학상을 수상함.

    동시집 《하얀 풀꽃》으로 한국 펜문학상을 수상함.
1986년 3월 동시집 《팔지 않는 기차표》(보람)를 냄.
1987년 7월 동시집 《철새들도 돌아가는데》(씨레)를 냄.

    제23회 한국문학상을 수상함.
1988년 5월 동시집 《문 없는 까치집》(동화 문학사)을 냄.

    6월 동화집 《솔개곰 이야기》(도서출판화술)를 냄.

    7월 수필집 《십자가 위에 핀 석화》(민문고)를 냄.

    대한민국문학상 본상 수상함.
1990년 6월 제13동시집 《느티나무가 선 마을》(남강출판사)을 냄.
1991년 3월 동화집 《둘이서 같은 잡은 한들》(용진출판사)을 냄.
1992년 1월 동화집 《머루골 다람쥐》(남강출판사)를 냄.

    6월 동화집 《마지막 불러주는 자장가》(화원출판사)를 냄.
1993년 6월 제14동시집 《아침을 여는 까치》(계몽사)를 냄.
1995년 3월 제15동시집 《휘파람 부는 물총새》(인산출판사)를 냄.
1998년 동시집 《엄마는 귀도 없고 입도 없는지》(베드로서원)를 냄.
2000년 동시집 《낡은 고무신 한 짝》(베드로 서원)을 냄.
2002년 동시집 《청개구리 엄마야》(베드로 서원)를 냄.
2006년 타계함. 박경종아동문학상이 제정됨.

기타

제6회 KBS 동요대상을 수상함.
대한민국 은관문화훈장 서훈.
함경남도문화상을 수상함.
한국동요동인회장을 역임함.
한국글짓기지도회장을 역임함.
한국문인협회 아동문학분과회장을 역임함.
아동문학가협회장을 역임함.
한국크리스찬문학가협회장을 역임함.
홍원 명예 군수를 역임함.

한국도서잡지윤리위원회 심의위원을 역임함.

문교부, 국민학교 교가제정위원을 역임함.

소천아동문학상 운영 위원을 역임함.

계몽아동문학상 운영 위원을 역임함.

한국문인협회 이사를 역임함.

한국 아동문학가 100인

박화목

대표 작품
〈꽃별이 된 떡갈나무〉 외 1편

인물론
먼 그대를 가까이서

어린이와 함께 선생이 걸어온 길

꽃별이 된
떡갈나무

내려다보면 바로 아래쪽에 거북 등처럼 생긴 큰 바위가 자리 잡고 있습니다. 그리고 그 바위 등 너머로는 관목(키가 크지 않은 나무)이랑 잡풀들이 숲을 이루고 있습니다. 그것들이 눈길을 가리어 또 그 아래로 무엇이 있는지 알 길이 없습니다.

떡갈나무는 그것이 궁금하였습니다.

'아직 내가 어리니까 키가 작아서 안 보이는 거야. 어서 키가 자라야 저 아래가 어떤 곳인지 바라볼 수 있을 텐데…….'

하고 생각합니다. 떡갈나무가 저 먼발치 아래쪽에 궁금증이 가는 것은, 그곳에서 이상한 소리가 자주 들려오기 때문이었습니다.

여태 들어 본 적이 없는 왠지 언짢은 소리입니다. 그런데 무슨 들짐승이 우는 소리는 아닌 것 같았습니다. 들짐승의 울음은 여태 들어 왔기 때문에 알 수 있거든요.

쿵 쿵 쿵 쿵! 그런 소리가 연이어 일어나는가 하면, 갑자기 산이 무너져 내리는 듯한 굉장히 큰 소리가 귀를 째는 것이었습니다. 그 소리는 얼마나 큰지 온 산이 흔들리는 것 같았습니다.

아무리 소리가 커도 산이 흔들릴 리야 없겠지만 아무튼 땅 속을 통해서도 봄이 되면서부터 더 부쩍 들려 왔습니다.

'대체 저 산 아래서 무슨 일이 벌어지고 있는 것이람?'

산까치라도 날아오면 물어 보고 싶었지만, 요새는 좀처럼 산까치도 날아오지 않았습니다. 아마 산까치들도 저 괴상한 소리에 놀라 달아났는지 모를 일입니다.

그래선지 떡갈나무는 요새 와서 더 외롭다는 생각이 들었습니다.

"어쩌다 나는 이곳에 뿌리를 내리고 자라게 되었을까?"

하고 가끔 혼잣말을 중얼거립니다. 말대꾸를 해 주는 친구 떡갈나무가 둘레에 없으니까, 혼자 중얼거릴 수밖에요.

이 떡갈나무 자신도, 어째서 이 곳에 생겨나고 자라게 되었는지 이상하기만 하였습니다.

떡갈나무란 본디 산허리 아래서 잘 자라는 법입니다. 가을에 익는 도토리 열매는 다람쥐들의 맛있는 먹이이지요. 그래서 다람쥐는 떡갈나무의 친구랍니다.

그런데도 이 떡갈나무는, 산도 어지간히 높은 외진 곳, 그것도 바위가 눌러앉아 있는 그 위쪽에 뿌리를 박고 있습니다. 그래서 여느 떡갈나무처럼 시원스레 자라지가 않았습니다.

장난꾸러기 산바람이 불어와서 힝 가지를 튕겨 주고는,

"야아, 여기 난쟁이 떡갈나무가 있네. 떡갈나무 숲에서 쫓겨난 모양인가 보아."

하고 놀려 준 적이 있습니다.

도토리가 익으면 그 열매를 줍기 위해 다람쥐들이 찾아오리라 생각했는데, 지난 가을 먹음직스런 열매가 적잖이 열렸는데도, 좀처럼 다람쥐도 찾아오는 일이 없었습니다.

그러니까, 이 난쟁이 떡갈나무는 외로울 수밖에요.

"하늘이 어째서 나를 이 외론 곳에 버려두고 있는 것이람?"

그런 생각이 들 때는 더없이 슬퍼지는 것이었습니다.

그러나 지금은 초여름 햇볕이 짜랑짜랑 비치고 있습니다.

간밤에는 비도 촉촉이 내렸습니다. 그러니까 하늘이 이 떡갈나무만을 버렸다고는 말할 수 없습니다. 다만 바위 틈 속에 뿌리를 내리고 있다 보니까, 더디 자랄 뿐입니다. 어서어서 키가 더 자라고 나뭇가지도 더 많아지면, 다람쥐며 친구들이 찾아올 것이라고, 이 떡갈나무는 그렇게 믿고 있는 것이랍니다.

그런데 느닷없이 쿵쿵거리는 소리가 자주 들려오니까 괴이쩍고 섬뜩한 일입니다.

두려움이 생길수록 더 그리워지는 듯싶습니다.

떡갈나무는 산 아래쪽을 하염없이 지켜보고 있었습니다.

그런 어느 날, 밑둥치 쪽에서 무언가 부스럭거리는 소리가 들렸습니다. 조심스레 살펴보니까, 부스럭거리는 소리를 내는 것은 다름 아닌 다람쥐였습니다. 다람쥐 한 쌍이 바위 등을 타고 이리로 기어 올라오고 있었습니다.

"야아! 드디어 다람쥐가 나타났구나!"

떡갈나무는 저도 모르게 큰 소리를 질렀습니다.

다람쥐들은 그 소리를 들었는지, 고 까만 눈을 굴리면서 사방을 두리번거리더니 키 작은 떡갈나무 한 그루가 서 있는 것을 보는 듯싶었습니다.

"저기 떡갈나무가 있다."

한 다람쥐가 속삭이었습니다.

"마침 잘 되었어. 저 밑에 보금자리가 될 만한 곳이 있을 거야."

다른 다람쥐가 대꾸했습니다.

다람쥐 한 쌍은 쪼르르 떡갈나무 가까이 왔습니다. 먼 곳에서 이 곳까지 찾아왔는지 조금은 숨을 할딱이었습니다.

"다른 곳으로 가 봤자, 마땅한 곳이 없을 거라구."

"난 지쳐서 더 못 가겠어."

"그래, 이 떡갈나무 밑에 보금자리를 마련하는 것이 좋겠다."

둘은 떡갈나무 아래서 잠시 쉬면서 이런 말을 주고받는 것이었습니다. 그 속삭이는 말을 듣고 있다가, 떡갈나무는

"얘 다람쥐들아, 잘 생각했어. 내 밑둥치 어디다 보금자리를 정하라구."

하고 말을 건넸습니다. 그러자 다람쥐들은 눈망울을 굴리더니,

"누구야? 우리에게 말을 건네는 게?"

하고 고개를 쳐드는 것이었습니다.

"누구긴 누구야? 여기 나 떡갈나무 외에 누가 또 있니?"

"그렇구나. 떡갈나무였구나. 떡갈나무 아저씨, 고마워요."

다람쥐들은 마음이 놓이는 듯 앞 두 발을 들고 싹싹 비비는 것이었습니다.

떡갈나무는 그런 다람쥐의 재롱을 첨 보았습니다. 떡갈나무도 즐거운 듯 몸을 한 번 흔들어 보였습니다.

"고맙긴, 내가 되레 너희들이 찾아와서 기쁜 거야. 내 밑가지를 드리워서 아늑한 보금자리가 되도록 해 줄게. 그리구 또……."

"그리구 또 뭐예요?"

"나 떡갈나무의 열매는 도토리이잖니? 도토리를 흠뻑 줄 거야. 늬들 한 쌍 다람쥐의 먹이로는 충분할 거라고……."

그러자 암컷인 듯 보이는 다람쥐가 머리를 쳐들고는,

"새로 태어날 아기다람쥐는 어떻게 할 거구요? 아기 다람쥐에겐 먹이를 많이 줘야 한다구요."

하고 입을 삐죽거립니다.

"그건 몰랐구나. 그럼 올해는 도토리를 더 많이 열리도록 하지. 그런데, 한 쌍의 다람 쥐야, 너희들은 어디서 오는 길이니? 새로 태어날 아기 다람쥐들을 키우려고 여기까지 찾아온 거니?"

"그것도 그렇지만요, 저희들은요, 보금자리를 잃었거든요."

하고 이번엔 다른 다람쥐가 말했습니다.

"뭐? 보금자리를 잃었다구? 그건 무슨 말이냐?"

"네, 보금자리를 잃었다구요. 그러니까 저희들은 쫓겨난 신세라구요."

"쫓겨났다니, 그건 참 안됐구나. 너희 보금자리가 어디 있었는데?"

"이 산 아래, 저쪽이에요. 그 곳엔 떡갈나무도 많았어요. 저희들 다람쥐에겐 살기 좋

은 곳이었어요."

이 말을 듣고 떡갈나무는, 산 아래쪽에서 쿵쿵거리던 그 괴이한 소리가 떠올랐습니다. 그 괴이한 소리의 정체가 무엇인가를 이 다람쥐들은 알 거라고 생각했습니다.

"그럼 너희들도 그 괴상한 소리를 듣고 겁이 나서 도망을 친 것이구나. 대체 어떤 짐승이 그런 소리를 내는 거냐?"

"떡갈나무 아저씨, 그건 짐승이 아니에요. 사람이 부리는 기계라구요. 들짐승보다 더 엄청나게 큰 쇠뭉치에요."

"그래, 그 기계라는 것이 너희들을 잡아먹으려 들더냐?"

"떡갈나무 아저씬, 뭘 모르네. 사람들이 그 기계를 부려서 산을 온통 허물어뜨리고 있는 거예요. 떡갈나무 숲도 다 없어지고요. 그러니까 저희 보금자리도 파헤쳐져서 없어졌단 말예요."

다람쥐들은 그때 일이 떠올려지는 듯 몸을 부르르 떨었습니다.

떡갈나무도 끔직스런 일이라 생각했습니다.

"한 쌍의 다람쥐야, 사람들이 왜 그런 끔찍스런 일을 한다던?"

"골프장인가 무언가를 만든대요."

"뭐? 골프장? 골프장이 뭔데?"

"저희들은 잘 모르겠어요. 사람들이요, 긴 막대기로 하얀 공을 쳐서 하늘 높이 올리곤 하는 거래요. 새들이 그 공에 맞아 죽는 일도 있대요."

"그런 끔찍스런 일을 사람들이 왜 한다지? 그 산을 갉아먹는다는 기계가 이 곳에는 안 올라와야 하는데……."

떡갈나무는 그게 걱정인 듯싶었습니다.

지금 당장이라도 그 괴물이 쳐들어오는 것 같아 산 아래쪽을 힐끔힐끔 바라보는 것이었습니다.

"떡갈나무 아저씨, 그건 염려 없어요. 이 큰 바위가 막아 주고 있잖아요."

"그렇다면 다행이련만……. 다람쥐들아. 어서어서 너희들 보금자리를 장만하여라. 내가 너희들을 보호해 주마."

"떡갈나무 아저씨, 정말 고마워요."

여름이 되었습니다.

새로 꾸민 보금자리에서 아기 다람쥐들이 태어났습니다. 떡갈나무는 다람쥐 식구를 위해 더 많이 도토리를 키우고 있었습니다. 그동안에도 쿵쿵거리는 소리는 계속 들려왔습니다. 어떤 때는 뽀얀 먼지바람이 이 곳에까지 불어왔습니다.

그 먼지바람 속에 고약한 냄새가 풍겨 오기도 했습니다.

산을 흔들어 대는 굉장한 소리가 들렸을 때는 그 고약한 냄새가 온 산에 퍼지는 것이 었습니다.

떡갈나무는 그것이 화약 냄새인 것을 알 턱이 없었습니다. 영리한 다람쥐들도 몰랐 습니다.

"저건 산의 얼굴을 찌푸리게 하는 나쁜 냄새야."

그렇게만 알고 있었습니다.

비가 오고 나면 고약한 냄새는 말끔히 가시었습니다. 그래서 떡갈나무는 비가 내리 기를 기다렸습니다. 여름에는 비가 자주 내리는 것이니까요.

그런데, 그날 밤은 몹시 세찬 비가 내렸습니다.

그 무서운 밤의 초저녁은 맑게 갠 하늘이었습니다. 여느 여름밤과 다름없이 은가루 를 뿌린 듯한 별들이 반짝였습니다.

그러다가 어디서 몰려왔는지 검은 구름장이 온통 하늘을 가렸습니다. 초록별들은 모 두 먹구름 뒤로 숨어 버렸습니다.

그러고는 굵은 비가 쏟아지기 시작했습니다.

떡갈나무는 그런 비쯤은 끄떡없다고 생각했습니다.

다람쥐네 식구들도 보금자리 깊숙이 들어앉아 있으니까, 비에 떠내려갈 염려가 없었 습니다. 그러나 그게 아니었습니다.

장대비가 계속 내린 한밤이 지나고 동이 틀 무렵이었습니다.

여느 때 같으면 사방이 훤언히 밝아 와야 하는데, 그렇지가 않았습니다. 두터운 먹구 름이 잔뜩 하늘을 가리우고 있기 때문입니다.

그때, 떡갈나무가 서 있는 땅 속에서 수상쩍은 소리가 들렸습니다.

땅속이 움직이는 것 같은 그런 소리였습니다.

그러더니 산마루 쪽에서 흙물이며 돌덩이들이 쏟아져 내려오기 시작했습니다.

이러다간 다람쥐네 보금자리가 땅속 깊이 묻혀 버릴 것이 틀림없었습니다. 떡갈나무 의 뿌리도 흔들거렸으니까요. 사람들이 말하는 산사태가 일어난 것입니다. 어서 무슨 수를 써야 하는데 어쩔 도리가 없었습니다.

"다람쥐들아, 어서 이 곳을 피하거라!"

하고 외칠 겨를도 없이 떡갈나무는 뿌리째 뽑혀 쓰러지고 말았습니다.

날이 밝고 또 몇 시간이 지난 뒤에야 비가 그쳤습니다.

그리고 먹구름도 걷히기 시작했습니다.

그제야 다람쥐네 식구는 땅 밖으로 살며시 고개를 내밀어 보았습니다.

다행이 땅 구멍이 막혀 있지 않았습니다. 그것은 떡갈나무가 쓰러져 흘려 내려오는 흙더미를 막아 주었기 때문이었습니다.

"떡갈나무 아저씨가 우릴 보호해 줬어."

간밤에 생긴 일을 짐작할 수가 있었습니다.

"떡갈나무 아저씨, 정말 고마워요. 은혜를 잊지 않겠어요. 하지만, 아저씬 쓰러져 어떻해요?"

어미 다람쥐가 말했습니다.

하지만 떡갈나무는 아무 대꾸가 없었습니다.

어디서 빗방울이 후드둑 떨어졌습니다.

봄 소식

아이들의 맑은 눈망울에
여릿여릿 파란 하늘
그건 봄, 봄 하늘이다.
아이들이 먼저 봄을 본다.

겨우내 산골짝에 얼음 깔리어
또 흰 눈 소복이 내려 쌓이어
개울은 안 보여도 흐르는 물소리
그건 얼음장 밑으로 봄이 오는 소리다.

착한 아이들의 귓가에 조용조용
들려오는 봄의 발걸음 소리
아이들 아이들이 언뜻 듣는다.

저 둔덕에 겨울나무야
씽씽 찬 바람 속에서 견뎌 냈구나.
이젠 나무껍질 안에서 새물이 올라
새움이 쏙쏙 트고 있을 거야.

산마루 넘어 들판을 건너
봄바람 앞세우고 찾아오는 이 땅의 봄을
고운 맘씨 아이들이 먼저 알고
동구 밖 둔덕으로 봄 마중 간다.

먼 그대를
가까이서

최향숙

　먼저 시 한 편이 생각난다. 35년 전, 1963년 〈아동문학〉 제3집에 실렸던 〈찬 달밤에〉란 시를 외우며 문학 수업에 열을 올렸던 기억이 난다.

　찬 달밤에 담장 옆에 / 하얀 국화꽃이 차가웁다. // 늦어 솟은 달그림자 속에 / 꽃송이들은 꿈처럼 떠
　오른다. // 섬돌 아래 귀뚤이 울음도 그치고 / 외기러기만 찬 하늘을 날아가는 // 늦가을 밤엔 무서리
　가 엉긴다는데…… // 설어운 한 철, 이 한 밤을 / 하얀 국화꽃이 지키고 있네.
　– 〈찬 달밤에〉 전문

　선생께서는 일찍 1951년 1·4후퇴 시에 피난 온 곳이 항도 부산인지라 이곳은 잊을 수 없는 향수의 땅이요 추억의 거리였다.
　남포동 '밀다원', '녹원', '르네상스' 등 영주동 샛길에 있는 '포장술집'의 아련한 기억들을 말씀하신다. 6·25 동란이 일어났을 당시의 참담했던 나날, 동족상잔의 비극, 상처로 얼룩진 이 땅의 서러움이 오죽하셨을까! 이 암담한때 작곡가 윤용하를 반갑게 만나게 된다.
　광복동 파출소 뒷길에 있는 '담담'이 맘에 들어 잘 드나들다 뜻밖에 그리운 얼굴을! 동란 이전부터 오페라를 한 편 만들어 보자고 계획을 세웠던 '오선지 위에 승화된 페이소스'를 두 분은 설레이며 낭만을 쫓아다니는 예술가 김영일 선생을 찾아 동래 외딴 곳 꽃피는 마을에 초대되기도 하셨다며 선생은 애수의 향을 간직하신다.

　선생을 처음 뵙게 된 동기는 필자가 1983년도 한국 아동문학회 회원으로 가입하게 된 이후가 되겠다.
　그날의 선생은 지체 높으신 어른이시라, 그저 문학회에 가서 먼 빛으로나마 시 정신에 젖어 있다 오는 것이 소망이었다. 그러던 어느 날 선생은 문학회 모임에서 그때 한창 유행하던 〈사랑의 미로〉를 적어서 함께 부르자고 하여서 격의 없이 재미롭게 보낸 기억을 한다. 그 일로 회원들은 두고두고 화제로 삼는다.
　선생은 지방에 있는 문인들에게도 따스한 맘을 보내 주시고, 특히 부산에 사는 따님

을 만나러 오실 때는 몇몇의 문학인과 함께 차도 드시고 맥주도 한두 병 마신다.

그 옛날의 부산은 영도교가 수문을 열기 위해 만들어진 개폐되는 다리 문이었기에 거기에 얽힌 이야기며 서민이 겪는 삶의 애환을 나누어가며 자갈치 시장을 돌아 충무동까지 선생을 뫼시고 걷다 보면 어느새 그날의 청년기로 돌아가시는 듯 기뻐하신다.

정갈한 인품에 아이들 세계를 더없이 소중하게 사랑하시며 티 없는 어린이의 미소를 간직하신, 선생의 화평함이 바로 이시대의 신앙 정신은 아닐지!

《환상의 성지순례》,《순례자의 노래》 등 시집과《곤비한 때에 사색을》 등 수필집에서 보듯 임마누엘 정신을 굳건히 하시는 선생의 신앙 고백의 글을 읽을 때면 필자는 왈가왈부하는 세상살이에서 얼마만치 자신을 알고, 타인에게 얼마큼의 신뢰성을 보이며 살아가는지를 뒤돌아보게 된다.

선생께서는 폭넓은 문학 업적뿐만 아니라 저서에도《세계문학의 산책》,《아동문학개론》 등이 있고, 서정 서곡들이 노래가 되어 유럽의 하늘에까지 퍼져나가는 서정 시인으로 각광을 받지만, 자만하시지도 타를 비방함도 없이 그리스도의 사랑으로 살아가신다.

더러는 일러주신다. 동시 한 편을 잉태하는 일에도 쉽게 생각하지 말라며, 지나치게 관념적이 되지도 말고 오래오래 구상하고 노래한 끝에 완성시키라고 일러주신다.

누군가, 세월은 화살처럼 지나간다고 하지 않았던가! 선생을 뵙고 스승으로 모신 지 15년이 흘렀다. 언젠가 부산에 오셨을 때는 해운대에 있는 '한국 콘도미늄'을 막 들어서려는데 〈보리밭〉 가곡이 흘러나와 함께 했던 S교수와 우리 모두는 낭만적인 분위기로 스카이라운지에 올랐다. 이게! 어찌된 일일까? 레스토랑에서도 〈동구 밖 과수원길〉이 화사하게 울려 퍼졌다. 이건 신이 내린 축복이었다. 손님으로 왔던 학생들은 선생을 향해 축배로 환영하며 손뼉을 치고 금방 축제 분위기를 만들었다. 아름다운 밤바다의 불빛을 내다보는 그날의 감미로움을 오랫동안 잊을 수가 없다.

그 이후로 '한중문화단'으로 연변에서 열린 '한중문학 세미나'에 선생을 좇아 임 교수 외 몇 아동문학인들이 참석했었다.

그때 또 한 번 놀라운 건, 선생의 여행 매너였다. 물론 여행을 많이 하신 어른이시라 그렇게 밝으시겠지만 유연하시고 단정하시며 누구에게도 누를 끼치는 일이 없으신 선생은 늘 후배들을 염려하시며 다독이셨다. 비교적 날씨가 화창하였기에 일정에 따라 천지에 도착되었다.

선생은 사진 찍기를 좋아하셔서 함께 찍은 사진이 정답게 찍혔다. 아름다운 이 추억은 오래오래 간직될 것이다.

선생이 부산에 오시면 옛날을 더듬어 가며 "남서앞 내리세요."를 부르짖던 그 이름도 유명했던 '40계단'을 다시 오르며 관현악의 연주홀을 제대로 갖추었던 '문화극장', 지금은 없어진 그 거리도 선생을 뫼시고 정답게 산책하리라. 우리 민족의 토착적인 애수를 암유(暗喩)하신 선생의 시 정신을 다시 한 번 찬양하며 목청 가다듬어 〈보리밭〉을 낭송해 보며.

　—어쩌면 니힐과 애수가 저녁놀처럼 승화되어 곱게 번져가고 있음을, 오늘의 위기인 메커니즘의 거세를 물리치며 선생을 우러러, 문학 정신을 재각성해 보는 개기(開基)를 삼고자, 다시 새롭게 만남의 원(願)을 세운다.

어린이와 함께 선생이 걸어온 길

1924년 12월 황해도 황주군 장천리에서 태어남.

1925년 평양으로 이주. 유소년 시절을 평양에서 보내며 자람. 독실한 크리스천 가정으로 어려서부터 교회에 다녔음.

1940년 〈아이생활〉 시(詩)에 동시 〈겨울밤〉(1939), 〈피라미드〉(1941)가 추천되면서 문학 활동을 시작함.

1941년 평양신학교 예과 및 본과 1년 수업.

1942년 중국 하얼빈으로 유랑. 영어 학원 수업.

1943년 가족이 중국 심양으로 이민. 심양 동북신학교(본과 3년) 2학년에 편입함.

1945년 8월 중국 심양시 동북신학교 본과를 졸업함.

12월 귀국. 평안남도 강서군에 잠시 머물며 강서중학교에서

영어 교사 생활을 함.

1946년 2월 서울로 남하.

동시 〈38도선〉이 아동잡지 〈소학생〉(윤석중 주재)에 당선되면서 동시, 동화, 시 등을 발표, 본격적으로 문학 활동을 전개함.

1947년 미군정청 여론국 정치교육과에 근무함.

1948년 서울중앙방송(KBS) 문예 담당 프로듀서(1948~1950)로 일함.

1950년 6월 6·25 전쟁이 일어나자 육군 정훈국 종군, 대구·부산 등지로 피난. 전시 방송을 통해 문학 활동을 함.

1952년 해군 정훈감 소속 종군작가(1952~1954)로 일함.

출판사 민교사 편집국장(1952~1954)을 지냄.

11월 소년소설·동화집 《밤을 걸어가는 아이》(정음사)를 냄.

1954년 9월 기독교중앙방송(CBS) 입사.

교양부장 및 편성국장을 역임(1954~1970)함.

1955년 9월 동화집 《부엉이와 할아버지》(기독교아동문화사)를 냄.

1957년 동시집 《초롱불》을 냄.

1958년 시집 《시인과 산양》을 냄.

1959년 시집 《그대 창 밖에》를 냄.

1960년 연구서 《현대시에의 초대》를 냄.

1961년 시집 《주의 곁에서》(임인수와 공저)를 냄.

1962년 9월 동화집 《박화목 아동문학 독본》(을유문화사)을 냄.

1963년 6월 동화집 《꽃팔이 소녀의 그림》(계진문화사)을 냄.

1965년 9월 동화집 《민중서간 아동문학전집》(민중서관)을 냄.

1968년 미국 시라큐스대학교 매스컴 연수원에서 연수함.

1970년 8월 동화집 《저녁놀처럼》(기독교서회, 1984년 9월 새벗에서 재발간)을 냄.

1972년 수필집 《보리밭, 그 추억의 길목에서》를 냄.

　　　　한정동아동문학상을 수상함.

　　　　중앙신대(현 강남대) 강사 및 교수(1972~1978)를 지냄.

1974년 4월 동화집 《눈소녀》(교학사)를 냄.

　　　　시집 《천사와의 씨름》을 냄.

　　　　수필집 《인생 그 교외선에서》를 냄.

1975년 기독교문학상을 수상함.

　　　　한신대학 선교신학대학원을 졸업함(기독교 교육학 석사).

1976년 장로회 신학대학 강사(1976~1978)를 지냄.

　　　　시집 《님의 음성 들려올 때》를 냄.

1977년 연구서 《동시교실》, 《유아동화연구》를 냄.

　　　　연구서 《기독교 세계문학 순례》를 냄.

1978년 숭의여자전문대 강사(1978~1980)를 지냄.

　　　　대한민국문학상(아동문학)을 수상함.

　　　　12월 동화집 《램프 속의 소녀》(서문당)를 냄.

1979년 연구서 《성서에 나타난 여인상》을 냄.

　　　　4월 동화집 《여섯 살 어린이의 한국동화》(보이스사)를 냄.

1980년 유아동화집 《마징가의 꿈》(삼성당)을 냄.

　　　　서울신학대학 강사(1980~1990)를 지냄.

1981년 9월 동화집 《현주의 봄 여름 가을 겨울》을 냄.

1982년 6월 장편동화집 《얼룩 염소의 모험》(삼성당)을 냄.

1983년 7월 동화집 《개똥벌레 삼형제》(꿈동산에서 1987년 재간행 때 〈아기별 이야기〉
　　　　로 게재)를 냄.

1986년 시집 《이 사람을 보라》를 냄.

　　　　4월 장편소년소설 《군번 없는 학도병》(명성출판사)을 냄.

　　　　연구서 《문장론》을 냄.

　　　　수필집 《어느 와공의 모놀로그》를 냄.

1987년 5월 장편소년소설 《노병과 소년》(명성출판사)을 냄.

5월 안보 교육 동화 《인형의 눈물》(휘문출판사), 《따뜻한 남쪽 나라》(휘문출판사)를 냄.

연구서 《세계문학의 산책문학개론》, 《아동문학개론》을 냄.

1988년 4월 동화집 《아기별과 개똥벌레》(화술)를 냄.

6월 동화집 《나비와 아파트 소녀》(교육문화사)를 냄.

1989년 4월 장편소년소설 《산마루의 신화》(명성출판사)를 냄.

시집 《순례자의 노래》(안광성과 공저)를 냄.

11월 동화집 《나비가 된 아이》(삼덕출판사)를 냄.

서울시문화상(문학)을 수상함.

1990년 시집 《그대 내 마음 창가에》를 냄.

6월 동화집 《고사리 소녀》(삼익출판사)를 냄.

6월 동화집 《욕심 많은 개구리》(태양사)를 냄.

6월 에세이동화집 《과수원 길》(삼성미디어)을 냄.

12월 단편동화집 《무지개를 타고 온 아이》(아이템풀)를 냄.

연구서 《유아발달과 동화연구》를 냄.

전쟁문학상(시)을 수상함.

한국교원대학교 강사, 어문교육연구소 연구 위원으로 일함.

1991년 3월 동화집 《잃어버린 나비》(용진출판사)를 냄.

1993년 8월 동화집 《내가 잃어버린 무지개》(정원출판사)를 냄.

8월 동화집 《꿈을 먹는 나비》(서원)를 냄.

수필집 《곤비한 때에 사색을》(안광성과 공저)을 냄.

수필집 《보리밭》을 냄.

1994년 7월 동화집 《꽃별이 된 떡갈나무》(덕암출판사)를 냄.

대한민국 문화훈장을 수상함.

수필집 《사색의 오솔길》을 냄.

1995년 시집 《환상의 성지순례》를 냄.

1996년 한국 아동문학 공로상을 수상함.

1998년 12월 한국예술신학대학 명예교수를 지냄.

한국문학탐구회 회장을 지냄.

한국 아동문학회 명예회장을 지냄.

한국음악저작권협회 평의회 부회장을 지냄.

2005년 7월 9일 타계함.

한국 아동문학가 100인

신지식

대표 작품
〈엄마의 뜰〉

인물론
빛 고운 집의 마음 맑은 할머니

어린이와 함께 선생이 걸어온 길

엄마의 뜰

엄마!

엄마는 아직 뜨개질을 하고 계시지요? 방문이 꼭 닫혀져 있어 불빛은 새어나오지 않지만, 저는 그것을 알고 있어요. 아랫방에서는 현이가 고이 잠들어 있고, 엄마가 옷장에 등을 기댄 채 열심히 짜고 계신 안방이 눈에 환합니다.

털실은 부드러워서 소리가 안 난다지만, 살그락 살그락 짜 올라가는 소리가 저에게는 들리는 것 같아요.

엄마! 저는 이따금 이상한 생각이 들 때가 있어요. 그것은 말이죠.

'우리 엄마는 어째서 어린아이들의 옷만 맡아 짤까?'

하는 거여요.

"삯은 넉넉히 드릴 테니 한 벌만 짜 주셔요."

지난번에도 옆집 순영 엄마가 오셔서 조르며 부탁하셨어요. 더구나 엄마는 순영 엄마와 친하시지 않아요? 그런데도 엄마는 웃으면서 거절하셨어요.

"저는요, 하도 어린애 옷만 짜서 그런지 어른 옷은 영 자신이 없답니다."

"원 그런 겸손을……. 꼭 선아 엄마의 솜씨로 입어보고 싶어서랍니다. 그리고 말이죠, 더구나 이 실은 아주 좋은 것이라 기계에다 넣고 싶지 않아요. 모양도 전 수수한 걸 좋아한답니다. 그러니, 아이들 것을 조금 크게 짠다고만 생각해 주시면 되지 않아요?"

저는 두 분의 이야기를 들으면서 엄마가 맡아 주셨으면 했어요. 하지만 엄마는 끝내,

"그게 그렇지 않아요. 순영 엄마. 전혀 다른 걸요. 정말 죄송합니다."

이렇게 거절하셨어요. 순영 엄마가 서운해하며 돌아가시자, 저는 엄마에게 물어보았어요.

"엄마, 돈 많이 주겠다고 하시는데 왜 맡지 않으셨어요?"

"원 애도."

엄마는 이렇게 말하면서 웃으셨지요. 그리곤 또 잠잠히 앉아서 아가의 바지를 짜기 시작하셨어요.

더운 여름에도 뜨개질 손을 쉬지 않고, 언제나 어린아이들의 옷만 짜시는 엄마. 때때로 저는 질투심이 날 때도 있었어요. 그것은 말이죠. 왜 그런지 엄마를 그 아이들에게 빼앗기는 것 같은 느낌이 들었기 때문이지요.

"선아야. 이만하면 영미에게 맞겠니?"

"어디 어디. 이리 좀 와서 팔을 대 봐라. 순희 팔은 너하고 비슷하지?"

"영미는 빨강보다 노란 색이 어울리겠지. 살결이 희니까……."

엄마는 가끔 저를 붙잡고 이렇게 물으셨지요? 그럴 때 엄마 얼굴은 그 애들 생각만으로 가득 찬 것 같아 얼마나 섭섭하였는지 몰라요. 엄마의 마음이 한 가닥 한 가닥 무늬처럼 짜지는 털옷을 입는 그 애들에게 우리 엄마를 빼앗기는 것 같아 슬그머니 심술이 나기도 했어요.

그래서 가끔,

"뭐야, 내 옷도 아닌데. 몰라 몰라!"

하며, 문을 쾅 닫아 버리곤 했어요.

엄마. 미안했어요. 그때는 말할 수도 없었지만, 정말 엄마에게 죄송한 생각이 들어요.

선아야!

아까 엄마는 네 방에 살그머니 들어갔단다. 너는 깊이 잠들어 있었기 때문에 몰랐을 거야. 입을 조금 벌리고 한쪽 손은 머리 위로 올린 채 가벼운 숨소리를 내며 편안한 얼굴로 잠들어 있었어.

엄마는 너의 손을 가만히 잡아 내리고 이불을 잘 덮어 주었지. 그리고, 한참 동안 서서 너의 얼굴을 보고 있었어.

'우리 선아는 지금 어디 가 있을까…….'

이렇게 생각하면서 말이야

엄마가 밤마다 너의 방에 들어가는 것을 너는 아마 모르고 있을 거야. 언제나 네가 깊이 잠든 후의 일이니까.

사실 생각해 보면, 우리들 사람은 모르는 것이 참 많다. 아무리 가까운 사이일지라도 서로의 마음을 모를 때가 얼마나 많다고.

선아는 가끔,

"엄마는 몰라!"

하고, 화를 낼 때가 있지? 그럴 거야. 엄마가 선아의 마음을 모를 때가 많이 있을 거야.

하지만 선아야. 선아 역시 엄마의 마음을 모를 때가 있단다.

지난 크리스마스 밤만 해도 그랬지. 주연이네 집에서 놀다 온 너에게 엄마가 선물을 주었지?

"크리스마스 축하한다. 그리고 좋은 성적표 축하한다."

그때, 선아는 엄마에게 이상한 표정을 지었지.

"일등 했는데 축하해 주어야잖아?"

그러니까, 너는 이렇게 물었지.

"엄마, 내가 일등 한 것 기뻐?"

"그럼, 기쁘다마다……."

이번에는 엄마가 조금 놀랐어.

"나는 엄마가 별로 관심 없는 줄 알았어. 내가 이번에만 일등 했나, 뭐……."

이렇게 말하면서, 너는 네 방으로 들어가 버렸지.

엄마는 조금 서운했어. 하지만, 다시 곰곰 생각해 보니까, 내가 선아에게 무심했었는지 모른다는 생각이 새로 들어 네 방으로 따라 들어가서 말했던 거야.

"선아야, 엄마 선물 열어 봐."

그래도 너는 별로 기쁜 표정이 아니었고, 엄마의 선물은 이미 너의 책상 위에 나와 있었지.

"마음에 드니?"

여전히 너는 대답이 없었지.

"꽃그림 예쁘지? 전등을 끄고 촛불을 켜 봐. 그러면 그 작은 꽃들이 더 선명하게 피어날 거야. 엄마가 좋아하는 꽃들이란다."

그래도 너는 대답을 해 주지 않았지. 하는 수 없이 엄마는 안방으로 돌아와 버렸다.

선아도 혼자 있고 싶은 때가 있겠지. 이렇게 생각하면서 다시 뜨개질을 시작했단다.

엄마!

눈이 내리고 있어요. 1972년 끝날. 마지막 눈이 내리고 있어요.

어쩐지 마음이 이상해요. '마지막'이라는 말에서 오는 느낌인가 봐요. 그리고 지금 저는 엄마께 1972년의 마지막 인사를 드리려는 거여요.

아까 저는 현이와 나가서 눈사람을 만들었어요. 엄마를 만들었지요. 눈사람으로 여자를 만들기는 참 힘들지만, 그래도 우리는 엄마를 만들자고 했어요. 제가 제일 좋아하는 사람은 엄마니까요.

물론 현이도 그렇고요.

엄마도 눈사람을 만들어 보셨다니까 아시겠지만, 머리카락 만들기는 어려워요. 그래서, 눈사람은 대개 남자인가 봐요.

우리는 부엌 수수비를 조금씩 뽑아서 머리에 꽂았어요. 그리고, 치마에는 싸리비를 뽑아서 길게 무늬를 만들었어요. 내일 아침에 부엌에 나가시면 비들이 엉망이겠지만 용서하세요.

"누나, 내일은 설날이니까 엄마도 야단 안 칠 거야, 그지…….."

현이는 이렇게 말하면서 많이많이 뽑아 왔어요.

사실은 뜨개질하는 손을 만들고 싶었지만 그건 어려워서 도저히 만들 수 없었어요.

엄마!

일 년의 마지막 날은 모든 정리가 필요하다고 하셨지요? 그래서 저는 낮에 책상 서랍도 깨끗이 정돈하고 방도 구석구석까지 잘 훔쳤어요.

그리고, 지금은 마음을 치울 차례인 것 같아요.

엄마!

그날 말이에요, 엄마가 선물을 주시던 날.

솔직히 다 말씀드리겠어요.

엄마의 선물, 처음에는 정말 마음에 차지 않았어요.

그날 밤 주연이네 집에서 얼마나 호화롭게 놀다 온 줄 아셔요.

어른들만 쓰는 응접실도 그날만은 우리들 꼬마 손님들을 위하여 비워 주었고, 주연 엄마는 우리들 여섯 명에게까지도 예쁜 필통을 선물로 주셨지요.

온 식구들이 주연이의 성적이 많이 올랐기 때문에 그 상으로 잔치를 차려 주었다는 거였어요.

엄마! 저는 조금 부러운 생각이 들었어요. 그리고, 집에 돌아오면서 엄마와 저의 오고간 이야기를 되생각했어요.

"엄마, 나 이번에 일등 했어!"

"오, 그래. 잘했구나."

"엄마, 나 이번에는 조금 떨어졌어."

"그럴 수도 있지."

그래서 그날 밤, 엄마에게 그렇게 물어 본 거여요.

놀랍기도 하고, 기쁘기도 하고, 그런데 저는 왜 토라졌는지 모르겠어요.

엄마가 안방으로 가신 후 저는 곧 후회했어요. 생각 같아서는 당장에 쫓아가서,

"엄마, 잘못했어요."

하고 사과를 드린 후, 엄마와 둘이 그 촛병에 불을 켜 보고 싶었어요.

그러나, 저는 끝내 못했어요.

엄마는 비꼬인 아이를 제일 싫어하신다고 늘 말씀하셨는데, 제가 그런 아이가 아닌지 모르겠어요.

섰다 앉았다 몇 차례 거듭하다가, 결국 저는 혼자 전등을 끄고 촛불을 켰어요. 순간 환하게 떠오르는 아름다운 꽃무늬.

엄마, 그 다음에 어떤 일이 일어났는지 아셔요?

저는 어느덧 노랑, 분홍, 연보라의 작은 들꽃들이 무르피어 있는 엄마의 넓은 초원으로 가 있었던 거여요.

엄마는 가끔 어린 시절 이야기를 해 주셨지요? 그중에서도 저는 들꽃이 만발한 벌판에서 뛰어놀았다는 이야기가 제일 재미있었고, 엄마도 그 이야기 하실 땐 눈이 참 예뻐지셨어요.

저는 그런 때의 엄마 눈이 좋았어요.

"우리 선아도 그런 들이 있어야 할 텐데……."

엄마는 이렇게도 말씀하셨지요?

엄마, 바로 그 들. 엄마가 뛰어놀았다는 그 벌판이었어요. 바람이 마구 불고, 풀들이 이리저리 나부끼고, 그 속에서 저는 가볍게 가볍게 춤을 추고 있었던 거여요. 새가 되어, 나비가 되어, 아니 들꽃이 되어, 바람의 요정이 되어…….

선아야!

엄마는 지금 마음이 참 홀가분하다. 그것은 올해 일을 다 끝마쳤기 때문인 것 같다.

지금 막 너의 자주색 털모자를 다 완성했어. 그러니까, 내일 아침 선아는 이 모자를 쓰고 할머니 댁에 세배 갈 수가 있지. 너에게는 자주색이 잘 어울리니까 이 모자를 쓰면 참 예쁠 거야.

너는 엄마가 이 모자를 짜는 것을 몰랐을 거야. 늘 남의 것만 짜고 있는 엄마로만 너는 알고 있었을 테니까.

엄마가 왜 어린애들 것만 짜느냐고 물었지?

그건 우리 선아와 현이, 아직 어린아이기 때문이다. 엄마는 뜨개질을 할 때 언제나 너희들을 생각하곤 한단다. 다시 말해서 우리 선아, 또는 현이 옷을, 모자를, 장갑을 만든다고 생각하면서 짜는 거야.

만일, 엄마에게 그런 마음이 없었다면 어떻게 그 많은 일을 할 수 있었을까? 사람이란 사랑하는 사람을 위하여 일을 할 때는 힘드는 것을 모르는 법이라고 하지 않니?

엄마의 사랑은 우리 선아와 현이가 아니겠니? 그래서, 엄마는 이웃 아주머니들께 늘 이렇게 말했다.

"이다음에 짜 드리겠어요. 조금만 더 아이들의 것을 짜고요……."

엄마에게는 돈이 많이 필요하지만 돈보다 더 소중한 것이 있다고 생각하기 때문이야.

선아야, 눈이 곱게 내리고 있구나. 창가에 서서 밖을 보니, 아까 너희들이 만든 엄마 눈사람 머리에도 눈이 하얗게 쌓였구나.

"엄마, 밖에 엄마가 또 있어. 밖의 엄마 춥겠는데……."

정말 걱정스럽다는 듯이 말하던 현이의 귀여운 숨소리가 엄마의 가슴을 훈훈하게 해 주는구나.

아아, 지금 막 새해의 종소리가 들리기 시작했다.

선아야, 묵은 해는 갔어. 우리 선아도 아까보다 키가 더 자랐을 거다.

인제 엄마는 새 털실 뭉치를 꺼내야 되겠다.

먼저 무엇을 짤까…….

지난해보다는 조금씩 크게, 무엇이든지 조금씩 크게 짜야 하겠지?

그리고 또 있어. 팔은 움직이기 쉽게, 바지는 날씬하게, 장갑은 따뜻하게.

또 있지, 우리 선아의 소원이.

"엄마, 예쁘게, 아주 예쁘게 말이야……."

그래 선아야, 엄마는 열심히 짤게. 예쁘게 짤게.

빛 고운 집의
마음 맑은
할머니

선안나

집을 보면 주인이 어떤 사람인지 안다는 말이 있다. 집주인의 성격과 취향대로 살림이 꾸려져 감은 당연한 일이거니와 가장 사적인 공간이라는 점에서 그 사람의 솔직한 기호가 드러나 있게 마련이다.

어쩌면, 아마도, 아주 사소한 것들에서.

신지식 선생님 댁에도 그런 기호들은 어김없이 놓여 있었다. 유리가 많은 장식장들, 그 속에 놓인 세계 각국에서 온 작은 인형들, 천장과 벽면에 달린 예쁘고 기묘한 장식품들, 동화책으로 둘러싸인 아담한 서재, 간소하고 정갈한 주방…….

도자기 한 점, 그림 한 점, 이국 풍경이 그려진 작은 액자 정도가 거실 공간을 살짝 차지하고 있을 뿐, 값비싼 골동품이나 미술품은 눈에 띄지 않는다. 전축과 텔레비전이 얌전히 놓여 있지만 물질문명의 힘이 두드러지는 것도 아니다. 현관 입구에 서 있는 투박하게 다듬어진 작은 목마, 유리 탁자 속의 옛날 헝겊 인형도 선생님을 읽을 수 있는 독특한 기호이리라.

그 가운데 반복되는 기호가 있어 눈길을 끈다. 베란다에 푸른 아치를 만들며 싱싱하게 자라난 고무나무 줄기에 앉아 있는 하얀 깃털의 박제된 새 한 마리. 그리고 그 얼마쯤 옆에 공중에 뜬 채 미동도 하지 않는 도자기 새의 모빌-다섯인가 여섯 마리쯤 되는 그 새들은, 저마다 다른 자세로 멈춰 있다. 더없이 자유롭게 날갯짓하다 갑자기 마법에 걸린 듯이, 문득 마법이 풀리는 때가 오면 그 자세 그대로 다시 날아갈 듯이.

비상(飛上), 이상(理想), 꿈, 절대 순수, 희망, 동경, 연약함 등 새가 갖는 일반적 이미지와 집 주인의 이미지가 잠시 겹쳐지며, 가슴에 바람 한 줄기 스쳐 간다. 투명한 유리 찻주전자에서는 아까부터 다글다글 물 끓는 소리, 하얗게 오르는 수증기, 전축에서 흘러 나오는 잔잔한 음악과 새소리, 제 안방인 양 거실 깊숙이까지 들어와 편안히 자리 편 햇빛……. 속세를 벗어나 산중에 든 듯한 적요와 평온에 잠시 몸을 씻는다.

이 정갈한 집의 주인인 신지식 선생님의 성품 역시 워낙 단정하시다. 선생님은 체질적으로 식물성의 향기를 지닌 분이지만, 아무것이나 움켜잡고 푸르게 뻗어 가는 덩굴 식물의 질기고 드센 욕망을 경원한다. 스스로 곁가지를 쳐내고 또 쳐내며 단아하면서도 의연하게 서 있는 나무를 닮았다. 그러나 유난한 우뚝함이나 굵음은 선생님 의지가 아니며, 소박하나 자신만의 아름다움과 향기를 지닌 꽃나무 쪽에 더 가까우시다. 목백일홍이나 아카시아처럼……. 제 말이 맞지요, 선생님?

실은 이 글을 시작하기가 참 쉽지 않았다. 내가 신지식 선생님에 대해 도대체 무엇을 알며 감히 무엇을 말할 수 있을 것인가 하는 염려에 지레 눌려서였다.

며칠째 뭉그적거리다 그냥 단순해지기로 했다.

선생님의 작품 〈하얀 길〉이며 〈감이 익을 무렵〉 등을 읽으며 자랐기 때문에 성함은 익히 알고 있었으나, 개인적 인연을 맺은 지는 그리 오래되지 않는다. 그러니까 6년 전, 내가 부쳐드린 작품집을 읽고 선생님께서 전화를 걸어 주신 것이 첫 만남의 계기였다. 문단 풋내기인 내게 까마득한 대선배가 전화를 주셨다는 사실만으로 한껏 가슴이 벅찼던 기억이 지금도 생생하지만, 그때만 해도 선생님이 전화 한통도 그리 쉽게 하시는 성격이 아니라는 것까지는 알지 못했다.

얼마쯤 뒤, 아동문학인협회지 〈한국 아동문학의 맥〉 시리즈에 신지식 선생님 편 작가 작품론을 내가 맡게 되면서 선생님과 좀 더 가까워질 기회가 생겼다. 자료를 얻으러 선생님 댁에 찾아가, 선생님이 해주신 점심도 먹고 차도 마시며 이런저런 이야기를 나누게 되었던 것이다. 그날 점심은 카레였는데, 슈퍼에서 흔히 파는 인스턴트 가루를 이용한 즉석 요리가 아닌, 카레 전문 음식점에서나 먹을 수 있음직한 맛깔스러운 정찬이었다. 직접 만드셨다는 소스 맛이 독특한 야채샐러드와 곁반찬 한두 가지가 전부인 단순하면서도 푸짐한 식단이었다. 보다 단순하게, 그러나 정성스럽게―그날의 식단이야말로 선생님 사고의 단면을 직접적으로 보여 준 핵심적 기호였음을, 그때는 또한 미처 알지 못했다.

십 대부터 육십 대에 이르기까지 선생님이 쓰신 다양한 종류의 글들을 섭렵하며, 글의 갈피갈피마다에 스며있는 선생님의 사상, 의지, 감수성…… 그 영혼의 섬세한 미립자들을 호흡하는 사이, 선생님은 어느새 내게 더 이상 멀지도 어렵지도 않은 분이 되어 버렸다.

사람을 사귐에 있어 속내를 쉽게 열어 보이기보다 적당한 거리를 유지하며 예의를 잃지 않는 선생님이시라, 선뜻 가까이 다가가기가 어렵다고 사람들은 말한다. 그러나 실상 무척 마음결이 누구보다 섬세하고 따뜻한 분이라는 것을 나는 안다. 널널하고 편안하여 누구나 다 받아 안음은 인(仁)이며 덕(德)이겠으나, 한 올 인연도 쉬이 여기지 않음은 진(進)이며 도(道)가 아닐지.

사람이며 사물이며 섣불리 맺기만 하고 돌보지 못한 인연들로 하여 가슴 아프고, 세상에 이로운 돌 하나 놓지 못할망정 허물만 탑처럼 쌓고 있구나 탄식이 나올 때 온갖 욕망의 곁가지를 최대한 자르되 인연 맺은 것들에 진정을 기울이는 선생님 삶의 방식은 늘 맑은 거울이 되어 준다.

욕망은 우리를 살게 하는 근원적 힘이지만, 깊이와 형체를 짐작할 수 없는 그 무지하고 무성한 촉수들을 거듭 다듬는 일이야말로 생을 참되이 사랑하는 방법일 것이라고, 거울에 내 모습을 비춰 보며 잠시나마 매무새를 가다듬게 된다.

누구의 삶인들 맑고 단정하기만 할 수 있으랴. 누군들 격정의 회오리나 고통의 늪, 굴욕의 진창을 지나지 않고 한 생애 고이 걸을 수 있으랴. 선생님 역시 산전수전 골고루 치르셨을 테고, 함께 혹은 대신 싸워 줄 이가 없었던 만큼 힘겹고 아픈 시간들이 있었을 것이다. 돌팔매를 맞으면서도 / 소리치지 않았고 / 울지 않았고 / 피 흘리지도 않았다. // 오직 / 마디마디 핏줄 / 가늘고 가는 모세혈관까지 / 터져 흥건하던 / 내출혈의 강물. 허영자 시인의 시처럼, 한결같이 맑고 단정한 모습으로 걸어오기까지 내출혈의 강물이 어쩌면 더욱 흥건하였는지도 모른다.

그러나 집을 닦듯 마음을 닦아 선생님은 여전히 건강하며 아름다우시다. 깔끔하나 성마르지 않고, 고독하나 편협하지 않으며, 양보다 질을 지향하고, 타인을 크게 이롭게 하기보다 조금의 해도 끼치지 않고자 끊임없이 애써 온 선생님에겐 인간의 격조와 향기가 배어 있다. 그래서 선배 작가로서도 물론이지만, 인간으로서의 선생님을 나는 더욱 존경한다.

사람이 어울려 사는 세상이되 인간의 품위와 아름다움을 지닌 이를 만나기란 그리 쉽지 않고, 그런 사람이 되기란 더더욱 어려운 일이라서, 남다른 자세를 지닌 분들을 만나게 되면 오래 쳐다보게 되고, 그러느라 조심성 없이 떼어 놓던 걸음을 차분히 멈추게 된다. 소리 내어 타이르거나 꾸짖는 대신 맑음으로 나를 비추어 스스로를 응시케 하는 삶의 매운 스승들 - 신지식 선생님은 그분들 가운데 한 분이시다.

사실 내가 선생님과 공유한 시간은 그리 길지 않고, 그래서 선생님에 대해 무엇을 안다 말하기는 어렵다. 하지만 누구를 아는 데 그리 많은 시간이 필요한 것은 아니라는 생각도 든다. 아니, 누군가를 안다는 개념이 과연 성립될 수나 있을지.

짐작컨대 선생님은 아마 앞으로도 지금처럼 단정하며 담담하실 것이다. 마음 가는 이라고 덥석 잡거나 끌어당기는 일 없이, 자연처럼 침묵하실 것이다. 햇빛이 거실 깊숙이 들어와 냇물처럼 찰랑이는 남향의 아파트, 여문 고독의 향기가 잘 배인 집 안을 윤이 나게 닦으며, 매 순간 참 마음을 기울이며.

그리고 나는 삶의 흔들림에 멀미가 날 때마다 선생님을 떠올릴 것이다. 어쩌면 세월이 가면 갈수록, 선생님 생각을 더 깊이 할 거라는 예감도 든다. 그때쯤에는 선생님을 많이 닮아 있었으면 좋겠다. 그 담담함과, 침묵을…….

어린이와 함께 선생이 걸어온 길

1930년 1월 서울에서 부친 신홍우(申鴻雨) 씨와 모친 고목애(高木愛) 여사 사이의 1남
　　　3녀 중 2녀로 태어남. 출생 직후 온 가족이 황해도 웅진군의 작은 섬 용호도로
　　　이주함.

1937년 4월 용호도 심상소학교에 입학함.

1939년 5월 중국 길림성 반석현으로 이주해 반석국민학교 3학년으로 전학함.
　　　부친과 함께 틈날 때마다 중국 오지를 여행함.

1942년 4월 대련의 소화여중 입학함. 가족과 떨어져 기숙사에서 생활함.

1946년 1월 서울로 돌아왔으나 모친은 이미 사망한 후였음.
　　　9월 이화여고 입학함.

1948년 10월 제1회 전국여자고등학교 학생문학작품 현상 모집에 〈하얀 길〉이 당선됨.
　　　〈서울신문〉에 5회에 걸쳐 게재됨.

1949년 6월 이화여고를 졸업함.
　　　9월 이화여대 국문과에 입학함.

1950년 6·25 발발로 12월 부산으로 피난. 전시대학교에 다님.

1953년 3월 이화여대 국문과를 졸업함. 서울 견지동 자택으로 돌아옴.
　　　이화여고에서 국어 과목을 가르치기 시작함.

1956년 2월 첫 작품집 《하얀 길》(산호장)을 냄.

1958년 11월 단편집 《감이 익을 무렵》(성문각)을 냄.

1959년 6월 《희랍신화》(신양사)를 번역함.

1961년 1월 동대문구 보문동 2가 56-14에 집을 지어 부친과 같이 거주함.

1962년 11월 《가려진 별들》(성문각)을 냄.

1963년 《빨강머리 앤》(창조사) 번역 출판함.

1964년 12월 부친 사망.

1966년 《에밀리》(창조사)를 번역함.
　　　12월 성북구 삼선동 5가 153-13으로 이사함.

1967년 5월 《바람과 금잔화》(숭문사)를 냄.

1968년 4월 《감이 익을 무렵》으로 제1회 유네스코문예상을 수상함.
　　　5월에 《바람과 금잔화》로 제4회 소천아동문학상을 수상함.
　　　전작소설 《가는 날 오는 날》(창조사), 역서 《보리와 임금님》(계몽사)을 냄.

1969년 7월 성북구 안암동 4가 23 안암아파트 400호로 이사함.

1972년 12월 동화집 《안녕하세요》(창조사)를 냄.

1973년 12월 전작소설 《날개 치는 작은 새》(계몽사)를 냄.

1974년 4월 중편 《황옥공주》(성바오로)를 냄.

1975년 3월 동화집 《엄마의 뜰》(교학사)을 냄.

1976년 5월 그림동화집 《열두 달 이야기》(일지사)를 냄.

　　　　10월 《끊일 듯 이어지는》(성바오로)을 냄.

1977년 4월 수필집 《떠날 때》(평민사)를 냄.

　　　　5월 강남구 압구정동 현대아파트 62동 507호로 이사함.

1978년 7월 한 달여에 걸쳐 미국, 캐나다를 여행함.

1979년 5월 《열두달 이야기》(계몽사)로 제1회 대한민국아동문학상 대통령상 수상함.

　　　　10월 단편집 《외로운 오뚝이》(견지사)를 냄.

　　　　12월 단편집 《엄마의 비둘기》(계림사), 《장박새의 나들이》(서문당)를 냄.

1982년 2월 그림동화 《숲 마을 집배원》(동화출판공사)을 냄.

1983년 5월 〈추석날 밤에 있었던 이야기〉로 이주홍아동문학상을 수상함.

1985년 2월 수필집 《눈보라 속의 수선화》(행림출판사)를 냄.

　　　　5월 동화집 《눈이 또 하나 있었으면》(일지사)을 냄.

　　　　10월 동화집 《숲속에서 걸려온 전화》(일지사)를 냄.

　　　　이해 여름 프랑스, 이탈리아, 영국, 독일, 스위스, 일본을 다녀옴.

1986년 5월 그림동화 《꼬마 까치와 미루나무》(계몽사)를 냄.

1987년 8월 35년간 근속했던 교직을 떠남. 미국을 여행함.

1989년 4월 제 53차 마스트리히츠 국제펜대회 참석. 오스트리아,

　　　　이탈리아, 프랑스, 독일, 벨지움, 모나코 등을 여행함.

1990년 1월 일본 규슈 지방을 여행함.

　　　　4월 《그리스 신화》(대원사) 편저.

　　　　11월 중편 《파랑새 이야기》(성바오로)를 냄.

1991년 《강가의 초롱이네 집 이야기》(전9권, 성바오로)를 냄.

　　　　3월 《시를 외는 아기 염소》(용진사)를 냄.

　　　　7월 일본 홋카이도를 일주함.

　　　　11월 제 55차 펜대회 참석. 비엔나, 부다페스트, 러시아, 파리를 여행함.

1992년 4월 제 56차 바로셀로나 펜대회 참석. 스페인, 이집트, 그리스, 터키를 여행함.

　　　　5월 일본인 동화작가 호리우치스미코(塊內純子)의 동화를 번역해 《작은 마을의

　　　　집배원》(성바오로)을 냄.

12월 선집 《기도는 꽃처럼》(중원사)을 냄.

1994년 5월 일본 동북부 지방을 여행함.

7, 8월 문협 제5차 세미나 스위스 인트라겐 참석. 스페인, 포르투갈, 파리를 여행함.

1996년 5월 《곰돌이 주차장》으로 한국어린이도서상을 수상함. 화관문화훈장을 받음.

한국 아동문학가 100인

이오덕

대표 작품
〈버찌가 익을 무렵〉 외 1편

인물론
부드러움 속에 강철 같은 의지를 지니신 분

시정신과 유희 정신
미루나무 비질하는 하늘 흰 구름

어린이와 함께 선생이 걸어온 길

버찌가
익을 무렵

땡땡땡땡.

종소리가 나자, 경쾌한 행진곡이 울려 퍼지는 운동장에 아이들이 모여 줄을 지어 서기 시작했습니다.

월요일 조회입니다.

아이들의 줄이 똑바로 되자, 단 위에 올라선 교장 선생님의 묵직한 목소리가 스피커를 통해 울렸습니다.

"어흠, 어흠, 여러분! 우리 학교는 나무로 둘러싸인 숲속의 학교지요. 이 나무들을 아끼고 가꾸는 것은 우리들의 가장 큰 할 일의 하나입니다. 그런데, 지금 동편 숲에는 버찌가 한창 익어가고 있는데, 이걸 먹고 싶어 그 밑에 가서 쳐다보고 침을 꿀쩍꿀쩍 삼키다가 그만 돌을 던지거나 나무에 올라가는 사람이 많아요. 그래서, 잎이 뜯기고 가지가 꺾이고 있어요. 그리고, 그런 것은 무엇보다도 위험하답니다. 그리고 버찌는 아무 맛도 없으니 그런 것 따 먹을 생각을 말아야 해요."

교장 선생님은 그러고 나서, 나무를 사랑하는 사람은 학교를 사랑하는 사람이고, 학교를 사랑하는 사람은 나라를 사랑하는 사람이라고, 빨랫줄같이 긴 얘기를 하는 바람에 그만 아이들은 땅을 보다가, 하늘을 보다가, 몸을 비틀고, 손발을 흔들고 해서 줄이 비뚤비뚤해졌습니다.

"차렷! 똑바로 서지 못해!"

이번에는 주번 완장을 두른 김충실 선생님이 단 위에 올라갔습니다.

"에에, 모두 잘 들어라. 이번 주간의 생활 목표는 버찌를 따 먹지 말자, 이것이야. 오늘부터 따 먹는 사람 절대 용서 없어. 따 먹는 것을 보고 알리지 않는 사람도 마찬가지야. 알았지?"

"예."

"더 큰 소리로!"

"옛!"

아이들이 일제히 고함치는 바람에 플라타너스 잎들 속에 숨어 있던 참새들이 깜짝 놀라 호두나무 쪽으로 날아갔지만, 아침 해님은 키다리 미루나무 어깨 너머로 여전히 벙글벙글 웃고만 있었습니다.

다시 행진곡이 울리고, 아이들의 긴 줄은 학교 집 동쪽, 서쪽의 현관으로 당겨 들어 갔습니다. 조회가 끝난 것입니다.

첫째 시간이 지나고, 둘째 시간이 지나고…… 그런데, 셋째 시간 다음 쉬는 시간에 기어코 아이들이 버찌를 따 먹는다는 보고가 들어왔습니다. 1학년 꼬마들이 와서 일러 준 것입니다.

김충실 선생님은 슬리퍼를 신은 채 벚나무가 많은 동편 숲으로 달려가 보았지만, 아이들은 보이지 않고, 벚나무 잎들이랑 설익은 푸른 열매들만 땅에 흩어져 있을 뿐이었 습니다.

"놓쳤구나!"

점심시간에 또, 그런 보고가 들어왔습니다. 이번에도 1학년 꼬마들이 말입니다.

"선생님. 저기 버찌 따 먹어요!"

김충실 선생님은 젓가락을 손에 잡은 채 황급히 달려갔지만, 어느새 아이들은 간 곳이 없었습니다. 벚나무 밑에는 잎이랑 잔가지들이 더 많이 흩어져 있었습니다.

"안 되겠다. 무슨 수를 내야지."

이날 방과 후, 선생님은 선도 당번들을 모아서 의논해 보았습니다.

"무슨 좋은 방법이 없느냐?"

선도반장이 대답했습니다.

"선생님, 우리 선도생들이 쉬는 시간마다 나무 밑에 가서 지키고 있도록 해요. 점심 시간에는 밥을 교대로 먹으면 되잖아요?"

선생님은 "그거 참 좋은 생각이다. 내일부터 그렇게 하자."하고, 두 사람씩 편을 짜 주었습니다.

이렇게 해서, 이튿날은 선도 당번의 알뜰한 보초 근무 때문인지, 버찌를 따 먹는다는 보고가 없었습니다. 김충실 선생님은 '이제야 됐구나.' 하고, 안심을 했습니다.

그런데, 저녁때 청소 상태를 조사하기 위해, 선도생들을 데리고 학교 안을 돌아다니 다가 벚나무 밑에 와 본 선생님은 그만 입을 딱 벌리고 놀랐습니다. 여전히 따 먹은 흔적이 있었기 때문입니다. 오늘 아침에도 말끔히 비로 쓸어 놓았는데, 또 이렇게 잎이며 가지며 열매들이 떨어져 있다니!

"누가 이런 짓을 했는지 너희들 모르느냐?"

"모릅니다."

한 아이가 대답했습니다.

"모르다니, 너희들이 지키고 있었는데도 그럴 수가 있어?"

"몰라요."

"그럼, 수업 중에 동네 아이들이 와서 한 짓인가?"

학교 옆에 있는 마을에는 일곱, 여덟 살이 되어도 아직 어리다면서 학교에 보내지 않고 있는 아이들이 몇이 있지만, 그런 꼬마들이 와서 이런 짓을 하지는 않을 텐데, 하고 선생님은 머리를 갸웃거렸습니다.

"아무튼 내일은 한층 더 주의해서 지켜라!"

다음 날 수요일에도 아무 보고는 없었지만, 벚나무 밑에는 여전히 잎이랑 가지랑 푸른 열매들이 떨어져 밟혀 있었습니다.

"이러다간 버찌고 벚나무고 다 없어지겠다."

저녁때 김충실 선생님은 선도반 아이들을 세워 놓고 이렇게 걱정했습니다. 그런데, 선도생 중에 맨 끝에 서 있는, 키가 제일 작은 아이의 얼굴에 눈이 머물렀습니다. 그 아이의 입술 한쪽이 약간 포도색으로 물들어 있는 것이 아닙니까.

김충실 선생님의 머릿속을 번개같이 스쳐가는 생각이 있었습니다.

"이놈, 네가 따 먹었구나!"

"아닙니다."

"이놈이!"

선생님은 그 아이에게 입을 벌려 보라 했습니다. 입을 딱 벌리는데 보니, 혓바닥이 온통 포도색입니다.

"이놈아, 이래도 아니란 말이냐? 이래도 안 따 먹었단 말이냐?"

"안 따 먹었습니다. 전 주워 먹었습니다."

"하하하, 주워 먹었다고? 따는 놈과 줍는 놈이 어디가 다르단 말이냐!"

선생님은 이번에는, 머리를 숙이고 나란히 서 있는 다른 선도생들에게 호령했습니다.

"차렷!"

"모두 입을 크게 벌렷!"

아이들은 할 수 없다는 듯이 입을 벌렸습니다.

모두 입 안이 까맣게 되어 있습니다.

"엎드려뻗쳐!"

화가 난 선생님은 아이들에게 엎드려뻗쳐를 시켜 놓고, 어디서 작대기를 가져와 엉덩이를 한 대씩 철썩, 철썩 때렸습니다. 아이들의 입에서 끙끙거리는 듯한 소리가 나왔지만, 그것은 우는 것인지 웃는 것인지 알 수 없었습니다.

"이놈들, 솔선수범 잘했다."

그리고는 휴우, 한숨을 한 번 쉬고 나더니 말했습니다.

"네놈들, 다 소용 없다. 내가 지켜야지!"

다음 날 아침, 그러니까 목요일이 되었지요.

김충실 선생님은 벚나무 그늘 밑에 책상과 의자를 갖다 놓고, 쉬는 시간마다 거기서 도시락을 먹었습니다.

방과 후에도 숲속에서 사무를 봤습니다. 푸른 나무 그늘에 앉아있으니 하도 시원해서 글씨도 잘 씌어지고, 사무 일이 참 잘되는 것 같았습니다. 학력 검사의 점수를 계산하는데, 전 같으면 자주 틀리던 것이, 이날은 단 한 번씩 주판을 놓기만 하면 척척 맞아 들어가는 것입니다. 그래서, 아이들이 다 돌아가고 없는 저녁때도 그대로 앉아 있었습니다.

이런 좋은 자리를 두고 답답한 사무실에 갇혀 일을 하다니, 왜 진작 여길 나올 줄 올랐던가? 김충실 선생님은 볼펜을 던져두고, 새소리가 자꾸 나는 머리 위를 쳐다보았습니다. 하늘이 거의 안 보이도록 나뭇잎과 가지들이 꽉 덮었습니다. 벚나무, 살구나무, 호두나무, 감나무, 고욤나무, 오리나무, 낙엽송, 전나무, 모과나무…… 하늘을 향해 뻗어 오른 온갖 나무들은 제각기 제 모습을 지니면서 서로 손을 잡고 노래를 부르는 듯 참으로 즐거워 보였습니다. 열매를 달고 있는 나무도, 열매가 없는 나무도, 뾰족한 잎들의 나무도, 넓다란 잎의 나무도, 큰 나무도, 작은 나무도 모두들 한데 어울려 아름다운 초록의 합창이 울려 퍼지는 듯했습니다.

김충실 선생님은 벌떡 일어나 두 팔을 하늘로 뻗쳐 올리고 커다란 숨을 들이마시고 나니, 온통 가슴 속에 푸른 파도 같은, 푸른 노래 같은 것이 가득 안겨 들어왔습니다. 그래, 어린애같이 하하하 웃었습니다. 웃고 나니 갑자기 나무 위에 올라가 보고 싶어졌습니다.

'참, 난 아직 버찌를 못 먹어 봤지. 저기 봐. 저렇게 조롱조롱 달려 있구나. 어서 따 먹어 봐, 하고 팔을 늘어뜨리고 손짓하는 벚나무.'

김충실 선생님은 죽은 오리나무 가지 하나를 꺾어 들더니 벚나무 위에 올라갔습니다. 그리고는 마구 버찌를 털었습니다. 까맣게 열매들이 땅바닥에 떨어졌습니다. 빨간 것, 혹은 새파란 것들도 함께 떨어졌습니다.

"이만하면 됐지."

김충실 선생님은 내려와 주워 먹었습니다. 참 달콤한 맛입니다.

"이런 걸 교장 선생님은 아무 맛이 없다고 했구나. 불쌍한 교장 선생님!"

김충실 선생님은 앉아서 한참 주워 먹었습니다. 호주머니 속에도 넣었습니다.

"선생님들에게 맛을 보이자. 오늘 밤엔 보름달이라 모두 와서 따 먹겠지."

김충실 선생님은 선생님들이 버찌를 따 먹는 달밤의 풍경을 머릿속에 그려 보고는 빙그레 웃었습니다.

"그럼 아무리 해도 지켜낼 수 없단 말이지?"

금요일의 직원 마침회에서 교장 선생님은 긴 한숨을 쉬더니 이렇게 말했습니다. 선생님들이 아무 대답이 없자, 교장 선생님은 좀 엄숙한 말씨가 되었습니다.

"꼭 그런가? 그렇다면 내가 지키는 수밖에 없구나."

이렇게 선언한 다음 날 교장 선생님은 아이들이 아직 한 사람도 오지 않은 이른 아침부터 벚나무 밑에 누워 있는 커다란 바위 위에 앉아 있었습니다. 아무도 없는 숲속에 혼자 앉아 있던 교장 선생님은, 어느새 자기가 벚나무를 지키고 있다는 것을 잊어버렸습니다. 참새들이 아침 햇빛을 받고 머리 위에 와서 마구 재재거리는 소리를 가만히 들으면서, 교장 선생님은 어렸을 때의 일을 생각해 내었습니다. 고향 집 앞 버들 숲에서 아침마다 저녁마다 참새 떼가 모여 재잘거리던 일이며, 집 뒷산 잡목 속에서 꾀꼬리 집을 찾아다니다가 살구를 따 먹고, 버찌를 따 먹던 일들을 생각했습니다. 보리가 누렇게 익은 이런 유월이었구나!

'필롱이는 꾀꼬리 집을 용하게도 잘 찾아내더니, 그만 전쟁터에 끌려가 죽고 말았지!'

교장 선생님의 두 눈에서 이슬방울이 몇 개 굴러 떨어졌습니다. 그리고는 조그만 한숨을 한 번 쉬더니 머리를 들었습니다.

"필롱이와 같이 따 먹던 버찌구나. 달콤한 그 맛을 한번 보고 싶다. 어디, 따 먹어 볼까?"

교장 선생님은 벚나무에 올라갔습니다. 젊었을 때 운동 선수였던 교장 선생님은 아주 술술 나무 둥치를 타고 쉽게 올라갔습니다.

"야, 많이도 달렸구나!"

교장 선생님은 발로 가지를 쿵쿵 굴렀습니다. 그때마다 좌르르 좌르르 하고 열매가 떨어졌습니다. 발을 굴러 열매를 한참 털다가, 이번에는 손에 잡히는 가지 하나를 휘어 잡아 까만 열매를 따서 입에 넣었습니다.

이때, 교문을 뛰어 들어오는 한 무더기 아이들이 있었습니다. 아이들은 교문에 들어서자마자 바로 벚나무 밑으로 달려오는 것이 아닙니까.

교장 선생님은 나무에서 뛰어내리려 했지만, 벌써 늦었습니다.

"야, 많이 떨어졌구나!"

아이들이 버찌를 주우려다가 머리 위에서 소리가 나서 쳐다본 것은 물론입니다.

"어……."

"어……."

아이들은 놀라서 말도 안 나왔습니다. 교장 선생님은 나뭇가지를 타고 앉아서 아이들을 내려다보고 빙그레 웃었습니다.

"얘들아, 내가 따 줄 테니 너희들은 주워 먹어라."

아이들은 또 한 번 놀랐습니다. 처음엔 교장 선생님이 저희들을 붙잡기 위해 나무 위에 숨어 있는 줄 알고 어쩔 줄 모르다가, 교장 선생님의 웃는 얼굴과 부드러운 목소리로 봐서 모든 것을 순간에 알아차린 것입니다. 그래, 모두 그제야 머리를 꾸벅꾸벅 인사를 하는 판입니다.

"오냐, 오냐. 인사 고만 하고 주워 먹어라."

아이들은 입을 벙글거리면서 버찌를 줍기 시작했습니다.

"얘들아, 어디 가서 작대기 하나 주워 오너라."

마을로 달려간 아이들이 아주 근사한 대나무 장대 하나를 가져왔습니다. 교장 선생님은 대나무 장대로 열매를 털었습니다. 아이들은 점점 많이 모여들고, 선생님들까지 와서 벙긋벙긋 웃으며 버찌를 주웠습니다. 교장 선생님은 신이 나서, 이 나무에서 저 나무로 옮겨 가며 열매를 털었습니다. 좌르르 좌르르 열매가 떨어질 때마다 아이들은 환성을 올렸습니다. 이윽고, 나무에서 내려온 교장 선생님은 아이들에게 빙 둘러싸였습니다. 아이들의 입술도, 교장 선생님의 입술도, 늦게 달려온 선생님들의 입술도 모두 버찌 물이 들어 까맣게 되었습니다. 그리고, 모두 벙글벙글 웃는 얼굴들입니다.

"우리 교장 선생님이 제일이야!"

"우리 교장 선생님이 제일 착해!"

이런 소리가 아이들의 입에서 나왔습니다. 아이들에게 둘러싸인 교장 선생님은 벙글벙글 웃는 얼굴로 이렇게 말했습니다.

"얘들아, 오늘은 토요일이지? 오늘 생활 반성 조회는 운동장에 줄을 설 것 없이 여기서 이대로 하자꾸나. 내가 잘못했어. 버찌가 이렇게 맛이 있는 줄 잊어버리고 있었지. 이제부터 버찌 먹고 싶으면 교장실에 와서 버찌 좀 따 달라고 말해라. 그러면, 내가 나무에 올라가 따줄게. 너희들이 나무에 올라가는 것은 걱정이 돼. 돌을 던지는 것도 위험하지. 자, 그럼 주운 것 중에서 한 개씩만 날 다오. 나도 좀 더 먹어야겠다."

"예, 많이 드릴게요."

"여기도 있어요."

"교장 선생님, 여기도요."

이때, 버드나무 높은 가지 위에서 꾀꼬리의 차랑차랑한 목소리가 울려 퍼졌습니다.

이 비 개면

이 비 개면
학교 가는 고갯길엔
뻐꾹채꽃이 피고
살구나무 푸른 잎 사이
새파란 열매들
쳐다보이겠다.

이 비 개면
산기슭 참나무 숲에서
장난꾸러기 꾀꼬리들
까불대는 금빛 목소리
차랑차랑 울려오겠다.

아버지는 못자리 씨를 뿌리시고
나는 쇠먹이 풀을 하러
학교에서 일찍 돌아와야지.

낫을 갈아 망태기에 넣고
동무들을 불러
뻐꾸기 울어 대는 골짜기로 갈까?
아카시아꽃 환한 냇가로 갈까?

밤이면 별들도 눈물을 씻고
조금은 멀리 떠서 어리둥절하겠지.
땅에서 울려오는 개구리 소리에.
푸른 식물들의 그 서늘한 호흡에.

이 비 개면
흙 담 위 앵두나무

짙푸른 잎사귀
그 속에 새파란 열매들
쳐다볼 수 있겠다.

부드러움 속에 강철 같은 의지를 지니신 분

권오삼

4월 26일, 이오덕 선생님에 대해 글을 써 달라는 〈시와 동화〉에서 온 청탁서를 받고 몇 가지 알아볼 게 있어 선생님이 계시는 '무너미마을'로 전화를 올렸다. 그랬더니 전화를 받으시는 선생님의 목소리가 전과 같지 않았다. 어디 편찮으십니까, 하고 여쭈었더니 내일부터 한 일주일이나 열흘쯤 서울에 있는 병원에 입원을 해야 할 형편이라고 말씀하셨다.

선생님은 요 몇 년째 건강이 별로 안 좋으시다. 내가 최근에 선생님을 봐온 것이 구정을 막 지난 무렵이었으니 벌써 두 달 전이다. 그때 선생님의 건강에 대해서 직접 들은 말이 있다. 선생님께선 신장이 나빠 몸이 자주 붓고, 때로는 걸음 걷기에도 불편하실 때가 있었다고 말씀하셨다. 선생님은 젊은 시절부터 신장 때문에 늘 고생을 하신 걸로 알고 있다. 그런 연유로 선생님은 과천의 아파트에서 지내시는 일이 뜸해졌고, 자주 무너미마을에 가셔서 쉬다 오시곤 하셨다. 그러시더니 4월 어느 날, 이제는 아예 무너미마을로 자리를 옮겼다고 편지를 주셨다.

그 소식을 받으니 왠지 섭섭한 마음이 들어 바로 전화를 올렸더니, 언제 시간 있으면 꼭 놀러 오라고 하시면서 차편까지 자세히 일러 주셨다. 그 일이 바로 어제 같은데 입원까지 하실 정도로 건강이 나빠지신 모양이니 은근히 걱정이 되고 이 글을 쓰면서도 어째 맥이 빠지는 것 같다.

선생님의 건강에 대한 이야기가 나온 김에 내가 알고 있는 선생님의 건강 관리에 대해서 몇 마디 해야 할 것 같다. 선생님은 지병이 있으셔도 용케 늘 건강을 유지하고 계셨다. 어떤 때는 선생님보다 17살이나 아래인 내가 선생님보다 건강이 못할 때가 있었다. 그래서 나는 속으로 부끄러울 때가 많았다. 선생님의 그 많은 저서와 활동을 보면 그렇다. 최근에는 건강이 나빠 그렇지 않으시지만, 1985년에 과천으로 오시고부터 최근까지 선생님을 옆에서 지켜 본 바로는 선생님은 상상을 훨씬 뛰어넘는 힘으로 활동을 하셨다. 더욱이 90년대 초까지는 '민족문학작가회의'의 중요 인사로서 '민주화 운동'과, 전국의 초·중등 교사들로 이루어진 '한국글쓰기연구회'의 사실상의 스승으로서 하루도 편한 날이 없도록 동분서주하셨다.

강건한 체격과 체력의 소유자도 아니면서 그러한 활동력을 보여 주신 것은, 선생님의 수도승과도 같은 엄격한 자기 통제와 절제가 몸에 배어 있었기 때문이라고 본다. 술·담배를 안 하시는 데다 음식도 가려 드시고, 욕심을 안 부리신다. 음식을 가려 드신다니까 얼핏 생각하기에 식성이 까다로운 별난 분으로 생각할지 모르나, 배부른 사람들의 음식 타령 같은 그런 형태의 까다로움이 아닌, 바람직한 먹을거리에 대한 까다로움이다.

다시 말하면 선생님이 싫어하고 가려 드시는 것은 인스턴트식품 같은 것이다. 선생님이 좋아하시는 것은 현미밥이나 벌레 먹은 채소 같은, 맛은 없지만 우리들이 정말로 귀하게 여겨야 할 유기농의 먹을거리이다. 이런 먹을 거리를 즐기시는 가운데 늘 당신의 몸을 살피시는 일에도 게으름을 피우지 않으신다. 이것이 선생님의 유일한 섭생법이고 양생법이다.

1. 멋 부리기를 싫어하시는 분

선생님이 생활하시는 것을 보면 좀 유별나다. 선생님이 계시는 과천의 17평 주공아파트를 보면 영락없는 헌책방이다. 들간문(현관문)을 열고 안으로 들어서면, 거처방(거실)이고 방 안이고 할 것 없이 사방이 책으로 빼곡히 막혀 있어 숨이 막힐 정도이다. 선생님이 주무시는 방 안도 예외가 아니어서 겨우 무릎을 맞대고 앉을 정도이다. 그러다 보니 선생님과 이야기를 나누려면 자연히 서로 무릎을 맞댈 수밖에 없다. 처음 선생님을 뵙는 분들은 그 점이 좀 불편할지 모르나 나는 그런 점이 도리어 참 좋고 편안하다. 깔끔하게 정돈된 방 안 풍경으로 느끼게 되는 조심스러움 보다는, 선생님이 편하신 대로 하고 계시는 방 안 풍경이 내 마음을 훨씬 편하게 해주기 때문이다. 그 방안 풍경에 어울리게 아무렇게나 걸치고 계시는 선생님의 옷차림새도 일품(?)이다.

선생님의 생활은 아주 소박하다. 겉멋 부리고 꾸미기 좋아하는 요즘 사람들이 보면 참 멋없는 생활공간에서 멋없이 살고 계신다고 할지 모르겠으나, 선생님은 그런 멋에 정신을 쓸 여유가 없는 분이다. 선생님께선 할 일이 태산 같으신데 어찌 멋 같은 것에 마음을 쓰시랴.

2. 강철 같은 의지력과 황소고집을 지니신 분

선생님은 의지력 하나만은 대단한 분이라고 늘 감탄하고 있다. 어지간한 사람은 무슨 일을 하다가 벽에 부딪히면 포기를 해버리는데 선생님은 그렇지가 않다. 좀체 포기할 줄 모르신다. 오래도록 '한국 글쓰기연구회'를 이끌어 오신 것도 그렇거니와 '우리글 바로쓰기' 연구와 운동에 대한 의지도 그렇다. 고군분투하시면서도 조금치도 흔들림이라곤 없으시다.

그리고 당신이 하시는 일이나 생각이 옳다고 여기시면 누가 뭐래도 요지부동, 황소 고집이시다. 이것은 바로 당신의 신념 때문이다. 나는 이 점이 우러러보인다. 이런 의 지와 신념이 있기에 황소고집이 있다고 본다. 약간의 장애물만 만나도 쉽게 흔들리고 마는, 의지박약인 나로선 감히 흉내도 못 낼 정도이다.

그러나 선생님의 이런 성품이 때로는 다른 이들과 불협화음을 일으키는 요인이 되기 도 하는데, 내가 보기에 선생님은 그런 일에 전혀 마음 쓰시지 않은 것 같으니 이 또한 놀라울 뿐이다.

3. 읽고, 쓰고, 연구하기에 잠시도 틈이 없으신 분

선생님과 나와의 나이 차이는 20년에 가깝지만 선생님은 나이를 따지지 않고 친숙하 게 대해 주신다. 이런 모습은 나에게만 해당되는 것이 아니다. 나보다 20년 정도 아래 인 사람한테도 마찬가지이다. 어찌해서 이런저런 사람들이 함께 선생님 댁에 들러 이 야기를 나눌 때면 모두들 선생님에 대해 스스럼이 없다.

내가 지금은 담배를 끊었지만 한때는 애연가였다. 좁은 방 안에서 선생님과 이야기 를 나누다가 담배 생각이 나면 염치 불구하고 담배를 꺼내 피우는 무례를 저지르기도 여러 번이었다. 하지만 선생님은 조금치도 싫은 기색을 보이신 적이 없었다. 지금 생각 하면 참 무례한 짓을 했다.

선생님의 글을 보면 선생님은 무척 까다롭고 깐깐한 분인 것처럼 생각되기가 쉽다. 그런데 막상 선생님을 모시고 이야기를 나누어 보면 그렇지도 않다. 그리고 늘 책을 읽 고, 쓰고, 연구하고, 생각하는 것에 부지런하시어 이야깃거리가 풍부하다.

어쩌다 선생님 댁에 들르면 선생님의 이런저런 말씀을 듣느라 시간 가는 줄 모른다. 문학, 교육, 사회, 정치, 우리말, 건강에 관한 것까지 당신이 책에서 보신 것 남한테 들 으신 것, 느끼신 것, 생각하신 것을 말씀해 주실 때면 많은 것을 배운다는 생각을 불현 듯 하게 된다. 그래서 나는 혼자 이런 소리를 많이 한다. '이오덕 선생님한테 가면 배울 것은 많아.' 하고. 그렇다고 당신 혼자만 이야기하시는 것은 절대 아니다. 별로 도움이 못될 내 이야기라도 열심히 들어 주신다. 그러다 보니 선생님 댁에 들르기만 하면 보통 5시간 이상 앉아 있다가 일어설 때가 많다. 선생님과 대화 삼매경에 빠지면 그렇게 돼 버린다.

4. 후학들에게 너무 예의를 차리시는 분

내가 선생님과 대화 삼매경에 빠져 원고 쓰시기에 바쁜 선생님의 귀한 시간을 빼앗 고 있다는 걸 뒤늦게야 깨닫고, 죄송함에 황망히 자리에서 일어서면 굳이 전철역까지 바래다주신다. 선생님이 너무 예의를 지키시는 것 같아 어떤 때는 좀 불편하다.

또 하나 예를 들면 당신의 저서에다 서명을 해 주실 때인데, 꼭 '권오삼 선생님께' 이다. 이런 일이 한두 번이 아니어서 달리 좀 해 주시라고 해도 예나 지금이나 변함이 없으시다. 그렇게 서명해 주시는 저서를 받을 때면 상당히 부담이 된다. 전화로 말씀을 하실 때도 나한테는 좀 거북할 정도로 인사 말씀이나 응대를 하시어 내심 거북할 때가 많다.

> 권 선생님, 보내 주시는 글을 잘 읽고 있습니다. 이제부터는 여기서 지내게 되었습니다. 한번 틈내시
> 어 놀러 오십시오. 전화 주시면 길 안내해드리겠습니다.

얼마 전에 주소를 '무너미'로 옮겼다는 소식을 주신 편지인데, 선생님 식의 예의가 묻어 있어 너무 황송한 느낌이다.

> 권 선생, 보내 주는 글은 잘 읽고 있어요. 이제부터는 여기서 지내게 되었으니 한번 틈내어 놀러 와요.
> 미리 전화해 주변 길 안내하지요.

좀 이런 식으로 하실 수 있을 터인데도 선생님은 그렇지 않으시니 내가 선생님께 편안한 사람이 못 되어서 그런 것 같다는 생각이 드니, 이 또한 웃어른에 대한 내 잘못이 아닌가 한다.

하여튼 선생님을 봐오면 권위나 위엄, 격식, 아래위를 조금도 염두에 둠이 없이 아주 소박하게 사람을 대해 주시는 분이지만, 원체 그 정신이 곧아 삿된 것과는 타협을 불허하시는 칼날 같은 분이라 오래도록 선생님을 가까이 모셨는데도 선생님에 대한 내 조심스러움은 여전하다. 그러나 그것은 선생님 때문이 아니라 늘 흐트러져 지내는 내 정신과 행동에 따른 내 자신의 부끄러움 때문일 뿐이다.

5. 미움과 존경을 함께 받고 계시는 분

선생님은 미움도 많이 받는 분이시고, 존경과 칭송도 많이 받고 계시는 분이시다. 명암이 아주 뚜렷한 초개성적인 분이시다. 문단에는 그리 일찍 나오시지 않으셨지만 아동문학과 아동문학인들에게 끼친 영향에 대해서는 이원수 선생님 못지않게 크고 넓었다고 본다. 그 점은 어느 누구도 부정하지 못하리라. 기존 문단에서는 평가를 인색하게 할지 모르지만 문단 밖에서는 그렇지가 않음을 조금만 눈여겨보면 쉽게 판단할 수 있으리라 본다.

선생님의 역저 《시정신과 유희 정신》이 20년이 넘게, 1998년 11월 현재로 11판 인쇄 라는 사실 하나만으로도 이를 가늠해 볼 수 있다. 지금 아동문학인이 아닌 사람도 아동 문학을 말할 때는 선생님의 함자를 들먹인다. 무엇 때문인가? 곧은 정신은 세월의 풍 화 작용에도 끄떡없이 다이아몬드처럼 빛을 뿜기 때문이 아닐까.

나는 늘 선생님한테서 겉멋이 아닌 강철 같은 굳은 '의지력'을 배우려 하고, 불의와 타협하지 않으시는 진정한 '선비 정신'을 배우려 하지만 어림도 없어 먼발치에서 그저 우러러만 볼 뿐이다.

미루나무
비질하는
하늘 흰 구름

이오덕

서언

　지극히 당연한 말이지만 동시(동요·소년시 포함)는 아동을 위해서 쓴 시다. 아동을 위해서, 혹은 아동에게 읽히기 위해서 쓴 시란 시인 자신이 반드시 어떤 성장 과정에 있는 아이의 심리 상태가 되어 쓴 것을 말하는 것이 아니다. 그렇게 어린애의 마음이 된다는 것은 엄밀히 따지자면 있을 수 없고, 그것은 아무런 뜻이 없으며 속임수가 되기 쉽다. 동시는 어른인 시인 자신의 세계를 온몸으로(물론 아동에게 주는 시란 것을 의식할 수도 있고 전혀 의식하지 않을 수도 있다.) 쓴 것이 그대로 아동에게 이해되고 받아들여지는 시로 되는 것이 가장 바람직하다.

　이러한 시가 되자면 아동의 세계(관념적인 동심이 아니라 살아가고 있는 아동의 현실 세계)에 대한 시인의 깊은 관심과 이해가 있어야 할 것은 물론이지만, 무엇보다도 시인으로서의 자각과 특질, 곧 높은 지성을 밑받침으로 한 시정신을 가져야 한다. 그것은 '우주 감각'(폴 발레리)이라 해도 좋고, '숭고한 미에 대한 인간의 열원'(보들레르)이라 해도 좋다. 자칫하면 모방과 정체 상태로 떨어지기 쉬운 형식성에 대해 끊임없는 자기 갱신과 탈피의 자세를 확보하는 일 또한 시인이 지녀야 할 특성이라 하겠다.

　그런데 우리 한국의 동시는 거의 대부분이 이러한 참된 시정신의 산물이 아닌 것 같다. 유아들의 의식 상태를 재미있는 말재주를 부려 흉내 낸 것을 동시라 하여 온 것 같다. 반세기 전의 동요의 출발이 그러했고, 그 뒤 유아들의 귀여움이 아동과 소년들의 귀여움으로, 명랑하고 재미스러운 놀이로 바뀐 경우에도 동시인들이 아이들을 거짓 꾸며 보이는, 곧 어린애인 척하는 태도로 동시를 쓰는 상태는 다름없었다. 동요·동시라면 시란 느낌이 들지 않고 뭔가 치졸스런 아이들의 모습을 나타낸 것이라는 인상을 누구에게나 주는 것이 이 때문이다.

1. 윤석중의 《초생달》

　동요집 《초생달》은 8·15 직후에 나왔지만 여기 수록된 대부분의 작품이 왜정 치하에서 씌어진 것이다. 이 동요집은 저자의 동요 세계가 가장 잘 나타나 있고, 나아가 한국

동요의 기본 성격이 뚜렷이 제시되고 있다는 점에서 우리 창작 동요의 고전이라 할 수 있다.

> 우리 아기 아장아장
> 걸음마를 배울 땐
> 맨드라미 빨강 비로
> 앞마당을 쓸어라.
> – 〈걸음마〉

읽으면 저절로 미소를 짓게 된다. 귀여운 아기의 모습과 그 아기를 보는 어른의 애정이 넘쳐 있다. 《초생달》은 이러한 유아 완상의 세계다. 어쩌면 이렇게도 아기들의 귀여움을 재미있게 그려 놓았을까? 시인의 마음은 아기의 천진스런 모습이 그대로 비치도록 그토록 세상의 티끌이 묻지 않은 순수한 마음일 수 있었을까?

그러나 아무리 세상을 모르고 젖만 빨고 밥만 먹고 있는 아기들이라 하더라도, 온 민족이 수난을 당하던 그 암흑의 세월에서, 그리고 해방이 되어 온통 세상이 어지럽게 되고 먹고 살기조차 힘들던 그 시기에, 사회 환경의 영향을 받지 않고 다만 밝은 눈동자와 즐거운 웃음만으로 자란 아이들이 얼마만큼 있었을까? 그토록 아이들을 사회와 절연된 세계에서 아무 생각 없이 귀엽게만 바라보는 것으로 작품을 쓸 수 있는 시인이 있었던가, 놀라지 않을 수 없다. 같은 시기에 다음과 같은 동시를 쓴 시인이 있었기 때문이다.

> 찔레꽃이 하얗게 피었다오.
> 누나 일 가는 광산길에 피었다오.
>
> 찔레꽃 이파리는 맛도 있지.
> 배고픈 날 가만히 먹어 봤다오.
>
> 광산에서 돌 깨는 누나 맞으러
> 저무는 산길에 나왔다가
>
> 하얀 찔레꽃 따먹었다오.
> 우리 누나 기다리며 따 먹었다오.
> ─이원수, 〈찔레꽃〉

해마다 흉년이 들고 가혹한 공출을 해야 했던 농촌에서 이런 아이들의 생활이란 결코 특수하게 가난한 사람들을 들춰내어 쓴 것이 아니고, 모든 농산촌의 보편적인 현실을 그린 것이다. 그런데 '맨드라미 빨강 비'든지 '주먹 빨고 자는 아기'든지, 《초생달》에 실려 있는 작품들을 어느 외국인이 읽는다고 할 때, 그 누가 이 작품들을 수난당한 민족의 어린이들의 모습이라고 할 것인가?

《초생달》의 동요 세계의 다음 문제점은 아동을 위해서 쓴 시인의 시라기보다 어린애들을 상대로 한 어른의 유희적인 취미물이 되고 있다는 사실이다. 젖을 빨거나 걸음마를 배우는 아기들은 아동문학작품의 독자가 될 수 없다. 동화도 그렇고, 동요 역시 말을 할 줄 아는 유년기부터라야 수용이 된다. 그런데도 거의 모든 작품이 그것을 부를 수도 없고, 즐길 수도 없고, 시로서 느낄 수도 없는 아기들의 얘기를 쓰고 있는 것은, 그 아기들의 성장을 위한 것이 아니라 어른들의 흥취를 위한 것이다. 이런 어른들의 자기만족을 위한, 어른 본위의 표현이란 것은 아무리 쉬운 말로 씌어졌다고 하더라도 아동을 위한 문학이라고는 하기 어렵다.

아기들에게뿐 아니라, 글을 읽을 수 있는 아동들에게도 이것은 시로서 받아들여지기 어렵다. 지금 막 유아기를 지내온 아이들이 이런 작품을 읽으면(이런 동요는 누구나 아동들이 읽는 것으로 알고 있고, 실지로 거의 아동들만 읽는 것이다.) 그들이 조금 전에 가졌던 그 유치한 세계를 생각해 낼 뿐이지, 그것이 어른들의 눈에 비치는 것처럼 감흥을 일으킬 거리가 못된다. 아기들의 세상모르게 구는 행동이란 것은 어른들에게나 진귀하게 여겨지고 혹은 그리워지는 구경거리인 것이다. 이런 것을 아이들에게 보여 주는 일은 아동들의 의식을 과거에다 매어 두어 그 지적 발달뿐 아니라 모든 인간적 성장을 막고 해치는 결과까지 가져온다. 어찌 그것이 시의 할 일이라고 하겠는가?

시는 맨 처음 어린이의 것이었다고 하는데, 이 말은 옳다. 그런데 시가 어린이의 것이라고 함은 어린이의 그 온몸으로 세상을 보고 느끼는 경이심(驚異心)이 시가 된다는 것이지, 어린아이의 행동을 재미스런 장난감처럼 본 어른의 마음이 시가 된다는 말이 아니다.

엄마, 엄마,
내 키가 이키나(이렇게) 컸어.

이것은 해가 막 뜬 아침에 제 그림자를 보고 놀란 세 살짜리 아이의 입에서 터져 나온 말이다. 제 그림자를 보고 스스로 자란 모습을 느끼고 놀란 이 마음은 세 살짜리 아이의 발견이요, 시다. 그런데 어른이 이런 어린아이의 상태가 되어 그들의 흉내를 낸다

해서 시가 될 수 없다. 비록 아무리 놀라운 말솜씨로 어린애의 귀여움을 그렸다고 하더라도, 그것이 어른의 시라 해서 물론 대단한 시도 아니지만 될 수 있을지 모르지만 아이들을 위한 동시는 될 수 없는 것이다. 추억이라든가 회상이란 것도 어른들에게는 절실한 마음의 운동이 될지 모르지만 아이들에게는 유익을 가져오기 어렵고, 오히려 대개의 경우 정신의 자라남을 방해하게 되는 것이다.

그러나 이러한 유희 세계에서 벗어나려고 한 이 동요 시인의 노력이 《초생달》에서도 얼마간 엿보인다. 이 동요집의 많은 작품들이 그의 초기에 썼던 3·4조나 7·5조의 정형 동요에서 벗어나 같은 정형이라도 여러 가지 다양한 변형을 시도한 것이 보이지만, 특히 '우리 집 들창', '길 잃은 아기와 눈', '다락', '아기와 도토리', '길', '우리 집' 같은 작품들은 정형을 아주 벗어난 것이 주목된다. 이런 작품들 역시 유희 세계의 것이라 하더라도, 더러는 동화적 얘기로서, 더러는 향수적인 것을 찾으려고 하여, 외형적인 것에서 보다 내재적인 시의 세계에 접근하려고 한 진지한 시적 태도가 엿보이는 것이다. 그리하여 해방 후에 씌어진 몇 편의 '소년시'는 이런 창조적 노력이 발전하여 이뤄진 것이라 보고 싶다.

물론 책 끝에 붙은 이 세 편의 '소년시'는 8·15 직후의 정치적 선풍과 혼란의 시대에 그 역시 휘말려 들어가 사회적인 관심을 포기할 수 없었던 작품을 썼다고 생각되지만, 한편 그런 가능성은 동요의 길을 열기 위한 선구적인 노력이 가져온 그의 작품의 시적 발전 과정을 생각할 때 더욱 필연성을 띤 것으로 보여지는 것이다.

그러면 그 '소년시'는 시로서 어느 정도 성공하고 있는가? 다음에 '독립'이란 작품을 들어 본다.

길가

방공호가 하나 남아 있었다.
집 없는 사람들이 그 속에서
거적을 쓰고 살고 있었다.

그 속에서 아이 하나
제비 새끼처럼 내다보며
지나가는 사람에게 물었다.
"독립은 언제 되나요?"

　형식면에서 볼 때 여기엔 동요적인 것의 그림자도 안 보인다. 그러면 자유시로서 더욱 발전할 바탕, 곧 내재한 시의 혼이란 것은 어느 정도로 있는 것인가?

　섭섭하게도 이 작품엔 그런 것이 보이지 않는다. 내용은 여전히 동요적 발상이다. 8·15 당시 방공호 속에서 거적을 쓰고 살고 있었던 사람은 얼마든지 볼 수 있는 거리의 풍경이었지만, 그 방공호 속에 보이는 아이를 '제비 새끼'라 한 것이라든지, 지나가는 사람에게 '독립은 언제 되나요?' 하고 물었다는 것은, 단지 아이들의 모습을 귀엽게만 파악하려고 한 동심적 관념에서 벗어나지 못한 것이다. 내용과 형식이 어긋나는 데서 오는 결과는 아무런 감동도 줄 수 없는 다만 싱거운 작품으로 만들고 있다. 다른 두 편의 소년시도 모두 이런 정도의 인식 세계로 되어 있다. 이것을 앞에 든 이원수의 〈찔레꽃〉과 비교해 보면, 비록 앞의 것이 정형으로 씌어진 것이지만, 아이들의 생활에 대한 이해와 애정에 있어서 이것이 얼마나 방관적이고 동시적 유희 정신에 사로잡혀 있는가를 알 것이다.

　그렇다고 하더라도 이런 자유시로 썼다는 것은 유아적인 것에서 벗어나려는 진정 귀한 노력이었는데, 이 동요 시인의 이토록 귀한 시의 싹이 그것으로 더 피어나지 못했다는 것은 애석한 일이다. 《초생달》이후 그는 많은 동요를 발표하고 동요집도 여러 권 냈지만, 한결같이 《초생달》의 유희 세계에 안주하여 다만 말재주의 수준 높은 솜씨만을 보여 왔을 뿐이다.

　이 윤석중 동요의 동심 세계는 우리 동요문학의 주류를 형성해 왔으니, 박목월의 환상적인 꿈의 세계가 그렇고, 강소천의 명랑한 표정을 조립해 보인 소년시가 그렇고, 서민적인 생활을 표현할 듯하다가 결국 감각적인 것에서 더 나아가지 못하고 만 김영일의 단시(短詩)가 그러하다. 그리고 이런 동심의 망령은 오늘날 대부분의 아동작가들의 작품 세계를 완고하게 지배하고 있는 것이다.

2. 박목월·강소천

　박목월의 동요 〈송아지〉는 초등학교 아이들이 부르게 되어 있지만 사실 그 작품은 초등학교에 들어가기 이전인 어린애들에게만이 경이감을 안겨 주는 시가 될 수 있다는 것을 나는 다른 곳에서 말한 바 있지만, 〈꽃 주머니〉도 〈토끼의 귀〉외 그 밖의 모든 동요가 유아들의 것으로 되어 있다. 다만 즐겁고 기쁘고 재미있기만 한 그 유아들의 세계는 바로 천사들이 사는 하늘 위의 세계다. 목월의 동시는 이런 천사들의 모습을 나타내기 위해 될 수 있는 대로 아름답고 귀엽고 기쁘고 재미스러운 이미지를 만들어 보이는 것이다. 괴롭다든가 슬프다든가 그 밖에 현실의 흙이 묻은 생활적인 세계는 아예 관심을 가질 수 없는 것이 그의 시관(詩觀)인 듯하다.

강소천의 동요·동시(《소천전집》에는 158편이 수록되어 있다.)는 그 태반이 동요와 가사로 되어 있다. 가사는 모두 아이들이 실제 놀이에서 부를 수 있도록 쓴 것이 아니면 착한 일이나 상식적인 도덕을 권하고 가르치는 내용이다. 동요·동시는 아이들의 귀여운 말과 행동, 재미와 웃음의 세계, 곧 윤석중·박목월의 천사적 유아 세계를 그 나이만 조금 높인 아동, 혹은 소년의 것으로 바꿔 놓은 것이다. 그래서 동요는 유아적인 발상 그대로이고, 동시 또한 그런 유희 세계의 연장이 아니면 지극히 상식적이고 피상적인 아동 생활의 일상을 명랑한 웃음으로 미화시킨 것뿐이다.

소천의 작품에서 드물게 성공하였다고 일컬어지고 있는 작품을 들어본다.

물 한 모금 입에 물고

하늘 한 번 쳐다보고.

또 한 모금 입에 물고

구름 한 번 쳐다보고.

– 〈닭〉

이것을 동요로서 완벽한 작품이라고 하는 이도 있다. 그리고 이 작품을 두고 박목월 씨는 다음과 같이 설명하고 있다.

물 한 모금 입에 물고 하늘 한 번 쳐다보는 닭의 동작은 우리 마음속에 끝없는 것[永遠感]을 느끼게 하는 하나의 귀여운 모습입니다. 작고 귀여운 병아리들이 그 넓고 아득한 하늘을 쳐다보는 모습은 우리에게 아무리 작은 미물이라도 하늘을 안다는 느낌을 줍니다. 이 느낌은 우리에게 참으로 귀중한 것입니다.

그런데, 닭이 물을 마실 때 하늘을 쳐다보는 것은 하늘을 알기 때문이 아니다. 물을 마시려면 그렇게 위를 쳐다봐야 물이 목구멍으로 넘어가는 것이다. 그것은 아이들이라도 짐작한다. 닭 집 안에 들어 있는 닭들도 물을 먹을 때 천장을 쳐다보듯 목을 위로 올려 세우지 않는가. '하늘 한 번 쳐다보고', '구름 한 번 쳐다보고' 하여 닭의 물 먹는 모습을 재미있는 노래로 쓴 것뿐인 것을, 이렇게 닭이, 혹은 병아리들이 하늘을 안다느니 하여 별나게 해설을 하는 것은 우스운 일이다. 이 동요를 읽은 그 어느 어린이가 그런 생각을 할 것인가? 별것 아닌 것을 가지고 무슨 신묘한 작품처럼 보이자니 이런 무리한 해설이 나오게 되는 것이다.

다시 말하면 이것은 썩 좋은 동요가 못 된다. 시로서는 더구나 그렇다. 관조의 눈이 어떻고 해서 그럴듯한 설명을 하는 사람이야 제멋대로이고, 아이들이 여기서 시와 같은 그 무엇을 느낀다면 지극히 평범한 풍경밖에 없다. 그리고 재미스럽고 귀여운 것, 곧 유희적인 세계뿐이다.

다음에 〈도라지꽃〉이란 동시를 보자.

　　도라지꽃은 가신 언니 꽃
　　예쁜 보라색.

　　언니를 찾아 뒷산에 가자.
　　보라색 저고리.

　　오늘도 나는 혼자
　　뒷동산에 올라서
　　언니가 좋아하던
　　꽃을 찾아 헤맨다.

　　도라지꽃은 가신 언니 꽃
　　예쁜 보라색.

이것은 《신문학 60년 대표작전집》 아동문학 편에 수록된 이 작가의 대표작이다. 이 작품은 유아의 세계도 아니고, 흔히 나타나는 소천의 착한 아이식 설교도 아니다. 여기에는 아이들에게 시적인 그 무엇을 느끼게 하는 것이 있다. 그러나 이 역시 흔해 빠진 시적 가사이다. 시정신이 살아 있는 사람이라면 이런 소재로 이런 유행가사적 표현을 하지는 않을 것이다.

3. 김영일의 〈다람쥐〉

김영일은 동심주의에서 일찍이 벗어나려고 했고, 그리고 어느 정도 벗어날 수 있었던 드문 동시인이다. 《아동자유시집 다람쥐》를 보면 자유시 이전에 벌써 사실적인 작품이 나오고 있다.

　　바지랑 끝에

잠자리는

무섭지도 않나.

저렇게

높은 데서

잠을 자구

– 〈잠자리〉

　이것을 윤석중이나 박목월의 아기 유희적 동요들에 비교해 보면 얼마나 동시를 쓰는
자세가 다른가를 쉽게 느낄 수 있을 것이다. 그러나 잘 살펴보면 여기에도 한국 동요·
동시에 특유한 위시적(僞詩的)인 변을 뚜렷이 느낄 수가 있다. 잠자리가 바지랑대 끝에
앉아 있는 것을 보고 정말 아이들이 '무섭지도 않나' 하고 느낄 것인가? 바지랑대 끝에
앉아 있는 것이 잠자리란 것을 알고 있는 아이라면 그런 생각은 하지 않는다. 잠자리는
날개로 하늘을 날아다닌다는 것, 잠자리 뿐 아니라 참새도 나비도 날아다니고, 그렇게
날아다니는 것들은 바지랑대뿐 아니라 더 높은 나뭇가지에도 앉는다는 것을 알 것이
다. 결코 나뭇가지나 바지랑대 끝에 앉아 있는 잠자리나 새를 보고 '무섭지도 않나' 하
고 염려하지는 않을 것이다. 이것은 아이들의 세계를 안이하게 짐작한 어른의 잘못이
다. 시인 스스로 아무 감격도 없는 사실을 가지고, 이런 것은 아마 아이들이 이렇게 보
겠지, 하고 일부러 아이들인 척해 보이는 것이다. 시인이 아이들의 생활과 운명에 깊은
관심을 가지고 온몸으로 느끼고 생각한 것을 쓴 것이어야 할 터인데, 자신의 것도 아니
고 아이들의 것일 수도 없는 것을 이렇게 쓰게 되는 곳에 아이들의 세계를 치졸한 공상
으로 만들어 내는 동심주의가 있는 것이다.
　이 어린아이인 척하는 동심주의는 시의 감동을 지적 밑받침이 있는 상상에서 창조하
지 않고, 환상과 공상에만 기대는 동화적인 세계에서 찾으려고 한다(이것은 한국의 많
은 공상동화가 지적인 것이나 현실성을 잃어버린 안이한 환상 속에 만들어지는 것과
같다). 윤석중·박목월의 동요가 다 그러하지만, 김영일의 초기의 동요·동시가 여기에서
벗어나지 못한다. 이 〈잠자리〉도 매우 사실적인 것 같으면서 기실 공상동화적 발상을
못 면하고 있다. 또한 동화적인 것을 동화적 얘기로 전개해 나가지 못한 채 어설픈 스
케치로 표현해 보이려고 한 것이 더욱 실패의 원인이 되고 있다고 보여진다.
　이런 동화적 발상이 잘 그려지기만 한다면 그것은 아이들에게 재미있게 읽혀질 수도
있다. 그 한 가지 예가 널리 알려진 〈다람쥐〉다. "도토리 점심 갖고 / 소풍 간다."의 이
동화적 공상은 "다람쥐야 / 팔딱 / 재주나 한 번 넘어라."에서 한층 가경에 들어, 다람

쥐의 생생한 모습을 그리게 하는데, 그것은 단순한 동화적 공상에 그치는 것이 아니라 사실적 상상으로 살아나서 아이들의 감흥을 돋우는 것이다. 이 〈다람쥐〉는 공상적 동심의 세계에서 사실적인 〈자유시 현재〉로 옮겨 간 과정에서 씌어진 〈자유시 이전〉의 대표작이다. 〈자유시 현재〉에 와서 동심의 공상 세계를 일단 청산한 그의 동시는, 그 이전에 쓰고 있던 '가아고', '자아구', '왔네', '하지' 하는 등의 유아적인, 혹은 동요적인 말의 모방을 지양해서 서술형어미 '−다'로 철저히 바뀐 형태면에서도 그 모습이 달라진 것을 뚜렷이 볼 수 있다.

소낙비

소낙비 그쳤다.

하늘에
세수하고 싶다.

이 작품의 둘째 연을 "세수하고 싶은 / 하늘"이라고 명사로 끝맺지도 않고, "하늘에 / 세수하고 싶다."라 하여 감탄 어미로 하지도 않고 그냥 서술형 어미 '다'로 해놓았는데, 이 〈자유시 현재〉의 작품들은 모두 이와 같은 형식으로 되어 있다. 이것은 그가 동시란 것을 말의 기교나 유희성에 기대지 않고 보다 생활적인 사상(事象)에서 감동을 찾으면서 솔직하고 담백한 표현 형태를 가져 보려는 매우 시적인 태도에 연유하는 것이다. 그리고 이러한 창조적인 태도와 노력은 아동을 천사로 모시고 있는 공상적 관념의 세계에 안주하지 않고, 살아 있는 아이들의 서민적인 세계에 접근하고 있음을 말해 주는 것이기도 하다. 보라, 이 소낙비는 얼마나 신선한 느낌을 주는가? 여기에는 진부한 동심의 공상적 유희란 것이 전혀 없다. 아이들의 귀여움을 어른의 눈으로 바라보고 생각하는 장난감 동요의 세계에서는 멀리 벗어나 있다. 어디까지나 구체적인 사물을 관찰하는 눈을 통한 느낌의 세계인 것이다.

　그러나 이 〈자유시 현재〉의 작품들 역시 시로서는 너무나 단편적이고 감각적인 것에 머물고 있어 단순한 스케치가 되어 버렸다. 이런 작품은 초등학교의 아이들도 어쩌면 쓸 수 있는 것이 아닐까? '달밤' 이란 제목의 작품이 여러 편 있는데, 그중의 하나를 들어본다.

　달밤에

어린애 울음소리.

하늘은 새맑다.

언젠가 4학년의 어느 아이가 달밤에 이웃집에서 장기 두는 소리를 들으면서 멀리 간 아버지 생각을 한 것을 적어 낸 시가 있었던 것을 기억하는데, 그런 아이들의 시보다 이런 작품이 더 잘된 것으로 느껴지지는 않는다. 또

산

산은 언제나 마음을 하나하나 한 마음을 가지고 가만히 앉아 있다.

이렇게 쓴 산골 초등학교의 이제 겨우 글자를 익혀 쓴 2학년 아이의 시라든가

조그만 구름

구름아, 구름아,
어서 빨리 갈라고 하면 뭣하노?
평생 가 봐도 너의 집은 없다.
며칠 굶고 가도 밥 한 숟갈 안 준단다.

역시 산골의 초등학교 3학년 아이가 쓴 이런 시들에 비교할 때, 시인이 쓴 이 〈자유시 현재〉의 시편들의 대부분이 아이들의 것보다 월등하게 높은 수준의 것은 아니라는 것을 생각하지 않을 수 없다. 이것은 시인이 온몸을 던져 넣는 자세로 동시를 쓰지 않고, 아동의 세계를 자연 관찰의 안이한 감각적인 것에다 설정하여 거기 맞추어 쓰려고 한 때문이라 보아진다. 이런 점에서 이 시인의 태도는 동심주의 세계에서 완전히 벗어났다고 할 수 없다.

만일 그의 대표작이 〈자유시 초기〉의 작품인 〈다람쥐〉라는 것이 틀림없다면 〈다람쥐〉 이후의 모든 〈자유시 현재〉의 작품들이 〈다람쥐〉 만큼 아이들의 세계에 접근하지 못하고 있다는 말이 될 수도 있다. 이것은 〈다람쥐〉의 동화적 세계를 살아 있는 것으로 만든 참된 동심적 상상의 눈이 승리한 것이요, 또한 〈자유시 현재〉의 모든 작품들이 아이들의 생활 감동의 세계에까지 파고 들어가지 못하고 말았다는 말이 되는 것이다.

아동의 생활 현실을 깊고 폭넓게 파악하지 않고 겨우 풍경만을 그리는 데 그쳐 버린 제재의 편향성과 함께, 일상의 상식적인 정도를 크게 벗어나지 못한 시의 감도(感度)며, 어떤 풍경을 두세 줄로 소묘해 놓고 마지막 한 줄에서 짧은 감상을 술회하고 있는 이 한결같은 내용과 형식의 매너리즘은 결국 시인의 안이한 시정신에 기인하는 것이다.

4. 소재와 주제

여기서 유희 세계를 주조(主潮)로 한 한국의 동요·동시 전체의 모습을 내려다보기로 한다. 72년 말에 나온 신구문화사의 '소년소녀 한국의 문학'의 〈동시집〉은 우리 아동문학이 출발한 이후 지금까지의 동요시인 102명의 작품 302편을 수록하고 있는데, 이 앤솔러지를 참고로 한 것은 작품 수록에 있어 어떤 편중성이 없다고 보기 때문이다. 먼저 302편의 작품을 농촌을 소재로 한 작품과 도시를 소재로 한 작품으로 나누면 다음과 같다.

① 농촌 208편

② 어촌·바다 11편

③ 도시 10편

④ 도시·농촌 73편

(계: 302편)

여기서 '도시·농촌'이라고 한 것은 농촌이나 도시 그 어느 것에도 해당되지 않거나, 혹은 그 어느 것이라고 지적할 수 없는, 말하자면 특정한 지역성이 나타나지 않은 작품을 말한다. 그러니 이 ④를 빼고 보면 소재의 90퍼센트가 농촌이 되고 도시는 겨우 4퍼센트밖에 되지 않는다. 즉 거의 모든 동요시인들이 농촌을 소재로 해서 쓰고 있다는 것을 알 수 있다.

다음, 주제별로 나눠 본 것이 다음과 같다.

① 유희적인 것 149편(43%)

(이 중에 특히 아기들의 귀여움을 나타낸 것이 90편이나 된다.)

② 풍경 스케치 78편(26%)

③ 자연의 아름다움 27편(10%)

④ 심리적인 것 15편

⑤ 고향 생각 5편

⑥ 부모 형제 생각 6편

⑦ 일(노동) 4편

⑧ 학습 2편

⑨ 생활 4편

⑩ 기타 12편

이것으로 보면 작품의 태반이 아기들의 말과 행동의 귀여움이나, 좀 더 자란 아이들의 천진하게 뛰노는 모습을 그린 유희적인 내용이다. 그리고 그중에서도 특히 아기의 귀여움을 그린 것이 90편(유희적 작품의 60퍼센트, 전체 작품의 30퍼센트)이나 된다.

다음으로 단순한 감각적인 것, 혹은 아이들의 눈으로 재미스러운 풍경이라 볼 것 같은 것을 스케치한 데 지나지 않는 것이 78편(26퍼센트)을 차지하고 있다. 셋째 번의 자연의 아름다움(27편, 10퍼센트)도 거의 모두가 감각적이고 기교만 드러나고 있는 작품들이다. 네 번째로 많은, 심리적인 것(15편)은 거의 모두 무슨 뚜렷한 주제 의식 같은 것이 없이 그저 아이들의 심리의 재미스러움이나 미묘함을 찾아내려고 한 것이다.

이상의 네 가지 주제는 모두 어른들의 유희적 동요 세계의 것이다. 아기의 귀여움이 유희의 대상이 되고, 심리가 유희의 대상이 되고, 풍경이 완상의 대상이 되는 이 유희의 세계—장난감의 세계가 우리 동요·동시의 90퍼센트를 차지하고 있다는 것은 놀랄 만한 사실이다.

여기 따라 곧 깨달아지는 것은 아동 생활에서 중요한 면을 차지하고 있는 학습 생활과, 그리고 특히 농촌 아이들의 가정생활의 중심이 되고 있는 일하는 모습의 표현이 전혀 무시당하고 있다는 사실이다. 앞서 농촌을 소재로 한 작품이 90퍼센트나 된다고 했는데, 그 농촌을 소재로 한 작품의 거의 전부가 농촌 아이들의 생활을 그린 것이 아니라, 농촌의 산과 들과 물과 구름과 달을 노래하고, 그 풍경 속에 천진하게 뛰어다니는 귀여운 아기들의 천사 같은 눈동자와 재미스런 모양만을 공상 속에 그리고 있다는 것은, 도시에서 살고 있는 동요 작가들이 얼마나 농촌과 농촌의 아이들을 모르고 있고, 아이들의 세계에서 등을 돌리고 자기 폐쇄적인 울 안에 갇혀 안이한 창작 행위를 하고 있는가를 알 수 있다.

혹 어떤 이는 말한다. 아이들의 놀이는 엄연한 아이들의 생활 현실이라고. 그렇다. 놀이도 아이들의 중요한 생활이다. 그러나 젖먹이 아이라면 몰라도 문학작품의 본격적인 독자로 되어 있는 아동들이나 소년 소녀 들에게 있어서는 놀이가 결코 생활의 전부일 수 없고, 더구나 농촌 아이들에게는 그러하다. 그리고 우리 동요 시인들의 유희 세계란 것은 아이들이 놀이를 그들의 살아 있는 현실의 한 토막에서 싱싱한 모습 그대로 잡을 줄을 모르고, 잡은 것이 아니다. 정말 아이들의 놀이 생활조차 붙잡은 것이 없다. 아이들의 놀이가 아니고 시인 자신의 공상적 유희 상태를 그려낸 것이다. 그들은 완전히 아이들과 유리된 딴 세상에서 살고 있다. 아이들을 인형으로 위안물로 여기는 어른 중심의 개인주의적이고 향락주의적인 유희 정신으로 작품을 매만지고 있는 것이다.

아동을 외면한 이런 동요·동시 들이 어떠한 사회적 구실을 할 것인가는 추측하기 어렵지 않다. 그것은 안일한 생활에 젖어 있는 사람들을 위해 한갓 오락물의 노릇을 하는 것이다. 동시가 아동의 정신을 키워 가기 위한 양식이 되어야 하는 원래의 기능을 나타내지 못하고 해로운 독소를 숨긴 저질의 과자 노릇을 하고 있다는 것은 이런 상품이 행세하는 사회가 되어 있기 때문이다. 그래서 이런 동요선집에도 나타나 있듯이 참으로 우스꽝스럽고 난센스거리밖에 될 수 없는 말장난의 작품이 있는가 하면, 공연히 난해한 말귀나 표현으로 내용의 공허함을 은폐하려는 것도 있고, 가난한 시골 사람을 소재로 하여 다만 그들의 촌스러움을 희롱하고 있는 것밖에 아무것도 없는 것도 여러 편 보인다. 천박한 도시의 기계문명에 정신이 팔려 그것을 예찬하기도 하고, 경솔한 애국적인 구호가 나오기도 한다. 이 모든 현상은 아동작가들이 얼마나 지적인 허약 상태에 있는가, 철학이 빈곤한가를 잘 말해 주는 것이다.

5. 방정환

작가와 작품을 수량적으로 볼 때 이상과 같이 우리 동요·동시의 주류는 어린애인 척하는 유희와 모방의 세계였다. 빈 말장난의 수공품이 동요·동시의 이름으로 범람하여 아동문학의 주류를 형성하였고, 이 땅의 교육과 아동문화 전반에 커다란 영향을 미쳐 온 사실을 부인할 수 없다. 그러나 이러한 비뚤어진 문화의 흐름, 비문학적·비시적인 동시의 범람 속에서 치열한 시정신을 잃지 않고 빛나는 동시를 써서 우리 민족의 전체 어린이들에게 따스한 피의 영양소를 공급해 준 시인이 있었으니, 방정환 그리고 이원수의 두 이름을 우리는 자랑스럽게 들지 않을 수 없다. 비록 그 수에 있어서 쓸쓸하다 하겠으나 이들의 동요와 동시는 순간적인 웃음을 파는 그 수많은 동시인 척하는 거짓 작품들과는 달리 모든 어린이들의 마음에 깊숙이 파고들어 그들의 심혼을 흔들어 주는 힘을 나타내고 있었던 것이다.

방정환은 많지 않은 동요를 남겼지만 그의 동요는 동심이란 것을 덮어놓고 예찬만 하는 동요들과는 전혀 다른 세계에서 발상된 것이다. 어느 것을 보아도 어린이들을 장난감으로 귀엽게만 본 것이 아니다. 외적에 짓밟힌 식민지 어린이들의 운명을 스스로의 운명으로 자각한 곳에 그의 동요의 혼이 있었던 것이다. 그 암담하던 시대에 스스로의 모습을 슬픈 노래로 부를 수 있게 한 그의 동요는 얼마나 큰 위안과 기쁨을 이 땅의 어린이들에게 주었던 것인가? 일본 동요의 번역판이나 다름없는 명랑한 웃음을 자아내려고만 한 동요와는 달리 날 저무는 하늘에 반짝이는 '형제별'이 흘리는 눈물을 우리는 모두 스스로의 것으로 느끼면서 자라온 것이다. 자기 자신을 노래한 것이 그대로 어린이들에게 읽히고 불리는 동요일 수 있었던 것은 그가 스스로를 고고한 위치에 놓아두고 불행한 어린이들을 멀리 구경만 하고 있었던 것이 아니라, 어린이와 민족의 운명에 밀착된 세계에 살면서 작품을 썼기 때문이다. 어린이를 인형으로 대한 것이 아니라 수난당한 민족의 주인공으로서 인식하였기 때문이다.

만일 그가 좀 더 오래 살았더라면, 더구나 해방 후까지 살아서 작품을 계속 썼더라면, 그는 틀림없이 아이들을 위해 자유로운 형식의 훌륭한 시를 썼으리라 생각이 된다. 어린이를 진정으로 사랑했던 그의 시정신이 애상적인 동요에 갇혀 있지는 않았을 것으로 보이는 것이다.

6. 이원수

이원수의 동요·동시는 1920년대 〈고향의 봄〉을 기점으로 한 시작(詩作) 생활의 출발에서 몇 편의 동요를 발표한 뒤 곧 동시로 발전하였다. 그만큼 그의 시작은 처음부터 유희적인 것과는 전혀 다른 세계에서 시작되었다. 그것은 서민적인 어린이들에 대한 깊은 이해와 사랑을 바탕으로 한 서정의 세계이다. 이러한 시의 정신은 자신을 표현한 것이 그대로 아동과 소년들에게 이해되고 깊은 감동으로 받아들여지는 동시가 되었고, 아동의 세계와 시인의 세계가 작품 속에 하나로 되어 조금도 틈이 없게 하였다. 그는 아동이란 존재를 단순한 작품 창작의 소재나 대상으로 보지 않고, 또한 한층 내려선 자리에 있는 주체로서 파악하는 것이 아니고, 자신과 같은 자리에 있는, 아니 바로 자기의 옆에 있어 함께 울고 웃으며 살아가는 동반자로서 느끼고 생각하는 것이다. 여기에 그의 문학 정신이 자리 잡고 있으며, 이러한 정신이 원천이 되어 그의 동시는 아이들뿐 아니라 모든 어른들에게까지 높은 감도의 시로 읽혀지는 것이다.

이제 우리 아동문학의 고전이 되고 있는 그의 동시의 폭넓은 세계를 이해하기 위해 편의상 몇 가지로 나누어 얘기해 보겠다.

1) 우선 일제 치하에서 가난한 어린이들에 대한 눈물겨운 애정을 표현한 작품들이 많다. 〈자전거〉, 〈나무 간 언니〉, 〈이삿길〉, 〈헌 모자〉, 〈보오야 넨네요〉, 〈찔레꽃〉, 〈개나리꽃〉, 〈가엾은 별〉, 〈가시는 누나〉 등, 모두 우리 민족의 수난기에 씌어진 감동적 시편들이다.

혹 어떤 이는 이 시기에 씌어진 그의 작품들이 슬프고 어둡기만 하다고 해서 해방 후에 씌어진 밝은 동시들보다 못한 것으로 보는 이가 있으나 이는 시가 씌어진 역사적 상황을 전혀 고려하지 않은 잘못된 견해다. 물론 8·15 이후의 그의 동시들도 새로운 역사 속에 살아가는 우리 민족의 어린이의 올바른 파악에서 이뤄진 것이기는 하지만, 적 치하에서 버림받고 짓밟혀 불행의 극에 다다르고 있던 어린이들에게 따스한 인간적 사랑을 보여 주었다는 것은 분명히 고귀한 문학 행위였던 것이다. 그것은 곧 포악무도한 일제에 짓밟힌 서민들이 당하는 고난을 같은 형제로서 흘리는 눈물로 참아가게 하며, 그리하여 거짓과 아부와 불의(不義)에 충만했던 세상에서 민족의 한 사람으로서의 자기를 최소한도로 확보하게 할 수 있었던 거의 유일한 아동문학의 길이 아니었던가 생각되는 것이다.

2) 일제가 물러간 이후에 씌어진 작품들이 지난날의 슬픔을 씻고 좀 더 밝은 생활의 노래로 된 것은 너무나 당연한 일이다. 그러나 이 때도 그는 여전히 피해자가 된 어린이들을 위해 그들의 생활을 보여 주고 그들을 격려해 주고 있다. 〈밤중에〉, 〈너를 부른다〉, 〈송화 날리는 날〉, 〈도마도〉, 〈순이 사는 동네〉와 같은 시들이 모두 역경에서 살아가는 아이들에게 위로와 용기를 주고 싶어 쓴 것이다. 특히 일하면서 살고 있는 생활의 아름다움을 보여 주려고 쓴 것이 주목된다.

3) 고난을 이겨낸 기쁨, 억눌린 것에 대한 동정, 불의에 항거하는 정신 같은 것이 나타난 시로, 〈개나리 꽃봉오리 피는 것은〉, 〈오끼나와의 어린이들〉, 〈들불〉 같은 것이 있다. 마구 샘솟는 듯 터져 나온 생명력이 율동적인 긴 호흡으로 흘러나와, 장엄하고 침중하며, 혹은 비장한 아름다움이 나타나고 있다. 억눌린 생명의 부르짖음으로 된 이 시들은 소년들에게 고난의 뜻을 알리고, 불의를 미워하고 정의를 지키려는 마음을 흔들어 깨워 주는 강한 감정으로 끌어가고 있다.

4) 고향과 자연과 인정의 아름다움을 노래한 서정적 동시가 많다. 〈고향의 봄〉은 작곡이 되어 이제 우리 민족의 입에서 민요처럼 불리게 되었지만, 1937년에 쓴 〈고향 바다〉라든지, 〈부르는 소리〉(1946), 〈포플러 잎새〉(1953) 등, 모두 많은 사람들에게 애송될 명편 들이다. 여기서 자연을 노래한 시들이 결코 관조의 입장에서 씌어진 것이 아니고 어디까지나 인간의 생활 속에서 살아 있는 자연을 찬미한 것임은 말할 것도 없다.

5) 작곡으로 널리 애창되고 있는 서정적 가사도 모두 훌륭한 시로 되어 있다. 〈고향의 봄〉 외에도 〈새눈〉, 〈파란 동산〉, 〈포도밭 길〉, 〈겨울나무〉 등. 만약 그의 이런 훌륭한 시로서의 가사가 없었던들 우리 아동들은 모두 어설픈 엄마 아빠 짝짜꿍의 동요곡만 억지로 부르다가 유행가로 넘어갈 뻔하였던 것 아닐까?

6) 최근의 작품들은 아동의 세계보다 시인 자신에 더욱 충실하려는 듯하여 보다 인생적인 것으로 기울어지고 있다. 그리하여 아동문학을 벗어난 시작과 함께, 동시라기

보다 아동들에게도 이해되는 시라고 할 작품들을 이따금 보여 주고 있음은 우리 동시가 가지는 고질인 유아적 유희의 질병을 치료하는 데 많은 시사를 주는 것이라 생각된다. 〈햇볕〉, 〈밤 안개〉, 〈산동네 아이들〉, 〈달〉, 〈시월 강물〉, 〈산딸기〉 등 많은데, 특히 이 가운데서 〈햇볕〉은 높은 감도를 지니면서 초등학교 저학년의 아이들에게도 감상될 수 있다는 점에서 보기 드문 수작이라 생각된다. 그러나 이제 그가 지난날에 가졌던 그 서민적인 사랑과 저항의 정신이 다소 희박해진 듯하고, 그리하여 많은 아동과 소년들에게 보다 넓고 깊게 파고 들어갈 수 있었던 생활적인 감동의 세계를 차차 잃어가고 있는 듯한 것은 우리의 아동과 동시를 위해 섭섭한 일이다.

이러한 최근의 변모는 단순히 노령에 들어선 그의 시적 정열의 감퇴라고 할 것인가? 세계와 역사가 변함에 따라 그의 시도 새로운 길을 열어가는 것이라 볼 것인가? 이제 우리는 단순한 빈부의 차에서 오는 불행보다 더욱 큰 문제로 압도당하고 있는 것이 사실이다. 벽에 부딪친 기계문명과 정치 상황이 가져온 인간성의 파멸 위기와 절망 의식이 시인의 눈을 보다 내면적인 세계로 돌리게 한 것 같다. 사회를 위한 목적의식이나 아동을 위한 통정이란 것이 너무나 무력한 감상밖에 될 수 없이 된 참담한 시대 상황에서 시인은 우선 타락한 동시를 구출하기 위해 보다 문학적인 것에 집착하고 있는 것이라고도 보아진다.

사회적인 관심에서 보다 내면적인 정신의 세계로—이원수 동시의 이러한 커다란 최근의 방향 전환에도 불구하고 그의 작품의 밑뿌리가 되고 있는 것이 인간성을 옹호하려는 강력한 의지임에 변함없다. 그의 반세기에 걸친 이 땅의 아동을 위한 시작 생활에서 나온 모든 작품에 공통되게 깔려 있는 시심의 핵이 되는 것은 약한 자에 대한 연민의 정이요, 악을 미워하고 진실을 옹호하는 마음이요, 인간과 자연을 사랑하는 서정의 정신이다. 시대에 아부하는 천박하고 옹졸한 기교 위주의 유희적 동요들과 비교할 때 이러한 시정신은 진정 고귀한 것이라 아니할 수 없다.

이원수 동시를 말함에 있어서 특히 한 가지 얘기해 둘 것은 일하는 아이들의 생활을 표현한 작품에 관해서다. 우리 동요·동시가 씌어진 이후 반세기 동안, 백여 명의 작가들이 수천 편의 동요·동시를 발표하였을 것인데, 과문인지 모르지만 일하는 아이들의 모습을 쓴 작품은 이원수 밖에 없는 줄 안다. 앞에 든 신구문화사의 《동시집》에서 찾으면 이종택의 〈새 고무신〉은 읍내 장에 나무를 팔고 돌아가는 아이가 나오는데, 새로 산 고무신이 아깝다고 벗어 들고 간다는 고무신 얘기지, 일하는 얘기가 아니고 리얼리티도 잃고 있다. 김종상의 〈시장 골목〉도 시장에서 일하는 사람들의 참모습을 그리기보다 시인의 상념의 세계를 표현한 것이고, 어효선의 〈신기료장수〉는 매우 귀한 소재로 보이는데 신기료장수의 모습을 하나의 재미있는 풍경으로 노래해 버렸고, 이오덕의

〈해가 지면〉은 목가적 풍경밖에 안 되고 있다.

　그런데 이원수의 작품에는 일하는 사람들의 생활과 감정을 표현한 것이 대부분이지만, 직접 일하는 부모 형제나 남들을 보고 그 모습을 그리거나 생각을 표현한 것도 여러 편이 있다. 〈순희 사는 동네〉는 순희가 사는 동네에 가 보고 개울물 소리와 바람 소리와 나무의 향기를 알고, 높은 산밭에서 거름을 주고 있는 순희의 일하는 모습의 그 귀여움을 알았다는 내용이다. 도시에서 살아가는 아이들은 너무 일이 없어서 일을 할 줄 모르고, 따라서 일하는 생활을 천하게 여기지만, 농촌에서는 너무 일이 많아 일에 시달려서 아이들은 일을 싫어한다. 그래서 이런 시를 우리나라의 모든 아이들에게 읽히고 싶은 것이다. 이 동시를 읽으면 일에 시달리는 아이들은 위로를 받을 것이고, 도시의 아이들도 일이란 것을 다시 생각할 수 있게 될 것이다. 그러나 일 하는 것을 너무 쉽게 미화해 버려서 농촌 아이들에게는 실감이 덜할 것 같다.

　〈나무 간 언니〉는 1936년에 발표된 것인데, 추운 날 지게를 지고 산으로 나무하러 간 언니를 생각하는 아이의 마음을 그린 것이다. 산에 나무를 하러 가는 것은 옛날이나 지금이나 농촌의 모든 아이들의 가장 일상적인 생활 일과로 되어 있다. 그런데 어째서 이렇게 흔한 아이들의 생활 사실이 동시를 쓰는 사람들에게 외면당하는지 알 수 없다. 수많은 이 땅의 아이들의 나무하는 현실을 그 수많은 동시인 중에 단 한 사람이 단 한 편 쓴 것이 이 〈나무 간 언니〉이다. 그리고 이것은 자기가 나무를 하고 나뭇짐을 지고 온 것을 쓴 것이 아니라 언니가 나무하러 간 것을 집에서 앉아 생각한 것으로 되어 있다. 이 원수의 다른 서정 동시들이 모두 감동 깊게 읽히는데, 이런 근로를 주제로 한 몇 편의 작품들이 박진감이 부족하고 뭔가 겉 스쳐간 듯한 느낌을 주는 것은, 실제 노동을 하지 않고 있는 도시에 살고 있는 인텔리 시인으로서는 어찌할 수 없는 것이리라.

　그런데, 밤늦게까지 삯바느질을 하는 어머니가 돌리시는 미싱 소리에 잠이 깨어 생각하고 잠이 들어 꿈속에도 어머니 말씀을 듣고 있는 아이의 마음을 그린 〈밤중에〉는 절실한 감동을 준다. 어머니의 괴로운 모습을 생각하는 아이와 아들에게 어서 자고 이불을 덮어 주는 어머니, 이 어머니와 아들의 모습과 대화가 살아 있어 그 따스한 정경이 눈물겹게 느껴진다. 역시 도시의 시인들에게는 직접 일을 하는 괴로움이나 기쁨이나 그 모습을 그리는 것은 어려운 일이고, 이와 같이 간접적으로 표현하는 것이 무난할 것 같다.

　도시에 살면서 도시의 서민들뿐 아니라 농촌에서 괴롭게 일하는 사람들을 잊지 않는 휴머니스트, 눈보라 속에 떨고 있는 겨울나무를 노래하고, 그 겨울을 견디어 낸 개나리 꽃의 환희를 노래한 열정의 시인, 고향과 자연과 인간을 사랑한 애정의 사람 이원수의 동시는 그 폭넓은 제재와 깊이 있는 주제에서, 우리 아동문학에서 가장 리얼리즘에 접근해 있는 문학적 위치에서, 그리하여 모든 어린이와 어른들에게 삶의 기쁨을 안겨주는 높은 시의 감도에서, 아직은 그 아무도 따를 수 없는 독보적 업적으로 평가될 수밖에 없다. 매너리즘에 빠져 있는 지금의 모든 유희적 동시들이 앞으로 새로운 길을 열어 성장해 나아가자면, 그의 최근의 작품에서뿐 아니라 특히 일제 말기와 해방 직후의 작품들에서 많은 영양을 섭취하지 않으면 안 되리라 믿는다.

7. 내일에의 기대

동심의 유희 세계는 그 주제의 빈약성과 제재의 한계성 때문에 우리 동시를 참된 시로서 높여주지 못하고 갈수록 심한 반시적인 수공품의 조작 경향으로 기울어졌다. 윤석중과 박목월의 유아적 세계는 김영일과 강소천에 와서 아동 혹은 소년층까지 그 유희의 대상이 높아졌을 뿐, 생활의 표면만을 미화하고 어린 것의 흉내를 내는 상태는 다름이 없었다. 이런 동시인의 작품들은 안이함을 원하고 이기적인 삶의 태도를 익히고 있는 많은 어린이들에게 한갓 오락물을 주는 구실을 하여 크게 환영받았다. 매스컴의 물결을 타고 전국의 도시와 농촌 아이들에게 침투되고 보급되었다. 비뚤어지고 추잡한 어른의 사회에서 거칠고 살벌하고 잔인한 습성에 젖어 있던 아이들은 이런 동시에서 경박한 웃음과 신기스런 말재주의 잔꾀를 공급받고 좋아한 것이다.

이러한 분위기 속에서 이뤄진 신진 아동작가들의 작품 세계는 8·15 이후 많은 짝자꿍 동요의 아류를 낳게 되고, 모작은 물론이고 표절작·타작들이 신춘문예고 잡지 추천이고 단행본·시화집 등에 이르기까지 예사로 횡행하고 행세하는 기관(奇觀)을 이루어 놓았다. 악화가 양화를 쫓아내는 현상이 상품으로 된 문학작품의 시장에서도 어쩔 수 없이 나타나게 된 것이다.

그러나 근년에 와서 이런 부패된 동시를 구해 내려는 노력이 몇몇 젊은 시인들에 의해 이뤄져서 우리 동시에 활력을 불어넣고 있음은 다행한 일이다. 박경용·오규원 등, 이들의 작품은 동시라는 것이 결코 어린애들의 치졸한 심리 속에 시인이 내려가서 그들의 마음을 간지럽히는 장난이 아니고, 시인의 온 정신의 투입으로써만 이뤄질 수 있는 것임을 보여 주고 있다. 특히 박경용의 시집 《어른에겐 어려운 시》는 그 감각의 날카로움과 언어의 신선함에 있어서 획기적인 업적을 남긴 것이라 할 것이다. 그러나 생활을 철저하게 배제하는 태도에서 자연 경물만을 시의 소재로 한 결과는 감각적 언어의 유희가 되어 동시의 생명인 감동을 희박하게 하고 있다. 감각의 세계에서 우리 시의 한 정점을 이뤄 놓았던 지용의 시도 이토록 철저하게 생활을 기피하지는 않았다고 생각된다. 인간으로서 자연을 파악하지 않고 이렇게 탈사회(脫社會), 탈인간(脫人間)의 입장에서 파악한다는 것은 하나의 관념적 자연관임을 면치 못하는 것으로, 그것은 어디까지나 동시의 수용자인 아동을 떠난 입장이다. 생활자인 아이들이 그의 시에 큰 감동을 얻지 못하는 이유가 여기에 있다. 그리고 감각적인 언어의 기교만으로써 우리 동시를 구하려고 하는 노력은 결국은 헛된 짓이다. 우리 동시가 이미 빠져 있는 그 유희 세계가 다름 아닌 기교의 세계이기 때문이다. 기교 곧 유희가 되는 것이다.

우리 동시가 살아날 수 있는 길은 시인의 아동 생활에 대한 넓은 이해와 접근, 유희적 제재에서의 탈피, 동심이란 고정관념의 타파, 그리고 무엇보다도 높은 시정신의 획득에서만 기대할 수 있다. 이러한 동시의 내일에 대한 기대를, 현재 매우 개성적인 작업을 하고 있는 몇 사람의 작가들을 찾아 그 가능성을 타진해 본다.

손동인은 동시를 드물게 쓰지만, 〈잠꾸러기 나라〉, 〈그믐날〉 등에서 보는 바와 같이 시인의 관심이 가장 절실한 것을 제시하려는, 제재 선택에 대한 진지한 시인적 자세를 보여 주고 있다.

김종상의 동시집 《흙손 엄마》는 〈두메아이〉와 〈나뭇군〉과 〈산골짜기〉들을 미화하려고 한 의식에 사로잡혔음에도 불구하고, 흙 묻은 어머니의 손과 가난과 고향에 대한 사랑과 그리움이 담뿍 담겨 있는 가편들이다. 〈길〉이란 작품만 보더라도, 같은 제목으로 된 과거의 여러 동시들의 작품과 비교할 때 그 시상이 얼마나 심화되어 있는가를 알 수 있다. 농촌과 도시의 보다 리얼한 아동 생활의 파악이 이 시인의 요적(謠的) 세계를 한층 더 높이 비약하게 할 것이다.

신현득은 동시집 《아기 눈》에서 〈고구려의 아이〉와 〈바다는 한 숟갈씩〉을 거쳐 〈엄마라는 나무〉에 이르는 동안에 적지 않은 정신의 편력을 겪은 것 같다. 동심의 세계에서 민족적인 것, 혹은 애국적인 것에의 집념이 시정신의 주축이 되다가, 최근에는 안정된 심경에서 사회의 모든 현상을 긍정적으로 보고 미화하려는 자세를 취하고 있다. 역사에 대한 보다 깊은 통찰이 없는 사회참여가 자칫하면 쇼비니즘으로 떨어지듯이, 모든 사물을 긍정적으로만 보는 태도는 아이들에게 이 세상 모든 것이 편리하고 유익하고 재미스럽게만 되어 있는 것으로 잘못 보이게 하지 않을까 염려된다. 그러나 이 시인의 자세는 충분히 여유가 있고 유동적이다. 항상 자기 혁신의 정신을 잃지 않으면서 우리 동시의 앞날을 끌고 나가려는 의욕을 보여 주고 있는 것이다.

김녹촌의 동시는 흔히 건강하다고 한다. 이 건강이란 것이 명랑한 소년들의 웃음을 그렸다고 해서 그런다면 잘못이다. 시의 건강이란 것이 시정신을 뜻하는 것이어야 하겠는데, 명랑하게 웃는 사람을 그리면 건강한 시가 되고, 애통하고 울거나 괴로워하면 병든 것이라고 한다면 어찌 말이 되겠는가? 오히려 어떤 역사에서는 이와 흔히 반대되는 현상이 나타날 수 있는 것이다. 그러나 바다와 하늘과 풀과 나무와 아이들을 사랑하는 이 시인이 어찌 불건강한 시를 쓸 것인가.

이무일은 생활적인 감동을 잘 파악하여 시화(詩化)하는 재질을 보여 주고 있다. 〈오늘이 자라〉와 같은 맹목적인 문명 예찬의 상태에서 벗어나 〈비탈밭〉과 같은 독자적 세계로 정진할 것이 기대된다.

차보현. 이 작가에는 우리 동시인들에게는 극히 드물다 할 수 있는 매우 개성적인 굵직한 목소리가 있다. 동시라면 가늘고 보드랍고 귀엽고 간지럽고 가냘픈 것이 통례가 되어 있는 우리 문단에서 가장 특이한 자기의 목소리를 발성하고 있다. 〈산〉, 〈너 동물아〉, 〈선인장 꽃〉 등, 모두 이 시인의 앞날을 크게 약속하게 하는 작품들이다.

이 밖에도 독자적인 길을 모색하고 있는 작가가 여럿 있어 우리 동시의 앞날은 밝은 빛을 보여 주고 있다. 더구나 아동문학의 권외에 있는 우수한 시인들 가운데서 아동, 혹은 소년들이 이해할 수 있는 시를 이따금 보여 주는 이들이 있어 빈혈 상태에 있는 동시를 도와 이익되게 하고 있는 것은 다행한 일이라 본다.

8. 동시의 울타리 밖에서

아이들에게 시를 얘기하고 시를 이해시키려고 할 때, 우리는 흔히 아동작가들이 쓴 동시를 교재로 쓰기보다 일반 시인들의 시에서 아이들이 이해할 만한 작품을 찾아내어 보여 주는 것이 한층 효과가 있다는 것을 깨닫게 된다. 동시란 것을 보이면 대개의 경우 시를 잘못 생각한다. 아이들의 귀여운 모습을 그리거나 그 행동을 흉내 내는 말장난 같은 것으로 알아버린다. 그래서 감상 지도에도 창작 지도에도 도움이 안 되고 오히려 크게 방해가 된다. 이것은 물론 우리 동시의 대부분이 시가 되지 못하고 있다는 것을 잘 말해 주는 것이기도 하다.

동시란 것을 의식하지 않고 쓴 시인들의 시, 가령 자연을 찬탄한 신석정의 여러 작품들과 장만영·조지훈·유치환의 적지 않은 작품 들을 우리는 아이들에게 줄 우리 문학의 유산으로 이용할 수 있다. 이 밖에도 찾으면 많이 나올 것 같다. 소월의 〈엄마야 누나야〉도 좋고 〈접동새〉도 있다. 윤동주의 〈창(窓)〉, 〈밤〉, 〈산울림〉 같은 시, 지용의 〈말〉, 〈향수〉 같은 시들도 각각 적당한 나이의 아동과 소년들에게 시를 알게 하는 매우 좋은 교재가 될 수 있으리라.

그런데 윤동주가 아이들에게 읽히려고 의식적으로 쓴 몇 편의 동요나 동시들은 말맞추기 짝짜꿍이 되고 있는 것을 볼 수 있고, 지용의 〈해바라기 씨〉나 〈할아버지〉도 동요나 동시로 쓴 것이어서, 그냥 시로서 쓴 〈말〉이나 〈호약〉에 비교해서 가슴 깊이 울리는 것이 없이 다만 재미스런 말재주에서 오는 가벼운 웃음만 나오게 되는 것을 알 수 있다. 동심주의의 동요 세계는 이토록 일반 시인에게까지 영향을 미쳐 그들을 비시적인 태도로 만들고 있는 것이다.

　그러나 이것은 이미 지나간 일이다. 이제 아동 문단 밖에 있는 시인들이 이런 동심놀이를 하는 사람은 없는 것 같다. 우리 동시의 앞날은 훌륭한 일반 시인들의 작품의 많은 섭취와 교류에서, 그리고 일반 시인들의 진지한 작시 태도에 의한 동시 혹은 소년시 창작에의 대량 참가에서 크게 전진할 수도 있으리라 믿는다.

결론

　아동작가는 아동을 그가 생산한 작품으로써 키워 가야 하는 사회적 책임을 감당하여야 한다. 시로써 아동을 키워 가자면 무엇보다 시가 되어 있어야 하고, 시가 되자면 아이들이 읽어서 가슴 깊이 파고드는 것이 있어야 한다. 감동이 없는 동시를 생각할 수 없다. 그런데도 지금까지의 많은 동요·동시들이 감동 대신에 가벼운 웃음과 손재주를 팔아왔다. 동시인들은 아이들을 유치한 세계에서 꿈만 꾸고 놀이와 장난만 하고 있는 천사로 생각해 왔다. 그래서 아이들인 척하여 우스꽝스러운 흉내를 내고, 괴상한 말의 재치와 꾸밈으로 아이들의 관심을 끌고, 혹은 공연히 어렵게 써서 아이들을 어리둥절하게 하고, 더러는 괴이한 느낌이나 생각을 억지로 만들어 보이기도 했다. 물론 극소수의 훌륭한 시인이 없는 것은 아니었지만 아이들에게 보급되는 상품으로서의 양적 면에서 이러한 대세는 어쩔 수 없는 현실이었던 것이다.

　우리 아동작가 시인들이 도시에서 온갖 공해 속에 병들고 있는 아이들을 모른 척하고, 농촌에서 정신적 물질적 가난과 일에 시달리는 아이들에게 완전히 등을 돌리고, 그들을 장난감으로 삼아 천박한 작품을 주어 뜻 없는 웃음만 팔고 있는 것이 웬일인가? 온갖 정화되지 못한 환경 속에서 비뚤어지면서 자라나고 있는 아이들의 앞날을 근심하는 동시인과 동시가 거의 없다는 것은 웬일인가? 오히려 그런 상태를 묵인하고 조장하는 장난질을 동시라고 쓰고 있는 것은 아닌가?

　이러한 비뚤어진 문화 현상을 역사와 사회의 책임으로 돌려버리기는 쉽다. 그러나 동시인들이 저급한 장난감이나 과자를 만들어 파는 장사꾼이 아니고 적어도 문화를 창조하는 일에 앞장서고 있는 시인이란 것을 자각한다면, 이런 책임은 마땅히 준엄하게 추구되어야 할 것이다.

　첫째는 동시인들이 스스로 시인이란 것을 깨닫지 못하는 데 잘못이 있다. 시를 알지 못하고 아이들에게 시 비슷한 어떤 형식의 운문을 만들어 주려고 하고 있다. 가장 시를 목마르게 찾아 구하고 있고, 그리하여 시를 생활하고 있어야 할 아이들에게 거짓스런 시를 주어 그 정신을 오히려 병들게 한다는 것은 진정한 의미에서 아이들을 학대하는 짓이다.

　다음에 아동을 알지 못하고 있는 사실이다. 작품을 읽어 줄 아이들이 어디서 무엇을 하면서 살고 있는가를 알지 못하고 알려고도 하지 않는 불성실한 태도다. 그래서 스스로의 안일한 마음속에 갇혀 장난을 일삼고 잔꾀만 부리는 것이다. 이런 창작 행위는 그것이 곧 사치한 생활을 누리는 도시의 일부 아이들에게 한갓 오락물을 제공하는 반면 우리 민족의 전체 아이들을 배반하는 결과가 되고 있다.

한마디로 말해서 시정신이 없는 상태다. 참된 동심도 소유하지 못하고 숭고한 그 무엇을 열원하는 자세도 보이지 않고, 우주적인 감각도 없으며, 비평 정신도 완전히 결여된 상태다. 동시라면 그저 꽃밭이요 나비요 봄바람이요, 옹달샘과 달밤과 군밤에 할머니 옛 얘기가 아니면 기껏해야 골동품 항아리나 들여다보고 있는 상태에서 무슨 시가 나오겠는가?

많은 작가들에게 있어서 우선 당분간 동시라는 말을 기피할 필요도 있을 것 같다. 동시를 쓴다는 생각을 버리고 시를 쓴다는 정신을 가져야 할 것 같다. 아이들을 멀리서 바라보지 말고, 위에서 내려다보지 말고, 또는 하늘 위에 모셔 두지 말고, 자기와 같은 자리에서 바로 옆에서 함께 손을 잡고 살아가는 인간으로 파악할 수 있지 않겠는가? 그렇게 함이 유익할 것 같다.

그리고, 무엇보다도 세계를 넓혀야 한다. 말장난, 심리의 장난, 골동품의 장난, 그 손장난을 그만두고, 보다 크고 보다 넓고 깊고 무겁고 굵직한 감동의 세계로, 생활의 세계로 나와야 한다. 안개만 마시고 꿈만 꾸는 그 천사도 아닌 유령의 세계에서 탈출해야 한다.

시가 심리나 관념에 갇혀 있거나 기교에만 기대고 있을 때 시정신은 유폐된다. 곧 시정신의 파멸이요 부재 상태가 된다. 시의 제재가 한정되고 편협해 있다는 것은 단지 시를 왜소하고 빈약한 것으로 만드는 결과를 가져올 뿐 아니고 시를 천박한 것으로 만들어 필경은 시 아닌 공허한 언어의 유희로 타락시킨다. 시정신은 그 표현의 과정에서뿐 아니라 먼저 소재와 주제 선택에서부터 절대 자유의 창조적 정신을 발휘하여야 하는 것이기 때문이다.

어린이와 함께 선생이 걸어온 길

1. 약력

1925년 경북 청송군 현서면 덕계동에서 태어남.

1939년 3월 경북 청송군 화목공립심상소학교를 졸업함.

1943년 3월 경북 영덕농업학교를 졸업함.

　　　 6월 경북 영덕군청 학무계에서 근무함.

1944년 2월 교원시험에 합격함.

　　　 4월 7일~1945년 8월, 일제하 국민 학교 교사로 근무함.

1945년 8월~1986년 2월, 화목국민학교(초등학교)를 비롯하여 경북·경남·부산·대구의
　　　 17개 학교에서(초등 167교, 중등 1개교) 교사. 교감·교장으로 근무하다가 경북
　　　 성주군 대서국민학교장(초등학교장)을 마지막으로 만 60세에 퇴직함.

1971년 1월 〈동아일보〉 신춘문예에 당선(동화)됨.

　　　 1월 〈한국일보〉 신춘문예에 당선(수필)됨.

1976년 평론으로 제2회 한국아동문학상을 받음.

1988년 제3회 단재상을 받음.

1985년부터 과천에서 살다가 1999년 4월부터 충주 무너미마을로 옮김.

1998년 '우리말 살리는 겨레모임' 결성. 공동대표를 맡음.

2000년 출판사 '아리랑 나라'를 등록함.

2001년 동요평론집《권태응 동요이야기·농사꾼 아이들의 노래》출간함.

2002년 은관문화훈장을 받음.

2003년 8월 25일 타계함.

2. 단체 활동

1983년 8월 '한국글쓰기교육연구회' 결성, 회장으로 뽑힘.

1989년 10월 '한국어린이문학협의회'를 결성, 초대 회장으로 활동함.

1995년 '한국글쓰기회'를 확대 개편한 뒤 회장으로 활동함.

1998년 5월 '우리말 살리는 겨레 모임'을 결성, 공동 대표로 있으며 〈우리 말 우리얼〉
　　　 을 월간으로 냈음.

　　　 12월 '우리말 살리는 겨레 모임'과 '한국글쓰기회'가 주관해서 '전국국어교사모
　　　 임'을 비롯한 64개 단체가 참가한 자리를 마련하여 '한글 전용법 지키기 천만인
　　　 서명 운동' 발대식을 거행, 서명운동 본부장으로 활동함.

3. 저서(편저 · 번역 · 엮은책 포함)

1965년 글짓기 지도서 《글짓기 교육의 이론과 실제》(아인각)를 출간함.

1966년 동시집 《별들의 합창》(아인각)을 출간함.

1969년 동시집 《탱자나무 울타리》(보성문화사)를 출간함.

1973년 아동시 이론서 《아동시론》(세종문화사)을 출간함.

1974년 동시집 《까만새》(세종문화사)를 출간함.

1977년 아동문학평론집 《시정신과 유희 정신》(창작과 비평사), 교육수상집 《이 아이들을 어찌 할 것인가》(청년사)를 출간함.

1978년 교육수상집 《삶과 믿음의 교실》(한길사), 어린이시 모음 《일하는 아이들》(청년사)을 엮음.

1979년 어린이 산문 모음 《우리도 크면 농부가 되겠지》(청년사)를 엮음.

1981년 동시 선집 《개구리 울던 마을》(창작과 비평사)을 출간함.

1983년 어린이를 위한 산문집 《울면서 하는 숙제》(인간사), 수상집 《거꾸로 사는 재미》(범우사)를 출간함.

1984년 어린이시 지도서 《어린이시 어떻게 보고 어떻게 쓸까》(온누리)를 번역함.

　　　글짓기 지도서 《글짓기 교육의 이론과 실제》(한국교육출판)를 냄.

　　　어린이글 모음 《참꽃 피는 마을》(온누리)을 엮음.

　　　어린이글 모음 《우리 반 순덕이》(창작과 비평사)를 엮음.

　　　어린이글 모음 《이사 가던 날》(창작과 비평사)을 엮음.

　　　어린이글 모음 《나도 쓸모 있을걸》(창작과 비평사)을 엮음.

　　　어린이글 모음 《웃음이 터지는 교실》(창작과 비평사)을 엮음.

　　　아동문학평론집 《어린이를 지키는 문학》(백산서당)을 냄.

　　　수상집 《산 넘고 물 건너》(그루출판사) 편저.

　　　글쓰기 이론서 《삶을 가꾸는 글쓰기 교육》(한길사)을 냄.

1986년 교육수상집 《이 땅에 살아갈 아이들을 위해》(지식산업사)를 냄.

　　　어린이글 모음 《봉지 넣는 아이들》(온누리)을 엮음.

　　　교육수상집 〈우리 언제쯤 참선생 노릇 한번 해볼까〉(한길사) 편저.

1987년 동화집 《종달새 우는 아침》(종로서적)을 냄.

　　　수상집 《삶·문학·교육》(종로서적)을 냄.

　　　동시집 《언젠가 한번은》(대교)을 냄.

1988년 글쓰기 지도 이론서 《어린이는 모두 시인이다》(지식산업사)를 냄.

1989년 글쓰기 지도 이론서 《글쓰기, 이 좋은 공부》(지식산업사)를 냄.

일기 모음《이오덕 교육 일기 1, 2》(한길사)를 냄.

이론서《우리글 바로 쓰기》(한길사)를 냄.

1990년 교육수상집《참교육으로 가는 길》(한길사)을 냄.

어린이를 위한 산문집《울면서 하는 숙제-고침판》(산하)를 냄.

1992년 이론서《우리글 바로 쓰기 1-고침판》(한길사)을 냄.

이론서《우리글 바로 쓰기 2》(한길사)를 냄.

이론서《우리 문장 쓰기》(한길사)를 냄.

1993년 글쓰기 지도 이론서《이오덕 글쓰기 교실 5》(지식산업사)를 냄.

글쓰기 지도 이론서《글쓰기 어떻게 가르칠까》(보리)를 냄.

1994년 글쓰기 이론서《이오덕 글 이야기》(산하)를 냄.

1995년 이론서《우리글 바로 쓰기 3》(한길사)을 냄.

1996년 글쓰기 이론서《어린이를 살리는 글쓰기》(우리 교육)를 냄.

글쓰기 이론서《무엇을 어떻게 쓸까》(보리)를 냄.

1998년 어린이 시 모음《허수아비도 짝꿍로 덕새를 넘고》(보리)를 엮음.

한국 아동문학가 100인

최효섭

대표 작품

〈어린이가 되어〉 외 3편

작품론

최효섭의 문학 세계

인물론

내 이야기

어린이와 함께 선생이 걸어온 길

어린이가
되어

아빠와 엄마에게 드리는 편지

　내가 달라는 것을 덮어놓고 다 주지 마셔요. 내가 무엇을 달라고 할 때는 그것이 꼭 필요해서가 아니라 얼마나 주는지를 시험해 보고 싶은 경우도 많답니다.

　줄곧 나에게 명령만 하지 마셔요. 명령조로 말할 때보다 간접적으로 암시할 때 나는 더 빨리 응합니다.

　약속을 지켜 주셔요. 좋은 약속이든 나쁜 약속이든 상을 주겠다고 하셨으면 꼭 잊지 말고 주셔야 하고 벌을 준다고 하셨으면 벌을 주셔요.

　나를 남과 비교하지 마셔요. 특히 형이나 동생과 나를 비교해서 말하지 마셔요. 만일 나를 더 착하거나 더 똑똑하게 말하면 누군가가 상처를 입습니다. 만일 나를 못되거나 바보처럼 말하면 내가 상처를 입습니다.

　내가 혼자 할 수 있는 만큼 최대한으로 할 때까지 나에게 맡겨 주셔요. 그래야 내가 배우고 자랍니다. 나를 위해 주신다고 모든 것을 해 주시면 나는 혼자 할 힘을 잃고 맙니다.

　나의 잘못을 남들 앞에서 지적하지 마셔요. 그보다는 남들이 없을 때 어떻게 하는 것이 더 나은 방법인지를 차근차근 가르쳐 주셔요. 제발 나에게 소리 지르지 마셔요. 그러면 나도 마주 소리 지르게 됩니다. 소리 지르는 버릇은 어른이 될 때까지 계속된다고 합니다. 내가 결혼하고 직장을 가진 뒤까지 고래고래 소리 지르는 볼품없는 어른이 되는 것을 원치 않으시겠지요.

　나에게 거짓말을 하지 마셔요. 우리들 아이들도 어른의 거짓말을 압니다. 또 부모님의 체면을 살리기 위하여 나에게 거짓말을 하도록 기회를 주지 마셔요. 그런 경우 부모님의 마음은 편할지 몰라도 나의 마음은 오랫동안 편치 않습니다.

　내가 어떤 잘못을 저질렀을 때 '왜' 그런 일을 했느냐고 따지지 마셔요. 사실은 나도 왜 했는지 모르고 한 때가 많으니까요.

　너무 나에게 신경 쓰지 마셔요. 가령 내가 배가 아프다고 했을 경우 너무 걱정하지 마셔요. 내가 무엇을 하고 싶지 않거나 가고 싶지 않을 때 나는 가끔 꾀병을 씁니다.

　부모님이 무엇인가 실수하셨을 때 솔직하게 잘못을 인정해 주셔요. 그것 때문에 부모님께 대한 나의 존경은 조금도 손상되지 않습니다. 오히려 내가 잘못을 범했을 경우

지나친 걱정 없이 부모님께 정직하게 고백할 수 있는 마음이 준비됩니다.

나를 친구에 대한 취급처럼 똑같이 대해 주세요. 그래야 나도 부모님의 친구가 될 수 있습니다. 사람이랑 핏줄 때문에 친절과 사랑의 관계가 이루어지지 않고 거듭된 사랑의 연습을 통하여 맺어진다고 합니다.

나를 대하시거나 지도해 주실 때 이랬다 저랬다 마음을 바꾸지 마셔요. 원칙대로 한 길로 나가 주셔야 내가 바른 사람이 됩니다.

나에게는 조금 어렵다고 생각되는 이야기도 가끔 해 주세요. 이를테면 아기를 낳는 이야기, 사람이 죽는 일, 하나님에 대한 이야기들 말입니다.

내가 혼자 외로운 것을 아시나요? 나에게는 근심이 있는 것을 아시나요? 내가 무서워할 때를 아시나요? 나를 도와 주세요. 내가 먼저 무어라고 말을 꺼내야 할지 몰라서 나는 도움을 못 청하는 거예요. 나에게 말을 시켜 나의 필요가 무엇인지 알아내 주세요.

내가 누구에게 제일 많이 배우는지 아십니까? 학교 선생님이 아니라 아빠와 엄마에게서입니다. 나는 나도 모르는 사이에 아빠와 엄마의 행실을 그대로 본 따며 자라나고 있습니다. 어쩌면 아빠가 자주 술을 마시고 오시는 것이나 엄마가 자주 잠 오는 약 먹는 것도 내가 배우고 있는지도 모릅니다. 무엇 무엇을 하지 말라는 말씀보다 이러이러한 것을 하라고 가르쳐 주세요. 텔레비전을 보지 말라는 말씀보다 어떤 프로가 나에게 좋은지 자세히 가르쳐 주세요.

내가 제일 기쁠 때는 엄마와 아빠가 서로 정답고 서로 즐겁게 보일 때인 것을 혹시 아시는지요? 엄마와 아빠의 사이가 가까울수록 나는 행복합니다. 용돈으로 내가 행복해진다고 오해하지 마셔요.

어린이
사랑

어린이는 어른의 소유물이 아니다. 그들은 우리의 생식 과정을 통하여 만들어졌지만 근본적으로 우리에게서 출발된 것이 아니다. 그들의 출발점은 하나님이다. 그들의 뿌리는 하나님께 있다. 그들은 날마다 우리와 함께 살고 있지만 우리에게 소속된 우리의 소유가 아니라 하나님의 소유이다. 우리는 그들에게 육신의 집을 제공할 수 있으나 영혼의 집은 제공하지 못한다. 우리는 현재의 주인공이나 그들은 미래의 주인공이다.

어린이는 얼마나 멋진 피조물인가! 그들은 말과 같은 식욕을 가졌고 칼을 삼키는 마술사의 소화력을 가졌다. 소형 원자탄의 정력을 지녔고 고양이와 같은 호기심의 소유자들이다. 독재자의 허파[師]를 가졌는가 하면 시인의 공상력을 지니고 있다. 어린이는 모두가 천사이며 예술가이다. 그들은 참새와 이야기하고 별나라를 왕래하며 꽃과 사귀고 나비와 함께 춤을 춘다.

어린이는 제비꽃의 부끄러움을 간직하는가 하면 사냥개의 담대함을 가졌고 분화구의 정열도 가졌다. 단지 무엇을 만들 때 열 손가락이 모두 엄지손가락이 되지만 귀여운 실패인가?

그들은 놀라운 마술사이다. 당신은 아이들을 골방으로 내쫓을 수는 있지만 당신의 심장으로부터 내쫓을 수는 없다. 당신이 그들을 부엌과 서재에서 추방할 수는 있지만 당신의 마음으로부터 떼어 놓을 수는 없다. 아이들은 당신의 포수(捕手)이며 간수(看守)이며 보스(boss)이며 주인이다.

아이들의 떠드는 소리를 귀찮거나 시끄럽다고 말하는가? 아마도 그것은 그대의 착각이 아니면 거짓말일 것이다. 한국의 옛 문인들은 고요한 밤에 멀리서 들리는 다듬이 소리를 평화의 음향으로 표현했었다. 그러나 아이들의 재잘거리는 소리를 듣는 것보다 더 평화스러운 음향이 세상 어디에 있겠는가! 어른의 웃음소리보다는 아이의 울음소리가 훨씬 아름답다. 그것은 순수하기 때문이다.

어린이의 생각은 무한히 넓다. 어린이는 끝없는 호기심으로 차 있다. 그들에게는 언제나 기대가 있고 탐구가 있다. 개방성 곧 상상력을 가졌고, 상상력은 발전의 씨가 된다. 하늘나라는 이런 아이들의 것이다.

어린이의 그 기대와 개방성을 효과적으로 발전시켜 주는 것을 교육이라고 한다. 그 속에서 미래의 세계가 있고 하늘나라가 있다. 아이의 흥미와 기대를 막는 것은 그 아이의 미래를 막는 것이며 나아가서는 천국의 씨를 말살하는 것이다.

어린이의 특색은 자발성에 있다. 생각만 하지 않고 얼른 시도해 보는 것이 어린이다. 물론 이 특색 때문에 많은 실패를 하지만 그 실패는 성공의 어머니가 된다. 행동으로 추진되는 에너지인 어린이의 생각이야말로 하늘나라 구성의 요소이다.

시인 타고르는 '모든 아이는 아직도 하나님께서 인간에게 절망하고 있지 않다는 메시지를 품고 탄생된다.'라고 말하였다. 어린이는 소망이다. 예수는 아이들 속에서 하나님 나라의 소망의 메시지, 미래를 위한 가능성을 보셨던 것이다. 이 세계에서 가장 아름답고 귀중한 것은 무엇일까? 그것은 아이들이다. 어린이들은 인생의 계승자, 소망의 씨앗, 내일을 밝히는 등불, 남자와 여자가 사랑해서 이룩하는 오직 하나의 진실이다.

사람은 외모를 볼 것이 아니다. 특히 아이들과 소년 소녀를 보는 눈은 더 깊은 곳에 두어져야 한다. 그들의 엄청난 가능성을 볼 수 있을 때 어린아이 하나를 영접하는 것이 곧 주님을 영접하는 것(누가복음 9:48)이라고 말씀하신 예수의 심정을 비로소 이해할 수 있게 될 것이다.

아이들의 마음에 상처를 주지 말라(에베소서 6:4)고 말한 바울은 아이들을 끌어안고 어른들을 꾸짖고 있는 예수의 모습을 머릿속에 그리고 있었을 것이다. 나는 아이들의 눈동자를 보면 숙연해진다. 어른이 닮아야 할 것이, 창조된 본래의 거룩함이 보이기 때문이다. 그런 마음에 상처를 주어서야 되겠는가? 몸의 상처는 쉽게 아물지만 마음의 상처는 오래도록 가시지 않고 그 아이의 인격과 성격 형성에 큰 영향을 준다.

건축가가 성전을 지었다. 좋은 나무와 대리석을 쓰고 기둥에는 조각도 하였다. 사람들은 찬사를 보내며 '이 성전은 영구히 보존되어야 한다.'고 말했다.

아빠와 엄마도 성전을 지었다. 기저귀를 갈고 코를 닦아 주고 울며 매질도 했다. 인내의 기둥을 세우고 기도의 대들보와 사랑의 서까래를 올렸다.

흙 한줌 한줌은 눈물로 이겨졌고 돌 하나하나는 제 살을 깎듯이 다듬어졌다.

이웃의 찬사도 위로도 없이 아빠와 엄마의 성전은 건축되었다. 세월이 흘러 건축가의 성전은 먼지가 되었다.

그러나 아빠와 엄마의 성전은 번데기가 나비 되듯 되살고, 되살고 하였다.

어린이는 우리가 시작한 것을 성취할 사람들이다. 우리가 지금 앉아 있는 곳에 그들이 앉게 되고 우리가 지금 걸어가는 저쪽 건너편에 그들이 서게 될 것이기 때문에 우리가 사라진 뒤를 생각하면 그들은 무척이나 중요한 존재들이다. 우리가 무슨 정책을 세우고 어떤 법을 만들지라도 그것을 수행할 사람은 오늘의 어린이들이다. 그러므로 우리가 하는 모든 일은 그들의 심판, 찬양, 저주가 내려질 것이다. 따라서 그대의 명성과 장래는 어린이들의 손에 있다고 할 수 있다. 우리가 무엇을 한다는 것은 결국 그들을 위한 것이며, 나라와 인류의 운명도 그들의 손에 있다.

철이와
호랑이

햇볕이 마루방을 포근히 싸안았습니다. 잔등과 목덜미가 따끈따끈 간지럽습니다.

"철아, 고구마 안 먹겠니?"

또 한편 부엌에서 어머니의 음성이 들렸습니다. 그렇지만, 철이는 눈알도 깜빡 안 합니다. 철이는 그림 그리기에 흠뻑 정신이 팔려 있으니까요.

철이는 만화책에 있는 그림들을 옮겨 그리고 있습니다. 조끼를 입은 토끼를 깜찍하게 그려 놓았습니다. 그리고 지금은 그 곁에다가 호랑이를 큼직하게 그리고 있습니다. 작게 그리면 고양이가 되어 버리니까, 아주 크게 도화지를 가득 채워 그려야 합니다.

마지막으로 꼬리를 길쭉하게 늘어뜨리고 연필을 떼었습니다. 철이는 눈을 가늘게 뜨고 제가 그린 호랑이를 들여다보았습니다. 고개를 이리 갸웃 거리 갸웃 하며 자세히 살펴봅니다. 지금까지 그린 호랑이 그림 중에서는 제일 잘되었습니다.

"흐흠! 호랑이 자식, 잘생겼다. 저렇게 입이 크니까 쌈도 잘할 거야!"

철이는 혼자 중얼거리면서 히죽 웃었습니다. 그랬더니 호랑이도 철이를 따라 히죽 웃었습니다.

"여, 호랑이 자식이 날 보구 웃은 게 아냐?"

철이는 눈을 비비고 다시 한 번 호랑이를 쏘아보았습니다. 불쑥한 호랑이의 두 발이 살금 움직이더니 또 한 번 히죽 웃었습니다.

"이, 이 자식아. 뭣 땜에 웃는 거야!"

골목 대장인 철이도 겁에 질려 고함을 쳤습니다.

"에, 헤헤. 무서워할 것 없어. 난 배만 부르면 남을 해치지 않으니까."

호랑이는 앞발을 쭉 뻗고 기지개를 한바탕 켰습니다.

"그런데, 지금은 아주 배가 고파 죽겠단 말야. 오랫동안 만화책 속에서 꼼짝도 못하고 있었으니까."

이렇게 말하고는 성큼성큼 도화지에서 걸어 나와 사방을 두리번거렸습니다. 그러다가 호랑이는 바로 턱 밑에서 바들바들 떨고 있는 토끼를 보았습니다. 그 토끼는 조금 전에 철이가 만화책에서 옮겨 내온 조끼 입은 토끼였습니다.

"헤헤. 고놈 작긴 하지만 먹음직하게 생겼는걸!"

호랑이는 입맛을 다시며 발바닥으로 토끼의 볼기짝을 톡톡 두드렸습니다.

그리고는 큰 입을 쩍 벌렸습니다. 빨간 혀가 넘실거리고 송곳처럼 길고 날카로운 이빨이 번쩍 빛났습니다.

철이는 그것을 보자. 무서운 것도 잊고 쏜살같이 달려들어 토끼를 끌어안았습니다.

"안 돼, 토끼를 먹으면 안 돼. 넌 덩치가 그렇게 크면서 째째하게 토끼 따위를 잡아먹으려는 거니?"

철이가 버텨 서서 소리를 지르는 통에 호랑이도 주춤했습니다. 호랑이는 안타까운 듯이 발톱으로 마룻바닥을 벅벅 긁었습니다.

"배고픈데 덩치니 뭐니 따질 겨를이 어딨어? 방해를 놓으면 철이두 먹어 버릴 테야!" 하며, 굶주린 호랑이는 무서운 눈초리로 철이를 흘겨보았습니다.

철이는 가슴이 서늘했지만, 아무렇지도 않은 것처럼 가슴을 벌리고 당당하게 말했습니다.

"나를 먹겠다구? 그래도 네가 숲속의 왕이라고 자랑할 수 있니? 내가 너를 만화책에서 살려 내 준 은혜는 벌써 잊었어?"

"은혜를 생각했으니까 토끼를 먹겠다는 것 아냐? 배고파 죽겠으니 아무거나 먹어야겠어!"
하며, 호랑이는 다시 눈에 모를 세웠습니다.

"어쨌든 저 토끼는 먹을 수 없어! 저건 보통 토끼가 아니란 말야. 저 봐. 조끼를 입었잖어? 저렇게 옷 입은 걸 먹다간 단추들이 모두 목에 걸려서 큰일날걸!"

철이의 말을 듣고 호랑이는 분한 듯이 이를 갈았습니다. 호랑이는 발톱을 길게 뽑아서 토끼의 조끼를 벗겨 보려고 애썼습니다. 그렇지만, 그 토끼도 본래가 그림의 토끼니까 고무 지우개가 없이는 조끼를 벗길 재간이 없습니다.

"아하하하. 넌 그 발톱만 있으면 무엇이나 될 줄 알았지? 어림도 없을걸! 어디, 그 토끼의 조끼를 벗겨 보렴!"

철이도 이제는 용기가 나서 호랑이를 놀려대며 웃었습니다.

호랑이는 풀이 죽어서 그 자리에서 펄썩 주저앉아 군침만 삼켰습니다. 호랑이의 배에서 꼬르륵꼬르륵 소리가 들립니다. 그러고 보니, 배고픈 호랑이가 불쌍해졌습니다.

"호랑아, 잠깐만 기다려. 내가 먹을 것을 찾아 줄 테니." 하며 철이는 호랑이의 목을 톡톡 두드렸습니다. 이 말을 듣고 호랑이의 눈이 다시 밝아졌습니다.

"먹을 것이 어딨어?" 하며 호랑이는 철이 곁으로 다가앉았습니다.

"가만 있어. 이 만화책에서 찾아보자."

철이는 만화책을 들고 첫 장부터 들추기 시작했습니다. 호랑이도 목을 뽑고 침을 삼키며 만화책을 함께 들여다봅니다.

그 만화는 《동물의 왕국》이라는 책이었습니다. 그래서 집짐승 산짐승 할 것 없이 여러 가지 짐승이 즐비하게 나옵니다.

그러나 한 장 두 장 젖혀 보아도 호랑이에게 줄 만한 알맞은 짐승을 고를 수가 없었습니다.

호랑이는 연방 큰 발바닥으로 책장을 덥석 누르고는 철이에게 부탁을 하곤 하였습니다.

"이 노루 새끼를 주어. 그중 먹음직한걸."

그렇지만, 철이는 고개를 살랑살랑 흔듭니다.

"글쎄, 안 된다니까. 이 새끼 노루는 말야, 지금 엄마 노루가 아파서 약을 사 가지고 가는 길이야. 그런데 네가 먹어 버리면 병든 엄마 노루는 누가 고쳐 주지?"

"제기랄, 어미 노루까지 몽땅 먹어 버리면 되잖아?"

"바보 소리 마, 병든 노루를 먹으면 너두 병이 옮아요."

그 소리엔 호랑이도 입맛이 써서 입을 다물고 말았습니다. 호랑이의 배 속에서 다시 꼬르륵꼬르륵 소리가 들립니다. 두세 장 들추어 나가는데, 성미가 급한 호랑이는 또 발바닥으로 책장을 덥석 눌렀습니다.

"이 새끼 양을 주어. 살이 참 연해 보이는데."

"글쎄. 가만히 있으라니까. 왜 이렇게 서두르고 야단이야?"

"배가 고프니까 그렇지." 하며 호랑이는 꿀꺽 침을 삼켰습니다.

"배가 고파도 조금 참아. 이 새끼 양은 말야. 비탈에서 떨어져서 다리를 상했어. 이봐, 발목에 붕대를 감지 않았어?"

"붕대가 있으면 어때? 그까짓 것 그대루 삼켜 버리지. 단추라면 목에 걸리지만, 붕대 따위는 꿀꺽 넘어가 버릴걸!"

호랑이는 이번에는 만만히 놓치지 않을 모양입니다. 철이는 호랑이의 눈치를 살피며 일부러 소리를 빽 질렀습니다.

"그런데, 너는 왜 약한 짐승만 골라잡는 거야? 노루니 양이니 하구, 이 겁쟁이야!"

이 말을 듣자, 호랑이는 몹시 화를 냈습니다.

"으르렁! 뭣이 나를 겁쟁이라구? 으르렁! 난 이 세상에 무서운 게 없단 말야. 난 임금님이야." 하며, 호랑이는 큰 눈알을 굴리면서 철이를 노려보았습니다.

"정말 무서운 게 없어? 정말 네가 숲속의 임금님이야?"

철이도 지지 않고 소리를 크게 지르며 대들었습니다.

"암, 정말이구 말구. 내 힘을 당할 놈이 없지. 암 없구 말구."

호랑이는 팔짱을 끼고 자랑스러운 듯이 고개를 흔들거렸습니다.

"정말이지? 그럼, 내가 곧 먹을 것을 하나 골라 줄 테야." 하며, 철이는 만화책을 빨리 젖혀 한 곳을 펴 놓았습니다. 거기에는 보기에도 무서운 사자 한 마리가 도사리고 있었습니다. 철이는 필통에서 연필을 꺼내 들었습니다.

이것을 본 호랑이는 질겁을 해서 철이의 손을 꼭 붙잡았습니다.

"철아, 사자를 그리면 안 돼. 제발 사자를 살려 내지 마!"

호랑이의 목소리가 와들와들 떨리고 어찌나 무서웠던지 그 훌륭한 꼬리가 가랑이 속으로 쑥 말려 들어가 보이지를 않았습니다.

"뭘 그래, 호랑이 임금님이……, 아무것도 무섭지 않다고 그러지 않았어?" 하며 철이는 시치미를 뗍니다. 그럴수록 호랑이는 눈알이 노래지며 더 무서워 떨었습니다.

철이는 만화책을 다시 뒤져 코끼리를 골라 냈습니다. 날카로운 큰 이빨 두 개가 길쭉이 뻗어 나온 아프리카 코끼리였습니다.

"사자가 무섭다면, 이 코끼리를 살려 낼까?"

철이는 싱글싱글 웃으며 호랑이에게 말했습니다.

"아, 안 돼. 난 코끼리두 싫어."

호랑이는 그만 겁에 질려서 어쩔 줄을 모릅니다.

"그러니까 겁쟁이라지 않아? 조금만 기운이 세어 보이면, 꽁무니를 빼고 약한 짐승만 상대하려는 게 겁쟁이가 아니구 뭐야?"

철이는 이렇게 호통을 치면서도 사실 마음 속으로는 무서운 마음이 가시지를 않았습니다. 굶주린 호랑이는 철이가 먹을 것을 주지 않으면, 사정없이 철이에게 달려들 것이기 때문입니다. 차차 독이 오른 빨개지는 호랑이의 눈빛이 그것을 잘 나타내고 있었습니다.

철이는 용기를 내서 태연하게 다시 말을 시작했습니다.

"내 만화책에는 네게 줄 만한 짐승이 없는걸! 그렇지만, 걱정하지 마. 학교 앞에 있는 만화 가게에 가면 얼마든지 있으니까. 내가 본 만화 중에도 동네 닭을 마구 물어 가는 도둑 여우의 이야기가 있었어. 아주 나쁜 여운데, 그걸 가서 살려 내 주지."

"그럼, 지금 곧 가아!" 하며 호랑이는 성급하게 일어섰습니다.

철이와 호랑이는 밖으로 나갔습니다. 찬 바람이 가슴 속까지를 서늘하게 합니다. 혹시 그 여우가 있는 만화책이 가게에 없으면, 어쩌나 하는 걱정이 철이의 마음을 더 무겁게 했습니다. 마음이 무거우면 다리도 무거워져서 거북이 걸음이 됩니다.

"빨리 빨리 가아!"

호랑이가 몹시 답답해합니다.

"넌 다리가 넷이니까 빠르지만, 난 둘이니까 빨리 못 걸어."

"그럼 내 등에 타구 가."

결국 철이는 호랑이 등에 올라탔습니다.

골목을 나서자 길에서는 온통 야단이 났습니다. 동네 사람들이 모두 구경을 나왔습니다. 개들은 담장 밑으로 얼굴만 내밀고 짖어댄다는 것이 겨우 끙끙 앓는 소리를 낼 뿐이었습니다.

사람들도 처음에는 무서워했지만, 호랑이 잔등에 철이가 올라탄 것을 보고 조금 안심이 되었는지, 모두 줄줄 뒤를 따랐습니다. 철이와 호랑이를 앞세운 행렬이 갈수록 길어졌습니다. 동네 아이들이 모조리 뒤따른 것은 두말할 것도 없고 지팡이를 든 꼬부랑 할머니랑 몽둥이를 든 순경 아저씨랑 안 끼어든 사람이 없는 것 같았습니다.

철이와 호랑이가 우체국 앞에까지 왔을 때 저쪽으로부터 대여섯 명의 아이들이 달려왔습니다. 제일 앞장을 선 아이는 뚱뚱이 차돌이였습니다. 차돌이는 아랫동네의 골목대장입니다.

며칠 전에 철이는 차돌이와 씨름을 하다가 톡톡히 창피를 당했습니다. 몸집이 큰 차돌이에게 아래로 깔리어 목을 졸리었습니다. 그렇잖아도 철이는 윗동네 골목대장으로 싸운 것인데, 대장 싸움에 져 버리다니, 더 부끄럽게 되었습니다.

그 차돌이를 지금 보니까, 앙갚음을 하고 싶은 무서운 생각이 철이의 머리 속을 번개처럼 스쳤습니다.

철이는 호랑이 등에서 뛰어내렸습니다. 그리고 호랑이 귀에 속삭였습니다.

"호랑아, 저어기 제일 앞에 선 아이 있지? 빨간 스웨터를 입은 뚱뚱보 말이야."

호랑이는 차돌이를 알아냈는지 고개를 끄덕였습니다.

"그 자식을 너한테 줄 테야." 하고, 철이는 잘라 말했습니다. 이 말을 듣자, 호랑이의 눈이 번개처럼 반짝 빛났습니다. 그리고 온 동네가 떠나가리만큼 크게,

"으르렁 우웡!" 하고 울어댔습니다.

사람들은 질겁을 해서 앞을 다투어 도망쳤습니다. 앞으로 다가오던 차돌이도 깜짝 놀라 뒤돌아 달아났습니다.

이것을 본 호랑이는 으르렁거리며, 차돌이의 뒤를 쫓았습니다. 큰 발로 성큼성큼 뛸 때마다 차돌이와 호랑이의 거리는 가까워졌습니다.

철이도 호랑이의 뒤를 따랐습니다.

처음에는 씩씩거리며 도망치는 차돌이를 고소하게 생각했습니다. 그렇지만, 호랑이의 사나운 이빨이 차돌이에게 점점 가까워질수록 그 생각은 차돌이에 대한 불쌍한 생각으로 바뀌어졌습니다.

그리고 약한 차돌이를 사정없이 해치려는 호랑이가 미워졌습니다.

차돌이는 얼만큼 달리다가 기운이 지쳐서 쓰러졌습니다. 호랑이는 옳다 됐다! 하고, 앞발로 차돌이를 꽉 끌어안았습니다.

"앗! 저, 저 호랑이 자식이······."

철이는 정신없이 필통 뚜껑을 열어 젖히고 고무 지우개를 꺼냈습니다. 그리고 호랑이의 날카로운 이빨을 벅벅 벅벅 지웠습니다. 도화지가 찢어져라 하고 벅벅벅 지웠습니다.

호랑이는 차돌이의 어깨를 덥석 물었습니다. 그렇지만, 이빨이 없으니까 차돌이의 어깨는 까닥도 안 합니다. 호랑이는 화가 나서 앞발을 성큼 쳐들었습니다.

"어, 저, 저것이······."

철이는 재빨리 고무로 호랑이의 발톱을 벅벅 지워 버렸습니다. 기왕 지우는 김에 뒷발의 발톱까지 벅벅 벅벅 깨끗이 없애 버리고 말았습니다.

"철아, 뭘 그렇게 씩씩거리며 지우고 있니? 헤헤에이. 이빨도 없는 호랑이가 어딨어?"

갑자기 등 뒤에서 형의 웃음소리가 들렸습니다.

철이는 형을 한 번 힐끗 쳐다보았습니다. 그리고 시치미를 떼고 말했습니다.

"모르면 가만히나 있어. 이 호랑이는 나쁜 짓을 하려니까 이빨을 떼어 버리는 거야. 이빨만 있으면 제일인 줄 알아?"

이렇게 형에게 말은 했지만, 호랑이의 홀쭉한 배를 보면 가엾기도 했습니다. 더군다나 이빨과 발톱까지 빠져서 기가 죽어 앉은 것을 보니 더 불쌍했습니다.

철이는 형에게 연필을 불쑥 내밀었습니다.

"형, 이 호랑이 곁에다 여우를 한 마리 그려 줘."

"여우?"

형은 무든 영문인지를 몰라 눈을 껌벅였습니다.

"만화책에 있잖아? 동네 닭을 마구 잡아먹구 밭고랑을 해치는 그 도둑 여우 말야. 난 책을 안 보군 못 그리겠어."

"응. 그 도둑 여우? 이리 줘. 문제 없어."

형은 정말 그림을 잘 그립니다. 씩씩 싹싹 몇 번 연필을 놀리니까 그 짓궂은 여우가 도화지 위에 냉큼 올라섰습니다.

"이만하면 됐니?" 하며, 형은 연필을 던졌습니다.

"응, 됐어. 이젠 이렇게 호랑이 이빨을 다시 그려 놓으면 배를 곯지 않아도 될 거야."

철이는 호랑이의 이빨을 그려 넣었습니다. 그렇지만, 그것은 처음보다 훨씬 작은 이빨이었습니다. 발톱도 그려 넣었습니다. 그것도 아까보단 훨씬 작은 발톱이었습니다.

형이 철이의 팔을 휙 잡아당겼습니다.

"에이, 시시하게 지웠다 그랬다 하구, 그게 뭐니? 그보다 나가서 씨름 안 배울래? 내가 가르쳐 줄게."

"가르쳐 주긴. 내가 형한테 질 줄 알구?"

철이는 가슴을 쭉 펴고 형을 한 번 쳐다본 다음 먼저 마당으로 뛰어나갔습니다. 그리고 허리를 비스듬히 굽히고 주먹을 불끈 쥐어 형이 달려들기만을 기다리고 있었습니다.

비스킷 왕국과
초콜릿 왕국

"아니. 누가 우리 귀한 아들을 욕해?"

어머니가 바싹 걷어올린 팔을 휘두르며 소리쳤습니다.

"어떤 것이 우리 철이를 때렸어?"

철이 엄마가 눈에 모를 세우고 고함질렀습니다.

영은 어리둥절해졌습니다. 철이하고 조금 싸우긴 했지만 이렇게까지 될 줄은 몰랐습니다. 그 싸움도 사실은 시시하게 시작되었었습니다. 초콜릿을 산 영은 초콜릿을 자랑하고, 비스킷을 먹던 철이는 비스킷이 좋다고 말했습니다. 그러던 것이 차차 다툼으로 번지고 어른 싸움이 되고 말았습니다.

"뭣들 몰라서 그렇지. 철이 외삼촌이 경찰에 있다구!"

"흥. 영이 사촌 형이 헌병 상사라는 건 모르는 모양이지?"

"철아, 다 집어치우고 오늘부터 권투나 배워라!"

"영아, 주먹에는 주먹이야. 넌 태권을 배워라!"

싸움이 이상하게 되었습니다. 영은 그 자리를 빠져서 집으로 들어갔습니다. 영의 방은 이층입니다. 골목 건너에 철이네 집이 빤히 보입니다. 이렇게 코를 맞대고 있는 이웃이면서 어째서 어머니들은 사이가 나쁜지 알 수가 없습니다.

두 집이 모두 시멘트 벽돌 담인데 한 달 전에 똑같이 그 담을 더 쌓아 높였습니다. 모든 것이 경쟁이고 모든 것이 싸움입니다.

영은 창문에 기대어 멋없이 높아진 두 집의 담을 멍하니 내려다보았습니다.

그러자 갑자기 담들의 색깔이 아름답게 변했습니다. 영의 눈이 휘둥그레졌습니다. 철이네 담은 노란색, 영이네 담은 초콜릿 색입니다. 더 자세히 보니까 색깔뿐이 아닙니다. 그것은 정말 초콜릿이었습니다. 그리고 철이네 담은 비스킷으로 쌓아진 것입니다.

"야아. 이것 참 신난다!" 하고 영이 입 속으로 중얼거렸을 때 등 뒤에서 우렁찬 고함소리가 울려 왔습니다.

"최영 사령관, 지금 이러고 있을 때가 아냐!"

임금님이었습니다. 그리고 영은 이 초콜릿 왕국의 국군 사령관입니다.

"적은 1미터나 성을 더 쌓았어. 우리는 2미터를 쌓도록!" 하고 임금님이 초콜릿을 씹으며 명령했습니다.

건너편 비스킷 왕국에서도 임금의 고함 소리가 들렸습니다. 돼지의 목청과 거위의 목청을 합친 것 같은 굉장히 큰 소리였습니다.

"김철 사령관, 무엇을 꾸물거리고 있어? 적은 고무총이라고 하는 새 무기를 사들였단 말야. 우리는 고무 대포를 곧 사도록 해!" 하는 명령과 함께 그쪽 임금님이 비스킷을 씹는 소리가 아작아작 들려 왔습니다. 굉장히 큰 비스킷을 씹는 모양입니다.

왕은 곧 부하들을 시켜 성을 쌓았습니다. 물론 초콜릿을 쌓아 올리는 것입니다. 군인들이 자꾸 집어 먹어 시간이 걸렸지만 그래도 그럭저럭 2미터를 쌓았습니다.

이것을 본 비스킷 왕이 가만히 있을 리가 없습니다.

"적이 성을 높였다. 우리도 1미터를 더 올려라!"

초콜릿 왕도지지 않고 소리를 질렀습니다.

"적이 성을 또 쌓는다. 우리도 계속해서 쌓아라!"

서로 적이라고 하니 참 알 수 없는 일입니다. 본래 초콜릿 왕과 비스킷 왕은 친형제인데 지금은 원수보다도 더 사이가 나쁩니다.

초콜릿 왕국의 초콜릿 성이 자꾸자꾸 높아졌습니다. 비스킷 나라에서도 비스킷이 다 떨어지고 초콜릿 나라에서도 구멍가게에 남은 한 개의 초콜릿까지 싹 쓸어 버리고 말았습니다.

이렇게 되면 제일 먼저 곤란하게 되는 것은 어린이들입니다.

초콜릿 왕국의 아이들은 떼를 지어 몰려가 초콜릿 성을 뜯어 먹고 녹여 먹었습니다. 비스킷 왕국의 아이들도 화가 나서 밀려가 비스킷 성을 갉아 먹고 부수어 먹었습니다. 초콜릿 성에는 여기저기에 구멍이 뻥뻥 뚫어졌습니다. 비스킷 성에도 수없이 구멍이 생겼습니다. 아이들은 그 구멍으로 바깥을 내다보며 소리쳤습니다.

"애들아, 우리 노래 부르자!"

"좋아, 우리가 다 아는 김치찌개의 노래가 어때?" 하고 비스킷 왕국의 아이들도 신이 나서 소리쳤습니다.

두 성의 구멍과 구멍에서 힘찬 노래가 쏟아져 나왔습니다. 그리고 그것은 푸른 하늘에 모여서 우렁찬 합창이 되었습니다.

영의 눈이 반짝 빛났습니다. 건너편 집 이층 창문에 철이가 나타나 손을 흔들고 있었기 때문입니다.

영도 창 밖으로 몸을 내밀며 힘차게 손을 흔들었습니다.

골목에서는 아직도 엄마들의 입씨름이 계속되고 있었습니다.

최효섭의
문학 세계

이재철

1. 그의 문학적 전개

　　최효섭은의 문학적 출발은 1950년대 후반기로 볼 수 있다. 이미 대학원에서 신학 석사 학위를 수득(受得)한 엘리트 청년으로서, 그는 종교적 사상을 바탕으로 성경 동화를 쓰며 창작의 발판을 다지기 시작하였다. 1960년대 초에는 습작으로 창작동화를 몇 편 발표한 후, 드디어 1963년 〈한국일보〉 신춘문예에 동화 〈철이와 호랑이〉가 당선되면서 그는 창작의 길을 열어 놓았다. 그러나, '나는 어려서부터 공상이 많았다. 그것이 동화 창작에 대한 취미를 자극한 것이 사실'(내 이야기의 −節)이라는 그의 술회를 통하여 본다면 이미 유년 시절부터 동화에 대한 열망이 싹트고 있었음을 엿볼 수 있다.

　　그는 문단에 등단하면서 많은 작품을 발표하기 시작했다 '동화다운 동화를 쓰는 것'이 그가 추구하고자 하는 이상이었다 이것은 또한, 당시 아동 소설의 두드러진 진출에 대하여 순수 동화를 옹호하고 발전시키고자 하는 투철한 작가 정신이기도 하였다.

　　나는 많은 사람들(편집인·작가를 포함한)로부터 '동화들이 재미없다.'는 말을 들었다. 이것은 물론 작가의 책임이라고 생각하여 나 자신도 늘 반성하고 있다. 동화는 마땅히 재미있어야 한다. 그것이 훌륭한 문학작품이라면 작품이 풍기는 맛이 있을 것이다. 이 맛은 어린이에게 바로 '재미'이다. 따라서, 나는 '재미있는 동화'를 쓰려고 노력하고 있다.

　　재미있는 동화를 쓰고자 하는 일은 그가 '동화다운 동화'를 쓰려는 자세의 일면을 보여 주는 것이기도 하였다.

　　우리는 만화가 아동을 문학 독자로부터 앗아간 것같이 생각하고 있지만, 반대로 재미라는 것에 자신을 잃은 우리의 문학이 스스로 독자를 만화의 편에다 넘겨 준 것입니다.

　　재미없는 문학이 독자까지 잃어버리고 서야 할 곳은 없다. 어린이들은 순수하게 몰염치스러울 정도로 '즐거움을 위해서' 책을 읽으며, 만약 즐거움을 발견한 수 없으면 그들은 기뻐하지 않는다. 동화에서의 재미야말로 어린이들에게 기쁨과 즐거움을 줄 수 있는 커다란 선물임을 그는 자각하고 있었던 것이다.

뚱뚱이 임금님은 캬라멜을 좋아했습니다. 세수하고 한 개, 밥을 먹고 한 개, 낮잠 자고 한 개, 무슨 일을 하든지 끝에 가서는 꼭 캬라멜을 먹어야 했습니다. 그래서, 임금님의 주머니에는 캬라멜 갑이 몇 개씩 들어 있었습니다.

작품의 이러한 도입부(導入部)는 어린이들을 캬라멜 같은 달콤한 세계로 조심스럽게 불러들이게 된다. 마치 미끄러지듯 어린이들이 달콤한 이 세계로 빨려들어가는 것은 바로 즐거움 때문인 것이다. 건전한 오락성을 동화에 부여함으로써 재미성에 대한 재인식으로 대중적 동화를 보급시키고자 노력하는 그의 이러한 자세와 작품의 경향은 거의 전편에서 드러나고 있다.

그러나, 동화에서 재미성의 회복은 독자에게 즐거움을 안겨 줄 수 있다는 점에서 긍정적인 평가를 얻게 될지 모르지만, 통속성과 함께 안이한 작가적 태도에서 오는 문학성의 결여라는 우려를 낳게 될 가능성이 있다.

그는 이러한 우려를 인식하며 극복하고자 새로운 동화 세계의 확대를 위해 다각적인 노력을 기울여 왔다. 그것은 '50년대에 이미 신문문학의 본격화를 출현시키는 데 막대한 영향력을 구사한 마해송의 사회성 부여와 동화 세계의 확대, 이주홍의 전래동화의 재화와 재미성 부여, 김요섭의 현실성과 환상성의 접목(接木)' 등 이들 동화 문학의 영향을 계승하면서 한편으로는 새로운 착상과 기법으로 동화 세계를 심화 확대시켜 나갔다.

대부분 그의 단편동화들에 비해 중·장편은 서구적 발상법에 의해 '착상이 기발하고 스케일이 클 뿐만 아니라, 수법이 아주 시원하고 간결한 특징을 보여 주고 있다.

2. 그의 문학적 특성

(1) 강한 주제성의 표출

재미있는 동화를 쓰려고 노력하던 최효섭의 작품에서 볼 수 있는 특징의 하나는 주제 의식의 노출이다. 그는 동화에서 재미성과 함께 강한 주제성을 내포시키려 하였다. 이러한 그의 노력은 다음 글을 통해서도 쉽게 추출(抽出)된다.

남의 작품을 읽을 때 심장까지 파고드는 작품은 역시 주장이 뚜렷한 작품이다. 노골적이며 설명적인 주장은 졸렬한 문학이기 때문에, 플롯 전체를 통해서 혹은 사건이나 성격 대비를 통해서 나의 주장을 전해야 한다. 역시 동화에선 이 문제가 가장 어렵고 애를 먹인다.

그는 재미성과 함께 주장이 뚜렷한 작품을 역설하지만 성인 문학과 다른 동화 창작에서의 어려움을 깊이 느끼기도 했다.

주장이란 곧 나의 아동관, 인생관, 세계관, 사회관, 가치 판단 등 나의 사상이다. 이러한 나의 생각을 강요하지 않고 작품에 실어 아이들의 자유로운 상상의 세계에서 나와 다이얼로그를 맺어 보자는 것이 나의 작품 상도이다.

주장이란 곧 그에 의하면 문학의 사상성으로 받아들여진다. 설명하지 않고 그러면서 또 강요하지도 않고 작품에 내재(內在)시키기란 쉬운 일이 아니다. 동화에서 재미성만을 내세울 때 자칫하면 작품이 치졸하고 알맹이 없이 통속적으로 흐를 위험성이 있으며, 사상성을 내세울 때 생경(生硬)하고 관념화되기 쉽다. 이른바 좋은 작품이 되기 위해서는 재미성과 함께 뛰어난 사상성이 표현되어야 하겠지만, 그것은 정서의 상태로 용해되어 있어야 할 것이다. 이럴 때, 작품에서의 사상은 바로 워즈워드가 감동적 사상(affecting thought)이라고 말한 것이 된다. 다시 말하면 사고(思考)는 시구(詩句) 속에서는 과일 속에 묻힌 영양소와 같이 숨겨져 있어야 한다는 폴 발레리의 말을 깊이 음미해 보면, 사상성을 작품에 어떻게 내재시켜야 하는가에 대한 해답을 얻어낼 수 있다.

그러나 이러한 예술적 형상화의 노력은 그리 쉽지가 않다. 그것은 작가의 재능과 역량에 맡겨질 뿐이다. 더구나 주독자가 어린이인 동화에 어떠한 사상의 물결을 흘려 보내야 한다는 것은 극히 위험스럽고 어려운 일이 아닐 수 없다. 이러한 어렵고 위험스러운 일을 그는 자각하면서 조심스럽게 어린이들의 마음에 접근하였다. 그리하여 현실의 문제점을 날카롭게 비판도 하고 고발하며 때로는 풍자까지도 한다.

① 현실 문제의 반영

어린이의 눈을 통해 보여지는 또는 작품 속에 투영되는 그의 현실 의식은 냉정하면서 예리한 면을 보여 준다. 이러한 그의 자세는 일관된 흐름으로 전 작품에 용해되어 나타난다. 약한 자에게 강하고, 강한 자에게 약한 인간의 모습을 풍자한 그의 신춘문예 당선작인 〈철이와 호랑이〉를 필두로 메커니즘과 물질 만능주의를 비판하는 〈늙은 시계와 장난감 친구들〉, 어른들의 위선을 신랄하게 비판하는 〈종달새 소년〉 등 그의 초기작이 그런 작품들이다.

그는 작품 세계가 확대되면서 주제 의식도 심화되고 확장되지만, 현실에 대한 강렬한 의식은 역시 작품의 근간(根幹)을 이루고 있다. 약자(弱者)의 편에서 정의가 승리함을 풍자한 〈숲속 나라의 늙은 너구리〉, 욕심 때문에 싸워야 하는 인간을 비판하며 몰인정한 인간성을 고발하는 〈배에서 사는 아이〉, 〈짖어라 존〉, 〈아버지와 고릴라〉, 물질 중시로 인간이 경시당해야 하는 현실을 비판하고, 편안히만 살려는 안일한 삶의 자세를 풍자하며 현대 문명의 모순을 날카롭게 꼬집는 〈임금님과 캬라멜〉, 〈바다와 아기

짐승들〉, 〈얼룩 장미〉 등은 모두가 현실 의식을 강하게 반영시킨 그의 작품들이다.

② 진실한 인간성의 추구

강렬한 현실 문제의 반영과 함께 그는 또한, 인정과 사랑이 넘치는 휴머니티(humanity)를 제시하고 있다.

"얘들이 무슨 짓이야!"

매미는 깜짝 놀라 호령을 쳤습니다.

그렇지만 벌과 잠자리에겐 욕을 먹는 것이 문제가 아닙니다. 앞을 다투어 구멍에다가 주둥이를 붙이고 단물을 빨았습니다.

"아, 시원하다! 고마워, 매미야!"

"아, 달콤하다! 고마워, 매미야!"

벌과 잠자리는 꾸벅꾸벅 고개를 숙이며 인사를 했습니다.

매미는 처음에 화를 냈지만, 벌과 잠자리가 기뻐하는 것을 보니, 더 화를 낼 수가 없었습니다. 오히려 동산의 친구들이 모두 목말라 허덕이는데, 혼자서 물을 마시고 노래를 부른 것을 부끄럽게 생각했습니다.

'그렇지, 이제부터는 친구들을 위해서 우물을 파 주어야겠다.' 하고 매미는 결심했습니다.

위 내용은 친구들끼리의 우애를 상징적으로 극명(克明)하게 그려낸 작품의 한 부분인데, 결국 매미는 동산의 친구들을 위해 나무에 우물을 파다 쓰러지고 그 폭풍 속에서도 동산의 친구들은 매미를 버리지 않고 간호하여 살려 낸다.

어머니에 대한 효심으로 형제들의 우애와 가족의 사랑을 그린 〈닭모가지〉, 한 소녀와 시골 기차역의 금테두리 역장님 사이에서 벌어지는 흐뭇한 인간의 정을 느끼게 하는 〈작은 금테두리 역장님〉, 장편 〈일곱 개의 얼굴〉은 한 인간 속에 숨어 있는 선악(善惡)의 두 인간성을 제시하여 진실한 인간의 모습을 찾게 해 준다.

또한 시(詩)적인 표현으로 서로 도우며 살아가는 다정한 모습과 모든 것을 포용할 수 있는 사랑의 힘을 알게 해 주는 〈밀밭에 들어가지 마셔요〉, 〈느티나무 할아버지〉, 욕심을 부리지 않고 맡은 일에 충실함으로써 행복을 누릴 수 있다는 것을 깨우쳐 주는 〈다섯 공주의 이야기〉, 〈황금의 집〉 등은 그가 인간의 진실한 면을 추구하는 내용을 담은 대표적인 작품들인 것이다.

③ 자유와 평화에의 이상(理想)

자유와 평화에 대한 의지는 그가 추구하고자 하는 최고의 이상으로 간주된다. 인간의 존엄성을 앞세우며 '자유는 최고의 선(善)'이라고 보는 그는 '평화에 대한 이념'이 기독교적 배경 아래서 자란 정신에 깊이 뿌리를 박고 있다고 자신에 대한 이야기에서 밝히고 있다. 그리고 실제로 이러한 그의 사상은 작품 속에서 항다반하게 볼 수 있다.

구속된 틀 속에서 살아가며 자유를 갈망하는 〈늙은 시계와 장난감 친구들〉, 음악을 통해 평화의 의지를 구현하려는 〈노래를 낳는 구름 울타리〉, 자유의 존엄성을 환상적으로 터치한 〈벌거숭이 만세〉, 행복을 추구하는 모습을 그린 〈뻐꾸기와 늙은 소나무〉, 욕심도 버리고 싸움도 버리고 허황된 꿈도 버리고 모두가 자기 본래의 삶을 찾을 때 평화가 있음을 일깨워 주는 중편 〈사자와 요술쟁이〉 등이 그 대표적인 예일 것이다.

재미뿐만 아니라 '생각의 세계'를 주려고 했던 그는 '재미있고 생각하게 하는 동화'를 쓰기 위해 다각적인 노력을 기울인 것으로 보인다. 아마도 이것은 그가 말한 '동화다운 동화'의 이상을 추구하기 위한 몸부림이었을 것이다. 그리고 그의 이러한 노력은 스케일이 크고 서구적인 취향의 장편에서 더욱 짙은 인상을 안겨 준다.

"그래, 너도 알겠지만 일 년 사이에 주인은 벼락부자가 됐잖아?"

"그야 나도 알지. 모든 걸 엿들었으니까, 굉장한 뇌물을 받더군. 열흘이 멀어라 하고 돈뭉치니 선물을 든 손님들이 찾아왔으니까."

"내말이 바로 그거야. 캄캄할 때 남의 것을 빼앗는 놈을 밤도둑이라고 한다면 우리 주인은 낮도둑이란 말야."

"사람들은 의심이 많아서 그래. 서로 믿지도 않는가 봐. 저렇게 높은 담을 힘들여 둘러쌓고 그 위에다 가시철망까지 치지 않았어? 정말 사람들은 할 일도 없는가 봐."

"맞았어. 바로 그거다. 사람이 욕심을 안 부리니까 평화가 유지되고 남을 즐겁게 하는 것이 정말 행복하다는 것을 깨닫게 되거든."

설사 설명하거나 강요하지 않더라도 주인공의 목소리를 빌려 나타내는 그의 음성은 너무 높고 무거운 분위기를 구성한다. 문학에서 사상성이 위대성(偉大性)을 결정해 주는 요소라 하더라도, 위대한 작품은 우리를 가르치지 않고 변화시킬 뿐이라고 한 괴테(Goethe)의 말을 상기할 필요가 있는 것이다. 또한 이것은 드 퀸스(de Quincey)가 말한 지식의 문학(literature of knowledge)은 가르치는 것(to teach)이요, 힘의 문학(literature of power)은 감동시키는 것(to move)과도 일맥상통한다.

(2) 서구적(西歐的)인 환상성

동화의 특징적 요소가 환상성에 있다는 것은 이미 1940년대 동화 문학이 생성될 당시에 자각되었다고 볼 수 있다. 그러나 그러한 환상의 필연성을 가지기 위해서는 강력한 현실성, 곧 리얼리티를 가져야 한다는 점이 1960년대에 등장된 동화의 본질 구명에 있어서 가장 큰 과제였다.

그는 이러한 현실과 환상의 문학적 만남을 자신있게 펼쳐 간 60년대 중요 작가의 한 사람이었다. 그의 동화는 유려(流麗)하고 시(詩)적인 문체로 분위기를 유도하거나 전개되지는 않았어도, 소박하면서도 사실적인 문장으로 탄탄하게 구성되어 있음을 볼 수 있다.

철이는 만화책에 있는 그림들을 옮겨 그리고 있습니다. 조끼를 입은 토끼를 깜찍하게 그려 놓았습니다. 그리고 지금은 그 곁에다가 호랑이를 큼직하게 그리고 있습니다. 작게 그리면 고양이가 되어 버리니까, 아주 크게 도화지를 가득 채워 그려야 합니다.

…… (중략) ……

"흐흠! 호랑이 자식, 잘생겼다. 저렇게 입이 크니까 쌈도 잘할 거야!"

철이는 혼자 중얼거리면서 히죽 웃었습니다. 그랬더니 호랑이도 철이를 따라 히죽 웃었습니다.

"여, 호랑이 자식이 날 보구 웃은 게 아냐?"

…… (중략) ……

"에, 헤헤. 무서워할 것 없어. 난 배만 부르면 남을 해치지 않으니까."

호랑이는 앞발을 쭉 뻗고 기지개를 한바탕 켰습니다.

도화지에 그려져 있던 호랑이가 철이의 의식 속에서 자연스럽게 살아나며 독자를 환상의 세계로 불러들이고 있다. 그의 단편동화에서 이러한 현실과 환상의 만남은 의식 속에서 자연스럽게 만나는 경우가 많다. 그러나 이러한 현실과 한상과의 결합, 몽상적, 의인적, 판타지 수법 등을 동화의 내적인 발전에 얼마만큼의 기여를 한 것은 사실이나, 보다 확실하고 높이 평가를 받아야 할 일은 중. 장편의 서구적 취향의 웅대한 스케일로 새로운 동화의 세계를 열어 놓은 데 있다.

그는 우선 장편물 부재의 시대를 통감하면서 보다 흥미 있고 스케일이 큰 동화를 구상해 내었다. 그 대표적인 작품이 제5회 소천아동문학상을 수상한 〈열두 개의 나무 인형〉이다. 이 장편동화는 우선 수법면에서 특이한 양상을 보여 준다. 세계 명작 중 〈집 없는 아이〉, 〈미운 오리 새끼〉, 〈황금 거위〉, 〈엉클톰의 오두막집〉, 〈정글북〉, 〈크리스마스 캐럴〉, 〈바보 이반〉, 〈왕자와 거지〉, 〈피터팬〉, 〈알라딘의 요술램프〉 등과 우리나라의 〈콩쥐 팥쥐〉의 이야기를 바탕으로 그 주인공들과 숙이라는 현대의 한 소녀와의 환상적 만남을 통하여 새로운 각도에서 이야기를 전개시키고 있다.

미술가 아저씨가 깎아 만들어 준 열두 개의 나무 인형은 각각 세계 명작 중에 나오는 주인공들의 모습이다. 숙이는 나무 인형들을 다락 속에 감추어 놓고 생각날 때면 몰래 열고 하나씩 본다. 그러면 어느새 숙이는 이야기 속의 주인공과 하나가 되어 새로운 동화의 세계로 떠난다. 시공(時空)을 초월한 현실과 환상의 결합은 상상의 세계에서 물질문명과 인간의 욕심에 대한 풍자, 인종 차별에 대한 비판, 사랑과 행복, 자유와 평화 등 현대의 핵심 문제들을 제기하며 성공을 거두고 있다.

중편 〈거꾸로 도는 시계〉는 시계의 숫자판을 거꾸로 붙여서 시간을 역회전시키게 한 다음 과거의 세계로 독자를 유도하고, 그들의 상상력의 풍선에 바람을 불어 넣어 준다. 그리하여 현대의 철이라는 어린이가 〈제비와 박씨〉, 〈심청전〉, 〈혹이 달린 아저씨〉, 〈구렁이와 종소리〉 등 우리나라 전래동화의 세계로 뛰어들고 새롭게 이야기를 전개시키고 있다.

전래동화 재구(再構)가 아닌 현실과 환상이 만나는 새로운 세계에서 펼쳐지는 이야기 속에는 단순히 전래동화의 교훈성을 떠나 따뜻한 인간애, 메커니즘의 비판, 극도의 개인주의와 신뢰가 없는 사회의 풍자, 참된 행복의 추구 등 현실적 문제들을 폭넓게 다루고 있다. 어린이는 어린이로서 상상의 즐거움을 맛보며 무엇인가 생각하고 얻을 수 있으며, 어른은 어른대로 커다란 의미를 찾아 낼 수 있다 루이스 멈포트의 말대로라면 '말은 어린이를 위한 것이고 의미는 어른을 위한 것이다.'라는 동화의 이중적 구조와 문학성에도 모두 성공한 작품이다.

이 외에도 시간과 계절의 교묘한 결합으로 카메라 아이(Camera eye)와 같은 소설적 기법을 살려 상상의 세계와 현실의 세계를 무리 없이 전개시키고 있는 〈시계탑의 열두 형제〉, 스티븐슨의 〈지킬 박사와 하이드 씨〉를 연상케 하는 한 어린이의 마음 속에 선악(善惡)의 두 인간의 모습이 충돌하며 꿈과 모험의 세계를 확대시키는 심리적 작품 〈일곱 개의 얼굴〉 등, 그는 새로운 스타일로 현실과 환상을 접목시키며 동화의 무한한 세계를 개척해 내기도 하였다.

그것은 그때까지 다른 작가들이 보여 주었던 동화의 세계와는 전혀 다른 새롭고 아주 기 발한 착상이었다.

(3) 기독교적 사상의 배경

작가 최효섭의 작품에 깔려 있는 정신은 한마디로 기독교적 사상의 뿌리임을 쉽게 간파할 수가 있다. 이는 그가 이미 유년 시절부터 기독교적 환경에서 자라난 독실한 신자임과 또한 기독교적인 경력이 말해 주고 있다. 이러한 기독교적인 배경은 그의 정신 면에 큰 영향을 주었을 것이며, 실제로 신(信), 망(望), 애(愛) 정신은 그의 많은 작품에서 길게 뿌리를 내리고 있다. 1년 동안 갖은 고생을 무릅쓰고 아버지를 찾아다니던 숙이가 크리스마스날 밤, 교회에서 우연히 아버지와 해후하는 〈시계탑의 열두 형제〉라든지, "아버지는 돌아가셨어. 아버지뿐이 아냐. 엄마도 철수도 모두 한번은 풀잎처럼 없어져. 그렇지만 꼭 다시 살아나는 거야. 아버지와 하나님 나라에서 만나는 거야." 하고 종교적 재생(再生)을 확신하는 〈기차가 보이는 언덕〉, 성경 속의 인물을 중심으로 창작한 〈바라바〉, 조선 말엽 한반도를 놓고 일본과 중국의 야심의 손길을 뻗을 때, 한 손에는 칼을 들고 또 한 손에는 성경을 들고 눈부신 활약을 하는 시몽의 이야기 〈차이나호의 비밀〉, 그리고 많은 작품 속에서 노출되는 자유와 평화, 행복, 따뜻한 인간애 등은 그의 정신 속에 뿌리를 내리고 있는 기독교적인 사상이 그 배경을 이루었다고 해도 지나치지 않을 것이다.

3. 그의 아동 문화사적 위치

본격 예술 동화의 기반을 구축하며 한창 창작 활동을 계속해야 할 시기에 그의 미국 이민은 창작의 중단과 함께 한국 아동문학계로서도 커다란 손실이었다. 이제 그의 사적(史的)인 위치를 일단 정리해 보면 다음과 같다.

첫째, 그는 강렬한 주제 의식의 소유자였다.

둘째, 재미와 사상을 예술적으로 형상화시킨 60년대의 대표적인 동화작가였다.

셋째, 60년대 본격 동화 운동의 주역의 한 사람이었다.

넷째, 따라서 기발한 착상과 스케일이 큰 환상으로 동화의 새로운 세력을 개척해 나간 그의 작품은 한국 아동문학의 한 자산(資産)으로 길이 남게 된 것이다.

【참고 문헌】

· 이주홍, 〈아동문학은 전진하고 있는가?〉, 〈아동문학〉 vol.6 (1963.9), p.56

· L.H. Smith 저. 김요섭 역, 《아동문학론》(서울: 교학사, 1966), p.178

· 최효섭, 《임금님과 캬라멜》, 《숲속 나라의 늙은 너구리》(서울: 한국교육도서출판사, 1965), p.158

· 이재철, 《한국 아동문학연구》(서울: 개문사, 1983), p.140

· 이재철, 《한국현대아동문학사》(서울: 일지사, 1978), p.550

· 이재철, 《한국 아동문학작가론》(서울: 개문사, 1983), p.285

· 최효섭, 《시계탑의 열두 형제》(서울: 숭문사, 1963), pp.211~310

· 최효섭, 《일곱 개의 얼굴》(서울: 한국교육도서출판사, 1964)

· 최효섭, 《열두 개의 나무 인형》(서울: 한국교육도서출판사, 1969)

· 최효섭, 《거꾸로 도는 시계》(서울: 한국교육도서출판사, 1966), pp.109~229

· 최효섭, '지금부터가 출발—제5회 소천아동문학상 수상 소감—' 〈아동문학〉 vol. 19.

내 이야기

72년 말, 이민 길을 떠났다. 당시 16세였던 장남이 정신박약아인데 이 아이의 양육 문제가 해결 안 되어 미국행을 결심하게 된 것이다.

이미 도미하여 고생하며 공부하던 아내가 그곳 정신박약자 시설의 발달된 모습을 보고 4년 노력 끝에 가족 이주의 길을 텄다.

한국을 떠남에 있어서 가장 마음을 무겁게 한 것은 동화 창작의 중단이었다. 나는 명이 짧은 작가이다. 58년부터 조금씩 썼지만 교회학교 자료 정도의 동극, 성경 이야기들이었다. 그 당시 나온 책은《성경 동화 52》,《한길문화사, 59년》,《구약 동화》,《한길문화사, 60년》 등이다.

61년부터 동화를 몇 편 써서 교회 교재에 발표했지만 본격적인 문학작품을 착수한 것은 63년도 〈한국일보〉 신춘문예에 당선된 〈철이와 호랑이〉부터이다. 그러니까 72년까지 10년을 쓴 폭이다. 시상식에서 마해송 심사 위원장은 '여러 작가의 경우 신춘문예 당선작이 제일 낫고 더 좋은 작품을 내지 못한다.'고 말했는데, 10년 내내 그 한마디가 내 머릿속에 붙어 있었다.

나는 어려서부터 공상이 많았다. 그것이 동화 창작에 대한 취미를 자극한 것이 사실이고, 나의 작품 경향을 환상적 기법으로 몰고 간 것 같다. 내가 동화를 구상하는 순서는 테마를 생각한 뒤에 주인공의 마음속으로 들어가 마음껏 자유롭게 환상의 세계를 여행하는 것이다. 그것이 동화의 방법도 되고 줄거리로도 발전한다.

그렇다고 허황해서는 안 되기 때문에 되도록 단단하고 날카롭게 현실에 발을 붙이도록 노력했다. 그래서 현실 세계와 판타지의 세계가 교차되는 작품이 여러 편이다. 판타지 사용에 있어서 동물을 등장시키는 것이 비교적 쉽기 때문에, 동물을 주인공으로 혹은 사람과 동물을 함께 등장시킨 동화도 여러 편이 나오게 되었다.

현실에 발을 붙인다는 말은 현실적 어린이의 세계를 리얼하게 작품화한다는 뜻도 물론 있지만, 그것은 좀 더 광범위한 문학성을 뜻한다.

어린이가 살아가는 사회, 학교, 가정, 시대적 사조, 가치관, 심지어는 정치 경제까지도 어린이의 현실적 환경으로 다루어지게 된다. 그러자면 자연히 작가의 아동관, 이념, 사상, 비전(꿈), 저항, 주장, 비평 등이 작품 속에 스며들게 된다.

강소천의 교육론과 이원수의 문학론이 부딪쳤을 때, 나는 혼자 이원수의 주장에 박수를 보내고 있었다. 작가가 처음부터 교육적 효용성을 의식하고 쓰는 것보다 문학성이 듬뿍 담겼다면, 스펀지가 어느새 물을 흡수하듯 독자는 필요한 것을 자기 수준 나름대로 흡수한다고 생각하였기 때문이다.

내가 동화를 쓴 10년, 즉 62년부터 72년은 격변하는 시대였고, 많은 문제가 어린이들을 둘러싼 때였다. 군사 혁명이 일어났고 줄곧 불안한 분위기였다. 급피치를 올린 경제 성장과 산업화의 물결은 이기적 물질주의, 자연 파괴와 오염, 새와 야생 동물 등의 소멸 등 비싼 대가를 지불하기도 했다.

힘에 대한 매력이 마음들을 좀먹었고 방법보다는 성취에 중점을 두는 철학이 널리 퍼져 가고 있었다. 그래서 임기응변과 편법 주의가 사는 태도가 되어 가고 남에게 보이기 위한 허세와 형식주의가 두드러지는 사회상이었다고 기억한다.

나 나름대로 어린이의 장래를 몹시 염려한 것은 획일화 혹은 평균화의 경향이었다. 그렇잖아도 유교적 전통과 일제에서 물려받은 상하 명령과 복종 등 권위주의를 너무 많이 가진 사회인데 획일화의 물결은 가속도가 붙고 있었다. 어린이는 발랄하고 자유롭게 자라나야 한다는 어린이 헌장과는 점점 더 멀어지는 느낌이었다.

그때는 중학 입시가 있었고 중학에 계층이 있었으며, 거기에 따라 국민 학교도 계층이 생겼다. 계급주의의 싹이 노골적으로 텄다. 콩나물 교실, 입시 지옥, 치맛바람 등 새말이 쏟아진 때이다. 부모의 교육열은 돈 많이 벌고 높은 지위의 인간을 만드는 방향으로 다분히 흘렀다고 판단한다.

그 시대에 또 한 가지 큰 문제가 있었는데 텔레비전과 만화의 태풍이다. '읽는 아이'가 '보는 아이'로 변해 가는 모습을 안타깝게 보고 있어야만 했다. 동화는 잘 안 팔리고 어린이 잡지들도 시각에 아부하는 편집 방법을 썼다. 동화의 발표 무대는 점점 위축되었다. '보는 것'은 인포메이션을 빨리 받아들이지만 생각하는 힘을 저하시킨다.

결국 이 아이들이 생각하는 인간이 되지 않고, 주입되는 것을 빨리 받고 빨리 쏟는 기계가 되어 가는 것을 볼 때 가슴은 더욱 무거웠다.

이런 시대적 문제들이 자연히 내 작품 세계의 배경을 이루게 되었다.

경직화되는 인간상, 네모반듯한 상자로 화해 가는 사회상, 자기의 세계 속에 움츠러드는 달팽이 심리, 싸워 이겨야 하는 경쟁의 혈투장, 빨리 승부를 내려는 마라톤 인생관보다는 단거리 인생관 등등, 그런 속에서 나는 유머 감각이 무척이나 필요한 문장 감각이라고 절감하고 명랑과 미소를 살려 보려고 늘 의식했다.

나는 어려서부터 주먹질을 하는 싸움다운 싸움은 해 본 일이 없다.

나쁘게 말하면 비겁하고 좋게 말하면 평화롭다. 이런 성격에 기독교 배경이 체격을 만들어 주어 '평화에 대한 이념'이 꽤 단단하게 내 생각의 저류를 이룬다. 나는 본래 눈물도 잘 흘리고 감격도 잘 한다. 예쁘게 그리고 맑게 꾸며 보려는 문장과 줄거리 구상도 이런 데서 나온 것 같다.

나는 홍제동에 살았고 지방(많은 농촌) 출장을 연 30회 이상 하는 직장에 있었기 때문에 가난한 사람들을 많이 보았다. 그런 관찰이 어쩌면 질식할 것 같은 눌려 있는 사회적 배경과 합쳐서 '꿈과 희망에 대한 외침'으로 많이 흘렀다.

나는 인간의 존엄성에 대한 신조를 가지고 있다. 나이가 어리든, 소위 병신이든, 가난하든, 못생겼든, 생명은 지고의 가치를 지닌다.

그러기에 이토록 존귀한 인간은 자유로워야 한다. 눌려도 안 되고 갇혀도 안 된다. '자유는 최고의 선이다.' 작품을 쓰면 아무래도 속에 꽉 찼던 이런 신조가 표현되지 않을 수 없었다.

어린이와 함께 선생이 걸어온 길

1932년 황해도 해주에서 출생함.

1945년 해주사범 2학년 때 해방됨.

1950년 월남하여 서울 경동중학교를 졸업함.

　　　　고려대학 입학 1학년 때 6·25 전쟁이 발발함.

1955년 부산 감리교신학교에 편입하여 졸업함.

1956년 이남홍과 결혼함(슬하에 기홍, 관홍, 수지 3남매를 둠).

1957년 연희대학교에서 신학 석사 학위를 받음.

　　　　협성신학교 강사(헬라어, 1956~1957년)를 지냄.

　　　　배화여중고 교목(1957~1959)을 지냄.

1959년 《성경동화 52》(한길문화사)를 간행함.

1960년 〈월간 교회교육〉을 창간함(감리교 교육국).

　　　　감리교 본부 교육국에 근무함(아동부 및 지도자 양성, 1960~1966).

　　　　통일공과, 계단공과, 기독교 학교 성경교재, 여름성경학교교재,

　　　　성탄 준비 교재 등에 감리교 측 아동교재 대표집필자로 활동(1960~1972)함.

1961년 감리교신학교 강사(시청각 교육, 1961~1962).

1963년 〈한국일보〉 신춘문예에 동화가 당선됨.

　　　　장편동화집 《시계탑의 열두 형제》(숭문사) 간행됨.

1964년 동화집 《일곱 개의 얼굴》(한국교육도서출판사)이 간행됨.

1965년 동화집 《숲속 나라의 늙은 너구리》(한국교육도서출판사)가 간행됨.

1966년 동화집 《거꾸로 도는 시계》(한국교육도서출판사)가 간행됨.

1967년 Virginia 소재 Presbyterian School of Christian Education 기독교 교육학
　　　　석사 학위를 받음.

　　　　소년소설집 《차이나 호의 비밀》(새벗사)이 간행됨.

1968년 소년소설집 《서기 2070년》(새벗사)이 간행됨.

　　　　NCC 시청각 교육국 TV 국장(1967~1968).

1969년 감리교 본부 교육국 근무(청년부. 1969~1970).

　　　　동화집 《열두 개의 나무 인형》(새벗사)이 간행됨.

　　　　소천아동문학상을 수상함(수상작/열두 개의 나무 인형).

　　　　소년소설집 〈바라바〉(새벗사) 간행됨.

1970년 〈월간 기독교교육〉(대한기독교교육협회)을 창간함.

동화집 《황금의 집》(신망애출판사)이 간행됨.

소년소설집 《검은 손 붉은 손》(새벗사)이 간행됨.

1971년 대한기독교교육협회 총무(1971~1972).

창작우화집 《두꺼비의 여행》(한국교육도서출판사)이 간행됨.

소년소설집 《바우전》(새벗사)이 간행됨.

1972년 소년소설집 〈눈 속에 핀 꽃〉(새벗사)이 간행됨.

미국으로 이민함.

1973년 하트포드 교회에서 목회함.

1974년 남부 뉴저지 교회에서 목회함.

1975년 뉴욕 한인 교회에서 목회함(1975~1988).

1978년 격주간 〈삶의 지혜〉를 창간함.

1979년 〈중앙일보〉 우석(愚石) 칼럼(1979~1982)을 연재함.

1980년 New York Theological Seminary에서 목회학 박사 학위를 받음.

1983년 〈조선일보〉 최효섭 에세이(1983~1985)를 연재함.

1985년 감리교 아동 교육에 대한 공로로 감리교 교육 공로패를 받음.

〈미주 중앙일보〉 10주년 공로패를 받음.

〈미주 조선일보〉 공로패를 받음.

기독교 TV 프로그램 위원장 및 칼럼을 담당함(1985~1986).

1986년 〈한국일보〉 최효섭 에세이를 연재함.

1987년 순복음 신학교 강사(이민 신학) 활동을 함.

대한 TV 칼럼(1987~1988), 대한 TV 에세이를 담당함.

1989년 소년소설집 《무지개 마을》(새벗사)이 간행됨.

아콜라 연합감리교회에서 목회함(1989~1999).

1991년 〈월간목회〉에 〈설교 착상과 예화〉를 연재함.

1992년 한국 기독교 교육 공로패(대한기독교 교육협회)를 받음.

1995년 기독교출판협회 최우수상 수상(현대예화사전).

WMBC-TV 칼럼(1995~현재).

1996년 수필집 《최효섭 명상록》(룸란출판사)이 간행됨.

한국기독교총연합회 저작상을 수상함(명상록).

1999년 5월 16일 오후 5시 최효섭 목사 은퇴 찬하 예배(아콜라 연합감리교회).

2008년 자신이 제정한 우석동화문학상을 2018년까지 11회 시상함.

2009년 동화집 《뚱보도깨비와 수퍼쥐》(아동문학세상)를 간행함.

2010년 동화집 《최형사와 오케스트라》(아동문학세상)를 간행함.

제5회 백경종아동문학상(특별상)을 수상함.

2011년 동화집 《세종대왕이 도망쳤다》(아동문학세상)를 간행함.

2012년 동화집 《별에서 온 아이》(아동문학세상)를 간행함.

2013년 동화집 《날아가는 우산》(아동문학세상)을 간행함.

2014년 동화집 《괴물 금붕어》(아동문학세상)를 간행함.

2015년 동화집 《반짝이는 작은 집》(까미)을 간행함.

2016년 동화집 《숲속나라 합창단》(아동문학세상)을 간행함.

2018년 제17회 한국 아동문학창작상을 수상함.

동화집 《걸어다니는 외투》(아동문학세상)를 간행함.

현재   미국(뉴저지주) 거주.

기타

뉴저지 기독교교육대학을 창립함(현 학장).

라디오 설교(뉴욕기독교방송, 워싱턴방송, 필라델피아방송, 에벤에셀방송) 진행.

미국 이민 전까지 TV 인형극, 라디오 방송극을 다수 집필함.

설교와 수상집 20권

기독교 교육 도서 6권

성경교재 4권

인독본 10권

자료(현대예화사전) 1권

한국 아동문학가 100인

이재철

오월의
건달들

해마다 5월이면 어린이날을 기념하는 갖가지 행사가 열린다. 매스컴에서는 어린이날을 기념하는 프로그램을 기획하고 문학잡지들도 아동문학에 관한 특집을 꾸미는 등, 어린이 문제에 관해서 전에 없는 관심을 보인다.

예전의 조용한 어린이날에 비하면 대단히 시끄럽고 호화스러운 어린이날이 되었다. 이런 현상이 어린이에 대한 근본적인 관심의 증대에서 비롯되었다면 그보다 더 반가운 일은 없을 것이다. 하지만 그렇게 긍정적으로 보아 넘기기에는 어려운 점이 없지 않은 데 문제가 있다.

평소에 어린이 문제나 아동문학에 대해서 특별한 애정을 보이지 않던 사람들이 떠들썩하게 어린이날을 내세우며 자기 현시의 기회로 삼는 것을 보게 된다. 이런 사람들에게 자신들이 어린이날의 유래와 의미에 대하여 얼마나 알고 있으며 또 깊이 생각해 보았는지 묻고 싶다.

〈동아일보〉 등 역사적인 문헌이 이미 밝히고 있는 바와 같이 최초의 '어린이의 날'은 소파 방정환과 소춘(小春) 김기전을 중심으로 하는 천도교 소년회에서 1922년 5월 1일에 제정한 것이었다. 그런데 아직도 최초의 '어린이의 날'을 확대시킨 1923년 5월 1일의 '어린이날'이 한국 최초의 어린이날 행사인 줄로 알고 있는 사람들이 있다. 즉 올해가 66회인데도 불구하고 65회라고 주장하고 있는 것이 오늘의 현실이다.

이와 같이 어린이날의 근원에 대해 정확한 인식이 없기 때문에 어린이날 행사도 일시적인 것에 그치고 만다. 그래서 어린이에 대한 관심도 마치 유행적인 것이 되어 버리곤 하는 것이다. 어린이날은 이날만 어린이에 대해 관심을 가지라고 제정된 것은 결코 아니다.

특히 요즈음에는 어린이날을 상업적인 목적에서 이용하는 느낌까지 들게 한다. 어린이들은 어린이날 하루 부모가 사다 주는 선물보다도 꾸준한 애정을 더욱 간절히 바란다. 물론 그러한 애정은 어린이에 대한 '과잉보호'와는 엄격하게 구분되어져야 할 것이다. 어떻게 하면 어린이가 내일을 젊어질 참다운 인간으로 성장하도록 할 수 있는가를 다시 생각하는 의미의 어린이날이 되어야 할 것이다.

5월에 들어서야 전에 없이 경쟁적으로 어린이 문제와 아동문학에 특별한 관심을 보이는 사람들이 많이 있다. 그들에게 있어 어린이 문제나 아동문학은 평소에 마치 서자 (庶子)와 같은 취급을 해 왔다. 5월을 제외하고는 아동문학은 철저히 소외되고 무시당해 왔던 것이다. 그렇기 때문에 그들이 일시적으로 어린이와 아동문학에 보여 주는 관심은 그 진실성이 없어 보인다. 어린이날을 전후해서 고개를 드는 이런 건달들의 자기 과시가 없어져야 할 것 같다.

어린이는 5월에만 살지 않는다. 어린이는 1월에도 12월에도 살고 있다. 언제까지 사람들은 어린이에 대한 관심을 5월이라는 허울 좋은 미명 아래 묶어 둘 것인가. 어린이에 대한 관심은 5월을 핑계로 결코 유보되어서는 안 된다.

어린이날을 자기 과시의 수단으로 이용하는 사람들은 어린이를 자기 목적의 도구로 삼는 것이나 다름이 없는 사람들이다. 어린이가 어린이다운 삶을 누릴 수 있도록 항상 노력하는 일이야말로 진실로 어른들이 해야 할 일이다. 5월은 일시적으로 어린이 문제를 떠드는 건달들의 5월이 아니라 바로 어린이 자신들의 5월이어야 한다. 이제 참다운 5월을 위해 몸 바친 소파 선생의 정신으로 우리 모두 돌아가야 할 때가 왔다.

일제 식민 잔재
아동문학의
청산을 위하며

윤극영 · 정인섭 · 김영일 씨의 경우를 중심으로

〈아동문학평론〉 창간호(1976.5)에 조유로(曺有路) 사형이 기고한 〈파괴와 부정(否定)의 윤리〉(일제잔재식민문학의 발본과 새 한국 아동문학의 건설론 1)는 발상과 호흡(흐름) 그리고 감정 면에서 우리의 것을 되찾자는 주장으로 당시 시의적절(時宜適切)한 탁견으로 받아들여졌다.

그러나 그러한 세 가지 면에서의 청산은 15년이 지난 지금 아직도 청산은커녕 인적(人的) 영향 면에서 그 썩은 찌꺼기가 오히려 우리 아동문학계를 혼탁케 하고 있다. 우리는 윤극영·정인섭·김영일 제씨가 살아서 스스로 그것을 불식시켜 주기를 바라지는 않았지만, 그 친일 행위를 생전에 정면으로 거론하지 못하고 인지상정에 이끌려 우유부단하다가 끝내 지금의 화를 자초하고 만 책임을 면할 길이 없다.

그래서 만시지탄(晩時之歎)은 있으나 읍참마속(泣斬馬謖)의 심정으로 세 사람의 친일행각을 문헌으로 제시하여 오늘의 반성의 자료로 삼을까 한다.

이것은 우리나라가 이승만 정권 때 반민족행위자를 처단하여 민족정기를 되찾지 못하고 반공이란 미명하에 오히려 친일분자를 대거 수족으로 거느려 나라의 기초 건설에 실패하고, 연이어 다카기 마사오(高木正雄=박정희) 관동군 중위에 의한 군사정권의 힘으로 한일국교 정상화를 졸속으로 불평등하게 마무리 지음으로써 오늘의 청산되지 못한 후유증을 남긴 그 쓰라린 정치적 오류를 아동문학계에서는 조금이라도 불식해 보려는 일단(一端)이 되기를 비원(悲願)하는 노력이기도 하다.

더욱이 반민족문제연구소(소장 김봉우)가 지난 2월 27일 흥사단 강당에서 '식민 지배(植民支配) 청산 문제의 민족사적 이해'란 심포지엄에서 통일이 가시화되고 있는 현 시점에서 식민 잔재, 특히 친일 문제에 대한 올바른 평가와 정리가 없이는 진정한 민족 화합의 통일을 기대할 수 없다.'는 결론과 맥락을 함께 하는 작업의 아동문학적 시도이기도하다.

증언1 간도성협화회(間島省協和會) 회장 윤극영

두 번째로 찾아간 곳이 작곡가이며 아동문학가인 윤극영 씨의 집이었다. 그가 살았던 집은 없어지고 7백여 평이었다는 집터에는 스무 채가 넘는 집들이 다닥다닥 붙어 서 있었다. 그가 어째서 7백여 평이나 되는 넓은 집터를 가지고 살게 되었는지는 세 번째 집을 찾아가서야 알았다. 세 번째 집도 윤극영 씨가 살았던 곳인데 그 집터는 백여 평이라고 했다.

사연인즉 광명(光明)여자고등학교의 음악 선생이었던 윤극영 씨는 1백여 평의 집터에서 살다가 1940년에 간도협화회 회장으로 친일 운동을 시작하면서 정원이 호화로운 7백여 평의 집터로 옮겨가게 된 것이다. 협화회란 조선인을 상대로 일본 식민정책을 선전하고 고무하던 단체였다. 그 두 집은 한 예술인이 어떤 대가를 받고 역사적 배반을 했는지를 극명하게 보여 주고 있었다.

협화회란 1932년 7월 25일 일본의 괴뢰 만주국(滿洲國) 국무원(國務院)에서 발회식을 올린 전만주(全滿洲)의 전인종(全人種)적 주민 조직이었다. 간도협화회는 간도성협화회로서 55,807명(조선인 42,696명, 만주인 10,933명, 일본인 2,139명, 러시아인 17명, 기타 22명)이 회원으로 되어 있는 조직체로서 관동군의 지시인 '만주제국 협화 회의 근본정신' (1936.9.18.)인 관민일도(官民一途)의 독창적 왕도 정치를 구현함을 목표로 한 만주건국의 유일한 사상적, 교화적, 정치적 실천 단체였다.(pp.341~343)

또 간도성은 연길현(延吉縣), 혼춘현(琿春縣), 안도현(安圖縣), 화룡현(和龍縣), 왕청현(汪淸縣) 등을 관내에 둔 조선인 이주 동포가 가장 많이 살던 지방이었다.(p.362)

윤극영(1903~1988) 씨는 해방 직후 간도에서 체포되어 사형선고를 받고 수감되었으나 그의 제자인 동북항일연군(東北抗日聯軍)의 문일과, 손병희 선생의 종가집 조카되는 이의 도움으로 탈출하여 두만강을 건너 남하하여 서울에 돌아왔다고 한다.

증언2 조선문인보국회(朝鮮文人報國會) 간사 東原寅燮(정인섭)

1939.10.20 문필보국을 위한 '조선문인협회(조선문인보국회)' 결성 발기인 및 회칙
　　　　 기초위원, 기획부 상무간사, 문학부 평론부회 간사.
1940.12.1 총후사상운동(銃後思想運動)을 위한 전선(全鮮)순회 강연회 제1반(경부
　　　　 선), 제2반(호남선) 강사.
1940.12.25 '황도학회 (皇道學會)' 결성 발기인, 이사.
1941.1.26 '조선문인협회' 제2회 조선예술상 심사 위원.
1941.1.29 '국민총력조선연맹' 문화부(문화협회) 문화위원.
1942.4.14 제1회 '대동아문학자대회' (동경) 참가. 만주, 몽고, 중국문인 부산 출

영 (出迎). 〈취한(醉漢) 들의 배〉 참조. 영문학자, 문학평론가로서 황민화(皇民化) 사변문학(事變文學)·총후문학·개척문학론 등으로 국책협력 신체제 국민문학론을 전개함.(pp.354~360 참조)

　　1943.11.17 조선인 학도출진(學徒出陣) 〈매일신보〉 좌담회 참석.

　　1945.6.8 '조선언론보국회' 결성 발기인, 충남파견(忠南派遣) 강사.

　　정인섭(1905~1983) 씨는 색동회의 추가 가입 회원으로 동극과 전래동화 집필을 했으며, 일제말기 연전(延專) 교수로 친일 문학 이론가로 활약했다. 해방 후에는 영국, 일본을 전전하다가 1967년 색동회가 그의 제자인 조풍연 씨에 의해 재출발하자 윤극영·조재호(厚山在浩視學官) 씨와 함께 중앙위원을 거쳐 작고 시까지 회장 직을 맡았으며 엄기원 씨에 의해 그의 회고록 수상집 《이렇게 살다가》(가리온 출판사, 1982)를 출간한 바 있다.

증언3 서대문 경찰서 고등계 형사 金村英一(김영일)

　　시인 조애실(趙愛實) 여사(1920)가 서울 기독교학생 비밀독서회 사건으로 1943년 8월 14일에 서대문 경찰서 고등계 형사들에게 체포되어 장장 4개월여의 모진 고문을 받고 서대문 형무소에 수감(送局)되던 날의 기록의 일부를 다음에 소개한다.

　　눈을 맞으며 '送局'되던 날.

　　12월 26일(1943) 크리스마스 다음날 저녁 무렵, 당번이 호출을 하더니 남긴 것 없이 죄다 챙겨 가지고 나오라 했다. …… (중략) …… 가네무라(金村英一=김영일)가 빙그레 웃으며 포박을 하려고 했다. 그 순간 내 눈에선 불꽃이 튀었다.

　　"날 체포하던 날도 포박을 안했는데 오늘은 도망이라도 칠까 염려되어서 포박을 지르려는 거요! 대장부가 여자 하나쯤 못 다뤄서, 그래!"

　　나는 버럭 화를 냈다.

　　"흉악범도 아닌데 당당히 그대로 갑시다."

　　"택시 값 있어?"

　　"한밤중에 잡혀온 사람이 돈이 어디 있소."

　　"그럼 전차를 타고 가나……."

　　"탑시다. 전차면 어때요."

　　"아니, 사람들이 보니까 그러는 거지."

"보면 어때요, 죽을 죄인 아니니 부끄러울 것 없어요. 갑시다."

전차를 탔다. 외투 깃을 세워 귀를 가리고 영천 종점까지 와서 내렸다.

독립문을 바라보니 해는 이미 지고 눈발에 흩날려 윤곽만 우뚝 서 보일 뿐이었다. 눈은 아침부터 내렸는가 싶게, 발이 파묻힐까 말까 할 정도였다. …… (중략) ……

"엄마! 설상행보(雪上行步)는 와우성(蛙雨聲)이라지요."

나는 혼자 중얼거렸다.

金村英一(가네무라 에이이찌)가 다가서서 물었다.

"어디서 그런 문자를 알았어. 재미있는 글귀인데."

혼자 입속으로 중얼거리는 소리가 가네무라한테 들렸던 모양이다.

"우리 어머니한테서 들었죠. 지금 발밑에서 어머니하고 같이 걸어갈 때 나던 그 소리가 나서……."

"조애실! 내가 가끔 책을 차입해 줄 테니 그 속에서 읽어요. 나도…… 실은 문학을 하는데……."

나는 깜짝 놀랐다. 문학가가 어쩜 고등계 말단 형사 노릇을 하며 그래도 사색에 잠길 수 있는 요소, 사물에 대한 관찰력도, 보통 사람하고도 좀 다를 텐데 어떻게 동족의 손에 고랑을 채우려 들었단 말인가. 포박을 질러 데리고 가려 하지 않았던가. 혼자 중얼거린 문자 속은 용케 알아듣고 동정적 세포가 작용해서일까. '책을 차입해 주마고! 순간적인 말뿐일 게다. 오죽이나 악랄한 사고방식을 가졌으면 형사 노릇을 하누…….' 나는 기가 찼다.

어느새 다 왔는지 철문 앞에 이르렀다. …… (중략) …… 가네무라가 나에 관한 조서 뭉치가 든 보자기를 펴고 조심스레 꺼내어 그 곳에서는 꽤 높은 위치에 있는 사람같이 생긴 형무관 앞에 들이민다. 주욱 훑어보더니 알았다는 듯이 종잇조각에다 도장을 쿡 찍고는 '인수증' 같은 것을 내준다. 가네무라는 난롯가에 서서 손등을 부비다가 건네주는 인수증을 받아 안주머니에 집어넣더니 꾸벅 인사를 하고 나가다가 나를 한번 힐끔 쳐다보고 어둠 속으로 사라졌다. (pp.53~55)

조 여사는 시작(詩作)과 도예 작가로 지금도 맑고 깨끗하게 수유1동 472번지의 138호에 생존하고 계시며 4·19 직후 문총(文總)회의 때 김영일 씨가 문단 원로 중진들을 개별로 별실에 불러 마치 형사처럼 4·19 관련 여부를 문초하는 것을 보다 못해 처음으로 '가네무라 에이이찌(金村英一)'라고 부르며 호통친 일이 있었다고 술회한 바 있다.

일찍이 김영일(1914~1984) 씨는 그의 아동자유시집 《다람쥐》(고려서적, 1950)의 발문 격인 〈사시광론(私詩狂論)〉에서 그의 감각적인 단순화된 단시를 변호하며 '사상은 알코올이다. 인간은 사상에 취한다. 사상으로 말미암아 인간은 스스로 그 속박을 받는다.'(p.92)고 스스로의 인생관·문학관을 밝힌 바 있다.

일제시대 친일 아동문학으로 金海相德(김상덕)의 《반도명작동화집》, 《太郞の冒險》(1944)과 宋山昌一(송창일)의 《소국민훈화집》(아이생활사) 등이 대표적이나 김영일(김형필) 씨도 그 유명한 동요 〈대일본의 소년〉(아이생활, 1940)을 남겼다.

해방 후 경찰 간부로 있었던 연유로 6·25 때 남하하지 않고 유엔군 인천 상륙 시 사리원까지 갔다 온 이원수 씨를 부역 죄에서 구출했으며, 작고할 때까지 한국 아동문학회 회장직(1971~1984)을 맡은 바 있다.

이상에서 간략하게 세 사람의 일제시대 행각을 비교적 객관적으로 제시하였다. 그런데 문제는 그들의 사후에도 그 영향은 사라지지 않고 있다는 점이다.

윤극영 씨의 동요 〈반달〉은 곧잘 애국적 동요로 윤색되고 또 부녀자로 구성된 그의 추종 단체인 '반달회'까지 조직된 정도이니 그 애국적(?) 어린이 운동의 실상과 허상이 무엇이었는지 참으로 우리를 곤혹스럽게 만들고 있으며, 정인섭 씨는 비록 그 유족이 기금을 내놓았다고는 하나 그의 호를 딴 '눈솔상(賞)'이 만들어져(1984) 색동회 간부들이 돌아가며 상을 받고 그의 묘 참배 행사 등 추념이 뒤를 잇고 있다. 그가 작고했을 때 빈소에 안치된 사진의 목에 걸린 훈장을 보고 필자는 짐짓 어찌할 바를 몰랐다.

또 김영일 씨의 경우, 그를 기리는 문학비를 세우려는 운동이 근자 어찌되었는지는 모르는 바이나 그가 만든 단체는 끝내 작년 말의 통합 단체인 '한국 아동문학인협회'에의 참여를 거절하고 있는 바, 이 또한 그 자신의 일제시대 친일 행각과 무관한 일인 줄 알면서도, 그가 뿌린 씨앗이 오늘도 건재하고 있는 한국 아동문학계의 현실을 또한 부정할 수 없는 데 우리의 고민이 있고 현재적 상황이 있다.

남북통일이 언젠가 다가와야 될 우리의 미래에 진짜로 친일 식민 잔재가 가시어질 날은 진정 언제인지 참으로 아득하기만 하다.

강렬한 개성과
아동문학을 위한
집념

최지훈

    사계 선생의 존재는 한국 아동문학 문단을 위하여 정말 대단한 행운이라고 할 수 있다. 그것은 아마 누구도 부인하지 못할 것이다. 만일 사계 선생이 계시지 않았다고 한다면 한국 아동문학의 발전이나 국제적 위상에서나 최소한 십여 년 이상 뒤처져 있을 것이다. 그가 존재했으므로 아동문학이 학문적 대상이 될 수 있었고, 비평이 존재하게 되었으며, 국제 교류에서 선도적 위치에 있게 되었기 때문이다.

    구슬이 서 말이라도 꿰어야 보배라고 했는데 사계가 있기 전 우리 아동문학은 그야말로 실에 꿰이지 못하고 어지럽게 흩어져 있는 구슬에 불과했다. 그 구슬들은 문예학상 관심의 대상이 되지 못했기 때문이다. 아무도 돌보지 않는 그 구슬들을 홀로 하나하나 챙겨서 일일이 꿰어서 정리해낸 일! 그것은 불모지를 개간하는 개척 정신이 아니고는 도저히 불가능하다고 할 것이다. 그가 이를 해내기 위해 겪었던 온갖 간난을 이 짧은 글에 다 쓸 수는 없다. 산지사방에 흩어진 자료를 챙기기 위하여 전국 방방곡곡을 발로 누비고 다녔을 뿐 아니라, 복사 시설도 보급되지 않던 시절에 자료를 빌려주지도 않기라도 하면 몇날 며칠을 걸려서 필사하기도 하던 행각은 그야말로 초인적 행위라고 하지 않을 수 없을 것이다. 결국 아동문학이라는 구슬들은 마침내 문예학상 진가를 평가받을 수 있는 차림새를 하게 된 것이다.

    이러한 업적을 이루어낸 데는 그의 학문에 대한 열정과 아동문학에 대한 무조건적인 애정과 함께 그의 특유한 인간성이 빚어냈다고 할 수 있을 것이다.

    사계 선생을 조금이라도 아는 분이라면 그분의 이름을 듣는 순간 머리에 먼저 떠올리게 되는 것은 마주앙과 위가 없이 살아간다는 거짓말 같은 사실일 것이다. 그리고 좀 더 가까이에서 그분의 생활을 지켜 본 적이 있는 분이라면 사모님의 헌신성을 손꼽게 될 것이다. 여기까지는 누구나 공통적이고 너무 널리 알려진 상식(?)에 속하기 때문에 오히려 이야기꺼리가 아니다.

    그분의 강렬한 개성이 빚어낸 삶의 독특한 방식과 업적을 포함한 행적에 따라다니는 에피소드는 끝 모를 화젯거리가 되기 때문이다. 그러나 그러한 세세한 에피소드를 누누이 읊을 필요도 없을 것이다. 아마 그분과 한두 번만 접촉한 사람이라도 그분에 관한 인상적이고 특이한 화젯거리를 말할 수 있을 터이므로. 그러한 이야기에는 웃음을 참지 못하게 하는 것도 있고, 감동으로 오히려 벌어진 입을 다물지 못하게 하는가 하면, 너무 진지하여 입을 열 수 없게도 하기 때문이다.

그의 일에 대한 터무니없는 욕심과 못 말릴 성취욕에 의한 고집과, 대결을 불허하는 카리스마는 많은 후배 동료들에게 외경으로 따르게도 하지만 그만큼 또는 그 이상으로 강력한 대적자와 칼날 같은 경쟁자의 세력을 형성하게 한다. 그래서 그에 대한 평가는 어떤 점에서 외경과 적대감으로 선명하게 나타난다. 그의 그러한 퍼스낼리티는 때때로 일방적인 자기 본위의 독선적 판단으로 매사를 밀어붙이기로 나타나기도 해서 당연히 상대하는 사람들의 마음을 부담스럽게 하거나 저항감을 갖게 한다.

그런데 이러한 퍼스낼리티는 사계의 특성이라기보다 보통 사람이 상상하기 어려운 업적을 이루는 사람들이 갖는 일반적인 모습이라고 할 수 있을지도 모른다.

카리스마가 강한 리더는 대개 두 가지의 모습을 보인다. 즉, 주변의 이야기를 열심히 들으려고 애를 쓰고, 남의 이야기를 두루 경청한 다음 판단이 서면 바로 행동으로 옮기거나, 간단한 몇 마디 말로써 평가하고 지시하는 형태의 리더가 있는가 하면 자신의 의지를 어떻게 하든지 상대방이나 주위의 사람에게 설득시켜서 성취하려고 하는 리더가 있다. 뒤의 경우는 앞의 경우에 비하여 노골적으로 독선적 카리스마로써 지배하거나 결단하는 형이라고 할 수 있는데 사계 선생은 바로 이런 형에 속한다(그렇다고 전자를 반드시 민주적이라고 할 수는 없다. 왜냐하면 전자의 경우도 듣는 데만 개방적일 뿐 결정은 홀로 하기 때문이다. 민주적이란 결정을 다수의 의사에 맡기는 것이다). 그래서 그는 마주하여 대화라도 할 경우, 어떤 사람이라도 상대방에게는 이야기할 기회를 주지 않는다. 결단이 필요한 일이건, 단순한 화제라고 하더라도 혼자서 열정적으로 이야기를 풀어놓는다.

사계는 아동문학의 제일의적 가치를 전통적인 민족주의에 입각하고 있다. 그것은 보수적이면서도 결코 폐쇄적인 국수주의에는 반하는 입장이다. 민족 정체성과 민족자존의 태도를 한국 아동문학의 기본 가치로 하면서 이를 세계화의 기초로 인식하고 있기 때문이다. 예컨대 그는 일본과 함께 아시아 아동문학을 논의하고 일본을 한국 아동문학의 국제화의 교두보로 여기고 있지만 민족 정체성이나 자존 의식을 포기하거나 매도한 문학에 대하여는 준엄하게 비판하고 있기 때문이다.

그는 소파 선생이 유명을 달리하던 해에 태어났다는 점에 운명적 연대성을 느끼고 있다. 그래서 소파가 민족의 독립과 미래는 오로지 어린이에게 달려 있다고 믿고, '조선 어린이'의 각성을 갖도록 하는 데 아동문학과 아동 문화 운동의 기본 정신을 삼아 평생을 살아온 데 대하여 그의 정신을 높이 인정하고 이의 정신을 이어가는 것이 하나의 문학적 사명으로 인식하고 있는 듯하다.

고희를 앞둔 그는 지금 건강에 가장 취약점을 가지고 있다. 이제 그의 인생과 학문은 아름답게 마무리하는 데 있다. 그럼에도 그가 평생 바쳐온 한국 아동문학의 인프라 형성 작업에 열정이 식지 않고 있다. 그 열정은 여생을 국제 아동문학관 내지는 아동문학대학(원)을 설립하고자 하는 집념으로 나타나고 있다. 지금 이 순간에도. 그의 뜻의 성취를 위해서라기보다 정말 이 나라 아동문학을 위하여 그의 집념이 성취되기를 기원하지 않을 수 없다.

아동 문화
운동선언

이재철

    소파(小波)가 아동 문화 운동을 본격적으로 시작한 지도 올해로 벌써 54년째, 반세기를 넘어섰다.

    그가 뿌린 씨앗은 아동 인권 옹호 운동으로, 또 지순한 애국·애족의 민족운동으로 뻗어나 얼마간의 열매를 맺은 것도 사실이다.

    그러나 내일의 주인공인 오늘의 어린이에게 좋은 읽을거리나 문학을 주자는 운동은 과연 어떻게 되고 있었는가.

    몇 번이고 자문자답을 해 봐도 신통스런 결론이 나올 리 없다. 그것이 문화 운동에 치중한 부작용이라 하거나, 아동문학이 안고 있는 특수 조건이라 하더라도 어느 쪽이나 군색한 변명밖에 되지 않는다.

    허울 좋은 동심 예찬이나 어린이에 대한 맹목의 애정, 그리고 사이비 교육성의 그늘에 숨어서 또 문청 기질의 매명(賣名)이나 아르바이트 기분으로 문학 이론의 바탕 없이 자행된 문학이 어찌 어린이를 위한 문학이며, 문학예술이 될 수 있겠는가.

    하물며 어린이 신문·잡지 편집자의 눈을 거치는 것만으로서, 또 등단 때 심사 위원의 선(選)에 들었을 뿐으로서, 평생 한 번도 평가받지 않는 작품을 마구 발표해 온 게 어제와 오늘의 엄연한 현실이라면, 그 결과는 무엇이라고 얼버무려야 되겠는가.

    그래서 문단이 작품에 의해 위계질서가 형성되지 못하고 정실(情實)과 파벌에 의해서 암적으로 구성되거나, 등단 연도와 유무명(有無名) 정도에 따라 암암리에 확립되고 있다면 그 영향은 짐짓 누구에게 돌아가는 것인가.

    더욱이 작가의 관심이 작품 자체보다 친소(親陳)거리에 쏠리고 문학보다 문학 외나 문학 주변에 집중되고 있다면, 그러는 사이 양산된 그 엄청난 부산물의 피해는 독자인 어린이는 물론 작가 자신의 불행까지 재래(觀來)하는 것이다. 하기야 독자인 어린이가 변별력이 개무(皆無)한 것은 아니다. 그러나 그들의 비판은 작자의 귀나 대중의 귀에 들리지 않는다. 그래서 그것을 기화로 악화가 횡행발호(橫行股尾)하고 그런 상태 속에서 이 나라의 어린이가 자라고 있고, 그런 어린이가 자라서 민족사회를 유지하고 있는 것이니 그 얼마나 가공스럽고 한심스러운 일인가.

    비평의 부재, 아니 평단의 미확립은 비단 한국 아동문학계에 역사적 병폐만 남긴 것은 아니었다. 그것은 어린이 독서계의 고질화된 유전적 병인(病因)이었다.

따라서 본지는 이 같은 평론 부재의 무풍지대를 일소하고 묵은 종양을 척결하기 위해, 아니 그러한 역사적 사명을 다하기 위해 고고를 울리게 된 것이다.

우리는 오늘 같은 동심과 인간을 상실한 현실에, 이 같은 잡지가 영리적 타산이 맞지 않고 물질적인 적자가 누적될 것을 익히 알고 있다. 그리고 이 길이 얼마나 외롭고 가시밭길인가도 뼈저리게 느끼고 있다. 그러나 그것이 누군가에 의해 치러야 될 지난날의 혈채(血債)임을 믿고, 또 결코 정신적 적자는 갖지 않는다는 소신 아래 불모의 땅에 의지의 깃발을 세워 보려는 것이다.

본지는 앞으로 아동문학의 어제를 연구하여 오늘의 반성에 차비하고, 오늘을 비평하여 내일의 고전을 낳고, 내일을 전망하여 나아갈 바른 방향을 제시하는 데 노력할 것이며, 항상 올바른 전통 의식을 보존하고 양질의 역사의식을 발휘하여 진취적 문제의식에 늘 눈떠 있을 것이다.

그러기에 본지는 어떤 특정인이나 단체에 좌우되지 않을 것이며, 오직 한국 아동문학계의 중심적 공기(公器)로서 문학적 양식을 가진 교통신호대요, 우리 모두의 대화의 광장이 되는 데 조금도 인색하지 않을 것이다.

한 잡지가 전시장이요, 목격의 현장이 되기는 쉽다. 그러나 한 시대의 온전한 대변장(代辯場)이요, 비판적 증언의 보루가 되는 것은 쉬운 일이 아니다. 더구나 일개인(一個人)의 능력과 안목에는 한계가 있는 법이요, 의욕과 정열만으로 만사가 형통되는 것도 아니다.

본지를 도와주고 뜻을 같이 하는 강호제현(江湖諸賢)의 조언과 성원이 더없이 소중하게 요망되는 것도 그런 까닭에서이다. 본지를 자기 잡지처럼 아껴 주고 본지와 소명의식을 같이 하는 아동문학인은 물론, 여러 문단인의 협조를 간곡히 기대하면서 창간사를 마무리 짓는 이유도 여기에 있다.

이제 이미 바다라는 현실에 이상의 배는 돛을 내걸었다. 그리고 그것은 아동 문화 운동 시대의 아동문학이 아니요, 아동문학운동 시대의 문학이라는 자각이요, 출범의 신호이다. 우리 모두 이 신생아의 건투를 빌어 보자.

어린이와 함께 선생이 걸어온 길

1951년 7월 13일 경북공립중학교를 졸업함.

1956년 3월 30일 경북대학교 사범대학 국문과를 졸업함.

1959년 3월 25일 경북대학교 대학원 국어국문과를 수료함.

1963년 3월 31일 대구교육대학교수로 임명됨.

1968년 5월 14일 경상북도 문화상(인문과학상)을 수상함.

1971년 7월 16일 전국교육대학 국어연구회 대표이사가 됨.

1975년 1월 12일 한국문인협회 아동문학분과회장이 됨.

1976년 5월 31일 계간 〈아동문학평론〉 창간 주간이 됨.

1978년 8월 26일 단국대학교 대학원 박사 과정을 수료함.

1979년 3월 1일 단국대학교 문과대 국어국문과 교수로 재직함(~1997.2).

1984년 1월 21일 한국현대아동문학가협회 회장이 됨.

　　　　12월 2일 일석(이희승) 학술상을 수상함.

1985년 1월 31일 한국국제아동 도서협의회 사무총장이 됨.

1986년 8월 18일 국제아동 도서협의회(IBBY) 동경대회 한국대표가 됨.

1988년 5월 17일 소천아동문학상을 수상함.

　　　　7월 30일 한국 아동문학학회 회장이 됨.

1989년 3월 17일 제12차 서울세계시인대회 재정분과위원장이 됨.

　　　　5월 14일 불교아동문학상을 수상함.

　　　　12월 3일 일본 오사카 국제아동문학관 객원연구원(~1990.3.10)이 됨.

1990년 8월 12일 서울 아시아아동문학대회를 개최(대회장)함.

1991년 8월 11일 한국 아동문학인협회 고문이 됨.

1992년 2월 13일 국제펜클럽 한국 본부 이사가 됨.

　　　　2월 24일 한국 어문교육연구회 상임이사가 됨.

　　　　5월 1일 한국아동단체협의회 부회장이 됨.

1993년 5월 1일 새마을운동 중앙협의회 자문 위원회 새마을문고 분과위원장이 됨.

　　　　8월 26일 제4차 환태평양 아동문학회의.

　　　　8월 30일 제2차 일본 아시아아동문학대회 한국대표로 참석함.

　　　　9월 4일 서울 한중아동문학세미나 개최. 한국대표로 참석함.

1994년 8월 17일 일본 아동문학세미나 개최. 한국대표로 참석함.

　　　　11월 29일 서울 정도 육백 년 '자랑스런 서울시민' 패를 수상함.

1997년 8월 서울 세계아동문학대회를 개최함(대회장).

　　　　제1차 세계아동문학대회를 개최함.

2007년《남북아동문학연구》(박이정) 출간. 윤석중문학상을 수상함.

2008년 제2차 세계아동문학대회를 개최함.

2010년 경희대에 소장도서 기증. '한국 아동문학연구센터' 개설.

2011년 타계함.

중요 저서

1950년 6월 20일 시집《풍선》

1961년 1월 27일 시집《석상의 노래》

1963년 10월 15일 주편(註編)《현대시선》

1965년 2월 25일 논저《문장의 종류 및 기교》

1967년 9월 20일 논저《아동문학개론》

1971년 5월 20일 시집《비상 그 이후》

　　　　9월 1일 논저《문학교육의 이론》

1972년 3월 1일 논저《현대문학연구》

1977년 12월 15일 논저《아동문학의 이해》

1978년 11월 30일 논저《한국현대아동문학사》

1982년 8월 30일 수필집《에델바이스의 철학》

1983년 10월 15일 논저《한국 아동문학 작가론》

　　　　10월 30일 논저《한국 아동문학연구》

1985년 5월 15일 시선집《나목의 고향》

1989년 6월 30일 편저《세계아동문학사전》

간행 잡지

1961년 7월 20일 〈시문학〉

1971년 7월 15일 〈순수문학〉

1972년 9월 20일 〈한국 아동문학〉

1976년 5월 31일 계간 〈아동문학평론〉

한국 아동문학가 100인

조대현

대표 작품
〈시침 떼는 로봇〉

인물론
소신 있는 작가의 일관된 문학적 삶

작품론
문명 비평적인 안목, 그러나 긍정적인 미래관 제시

작가 생각
장편동화 시대 활짝 열렸다

어린이와 함께 선생이 걸어온 길

시침 떼는
로봇

하얀 안개 속이었습니다. 사방을 둘러보아도 부유스름한 흰빛뿐, 아무것도 보이는 것이 없습니다. 별이는 지금 제 몸이 구름 속에 떠 있다는 생각을 했습니다. 그렇지 않고서야 몸이 이렇게 가벼울 수가 없습니다.

별이는 시험 삼아 두 주먹을 불끈 쥐고 앞으로 내달려 보았습니다. 그러자 두 발에 바퀴가 달린 것처럼 몸이 앞으로 쑥쑥 나갔습니다. 그런데도 숨이 조금도 차지 않았습니다. 가슴을 쥐어뜯는 듯한 아픔도 느껴지지 않았구요.

'참 이상도 하지.'

이제까지 한 번도 마음 놓고 달려 본 일이 없는 별이는 제가 생각해도 신기해서 다시 한 번 사방을 돌아보았습니다.

그때 저 앞에서 이쪽으로 다가오는 할아버지가 있었습니다. 머리카락도 수염도 입은 옷도 모두 하얀 할아버지였습니다.

할아버지는 별이 앞으로 오더니 혀를 끌끌 차며 안됐다는 듯이 말했습니다.

"쯔쯔, 아직 어린 것이 벌써 여길 오다니……. 아무래도 넌 잘못 온 것 같으니 도로 내려가 봐라."

그러더니 할아버지는 스르르 몸을 움직여 하늘로 둥둥 떠올라갔습니다.

"어? 할아버지! 할아버지는 누구세요? 할아버지, 같이 가세요!"

별이는 할아버지를 따라가려고 애를 쓰다가 가슴을 쥐어짜는 듯한 아픔에 눈을 번쩍 떴습니다. 아빠가 땀을 뻘뻘 흘리며, 마루에 누워 있는 제 가슴을 문질러 주고 있었습니다.

"아 아 아빠!"

"그래. 별이야, 이제 정신이 좀 나니?"

아빠는 얼른 별이의 입 속에다 알약을 집어 넣고 물을 먹였습니다. 그리고 계속 가슴을 문질러 주었습니다. 전에는 알약을 먹고 잠시 누워 있으면 가쁜 숨이 멎고 가슴도 편안해졌는데 오늘은 약도 말을 듣지 않는 것 같습니다. 자꾸 가슴이 답답해지면서 눈 앞에 하얀 구름 나라가 나타났다가 사라지고 나타났다가 사라지곤 했습니다.

"안 되겠네. 아무래도 이번엔 큰 병원으로 데려가 봐야 할 것 같네."

"우선 애를 살려 놓고 봐야지. 돈은 나중 일이고. 그러니 어서 차를 부르세."

띄엄띄엄 이웃집 아저씨들이 웅성거리는 소리도 들렸습니다.

얼마 뒤 별이는 제 몸이 차에 실려 어디론지 가고 있는 것을 느꼈습니다. 차에 실려 가고 있는 도중에도 별이는 문득문득 그 하얀 구름 세상을 다녀오곤 했습니다.

큰 병원 응급실이었습니다.

거기서 놓아 주는 주사를 맞고 별이는 잠깐 정신을 차렸습니다. 마당에서 종이 비행기를 날리며 놀다가 갑자기 숨이 가빠 쓰러지던 일이 이제서야 생각났습니다. 그 뒤에 다녀온 하얀 구름 나라는, 거기가 어딘지 도무지 알 수가 없었습니다.

아빠가 병원 침대 옆에 서서 걱정스러운 눈으로 내려다보고 있었습니다.

"아빠, 집에 안 가?"

아빠는 아무 대답이 없이 커다란 눈만 껌뻑거리고 있었습니다.

응급실에는 쉴새없이 새 환자들이 밀려들었습니다. 그중에는 엄마 등에 업혀 오는 아이들도 있었습니다. 그것을 보자 별이는 문득 엄마 생각이 떠올랐습니다. 몇 달 전, 아빠와 대판 싸우고 집을 나가 버린 엄마—.

'엄마는 지금 어디서 무얼 하고 있을까?'

아주 잠깐이지만 그런 생각도 났습니다. 몸이 아프니까 엄마가 더 그리워지나 봅니다.

'아빠가 직장만 잃지 않았어도 엄마가 집을 나가 버리진 않았을 텐데…….'

그런 생각도 잠깐 머리 속에 스쳐갔습니다.

'그런데 아빠는 돈도 없으면서 어쩌려고 나를 이런 큰 병원으로 데려왔지?'

거기까지 생각하다가 별이는 다시 숨이 가빠오는 바람에 가슴을 움켜쥐고 데굴데굴 굴렀습니다. 간호사가 급히 달려와 별이 얼굴에 둥근 유리 뚜껑을 씌웠습니다. 그때부터 별이는 다시 구름 세상과 병실 사이를 오락가락했습니다.

그런데 이번에 나타난 구름 세상은 하얀 안개 속이 아니었습니다. 무슨 공장 같기도 하고 과학 연구소 같기도 한 방이었습니다.

벽에 이상한 기계들이 죽 둘러서 있고, 창가에는 시험관 같은 것들도 보였습니다.

그중에서 꼭 만화 속의 로봇처럼 생긴 기계가 뚜벅뚜벅 걸어 나오더니 별이에게 말을 걸었습니다.

"너 아직도 많이 아프냐?"

"응. 가슴을 나사못으로 꽉 조이는 것 같아."

"그럼 잠깐만…… 내가 안 아프게 해 줄 테니."

로봇은 그러더니 제 가슴에 달려 있는 스위치를 눌렀습니다. 컴퓨터의 화면처럼 로봇의 가슴 유리판에 줄 그래프가 그려졌습니다. 그러자 정말 신선한 풀 냄새를 맡은 것처럼 가슴이 시원해지면서 아픔이 싹 가셨습니다.

"어때? 이제 괜찮지?"

"응. 아주 기분이 좋아. 그런데 넌 누구니? 어떻게 해서 내 가슴을 이렇게 편안하게 해 줄 수 있지?"

로봇은 기계답지 않게 씩 웃으면서 말했습니다.

"응, 난 인공 호흡기야."

"뭐? 인공 호흡기?"

"그래. 네가 치료받고 완치되어 나갈 때까지, 너와 함께 있으면서 친구가 되어 줄 인공 호흡기야."

별이는 너무 뜻밖이라 처음에는 말이 잘 나오지 않았습니다. 인공 호흡기라면 그저 차가운 쇳덩어리에 불과할 줄 알았는데 이렇게 말도 할 줄 알고 남의 아픈 사정까지 봐 줄 줄 아는 기계라니…….

별이가 어리벙벙해하는 것을 알고 로봇이 말했습니다.

"왜? 내가 기계라서 서먹서먹하냐?"

"응? 응, 사실은 좀 그래. 그런데 기계가 어떻게 말을 할 줄 아니?"

"응. 그건 네가 마음을 열어놓고 나를 받아들여 주기 때문이야."

"내가 너를 받아들여 주기 때문이라구?"

"그래. 사람들은 기계가 말도 못 하고 생각도 못 하는 쇳덩어리라고 생각하지만 그렇지가 않아. 기계도 감정이 있다구."

"……?"

"너처럼 마음이 맑고 남의 정성을 고맙게 받아들일 줄 아는 사람에게는 기계도 최선을 다해서 도와 주고 싶은 마음이 생겨. 그럴 때 서로 말이 통하는 법이지."

"……."

"그렇지만 세상에는 그렇지 않은 사람도 많아. 마음에 빗장을 꼭 걸어 잠그고, 남의 성의를 성의로 받아들이지 않으려고 하는 사람들이 있어. 그런 사람일수록 남에게 마음의 한 조각도 나눠 주려고 하지를 않지. 그런 사람은 아무리 도와 주려고 해도 내 정성이 통하지를 않아. 그러면 치료 결과도 좋지 않게 돼."

별이는 생전 처음 들어 보는 말이라 무슨 뜻인지 잘 알 수가 없었지만 로봇이 한 말 가운데 '기계도 감정이 있다'느니, '남의 정성을 고맙게 받아들일 줄 아는 사람에게는 기계도 도와 주고 싶은 마음이 생긴다'느니 하는 말은 어쩐지 가슴에 와 닿았습니다.

"그럼 나는 어떠니? 네가 도와 주면 나도 달리기도 할 수 있고, 축구도 할 수 있게 될까?"

별이가 잔뜩 기대를 가지고 묻는 말에 로봇은 엄지손가락을 세워 보이면서 자신 있게 대답했습니다.

"그야 말할 것도 없지. 네가 완치되어 나갈 사람이 아니라면 나하고 이렇게 말이 통하지도 않았을 거야. 나하고 최소한 텔레파시(느낌이 서로 통함)라도 통하는 사람이라면, 그 환자는 구십구 프로 살아날 가망이 있지."

로봇은 그러면서 별이에게 이제 그만 쉬라고 했습니다.

"치료받는 사람이 너무 말을 많이 하면 해로우니까 오늘은 푹 자도록 해. 내일 또 만나게 될 거야."

그 순간 눈앞이 아득해지면서 별이는 깊은 잠 속으로 빠져 들어갔습니다. 아마 이 세상에 태어나서 가장 편안하게 자 본 잠이었을 것입니다.

이튿날 잠에서 깼을 때 로봇이 다시 별이의 병상 앞으로 찾아왔습니다.

"어때? 잘 잤지?"

"응. 한 번 깨지도 않고 푹 잘 수 있게 해 줘 고마워. 다른 때는 가슴이 아파 늘 자다 깨곤 했거든."

로봇은 금강석처럼 반짝이는 눈을 깜빡거리며 앞으로의 일을 말해 주었습니다.

"오늘 의사 선생님들이 하는 말을 들었는데, 곧 수술을 받게 될 것 같더라."

"누가? 내가?"

"왜? 수술 받는 게 무서워서 그러니?"

"아니. 그보다……."

별이가 말끝을 흐리자 로봇은 벌써 눈치를 채고 말했습니다.

"아, 수술비 때문에 그러는구나."

"우리 아빠는 가난한 사람이거든. 얼마 전에 직장을 잃어……."

별이가 아빠를 변호하려고 하는데 로봇이 말을 가로챘습니다.

"이건 나중에 알려 주려고 한 건데…… 너의 아버지도 마음이 활짝 열린 사람이더구나."

"그게 무슨 뜻인데?"

"사실은 네가 이 병원에 처음 들어왔을 때부터 나는 너의 아버지가 치료비를 내기 어려운 사람이라는 걸 알았어. 병원에 오래 있다 보면 저절로 알게 돼. 그래서 내가 자꾸 텔레파시를 보냈지. 그랬더니 너의 아버지도 금방 마음이 통하더라."

"……?"

"너의 아버지가 한쪽 신장을 내놓기로 했어."

"뭐? 신장이라면 콩팥……?"

"그래. 사람 몸에는 콩팥이 두 개가 있지. 거기서 피를 걸러, 깨끗한 피는 몸 속으로 보내고 지저분한 피는 오줌으로 내보내게 되어 있지."

"그럼 우리 아빠는…… 콩팥이 없으면 어떻게 살라고……?"

"괜찮아. 건강한 사람은 한쪽 콩팥만 있어도 사는 데 아무 지장이 없대. 그러니까 너의 아버지 콩팥이 너처럼 병으로 고생하는 사람의 생명을 살리고, 그 대신 너는 그 사람의 후원으로 건강을 되찾게 되고-. 어때? 아름다운 일이지?"

"그렇지만 우리 아빠가……."

별이가 계속 아빠 걱정을 하자 로봇은 도리어 화를 냈습니다.

"너처럼 자기 아버지 걱정만 하고 있으면 세상살이가 얼마나 삭막하냐? 너의 아빠 덕분에 새 생명을 얻게 되는 또 한 사람의 건강도 생각해 줘야지."

"……."

"인터넷에 올렸으니까 곧 좋은 소식이 있을 거야."

이튿날 별이가 잠에서 깨자 로봇이 밝은 얼굴로 다가와 말했습니다.

"됐어. 됐다구. 너의 아버지 콩팥을 사겠다는 사람이 드디어 나타났어. 이제 곧 수술이 시작될 거야. 내가 옆에서 지켜 주겠지만, 수술이 끝날 때까지는 좀 괴로울 거야. 그렇지만 꼭 참아야 해. 그리고 제일 중요한 것은 희망이야. 내가 꼭 살아서 건강한 사람이 되겠다는 희망, 그것만 잃지 않으면 모든 것이 다 잘 될 거야. 알았지?"

그리고 곧이어 스르르 졸음이 몰려왔습니다. 그러나 아주 깊은 잠이 든 것은 아니고, 가슴에 무슨 쇠붙이가 닿는다는 느낌이 들었습니다. 그리고 그때부터 로봇이 말한 대로 가슴이 막 찢겨 나가는 듯한 고통이 왔습니다.

별이는 너무나 괴로워 아래위 이빨이 딱딱 부딪칠 지경이었습니다. 어떤 때는 그 괴로움을 참지 못해 제가 제 몸에서 빠져 나가고 싶은 생각까지 들었습니다. 그럴 때는 눈앞에, 처음 집에서 쓰러졌을 때처럼 하얀 구름 세상이 나타나기도 했습니다. 그럴 때마다 로봇이 밑에서 발을 잡아당기며 힘을 북돋워 주었습니다.

"안 돼! 구름 세상으로 올라가면 안 돼! 어서 내려와!"

얼마나 그렇게 고통과 싸웠는지…….

별이는 다시 깊은 잠 속으로 빠져들기 시작했습니다.

그 뒤 또 얼마나 시간이 지났는지 모릅니다. 별이가 어렴풋이 정신을 차려 보니 로봇이 걱정스러운 눈으로 내려다보고 있었습니다.

"어때? 이제 괜찮지? 잘했어. 아주 잘 참아냈다구!"

"그럼 이제 내가 다시 살아날 수 있는 거니?"

별이의 입에서 저절로 이런 물음이 나왔습니다.

"살아나다마다! 이제 곧 내 도움 없이도 편안하게 숨을 쉴 수 있을 텐데 뭘!"

"고마워!"

별이는 저도 모르게 로봇의 손을 꼭 끌어 잡았습니다. 로봇의 손은 좀 딱딱하기는 해도 어딘지 따스하게 피가 통하는 느낌이었습니다.

"자, 그럼 수술받느라고 수고가 많았으니까, 내가 잠시 바람이나 쐬어 주도록 하지."

로봇은 그러면서 병실의 창문을 열었습니다. 그러자 창 밖에 파란 들판이 나타났습니다.

"저기가 어디야?"

"응. 컴퓨터 친구한테 부탁해서 잠시 사이버 세계(가상의 세계)를 빌려 왔지. 잘 보라구."

끝없이 펼쳐져 나간 풀밭 저쪽에서 한 아이가 종이 비행기를 날리며 이쪽으로 뛰어오고 있었습니다. 아이의 얼굴에서는 구슬 같은 땀이 줄줄 흘러내리고 있었습니다. 그런데도 아이는 조금도 숨차 하지 않고 마음껏 뛰어 놀고 있었습니다.

가만히 그 아이를 바라보고 있던 별이는 고개가 갸우뚱해졌습니다.

"아니, 저건……?"

로봇이 씩 웃으며 말했습니다.

"그래. 저게 바로 네 모습이야. 병원에서 나가면 너도 저렇게 뛰어다닐 수 있게 돼."

별이는 너무나 기뻐 로봇의 손을 더욱 꼭 잡았습니다. 아까보다 더 따뜻한 온기가 느껴졌습니다.

로봇이 이제까지와는 달리 정색을 한 얼굴로 말했습니다.

"자, 그럼 이제 헤어질 시간이 되었으니 나도 한 가지만 부탁을 하자."

"그래. 뭔지 어서 말해 봐."

"내가 먼저도 말했지? 우리 기계도 감정이 있다고. 앞으로 병원에서 나가게 되더라도 우리 같은 기계를 친구처럼 대해 줘."

"응. 꼭 그렇게 할게."

"네가 이렇게 건강을 되찾은 것도 기계 덕분이란 걸 잊진 않겠지? 아픈 너를 병원으로 실어 온 것도 자동차고, 네가 빨리 수술을 받을 수 있도록 후원자를 찾아 준 것도 컴퓨터라는 것, 사람과 기계가 서로 친해지면 세상은 더 살기 좋은 곳이 될 거야. 그리고 또……."

로봇은 잠시 말을 끊었다가 엉뚱한 걸 물었습니다.

"앞으로 정신이 들면 누굴 제일 먼저 보고 싶니?"

"엄마."

별이의 입에서 스스럼없이 이런 대답이 나왔습니다.

"그럴 줄 알았어. 아마 그 소원도 기계가 이루어 줄 거야. 자, 그럼 난 또 다른 환자를 도와 주러 가야 하니까 그만……, 안녕!"

그 순간 갑자기 가슴이 꿈틀하면서 이제까지 마시던 것과는 다른 텁텁한 공기가 입과 코로 스며들어오는 것을 느꼈습니다. 별이는 이상한 충격에 눈을 번쩍 뜨고 사방을 돌아보았습니다. 그러나 환한 햇빛 때문에 자세한 모습이 눈에 들어오지 않고, 대신 손에 따스한 감촉이 전해져 왔습니다. 그러나 그 손은 로봇의 손처럼 딱딱하지 않고 아주 부드럽고 따뜻한 손이었습니다.

그때 그립던 목소리가 들렸습니다.

"별이야. 이제 정신이 좀 나니? 별이야!"

"엄마!"

엄마는 별이의 손을 더욱 꼭 쥐며, 별이 얼굴에 뺨을 대고 흐느끼는 소리로 말했습니다.

"별이야, 네가 이렇게 아파 고생하는 것도 모르고 엄마는 너하고 아빠가 함께 수술받는다는 소식을 테레비에서 보고 달려왔단다."

옆을 보니 아빠도 팔에 링거 주사를 꽂고 누웠다가 별이를 보고 고개를 끄덕거려 보였습니다.

"우리 이젠 헤어지지 말고, 꼭 함께 살자."

엄마가 한 손은 별이의 손을 잡고, 또 한 손은 아빠의 손을 잡고 흐느꼈습니다.

등 뒤에서 인공 호흡기가 시침을 뚝 떼고 넘겨다보고 있었습니다.

소신 있는 작가의
일관된
문학적 삶

김용희

작품으로 자신이 할 말을 하는 작가

한 작가의 작품을 읽고 실제 그 작가를 만났을 때 당혹함을 느끼는 경우가 간혹 있다. 작품을 읽으면서 느낀 작가에 대한 예감과 실제로 그 작가를 대하면서 와 닿는 분위기가 너무도 다른 경우이다. 가령, 작가에 대한 정보를 전혀 모르고 가슴 아픈 비극적인 이야기를 읽고 난 후 어떤 계기로 그 작가를 만났을 때, 그가 참으로 명랑하고 유머가 넘치는 사람이었다거나 아름다운 환상을 추구하며 우리가 사는 세상을 아름답게 이야기하는 작가가 거침없는 입담으로 현실의 비관적인 이야기만을 늘어놓을 때, 혹은 그 반대의 경우들이다. 특히 아동문학은 동심을 담은 문학이라는 선입감이 무의식중에 작용하여 독자들이 실제로 작가를 통해 체감하는 당혹감은 더 클 듯하다.

내가 그런 당혹감을 크게 느꼈던 작가 중 한 사람이 조대현 선생이었다. 조대현 선생의 경우는 작가를 먼저 만나고 나서 그 후에 작품으로 다시 만난 작가였다.

그를 처음 만난 것은 1982년 한국현대아동문학가협회에서였다. 그곳은 내가 아동문학 평론으로 문단에 어설프게 얼굴을 내밀고, 문단의 상황을 전혀 모르는 형편에서 이재철 교수의 손에 이끌려 가입했던 첫 단체였다. 그 당시 나는 아동문학 단체가 세 갈래로 분파되어 있었는지, 어느 작가가 무슨 작품을 썼는지조차 모르던 풋내기 시절이었다. 따라서 그때 내가 조대현 선생에 대해 아는 정보라고 하는 것은 그저 그가 활발히 작품 활동을 하는 중견 작가였고, 협회 부회장의 직무를 맡고 있었다는 것 정도였다. 그런 그가 부드러운 목소리로 나의 단체 가입을 겸손하게 반겨 주었다.

그 후 나는, 차츰 그가 점잖고 조용하면서도 퍽 인정 있는 사람임을 느꼈다. 그는 술자리에서도 큰 소리로 떠들어대는 법이 없었다. 분노에 떨지도 않았다. 자신의 작품을 폼나게 설명하거나 자신을 자랑삼으며 남을 깎아내리는 일도 없었다. 단체의 모임 분위기를 떠들썩하게 흩트려 놓는 사람이 있으면, "허 참, 저 양반이……." 하면서 말끝을 흐린다거나, 자신을 곤란하게 만들기라도 하면, "아니, 나 원 참……." 하면서 얼굴을 붉히며 웃는 정도였다. 자신의 소신을 적극적으로 변호하거나 냉철하게 현실을 비판하지 않고, 그저 속으로 삭이는 분 같아 보였다. 그의 친절함과 점잖음, 겸손하고도 부드러운 어투를 대하면 그가 세상을 참 둥글게 사시는 분이구나 하는 생각이 들었다. 다만 자신의 속내를 잘 드러내지 않는 조용한 성품이, 그를 대하기에 조심스럽게 할 따름이었다. 그와 함께 부회장을 맡고 있던 호방하고 활달한 동화작가 정진채 선생과는 그래서 퍽 대조적이었다. 아마도 그 두 분의 각기 다른 성격이 잘 조화되어 그 당시 한국현대아동문학가협회를 따뜻한 분위기로 잘 이끌어 갔다고 생각했다. 내가 첫 가입한 그 단체에서 나는 아동문학가들의 인간적인 분위기를 느끼고 배웠다. 자기 문학작품에 대한 고민은 자신의 책상머리에서 하고, 단체 모임에서는 그동안 쌓인 개인의 고민 덩어리를 해소하는 장소인 것처럼, 일 년에 두 차례 만나는 그 모임은 기다려지기까지 했다.

조대현 선생을 그렇게 알았을 때, 나는 그의 작품을 드문드문 읽게 되었다. 동물을 의인화한 풍자동화들이며 그의 대표작이라는 〈범바위골의 매〉 등이었다. 그런데 그 작품들을 읽으면서 나는 조대현 선생의 작품이 아닌 것 같은 착각이 들었다. 그동안 내가 만난 조대현 선생의 외면적 분위기와 너무도 달랐기 때문이었다. 한마디로 그의 작품은 현실 문명에 대한 비판적 요소와 그 고발정신이 강하게 풍겼다. 그 후 그가 보내 준 소년소녀 장편소설 〈아스팔트 위의 촌닭〉이나 단편 〈우리 동네 김 상사〉 등과 같은 작품을 훗날 읽으면서도 같은 생각이었다. 〈우리 동네 김 상사〉에서는 더욱 현실에 대한 비판 정신이 번득이고 날이 서 보였다. 분명 조대현 선생은 고발정신이 뚜렷한 작가이다. 그 고발정신이 우회되기도 하고 직접적으로 표출되기도 한다. 그것은 우리 사회의 병인을 어느 각도에서 다루느냐 하는 점에 따라 달라진다. 현실 비판적인 작품은 늘 강한 메시지를 담게 마련이다. 작품이 주는 강한 메시지는 그 작가를 강한 이미지로 떠올린다. 그런 조대현 선생의 작품을 읽고 난 뒤 다시 그를 만났을 때에도 그는 언제나 똑같은 모습으로 그 자리에 있었다. 그제서야 나는 비로소 그가 작품으로 자신의 할 말을 하는 작가라는 사실을 알게 되었다.

속 깊고 소신 있는 작가

90년대 벽두부터 새로운 현상이 대두되었다. 그중 가장 뚜렷한 것은 가치나 이념의 혼재 현상이었다. 세계적으로, 동구 공산국가들의 개방화 물결을 탄 탈이데올로기에 의해 이념의 대결이 와해되고, 더불어 편향적인 목소리도 줄어들고 있었다. 이러한 시대적 분위기 속에 우리 아동문학계도 나름대로 새로운 문학적 활로를 모색하는 움직임이 일었다. 그동안 세 단체로 분파되었던 아동문학 단체의 통합 움직임이 그 하나였다. 드디어 1990년 8월 한국 아동문학가협회와 한국현대아동문학가협회, 그 두 단체가 서울 우이산장에서 통합을 위한 여름 합동 세미나를 갖기에 이르렀다. 그때 어떤 계기였는지, 내가 아동문학 합동 세미나 집행위원의 막내로 끼어 손광세 선생과 함께 세미나

책자 발간의 책무를 맡아 일하게 되었다. 당시 한국현대아동문학가협회 회장이었던 김한룡 선생께서 동시인 노원호 선생, 동화작가 김병규 선생 등과 함께 평론가도 한 사람 참여해야 한다는 간곡한 청에 의한 것으로 기억된다. 아마도 장르를 배려한 위원 선정이었던 것으로 추측된다.

마침 나도 이때 90년대란 시대의 변화 물결에 따라 우리 아동문학 단체도 달라져야 한다는 소신을 갖고 있던 터였다. 세 분파로 갈라져 반목하던 아동문학 단체가 하나의 커다란 단체로 통합하여 비생산적인 파벌 경쟁을 지양하고, 그 안에서 뜻맞는 아동문학가들로 이루어진 소집단 문학 활동이 활성화되어야 아동문학의 발전을 기할 수 있다는 순수한 생각이었다. 이제는 아동문학가들의 권익을 대표하는 한 단체가 아동문학가들의 폭넓은 상호 유대와 그 공동의 사업을 맡고, 각자의 취향과 성격에 맞는 아동문학가끼리 동료 의식과 문학적 열정을 보다 긴밀히 다지는 내밀한 문학적 구성력을 필요로 하는 시기라고 판단했기 때문이다. 따라서 나는 두 단체의 여름 합동 세미나가 발단이 되어 빠른 시기에 세 단체의 통합이 이루어지길 은연중 바라면서 참여하게 되었던 것이다.

하지만 당시 그 두 단체 통합을 반대하는 입장에 섰던 작가도 더러 있었다. 그중 대표적인 작가가 조대현 선생이었다. 그는 두 단체끼리만 성급하게 통합하면 또 두 단체로 남아 분열된 상태가 지속될 것이라며 반대했던 것이다. 곧 그의 소신은 모처럼 어렵게 이루어진 통합의 열기를 보다 더 무르익혀 세 단체가 통합될 때까지 기다렸다가 아동문학 단체의 대동단결을 이루어내자는 신중한 점진적 세 단체 통합론이었다. 결국 우이산장에서 열린 합동 세미나 이후, 그 두 단체끼리 통합이 이루어져 '한국 아동문학인협회'로 단체의 간판이 바뀌었고, 그는 통합을 반대하던 사람으로 아예 낙인찍히고 말았다.

두 단체의 통합 이후, 벌써 10여 년이 흘렀다. 이제까지 그의 말대로 아동문학 단체는 여전히 갈라진 채로 남아 있다. 오히려 많은 회원들이 단체에 대한 소외감과 무관심만 팽배해진 듯이 보인다. 그뿐 아니라 문학적 성격을 달리하는 소집단 활동끼리는 더욱 교류의 단절이 심화된 듯하다. 이러한 냉랭한 분위기를 냉정하게 돌이켜 볼수록 그 당시 통합의 열기에 너무 들떠 경솔하지 않았나 하는 반성을 하게 된다. 그럴 때면 나는 가만히 조대현 선생을 떠올려 보게 된다. 그의 속내 깊고 조심성 있는 소신이 더 바람직하지 않았나 하는 생각에서이다. 그만큼 그는 속이 깊은 소신 있는 작가였다. 현실을 보다 냉철히 판단하고 넓게 보는 분, 생각이 깊고 정도를 걸으시는 분이라는 것을 나는 이제서야 좀더 깊이 알게 되었다.

문학적 일관성을 지닌 작가

작가의 일관된 문학적 자세나 뚜렷한 문학적 지향성과 지속성, 그것은 평론가에게 작가에 대한 더없는 믿음이고 신뢰가 된다. 조대현 선생의 문학적 소신은 자신의 문학관과 작품을 통해 일관되게 나타난다. 바로 그의 일관된 문학관은 "동화가 환상을 창조하는 데도 기여해야 하지만 이 시대를 외면해서는 안 된다."는 그의 말 속에 담겨 있다. 이 말은 창작동화가 현실의 어두운 면도 담아야 하고, 그 안에서 꿈과 이상도 찾아야 한다는 의미와 통한다. 그의 말처럼 그는 작품의 문학성도 중시하면서 현실에 대한 안목도 갖고 있는 작가였다. 또 그의 문학관은 그가 1966년 〈서울신문〉 신춘문예를 통해 등단한 이후 지금까지 일관성 있게 지속되었다.

때때로 작가의 처녀작은 그의 정서나 작품 세계의 일관성과 지향성을 살피는 데 중요한 단서를 제공한다. 꿈과 현실을 함께 담아야 한다는 그의 문학적 소신은 그의 데뷔작인 〈영이의 꿈〉에서부터 잠재해 있다.

〈영이의 꿈〉은 한 작품 안에 두 개의 꿈이 그려져 있다. 엄마의 화장대 서랍에서 몰래 돈을 훔쳐 찐빵을 사 먹고 양심의 가책을 느끼며 꾼 영이의 꿈(가위 눌림)과 잘못을 뉘우치고 나서 꾼 평화로운 영이의 꿈이 그것이다. 이 작품은 이처럼 아주 단순한 구조로 이루어진 생활동화이지만, 상반된 그 두 개의 꿈이 조대현 동화 세계의 일관성을 읽게 해 주는 단서가 된다.

아마도 이 작품에 영이가 자신의 잘못을 뉘우치는 동인이 된 전자의 꿈 하나만 그려졌더라면 작가의 문학관뿐 아니라 작품의 문학성조차 훼손되었을 것이다. 그 꿈 이야기는 너무도 뻔한 도식적 결말을 도출하고, 그 결말은 작위적인 교훈성을 드러내고 말기 때문이다. 하지만 이 작품은 가위 눌리는 꿈을 꾸고 깨어난 영이가 엄마에게 자신의 잘못을 고백하고 나서 또다시 깊은 잠에 빠지게 되는데, 그때 '천사들과 신나게 노는' 꿈을 꾸는지 코 고는 소리가 곤히 새어나온다고 했다. 그 두 번째 잠은 어린이다운 천진성을 회복하는 꿈의 복원이며 아이들의 천성이 그대로 반영된 현실이다. 인간의 본성은 늘 현실과 꿈, 그 양면적 속성을 함께 지니게 마련이다. 〈영이의 꿈〉도 이러한 아이들의 현실과 꿈, 그 양면이 그대로 반영된 작품이라 할 수 있다. 이 데뷔작은 아이들에게 현실을 깨닫게 하면서 꿈을 회복시키려는 조대현 선생의 문학적 단면과 일관성을 예견하는 작품이라 해도 좋을 성싶다.

어쩌면 그가 학창 시절 동화보다 소설 쪽에 뜻을 두고 습작을 해 왔기 때문에 동화 속에 현실을 담는 데 익숙해 있는지 모른다. 하지만 동화에 현실도 담아야 하고 환상도 창조해야 한다는 그의 문학적 소신은 지금까지 일관되게 지켜졌다. 문학의 현실성과 환상성, 그 어느 한쪽으로 치우치지 않으려는 중용의 자세를, 그는 늘 견지해 왔던 것이다. 환상과 현실의 균형은 그가 문학으로 세상을 재는 눈이며 현실을 객관적으로 이해하는 일이기도 하다. 그래서인지 그는 삶의 뿌리가 송두리째 뿌리 뽑힌 한 변두리 인물을 그리더라도 그 인물에 초점을 맞춰 그 인물의 비극성만을 부각시키려 하질 않는다. 그 인물이 그런 비극적인 삶을 살 수밖에 없었던 우리 사회의 병인과 그 병인의 근원을 밝히려는 데 입각해 있다. 그것은 그가 모순된 현실을 밝히려는 작가가 아니라 건강한 현실로 나아가는 데 관심을 기울이는 작가라는 사실을 말해 주는 것이다. 편향되지 않으면서도 부정한 현실을 결코 외면하지 못하는 그의 삶은 그래서 둥글다.

돌다리도 두드려 보고 건너듯 조심스러운 그의 성품은 그대로 작품에서 진지성으로 나타난다. 그 진지성은 때로는 활달함, 당돌함, 기발함을 제약하는 요소가 되기도 한다. 하지만 그 진지성은 현실과 환상을 함께 생각하는 그의 문학적 일관성을 갖게 하는 원동력이 되었을 뿐 아니라 성실함, 곧 작품에 대한 투철한 신념이 되었다. 따라서 문단 데뷔 이래 지금까지 그의 창작 활동은 한 번의 휴지기 없이 지속되어 왔고, 나이가 들수록 작품 세계가 더 확대되고 심화되었다. 그 비결은 아마 공부하는 작가의 자세에 있을 듯하다.

조대현 선생은 언제부터인가 동화 창작에 어떤 자극제로 삼기 위해 나를 포함한 몇 분의 동화작가들과 공부하는 조촐한 모임을 갖고 있었다. 참석하는 작가들 모두가 다 개인적 사정으로 바빠서 두 달에 한 번씩 성글게 모이는 모임이다. 모처럼 만나는 날은 함께 둘러앉아 담소하며 저녁 식사를 먼저 하고 나서 공부할 책을 꺼내 자신들이 생각하는 동화에 관한 단견들을 서로 나누다 헤어진다. 어느 날 처음 참석했던 한 작가가 조대현 선생의 까맣게 정리된 노트를 보더니,

"어머, 선생님, 그 연세에 이렇게 공부하시는 줄 몰랐어요!"

하면서 놀라움을 감추지 못한 적이 있다. 조대현 선생은 문단 경력 35년이 된 중견 작가이면서도 항상 이 모임에 가르치는 입장이 아니라 배우는 자세로 참석한다. 조대현 선생의 창작에 대한 열정은 그만큼 대단하다. 창작에 대한 그 열정은 그대로 작품의 폭과 깊이로 드러난다. 그것은 작가로서 마땅한 책임 의식이며 작가 정신일 것이다. 조대현 선생이 지켜온 일관된 문학적 삶은 아마도 그의 진지한 작가적 소신에 기인한 것일 터이다.

문명 비평적인 안목,
그러나
긍정적인 미래관 제시

송재찬

1. 들어가기

동화작가 조대현은 1939년 강원도 횡성군 갑천면에서 태어나 1966년 〈서울신문〉 신춘문예에 동화 〈영이의 꿈〉이 당선되면서 본격적인 작품 활동을 시작한 동화작가이다.

조대현의 첫 작품집이 출간된 것은 1972년. 첫 창작집 《거울의 집》은 동화 문단의 집중적인 관심을 끌면서 개성있는 작가로서 자리매김을 하게 된다.

이 작품집에서 조대현은 오히려 지금 읽어도 더 새롭고 감동적인 풍자동화를 선보이고 있는데 젊은 작가의 순수한 패기가 그대로 드러난 작품들이다. 이 첫 작품집은 그의 초기 작품들을 들여다보는 즐거움만이 아니라 나중 작품들의 근거가 되는 여러 징후들을 들여다볼 수 있는 매우 흥미로운 자료들이다.

그런데 우리가 여기서 주목할 것은, 꿈 이야기의 생활동화로 출발한 이 작가가 첫 작품집에서 비중 있는 풍자동화들을 선보이고 있는 점이다.

첫 창작집에 실린 작품들은 1부, 2부의 생활동화 13편 그리고 3부에서는 현실을 풍자한 동화 3편이 실려 있는데 비록 3편이지만 작가의 새로운 면모를 알리기에 충분한 작품들이다.

이 작품들이 씌어졌던 1960년대는 산업화에 따른 피폐가 그다지 극심하지 않았을 때이고 그의 작품들이 주로 문제 삼고 있는 인간성 상실이라든가 공해 문제도 극심하지 않을 때였다.

소설의 조세희가 70년대 중반, 난장이 연작 시리즈를 통해 산업화의 피폐에 따른 그늘을 다루어 주목을 받기 이전에 조대현은 동화적 상상력으로 인간성 상실이나 공해 문제로 피폐해지는 인간들의 관계를 형상화하기 시작한 것이다.

2. 다양한 작품 세계

조대현의 초기 작품에는 많은 동물들이 등장한다. 동화의 본질상 다른 작가의 작품에도 동물들이 많이 등장하는 편이지만 조대현의 작품에선 유독 두드러진다.

자연의 순수함 속에서 성장한 작가에게 배금주의를 숭상하는 일단의 인간군들은 감내하기 힘든 상실감과 인간에 대한 실망을 주었을 게 분명하다. 그리하여 그는 마침내 그가 함께 벗하며 성장한 자연의 일부(동물)를 불러 인간 세계를 정화하기로 한 것이다. 그의 작품들, 특히 초기의 작품들은 이런 특징을 잘 드러내고 있다.

그러나 그는 이후 자연의 힘에는 한계가 있다고 생각한 것일까. 그리하여 그는 과학의 힘까지 빌려 오지만 그 과학은 결국 〈로버트군의 죽음〉으로 마감되고 자연의 순리보다 더 귀한 것은 없다는 숙연한 교훈을 보여 준다.

과학문명에 대한 이런 회의와 부정은 결국 이 지상의 힘, 인간의 힘에는 한계가 있음을 나타낸다. 동물, 인간 더 나아가 과학(결국 이 과학이라는 것은 인간의 한계를 극명하게 보여 주는 마지막 선이다.)의 힘까지에 의지했던 작가는 이제 더 큰 힘, 더 순결한 힘을 빌려 이 지상을 정화시키려는 열망에 시달리게 된다.

그래서 결국 조대현이 찾아낸 것은 '날개'이다. 지상의 힘, 동물과 과학의 힘에 한계를 느낀 작가는 '날개'를 통해 새로운 세계로의 비상을 꿈꾼다. 최초로 날개의 이미지가 나타나는 것은 달빛을 통해서이다.

단편동화 〈달밤〉에 눈부시게 쏟아지는 달빛을 통해 작가는 모순 덩어리의 이 세계를 그가 바라는 이상 세계로 바꾸어 보려는 의지를 드러내고 있다. 그 달빛이 들려 주는 메시지는 '착하고 거짓없이 살아라.'이다. 인간성 회복으로 요약될 수 있는 이 메시지는 조대현 동화의 기본 뿌리라고 할 수 있겠다.

《거울의 집》4부에는 현대 문명을 비판하는 동시에 동심(고향)을 상실한 사람들의 이야기 네 편이 실려 있다. 앞에서 언급한 〈로버트군의 죽음〉, 〈달밤〉 외에도 〈거울의 집〉, 〈꿈을 파는 과수원〉이 실려 있는데 그의 대표작의 하나인 〈범바위골의 매〉의 태동을 느끼게 하는 〈거울의 집〉이 이미 1971년에 쓰여졌다는 점이 흥미를 끈다.

조대현을 흔히 빼어난 풍자동화의 명수만으로 평가되는 것은 부당한 평가이다. 그는 이민 문제, 인간 소외 문제, 전통성 보존 문제와 함께 노인 문제를 다룬 빼어난 작품들을 끊임없이 발표하고 있는데 풍자동화보다 오히려 더 큰 성과를 거두었다. 〈할아버지 힘내세요〉, 〈가방 속에 숨어 온 아이〉 등의 중단편을 통해 이 땅의 노인 문제를 다양한 시선으로 형상화시키고 있으며 독자들의 상당한 호응도 얻고 있다. 뿐만 아니라 〈투구와 나비〉, 〈귀여운 포로〉, 〈30년 뒤〉, 〈진달래꽃 필 무렵〉 등의 작품을 통해 분단의 고통을 다루고 있다.

3. 새

〈범바위골의 매〉는 그가 단편에서 즐겨 다뤄 온 현실의 어두운 그늘, 배금주의로 나타나는 산업화 사회의 피폐들을 총망라하여 심도 있게 묘사한 장편동화이다.

이 작품을 필두로 하여 조대현은 현실 비판의 고발정신을 여러 가지 형태로 변주해 보이고 있는데, 현실의 병폐를 치유하는 치료사로 등장하는 새는 점차 변모하여 다른 모습(새-요정-도깨비)으로 나타나지만 새의 이미지가 더 발전되고 변용된 것임을 알 수 있다.

〈범바위골의 매〉에 등장하는 현실은 나(최 사장)로 집약되어 보여 주는 산업화의 온갖 병폐를 끌어안고 있는 온상이다. 산업화 과정에 약삭빠르게 편승하여 부를 거머쥔 벼락 부자. 그가 매가 되어 타인의 그늘지고 곤고한 여러 삶을 돌아보고 자신을 반성한다는 골격을 가진 작품으로 공동체에서의 참 삶의 모습이 어떤 것이어야 한다는 것을 제시한 작품이다.

여기에서 주요 소재가 되는 부정한 방법으로 돈벌기, 공해 문제, 노동 문제, 인권 문제들이 맞물리면서 그러한 문제를 야기시켰으면서도 전혀 양심의 가책을 못 느끼는 주인공이 그 벌로 매가 되어 고난을 당하는 여행 일지가 담담히 때로는 회오리바람처럼 매섭게 묘사되어 있다.

이 작품이 70년대의 시대상을 예감적으로 그려낸 작품이라면 〈소리를 먹는 나팔〉은 80년대를, 그리고 어린이 독자들에게 선풍적인 인기를 끌었던 〈비밀 친구 에쿠나〉는 90년대의 풍속화인 동시에 우리가 상실한 것이 무엇인가를 보여 주는 작품이다.

3-1. 〈범바위골의 매〉

서울 근교에 큰 식품 제조 공장을 둘씩이나 가지고 있는 악덕 기업인 최사장. 아들 승이와 함께 시골에 내려간 최 사장은 몸에 좋다는 멧새알을 먹기 위해 멧새알을 찾아 떠나는데 반가워하는 고향 벗들과는 달리 그는 오히려 그런 고향 벗들을 귀찮아하고 업신여기는 도시인일 뿐이다.

멧새알을 훔쳐 먹으면 산신령의 벌을 받는다는 아들 승이의 만류에도 불구하고 최 사장은 멧새알을 훔쳐 먹는다. 멧새알 그것은 자연의 질서요, 창조주의 창조 의지의 진행표이다. 최 사장이 신의 의지, 자연의 질서를 깨 버린 것이다. 그 순간 최 사장은 매로 변해 날짐승이 되고 만다. 신의 징계이며 동화의 창조이다.

매가 된 최 사장은 비로소 자신이 어떤 인간이었는지를 여러 날의 여행, 고통스런 여행을 통해 절감한다.

이 작품은 조대현의 진면목을 거론할 때 빼놓을 수 없는 작품이다.

여기에서 새는 이 지상의 삶을 극명하게 보여 주는 거울이며 신이다. 그리하여 마침내는 자신의 삶을 변화시키는 주술적인 효과까지 가진 새이다.

3-2. 〈소리를 먹는 나팔〉

〈소리를 먹는 나팔〉은 새의 이미지에 속하면서도 현대적인 기법이 물씬 풍기는 중편 동화이다. 이 작품을 필두로 그의 작품들은 더 단단해지면서 문학성이 강화되고 있음을 보게 된다. 다시 말해 이 작품은 이 작가의 중대 변환을 예고하는 작품이라고 할 수 있는데 좀더 세련된 양상으로 새의 이미지를 활용하고 있다.

〈소리를 먹는 나팔〉은 현대 문명에 대한 비판 정신을 강하게 깔고 있는 작품으로 〈범바위골의 매〉와는 다른 의미의 풍자동화이다. 현대 동화를 이야기할 때 우리는 《모모》의 미하엘 엔데를 이야기하게 되는데 조대현의 이 작품은 미하엘 엔데에서 느껴지는 현대 문명의 냄새가 짙게 느껴지는 작품이다.

이 작품으로 조대현은 우리 정서, 우리 감정에 일치하는, 다시 말해 토속적인 작품을 잘 쓰는 그런 평가에서 현대풍의 동화도 그에 못지않게 잘 쓸 수 있는 작가라는 것을 확인시켜 주었다.

독자의 이해를 위해 이 작품의 줄거리를 개략적으로 소개하면 다음과 같다.

기계문명이 발달하면서 사람의 마음이 거칠어지고 미움의 소리가 생겨나게 된다. 그리고 그 미움의 소리를 다스리는 악마도 등장한다. 이 작품은 아름다운 소리와 미움의 소리, 다시 말해 긍정적인 소리와 부정적인 소리의 전쟁을 다룬 독특한 작품이다.

바다의 깊은 동굴에 본부를 둔 악마의 소리들……. 그들은 아름다운 소리를 잡아먹어야 힘을 쓰기 때문에 아름다운 소리는 계속해서 수난을 당하고 마침내 아름이를 찾아온 금빛 날개 요정만이 용케 살아남아 악마의 소리와 한 판 승부를 벌이는 것이다.

〈소리를 먹는 나팔〉에서 새의 이미지는 현대미술의 비구상 회화처럼 상징으로 나타나고 있다. 요정(새)은 이 세상의 타락을 정화시키는 아름다움이며 선이다. 이제 새들의 원시적인 힘만으로는 이 세상을 구할 수 없다. 작가는 더 큰 힘, 더 악해지는 이 세상과 싸워 이길 수 있는 힘으로 요정을 택한 것이다. 〈범바위골의 매〉가 현실을 지키는 새라면 이 작품의 요정들―아름이 역시 요정의 또 다른 모습이다―은 미래까지를 연결하며 이승과 저승을 연결하는 상징의 새이다.

3-3. 〈비밀 친구 에쿠나〉

〈비밀 친구 에쿠나〉는 앞에서 열거한 이상적 세계를 추구하는 조대현의 작품 세계가 더욱 잘 드러난 장편동화이다. 조대현은 아름다운 말로 문장을 꾸미는 난삽함이나 주제를 꽁꽁 숨겨 무슨 이야기를 하려는지 알 수 없는 그런 작품들은 쓰지 않는다. 뚜렷한 주제와 풍자, 적절한 재미와 교육성을 배려한 작가관이 어느 작품에서나 '작가의 얼굴'로 드러난다. 〈비밀 친구 에쿠나〉도 그렇게 읽히는 작품이다.

　이 작품의 주인공 '에쿠나'는 작가가 작품을 위하여 창조한 도깨비이다. 우리 전래동화에서 흔하게 만나게 되는 도깨비. 그러나 지금까지 도깨비를 내세운 장편동화, 더구나 아이들의 마음을 사로잡는 장편동화는 그리 많지 않았다. 한동안 도깨비들이 우리 동화 문학 전체를 그물 씌우듯 도깨비 바람이 불었었지만 정작 뚜렷한 성과를 올린 작품은 눈에 띄지 않는 편이었다. 도깨비의 재미성과 투명성에만 집착하여 도깨비를 하나의 도구로써만 이용한 감이 없지 않았다. 도깨비에게 도깨비다운 정신을 부여했다기보다는 재미의 소모품 도구로서만 활용하여 도깨비의 본질보다 작품에서 부리기 쉬운 도구로써만 이용한 감이 없지 않았다.

　〈비밀 친구 에쿠나〉는 철저하게 아이들을 위해 태어난 새로운 도깨비, 조대현식의 도깨비이다. 장난을 치러 이 세상에 왔다가 실수로 고향에 돌아가지 못하는 도깨비 에쿠나가 찬이와 혜지의 친구가 되어 악당들을 물리치는 흥미진진한 이야기이다.

　이 작품에서 에쿠나는 지금까지 도깨비들이 보여 주었던 거리감을 과감하게 탈피하여 우리 아이들과 똑같은 어린이 도깨비로 재창조됨으로써 더욱 도깨비다워지고 어린 독자들에게 일체감를 심어 주는 데 성공하고 있다.

　〈비밀 친구 에쿠나〉는 새의 이미지와 무관한 것처럼 보이지만 이 작품의 내부를 들여다보면 〈범바위골의 매〉, 즉 매가 에쿠나로 대치되었음을 알 수 있다. 작품의 말미에서 새들의 이동 그물을 통하여 고향으로 떠나는 모습은 에쿠나=새라는 이미지를 더욱 공고히 확인시켜 주며 이 시적인 상징은 〈소리를 먹는 나팔〉의 요정들에 휩싸여 저 세상으로 날아가는 소년-요정의 이미지와도 유사한 장면이다.

　새로운 공간과 새시대에 맞는 새로서, 작가는 매 대신 도깨비라는 인물로 대체했을 뿐이다. 뿐만 아니라 다양한 재미로 전개되는 에쿠나 주변의 이야기는, 〈범바위골의 매〉에서 보여 준, 공해 문제가 인간 공해, 정신적인 공해로 이전되고 있음을 보게 된다. 초기 작품에서 시도했던 날카롭지만 거친 그런 비판 대신 이제 작가는 도깨비를 내세운 해학적인 방법으로 이 세상의 악과 모순을 비판하고 해결하려 한다. 이국적인 도깨비, 안델센적인 마지막 장면이라는 지적에도 불구하고 이 작품은 지극히 한국적인 작품으로 우리 탈춤을 연상시킨다. 조금은 우스꽝스러운 탈(=도깨비)을 쓰고 해학적인 비판을 했던 탈춤판의 연희를 연상시키고 있다. 탈을 쓴 사람들은 겉으로 웃고 있지만 현실의 아픔, 고뇌를 지닌 인간이다. 에쿠나도 그런 역을 충실히 해내고 있다. 이제 작가는 직설적인 동물농장식의 이야기가 아니라 좀더 시적이며 상징적인 목소리로 이 세상을 이야기하려 하고 있는 것이다.

4. 마무리

조대현의 작품들은 현대 문명을 비평하면서도 낭만적이며 긍정적인 미래관을 제시하고 있다.

그의 작품 세계가 어떻게 변할지 예상할 수 없지만 새의 이미지를 도입한 예술성 높은 본격적인 동화에 힘을 기울일 것으로 보여진다.

새천년이 시작된 이후에도 그는 두 권의 작품집을 내놓아 젊은 작가 못지않은 왕성한 작품 활동 모습을 보여 주고 있다.

장편동화 시대
활짝 열렸다

신인문학상 응모작을 읽고

조대현

최근 2년간(1999~2000) 연거푸 몇 개의 신인문학상 장편동화(소설) 응모작을 심사하는 기회를 가졌다. 매번 예심을 거쳐 올라온 10편 안팎의 작품을 읽고 당선작 한 편을 가리는 제한된 독서였지만 같은 작업을 2년간 연속하다 보니 요즘 동화 문학을 지망하는 신인들의 작품 경향이 어떠한지 대충 짐작이 가고, 그것은 바로 이 시대의 독자가 한국 동화 문학에 대해서 바라는 바가 무엇인지 유추해 볼 수 있는 근거자료가 될 수 있다는 생각에서 그동안 심사를 하면서 느낀 소감을 종합해서 정리해 보고자 한다.

높은 응모율, 사회적 인식의 반영

장편동화 신인상 모집 행사에서 우선 눈에 띄게 신장된 것은 응모 편수의 대폭 증가라고 할 수 있다. 문학상마다 고르지는 않지만 4, 5년 전만 해도 40편 정도 응모하면 많이 들어왔다고 했는데 작금 2년간 집계를 보면 많이 들어오는 곳은 한 번 행사에 100편 이상, 적게 들어오는 곳도 3, 40편, 그 중간쯤 되는 곳이 70여 편이니까 1년간 적어도 200에서 210편 정도의 장편동화가(비록 다 빛을 보지는 못하지만) 신인들에 의해 창작되고 있는 셈이다.(현재 장편동화를 공모하고 있는 기관은 눈높이문학상, MBC문학상, 삼성문학상 등 3곳이다.)

이것은 다시 말하면 동화 문학을 지망하는 젊은이들이 그만큼 많아졌다는 것을 의미한다. 물론 그중에는 같은 작품을 두 곳 이상에 응모하는 경우도 있겠고, 한 사람이 같은 기관에 2편 이상 응모하는 경우도 있을 테니까 정확한 수는 알 수 없지만 대충 짐작으로도 연간 150에서 200명 가까운 문학 지망생들이 장편동화로의 입신을 꿈꾸고 갖은 노력과 야망을 불태우고 있다는 사실을 추정하는 것은 그리 어렵지 않다. 이것은 그간 우리 아동문학이 문단에서 서자 취급을 받으며 억울해하던 저간의 사정과 비교해 보면 그야말로 장족의 발전이요 코페르니쿠스적 전환이라고 하지 않을 수 없다.

최근 1, 2년 사이에 이렇게 장편동화에 대한 인식이 높아진 데에는 그럴 만한 원인이 있을 법하다. 우선 꼽을 수 있는 것이 상금에 대한 매력이다. 기성작가가 일년 내내 원고지와 씨름해도 손에 잡아 볼까 말까 한 거금(1000~2500만 원)을 단 한 번의 승부로 거머쥘 수 있으니 어찌 구미가 당기지 않을 수 있으랴. 거기다 몇십 대 1의 경쟁을 뚫고 등단하는 영예가 함께 따르니 문학 지망생들로서는 한번 도전해 보고 싶은 의욕이 솟을 것이다.(그것을 방증하듯 상금이 높은 데일수록 비례적으로 응모 편수도 많았다. 그렇다고 상금 높은 데서 더 우수한 당선작이 나왔다는 뜻은 아니다.)

그러나 상금만 가지고 응모자의 호응이 높아졌다고 말하기에는 어딘지 설명 안 되는 부분이 있다. 아무리 많은 상금을 걸고 좋은 작품을 뽑아 놓아도 그것이 팔리지 않고 홍보 효과도 미미하다면 구태여 상금을 올리면서까지 공모를 계속할 리 없는 것이다. 더구나 최근 2, 3년간은 IMF 체제하에 사회 전반이 위축되고 문을 닫은 출판사도 부지기수인데 그 기간에 장편동화 모집 기관은 상금을 배로 올렸다. 그것은 무엇을 말하는가. 경제 위기로 사회가 잔뜩 웅크린 속에서도 아동 도서는 꾸준히 팔려나갔다는 것을 의미하지 않는가? 이것은 요즘 출판계의 사정과도 무관하지 않은 조류의 변화일 듯싶다. IMF 이전, 그러니까 인터넷이 대중화되기 전에는 출판 판매의 대종이 문학, 그 가운데서도 소설이 왕좌의 자리를 차지하고 있었다. 그런데 인터넷의 확산과 그에 따른 대중문화가 널리 득세하면서 요즘은 문학도서의 판매량이 급감했다고 한다. 그래서 시·소설을 주로 내던 기존의 유수 출판사들이 아동 도서 쪽으로 눈을 돌리고 있는 것이 요즘 출판가의 화제가 되었다. 다시 말하면 성인 문학이 사회적으로 퇴조현상을 보이는 데 비해 아동 도서는 오히려 판매량이 늘고 있는 것이다. 이것은 아무리 경제가 어렵고 시대가 대중문화에 들떠 돌아가도 아이들에게만은 좋은 책을 읽혀야 한다는 우리 사회의 당위적 교육열 덕분이라고 보이지만, 아무튼 이런 현상이 두루 상승작용을 일으키면서 아동문학에 대한 사회적 인식이 새로워졌고, 그것이 일반 성인 문학을 꿈꾸던 지망생들까지 아동문학으로 끌어들여 뜻하지 않게 장편동화 열풍을 불러 일으키는 이변을 낳지 않았을까 하는 것이 필자의 진단이다.

여기서 우리가 확인할 수 있는 것은 이제야말로 사회가 아동 도서 내지 아동문학이 가진 교육적 가치에 눈을 뜨고 서서히 이쪽으로 눈을 돌리기 시작했다는 사실이다. 현대 아동문학이 시작된 지 70여 년이 지났지만 그동안 문학사에 남을 만한 작품이 그리 많이 나오지 못했고, 설사 좋은 작품이 나왔더라도 사회의 인식 부족 때문에 널리 알려지는 기회를 얻지 못하고 내려온 것이 그간의 우리 아동문학계 실상이라고 볼 때, 유수 일간지가 주 1면을 아동 도서 안내란으로 할애해 주는 작금의 현실은 아동문학의 앞날이 결코 어둡지만은 않다는 신호라고 봐도 좋을 것이다.

이 시점에서 우리가 해야 할 일은 모처럼 찾아온 이 호기를 아동문학 중흥의 계기로 십분 활용해야 한다는 것이다. 그중에서도 특히 대중성이 강하고 독서 흡인력이 강한 장편동화(소설)가 많이 나와야 한다. 선진국의 예를 보더라도 한 나라 한 시대의 아동문학을 세계적인 수준으로 끌어올린 것은 단편이 아니라 장편이었다. 물론 단편은 고도의 예술성과 완벽성으로 그것대로의 가치를 스스로 지니고 있는 법이지만, 그래도 어느 나라 어느 시대의 아동문학을 말할 때 대표적으로 거론되는 것은 장편동화의 제목이요 캐릭터의 이름인 것을 우리는 알고 있다. 아동문학에 대한 인식이 그 어느 때보다 높아진 이 시기야말로 우리 한국에서도 세계 어린이의 입에 회자될 우수한 장편동화와 캐릭터가 탄생될 때가 되었다고 보는 것은 결코 과장된 수사(修辭)만은 아닐 것이다.

세련된 표현 기교와 자료 조사의 철저성

신인들의 작품을 읽으면서 확인한 또 하나의 긍정적 징후는 그들의 표현 기교와 자료 조사의 철저함이 기성세대 작가들과는 비교가 안 될 만큼 세련되고 전문적인 경지를 지향하고 있다는 점이다.

표현 기교의 세련도는 주로 문장과 장면 묘사력에서 감지할 수 있는데, 적어도 예심을 통과한 작품에서 문장 때문에 우열이 영향을 받는 경우는 이제까지 한 번도 없었다. 그들(신인)의 문장은 한결같이 앞뒤 처리가 깔끔하고 흐름에 탄력이 있으며, 앞단락과 뒷단락을 연결하는 문장 호흡에 순발력이 흘러 넘쳤다. 거기다가 신선한 비유와 적절한 생략을 유감없이 구사하고 있어, 여러 편의 장편을 의무적으로 읽어야 할 때 오는 피로감이나 짜증을 거의 느낄 수 없었다. 그런가 하면 묘사력도 뛰어나서 작품을 한번 손에 잡으면 다음 장면과 사건에 대한 기대 때문에 (전체 구성은 어찌되었든) 원고를 계속 넘기게 하는 흡인력이 모든 신인들에게서 공통적으로 느낄 수 있는 매력이었다.

동화 문학 지망생들의 표현기교가 이렇게 높아진 것은 최근에 많이 생겨난 대학 문창과에서 정식으로 문학 교육과 문장 실습 훈련을 받은 젊은이들이 아동문학에 입문했기 때문이라고 보여지거니와, 어쨌든 동화 문학을 지망하는 신인들이 창작의 기초가 되는 문장력과 묘사력부터 단단히 다지고 등용의 문을 두드리는 것은 환영해 마지않을 일이다.

쓰고자 하는 소재에 대하여 철저한 자료 조사를 한 뒤 집필에 임하는 태도도 일찍이 기성작가들에게서 볼 수 없었던 진지함이 신인들에게서는 느껴진다. 1999년도 삼성문학상 당선작인 안주영의 〈고려 소년 부들이〉를 보면 소재를 조선 말엽 청일전쟁 무렵으로 잡고 있는데 그 당시 중인 계급이었던 보부상들의 생활상이라든지, 미국 선교사가 처음 우리 땅에 들어와 서양식 병원을 차리고 환자를 받아들이던 모습, 그리고 청일전쟁 와중에 민간인들이 피난하던 모습과 패전한 청나라 군사들이 퇴각하는 모습 등이 매우 현장감 있게 그려진 것을 볼 수 있다. 문학작품이란 학술 논문과 달라서 어떤 현상을 관념적인 용어로 설명하는 것이 아니라 그것을 실제 인간이 살아 움직이는 모습으로 재현해 보여 주는 장치이기 때문에 어떤 장면을 실감 있게 그려 보이기 위해서는 작가가 그 시대와 상황을 손바닥 들여다보듯 환히 알고 있어야 한다. 그렇게 볼 때 비체험 세대인 젊은 신인이 1백 년이 넘는 과거의 시대와 생활상을 이 정도로 재현해 보이기 위해서 얼마나 많은 전적과 고증 자료를 섭렵했을까를 짐작하는 것은 그리 어려운 일이 아니다.

비단 이 작품뿐만 아니라 2000년도 삼성문학상 당선작인 이미애의 〈꿈을 찾아 한 걸음씩〉에서 보이는 한국 전통 요리에 대한 전문가적인 식견, MBC문학상 당선작인 문선의 〈나의 비밀 일기장〉에서 보이는 이혼과 재혼 문제에 대한 끈질긴 천착, 눈높이문학상 당선작인 홍윤희의 〈꿈꾸는 요요〉에서 보이는 유전자 복제 문제 등이 다 그 방면에 대한 깊은 조사와 자료 검증을 거치지 않으면 나오기 어려운 작품들이다. 그 밖에도 당선은 되지 못했지만 아깝게 탈락한 작품들 가운데 자료 조사와 고증을 위한 노력이 피부로 느껴지고, 그래서 떨어뜨리기가 더욱 아쉬웠던 작품이 많았다.

이런 현상을 보면서 필자의 머리에 제일 먼저 떠오른 생각은 '이제 아동물이라고 해서 만만히 보고 덤비는 시대는 지났구나.' 하는 확신이었다. 사실 표현 기교라든지 철저한 자료 조사 따위는 작가 지망생으로서 당연히 갖추고 나와야 할 자질이요 태도라 따로 거론할 값어치도 없는 문제지만 이것이 새로워 보이는 까닭은 지난날 우리 동화 문학이 너무나 기초 다지기에 등한했기 때문이라고 해야 할 것이다. 작가로서 갖춰야 할 문학 정신은 고사하고 글짓기 교사 수준밖에 안 되는 문장력의 소유자들을 마구잡이로 등단시킨 결과가 동화 문학 자체를 아무나 적당히 쓸 수 있는 하위 장르인 것처럼 오인하게 하는 주 원인이었다고 볼 때, 장편동화 당선자들이 자질과 역량 양면에서 탄탄한 경쟁력을 갖추고 등단한다는 것은 우리 동화 문학계에 던져 주는 자극의 효과도 크다. 우선 앞으로 기 당선자들의 작품 수준을 능가하지 못하는 신인들은 함부로 등용의 문을 두드리지 못할 것이요, 기성작가들도 이름에 금이 가는 작품을 함부로 남발하지 못할 테니까 전체 동화 문학의 질이 향상될 것이다.

그러나 그보다 더 큰 효과는 이들 당선자들의 작품이, 이 시대 우리 동화 문학에 대한 독자들의 요구가 무엇인가를 추론해 볼 수 있는 근거를 마련해 주었다는 점이다. 흔히 동화를 일컬어 '인간의 보편적 진실을 그리는 문학'이라고 일반적 정의를 내리고 있지만 이때 '보편적'이라는 말의 의미가 결코 '쉽고 평범한'이란 뜻으로 받아들여져서는 안 된다는 것을 이들 신인들의 작품은 말해 주고 있다. 아무리 체험 세계가 좁고 살아온 나날이 일천한 어린이들이지만 오늘의 독자는 예전과 달라서 쉴 새 없이 새로운 것을 찾고, 보다 깊고 넓은 세계에 대해서 보다 많은 것을 알려고 하는 속성이 있다. 최근 신인 응모자들의 동화작품이 주제면에서 시대 변화에 따른 민감한 사안들을 주로 다루고 있고, 소재면에서 이제까지 남들이 쓰지 않은 새로운 영역을 전문가적인 자세로 발굴해 들어가는 것 등이 다 독자의 이러한 변모된 독서욕구를 충족시키기 위한 자동 반응이라고 보아야 할 것이다.

따라서 앞으로는 기성작가들도 쉴새없이 자기 변신을 꾀해야지, 한번 정립된 자기 세계에 머물러 늘 비슷한 주제, 비슷한 사건, 비슷한 인물만 그리고 있다가는 자연도태를 면치 못할 것이다. 오늘의 아이들은 시대 따라 변모하는 인물상과 변모하는 갈등을 보고 싶어하지, 이미 한 번 본 듯한 이야기, 한 번 본 듯한 인물상에는 금방 고개를 돌려 버린다. '보편적'이란 시공을 초월해 누구에게나 공감을 주는 이야기여야 한다는 뜻이지, 누구나 알 수 있는 뻔한 이야기여야 한다는 뜻이 아님을 신인들의 작품은 다시 한 번 일깨워 준다.

'역사'와 '전통'에서 의미 찾는 노력 돋보여

이번에는 작가들에게 가장 관심의 대상이 되는 신인 응모자들의 작품 경향에 대해서 살펴보고자 한다.

서두에서도 밝힌 것처럼 필자의 독서 범위가 예심 통과작에 한정되어 있어 전체 경향을 속속들이 알 수는 없지만, 그러나 전체 경향을 좌우하는 것은 결국 상위 그룹 몇몇 작품의 향배가 어느 쪽을 지향하고 있느냐가 결정하는 것이므로 그동안 필자가 읽은 40편의 본선 진출작을 가지고 주제별·소재별·수법별 분석을 해 보고자 한다.

먼저 각 작품이 다루고 있는 주제를 몇 개의 유형으로 분류해 보면 다음과 같다.

〈표1〉 주제별 분류

주제의 유형	작품 수 (40)
민족 정체성의 발견 및 확인	6
전통 문화유산에 대한 애정	4
인간 신뢰와 선의의 인간성 고취	4
의리·정직·근면 등 전통적 가치관 함양	3
생활고에서 오는 고난 극복 의지	3
신체 장애 극복 의지	3
사춘기 성(性) 및 성장 심리 부각	3
육친에의 그리움	2
기계문명 발달 대비 생명 존중 사상 부각	2
모험·탐험심 고양	2
아동기의 우정 부각	2

국토 사랑	2
자연 및 환경 보호	2
아동의 소질·진로 계발 의지	1
역사의 상처 극복	1

각 작품이 다루고 있는 소재를 유형별로 분류하면 다음과 같다.

〈표2〉 소재별 분류

소재의 유형	작품 수 (40)
농어촌을 배경으로 어린이의 생활 갈등 묘사	9
역사상의 한 시대나 사건 조명	7
현대 도시 생활을 배경으로 어린이의 심리 갈등 묘사	6
동식물 및 달·별의 의인화 통해 문명비판적 갈등 묘사	5
각종 환상세계의 전개	5
장애아 보호 시설 내외의 생활과 사건 전개	3
연어의 모천회귀 과정과 그 고난	2
외국인에 탈취당한 우리 유물 찾기	1
등산 활동을 통해 우정과 국토 사랑 다지기	1
밀수꾼들의 세계와 어린이의 용감한 역할 묘사	1

〈표3〉 수법별 분류

수법의 유형	작품 수 (40)
사실적	18
환상적	8
사실+환상	9
사실+추리	3
사실+모험	2

위 〈표〉 1, 2의 항목 분류는 필자가 임의로 파악하고 임의로 기술한 내용이기 때문에 또 다른 필자가 분류했다면 다른 서술이 나올 수도 있겠지만 대체적인 경향을 짐작하는 데는 그런대로 참고가 되리라고 생각한다.

먼저 〈표1〉을 보면 민족 정체성의 부각이나 전통 문화유산에 대한 애정을 다룬 작품이 단연 수위를 차지하고 있는 것을 볼 수 있는데, 이 두 가지 유형의 주제는 '우리 것' 그리고 '옛 것'에서 이 시대 어린이에게 줄 어떤 메시지를 찾아내려고 시도했다는 점에서 공통된다. 이것이 갖는 의미는 소재와 관련시켜 설명하는 것이 이해가 빠르리라고 생각하는데, 〈표2〉에서 두 번째로 응모 편수가 많은 '역사상의 한 시대나 사건 조명'이 모두 이를 형상화시키는 소재들이었다.

'역사상의 시대'는 매우 광범위해서, 옛 가야로부터 발해·고구려·조선·일제시대의 민족 수난사가 두루 포함되어 있고, 구체적인 '사건'으로는 동학혁명·청일전쟁·독립운동·정신대 문제와 쇠말뚝 문제 등이 망라되어 있다. 소재 접근 방법으로는 아예 무대를 그 당대로 설정하여 당시의 인물이 당시의 시공간에서 활동하는 모습을 보여 주는 것도 있고, 그와는 달리 현대에서 시작하여 과거로 거슬러 올라갔다가 다시 현대로 돌아와 이야기를 마무리짓는 두 가지 방법이 엇비슷한 비율로 쓰이고 있었다. 〈표3〉 표현 수법으로 보면 앞의 것이 철저하게 사실적 수법으로 사건을 전개해 나가고 있는 데 비해, 뒤의 것은(당연한 일이지만) '사실＋환상' 또는 '사실＋추리·모험'의 수법으로 이야기를 풀어 나가고 있었다.

여기서 우리가 주목해야 할 사실은 오늘의 신인들이 왜 '역사'나 '전통'에서 소재를 찾으려 하고, 그것이 이 시대 장편동화(소설)의 큰 흐름을 형성하는 것이 문학사적으로 어떤 의미를 갖느냐 하는 것이다. 대체로 작가들이 자신이 숨쉬고 있는 당대의 현실을 접어 두고 지나온 과거로 눈을 돌리게 되는 이유는 현재 살고 있는 현실이 너무 무미건조하여 장편의 소재가 될 만한 의미있는 이슈를 찾기 어려울 때, 또는 현재 살고 있는 현실이 너무 혼란스러워 앞으로의 방향감각을 찾기 어려울 때 지나간 과거에서 어떤 모티브를 얻기 위해서라고 할 수 있다. 그밖에 현재의 시대 상황이 현실적 모순을 직접 꼬집어 말하기 어려울 만큼 억압적일 때 그것을 은유적으로 풍자하기 위하여 과거의 어떤 사건을 패러디화하는 수가 있지만 아동문학의 경우 이는 그리 흔치 않은 일이라고 본다.

그렇게 볼 때 이 시대 신인들이 역사와 전통에 눈을 돌리는 현상은 지극히 자연스러운 문학사 전개의 한 과정이라고 보아도 좋을 것 같다. 일제시대, 광복, 6·25, 4·19, 5·16, 산업화로 대별되는 격동의 근세사를 살아오면서 아동문학 역시 격변하는 눈앞의 현실을 소화하기에도 바빠 과거나 미래를 헤아려 볼 마음의 여유를 가질 수 없었던 데 비해, 소비문화로 대변되는 이 시대야말로 정신없이 살아온 과거를 돌아보고 거기서 어떤 의미를 찾아내야 할 때가 되었다고 보는 것이다. 거기다 오늘의 이 시대가 과거와는 비교할 수 없을 정도로 물질적 풍요를 누리는 반면, 지나친 상업주의로 말미암아 정신적으로는 오히려 공허감에 차 있고, 물밀듯 밀려오는 다양한 서구 풍조 속에서 우리 어린이에게 민족적 정체성을 찾아줄 어떤 계기(Momentum)를 찾기도 실상 어려운 것이 이 시대의 현실이다.

이러한 점을 감안할 때 이 시대 동화 문학 지망생들이 과거의 우리 것 속에서 새로운 소재를 찾고, 그 속에서 오늘의 어린이에게 줄 어떤 양식이나 가치를 찾고자 노력하는 것은 지극히 당연하고도 바람직스러운 일이며, 앞으로도 이러한 작업은 꾸준히 계속되어야 하리라고 본다. 그런데도 역사나 전통을 다룬 작품에서 당선작이 많이 나오지 않은 까닭은 순전히 작품의 완성도 부족(구성력 미숙, 내용의 함량 미달, 문학적 깊이 부족) 때문이었음을 밝혀 둔다.

주목되는 환상(Fantasy) 탐구

역사나 전통 다음으로 많이 다루어진 주제가 '인간 신뢰와 선의의 인간성 고취', '의리·정직·근면 등 전통적 가치관 함양', '생활고에서 오는 고난 극복 의지', '신체 장애 극복 의지', '사춘기 성(性) 및 성장 심리 부각', '육친에의 그리움' 등 주로 한국인의 정서와 도덕 가치에 뿌리를 둔 주제였는데, 이런 주제는 대부분 '농어촌이나 현대 도시 생활을 배경'으로 어린이들이 겪는 소외와 갈등을 주 소재로 잡아 이야기를 전개해 나가는 내용들이었다. '장애아 보호 시설 내외의 생활과 사건 전개'도 이런 범주에 드는 소재들이다.

이것을 좀더 구체적인 사안별로 예시하면— 아버지의 실직, 어머니의 가출 또는 사망으로 결손 환경에 빠진 어린이가 할머니와 어렵게 살아가면서도 인정을 잃지 않고 남을 돕는 이야기, 또는 이와 반대로 결손가정에서 심리적 황폐에 빠졌던 어린이가 동물 사육 등을 매개로 착한 본성을 찾는 이야기, 어릴 때 헤어진 어머니를 갖은 모험 끝에 해후하는 이야기 등 주로 가정을 중심으로 이별 → 고생 → 귀환의 모티브를 원용하면서 따뜻한 인간애를 그린 휴먼 스토리가 있는가 하면, 새엄마와의 갈등을 노력으로 극복하는 이야기, 성(性)에 눈뜨는 아이들이 임신한 떠돌이 여인의 출산을 돕는 이야기, 농아나 지체장애 어린이들이 정상아들과 대결하여 그들의 편견을 바로잡는 이야기, 부모와의 가치관·직업관 차이 때문에 갈등하는 이야기 등, 현대사회의 병리 현상 때문에 파생되는 문제를 아동의 시각에서 해부해 보이면서 해결책을 탐색하는 작품이 많았다.

이런 유형의 작품들은 주제나 소재가 진부한 대신 참신한 문장 감각과 완벽한 구성, 그리고 등장인물 특히 어린이의 개성적인 캐릭터 설정과 실감 넘치는 묘사력으로 새로운 느낌을 주는 것이 특징이었다. 그리고 이런 유형의 작품에 자료 조사를 철저히 하여, 평범하지만 깊이가 느껴지는 작품이 많았고, 이런 연유로 해서 당선작도 이런 부류의 작품에서 많이 나왔다. 그러나 필자의 개인적인 소망으로는 우리도 이제는 의리니 정직이니 인정이니 하는 보수적 가치관보다, 자유·정의·평등·모험·개척 등 미래지향적인 가치관에 뿌리를 두고, (현실을 재현하거나 반영하는 수준에 그치지 말고) 어떤 이상을 펼쳐 보이는 강렬한 주제 의식을 가진 작품, 그래서 현실을 리얼하게 그리면서도 독창성(Originality)이 넘치는 그런 작품이 신인들에 의해 개발되었으면 하는 바람이다. 현실 재현의 작품은 아무리 완성도가 높아도 결국 평범의 한계를 넘기가 어렵고, 그것은 곧 독자에 의해 외면당할 수 있는 소지를 내포하고 있기 때문이다.

수법상으로, 오늘의 시대 현상을 그린 작품은 대부분 사실적인 사건 전개 방법을 충실히 따르고 있었다.

응모 편수로 보아 그리 큰 비중을 차지하는 것은 아니었지만 또 한 가지 주의 깊게 본 것은 내용이나 기법에 환상을 도입한 작품들이었다. 필자가 그간 간헐적으로 심사를 담당해 온 4, 5년 전만 해도 신인문학상 장편동화 부문에서 환상을 다룬 작품은 거의 찾아볼 수가 없었다. 있어도 기법상 한 작은 부분에 환상 수법을 차용한 작품이 더러 있었을 뿐, 내용 자체를 완전히 환상으로 설정한 작품은 전혀 없었다. 그런데 최근 2년간 예심을 통과한 40편 작품에서 환상을 모티브로 한 작품을 5편이나 발견한 것은 경이에 가까운 일이었다.

동화 문학의 본질이 바로 판타지에 있고, 그것(판타지)이 같은 서사문학이면서도 소설과 차별되는 핵심적 키워드임에도 불구하고 그동안 우리 동화 문학은 너무나 본질에서 벗어난 우회로를 질주해 왔다고 해도 과언이 아니다. 한국 동화의 뿌리라고 할 수 있는 고대 신화나 전래동화를 보더라도 그 속에 기발하고 신비로운 환상적 요소를 무궁무진하게 보유하고 있으면서, 그런 전통이 현대 동화에 와서 단절된 까닭은 우리의 살아온 근대사가 현실을 벗어나 꿈(Fantasy)의 세계를 유영할 만큼 여유롭지 못했기 때문이라고 해야 할 것이다. 그렇게 볼 때, 인터넷이 생활화되고 어린이의 하루 생활이 사이버 세계에서 시작되어 사이버 세계에서 마감되는 이 시대야말로 본격적인 환상동화가 활짝 꽃피어야 할 때이고, 신인들이 바로 그러한 점에 착안했다는 것은 매우 적절한 선택이라고 할 수 있다.

그러나 실제 작품에서 기대를 충족시킬 만한 성과를 찾기는 아직 어려운 것이 역시 이 분야였다. 동화에서 판타지가 성공하기 위해서는 작품의 무대로 설정된 2차적 시공간(환상세계)이 누가 보아도 수긍할 만큼 개연성이 있고, 사건 전개에 리얼리티가 확보되어 있어야 하는데 신인들의 작품은 그런 면에서 많이 뒤떨어져 있었다. 또한 기법면에 있어서도 현실에서 환상으로, 환상에서 현실로 넘어가고 넘어오는 통로 설정이 자연스러워야 설득력이 있는데 그 점에 있어서도 전래동화적인 우연에 의지하는 등 미숙성을 그대로 노출한 작품이 많아 아쉬웠다.

위 〈표1〉에서는 '기계문명 발달에 대비시켜 생명 존중 사상을 부각'시킨 작품과 '자연 및 환경 보호'를 주제로 한 작품이, 〈표2〉에서는 '환상세계를 전개'한 일련의 작품과 '연어의 모천회귀' 이야기를 소재로 한 작품이 이에 해당하는데 그중에는 당선 문턱까지 갔던 작품도 있었다. 참고로 그 작품의 개략을 소개하면— UFO에 관심을 가진 소년이 화성인에게 납치되어 갔다가 위기를 넘기고 탈출하는 과정이 기둥 줄거리로 되어 있는데, 이런 이야기를 엮기 위해서 작자가 블랙홀과 우주선에 대하여 조사한 과학 지식이라든지, 고대문명에 대한 가설(假說)을 설정하고 그것을 문명비판적인 시각에서 풀어나가는 플롯 전개 등이 상당한 저력과 상상력을 웅변해 주는 작품이었다. 이 작품과 함께 또 하나 기억에 남는 것으로 엘리베이터를 탔다가 환상세계로 빨려 들어간 소년이 개미나라를 모험하는 이야기가 있었는데, 이 작품도 발상의 기발함이라든지 모험 이야기를 문학작품으로 승화시킨 역량에서 작자의 수준을 가늠하게 하는 작품이었다.

비록 이런 작품들이 당선에까지 이르지는 못했지만 우리 동화에 '환상'이라는 새 지평을 분명히 다져 놓았다는 점만으로도 필자는 이들의 노력을 높이 평가하고 싶다. 오늘날 유행하는 것과 같은 사실적 수법의 작품은 내용의 유사성 때문에 언젠가는 한계에 이를 것이 분명하고, 그러면 동화 문학이 가야 할 길은 환상세계에의 탐구밖에 다른 활로가 없기 때문이다. 독자 편에서 보더라도 이 시대 어린이가 기계문명에 찌든 현실에서 벗어나 정신의 자유를 누릴 수 있는 길은 자연의 품에 안기거나 문학작품 속의 환상세계와 접하는 길밖에 다른 수단이 없다. 그런 점에서 앞으로 더욱 많은 신인들이 환상 탐구에 관심을 가져주기 바라는 것은 결코 허황된 주문이 아니라는 생각이다.

밝아진 동화 세계, 기성작가도 시각 교정 있어야

끝으로, 신인들의 작품을 읽으면서 전시대(前時代) 작가들의 작품과 비교하여 눈에 띄게 달라진 점, 그리고 이들 신인의 작품을 대하는 기성작가들의 시각에 대하여 느낀 점 몇 가지를 덧붙이면서 이 글을 맺으려 한다.

신인들의 문장과 표현 기교가 전시대 작가들에 비해 월등히 세련되고 자료조사 태도가 진지해졌다는 것은 앞에서 언급했지만, 그밖에도 이들 작품에서는 전시대 작가들의 작품에서 볼 수 없던 새로운 변화가 서서히 일어나고 있음을 감지할 수 있었다. 그 중 한 가지가 전반적으로 작품 분위기가 밝고 가벼워졌다는 것이고, 또 하나는 작품 속에서 캐릭터가 차지하는 비중이 높아졌다는 것이다.

아동문학은 그 속성이 행복하게 사는 정상인보다 어딘가 결손을 가진 소외 계층 인물을 따뜻한 눈으로 바라보고, 그들이 역경 속에서도 밝게 살아가는 모습을 그려 보이는 것이 본령이라고 할 때, 우리 한국 동화도 이러한 인식의 토대 위에서 발전되어 온 것이 사실이나 실제 구현된 작품 세계를 보면 어딘지 무겁고 우울하고 칙칙한 색조를 띠어 온 것 또한 사실이다. 그리고 '교훈'이라는 무거운 주제의 그늘에 가려 등장인물,

특히 어린이는 생기를 잃고(비록 어린이가 형식상 주인공이긴 하지만) 작품 속에서는 늘 어른의 한 부속물로서의 역할 이상을 하지 못해 온 인상이 짙다.

이에 비해 최근 신인들의 작품은 플롯 전개와 인물의 역할 설정에서부터 전시대 작가들과는 다른 스타일을 구사하고 있다. 스토리를 진행해 나갈 때 전시대 작가들이 우선 상황 설명부터 하고 뒤로 가면서 사건을 전개하는 '선 상황제시, 후 사건전개'의 방법을 관행으로 써 온 데 비해, 요즘 신인들은 아예 상황 설명은 생략하고 처음부터 끝까지 사건 묘사로 일관하면서, 그 속에 시간적 배경과 공간적 배경이 자연스럽게 녹아들어가는 '사건 중심의 전개' 방법을 관행으로 굳혀가고 있다. 따라서 글 속에 지문보다 대화가 더 많이 나오고 장면 전환이 빨라지면서, 그것이 탄력 있는 문장과 어울려 읽는 데 속도감을 상승시킴으로써 전체 분위기를 더욱 경쾌하고 가볍게 만드는 동인(動因)이 되고 있다.

물론 여기에는 소재 자체가 지니고 있는 성격도 일부 차별 요인으로 작용할 것이다. 전시대 작가들이 즐겨 다룬 소재가 6·25나 산업화에 따른 인간성 상실 같은 역사적 의미와 저항적 고발적 성격을 띤 소재들이라 필연적으로 작품 분위기도 어둡고 무거울 수밖에 없었다고 한다면, 요즘 신인들이 다루는 소재는 소비문화를 배경으로 한 개성적 인물의 성격 갈등이 주류를 이루기 때문에 자연히 작품 분위기도 밝고 가벼울 수밖에 없는 측면이 있을 것이다.

그러나 그러한 점을 감안하더라도 요즘 신인들이 세상을 보는 눈과 사회현상에 접근하는 자세에는 전시대 작가들과 확연히 구분되는 차이가 있다. 그것은 주로 등장인물, 특히 주인공 어린이의 캐릭터를 통해서 감지할 수 있는데, 전시대 작품의 주인공들이 어른에게 순종하고 기존 가치관에 군말 없이 순응하는 모범생형 어린이들인 데 비해, 요즘 신인들 작품 속의 어린이는 어른과 1대 1의 인격체로서 자기 개성에 맞지 않으면 언제든지 튀고 반발하는 자아중심형 어린이들이다. 이것은 바로 작가가 그 시대 어린이에게 바라는 이상적 모델의 형상체(形象體)라고 할 수 있는데, 이러한 아동관 내지 사회관의 차이가 또한 신인들의 작품 분위기를 밝고 역동적으로 만드는 요인이 되고 있다.

뿐만 아니라 인물의 역할 설정에 있어서도 전시대 작품과 신인들의 작품 사이에는 현격한 차이가 있다. 전시대 작품에서의 인물은 (그가 아무리 주인공이라 할지라도) 어디까지나 주제 형상화에 필요한 만큼만 개성이 부여되고 역할이 주어지는 데 비해(주 주제/종 인물), 신인들의 작품에서는 아예 인물을 전면에 내세워 그의 개성적 성격이 연출하는 사건에 더 큰 비중을 두고 이야기를 전개해 나가는 형식을 취하고 있다. 따라서 주제보다 인물의 개성(Character)이 더 중시되고(주 인물/종 주제), 재미의 초점도 기승전결의 유장한 줄거리에서 찾기보다 개성적 인물이 벌이는 예측불허의 사건에서 찾는 경향으로 바뀌어 가고 있다.

이러한 인물 중심 사건 중심의 이야기 전개 방법은 자연히 작품의 인상을 가볍고 경박하게 만들어, 그것이 주제의 우위를 신봉하는 기성작가들에게 시각의 혼란을 일으키게 한다. 이제까지의 동화 문법으로 보면 어디까지나 주제가 우위에 와야 하고, 인물이나 사건은 그것을 형상화하는 부분 요소로 자리매김되어야 하는데, 신인들의 작품에서는 도리어 그 위상이 바뀌어 적용되고 있으니 이 경우 작품을 선(選)하는 심사자는 어떤 입장에 서야 할 것인지…….

그러나 해답은 오히려 자명하다. 문학이란 끊임없이 변화해야 살아 남을 수 있고, 장래의 문학은 언제나 젊고 싱싱한 신인들에 의하여 주도되고 발전되어 나간다는 사실을 상기해 보면 결론은 더욱 분명해진다. 기성작가들의 작품관 내지 안목에 시각 교정이 있어야 한다. 신인들의 작품이 가볍고 경박해지는 데에는 그 나름의 시대적 여건과 조류가 잠재적 원인으로 작용한 것이 틀림없을 것이므로, 이를 고정관념에 사로잡히지 말고 액면대로 수용하여 그것의 문학적 성과를 면밀히 계산해 보는 태도가 필요하다. 더구나 요즘은 표현 양식에도 대중화의 바람이 불어, 종래에 순수 동화에서 도외시하던 SF나 추리 모험물들이 당당히 문학적 분식(扮飾)을 하고 순수 대열에 진입해 오고 있는 형국이다. 이런 작품들도 문학적 성과만 인정되면 과감히 받아들여 동화 문학의 지평을 넓히는 데 인색하지 말아야 한다는 것이 필자의 소신이다.

그러나 이러한 주장이 당위성으로는 인정을 받지만 실제 작품 선발 현장에서는 아직도 보수적인 잣대가 위력을 떨치는 것 또한 우리 아동문학계의 현실이다. 이제는 제법 활발해진 월평이나 계평에서 우리는 그런 실증을 볼 수 있다. 작품의 발상이나 캐릭터의 개성이 이끌어내는 사건의 참신성, 그리고 황당하다 싶지만 어쨌든 재미를 주는 해학이나 유머 따위는 평가 대상에서 제외되고, 언제나 주제가 갖는 사회적 의미에만 초점을 맞추어 작품의 가치를 재단하는 우리의 비평 풍토가 그러한 것이다. 이런 주제 우위의 작품관은 필연적으로 '어른에게는 의미가 있지만 아이들에게는 재미가 없는' 작품을 명작시하는 풍토를 만들어, 언제까지나 어른과 아이들 사이에 간극(間隙)을 유발하게 한다. 그 간극을 가급적 좁혀 나가는 것이 우리 동화 문학을 한 차원 끌어올리는 길이라는 것— 그것이 신인상 심사 과정에서 얻은 교훈이기도 하다.

어린이와 함께 선생이 걸어온 길

1939년 2월 23일 강원도 횡성에서 출생함.

1957년 춘천사범학교를 졸업함.

1960년 서라벌예술대학 문창과를 졸업함.

1963년 군 제대함.

1965년 단국대학교 국문과를 졸업함.

1966년 〈서울신문〉 신춘문예 동화 부문에 〈영이의 꿈〉이 당선됨.

1967년 〈어깨동무〉 창간 객원기자로 참여함.

1969년 서울 청량중학교 교사 근무함. 이후 창덕여중, 서울여중, 경복고, 용산공고,
　　　여의도고, 선린상고 교사로 32년간 재직하고 1999년 명예퇴직함.

1976년 제2회 한국아동문학상을 수상함(수상작 〈범바위골의 매〉).

1977년 한국 아동문학가협회 사무국장을 역임함.

1982년 국립중앙도서관 운영 '독서교실' 도서 심의·선정위원을 역임함.

1984년 KBS 라디오 '어린이 시간' 작문 지도를 담당함(2년간).

1987년 한국출판금고 발행 〈출판저널〉 편집·서평위원을 역임함.

1989년 서울시립 남산도서관 운영 위원을 역임함.

1990년 한국문화예술진흥원 지원기금 사업 심의위원을 역임함.

1991년 한국현대아동문학가협회 부회장을 역임함.

1992년 제13회 한국어린이도서상(저작 부문)을 수상함(수상작 〈아스팔트 위의 촌닭〉).
　　　제26회 소천아동문학상을 수상함(수상작 〈가방 속에 숨어 온 아이〉).

1993년 한국간행물윤리위원회 발행 〈서평문화〉 자문 위원을 역임함.

1994년 독서새물결운동본부 시행 독서대상 심사 위원을 역임함.
　　　제3회 어린문화대상(문학 부문)을 수상함(수상작 〈막내도토리의 세상 배우기〉).

1996년 제6회 방정환문학상을 수상함(수상작 〈날마다 가슴이 요만큼씩 크는 아이〉).

1997년 한국문인협회 이사를 역임함.
　　　눈높이문학상 운영 위원을 역임함.
　　　서울시립 서대문도서관 운영 위원을 역임함.
　　　고향인 횡성에 작고 시인 이연승 동시비 건립을 주관함.

1998년 추계예술대학교 문창과 강사를 역임함.

1999년 한국문화예술진흥원 창작지원사업 운영 위원을 역임함.

2000년 대한출판문화협회 제정 '이달의 청소년도서' 심사 위원을 역임함.

펜클럽 한국 본부 발행 〈펜과 문학〉 편집 위원을 역임함.

동덕여자대학교 문창과 강사를 역임함.

저서

동화 · 아동소설

1972년 창작동화집 《거울의 집》(경지사)

1975년 역사소설 《홍길동》(계림출판사)

　　　　역사소설 《임꺽정》(계림출판사)

1976년 장편동화집 《범바위골의 매》(경지사)

1979년 창작동화집 《할아버지 힘내셔요》(계림출판사)

　　　　동화선집 《산토끼 찻집과 너구리》(서문당)

1980년 저학년 동화집 《키 작은 땅꼬마》(견지사)

　　　　창작동화집 《난쟁이 마을의 전차》(예림당)

　　　　그림동화집 《투명 보자기의 짱아》(예림당)

1982년 장편 아동소설 《별나라 기타 소리》(삼성당)

　　　　《독서감상문 어떻게 쓰나─중학생용》(공저, 교학사)

1983년 창작동화집 《뻥튀기 나라 비둘기》(여울)

　　　　저학년 동화집 《깡통으로 지은 집》(홍신문화사)

　　　　그림동화집 《자동차 왕국》(예림당)

1984년 장편 추리소설 《갈색 족자를 지켜라》(금성출판사)

1985년 장편 아동소설 《낭떠러지섬의 삼총사》(동아일보사 출판국)

1986년 《글짓기 징검다리─중학생용》(공저, 공문수학연구회)

1988년 저학년 동화집 《별난 아이》(예림당)

1989년 창작동화집 《소리를 먹는 나팔》(현암사)

1990년 장편동화집 《비밀 친구 에쿠나》(대교출판)

1991년 창작동화집 《가방 속에 숨어 온 아이》(동지)

　　　　그림동화집 《화가 아저씨와 새》(대연)

　　　　그림동화집 《큰 바위의 소원》(대연)

　　　　그림동화집 《왕코 할아버지와 세 친구》(대연)

　　　　동화선집 《꽃샘바람》(용진)

1992년 장편 아동소설 《아스팔트 위의 촌닭》(대교출판─99년 〈버들골 순님이〉로 개제

　　　　재출간)

그림동화집 《하얀 염소》(국민서관)

성인용 동화선집 《투구와 나비》(중원사)

1993년 창작동화집 《막내도토리의 세상 배우기》(오늘)

1994년 저학년 연작동화집 《날마다 가슴이 요만큼씩 크는 아이》(예림당)

1996년 그림동화집 《빨간 우산》(한교)

그림동화집 《토돌이의 심부름》(한교)

1997년 저학년 장편동화집 《빨간 자동차 속의 난쟁이》(견지사)

1998년 그림동화집 《4통 5반 꽃동네》(눈열린 교육)

1999년 창작동화집 《잠깨는 산》(문공사)

공저 《아동문학 창작론》(학연사)

2000년 저학년 동화집 《병구는 천덕꾸러기》(여명 미디어)

저학년 동화집 《날아라 요술 풀씨》(꿈동산)

한국 아동문학가 100인

신현득

대표 작품

〈합격 엿〉 외 4편

인물론

하나에서 열까지, 동심 그 자체

작품론

하도한 계곡을 품은 우람한 산

작가 생각

우리의 권익을 찾자

어린이와 함께 선생이 걸어온 길

합격 엿

착, 붙으라는
합격 엿.

대학 시험 가는 오빠에게
엄마가 주신 것.

맛이 달다
어디에나 착, 붙는 엿.

실력은 실력대로라지만
먹어 두면 든든할걸

짠득짠득
엄마 주신 엿
생각하며

아무래도
두세 문제
더 풀게 될걸.

"미신이다."
"헛소문."
하지 말고

먹어 두면
손해는 아니야.

그 한두 문제가 용하게
합격으로 이어질지 알아?

그래서, 그래서
합격 엿!

신문지 한 장 깔면

담 밑에서
소꿉놀이.

신문지 한 장 깔면
안방이에요.
신문지 한 장 더 깔면
부엌방이에요.

강아지 인형
문 밖에서 집 지키게 하고
"망 망 망!"
짖는 소리, 대신 내주고.

흙밥 지어서
냠냠, 먹는 흉내 내지요.

담 밑에 볕이 들면
신문지 한 장씩 들고

대추나무 그늘로
이사를 가요.

할아버지 옛 친구

나무 뿔 두 개를
가진 놈이 있었지
도깨비 아니었어.

허리에서 뒤쪽으로는
나무 팔이 두 개.

무엇이나 여기에 얹기만 하면
가벼워지는 요술.

가을이면 타작마당으로
들판을 업어 나르고
겨울 한철, 산에서
땔나무를 업어 날랐지.

잡은 호랑이도 업어 오고
혼숫짐도 업고 다녔지.
전쟁, 폿소리 속을
피난 봇짐까지.

경운기 생기고부터
나무 뿔, 이놈이
"오랜 역사에서, 나는 쉬자." 하며

헛간으로 들어가
숨어 버렸지.

고마웠던 이놈을
할아버지가 가끔,

옛 친구라며
업고 나오신다구.

겨울바람

겨울이 찬 바람을
회초리로 들고
휙휙, 소리내며 달린다.

회초리를 찰싹찰싹
얻어맞고
냇가에 살얼음이 언다.

나무의 아랫도리를 때려
몇 잎 남은 낙엽까지
떨어뜨리고

낙엽을 앞세우고
회초리 들고
겨울이 골목으로 달린다.

종아리가 시리다.
"아이 추워!"
꼬마들이 움츠린다.

선생님 회초리보다
무서워,
긴 바지를 갈아입는다.

엄마가 빨리
김장을 마친다.
연탄 준비도 한다.

겨울바람 회초리

무섭거든.

무섭거든.

하늘 채우기

종이비행기 날릴 만한
공간을
하늘이라 하지만

로케트로
30년을 날아도
아직 하늘이다.

잠자리 날 만한 하늘,
참새가 날으는 하늘이 이어져
빛으로 50만 년을 달릴 하늘이 된다.

별과 달이 흩어져 사는,
비어 있는 여기를

우리 아기들 꿈으로만
채울 수 있다.

하나에서
열까지,
동심 그 자체

최춘해

들머리

신현득을 만난 지가 만 40년, 강산이 네 번이나 변한 햇수이다. 그동안 상주글짓기 회, 교단아동문학동인회, 대구아동문예연구회, 대구아동문학회, 대구의 다섯 사람 모임(모임의 이름은 없이 매주 정기적으로 만나 작품 합평을 했다.), 한국 아동문학가협회, 한국 아동문학인협회 등 단체 모임을 통해서뿐만 아니라 보고 싶고, 목소리가 듣고 싶고, 체취를 맡고 싶어서 저절로 자주 만나게 되었다. 그러는 사이에 친형제보다 더 가까운 사이가 되었다.

나이는 내가 한 살 위지만 문단이나 사회 생활, 예의 범절 등 모든 면에서 앞장서 있다. 그래서 문학에서는 말할 것도 없고 올바르게 살아가는 방법을 많이 배웠다. 내 일생에 신현득을 만났다는 것은 하느님이 준 복이다.

1. 신현득은, 동심 그 자체이다

군에 가면 모두가 금송아지 한 마리 없는 집이 없다. 타향 사람들이 만나니까 기죽지 않기 위해서 자기 집안 사정을 부풀려 이야기한다. 누구나 그런 마음을 가지고 있는 것 같다.

그러나 신현득은 다르다. 가난하게 살았던 이야기를 숨기지 않고 다 털어놓는다. 나와는 가까운 사이니까 그런 줄 알았더니 그렇지도 않다. 선안나 작가의 글을 읽어 보니까 가까운 사이가 아니었는데도 치부를 다 털어놓아서 눈시울을 적셨다고 했다.

동네 아낙네들 틈에 끼어서 물동이를 이고, 나물 뜯어 반찬을 만들고, 명절에 제사상 차리고, 동짓날 팥죽 끓이기, 면사무소 급사로 있었다는 등의 이야기를, 점잖은 교수님이 제자뻘 되는 젊은 여인에게 쉽게 이야기할 수 있을까?

아마 신현득 아니고는 털어놓기 어려울 것 같다. 그러면 신현득은 어찌하여 이런 이야기를 거리낌 없이 할 수 있을까? 아마도 동심으로 가득 차 있기 때문일 것이다.

신현득의 동시론을 보면, '동시는 투명한 시다.'라는 항목에서 다음과 같이 언급했다.

'시의 투명성은 크게 동심적인 발상, 표현의 객관성, 사실의 논리성에 의해 규명이 된다. 다시 말해서 동시는 동심에서 발상되었기 때문에 투명하다. 동심이 아닌 여타의 생각을 곁들이면 투명하지 않게 된다.

이치에 맞지 않는 일체가 시를 불투명하게 한다.

틀린 문장, 틀린 낱말, 틀린 표현, 맞지 않는 비유, 맞지 않는 제목, 맞지 않는 행 바꿈 등 틀리고 맞지 않는 일체가 시를 불투명하게 하는 것이다.'

그의 작품 어느 것을 봐도 투명하지 않은 것이 없다. 초기부터 현재까지 변하지 않고 일관된 것이 투명성이다.

신현득은 늘 이런 생각으로 작품을 쓰고 생활하기 때문에 거짓말을 못한다. 작품과 인간성이 일치하는 가장 대표적인 문학가라고 하겠다.

그는 한동안 아동문학이 성인이 읽는 일반 시나 소설에 비해 대접을 못 받는 데 대해서 불만을 털어놓는 걸 들었다. 아동문학 지망생에게도 아동문학을 하지 말고 처음부터 일반 시를 쓰든지, 성인이 읽는 소설을 쓰라고 했다. 내가 처음부터 일반 시를 썼더라면 지금 같은 대접은 받지 않을 것이라고 했다. 그래서 성인이 읽는 일반 시집도 냈다. 1987년 미리내 간(刊) 《우리의 심장》이란 시집이다.

그러나 그 후 그는 결코 성인 시 쪽으로 기울어지지 않고 동심과 투명성을 생명으로 하는 본래의 동시를 더욱 열심히 쓰고 있다. 일반 시집을 낸 것은 나도 남만큼 일반 시를 쓸 수 있다는 것을 보여 주기 위한 오기였을 것이다.

그 후 그는 "동심 하나면 족하다."고 했고, 14동시집 머리말에서 "한글만 알면 누구나 읽고 느끼는 시. 그래서 동시 분야만이 민족시가 될 수 있다."고 했다. 아동문학을 하는 것을 어느 장르보다도 자랑스럽게 생각한다. 존경하는 선배 문인이 당당함을 보여 줌으로써 아동문학을 하는 후배 문인들의 기가 살아날 것이다.

2. 작은 거인

작다는 것은 키가 작아서 작은 것이 아니라 작은 일에도 조금도 소홀하지 않고 완벽하도록 마음을 쓴다는 말이다. 낱말, 문장, 표현, 비유, 제목, 연 나누기, 행 바꾸기 등 객관성과 타당성을 철저히 살핀다. 동심을 바탕으로 한 독자의 입장에서 투명성을 살핀다. 모호한 점이 없어질 때까지 철저하게 퇴고를 한다. 대충 얼버무린 시는 한 편도 없다. 그래서 그의 시는 어느 작품이라도 주제가 뚜렷하고 내용이 투명하다.

생활도 작품을 쓸 때처럼 경우에 어긋나는 일은 절대로 안 한다. 자신이 손해는 볼지언정 남에게 폐는 끼치지 않는다. 50년, 60년, 70년대 찢어지게 가난하게 살면서도 만나면 그냥 헤어질 때가 없었다. 끈끈한 정 때문이다. 신현득 선생이 칠성국민학교 있을 때는 그 학교 근처 단골 술집에서, 대구국민학교에 근무할 때는 그 근처 옥이네 집에서 만났다. 술값이 없을 때, 또는 모자랄지도 모를 때 외상 술을 먹기 위해서다. 멀리에서 만나도 꼭 그 단골집으로 간다. 술값은 서로 내려고 다투는데 늘 신 선생이 낼 때가 많다. 고집을 못 당한다.

젊을 때는 김성도 동화작가 같은 분들을 따라다니면서 선배 대접을 깍듯이 했었다. 대구에 '가보세'란 생맥주집이 있었는데, 외상 거래가 되었다. 여기에서 술자리를 자주 했었다. 후배가 선배를 대접하는 것은 당연한 것으로 생각하였다. 그런데, 지금은 선배들은 모두 작고하고 이제 제자나 후배들과 자리를 같이 하게 되었다. 전과 같으면 당연히 대접을 받을 입장인데도 폐를 끼치지 않으려 한다.

내가 〈한글문학〉 신인상을 받을 때, 축하해 준다고 신현득, 권기환이 시상식에 참석하게 되었다. 밤이었으므로 하룻밤을 자야 했다. 주최측에서는 숙소가 마련돼 있다고 했다. 신현득은 귓속말로 "폐를 끼치지 말고 몰래 나가자."고 했다. 노파가 안내하는 하숙집에 들어가게 되었다. 좁은 방에 세 사람이 자는데 나중에 그 노파도 한방에서 자게 되었다. 신현득은 잠을 자지 않고 있었다. 나중에 이야기를 들으니, 혹시 노파가 상금을 몰래 빼 갈까 봐 지키고 있었다고 한다. 자신뿐만 아니라 남을 위해서도 작은 일에까지 마음을 써 준다. 작은 일도 소홀히 하지 않는 철저한 사람이다.

거인이라고 하는 것은 예사 사람보다 스케일이 커서 붙인 이름이다. 작품을 쓸 때도 지금 사람들을 대상으로 하는 것이 아니라, 옛날 역사 속의 인물이나 사물을 대상으로 하고, 먼 훗날 사람들이 읽을 것을 생각한다. 작품을 예를 들어 보면, 〈일억오천만년 그때 아이에게-이 시는 두었다가 일억오천만 일천구백육십칠 년에 읽어라〉, 〈통일이 되는 날의 교실〉, 〈선덕여왕님께〉, 〈우리나라 첫날〉, 〈고구려의 아이〉, 〈첨성대〉 등 시간을 초월한 작품이 수없이 많다.

공간에서도 그 폭이 여간 큰 것이 아니다. 작품을 예를 들어 보면, 〈별나라에서 새둥지까지〉, 〈달 끌어오기〉, 〈별나라 아이〉, 〈뉴턴과 사과나무〉, 〈달나라에서 사과나무 가꾸기〉, 〈해님의 그림자놀이〉, 〈지구는〉 등 공간을 초월한 작품이 수없이 많다. 이만하면 거인임이 틀림없다.

3. 생활 자체가 겨레와 나라 사랑

신현득은 중국집에 가지 않는 사람으로 알려졌다. 1950년대 후반부터 1960년대 초다. 당시 상주에는 외국 사람이 경영하는 음식점은 중국집뿐이었다. 만약 왜식집, 양식집 등이 있었다면 그런 음식집도 거부했을 것이다.

한국일보사에 근무할 당시에 아이들을 데리고 일본에 간 적이 있었는데, 일본말을 잘할 수 있지만 우리 민족의 자존심 때문에 일본말을 일부러 하지 않았다고 한다. 길을 물을 때나 차편을 물을 때 등 일본말로 물으면 여간 편리한 것이 아닌데도 불편을 참고 굳이 일본말을 하지 않았다고 한다.

그는 대구에서, 남묘호렌게교(創價學會) 한국 전교에 앞장서서 반대 운동을 할만큼 외래 종교에 대한 반응이 강하다.

종교 역사 서적을 닥치는 대로 읽었다. 종교가 좋은 교리와는 관계 없이 강대국의 식민지 개척과 약소국 침략에 이용당했으며, 전쟁의 원인이 되었음을 정의하였다. 특히 서양 역사에서 그러했고, 제2차 세계대전 때 히틀러에 의한 유태인 학살도 일종의 종교 전쟁이었으며, 그러한 종교 전쟁은 지금도 중동 등에서 계속되고 있다는 사실을 알았다. 종교가 살린 사람보다 죽인 사람이 많은 것으로 결론을 지었다.

신현득이 상주국민학교에 근무할 때 이런 일도 있었다.

3·15 부정 선거 때, 3인조 선거를 하고 와서 교장실에 걸어 놓은 이승만 대통령 사진 액자를 박살을 냈다. 이 사실을 안 최문식 교감과 동료 직원들이 겁을 먹고 이 사실이 교장이나 교육청에 알려지지 않도록 하기 위해서 날이 새기 전에, 전의 대통령 액자와 똑같은 것을 만드느라 고심했다고 한다. 3·15 부정 선거 등 부정부폐를 한다고 이승만 대통령 사진을 박살을 냈는데, 이 소문이 밖으로 퍼진다면 얼마나 큰 파문이 일 것인가는 누구나 알 수 있는 일이다. 당시 이 학교 교감이었던 최문식 씨께 들은 이야기다.

신현득은 불의를 보면 참지 못한다. 못난 이승만 대통령 때문에 온 겨레가 고통을 당하고 있다고 의분을 터뜨린 것이다.

신현득의 생각은 겨레와 나라 사랑으로 가득 차 있었고, 이런 생각은 바로 생활에 옮겨졌다. 작품에서는 어떻게 나타났는지 살펴보자.

〈우리나라 첫날〉, 〈알 속의 임금〉, 〈첨성대〉, 〈아무도 알려 주는 이가 없었다〉, 〈고구려의 아이〉, 〈자〉, 〈휴전선에 선 감나무〉, 〈일억오천만년 그때 아이에게〉, 〈별나라에서 새둥지까지〉, 〈신라의 하루〉, 〈눈 한 번 감았다 뜨는 사이〉, 〈선덕여왕님께〉, 〈부여에서〉, 〈삼팔선 긋기〉, 〈통일이 되는 날의 교실〉, 〈고향 솔잎〉, 〈백두산에 올라〉, 〈천지라는 찻잔〉, 〈우리의 심장〉, 〈독도에 나무 심기〉 등 나라와 겨레를 사랑하는 시가 무척 많다. 그 가운데 〈고구려의 아이〉 한 편만 들어 보겠다.

고구려의 엄마는

아이가 말을 배울 때면

맨 먼저

'고구려'라는 말을 가르쳤다.

다음으로

'송화강'이란 말을 가르쳤다.

아이가 꾀가 들어
이야기를 조르면
고구려의 엄마는
세상의 온갖 이야기 중에서
살수 싸움 이야기를 들려주었다.
세상의 많은 장수 중에서
을지문덕 이야기를 들려주었다.
세상의 여러 임금 중에서
광개토왕 이야기를 들려주었다.

아이가 커서
골목을 뜀박질하게 되면
고구려의 엄마는
요동성 이야기를 해 주었다.
고구려 사람은
겁내지 않고
물러서지 않는다는 걸 가르쳐 주었다.

그리고 엄마는
요동성을 지키다 목숨을 잃은
아버지의 이야기를 들려주었다.

다시 엄마는
아버지가 물려준
활을 보여 주었다.
아버지가 물려준 칼과
창과 갑옷과
아버지가 물려준
투구를 보여 주었다.

그리고
이 칼은,

이 투구는, 이 갑옷은, 이 창은

모두

네가 아버지께 물려받듯이

아버지는

할아버지께 물려받아

나라를 지키고,

할아버지는

그 아버지께 물려받아

나라를 지키고,

그 할아버지는

또 그 아버지께 물려받아

나라를 지키던 것이라 일러 주었다.

밖에는

아버지가 타던 말이

울고 있었다.

아이는

밥 한 끼 먹고 와서

활을 한 번씩 당겨 보았다.

칼을 한 번씩 들어 보았다.

투구를 한 번씩 써 보았다.

날마다 들어 보는 칼이

조금씩 가벼워지고 있었다.

날마다 써 보는 투구가

조금씩 작아지는 것이었다.

아이는

제가 크고 있기 때문이라고 생각했다.

그리고

지금엔 이 칼이 힘에 겹지만
아버지만큼 크고 보면
바늘같이 휘두를 수 있으리라 생각했다.

지금은 이 투구가 내겐 크지만
아버지만큼 크고 보면
제 머리에 꼭 맞을 게라 생각했다.
아이는
어서어서 크고 싶었다.

얼었던 송화강이 풀릴 때마다
새해가 오곤 하였다.
강가의 버들잎이 질 때마다
한 해가 가곤 하였다.

아이가 몇 살인가
엄마는 날마다
손을 꼽고 있었다.

그러던 어느 날은
그 아이가
말을 타고 뜰 앞에 나와 있었다.

아이는
아버지의 투구를 쓰고 있었다.
아버지의 갑옷을 입고,
아버지의 칼을 차고,
아버지의 창을 들고,
아버지의 활을 메고 있었다.

"어머닛!
어머니 요동으로 갈 테어요."

"얘야, 그 칼이

아직 네겐 무거울 텐데?"

"좀 무겁지만 싸울 순 있어요."

"얘야, 그 투구가

아직은 클 텐데?"

"좀 크지만 싸울 순 있어요."

"전동에 화살은 준비되었니?"

"다 준비되었어요."

"그 칼을 다시 갈았니?"

"날을 세워 갈았어요."

"그래, 가거라.

내 아들아!"

고구려의 아이는

끝없는 벌판으로

말을 달리고 있었다.

그리고

하늘이 움직여라 고함을 쳤다.

"우리는 커 가는 나라

고구려다,

고구렷!"

– 〈고구려의 아이〉 전문

시인이요, 사극 작가인 신봉승은 한국문인협회 해외 문학 심포지엄에서 이 시 한 편으로 나라와 겨레 사랑 교육은 충분하다고 극구 칭찬을 했다.

4. 쉬지 않고 자라는 나무

신현득은 앉으나 서나 자나깨나 작품을 구상하고 있다. 남보다 더 많은 작품을 쓸 수 있는 것은 쉬지 않고 작품을 구상하기 때문일 것이다. 그는 시간이 많은 사람이 아니다. 세 사람 네 사람이 할 일을 혼자 감당하고 있다. 내년이면 고희인데도 박사 과정 공부를 하고 있다. 여러 대학에 출강을 하면서 작품을 비롯한 평론, 작품집의 서문이나 발문 등 청탁받은 수많은 원고를 써야 한다. 크고 작은 각종 대회 작품 심사도 해야 한다. 보통 사람은 해내지 못할 일을 감당해 내고 있다.

열한 번째 시집 머리말에 보면, '여기 실은 80편의 시는 지난 가을부터 봄 사이에 지하철에 서거나 앉아서 쓴 것이 대부분이다. 복잡하기는 해도 지하철로 한강을 건너다니는 때에 마음의 여유가 있다. 이 시간에 시도 생각할 수 있어서 재미나고 좋다.'

1년도 안 되는 사이에 복잡한 전동차 안에서 한 권의 작품을 썼다. 지하철을 타는 시간 외에는 다른 일을 해야 한다. 지하철 타는 때가 마음의 여유가 있다고 했으니 얼마나 바쁘게 부지런히 사는가를 알 수 있다. 나무가 쉼 없이 물과 영양분을 빨아올려서 키가 자라듯이 신현득은 계속 위를 향하여 자라고 있다. 젊은 사람도 하기 어려운 박사 과정을 고희에도 끝내 이루어 내고 있다. 작품 세계에서 그런 면모를 살펴보자. 초기의 작품 〈옥중이〉, 〈문구명〉 등에서 자라고 싶은, 발전하고 싶은 꿈이 담겨 있다. 그 꿈은 계속 자라서 지구에서 우주로 그 범위가 넓혀진다. 〈달나라에서 지구 구경〉, 〈달나라에서 사과나무 가꾸기〉, 〈태양계의 장독〉, 〈해님의 그림자놀이〉 등에서 찾아볼 수 있다. 그중 한 작품만 소개한다.

수성, 금성, 지구 거느리고
해님의 그림자놀이

일식이다, 월식이다
장난도 하고
지구별 밤낮을 열두 시간씩에 맞춘다.

그림자로 가려서
반달을 띄웠다가
그림자 비켜 놓고
보름달을 띄운다.
― 〈해님의 그림자놀이〉 일부

마치면서
이제 마치기는 해야겠는데 쓴 것이 어쩐지 내가 평소에 생각하고 있었던 것만큼 내 마음을 그대로 나타내지 못한 것 같아서 마음이 흡족하질 않다.

'뿌리 깊은 나무'라는 항목으로 가정 이야기와 그에 관련된 작품 이야기를 더 하고 싶었으나 지면이 너무 길어져서 생략하기로 한다.

하도한
계곡을 품은
우람한 산

박경용

1

본디 산자락에서는 그 산의 크기와 높이를 가늠하기가 어려운 법이다. 어느 정도의 거리를 두고 멀찌감치에서 살펴야 그 산의 실체가 한눈에 들어오게 마련이다.

신현득과 나는 1960년대 초부터 함께 문단 활동을 해온 이른바 '동시대의 문우'이다. 그런 만큼 누구보다 그의 인간이며 문학에 대해 비교적 잘 안다고 할 수도 있겠으나, 오히려 그런 점이 빌미가 되어 그의 실체를 흐리게 할 위험 부담을 더불어 안고 있음도 숨길 수 없는 사실이다. 무엇보다 선입감에 따른 냉정과 객관성의 결여가 가장 큰 장애적 요인으로 작용할 터이다.

이런 까닭으로 해서 우정에 얽힌 추억담이나 '프로필' 다운 일화 따위의 작품 외적 얘기 말고는, 동시대의 동료 시인(작가)에 대한 작품 평가는 되도록 피하는 것이 바람직하다는 것이 필자의 평소 신념이다.

그럼에도 나는 오래 전부터 '신현득론'만은 꼭 내 손으로 한 차례 다뤄야겠다는 책무감 비슷한 각오를 다져 왔었다. 좀 건방진 얘기로 들릴지 모르겠으나, 내가 아니고는 그에 대한 정당한 평가를 내리기가 쉽지 않으리라는 자못 자부심에 찬 노파심에서였다. 다른 한편으로는 그에 대한 문학적 경외감의 발로가 은연중 크게 작용한 탓도 있었다고 헤아려진다.

흔히 1960년대를 '동시의 연대'라고들 규정하고는, 그 연대를 주도한 꽤 많은 시인들을 거론하고들 있지만, 솔직히 말해 '고사떡 나눠 주기'식 선심 쓰기에 불과할 뿐, 거둔 성과나 후진들에게 끼친 영향 등을 고려할 때, 신현득 반열에 나란한 한두 시인을 제외하고는 모두가 거명조차 부질없는 졸개들일 따름이다. 그만큼 1960년대를 거점으로 한 신현득의 존재는 그야말로 다른 이의 추종을 불허하리만큼 우뚝한 바가 있다. 어찌 1960년대만에 한정된 것이랴. 우리 현대 동요·동시가 본격적으로 출발한 1930년대 이후 오늘에 이르기까지의 70년 세월에 걸쳐, 윤석중·박목월·강소천·윤복진·최계락 등 이미 역사적 성좌를 밝히고 있는 거성들에 필적할 만한 큰 별로 신현득밖에는 달리 떠받들 만한 시인을 나는 얼른 떠올리기 어렵다.

오늘, 두루 불리한 조건 아래에서 그의 작품을 논한답시고 최대한 냉정을 회복, 알맞춤한 거리에서 그 '산'–신현득의 작품 세계–을 이윽히 조망한다. 여지껏 내게 깊이 부각된 그대로 역시 그는 우람하고도 우뚝한 거봉이다. 평소의 내 판단이 한 치도 빗나가지 않았음을 스스로 확인하는 기쁨은 견줄 데 없이 크다.

2

산이 크고 높으면 계곡도 많고 깊다던가.

시인을 산에 비유할 경우, 이 말은 곧 신현득을 두고 한 말이 아닐까 싶다. 그는 엄청나게 많은 계곡을 거느리고 있으며, 그 계곡들마다 하나같이 크고 깊다. 갈래와 가닥이 하도 많아 그걸 단숨에 섭렵하기란 거의 불가능하다.

현재까지 그가 펴낸 동시집은 중간 중간에 펴낸 세 권의 동시 선집–《옥중이》(1975), 《참새네 말 참새네 글》(1982), 《일억오천만년 그때 아이에게》(1994)–을 덜어내고도 자그마치 열여섯 권에 이른다. 한 시집에 평균 70편 정도가 실렸다고 가정하더라도 줄잡아 1천 편을 훨씬 웃도는 양이다.

이 어마어마한 작품 수량 앞에서 우선 압도당하지 않을 수 없다. 이를 단순히 시인의 다산적 체질로만 치부할 것인가. 치열한 자세라느니 절륜한 정력이라느니 하는 따위의 수사도 차라리 사치로운 말이 될 것이다. 오로지 동시 하나만에 의존해서 동시 하나만으로 살아온, 아니, 애초부터 동시를 쓰기 위해 이 땅에 태어난 시인, 한말로 '동시의 화신(化身)'이라고 하는 편이 가장 적절한 표현이 되지 않을까.

따라서 이런 자리에서 그의 전모를 말한다는 것은 그에 대한 가장 큰 결례가 될 것이다. 그저 편리한 나름으로 그의 어느 한 모서리를 잠깐 소개한다는 겸허한 마음가짐으로 접근할 밖엔 달리 도리가 없다.

거시적 시각으로, 직관적 관점에서 그의 작품 세계를 대충 일별해야 하는 까닭이 바로 여기에 있다.

시를 논할 때, 편의상 시인의 주된 관심이 어느 편에 보다 더 기울어져 있는가를 놓고 접근하는 방법은 매우 유익한 결과를 얻을 수 있다. 시적 모티브를 결정하는 데 있어 그것은 중요한 단초가 되는 것이기 때문이다.

그것을 ①자기 중심, ②대상 중심, ③언어 중심의 세 가지로 크게 나누어 볼 수 있는데, 신현득은 이 세 가지 중에서 두 번째에 가장 기울어져 오지 않았나 판단된다.

첫 시집 《아기 눈》(1961)에서는 자기 중심적 세계가 주류를 이루면서도 부분적으로 대상 중심의 세계를 강하게 비추다가, 3년 뒤에 내놓은 두 번째 시집 《고구려의 아이》(1964)에서는 문득 대상 중심으로 뚜렷이 기울어진다.

그 뒤로 줄곧 '자기 중심'에 충실하면서도 다른 한편으로는 대상 중심의 세계를 점점 확충시켜 나간다. 그 결과, 그의 대상 중심의 세계는 실로 사통팔달, 종횡무진, 전방위적으로 뻗어나감으로써 그 갈래를 잡아내기가 수월치 않을 정도가 되어 버렸다.

군이 난마처럼 얽힌 그 가닥들을 가려잡아 몇 갈래로 정리해 보면 ①역사의식에 바탕을 둔 민족적 정체성 회복, ②초월적인 힘을 가진 자연과 우주의 신비 캐기, ③연기설(緣起說)에 바탕한 불교적 구원에의 염원, ④어린이 사랑을 구현하기 위한 교사적 입장, ⑤혈연·가족을 중심으로 한 인간 공동체 의식의 선양, ⑥전통적·토속적인 것들에 입각한 향토애의 발현, ⑦국토 분단의 현실 극복 및 강렬한 통일에의 의지와 그 희구 등으로 나뉘어진다.

이 가운데서 특히 눈길을 끄는 것이 첫째 것과 둘째 것이 아닌가 한다.

첫째 것, 즉 '역사의식에 바탕을 둔 민족적 정체성 회복'은 두 가지 점에서 동시를 통해 그가 거둔 득의의 성과라 함직하다.

그 하나는, 내용면에서 일찍이 그 누구도 감히 실험해 보지 못했던 '미답(未踏)의 세계'였다. 주로 《삼국유사》에서 그 제재를 빌려 온 것으로 짐작되는 민족 설화들에 시인 자신의 탁월한 상상력을 절묘하게 접합, 서사시가 갖는 시적 효과를 한껏 드높인 것이다.

다른 하나는, 형식면에서의 장시다운 특징을 본격시의 차원에서 한 단계 높임으로써 독보적 '표현의 길'을 열어 놓은 점이다.

물론 그의 그렇듯한 작업에 한 걸음 앞서 산문시·장시의 출현이 전혀 없었던 것은 아니었으나, 《고구려의 아이》를 통한 그의 일련의 장시들이 나옴으로써 비로소 장동시 또는 본격 산문동시가 제자리를 굳건히 잡게 된 것이었다. 일찍이 '이야기 시'(담시)로 불리어 오던 장동시가 한때(1960년대 후반) '동화 시'라는 이름으로 잠깐 유행하기까지 신현득의 성공적인 장동시는 동시대의 동료 시인 및 후배들에게 지대한 영향을 미쳐 족히 한 유파(類派)를 형성하기에 이르렀었다.

큰 갈래 중의 둘째 것, 곧 자연과 우주에의 집착은 역사적 '시간' 관점이라 할 앞서의 것과는 대칭을 이루는 '공간'적 관심사에서 비롯된다.

첫 시집 《아기 눈》의 마지막 부분을 장식한 제4부 '별나라의 동무들에게'에 묶인 다섯 편의 작품들이 이를테면 그 공간적 관심사의 효시였다.

일찌감치 싹을 틔운 그 '별'에의 동경은 세월을 거듭할수록 줄기를 굵히고 무성한 가지들을 거느린 나머지, '꿈나무'로서의 튼실한 열매 맺기를 오늘토록 멎지 않고 있는 것이다. 낱낱이 예를 들기가 번거로울 만큼 '별'로 상징되는 그의 우주적 관심에서 빚어진 작품들은 이루 셀 수 없이 많다. 마치 저 밤하늘의 별자리처럼.

이 밖에도 대상 중심의 다른 갈래들에 대해서도 건성으로나마 언급할 필요를 느끼지만 지면이 허락하지 않는다.

　한편, 그 비중에 있어 그의 자기 중심적 세계는 상대적으로 얕은 데 머물러 있는 듯이 보인다. 적어도 그 양적인 면에서는 일단 수긍하지 않을 수 없다.

　그러나, 따지고 보면 어느 시인에게 있어서나 자아와 대상이라는 두 개의 개념이 의식 속에서 완전히 분리된 상태로 작용하는 것은 아니다. 보다 많은 경우에 그 둘은 서로 뗄래야 뗄 수 없는 유기적 관계를 지니는 것으로, 차라리 한 의식의 표리 관계라 하는 편이 적절할 것이다.

　같은 대상일지라도 오목렌즈로 기능하면 대상 편으로 기울어져 그 시점이 확산되는가 하면, 볼록렌즈로 기능하면 자아 쪽으로 그 초점이 모아지게 된다. 흔히들 대상 파악을 말할 때, 그 시각을 '망원경'다운 것과 '현미경'다운 것으로 나누는 데서 그 요체를 읽을 수 있다.

　신현득의 경우도 물론 예외가 아니다.

　비교적 단순·명쾌성을 잘 살린 단시에서는 그러한 현상이 두드러져 있어 꼭히 대상 중심이니 자기 중심이니 하는 편의상의 관점을 허물어야 할 개연성이 절실해진다. 그의 대표작으로 널리 회자되고 있는 〈엄마라는 나무〉, 〈휴전선에 선 감나무〉, 〈바다는 한 숟갈씩〉, 〈박꽃 피는 시간에〉, 〈비둘기〉 등 서사적 경향보다는 서정시에 가까운 작품들이 이 점을 웅변해 주고 있다.

　신현득을 논할 때 흔히들 발상의 기발함, 부단한 소재 발굴, 뛰어난 상상력에 의한 관념의 시적 변용, 난해성을 극복하기 위한 남다른 의지 등을 그 장점으로 내세우는가 하면, 정서보다는 이치 캐기에의 치중, 감성·감각보다는 이성과 이지에로의 편중, 기법상의 단조로움, 표현(언어) 미학의 미흡, 다산에 따른 완성도의 결여, 확실한 변신을 보여 주지 않음으로써 인상 지어지는 매너리즘 등 부정적 그늘도 만만치 않음을 지적한다.

　하지만, 내가 이 자리에서 애써 그를 변호하려는 의도가 아니라, 그 부정적인 측면은 워낙 그가 우람하고 우뚝한 데에 말미암는 그늘에 불과한 것이라는 점을 강조하고 싶다. 또한 빛이 밝으면 그늘도 짙게 마련이 아닌가.

　그의 변신에 대한 핀잔만 해도 그렇다. 그의 변모의 자취를 추적, 문단 일각에서는 초기부터 오늘에 이르도록 그다지 변신하지 않은 시인으로 몰아세우기를 능사로 알지만, 천만에, 그의 변신은 어느 모로나 특이하다는 점을 간과한 데서 온 소치다.

　앞에서도 잠깐 비쳤지만, 그는 첫 시집과 두 번째 시집을 통해, 그러니까 출발 초기부터 진작 그가 걸어가고 탐험하고 실험해야 할 모든 방향과 성격과 가능성을 한꺼번에 제시해 두고는, 서서히 그 길을 넓히고 그 세계에 깊이를 더해 온 것이었다. 한말로 출발 시점에 미리 설정해 둔 몇 갈래 길을 그는 일관성 있게 드나들면서 확산·심화에 오로지 열성을 기울여 왔던 것이다. 비슷한 데서 서로 다른 특징을 가려 볼 수 있는 안목을 갖지

못한 자가 어찌 예술을 논하리. 그러고도 자신이 지닌 치명적 맹점을, 특히 평론을 전문
으로 한다는 사람들은 스스로 선뜻 인정하려 들지 않으니 딱한 노릇이 아닐 수 없다.

3

숲 속에서 숲을 더듬은 어리석음을 저지르지는 않았는지 미상불 걱정이다.

다음의 어느 기회에 신현득을 제대로 논할 수 있게 되기를 욕심껏 바라거니와, 여기에
서는 동시대의 동료 시인으로서 한낱 '증언의 성격'으로 다룬 것임을 양해하기 바란다.

돌멩이 한 개라도

시인의 손에 놓이면 달라,

시가 되거든.

몽당연필이라도

시인의 손에 잡히면 달라.

시를 쓰거든.

흔한 햇빛이라도

나뭇잎이 받아 지니면 다르듯이

과일의 살이 되듯이

흔한 물방울이라도

꽃잎이 받아 지니면 다르듯이

초록빛 피가 되듯이

버릴 만한, 한 생각이라도

시인의 마음에 잡히면 달라,

시를 빚거든.

– 〈시인의 손에 놓이면〉

그의 최근 시집에 해당하는 열여섯 번째 시집 《내 별 찾기》(2000)에서 옮긴 작품이다.

옳거니, 그의 초심불망(初心不忘)·초지일관(初志一貫)의 자세를 상징적으로 대변하
고 있는 노래이겠거니!

같은 시집에 잇따라 실려 있는 또 한 편의 시를 선보이면서 심히 아쉬운 채로 이 어
설픈 글을 맺을까 한다.

시인이 모처럼,
정말 모처럼 시를 쓴다.

시만 쓰면 되지, 왜
책상 빼닫이를 뒤지나?
지우개 동강이, 연필 동강이,
붓뚜껑, 속이 빠진 볼펜,
먼지 묻은 찌꺼기를 왜 뒤지나?

시만 쓰면 됐지, 뭣 땜에
턱을 괴고 앉아
담배 피웠다 껐다가
동강이 담배에 다시 불을 다나?

시인이 모처럼 시를 쓰려 한다.
시만 쓰면 됐지, 뭣 땜에
때가 까만 손 발톱 내어 놓고
손톱깎이로, 똑똑
잘라서 깎나?

시만 쓰면 됐지 왜,
발뒤꿈치 마른 때를 손톱으로 긁어대나?

그러다가 겨우,
그러다가 겨우 시 한 줄.
─ 〈시인이 모처럼 시를 쓴다〉

이러한 신현득의 순정과 열정이 건재하고 그의 그 각고와 인고가 되풀이되는 한, 앞
으로도 우리 동시의 지평은 그에 힘입어 한층 더 넓혀질 것이 틀림없다.

우리의
권익을 찾자

한국 현대아동문학이 1908년 11월, 육당 최남선의 〈소년〉 잡지 창간을 기점으로 한다면 1세기의 역사를 앞두고 있다.

이 한국 현대아동문학이 독립운동의 일환으로 시작되었다는 것은 세계 역사에 그 유례가 없다. 이것이 한국 아동문학의 자랑이다. 그것은 '어린이를 잘 길러서 독립의 역군으로 삼자.' 하는 목표였다. 한국 아동문학의 역사는 '독립 쟁취의 문학'이었다. 방정환이 아호를 소파(小波)라 한 것도 어린이라는 작은 파도로써 독립운동의 대파(大波)를 만들어, 파도로써 섬나라 적국을 휩쓸어 버리겠다는 뜻이었다.

그러다 보니 한국 현대아동문학은 출발부터 아동 문화 운동의 성격을 띨 수밖에 없었다. 전공 작가보다는 어린이 운동가라면 누구나 붓을 드는 문학이 된 것이다. 아동문학 전공 작가·시인이 적었다. 아동문학 전공 작가라면 10명을 넘지 못했던 것이다. 한두 편 작품을 발표하고 사라지는 아동문학 작가가 대부분이었던 것이다.

광복이 되고부터는 상황이 바뀌었다. 우리말, 우리글을 찾게 되자 아동문학이 활성화되었다. 그러나 60년대 초에 문인협회가 조직되었을 때까지 100명의 회원이 되지 못했던 것이다.

그러했던 한국 아동문학이 오늘에 와서 1천 명의 작가를 확보하게 되었다는 사실은 기적 같기만 하다.

그 위에 어린이를 위한 많은 도서가 출간되고 독서운동이 활성화되면서 아동문학은 어느 것보다 바쁘고, 활발한 장르가 되었다. 유능한 시인 작가들이 나타나 우수한 작품을 생산하게 되었고 유능한 평론가들이 진로를 이끌게 되었다. 아동문학이 하나의 학문으로 현대문학 안에 자리를 굳혀 가고 있다. 우수한 학위 논문이 이어서 발표되고 있다는 사실이 아동문학의 앞날을 짐작하게 한다.

아동문학은 해볼 만한 장르로 인식이 되어 가고 있고, 꺼지지 않는 횃불로 타오르고 있다. 한마디로, 아동문학의 앞날은 희망적이다.

그러나 어려웠던 아동문학의 지난날이 후배 신인들에게 누가 되어서는 안된다. 이 문제는 선배들이 책임을 느껴야 할 일이다. 필자도 신인 때는 이런 일로 선배들을 원망한 일이 있었다.

세계적으로 아동문학이 일반문학에서 분화된 것은 19세기 초엽의 일이었다. 그 이전까지는 아동문학이 일반 문학 속에 같이 있었던 것이다.

아동문학(Children's Literature)은 서구에서 이름지어진 것으로 일반 문학에서 분화된 데에는 그만한 이유가 있었다.

그 첫째는 어린이를 하나의 인격체로 대우하자는 교육 운동이었고, 둘째로는 문예사조의 흐름 때문이었다.

낭만주의 시대까지는 문자만 알면 시나 소설이 모두 어린이에게 이해되는 것이었으므로 굳이 성인과 아동이 문학을 나누어 가질 필요가 없었다.

성인의 장편이 양적으로 어린이 독자가 읽기에 벅차면 그것을 연령에 알맞게 축약(digest)해서 읽히면 어린이 것이 되었던 것이다.

예를 들어, 위고의 장편《레미제라블》을 줄여서《장발장》이라는 아동용 소설집을 만들면 그것이 아동 도서가 되었던 것이다. 뒤마의 역사소설《삼총사》가 어린이들에게 벅차면 줄여서 아동용 도서를 만들면 되는 일이었다. 성인의 시에는 어린이들이라 해서 이해가 안 되는 것이 거의 없었다.

이백(李白)의 시나 두보(杜甫)의 시라 해서 문자를 아는 청소년들이 읽지 못할 정도로 난해한 것은 아니었다. 어느 나라 어느 시나 그러했다. 라퐁텐의 우화시도 성인과 어린이가 같이 읽는 문학작품이었다. 우리의 고대소설《심청전》《흥부전》도 어른·어린이가 같이 읽는 작품이었다.

안데르센 이전에 독일이나 프랑스의 낭만주의 작가들은 소설이라는 이름으로 동화를 창작하였다. 동화는 소설이었고 동시는 시였던 것이다.

그러다가 모더니즘 시대가 되고부터는 시가 추상화되고 표현이 모호해지면서 어린이들은 이해할 수 없는 작품이 되었다. 이에 어린이 독자에게 이해될 수 있으면서 예술성을 띤 시를 요구하게 되었는데, 그것이 동요와 동시이다.

한편, 소설은 리얼리즘 시대가 되면서 인간 생활의 추악한 면까지 서슴없이 그리게 되었다. 특히 소설에서 남녀간의 이성 행위를 노출시키면서부터 어린이가 읽을 수 없는 산문이 돼 버린 것이다.

그러자 어린이 독자들에게 맞는 소설을 요구하게 되었다. 작가·교육자·학부모·어린이 독자들이 공감하여 이룬 판타지 소설을 '동화'라 부르게 된 것이다.

또한 판타지동화와 함께 현실 이야기를 그린 산문을 필요로 하게 되었는데, 어린이를 주인공으로 하고 어린이 세계를 그린 리얼리티 픽션을 '아동소설'이라 부르게 되었다.

그러나 현대 아동문학을 먼저 일으킨 서구에서는 아동문학 작가를 따로 두지 않고 소설가가 동화를, 시인이 동요·동시를 쓰고 있다. 이에 비해서 그 방법을 서구에서 수입한 동양에서는 아동문학을 따로 나누어 생각한 것이 아동문학에 불이익을 가져온 원인이 되었다.

이와야 사자나미(巖谷小波)에서 시작된 일본 아동문학에서 그 선례를 만들게 되었고 한국·중국이 이를 본따게 된 것이다.

한국에서 그 주류를 이루고 있는 일반 문학에서는 아동문학을 아전인수격으로 해석한다.

예를 들면《삼국유사》에서 분명히 동요(童謠滿京 達於禁宮:《삼국유사》武王條)라고 기록해 둔〈서동요〉와 어린이 잡지가 분명한〈소년〉지는 자기들 문학사에 끌어들이고 여타의 작품은 모조리 제외시킨 것이다. 한국 현대문학이 아동문학에서부터 시작되었다는 사실을 인정하려 하지 않는다.

현대문학이 분명한 아동문학을 현대문학사에서 제외시킨 것이다. 이것은 모순이다. 여기에는 고래로 어린이를 인격체로 보지 않았던 동양적 사고가 작용하기도 하였다.

돌을 던지는 자는 장난이지만 그 돌에 맞은 개구리는 생명을 내놓아야 한다. 이런 한국적 현실이 어떻게 발전하였는가? 대학 국문과를 나와도 자기가 어렸을 때부터 접했던 아동문학작품의 내력을 모르게 된다. 문학의 모체를 모르는 이런 학사들이 매스컴의 기자로 앉았으니 아동문학을 바르게 볼 수는 없다.

아동문학에 대해서는 기초적 식견조차 없는 이들은 될 소리 안될 소리를 떠드는 사이비 아동문학인에게만 귀를 기울일 수밖에 없다. 이런 부조리가 아동문학을 저해하고 있다.

한번 매스컴에 오른 작가는 마치 아동문학의 대표격인 양 우상화되고 졸작을 내놓아도 독자들이 거기에 맞추어 작품을 읽게 된다.

문학작품은 작품성으로 평가가 되어야 하며 작가에 맞추어 작품이 평가되어서는 안되는 것이다.

그러나 이런 과거사에 집착할 필요는 없다. 건전한 아동문학 문단이 있고 열성 있는 작가가 있고, 좋은 작품이 있고 보면 그 힘에 의해서 언젠가는 아동문학이 현대문학사 안에 완전히 자리잡게 될 것이다.

또한 우리 스스로 잃어버린 권익을 찾으려고 노력해야 한다. 서로 마음을 맞추어 단체 행동을 해야 할 것이다. 그러다 보면 일반 시보다 훨씬 독자들 호흡에 맞는 동시가 지하철에 내걸리게 될 것이다. 그렇게 되도록 역량을 길러야 한다.

세계 아동문학사를 살펴보면 아동문학으로 노벨문학상을 수상한 작가가 얼마든지 있다.

1907년 영국의 작가 키플링은 《정글북》을 써서 노벨상을 받았다. 《정글북》은 장편동화이다. 1909년 여류 최초의 노벨문학상 수상자가 된 스웨덴의 여류작가 라겔뢰프는 판타지동화 《닐스의 이상한 여행》이 그의 대표작이다.

1911년 벨기에의 극작가 마테를링크는 동화극 《파랑새》로 노벨상을 받았다. 1912년 독일의 극작가 하우프트만이 노벨문학상을 수상하였는데, 그의 대표작은 《한넬레의 승천》, 《침종(沈鐘)》 등 동화극이었다. 1978년 미국의 유태인 작가 아이작 싱어가 노벨상 수상자가 되었는데, 그의 작품은 거의 어린 시절에 들은 옛이야기에서 소재를 딴 것이었다. 그의 동화집 《개라고 생각한 고양이와 고양이라고 생각한 개》가 우리나라에 번역 소개되기도 하였다.

이러한 예가 우리에게 힘을 주고 있다. 우리의 왜곡된 문학사를 고치려하기에 앞서 노벨상을 겨누어 작품을 쓸 일이다.

그뿐만 아니다. 한국 아동문학은 한국의 국민 문학이 될 충분한 가능성을 지니고 있다. 어느 장르보다 국민 누구나 쓸 수 있고, 누구나 접근할 수 있는 것이 아동문학이다.

현재의 작가 수 1천 명에서 만족할 것이 아니라, 1만 명, 10만 명의 작가 수에 이르도록 노력을 하자. 이러한 국민 문학 운동은 작가와 독서운동가와 출판인과 교육자, 학부모를 결합시키는 데서 가능할 것이다. 교사이면 누구나 동시·동화를 쓰고, 어머니라면 누구나 동시·동화를 쓰게 될 때에 아동문학은 국민 문학으로 자리잡게 될 것이다. 작가·학부모·교사·독서운동가·출판계가 한데 뭉치면 충분히 가능한 일이다. 그것은 아동문학 발전에 힘이 될 것이다.

이때에 이르면 우리의 불이익은 절로 해소될 것이다.

어린이와 함께 선생이 걸어온 길

일반 경력

1933년 음력 8월 10일경북 의성군 신평면 중률동 164번지에서 출생함.

1947~1948년 신평면사무소 급사로 일함.

1955~1975년 안동사범학교를 졸업함. 국민학교 교사가 됨.

1973년 대구교육대학을 졸업함.

1975~1989년 한국일보사 〈소년한국일보〉 편집국 기자·차장·취재부장을 역임함.

1976년 한국사회사업대학 특수교육과를 졸업함.

1983년 단국대학교 대학원 국문과 석사과정을 수료함.

1984~2003년 강남대, 서울예대, 인하대, 한양여대, 단국대 등에서 아동문학론을 강의
함(19년 6개월).

2002년 단국대 대학원에서 박사 과정을 마침.

2014년 국제 기로미술대전에서 서예 특선.

2015년~현재 윤극영 가옥(서울시 문화재 1호) 동시 창작교실에 출강함.

2016년~현재 신현득 동시교실에 출강함.

문단 경력

1959년 〈조선일보〉 신춘문예에 동시가 가작 입선함.

1960년 〈조선일보〉 신춘문예에 동시가 당선됨.

1961년 〈소년한국〉 신인상을 수상함(소년한국일보).

1971년 세종아동문학상을 수상함(소년한국일보).

1979년 대한민국 아동문학상 우수상을 수상함(한국문화예술진흥원).

1982년 소천아동문학상을 수상함(소천아동문학상 운영 위원회).

1985년 해강아동문학상을 수상함(해강아동문학상 운영 위원회).

1988년 대한민국 동요대상을 수상함(동아일보·YMCA).

1994년 방정환문학상을 수상함(한국 아동문학연구원).

1996년 단국문학상을 수상함(단국문학회).

1997년 한국불교아동문학상을 수상함(한국불교아동문학회).

1998년 한국동시문학상을 수상함(아동문예사).

　　　　이주홍아동문학상을 수상함(이주홍 아동문학상 운영 위원회).

2001년 한국농민문학상을 수상함(한국농민문학회).

2003년 윤동주문학상(윤동주문학상 운영 위원회).

2005년 반달동요대상(한국문화예술원).

2006년 펜문학상(펜크럽 한국 본부).

2009년 한국현대시인협회상(한국현대시인협회).

2010년 눈솔어린이문화상(눈솔희).

2011년 윤석중문학상(새싹회).

　　　　서울시문화상(서울시).

2014년 제3차 창원세계아동문학대회 대회장.

2015년 자유문협상(한국자유문인협회).

2017년 한국동요문학상(한국동요음악협회).

저서
동시집

1961년 《아기 눈》(형설출판사)

1964년 《고구려의 아이》(형설출판사)

1968년 《바다는 한 숟갈씩》(배영사)

1973년 《엄마라는 나무》(일심사)

1974년 《박꽃 피는 시간에》(대학출판사)

1981년 《통일이 되는 날의 교실》(교음사)

1984년 《해바라기 씨 하나》(진영출판사)

1987년 《아버지 젖꼭지》(대교문화)

1992년 《착한 것 찾기》(미리내)

1994년 《독도에 나무심기》(미리내)

1995년 《몽당연필로 시쓰기》(미리내)

1996년 《달나라에서 지구 구경》(미리내)

1997년 《고향 솔잎》(미리내)

1999년 《대추나무 대추씨》(아동문예사)

　　　　《우리 집 강아지는 아기 공룡이에요》(창작미디어)

2000년 《내 별 찾기》(미리내)

2003년 《자장면 대통령》(아동문예)

2005년 《빈대떡과 피자는 어디가 다른가》(청개구리)

　　　　《살구씨 몇 만년》(도서출판 문원)

2007년 《기관사 아저씨 딸기 드세요》(청개구리)

2008년 《공룡을 타고 지구 한 바퀴》(섬아이)

　　　　《작아야 클 수 있다》(아동문학세상)

2010년 《몽당연필도 주소가 있다》(문학동네)

　　　　《오백년 만에 핀 꽃(동시조집)》(대양미디어)

2011년 《내가 누구~게》(사계절)

　　　　《화성에 배추 심으러 간다》(아동문예)

2012년 《째깍째깍 너는 내 친구》(대양미디어)

　　　　《세종대왕 세수하세요》(푸른사상)

2014년 《분홍 눈 오는 나라》(아동문예)

2015년 《해적을 잡으러 우리도 간다》(대양미디어)

2016년 《옛날옛적나무에 재미가 주렁주렁》(리젬)

2017년 《용철이와 해바라기 세상 바꾸기》(가문비어린이)

　　　　《평창에서 뒹굴어라》(시간의물레)

　　　　《통일조국이 뭐예요?》(시선사)〈전34권〉

동시 선집

1975년 《옥중이》(세종문화사)

1982년 《참새네 말 참새네 글》(창작과비평사)

1994년 《일억오천만년 그때 그 아이에게》(현암사)

1998년 《아가 것은 작고 예뻐요》(유년 동시집·윤진문화사)

1999년 《도토리가 떨어져요 톡톡톡》(유년 동시집·예림당)

2000년 《옥중아, 너는 커서 뭐 할래》(김용희 편·청동거울)

2015년 《신현득 동시선집》(지식을만드는지식사)

동요집

1981년 《아가 손에 아가 발에》(명성사)

1985년 《아가 것은 예뻐요》(동요문학동인회)

노래말 작곡집

1995년 《우리가 큰다는 건》(한국음악교육연구회)

국민시집

1987년 《우리의 심장》(미리내)

2006년 《고향의 시어》(세손)

2009년 《고비사막 눈썹달》(세손)

2010년 《조선숟가락》(대양미디어)

2012년 《우리를 하나의 나라로 하라》(세손)

2013년 《동북공정 저 거짓을 쏘아라》(세손)

2015년 《속 좁은 놈 버릇 때리기》(시선)

2017년 《노래하는 구지봉》(대양미디어)〈전8권〉

동화집

1979년 《거꾸로 나라 여행》(계림사)

1980년 《도깨비 이야기》(삼성당)

　　　　《나무의 열두 달》(교학사)

1991년 《숙제 로봇》(도서출판 용진)

1992년 《소꿉놀이 점심밥》(아동문화연구회)

1993년 《소리 내는 탑》(불교 소재·우리출판사)

　　　　《떡볶이 엄마》(윤진문화사)

　　　　《초록별 지구 살리기》(공저·태극출판사)

1994년 《연필과 지우개 싹이 텄대요》(선집·창작교육사)

1996년 《나눌수록 커지는 것》(꿈동산)

기타

1998년 산문집 《어린이날 우주선을 타고》(도서출판 영하)

1985년 불교 개작 동화집 《노힐부득과 달달박박》(중앙일보 출판국) 등 42권

1999년 위인전기 《연개소문》(파랑새어린이) 등

한국 아동문학가 100인

권정생

대표 작품
〈하얀 찔레꽃잎과 무지개〉

인물론
강아지똥을 별로 만들어

작품론
이 시대 최고의 동화작가

선생님과의 만남
우리 권정생 선생님은 오늘도

작가 생각
나의 동화 이야기

어린이와 함께 선생이 걸어온 길

하얀 찔레꽃잎과 무지개

저쪽 칡넝쿨 골짜기에서 흘러오던 물과 가재개울 물이 한데 어울리어졌습니다.

모두 남실남실 손잡고 흘러갑니다. 무척 재미있습니다.

졸졸졸 노래부르며 바위둥치에 찰싹 부딪고는 공중 높이 뛰어 오르기도 합니다.

시냇가에 찔레나무가 하얗게 꽃을 피우고 서 있었습니다.

솔바람이 지나다가 예쁜 아기 찔레꽃잎 하나를 따 가지고 호르르 날렸습니다.

팔랑팔랑 춤을 추며 날으던 꽃잎이 사뿐이 앉았습니다. 바로 장난꾸러기 시냇물 위였습니다.

시냇물은 하얀 꽃잎을 데리고 어딘지 자꾸 갑니다.

"무척 예쁜데, 이게 뭘까?"

"냄새도 아주 좋구나!"

"어느 나라 공주님의 옷자락인가 봐."

시냇물은 저희들끼리 이렇게 마음대로 지껄입니다.

꽃잎은 어리둥절했습니다.

"난 공주님의 옷자락이 아니야."

"그럼 뭐야?"

"찔레꽃잎이란다."

"찔레꽃잎이라고? 어쩌면 이렇게 하얗지?"

"모양도 예쁘고, 정말 공주님의 옷보다 더 고울 거야."

시냇물은 서로 밀며 가까이 와서는 쓰다듬어 보기도 하고, 입을 맞추기도 하면서 야단입니다. 너무 짓궂게 굴어대니까 꽃잎은 그만 울상이 되었습니다.

"자꾸 만지지 말어. 그리고 그만 놓아 줘. 어디로 자꾸 데리고 가니?"

꽃잎이 울먹울먹 말하자 시냇물은 모두 사방으로 조금씩 비켰습니다. 그리고는 잔잔해졌습니다.

"넌 우리들과 함께 넓은 세상 구경을 가는 거야. 얼마나 재미있고 아름답다구!"

옆에서 꽃잎의 손을 꼭 잡은 물결이 가르쳐 주었습니다.

그러자 꽃잎은 울려던 것을 꼴깍 참았습니다.

눈에 눈물을 글썽 머금은 채,

"거기까지 아직도 멀었니?" 하고 물었습니다.

손잡고 가는 물결이 또 가르쳐 주었습니다.

"아니야, 곧 나타날 거야, 저봐! 학교가 있네."

꽃잎은 얼른 쳐다보았습니다.

저쪽 언덕 위에 파란 양철 지붕의 학교가 있었습니다. 운동장에서 아이들이 노래를 부르며 무용을 합니다. 교문 앞엔 수양버들이 함께 팔을 흔들고 있었습니다.

"학교라는 데가 참 좋구나!"

꽃잎이 말했습니다.

"그럼, 저 양철 지붕 교실 안에서는 애들이 글씨도 배우고, 그림도 그린단다."

꽃잎은 발돋움을 해 보았습니다. 교실 안이 보고 싶었기 때문입니다.

그렇지만 어림도 없었습니다.

다만 조그만 창문으로 안경 낀 선생님과 아이들의 얼굴이 쏙, 쏙 나오는 것을 잠깐 보았습니다.

학교를 지난 다음, 초가집 마을이 보였습니다.

황새 한 마리가 커다란 날개를 너울거리며 날아가 높은 나무 위에 앉았습니다. 그동안 하늘에는 구름이 덮이고 어두워졌습니다.

이내 바람이 불고 소낙비가 쏟아지기 시작했습니다.

물결은 모두 달음질 걸음으로 빨라졌습니다.

"찔레꽃잎아, 너도 우리 손을 꼭 붙잡고 놓치면 안 돼."

"엄마야, 무서워."

꽃잎은 겁에 질려 아주 조그매졌습니다. 물결의 손을 꼭 붙잡고 물을 흠뻑 뒤집어쓰며 떠내려갔습니다.

숨이 꽉 막혀 죽을 뻔하기도 했습니다. 눈을 감고 얼마 동안 가다가 겨우 소낙비는 그쳤습니다.

구름 사이로 해님이 나왔습니다.

들판이 깨끗하게 때때옷으로 갈아입었습니다.

물결은 다시 잔잔해졌습니다. 벌써 넓은 강물을 이루고 있었습니다.

찔레꽃잎도 밝은 햇살에 아까보다 더 하얗게 예뻐졌습니다.

얼굴을 들고 저편 하늘을 보았습니다.

"어머나, 저것 봐!"

꽃잎은 놀라 소리쳤습니다.

새파란 하늘에 색동 무지개가 곱게 피어나 있었습니다.

"저게 무지개야. 얼마나 아름다우니!"

이젠 모두 의젓해진 물결이 보란듯이 말했습니다.

"정말 예뻐."

꽃잎은 정신 없이 쳐다보며 가슴을 두근거렸습니다. 그리고는 알락달락 고운 무지개 빛깔을 저의 하얀 가슴에 차곡차곡 간직하였습니다.

햇빛이 반짝반짝 빛나는 사이로 초록빛 바람이 불어왔습니다.

– 〈소년한국일보〉 발행, 월간 〈횃불〉 1969. 11

강아지똥을
별로
만들어

이현주

"권정생을 어떻게 보아야 합니까? 그는 누구입니까?"

"위대한 영혼이다."

"어째서 위대한 영혼입니까?"

"그는 이 땅에서 사람이 맛볼 수 있는 온갖 고통을 자기 한 몸에 끌어들였다. 그리고 그 고통을 소화시켜 맑은 샘으로, 아름다운 꽃으로, 영롱한 별로 피워 냈다. 자기 어머니인 흙을 가장 많이 닮은 흙의 아들이다."

"좀 더 자세히 말씀해 주십시오."

"그는 세계대전이 막바지에 이르렀을 때, 패전국이 될 나라의 수도에서 그 패전국에 의하여 패망한 민족의 핏줄을 이어받아 노동자의 아들로 태어났다. 전쟁이 끝나자 그리던 아비의 나라로 돌아왔지만 그가 택한 삶의 자리는 굶주림과 헐벗음 속에서 형과 아우가 서로 가슴에 총을 겨누고 살의(殺意)를 번뜩이는 곳이었다. 거기서 전쟁, 가난, 질병, 인간의 무지와 탐욕이 가져다 주는 온갖 고통을 차례로 겪었다. 그것으로 모자라 스스로 결핵을 앓았고, 한평생 신열(身熱)과 통증에 시달리며 그토록 간절한 소원인 '호미로 밭 한 뙈기 일구는 일'도 할 수 없는 몸이 되었다. 거지가 되어 다리 밑에서 새우잠을 자기도 했고, 생각만 해도 눈물이 나는 어머니를 여의었고 가족들과 헤어졌다. 스스로 사람들 발길에 채이는 오물덩이처럼 뒹굴다가 마침내 종이와 연필을 주워 글을 쓰기 시작, 그때부터 강아지똥을 별로 만들어, 자기를 구원해 준 문학에 은혜를 갚아 나갔다. 사람이 고통을 그냥 고통스러워만 하는 게 아니라, 그것으로 얼마나 아름답고 영롱한 지혜의 보석을 빚어 낼 수 있는지를 그는 보여 주었다. 전쟁과 가난과 질병의 온갖 비참한 역경 속에서, 그것들을 가지고 눈부시게 아름다운 꽃을 피워 냈다. 게다가 그는 결코 자기가 그와 같은 일을 '해냈다.'고 생각하지 않는다. 어째서 그가 위대한 영혼인지를 더 길게 설명해야 하겠느냐?"

"됐습니다. 그를 도스토옙스키나 베토벤이나 장 주네에 나란히 견주어도 되겠군요."

"쓸데없는 소리! 권정생은 권정생이다. 하늘에는 위대한 영혼들이 많이 있지만 누구도 누구보다 더 위대하거나 덜 위대하거나 똑같이 위대하지 않다."

이 시대
최고의
동화작가

권오삼

1. 난처한 이런 글쓰기

현재 생존하고 있는 작가에 대해서 글을 쓴다는 것만큼 난처하고 쑥스러운 일이 없다. 왜냐하면 당사자가 빤히 보고 있는 앞에서 당사자에 대한 글을 쓴다는 것은, 결국 듣기 좋은 말, 아니면 아첨에 가까운 상찬의 말을 해야 하기 때문이다. 나는 잡지에 실린 그런 내용의 글은 읽지 않는다. 내가 잘 알지 못하는 타 분야의 인물에 대해서 쓴, 인물 탐구조의 글은 호기심에서 어쩌다 읽는 일은 있다. 그러나 아동문학인에 대해서 쓴 글들은 기피한다. 그것도 어쩌다 한번 정도로 실리면 혹 내가 알지 못하는 일화나 들을 수 있을까 하여 읽는 일은 있다.

하지만 이 잡지 저 잡지에서 여러 차례 본 적이 있는 생존 작가에 관한 글들은 이제 그만 신물이 나서 그런 글은 일부러 기피하고 외면한다. 그런데 〈시와 동화〉의 강정규 선생이 이처럼 내가 난감해 하고 곤혹스러워하는 일을 청탁해 왔다. 아주 가까운 관계에 있는 권정생 선생에 관한 글을 써 달라는 청탁이다. 이 청탁을 거절하자니 내가 너무 냉정한 것 같고, 청탁을 따르자니 앞서 말한 것처럼 다른 이들이 볼 땐 비행기 태우기 식 아첨 발린 말이나 해야 한다는 부담 때문이다.

그리고 강정규 선생이 부탁한 권정생 선생의 약전이나 작품 목록도 본인의 협조가 절대적으로 필요한데, 이게 또 쉽지가 않아서다. 협조를 해 줘도 될까 말까 한데 당사자가 극히 비협조적으로 나오니 글쓰기에 여간 곤혹스러운 게 아니다. 그래서 연보나 작품 목록은 이것저것 뒤져서 아는 부분까지만 작성하고 나머지는 '이 이상 나도 모르겠다.'는 식으로 처리할 수밖에 없었다. 처음엔 너무 비협조적이어서 강정규 선생에게 글을 못 쓰겠다고 통지하려 했다. 또 권정생 선생 본인 자신도 '그런 거 뭐 할라꼬 써서 싣는지 모르겠다.'고 하며 탐탁지 않게 생각하므로, '정 그렇다면 형이 강정규 선생에게 직접 통지해라.' 했는데, 얼마간 시간이 지나니 내 맘이 그렇지 않아 권정생 선생 본인이야 뭐라 통지했든 나는 나대로 진행하기로 작심하고 이 글을 쓰는 것이다.

2. 이미 고전처럼 된 그의 작품

이 시대 최고의 동화작가를 꼽으라면 아마도 많은 이들이 권정생을 꼽을 것이다. 내가 여기서 말하는 많은 이들이란, 기존 아동문학 단체의 아동문학인들을 가리키는 것이 아니다. 그들은 오히려 권정생에게 배타적일 수 있다. 따라서 내가 말하는 '많은 이들'이란 진보적인 젊은 아동문학인들, 또는 권정생 작품의 독자 그룹에 속하는 '동화 읽는 어른들'이나 아이들, 일선 교사들, 진보적인 성인 문학 작가들을 말한다.

마당은 비뚤어져도 말은 바로 하라고, 기존 아동문학 단체에서 활동하는 유명 아동문학인 분들을 보면 문단 내에서나 이름이 높았지 문단 밖에만 나가면 거의 무명 수준이다. 왜 그런가? 작품으로 독자들에게 널리 알려진 것이 아니고 문단 안의 같은 작가들에게만 알려졌기 때문이다. 문단이란 동네 안에서만 연륜을 쌓아 가다 보니 그리 된 것일 뿐이다. 허명만 높인 셈이다. 그러다 보니 작가가 죽으면 작품도 금방 따라 죽어 버린다.

작가는 작품으로 버티어야 하고, 작품으로 이름을 내야 한다. 문단 권력이나 인맥으로 되는 것이 아니다. 그리고 '작가들로 둘러싸인 환경' 속에서 열심히 살아 유명해진 유명 작가여서는 안 된다. '작가들로 둘러싸인 환경' 속에서 살아가는 작가만큼 불행한 작가는 없다. 몇십 년 전만 해도 우리 아동문학의 토양이 척박하여 이원수 선생 같은 분도 아동문학 동네를 벗어나면 이름을 알아주는 이들이 많지 않았다. 그러나 지금은 다르다. 일반인들이나 출판인, 성인 문학 작가들, 일선 교사들, 대학교수들의 아동문학에 대한 인식도 달라졌거니와 이제는 도리어 적극적으로 아동문학을 연구하려는 전문 교수들까지 생겼다. 따라서 한국 아동문학의 1세대인 방정환, 윤석중, 마해송, 이주홍, 이원수 선생 같은 분은 말할 것도 없고 그 뒤 세대인 현덕, 권태응을 이어 이오덕, 권정생, 이현주 같은 생존 작가에까지 조명을 비추고 있다.

그것은 이들의 빼어난 작품이나 탁월한 이론 때문이다. 이들에게 그럴 만한 작품이 없었다면 가능했을까? 이와 반대로 작품보다는 문단의 지위로 이름을 떨쳤던 작가들은 어떻게 되었는가? 사후에 빠른 속도로 이름이 지워지고 있다. 어느 출판사가 그들의 작품을 돌이켜보며 작품집을 출간해 주고 있는가? 사후에도 작품이 출간되지 못한다면 그건 매몰된 거나 진배없다. 따라서 작가는 출중한 작품을 남길 때만이 죽어서도 산다.

권정생의 작품은 이미 고전이 되고 있다. 시간의 무게도 현재까지는 잘 견뎌 내고 있다. 아무리 생존 작가의 작품이라도 작품이 시원찮으면 본인보다 먼저 목숨을 다하는 것을 보게 된다. 수백 편의 동화나 동시를 써도 한 편도 기억되지 못할 그런 생존 작가의 작품이 얼마나 많은가. 아동문학 1세대의 동요 작가들은 작곡된 동요로 겨우 사람들에게 기억되고 있다. 그러나 이것도 시간이 지나면 저절로 소멸되고 말 것이다. 노랫말 하나로서 '자신의 문학'을 지탱하기엔 시간의 무게가 너무 무겁다. 그냥, '아! 그 동요 말이야!' 할 정도일 것이다.

권정생의 장편 소년소설《몽실 언니》는 1984년에 나왔지만 오늘까지 꾸준히 소리 없이 독자들 손에 들어가고 있다. 흔히 말하는 스테디셀러이다. 지금도 해마다 1만 부에서 2만 부 가량 찍어 내는 모양이다. 그리고 단편동화《강아지똥》은 확실하게 그의 대표작이 되었음은 물론 우리 한국 동화 문학에서 빛나는 별로 자리 매겨졌다고 본다.

우리나라 동화가 단행본으로 번역되어 일본에서 출판된 것은 아마도 내가 알기로는 권정생이 사상 처음이 아닌가 생각한다.《몽실 언니》와《초가 삼간 우리집》이 그렇다. 그리고 그림책《강아지똥》까지 일본에서 출판되었다. 권정생 작품의 가치를 일본 아동 문학인이나 평론가도 인정하고 있다.

3. 그의 작품 세계

권정생의 문학 세계나 작품 세계에 대해선 연구자, 평론하는 분들이 글쓴 것이 많아 이 자리에서 내가 다시 언급한다는 것은 중언부언이 될 우려가 있고, 또 지루할 것 같아 내가 다른 잡지에 발표한 글로 대신할까 한다. 동시와 동화로 나누어 살펴보면 이렇다.

동시 세계에 대해

*이 글은 2000년 〈어린이문학〉 11월호에 실었던 글이나 〈시와 동화〉의 독자들을 위해 일부 고치고 다듬어서 다시 소개한다.

권정생 시집《어머니 사시는 그 나라에는》
농촌의 고단한 삶들이 지닌 '서러움'과 작가의 간절한 '염원'을 담은 '사랑'의 시

12년 만에 권정생의 시집《어머니 사시는 그 나라에는》을 다시 한번 찬찬히 살펴보게 되었다. 이 시집의 시편들을 한 편 한 편 읽으면서 표시를 해 나가는 중에 몇 가지 물어볼 것이 있어 통화를 한 뒤, 웃으면서 한 마디 던졌다. "누가 형한테 형의 시 세계가 뭐냐고 물으면 뭐라고 대답할래?" 그는 뜻하지 않은 내 질문에 당황한 듯 머뭇머뭇하더니 어눌한 말투로 "글쎄, 자연을 쓴 거지 뭐." 했다. 그 말을 들으니 너무 싱겁고 내가 바라는 것과는 너무 거리가 있어 "형은 평론하기는 틀렸구먼." 했다. 나 딴엔 이 글을 쓰는 데 혹 도움이 될 거리라도 얻을 수 있을까 하는 속셈으로 미끼를 던져 본 것인데, 예상이 빗나가 하나도 도움이 될 것이 없었다. 그는 타고날 때부터 훌륭한 작가이지 논

리적 분석이 따르는 비평 따위와는 촌수가 멀었다.

이 시집은 1988년 1월 25일 출판되었다. 여기에는 모두 80편의 시가 4부로 나뉘어 실려 있다. 1부와 2부 42편은 80년대에 쓴 것이고, 3부 22편은 50년대와 60년대에 쓴 것, 4부 16편은 80년대 중 87년부터 88년 일년 사이에 쓴 것이다.

작품 수는 80편이지만 작품이 씌어진 시기가 근 40년이란 긴 시간대에 걸쳐져 있다 보니 이것이 대표작이다, 라고 꼽기도 어렵고 또 그런 식으로 그의 시를 말한다는 것이 무의미하다는 생각이 들었다. 그리고 40년의 시차가 있는데도 불구하고 50년대에 쓴 것이나 80년대 말에 쓴 것이나 형식이나 내용에서 큰 차이점을 발견하기가 어려웠다. 다시 말하면 작품 끝에다가 표시한 날짜만 없다면 작품만으로는 그 창작 시기를 알 수 없을 정도로 시의 표현 방법이나 소재가 거의 비슷했다.

그래서 시를 읽어 갈수록 이 글을 쓰기가 상당히 곤혹스럽고 그의 시의 근원이 되는 원천을 어디에서 찾아야 할지 고심하지 않을 수가 없었다. 그러다가 그의 시집의 제목이 되는 〈어머니 사시는 그 나라에는〉을 읽다가 무릎을 쳤다. 그의 시의 비밀은 모두 거기에 있었다.

1) 농촌의 고단한 삶(목숨)들이 지닌 '서러움'을 애절한 심정으로 쓴 시

어머니 사시는 집은 초가집일까 / 흙담으로 지은 삼간짜리 초가집일까 / 어머니는 누구랑 살까 / 이 승에 있을 때 / 먼 나라로 먼저 갔다고 / 언제고 언제고 눈물지으시던 / 둘째 아들 목생이 형이랑 같 이 살까 …… (중략) …… / 거기서는 보리밥에 산나물 잡수실까 / 거기서도 밥이 모자라 / 어머니는 아주 조금밖에 못 잡수실까 / …… (중략) ……
열무랑 나박배추 솎아 담고 / 어머니는 언덕길로 걸어서 집으로 가실까 / 고무신 아끼시느라 벗어 들 고 걸어가실까 / 다래끼 무거우면 한번 추슬렀다가 / -후유우 하시며, 잠깐 섰다가 또 걸으실까
– 〈어머니 사시는 그 나라에는〉에서

239행에 이르는 이 시를 읽다 보면 권정생 시의 원천이 어디에서 시작되고 있나를 발견하게 된다. 1937년 일본 토쿄에서 태어나 빈민가인 시부야(澁谷)에 살 때부터 가난 속에 산 그는 1946년 3월에 귀국, 청송에서 초가 삼간 흙담집에서 찢어지게 가난한 삶을 살게 된다. 따라서 그는 어릴 때부터 농촌의 척박한 삶과 가난을 스스로 겪으며 느끼게 된다. 이런 삶은 위의 시를 쓴 80년대 중반을 지나 말까지 이어지는 50년이란 긴 세월에 걸쳐져, 그의 사상과 정서를 형성하는 데 결정적 토대가 되었다고 볼 수 있다.

따라서 그러한 환경이 주는 어려움 속에서 살다 보면 '반항'이냐 아니면 '운명으로 받아들이며 껴안고 사느냐.' 하는 갈림길에 서게 되는데, 그는 천성이 남에게 모질지 못한 데다 건강이 나빠 '반항'보다는 '껴안고 사는' 한(恨)과 서러움의 세계 속으로 들어가 이를 문학으로 표현, 승화시키는 데 생애를 걸었다고 할 수 있다. 이것은 그가 6, 7세 때부터 즐겨 읽었다는 동화책은 물론 부산서 읽었다는 세계 명작의 영향인지도 모른다.

다시 글머리로 돌아가 그러한 그의 서러움과 애절한 염원이 〈어머니 사시는 그 나라에는〉 속에 집약되어 있는데, 이 장시는 그런 유형의 시들이 갖고 있는 특징을 통틀어 집약해 보여 주고 있다고 말할 수 있다. 그의 어머니에게서 볼 수 있는 고단한 삶은 곧 당시의 우리 농민들의 삶이며 고단함이기 때문이다. 그의 시를 읽으면 어쩔 수 없이 서러움을 느낄 수밖에 없는 이유가 바로 거기에 있다.

어머니는 거기서도 / 바람 머리 앓으실까 / 이앓이도 하실까 / 머리에 수건 두르시고 / 아픈 것도 애써 참으실까 / 겨울밤 어머니 방엔 군불 많이 지피실까 / 솜이불 두꺼운 걸로 덮고 주무실까 / 방바닥엔 삭자리 깔았을까 / 짚자리 가지런히 깔았을까 / 윗목에 물레실 자으시다가 / 어머니는 밤 늦게 잠자리 드시는 걸까

이런 애틋한 마음은 어머니를 생각하고 그리는 이 시에서만이 아니고 다른 시편에서도 쉽게 찾아볼 수 있다.
시집의 첫 장에 나오는 〈토끼·1〉을 보자.

쇠그물에 달빛이 아른거리면
엄마 보고 싶은 아가 토끼는
달님을 가만히 쳐다보고

달님을 가만히 쳐다보고 있는 토끼! 짤막한 시이지만 읽으면 읽을수록 '서러운' 감정과 '슬픈' 심정에 사로잡히게 된다.

보리짚 깔고 / 보리짚 덮고 / 보리처럼 잠을 잔다. // 눈 꼭 감고 귀 오그리고 / 코로 숨쉬고 // 엄마 꿈 꾼다. / 아버지 꿈 꾼다. // 커다란 몸뚱이. / 굵다란 네 다리. // ―아버지 내 어깨가 이만치 튼튼해요. / 가슴 좍 펴고 자랑하고 싶은데 / 그 아버지는 지금 어디에 있을까? // 소는 보리짚 속에서 잠이 깨면 / 눈에 눈물이 쪼르르 흐른다.
― 〈소·1〉 전문

이 시도 마찬가지. '소'는 스스로 이만치 자라고 튼튼해진 걸 대견해 하고 자랑하지만 사실은 외롭고 서럽고 슬픈 모습이다.

권정생 시에 등장하는 동식물들은 가난하고 힘없는, 그러나 착하게 사는 농민들의 상징이요 그들의 캐릭터이기도 하다. '토끼'가 그렇고 '소'가 그렇고 하루살이, 엉머구리, 달팽이, 뻐꾹새, 반디, 보리매미, 굴뚝새, 패랭이, 민들레, 도라지, 해바라기, 박, 참꽃, 옥수수가 그렇다. 그는 이러한 동식물들을 통해 자신과 자신의 가족들은 물론 다른 고단한 삶들의 '서러움'까지 껴안고 노래하고 있다. 그래서 그의 시들을 읽으면 왠지 슬픔이 화선지에 번지는 먹물처럼 가슴에 와 번진다.

2) 간절한 '염원'을 담은 시

권정생의 시에서 빼놓을 수 없는 것이 간절한 '염원'이다. 이런 염원은 개인의 것에서 부터 이웃, 사회, 민족에 이르기까지 폭이 넓다. 이는 그가 지니고 있는 '사랑' 때문이다. 그의 어머니에게서 볼 수 있는 너무나 고단하게 살고 있는 목숨들에 대한 사랑에서 부터 민족에 대한 사랑으로 넓게 이어지고 있다. 그래서 그는 평화를, 평등을, 사랑을 희구하고 있다.

뻐꾹새야 뻐꾹새야 / 뻐꾹뻐꾹 울어 주면 // 밭을 매는 우리 엄마 / 허리허리 덜 아프고
뻐꾹새야 뻐꾹새야 / 뻐꾹뻐꾹 울어 주면 // 먼 길 가신 아버지가 / 걸음걸음 가벼웁고 //
– 〈뻐꾹새〉

뻐꾹새를 통해 즐거운 흥얼거림보다는 일하는 어머니와 돈벌이하러 먼 길 가시는 아버지를 걱정하는 애틋한 마음을 나타내는가 하면,

어머니랑 함께 외갓집도 가고 / 남사당 놀이에 함께 구경도 가고 / 어머니와 함께 그 나라에서 오래오래 살았으면 / 오래오래 살았으면……
– 〈어머니 사시는 그 나라에는〉에서

이 시처럼 그는 너무나 불쌍하게 살다 이승을 떠난 어머니와 함께 저승에서라도 좀 행복하게 살아 봤으면 하는 염원이 담긴 심정-즉 그의 어머니에 대한 애틋한 사랑과 연민을 직설적으로 토로하기도 한다. 그리고 한편으론,

누런 황토물이 / 우리 집을 갖고 가 버렸다. // 앞냇들 벼논도 / 텃밭 고구마도 // 그래서 우리는 / 떠

나야 했다. // …… (중략) …… // 이만치 오다가 가만히 한번 / 돌아봤더니 // 언덕 위에 살아 남은 / 해바라기 두 포기 / 노랗게 살포시 꽃을 피우며 // 돈 벌거든 다시 오너라 / 괭이 사 갖고 / 삽 사 갖고 / 돌아오너라.

－〈해바라기〉에서

수해를 입고 고향을 떠나는 이들이 돈을 벌거든 다시 고향으로 돌아오기를 해바라기를 통해 애절한 심정으로 기원하면서, 사람 사는 세상이 '사랑'과 '평등', '평화'로 이루어지기를 희구하기도 한다.

동화 세계에 대해

*이 글은 1989년 5월 〈행복이 가득한 집〉에 실었던 글인데, 읽어 보니 새삼스러워 다시 소개해 보인다. 이 글을 보면 권정생의 지나온 생활과 가족에 대해 알 수 있을 것이다.

권정생의 〈무명저고리와 엄마〉

1)

서양 동화만 읽고 자란 세대들은 다음 세대에게도 서양 동화만을 손에 쥐어 준다. 삶의 방식과 가치관, 정서가 우리와는 거리가 먼 서양 동화를 많이 읽게 되면 서양의 가치관과 정서에 빠져들게 되어 우리 문화와 삶의 모습에 대해서 열등감을 갖게 된다. 이런 열등감에 빠지면 서양에 사로잡히게 되고, 나아가 우리 현실을 바르게 보며 우리 것을 지키려는 줏대있는 생각을 없애고 남의 것만 떠받들려는 사대주의 근성에 빠지게 된다.

서양 동화를 꼭 읽혀야 할 때는 서양 동화가 안고 있는 위험성을 알고 책 선택에 신중해야 할 것이다. 더구나 유럽 열강들이 중남미·아프리카·아시아를 침략하던 시기에 씌어진 동화들은 대개 제국주의가 갖는 침략성과 다른 민족에 대한 유럽인들의 우월의식과 편견으로 가득 찬 것이 많다. 따라서 자라나는 세대들에게는 우리 동화를 많이 읽혀야 한다고 말하고 싶다. 그런 뜻에서 권정생 씨의 많은 동화 중 한 편을 소개한다.

2)

권정생 씨는 우리 나이로 올해 쉰셋, 경북 안동시 일직면 조탑리 속칭 빌뱅이라는 곳에서 혈혈단신 서너 평 슬레이트집에서 산송장처럼 살고 있다. 나이 19살 때 늑막염, 폐결핵에 걸려 신음하다가 간신히 죽음의 고비를 넘기고 지금도 폐결핵과 신장결핵 때문에 보통 사람으로서는 감당하기 어려운 모진 삶을 살고 있는 사람이다. 그렇기 때문에 산송장처럼 살고 있다고 하겠는데, 그런 그가 써내는 동화와 동시는 형편없이 망가진 그의 몸과는 딴판으로 주옥과도 같다.

'엄마 저고리는 무명저고리, 엄마가 손수 짜서 지어 입은 옷이다. 이 엄마는 일곱 남매를 낳았다. 아이들이 태어날 때마다 엄마의 무명저고리는 아이들 뒤치다꺼리에 닳은 팔꿈치를 깁고 기워도 거의 입을 수 없게 되자 엄마는 그 저고리를 장롱 속에 간수한다. 눈이 내리는 어느 날 밤 엄마는 잠이 오지 않아 장롱 속 저고리를 끄집어 내어 그 저고리에 얼굴을 묻어 본다. 복돌이 냄새가 났다. 그리고 마흔 해 전의 복돌이의 얼굴이 떠올랐다. 복돌이는 그 저고리에 맨 처음 코를 묻힌 맏아들이다.

소작료로 나락 가마니를 다 바치고 며칠 동안 한숨으로 보내던 아빠가 마지막 남은 새끼 밴 암소를 팔아 멀리 떠나고 소식이 없던 중, 그 이듬해 3월 만세 소리가 들리던 날 아빠는 일본 헌병의 총칼에 죽었다는 소식이 왔다. 그해 복돌이도 집을 떠났는데 북간도의 독립군이 되었다는 소식만 있었다.

다음엔 둘째 아들 차돌이의 얼굴이 떠올랐다. 차돌이는 징용을 갔는데 남태평양 어느 곳에서 전사했다는 소식이 들렸다. 셋째 아들 삼돌이는 동경으로 유학 가서 소식이 끊어졌다.

맏딸 큰분이가 시집가던 그해 6월, 전쟁이 터지고 엄마는 남은 삼 남매를 데리고 피난을 갔는데 넷째 아들 막돌이가 파편에 맞아 다리 하나를 잃게 되고 둘째 딸 또분이는 막돌이를 살리기 위해 양공주가 되어 엄마 곁을 떠나고 만다. 또 큰분이는 전쟁통에 북녘 땅으로 끌려가고 없었다. 막내아들 무돌이는 월남전쟁에 나갔다가 전사하고 만다. 무돌이가 전사했다는 통지를 받던 날 엄마는 숨을 거둔다.

혼자 남은 막돌이가 엄마 저고리를 끄집어 내어 산마루 청솔 가지에 걸어 놓고 엄마가 가꾸던 목화밭을 맬 때 소나기가 내린다. 소나기가 그치고 해가 나자 바람에 날려 공중으로 올라간 엄마 저고리를 가운데 두고서 일곱 색깔 무지개가 피어나고, 이어 그 무지개를 타고 엄마의 사랑스런 일곱 아가들의 얼굴이 나타난다. 그리고 한쪽 다리로 반쪽 땅에 혼자 남은 막돌이를 엄마의 얼굴이 조용히 내려다본다.'

이상은 〈무명저고리와 엄마〉의 줄거리이다.

이 동화로 볼 수 있는 것은, 이 겨레의 전형적인 한 어머니가 당한 수난의 모습과 함께 이 겨레가 걸어온 고난과 슬픔의 역사이다. 〈무명저고리와 엄마〉는 또한 작가 자신의 가족사와도 무관하지 않다.

우리 어매는 자식 일곱을 낳았는데 그중에서 내가 제일 못생겼다 그러더라. 그러나 막내 누나가 태어

나고 나서 7년 있다가 내가 났기 때문에 모두 굉장히 좋아했단다. 특히 나보다 12살이나 위인 셋째 형

은 유별났단다. 내가 어딜 가서 조금만 늦게 와도 셋째 형은 찾아다니고, 뭐 좋은 게 있으면 나한테만

주려고 했지. 우리는 셋째 형을 '꼬마 언니'라 불렀다. 아주 자상하고 잘생긴 형이었어.

그런데 그 형하고 헤어진 지 이번 4월이 꼭 40년이 되는구나……. 분단이라든가 이데올로기라든가 그

런 역사의 올가미는 우리 모두가 겪는 고통이지. 나 하나만이나 우리 집안만의 고통이 아니잖니?…….

작가가 쓴 위의 편지글을 통해 보더라도 〈무명저고리와 엄마〉의 바탕을 이루고 있는 것은 곧 작가 자신의 가족사이다. 그러면 여기서 작가가 걸어온 인생 역정을 통해 그의 가족사도 좀더 자세히 살펴보기로 하자.

권정생 씨는 1937년 일본 동경에서 태어났다. 9살 나던 1946년 3월에 귀국했으나 곧 열 식구가 뿔뿔이 헤어지게 되었다. 거기에 6·25가 일어나고 가족들은 서로의 생사를 모르는 가운데 그는 부산에서 재봉틀상회 점원으로 일한다. 용돈이 생기면 헌책방에 가서 책을 빌려다 보는 것으로 낙을 삼았는데 《젊은 베르테르의 슬픔》을 읽고는 젊은 베르테르의 사치한 죽음에 대해 실망과 분노를 느끼기도 했다. 대신 도스토옙스키의 《죄와 벌》을 읽고는 울음을 터뜨렸다고 한다.

1956년 19살 되던 해 그는 늑막염에다 폐결핵까지 걸려 집으로 돌아오게 된다. 그러나 병세는 극도로 악화되어 폐결핵에서 신장, 방광결핵까지 앓게 된다. 병자가 되어 돌아온 것 때문에 이번에는 그의 동생이 대신 돈을 벌기 위해 집을 나간다. 그는 자기 때문에 집 나간 동생과 고생하시는 부모님에 대한 죄스러움으로 죽길 바라고 밤마다 교회당에 가서 기도로 밤을 새운다. 어느 추운 겨울밤 교회당 마룻바닥에서 '주여, 주여!'를 외치다가 너무나 추워 자기도 모르게 '어이 추워, 어이 추워!' 소리를 한 때도 있었다고 한다.

고향집에 돌아와 투병 생활을 한 지 6년 만인 1963년 교회학교 교사로 정식 임명된다. 그러나 죽음의 손아귀에서 완전히 벗어난 것은 아니었다. 다만 죽지 않는다는 신념만을 갖게 된 것이다. 그러나 그에게 다시 불행의 그림자가 닥친다. 어머니가 병석에 눕게 된 것이다. 병석에 눕기 바로 전날까지도 그의 어머니는 고개 너머 저수지 공사에 일을 나갔는데 염색한 군용 작업복에 새끼 끄나풀로 허리를 묶고 나가던 그 뒷모습이 지금도 눈앞에 아른거릴 때면 가슴을 쥐어뜯는 듯한 고통을 느낀다고 했다.

6개월 동안 병석에 있던 어머니를 잃은 이듬해, 1965년 4월 중순에 이번에는 그가 동생의 결혼을 위해 집을 나간다. 팔을 붙잡고 놓지 않는 동생에게는 기도원에 가서 1주일만 있다가 돌아온다고 거짓말을 한다. 그로부터 거지 생활이 시작된다. 그러나 3개월

동안의 거지 생활도 부고환결핵이라는 새로운 병마로 인해 끝장나고 집으로 돌아오나 이듬해인 1966년 12월에 다시 아버지를 여의게 된다.

　그 이후 혼자 남은 그는 고향 마을 교회에서 종지기로 일하는 한편 투병 생활과 함께 다시 동화 창작에 열중한다. 이런 그의 노력이 결실을 맺어 1969년 월간 〈기독교 교육〉에 동화 《강아지똥》이 당선되고 1971년에는 〈대구매일신문〉에 동화 《아기양의 그림자 딸랑이》가 입선, 1973년에는 〈조선일보〉에 동화 〈무명저고리와 엄마〉가 당선된다. 〈무명저고리와 엄마〉는 그의 등단작이기도 하면서 대표작 중의 하나이기도 하다.

　또 하나의 등단작인 동화 《강아지똥》은 '돌이네 흰둥이가 누고 간 똥입니다.'로 시작하여 '강아지똥은 온몸에 비를 맞아 자디잘게 부서졌습니다. 땅속으로 스며 들어가 민들레의 뿌리로 모여들었습니다. 그리고 줄기를 타고 올라가 꽃봉오리로 맺었습니다. ……방긋방긋 웃는 꽃송이엔 귀여운 강아지똥의 눈물겨운 사랑이 가득 어려 있었습니다.'로 끝을 맺는데, 이 동화는 태어나면서부터 천대를 받은 강아지똥이 슬픔과 외로움을 삭이면서 겨울을 나고 마침내 기다림 끝에 민들레꽃으로 찬란하게 피어난다는 이야기다.

　이 동화를 보고 같은 동화작가인 이현주 목사는 안데르센의 《미운 오리 새끼》보다 더 그윽하고 구수한 향기를 맛볼 수 있는, 우리 한국이 세계에 내놓을 만한 격조 높은 동화 문학이라고 격찬한다. 이후 권정생 씨는 주옥같은 작품을 계속 발표하면서 1975년 1월, 이원수 선생이 회장으로 있던 한국 아동문학가협회로부터 제1회 한국아동문학상을 받게 된다. 이현주 목사의 말을 빌릴 것 같으면, 그가 상을 받으러 상경했을 때 그의 옷차림새는 촌 장터 행상한테서 샀을 허름한 코트를 목이 긴 털 셔츠 위에 걸치고, 무릎이 벌쭉하니 나와 종아리가 다 드러난 검정 바지에 검은 고무신을 신고 있었다고 한다. 그 당시 그의 일 년 총수입이 2천7백 원이라고 했다는 말도 있고, 〈조선일보〉 신춘문예 당선 직후 그를 찾아가 그에 관한 신상 얘기를 들은 이오덕 선생의 말에 의하면, 그는 그 전해 한 해 동안 총수입 4천5백 원으로 살았다고 한다. 4천 원은 원고료 수입이고, 5백 원은 어느 낯선 할머니가 주고 갔다는 것이다. 건강, 여비, 입을 옷 때문에 신춘문예 시상식에는 참석도 못했다고 한다.

　권정생 씨의 작품 세계는 크게 두 가지로 갈라 볼 수 있겠다. 하나는 역사의식과 현실 인식에 철저히 바탕을 둔 것과 또 하나는 가난하지만 착하고 순박하게 살아가는 사람들의 삶의 모습을 따뜻한 눈으로, 또는 기독교적 사랑으로 형상시킨 것이라고 하겠다. 그의 작품집으로는 동화집 《강아지똥》, 《사과나무밭 달님》, 《하느님의 눈물》, 《도토리 예배당 종지기 아저씨》, 《몽실 언니》가 있고, 동시집으로 《어머니 사시는 그 나라에는》이 있다. 현재는 불교 잡지 〈해인〉에 장편 소년소설 《점득이네》를 연재하고 있다.

특히 장편 소년소설 《몽실 언니》는 어른 문학에서도 보기 드문 걸작이라고 위기철 씨는 평을 했다(1985.10 〈창작과 비평〉). 또 주중식 씨는 통일의 밑바탕을 다지는 어린이 문학으로서 《몽실 언니》를 우리 겨레의 통일 교과서로 여긴다고 했다.

'한 보름 동안 아프느라 허송세월을 보냈다. 편지도 못 쓰고, 매일 한 줄씩 쓰는 일기도 못 쓰고, 원고도 못 썼다. 오늘 아침에도 '카데타(고무 호스의 일종)' 갈아 끼우고 나서 누워 있다가 용기 내어 이 편지를 쓴다. 티베트의 독립권 주장은 당연하다고 본다. 루시디의 〈악마의 시〉는 악마가 쓴 또 다른 '악마의 시'라고 본다. 서구 기독교야말로 '악마의 종교'이기 때문이다…….' 최근에 내가 그로부터 받은 편지 내용 중 일부다.

소설 《한티재 하늘》과 산문집 《우리들의 하느님》에 대해

소설 《한티재 하늘》은 민중소설의 전형이다. 1·2권으로 지식산업사에서 출판되었는데, 3천 질이 나간 모양이다. 이 소설은 아직 완결된 것이 아니다. 듣기로는 3권을 더 써야 된다는 말이 있다.

산문집 《우리들의 하느님》은 권정생 세계관의 소박하고도 진솔한 모습을 볼 수 있는 글이다. 이 글에 대한 소개까지 말하기엔 너무 부담스러워 생략하기로 한다.

4. 그의 최근 모습

4년 전에 안동에서 어떤 모임이 있어 그를 만난 것이, 내가 최근에 본 그다. 내가 하는 일도 없이, 바쁜 일도 없이 지내면서 그를 못 만난 것이 벌써 4년이 되었다. 어떤 작품집에 박힌 사진을 보니 그의 머리도 이젠 하얗게 세었다. 올해로 그의 나이(우리 나이로 치면) 65세, 나는 60세이다.

세월이 너무 빠르게 흐른다. 내가 게으름뱅이여서 그를 만나러 가는 대신 게으름뱅이답게 하는 짓이 바로 방 안에 앉아서 전화질하는 것이다. 한 달에 한 번꼴로 규칙적으로 전화를 하는데, 기본이 두 시간이다. 전화통을 붙들고 앉으면 그나 나나 무슨 할 이야기가 줄줄이 나오는지 몇 마디 안 했는데도 2시간이 후딱 지나간다.

전화비만 아니면 얼마든지 이야기를 계속 할 수 있는데, 전화비 때문에 할 수 없이 끊는다. 그리고 다른 용무가 있으면 다시 전화를 하는데, 이때는 짤막하게 한다. 한 30분짜리로.

그와 통화를 하다 보면 자주 듣는 말이 '억울하다.'는 단어다. "이대로 살다가 죽으면 억울하잖나!"이다. 그런데 나는 한 번도 '왜 억울하냐?'고 물어보지 못했다. 아니, 안 했다. 그가 이때까지 살아온 삶이 말 그대로 너무나 '억울'할 정도였기에 물어볼 필요를 느끼지 못했다고나 할까, 내가 생각해도 억울하다는 생각이 드는 것은 확실하다. 지금은 나까지 그 말에 전염이 되어서 공연히 나도 '억울하다.'는 생각이 자주 든다. '통일'되는 것을 보고 죽으면 덜 억울할까.

그런데 2001년 7월 15일 오늘, '억울하다.'는 말에 대한 해답을 일부 얻었다. 무엇을 확인해 보기 위해 이것저것 묻던 중 슬쩍 물었다. "형은 무엇이 억울하지?" 그랬더니 순진하게도 그가 내 미끼에 걸려들었다. 얼른 메모해 둔 걸 다시 보면 이렇다. '해 놓은 것도 없이 죽는 게 억울하다.', '모르고 살아 온 것이 억울하다.', '아파서 억울하다.' 이 세 가지이다. 개인적인 이유는 한 가지이고, 두 가지는 이 나라와 민족, 그리고 우리들 인간의 삶과 관계된 일에 연유한다고 보면 된다. 여기에 대한 이야기를 하자면 너무 길어지겠기에 생략하기로 하자.

그는 여전히 신장결핵과 투병 중이다. 옆에서 봐도 지겨운 투병 생활이다. 이런 중에도 밥하고, 빨래하고, 안동시내 시장에 가서 장도 보고, 책방에서 책도 사고, 동네 할매들하고 이바구도 하고, 그러면서 작품을 꾸준히 발표하고 있다. 최근에 나온 게 《비나리 달이네 집》이란 동화다.

나보고는 "몸이 아파 작품 못 써." 하면서 작품은 여전히 잘 쓰고 있다. 그는 하루 종일 누워 지내는 시간이 많다. 특히 겨울은 견디기가 어려운 모양이다. 감기까지 덧씌워질 때면 상당한 고통을 겪어야 한다.

그가 지금 이대로의 건강도 잘 지켜 '통일'되는 날의 기쁨을 본다면 그가 덜 '억울'해 할 것 같다는 생각이 든다. 그에 대한 연구와 평전 쓰기는 아마도 그의 사후에 본격적으로 이뤄질 것이다. 지금은 그냥 이 정도의 맛보기로 그침이 좋겠다는 생각이다.

우리
권정생 선생님은
오늘도

김병규

1. 찾아가는 길

중앙선은 가운데 있지 않다. 이름과는 달리 '가운데'와는 거리가 멀다.

서울 청량리역에서 중앙선 열차를 타고 자리에 앉으면 마치 동쪽으로 달리는 느낌이다. 얼마 뒤면 동해 어디쯤에 닿을 것만 같다.

하지만 중앙선은 중앙선이다. 양평, 원주, 제천, 단양을 이으면서 강원도 태백산맥 서쪽(영서)으로 흐르는 선은, 우리 국토의 동쪽 등허리와 거의 나란히 남쪽으로 뻗어 가는 것이다.

오늘 중앙선은 참 많은 것을 보여 주기로 작정을 한 모양이다. 어머니 등처럼 거룩하게 굽은 철로 위에 장마비가 쏟아진다. 철둑에 핀 해바라기, 백일홍들의 젖은 미소가 해맑다. 산굽이를 돌아들면 어느 새 햇볕이 쨍쨍 내리쬔다. 마을들은 그 빗살과 햇살을 번갈아 받으며 절하듯 엎드려 있다.

옆자리에 앉은 칠순의 할머니는 서울 아들네에 다녀오는 길이란다. 아들 넷 딸 하나가 서울에 산다고 했다. 아들딸보다 손자 손녀가 보고 싶어 가끔 서울 나들이를 한다고 들려준다.

"요즘 남자들 불쌍하다 아이니껴. 돈벌이 기계라 카이."

할머니는 금귀고리를 만지작거리며 고개를 내저었다. 작은 귀고리와 옆얼굴 주름살이 묘한 조화를 이룬다. 농사일밖에 모르면서도 떵떵거리며 살던 영감이 생각나는 것일까. 그 할머니는 다섯 남매 공부시키느라 집안에 돈은 씨가 말라 조밥조차 양껏 못 먹어 늘 허기 속에 살았지만 돈 노예는 아니었다며 떳떳한 표정을 지었다.

다섯 남매의 중앙에 있어야 마땅한 할머니는 중앙선 열차를 타고 영주로 돌아오고 있다. 영감 먼저 가고, 자식들마저 다 떠나 빈집으로 돌아오고 있다. 남 보기엔 껍데기만 집처럼 보일지 모르지만, 할머니에겐 온갖 추억과 삶과 보람이 차곡차곡 쌓인 보물 곳간일 게 분명하다. 할머니는 영주역에서 내렸다.

그 할머니의 말마따나 '쪼매만 더 가니' 안동이다. 중앙선은 예서도 의성을 지나 영천에서 대구선과 이어져 경주까지 이르지만, 오전 11시에 청량리역 출발하는 무궁화호는 안동이 종착역이다. 안동역 광장에 가득한 7월 마지막날의 오후 햇볕은 꼴값하듯 쨍쨍하다.

여태 불만은 중앙선이 가운데로 달리지 않는다는 것이었다. 그런데 안동역 광장에 서는 순간, 왠지 모르지만 한가운데에 온 느낌이 들었다.

여기는 동화작가 권정생 선생님이 사시는 곳이다! 권 선생님은 이곳 안동 땅을 벗어난 적이 거의 없다. 더욱이 아동 문단 둘레에 얼찐거리지도 않았다. 26, 7년 전 제1회 한국아동문학상 수상자로, 무릎이 쑥 불거져 나와 종아리가 드러난 낡은 골덴 바지에 검정 고무신을 신고 서울에 오신 이래로 공식 자리에 섰다는 소문도 들은 바 없다.

그렇지만, 우리 권 선생님은 이 시대 동화작가들의 한가운데에, 동심의 한복판에, 아동 문단(선생님은 이 말에 손사래를 치시겠지만, 어디 아동문학가란 명찰을 단 사람들이 모인 곳만이 문단인가? 그 시대의 살아 있는 작가 정신들로 이뤄진 정신적인 문단도 있을 터이다.)의 중앙에 의연히 서 있는 것이다.

우리(〈시와 동화〉 발행인 강정규 선생, 출판인 윤종근 씨, 그리고 필자)는 이제 그 권정생 선생을 만나러 간다.

역전에서 안동 특산이라는 간고등어 한 손을 샀다. 버스로 가야 제격이지만, 시간을 아낀다는 핑계로 택시를 탔다. 택시 기사는 '일직 간다.'는 말만 듣고도 누구를 만나러 간다는 것을 다 안다는 눈치였다. 더 묻지 않고 시동을 걸었다.

안동 시내를 벗어나자 이내 시골이다. 금세 하늘이 어두워지더니 한 줄기 소나기가 쏟아졌다. 얼마 뒤 비가 멎자, 동쪽 하늘에 양쪽 산봉우리에 걸리는 큰 무지개가 떴다. 색깔도 곱고 선명하다. 하늘은 가끔 이런 느닷없는 큰 선물로 우리를 위로한다.

일직면 소재지는 초라하면서도 번잡하다. 이 작은 시골 마을을 둘로 쪼개며 구안(대구-안동) 국도가 지나가는데, 온갖 자동차가 뻔질나게 달리는 탓이다. 동쪽 언덕 위로는 아까 우리가 타고 온 중앙선의 꼬리인 양 철로 한 자락이 보인다. 그것을 뒤로 하고, 서쪽으로 난 찻길로 접어들었다. 옛날에 신작로라고 불렀던 그런 길이다.

길 오른쪽으로 앉은 마을의 들머리에 시골 교회가 보이고, 왼쪽으로 좀 떨어진 들 가운데에 선 전탑이 눈길을 잡아 끈다. 여기가 조탑동이다. 이 마을 뒤쪽 산자락 끝에 슬레이트 지붕의 삼 칸(부엌 한 칸에 방 두 칸) 오두막이 있다. 이 시대, 우리 겨레라면 아이 어른 없이 누구나 한결같이 순수에의 목마름을 겪고 있는데, 그 갈증을 풀어 주는 생수 같은 권정생 동화의 산실이 바로 이 집이다. 번지가 있는지, 있다면 몇 번지인지 모른다.

우리의 권정생 선생님은 여기서 강아지 한 마리와 소꿉놀이하듯 살고 계신다.

2. 느낌으로 듣는 '말씀'

권정생 선생님의 손은 따뜻하지도 차갑지도 않다. 크지도 작지도 않다. 하지만 아기 손처럼 보드랍다. 목화꽃잎처럼 보드라운 그 손을 황송해서 바로 잡을 수가 없다.

"아이고, 이 더븐 날, 이 먼 데까지 뭐할라꼬……."

그 보드라움이 반가움으로 가슴에 전해졌다.

권 선생님은 좀 찡그린 듯한 특유의 눈길로 바라본다. 권 선생님을 조금이라도 아는 사람이라면 그 눈길을 마주 보기가 참 두렵다. 그 투명한 눈빛에 아무래도 마음 속의 티가, 꾸밈이, 숨김이 들킬 것만 같기 때문이다.

뜰에, 나무 의자에, 그리고 돌 위에 자연스레 앉았다.

수돗가에 있는 '고무다라이'(《도토리 예배당 종지기 아저씨》에 나오는, 새앙쥐와 아저씨가 타고 달구경가는 '고무다라이'가 바로 이것이었을까?)에서 물을 떠 손과 팔을 씻었다.

권 선생님은 방에 들어가서 부스럭거리더니, 냉장고에 넣어 두었던 곶감을 가지고 나왔다. 곶감이 마치 아이스크림처럼 시원했다. 단참에 3개나 먹었다.

"미칠 전에 부산에서 한 아이가 나를 만나로 왔는데……."

여름 방학 숙제로 독후감 쓰기가 있는데, 동화책을 읽고 나서 그 작가를 만나 들은 이야기까지 곁들이도록 되어 있었다고 했다. 그래서 어머니가 아이를 데리고 먼 길을 왔던 것이다.

권 선생님은 그 아이에게 '동화가 어떻냐?'고 물었다.

"싱겁고 재미없어요!"

그 아이는 서슴없이 이렇게 대답했다. 그렇지만 학교에서 숙제를 내고, 어머니가 읽으라고 하니까 마지못해 읽을 뿐이라는 것이었다.

사실 어린이들을 사로잡으려는 어른들의 술수가 얼마나 간교하며, 또 어린이들을 돈벌이의 대상으로만 삼는 어른들의 상술이 그 얼마나 집요한가? 텔레비전, 비디오, 게임, 컴퓨터에서 나오는 이런 벌레들이 얼마나 동심을 좀먹고 있는가? 그런데 어린이들에게 따분하게 '예쁜 짓만 해라. 착한 아이가 되라.'는 말만 되풀이하는 동화를 읽으라는 것이 어디 가당한 일인가 말이다.

"참말로 동화를 써야 할지……."

그 가느다란 한숨 속에는 짙은 고뇌가 함께 묻어 나왔다.

권 선생님은 어떤 것이 진짜 동화인지를 지금도 갓 등단한 신인보다도 더 고민하고 있는 듯했다. 하지만 '바로 이것이다.'고 단정하거나 강요하지 않고 말을 아꼈다. 이 아낌은 수도자 같은 절제의 삶에서 비롯된 고결한 겸손에서 오는 것이리라.

하지만 알고 있다. 권 선생님의 고뇌가 바로 우리 아동문학의 빛이 된다는 것을. 이토록 짙게 고뇌하는 권 선생님과 같은 시대를 숨쉬고 있는 것만으로도 다른 작가들은 빛과 소금을 덤으로 받는다.

요즘 발표되는 동화를 좀 읽었느냐는 질문에 이렇게 간접 화법으로 대답했다.

"〈시와 동화〉 여름호에서 겨우 2편을 읽었심더. 내가 그런데 아이들은 우에 읽겠니껴."

그러면서 권 선생님은 젊은 작가들이 너무 '장난을 치는 것 같다.'고 덧붙였다. 이 지적은 충격이었다. 오늘날 젊은 작가들이 어린이에게 다가간다는 이유로, 눈높이를 맞춘다는 핑계로, 또 새로움을 위장한 겉발림으로 동화답지 아니한 잡문을 동화라는 이름으로 얼마나 많이 발표하고 있는가! 그런 탁한 흐름에 묻혀 있는 우리는 못 보고 못 느끼지만, 한 걸음 비켜서 있는 권 선생님의 눈에는 한 치 오차도 없이 투시될 터이다.

권 선생님은 또 〈시와 동화〉에 대해, '그 아까운 지면을 왜 낭비하느냐?'고 일침을 가하며, '개혁'하라고 당부를 빠뜨리지 않으셨다.

강정규 선생님은 최근 읽은 어느 책에서 '좋은 작가란 우리를 불편하게 하는 작가'란 구절이 인상에 남는다고 소개했다. 어린이들을 웃기고 즐겁게 하는 동화도 필요하겠지만, 반성·고민·사색으로 이끄는, 그래서 어떤 면에서 어린이들을 괴롭게 하는 힘을 가져야 좋은 동화가 아니겠느냐고 동의를 구하듯 말했고, 권 선생님은 엷은 미소로 시인했다.

권 선생님은 그 밖에도 텔레비전 프로그램의 음란성을 못마땅해하고, 또 몇 해 전까지만 해도 옆에 흐르는 도랑물에 물고기가 살았는데 이젠 사라져 버렸다고 공해도 걱정하셨다.

3. 빵덕이에 대한 추억

사람을 반기는 가장 화려하고 멋진 몸짓을, 나는 '빵덕이'한테서 보았다. 그런 몸짓은 그 전에도, 또 그 이후에도 본 적이 없다.

흰털의 잡종 개 빵덕이는 권 선생님의 단 하나 식구였다.

그를 처음 만난 것은 1990년 가을로 기억된다.

빵덕이는 낯선 나를 보고 짖지 않았다. 펄쩍펄쩍 뛰면서 꼬리를 흔드는데, 그 꼬리 흔듦이 마치 모터가 달린 프로펠러 같았다(내가 이렇게 표현하자, 권 선생님은 상모 돌리는 것 같다고 정정했다.). 온몸으로 반기는데, 사람이 누구한테서 그런 대접을 받는다는 것은 진정 영광이다.

그때 권 선생님은 어느 할머니가 약으로 쓰겠다며 빵덕이를 달라고 졸랐지만 그럴 수 없었다고 흘러가는 말처럼 들려주었다.

그 뒤 1994년 늦봄에 내 또래 동화작가들과 권 선생님을 찾아뵌 적이 있었다. 그때도 뺑덕이는 변함없는 그 환상의 몸짓으로 우리를 반겼었다.

그날도 어디서 불쑥 나타날 것만 같아 뒤란 쪽을 살피다가 여쭈었다.

"뺑덕이는 어떻게 됐어요?"

"죽었어요."

담담했지만 촉촉히 젖은 목소리였다.

뺑덕이는 16년 동안 권 선생님과 함께 살다가 몇 년 전에 제 명대로 다 살고 자연사 했다는 것이다. 참 복도 많은 개였다.

권 선생님은 뺑덕이한테서 우리 사람들보다 더 살가움을 느꼈을지도 모를 일이다. 우리들이야 시도 때도 없이 찾아와서 귀찮게하고, 쓸데없는 이야기로 속을 긁거나 들쑤셔 놓고는 제멋대로 떠나 버린 건들바람일 뿐인데, 어찌 감히 뺑덕이한테 견줄 것인가.

뺑덕이는 집 모퉁이에 묻어 주었는데, 그 자리에 몇 해 동안 풀꽃이 아주 아름답게 피었다고 했다.

새로운 강아지(이름은 잊어버렸다.)도 뺑덕이만큼만 권 선생님의 식구가 되어 주었 으면 좋겠다.

4. 이미 문화재가 된 '몽실이'

권정생 선생님하고는 하루 종일 대화를 나누어도 그 이야기의 양이 많을 수 없다.

그 쉬엄쉬엄 하는 말수며, 한 마디 하고는 곱씹고 또 한 마디 하다가는 곱씹는 말투 가 그런 것이다. 따라서 권 선생님의 '말씀'은 귀로 들을 것이 아니라 가슴으로 들어야 한다. 이야기로 즐길 것이 아니라, 말맛으로 느껴야 한다.

권 선생님과 얼마 동안 마주 앉았다가 일어서면 들은 것도 그리 많지 않은데 가슴이 꽉 찬 느낌이 든다.

어느덧 긴 여름 해가 기울어 가고 있었다. 우리가 일어서자 권 선생님이 물었다.

"어디서 잘끼고? 러브모텔에서 잘라 하나?"

"면사무소 있는 데 가면, 공무원들 출장 와서 자는 여인숙이 있겠지요, 뭐."

이런 이야기를 주고받으며 우리는 함께 웃었다.

권 선생님은 마을 앞에 있는 조탑동 오층전탑으로 안내했다. 보물 제57호인 이 전탑 은 통일신라시대 것이다. 오층전탑의 1층 몸돌의 감실을 지키고 있는 두 분의 인왕상을 가리키며, 권 선생님은 기막힌 작품이라고 설명했다. 법계를 지키는 경호실장격인 이 신상들은 무서운 퉁방울눈에 태권도의 공격과 방어 자세를 취하고 있는데 공격하는 쪽 은 입을 벌리고 방어하는 쪽은 입을 다문 것으로 표현하고 있다.

유홍준 교수의 《나의 문화유산답사기》 3권에 나오는 권정생 선생님에 대한 부분을 그대로 옮겨 본다.

《몽실 언니》의 권정생 아저씨

조탑동은 또 조탑동대로 깊은 마을의 역사가 있다. 조탑동 오층전탑 바로 옆에는 유허각 하나가 있는데 여기엔 일직 손씨의 시조인 손홍량(孫洪亮, 1287~1379)의 비가 모셔져 있다. 손홍량은 홍건적의 난을 평정할 때 큰 공을 세웠는데 공민왕이 그를 평해 '일직(一直)한 사람'이라는 칭찬과 함께 지팡이와 초상화를 하사하여 그 말이 일직면, 일직 손씨에 붙게 됐다.

오층전탑 과수원 앞에는 철탑 종루가 아직도 건재하고 오래된 교회가 하나 있다. 여기는 일직교회로 《몽실 언니》(창비아동문고 14)를 쓴 동화작가 권정생 선생의 옛 직장이었다.

권정생 선생은 이 교회 종지기 아저씨로 새벽 4시와 저녁 6시에 저 울리지 않는 무쇠종을 쳐 왔다. 그러다 10년 전쯤, 그 '망할 놈의' 전자 차임벨이 나오는 바람에 이 종지기 아저씨는 실직하고 말았다. 졸지에 직장을 잃은 권정생 아저씨는 교회 뒤편 대문도 없는 일곱 평 초가삼간에서 오늘도 글쓰기와 텃밭 일로 조용히 세월을 살고 계시다.

동화작가로서 권정생의 인간상과 작가상을 가장 멋있게 그려낸 글은 〈국민일보〉 손수호 기자가 《책을 만나러 가는 길》(열화당, 1996)에 쓴 '아, 권정생'이다. 나는 이 글을 읽고 나서야 저 《몽실 언니》가 지닌 뜻을 더욱 절실히 새길 수 있었다.

1936년 일본 도쿄에서 태어나 해방의 감격을 안고 귀국하여 부산에서 재봉틀 상회 점원으로 일해 왔는데 그러던 1955년 어느 날, 갑자기 숨이 가빠 자전거로 언덕을 오르지 못했고 그때 자신이 늑막염에 폐결핵을 앓고 있다는 것을 알게 됐다. 그는 안동으로 돌아와 신앙 생활로 투병하였다. 그러면서 한편으로 거지 생활까지 하면서 가난과도 싸워야 했던 그는 결국 부고환결핵이라는 몹쓸 병마저 얻게 됐고 절망 끝에 죽을 자리까지 보아 둔다. 그러나 끝내 스스로를 극복하여 그는 죽음을 미루어 두고 종지기를 하면서 동화작가로 나서게 됐다.

1973년 〈조선일보〉 신춘문예에 〈무명저고리와 엄마〉가 당선된 이래 그는 '환상만이 지배하던 우리 아동문학계'에 빛나는 감성과 생생한 현실을 어린이들에게 되돌려 주는 건강한 동화를 선사했다. '지순한 동심을 통해 가난한 백성이 겪는 불행의 원인과 그것을 잉태시킨 사회 구조의 모순을 예리하게 짚어낸 한국 아동문학의 신기원'《몽실 언니》는 그렇게 탄생한 것이다.

1975년 그가 제1회 한국아동문학상 수상작가로 상을 타게 되어 이오덕 선생 손에 이끌려 서울에 올 때 그는 "무릎이 벌쭉하게 나오고 종아리가 다 드러난 검은 바지에 검은 고무신을 신고 있었다."고 했는데 지금도 권정생 선생은 그 바지에 그 고무신을 하고 변함없이 담담하게 조탑동에 살고 계시다. 권정생 아저씨야말로 한결같이 꼿꼿한 분, 일직한 분이다.

이제 권정생 선생님은 《몽실 언니》와 더불어 우리의 중요한 문화 유산으로 자리매김되었다. 천 년을 꿋꿋이 버티어 온 저 오층전탑처럼, 앞으로 천 년을 우리 동화 나라에 우뚝 서서 갈수록 높아질 것이다.

5. 낮에 핀 달맞이꽃

다음 날(8월 1일), 우리는 다시 권정생 선생님을 찾아갔다.

어제는 러브모텔에 들 수가 없어 안동 시내로 가서 숙소를 잡았다. 저녁에는 돼지갈매기살을 구워 놓고 참소주를 마셨다. 안동에서는 안동소주를 마시고 싶었지만, 그것은 참소주보다 너무 비싸다.

그날도 방에 들어가지 않았다. 절집에 가서 법당 안을 곁눈질로 슬쩍 들여다보듯 그렇게 책만 가득 쌓인 방 안을 몇 차례 훔쳐보았다.

어제 멈춰 두었던 비디오를 다시 틀 듯, 저마다 어제 그 자리에 그 모습으로 앉아 이야기를 나누었다.

"요즘엔 교회에 안 나가요."

권 선생님은 쓸쓸한 목소리로 말을 이었다. 나가기로 결심하기보다 안 나가기로 결심하는 것이 몇 배 더 어렵더라고. 왜, 무엇 때문이냐고 더 여쭐 수 없었다. 우리의 큰 동화작가가 괴로워하는 것을 가까이서 엿보는 것만으로 그냥 가슴이 뭉클했다.

권 선생님은 방에 들어가더니 잠시 뒤에 웃옷을 갈아입고, 종이 가방 하나를 들고 나섰다. 나가서 점심을 대접하고 싶다고 하셨다. 이 불볕더위에 왜 그러시느냐고 겨우 말려 놓고 대신 우리가 일어섰다.

뒤에서 지켜볼 권 선생님의 그윽한 눈길을 의식하며 조심스레 걸음을 옮겼다.

담 아래에 콩을 심어 놓은 골목길을 빠져 나온 순간에, 나는 남몰래 '아!' 하고 탄식을 했다.

그것은 내가 권 선생님 앞에서 하고 싶었던 이야기를 또 못하고 일어선 탓이었다.

1983년 가을에 나는 권 선생님으로부터 한 통의 편지를 받았다. 이사를 다니느라 그 편지를 잃어버렸지만, 그 내용은 지금도 뚜렷이 기억하고 있다.

김 선생, 서울로 옮겼다지요. 왜들 자꾸 도시로 나가는지 모르겠습니다. 모두 가 버리면 우리 농촌은 어떻게 하라는 겁니까? 나는 어쩌다 대구에 나갈 때면 버스를 타고 군위를 지나면서, 여기 어디서 김 선생이 열심히 동화를 쓰고 있다는 생각을 하며 흐뭇했는데, 이제 그 기쁨이 사라졌군요.

대충 이런 질책을 담은 내용이었다.

당시 나는 얼굴이 화끈거렸고 가슴이 마구 떨렸었다. 정말이지 그 편지에 답장을 쓸 수가 없었다. 한 줄의 글월도 올릴 수 없었던 것이다.

그런 죄송함은 20년 가까이 지난 오늘까지 남아 있다.

고향을 떠난 그 행위에 대한 변명은 그만두고라도, 답신을 못 올린 잘못을 빌어야겠는데, 또 그렇지 못한 것이다. 권 선생님께서는 아직 그 사실을 기억하고 계실까.

조탑 마을을 벗어나자 긴 방죽길이 나왔다. 그 방죽에는 노란 달맞이꽃이 지천으로 피어 있었다. 잠시 차를 세웠다. 나는 달맞이꽃 속에서 하늘을 쳐다보았다. 8월 한낮의 하늘은 가슴이 시리도록 파랬다. 마침 보름을 앞둔 음력 열이틀이니 밤이면, 저 하늘에 제법 둥근 달이 뜰 것이다. 그 달빛 아래서 활짝 필 달맞이꽃을 상상하며 나도 그렇게 마음 속으로 웃어 보았다.

일직면 소재지에서 돼지국밥으로 점심을 먹었다. 그 식당 아주머니는 깨끗한 인상의 미인이었는데, 그 분위기에 맞게 국밥도 맛이 좋았다.

이제부터 돌아가는 길이다. 돌아가는 길은 찾아오는 길보다 쉽다. 인생을 돌아가는 길처럼 편안하게만 살아갈 수도 있을까? 하지만 그런 세상이 온다면 나는 동화를 쓰지 않으리라. 아니, 그런 세상이라면 아예 태어나지 않게 해 달라고 빌리라.

또 초행길처럼 더듬거리며 권정생 선생님을 찾아오고 싶다. 일직에서 안동으로 가는 버스를 기다리며, 나는 이런 성급한 생각을 하고 있다.

나의
동화 이야기

어릴 때, 우리 집은 어둡고 음산했다.

도쿄의 변두리 시부야의 셋집은 언제나 텅 빈 외로운 집이었다. 아침마다 아버지와 형은 칙칙한 바지를 접어 무릎까지 게에트르를 찬찬히 감고 집을 나갔다. 뒤따라 큰누나가 도시락을 들고 공장으로 가고, 단 한 사람 소학교에 다니던 작은누나마저 책가방을 메고 나가면 저녁때까지 집 안은 텅 빈다.

어머니는 사시코(누비옷)의 삯바느질을 했다. 한 바늘 한 바늘 바느질을 하시며, 어머니는 들릴 듯 말 듯한 구슬픈 목소리로 타령을 부르셨다.

집 안은 온통 어둡고, 뒤란 함석 지붕의 낡아진 틈 사이로 겨우 햇빛이 스며들어와 바느질하는 어머니의 무릎을 밝혀 줬다.

12살 때부터, 두 살을 위로 속여 사탕 공장에 다닌 큰누나는 비 오는 날도 우산을 받지 못한 채 뛰어갔다. 작은형과 큰누나는 일요일이면 한 벌의 셔츠로 가위바위보를 해서 번갈아 입었다.

낡은 나가야의 셋집 지붕은 비가 오면 시뻘건 물이 천장을 타고 방바닥에 흘러 떨어졌다. 양동이와 밥그릇까지 동원이 되어 흘러 떨어지는 빗물을 받았다.

그런 셋집에서도 우리는 자주 집세가 밀렸다. 집주인이 찾아오는 날은 아버지와 어머니는 한없이 굽실거리며 빌었다.

모가지가 길고 얼굴이 하얀 작은형은 찹쌀 종이에 싼 하얀 가루 금계랍을 자주 먹었다.

빈민가의 노동자 아버지들은 어느 집구석에 모여 노름을 하다가 순사에게 무더기로 끌려갔다. 그 아버지들 속에 나의 아버지도 어김없이 끼어 있었다.

시부야의 아버지들은 모두가 '도까따노타이쇼'(토역 노동자의 대장)였다.

거리 청소부였던 아버지는 쓰레기 더미에서 헌책을 가려 내어 와서 뒤란 구석에 차곡차곡 쌓아 두었다가 이따금 찾아오는 고물 장수에게 얼마의 돈을 받고 팔았다.

내가 그 쓰레기 책더미 속에서 그림책이나 동화책을 찾아내어 읽은 것이 6, 7세 때의 일이다. 아직 학교에 입학하기 전, 나는 이 쓰레기 책 속에서 혼자 글자를 익히고 세상을 배웠다.

책은 곰팡내가 나고 반쪽이 찢겨 나가고 불에 타다 남은 것도 있었다.

《이솝 이야기》, 《그림동화집》, 그리고 훗날 알았지만 오스카 와일드의 《행복한 왕자》, 오가와 미메이의 《빨간 양초와 인어》, 미야자와 겐지의 《달밤의 전봇대》 등등, 그때 읽은 동화들은 내 머리 속에 깊숙이 들어가 자리 잡았었다.

이불 속에 누워 천장을 쳐다보고 있으면, 판자쪽 줄무늬가 어느 새 찬 빗줄기로 변하고 그 찬비를 맞으며 왕자와 제비가 떨고 있었다. 잠이 들면 꿈 속에 빨간 양초의 인어가 상인에게 팔려 가는 구슬픈 모습이 나타나곤 했다.

도쿄의 폭격으로 우리는 그 셋집마저 잃어버리고 식구들은 뿔뿔이 흩어졌다.

두 형은 일본에 남고, 한국에 들어온 우리도 이곳저곳 분산해야만 했다. 형수님은 친정으로 가고, 아버지와 작은누나는 안동으로, 어머니와 큰누나와 나와 동생은 청송 외가댁 마을에 살았다. 화목 장터 마을에 1년 반 남짓하게 살면서 여섯 번 이사를 했다.

어머니는 약초를 캐서 팔고 여름에는 품을 팔았다. 일이 없는 겨울에는 자루 하나를 메고 동냥을 나가셨다. 열흘씩 보름씩 돌아오지 않으면 누나와 동생과 셋이서 귀리(호밀) 가루로 끓인 죽을 먹으며 기다렸다.

소년소설 〈쌀도둑〉은 그때의 이야기를 그대로 쓴 것이다.

1964년, 어머니가 돌아가시고 이듬해 아버지가 또 세상을 뜨셨다. 1966년 동생이 결혼을 해서 헤어져 가고 나자 나는 어쩔 수 없이 병든 몸으로 혼자가 되었다.

일직교회 문간방에 들어와 있게 된 것은 1968년 2월이었다. 민들레꽃과 강아지똥은 그 시기에 같은 운명처럼 나의 가슴에 심어졌다.

소년 시절, 《플루타크 영웅전》을 읽고 가슴을 설레었지만 나는 영웅이 못 되었다.

1969년 제1회 기독교 아동문학상 현상 모집 광고가 〈월간 기독교 교육〉에 실렸다. 마감날까지는 50여 일이 충분할 것 같았다.

원고지의 앞면 뒷면을 메워 가면서 열에 들뜬 몸으로 써 나갔다.

아침에 보리쌀 두 홉을 남비에 끓여 숟가락으로 세 등분을 금그어 놓고 저녁까지 나눠 먹었다. 이렇게 해서 〈강아지똥〉은 50일간의 고통 끝에 완성되었다.

그해 5월 12일께다. 당선 통지가 배달되어 오고, 이어서 상금 1만 원을 보내 왔다.

그 상금 1만 원에서 5천 원을 떼어 새끼 염소 한 쌍을 샀다.

그 뒤 신춘문예에 몇 번 응모했지만 실패했다. 1971년도 〈대구매일신문〉에 가작 입선을 하여 시상식에 갈 때 무릎을 기운 바지를 입고 나섰더니, 아랫마을 김 집사님이 조금 나은 바지를 가지고 와서 굳이 입으라고 하셨다. 그래서 입고 있던 바지를 벗고 빌려준 바지를 입으려 하니 추운데 그냥 껴입고 가라고 하셔서 껴입었다.

매일신문사를 찾아가 시상식에 앉아 있으니 위아래 옷을 껴입고 있어 너무 거북스러웠던 것이 생각난다. 상금은 2만 원이었다. 시상식이 끝나 입상자들과 심사 위원이 어디 다른 장소로 갈 모양인데, 동화 심사를 맡았던 김성도 선생님이 나를 따로 불러 등을 밀며 어서 돌아가라고 하던 것도 기억이 난다.

1973년도의 〈조선일보〉에 당선된 〈무명저고리와 엄마〉는 3년 동안이나 긴 시간을 두고 한 줄 한 줄 적었던 작품이다. 노트에도 적고, 생각나는 대로 종이 조각에도 적어 뒀던 것을 원고지에 정리한 것이다.

이 작품은 현상 모집을 겨냥해서 쓴 것이 아니다. 그래서 마감 한 주일 전에 보내면서도 당선은 생각하지도 않았다.

1972년 12월 28일, 나는 감기가 덮쳐 아침도 먹지 않은 채 누워 있었다. 전날 눈이 내렸고, 그날도 잔뜩 흐린 날씨가 몹시 추웠다.

집배원이 문을 벌컥 열면서 '아재씨, 전보 왔니더.' 하면서 종이 쪽지를 던져 줬다.

결핵 환자에게는 어떤 것이든 흥분은 금물이다. 그런데도 나는 감정을 억제하지 못하고 흥분하고 말았다. 그래서 그날 밤 심한 각혈을 했다.

〈무명저고리와 엄마〉의 당선으로 나는 동화 창작에 한 발 앞서 나가게 되었다.

나의 동화는 슬프다. 그러나 절대 절망적인 것은 없다.

어른들에게도 읽히게 된 것은 아마 한국인이면 누구나 체험한 고난을 주제로 썼기 때문일 것이다.

흔히 동화에다 무리한 설교조의 교훈을 담고 있는 것이 있는데, 과연 그런 동화가 우리 인간에게 얼마만큼 유익한지 알 수 없다. 인간이 인간다워질 수 있는 것은 훈시나 설교가 아니다. 고도로 발달된 과학 문명 속의 인간보다 잘 보존된 자연 속의 인간이 훨씬 인간답다.

설교를 듣는 것보다, 한 권의 도덕 교과서를 보는 것보다 푸른 하늘과 별과 그리고 나무와 숲과 들꽃을 바라보는 것이 훨씬 유익하다. 고통을 겪는 것은 우리 인간만이 아니다. 한 포기의 나무와 꽃과 풀도 끊임없이 시달리며 살고 있다.

그러면서 그들은 억척같이 뿌리를 내리고 꽃을 피운다. 그 누구도 흉내 낼 수 없는 자기만의 빛깔로 세상을 밝혀 주고 있다.

공존은 성스럽다. 이웃 사랑은 남의 것을 빼앗지만 않으면 된다. 되로 주고 말로 빼앗아가는 자선 사업은 가장 미워해야 할 폭력 행위이다.

지구는 한쪽으로만 돌아서 인간을 미치게 했는지 모른다. 정신 장애자가 아닌 인간은 이젠 이 지구상엔 찾아볼 수 없을 것이다. 다 미쳐 버렸는데 누가 누구를 가르치고 배운단 말인가?

내가 쓰는 동화는 차라리 그냥 '이야기'라 했으면 싶다. 서러운 사람에겐 남이 들려

주는 서러운 이야기를 들으면 한결 위안이 되고 그것이 조그만 희망으로까지 이끌어 줄 수 있기 때문이다.

나는 잘못 판단을 하고 있는지는 모르지만 서러운 사람들은 우리들 주위에 너무나 많다. 아이, 어른, 남자, 여자 할 것 없이 고달프고 원통한 것들뿐이다.

장애물을 하나 넘고 나면 더 큰 장애물이 우리를 가로막고 있다.

〈별순이 달순이〉에 나오는 옛날 얘기엔 가엾은 어머니가 고갯길을 넘을 때마다 호랑이가 나타나서 맛있는 음식을 다 빼앗아 먹어 버린다. 나중에는 어머니의 팔과 다리와 몸뚱이를 차례로 다 먹어 버리고도 속이 차지 않아, 어린 남매인 별순이와 달순이마저 잡으려고 집으로 찾아간다. 다행히 하느님이 남매를 밧줄을 내려 하늘나라로 구해 주어 별과 달이 되어 밤하늘에서 살게 되지만 어쩐지 서러운 이야기이다.

나는 왜 동화를 쓰게 되었는지 나 자신도 모른다. 언제 무엇이 계기가 되었는지 그런 걸 생각해 보지도 않았다.

누구나 가슴에 맺힌 이야기가 있으면 누구에겐가 들려주고 싶듯이 그렇게 동화를 썼는지도 모른다.

어린이와 함께 선생이 걸어온 길

1937년 일본 동경시 지극구 번목(혼마치) 삼정목에서 출생함. 본명.

　　　부모의 5남 2녀 중 4남(형 3, 누나 2, 남동생 1).

　　　첫째 / 둘째, 형 / 셋째, 형 / 넷째, 큰누나 귀분 / 다섯째,

　　　둘째 누나 또분 / 여섯째, 정생. 도쿄의 빈민가 시부야(澁谷)에서 살 때인

　　　5살 때 예수님을 알게 됨. 초등학교에 다님.

1944년 군마켕(群馬縣) 쓰마고이(妻戀)로 이사함.

1945년 해방이 되자 후지오카(富岡)로 일시 이사함.

1946년 3월에 귀국함.

　　　9월에, 생활고 때문에 가족들 흩어짐.

　　　아버지와 작은 누나—안동으로.

　　　어머니와 권정생은—청송 외가로.

1947년 안동에서 가족들이 결합함.

　　　안동 일직초등학교를 졸업함.

1950년 6·25 전쟁으로 다시 가족들 흩어짐.

1951년 객지를 전전. 부산에서 재봉틀 상회 점원으로 일함.

1956년 늑막염, 폐결핵에 걸림.

1957년 안동 고향으로 돌아옴.

1963년 교회학교 교사로 임명됨.

1964년 늦가을, 어머니가 작고함.

1965년 4월부터 8월까지 기도원, 걸인 생활, 부고환결핵에 걸림.

　　　12월, 아버지가 작고함.

1966년 동생 결혼함.

1968년 안동 일직 조탑동 교회 종지기 생활, 신장 결핵이 평생 지병이 됨.

　　　〈대구매일〉 신춘문예에 동화 〈깜둥바가지 아줌마〉가 최종심에서 낙선함.

1969년 〈대구매일〉 신춘문예에 동화 〈파리가 날아간 푸른 하늘〉이 최종심에서 낙선함.

　　　동화 〈강아지똥〉으로 제1회 기독교 아동문학상에 당선됨.

1973년 동화 〈무명저고리와 엄마〉로 〈조선일보〉 신춘문예에 당선됨.

1975년 동화 〈금복이네 자두나무〉로 제1회 한국아동문학상을 받음.

　　　경북 안동시 일직면 조탑리 7번지에서 신장결핵 투병 생활을 하며 창작에 열중함.

2007년 5월 17일 작고함.

저서

동화책

1974년 《강아지똥》(세종문화사)

1977년 《똘배가 보고 온 달나라》(창작과 비평사)*5인 공저

1978년 《사과나무밭 달님》(창작과 비평사)

1984년 《몽실 언니》(창작과 비평사)

　　　*2000년 일본에서 번역 출판됨(역자 재일교포 아동문학인 변기자).

1985년 《벙어리 동찬이》(웅진출판사)

　　　《달맞이 산 너머로 날아간 고등어》(햇빛출판사)

　　　《하느님의 눈물》(인간사)

　　　《도토리 예배당 종지기 아저씨》(분도출판사)

　　　《초가집이 있던 마을》(분도출판사)

　　　*1999년 일본에서 번역 출판됨(역자 일본 아동문학인 나까무라 오사무).

1988년 《바닷가 아이들》(창작과 비평사)

1990년 《점득이네》(창작과 비평사)

　　　《할매하고 손잡고》(올바름)

1991년 《짱구네 고추밭 소동》(웅진출판사)

　　　《하느님의 눈물》(산하)

　　　《팔푼돌이네 삼형제》(현암사)

1993년 《눈이 되고 발이 되고－한국의 민화》(국민서관)

1994년 《하느님이 우리 옆집에 살고 있네요》(산하)

　　　《무명저고리와 엄마》(산하)

1998년 《깜둥바가지 아줌마》(우리교육)

1999년 《밥데기 죽데기》(바오로딸)

　　　《먹구렁이 기차》(우리교육)

2000년 《또야 너구리가 기운 바지를 입었어요》(우리교육)

2001년 《비나리 달이네 집》(낮은산)

그림책

1996년 《강아지똥》(길벗) *정승각 그림 *2000년 일본에서 번역 출판됨(역자 변기자).

1997년 《오소리네 꽃밭》(길벗) *정승각 그림

2001년 《황소 아저씨》(길벗) *정승각 그림

시집

1988년《어머니 사시는 그 나라에는》(지식산업사)

소설

1998년《한티재 하늘 1·2》(지식산업사)

산문집

1986년《오물덩이처럼 딩굴면서》(종로서적)

1996년《우리들의 하느님》(녹색출판사)

전기

1996년《내가 살던 고향은》(웅진출판사)

한국 아동문학가 100인

박경용

대표 작품
〈한 줌〉 외 5편

인물론
문학의 바다에서 동시조로 흐르기
박경용은 욕도 시다

작품론
모성적 그리움 속에서 들리는 영일만의 흙과 바람 소리

작가 생각
어쭙잖은 '예술지상주의자'가 겪은 몇 가지 해프닝

어린이와 함께 선생이 걸어온 길

한 줌

그늘 1

풀섶
가장자리에다
그늘을 지은
베짱이.

그 한 줌
그늘에서
땀들이는
일개미 떼.

일개미
고 앙증맞은 그늘엔
내 숨결이
머물고.

월식

그늘 2

지구의
자전 소리를
우리 귀는
못 듣듯이

느낌으로만
알 뿐인
키도 없는
저 땅그늘.

얼마나
엄청나길래
달도 삼킬까,
가다간.

음덕

그늘 3

숲자락도 산그늘엔
묻히게 마련이듯

내게 드리운 아빠
그 너른 품자락도

커다란 할아버지 그늘을
벗어나지는 못한다.

"수양산 그늘이
관동 팔십 리를 가린다고……."

버릇처럼 빗대어
말씀하시는 할아버지.

"오늘날 요만큼 사는 것도 다
조상님네 음덕이야!"

바닷그늘 1

늘 낮은 데 머무는
뭍의 숱한 그늘들이
낮은 데 자리잡은
바다로 흘러들어
크낙한 그늘을 짓는다
낮은 것끼리 어울려.

숲그늘 산그늘에
강그늘까지 달려와
파랑, 군청, 보라, 감색
쪽빛, 옥색, 연두, 초록…….
때때로 몸빛을 달리하는
빛그늘을 짓는다.

호수같이 잔잔한 날,
눈여겨 잘 살펴보면
물떼새 잠깐 깃든
우리 집 뒤안 대숲
포근한 그 갯가 그늘도
일렁일렁 얼비친다.

바닷그늘 2

빛은 바닥에 감추고
그늘로 누운 바다.
아니, 빛은 등에 업고
아래로 머리를 두어
위로는 발끝만 드러낸 채
물구나무선 바다.

땅엔 견줄 수도 없는
어마어마한 산맥들.
끝 모를 깊이로
뻗어 있는 산과 골짝.
그 산맥, 그 봉우리들의
엄청난 그늘 자락.

그늘이 다스리는
거인의 나라, 바다.
산호 숲을 누비는
집채만한 고래상어도
한 골짝 그늘 끝자락을 젓는
지느러미일 뿐이다.

바닷그늘 3

저녁놀 부신 서산이
하늬바람을 부르면
맞은편 수평선에
짙게 뜨는 바닷그늘.
"내일도 날이 들겠다."
근심을 더는 갯마을.

때마침 참고래가
일으키는 물기둥에
뱃사람들 삶이 찍힌
화석들이 일어서고
용틀임, 거센 물보라가
수평선을 밀어낸다.

해당화 텃밭이던
갯벌이 눈을 뜬다.
오징어 덕장에 걸린
파릿한 빛부스러기.
그제야 바다도 함께
낡은 그늘을 벗는다.

문학의
바다에서
동시조로 흐르기

김현숙

1. 동시조 역사와 박경용의 역할

마이너 중의 마이너. 무수한 문학 영역 중에서 동시조의 위치가 그러하다. 동시조는 작기에 소중한 문학 영역이다. 그런데 동시조 동인회 '쪽배'가 없었더라면 21세기 한국 문단에서 동시조 장르는 더욱 미미한 분야로 남았을 것이다.

동시조를 지키는 사람들이 십 년 전 어느 날, 한국 아동문학사에서 잔잔한 물결을 일으킬 모임 하나를 만들었으니, 바로 '쪽배'의 결성이다. 이로써 몇 점 불씨로 떠돌던 동시조인들이 작지만 소중한 불길을 지폈던 것이다. 결성 계기는 소박하다. 〈아동문학평론〉에서 1992년 동시조 특집을 마련한 바 있는데, 이때 작품을 냈던 동시조인들이 따로 자리를 같이 함으로써 '쪽배'가 진수되었다.

문학의 바다를 떠도는 작은 배, 동시조 동인회는 '쪽배'를 제 이름으로 삼아, 문단에서의 자기 입지를 늘 되새긴다. 작지만 도도하게 흐르리라는 결의가 번득여 '쪽배'라는 이름에는 사뭇 단단한 비장함이 잠겨 있음을 눈치챌 수 있다. 또한 '쪽배' 이름에는, 우리 고유의 얼과 넋 그리고 말을 보듬으려는 의지도 녹아 있다. 무엇보다도 이 모든 것을 총괄하면서도 여유와 여백을 남기는 시조적 이름임을 놓칠 수 없다.

여기서 잠시 동시조의 역사를 간략하게 짚어 보지 않을 수 없다. 현대문학사에서 최초의 동시조는 가람 이병기가 1923년 〈신소년〉에 발표한 〈가을〉로 친다. 가람에 바짝 이어 1920년대 후반부터 활발한 시조 활동을 보인 조운의 작품 중 〈채송화〉를 비롯한 수 편은 동심을 담은 것들로 동시조사에서 간과될 수 없다. 가람과 조운의 시조에 비록 동심의 내음이 물씬했지만 의식적인 동시조 창작이라 보기 어렵다. 동시조에 대한 자각을 바탕으로 본격적인 창작은 시기가 더 늦추어진다.

동시조의 필요성은 역시 아동문학가에 의해서 제기된다. 1940년 동화작가 이구조가 〈아동시조의 제창〉(5. 29, 〈동아일보〉)을 발표했던 것이다. 이후 1964년, 〈가톨릭 소년〉(지금의 〈소년〉) 주간으로 있던 이석현이 동시조의 계발을 정식으로 제의했다. 이것이 시와 시조를 쓰던 송라 박경용으로 하여금 본격적인 동시조 창작의 길로 들어서게 한 계기가 되었다.

송라의 참여로써 의식적이고 본격적인 동시조 창작이 이루어졌다고 할 수 있다. 1968년 〈가톨릭 소년〉을 매체로 한 그의 동시조 발표 행위는 몇 가지 점에서 주목을 요한다. 우선 자신의 작품을 동시조라고 또렷하게 장르 구별을 했다는 점이다. 두 번째, 작품을 세 차례에 걸쳐 잇달아 발표함으로써 동시조에 대한 관심을 일과성 행사로 흐르지 않게 했다는 점이다. 세 번째로는 〈바다 생각에 젖게 하는 것들〉 등 본보기 작품에 동시조 창작 실제에 대한 이론을 곁들였다는 점이다. 이 세 가지 사항은 그가 동시조에 대한 확고한 장르 의식을 갖고 있었고, 이 장르를 본격화시켜야 한다는 의지가 굳었음을 드러낸다.

더 나아가 그는 백수 정완영을 동시조 운동에 동참케 함으로써 이후 수년 동안 동시조의 꽃을 활짝 피우는 기반을 다졌다. 그리하여 1980년대 중반까지 동시조 인구의 확산이 이루어졌다. 그러나 이에 버금가는 질적 성장은 보이지 못한 채 소강 상태에 머물고 말았다. 그런 중에도 1979년 백수의《꽃가지를 흔들 듯이》가 나와 최초의 동시조집 발간으로 기록됐고, 뒤이어 송라가 1980년에《별 총총 초가집 총총》이라는 동시조집을 펴냄으로써 동시조 장르의 본격적 형성이라는 문학사적인 수확을 거두었다.

1990년대 초반까지 이 두 사람에 의해서 지탱되다시피 한 동시조단은, '쪽배'의 결성을 통해 새로운 전기를 맞았다. 박경용을 중심으로 결성된 '쪽배'는 진수 5년 만인 1997년에 첫 동인집《어린 달과 어울리러》(가람출판사)를 내고, 계속해서《5대 3》(책만드는집, 1999),《산길·메아리·탑·수평선·파도》(선우미디어, 2001)를 발간했다. 이들의 활동은 동시조사에서 2인 문단 시대의 종료와 함께 집단적 활동 시대로 들어섰음을 의미한다. 따라서 이 집단의 활동이 보이는 시적 성취는 그대로 동시조의 장르적 성숙을 뜻하는 것이 된다.

'쪽배'에 대한 소식을 모르더라도 현재 가장 왕성한 동시조 창작 활동을 벌이고 있는 시인들을 추려 본다면, '쪽배'로 이야기가 돌아가게 마련이다. 이상의 흐름을 염두에 두거나, '쪽배' 한가운데에 서 있는 사람이 누구인지 살펴본다면, 오늘날의 동시조 쓰기와 읽기에는 박경용에게 의지한 바가 크다는 것을 알 수 있다.

송라는 '쪽배'를 이끄는 으뜸 사공으로서《샛강마을 숲동네》를 올해 초 상재한 바 있다. 시조에 대한 풍성한 담론을 유발하는 이 시집은 송라가 보였던 오랜 침묵에 값하는 것으로서, 따로 지면을 내어 논하는 것이 좋을 것이다. 여기에서는《샛강마을 숲동네》에 대한 인상을 바탕으로 이 시집이 유발시킨 생각, 즉 그의 작가적 투혼이 동시조의 역사와 독자에게 어떤 의미가 있는가를 잠시 적어 보고자 한다.

전통의 계승, 민족의 노래를 운운하며 세상에 문 닫고 자수율을 다듬으며 시조 쓰기에 순정을 바치는 것과 송라의 작업은 구별된다. 현대인의 정서를 시조의 호흡법으로 다뤄 보려는 것이 그의 주된 관심사 중의 하나였던 것이다. 이번 시집은 여기서 한 발 더 나아갔다. 시조가 가장 익숙하게 담아내는 정서와 현대인이 찾고자 하는 정서의 합치점을 새롭게 포착해서 이를 살고 싶은 삶터의 일상으로 모아 적극적이면서 푸근하게 그리고 넉넉하게 다루고 있는 것이다. 그렇다고 해서 전원생활을 영위하는 서민 대중의 소박하고 질펀하고 흐드러지는 감성을 담고 있다고 말하기는 어렵다.

이 시집에 대한 인상주의적 평이겠지만, 송라의 시조는 현대인의 탄성을 자아내게 하는 우리 고유의 옷 한 벌과 같다고 할 수 있다. 즉 그의 시들은, 전통적인 방법에 따라 옷감을 염색하고 고아한 선을 그대로 살려 바느질하여 지어내, 그 빛감과 자태 그리고 단아함과 우아함 때문에 누구든 입고 뽐내고 싶어하는 그런 한복을 마주 대한 느낌을 맛보게 한다. 송라의 언어 다듬기는 옷감 한 올도 흘리지 않을 정도로 빈틈없고, 엇나간 바느질은 한 땀도 허용하지 않는 야무진 손끝을 자랑한다. 언어에 대한 박경용의 장인 의식은 예나 지금이나 여전하여 이 시집에서도 기와집에 사는 대감님 옷에 바치는 노고를 쏟아 붓고 있다. 그러나 정작 시의 내용은 초가에 사는 영이네 집 안팎의 일이다. 이 시집의 묘미는 바로 이러한 빈틈없음과 넉넉함의 자유로운 공존에 있다.

형식 내용 이분법적 시선으로 보면 다음과 같이 부언할 수 있다. 이 시집에서는, 시의 올을 다듬는 섬세한 공력이, 특정 이념과 양식에 매달려 대자연의 이치를 망각한 채 고단하게 보내는 일상에서 훌쩍 비켜선 삶과 서로 교류하고 있는 것이다. 언뜻 생각에 그만한 형식의 엄격함과 단아함이 허용할 것 같지 않은 수더분한 내용인데, 이 시집에서는 양자의 교합이 수월하게 이루어지고 있으니 그 원인을 생각게 한다.

이것은 시조문학에 대한 그의 치열함, 송라의 시 세계 변화라는 두 측면에서 각기 논할 내용일 것이다. 그러나 근원적으로 보아, 이는 시조라는 정형시의 형식적 특성을 유지하면서도 율격의 엄격함에 매이지 않고 되레 이를 자유롭게 활용하려는 실험 의식의 산물임을 놓칠 수 없다. 〈샛강마을 숲동네〉라는 제목은 푸근한 정감을 풍긴다. 이런 제목을 고른 것은 정형시의 딱딱함에 더 이상 구속되지 않게 된 그가 선택할 수 있었던 것이며, 또 자신의 시적 실험에서 거둔 성공이 주는 안정감을 반영하는 제목이기도 하다.

이로써 우리는 자유시 시대를 살아가는 정형시 주체자가 자유시를 타자로 놓고 진행하는 부단한 실험을 통해 이룩한 시적 성취가 어떤 것인가를 이 시집을 통해 확인할 수 있다. 요컨대 동시조인 송라가 현대문학에서 펼친 진검 승부의 현장을 보고 있는 것이다. 동시조 집단 '쪽배'를 진수시키고 또 앞장서서 노 저어 나갈 수 있었던 것은, 독자적인 동시조 쓰기를 게을리하지 않았기 때문이다. 중언하자면 동인들이 그가 마련한 '쪽배'에 안심하며 몸을 맡기고 동시조 쓰기를 진척시켜 나갈 수 있던 이유이기도 하다.

그는 동시조 하나로 자신의 문학을 견고하면서도 광채 나게 구축해 온 작가이다. 오랜 글쓰기가 가져오는 타성 따위는 결코 용납하지 않으며, 동시조에 대한 자신의 종교에 가까운 신념과 동시조사에서 스스로 떠맡은 역사적 책무를 등에 진 사람답게 일관된 엄격함으로 동시조라는 양태의 예술에 매진해 왔던 것이다. 군살 한 점 없이 날렵한 동시조를 한 편씩 읽어 나가면 문학에 대한 꼿꼿한 그의 몸가짐이 전해 와, 흐물거리던 의식은 어느덧 엄격함을 새로 배우고 더불어 시조의 정형성이 갖는 아름다움을 저항 없이 수용하게 된다. 일반 독자는 물론 어린 독자들도 동시조의 맛과 문학에 대한 혼을 배워 나가게 되는 것도 여기서 유래한다. 이러한 문학적 자세와 작품의 성과를 쌓아 올린 그이기에, 그가 동시조사의 흐름을 잡아 나가는 문학 주체라고 손꼽는 데 이의를 제기할 수 없다. 다시 말해 동시조에 대한 송라의 이러한 의식과 의지가 아니었다면, 이 땅의 동시조문학사는 아마 성립되기 어려웠을 것이다.

2. 동시조와 나 – '쪽배' 동인들의 이야기

지난 여름(7월 7일), '쪽배' 동인 결성 10년 및 동인지 3호 발간을 축하하는 모임이 광화문에서 열렸다. 흔들리고 흔들며 문학의 강을 용케 10년이나 흘러왔던 '쪽배'가 장하고 대견했던 것일까? 김종상, 신현득, 이준관, 박두순, 김용희 다섯 아동문학인이 그 자리를 성사시켰다. '쪽배'를 타고 있는 동인들 박경용, 서재환, 신현배, 진복희, 허일은 물론, 잠시 '쪽배'에서 내려 있던 김향기, 송길자, 임형선 세 식구도 이날은 자리를 지켰다. 발기인들의 초대를 받고 달려온 축하자도 많았다. 강원희, 권오삼, 권영상, 권태문, 김현숙, 문삼석, 민현숙, 박구하, 안영훈, 오원석, 이경희, 이규희, 이상교, 이선우, 이준섭, 전병호, 조두현, 최지훈, 황미경 등이 반갑게 얼굴을 내밀었다.

발기인 대표의 인사(김종상), 이에 화답하는 동인 대표의 인사(허일), 그리고 참가자들의 소개(신현배)와 인사가 이어진 뒤에, 음식을 나누었다. 물에서 잡아올린 해산물로 얼큰하게 끓여낸 매운탕이 바닥을 보이자, '쪽배'가 제3동인지로 거두어 올린 싱싱한 동시조를 놓고 풍성한 말의 잔치가 이어졌다.

돌아보는 사람이 드문 동시조를 왜 붙들고 있는 것일까?

우선 '쪽배' 동인들의 생각이 궁금하다. 오랜 세월 동안 시조에 전념한 진복희 시인은 시조에 대한 애정이 동시조로 확장된 경우이다. 동시조를 쓰면서 아동문학에 대해 새롭게 관심을 환기하고, 동시조 쓰기를 통해 아동문학이 더욱 다채롭게 가꾸어지길 바라고 있었다. 그가 '쪽배' 활동을 통해 써낸 작품을 묶어 최근에 펴낸 동시조집《햇살잔치》는, 이러한 관심의 확대를 입증하는 증거물이다. 시조 쓰기에 포섭되는 동시조 쓰기에 그치지 않고 아동문학과 적극적으로 연관시키고자 하기에, 그의 작업은 우리의 각별한 관심을 끈다.

　진복희가 시조에 대한 초지일관한 애정을 바탕으로 하고 있다면, 신현배와 서재환은 시와 시조를 자유로이 넘나든다. 그들에게 있어서 시조, 동시조, 동시는 모두 시 나무에서 피어난 꽃들이다. 하지만 꽃송이 모두를 동일한 공력으로 피워 내는 것은 아니라고 한다. '시보다 시조 창작이 어렵고, 시조 창작보다 동시조 쓰기가 더 어렵다.'는 게 서재환의 고백이었다. '아이에게도 좋은 시이고 어른에게도 부족함이 없는 시', 이 과제가 비단 동시조인의 것만은 아니나, 그들은 과연 어떻게 처리해 나갈지 앞으로도 계속 눈길이 머물 것이다. 계속해서 황미경, 임형선, 송길자, 김향기의 순으로 '동시조와 나'라는 화두를 어떻게 풀어내는지 들어 보았다.

　동시조가 남들에게는 스쳐 지나는 문학이지만, '쪽배' 동인에게는 비켜설 수 없는 운명의 상대였다. 물론 동시조에 대한 그들의 행로는 부분적으로 겹치면서도 서로 다르다. 하지만 동시조에 대한 순수한 열정과, '쪽배' 활동을 통해서 동시조에 대한 정열을 불태워 왔음은 한결같다. '쪽배'의 세 권 동인집을 연이어 읽으면, 그들의 치열성과 발상의 전환, 그리고 표현 미학을 위한 각고의 노력을 짐작할 수 있다. 이들이 거둔 성과의 일단은 제3동인집에 실린 김용희의 회원 각자에 대한 개평에서 간명하게 확인된다. 동시조 앞에서 틀어쥔 화두를 각기 어떻게 풀어내는지 오래도록 주시하는 것은 우리의 몫일 것이다.

3. 동시조에 대한 우리 시대의 반응

　'쪽배'가 낸 소리는 금세 공명을 얻는다. 다수의 동시인이 '쪽배' 3호에 초대받아 동시조를 발표했는데, 이들이 공명의 주역들이다. 축하 모임에 자리했던 이들의 이야기를 들어 보자.

　이상교는 '자수 안에 잡아넣는다는 것이 괴롭지가 않고 매력적이더라구요.'라고 말했다. 관심에서 그치지 않고 시조를 진짜 써 본 그이기에, 시조인들이 오랫동안 누려 왔던 그 기쁨을 순진하게 표현한 것이다. 시조에 흠뻑 취한 동시조인들에게 이만한 공감의 표시가 또 어디 있으랴.

　쓰지 않아도 짐작할 수 있다. 주어진 자수에 맞추어 세밀한 정취와 사유를 담아내면, 딱딱한 틀을 넉넉히 뛰어넘으면서 얻어지는 빛나는 단아함! 그 희열은 자유시 쓰기에서는 함부로 얻을 수가 없다. 이를 위해 말을 갈고 가다듬는 일에 피가 마르지만, 고르고 고른 후 갈고 갈아서 딱 맞춰 낸 말만큼 아름다운 보석을 부자의 금고에서 찾을 수 있겠는가? 한 편 한 편 시조를 다듬노라면, 모국어의 섬세한 조탁이라는 시인의 임무도 더욱 치열하고 자연스럽고 찬란하게 실행되리라. 시조가 중세와 근대의 문학 양식에 그치지 않고 계승 대상으로 삼아지는 이유 중의 하나는, 스스로 갇히면서도 가둔 틀을 무너뜨리는 힘을 심어 두는 정형시의 기이한 작용 때문임이 분명하다.

이준관은 '왜 하필 이 시대에 동시조가 필요한가?'라며 동시조의 유용성 문제를 정면으로 제기했다. 이런 의혹을 품은 이가 어디 그뿐만이랴. 시인이라면 정밀한 언어의 조탁을 요구하는 정형시 쓰기의 매력을 쉬이 외면할 수 없다. 그러나 시조라는 특정 양식을 고집할 때, 이는 시조를 표현 양식으로 하는 문학 행위 그 자체에 대한 근원적 층위의 물음으로 연결된다. 그 대답은 동시조 집단인 '쪽배'가 내놓아야 한다. 문제를 냈던 이준관은 '쪽배' 3호에서 그 답을 찾아왔다. 그는 가장 성실한 동시조 독자의 한 사람임을 스스로 드러낸 셈인데, 다음과 같은 이유로 '동시조가 꼭 필요하다.'는 결론을 내렸다.

그는 동시조문학사를 더듬어 동시조가 하나의 장르로 형성된 과정을 반추하여 '쪽배'의 문학사적 의의를 정리함으로써 동시조의 추인이라는 결말에 이른다. 그가 주목한 부분은 '쪽배'가 1970년대 말~1980년대 초에 걸친 박경용·정완영에 의해 진행된 의식적 창작 시대를 어떻게 계승해 나갔는가 하는 점이다. 이준관은 1990년대 동시조의 창작은 '쪽배'의 활동에 의해 계승 유지되었는 바, 이들은 앞 시대처럼 의식적이었지만, 집단적이고 지속적인 창작 행태를 보임으로써 앞 시대와 구별된다고 밝혔다. 다시 말해 '쪽배'는 1990년대 이후의 동시조사를 의식적·집단적·지속적 창작 시대로 규정짓게 만들면서, 오늘의 동시조 존재의 당위성을 입증하고 있는 것이다.

물론 그는 이러한 외형적 의미뿐만 아니라 '쪽배' 동인들의 작품을 꼼꼼히 검토하여 그 시적 성취도가 이미 상당한 것임을 면밀하게 밝혀냈다. 언어를 다루는 기교의 능란함, 정제된 형식미, 리드미컬한 가락, 기승전결이라는 형식적 완결성, 소재와 주제의 현대화라는 특성을 지목하고, 이를 동시조라는 문학 장르의 성숙을 보여 주는 지표로 삼는다. 더 나아가 산문적이고 서사성에 기울며, 요설적이고 허술한 구조를 보이고 있는 오늘날의 동시가 안고 있는 타성을 극복할 새로운 대안으로 가늠했다. 자유 동시가 시적 긴장감을 잃어가고 있다면, 고정된 형식을 지키느라 때로는 질식할 듯한 정형시는 그 대안으로 적절할 수도 있다는 것이다.

정형시의 효용성은 이미 확인된 바이지만, 그렇다고 해서 유교 이념을 바탕으로 굳건한 중앙집권형 권력 질서를 창출한 사대부의 정서와 사유를 대변하는 형식이 불변의 문법으로 작동될 것은 아닐 것이다. 근대 서민 대중이 시조의 창작 주체로 떠오르자 엄격했던 형식이 흔들렸음은 주지의 사실이다. 자유로운 시행의 배열, 연시조의 애용, 음수율에 집착하지 않는 율격의 구사라는 현대 시조의 특징은, 오늘날을 살아가는 사람들의 세계관을 담아내는 적절한 형식미의 탐색과 무관하지 않다. '쪽배'가 창작의 실제에서 표현 미학을 추구하며 부단하게 진행해 온 형식적 실험은 이런 맥락에서 평가되어야 한다.

시조를 한낱 정형 시가로 한정하지 않고 민족의 노래로 여기는 것은, 그 기본 형식에 우리 민족에게 익숙한 호흡법이 담겨 있기 때문이다. 자연히 시조의 계승은 값진 의미를 갖게 된다. 이러한 관점에서 '동시조에 대한 외면은 민족과 아이에 대한 외면이라는 말에 가슴이 찔렸다.'라는 문삼석의 토로는 공감을 얻게 된다. 시조문학의 현대적 효용성은 전통 시조의 현대적 계승과 변모의 성공 여부에 달려 있다고 해도 과언이 아니다. 이것은 단순하게 형식의 새로운 모색이라는 문제로 그칠 수가 없다. 문학에 있어서 내용과 형식은 서로를 규정짓는 조응 관계에 놓여 있기 때문이다. '쪽배'가 강조하는 문학 혼의 발휘와 더불어 시인을 둘러싼 시대와 사회 그리고 존재에 대한 성찰이 동반될 때, 적절한 형식미의 창출과 작품을 매개로 한 독자와의 공감대가 형성될 것이다.

이날 '쪽배'가 준비했던 '종장만큼은 3543의 원칙을 꼭 지켜야 하는가.'와 같은 논제는 한껏 흥미를 자극한다. 시간 제약으로 진행되지 못했지만 오늘날 시조 쓰기의 의미가 어떤 것인지 명확하게 드러내는 대목이 되기 때문이다.

동시조가 긴장감을 상실하고 시적 완성도가 낮아진 자유 동시에 대한 대안이 된다고 해서, 자칫 시를 위한 시로 전락하는 일은 없어야 한다. 이런 맥락에서 권오삼의 아동 독자를 배려한 동시조가 되라는 주문이나, 박두순의 난해성에 대한 우려는 진지하게 경청해야 할 대목이다.

한편 독자에 대한 배려 끝에 창작 강령처럼 제시되는 쉬운 시 짓기는, 문학의 주체가 독자만이 아니라는 점에서 근본적 통찰이 요구된다. 독자에게 어려우면 문학이 아니라는 주장은 극단적이니만큼 상황에 따라 그것의 효용성이 다르다. 다만 일반적 상황이라면 어렵고 쉽고의 문제는 작품의 완성도와는 별개의 문제로 다루어야, 어느 일면만을 강조하여 문학을 논할 때 빠지기 쉬운 경직성을 피할 수 있다고 본다.

어려운 시도 쉬운 시도 있고, 이 모두 필요하다. 하향 평준화된 다수 대중의 입맛을 고려하는 일은 중요하지만, 그것이 전부는 아니다. 고급한 소수의 독자를 배려하는 거시적 안목이 부족할 때 문학의 영토는 위축되고 만다. 가장 분명한 것은 완성도가 낮은 작품은 쉽든 어렵든 문학의 두 주체인 작가와 독자 모두에게 유익함이 적다는 사실이다.

사실 문학작품과 현실 독자들의 밀고 당김은 어느 시대 어느 사회이든 피해 갈 수 있는 문제가 아니었다. 어떤 문학적 태도를 취할지는 전적으로 개개 작가의 몫이다. 분명한 것은 어느 한 가지의 노선만 있을 때, 문학은 그나마 확보된 영토를 잃어버린다는 점이다. 비단 '쪽배'만의 문제이고 동시조만의 문제이겠는가? 아동문학을 하는 자라면, 이 난제로부터 더더욱 자유로울 수 없다.

4. 오래도록 기억되라, '쪽배'여

동시조가 쓰여지고 있다는 것 자체만으로도 의미가 있는 일이다.

문학의 메뉴를 한 가지 더 늘려서만도, 단절당한 우리의 노래를 움켜쥐고 있어서만도 아니다. 민족의 노래에 대한 각성을 바탕으로 자라나는 세대에게 이를 들려주려는 고민을 품고 있는 장르이기 때문이다. 민족의 호흡을 어린 시절부터 보고 익힐 수 있게 하고, 그 바람직한 방향을 모색하는 창작 활동은 소중하다.

현대문학에서 차지한 시조와 아동문학의 위상을 염두에 둘 때, 열악하기 이를 데 없는 상황에서 줄기차게 십 년을 흘러온 '쪽배'의 활동은 더욱 가치 있다. 작은 집단이지만 어느 영역에 지지 않는 문학 장르로 우뚝 서려고 자신이 지닌 예술혼을 쏟아 붓기에 더더욱 빛이 난다. '쪽배'가 한층 정감 있게 느껴지고 소담하게 여겨지고 오래도록 문학의 바다에서 흐르길 바라는 소이가 여기에 있다.

당신들의 다짐처럼 세월은 가도 오래 기억되시라, '쪽배'여.

박경용은
욕도 시다

신현배(시인)

1. 이 글을 쓰며

〈시와 동화〉를 만드는 사람으로서 '이 시대의 아동문학' 특집에 선정된 선생님께 원고 청탁을 드릴 때 반드시 여쭈어 보는 것이 있습니다. 이 특집에는 선생님의 인간적인 면모를 소개하는 글이 함께 실리는데, 어느 분이 썼으면 좋겠냐고요. 그러면 대개 그 선생님 주변의 가까운 문우를 추천받게 마련이지요.

이번 겨울호에는 '박경용 특집'을 하기로 하여, 나는 박경용 선생님께 원고 청탁을 드리면서 선생님의 인간적인 면모를 소개할 필자를 추천해 달라고 부탁했습니다. 그랬더니 선생님은 난데없이 이렇게 말하는 것이었습니다.

"박경용에 대해서는 자네가 쓰게. 인간적인 면모인데 꼭 동년배의 문우가 쓰란 법이 있나. 자네도 나를 만난 지 햇수로 10년이 되었으니 후배의 입장에서 한번 써 봐. 나를 도마 위에 올려놓고 신나게 난도질하라고. 신랄할수록 좋아."

나는 당혹스러웠습니다. 이런 종류의 글을 청탁할 줄만 알았지, 본인이 쓰리라고는 상상조차 하지 않았기에 말입니다.

하지만 나는 박경용 선생님의 주문을 거절할 수는 없었습니다. 선생님 주변의 많지 않은 후배 중의 하나로서, 지난 10년간 선생님을 가까이 모시며 평소에 보고 배우고 느낀 바가 적지 않았기 때문입니다. 이런 것들을 가감 없이 그대로 털어놓는다면 선생님에 대한 문단 내의 잘못된 편견과 오해를 불식시키는 데 조금은 도움이 될 것 같았습니다 그래서 졸필이나마 붓을 들기로 한 것입니다.

2. 박경용 선생님과의 첫 상면

박경용 선생님에 대해 말하기 전에 선생님과의 첫 만남을 이야기하는 것이 순서일 것 같습니다.

1991년 가을, 나는 출판사를 철새처럼 떠도는 편집쟁이 생활에 넌더리가 나서, 식구들을 이끌고 처가의 고향인 경북 영덕으로 내려갔습니다. 하지만 6개월을 못 버티고 허둥지둥 서울로 올라와야 했습니다. 퇴직금이 바닥나자 생계 문제에 봉착했기 때문이지요.

그래서 나는 어쩔 수 없이 1992년 봄 다시 출판계에 복귀했는데, 그 첫 직장이 가나

출판사입니다.

가나출판사 편집부에는 동시도 쓰고 시조도 쓰는 임형선(林亨善) 군이 근무하고 있더군요. 임형선 군과 나는 같은 장르의 글을 쓰는 데다가 나이도 같았습니다. 그래서 우리는 금세 친해져서 열심히 붙어 다녔지요.

그러던 어느 날, 임형선 군이 같이 갈 데가 있다면서 퇴근 후에 나를 청진동으로 데려갔습니다. 영문도 모르고 쫄레쫄레 따라가니, 종로구청 가는 길목에 있는 '청수 다방(지금의 패스 호프)'이란 곳으로 들어가는 것이었습니다. 나중에 알았지만 청수 다방은 박경용 선생님의 아지트였습니다.

다방 안에는 초로의 남자가 혼자 앉아 있었습니다. 그는 운동선수처럼 날렵해 보이는 몸매에, 산사에 묻힌 고승 같은 형형한 눈빛이 인상적이었습니다.

"인사드려. 이분이 바로 박경용 선생님이야."

임형선 군은 내게 이렇게 말했습니다.

'아, 박경용 선생님……!'

말로만 듣던 이 시대 최고의 동시인이자 시조 시인을 처음으로 만나는 순간이었습니다.

나는 선생님께 허리를 굽혀 인사를 드렸습니다. 그러자 선생님은 내 손을 잡으며,

"신현배라고 했지? 임 군에게 이야기 많이 들었네. 초면이지만 새까만 후배이니 말을 놓겠네."

하시는 것이었습니다.

이렇게 해서 박경용 선생님과 첫 상면을 가졌는데, 선생님에 대한 예비 지식이 없었던 나는 처음부터 끝까지 당혹스럽기만 했습니다. 선생님은 도무지 상대방에게 말할 기회를 주지 않고 혼자 목청을 돋궈 말씀하시는 데다가, 어느 때는 울분을 토하듯이 목소리를 높이셨기 때문입니다.

나중에 안 사실이지만 선생님은 워낙 울분이 많은 기질인데다, 스스로 밝혔듯이 '내뱉는 말조차도 사나워 이른바 독설가로 평판이 나' 있었습니다. 그래서 만나는 사람(특히 신인)마다 처음부터 경계의 눈초리를 보내 오기 일쑤라는 것입니다.

선생님의 이러한 열화 같은 성정을 알지 못하는 나는, 첫 상면에서부터 선생님께 야단을 맞는 '혹독한 신고식(?)'을 치르고야 말았습니다.

나는 선생님의 고향이 경북 포항시 송라면(선생님은 아호도 고향 이름을 따서 '송라'라고 지었습니다.)이라는 말을 듣고 내심 반가웠습니다. 송라면은 영덕 옆에 붙어 있어 영덕에 살 때 여러 번 가 보았거든요. 그래서 나는 이렇게 아는 체를 했지요.

"선생님, 송라면에는 보경사가 있죠? 보경사는 여러 차례 가 보았어요. 보경사 경내에 있는 피천득 문학비도 보았고요."

내 말이 떨어지기 무섭게 선생님은 도끼눈을 뜨고 나를 매섭게 쏘아보았습니다. 그러더니 나를 향하여 대성일갈을 하는 것이었습니다.

"알려면 똑바로 알아! 보경사 경내에 있는 문학비가 무슨 피천득 문학비야? 한흑구 문학비지."

순간, 나는 아차 싶었습니다. 한흑구를 피천득이라고 잘못 말하다니. 실언이었습니다. 그러나 때는 늦었습니다.

"피천득과 한흑구도 구별 못 하고, 그런 머리로 무슨 문학을 하니? 돌대가리는 평생 가도 좋은 시를 못 써. 그럴 바엔 일찌감치 문학을 작파해 버려!"

나는 아연실색했습니다. 말 한 마디 잘못한 죄로 이렇게 큰 꾸중을 들어야 하다니. 문단에 얼굴을 내민 지 10년 정도 되었지만 처음 겪는 일이었습니다.

당시엔 무척 곤혹스러웠지만 그 뒤 선생님을 자주 만나뵙게 되면서, 선생님이 왜 실언조차 가볍게 보아 넘기지 않는지를 알게 되었습니다.

시인은 언어를 주무르는 사람입니다. 토씨 하나 때문에 밤을 꼬박 새우며 고민하는 것이 바로 시인이지요. 그런데 문학에 관한 한 조그만 실언을 한다는 것도 시인으로서 용납할 수 없는 과오라는 것이 선생님의 평소 신념이었습니다.

3. 꺼질 줄 모르는 창작열

그 후 1992년 계간 〈아동문학평론〉 가을호에 마련된 동시조 특집을 계기로 동시조 동인회 '쪽배'가 결성되면서, 나는 박경용 선생님을 지근한 거리에서 늘 뵙게 되었습니다. '쪽배'에서는 선생님을 고문으로 모시고 한 달에 한 차례씩 정해진 날짜, 시간, 장소에서 만나 신작 동시조 합평회를 갖기 때문입니다.

나는 '쪽배'에 10년 가까이 참여해 오면서 놀란 것이 있습니다. 그것은 박경용 선생님의 꺼질 줄 모르는 창작열입니다. 누구나 인정하는 바이지만 '박경용'이 누구입니까? 1958년 〈동아일보〉·〈한국일보〉 신춘문예로 문단에 나온 이래 43년 동안 우리 동시단을 이끌어 온, 한국 아동문학의 우뚝한 산맥 아닙니까? 원로 중의 원로이지요. 그만한 문단 경력에, 그만한 문학적 성취를 하였으면 이제 노경에 접어들어 붓을 놓고 쉴 만도 한데, 선생님은 그렇지 않았습니다. '쪽배'의 동시조 합평회에서 신작을 거른 적이 거의 없는 것입니다. 첫 모임에서부터 오늘에 이르도록 '신인의 자세로 필드에서 똑같이 뛰겠다.'는 것이 선생님의 한결같은 자세입니다.

박경용 선생님은 올해《샛강마을 숲동네》,《낯선 까닭》이렇게 두 권의 동시집을 펴냈는데, 그 왕성한 창작열에 저절로 머리가 숙여질 따름입니다.

선생님이 '쪽배' 동인들에게 늘 하시는 말씀이 있습니다. '순수한 열정과 치열한 자세로 문학을 하자.'는 것입니다. 박경용 선생님 자신의 이 좌우명이 절로 '쪽배'의 모토가 되기에 이르렀습니다.

선생님은 문학을 종교처럼 생각하는 분입니다. 그래서 그런지 작품을 대하는 자세를 보면 그렇게 진지하고 뜨거울 수가 없습니다. 선생님은 남의 좋은 작품을 보면 세상을 다 얻은 듯이 기뻐합니다. 보고 또 보다가 마침내는 외우기까지 하지요.

"사람은 좋은데 작품이 신통치 않으면 불문에 부치고 싶어. 하지만 사람은 신통치 않은데 작품이 좋으면 등을 두드려 주고 싶어. 그런데 사람도 좋고 작품도 좋잖아. 그러면 업어 주고 싶어."

박경용 선생님은 고 이동주(李東柱) 시인의 말이라면서 곧잘 이런 말을 인용합니다. 나는 선생님에게 이런 말을 들을 때마다 선생님이야말로 진정 문학을 좋아하고 사람을 좋아하는 분이구나 하는 생각을 해 봅니다.

4. 가진 것은 오로지 시뿐

박경용 선생님은 19세에 문단에 나왔습니다. 그러다 보니 선생님과 함께 문단에서 활동한 문우들은 거의 대부분 선생님보다 연장자입니다. 많게는 열 몇 살 이상 차이가 나는 경우도 있지요.

그래도 선생님은 나이를 초월하여 이들과 각별한 우정을 나누었습니다. 그 세월이 어느덧 40여 년이니 그 우정의 넓이와 깊이를 미루어 짐작할 수 있겠지요.

선생님은 지금도 '노소동락(老少同樂)'을 합니다. 술자리에서는 아들뻘의 새까만 후배들과도 스스럼없이 어울리며 즐거운 시간을 갖는데, 취흥이 오르면 선생님은 눈을 지그시 감고 시를 암송합니다.

"내 너를 찾아왔다, 순아. 너 참 내 앞에 많이 있구나. 내가 혼자서 종로를 걸어가면 사방에서 네가 웃고 오는구나. 새벽 닭이 울 때마다 보고 싶었다. 내 부르는 소리 네 귓가에 들리더냐. 순아, 이것이 몇만 시간 만이냐. 그날 꽃상여 산 넘어서 간 다음, 내 눈동자 속에는 빈 하늘만 남더니, 매만져 볼 머리카락 하나 머리카락 하나 없더니, 비만 자꾸 오고…… 촛불 밖에 부엉이 우는 돌문을 열고 가면 강물은 또 몇천 린지, 한번 가선 소식 없던 그 어려운 주소에서 너 무슨 무지개로 내려왔느냐. 종로 네거리에 뿌우여니 흩어져서, 뭐라고 조잘대며 햇볕에 오는 애들. 그중에서도 열아홉 살쯤 스무 살쯤 되는 애들. 그들의 눈망울 속에, 핏대에, 가슴 속에 들어앉아 순아! 순아! 순아! 너 인제 모두 다 내 앞에 오는구나."

선생님이 암송하는 미당 서정주(徐廷柱)의 시 〈부활〉을 듣고 있노라면 감동의 물결에 휩싸이게 됩니다. 시혼이 그대로 가슴을 파고들어 영과 육을 흔들어 놓는다고나 할까요.

선생님이 암송하는 시는 참으로 많습니다. 시간만 허락한다면 앉은 자리에서 수백 편의 시는 거뜬히 외울 수 있을 정도입니다. 평생 시만 쓰고 노래하며 살아온 시인답게 가진 것은 오로지 시뿐인 모양입니다.

박경용 선생님은 이날 입때껏 자기 이름으로 된 저금 통장 하나 없이 살아온 분입니다. 그런데도 선생님은 부자입니다. 언제나 들고 다니는 손가방은 물론이고, 호주머니마다 시작 원고가 그득하니까요.

5. 박경용 선생님의 3강과 3약

나는 언젠가 선생님으로부터 존경하는 인물이 매월당 김시습과 교산 허균이라는 이야기를 들은 적이 있습니다. 그때 나는 선생님이 이들과 기질적으로 서로 통하는 것이 많겠구나 하는 생각을 했습니다. 현실과 타협하지 않고 불의를 보면 참지 못하며, 명리(名利)를 좇지 않고 청빈한 생활을 해 온 것까지…… 박경용 선생님은 본래 반골 기질을 타고난 분인 것 같습니다.

선생님은 언젠가 웃으시면서,

"내게는 3강과 3약이 있어."

하고 밝힌 적이 있는데, 우선 선생님 입을 빌려 3강을 소개하자면 이렇습니다.

"나는 강한 것에는 강하고 약한 것에는 약하지. 내가 유독 강한 면모를 보이는 것은 첫째 문단의 강자나 상업주의 작가, 둘째는 패권주의·관료주의이고, 셋째는 위선자들이야."

박경용 선생님은 정의감과 의협심이 남달리 강해서, 타락하고 각박한 오늘날의 문단 풍토는 물론, 문단에서 행세깨나 하는 사람들을 만나면 참지를 못합니다. 그래서 모임 자리 같은 데서 앞에 나서서 바른말을 하고, 욕을 하고, 잘못된 현실을 성토하는 것이지요.

또한 선생님은 위선자라면 딱 질색입니다. 그래서 스스로 위악자를 자처하며 살아간다고 했습니다.

박경용 선생님에게는 3약이 있는데 인정, 여자, 술입니다.

선생님은 겉으로는 엄격해 보여도 실제는 인정에 약한 분입니다. 주위에 어려운 사람이 있으면 남모르게 도와 주고 전혀 내색을 하지 않습니다. 그리고 가까운 후배들의 경우에는 혈육의 정으로 껴안아 주십니다. 선생님은 술자리에서 이따금 나를 '신 군'이라는 칭호 대신 우리 집 아이의 이름을 붙여 '문철이 애비'라고 불러 주시는데, '문철이 에미'에게 안부 전하라는 말씀을 잊지 않으시지요. 아무튼 선생님의 인간적인 따뜻함은 느껴 보지 않은 사람은 모를 것입니다.

선생님은 여자에 약한 분입니다. 카사노바를 가장 존경한다면서도 젊은 시절의 연애담을 정감 넘치게 하시는 걸 보면 그렇습니다. 군대에 있을 때 탈영을 여섯 번이나 했는데 여자 때문이었다나요.

선생님은 술에 약한 분입니다. 술을 마시면 남보다 먼저 취합니다. 분위기에 취하고 정에 취하고 사람에 취하기 때문이지요.

어느 시인이 '박경용은 욕도 시다.'라고 했습니다.

그렇습니다. 선생님은 이 땅의 잘못된 문단 풍토에 분노하는 울분파이지만, 욕조차 시로 들리게 하는 천재 시인입니다. 이제까지 직장 생활 한 번 한 적이 없고, '어디에 소속되기를 그다지 좋아하지 않는' 영원한 자유인입니다.

그런 선생님을 다달이 만나 뵙는 행운을 누려 온 지 어느덧 10년. 나는 앞으로도 10년 20년, 늙지 않는 박경용 선생님의 청정한 시심(詩心)을 계속해서 만나게 되기를 바랄 뿐입니다.

모성적 그리움 속에서
들리는 영일만의
흙과 바람 소리

하청호(시인)

I. 글머리

박경용 씨는 필자의 문학적 은사이다. 1971년 11월 필자의 〈6월에〉라는 동시를 〈소년〉 잡지에 초회 추천을 해 주었다. 필자가 문학 공부를 한 이래 첫 추천이었다. 이 일로 인해 박경용 씨는 필자가 잊을 수 없는 문학적 은사가 된 것이다. 비록 지금은 자주 찾아보지 못하지만 마음만은 언제나 필자의 은사로 자리매김하고 있다.

박경용 씨가 당시 추천한 말의 앞부분을 인용한다. 왜냐하면 이 말은 필자가 동시를 쓴 이래 지금까지 하나의 지향점이 되고 있기 때문이다.

'시가 무척 귀한 요즘이다. 아동문학계의 전반적 사정이 그러하듯이, 투고되어 오는 신인의 작품에서도 진정한 시를 만나기가 어렵다. 늘 되풀이하는 말이지만, 동시는 우선 시로서 되어 있어야 한다. 그 위에 어린이들이 이해(감상)할 수 있는 것이 되어야 한다. 그러한 이중적 부담을 동시는 스스로 내포하고 있는 것이다.'

이러한 인연으로 인해 필자는 박경용 씨의 작품 세계를 청탁받고 매우 난감하였으나, 어쩌면 씨와는 문학과 인간적인 면에서 많은 시간을 공유한 바가 있어 외람되지만 쓰기로 마음을 정했다.

텍스트로 삼은 것은 제1동시집 《어른에겐 어려운 시》(1969), 동시 선집 《새끼손가락》 (1987), 제7동시집 《샛강마을 숲동네》(2001) 등 세 권의 동시집이다.

필자가 세 권의 동시집을 정독하고 관심을 가진 것은, 무엇이 박경용 씨에게 그토록 동시를 쓰지 않고는 못 견디게 하였으며 또한 시적 심상의 배경이 무엇인가 하는 것이다.

박경용 씨는 《어른에겐 어려운 시》 책머리에 이렇게 쓰고 있다. '늙는 세월 앞에 매양 나는 어린 채로 있고 싶다. 어른이 될까 보아 걱정이다. 내 정신 생활에 지금으로서 걱정이 있다면 단지 이것뿐이다.'라고 했다.

이러한 정신세계는 스코틀랜드의 극작가 배리(James Barrie)의 작품 〈피터 팬 (Peter pan)〉에서 영원히 자라지 않는 소년 '피터 팬'을 생각하게 한다. 현실의 고뇌에 빠진 어른이 근심을 모르던 유년에 대한 그리움과 향수로 언제나 어린이라면 얼마나 행복할까 하는 심리적 기저이다. 《이상한 나라의 앨리스》의 작자인 루이스 캐럴(Louis

Carrol) 역시 어린이와 벗함으로써 현실의 고뇌를 잊고 해방감을 만끽하였다. 그는 '어른이 된다는 것은 쇠약해져서 백발이 되어 그늘진 골짜기에 걸어 들어가는 일이다. 만약 다시 한 번 어린이가 될 수 있다면, 오랜 세월 동안 쌓아 올린 보물을 모두 주련만.'이라고 했다.

박경용 씨는 영원히 어린이로 남고 싶어했다. 그렇다면 무엇이 박경용 씨를 그토록 어린이로 남고 싶게 하였는가!

씨는 현실적 고뇌를 어린 시절에 투사하고 싶었는지 모른다. 그 어린 시절이 행복했든 불행했든 그것은 문제가 되지 않는다. 만약 어린 시절이 불행하였다 하더라도 어른의 시점에서 보면 그 불행도 아련한 그리움으로 채색되어 오기 때문이다. 이것이 박경용 씨가 동시를 쓰지 않고는 못 견디는 하나의 요인이 아닌가 생각된다.

또 하나는 박경용 씨의 시적 심상의 배경이 무엇인가 하는 것이다. 이것은 씨의 작품 전체를 관류하는 것과 상통한다. 필자는 동시 선집 《새끼손가락》의 시어 분석을 통하여 씨의 정신세계가 어머니와 바다 그리고 고향의 심상이 하나의 큰 흐름으로 자리 잡고 있음을 알 수 있었다.

따라서 필자는 박경용 씨의 동시를 '모성적 그리움 속에서 들리는 영일만의 흙과 바람 소리'라고 말하고 싶다.

II. 박경용 씨의 작품 세계

1. 모성적 그리움

① 엄마가 내게 다시 손가락질해 가리킵니다.

헛발을 디디어 하늘에서 미끄러난 구름에 목덜미가 감기어서 몸을 뒤채던 앉은뱅이 산이, 허리가 친친 동이어서 쩔쩔매던 먼 산봉우리가 방금 구름을 벗겨내고 땀에 절인 얼굴을 씻습니다.

엄마는 나를 번쩍 들어 무릎에 올려놓고는,

볼에 볼을 비비며 어쩔 줄 몰라 하다가는,

귓속말로 뜨겁게 일러 주기를

– 엄마도 저랬단다. 너를 낳을 때.

– 〈그날 그 아침〉 일부

② 나의 가슴의 / 이 하얀 카네이션과 / 너의 가슴의 / 그 빨간 카네이션이 / 빛깔은 다르지만 / 꽃은, 꽃의 이름은 / 한결같듯이 // 얼굴은 다르지만, 살아가는 세상 / 세상은 다르지만 / 엄마가 엄마인 건 꼭 같은걸. // 그래 맞았다. / 우리 엄마는 내 가슴에 있다. / 그래 그래 맞았다. / 그러므로 그러므로

정말로 있다.

– 〈나의 하얀 카네이션과 너의 빨간 카네이션과〉 일부

③ 바다의 목소리가 / 제일 건강한 칠월. // 해당화 핀 모래밭 길에서 // 엄마를 부르는 내 목소리도 / 제일 싱싱하고, // 끓는 물아지랑이에 익어서 // 엄마의 대답 소리도 / 제일 밝고 또렷하다. // 바다 입김에 젖어서 // 소리쳐 부르기만 하면 / 언제나 만날 수 있는 엄마. // 바다의 귀도 / 제일 건강한 칠월.

– 〈칠월의 바다〉 전문

박경용 씨의 마음에는 모성적 그리움이 있다. 견딜 수 없는 그리움의 밑바탕에는 외로움이 짙게 드리워져 있다.

작품 ① 〈그날 그 아침〉은 1974년에 발간된 씨의 두 번째 동시집 제목이기도 하다. 잉태와 출산의 설레임과 기쁨을 산문시 형태로 노래하고 있는데 모성적 그리움의 정서가 진하게 배어 있다.

특히 작품 ②에서는 그리움과 함께 외로움이 더욱 짙게 묻어난다. 따라서 씨는 오늘날의 어린이 위에 결코 떨쳐 버릴 수 없는 자신의 어린 날이 모성과 함께 겹쳐져 있음을 작품을 통해 내비치고 있다.

작품 ③에서 그려진 영일만의 바다에서는 박경용 씨를 키워 준 모성이 함께 살아 숨쉰다. 그러므로 씨의 샘솟듯 하는 시심의 원천은 모성과 그 모성 같은 영일만의 흙과 바람 소리인 것이다.

④ 꼭 다물어진 입을 벌리려 안간힘 쓰던 뜰의 석류들이 뒤껕 쪽으로 자주 한눈을 판다. 아직 떫은맛조차 울궈 내지 못한 감들을 안타까워하는 눈빛이다. 뜰에 가득한 볕을 아껴 조금씩 조금씩 뒤껕으로 밀어 준다.

– 〈익을 무렵〉 일부

⑤ 해가 햇살이 갈라 놓은 땅을 / 바람이 안개가 풀어 놓은 흙을 / 일구는 비. // 갓 깨어난 푸석한 얼굴의 땅 / 마른 입술의 흙에 / 젖을 물리는 비.

– 〈봄비〉 일부

앞서 인용한 작품들이 박경용 씨의 모성적 그리움을 구체적으로 표현한 것이라면 작품 ④와 ⑤는 의인화를 통해 보다 은유적으로 나타낸 것이다.

뜰의 석류들이 아직 떫은맛조차 울궈 내지 못한 감들에게 햇볕을 조금씩 조금씩 뒤 곁으로 밀어주는 마음은 바로 모성적 마음이다. 그리고 햇살이 갈라 놓은 마른 입술의 땅에 젖을 물리는 비는 또 얼마나 지순한 모성애의 발로(發露)인가!

박경용 씨의 모성적 이미지는 위에 인용한 몇 작품에서 드러나듯이 씨의 작품 전체에 지대한 영향을 끼치고 있는 것이다.

2. 영일만의 흙과 바람 소리

⑥ 찾아도 안 보이는 / 매미는 작지만, / 맴 맴 매앰…… / 매미가 부르는 / 노래는 크다. // 바람도 없는 / 쨍한 한낮에 / 느티나무가 드리운 / 커다란 그늘, / 그늘에 묻어 오는 / 시원한 노래. // 그늘을 덮고도 / 남아 퍼지는, / 맴 맴 매앰…… / 매미가 부르는 / 노래는 크다. // 나무보다 더 크고 / 나무 그림자보다 더 큰 / 아, / 한 마리 작은 매미.
– 〈매미·1〉 전문

⑦ 귤 / 한 개가 / 방을 가득 채운다. // 짜릿하고 향긋한 / 냄새로 / 물들이고, // 양지짝의 화안한 / 빛으로 / 물들이고, // 사르르 군침 도는 / 맛으로 / 물들이고, 귤 / 한 개가 / 방보다 크다.
– 〈귤 한 개〉 전문

⑧ 가지 끝의 바람도 / 돌며 울부짖는 날, / 팽이를 돌린다. / 도는 팽이 따라 어지럽게 / 어지럽게 내가 돈다. // 얼음판의 아이들도 / 돌며 돌며 크는 날, / 내가 돌리는 / 작은 지구, 도는 팽이 위에 // 아, 누가 쏘아 올린 별일까 / 하늘을 빙빙 도는 / 한 개 꼬리연. / 누굴까, / 저 꼬리연의 임자는.
– 〈팽이와 연〉 일부

박경용 씨의 마음 속에는 늘 고향이 어린 날과 함께 자리 잡고 있다.

뻐꾸기 울음따라 / 산빛이 달라질 때쯤, // 끓는 아지랑이 바다 / 불타는 모래벌엔 // 해보다 더 밝고 또록한 / 등불들이 널린다.
– 〈해당화·1〉 일부

박경용 씨는 비록 삶을 위해 몸은 서울에 있지만 그의 정신세계는 어머니의 자궁과 같은 고향을 그리워하며, 그러한 그리움은 동심을 잉태하게 한다.

따라서 박경용 씨의 동시가 동심을 노래한 것은 분명하지만 실상은 어린 날을 반추하는 성인적 동심을 노래한 것이다. 다만 박경용 씨의 동시가 성공을 거둔 것은 시적 상상력을 바탕으로 문학적 보편성과 객관성을 확보하였기 때문이다.

영일만의 흙과 바람 그리고 그 속에서 생활했던 어린 날들은 박경용 씨의 정신을 풍요롭게 하였으며 아무리 퍼내어도 고갈되지 않는 시의 샘을 갖게 한 것이다. 따라서 박경용 씨는 고향의 정서를 바탕으로 다른 장르(자유시와 시조)에서는 결코 수용할 수 없는 동시적 판타지를 통한 정신의 확대, 비상을 꿈꾸었던 것이다.

작품 ⑥ 〈매미·1〉에서 매미는 비록 작지만 노래는 크다. 나무보다 더 크고 나무 그림자보다 더 크다고 했다. 씨의 대표작인 작품 ⑦ 〈귤 한 개〉에서도 작은 귤 한 개가 방보다 크다고 했다.

박경용 씨의 심상은 원심 지향적이다. 하나의 사물, 그 존재에 머무르지 않고 의미를 확대 재생산한다. 작은 매미 한 마리와 귤 한 개를 나무보다 크고, 방보다 크다고 생각한 발상은 어린 날 고향인 영일만의 크고 광활한 바다에서 생성된 것이 아닌가 생각된다.

작품 ⑧에서는 더욱 그러하다. 박경용 씨는 지상의 팽이에서 의미가 확대되어 작은 지구, 더 나아가 우주인 별까지 닿는다. 그 외 작품 〈바다가 보이는 산에 올라〉에서는 땅속에서 드러난 조개 껍데기를 보고, 한 천 년 뒤에는 '조개 껍질은 다시 살아나고 / 소나무 풀들은 바다 식물 되고 / 이 바윗돌 이끼도 바다 이끼 될까.'라고 했다. 이러한 심상의 확대와 자유분방함은 텍스트로 삼은 세 권의 동시집에서 수시로 접할 수 있다.

⑨ 맑은 날, / 온종일 강가에서 놀다 오는 길은 / 세상이 온통 강물만 같네. // 나란히 흘러 보느라면 / 하늘이야 어느 때나 강물이지만 // 발길에 닿는 강물, / 눈 닿는 데까지 출렁이다 되돌아오는 / 풀밭, 또 돌밭. // 위에서 아래로 흘러내리는 / 저 하늘이야 어느 때나 강물이지만 // 땅에서 하늘로 치닫는 강물, / 위로만 위로만 노래로 번져가는 / 키 큰 나무 잎새들. // 그 한가운데를 / 반짝반짝 잔물결로 나부끼는 / 짱아 한 마리.

– 〈강물〉 전문

⑩ 하얀 길 / 띠처럼 냇물처럼 가고 있었다. // 하얀 길 / 빛도 소리도 아무도 없었다. // 하얀 길 / 그림자도 없이 혼자서 아무렇지도 않았다. // 하얀 길 / 나즉나즉 옛말로 옛얘기하고 있었다. // 하얀 길 / 자꾸만 자아꾸만 키가 크고 있었다.

– 〈하얀 길〉 전문

작품 ⑨와 ⑩ 역시 영일만의 흙과 바람에 닿아 있으며, 어린 날 또한 겹쳐져 있다. 작품의 전체적인 분위기는 짙은 페이소스(pathos)를 느끼게 한다.

온종일 강가에서 놀다 오는 길은 땅도 하늘도 온통 강물이다. 세상이 온통 강물이다. 그 가운데를 반짝이며 잔물결로 나부끼는 짱아 한 마리. 어쩌면 그 짱아 한 마리가 박경용 씨 자신이 아닌가 여겨진다.

한 시인의 작품은 그 시인의 정신적 그림자이다. 그러므로 시는 시인 그 자체이다. 작품 ⑩은 박경용 씨가 가는 길이다. 빛도 소리도 그림자도 없이 혼자서 가는 길이다. 씨는 혼자서 가도 아무렇지 않다. 길이 들려 주는 나즉나즉 옛얘기를 들으며 혼자서 가는 것이다. 어찌 보면 씨의 삶처럼 그렇게 하얀 길을 가는 것이다.

이처럼 씨는 자신의 삶을 노래하면서도 성인적 감정을 유로(流露)하지 않고 동심과 접목시켜 시적 감동을 자아내고 있다.

III. 마무리

필자는 지금까지 박경용 씨의 작품을 이루는 시적 배경이 무엇인가에 대해 살펴보았다. 씨의 활화산 같은 성정(性情)과 샘솟듯 하는 심상은 모성적 그리움과 영일만의 흙과 바람 소리에서 연유된다는 것을 편린으로나마 알 수 있었다.

여기에서 말하는 모성은 존재하는 모든 것의 보편적 심성이며 자연친화적이다. 또한 그리움의 대상이며 우리가 돌아가야 할 본래의 마음자리이기도 하다.

이 글을 마무리하면서 문학적 은사인 박경용 씨가 후학을 배려하는 마음에서 필자에게 평필을 쥐어 준 것에 대해 감사하며, 언젠가 선생님의 작품 세계를 보다 다양한 측면에서 조명할 수 있으리라 기대하며 아둔한 단상을 붙인다.

어쭙잖은
'예술지상주의자'가 겪은
몇 가지 해프닝

　썩 가까운 문우들 사이에서 나는 두 개의 지상주의자(至上主義者)로 낙인찍혀 온 지 오래다. 예술지상주의자와 연애지상주의자가 그것인데, 물론 내 의사와는 전혀 무관한 것이다.

　나는 워낙 '이념'이니 '주의'니 하는 것을 아주 싫어한다. 그 자체가 속박을 뜻하는 것이기 때문이다.

　내게 낙인찍힌 두 '주의'의 경우, 굳이 말을 빌리자니 그렇게밖엔 표현할 길이 없었다 하려니와, 아무래도 후자(연애지상주의자)는 좀 지나친 것 같다. 그것은 그와 유사한 대부분의 개념들이 비현실적 이상론에 불과한, 한갓 허상이라는 내 평소의 신념과 맥을 같이 한다. 또한, 어느 모로나 내 천부적 생리와도 사개가 맞지 않은 것이기에, 그냥 소박한 의미에서의 '페미니스트'쯤으로 이해해 주었으면 그나마도 다행이 아닐까 한다.

　그런가 하면, 예술지상주의자의 경우는 크게 다르다. 그 주장에 내 스스로 선뜻 수긍할 뿐만 아니라, 어느 면으로는 은근히 긍지마저 느끼고 있기 때문이다. 만일 내게 이만한 허영이라도 없었더라면 아무리 순수한 '자기 성취'가 소중한 것일지라도 오늘날까지 나는 시라는 것을 한결같이 붙들고 있지는 못했을 터이다.

　그러므로 이를테면 예술지상주의, 그것은 단순한 체질적 문제나 취향이 아니라 내 삶의 핵심이자 확고부동한 가치관에 다름 아닌 것이다.

　여지껏 영위해 오고 있는 내 알량한 시업(詩業)이라는 것도 따지고 보면 그 한 마디 가치관에 함축된다. 그 가치관을 문자로써 행위하는 것이 곧 내 시업이라 할까.

　어찌 보면 지극히 당연한 그 이치가 종종 극단적 독선으로 몰리거나 심지어는 몰이해로 말미암은 심한 단절감에 부딪칠 때 나는 절망한다. 그리고 그런 절망은 이른바 '아동문학계'라는 영역에서 가장 빈번하게, 가장 짙게 겪어 오고 있다.

　오늘, 이 자리에서는 한 사람의 아동문학가 입장에서 어쭙잖은 예술지상주의자가 겪은 숱한 사연 중에 대표적인 것 몇 가지를 선보일까 한다. 재미삼아 가볍게 읽으면서 그 에피소드에 담긴 함의(含意)－또는 의표－가 무엇인가를 헤아려 주기 바란다.

〈제1화〉

속된 말로 아주 잘나가는, 내 측근의 하나로 알려져 있는 중견 아동문학가를 단독으로 만난 자리에서였다. 내가 먼저 운을 뗐다.

"지난번에 보내 준 동화집, 고맙게 잘 받았네. 그나저나 요 몇 년 새 잘 팔리는 책을 잇달아 내서 좋기는 하겠다만, 그러느라 본격 창작은 언제 하지?"

그가 화들짝 놀라는 시늉을 하며 볼멘소리로 되물었다.

"창작이라뇨? 그럼, 그동안 제가 펴낸 동화집들은 창작이 아니란 말씀인가요?"

"글쎄, 글이라고 다 창작일까. 적어도 요 최근 몇 년 사이에 만나 본 자네의 동화집들은 엄밀히 말해 그냥 읽을거리에 가깝더군. 독물(讀物)과 창작은 그게 뭐랄까, 호리지차가 천양지차라고 아무래도……."

내 말이 채 끝나기도 전에 그가 얼른 낚아챘다.

"무슨 말씀인지 잘 모르겠네요. 남들은 다 좋다고들 하던데. 독자들의 반응도 좋고, 그래서 출판사로부터도 계속 청탁이 오고……."

눈을 내리깔고 말끝을 흐리던 그가 갑자기 나를 꼿꼿한 눈으로 쳐다보며 숨 돌릴 틈도 없이 마구 쏘아붙이는 것이었다.

"선생님, 제발 저를 좀 이쁘게 봐 줄 수 없어요? 선생님에 대한 평판이 어떤지 알기나 하세요? 후배들 기 꺾는데 이골이 난 사람이라고, 혼자만 똑똑하고 혼자 잘난 맛에 사는 사람이라고……."

나는 적개심 품은 그의 그 고압의 눈길에 하마터면 물고 있던 담배를 떨어뜨릴 뻔했다.

〈제2화〉

그놈의 무형의 '독자'라는 게 뭔지 걸핏하면 독자 타령이라 이제는 영 신물이 난다. 이에 얽힌 얘기 두 마당.

〈Ⅰ〉 동심천사주의니 현실적 리얼리즘이니 하는 낡아 빠진 외투가 아주 종적을 감춘 걸로만 알고 있었다. 한데, 1970년대를 고비로 이미 퇴물이 된 그 망령이 작금에 되살아나 시야를 자주 어지럽힌다.

잔뜩 그 망령에 씌어 있는데다 자신의 주의·주장·견해에 들어맞지 않으면 그 어떤 금과옥조라도 무조건 잘못된 것, '다른 것은 틀리는 것'으로 치부하는 획일적 안목에 사로잡혀 있는 답답한 후배 하나를 오랜만에 만났다.

대뜸 한다는 그의 얘기가 걸작이다.

"박 선배님의 동시는 아직도 어려워요. 1960년대에 나온 《어른에겐 어려운 시》는 그래도 동시를 시로 이끌어 세운다는 명분이라도 있었지만, 이젠 그것도 아니잖습니까. 이젠 독자인 어린이를 위해서 쓸 때도 됐다고 생각하는데, 자꾸 고집만 피우시니…….”

내가 지레 손사래를 쳤다.

“어이, 그만. 나는 그렇다치고, 그럼 자네는 뭔가? ‘아동 생활시’ 수준의 시 나부랭이를 끄적이면서 뭐, 어린이를 위한 시를 쓴다고? 에끼, 이 사람…….”

“그렇게 흥분하실 게 아니고…… 아동문학이라면 먼저 독자인 어린이를 생각하고 써야 마땅하다는 말씀을 드리는 것뿐인데…… 너무 그러지 마세요. 저도 이제 내년이면 환갑인데, 후배 얘기도 들을 만한 건 좀 들어 주셔야지…….”

“이 아둔한 사람아, 들을 말이 따로 있지. 다른 건 접어 두고라도 제발 그 ‘어린이를 위해’ 어쩌고 하는 소리는 집어치우라고. 일찍이 누가 이런 명언을 남겼네그려. ‘어른이 어린이를 위한다는 건 악마가 천사를 위한다는 것과도 같은 거’라고. 여지껏도 그래 왔지만, 나는 그저 내가 쓰고 싶은 시를 남의 눈치 보지 않고 쓸 따름일세. 자네 앞가림이나 잘하게. 노파심에서 한마디만 더 곁들이겠는데, 같은 도자기를 빚어도 도공과 도예가의 차이, 같은 도자기라도 예술 도자기와 실용(생활) 도자기의 차이가 뭔지를 한번쯤 깊이 냉정하게 짚어 보게나.”

그리고는 화제를 바꾸자고 제의, 까닭 모를 울분을 생맥주 몇 잔으로 겨우 달랬다.

〈Ⅱ〉 동시조 ‘쪽배’ 동인회의 어느 달 정기 월례 모임에서 있은 일이다.

옵서버 자격으로 어울리게 된 젊은 시인이 동인들의 신작 합평회가 끝날 무렵, 지켜본 소감이 어떠냐는 나의 물음에 툭하니 한마디 던지는 말.

“동인 각자의 작품 수준에 차이가 많이 느껴지는데요. ……어떤 건 좀 어려워 독자(어린이)들이 이해하기는 좀 벅차지 않을까…….”

내가 서둘러 그의 말허리를 잘랐다. 작품 수준 운운하길래 시로서의 차원이나 성과를 말할 줄 알았는데, 고작 이어 간다는 얘기가 또 독자 타령인지라 그만 짜증이 나고만 것이었다.

“이봐, 다 듣지 않아도 뻔한 소릴세그려. 자네는 시를 쓴답시고 도대체 성인 독자의 수준을 어디에다 맞추는 게야? 말이 쉬워 성인 독자라지만 성인이면 그 수준이 다 같은가? 연령·교육 수준·직업, 어디 그뿐인가. 시에 대한 조예, 그러니까 평소 시에 대한 관심과 애정, 시적 감수성과 감상 능력 등 천차만별인데, 자네는 그 수준이라는 것의 근거를 어디에다 맞춰 시를 쓰는가?”

“그래도 어린이를 위한 시라면…….”

“어린이, 어린이란 말 좀 작작 하게. 동시에 대한 어린이의 시적 감상 능력이 자네처럼 선입감과 관념에 젖어 있는 어른들보다 어쩌면 한 수 위일 수도 있다는 사실을 외면 말게. 그리고 어린이의 수준이라는 것도 한번 잘 생각해 보게. 어른의 그것처럼 우선 일반적인 연령별 지적 능력을 따지더라도 유년·유치원에서부터 초등학교 저학년·중학 년·고학년, 그리고 좀더 높게는 중학생에 이르기까지 얼마나 다층적인가 말이다. 독자 의 대상에 지나치게 집착한다면 우리 시인들이 궁극적으로는 정박아(지진아·정신장애 자 포함) 수준에 맞는 동시도 써야 한다는 논리가 설득력을 갖지 않겠나? 시는 결국은 시일 뿐이야. 동시의 경우, 최악의 경우를 상정하더라도 일단 시로서 성공을 거둔 작품 인데도 자네 말대로 그 수준이 어린이에게 벅차다면 성인 시로 편입시키는 것이 자연 스럽지 않겠나? 이봐, 내 다시 똑똑히 일러두지만, 시인은 창작하는 사람이지 결코 소 비자를 고려해 제작하는 사람이 아니라는 걸 깊이 명심하게나."

침 튀는 나의 열변에 그는 얼굴이 벌겋게 달아오른 채 끝내 함구무언이었지만, 한심 하기로는 그나 나나 매한가지가 아니었으랴.

〈제3화〉

모처럼 평소 내가 아끼는 후배 중견·중진 시인들 몇이 모인 자리에서다.

술이 한 순배 돌자 기분이 도도해진 나머지, 내가 예의 그 호기를 뽐내면서 큰 소리 로 외쳤것다.

"야, 오늘은 잡초 하나 끼어들지 않아 살맛 나는구면. 뭐 별거 있어? 막말로 가수 노래 잘하고 환쟁이 그림 잘 그리고 시인 시 잘 쓰면 그만 아닌가. 자, 그런 의미에서 건배!"

짱! 소주잔을 부딪치고 건뱃잔을 입술에 마악 갖다 대려는 찰나, 그만 찬물이 끼얹어 지고 말았다. 그때까지 잠자코 앉아 있던 꽁생원 후배 하나가 그 순간에 맞춰 이의를 달고 나선 것이었다.

"저는 그 말씀에 동의할 수 없는데요. 시 이외에도 살아가는 데 중요한 게 얼마나 많 은데요. 요즘 같은 세상에 시만 잘 쓴다고 누가 밥 먹여 줍니까?"

허허, 이 무슨 변고람? 핀트가 어긋나도 톡톡히 어긋났구먼! 모두가 내 눈치를 살피 느라 긴장된 순간, 나는 일단 술잔을 내리고 호흡을 조절한 뒤, 맥 빠진 소리로 말했다.

"이 사람아, 그걸 누가 모르나. 그저 말이 그렇다는 게지. 오랜만에 시인으로서 제법 될성부른 사람들끼리 만나 기분 한번 내보자고 짐짓 부려 본 호기를 가지고 시비를 걸 면 어떡하나?"

"네, 그 기분은 알겠는데요. 그리고 저도 옛날엔 그렇게 맹목적으로만 생각했는데요, 그런데 철이 드니까 생각이 달라지던걸요."

참다 못한 내가 죽비로 어깨를 내리치듯 대성일갈한 건 바로 그때였다.

"뭣이? 철들었다? 스스로 철들었단 말을 함부로 하다니. 에끼, 이 발칙한 놈! 철든 놈이 시는 왜 쓰는 게야? 동서고금을 통해 철든 성현(聖賢)들이 시 쓴 예를 봤나? 말귀도 못 알아듣는 이 무지렁이 같은 놈아, 예술가에게는 소질 못지않게 기질도 중요한 법인데, 하찮은 그 재능에다 속물근성까지 승하니 장차 네깐 놈이 무슨 재주로 정녕 시인다운 시인이 되겠나. 시인 종자인 줄만 알았는데 이제 보니 무늬만 시인이었구먼. 썩 꺼져라, 이 허섭스레기 같은 사이비 놈아."

술자리는 온통 난장판이 되고 말았다.

그런데, 더욱 가관인 것은 그 얼마 뒤, 어느 공식 석상에서 우연히 동료급 아동문학가를 마주쳤더니, 무슨 경천동지할 정보에라도 접한 듯 호들갑스럽게 다가와서는 시니컬하게 웃는 것이었다.

"후배 시인들 모아 놓고 또 난리 깽판을 쳤다며? 제발 좀 자중하라고. 이젠 나잇값도 해야지……."

〈제4화〉

몇 번 벼른 끝에 어느 동료 시인과 만나게 되어 약속 장소로 나갔더니, 그 친구, 꽤나 미모인 30대 중반쯤 돼 보이는 아가씨(?)와 한창 수작의 분위기를 무르익히고 있는 중이었다.

얼마 전에 모 계간지를 통해 문단에 첫발을 디딘, 장래가 촉망되는 동시인으로, 자신의 문하생이라고 친구가 그 아가씨를 장황하게 소개했다. 간단한 수인사 끝에 내가 의례적인 말을 건넸다.

"이제부터 시작이라는 마음가짐으로 열심히 쓰세요. ……한데, 처음부터 동시를 썼어요? 아니면 시를 쓰다가……."

흔한 요즘의 젊은 여인 같지 않게 다소곳한 자세로 앉아 있던 그녀가 상냥한 목소리로 또박또박 대꾸했다.

"아, 네, 저…… 대학 다닐 때만 해도 시를 썼어요. 제 딴엔 동인 활동도 하면서 열심히…… 그러다가 그 뒤에 포기하고 어찌어찌하다 보니까 가로늦게 동시를 쓰게 됐는데…… 모두가 여기 계시는 이 ○선생님 덕분이에요. 작년 이맘때 뵙고 지도를 받아 왔는데, 저를 동시의 길로 이렇게 이끌어 주셨거든요."

"그래요? 그럼, 학창 시절에 가장 좋아한 시인은?"

"김소월. 소월은 지금도 여전히 좋아해요."

"아니, 그게 아니고, 내 말은 사숙했다 할지, 크게 영향받은 시인이라 할지, 그런 시인 말인데."

"……."

"동시 공부를 한 지 일 년이라? 그렇다면 내 이름 석 자만 기억하는 게 아니라, 혹 내 작품을 읽어 본 적은 있는지?"

"그럼요. 〈귤 한 개〉란 작품은 제가 제일 좋아해서 줄줄 외는걸요."

친구가 우리 대화 속에 끼어들었다.

"그래서 내가 박 형에게 이렇게 특별히 소개시켜 주는 것 아니겠소? 박 형의 독실한 팬이라니까."

내가 그녀에게 다시 물었다.

"그 밖에 뭐 제목이라도 기억에 남는 내 작품은?"

"깜박, 생각이 잘 안 나네요. ……열심히 할게요, 선생님. 잘 이끌어 주셔요."

떨떠름한 기분으로 연신 쓴 입맛을 다시고 있는 내게 이번에는 그녀가 문득 질문을 던져 왔다.

"선생님은 누굴 제일 존경하세요?"

"카사노바! 존경 정도를 넘어서서 숭배하지."

"어마마, 아무려믄. ……그럼, 취미는요?"

"얼마 전까지만 해도 낙서가 내 취미였었는데, 요즘은 바뀌었어요, 포르노 감상으로."

"네엣?"

그녀는 놀라 자지러지는데, 옆에 앉은 친구가 내 무릎을 탁 치며 한바탕 껄껄 웃어젖혔다.

"짓궂긴. 박 형은 예나 지금이나 하나도 안 변했어, 그 고질 같은 위악까지도. 하긴 그게 박 형의 최고 매력이거든."

〈제5화〉

최근에야 사귄, 아직 신인급인 나이 지긋한 시조 시인.

실로 우연한 기회에 만나 허교한 이래, 세 차례 술자리를 거친 뒤로 제법 친숙해진 그 친구, 네 번째 만나자 대거리가 꽤나 당당해졌다. '존경하는' 나에게 삼가 몇 말씀 고언을 드리겠다며 은근히 나를 꼬드기는 것이었다.

"송라 선생께서도 이젠 종전의 삶의 방식을 좀 바꾸셔야만 합니다. 도제(徒弟)들을 거느리시고 여봐란듯이 문단 활동도 적극적으로 펴셔야만 합니다. 우리 시조 시단에 이제 진정으로 원로라 할 만한 분들이 과연 몇이나 됩니까. 송라 선생께서 이제라도 주도적으로 적극 참여하시기만 하면 시조 시단 풍토도 많이 달라지게 될 겁니다."

"말은 고맙네만, 그 뜻을 좇기는 아무래도 어려울 듯하이. '좀 덜 먹고 좀 덜 유명해지고, 자기 성취 차원에서 싯줄이나 끄적이며 맘 편케 사는 것'— 이것이 오랜 세월 동안 견지해 온 내 삶의 모토이네. 괜히 헛바람 넣지 말게나."

"안 됩니다. 생각을 고쳐 가지셔야만 합니다. 지금은 그런 시대가 아니잖습니까? ……한데, 송라 선생께서는 요즘은 왜 시조는 쓰시지 않고 동시조만 쓰시는지 그게 사뭇 궁금합니다."

"왜 시조도 가끔 쓰기는 하지. 다만 발표만 당분간 않고 있을 뿐이고, 꽤 오랜 동안을 동시조에 매달려 온 건 사실이지만, 따지고 보면 동시조도 시조 아닌가. 나는 시니 시조니 동시니 동시조니 그런 걸 가리지 않고 시 작업을 치러 온 지가 퍽 오래되었네. 쓰고 싶은 대로 이런 성질, 저런 형태의 시를 쓸 따름이야. 전혀 구애받고 싶지 않아."

"그래도 남들이 어디 그런 속사정을 알아줍니까? 동시조라면 아동문학에 속하는 것이라서 왠지 좀 옹색한 것 같기도 하고요."

"아동문학이면 어떻고 성인 문학이면 또 어떤가. 작품 자체의 문학적 성과가 문제지. ……음, 동시조 얘기가 나왔으니까 말인데, 동시조 '쪽배' 동인회 출범 이후 올해로 십년째, 줄곧 동시조에 몰두해 오다 보니 다른 걸 쓰려면 영 싱거워. 가령, 같은 소재로 동시를 쓰려고 들면 뭐랄까, 헐렁헐렁해지는 느낌이랄까, 시상을 익히는 과정에서 자꾸 허방 짚는 기분인데다 펜을 들면 자꾸만 중심에서 멀리 벗어나 언저리만 맴도는 형국이어서 집중력과 긴장감이 함께 떨어지는 거야. 아마도 동시조 중독증인가 봐."

"허어, 거참 재미있는 말씀이네요. 어서 그 중독증에서 벗어나야지 않겠습니까?"

"천만에. 그런 중독이라면 장려할 만한 중독이 아니겠어? 요즘에 와서 우리 시도 시조도 다 그러하지만, 동시 또한 너무 해체되고 그래서 점차 산문화해 가고 있는 경향이야. 이 심각한 병폐를 치유하는 데는 뭐니 뭐니 해도 동시조가 제일 훌륭한 처방이 되지 않을까 싶어. 그 점, 나는 확신하네. ……그런데 말이야. 이번에 꽤 권위 있는 어느 계간 아동문학 전문 잡지가 내 특집을 엮겠다면서 신작 동시 다섯 편도 더불어 내놓으라는데, 그것도 몽땅 동시조 작품으로 때워야 할 것 같애. 그야말로 동시조 중독자답게 말이야."

독백처럼 지껄이는 내 말을 알아듣는지 마는지 그는 시종 고개를 갸우뚱한 채 내 얼굴만 멀거니 바라보고 있었다.

어린이와 함께 선생이 걸어온 길

1940년 경북 포항시 송라면 지경리에서 출생함.

　　　아호는 송라(松羅).

1958년 포항고등학교를 졸업하고 서라벌예술대학 문예창작과에 입학함.

　　　〈동아일보〉 및 〈한국일보〉 신춘문예로 등단함.

1960년 동국대학교 국문과로 편입, 1962년 졸업함.

1969년 동시집 《어른에겐 어려운 시》(대한기독교서회)를 냄.

　　　제2회 세종아동문학상을 수상함.

1974년 동시집 《그날 그 아침》(세종문화사)을 냄.

1978년 《글짓기 교실》(예림당)을 냄.

1979년 동화집 《날아온 새》(예림당), 《교과서 중심 글짓기 교실》(금성출판사)을 냄.

1980년 연작 동시조집 《별 총총 초가집 총총》(서문당),

　　　《명작 동시 감상 교실》(금성출판사),

　　　《노래의 잔치》, 《동화의 잔치》(어문각)를 냄.

1981년 시집 《침류집(枕流集)》(서문당)을 냄.

1982년 《시조 작법―우리 가락, 시조》(한국청소년연맹), 동화집 《왕두꺼비 나라》

　　　(동화출판공사)를 냄.

1984년 동요시선집 《귤 한 개》(아동문예사)를 냄.

　　　대한민국문학상 우수상을 수상함.

1985년 시조선집 《적(寂)》(바른사)을 냄.

1986년 시선집 《소리로 와서》(가나출판사)를 냄.

1987년 동시 선집 《새끼손가락》(가나출판사), 동시조집 《우리만은》(대교문화)을 냄.

1991년 《이야기 장자(莊子) 나비되어 우주 한바퀴》(도서출판 곰)를 냄.

1992년 《한국 명작 동화 감상 1, 2》, 《한국 명작 동시 감상》,

　　　《한국 명작 동요 감상》, 《새 글짓기 교실》(가나출판사),

　　　《박경용 모범 글짓기 교실》(전10권, 태양사)을 냄.

1994년 《옛시조에 담긴 사랑》(기린원)을 냄.

1997년 합동시집 《어린 달과 어울리러》(동시조동인회 '쪽배' 1호·가람출판사)를 냄.

1999년 합동시집 《5대 3》('쪽배' 2호·책만드는집)을 냄.

2001년 동시집 《샛강마을 숲동네》(가나출판사), 《낯선 까닭》(선우미디어),

　　　합동시집 《산길·메아리·탑·수평선·파도》('쪽배' 3호·선우미디어)를 냄.

시조선집《우리 시대 현대 시조 100인선·18/도약》(태학사)을 냄.

2002년 동시 선집《길동무》(예림당)를 냄.

2003년 합동시집《우리 가락 좋은 동시》('쪽배' 4호·예림당)를 냄.

2005년 합동시집《날마다 봄여름가을겨울 산울림이 울었다》('쪽배' 5호·가꿈)를 냄.

2008년 바다동시집《바다랑 나랑 갯마을이랑》(청개구리),

　　　　합동시집《사로잡고 사로잡혀》('쪽배' 6호·가꿈)를 냄.

2010년 동시집《호호 후후 불어 주면》(아평),

　　　　합동시집《앞서거니 뒤서거니》('쪽배' 7호·가꿈)를 냄.

2012년 합동시집《햇빛 잘잘 실눈 살짝》('쪽배' 8호·가꿈)을 냄.

2014년 합동시집《아픔은 모른다는 듯 햇빛조차 화안했다》('쪽배' 9호·가꿈)를 냄.

2015년 동시 선집《박경용 동시선집》(지식을만드는지식),

　　　　아동문학평론집《무풍지대의 돌개바람》(아동문학평론)을 냄.

2016년 연작 동시조집《음악 둘레 내 둘레》(소야주니어),

　　　　합동시집《졸였던 그 아픔 가지마다 벙글벙글》('쪽배' 10호·가꿈)을 냄.

2017년 합동시집《동그란 리본으로 노랗게 핀 영혼들》('세월호' 앤솔로지·동시조 '쪽배'
　　　　동인)을 냄.

　　　　한국동시조문학대상을 수상함.

2018년 합동시집《푸른 솔 그늘인가 솔 푸른 그늘인가》('쪽배' 11호·소야주니어)를 냄.

한국 아동문학가 100인

이준연

사람 냄새를
풀풀 풍기는
이준연

이동렬

앉으나 서나 동화 생각뿐

이준연 선생은 앉으나 서나 동화 생각뿐이다.

그는 요모조모 재며 계산해대는 현대인이 아니고 그저 천진난만한 어린이 같은 사람이다. 그래서 그와 몇 마디만 나누어 보면 사람 냄새가 풀풀 나는 것을 느껴 푹 빠지고 만다. 사람 자체가 아주 정제된 향기로운 한 편의 순수 동화 같은 이다.

그는 평생 다른 장르에 눈 돌리지 않은 채 동화만 붙잡고 살아와 많은 작품을 빚어냈다. 그리고 발군의 실력으로 한국적 동화의 본보기를 보여 주어 우리를 고향의 산과 들, 냇가로 안내하고 있다.

선생은 1939년 1월 전북 고창군 해리면 안산리에서 아버지 이현철과 어머니 이귀순 사이에서 차남으로 태어났다. 당시 그의 집은 부농에 들었다. 그는 어린 나이에 6·25라는 엄청난 전란을 겪게 되는데, 이때 그의 아버지는 지주라는 죄목으로 피살을 당하는 뼈 시린 아픔을 맛보았다.

홍역을 앓다가 한쪽 시력을 거의 잃은 그는 늘 하느님은 자기에게 바늘귀만 한 눈만을 허락했다고 했다. 하지만 그는 남이 못 듣는 해와 달 이야기 소리, 나무들의 소곤거림, 물고기들의 하품 소리까지도 들을 수 있는 뛰어난 귀를 대신 받았다고 자신을 위로하며 상상의 눈을 열고자 무던히도 애를 썼다. 그 결과 그는 그 바늘귀만 한 시력을 가지고 대한민국의 동화계에 우뚝 서는 거목으로 자라나 큰 그늘을 드리우고 있다. 나는 이런 생각을 하면 작은 몸이 더욱 쪼그라드는 느낌이다.

진기록을 가진 작가 집안

선생은 세계적으로도 보기 드문 진기록을 가진 작가 집안이다. 그의 두 딸인 은경·은하까지 아동문학가라 삼 부녀가 동화작가인 집안이다. 그는 1961년 〈한국일보〉 신춘문예에 작품 〈인형이 가져온 편지〉가 당선되어 40년이 넘게 왕성한 작품 활동을 하고 있다. 그리고 큰딸 은경은 〈아동문예〉와 MBC문학상으로 등단하여 유년 동화 방면에서 아주 왕성한 활동을 하고 있으며, 국민대학교에서 유아교육을 전공하여 박사 학위를 받기도 했다. 또 막내딸 은하도 〈아동문예〉에 동시, 〈아동문학평론〉에 동화로 데뷔하여 작품 활동을 하면서, 명지대 대학원에서 국문학 박사 과정을 밟는 중이다. 우리나라에 부녀나 모녀가 아동문학가로 대물림한 집안은 더러 있어도 삼 부녀가 아동문학가로, 그것도 똑같이 동화를 쓰는 집안은 처음이 아닌가 싶다. 아마도 이 진기록은 모르긴 몰라도 당분간 쉽사리 깨지지 않을 것 같다.

80년대 광화문 술집의 즉석 악사, 하모니카 아저씨

내가 이준연 선생을 처음 만난 것은 1980년도이다. 고향에서 교사를 하다가 인천으로 와 1979년도에 신춘문예에 당선이 되는 바람에 이듬해 이영호 선생이 당신이 근무하는 교육 전문지로 데려간 해다. 당시 아동문학가 중 여러 분들이 내가 근무하는 잡지사로 자주 찾아왔는데, 이준연 선생도 일주일이 멀다하고 이영호 선생을 만나러 나왔다. 그래서 나도 자연스럽게 인사를 드리고 말석에 어울리게 되었다.

그해 여름 세미나가 전남 장성군 백양사에서 있었던 걸로 기억을 하는데, 나는 선생 댁에 가서 자고 같이 세미나를 다녀올 정도로 자칭 비서 노릇을 하였다. 그만큼 나는 그의 인간미에 푹 빠져 있었던 것이다. 그런데도 지금은 바쁘다는 핑계로 일 년이 다 가도록 인사도 한번 제대로 못 가 죄스러운 마음뿐이다.

이준연 선생은 맥주를 아주 좋아했다. 취한 것 같아 술병을 감추거나 빈 병을 내놓으면 시력이 나쁘기 때문에 흔들어 보며 술이 있는지를 점검하곤 했다. 취기가 돌면 좌중의 대화를 혼자 이끌어 친구들한테 악의 없는 핀잔을 받기도 했다. 분위기가 무르익어 갈 때면 그는 어김없이 주머니에서 하모니카를 꺼내어 동요 메들리를 불어댔다. 그러면 주위의 낯 모르는 술꾼들이나 술집 주인도 추억에 젖은 눈으로 동요를 따라 부르거나 아예 합석을 하는 경우가 많았다. 그 무렵 광화문 선술집에서 검정 베레모를 쓴 즉석 악사 이준연 선생을 모르는 이가 드물 정도였다.

고개를 약간 빼고 45도 각도로 천장을 보면서 하모니카를 입에 물고서 광풍이 휘몰아치다가 등잔불을 가지고 끌까 말까 장난치는 아기 바람까지의 넓은 음폭을 자유자재로 왔다갔다하는 신기에 가까운 연주 솜씨는 듣는 이를 술잔 속에 쏙 빠지게 하였다. 하긴 예술은 한 바닥에서 난다고 했으니…… 그의 동화작품에 일관되게 흐르는 주제의 물살이 그렇듯, 그의 하모니카 소리도 바람에 구름이 밀리듯 우리를 저 아늑한 고향 언덕으로 걸어가게 했다.

그는 술집에 갈 때면 내게 "자기는 눈이 어두워 당신 집에 가는 버스를 못 타니 꼭 태워 주고 가라."고 신신당부를 했다. 그때만 해도 인천 가는 마지막 열차를 타려면 저녁 10시 반에는 일어나야 하는데, 시간이 되어 일어나려고 하면 한창 흥이 나는데 벌써 가면 어떻게 하느냐고 주저앉혀 나는 무던히도 애를 먹었다. 한번은 안 되겠어서 건물 뒤에 숨어서 보니 염창동 가는 버스를 잘 타기에 그 말 이르고 그다음부터는 내 차 시간에 맞춰 매정하게 일어나곤 했다. 지금 생각하니 새삼스레 그 시절이 그립다. 선후배 사이에 낭만과 정이 흐르던 끝 시절이 아닌가 한다.

그런데 지금 나는 왜 이리 악다구니가 되었는지……? 그저 얼굴이 화끈거려 하모니카 구멍 속이라도 숨고 싶다.

그의 어린 시절 발자국을 되밟으며

나는 며칠 전에 서해안 고속도로가 개통되었다고 하기에 눈이 오는데도 전라도 영광 법성포서부터 고창과 부안 땅을 샅샅이 뒤지는 별난 여행을 했다. 법성포에서 고창 선운사로 가는 길에 그가 태어나 자란 해리면 안산리의 고향 마을을 큰맘 먹고서 휘둘러 봤다. 집이 사라진 터밭에서 그의 기침 소리를 찾으려고 애썼고, 많은 그의 작품 속에 나오는 집터 뒤의 고목으로 서 있는 팽나무를 바라보면서 고향의 나무 한 그루가 한 작가의 작품에 얼마나 많은 영향을 미치는가 하는 점을 새삼스레 느꼈다. 그러면서 내 동화에 자주 나오는 우리 고향의 지형 지물을 떠올렸다. 그리고 마을 앞에 펼쳐진 저수지의 물에서 깨끗고 텀벙거리며 뒤떠드는 그의 어린 시절을, 교과서 수록 작품인 그의 〈바람을 파는 소년〉의 무대인 해리 장터에서는 그의 검정 고무신 자국을 찾으려고 노력하면서 여행을 하니 그 또한 이제껏 느껴 보지 못하던 별맛의 테마 여행이었다.

그의 고향 산비탈이며 나무, 바위, 도랑 곳곳마다 나그네의 눈길을 돌리니, 나도 그의 동화 한켠에 나온다며 저마다 손을 반갑게 흔들며 아는 체를 하는 바람에 발길을 돌리기가 쉽지 않았다. 한국의 안데르센이 되고자 노력하는 그를 품어 키우며 벗한 것들이기에 모두 예사롭지가 않고 피붙이처럼 살가웠기 때문이다. 나는 그들을 간신히 달래 놓고 눈으로 뒤덮인 또 하나의 동화 나라를 빠져 나와 밀물이 드는 갯벌을 왼쪽 옆구리에 낀 채 곰소항을 향했다.

우리 본연의 모습
들춰 내어
보여 주기

최지훈

글쓰기에 앞서

이준연론은 꼭 10년 전 가을에 이미 한 차례 썼었다. 그때는 그가 1961년 〈한국일보〉 신춘문예 당선을 등단 시점으로 하여 만 30주년이 되는 해여서 이를 기념하여 도서출판 '오늘'에서 대표작(단편) 선집 두 권을 냈었다. 《꽃신을 찾는 어머니》와 《까치를 기다리는 감나무》가 그것이다. 이를 빌미로 그에 대한 논의를 펼친 것이었다. 그러니까 그 졸문은 엄밀한 의미에서는 이 두 권의 선집에 대한 서평이라고 해야 할 것이다. 그러나 나는 이 선집이 그의 문학적 전체상을 아우르고 검증하며 그려내는 본격적인 작가 연구로서는 턱없는 것이지만, 그의 문학적 개성을 검토하는 자료로서는 충분하다고 판단하였던 것이다.

그는 스스로 오늘 현재 창작집은 장단편을 아울러 70여 권, 전래동화집을 비롯한 기타 동화집 50여 권에 달한다고 한다. 내가 앞의 글을 쓰기 위하여 자료를 조사했을 때 100권 남짓하다고 들었는데 10년 사이에 20여 권 더 써 발표한 셈이다.

그러니까 순수 창작집은 60퍼센트 정도 되는 셈이다. 그러나 그 작품집 모두가 낼 때마다 그 당시의 신작집은 아니었다. 정밀하게 조사하지는 못하였지만 대충 살펴보건대 장편을 포함해서 아마 3분의 2 남짓할 것이고 나머지는 이미 낸 작품집에서 고른 선집과 이름만 바꾸거나 일부 내용을 보완하여 재간한 장편들인 듯했다.

그런데 문제의 대표작 선집에는 데뷔 때부터 매년 발표한 작품 중 대표작이라고 스스로 선정한 작품 1편씩 골라 30편(각권 15편씩)을 묶었었다. 그러니까 거칠게 따져도 창작집 한 권에서 평균 한두 편씩 고른 셈이 되지 않았을까? 물론 개중에는 여러 편을 골라냈을 수도 있고 어떤 작품집에서는 고르지 못했을 수도 없지 않겠지마는. 그러니까 굳이 그 많은 작품집을 다 들춰 보지 않더라도 그의 작품 성향을 검토하는 자료로서 부족한 것이 아니라는 판단을 한 것이었다.(그런데 최근 유통되고 있는 개정판은 직접 확인하지 못하였으나 작품의 수효를 20편으로 줄인 것으로 알려지고 있다.)

이러한 판단은 지금도 후회되지 않는다. 이 비평에 대해서 작가 본인도 매우 만족해 했었다. 평론가가 비평하여 해당 작가로부터 만족한 반응을 얻었다면 그것은 자랑삼을 일이 아니다. 그것은 그 글이 터무니없이 추켜세움으로 인정될 가능성이 있기 때문이다. 하기야 마침 글 쓴 계기가 그의 창작 활동 30주년을 기념하는 출판기념회에 맞추어 쓴 것이고, 작품도 자선 대표작을 대상으로 했으니 그렇게 본다고 하여도 변명의 여지는 없다. 그러나 최소한 왜곡되지는 않았다는 보장은 될 수 있지 않을까?

그 졸고를 지금 다시 읽어도 그의 창작 업적을 평가하는 자료로서 크게 나무람이 있어 보이지 않는다. 그러므로 그에 대한 나의 소견은 이 글보다도 이미 10년 전의 그 글로서 일단 한 차례 마무리된 셈이다. 그래서 이 글도 그 글을 요약하는 선에 그치는 것 더 이상 그에 대한 나의 별다른 소견을 내어 놓을 수 없다. 그때로부터 10여 년이 지났지만 그의 문학적 업적이나 특징이 변한 것이 아니라고 보기 때문이다.

말릴 수 없는 현역

이준연을 이야기하려면 가장 먼저 이야기되는 것은 그의 시력이고, 다음은 그가 이 나라 아동문학인들 가운데 아동문학을 전업으로 한 작가로서 첫손 꼽아야 한다는 점일 것이다. 물론 이 두 가지 사실은 서로 인과 관계가 있는 사실이다. 어쨌든 그는 어린 시절 백내장을 앓고 지금까지 눈 수술을 여러 차례 거듭해 오면서 시력과 싸움을 해 왔다. 그는 세상의 빛을 실낱만큼만 누리는 사람이요, 작가다. 양쪽 눈의 대부분을 덮어 버린 백내장의 막에서 왼쪽 눈의 한쪽 귀가 실낱만큼 틈이 열려 있는데 그리로 세상을 내다보며 산다. 마치 바늘 구멍을 뚫은 봉창으로 밖을 내다보는 형국일 것이다. 글을 쓸 때는 그 왼쪽 눈을 원고지에 거의 딱 붙이다시피 얼굴을 대고 쓴다. 그것은 옆에서 보기에 집필이 아니라 문자 그대로 악전고투로 보였다.

그런데 오늘의 그는 엄밀한 의미의 시력 장애자다. 완전 장님은 아니었지만 지금은 거의 사물 식별이 힘들 만큼 약시의 시력이다. 그래서 요즘은 거의 나들이를 하지 않고 집 안에만 칩거하고 있는데 그래도 참여하고 싶은 문단 행사라도 있으면 따님 작가인 은경 씨의 부축을 받아 기를 쓰고 참가하곤 한다. 게다가 그는 수년 전에 위암 절제 수술도 했다. 그러한 극악에 가까운 허약 체질인데도 불구하고 그는 당당한 현역이다.

그분과 나는 같은 서울 강서구에서 거주하고 있기 때문에 강서문인협회 회원이다. 그런데 이 회의 연간집인 〈강서문학〉 제7집(2000)과 8집(2001)에 잇달아 그의 3부녀 (두 따님 작가 은경 씨와 은하 씨) 함께 신작 동화를 나란히 발표했다. 이준연은 동화 문학이 종교이고, 창작 집필 활동이 신앙 생활이다.

그에게 있어서 창작 집필을 제외한 취미 생활은 음악을 감상하고 즐기는 것과 음주인데 최근에는 건강 때문에 가족들의 적극적인 만류로 음주만은 거의 삼가시는 모양이다. 그는 시력이 약하여 컴퓨터는 아예 배우지도 않았고 텔레비전도 즐길 수 없으므로 오로지 오디오 시스템을 마련해 놓고 음악을 즐기는 것으로 소일하는 것이 최근의 일상이시라고 들었다.

이준연은 1939년 전북 고창에서 태어났다. 1961년 〈한국일보〉 신춘문예 동화 당선, 1962년 신인예술상 수상을 비롯하여 문학창작상, 한국아동문학상, 세종아동문학상, 한국어린이도서상, 해강아동문학상, 대한민국문학상 본상, 한국불교아동문학상, 방정환문학상 등을 수상하였다. 작품으로는 데뷔 12년 만인 1972년 대한기독교서회에서 처녀 작품집인《인형이 가져온 편지》를 낸 것을 비롯하여《하루나라 하루왕》,《종이새가 된 편지》,《춤추는 허수아비》,《까치를 기다리는 감나무》,《소라 피리》,《꽃신을 찾는 어머니》외 70권의 창작동화집과 40여 권의 한국 전래동화집이 있다.

본연의 모습 보여 주기

우리는 '낯설게 하기'라는 것은 어떤 면에서 새로운 것을 보여 주는 행위이다. 그러나 새로운 것은 낯설지만 낯선 것이 새로운 것만은 아니다. 새로운 것과 낯선 것이 무조건 미덕이 되거나 수용되는 것은 아니다. 당대 현실로서는 너무 앞서 가서 이해되기 어렵거나 거부감을 줄 수 있는 경우도 있다. 대다수의 독자들은 낯선 것을 두려워하고 새로운 것에 친화를 갖지 못하는 것이 일반적인 현상이기 때문이다. 이는 마치 벤처 사업과 같다. 그러므로 새로움의 제시는 하나의 모험이요, 실험적이다. 그럼에도 우리는 우리가 작가들에게 모험적 실험성을 요구한다. 그렇게 하지 않으면 발전을 기대할 수 없기 때문이다.

이준연의 문학은 오늘의 어린이들의 현실 상황과는 너무나도 동떨어져 보이는 케케묵은 지난날의 시골 우리의 모습을 오늘의 어린이들에게 들이댄다. 그래서 그의 문학 세계는 오늘 우리 어린이들에게는 너무나 낯설 수밖에 없다. 그러니까 이준연이 보여 주는 것은 옛날 우리의 것이면서도 오늘날 어린이에게 낯설게 되었다는 것은 그 사이 우리 어른들이 우리 본연의 모습을 외면하고 어린이들에게 보여 주지 못해 왔다는 말이 된다. 이준연은 그것을 회복시키고자 하는 데 뜻을 두었다. 그래서 이준연의 낯설게 하기는 매우 역설적이다. 왜냐하면 그가 보이는 낯설게 하기는 새롭다는 것과는 전혀 반대적이기 때문이다. 말하자면 이준연의 집념은 옛것을 새롭게 보여 주는 것에 매달리는 것이라 할 수 있다.

그는 이러한 작업을 거의 평생을 두고 끈질기게 보여 주었다. 왜 그러는 것일까? 인간이 자기 정체성을 스스로 알지 못하고서 정체성 보전과 발전을 기할 수는 없는 것이다. 정체성은 근원에서 비롯된다. 그러므로 근원을 이해하는 것은 자기 정체성의 확인 작업이라고 할 것이다. 이준연은 작가이기 때문에 어린이들에게 정체성 확인을 지식적으로 알게 하는 것이 아니라 감성적으로 느끼고 깨닫게 하려는 것이다.

문학적 주기 3단계

그래서 필자가 1990년에 발표한 졸문에는 그때까지를 2개의 시기로 구분했었는데 그 이후를 제3기로 볼 수 있을 것이다.

그러니까 데뷔한 1960년부터 1975년까지를 제1기, 30주년 기념 행사를 했던 1990년까지를 제2기, 그리고 그 이후 오늘날까지(어쩌면 앞으로의 여생을 포함한 나머지 모든 시기까지 포함해야 할 것이다.)를 제3기로 구분해 볼 수 있다.

그런데 그것은 물리적인 편의성 때문에 15라는 숫자에 맞추어 구분한 것이 아니다.

앞에서도 말했듯이 30주년 기념 선집은 2권으로 구성되어 있었다. 한 권(《까치를 기다리는 감나무》)은 1960년부터 1975년까지 발표한 작품 15편, 또 한 권(《꽃신을 찾는 어머니》)은 1976년부터 1990년까지 발표한 작품 15편으로 엮었다. 머리말에서 매년 발표한 작품들 중에서 한 편씩 골랐다고 밝히고 있었다. 그런데 그 두 권에서 발견되는 작품의 세계와 양상은 여러 가지 점에서 차이점과 비교가 되는 점이 있었다. 참으로 공교롭다면 공교로운 것이었다.

제1기는 그가 고향에서 농사를 지으며 창작하던 시절이고, 그 이후에 해당하는 시절은 그대로 서울 생활을 시작한 이래의 창작 기간에 해당한다.

말하자면 생활 기반과 창작 환경의 변모는 자연스럽게 그의 작품 성향에 커다란 변화를 가져온 계기가 된 것이다.

제1기

작가 이준연의 일관된 의식은, 어리석은 어른들이 지키지 못하고 있는 삶의 뿌리를 어린이로 하여금 지키고 되찾도록 부추기려는 안간힘으로 응결되어 있다는 것이다.

이 시기의 작품에는 토속적인 삶을 지키려는 한스러운 안간힘으로 꽉 차 있다. 그는 '삶 지키기'에 대하여 어른을 기대할 수 없으므로 어린이가 해내도록 부추겨 왔다고 하는 것이 올바른 표현이 될 것이다.

어느 민족이나 그 민족의 문화적 뿌리는 토속 문화에서 찾게 된다. 문화는 곧 삶의 양식이라고 할 때 문학은 바로 그 양식을 통하여 이루어진 삶을 보여 준다. 그런데 이준연은 바로 겨레의 삶의 뿌리를 보여 주고 어린이들로 하여금 이 뿌리를 지키고 되찾도록 하겠다는 깨달음으로 응결되어 있다.

이러한 그의 문학적 인식은 그 이전의 세대에서는 찾아보기 어려운 60년대적 인식이라고 할 수 있지만 동시대의 작가들에게서도 유사한 경향은 눈에 띄지 않는다. 이준연으로 비롯되었다고 장담할 수 있는 이러한 경향은 그 뒤를 잇는 후배 작가들에 의하여 본격적으로 전개된다.

이준연의 한은 데뷔 작품인 〈인형이 가져온 편지〉부터 두드러진다. 그러나 그의 개성적 작가적 세계와 인식은 60년대 중반에 가서야 형성되고 있음을 느낄 수 있다. 그의 초기 작품은 50년대 이전부터 있었던 한국 아동문학 특유의 섬약한 분위기를 보이는 구조를 답습하고 있었기 때문이다. 예컨대, 별(또는 아기별), 눈, 소녀(또는 손녀), 할머니 등과 같은 소재에 그도 매달려 소녀적 취향을 쫓아가고 있었던 것이다. 그러다가 60년대 중반부터 등장하는 신인 작가들과 함께 붕괴되는 삶의 뿌리에 매달리기 시작한다. 그의 관심은 그의 삶의 뿌리가 되었던 토속적인 삶에 있었다. 그는 겨레의 삶의 양식이 바로 사그러지려는 뿌리를 지키기 위하여 거침없는 한의 사설을 내뱉는다.

63년에 발표했다고 하는 〈느티나무에 핀 꽃〉과 67년에 발표한 〈각시 할머니〉는 이런 점에서 비교 검토의 좋은 자료가 된다. 앞의 것은 무속에 대하여 부정적 시각에서 만들어지고 있고 뒤의 것은 오히려 긍정적인 시각에서 이루어지고 있기 때문이다. 앞의 것은 다분히 무속에 대하여 결국 사라져야 할 문화이며 우리 삶의 양식에서 들춰 버려야 할 것으로 보고 풍자적으로 비판하고 있지만, 뒤의 것은 사라져가는 문화의 한 양식에 대한 안타까움이 여실하기 때문이다. 우리 삶의 한 양식으로서 한 귀를 형성하고 이어질 수밖에 없는 숙명적 겨레 문화임을 인식하고 있는 것이다. 이는 작가로서 초기에 해당하는 시기에는 아직 그의 인식이 확립되지 못하고 있었음을 드러낸 주요한 사례가 되는 것이다.

제2기

문학이 대상(독자)을 변화시키는 성질을 우리는 문학의 역동성이라고 일컫는다. 말하자면 이준연의 동화와 소설 정신은 바로 이러한 문학적 역동성을 믿는 바탕에서 이루어지고 있음을 확인하게 하는 전형적 경우이다.

이 문학의 역동성을, 정치적 이념의 프로파간다를 위한 기능으로 믿는 것이 사회주의 리얼리즘의 태도라고 할 수 있다. 최근 이러한 문학 태도가 오늘날 문학의 정서적 정화 기능을 무시한 데서 실패작을 만든 오류를 낳았다는 인식에 도달하고 있는 것은 뒤늦게나마 참으로 다행이다. 그것은 정서적 정화 기능에만 몰두해 있던 소위 순수 문학측에서도 마찬가지다. 그들도 뒤늦게 좌파 문학에 의하여 적어도 소재와 주제가 확장되고 문학적 영역이 확대되었다는 긍정적 측면을 깨닫게 되었으며, 그들의 주장 일부를 수용할 수 있는 태세가 되어 있음 또한 다행이다. 그런데 이준연은 말하자면 그러한 문학적 특성을 일찍부터 생리적으로 깨닫고 있었다. 즉, 문학의 역동적 기능과 정서적 기능을 효과적으로 조화시킴으로써 성취도 높은 작품을 빚어왔다. 그것은 특히 그의 제2기 문학의 특성이다. 이 시기의 작품들 중에는 현실 문제에 따가운 시선을 보내는 작품들로서 주목된다.

그러나 이들을 포함한 전체 작품도 그의 의식이나 작품 구조나 배경에 있어서는 제1기의 연장선상에서 크게 변하지 않고 있다. 즉 잃어버린 삶의 뿌리를 되찾겠다는 한 서린 이야기들이 끊임없는 주조라는 것이다.

작가가 서울살이를 시작한 것이 1977년이기 때문에 제2기는 작가의 서울살이와 거의 맞먹는다. 작가의 생활 환경의 변화는 그 의식의 변화에도 영향이 미치고 있음을 그의 작품들에서 그대로 드러내어 보인다. 서울 생활의 처음 몇 해 동안은 그를 탐미적 동화의 시대에 안주시키고 있다. 동료 작가인 이영호는 순수 동화보다 소년소설에 몰두하기 시작한 시기를 1984년 〈솔골할머니〉 이후로 잡고 있는데 이 발언은 상당히 의미 있는 시사가 된다. 이는 삶의 문학 운동이 한창 절정을 이루던 80년대 중반과 일치하기 때문이다. 60년대 초에는 아직 문단의 흐름을 지배하고 있는 40, 50년대 작가들의 작품에 그의 사상을 담았으며, 60년대 중반이 이르러서야 개성적인 세계를 개발하면서 그 무렵 나타나기 시작한 후배 신인 작가들과 함께 60년대적 작가적 세계를 확립해 나갔던 것이다. 그러던 것이 80년대 중반 이래 사실주의 문학 운동에 동조하면서 현실 비판적 시각으로 작품 영역을 확대하고 있다.

그래서 전에는 상대적으로 잃어버림에 대한 한의 미학적 경지에 있었으나, 이때에 와서는 저항적, 고발적, 비판적 자세나 음성을 나타내게 된다. 제1기에는 미학적 환상 서사문학에 적응하고 있었으나, 제2기에는 상대적으로 대중적인 취향으로 볼 수 있는 장편소설과, 중단편에서는 문학적 성취도를 높이면서 현실 비판적 작품을 생산했다. 그가 상경하고 시작한 창작 작업은 신문과 잡지의 연재 소설을 맡아 쓰는 일이었다. 그것은 직업적 수단이 되고 있었다. 1972년 교육 전문지인 〈교육평론〉에 〈대추나무집 쌍둥이〉를 연재하기 시작하면서 장편 집필에 집중하게 된다. 특히 서울살이를 시작한 이후부터 한동안은 매년 2, 3가지의 장편을 겹치기로 발표해 왔다. 그만큼 그는 무리를 했다고 할 수 있다.

그의 연보를 검토해 보면, 서울로 이주하기 직전에 이미 〈소년한국일보〉와 월간 〈새소년〉에 각각 유년 동화와 장편소설 〈별들은 어둠 속에서〉를 연재하고 있었고, 이주한 후에는 연재가 끝나기 바쁘게 〈소년한국일보〉에 계속 장편소설 〈푸른 하늘에 붉은 구름이〉를, 〈소년〉에 장편동화 〈세발 강아지〉를 연재한다. 그리고 79년 초에는 전년도에 계속되는 작품과 함께 적어도 3가지의 작품을 걸쳐 놓고 있었던 것으로 짐작이 되고, 80년에 2편, 81년에도 2편 등을 잡지와 신문 등에 연재 발표하고 있다. 그러면서도 단편동화의 집필을 게을리한 것은 아니었다. 이 작가의 장편과 단편, 동화와 소설에 대한 인식의 구분이 드러난다. 앞에서 지적했듯이 그는 장편에서 비교적 대중적인 소재와 내용을 다루면서 단편에서는 장편으로는 보여 주지 않는 문학적 기량을 유감없이 나타냈다. 서울 이주를 전후한 시기인 1970년대 말로부터 7, 8년간 보여 준 그의 문학적 기풍은 당시 아동문학 부흥을 위한 자극적 현상들(지금도 꾸준히 발행됨으로써 아동문학 문단의 흔들림 없는 전문지가 된 두 개의 아동문학 전문지가 창간되고 문단의 이합집산이 격렬해지던 시기)이 활발하게 전개되기 시작한 문단 상황과 결코 무관하지 않다고 본다. 이 무렵에 이준연의 단편은 가히 탐미적 환상동화라고 할 작품들을 계속 보여 준다. 〈꽃신을 찾는 어머니〉, 〈밤에 온 눈사람〉, 〈산닭〉, 〈가을 나비〉, 〈도깨비가 된 허수아비〉 등이 그러한 작품 계열에 속하는 이 시기의 작품들이다.

그러면서 이 작품들은 그가 추구하고 있는 삶의 뿌리와 연관된 〈잃어버림〉의 메시지와 상당한 거리가 있다는 점도 주목할 필요가 있다. 어쩌면 그 자신이 삶의 뿌리가 되는 근거지를 이탈한 형편에 있었기 때문인지도 모르겠다. 즉, 이 작품들은 그 배경이 비록 시골이라고 하더라도 그 주제는 모성애(〈꽃신……〉, 〈산닭〉 등)나 참다운 인정(〈밤에 온 눈사람〉), 환상적인 사랑과 죽음(〈가을 나비〉) 등을 보여 준다. 말하자면 이러한 작품들은 그가 사라져가는 토속 인정과 문화, 삶의 양식에 대하여 안타까워하던 심정과는 거리가 있다는 것이다.

80년대 들어오면서 이 작가의 한 본성이라고 할 수 있는 문명 비판적 성향의 작품이 나타난다. 성인 중심의 사회에 저항하는 동심을 나타낸 〈하루나라 하루왕〉이나, 대한민국문학상을 안겨 준 〈도깨비가 된 허수아비〉, 〈감나무골 로봇〉, 〈뿌리를 찾는 바윗돌〉 등이 그러한 작품으로 꼽힐 수 있다. 이 작품들은 비정한 인간, 문명에 빼앗기는 인간적인 삶이나 자유를 고발하고 안타까워하고 있다. 이는 사라져가는 삶의 양식에 대한 안타까움을 드러냈던 제1기의 작품과 구조상 일관성 내지는 동질성을 보여 주었다 할 것이다.

80년대 후반에 접어들면서 그는 마침내 그의 삶의 뿌리에 대한 애착심을, 그저 〈잃어버림〉에 그치는 것이 아니고 '들춰 놓기'를 한의 정서와 구조로 엮어서 일련의 사회성이 강한 본격적 환상 서사문학을 전개한다.

중편 〈담바우골 큰애기〉는 그의 그러한 작가 정신과 능력을 과시한 이 시기의 대표작이라고 할 만하다.

제3기

1990년 이후 현재까지에 해당하는 제3기에는 위암 수술을 하게 되고 시력도 크게 악화되면서 거의 창작 활동이 불가능해질 정도가 된다. 그럼에도 현역을 포기하지 않는다. 그러나 그의 활동은 아무래도 마무리 짓는 행위에 다름 아닌 활동으로 진행된다.

이 시기에 그의 두 딸(은경 씨와 은하 씨)이 차례로 아버지의 대를 잇는 동화작가로 데뷔한다. 그의 절필 거부적 활동은 바로 자녀들의 격려와 자극 탓인 듯도 싶다.

그의 작품을 사랑하는 독자가 존재하는 한 그의 작품은 절판되지 않고 여러 모양으로 변형되면서 계속 출판된다. 그럴 때마다 신작이 추가되고 개작도 이루어지고 있다.

글을 맺으며

이제 필자가 바라기는 그의 창작 의욕 열정은 식을 수 없는 것인 줄 믿지만 이제 그의 40여 년 업적을 차분히 정리하고, 간추려서 계속 자라는 어린이들에게 사랑받을 수 있도록 돌보는 일을 남은 가족들에게 부탁하여 맡겨 두고 그 자신은 건강이 더욱 악화되지 않고, 다소 활력을 회복하여 나들이가 좀 더 자유로워지면서 만년을 여유 있게 보내게 되기를 기원해 본다.

아버지는
수염 난
아이

이은경

1. 아버지의 골방

톡톡⋯⋯ 톡톡톡⋯⋯.

아침부터 빗방울이 낡은 지붕을 두드린다. 아버지는 중요한 일이라도 있는 사람처럼 일찌감치 아침상을 물리고 골방으로 향한다.

마당 한쪽에 있는 작은 골방은 아버지의 오래된 책들이 추억처럼 쌓여 있는 곳이다. 비가 내리면 무엇에 이끌리듯 골방으로 가는 걸 보면, 누렇게 색이 바래고 손때가 묻은 책들이 아버지를 불러내기 위해 일부러 비를 부른 것인지도 모를 일이다.

어쨌든 이상한 건, 골방 안에 머물고 있노라면 모든 것들이 유유히, 거꾸로 흘러가고 있는 듯한 느낌이 든다는 사실이다. 나뭇가지를 건드리고 지나가는 바람 소리는 마법사의 휘파람 소리 같고, 나무 껍질처럼 검고 닳은 백발 성성한 아버지는 중세의 연금술사처럼 깊은 사고에 빠져 버린다.

아침 일찍 들어가 저녁이 다 되어도 방문을 나서지 않는 아버지.

캄캄하고 좁은 골방 안에서 아버지는 오늘도 누구와, 어떤 이야기를 나누고 계신 것일까.

"요새 며칠 동안 새벽까지 글 쓰셨잖어. 어제 아침에는 몸이 아파 일어나지도 못하고 이부자리에 누운 채로, 니 아부지 울더라. 이젠 글도 못 쓰겠다고, 글 쓰는 게 너무 고통스럽다고⋯⋯."

어머니가 전복죽을 끓이다 말고 한숨을 짓는다.

두께가 느껴지지 않을 만큼 야위고 작아진 아버지가 흘렸을 눈물. 거죽만 남아 퀭한 아버지의 얼굴 위로 엄습한 음영의 그림자. 내색하지 않았지만, 아버지는 죽는 것보다 당장 글을 쓸 수 없게 될지도 모른다는 사실에 위협받으며 무서움에 떨었던 것이다. 오늘의 빛과 손의 움직임에 감사하며 하루하루를 살아왔던 것이다.

나는 어머니가 챙겨 주신 죽과 간단한 반찬, 인삼과 꿀을 섞어 만든 음료를 들고 아버지의 골방으로 갔다. 조심스럽게 들어선 골방 안은 청명한 새 울음소리로 가득 차 있었다.

"냄새는 그럴 듯한테 영 못 먹겠다."

아버지가 몇 수저 뜨다 말고 어둑해진 창밖으로 박자를 맞추면서 떨어지는 빗소리에 귀를 기울인다. 몇 해 전에 환갑을 지냈는데도 불구하고, 여든을 훨씬 넘긴 노인처럼 보이는 아버지의 얼굴을 보고 있으려니 뭔가 뭉뚝한 것이 속내로부터 뜨겁게 올라온다. 나는 아버지의 시간을 방해하는 게 아닌가 싶어 죽 그릇을 두고 막 나가려고 했다.

"은경아, 인삼꿀물은 먹을 테니, 걱정 말고……."

나는 속내를 들키지 않으려고 태연한 척 이야기를 듣는다.

"비도 주룩주룩 내리는데, 오랜만에 맥주 한 잔 어떠냐? 모처럼 부녀가 무드 좀 타보자."

기운이라고는 하나도 없어 보이던 아버지가 어린아이처럼 눈을 반짝이며 나를 꼬드기기 시작한다.

"엄마 아시면 난리 날 텐데요. 죽도 안 드시고는……."

"그러니까 니가 몰래 술상을 봐 와야지. 전복죽은 니가 홀랑 먹어 치우고, 난 맥주에다 동치미 국물 떠먹으면서 배 채울란다. 얼른 갔다 오너라, 우리 이쁜 큰 아가!"

피죽 한 그릇 못 얻어먹은 사람 같은 아버지는 금세 딴 사람이 되고 만다. 기운이 펄펄 나 벌써부터 입맛을 다시는 아버지의 얼굴은 화색마저 돌고 있다. 이럴 때 보면 아버지는 꼭 수염 난 아이 같다. 나는 그런 아버지 앞에서 늘상 케이오 당하고 만다. 편찮은 아버지에게 술 받아 주기가 일쑤인 철없는 딸년이라고 야단맞을 각오를 하며 도둑고양이처럼 대문을 빠져 나가 봉지 가득하게 맥주를 사오고 마는 것이다.

그리고 그때부터, 아버지의 골방은 무드에 젖고 분위기가 흘러 넘치는 작고 아늑한 술집이 된다.

2. 아버지는 수염 난 아이

카페 음악이 흐르는 골방에서 아버지와 나는 술잔을 거푸 들이켠다. 아버지가 근래에 쓰고 있는 동화 이야기들과 내가 기획해서 쓰고 있는 그림책 이야기들이 첫 번째 안주거리가 된다. 단 한 줄을 쓰더라도 몇 날 며칠을 고심한 뒤에 책상 앞에 앉는 아버지이기에 이야기하는 모습은 누구보다 열렬하다. 아버지의 동화를 듣고 소감을 말하거나 내가 쓰는 동화에 대해 의견을 물으면 아버지는 누구보다 진지해지신다. 그리고는 긴 말씀 뒤에 이런 농담을 잊지 않으신다.

"단 삼 분 만이라도 너처럼 미련해 봤으면 좋겠다! 허허허……."

아버지는 어떤 분위기라도 유쾌하게 만드는 재치와 재주를 지닌 분이지만 허물어지는 체력 앞에서는 어쩔 도리가 없는 모양이다.

"쓰기 위해 하나를 생각하다 보면 두 가지, 세 가지…… 쓰고 싶은 이야기들이 너무 많이 떠올라. 이야기가 꼬리에 꼬리를 물고 눈앞에서 펼쳐지면 신들린 사람처럼 메모를 하지. 얼마나 신이 나고 기분이 좋은지 말로 다 할 수가 없단다. 근데 그렇게 쓸 것이 많아도, 쓰고 싶어 죽겠어도 무슨 소용이냐. 원고지 한 장만 쓰고 나면 어깻죽지 팔다리가 부서질 것처럼 아파서 또 자리에 눕고 마니…….."

두려움의 근원은 극도로 나쁜 시력이 노쇠 현상으로 인해 영영 어둠 속에 갇히게 되지는 않을까 하는 마음에서 비롯됨을 나와 가족들은 잘 알고 있다.

늦은 밤까지 책상 앞에서 글을 쓰시는 아버지의 모습은 보는 것 자체가 고통이다. 굵은 잉크로 칸을 크게 찍어낸 원고지에 눈을 바짝 붙이고 써도 아버지의 글자는 칸 안에 제대로 담기지 못한다. 줄과 칸을 무시한 듯 써 내려간 아버지의 원고는 그래도 힘이 담겨 있어 볼 때마다 가슴 뭉클하다. 아버지의 필체를 보면 알 수 있다. 육체적 고통으로 힘겹지만 글씨는 재미가 더할수록 굵고 커지며 빨라진다. 이미 시력과 체력에의 고통을 뛰어넘어 동화 속으로 완전히 몰입된 경지이다. 그때부터는 일사천리로 글을 써 내려간다. 바로 옆에서 지켜보고 또 아버지의 원고를 타이핑할 때마다 느끼는 일이지만, 아버지는 인간의 힘을 넘어선 초자연적인 힘으로 글을 쓰는 것 같다.

낡은 집은 외풍이 심하고 불도 침침하다. 하지만 아버지의 작고 야윈 등에서는 알 수 없는 어떤 힘이 광채를 내며 흐르고 있다. 나는 아버지가 체력과 글쓰기의 고통에 좌절하거나 피하지 않고 정면으로 마주하고 싸우는 모습을 볼 때마다 탄성을 지른다. 그리고 어떤 고난도 견뎌내는 아버지의 인내력과 청신함에 고개를 숙인다.

나는 아버지의 잔에 술을 따르며 말한다.

"아버지, 예전에 밖에서 술 많이 드셨을 때, 안경 참 많이 잃어버렸었죠? 어릴 때 난, 아버지가 조금만 늦어도 꼭 사고 소식이 들이닥칠까 봐 가슴을 졸이곤 했어요. 그래도 여기저기 부딪히고 넘어져서 안경을 새로 맞출지언정 나쁜 소식은 절대 없었어요. 참 신기하죠? 아버진 위태롭게 사셨지만 누구보다 튼튼하고 건강하게 잘 살아왔어요. 하느님도 우리도 아버지가 그렇게 가도록 내버려두지 않아요. 두 손 팽팽히 잡고 있다고요."

아버지와 내가 막 잔을 부딪을 때 요란하게 대문 여닫는 소리가 났다.

"아빠! 막내딸이 개 잡아왔어요!"

시끌벅적한 걸로 봐서 막내 여동생이다. 아르바이트로 용돈과 학비를 버는 동생이 기어이 개소주를 해 온 모양이다. 여동생과 어머니가 골방으로 후다닥 달려왔다.

"내가 이럴 줄 알았지! 치사하게 나만 빼놓고 이러기야?"

"아이고, 한 끼도 제대로 못 먹은 양반한테 또 술 받아 줬냐! 이렇게 개소주 해 오면 뭐 하냐! 다 도루아미타불인디!"

엄마가 발을 동동 구르면서 꾸지람한다.

"엄마! 괜찮아요! 오늘 밤만 죽어라 먹고, 내일부터 내가 해 온 개주스~ 먹으면 돼요. 그치 아빠~"

막내 동생이 콧소리를 내면서 자리를 잡고 앉는다.

"그래, 그래. 개주스라면 죽기보다 싫은 나지만, 막내딸이 해 온 거니까 꼬박꼬박 먹고 피둥피둥 살 찌울란다. 쓰고 싶은 것도 많은데, 내 다 쓰고 죽어야지! 아니 아니, 우리 막내딸 손잡고 결혼식장 들어간 뒤에 죽어야지! 자, 건배!!"

"브라보!!"

우리는 잔이 깨지도록 힘차게 술잔을 부딪었다.

채식주의자인 아버지는 개소주라면 끔찍하게 싫어 고개를 내젓지만 한동안 아무 소리 없이 쓴 약을 받아 마실 것이다. 그렇게 끔찍하게 쓴 약은 아버지의 몸 안에 퍼져 기적처럼 아버지를 견디고 버티게 할 것이다.

골방 안에서 오랫동안 나누었던 과거와의 이야기들은 쓴 약을 되새김질하는 것보다 더 힘겨웠을 것이다. 새소리를 들으면서, 나무와 풀꽃과 개미들의 소곤거림을 들으면서 아버지는 눈보다 더 크게 열린 귀에 감사하며 누운 몸을 일으켰을 것이다.

아버지는 우리 가족에게 있어서만큼은 감동과 전설 그 자체이다. 친구 이상으로 우리 사 남매와 가까운 아버지로서는 물론이고, 오직 동화 쓰기에만 몰두하며 그 기쁨으로 생명을 얻는 모습은 진정한 예술가의 표상이다.

짙은 어둠이 깔려도 아버지와 두 딸은 이야기를 멈추지 않는다. 힘들 때 또는 너무 기쁠 때면 낡은 서랍장에서 비둘기를 꺼내어 날리는 마법사처럼 아버지와 우리는 서로에 대한 사랑과 존경을 꺼내어 날리느라 시간 가는 줄을 몰랐다.

동화집을
짓는 목수

1

동화 〈인형이 가져온 편지〉를 들고 〈한국일보〉 신춘문예의 문을 두드렸을 때가 어제 같은데, 벌써 40년의 세월이 흘러갔다. 그때 나는 20대의 청년이었는데 지금은 65세의 노인이 되었다.

붓을 지팡이 삼아 더듬더듬 걸어온 동화 문학의 길은 험한 산길 같았다.

바늘귀만큼 열린 눈으로 책을 읽고 글을 쓰는 일은 힘겹고 고통스러운 일이었다.

그러나 한 편 두 편 동화를 쓰는 동안, 나는 신비로운 동화 속에 빠져들었다. 동화를 쓸 때마다 느끼는 기쁨과 보람으로 나는 행복했다.

동화를 한 편 두 편 써 모아 동화집을 지어서 어린이들에게 주는 기쁨과 보람은 이 세상 어느 것과도 바꿀 수 없는 귀한 보물이라고 생각한다.

내 고향 전북 고창군 해리면 안산리는 전주 이씨들이 모여 사는 한성바지 마을이다. 동쪽으로 십 리를 가면 선운사 절이 있고 서쪽으로 십 리를 가면 서해 바다가 있다. 안산을 뒤에 두고 자리잡은 안산 마을은 평화로운 농촌 마을이다. 안산, 선운사, 서해 바다는 내 동화의 무대가 되었다.

어렸을 때 나는 옛날이야기 듣기를 무척 좋아했다. 우리 할머니는 겨울이 되면 커다란 질화로 속에 밤, 은행, 고구마를 묻어 놓고 옛날이야기를 해주셨다.

겨울밤에 듣는 할머니의 옛날이야기는 지금도 잊혀지지 않고 들려 오는 것 같다.

할머니의 이야기 바닥이 드러나면서부터 나는 밤마다 할아버지 몰래 사랑방, 머슴방으로 가서 옛날이야기를 들었다. 할아버지 담배를 훔쳐다가 머슴에게 주고 이야기를 듣다가 할아버지한테 들켜서 종아리를 맞기도 했다.

"이야기를 너무 좋아하면 가난하게 산단다. 이야기를 듣고 싶으면 나한테 들어라."

"할아버지 이야기는 다 들었어요. 그런데 이야기를 좋아하면 왜 가난해요?"

나는 할아버지 말씀이 거짓말이라는 것을 알면서도 물었다.

"일은 않고 이야기만 들으니 어떻게 부자가 되겠느냐?"

할아버님의 말씀이 옳았다는 것을 나는 서울로 이사를 와서야 깨달을 수 있었다.

그러나 어렸을 때 들었던 전래동화와 농촌 생활의 이야기는 내 동화의 뿌리가 되었다. 내 동화의 반은 농촌을 배경으로 하고 있다.

파도처럼 밀려오는 과학의 문명 속에 우리의 농촌은 가라앉고 있다. 따뜻한 인정과 아름다운 풍속과 자연이 파괴되어 가는 오늘의 현실이 안타깝기만하다.

나는 사라져 가는 우리의 옛것을 어제를 모르는 어린이들에게 주려고 우리 것이 담긴 우리의 동화를 쓰고 있다. 한국의 어린이들에게 한국의 동화를 주어 한국 어린이로 자라게 해 주고 싶다.

〈할머니의 노래〉, 〈바람을 파는 소년〉, 〈보리 바람〉, 〈까치산 산지기〉, 〈머슴새 이야기〉, 〈감나무골 로봇〉, 〈종이 위에 지은 집〉, 〈대추나무집 쌍둥이〉 등등이 내 동화의 뿌리라고 생각한다.

2

1962년 서라벌 예대를 졸업하고 고향집으로 내려가서 농사를 짓게 되었다.

농촌에서 태어나고 자랐지만 농사일을 알지도 못하고 할 줄도 몰랐다. 일꾼들과 함께 논밭으로 나갔지만, 일은 하지 않고 허수아비처럼 논두렁에 우두커니 서 있었다. 어떤 날은 참거리로 가져온 술을 쫄랑쫄랑 먹어 치우고 보리밭 이랑에 누워서 쿨쿨 잤다. 그때 얻은 내 별명이 '논두렁 샌님'이다.

신춘문예, 신인예술상에 당선이 되어도 원고 청탁은 오지 않았다.

나는 무작정 기다릴 수 없었다. 그래서 〈아동문학〉, 〈새벗〉, 〈소년〉 등에 작품을 보냈다.

"……읽어 주시고 괜찮으면 발표해 주십시오……."

가뭄에 콩 나듯이 내 동화가 발표되었을 때의 기쁨은 지금도 잊을 수가 없다.

"할머니! 내가 지어낸 이야기가 여기 나왔어! 할머니!"

나는 동화가 실린 잡지를 할머니와 어머니 앞에 펴놓고 자랑을 했다.

"이야기를 좋아하더니 이야기쟁이가 되었구나! 후후후, 오늘 저녁에는 내가 옛날이야기를 해 주마. 어서 니 이야기 읽어도라."

"어머님, 제가 읽어 드릴게요."

내 동화를 읽던 어머니와 귀기울여 듣던 할머니의 모습이 눈에 선하다. 그때의 동화가 바로 〈할머니와 담뱃대〉이다.

"니 성하고 니가 내 담뱃대를 감춘 얘기로구나, 후후……."

할머니는 고개를 끄덕이면서 웃으셨다.

그때, 할머니와 어머니는 내 독자가 되어 준 셈이다.

전래동화집을 50여 권 낸 것도 할머니의 영향을 받은 것이라고 생각한다.

비 오는 날은 들에 나가지 않고 사랑방 방문을 잠그고 앉아 논두렁에서 구상했던 동화를 썼다.

한 편 두 편 작품이 모아지는 재미를 느끼면서 열심히 글을 썼다. 촛불에 머리카락과 눈썹을 태우는 일이 많았다.

"새벽닭이 울었다. 글 그만 쓰고 어서 자거라."

어머님은 야참을 들고 와서 애원하는 목소리로 말했다. 어머님은 내 시력이 더 나빠질까 봐 걱정이 컸다. 어머니는 내 바늘귀 눈 때문에 가슴을 졸이면서 살으셨다.

내 첫 동화집 《인형이 가져온 편지》를 눈물을 흘리면서 읽던 어머님은 내 마음의 등불이 되어 동화 나라로 가는 길을 밝혀 주었다.

백내장, 늑막염, 담석, 위암은 그림자처럼 나를 따라다녔다.

나는 병마와 싸우면서도 동화를 생각하고 글을 썼다. 동화에 대한 욕망은 병마와 싸우는 무기가 되었다. 내가 동화를 쓰지 않았다면 나는 벌써 저승으로 갔을 것이다.

"이젠 글 그만 쓰고 쉬어요. 건강도 생각하고, 사 남매 시집 장가도 보내려면 오래오래 살아야 해요."

"욕심도 많구만. 그만큼 썼으면 됐지 뭘 더 욕심을 부려……."

나를 사랑하는 가족들과 친우들은 약속이나 한 것처럼 똑같은 말을 한다.

"내가 한 약속 잊었어? 약속을 지키려면 10년은 더 동화를 써야 해. 나는 지금 사인펜으로……."

나는 1978년 한국아동문학상 시상식 때 수상 소감으로 말했던 약속을 잊은 적이 없다.

"……나는 지금, 만년필로 글을 씁니다. 시력이 나빠지면 플러스펜으로 글을 쓰고, 더 나빠지면 사인펜으로 글을 쓰고, 더 나빠지면 손가락에 잉크를 찍어서 동화를 쓰겠습니다."

"너 말 참 잘했다. 백 살 먹을 때까지 동화 써라……."

뒤풀이 술자리에서 이원수 선생님이 내 손을 꼭 쥐면서 하시던 말씀을 나는 기억하고 있다.

나는 동화집을 짓는 목수가 되어 동화집을 많이 지어서 동화 나라 남쪽에 '이준연 동화 마을'을 만들고 어린이들을 초대하려고 한다.

"똑딱 뚝딱…… 쓱싹 쓰으싹……."

나는 오늘도 도깨비처럼 망치 소리, 톱질 소리를 내면서 신바람 나게 초가삼간 동화집을 짓고 있다.

어린이와 함께 선생이 걸어온 길

1939년 1월 16일 전북 고창군 해리면 안산리에서 태어남.

1953년 전주초등학교를 졸업함.

1956년 전주신흥중학교를 졸업함.

1959년 전주신흥고등학교를 졸업함.

1961년 〈한국일보〉 신춘문예에 동화 당선됨.

1962년 서라벌예술대학 문예창작과를 졸업함.

　　　　신인예술상 아동문학 부문에 수석으로 당선됨.

1975년 광복30주년기념 문학창작상을 받음.

1978년 한국아동문학상을 받음.

1980년 세종아동문학상을 받음.

1982년 한국어린이도서상을 받음.

1983년 해강아동문학상을 받음.

1985년 대한민국문학상 본상을 받음.

1993년 한국불교아동문학상을 받음.

1994년 방정환문학상을 받음.

1998년 어린이문화대상 문학 부문 본상을 받음.

2000년 이주홍아동문학상을 받음.

저서

1972년 동화집 《인형이가져온 편지》(대한기독교서회)

1978년 동화집 《마음의 꽃다발》(한국일보사)

　　　　장편소년소설 《철새들의 고향》(어문각)

1981년 동화집 《날아다니는 다람쥐》(효성사)

1982년 동화집 《밤에 온 눈사람》(창작과비평사)

1984년 장편동화 《세발 강아지》(창작과비평사)

1985년 동화집 《도깨비가 된 허수아비》(햇빛출판사)

　　　　장편소년소설 《네잎 클로버의 눈동자》(동아일보사)

1990년 동화집 《종이새가 된 편지》(현암사)

1991년 동화집 《까치를 기다리는 감나무》(오늘)

　　　　동화집 《꽃신을 찾는 어머니》(오늘)

동화집《하루나라 하루왕》(산하)

1992년 장편동화《도깨비나라 로봇대통령》(지경사)

1994년 동화집《춤추는 허수아비》(현암사)

1995년 장편동화《염라대왕의 비디오》(지경사)

1997년 동화집《거꾸로나라 임금님》(여명)

　　　　　동화집《소라 피리》(문원)

1999년 동화집《서울 참새》(대교출판)

2000년 동화집《참매미 합창단》(여명)

　　　　　동화집《무지개를 만드는 천사》(산하)

　　　　　장편동화《대추나무집 쌍둥이》(산하)

　　　　　장편동화《그림자 없는 아이》(예림당)

　　　　　장편동화《로봇나라 도깨비대통령》(푸른책들)

2001년 장편소년소설《걸어다니는 천사》(문공사)

　　　　　동화집《풍년 고드름》(문원)

2002년 동화집《바람을 파는 소년》(예림당)

　　　　　동화집《아파트와 초가집》(오늘)

그 외 50여 권의 창작동화집과 한국 전래동화집 40여 권이 있음.

한국 아동문학가 100인

최지훈

평론
돋보이는 동화
자유 시민을 지향하는 아동문학

인물론
고요하고 꼿꼿한 경상도 선비

어린이와 함께 선생이 걸어온 길

돋보이는
동화

주제+언어+문체

기본에 대하여

지극히 새삼스런 이야기

어쩌면 문예창작과에 입학한 첫날 첫 시간의 강의 내용이 될 수도 있을 너무 초보적이고 기본에 해당하는 이야기로 되돌아가 보려고 한다. 그렇다고 해서 독자(특히 동화작가) 여러분께서 자존심이 상하지 말기 바란다.

항간에 우리가 살아가는 주요한 지혜의 모든 것은 유치원에서 다 배운다고 하는 말이 유행하였었다. 그런 제목을 붙인 외국 책을 번역해서 펴내고, 야단스레 선전하는 바람에 그리 되었을 테지만 그 말만은 참말이라고 인정했다. 그런 맥락에서 내가 지금 하는 이야기가 바로 문학 지망생이 공부할 때 들었거나 읽었을 바로 그 이야기를 하려는 것이다.

그러니까 가장 초보적이면서 기초적인 이야기라는 뜻이고 그만큼 중요한 것도 사실이다. 그렇다고 반드시 되풀이해야 하는 것이겠는가? 결코 그렇지는 않다. 한 번 듣고 터득하고 그것을 실천할 수 있다면 정말 되풀이할 이유도 없다. 그런데 되풀이하는 것은 잔소리가 된다는 것을 알면서도 잔소리를 해야 할 일이 뻔질나게 일어나기 때문인 것이다.

과연 이분(당당하게 관문을 통과해서 문단에 데뷔함으로써 작가라는 칭호를 듣고 있는 분)이, 누구나 다 이미 소상하게 꿰뚫어 이해하고 있을 그 기본에 대해서 알고 있는 분인가 의심스러울 때가 한두 번이 아니다. 좋다고 소문난 작품조차도 그러하다. 그러니까 그 작품이 왜 좋은 작품이라고 말하는지 말하는 사람을 의심하게 된다. 무슨 자로 재었길래 치수 모자라는 옷감을 칠칠하다고 판정했는지 이해하기 어려울 때도 있다. 그렇기 때문에 모처럼 기본에 충실한 작품을 만나게 되면 그럴 수 없이 돋보인다.

주제 주의는 극복되어야 한다

우선 주제가 좋은 작품은 돋보인다

손연자의 《마사코의 질문》, 소중애의 《연변에서 온 이모》, 김향이의 《쌀뱅이를 아시나요》, 황선미의 《마당을 나온 암탉》 같은 것이 그렇다. 여기에 아주 최근에 나온 작품을 더 포함한다면 김영순의 《우차꾼의 아들》과 역시 소중애의 《담을 넘는 아이》도 꼽을 수 있다.

우리가 작품을 평가하는 척도로서 주제나 소재를 너무 중대시하는 경향이 있다. 물론 주제가 중요하다. 모든 조건의 요소 가운데 주제가 제일 중요하다고 해도 틀린 말이 아니다. 그러나 제일 중요하다는 것과 유일무이한 척도라고 하는 것은 다르다.

어느 작품의 가치를 판단할 때 주제가 잘못되었다고 하면 다른 것은 검토의 여지가 없다고 보는 데는 동의할 수 있다. 그러나 그것이 이러저러한 주제를 다루었으므로 좋은 작품이라고 말하는 것은 잘못된 것이라는 뜻이다. 어떠한 주제를 다루었으므로 그 외의 모든 흠은 묻힐 수 있다는 발상은 참으로 위험하다고 할 것이다. 그러니까 내가 앞에서 '주제가 좋은 작품이 돋보인다.'고 한 말은 잘못되었다고 해야 할 것이다. 그런데 나는 이 말을 취소할 생각은 없다. 모순은 모순인 채로 안고 가면서 이야기를 계속 풀어가자.

국정이 아닌 검인정 교과서는 저자와 출판사가 공동으로 시제품을 제작해서 당국의 심사를 받아 통과해야만 교과서 구실을 하게 된다. 이때 합격 조건보다 결격 조건이 매우 긴장하게 한다. 절대적 결격 조건은 국시에 반하는 내용(예컨대 반국가적 반민족적 적대 행위)을 다루었을 때는 아무리 다른 모든 조건이 탁월하다고 해도 무조건 불합격이다. 그러나 국시에 충실했다고 해서 무조건 합격되는 것은 아니다.

문학작품(아마 모든 예술 작품의 경우도 이와 같을 것이다.)의 경우도 마찬가지일 것이다. 주제는 결격을 판단하는 척도로서는 절대 조건이지만 좋은 작품을 재는 조건으로서는 절대가 아니라는 것이다.

젊은 평론가인 원종찬 씨가 아동문학계에 사회학주의라는 용어를 들고 나와서 논란이 되고 있다. 사회주의적 소재를 다루었다는 이유만으로 그 외의 중요한 흠결에도 불구하고 무조건 좋은 평가를 받는다는 것은 부당하다는 것이 요지이다. 지극히 당연한 말이다. 그 말은 비단 사회학주의에만 적용되는 말이 아니다. 어떤 이념, 어떤 교육적 가치, 어떤 윤리적 타당성을 지닌 주제를 다루었다고 해도 미학적 수준에 미흡하다면 결코 우대받을 작품이 될 수는 없다는 것은 자명한 일이다.

나도 선호하는 주제가 있다. 그러나 내가 좋아하는 주제만을 고집하지 않으려고 애를 쓴다. 그것은 나에게 있어서 인간적인 과제라고 생각한다.

주제가 좋은 작품들

그러므로 '주제가 좋아서'라고 말할 때는 그 외의 것은 '말할 나위가 없다.'는 것이 되어야 한다. 앞에서 꼽은 작품들은 바로 그런 작품들이다.

손연자의 《마사코의 질문》과 김영순의 《우차꾼의 아들》은 동류의 주제를 다루고 있으나 각각 단편과 장편이라는 다른 장르를 택하고 있기 때문에 유사성을 발견하기 어렵다. 일본인들에게 핍박당하던 우리 어린이들의 할아버지 할머니들의 삶은 바로 나의 삶이요, 거기 비친 과거의 일본 제국의 모습은 오늘날에도 사라지지 않은 망령처럼 일본 안에 엄존한다는 사실을 일깨워 주는 작품들이다. 앞의 것은 정성껏 살펴서 모은 자료에 근거하여 투철한 상상력을 발휘한 작품으로서 귀한 연작 성격의 작품집이고, 나중 것은 흔히 보는 어린 시절의 실제 경험을 바탕으로 리얼하게 그려 놓은 것이다.

소중애는 기발한 소재를 동원하는 데 가히 기재라 할 만하다. 그것들은 모두 보통 사람의 의표를 찌르는 것들이지만 결코 기이하고 괴상한 이야기가 아니다. 억지로 꾸며낸 것도 아니다. 얼마든지 눈에 띄일 만한 이야기 같은 데도 특별나다는 데 특징이 있다. 장편《연변에서 온 이모》도 그렇고, 경운기 타고 해수욕 여행 떠나던《구슬이네 아빠 김덕팔 씨》네 가족 이야기도 그러했는데, 이번에 새로 낸 단편집《담을 넘는 아이》의 모든 작품들이 다 그러한 성격의 소재들이다. 거기에 한결같이 넘치는 유머. 정말 동화의 재미를 만끽하게 하는 작품들이다. 그 유머는 〈얄개전〉류의 우스개 이야기와는 차원이 다르다. 이런 유머와 기지는 주제의 성격을 결정짓는다.

김향이의《쌀뱅이를 아시나요》는 7편의 단편을 담은 단편집이다. 그도 남다른 소재를 동원하는 데 있어서는 뛰어난 작가다. 그런데 그의 소재는 소중애와는 전혀 차원이 다르다. 비유하건대, 소중애는 땀 냄새, 된장찌개 냄새가 밴 텁텁한 소재들이라고 한다면, 김향이의 소재들은 한결같이 맛깔스럽고 단정하다. 소중애는 그 소재에 유머를 끼얹어 놓는 데 대하여, 김향이는 소재에 색채와 향기를 씌운다. 소중애는 길바닥을 정신 없이 누비다가 줍거나, 방구석을 청소하다가 발견한 것 같은 것들이라면, 김향이는 장롱 속에 곱게 간수해 두었던 것을 끄집어내 보이는 것과 같다.《쌀뱅이를 아시나요》의 작품들이 바로 그런 것들이다. 소중애의 주인공들은 어려워도, 못나도 낙천적이지만 김향이의 주인공들은 뭔가 아련하다.

황선미의《마당을 나온 암탉》은 너무 이야기가 많이 되었으므로 여기서 다시 거론하는 것은 줄인다. 그 평가들이 모두 타당성을 지니고 있기 때문에 내가 재탕할 필요가 없다는 뜻이다.

좋은 주제는 오로지 인생의 경험을 깊이 쌓고 늘 진리를 성찰하는 마음가짐에서 빚어진다고 생각한다. 그러자면 독서와 함께 견문을 넓히는 활동(여행과 박물관 같은 곳의 방문, 첨단 매체의 활용)을 한다든지, 폭넓게 사람을 사귀려고(아이도 어른도, 남자도 여자도, 부자도 가난한 자도, 스님도 신부도, 장사꾼도 술주정꾼도 도박꾼도 사귈 수 있다면 사귀어야 한다.) 노력해야 한다. 그런 일에 게을리하면서 책상머리에 앉아 타이핑만 한다고 좋은 주제가 생산될 수는 없는 것이다. 이러한 방도 가운데 가장 쉽고 편한 방법이 독서와 사색이 아니겠는가? 그러므로 작가는 모름지기 다른 것은 못해도 독서는 정말 열심히 해야 한다.

언어를 소홀히 한 작품은 제외되어야 한다

우리의 현 작품 가운데 주제로 친다면 여기 소개하는 정도는 한참 아랫길로 놓이게 할 훌륭한 것들이 참으로 많다. 그러나 그러한 작품들 중에 많은 작품들(일부라고 하더라도 많은 것은 많은 것이다.)이 정말 갖추어야 할 중요한 것을 놓치고 있는 경우가 많다.

오해하지 말기 바란다. 내가 지금 고작 너댓 편 소개해 놓고 그것이 대한민국 동화 문학의 대표적인 작품이요, 그 외의 것은 모두 거론할 가치가 없다는 뜻으로 말하고 있는 것이 아니다. 위에 든 것은 최근 몇 해 사이에 나의 개인적인 뇌리 속에 강하게 인각된 작품들 중 몇 편일 뿐이다. 다시 말하면 '그 작품들이 좋다.'는 것이지 '그 작품만 좋다.'는 뜻은 아니라는 말이다.

언어와 구조는 문학의 미학 요소로 빠질 수 없는 필수적인 조건이다.

그런데 오늘날 우리 동화 문학이 갖는 가장 큰 취약점은 언어를 올바르게 사용하지 못한다는 데 있다고 본다. 문학, 특히 아동문학은 언어를 바르게 쓰는 데 모범을 보이지 못한다면 좋은 작품의 대상으로서는 일단 제외되어야 한다. 민족 언어를 탁마하기는커녕 오히려 더럽게 오염시키고 왜곡시키는 데 앞장을 선대서야 절대 용납될 수 없는 일이다.

문학이 무엇인가? 언어의 예술 아닌가? 언어로써 예술을 창조한다면서 그 언어를 더럽히고 상처 주는 주제에 어찌 그 작품을 건강하다고 하겠는가?

주제가 시원찮으면 좋은 작품의 서열에서 배제되는 것과 같이 언어를 훼손시키는 작품은 절대로 배제되는 조건이 되어야 한다. 이 말은 물론 언어 사용이 분명하고 훌륭하다고 좋은 작품이 되는 것이 아니라는 점은 주제의 경우와도 같은 말이다.

그런데 오늘날 말을 잘 못 쓰는 주부 작가들이 많다. 제대로 정제되고 세련된 말을 골라 쓸 수 있으면 좋은 작가가 될 중요한 자질을 갖춘 것이 된다. 그러나 언어를 바르게 쓰지 못하거나 유행어나 컴퓨터 사투리나 속어를 현장성 있고 사실적 묘사에 필요하다는 핑계로 유포하거나 한다면 작가로서 아예 기본 조건도 갖추지 못한 작가라고 해야 할 것이다. 그런 이가 좋은 주제를 다루었다고 하여도 이미 틀린 작품인 것이다.

그런데 언제나 잘 다듬고 가다듬어서 모범적인 문장을 구사함으로써 어린이들에게 마치 국어 교과서와 같은 단정한 글을 쓰는 작가로 나는 원유순 씨와 손연자 씨를 꼽는다. 그런 원유순의 장편 《까막눈 삼디기》는 그래서 상대적으로 돋보인다. 원유순 씨는 교과서처럼 반듯하지만 손연자 씨는 반듯할 뿐 아니라 문체가 향기롭다.

아름다운 문체로 쓰인 작품은 아름답다

앞서 소개한 손연자의 《마사코의 질문》은 한 작품집에 같은 계통의 주제를 가진 작품(단편)만 여러 편 담아 엮었어도 그 각 작품의 문체가 다르든지 구조가 다르든지 하여 제각각 개성을 발휘한다. 사실 일제 강점기를 배경으로 한 작품만 9편 써서 한 권으로 엮었다고 한다면 우리는 어떤 짐작을 하게 될까? 딱딱하게 목에 힘준 문체로 열기를 뿜어대거나, 뭔가 애국심을 강요하는 문장으로 어색하도록 통일되고 일관된 글꼴을 보여 줄 것이라고 생각하기 십상일 것이다. 마치 연작 소설처럼. 여기서 일관되고 통일된다는 것이 마치 무슨 미덕처럼 보이나 문학작품은 그래서 안 된다. 다양하고 다채로운 빛깔로써 제각각 독립된 개성이 없다면 낱낱의 단편들이 죽어 버리고 말 것이다. 그냥 그때의 형편을 보여 주고 실상을 알게 하겠다는 차원의 생각으로 글을 쓴다면 모처럼 좋은 의도(주제)가 빛을 보지 못하게 될 가능성이 큰 것이다. 손연자는 바로 그런 모험을 참으로 슬기롭게 유연하게 해보인 것이다. 다음의 몇 가지 문장을 보자. 다소 장황하게 여겨지겠지만 널리 보여 주고 확인시키고 싶다.

[작품 1]

나비는, 한 장의 꽃이파리였습니다.

눈 속에서도 피어나는 매화꽃 꽃이어라!

'밖에선 봄이 오는구나.'

시인은 두근거리는 가슴을 진정하려 눈을 감습니다.

경성(서울)에서 두만강변 상삼봉역 2천2백40여 리.

다시 용정역 기찻길 2백 리.

고향 북간도가 보입니다.

산으로 둘러싸인 아늑한 큰 마을 명동이 보입니다.

하늘을 찌를 듯이 서 있는 선바위 삼 형제.

가끔씩 녹슨 화살이 발견되던 바위 뒤의 옛 산성.

가랑나무 우거진 기슭에 풍금 소리 은은하던 교회당.

앞 강가 버들 숲 방천에 버들강아지가 바람에 일제히 허리를 굽힙니다.

– 〈잎새에 이는 바람〉에서

[작품 2]

칠판 바로 위에 걸린 일장기에 아침 햇살이 퍼졌습니다. 일장기 속의 둥근 해는 방금 솟은 듯 붉었습니다. 선생님 입가에 뜻 모를 웃음이 어렸습니다. 승우는 얼른 창 밖으로 눈을 돌렸습니다. 인왕산 봉

우리가 꺼칠해 보였습니다. 선바위는 잿빛 구름을 무겁게 이고 있었습니다.

– 〈꽃잎으로 쓴 글자〉에서

[작품 3]

갈매기도 없는 저녁 무렵의 바다는 침울했어. 수평선 조금 위에서 검붉은 빛으로 물들어 가는 구름 조각들도 그랬어.

천황의 대는 천 대나 팔천 대나

강가의 조약돌이 바위가 되어

이끼가 낄 때까지

환송을 하러 나온 사람들이 일장기를 손에 들고 기미가요(일본국가)를 불렀단다. 우린 낯선 곳으로 떠나야 하는 불안감 때문에 잔뜩 긴장을 하고 있었어. 이윽고 배를 탈 시간이 되었어.

"차례차례 올라타라! 오이, 거기 뭣들 하고 있나? 이 쪽으로 서라."

칼을 찬 일본군 소좌가 까탈을 부렸어.

– 〈잠들어라 새야〉에서

[작품 4]

해설자의 말이 끝나면서 비행 모자를 양쪽 귀 아래로 늘어뜨린 조종사들이 히로시마를 내려다봅니다.

"자, 됐어. 준비!"

비행기의 바닥 문이 좌악, 양쪽으로 열립니다.

"발사!"

길쭉한 꼬마가 아래로 곤두박질을 합니다.

다음 순간 꽝!

버섯구름이 치솟아 오릅니다. 하늘이 까매집니다. 모니터 화면이 새카맣습니다. 암흑입니다. 잠시 뒤 땅 위의 것은 다 사라졌습니다. 아우성 소리, 그 아우성 소리를 막고 싶어서 마사코는 두 귀를 막았습니다.

– 〈마사코의 질문〉에서

[작품 5]

"좋아."

야나기 선생님은 뒷짐진 손을 풀고 교실을 찬찬히 둘러보았다. 선생님의 눈이 가운데 앉아 있는 몸이 가냘픈 한 학생에게 가서 머물렀다. 선생님은 웃는 얼굴로 그 아이의 이름을 불렀다.

"마츠시다 가즈오 군."

"넷!"

가즈오가 씩씩하게 일어났다.

"신민이 뭐지?"

"천황 폐하의 신하인 백성입니다."

"충의는?"

"충성과 의리입니다."

"그럼, 인고 단련은 뭐냐?"

"고통을 잘 참고 몸과 마음이 강해지도록 열심히 훈련하여 익히는 것입니다."

"하하하, 좋아."

선생님은 한바탕 만족스럽게 웃었다.

– 〈남작의 아들〉에서

아홉 편의 작품 중에 다섯 편을 소개하고 있다. 아홉 편 다 보여 줄 수도 있고 보여 주고 싶다. 역시 그건 너무 장황할 듯싶어 내가 참기로 했다. 이 정도로도 손연자의 문체의 대강을 이해할 수 있을 법하기 때문이다. 위에 보인 다섯 편의 글 중에서 작품 4번을 제외하고는 모두 앞서 말한 대로 일제 강점기를 배경으로 하고 그 당시 일제의 핍박을 당하던 우리 민족의 모습을 보여 주는 작품들이다. 4번 〈마사코의 질문〉은 일제가 미국의 원폭을 당하던 원인을 마사코가 할머니에게 캐어 묻는 것을 주제로 하고 있다. 그러니까 일본제국의 군국 식민 정치의 모습과 말로가 한꺼번에 드러난 셈이다. 그런 내용의 글을 9편이나 써서 한 권의 책으로 묶으면서도 한결같이 다른 문체를 구사했다는 것이 놀랍다는 뜻이다.

[작품 1]은 시인 윤동주가 옥사하는 내용을 다루고 있는데 그 문체가 그대로 시다. 물론 작품 전체가 시로 된 것은 아니다. 그러면 한 편의 서사시가 되었을 것이다. 그런데 그런 운문체를 매우 적절하게 요소요소에 배치하고 있다. 물론 시인(윤동주)의 작품도 인용해서 섞어 놓았다. 그래서 그 처절하도록 고독하고 답답하도록 억울하고 우울하고 신산한 옥중의 분위기가 절절하게 살아난다. 그러면서도 비장한 아름다움이 글 마디마디에 넘쳐난다.

[작품 2]는 매우 평범한 평서문이다. 그런데 나는 이 문장이 왜 이렇게 반가운지 모른다. 적어도 손연자 씨의 이 작품집에는 다른 주부 작가들처럼 '……요.' 체의 글을 쓰지 않는다. 다른 작품집에서도 그런 남발이 발견되지 않는다. 그것을 쓰면 반드시 그렇게 써야 할 매우 적절한 경우에 다른 문장과의 조화를 생각하면서 쓸 뿐이다. 무조건 '……요.'로 시작해서 줄기차게 '……요. ……요. ……요. ……요. ……요. ……요. ……

요.'로 계속 이어지는 그런 문체를 손연자 씨와 최근작의 원유순 씨 작품에서는 발견하기 어렵다.(아마 없을 것이다.)

손연자 씨도 '……요.'를 쓰기는 쓴다. 이 작품집(《마사코의 질문》)에서도 '……요.'를 집중적으로 쓴 곳이 있다. 〈방구 아저씨〉를 읽어 가다 보면 중간에 한 열댓 문장을 그렇게 쓰고 있다. 그런데 그것은 그 부분을 타령조로 분위기 잡는 독특한 문체상의 효과를 노린 의도적 표현 방식이었다. 하여간 놀랍고 기특한 일이 아닐 수 없다.

[작품 3]은 독백 문체이다. 정신대에 끌려갔다가 돌아온 여인이 마을에 돌아와서도 사람 앞에 나타나지 못하고 숨어서 넋두리를 하는 것이니 당연히 독백 문체라야 하지 않겠는가? 시인의 이야기를 운문으로 나타내듯이.

[작품 4]는 아주 긴박감을 조성하는 간결한 단문의 연속으로 된 간결체다. 이 작품은 처음부터 이런 장면이 자주 반복된다. 더러는 따옴표도 잇달아 남발한다. 작품집의 표제작이요, 맨 나중에 들어간 작품이다. 앞의 여덟 편은 바로 이 마사코의 질문에 대한 답변을 위한 증언이라고 할 수 있다. 앞의 여덟 편으로 보여 주는 일본의 악질적 범죄에 대한 대가를 마지막 〈마사코의 질문〉으로 배치한 것으로 보인다. 그러니까 다른 여덟 편은 이 한 편을 위하여 있는 것이다. 작가는 이 한 편을 발표하기 위하여 다른 여덟 편을 마련한 것이다. 그러므로 작품집 제목이 이 작품의 제목으로 삼은 것일 터이다. 그러니까 이 작품은 대단원답게 중편이면서 흥분조의 문체로 되어 있다. 짧은 문장으로 힘주어서 딱딱 분질러 가며, 때로는 반복적 수사법을 써서, 때로는 시 문장처럼 나열하면서 독특한 분위기를 조성하는 문체다.

[작품 5]는 반말 문체다. 그런 작품도 몇 편 된다. 지금 이 장면은 마치 국어 교과서에 소개되었던 '퀴리 부인전'의 장면을 연상시킨다. 대화와 지문의 연속. 교체되는 배열 속에서 전개되는 말 맛이 긴장감과 속도감을 부여한다. 또 다른 분위기를 조성하는 문체라고 하지 않을 수 없다.

이야기가 너무 길어졌다

요지는 이렇다. 문학작품의 아름다움은 문체로써 이루어진다. 문체가 아름다우면 작품이 빛난다. 주제가 돋보이고, 문장이 돋보이게 된다.

손연자 씨의 문체는 단정한 듯하면서 유려하다. 특히 이 작품의 문체는 다채롭다고 해야 할 것이다.

사실 문체의 미학에서 김향이 씨의 작품들을 거론하지 않는다면 말이 안될 것이다. 그의 데뷔작 《달님은 알지요》에서 보여 준 그 문체가 이번의 단편집 《쌀뱅이를 아시나요》에 그대로 살아 있다. 그는 독특한 산초처럼 맵싸하고도 싱싱한 풀밭에서 맡을 수 있는 상긋한 향기를 뿜는다. 그래서 김향이의 작품들은 어디에 있어도 시들거나 변질되지 않을 것 같은 느낌이 든다. 세련되고 우아하다.

소중애의 문체는 읽는 이로 하여금 낙천적으로 변하게 하는 즐거움을 안겨 준다. 하나의 마술이다. 그의 문장은 다듬은 것 같지 않으면서도 흐트러지지 않은 자세이다. 화장을 하지 않았으면서도 깨끗하여 결코 밉다는 구석이 없다. 문장 하나하나가 감칠맛이 있고 신명이 나게 한다. 그래서 한때는 지나치게 아이들 입맛에 영합해서 천박한 명랑소설 같다고 외면당하기도 했다. 그러나 그것은 전혀 오해다. 그가 다루는 주제가 심각하고 진지하면서도 긴장하지 않게 하는 것은 그만이 가진 개성적인 문체의 힘이라고 생각한다.

반면에 황선미의 문체는 다소 경색되어 있다. 정말 공전의 반향을 불러일으킨 《마당을 나온 암탉》의 경우, 너무 진지하고 성실하기 때문에 읽는 이를 불필요하게 긴장하게 한다. 그 긴장은 추리소설을 읽을 때처럼 흡인력을 발휘하는 긴장이 아니다. 오히려 숨이 차서 고개 운동이나 눈 운동을 하며 숨을 쉬어야 계속 읽을 수 있었다. 그러한 문체는 장중한 주제를 다룰 때는 효과를 크게 발휘한다. 바로 이번의 작품과 같은 경우 그런 효과가 드러났다고 할 수 있다. 그런가 하면 무게 잡을 이유가 없는 주제가 무게를 잡게 되면 읽는 이로 하여금 숨이 차게 한다. 그의 성실성은 사실 문체보다 글의 구조에서 드러나서 작품을 값지게 했다.

마무리 짓자

서사문학이나 극문학이 다 마찬가지지만 동화의 경우 구조와 인물의 타당성 검토가 이루어져야 하고, 동화이기 때문에 지녀야 할 조건과 미덕이 더 있지만 구체적으로 따져 보는 것은 또 다음 기회로 미루자. 다만 오늘 거론한 작품들은 이러한 조건들에 만족할 만한 평가가 가능하다는 것만 밝혀 둔다. 그러한 평가는 이미 앞에서 '주제가 좋아서 돋보인다.'는 말로 나타내었었다.

주제가 시원찮거나 언어를 소홀히 하여 문장이 이상한 글은 다른 조건이 아무리 좋아도 낙제감이다. 주제가 좋고 문장이 반듯하면 일단 평균 점수는 되지만 아름답다는 말을 들으려면 문체가 아름다워야 한다. 그것은 비단 동화에 해당되는 말만은 아닐 것이다.

자유 시민을
지향하는
아동문학

선거 포스터에 어린이가 등장하자 동심을 약취하는 행위라고 비난하는가 하면, 동심의 위대한 힘이 스스로 입증되는 장면이라고도 말을 한다.

정치 선전에 동심을 이용하는 것은 동심의 순수성에 기대어 스스로 순수한 이미지를 드러내겠다는 것이고, 이는 바로 '순수성'이 나타내는 정치적 초능력을 믿기 때문이다.

그런데 문제는, 정치가 동심을 이용함으로써 순수한 듯이 위장을 할 수 있을는지는 몰라도, 정치의 그 더러운 이미지로 하여 동심의 이미지가 크게 더러워지게 되었으니 예사로운 일이 아닌 것이다.

동심이 정치 마당에 동원되는 것을 우리는 거부할 수 있어야 한다. 동심과 정치적 야심은 조화될 성질이 아니다. 불순한 정치적 야심을 위하여 동심을 이용하는 것은 동심을 멍들게 하는 하나의 반윤리적 행위로 간주할 수 있다. 그것은 순수 인간성에 대한 모독으로서 바로 인간 모독 내지 인격 파괴 행위이기 때문이다.

동심의 정치적 이용은 비단 정치가에 의해서만 나타나는 것이 아니다. 필자가 문제 삼고자 하는 것은 동심의 문학 곧, 아동문학이 정치적으로 이용되거나 정치성으로 오염되는 일이다.

아동문학이 정치적 농간에 휩쓸리거나, 주책없이 정치판에 거들거나, 정치적으로 놀아나서는 안 될 일이다. 아동문학가가 아동문학가로서가 아닌 자연인으로서 정치적 활동을 하는 것까지 말릴 이유가 없지만, 그 자신의 정치적 야심을 작품으로 달성하려고 해서는 안 될 일이라는 것이다.

그런데 답답하게도 우리 아동문학 문단의 일각에도 마침내 정치의 매캐한 냄새가 마치 최루 가스처럼 번져들었다.

아동문학 문단의 한쪽 흐름을 주도하여 존경받던 한 분이 특정 정치가를 지지하는 정치 마당에 뛰어든 것이다. 그의 언행을 보면 그것은 그 개인에게 있어서 자연스럽게 보이는 일이며, 보기에 따라서는 결국 그렇게 되셨구나 하는 안타까움을 면할 수 없다.

아동문학가라고 정치를 하면 안 될 리야 있겠는가. 자연인으로서 어떤 특정 후보를 지지한다고 나무랄 일이야 되겠는가. 그렇지만 자연인으로서보다 아동문학가로서, 특히 문단의 지도급 위치에 있는 입장에서 그는 이미 사인(私人)이 아니라 공인(公人)인 것이다. 그러한 분이 특정 정치가의 선거 운동원인 양 지지하고 섰다는 것은 민망스럽지 않을 수 없다. 그가 원래 정치가였거나 정치적 운동이나 활동을 해 왔다면 그냥 그러려니 하련마는!

그분의 그러한 몸짓은 결국 의혹을 가지고 보아온 대로 그의 아동문학과 글쓰기 지도에 관한 발언의 바탕을 극명하게 드러내 보인 것이라고 할 수 있다.

비단 문학뿐 아니라 종교, 예술, 학자 심지어는 학생과 군인들까지 온전한 인간성의 수호와 정의로운 사회 체재를 확립하거나 쟁취하기 위하여 온 영혼과 육신을 던질 수 있으리라 본다.

그러나 문학이나 예술이나 종교가 그러한 것을 의도적으로 획득하고자 수단화하는 것은 분명히 타락 행위라 할 수 있다. 그것은 군부의 총검을 정의로운 사회 확립을 빙자하고 거꾸로 돌려대는 것과 무엇이 다르겠는가?

문학의 경우, 그 문학에 현실이 비쳐지고, 역사의 증인이 되어 비판하거나, 이상적 세계와 인간상을 보여 줄 수 있고, 그렇게 되는 것이 당연하다. 그러나 그것이 주객이 바뀌어서 어떤 이념이 정치적 목적을 달성하기 위하여 문학을 동원함으로써 그것이 선전문이나 선동문이 되게 한다는 것은 있을 수 없다.

이 두 가지의 본질적 태도는 매우 예민하여 곧장 넘나들기 쉽지만 이를 인식하고 한계를 지킬 줄 모른다면 문학인이라고 할 수 없다. 더구나 아동문학은 그 대상이 어린이라는 점을 간과해서는 안 된다.

아동문학은 이상적인 미래의 세계를 구현하기 위하여, 미래의 인류로서 부족함이 없는 인간의 성장을 위하여 존재한다.

고요하고
꼿꼿한
경상도 선비

김상삼

1. 잘 모르지만

고요 최지훈, 내가 그에 대해서 뭘 알겠는가?

그러나 대학 시절 이래로 내가 그와 가까이 사귀게 된 인연이, 아마도 문단 안에서는 남달랐다는 이유만으로 감히 이 글을 쓰도록 부탁받았을 것이다.

그래서 그 자신이 마치 자서전처럼 쓴 특이한 그의 연보를 살펴 읽으면서 그에게 들었던 어린 시절이나 젊은 시절의 토막 이야기를 기억에 떠올리고 그의 곁에서 보고 느낀 평소의 삶에 대해서 말해 본다. 지극히 피상적이겠지만.

그는 1941년 10월 일본 규슈의 후쿠오카 부근에서 태어났던 모양이다. 그래서 해방되던 해에 귀국, 외가가 있는 대구에 정착해서 성장하면서 대구 사람이 되었다는 것이다.

초등학교를 거쳐 당시에는 명문으로 알아주던 경북중·고등학교를 졸업하고, 1959년 경북대사범대에 입학했다. 그러나 빈곤한 가정 탓으로 학비가 비싸지도 않은 사범대조차 다니지 못하고 입학등록금만 내고 중퇴했다고 한다.

3년간 밑천 들지 않는 온갖 궂은 일을 하는 중에 길바닥 만화 가게도 하면서 내재봉으로 일곱 식구를 감당하고 있는 어머니를 도와 입에 풀칠을 해야했다. 아버지는 주정꾼 룸펜으로 가족의 짐이 되셨던 모양이다. 그는 술자리에 앉으면 내가 볼 때 술을 못하지 않을 것 같은 그가 술을 '스스로 금하고 있는 이유'를 주정꾼 아버지에 대한 원한 때문이라고 말했다.

그러다가 대학교 4학년이 되어야 할, 1962년 2년제 초급 대학 과정으로 교육 대학이 새로 생겨나자 불쑥 거기에 다시 입학했다.

그리고 졸업하자 바로 대구시 변두리 해안국민학교에 발령받아 선생이 된다.

그러나 이듬해 입대했고, 2년 반 복무를 마치고 역시 대구시 변두리 초등학교인 평광국민학교에 복직한다. 그 학교는 전교 3개 학급의 복식 수업을 하는 곳. 전직원이 관리인까지 해서 여섯 분이었다고 한다. 대도시에 존재한 벽지학교였다.

1971년 교원교육원령이라는 제도가 생겼었다. 전국의 교육 대학과 서울대 사범대에 현직 교원을 대상으로 부족한 학력을 채워주는 제도였다. 그래서 그 이듬해 그도 서울대 사범대학 교원 교육원에 편입학했다. 국어, 영어, 수학 과목의 3개 교육 학과만 뽑았었다. 그때 국어교육학과 3학년 과정에 편입학해서 졸업했다. 그때 한 과에서 함께 공부한 사람 중에 아동문학가가 적지 않았다. 들어보니 전문수, 문삼석, 전원범, 신현재, 장문식 등 쟁쟁한 작가 시인들이다. 동시인, 동화작가, 평론가, 아동문학 학자 등 고루 갖춘 멤버들이다. 그러나 그들은 서로 티 내지 않고 각자 도생으로 성공하고 있다. 그와 내가 함께 공부한 교육 대학 동기생 중 아동문학가는 그와 나, 우리 둘 뿐이지만. 그래서 우리는 짝꿍이다. 그래서 그와 나는 단 둘이 만들어 내는 쪽신문 〈두 사람 이야기〉도 냈었다. 상당한 기간 동안.

그는 서울에서 사계 선생이 계간 〈아동문학평론〉을 창간한 이듬해(1977) 한국 아동문학사에 최초의 아동문학만을 다루는 전문 평론가로 데뷔했다. 그리고 1984년 연말 이해할 수 없는 이유로 재직하던 경주여고에서 졸업반을 담임하던 중 사표를 내고 상경했다. 내가 알기로는 사계 선생의 명령적(?) 권유로 동아출판사에서 국어사전 편찬 위원으로 재직하기로 직을 바꾸기로 하여 상경했다. 그리고는 사계 선생의 문하생(?)이 되어 그를 도와 〈아동문학평론〉의 편집장 노릇을 십 년 가량하면서 그 잡지를 마치 자기 개인 평론 발표 지면 삼는 것으로 무상 봉사했다.

그래서 1981년 사계 선생의 총애(?)로 그가 만든 방정환문학상의 제1회 수상자가 된다. 자랑스럽게!

2. 포카 속에 숨은 가슴 두터운 남자

대한민국 사람치고 어디 누구 하나 가슴 따뜻하지 아니한 사람이 있을까만, 특히 고요만큼 그 따스함을 가슴 깊이 감추는 사람은 없을 것이다. 고요가 경주여고에 근무할 때다. 체력도 강하지 못한 사람이 대구에서 통근하면서 밤 늦게까지 진학 지도에 힘을 기울였다. 거기에다 교회 일이라면 목숨 걸고 나서는 성품이라, 집으로 퇴근하는 것이 아니라 교회로 출근을 하였다. 고3 담임을 하면서 하나님의 큰 종 노릇을 위해 시간을 쪼개 썼다. 이런 와중에 사랑하는 아들 어진이가 멱을 감다가 익사한 것이다. 방송 내용을 듣고 급히 최 선생 집으로 달려갔다. 그런데 막상 만나 본 최 선생은 포카 속의 얼굴처럼 슬픈 기색이라고는 전혀 없었다. 오히려 평소처럼 웃음까지 지으며 어떻게 왔느냐며 되물었다. 어리둥절하여 할 말을 잊고 고개를 갸웃거리는 나에게, 안식구는 눈을 찡긋하며 옆구리를 찔렀다. 잘못 알고 온 것이 아니냐는 소리 없는 질타였다. 사뭇 눈길을 피하는 사모님을 곁눈질로 보았다. 눈은 충혈되어 있었고, 눈두덩은 약간 부어 있었다. 그리고 밤늦게까지 학교나 교회에 있어야 할 친구가 대낮에 집에 있다는 것도 이상했지만 물어볼 용기가 없었다. 잠시 말이 없었고, 절간처럼 고요한 방에 시계추 소리만 들려 왔다. 나는 용감하게 침묵을 깨며 물었다.

"최 선생, 도와줄 것이 없나 해서 왔는데."

"무얼 말인가?"

"머리 굴리는 것으로는 남을 도와주지 못해도, 몸으로 때우는 데는 이골이 났거든."

최 선생은 말을 끊었다. 곁에 있던 사모님은 참았던 눈물을 쏟았다. 내 눈에도 눈물이 핑 도는데 최 선생은 담담하게 말했다.

"이게 다 하느님의 뜻이라네."

나는 이해가 되지 않았다. '그래, 하느님이 할 짓이 없어 최 선생 같은 충직한 종의 아들을 뺏어간단 말인가?' 이런 말이 속에서 튀어나왔지만 꾹 참았다. 하느님이 필요해 불러 갔는데 서운해도 어쩌겠냐는 말이 나에게 많은 생각을 주었다. 그처럼 냉철했던 최 선생도 정작 끈끈한 정은 누구보다 더 깊었다. 부모는 산에 묻고 자식은 부모의 가슴에 묻는다더니, 어진이는 고요의 가슴 속에서 함께 살았다. 가을 바람이 불고 코스모스가 꽃길을 열면, 고요는 어김없이 대구 가창골 어진이를 찾았다. 아들의 무덤 앞에서 슬픈 눈물을 흘리는 것이 아니라 명복을 비는 진지한 기도가 인상적이었다. 복받치는 그리움과 슬픔을 앙금으로 가라앉히는 그의 가슴은 누구보다 깊고 따뜻했다. 친구를 대할 때도 마찬가지였다. 차갑다고 느껴지지만 그 차가움의 밑바탕에는 누구보다 뜨겁고 끈끈한 정이 흐르고 있기 때문이다. 서울에 가면 술은 입에도 대지 않으면서 끝까지 자리를 지키다가 새벽에 기도를 나가는 것에서 그의 정과 성실성을 공감한다. 다만 갓 볶아낸 커피 맛에 길들여진 사람들이 구수한 가마솥의 숭늉 맛을 모르듯이 고요의 깊은 마음을 느끼지 못할 뿐이다. 고요의 단점이라면, 얼음과 같은 냉철한 판단력으로 해야 할 일과 해서는 안 될 일을 시루떡처럼 확실하게 구분짓는 결단력이다. 언젠가는 같은 새바람 회원인 모씨가 서평을 써 달라고 했을 때 그는 고개를 저었다. 서평은 나쁜 쪽으로 쓸 수 없어 소신 있는 평론을 할 수 없다는 이유 때문이었다. 섭섭해하는 문우의 표정을 보고 가슴 아파하며 열 번은 용서를 빌었다. 다른 것은 몰라도 자기의 생명처럼 여기는 평만은 은근슬쩍 넘기지 않는 그의 가치관은 나에게도 어김없이 적용되었다. 교육 대학교에서 같은 반이었고, '두 사람의 이야기'와 '새바람아동문학회'를 함께 만들었던 짝꿍인데도 내 작품을 남보다 더 호되게 평을 했다. 그렇지만 나는 그를 아끼고 이해하기에 쓴 약으로 받아들였다. 그러나 세상 사람들이 그의 깊은 마음을 얼마나 이해할지 모르겠다. 흔들리는 이 시대를 지탱시켜 주는 중심 축에 있는 그를 가리켜 많은 사람들은 아집이요, 독단이라고 말한다. 한 치 속을 못 본 탓인지 아니면 내가 고요를 잘못 본 것인지 나도 모르겠다.

3. 고요의 문학관

고요가 아동문학과 인연을 맺게 된 동기는 교육 대학교 은사인 이재철 박사님의 영향이 컸지만, 입문의 연결고리는 바로 '1973년 대구 성북초등학교에서 펴낸 〈꽃교실〉이라는 학급신문이었다. 많은 교사들이 어린이들을 사랑한다고 입으로 외칠 때 고요는 월급을 받아 매월 〈꽃교실〉에 투자하여 어린이들의 독서 운동과 문학 활동을 도와주었다. 1976년 중학교로 일터를 바꾸면서 이호철 선생님께 전수해 줄 때까지 5년 동안 한 달도 거르지 않은 〈꽃교실〉을 통해 문학의 바탕을 배양했고, 독서 운동도 함께 펼쳤다. 그러다가 1977년 〈아동문학평론〉에 〈스쳐 지나가는 문학〉과 〈전승적 동화에의 접근〉이란 평론으로 문단에 등단했고, 평론지에 연재한 〈환상 산문문학〉이란 평론으로 제9회 한국현대아동문학상을 수상했다. 그는 필자와 함께 낸 〈두 사람의 이야기〉와 새바람 아동문학회 활동을 통해, 아동문학은 한 가지만의 도그마가 되어서는 안 된다는 문학의 보편주의를 주장했다. 특히 환상이란 미래 시민인 어린이가 가져야 할 미래상이어야 한다고 주장하고, 그들이 읽을 수 있도록 쉬운 형식의 동시 비평을 시도함으로써 어린이들이 손쉽게 동시문학에 접근할 수 있도록 하는 작업을 전개하였다. 이런 취지에서 동시를 주제별로 골라 감상하는 동시 이야기 시리즈와, 동시인의 대표적 시집을 골라 비평 해설을 시도한 〈시의 잔디가 있는 뜨락〉을 〈아동문예〉에 연재하였다. 그 외에 많은 작가론과 이론 서적을 펴냈으며, 이런 공과로 방정환문학상을 받게 된 것이다. 고요가 평론을 하는 것은 물론 아동문학 발전을 위한 것이기도 하지만, 그의 본뜻은 이 땅의 어린이들에게 양질의 문학작품을 제공해 주기 위해서다. 한정된 어린이가 아니라 모든 어린이를 위한 독서 운동과 전자통신지 〈아름다운 아침〉도 이런 맥락에서 시도하고 있는 것이다.

그가 출판 사업과 관련된 업무 탓도 있겠지만 〈두 사람의 이야기〉와 〈아름다운 아침〉을 통한 체계적인 독서 운동과 아동문학의 저변 확대란 점에서 고요의 공과는 누구도 부인할 수 없을 것이다.

특히 지금은 전자메일과 인터넷으로 자료를 구하기도 쉽고 정리도 손쉬워졌지만, 얼마 전까지 아동문학 자료를 찾기란 그리 손쉽지 않았다. 다만 고요만이 자료를 체계적으로 수집하고 분류하여 목록화했으며, 내가 알기로 우리나라에서 가장 많은 자료를 확보하고 있는 것으로 알고 있다.

4. 매화는 얼어 죽더라도 향기를 팔지 않는다

'매화는 얼어 죽더라도 향기를 팔지 않는다.'는 말이 있다. 어쩌면 고요를 두고 하는 말 같다. 고요의 평론은 논리적이고 한치의 빈틈도 없을 정도로 완벽하며, 문학작품을 훌륭히 소화할 수 있는 필력을 가지고 있다. 그런데도 원고료가 될 만한 일에 손을 대지 않는다. 이름난 아동문학가들도 누구 할 것 없이 원고료가 생길 만한 곳에는 손을 댄다. 동시인이 동화를 쓰고, 전기문이나 잡문 등에 서슴없이 손을 댄다. 그러나 고요는 다르다. 글을 못 써서가 아니라 쓰지 않는 것이다. 어찌 보면 융통성이 없는 옹고집이고, 좋게 보면 당당한 경상도 선비 기질 그대로다. 대구에서 상경하여 서울 생활에 적응하기 위해 힘겨운 나날을 보내면서도 타협을 거부했다. 고요의 능력으로 봐서 다른 아동문학가들 같았으면 지금쯤 자기 자리를 확보할 만도 하다. 서울의 직장 생활은 교직에서 발휘했던 그의 능력만큼 빛을 보지 못한 채 물러난 뒤 아동문학과 독서 운동의 언저리에서 열심히 뛰었다. 그렇지만 목수처럼 새 집을 지어 놓고 그 자리에서 물러나면서도 타협하거나 애걸하지 않았다. 재경 경북중고등학교 동기회에 나가면 국회의원과 장관들이 자리를 함께 했지만 한 번도 친구들에게 고개 숙여 부탁한 일이 없었다. 오직 경상도 양반 기질을 발휘하며 긍지를 가지고 아동문학의 위상 정립에 최선을 다했다. 그가 교직에 있었으면 지금쯤 고등학교 교장은 되었을 거란 생각은 해 보지만 한 번도 후회하는 일은 없었다. 그는 오직 일이 좋아 일하고 이 땅의 어린이들을 위해 할 수 있는 일을 찾아 일할 뿐, 수입과 자리에 연연하지 않는다. 장로가 되어도 벌써 되었어야 하지만 오늘도 평신도로 하느님 앞에 나가는 것을 기쁨으로 여기는 것처럼, 일터에서도 마찬가지이다. 지나간 일들은 하나의 자료로 입력할 뿐 후회하지 않고, 다만 다가올 일에 대해서만 최선을 다하고 있다. 아무리 쫓기는 생활을 해도 불사조처럼 지칠 줄 모르고 독서 운동과 아동문학 발전을 위해 최선을 다하는 친구가 자랑스럽다.

어린이와 함께 선생이 걸어온 길

1941년 10월 25일 일본 후쿠오카현 모지시에서 최삼극 씨와 금순득 여사의 장남으로
　　태어나다. 이름은 '무지(武志-다께시)'.

1945년 1월 패색 짙은 일본을 탈출(?)하여 대구의 외가에 의탁. 이래로 대구에 정착했
　　다(아버지 고향은 강원도 삼척군).

1945년 8월 조국 광복을 맞이했다.

1945년 10월 군정청으로부터 대구시 원대동의 적산 가옥(일본식 단층 주택)을 불하받
　　아 외갓집에서 독립하여 이사했다.

1947년 10월 대구달성공립 국민학교에 입학했다. (군정 당시 학제 변경으로 신학년도
　　시작은 미국식에 따라 10월이었다.) 국민학교 때 별명은 이름(최무지) 때문에
　　'무지개'였다.

1950년 봄에 보스턴 마라톤에서 한국 선수 3인이 제패하여 온 국민을 열광하게 하더니
　　얼마 후에 6·25 전쟁이 터지던 그때 나는 3학년이었다. 그러나 10월에 4학년이
　　된다. 학교는 군대에 징발되고, 들판 수업, 산간 수업, 미역 공장 창고 수업, 모
　　포장의 임간 수업으로 떠돌이 수업을 하다. 6개월 사이에 담임 선생님이 서너 번
　　바뀌었다. 그해 여름 아이스케키 장수도 했다. 이 무렵 어머님이 그 어려운 총중
　　에 책을 사 주셨는데 지금도 기억에 생생한 책들-동화책《플랜더스의 개》와 만
　　화책 김성환 화백의《도토리 용사》전3권과 김의환 화백이 그린 속편 4, 5권을
　　너덜너덜하도록 읽고 외웠다.

1951년 4월 학제 변경으로 6개월 만에 5학년이 되고 동인동으로 이사하여 대구 중앙
　　국민학교로 전학하다. 이 무렵부터 〈소년세계〉를 매월 구독해 보았다. 어머님
　　이 끼니를 걸러도 이 잡지는 꼬박꼬박 사 주셨다. 매월 발행일이 너무 기다려져
　　서 나올 때가 지나도 나오지 않으면 당시 북성로 철물전 부근에 있던 잡지사까
　　지 직접 가서 서점에 나오기 전에 구입해서 읽은 적도 있다. 그때 그 난로를 중
　　심으로 두세 개의 데스크가 놓여 있던 편집실 풍경이 눈에 선한데, 거기 계셨던
　　분들 중에 아마 이원수 선생님도 계셨겠지만 그때는 알아보지 못했다.

1953년 4월 경북중학교 입학함. 중학교 2학년 때는 담임이 도서실 담당이셔서 나도 별
　　수 없는 도서실 당번이 되었다. 그때 담임 선생의 명(?)으로 명작 소설들을 읽
　　게 되었는데 독서가 정말 죽을 맛이었다. 그때 읽는 흉내를 낸 책이 주로 러시
　　아 대문호들의 작품-이름을 대면 다 아는 명작들. 그래서 러시아 소설이라고
　　하면 고개가 절레절레 흔들려서 뒷날에도 읽을 맛이 나지 않았다. 그런데 그때

도 나는 〈소년세계〉를 보고 있었는데 그 무렵 작문(동화)을 응모해서 게재되었다. 제목은 〈새나라의 어린이〉. 그것이 아마 1954년 8월호였을 것이다. 그때 받은 상품은 동화책이 두 권이었는데 한 권은 이원수의 동화 《숲 속 나라》와 강소천 선생의 《꿈을 찍는 사진관》이었다. 그런데 3학년 때, 특별활동반은 미술 반원이었다. 미술 시간에 미술 선생님(소삼영 선생)께 찍혀서(?) 강제로 반원이된 것이다.

1956년 4월 경북고등학교 입학함. 고등학교 시절에는 신문반에서 학교 신문을 만들었다. 매년 4, 5회 발간했는데 전혀 선생님의 도움이 없었다. 2학년 때 〈경향신문〉 배달을 했었다. 그때 바로 그 신문에 마해송의 〈모래알 고금〉이 연재되고 있었다. 이 무렵 친구들은 〈학원〉과 함께 〈사상계〉와 〈현대문학〉을 구독하였는데 나는 그들에게 달 지난 것을 빌려 읽었다. 그때 함석헌 선생의 글과 안수길, 장용학, 황순원, 이범선, 박경리, 서기원, 오상원, 선우 휘, 손창섭 등의 소설을 열독했다. 특히 안수길의 장편 〈북간도〉와 손창섭의 중편 〈잉여인간〉 같은 소설을 읽으며 소설가가 되고 싶었다. 그런데 2학년 때(1957) 월간 〈학원〉의 학원문학상에 시 〈단풍〉을 응모하여 가작 입선하였다.

1959년 4월 집에서는 가정 형편상 대학 보내 줄 생각을 하지 않았지만 경북대학교 사범대학에 입학했다. 그러나 1년 만에 휴학했다.(그것이 곧 그대로 중퇴로 이어졌다.) 대학 재학 중에는 어쩌다가 미술 서클에 들어가서 취미로 그림 그리기를 했다. 그때 서클에서 창녀를 사다가 데려다 놓고 누드를 그린 적이 있었다.

1960년 1학년이 끝날 무렵, 3·15 부정 선거와 관련하여 모교인 경북고등학교 학생들이 2월 28일(일요일), 부정선거규탄시위를 벌이자 이를 빌미로 순식간에 전국 각처의 고등학생의 시위가 3월 한 달 내내 벌어지고 있었다. 결국 3월 15일 마산 사태가 터지게 되고, 4월 들어 신학기가 되면서 대학교 학생자치회가 조직되기 바쁘게 대학생들도 나서기 시작했다. 그 무렵 나는 휴학 상태였는데도 학교에 나가서 시위 행사(?)에 참가했다. 이후 2년 동안 집안 생계를 돕기 위한 온갖 잡일과 행상, 노상 만화 가게 등을 운영하기도 했다.

1962년 경대사대의 복학을 포기하고 신설된 대구교육대학에 입학함. 교육 대학 재학 중에도 미술반에서 활동했다.

1964년 3월 대구 해안 국민학교 교사로 첫 발령을 받았다.

1965년 1월 군 입대. 강원도 철원 대성산 중턱에서 한국군 포병으로 1년 복무하고, 이듬해(1966) 카투사로 편입되어 경기도 포천 부근의 미 제1군단 포병 여단에서 18개월간 복무하고 제대했다. (그 미군 부대는 오래 전에 본국으로 철수했다.) 카투사로 복무할 당시 기독교 신자 사병들로 신우회를 조직하고 기지촌에 사는 청소년들을 영내에 모아서 야학을 했다. 이 사실이 미군 기관지 〈Star & Stripes〉 태평양 판에 보도되고, 포사령관(준장)의 표창도 받았다.

1967년 7월 제대하고 9월에 대구 팔공산 기슭에 소재한 평광국민학교 교사로 복직. 전교 3학급. 두 학년씩 복식 수업하는 학교. 대도시 대구에 이런 학교가 있다는 것은 대구에서 살아온 나로서도 참으로 뜻밖이었다. 이때 아버님께서 회갑 몇 달 앞두시고 지병으로 별세했다(1968.4.11).

1969년 3월 – 1974년 2월 대구 수창국민학교에서 5년간 근무함.

1972년 8월 교원교육원령에 의하여 서울대 사범대학 계절제 대학(서울 사대 교원교육원) 2학년에 편입학함.(1972년 여름) 이때 아동문학인 가운데 전문수, 전원범, 장문식, 문삼석 등 제씨를 만나 동학 수업한 이른바 동창이 되었다.

1972년 11월 25일 지금의 아내(이점여)를 맞아 결혼했다.

1973년 12월 첫 딸 갈매가 태어났다.

1974년 3월 대구 성북 국민학교에서 1년만 근무함. 이 무렵 우리 내외는 학교 부근에 세를 얻어서 가족들과 따로 살았는데 이웃에 김녹촌 선생이 살고 있어서 자주 어울렸다.

1975년 1월 아들 어진이가 태어났다. 이 무렵 대구시 파동 문화주택단지의 주택을 한 칸 마련했다. 그러나 곧 지방으로 전출하게 되어 얼마 살지 못하고 작곡가 김사랑 씨에게 세를 놓았다. 이 분은 전쟁 때 널리 알려진 군가와 유행가를 많이 작곡했던 분이었다.

3월–1978년 2월 울진군의 선미국민학교(1년)와 조금국민학교(2년)에서 각각 근무함. 대구 성북초등학교 재직할 때 창간한 프린트판 학급신문 〈꽃교실〉을 이곳으로 와서도 주간으로 계속 4년간이나 발행하였다. 그래서 이 학급신문은 〈조선일보〉 가십에서 취급되더니(1976.12– 나중에 유경환 선생의 집필이라고 들었다.), 이를 보고 지금은 사라진 TBC 텔레비전에서 찾아와 다큐멘터리로 제작해서 소개했다. 이때 이 방송은 수도권에서만 방영이 되어 정작 나는 보지 못했다. 이 〈꽃교실〉은 조금국민학교에 함께 근무하던 당시 안동교대를 졸업하고 기타 반주로 노래 부르기를 좋아하던 초임 교사 이호철 선생에게 인계되어 여러 해 동안 계속 발행되었다. 그도 학교를 옮겨 다니면서도 근무지에서 계속 같은 이름의 학급신문을 호수를 그대로 이어받아 발행하여 여러 매스컴에 소개됨으로써 전국에 유명해지고 선생 자신도 유명 교사가 되는 계기가 되었다.

8월 2학년에 편입한 이래 7학기 만에 서울 사대 교원교육원을 수료했다.

1977년 계간 〈아동문학평론〉을 통하여 평론가 신동한, 문덕수, 이재철 선생님들의 추
　　　　천을 받아 아동문학을 전문으로 다루는 제1호 평론가로 데뷔했다. 이때 추천받
　　　　은 평론이 〈스쳐 지나가는 문학〉(1976년 겨울호=통권 3호, 신동한·이재철 공
　　　　동 추천)과 〈전승적 동화에의 접근〉(1977년 여름호=통권 5호, 문덕수·이재철
　　　　공동 추천)이었다.

1978년 3월 영양군 석보중학에서 2년간 근무함. 이때 교육장이면서 수필가인 씨를 도
　　　　와 영양 출신 시인인 조지훈과 오일도 두 분의 시비 건립을 모색하다가 이루지
　　　　못하고 예천으로 전출했다. 이 무렵 석보 출신 〈대구매일신문〉의 이문열 기자
　　　　가 〈동아일보〉 신춘문예에 중편 〈새하곡〉이 당선하여 석보면 원리 부락에 동
　　　　네 잔치가 열렸었다.

1980년(40살) 3월 예천군 예천농고에서 4년간 근무했다.

　　　　4월 17일 막내 아들 한길이가 늦둥이로 태어나다. 그리고 한 달 만에 광주 사태
　　　　가 있었다.

　　　　예천군내 문학하는 초중고 교사를 중심으로 '한내 문학 동인'을 결성했다.

1984년 3월 경주시 경주여고 근무함. 대구 파동 집으로 귀환. 대구에서 통근했다.

1985년 3월 대구 경북의 젊은 아동문학가들이 아동문학과 어린이를 위한 문학 교육의
　　　　새로운 바람을 불러 일으키겠다는 뜻을 모아 '새바람아동문학회'를 조직 창립했
　　　　다. 회장으로 지금은 고인이 되신 동시인 권기환 선배를 모셨다. 그러나 이를
　　　　위하여 반 년 남짓 봉사하고는 나는 서울로 도망와 버려서, 돌아가신 권 회장님
　　　　과 동인들에게 늘 빚을 지고 있다.

　　　　7월 첫아들 어진이를 물 건너 하늘로 보냈다. 동네 앞 개천에서 물놀이 하다가
　　　　변을 당한 것이다. 그때 어진이는 열한 살. 4학년. 그래서 아들 하나를 잃었다.
　　　　다음은 4편 연작으로 나타냈던 그때의 졸시. 지금 보면 감정이 과잉으로 넘쳐
　　　　버린 낯간지러운 졸작임이 드러나는데, 이 작품을 그해 가을, 학교 가을 시화전
　　　　에 교사 찬조 출품으로 전시했다가 학생(여고생)들과 여선생님들 여러분을 울
　　　　렸다.

　　　　이 마을에는 작고한 강준영 씨, 박인술 씨, 이오덕 씨 등이 가까이에 살고 있었다.

　　　　12월 담임했던 학급(3학년) 학생들이 대학 입학 예비고사를 치르고 나자, 나는
　　　　도망치듯 학교를 떠나 동아출판사에서 동아새국어사전 편찬팀에 끼여 전혀 새
　　　　로운 생활을 시작함으로써 20여 년의 교단을 떠났다.

　　　　이 시기에 직장 생활을 하면서 이재철 교수님이 펴내시는 계간 〈아동문학평론〉
　　　　지의 편집장이 되어 이를 펴내는 일을 도왔으며 현대아동문학가협회 평론 분과

를 맡아 활동했다.

1986년 1월 계간 〈아동문학평론〉지에 연재한 〈환상동화 문학론〉으로 현대아동문학작
    가상을 수상했다.

1990년 8월 제1회 아시아 아동문학 서울 대회에서 진행 업무 총괄하고 주제 발표함.

1991년 5월 평론 활동 15년 만에 첫 평론집《한국 현대 아동문학론》을 아동문예사에서
    펴내고 이를 빌미로 그해 계간 〈아동문학평론사〉가 제정한 제1회 방정환문학상
    을 수상(1991.5)했다.

    그 달 하순 계간 〈아동문학평론〉 출신 아동문학인들의 뜻을 모아 문학 단체 '한
    국 아동문학 동인 푸른나무회'(현재의 현대한국 아동문학 작가회의 전신)를 조
    직하고 회장이 되었다.

1992년 3월 큰딸 갈매가 대학에 진학했다.

    같은 해 8월, 일본 규슈에 있는 작은 도시 무나카타에서 열린 제2회 아시아 아
    동문학 대회에 참석, 주제 발표함. 일행으로부터 홀로 하루 말미를 얻어 이때
    후쿠오카와 모지를 혼자 방문해서 출생지의 모습을 더듬었다.

    10월 1986년 9월부터 1988년 1월까지 14회에 걸쳐서 연재한 어린이를 위한 동
    시 평론(해설)에 정두리론을 덧붙여 묶어 민음사에서 《동시란 무엇인가》를 펴
    냈다. 아마 이는 어린이를 위하여 시도한 맨 처음 문학 평론집이 된다고 믿고
    있다.

1993년 5월 한국 아동문학동인 푸른나무회의 연간집 창간호 〈누가 겨울에 개나리를 피
    울까〉를 도서출판 한바다에서 펴냈다.

1994년 8월 동아출판사에서 9년 만에《동아새국어사전》을 펴내고 이를 떠나 한우리 독
    서문화운동본부 교육 담당 이사(후에 상임이사)로 재직하며 독서 지도자 양성
    하는 사업에 몰두. 이를 계기로 어린이를 위한 독서 교육 운동을 시작−전개함
    으로써 나에게는 새로운 관심과 삶의 방식을 열어 나갔다. 어린이 독서 교육 운
    동은 〈아동문학평론〉 활동의 연장선상에 있었으며, 아동문학의 현실적 발전을
    위하여 기여하는 적극적인 활동이 되었다.

1995년 8월 중국 연변에서 개최한 한겨레아동문학대회에 참석하면서 베이징을 거쳐
    백두산까지 여행. 날씨가 궂어서 백두산에는 올랐으나 천지는 볼 수 없었다.

1997년 7월 독자적인 독서 교육 운동 사업을 해 보기 위하여 서울독서교육문화원을 개
    설하였으나 실패하였다. 이는 나의 경영에 대한 한계를 확인하는 인생의 최대
    실패라고 할 수 있다.

1998년 5월 어린이날, 큰딸 갈매가 결혼했다. 박상현 군을 사위로 맞았다.

1999년 3월 아들 한길이가 대학에 진학했다.

　　같은 해 9월, 어린이문화진흥회(회장 이영호)가 마포에서 목동으로 이전하자 어린이를 대상으로 독서 교육 활동을 벌이게 되어 이를 돕다가, 계간 〈생각이 저요저요〉를 창간(2000년 봄호), 멤버가 되었다. 이후 진흥회가 사당동(현재 위치)으로 이전한 뒤에 이 회의 상임이사직을 맡게 되었다(2001.1.).

2000년 3월 다음 사이트에 카페 〈아동문학 읽기〉 개설 운영. 현재 회원이 4백여 명이 된다.

　　5월 어린이날에 아동문학 및 아동 도서와 독서 교육에 관련된 정보를 제공하는 웹 잡지 〈아름다운 아침〉을 웹매거진 전문 사이트를 통하여 비정기 간행물로 창간, 2002년 4월 17일에 233호까지 발행했다. 이울러 이 매거진에 게재한 기사를 다시 정리해 올리는 카페 '아름다운 아침'을 개설하여 운영했다.

2001년 4월 도서출판 법문사–민중서림에서 고등학교 교과서 개발팀의 의뢰로 고등학교용 독서 교과서를 개발(편집 및 제작 진행)했다.

　　9월 도서출판 비룡소에서 나의 두 번째 평론집 《어린이를 위한 문학》을 출간하고 출판기념회 겸 회갑 잔치를 치르었다.

2002년 3월 과천시에 추진 중인 국제아동문학관 준비위원에 위촉되었다.

　　5월 9일 오전 0시 30분, 어머님(금순득)이 소천하셨다.

　　사흘 후인 그달 12일 오후 2시, 아우(지철)도 어머님을 따라 세상을 떠났다.

한국 아동문학가 100인

김녹촌

대표 작품
〈꼭 오늘만 같았으면〉 외 4편

창작 일기
쓸수록 어려워지는 동시

작품론(인물론)
정의감, 저항 정신의 삶과 그 작품

어린이와 함께 선생이 걸어온 길

꼭 오늘만 같았으면

"우리는 하나다."
"남북 통일."

북한과 홍콩이 축구를 하는
부산 경기장에서
남과 북 응원단이 목 터져라 외쳐 대는
통일, 통일의 아우성 소리…….

어찌 된 일인가!
도대체 이게 어찌 된 일인가!
선녀 같은 북한 아가씨들이
부산에까지 와서 응원을 하다니
응원을 하다니…….

"우리는 하나다."
"남북 통일."

운동장에 들끓는 통일 메아리에
남북이 금방 통일이 다
돼 버린 것만 같은데,

아, 꼭 오늘만 같았으면
이 나라 이 겨레의 앞날이
꼭 오늘만 같았으면…….

아니 아니 꼭 오늘만 같은 날이
하루라도 빨리 왔으면
어서어서 빨리
왔으면…….

새끼줄 통일 열차

시골로 캠프 가서
혀 빼물고 어렵사리 꼰
긴 새끼줄.

양 끝을 묶어서
사방에서 온 여러 친구들

그 안에 다 함께 타니
영락없는 새끼줄 통일 열차.

칙칙폭폭 칙칙폭폭
뒤운동장 한 바퀴 돌다 보니
문득 북한 땅까지도
한 번 가 보고 싶은 생각.

그래 그래 가 보자.
어서 가 보자.

칙칙폭폭 어서 가 보자.

3·8선을 뚫고서 개성을 지나
사리원·평양 거쳐 신의주까지
칙칙폭폭 어서 가 보자.

57년 동안이나 우리 겨레 울려 온
원수 같은 철조망아 저리 비켜라.
지뢰며 대포며 전차 너희들도
모두모두 썩 없어져라.

미군 부대, 너희들도 저리 비켜라.
여기는 우리 땅
우리 배달 겨레 땅
통일을 가로막는 건 어서 빨리
싹 사라져 버려라.

칙칙폭폭 칙칙폭폭
통일 열차 나가신다.
새 시대 새 어린이들이 떼밀고 가는
꿈의 새끼줄 통일 열차 나가신다.

통일을 방해하는 낡은 것
더러운 것은
모두모두 다 저리 비켜라.
싹쓸이 싹쓸이로 모두 없어져 버려라.

젖꼭지 입에 문 채로

폭우에 잠긴 돼지 우리에서
가까스로 살아 남은
돼지 떼들.

차오르는 물을 피해
비틀거리며 힘없이
걸어가는데,

배가 고픈 새끼돼지 한 마리
엄마 따라가며 따라가며
젖 달라고 자꾸 보채니,

지칠 대로 지친 몸인데도
어미는 털석 드러누워
새끼에게 젖을 맡긴다.

새끼는 허겁지겁 젖을 빠는데
주인 아저씨는
옆에 파 놓은 구덩이 속으로
돼지들을 산 채로 사정없이 밀어넣고 있다.

병이 번지면 살려 놓는 것보다
돈이 더 많이 든다며
안 들어가려는 것을
억지로 억지로 떠밀고 있다.

드디어 새끼돼지도
젖꼭지 입에 문 채로
구덩이 속으로 내동댕이쳐져

버렸다.

살리려면 살릴 수도 있는 것을
돈 때문에
산 채로 산 채로 매정하게
내동댕이쳐져 버렸다.

한강 다리 건널 때마다

더그덕 더그덕 전철을 타고
한강 다리 건널 때마다
부끄러워진다.

금강산에서 흘러나온 물과
태백산에서 흘러나온 물이
한강에서 서로 만나,

서로 반갑다고 얼싸안고 몸부림치며
한 몸뚱이 되어 유유히 유유히
흐르는 걸 보면
자꾸 부끄러워진다.

휴전선에 아무리 지뢰를 촘촘히
깔아 놓고
아무리 철조망을 물샐틈없이
엮어 놓았어도,

우리는 기어코 그걸 뚫고 나와
이렇게 날이 날마다 남북통일 이루고
도도히 도도히 흐르고 있는데,

서울 사람들, 아니 한국 사람들
당신들은 도대체
무엇들을 하고 있느냐고
핀잔도 주고,

남북한 7천 만이 함께 나서면
지뢰며 철조망, 대포, 전차 따위

걷어치우는 건 하루 아침 거리인데
무얼 그렇게 꾸물거리고 있느냐고
다그치기도 하며,

한강물
바로 내 눈앞에서
바로 내
발밑에서,

좋아라 어깨춤 추며 히히대며
서해 바다로 서해 바다로
흘러가는 걸 보면
자꾸 자꾸 부럽고 부끄러워진다.

한 송이 민들레야

바삐 길 가는 나를
문득 불러 세운
한 송이 노란 민들레야.

봄 햇살보다도 더 눈부신
네 눈웃음이
어쩌면 그렇게도 간드러지고 아리따우냐!

솜털 낙하산 타고
바람따라 하느적거리다
무심코 내려앉은 길가 그 자리.

기를 쓰고 풀 이파리 비집고 들어가
뿌릴 내리고 싹을 틔워
내 세상이야 차지하고 앉은,

지긋덩이 위 한 점
바늘 끝
작디작은 그 자리…….

나는 나는
그 풀밭 속 아늑한
네 자리가 부럽단다.

아니 아니
하늘 우러러 털끝 부끄럼도 없이
활짝 웃고 있는 네 몸짓이
나는 나는 한없이 부럽단다.

쓸수록 어려워지는 동시

젊었을 때는 정열에 넘쳐, 겁도 없이 동시를 많이 썼다. 그러나 나이가 들수록 동시 쓰기가 더욱 어렵고, 두려워지기까지 한다.

그럴 때마다 내가 숨어 살며 시 창작에만 몰두하던 동해 바닷가며 경북의 두메산골이 그리워진다. 그 시골에는 원초적인 자연이 있었고, 원초적인 깨끗한 삶을 사는 건강한 인간상과 어린이상이 있었다. 그리하여 그 신비로운 원초적인 것들이, 원초적이고 충격적인 감동들을 소낙비처럼 무한대를 나에게 마구 쏟아부어 주었었다. 그래서 시도 많이 썼고, 시 스케치도 많이 해 두었다.

그런데 시가 없는 초과밀 도시 서울에 올라와 살다 보니, 시의 소재도 궁하려니와 여러 가지 강의며 이론서 저술에 시간을 많이 빼앗겨, 시 쓰기와 거리가 좀 멀어지고 있어 걱정이다.

그런데다 출판계와 아동문학계를 휩쓸고 있는 상업주의 때문에, 동시를 경시하고 소외하는 현상까지 일고 있어, 더욱 걱정이다. 출판사에서는 돈이 안 된다며 동시집 출판을 꺼리고, 아동문학 강좌에서도 청강 희망자가 없다며 동시 강의를 아예 빼 버리는 일까지 일어나고 있는 실정이다.

이 동시 소외 현상은, 내용이 별로 없는데도 시를 어렵게 쓰는 동시인들에게도 문제가 있지만, 높고 깊고 미묘한 시적 경지를 모르고, 무조건 웃기고 재미있는 것만을 찾는 어린이들의 저속성에도 문제가 있는 것도 사실이다. 이 나라의 어린이들이 향기 높은 시의 진가를 모르고 저속성에 빠져 있는 것은, 오로지 초·중·고를 막론하고 시 교육이나 문학 교육이 너무도 잘못 되어 왔기 때문이다.

아무튼 동시인들은, 앞으로 쉬우면서도 알맹이 있고 감동성도 높은 좋은 동시 쓰기에 힘씀과 동시에, 어린이시(아동시) 쓰기 교육 운동에도 적극 참여해, 시를 사랑하는 인구의 저변 확대에도 더욱 힘써야 할 것이다.

나도 여태껏 고학년 상대의 동시를 주로 많이 써 왔는데, 앞으로 저학년 상대의 동시를 많이 쓸 생각이다. 저학년용 동시집을 한 권 이미 출판사에 넘기고 겨울 동안에 또 한 권 엮을 계획이다.

정의감,
저항 정신의
삶과 그 작품

최춘해

내가 김녹촌을 가까이하게 된 것은 경북글짓기연구회와 경북아동문학회 활동을 통해서였다. 머리를 맞대고 작품에 대한 토의도 하고 회지를 낼 때마다 편집과 원고 교정을 하기도 했다. 한 방에서 밤을 지새우며 작품 이야기며 문단 이야기를 나누기도 했다. 글짓기 연수회와 아동문학 연수회 때 발표하는 걸 수없이 많이 듣기도 했다. 이러는 동안에 정분도 두터워지고 문학관, 인생관, 성격, 작품 세계 등을 저절로 알게 되었다.

1. 불의와는 절대로 타협하지 않는다

녹촌은 광주사범학교 심상과를 졸업하고 한때 기자 생활을 조금 한 적이 있으나 그 외는 한평생을 교직에 종사하였다. 어릴 때 할아버지로부터 한문을 배우면서 생활하는 기본을 철저히 익혔다. 학교 교육에서도 기본을 철저히 지도하려고 애를 썼다. 학습 지도면에서도, 생활 지도면에서도 기본을 확실하게 지도하지 않고는 못 배긴다. 그 기본을 생활면에서 보면, 정직하게 사는 것, 질서를 지키는 것, 예의를 지키는 것, 나라를 사랑하는 것 등이라고 하겠다. 자신은 바르게 살아가기 위해 무진 애를 쓰는데, 둘레 사람들의 행동이나 생활 태도에서 자기의 생각과는 너무 다른 모습들이 눈에 띄게 된다. 못마땅한 것들이 부글부글 끓어오른다. 그래서 목소리가 거칠어진다. 교사나 교감으로 있을 때는 교장이 못마땅해서 큰 소리가 나오고, 교장으로 있을 때는 교사들이 못마땅해서 큰 소리가 나온다. 대충 보아 넘기질 못하고 철두철미하다. 특히 평소에 하는 말 가운데 도산 안창호 선생의 '농담이라도 거짓말을 해서는 안 된다.'는 말씀을 자주 인용하였다. 최근에 쓴 작품에서 생활의 기본을 주제로 쓴 시를 한 편 들어 보겠다.

노랑머리에 힙합 바지 입은 / 흐트러진 모습의 / 어떤 여대생 // 지하철 안에서 / 아무 부끄럼 없이 / 버젓이 만화책을 뒤적거리고 있다. // 대학생이면 / 공부하는 학생다운 모습을 / 보여 주어야 할 나이 인데, // 만화 주인공 같은 / 찡그린 얼굴을 하고 / 아무 내용도 없는 시시한 만화 속에 / 푹 빠져 있다. // 가련한 여대생 / 이름값을 못 하는 / 그 천해 보이는 가련한 여대생. / 어려서부터 긴 글이 있는 책은 / 머리가 아파 / 하나도 안 읽고. // 만날 천날 토막글로 된 / 만화책만 보다가 병이 들어 / 그 모양 그 꼴이 / 돼 버린 거지.

녹촌은 처음부터 기본에 충실한 교육을 받았기에 스스로 기본에 충실한 사람이 되려고 노력해 왔는데, 연륜이 쌓일수록 더욱 기본을 중하게 여기고, 하나의 사회 운동으로 사회 개조, 인간 개조를, 기본에 충실한 사람이 되기를 목표로 하고 있는 것 같다. 근간에 쓴 많은 작품들이 생활의 기본을 주제로 하고 있다.

2. 저항 정신이 작품의 바탕에 깔려 있다

내가 할아버지한테서 한문을 배우던 일곱 살 때의 일이었다. 할아버지께서 갑오년 난리(동학혁명) 이야기를 하시면서, 그때 뒷산 골짜기에서 딩구(화승총) 소리가 똥 똥 났으며, 관군이 딩구를 똥 쏠 것 같으면, 몇 마장 밖의 동학군이 퍽퍽 쓰러지곤 하더라는 것이었다. 나는 그때 겁에 질려, 구레나루의 숲으로 둘러싸인 할아버지의 입과 병풍 같은 뒷산을 번갈아 보면서, 소위 인간으로 태어난 자들이, 어떻게 해서 서로가 서로를 죽이는, 그런 끔찍한 일을 저지를 수 있을까 하는 의분을 느끼며 떨고 있었다. 그때 충격받은 섬광 같은 의문의 싹은 점점 자라서, 인간은 꼭 사람 노릇을 해야 하는 법이고, 절대로 죄를 짓거나 사람을 죽이는 등의 살생을 해서는 안 된다고 하는, 정의감과 인도주의적 이상주의의 굳건한 나무로 성장하기에 이르렀다.

위의 대목은 녹촌이 자신의 동시관을 말한 것 중 한 부분이다. 녹촌의 저항 정신은 일곱 살 때부터 싹이 텄다는 걸 알 수 있다. 그의 작품에는 대부분 저항 정신이 깔려 있다.

(전략) 시끄럽다고 쫓겨난 노마도 / 방이 좁아 밀려 나온 돌이도 / 하늘에 훌쩍 / 마음을 띄워 보낸다. …… (중략) …… 겨울 하늘은 / 짓눌린 아이들의 / 마음의 놀이터. // 연이 퍼드덕거린다. / 겨울 꿈이 퍼드럭거린다.
– 〈연〉 부분

(전략) 악에 받친 우리 할배들 / 흰 옷 입고 산에 숨어 / 맨주먹으로 선지피 흘리시던 / 그 골짝 그 등성이마다 // 울어도 울어도 가시지 않는 / 원한이기에 / 꺾으면 꺾을수록 무진 무진 번져 가는 / 진달래꽃. // 외쳐도 외쳐도 아물지 않는 / 분함이기에 / 밟히면 밟힐수록 / 봉화처럼 활활 타오르는 / 우리 겨레꽃. // 봄이면 봄마다 / 피고 지고 또 피어 / 피울음 울 적마다 / 응어리는 산아 / 가슴 앓는 우리 산아. // 그 응어림 산마을에 메아리질 때면 / 우리도 먼 산 바라보며 / 진달래꽃 후끈한 / 모닥불을 댕긴다. / 모닥불을 댕긴다.

– 〈진달래〉 부분

3. 정이 많고 부드럽다

정의감, 저항 정신이 강한 사람이라고 하면 자칫 무미건조하고 냉정하여 피도 눈물도 없는 사람처럼 오해하기 쉬우나, 결코 그렇지 않다. 불의 앞에서 거친 목소리를 낼 때는 무섭지만, 자연과 어울리면 한없이 부드럽다. 작품에서 그의 부드러움을 찾아보자.

송홧가루 날리어 / 뿌연 골짜기 // 보리밭으로 둘러싸인 / 초가집에서. // 짱짱 삼베 짜는 소리 / 산울림 치면, // 뻐꾸긴 뻐꾹 뻐꾹 / 꾀꼬린 꾀꼴. // 짱짱 뻐꾹뻐꾹 / 꾀꼬린 꾀꼴. // 짱짱 뻐꾹뻐꾹 / 짱짱 꾀꼴. // 누나가 예쁜 바디 / 칠 때마다. // 새 소리도 날아와 / 함께 짜여서, // 노란 삼베 올올이 / 비단이 되네. // 새 소리 무늬진 / 비단이 되네.
– 〈삼베 비단〉 전문

삼베 짤 때, '누나가 예쁜 바디 / 칠 때마다.' 뻐꾸기, 꾀꼬리 '새 소리도 날아와 / 함께 짜여서' 삼베 비단이 되었다. 자연을 사랑하는 마음, 농촌에 대한 애정 등 순수한 동심을 지녔기에 삼베가 비단이 되는 시가 되었다.

4. 생명을 소중히 여기는 시

일본 어느 아가씨가 / 빈터에 차를 오래 세워 뒀다가 / 어느 날 보닛을 열어 보니, // 세상에 세상에 할미새가 한 쌍 / 거기에다 둥지 틀고 / 새끼를 다섯 마리나 / 까 놓았더란다. // 새를 좋아하는 그 아가씨는 / 할미새 새끼가 안쓰러워 / 솜털 벗고 둥지를 떠날 때까지 / 차를 세워 둔 채 걸어다녔단다. // 자동차 안에까지 기어들어가 / 둥지 튼 할미새도 / 신기하고 멋이 있지만 // 할미새가 새끼 다 키워 떠날 때까지 / 기다려 주는 아가씨 마음씨도 / 참으로 기특하고 멋이 있고 / 아름다워라!
– 〈자동차에 둥지 튼 할미새〉 전문

생명을 아끼는 것은 사람이 태어날 때부터 지닌 마음인데, 나쁜 사람들의 영향을 받아서 목숨을 하찮게 여기고 있는 실정이다. 김녹촌 시인은 풀 한 포기, 꽃 한 송이도 아끼며 생명을 소중히 여기고 있다. 그래서 생명을 소중히 여기는 시들을 많이 쓰고 있다. 이런 시를 많이 써서 많은 어린이들이 감상하게 함으로써 정이 넘치는 사회를 만들 겠다는 뜻이리라. 〈자동차에 둥지 튼 할미새〉는 글자만 읽을 줄 알면 쉽게 이해가 되도록 썼다. 빈터에 세워 둔 자동차에 할미새가 둥지를 틀고 새끼를 까 놓았다. 그것을 보고 자동차 주인인 아가씨가, 새끼가 자라서 둥지를 떠날 때까지 참고 차를 타지 않고 걸어다녔다는 내용이다. 이런 기사를 봐도 그냥 지나쳐 버리기 쉬운데, 김녹촌 시인은 시로 나타내었다. 아가씨가 할미새를 아끼고 사랑하는 마음씨는 곧 이 시를 쓴 김녹촌 시인의 마음씨이다. 특히 이 시의 마지막 연은 많은 사람들이 공감하리라 믿는다.

생명을 소중히 여기는 시 한 편만 더 들어 보자.

개구리는 / 태백산 개구리는 / 몸에 좋대서, // 너도나도 / 오토바이 타고 와서 / 가마니 뙈기로 잡아 간다. // 쇠망치로 때리고 / 찔찌로 찌져서 / 인정 사정 없이 / 마구잡이로 잡아 간다. // 그것도 암놈은 / 약이 더 된대서 150원이고 / 수놈은 그냥 100원이라나?
— 〈태백산 개구리〉1, 2, 4, 5연

5. 흙을 소중히 여기는 시

고추 금이 똥 금이니 / 고추 농사 지어 무엇 하느냐고 / 한탄하던 농부 아저씨들. // 싹트고 꽃이 피는 / 봄이 닥치니 / 어쩔 수 없이 또 / 고추 심을 차빌 하느라 야단들이다. // 석회를 뿌리고 / 밑거름을 넣어 로터리를 치고 / 골을 타서, // 공주님이라도 모셔 올 듯 / 솜이불보다도 더 부드럽게 / 매만져 밭을 다듬는다. // 마늘 금이 헐값이니 / 고추 금도 보나마나 / 시원찮을 걸 뻔히 알면서도, // 흙만 보면 자기도 모르게 / 흙에 홀려 그만 / 흙 품에 자기 몸을 맡겨 버린다. // 흙만 믿고 사는 농부 아저씨들에겐 // 흙이 곧 어머니이고 / 운명을 거는 목숨 줄 / 목숨 줄이기에…….
— 〈흙이 목숨 줄이기에〉 전문

흙을 사랑하는 것은 고향을 지키는 것이요, 전통을 살리는 것이다. 순수해지는 것이요, 이웃끼리 정다워지는 것이다. 정직한 사람이 되는 것이요, 베푸는 사람이 되는 것이다. 느긋하게 참고, 순리에 따르는 사람이 되는 것이다. 터무니없는 욕심을 내거나 억지스런 생각을 하지 않는 것이다. 그런데 사람들이 농촌을 떠나 도시로 옮기면서, 점점 흙과 멀어지고 인심도 각박해지고 있다.

흙을 멀리하고 있는 어린이들에게, 간접적으로라도 흙을 겪게 하기 위해서 흙을 주제로 쓴 작품이 절실히 필요하다. 녹촌의 시에 흙을 주제로 쓴 시가 많다는 것은 얼마나 다행스러운 일인지 모르겠다.

이 작품에서 농부들은, 흙은 어머니이고 목숨 줄이라고 믿고 있다. 그래서 고추값, 마늘값이 헐값이라도, 흙만 보면 흙에 홀려서 솜이불보다도 더 부드럽게 매만져 다듬는다. 농부들의 소박한 심정을 그렸다.

6. 자연을 사랑하는 시

차를 타려고 / 아직 싹도 안 돋은 / 금잔디 논둑길을 허겁지겁 가는데, // 문득 나를 불러 세우는 / 금빛 눈부신 / 한 무리의 노랑 민들레 꽃송이들……. // 아, 단 한 점의 흠집도 땟자국도 없는 / 곱디곱고 / 온전하디온전한 / 아름다운 꽃송이 꽃송이들……. // 아, 거기 / 햇살보다도 더 환한 꽃잎마다에 / 분명 누군가의 성심어린 / 손자국이 보인다. // 온 정성 다해 / 물들이고 마름질하고 바느질한 / 눈물겹도록 알뜰한 / 역력한 그 손자국. // 아, 도대체 누구일까? / 그토록 황홀한 옷 만들어 입힌 / 그 자상하고 솜씨 좋은 / 훌륭한 민들레꽃의 어머니는…….
- 〈민들레꽃의 어머니〉 전문

녹촌의 여러 갈래 시 가운데서 가장 향기가 짙고 예술성이 높은 작품은 역시 〈들국화〉, 〈진달래〉, 〈아카시아꽃〉, 〈종달새〉, 〈떡갈잎 하나〉, 〈부엉새〉, 〈씀바귀꽃〉, 〈질경이〉, 〈보리앵두〉, 〈제비와 보리〉, 〈민들레 나라〉, 〈꽃〉, 〈풀〉, 〈반딧불〉, 〈바다〉, 〈산〉 등 자연을 소재로 쓴 시라고 하겠다.

차 타기가 바빠서 허겁지겁 달려가는 도중에 민들레꽃을 보고 이렇게 아름다운 시를 썼다. 녹촌 시인은 평소에 남달리 자연을 좋아한다. 산, 바다, 나무 등 자연을 보지 않고는 못 견딘다. 이런 마음을 지녔기 때문에 그는 향기 짙은 시를 쓸 수 있다. '단 한 점의 흠집도 땟자국도 없는 / 곱디곱고 / 온전하디온전한 / 아름다운 꽃송이.' 녹촌 시인이 평소에 찾고 있던 것이었기에 흠집 없고 땟자국 없는 고운 꽃송이가 발견된 것이다. 녹촌 시인의 순수한 마음씨를 엿볼 수 있다.

민들레꽃의 잘 짜여진 생김새와 아름다운 색깔은 누군가의 알뜰한 정성으로 만들어졌다고 볼 수 있는 시인의 눈이 얼마나 밝은가.

아기를 어머니가 고운 옷으로 치장해 주듯, 민들레꽃도 반드시 어머니가 있어서 민들레한테 황홀한 옷을 만들어 입혔을 것이라는 생각은 아무에게나 쉽게 떠오르지 않을 것이다. 사랑과 정성, 아름다운 눈을 가진 시인이다.

이상으로 녹촌 시인의 인간과 작품 세계를 마무리하면서 그의 시의 특징을 몇 가지 들어 보겠다.

첫째, 김녹촌 시인의 동시를 읽으면, 초여름에 우쩍우쩍 자라는 신록을 바라보는 듯, 비 온 뒤에 땅을 뚫고 힘차게 솟아오르는 대나무 새순처럼 싱싱한 그 무엇을 느끼게 된다. 그래서 글을 읽는 사람도 저절로 팔다리에 불끈불끈 힘이 생긴다. 용기가 난다.

둘째, 녹촌의 시를 읽으면 실감이 난다. 시만 읽어도 실제로 보고, 겪고 있는 것처럼 그 모습이 눈앞에 훤히 떠오른다. 그 까닭은 녹촌 시인이 시를 쓸 때 책상 위에서 어림 잡아 쓰지 않고, 실제로 보고 듣고 겪어 보고 쓰기 때문이다.

셋째, 녹촌 시인의 시에는 영양가가 풍부하다.

사탕이나 인스턴트 식품처럼 겉보기만 화려하고 달콤한 것이 아니라, 무공해 농산물처럼 겉보기는 조금 투박한 듯하면서도 그 속에 우리의 마음을 살찌우는 영양가가 많이 들어 있다.

어린이와 함께 선생이 걸어온 길

학력 및 경력

1927년 전남 장흥군 부산면 내안리에서 태어남.

1947년 광주사범학교 심상과 5년 졸업함.

1951~1954년 〈전남일보〉 편집국 기자로 일함.

1956년 문교부 시행 중학교 준교사자격검정고시에 합격함(국어과).

1957년 문교부 시행 고등 학교 준교사자격검정고시에 합격함(국어과).

1947~1992년 장흥군 부산교 교사로 출발하여, 대구 동인교 교사,
　　　　　　영덕군 교육청 장학사, 포항 동부교 교감, 경주 현곡교 교장을 지냄.

수상 경력

1968년 〈동아일보〉 신춘문예 동시 〈연〉이 당선됨.

1977년 제10회 세종아동문학상을 수상함.

1987년 제7회 대구시문화상을 수상함(문학 부문).

1996년 제9회 대한민국동요대상을 수상함(노랫말 부문).

저서

1969년 동시집 《소라가 크는 집》(보성문화사)

1974년 동시집 《쌍안경 속의 수평선》(한빛사)

1981년 동시 선집 《동시선집》(교학사)

1982년 동시집 《언덕빼기 마을 아이들》(범아서관)

1984년 동시 선집 《산마을의 봄》(인간사)

1985년 동시집 《태백산 품 속에서》(웅진출판사)

1987년 동시집 《진달래 마음》(대교문화)

1988년 동시 선집 《꽃을 먹는 토끼》(창작과비평사)

1990년 동시집 《꽃밭에서》(그루출판사)

1992년 수필집 《토함산 노랑제비꽃》(그루출판사)

1994년 동시집 《한 송이 민들레야》(대교출판)

1999년 이론서 《어린이시 쓰기와 시 감상 지도는 이렇게》(온누리출판사)

2001년 개정판 동시집 《쌍안경 속의 수평선》(지식산업사)

시화전

1973년 김녹촌 시화전(포항문화원)

한국 아동문학가 100인

정진채

대표 작품
〈대통령의 눈물〉 외 1편

작품론(인물론)
아름다운 꿈을 좇는 방랑자

어린이와 함께 선생이 걸어온 길

대통령의
눈물

—삐이, 삐이, 삐이이익.

—또로로록, 또로로로로, 삐르르르……

금산 지구국의 안테나에 이상한 통신이 들어와, 한국의 과학자들을 긴장시켰습니다. 한국의 이름난 과학자들이 금산 지구국으로 몰려들었습니다.

그래, 분명 외계에서 들어온 이 통신을 분석하기 시작하였습니다.

뒤늦게야 이 사실을 알게 된 신문과 방송들이 취재에 열을 올리고 있었습니다.

"아마, 화성에서 온 통신일 거야."

"토성에서 온 것인지도 모르지."

거리의 사람들은 저마다 추측을 해 보지만 세계 최고의 우리 과학자들은 쉽사리 입을 열려고 하지 않았습니다.

"지구국의 안테나가 아무래도 고장을 일으킨 거야. 이렇게 발표가 늦어지는 건 이해할 수가 없어. 한국 과학자들도 별수 없잖아."

관심이 높았던만큼 세상 사람들의 실망도 커져 갔습니다.

바로 그 무렵, 한국의 금산 지구국에서 중대한 발표가 있었습니다.

"지구 가족 여러분, 우리 과학자들은 그동안 여러 모로 분석한 끝에 UN 사무총장님이자 한국 대통령이신 어진길 님의 재가를 얻어 다음과 같은 성명을 발표합니다. 잘 들으시고 슬기롭게 문제들을 해결해 주십시오."

전파가 지구촌의 거리마다 흘러가자, 사람들은 마른침을 꼴깍 삼켰습니다.

"……지구국 안테나를 통하여 접수된 통신은 해나라에서 온 것으로 그 내용은 참으로 놀라운 것입니다. 그들이 요구한 것은 천만 뜻밖에도 이렇습니다. 통신문을 풀이하여 가급적 원음에 가까운 육성을 들려 드리지요. 무척이나 뜨거운 음성입니다."

사람들은 숨을 멈추고 귀를 곤두세웠습니다.

"지구인 여러분! 여러분이 원시 시대부터 지금까지 쓴 햇빛에 대한 세금을 계산해 주실 것을 통고한다. 이것은 지구뿐만 아니라 태양계의 모든 별에게도 통고한다. 앞으로 한 달 이내에 세금을 계산해서 치르지 않을 때는 햇빛을 거두어 가겠다. 이것은 실제 상황이다. 각오를 단단히 하도록."

이 소리를 들은 지구인들은 입을 딱 벌리고 아무 말도 못 했습니다.

아니, 말을 못 하는 건 저마다 머릿속으로 복잡한 계산을 하기 때문이기도 했습니다.

"그동안 쓴 햇빛은 과연 얼마일까?"

문제는, 햇빛이 없으면 사람이 살아갈 수 없다는 사실입니다. 조그만 구멍가게만 내어도 세금을 물어야 하는 인간 세상입니다. 그렇다면 사람의 목숨을 지탱시켜 준 햇빛의 세금은 과연 얼마일지 짐작이 되십니까?

금산 지구국의 발표가 계속되었습니다.

"여러분, 나라마다 머리를 한데 모아 이 어려운 문제를 풀어 봅시다. 대형 컴퓨터를 동원하고, 태양열 때문에 자란 풀과 열매, 그것을 먹고 자란 동물들이 영양으로 섭취한 것들로부터, 빛을 이용한 것, 열을 이용한 것들을 빠짐없이 계산하여야 할 것입니다."

앞으로 한 달, 그때는 계산이 나와야 하고, 계산이 행여 나온다고 해도 무엇으로 그 세금을 바치느냐가 또 문제 중의 문제입니다.

해나라에서 우리의 원화나 일본의 엔화, 그리고 미국의 달러를 받아 가지 않을 것이기 때문이지요.

금산 지구국의 통신이 세계에 알려지자, 지구별은 온통 발칵 뒤집혔습니다. 핵무기를 놓고 서로 으르렁거리던 선진국들이 핵무기 따위는 까맣게 잊어버리고, 조그마한 영토 문제로 전쟁을 하려고 벼르던 이웃 나라들도 서로 하나가 되어 머리를 맞대고 죽느냐 사느냐의 문제를 함께 걱정하게 되었습니다.

태양의 빛이 지구별에서 사라지려는 이 판국에 사람끼리의 전쟁이란 아무 의미가 없었기 때문입니다.

어쨌거나 컴퓨터가 집계한 태양 사용료는 아주 낮은 세금의 단위로도 지구의 값보다 열 배는 훨씬 넘었습니다.

"아이구, 골머리야!"

사람들은 머리를 싸매고 숫제 드러누웠습니다. 덕분에 약국의 두통약은 동이 나 버렸습니다. 약사는 약값을 받지도 않았습니다. 하기야, 이 판국에 돈의 의미가 어디에 있는 걸까요?

나라를 움직이는 세계의 수뇌들은 한국의 금산 지구국에 모여 회의를 열었습니다. 그 결과는 UN 사무총장의 이름으로 발표되었습니다.

"앞으로 태양이 없을 때를 대비하여 UN은 신속한 대비책을 각국에 선포하여 우선 그동안 다투어 만들어 온 전쟁 물자들을 모두 개조하여 태양열을 축적하는 기계로 시급히 전환한다. 이를 어기는 국가는 세금을 열 배 올려 받을 것이다."

이 세상의 모든 무기들을 다 녹여 태양열을 축적한다고 치더라도 그것이 과연 얼마나 버틸 수 있는 빛이 될까요? 하지만 위기를 맞은 인류의 힘은 강했습니다. 대포나 탱크와 군함과 전투기는 물론이고 소총에다 권총에 이르기까지 모든 살상 무기가 커다란 용광로 속에서 녹아 태양열을 모으는 기계의 부속으로 일주일 안에 몽땅 바뀌어 버렸습니다. 무기 없는 세상이 된 것입니다. 간혹 나중에 쓸 일이 있을까 봐 무기를 남몰래 숨겨 둔 개인이나 국가도 어느 새 고발이 되어 무서운 종신형을 받았습니다.

어느 새 반 달이 훌쩍 지났습니다.

이제 사람들은 집 안에서나 길거리나 공원에서 체면 따위는 아랑곳하지 않고 옷을 훌렁훌렁 벗어던졌습니다. 한 점의 햇빛이라도 더 받아서 건강과 생명을 유지하자는 눈물겨운 몸부림이었지요. 예절도 도덕도 위신 따위도 살고 난 다음의 일이니까요.

그러나저러나, 이제 내일이 해나라에서 세금을 받으러 오는 날입니다.

그동안 지구인들은 돈보다는 보석이 세금으로 알맞겠다고(사실은 햇빛이 없어지는데 보석은 무슨 소용이냐며) 생각한 나머지 다이아몬드, 에메랄드, 루비, 사파이어, 진주, 금, 은, 보화 등을 몽땅 거두어 한국의 금산 지구국으로 보내어 왔습니다. 산더미처럼 쌓인 갖가지 보석들을 금산 지구국 앞에 야적을 하고 그것을 덮는 데도 비닐 일백 킬로미터가 들었습니다. 또 한 사람의 경비원도 세우지 않았지마는 도둑은커녕 보석 따위에 눈길을 주는 사람은 아무도 없었습니다.

마침내 아침 햇살을 타고 세금을 받으러 해나라에서 사자가 약속한 시간에 정확히 금산 지구국 앞에 도착하였습니다.

한국의 어진길 대통령이 UN을 대표하여 사자를 영접하였습니다. 온 세계의 매스컴이 금산 지구국을 지켜 보는 가운데 사람의 모습을 한 해나라의 사자는 이글이글 타오르는 얼굴로 이렇게 말했습니다.

"지구별을 대표하시는 UN 사무총장님, 그리고 지구인 여러분! 지금 여러분들이 목숨처럼 생각한다는 보석으로 해나라의 세금을 내려고 하지만 우리에게 보석이란 한낱 쓰레기와 같은 것이오. 이것들이 지구인들을 어리석고 눈 어둡게 하는 몹쓸 것이라 깨끗이 치워 드리겠소."

하고 말을 마치는 순간, 앞가슴 부분의 태양 무늬를 한 손으로 눌렀습니다.

"촤르르르륵, 치르르르륵."

하는 소리와 함께 놀랍게도 산같이 쌓였던 보석들이 눈앞에서 깨끗이 사라져 버렸습니다.

'큰일났다! 그렇다면 어떤 세금을 원한단 말인가?'

사람들은 한 마음이 되어 그것만을 걱정하게 되었습니다. 방금 눈앞에서 사라져 버린 보석을 아깝다고 생각하는 사람은 아무도 없었습니다.

'곧 폭탄과 같은 선언이 있을 거야.'

사람들의 얼굴은 흙빛이 되었습니다.

어진길 대통령은 하늘을 우러러 두 손을 모으고 이 위기의 지구별을 위하여 마음을 하나로 모아 눈물로 간절히 빌었습니다.

"지구별을 살펴 주시는 신이시여, 이 같은 위기에 지구별의 대표로서 할 일이 아무 것도 없어서 슬픕니다. 나라와 인류의 번영을 위해서라면 이 몸을 바쳐 왔습니다. 이제 이 목숨을 부디 거두어 가시고 이 위기에서 인류를 구원하여 주십시오!"

뜨거운 눈물이 대통령의 얼굴을 타고 내렸습니다.

그때였습니다. 사방을 불타는 눈으로 지켜 보던 해나라의 사자는 대통령 앞으로 성큼성큼 걸어갔습니다. 그리고는 진지한 얼굴로 말했습니다.

"존경하는 대통령님! 귀하의 눈물로 해나라의 세금을 대신해도 되겠지요?"

사자는 빙긋 해님처럼 웃고 나서, 대통령의 얼굴에 맺혀 있는 눈물 한 방울을 구슬같이 생긴 작고 동그란 그릇에 받아 담았습니다.

우레와 같은 박수가 터지고 카메라의 셔터가 일제히 그 모습을 잡았습니다.

"자아, 사랑으로 뭉쳐진 지구인 여러분 안녕!"

해나라의 사자는 한 마디의 인사말을 남기고는 금빛 찬란한 햇빛 속으로 모습을 감추었습니다.

소리로 짠
비단

깊은 숲 속에 나이 삼백 살이나 먹은 도깨비 요요가 살고 있었습니다.

요요는 세 살짜리 아기만큼 크고 귀엽게 생겼으며 몸빛은 주변의 색깔과 언제나 같아서 아무나 쉽게 만날 수가 없었습니다.

보통 때는 숲에 죽치고 살지만, 가을이 되면 요요는 숲을 떨치고 나와 들판이나 마을에도 곧잘 나다니는 버릇이 있었습니다.

시골 마을의 뒷산에는 밤나무가 많아서 가을철이면 다람쥐들이 자주 드나들었습니다. 겨울 양식으로 알밤을 주워 가기 때문이었지요.

아까부터 다람쥐 한 쌍이 밤나무 밑에서 알밤을 찾고 있었지만 바람이 잠깐 잠을 자고 있어서 알밤을 얻을 수가 없었습니다.

"이럴 때 요요님이라도 와 주었으면 좋겠다, 여보 그치?"

하고 아내 다순이가 말했습니다.

"요요님은 인정이 많으니까 곧 오실 거야."

하고 남편 다돌이가 대답을 했습니다.

때마침 알밤이 톡톡톡 밤나무 밑으로 떨어져 내렸습니다.

"야아아앗, 알밤이다앗!"

다람쥐 내외는 볼주머니가 터지도록 알밤을 물고 제 집으로 쪼르륵 달려나갔습니다.

"고맙다는 말도 한 마디 없다니까 언제나처럼."

하고 밤나무 위에서 요요가 빙그레 웃고 있었습니다.

허수아비까지 사라진 텅 빈 들판은 쓸쓸했습니다.

마침 들판에 나왔던 요요의 가슴도 텅 빈 것 같아서 눈초리가 시렸습니다. 바로 그때였습니다.

―귀또로로로, 찌르르르륵 쫘아아아아.

―귀또로로로, 찌리리리릭 찌지찌찌찌.

귀를 낮추고 풀벌레들의 소리를 듣고 있으면 그들도 인간 세상처럼 속이고 속고 배신하고 이별하며 괴롭고 고달프고 안타깝고 슬픈 이야기들이 아름답고 즐겁고 행복한 이야기보다 훨씬 많다는 것을 알게 되었습니다.

　지난 태풍에 가족을 몽땅 잃어버린 여왕개미의 슬픈 목소리가 가느다랗게 들려옵니다. 당메뚜기에게 속은 풀무치가 늦은 가을날 알을 낳고 죽어 가며 울부짖는 슬픈 소리도 들려옵니다. 사마귀의 길을 안내해 주다가 배신당한 귀뚜라미와 여치의 찢어지는 목소리도 귀에 따갑습니다. 길앞잡이를 따라가다가 아내를 잃어버린 잎벌레의 하소연도 가슴이 아픕니다. 그냥 짝을 찾는 목소리도 안타깝게 들립니다.

　그렇지만 풀벌레의 소리는 슬프면서도 아름답고 한이 어려도 그리움을 주는 마음 후련하고 개운한 것이었습니다.

　인간의 슬픔!

　그것은 탐욕과 연결되어 있었습니다.

　그 첫째가 돈이며 그 둘째가 권력이었습니다.

　돈 때문에 친구끼리도 원수로 바뀌고, 그 돈 때문에 형제 간에 칼부림이 나고, 그 잘난 돈 때문에 부모와 자식 간에 남남이 되는 일들이 생겼습니다. 심지어 나라가 다 위태로울 지경이 되었습니다.

　권력이란 것 또한 무섭습니다.

　권력 때문에 남을 헐뜯고 이간질하며 때론 무서울 정도로 온 나라가 편을 갈라 으르렁댑니다. 문제는 자기네 권력 다툼 때문에 백성들이 지겨운 세월을 맞이해야 한다는 것입니다.

　'인간에게 욕심을 버리게 하는 방법이 없을까?'

　도깨비 요요는 깊은 생각에 잠겼습니다.

　오랜 세월이 흘렀습니다.

　사람들의 마음을 탐욕에서 구해 내려면 사람들이 태어나면서부터 입는 옷처럼 무엇인가를 입혀야 한다!

　요요는 문득 풀벌레들의 소리를 떠올렸습니다.

　풀벌레 소리는 짝을 부르는 소리마저도 슬프도록 고와서 인간의 몸에 닿도록만 해 준다면 무엇인가 마음이 여리고 곱게 변할 수 있다는 생각을 하게 되었습니다.

　'풀벌레 소리로 비단을 짜는 거다.'

　도깨비 요요라면 해 볼 만한 일이었습니다.

　'풀벌레들이 짝을 부르는 간절한 사랑의 노래를 씨줄로 하고 살아가는 여러 가지 아픔의 노래를 날줄로 해서 천을 짜 보도록 하자.'

　요요는 우선 큰 마을 하나가 들어갈 만한 자루를 만들어 풀벌레들의 소리를 담아 깊은 숲 속으로 날랐습니다.

그리고는 숲 속에다 베틀을 만들고 마치 거미가 그물을 짜듯 천천히 그리고 확실하게 천을 짜기 시작하였습니다.

맨 처음에는 언제 그 많은 사람들의 천을 다 짜나 하고 걱정을 했지마는 그것은 도깨비다운 생각이 아니었습니다.

우선 좋은 소리만을 골라 정성껏 천을 짜고 나서,

"소리로 짠 비단아! 천 배, 만 배로 늘어나거라!"

하고 소리치니까 온 숲 속이 소리로 짠 비단으로 가득 차게 되었습니다.

"이제 또 어떻게 요요가 사람들에게 나누어 입히느냐?"

이 말에 대한 대답은 여러분이 해 보셔요.

어떻습니까?

요요가 소리로 짠 비단을 마음에 한 번 둘러 보실래요?

뭐? 뭐라구요?

벌써 돈 욕심, 권력 욕심을 깨끗이 버리셨다구요?

그럼, 풀벌레 소리로 짠 비단은 다 어쩌지요?

아름다운
꿈을 좇는
방랑자

공재동

I. 인간 정진채

정진채는 1936년 11월 9일 경상 북도 청도군 금천면 김전동에서 아버지 정희모 옹과 박용특 여사의 7남매 중 맏이로 태어났다. 고향 청도에 있는 모계고등학교를 졸업하고 그는 포항수산대학에 진학한다. 몰락한 양반의 집안 맏이로 고학하다시피 하며 대학을 졸업한다. 우리가 주목할 만한 것은 그의 작품의 배경이 되는 바다는 그가 다닌 수산대학과 무관하지 않으리라는 것이다.

1959년 초등 교원으로 사회 생활을 시작하면서 부모를 모셔야 했고 7남매의 가장으로서 동생들을 돌보며 가난과 싸워야 했다. 그러면서도 그는 문학에 대한 열정을 버리지 않았으니 1955년 〈학원〉 잡지에 시가 천료되었고(고교 2학년 때 〈냇가에서〉) 1958년에는 〈동아일보〉 독자 문예에 시조 〈파초〉가 리태극 선생에 의해 입선되기도 했다.

1965년 시집 《꽃밭》으로 정식 문단에 데뷔하였으며 이어서 1967년 대구에 있는 〈영남일보〉 신춘문예에 소설이 연 3회 가작 당선되는 기록을 남겼으며 1970년 같은 신문에 소년소설이 당선됨으로써 아동문학을 시작하게 된다.

이와 비슷한 시기에 교단 문예지인 〈새교실〉에 동시 부문으로 이원수 선생에게 3회 추천을 마치기도 했다.

1972년 〈동아일보〉 신춘문예에 동화 〈연밥〉이 당선되어 그의 동화에 대한 강한 집념을 확인하게 되고 이후 부산에 안착하여 부산 아동문학 시대를 열게 된다. 당시 부산에는 문단의 원로 향파 이주홍, 아동문학계의 귀재 조유로가 있었고 〈국제신문〉의 최계락이 부산 아동문학을 주도하던 때였다. 그러나 최계락이 세상을 뜨고 잠시 찬란했던 아동문학의 불꽃이 차츰 사그러드는 시기에 정진채는 아동문학의 중흥을 꾀하며 1972년 '부산아동문학회'를 재창립하고 회장에 취임한다. 이후 그는 두 번 회장을 연임하며 부산 아동문학의 맥을 잇는 한편 새로운 신인들을 대거 받아들여 아동문학의 열기를 북돋웠다.

1974년 문협 부산지부 아동문학분과 위원장을 맡아 명실상부 부산 아동문학의 중추적 역할을 떠맡게 된다. 회원들의 연간집 《부산 아동문학》을 발간하고 수많은 젊은 문학도에게 아동문학에 대한 애착과 열정을 심는 일에 정열을 기울였다. 그러면서도 한국방송통신대학 초등교육학과에 편입하여 졸업하는가 하면 교감 자격까지 얻는 등 교직에서의 역할도 결코 게을리하지 않았다.

그러나 1988년 그는 그동안 정들었던 교직을 미련 없이 버리고 만다. 그리고는 곧 '정진채아동문학연구원'을 개설하였으니 이것이 우리나라에서는 최초의 아동문학 전문 연구원이 되는 셈이다. 그는 이 연구원에서 어린이들의 독서 지도와 글쓰기 지도에 전념하며 수많은 작품을 써냈다.

1976년 국제청소년문화교류회가 주는 제1회 문화교육상(문학 부문)을 수상했으며 1977년 한국아동문학상에 이어 1985년 대한민국문학상(아동문학 부문)을 수상한다. 1989년 대통령 표창, 1992년 제10회 한국불교아동문학상, 1995년 제5회 방정환문학상을 수상한다. 이어 그는 1997년 부산광역시문화상(문학 부분)을 수상했고, 2000년에는 한맥문학대상(평론 부분)을 수상했다.

그는 한 권의 시집과 두 권의 동시집, 서른 권이 넘는 동화·소년소설집, 아홉 권의 번안서, 두 권의 수필집, 두 권의 이론서, 두 권의 평론집과 최근의 시조시집 등 자그만치 쉰한 권의 저서를 펴내는 왕성한 창작욕을 보여 준다. 1971년부터 1994년까지 20년 동안 매년 두 권이 넘는 책을 써 왔다는 것이다. 특히 1985년과 1987년에는 한 해 네 권씩의 창작집을 내는 의욕을 과시한다. 이러한 왕성한 창작력에는 그의 특유의 건강과 뚝심이 작용한다. 지칠 줄 모르는 열정은 우리나라 아동문학에 찬란한 금자탑을 세우는 저력이 되었다는 생각이 든다.

그의 작품 세계에 들어가기 앞서 잠시 한 작가의 인간적 면모를 살펴보는 것은 그가 처한 환경이 그의 인생을 어떻게 변화시켰으며 이러한 변화가 작품 속에 얼마만큼 반영되었나를 이해하는 데 도움이 될 것이라는 생각에서이다.

1990년 순수 동화의 육성과 진흥의 기치를 들고 창간한 〈동화 문학〉은 그가 얼마나 동화를 아끼고 사랑하는가를 단적으로 보여 주는 예다. 비록 계간이기는 하지만 넉넉지 못한 살림살이에서 생활비를 쪼개어 7년이 넘도록 결간 없이 이어 온 데서 그의 아동문학에 대한 열정을 확인할 수 있다.

본고는 정진채의 동화를 분석하여 그 특징을 알아보고 그가 동화를 통하여 지향하는 삶의 목표를 조명해 보는 데 초점을 맞추었으며 분석 대상은 작가 자신이 추천한 대표작 동화 48편으로 한정하였다. 이 속에는 중편이 5편 들었고 나머지는 모두 단편이다.

II. 정진채의 작품 세계

분석 대상이 된 48편의 작품은 작가 자신의 선택에 의해 결정되었음을 앞에서 밝혀 둔 바 있다. 이 48편의 작품 속에 나타난 사실들을 몇 가지 항목으로 나누고 분석을 한 후 결론을 내리는 식으로 작품 세계를 조명해 보고자 한다.

작품 속 중심 인물의 특징, 장소의 이동, 주변 인물들의 특별한 역할, 특별히 자주 눈에 띄는 식물들의 특성, 주제에 대한 분석 등 여러 가지 각도에서 작품을 분석하고 이러한 요소들이 공통적으로 나타내고 있는 의미를 작가에 적용시킴으로써 결론을 찾는 작업을 시도해 보려 한다.

1. 고독한 아웃사이더

체제 안에서 체제의 혜택을 누리며 사는 것이 인사이더라고 한다면 체제 밖으로 소외되어 잊혀진 계층이 아웃사이더이다. 정진채 동화 속 48명의 주인공들을 한 마디로 정의한다면 아웃사이더라는 말이 가장 적절하다. 문명의 혜택에서 소외되고 발전하는 사회의 어두운 뒤편에서 철저하게 잊혀져 가는 부류들, 비록 동화의 특성상 많은 수를 접하는 동물 주인공조차도 철저한 아웃사이더들이다. 48명의 주인공들을 몇 개의 부류로 나누고 이들을 분석해 보면 다음과 같다.

사람이 주인공으로 등장하는 경우가 23편으로 가장 많으며 그 뒤로 동물이 14편, 그 밖에 초인이 5편, 식물이 6편 등으로 나타났다. 이들 중 사람은 목동이나 석수장이 그리고 작가, 화가 등이며 어린이들의 경우 대부분이 초등학교 3, 4학년에서 중학생까지 포함되어 있다. 아이일 경우는 부모 없는 고아가 대부분이며 어른이 구경하고 그 이야기 속에 실제 중심 인물이 따로 있는 경우이다. 어른들은 내레이터로서의 역할을 해내고 있다.

> 일찍이 아버지를 여윈데다가 어머니마저 지난 겨울 공사판에서 일을 하다 허리를 다쳐 끝내 자리에 누운 뒤로 지향이네 집 살림살이는 말이 아니었습니다.
> ─ 〈물 씨앗 하나〉에서

여기에 나오는 주인공 지향이처럼 살림살이가 말이 아니다. 이런 불우한 아이들이지만 누구를 원망하거나 실의에 빠져 있는 인물은 없다.

다음으로 많은 것이 동물들이다. 글의 특성상 동물이 주인공이 되는 예가 많이 있는 것이다. 쥐, 고양이, 강아지, 거북이, 곰, 원숭이, 게, 사슴 이런 동물이다. 한결같이 착하고 자신을 희생하며 사는 착한 짐승들이다.

주인공으로 식물이 여섯 번 나온다. 연꽃, 민들레, 무화과, 백목련, 돌감나무, 연잎. 식물들은 역시 주위의 다른 친구들로부터 놀림을 받는다. 그러나 끝내 아름다운 꽃을 피워 그들의 코를 납작하게 한다는, 소외된 아웃사이더가 자신을 회복하는 과정을 그려 낸 작품들이다. 그런가 하면 '돌감나무'처럼, 산업화되어 가는 과정에서 잃어버린 인간애에 대한 동정을 그린 작품도 있다.

끝으로 정진채 동화에서 자주 등장하는 것으로 '초인'이 있다. 그들은 인어 공주, 반디 공주, 신선 등으로, 말하자면 인간이 할 수 없는 특별한 능력을 가진 인물들을 말한다.

2. 환상과 현실

현실에 대한 절망이 깊을수록 공상이나 환상에 빠져들기 쉽다. 동화는 바로 현실에 대한 절망으로 병든 현대인에게는 매우 편리한 위안거리가 될 수 있다. 더구나 동화작가는 동화를 통해 자신이 갖는 절망을 승화시킬 수 있어 행복한 사람들인지도 모른다.

정진채는 젊은 시절 소설도 썼고 시도 썼다. 그러나 동화를 알고부터는 일절 다른 장르를 잊어버린 듯 동화에 매달려 왔다. 그가 이토록 동화에 대해 강한 집념을 가진 것은 어쩌면 당연한 것인지도 모른다. 그는 유난히 살아가는 현실에 대한 절망이 뼈에 사무친 작가이다. 그에게는 동화야말로 이러한 절망을 이겨 내게 하는 도깨비방망이다. 잃어버린 인간애, 오염되어 가는 지구, 그에게는 어느 것 하나 절망적이지 않은 것이 없다. 환상은 이러한 절망을 쉽게 극복하도록 도와준다. 환상의 세계에서는 안 되는 게 없다. 마음만 먹으면 무엇이든 가능하다. 이룰 수 없는 꿈들이 동화 속에서는 가능하다. 절망이 깊을수록 동화 속에서 헤어나지 못한다. 이것이 동화가 갖는 매력이기도 하지만 이것이 또한 약점이기도 하다. 동화 속의 주인공들은 매우 손쉬운 방법으로 자신이 꿈꾸던 세계를 얻게 된다. 이런 과정에서 초인의 도움을 받게 되는데 정진채의 작품 속에 자주 나타나는 '거지 노인'은 바로 주인공의 소원을 단숨에 이루어 주는 초인들이다. 이들의 현실을 안타까워하는 작가 자신의 변신이다. 도와주고 싶고 단숨에 이루어지게 하고 싶은 강한 동정심이 '거지 노인'으로 되어 동화 속으로 뛰어든다. '거지 노인'은 바로 작가 자신인지도 모른다.

〈달녀와 목동〉에서 삼십을 헤아리는 노총각인 목동에게 가장 절실한 것은 역시 배필을 만나는 일일 것이다. 그런데 현실적으로는 도무지 불가능하다. 가진 것이라고는 통소 하나뿐인 그에게 시집 오겠다는 처녀가 과연 있겠는가. 이 가련한 목동에게 배필을 구해 줄 수 없겠는가. 이것이 곧 작가 자신의 고민인 것이다. 현실 속에서는 도무지 이룰 수 없는 꿈인 것이다. 여기에 뛰어든 것이 바로 '거지 노인'으로 변신한 작가이다. 턱수염이 유별나게 길고 눈빛이 무서운 노인이 나타나,

"여보게 총각, 그 통소만 불다가는 장가도 들기 어려울 텐데 어떻게 생각하나?"

거지 노인은 총각이 부는 통소 소리에 어떤 신비한 능력을 불어넣었고 드디어 바다

에 사는 돌이 퉁소 소리에 이끌려 예쁜 색시로 변신하여 목동의 아내가 되는 것이다. 목동은 아무런 노력도 없이 거지 노인의 도움으로 예쁜 아내를 얻게 된다.

거지 노인은 〈동백꽃 이야기〉 속으로 들어간다. 눈썹이 하얀 거지 노인은 아버지인 용왕의 병을 낫게 해 달라고 간절히 비는 인어 공주의 소원을 들어준다. 지팡이를 바위에 꽂고 방법을 일러 준다. 인어 공주는 결국 동백꽃이 되고 그들의 소원은 이루어진다. 효성이 지극한 이들 자매의 소원을 이루어 주고 싶어하는 작가의 강한 동정심은 결국 거지 노인이 되어 작품 속으로 뛰어든 것이다.

〈반디야 반디〉에서 공주의 병을 고쳐 주는 것도 거지 노인이고 〈인어 이야기〉에서의 외할아버지도 바로 작가 자신이다.

처음에는 백발의 거지 노인이었지만 때로는 신선으로, 보살로, 산소녀로 현신하여 주인공들의 어려움을 들어주고 소원을 이루게 한다.

흰 눈송이같이 하이얀 날개옷을 입고 머리엔 옥구슬로, 별로 수놓은 관을 쓰고 미소를 머금은 얼굴,
그 얼굴이 지금 '봄나라 꽃집' 앞에 내려왔습니다.
— 〈산소녀〉에서

천사는 이렇게 지구로 내려온다. 그리고는 소녀의 모습이 되어 꽃집 아가씨의 어려움을 해결해 주는 것이다.

이상을 실현하는 방법으로 그는 초인의 도움을 받게 하고 있다. 현실에서는 이룰 수 없는 꿈을 동화를 통해 마음껏 실현해 봄으로써 절망을 이겨 낼 수 있었을 것이다. 어쩌면 이것은 작가의 꿈인지도 모른다.

그가 수많은 현실 속의 어려움을 견디고 새롭게 도약할 수 있었던 것은 바로 현실 속에서의 절망을 동화를 통해 극복하여 왔던 탓이 아닐까 생각된다. 그래서 그는 그토록 동화에 대한 애착을 버리지 못한 것인지도 모른다.

3. 그가 찾는 이상향

사람에겐 자신이 꿈꾸는 이상향이 있다. 마음이 괴롭고 울적할 때면 찾아가고 싶은 마음의 고향 같은 것, 그런 이상향을 가진다. 사람에 따라 그리는 이상향이 매우 다르다. 정진채 동화에 나타난 이상향은 어떻게 그려지고 있는가. 그것은 곧 작가의 의식 속에 살아 있는 마음의 고향이다.

이 금강산에도 가장 빼어난 봉우리 밑에 수십 길의 폭포가 무지개 빛으로 쏟아져 내리는 계곡이 있었

다. 계곡을 따라 돌옷과 이끼를 군데군데 기르면서 둘러앉은 높고 낮은 바위틈에는 희귀한 난초들이

자라나서 이미 속세를 떠난 선경을 이루고 있었다.

— 〈신선과 연꽃 아기〉에서

산으로 병풍을 두르고 깎아지른 바위에서 폭포를 쏟아 내리는 골짜기에 옥기와로 지붕을 덮은 고운

집 한 채가 눈 아래로 보였습니다.

— 〈용마와 화공〉에서

동화 속의 이상향은 이렇게 몇 가지 공통점이 있다. 우선 쏟아져 내리는 계곡의 폭포가 그것이다. 위에 예로 든 곳 모두 폭포가 쏟아져 내리고 있음을 알 수 있다. 높은 바위 병풍으로 둘러싸인 곳, 난초들이 자라고 자연 경관이 빼어난 곳, 그것이 바로 작가가 그리는 이상향이다.

작가가 그리는 이상향은 어디서 온 것일까. 그가 태어난 경상북도 청도를 생각하면 이러한 의문은 곧 풀린다. 실제로 그는 고향을 떠난 지 몇십 년이 흘렀지만 고향에 대한 그리움을 한시도 놓아 본 적이 없는 사람이다. 고향에 대한 애착은 이렇게 작품 곳곳에서 그가 가진 열정은 늘 폭포수처럼 끊임없이 쏟아져 내리는데 이 같은 열정이 문학으로 승화되어 수없이 많은 작품을 쏟아 내는 저력이 되고 있는 것이다. 폭포가 쏟아지는 이상향, 얼마나 독특한 분위기인가. 귓가에는 밤낮으로 폭포 떨어지는 소리가 떠나지 않고 이렇게 끊임없이 쏟아지는 폭포 속에서 영혼의 안식을 맛보게 되는 것인지도 모른다.

4. 승천하는 삶, 하강하는 영혼

인간이 사는 이 땅을 흔히 고통과 질곡의 땅으로, 유형의 땅으로 생각하는 것은 종교가가 아니어도 지극히 당연한 논리로 받아들이는 것이 보통이다.

사람들은 이 땅은 잠시 머물렀다 가는 죄악과 고통으로 가득 찬 유형지로 생각하는 것을 우리는 당연한 것으로 받아들인다.

그의 문학에서는 이러한 이 땅에 대한 혐오가 강하게 나타나 있다. 그런 것들이 모두 하늘나라에 대한 동경으로 바닷속의 세계에 대한 집념으로 나타난다.

정진채의 동화 속에는 하늘의 천계를 지배하는 옥황상제가 여러 차례 등장한다. 〈달녀와 목동〉, 〈반디야 반디〉, 〈무화과 이야기〉 등에서 옥황상제는 구원의 인물로 나타난다. 삶에 지친 우리에게는 천계의 지배자인 옥황상제에게 의탁하고 싶은 것은 어쩌면 당연한 것인지도 모른다.

그리고 바다를 다스리는 용왕도 심심찮게 등장한다. 〈동백꽃 이야기〉, 〈인어 이야기〉, 〈먹보와 문어탈〉 등에는 용왕이 구원의 상징으로 나타난다.

그 밖에도 신선이나 신령이 구원자로 등장하는 경우도 있다. 〈신선과 연꽃 아기〉, 〈감로〉, 〈관유와 돌각시〉, 〈덕보 이야기〉, 〈용마와 화공〉에서 신선(령)들이 초인적인 능력을 발휘하여 구원의 대상이 되고 있다.

때로는 선녀가 나타나기도 하고 드물게는 〈바다거북 이야기〉에서처럼 염라대왕이 등장하기도 한다.

상승을 꿈꾸는 삶의 방식은 앞서 지적한 대로 아무런 노력 없이 소망을 이루게 하여 자칫 나약한 인간상을 양산하기도 하고 지나치게 황당하다는 느낌을 주기도 하지만 동화가 지니는 환상이라는 특성에 비추어 본다면 어린이들에게 순수에 대한 인식을 깊게 해 준다는 효과도 기대할 수 있을 것이다. 이러한 상승의 꿈과는 반대로 하늘에서 땅으로 하강하는 영혼과도 만날 수 있는데 하늘나라의 선녀가 이 땅에 내려와서 불쌍한 소녀를 돕기도 하고 어려운 문제를 해결해 주기도 한다. 특히 앞뒤가 꽉 막혀 더 이상 인간의 힘으로는 어찌할 수 없는 절망 속에 있을 때 하늘로부터 하강하는 그 아름다운 영혼의 모습은 우리에게 커다란 위안이 되고 있다.

5. 구원의 빛, 꽃사슴

그는 사슴을 통해 구원을 본다. 이 땅의 질곡을 온통 혼자서 짊어지고 그 슬픈 눈을 껌뻑이며 숲길을 가는 사슴. 그는 사람들의 잔인함과 이기주의를 이야기할 때도 사슴을 등장시키며 자신을 잊어버리고 사는 현대인들을 꾸짖을 때도 사슴을 내세운다. 속박으로부터의 해방을 꿈꿀 때도 하얀 꽃사슴이 나타나 그들 부족들을 해방시킨다.

〈신선과 연꽃 아기〉에서는 신선 운당의 아기를 잉태하고 연꽃 아기를 낳는다. 연꽃 아기는 자라서 금강국 연보라 임금의 왕비가 되고 5백 명의 왕자를 낳아 금강국을 어려움 속에서 구해 낸다. 그는 이러한 중요한 일을 꽃사슴에게 맡긴 것이다.

〈감로〉에서는 뱀과 대비가 되어 평화, 행복과 사랑의 상징으로 나타난다. 은혜 받은 땅에서 행복의 상징으로 꽃사슴은 신선 앞에 나타난다.

사슴에 대한 이러한 집착은 작가의 이념의 소산이다. 그는 고결한 정신의 상징으로 사슴을 등장시킨다. 세속의 때에서 먼 짐승, 깨끗한 풀을 먹고 깨끗한 곳에서 사는 짐승에 대한 그의 애정은 남다른 바 있다. 작가의 정신 세계를 지배하는 사슴의 이미지는 그의 동화에서 구원의 빛이 되어 나타나는 것이다.

사슴은 본디 순하디순한 눈빛과 금관을 닮은 고상한 뿔 때문에 일찍이 신선들의 귀여움을 받던 동물이었습니다.

— 〈하얀 꽃사슴〉에서

신선들의 귀여움을 받던 짐승, 순하디순한 눈빛, 금관을 닮은 뿔, 이런 요소들이 그의 동화에서 구원의 빛으로 나타난 것이다.

험한 바위 골짜기를 평지처럼 달리고 폭포를 만나면 티끌을 씻어 내어 목욕을 즐기던 사슴이야말로 신선의 사랑을 받을 만했습니다.

— 〈하얀 꽃사슴〉에서

자유분방하며 언제나 깨끗한 짐승, 이것이 그가 추구하는 인간상인지도 모른다.

꽃사슴의 소원이 하늘에 닿았는지 무더위 속에서 짖궂게 내린 장맛비가 멎자 엄마사슴은 또 한 마리의 소중한 아기사슴을 낳았습니다. 그것은 놀랍게도 털빛이 백설같이 하이얀 꽃사슴이었습니다. 천년 만에야 한 마리 태어난다는 전설 같은 아기사슴이 태어난 것은 꽃사슴들의 아픔이 하늘에 닿았기 때문입니다.

— 〈하얀 꽃사슴〉에서

우리에 갇혀 자유를 잃어버린 모든 이에게 하이얀 꽃사슴은 희망의 상징이 된다. 그는 이렇게 꽃사슴을 통하여 이 시대의 잃어버린 인간성을 되찾아 줄 희망을 제시하고 있는 것이다.

6. 연꽃 속에 핀 불교의 세계

정진채 동화의 일관된 사상은 불교적인 것이다. 그의 동화의 기저는 불교적인 인연과 불교적 설화의 세계이다.

그의 동화에서 자주 등장하는 연꽃은 바로 이러한 이론을 뒷받침해 주기에 충분하다. 〈신선과 연꽃 아기〉에서는 꽃사슴이 연꽃 아기를 낳고 그 연꽃 아기가 훗날 5백 개의 알을 낳고 이 알들이 모두 씩씩한 병사가 되는데 이 병사들의 가슴에도 연꽃 무늬가 선명하게 각인되어 있다.

〈연등〉에서는 가난한 소녀 민지가 초파일날 등을 달러 갔다가 쫓겨나지만 소녀의 가난한 부엌에 켜 놓은 종이등 자리에 크고 탐스런 연꽃 한 송이가 피어오름으로써 불교의 한 진리를 대변해 주기도 한다.

　더구나 그의 데뷔작 〈연밥〉은 비록 그 주제가 불교적이라고 하기는 어렵지만 연꽃이 되어 연밥이 되는 과정이 자세하게 그려져 있다.

　연꽃은 불화이다. 더러운 연못에다 뿌리를 박고 있으면서도 우아하고 해맑은 꽃잎과 그 흰빛, 연꽃을 통해 그가 추구하는 세계는 바로 정토 사상이다.

　더럽고 때묻은 이승에 뿌리를 박고 있지만 그의 이상은 항상 고매한 정토에 있다. 그 것은 바로 부처가 말하는 극락이다. 세상이 혼탁하면 할수록 그의 정토에 대한 향수는 더욱 짙게 나타난다. 연꽃 속에 피어나는 불교적인 설화가 밝고 환한 세계를 희구하는 사상적 기저가 되고 있다. 정토 사상, 이것이 바로 정진채의 동화가 갖는 불교적 신앙 이요, 내세 신앙이다. 그는 어린이들에게 환상을 심어 주고 그 환상을 이용하여 아름답 고 조화로운 세계로 들어가는 문을 열어 놓는다.

7. 강렬한 주제 의식

　산문문학의 특징은 아무래도 강한 주제 의식이다. 그는 동화를 통하여 현대인이 갖 는 수많은 모순과 잃어 가는 인간성의 회복에 대한 강한 메시지를 남긴다. 주제를 천착 하기에 동화는 매우 큰 장점을 갖고 있다. 현실 세계에서는 불가능한 것도 동화라는 수 법을 이용하면 얼마든지 가능하다. 빠른 스토리의 전환이나 환상을 통한 전지전능의 신통력 등은 주제를 강하게 표현하는 데 큰 역할을 한다.

　자연 파괴가 가져오는 재앙을 섬뜩할 정도로 동화를 통해 경고하고 있다.

　〈들쥐와의 전쟁〉에서의 먹이사슬의 파괴가 가져올 재앙을 들쥐와 인간의 전쟁으로 묘사하고 있다. 이 전쟁에서 인간은 들쥐들에 의해 무참하게 파괴된다. 들쥐들은 천적 인 뱀이 인간에게 무차별 포획되고 그 자취를 감추자 급속도로 번식하고 드디어 그 수 가 천문학적으로 되어 인간 세계를 공격한다.

　처음은 시골 마을로부터 점점 도회지로 옮겨 간다. 집들은 텅텅 비고 대포도 이들 쥐 들에게는 무용지물이다. 마침내 도시도 들쥐들의 공격으로 텅 비고 만다. 얼마나 무시 무시한 이야기인가.

　〈버들잎이 된 피라미〉에서도 그의 경고는 매우 준엄하다. 깨끗하던 냇물은 어느 새 오염이 되고 피라미들은 한 마리도 없다. 그런데 뱀이 변신한 한 소년의 도움으로 아이 는 많은 피라미를 잡게 되지만 이것이 바로 뱀의 주술에 의해 버드나무 잎사귀가 변해 서 된 가짜 피라미들이었다는 얘기다. 뱀이 소년으로 변하여 오염된 냇물에 대해 이야 기하고 버드나무 잎으로 피라미를 만들어 낼 수 있는 것이 바로 동화의 세계다. 그는 이러한 환상적인 수법을 마음껏 즐기고 있는 것이다.

　이보다 더 끔찍한 얘기가 있다. 〈오리 여자〉가 그것이다. 을숙도는 낙동강 하구에 있는 동양 최대의 철새 도래지로 유명했지만 이제는 개발에 밀려 넓은 갈대숲은 다 베어지고 하구언의 축조로 강물은 오염이 되어 수많은 철새들이 죽어 갔다. 바로 이 오염된 강물에서 남편과 자식들을 잃은 오리가 인간에게 복수를 한다. 도심지 한군데 자리 잡은 실내 풀장에는 오리 우는 소리가 들리기 시작한다. 오리 소리가 들리고 나면 반드시 이상한 사고가 일어난다. 머리를 부딪혀 다치기도 하고 물에 빠진 아이가 빈사 상태에서 겨우 살아나기도 하고 서로 옷을 바꾸어 입고 시비를 일으키는 등 크고 작은 사고가 잇달아 일어난다. 또 하나 이상한 것은 감기로 풀장에 결석하는 어린이들이 앓는 소리가 바로 오리 소리라는 것이다. 그리고 열이 오를 때는 얼굴과 가슴 부분에 새의 발자국이 뚜렷하게 나타나는데 그것이 꼭 오리발을 닮았다는 것이다. 뒤에야 안 일이지만 이러한 모든 일들이 바로 남편과 자식을 잃은 오리가 여자로 변신하여 일으키는 조화라는 것이다. 이러한 이야기는 동화가 아니면 표현하기 어려운 것이다. 오리가 여자로 변신하는 환상적인 수법이 아니면 이러한 강한 주제를 어떻게 소화해 낼 수 있을까. 동화가 갖는 장점을 최대한 이용하는 것이 그의 특기이다.

그는 동물에 대한 애착이 병적이리만큼 강하다. 하긴 그 자신이 한때는 수십 종의 새를 키우기도 하고 최근에는 우리나라의 강이나 냇가에 사는 물고기를 기르는 취미도 갖고 있다.

〈겨냥〉에서는, 아기 사슴 꽃비가 숲 속에 쳐 둔 덫에 걸려 고통을 당하게 되자 그의 친구 한비는 다른 사슴들이 모두 가고 없는데도 혼자서 친구의 고통을 덜어 주기 위해 꽃비 곁에 남아 있었다. 어느새 사냥꾼이 나타나 총을 겨누지만 친구를 위하는 마음에 한비는 그 자리를 떠나지 못한다. 드디어 방아쇠가 당겨지고 꽃비는 피를 흘리며 죽음을 맞는 줄 알지만 총알은 꽃비를 묶고 있는 덫을 끊어 주고 멀리 날아간다. 결국 사냥꾼이 겨냥한 것은 한 짐승의 목숨이 아니라 그 목숨을 위협하는 덫이었던 것이다.

〈작은 새 이야기〉에 이르면 동물에 대한 애호가 상식을 벗어나기까지 한다. 병아리 감별사를 하는 절름발이 아저씨는 골라내서 내다 버리는 수평아리를 도저히 그대로 버릴 수가 없어 몰래 집으로 가져다 살려 보려고 안달을 한다. 새를 함부로 죽이면 천벌을 면치 못한다는 너무도 어린이 같은 생각 때문에 감별사는 수평아리를 모두 가져와 그의 작은 집 비좁은 방에서 기르게 된다. 그 일로 해서 아내와 다투고 끝내는 아내가 남편과 딸아이 하나를 남겨 둔 채 도망을 가 버린다. 이러한 불행은 절름발이 감별사에게 죽음을 가져오고 이제는 정신이 이상해진 딸아이 하나가 그 도깨비굴 같은 빈 집을 지킨다는 이야기다.

그 밖에도 그는 효성, 충성, 우정 등 비교적 낡은 주제를 가지고 동화를 진지하게 끌고 가는 것을 본다. 어떤 때는 현대 문명의 모순을 또 어떤 때는 선이 악을 물리치는 권

선징악을 동화라는 방법을 사용하여 마음껏 이야기한다. 그의 동화는 주제 의식이 매우 강한 것이 두드러진 특징이 되고 있다.

8. 아름다운 문장

정진채 동화는 문장이 매우 아름답다. 그가 처음 시로써 문학을 시작한 탓일까. 유난히 시적인 문장이 자주 눈에 띈다.

달력이 초록빛으로 바뀐 6월의 첫 주일이었습니다.
— 〈물 씨앗 하나〉에서

개나리는 노오란 이야기를 촘촘히 매달고 진달래는 분홍빛 사연을 지폈습니다.
— 〈여왕의 메아리〉에서

길섶에 떨어져 누운 벚꽃잎 위에 비는 눈물처럼 흐느끼며 내렸는데 그 약간의 우중충한 빗발 사이로
신음에 가까운 새 소리가 들려왔습니다.
— 〈작은 새 이야기〉에서

여기 예로 든 몇 개의 문장들은 극히 일부에 지나지 않는다. 정진채 동화의 문체는 이렇게 화려한 수식과 비유로 되어 있다.

이러한 시적인 문장은 비현실적인 환상의 세계를 표현하는 데 신비스러울 만큼 잘 어울리는 것이다. 이것이 정진채 동화의 또 다른 특징이다.

9. 끝없이 이어지는 이야기의 세계

정진채 동화에는 치밀한 구성이 없다. 소설적인 계산에 의한 아귀가 꼭 맞는 구성을 그리 중요하게 생각하지 않는 듯한 느낌을 준다. 마치 손자에게 들려주는 할머니의 옛 이야기처럼 사건의 전개가 시간의 자연스런 변화에 따른다. 소설적인 긴장감이 전혀 없다. 편안하게 듣기만 하면 되는 그런 이야기 투다. 그러한 구성의 특징을 잘 나타내어 주는 것이 작품의 제목이다.

〈동백꽃 이야기〉, 〈남해 바다 이야기〉, 〈인어 이야기〉, 〈꽃사람 이야기〉, 〈덕보 이야기〉, 〈무화과 이야기〉, 〈바다거북 이야기〉, 〈작은 새 이야기〉, 〈마남 이야기〉, 〈하늘사람 이야기〉 이렇게 대충 꼽아 보아도 10편이나 된다. 48편의 동화 중 20퍼센트에 '이야기'를 제목으로 사용한 것이다. 이야기란 원래가 극적인 구성이 없는 자연스런 순

서를 가진다. 위기를 주어 긴장감을 고조시키는 일도 없다. 그저 조용조용 편안하게 듣기만 하면 된다. 그래서 그의 동화는 반전이 없고 역전이 없다. 자연의 순리에 따른 느낌을 준다.

　옥황상제님이 계시는 하늘나라에 무화라는 아름다운 선녀가 살고 있었습니다.

　〈무화과 이야기〉는 이렇게 시작된다. 옥황상제로부터 무화라는 이름을 선물로 받고 극락에서 살다가 심심해진 그녀는 연꽃의 이야기를 듣고 지옥으로 내려간다. 그리고는 다시 인간 세상에 내려와 드디어 무화과나무가 되는 과정이 자연스럽게 순서대로 전개가 된다. 그는 소설이 지니는 구성, 발단, 전개, 절정, 결말 이 네 가지를 지키면서도 무리한 반전이 전혀 없다. 마치 구수한 옛 이야기를 듣는 그런 기분에 젖게 한다. 이러한 끝없는 이야기는 마치 안데르센의 동화를 읽는 것 같은 느낌을 준다. 어딘가 모르게 그의 동화가 안데르센 동화와 같은 느낌을 주는 것은 웬일일까.

　그것은 안데르센이 즐겨 썼던 이른바 내레이션 수법 때문이라는 생각이 든다. 내레이터가 등장하여 이야기 속의 이야기를 들려주는 형식이다. 〈달님 이야기〉에서 보여주듯 달님이 여기저기서 본 아름답고 슬픈 이야기를 들려주는 형식의 동화다.

　정진채 동화에서도 역시 그런 기법이 눈에 띈다. 〈그 봄날의 꽃귀신〉에서 평범한 회사원인 나는 자신을 잊어버린 채 그저 상사의 비위나 맞추며 살아가는 것을 일깨워 준 봄처녀에 의해 진정한 삶이 무엇인가를 알게 된다.

　〈달과 목련〉의 '나'도 역시 시인이다. 그 속에서도 그는 단지 이야기를 해설해 주는 내레이터일 뿐이다. 〈배냇새〉에서의 '나', 〈버들잎이 된 피라미〉에서의 '나', 〈산소녀〉에서의 '나', 〈오리 여자〉, 〈여왕의 메아리〉, 〈은방울 일기〉, 〈작은 새 이야기〉, 〈찌미와 다대포 아저씨〉, 〈하늘사람 이야기〉 등에 등장하는 '나'와 고양이, 강아지는 모두가 내레이터에 지나지 않는다. 이러한 간접 화자에 의한 이야기의 진행은 안데르센의 동화와 흡사하다는 느낌을 받는다.

　그가 평소에 안데르센에 대하여 깊은 관심을 가지고 연구를 하고 있었음을 볼 때 안데르센의 영향을 받지 않았나 하는 생각을 갖게 한다. 이렇게 끊임없이 솟아나는 이야기도 안데르센을 많이 닮았다는 게 사실이다. 그는 한국의 안데르센이라 할 만큼 안데르센에 많은 관심을 가졌으며 설화적인 동화의 구성과 자유분방한 환상의 세계 그리고 비극적인 주인공들에게 희망과 용기를 주는 주제 등에서 안데르센과 흡사한 면을 많이 발견해 낼 수 있다. 안데르센이 당연히 서구적인 발상과 서구적인 의식 구조를 가졌다면 정진채는 지극히 동양적인 사상에 충실하다는 점에서는 서로 다른 세계이지만 많은 부분 두 사람은 시대를 초월하여 같은 점이 많다는 것을 작품을 통해 느낄 수 있다. 필자는 이 부분에 대해 좀더 자세히 비교·연구해 보아야겠다는 강한 유혹을 받는다.

10. 바다는 삶의 터전

김문홍은 1994년 〈아동문학평론〉 봄호에서 〈아동문학에 나타난 바다〉라는 제목의 논문을 통해 정진채의 동화를 언급하고 있다. '일상적인 삶을 환상적인 공간으로 이행' 한 좋은 예라고 했다. 지금까지 우리가 해양 문학이라고 하면 그것은 어디까지나 바다 위에서의 이야기였다. 파도와 싸우며 망망대해를 헤쳐 나가는 이야기야말로 모험과 스릴이 넘치는 긴장감을 안겨 주는 독특하고 흥미 있는 것임에 틀림없다. 인간은 바다 위의 모험에서 서서히 바닷속으로 그 관심을 옮겨 가기 시작했다. 베른의《해저 2만 리》는 이러한 바닷속의 세계에 대한 관심의 일단을 보여 주는 새로운 해양 문학의 한 분야가 될 것이다.

우리나라 동화작가들 중에서도 바다를 소재로 한 작품은 꽤 많다. 그러나 정진채만큼 바다에 강한 집착을 보인 동화작가는 드물다. 대부분의 작품들이 앞서 말한 것처럼 바다 위의 모험이거나 생활을 소재로 하고 있다. 그러나 정진채 동화는 바로 그 무대가 바닷속이라는 점에서 매우 독특하다. 바닷속에는 예로부터 용궁이라는 것이 있고 거기는 용왕이 다스린다. 우리의 고대소설 중에서《별주부전》은 이처럼 바닷속 용궁이 무대가 되고 있으며 신라 시대의 설화 속에도 바닷속의 이야기가 자주 나온다. 이러한 바닷속 이야기를 본격적으로 현대화한 작가는 정진채가 유일하다. 지금까지 바닷속을 그린 서구의 작가들이 철저한 과학적 사실에 충실한 것이라면 우리의 고전 속에 나타난 바닷속의 세계는 환상 그것이다. 정진채는 이러한 우리 고전 속의 바다를 가장 새롭게 재현한 동화작가이다. 이것은 마치 〈그리스 신화〉 속의 주인공들이 천상에서 인간과 꼭 같은 모습으로 전쟁도 벌이고 사랑도 나누고 질투도 하는 것처럼 정진채의 바닷속 세계는 전쟁과 사랑, 질투 등 인간 세계와 꼭 같은 세계가 펼쳐지는 것이다. 정진채 특유의 화려한 상상의 세계를 통해 바닷속은 생명으로 가득 차게 된 것이다.

그의 단편에서만도 바닷속 세계를 무대로 한 것이 많다. 〈달녀와 목동〉, 〈동백꽃 이야기〉, 〈인어 이야기〉, 〈몸빛〉, 〈바다거북 이야기〉, 〈아기소라게〉 등이 그것이다. 이 중 〈아기소라게〉만이 바다 위의 이야기이고 나머지는 모두 바닷속이 무대이거나 중요한 장소로 이용되고 있다.

그러나 무엇보다 그가 우리나라에서 가장 독특한 해양 작가라는 것을 입증하는 것으로 〈남해 바다 이야기〉, 〈동해 바다 왕국〉 등의 장편을 들 수 있다. 이 동화는 우리나라 해양 문학의 경지를 개척한 기념비적 작품이라 해도 손색이 없을 것이다.

Ⅲ. 맺는 말

정진채는 스토리텔러이다. 퍼내도 퍼내도 끊임이 없는 무궁무진한 이야기가 그의 문학적 특색이다. 우리나라에서 가장 많은 동화집을 갖고 있으며 독특한 문학 세계를 가진 동화작가이다.

한국의 안데르센이라고 불러도 좋을 만큼 그가 만든 슬프고 아름다운 이야기는 우리의 가난한 이웃에게 밝은 희망을 안겨 주며 자기를 잃어버리고 사는 현대인들에게 깊은 경종을 울려 주기에 충분하다.

그는 또 가장 동양 정신에 충실한 작가이며 가장 한국적인 사상에 기저를 둔 동화작가이다. 그리고 해양 문학의 독특한 경지를 개척한 작가이기도 하다. 〈별주부전〉으로 대표되는 우리 고전문학이 가진 독특한 장르를 현대화하는 데 성공한 작가이다. 그는 가장 한국적인 것에 충실하면서도 안데르센과 같은 화려한 환상을 통해 바닷속의 세계를 생동감 있게 그려 준 보기 드문 해양 작가이다.

우리가 그에게 거는 기대는 아직도 끝나지 않은 그의 왕성한 창작의욕과 지칠 줄 모르는 동화에의 정열 때문이며 아름다운 환상의 세계를 우리 앞에 펼쳐 보인다는 데 있다.

어린이와 함께 선생이 걸어온 길

1936년 경북 청도에서 출생함(본적: 경남 울주군 상북면 지내리).

1955년 〈학원〉에 시 〈냇가에서〉 천료됨.

1959년(12월)~1988년(2월) 경북 금천, 부산 사하·양정·망미초등학교 교사로 재직함.

1965년 시집 《꽃밭》 출간으로 문단에 데뷔함.

1966년 포항수산대학을 졸업함.

1967년 〈영남일보〉 신춘문예에 소설이 당선됨.

1968년 〈새교실〉에 동시 천료됨.

1972년 〈동아일보〉 신춘문예에 동화 〈연밥〉이 당선됨.

　　　　부산아동문학회 재창립, 초대 회장을 역임함.

1973년 부산문협 아동문학분과 위원장을 지냄.

1987년 한국방송통신대학 학사 과정을 졸업함.

1989년 부산문협 부회장을 역임함.

　　　　대한민국문학상 심사 위원을 역임함.

1989~1999년 정진채아동문학연구원을 운영함.

1990년 부산예총 감사를 역임함.

1990~1997년 계간 〈아동문학〉 발행인 겸 주간 7년 역임함.

1991년 〈문학의 세계〉(현 문학 도시) 주간을 역임함.

1992년 한국 아동문학인협회 수석 부회장을 역임함.

1996년 아세아아동문학학회 공동 부회장(현재)을 역임함.

1997년 서울세계아동문학대회 부대회장을 역임함.

2001년 한국문인협회, 국제펜클럽 이사(현재)가 됨.

　　　　부산광역시문인협회 회장(현재)을 지냄.

2002년 (사)한국바다문학회 회장(현재)을 지냄.

　　　　한국광역시문인협의회 상임 의장(현재)을 지냄.

　　　　부산문예대학 학장(현재)을 지냄.

수상 경력

1968년 교육공로문예상을 수상함.

1976년 제1회 문화교육상(문학 부문)을 수상함.

1977년 제3회 한국아동문학상을 수상함.

1985년 대한민국문학상(아동문학 부문)을 수상함.

1989년 대한민국 대통령 표창을 받음.

1992년 제10회 한국불교아동문학상을 수상함.

1995년 제5회 방정환문학상 본상을 수상함.

1996년 제7회 한글문학상을 수상함.

1997년 부산광역시문화상(문학 부문)을 수상함.

2000년 한맥문학대상(평론 부문)을 수상함.

저서

시집 《꽃밭》(중외출판사, 1965)

동시집 《꽃동네》(백민사, 1971)

동시집 《바닷가에서》(도서출판 시로, 1987)

동화·소년소설집 《연밥》(아성출판사, 1972)

《산소녀》(아주출판사, 1974)

《무화과 이야기》(아동문예사, 1976)

《반디야 반디》(계림출판사, 1979)

《꿈꾸는 산》(문화교육원, 1980)

《호금조 이야기》(교음사, 1982)

《용왕 삼국지》(광문출판사, 1982)

《운문산의 별》(아동문학사, 1982)

《사랑의 새》(금성출판사, 1984)

《아기참새와 꽃사슴》(견지사, 1984)

《하얀 꽃사슴》(아동문예사, 1985)

《남해 바다 이야기》(아동문예사, 1985)

《콩팥 장군》(계몽사, 1987)

《관유와 돌각시》(문학세계사, 1987)

《몸빛》(대교문화, 1987)

《덕보 이야기》(견지사, 1987)

《흰 매미》(아동문학사, 1989)

《할아버지의 비밀 지도(공저)》(을유문화사, 1990)

《꽃사람 이야기》(아동문예사, 1990)

《동해 바다 왕국》(윤성, 1991)

《빈지늪에서 생긴 일》(서강출판사, 1991)

《오늘 밤의 별을 기억할 거야》(예림당, 1991)

《눈썹만 보이는 할배》(빛남, 1993)

《팔랑이의 한가위》(윤진문화사, 1993)

《소리를 먹는 열매》(관음출판사, 1994)

《내가 만난 초록 사람》(아동문예사, 1996)

《꿈꾸는 낙하산》(한우리 독서문화운동본부, 1996)

《현이와 꽃귀신》(여명출판사, 1998)

《바위나라로 간 폰테 추장》(영림카디널, 2002)

평론·이론서 《80년대의 한국 동화 문학》(빛남, 1989)

《누구나 동화를 쓸 수 있다》(빛남, 1992)

《현대 동화 창작법》(빛남, 1999)

《아동 독서 지도법》(빛남, 2002)

편저·번안서 《한국 인물 전기 전집(우장춘 편)》(국민서관, 1976)

《톰 아저씨의 오두막 집》(상서각, 1979)

《우주 전쟁》(상서각, 1979)

《오 헨리 단편집》(계림출판사, 1982)

《폭풍의 언덕》(계림출판사, 1982)

《돈키호테》(계림출판사, 1982)

《메밀꽃 필 무렵》(문학세계사, 1984)

《김정호》(교학사, 1986)

《하늘을 나는 거북이》(동화출판공사, 1989)

수필집 《아직도 못다 한 이야기》(도서출판 화술, 1990)

《가을 산조》(대산출판사, 1998)

시조시집 《귀뚜라미》(대산출판사, 2002)

소설집 《초록빛 태양》(한국서적공사, 1985)

《그 해 여름 빈지늪》(동아일보사, 1985)

《황금 열쇠의 비밀》(한국서적공사, 1985)

한국 아동문학가 100인

최춘해

대표 작품
〈흙 68〉 외 5편

인물론
흙의 시인 춘해 선생

문화비평
영어 교육과 우리말 교육

어린이와 함께 선생이 걸어온 길

흙 68

백두산 꽃

고비도 노루귀도
눈 쌓인 흙을 뚫고 솟는다.
씨앗을 맺으려면,
대를 이으려면
서둘러야 한다.
봄, 여름이 석 달뿐이라서.

추위를 이기게 하려고
흙은 털로 싸서 내보낸다.
초속 35m 바람에도 견디도록
키는 아주 작게 키웠다.
추위를 막아주려고
흙은 긴 뿌리를 안고 있다.

백두산 흙은 걱정이 많다.
가루받이를 못 하면 어쩔까
눈에 잘 띄지 않는 작은 꽃.
앵초야, 괭이눈아, 나도개미자리야!
흩어지지 말고 꼭꼭 붙어 있거라.
잎사귀도 꽃잎인 척 해라.

백두산 흙은
꽃들이 씨앗을 맺기까지는
마음이 놓이지 않는다.
가루받이는 제대로 했을까
바람에 견딜 수 있게
잎을 잘게 갈라놓았을까?

임진강의 봄

봄날 임진강에는
물닭새, 논병아리, 쇠물닭, 개개비,
물논병아리, 덤불해오라기들

짝끼리 힘을 모아
새 둥지를 튼다.
어린 새끼가 태어나기까지
번갈아 알을 품는다.

힘겹고 배고파도
한 번도 다투는 일이 없다.
마음에 차지 않을 일이
어찌 없을까.

어린것들만 탈없이
무럭무럭 자란다면
더 바랄 게 없다.
아기 새 키우는 재미로 산다.

비올 때엔 온몸을 펼쳐서
우산이 되어 주고
위험이 닥치면
품으로 감싸준다.

임진강은
사랑의 보금자리다.
새들한테서
사랑을 배운다.

봄 풀

묵은 잡초 사이로
새싹이 돋는다.
새싹이 자라면서
묵은 풀이 묻힌다.

엄마 풀이
한겨울 추위를 막아 줘서
따뜻한 봄을 맞은 새싹
쓰러진 묵은 풀을 덮어 준다.

엄마 풀은 죽어서도
자식의 힘이 되고 싶어
그 자리를 못 떠난다.
새싹의 거름이 된다.

산사의 벌

산사에는 식구들이 많다.
쌍살벌, 좀뒤영벌, 피호리병벌,
나나니벌, 대모벌, 청벌, 맵시벌.

기둥에도, 처마 밑에도,
부처님 소매 자락에도
저마다 살림을 차리고 산다.

집 짓느라 문 종이를 벗겨도
기둥에 저 많은 구멍을 뚫어도
아무도 쫓지 않는다.

벌도 귀한 목숨이다.
자식을 키우며 산다.
부처님의 사랑을 받고 산다.

흙 70

먹이가 되어 주는 것들

개구리가 알을 넉넉하게 낳는 것은
장구벌레를 생각해서다.
개구리 자손도 이어가고
이웃과 더불어 살아가기 위해서다.

밤나무가 잎을 넉넉하게 피는 것은
밤나무잎벌레를 생각해서다.
밤나무가 열매도 맺고
벌레의 먹이가 되기 위해서다.

개구리가 장구벌레를,
밤나무가 밤나무잎벌레를
생각할 줄 알게 된 것은
흙한테서 배운 마음이다.

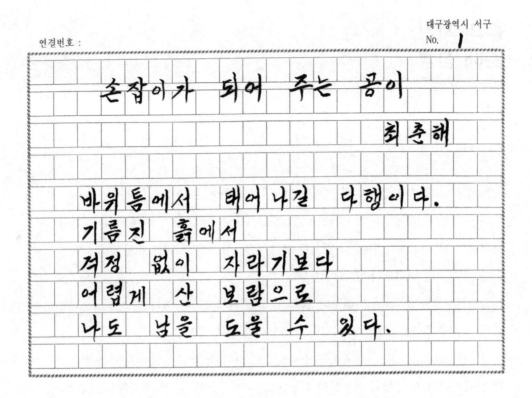

연결번호 :

손잡이가 되어 주는 공이

최춘해

바위틈에서 태어나길 다행이다.
기름진 흙에서
걱정 없이 자라기보다
어렵게 산 보람으로
나도 남을 도울 수 있다.

연결번호 :

"공이가 아니었더라면
어떻게 내려갈까."
아주머니, 할아버지, 아이들……
지나는 이마다 공이가 고맙단다.

손잡이가 된 공이는
바위틈서리에 자리를 잡아 준
하느님을 고맙게 여긴다.

흙의 시인
춘해 선생

신현득

　흙의 시인 혜암 최춘해 선생은 흙의 철학을 터득하여 흙을 노래해 왔다.

　흙은 자연이 의지하는 어머니이며, 인류를 길러온 젖줄이며, 우리네의 탄생지이며, 묻히어야 할 따스운 품이며, 신앙이다. 어떤 인간사, 어떤 역사, 어떤 문화, 어떤 발전도 흙 위에서만 영위되어 왔다.

　그래서 시인들은 어떤 노래보다 흙의 찬양을 앞세웠어야 했다. 그런데도 춘해에 이르러, 춘해를 두고 진정 흙의 시인이 나타났다 함은 어째서일까?

　그것은 여태의 서정시, 민족시들이 대상으로 삼아야 할 흙에서 맴돌았을 뿐, 그 중심인 향기를 겨누지 못했기 때문이리라. 그런데 춘해 시인은 온갖 우회적인 표현을 두고, 흙을 직접 '흙'이라 부르며 노래하고 나선 것이다.

　흙에다 시심을 걸어놓고 연작 70편이라는 끈기를 보인 것도 춘해 시인이다. 흙이 지닌 정감을 이만한 동심, 이만한 사랑, 이만한 서정의 깊이로 노래한 것도 춘해 시인이 처음이다. 흙의 시를 쓰기 위해 아주 흙이 돼버린 것이다. 이것이 그의 집념이었다.

　춘해 시인은 지닌 성격과 생활 태도부터 흙이다. 사람들은 춘해를 한 치의 틀림이 없으면서 소박한 사람으로 이야기해 왔다. 모자람도 없지만 지나침이 또한 없다. 앉을 자리에 앉고 설 자리에 서는 사람이라는 말들을 한다. 자신에 들뜨지 않고 겸손하기란 시인의 감정으로는 힘든 일이지만, 어쨌든 춘해는 그런 성정을 누리면서 존경을 받아왔다. 그래서 그에게는 인간의 향기가 있다고들 했다. 그것이 흙의 향기 같다고들 했다.

　이것은 춘해 시인이 흙에서 배운 성격이다. 흙이 얼마나 정직한가. 흙은 일을 두고 어기지 않는다.

　마음의 밭도 흙과 같아

　노래를 심으면

　노래가 자라고

　기술을 심으면

　기술이 자란다.

　사랑을 안 심고

정직도 안 심으면

잡초가 자란다.

- ⟨사랑을 안 심으면(흙 41)⟩에서

이 시가 지닌 뜻은 춘해 시인의 인생 방법 그것이다. 일흔이 넘은 나이, 오늘에까지 그는 흙에서 배운 올곧음을 지켜왔다. 이를 45년 동안, 교단에서 교육관으로 삼은 충실한 교육자이기도 했다.

지난 대구 시절, 한 살이 위인 춘해 시인과 하나 아래인 권기환과 나, 다시 하나 아래인 김선주 씨는 또래의 일당으로 어울려 지냈다. 이응창 선생이 회장으로 있던 대구아동문학회 멤버였는데, 모임이 끝나고 돌아오는 길이면 어린 일당 넷이 선술집에서 막걸리를 마셨다. 취해도 의연한 쪽이 맏형인 춘해였음은 물론이다.

이에 앞서 춘해 시인과 나와는 상주 시절이 또 있다. 상주글짓기회 월례 모임 때면, 사벌에서 상주까지 이십 리 길을 자전거로 달려오던 춘해 생각이 난다. 그것이 어언 40여 년이 되었지만 예나 이제나 그는 흙의 성품이다.

춘해 시인의 태생지는 경북 상주군 사벌면 흙이 좋은 들녘이다. 흙의 아이로 태어난 춘해는 흙의 향기 속에서 자랐다. 흙의 시인이 될 바탕은 이렇게 이루어졌던 것.

상주군 사벌면 덕골 황새골

우리 밭, 우리 감나무 가지를

붙잡고 있던

엄마 젖꼭지만큼이나

내 손에 익었던 감.

할매 쪽진 머리처럼

꾸미지 않은 감꼭지

- ⟨꼭지 달린 감⟩에서

춘해의 시집 《생각이 열리는 나무》에 실은 명작시 ⟨꼭지 달린 감⟩의 시편을 보기로 들었다. 최 시인은 이 몇 구절에서 상주군 사벌면의 감을 노래하고 있다. 그 시골, 그 고향, 그 특산의 감이 잠재의 체질 속에 무의식 형태로 있다가 감동의 시구로 표출된 것이다.

우리 밭 감나무 가지를 잡고 있던 감, 엄마 젖꼭지만큼이나 손에 익었던 감, 할매 쪽찐 머리처럼 꾸미지 않은 자연 그대로의 감꼭지, 그 시어와 주제가 모두 흙이다. 향기나는 흙이다.

그 이전의 명작시 〈시계가 셈을 세면〉도 은유적이지만 흙에서 시작된 시였다. 시간에 따라 정확하게 움직이는 자연, 그 자연을 낳은 것은 흙이다.

다시 보아도 춘해의 시는 흙이다. 다시 보아도 그 시에서 향기가 난다. 최 시인은 생성의 어머니인 흙을 나의 어머니에 비유하여 인격화함으로써 한국인의 정서에 공감을 일으키고 있다.

춘해의 시에서는 흙 위에서 이루어지는 우리네 생활까지 흙이라는 이름으로 노래하고 있다. 거기에는 들을 가꾸며 사는 우리네 노동이 있고, 민속이 있고, 소박한 우리네 신앙이 있고, 조상을 모시고 사는 우리네 질서, 베풀면서 어울려 사는 따스운 인정이 있다. 이것이 모두 흙에서 이루어진 흙의 정서다.

춘해는 흙이 되어 있다. 생명을 주고 생명을 사랑해 가꾸고 그들과 같이 살고 싶어 향기 있는 흙이 되어, 흙으로 살고 있다. 흙의 시인으로 더 오래 흙을 노래하면서 이 나라에 흙의 향기를 뿌려주게 되리라.

영어 교육과
우리말 교육

우리 겨레는 이 지구에서 우수한 문화를 가진 자랑스런 민족이다. 특히 우리의 말과 글은 세계의 으뜸이라는 건 누구나 알고 있다. 우리나라가 월드컵 4강이요, 수출국 12위의 자랑스런 나라가 된 것도, 배우기 쉽고 쓰기에 편하며 과학적인 한글과 아름다운 우리말이 바탕이 된 것이다. 그런데 요즘 우리 둘레에는 참 보기 딱한 일들이 벌어지고 있다.

영어 발음을 잘 하도록 하기 위하여 어린아이의 혀 어느 부분을 수술한다고 한다. 그 아이의 부모는 말할 것도 없고 부탁을 한다고 해서 수술을 해 주는 의사도 제정신을 가진 사람이라고는 볼 수 없다. 어떻게 돼서 그런 발상을 하게 됐을까? 이런 생각을 가진 사람이라면, 할 수만 있다면 눈, 코, 입, 온몸을 서양 사람으로 바꾸고 싶을 것이다.

우리 문화, 우리의 전통에 대한 애착심이 그렇게 없는 사람이 어떻게 아직까지 한국에서 살고 있는지 의심스럽다. 내 곁에 그런 사람이 있다면 하루 빨리 떠밀어서라도 외국으로 쫓아내고 싶다. 금수강산 아름다운 나라에 그런 사람과 함께 발붙이고 산다는 것이 불쾌하다.

어떤 사람은 일찍부터 영어를 가르치기 위해 미국이나 영국으로 유학을 보낸다고 한다. 유학은 안 보내더라도 조기 교육을 하겠다고 서두는 사람이 많아서 외국어 유치원이 우후죽순처럼 생긴다고 한다. 유치원보다 더 일찍 가르치는 것이 효과가 있다고 어머니 배 속에 있을 때부터 영어 교육을 한단다. 헤드폰처럼 생긴 기계 장치를 산모의 배에 둘러 매 놓고, 배 속에 든 어린이가 부드러운 소리로 이야기하는 영어를 듣게 한단다. 예를 들면 How are you? I'm fine. 이런 소리를 듣게 한다는 거다. 이 기계 장치가 불티나게 팔리고 있고, 상점에는 이 물품이 동이 날 때가 많다고 한다.

이런 과열 현상을 보고 내가 아는 어떤 분은 이제 머지 않아 우리의 말과 글이 없어질 때가 왔다고 한탄을 하기도 했다.

이 사실에 대해서 한번 곰곰이 생각해 보자. 과연 외국어 교육은 조기 교육을 해야 효과가 있을까? 미국에서는 스페인어나 프랑스어를 중, 고등학교 때부터 가르친다고 한다.

말이라는 것은 한 번 배워 놓았다고 해서 한평생 쓸 수 있는 것은 아니다. 가까운 예를 들면 어릴 때 미국이나 유럽으로 입양을 간 아이들이 어른이 되면 어릴 때 배웠던 우리나라 말을 한 마디도 못 하는 것을 TV를 통해서 잘 봤다. 안 쓰면 금방 잊게 된다. 내 생각으로는 필요할 때 배워야 한다고 생각한다. 미국에서 중, 고등학교 때부터 외국어 교육을 가르치는 이유도 거기에 있지 않을까.

아직은 조기 교육이 얼마나 효과가 있는지 잘 모른다. 남들이 조기 교육을 해야 한다고 하니까 우리 아이가 남의 아이보다 떨어지지나 않을까 미리부터 걱정을 해서 앞다투어 조기 교육에 열을 올리고 있지만 어느 정도 세월이 흐르고 나면 부질없는 일이라는 것을 깨닫게 될 것이다.

우리나라 말을 배우기 전에 외국어를 가르치면 어떤 점이 해로운가를 생각해 보자.

첫째 미국 말을 하면 미국 정신을, 독일어를 하면 독일 정신을 가진 사람이 된다. 말 속에는 그 나라 정신이 들어 있는 것이다. 한국 사람이 어릴 때부터 미국 말을 배우면 몸은 한국 사람이면서 정신은 미국 정신을 가진 기형인이 되는 것이다. 우리나라가 일본에 빼앗겼을 때 일본 사람들이 우리나라 사람한테 굳이 한국말을 못 쓰게 하고 일본 말을 쓰라고 강요를 한 까닭이 무엇일까? 우리나라 사람에게 일본 정신을 불어넣기 위해서였다. 총, 칼의 힘으로는 안 되는 것도 말과 글의 힘으로 이루어 낼 수 있다는 것을 일본 사람들은 너무나 잘 알고 있었다. 우리나라 애국지사들도 말과 글의 힘이 얼마나 위대하다는 것을 알고 있었기 때문에 일본 말과 일본 글자 쓰는 것을 한사코 반대했던 것이다. 한국 사람이라면 한국에 태어난 것을 자랑스럽게 생각하는 당당한 사람이 되어야 한다. 한국 사람이면서 남의 나라 사람 행세를 하는 것만큼 못난 사람도 없을 것이다. 일제 말에 한국 사람이 일본 사람 행세를 했거나 일본 편에 서 있었던 사람들이 지금 얼마나 수치를 당하고 있는가. 역사에 길이 더러운 이름으로 남게 될 것이다.

둘째 외국어를 우리나라 말로 번역을 할 때, 번역이 제대로 안 된 경우를 많이 보게 되는데, 번역이 잘못 되는 까닭은 우리나라 말을 제대로 못하기 때문이다. 아무리 외국어를 잘 해도 우리나라 말을 제대로 못 하면 엉터리로 번역된 문장이 될 것은 뻔하다. 그때에 어릴 때부터 우리나라 말을 제대로 배울 것을 하고 후회를 해 봐도 이미 때는 늦은 것이다.

내가 잘 아는 작가 한 분은 미국에서 난 손자를 굳이 한국으로 불러들였다. 남들은 일부러 영어 교육을 하기 위해서 미국으로 유학을 보내는 판에 왜 굳이 한국으로 어린 손자를 불러들였을까? 이유는 단 한 가지이다. 어릴 때부터 모국어를 제대로 배우게 하기 위해서다. 모국어에 대한 사랑이 없는 사람은 대한민국 사람이라 할 수 없고, 그런 사람은 이 땅에서 살 자격이 없는 사람이다.

말이란 묘한 것이어서 건전한 생각을 가진 사람 입에서는 건전한 말이 나오고, 불량한 생각을 가진 사람 입에서는 불량한 말이 나온다. 깡패들이 쓰는 말은 폭력, 파괴, 잔인함 등을 뜻하는 말들이고, 그런 말들을 자꾸 듣고 쓰게 되면 점점 더 포악해지게 된다. 그와는 반대로 고상한 사람들이나 문학하는 사람들의 말은 아름답고 부드러운 말들이다. 이런 말을 자꾸 듣고 쓰게 되니까 저절로 점점 더 아름다운 마음씨를 가지게 되는 것이다. 〈소년한국일보〉 사장이었던 김수남 씨는 살아 있을 때 동시 외우기 운동을 여러 해 동안 펼쳤다. 그는 말을 잘하기로 소문이 나 있었다. 그는 스스로 동시를 100여 편 이상 외우고 있었다. 동시를 많이 외우니까 저절로 말도 잘하게 되고 마음이 부드러워지더라는 것이다.

　아름다운 우리말을 나의 귀한 아들딸한테 어릴 때부터 가르치는 문화인, 그리하여 마음이 아름답고 건전한 21세기 문화인이 많이 배출되는 날을 기대해 본다.

어린이와 함께 선생이 걸어온 길

1932년 경북 상주군 사벌면 덕가리(하덕골)에서 아버지 최종수(崔鍾壽)
　　　　어머니 김순녀(金順女)의 장남으로 태어나(임신 음력 7월 8일) 이곳에서 자람.
　　　　아호 혜암(兮巖).

1951년 상주중학교 부설 초등 교원 양성소를 수료함.
　　　　사벌동부국민학교 교사로 발령받음(10월 31일).

1952년 덕골에서 장순자(張順子)와 결혼함(음력 10월 10일).

1956년 사벌국민학교로 전근함.

1957년 장녀 정선(貞仙) 출생함(2월 10일).

1958년 육군에 입대함.

1959년 장남 병창(秉昌) 출생함(9월 18일).

1960년 육군 제9638부대에서 제대함.

1961년 사벌국민학교로 복직함.

1962년 차남 병성(秉成) 출생함(10월 24일).

1964년 교단아동문학 동인회 간사. 동인지 〈은방울〉 26호, 27호(형설출판사 발행) 전
　　　　국 회원 21명(고문: 윤석중, 이원수) 신현득, 김종상, 이오덕, 권태문, 이천규,
　　　　이무일, 강세준 등과 상주에서 활동함.

1965년 아버지 최종수 별세함(음력 10월 19일).

1966년 대구신천국민학교로 옮김. 신현득, 권기환 등과 3인 문학 동인으로 창작 활동함.

1967년 〈매일신문〉 신춘문예 동시 입선(〈겨울 땅속〉) 〈한글문학〉에 추천 완료(〈시계〉,
　　　　〈산 위에서〉, 〈이른봄〉 1회 심사: 조유로, 마지막 심사: 이원수).
　　　　첫 동시집 《시계가 셈을 세면》(한글문학사)을 출간함.
　　　　대구아동문학회, 한국문인협회에 가입함.

1968년 최근유 〈한글문학〉 신인상 받음. 신현득, 권기환 함께 부산 시상식에 참석함.
　　　　부산에서 1박함. 대구종로국민학교로 전근함.

1972년 대구교대 교육원 2년 수료함.

1974년 대구 아양국민학교로 전근함.

1975년 상주 회상국민학교로 전근함.

1977년 제2동시집 《생각이 열리는 나무》(시문학사)를 출간함.
　　　　상주아동문학회 창립. 초대회장 피선됨. 매월 회보 발간. 권태문, 김재수, 박두
　　　　순, 이칠우, 박찬선, 이계명, 홍 기 등과 활동함.

1979년 제3동시집 《젖줄을 물린 흙》(그루사)을 발간함.

　　　　문예진흥원에서 우수창작집지원금 받음.

1980년 상주 은척국민학교 교감으로 승진함.

　　　　'세계 아동의 해' 기념 교사 작품 모집에서 동시 부문 금상 〈흙 연작〉(문교부장
　　　　관상) 동 대회에서 김종상은 동화 부문 금상 받음(심사 위원: 윤석중, 어효선).

　　　　3인 동시집 《마을 이야기》(교학사) 김재수, 박두순과 함께 발간함.

　　　　제6회 한국아동문학상(한국 아동문학가 협회 이원수 제정) 받음.

1981년 상주아동문학회 동인지 《앞들》을 발간함.

1983년 동시집 《흙처럼 나무처럼》(그루사)을 발간함.

　　　　〈푸른 기장〉(대한교육연합회 주최 현장교육 발표대회 – 논문: 부분적 접근법
　　　　에서 종합적 접근법으로 이어 주는 글짓기 교육)으로 문교부 장관상을 수상함.

1984년 경북아동문학회를 창립함. 이오덕, 김녹촌, 김상문 등과 활동함.

　　　　〈아동문학평론〉에 '계간 총평'을 10회 연재함.

　　　　동시집 《나무가 되고 싶은 아이들》(인간사)을 발간함.

　　　　제17회 세종아동문학상(〈한국일보〉 제정)을 받음(〈빈 새둥지〉 외 3편).

　　　　〈매일신문〉 신춘문예 동시 부문을 심사함(홍 기 당선).

1986년 청송군 광덕국민학교 교장으로 승진함.

　　　　외손녀 장정은 출생함.

1988년 동시집 《운동선수가 된 동원이》(대교출판)를 발간함.

　　　　의성군 구계국민학교로 전근. 외손녀 장정아 출생함.

1989년 〈매일신문〉 신춘문예 심사(김영은 당선). 세종아동문학상 심사(수상자: 권영
　　　　상). 〈의성문학〉에 작품을 발표함.

　　　　선산군 구봉국민학교로 옮김.

1990년 제5차 교육 과정 국민학교 5학년 국어 교과서에 동시 〈이른봄〉 수록.

1991년 동시집 《언제 나도 어른이 되나》(그루출판사)를 발간함.

　　　　선산군 고아국민학교로 옮김.

1992년 동시집 《뿌리 내리는 나무》(그루출판사)를 발간함.

　　　　회갑을 겸한 출판기념회를 엶.

　　　　경북아동문학회 회장으로 피선됨.

1993년 구미시 금포국민학교로 옮김.

　　　　제3회 방정환문학상(아동문학평론사 제정) 받음.

　　　　경북아동문학회지 〈이야기가 사는 집〉(그루사)을 발간함.

제37회 경상북도 문화상 문학 부문 (경상북도지사) 받음.

한국문협 선산 지부장에 피선됨.

세종아동문학상 심사함(수상자: 노원호).

1994년 경북아동문학회지 〈떠돌이 할아버지〉(그루사)를 발행함.

손자 광렬(光烈) 출생함. 한국문협 구미지부 회장에 피선됨.

구미 인동초등학교로 옮김.

1995년 동시집《나도 한 그루의 나무》(그루사)를 발간함.

1997년 제9회 한글문학상(회장 안장현) 본상을 수상함.

대구아동문학회장에 피선됨. 대구아동문학회 창립 40주년 기념호

〈정다운 고향〉(아동문예사)을 발간함.

1998년 동시집《아기 곰을 기르는 들개》(그루사)를 발간함.

인동초등학교 교장에서 정년 퇴임. 국민 훈장 동백장 받음.

대구아동문학 40호 기념 〈정다운 마을〉(그루사)을 발간함.

1999년 대구아동문학회 연간집 41호 〈정다운 이웃〉(그루사)을 발간함.

2000년 동시집《흙의 향기》(아동문예사) 발간. 문예진흥원에서 우수 창작집 지원금 받음.

대구아동문학회 연간집 42호 〈정다운 목소리〉(그루사)를 발간함.

대구아동문학회 홈페이지 개설함.

매월 〈대구아동문학회 회보〉를 발간함.

2001년 산문집《동시와 동화를 보는 눈》(그루사)을 발간함.

고희를 겸한 출판 기념회를 엶.

대구아동문학회 연간집 43호 〈아름다운 길〉(그루사)을 발간함.

한국 아동문학인협회 부회장에 피선됨.

2002년 기행동시집《연오랑과 세오녀》(북랜드)를 발간함.

대구아동문학회 연간집 44호 〈아름다운 뜰〉(그루사)을 발간함.

한국 아동문학가 100인

임신행

대표 작품

〈아무 일 아닙니다〉

작품론

휴머니즘과 환상 리얼리티, 그리고 문채(文彩)

어린이와 함께 선생이 걸어온 길

아무 일
아닙니다

"우와! 냄새 조타."

뒤뜰에서 오이 두 개를 딴 선영이가 부엌으로 들어서며 말했다. 선영이의 예쁜 코가 발름발름했다. 부엌 안은 온통 구수한 밥 냄새였다. 무쇠솥에서 '푸 푸' 소리를 내며 피어나는 김 냄새가 좋아 선영이는 몇 번이고 코를 흠흠거렸다.

힐끔 할머니 눈치를 살폈다.

입을 다문 할머니께서는 기다림으로 차 있었다. 할머니께서 애타게 기다리는 사람은 어머니 아버지시다.

독립이라도 하시려는지 3월 1일 밤. 어머니와 아버지께서는 쪽지 두 장을 달랑 남기시고 홀연히 집을 나가셨다.

어머님 전상서!

이 불효자식을 용서하이소. 대처에 나가 영이 어미랑 손잡고 돈 좀 벌어 오겠습니다. 돈이 있어야 진 빚을 청산하고, 우력 양식장도 도로 찾아 어머니를 편히 모실 수 있습니다. 그때까지 어머니는 영이 데리고 아무쪼록 잡수실 것 잡숫고 건강하이소. 제가 누굽니꺼, 스물세 살 과부가 된 김천 댁이 키운 외아들 아인교. 이 불효자식을 용서하이소.

어머니 아들 옥상호 올림

*고추장 단지 밑을 보이소

내 딸 선영아.

할매 말 잘 듣고 공부 열심히 하고 있거라. 엄마랑 아빠는 돈 벌러 나간다. 돈을 벌어야 빚도 갚고 우리도 한번 잘 살아봐야 않것나. 누가 뭐라고 케도 눈돌리지 말고 선영이는 할매만 믿고 공부만 하고 있으면 된다. 없는 사람이 있는 사람에게 이기는 길은 건강하고 참고 공부하는 길 밖이라고 엄마는 생각한다.

미안하다.

네 용돈은 텃밭 유자나무 밑에 있는 기왓장을 덜추거라.

선영이도 이제 4학년이니까 어느 정도 네 할 일은 할 줄 믿고 있다.

못난 엄마가 쓴다.

　아버지께서 말한 고추장 단지 밑에는 십일만 사천 원이 빈 라면 봉지 안에 숨겨 있었고 어머니께서 말한 유자나무 기왓장 밑에는 삼천 칠백 원이 검은 비닐봉지에 들어 있었다.

　오직 아버지와 어머니께서 하루 빨리 돌아오시기만을 소원하며 사시는 할머니께서는 매우 지쳐 계신다.

　기다림에 지친 할머니께서는 날마다 해질 무렵이면 말을 잃는다. 말라비틀어진 북어처럼 야윌 대로 야위신 할머니!

　어머니 아버지께서 불현듯 나타나기만 기다리시는 할머니께서는 자꾸 작아지신다. 가을 감나무에 매달린 까치밥이 찬 갯바람에 점점 작아지며 조글조글 잔주름이 지듯……. 할머니 역시 기다림의 세월 속에 조금씩, 조금씩 작아지시고 있었다.

　이상했다.

　할머니께서 일을 할 때는 짙은 황토 냄새가 났다.

　할머니께서 물기 어린 눈으로 사립문을 내다보고 있으면 더없이 쓸쓸해 보인다. 일을 놓고 초조하게 기다리는 쓸쓸한 할머니의 모습에서는 마른 상수리 잎 냄새가 사물거렸다.

　초등학교 4학년인 선영이는 할머니께서 쓸쓸해하면 할수록 낯설게 느껴졌다.

　"할매?"

　할머니를 기분 좋게 하기 위하여 선영이는 살갑게 불렀다.

　"……."

　"대추하고 감이 분칠을 하기 시작합디다."

　뒤뜰에 올망졸망 선 대추나무와 감나무의 열매들이 노릇노릇 얼굴을 내는 것을 보고 와 말씀드리는 것이다.

　"……."

　'그래.' 하고 대답을 하셔야 할 할머니께서는 주름진 입가에 엷은 웃음만 피우셨다.

　마당에는 돌담의 긴 그림자를 밟고 모이를 찾는 산비둘기 한 쌍이 소리 없이 걸어 다녔다. 할머니께서는 산비둘기 한 쌍을 물끄러미 바라보고 있었다. 아버지와 어머니를 생각하셨는지 할머니께서는 쌀독에서 쌀 한 줌을 집어 마당에다 흩뿌렸다. 느닷없는 쌀 벼락에 놀란 산비둘기 한 쌍은 화들짝 날아올랐다가는 다시 내려 앉아 쌀알을 부리로 콕콕 쪼아 먹고 있었다.

　한참을 바라보던 할머니께서는 무슨 마음인지 손뼉을 쳤다. 할머니께서 친 손뼉 소리에 산비둘기가 놀라 날아올랐다.

"가거래이. 남은 건 내일 아침에 와 묵거라."

겁 많은 수컷이 호르롱 날아 돌담에 앉았다. 몸집이 조금 큰 암컷은 호록 날아올랐다 가는 다시 앉아 쌀알을 주워 먹었다.

"줬으면 놔 두이소."

"사람이나 짐승이나 마이 묵어 좋은 기 엄다. 아껴 묵어야지. 해 떨어졌다. 가서 자고 내일 오이라."

할머니께서는 마당으로 나가 산비둘기를 멀리 내쫓으셨다.

"할매 말씀 들어야한다. 내일 아침에 와서 묵어라 알았제."

선영이는 조금이라도 할머니의 쓸쓸한 마음에 싸리꽃 같은 작은 웃음이라도 만들어 기분 좋게 하고 싶어 너스레를 떨었다.

인기척이 났다.

할머니 눈에 이상한 빛이 일었다.

"상호 모친, 별일 엄지요?"

별명이 오동통 내 너구리라는 이장님이 불쑥 마당으로 들어섰다.

"내일 모레가 추석 아닌교, 나라에서 상품권 석 장이 우리 마을에 나와 모친 한 장 드립니다. 내일이라도 선영이 시켜 면사무소 입구 대우마트에 가 쇠고기나 식용유나 뭐든지 바꾸이소. 오만 원 짜립니더."

이장님은 상품권 한 장을 내밀었다.

"일 엄네, 나보다 더 불쌍한 사람 갖다 주게나……."

받지 않겠다고 할머니께서는 두 손을 내밀고 손사래를 하셨다.

"저한테 서운한 게 있습니꺼?"

이장님이 당황한 목소리로 말했다.

"아닐세, 난 밭떼기가 없는가, 논떼기가 없는가? 비지 있어 그렇제. 비지도 상호 오고 며느리 오면 일 엄네. 늘 마을을 위해 수고하는 자네한테 서븐할 게 있겠는가! 미안한 게 있지……. 대처에는 돈이 엄서 죽는 사람, 도둑질하는 사람이 하나 둘인가? 다 그놈의 욕심 때문에……. 영아, 마실 것 한 병 가지고 오이라."

할머니께서는 손님이 오면 맨입으로 보내면 안 된다고 음료수를 준비해놓고 우편배달부나 마을 사람들이 오면 꼭 대접을 했다. 이장님은 할머니가 따주는 음료수를 마다 않고 받아 마시고는 사립문을 나서셨다. 두어 걸음 나가시다 이장님이 돌아섰다.

"모친, 상호 소식 듣지예?"

"깜깜해 애가 타네, 누가 어데서 봤단가?"

깜짝 놀란 목소리로 할머니께서 다그쳐 물었다.

"작년에 부산으로 이사 간 장수가 부산 자갈치서 봤다고 전화를 했습디다. 어제 밤에……."

"우짜고 있던고?"

"영이 엄마 캉, 상호는 생선 장사 하드랍니더."

"물괴기를 지천으로 키우던 사람이 길거리서 팔다니……. 쯔쯔……."

"우짜던, 돈만 벌면 안 됩니꺼. 그러이 모친은 심려 놓고 계시소. 젊어 고생은 사서라도 한다 아입니꺼. 상호는 착해서 곧 툭툭 털고 일어설 것입니더. 저 그만 갑니더."

"고맙네, 장수 전화번호 좀……."

이장님은 뒷주머니에서 수첩을 꺼내 전화번호를 적어 할머님께 건네주셨다.

"고맙네, 상호 소식은 당분간 비밀로 해주게."

"네, 모친. 정치인들 맨컬로 입이 가벼우면 이장도 몬 합니더. 마음 놓으이소. 장수 보고도 입 꽉 다물고 있으라고 다짐 받았습니더."

이장님은 몇 번이고 할머니께 인사를 드리고 물러가셨다. 선영이는 못 보고 못 들은 척 했다. 하지만 어머니 아버지께서 부산 자갈치 시장에서 장사를 하드라는 말을 듣고 나니 그냥 가슴이 울렁거려 견디기 어려웠다.

"할매, 선영이가 시집갈 때 까지는 살아야 한다이, 그래야 신랑보고 할매 업어라 해 가지고 비행기 타고 프랑스 파리 고모 만나로 가지."

손풍금 건반을 누르듯 통통 튀는 목소리로 선영이가 큰 소리로 말했다. 하지만 할머니께서는 머리만 가볍게 끄덕이셨다. 할머니께서는 아버지 어머니 소식을 느닷없이 접하시고 흥분을 누르지 못하시어 몸을 떠셨다. 온몸을 가볍게 떠시며 사립문 쪽을 내다보시는 할머니의 눈길은 물기에 젖어 있었다.

'그때까지는 어림도 없다.'

속내로 말씀하시고는 한숨을 푸우 내시는 할머니의 모습은 너무 쓸쓸해 보였다. 할머니의 이런 쓸쓸한 마음에서는 마른 상수리나무 잎 냄새가 났다.

산 넘어 바닷가에 숨어 있은 듯싶은 파도 소리가 아슴아슴 들려왔다.

"내 정신 좀 보거라. 된장을……."

할머니께서는 잔걸음에 부엌으로 들어가셨다. 할머니 뒤를 선영이가 따랐다.

마음속으로 어머니와 집을 나가실 것을 계획하셨던지 아버지께서는 지난 겨울 내내 산밭, 사과나무 밭에서 가지치기한 것을 밭두렁에 쌓아 두셨다. 할머니와 선영이는 땔 감을 하기 위해 틈틈이 부엌으로 져 날랐다. 부엌에는 사과나무 가지가 수북하다. 마른 사과나무 가지로 불을 지펴 밥을 지은 아궁이에서는 덜 탄 사과나무 가지가 내는 파리

한 연기에서 쌉싸래한 냄새가 풍겼다. 할머니께서는 복숭아가지 부지깽이로 아궁이 불을 헤집고 숯불 위에 된장 뚝배기를 올려놓으셨다.

"할매, 내 감자는?"

선영이는 뒤뜰로 오이를 따러 가면서 달걀 크기의 자주감자 다섯 개를 아궁이에 넣고 간 것을 떠올리고 물었다.

"요기 있네, 한 개만 묵어라 밥맛 엄따."

할머니께서는 부뚜막에 놓인 바가지를 집어 주셨다.

"귀뚤귀뚤 귀뚜라미 캉, 털게 밥인기라요."

선영이는 장독과 늙은 석류나무 뿌리와 돌담 틈서리에 사는 털게와 귀뚜라미에게 주려고 군 감자가 담긴 바가지를 대청마루에 갖다 놓았다.

"쪼매만 주거라이. 사람이나, 짐승이나, 곤충이나 많으면 귀한 줄 모른다."

할머니께서는 풋고추 애호박을 썽둥썽둥 썰어 넣어 끓이는 된장 뚝배기가 바글바글 소리 내며 끓자 살강 위의 밥상을 내려 행주로 닦으시며 말씀하셨다.

"이 감자가 얼매나 마싯는데 다 줄 낍니꺼. 공부하다가 나도 밤참으로 묵어야지요."

선영이는 마른 옥수수 수염같은 할머니의 푸석한 머리칼을 귀 옆으로 쓸어 넘기며 말씀드렸다. 부뚜막에 발을 올리시고 무쇠 솥에서 밥을 푸시는 할머니의 뒷모습은 더 없이 쓸쓸하게 보였다.

할머니의 쓸쓸한 모습은 늘 선영이를 서늘하게 했다. 선영이가 오소소 몸을 흔들었다. 가볍게 진저리를 쳤다. 할머니께서는 놋쇠 그릇에 밥 두 그릇을 먼저 담아 장독 옆에선 늙은 석류나무 아래에 차려 놓은 정화수 옆에 갖다 놓으셨다. 집을 나가신 아버지 어머니의 밥이다.

"이 밥 묵고 기죽지 말거라. 비즌 살면서 가파 주거라. 제발 집으로 돌아 오이라. 가족이 조은기 뭐꼬. 같이 묵고 같이 굶고 하는 기다. 너그들이 무슨 기술이 있나. 피 튀어간 친척이 있나, 혈육 하나 있는 기 먼데 가 있으니, 딴 맘 묵지 말거라. 사람 나고 돈 났지 돈 나고 사람 안 났다. 저승의 황제보다 이승의 부지깽이가 더 조타 안 카나. 제발 딴 맘 묵지 말거라. 하나밖에 엄는 네 딸 선영이 생각도 해야 한다. 파리 목숨도 목숨인데, 요즈음 뻑 하면 그 어린것들 목숨까지 끌고 가는 세상을 보니 내 가슴이 답답다. 살기 어려울수록 가족이 모여야 한다. 쌔기 돌아 오이라. 사람이나 짐승이나 집 나가면 고생이다."

할머니는 절을 하시며 두 손을 모아 간절한 목소리로 말씀하셨다. 할머니께서는 텔레비전도 안 보신다. 뉴스라고 비치는 것마다 참담한 노숙자 모습이 아니면, 카드 값을 갚지 못해 도둑질하다 잡힌 사람, 빚에 쪼들려 목숨을 거두어 갔다는 비참한 소식은 심장이 뛰어 볼 수 없다고 하셨다. 그렇게 좋아하시던 라디오도 듣지 않으신다. 그래서 이장님이 가지고 오신 상품권도 받지 않으셨던 것이다.

　집 전화는 빚쟁이가 아버지 도장을 막무가내로 가지고 가 해약해 버렸다. 전화는 끊기고 말았다. 아버지와 어머니가 두고 간 휴대폰은 선영이 장난감으로 책상 서랍에 들어 있다.

　"할매는 안 춥습니꺼?"

　할머니께서 든 저녁 밥상을 선영이가 마주 들며 물었다.

　"난, 추븐지 더운지 모르것다. 요샌."

　할머니께서는 대청마루에서 저녁밥을 먹었으면 하는 고집을 놓지 않으셨다.

　"인자 방에서 밥 묵읍시더! 할매."

　선영이와 할머니께서는 여름내 아침, 점심, 저녁 세 끼니를 마당에 멍석을 깔고 먹었다. 비가 오는 날에는 대청마루에서 밥을 먹었다. 오매불망 아버지, 어머니가 나타나시기를 할머니께서는 기다리고 있는 것이다. 돈이 무엇이기에 달랑 할머님과 자기를 두고 훌쩍 뭍으로 떠난 아버지와 어머니가 선영이는 미웠다. 미워지는 어머니, 아버지 생각을 하면 아슬아슬 한기가 들었다. 애절하게 어머니 아버지를 기다리는 할머니가 선영이는 은근히 부아가 났다. 선영이는 할머니한테 저녁밥을 방으로 들어가 먹자고 말씀드렸다.

　"난, 안 춥다."

　낮은 목소리로 대답을 하시고는 싫증도 나지 않으신지 할머니께서는 사립문 쪽을 바라보시고 있었다.

　"모기가 물어요."

　엄살을 부렸다.

　"처서가 지나 무섭던 모기도 입이 비뚜려져 무는 것도 시들하구만……."

　아침저녁 서늘한 가을바람에 기가 죽은 모기쯤은 걱정 말라는 투로 할머니께서는 말씀하셨다. 선영이와 할머니는 밥상을 마주 들고 잠시 망설였다. 할머니께서는 밥상을 대청마루에 놓았다. 그리고 대청마루 기둥에 걸어둔 밀짚모자를 들추셨다. 곶감 하나를 붙여 놓은 듯한 스위치 틀을 만지셨다. 여느 때 저녁처럼 대문 밖이 훤했다. 일찌감치 외등을 밝혔다.

　"할매한테서는 꿀밤냄새가 나 모기도 싫어하는기라요."

　"늙다리는 모기도 싫어 하니까 그렇다 아이가. 네 애미 애비가 옛날처럼 살 수 있다면 지금이라도 눈감아도 여한이 엄다. 이 할매는……. 오기만 하면 그 애물단지 같은 돈을 좀 줄 낀데……."

할머니께서는 어머니 아버지 몰래 모아 놓은 비자금을 내놓을 결심을 하셨다. 애호박을 썰어 넣고 멸치 국물에 끓인 된장국을 할머니께서는 한 숟가락 떠서 잡수시고는 뒤로 물러나셨다.

아침이었다.

할머니께서는 이장님이 적어 준 전화번호를 챙겨서 부산으로 갈 채비를 하셨다.

"할매! 석류가 입을 쩌억쩍 벌려요."

에메랄드 보석처럼 양글양글 여물어진 석류를 주저리주저리 달고 있는 장독 옆 석류나무를 선영이가 가리켰다.

"걱정 말거라, 네 애미 갖다 줄라고 벌써 다섯 가지 꺾었다."

이미 할머니께서는 쌀 포대에 잘 익은 석류들만 달린 가지를 골라 꺾어 넣으셨다.

"집은 비우지 말거라. 학교는 하루 쉬고 집에서 공부해라이……. 명우 할무이가 내 올 동안 있기로 했다. 퍼뜩 가 데리고 올기다."

할머니께서는 하루에 한 번 있는 마을버스를 타기 위해 서둘러 마을 회관 앞으로 가셨다.

"할매, 엄마 아부지 코를 끼서라도 꼭 데리고 오이소. 저는 할매만 믿습니더."

코스모스가 한껏 웃자라 연분홍 꽃을 내어 산들거리는 꽃길을 따라가시는 할머니를 향해 선영이는 큰소리로 말씀드렸다.

"오냐, 오냐."

가을 햇살이 눈부신 섬 꽃길을 할머니께서는 한 마리 나비가 되어 호롱호롱 날아가시었다.

"넌, 이리 와."

연분홍 코스모스 꽃 이파리 하나를 빨간 집게로 물고 돌 틈으로 들어가는 똥게 한 마리를 잡아 집으로 왔다. 늙은 석류나무 아래로 가 똥게를 놓아 주었다.

"이제 나랑 살자. 알았제"

까치발을 하고 잘 익은 석류 한 개를 따서 보석같은 석류알을 입에 넣었다.

"엄마! 석류가 너무 잘 익었다."

입안 가득 번지는 새큼달큼한 석류 맛에 선영이는 어머니를 불렀다. 어머니는 유독 석류를 좋아하신다.

"아이고, 우야꼬!"

입 가득 틀어넣었던 석류를 선영이는 내뱉고 주저앉았다.

정화수를 차려 놓은 밥상 밑에 어쩐 일인지 김칫독 뚜껑이 열려 있었다. 열린 김칫독에는 만 원짜리가 하나 가득 담겨 있었다.

온몸이 부들부들 떨렸다. 할머니께서 긴 세월동안에 모으시고 모으신 비자금이었다. 할머니께서는 아무도 모르게 돈으로, 그것도 만 원짜리로만 김치를 담그듯 그렇게 모으신 것이다.

아버지와 어머니를 데리러 가시면서 차비를 꺼낸 뒤 급한 마음에 할머니는 미처 뚜껑을 덮어 두는 것을 깜박 잊고 가신 것이었다. 선영이는 얼른 사립문 빗장을 걸었다. 그리고 김칫독 뚜껑을 덮고 흙을 덮었다. 그 위에 정화수와 밥그릇이 놓인 밥상을 그대로 놓았다. 가슴이 계속 벌렁거렸다.

부엌으로 가 물을 한 그릇 떠와 벌컥벌컥 마셨다.

선영이는 대청마루로 가 벌렁 누웠다.

"할매야, 할매야!"

선영이는 자꾸 부풀어 오르는 마음을 진정시키려고 할머니를 크게 불렀다.

'선영이는 돈이 무섭다. 정말 무섭다.'

선영이는 낮은 목소리로 중얼거렸다. 큰일이나 저지른 것같이 가슴이 울렁거려 선영이는 벌떡 일어났다. 혼자 있기는 무서웠다. 책가방을 챙겨서 학교를 향해 뛰었다. 푸른 바닷물을 거느린 긴 코스모스 꽃길을 따라 뛰었다. 코스모스 꽃에 파묻힌 선영이는 푸른 바닷물에 떠 한 송이 연꽃으로 출렁이고 있었다.

작은 고깃배 한 척이 고기잡이를 하고 돌아오고 있었다.

"선영아! 와 이제 학교 가노?"

진숙이 어머니 목소리가 길게 들려 왔다.

"아무 일 아입니다."

선영이는 큰 소리로 대답하고는 손을 흔들었다. 코스모스 꽃들이 갯바람에 일제히 산들거렸다.

휴머니즘과
환상 리얼리티,
그리고 문채(文彩)

이상옥

1. 휴머니즘의 진실

임신행은 한마디로 휴머니스트다.

그의 삶이나 작품의 세계관은 짙은 인간미, 인간 존중, 믿음, 신의 등을 중시하는 기조 속에서 파악할 수 있다. 그가 월남전에 참전했을 때의 일화도 이를 시사하는 바가 있다.

"열흘 뒤 월남에 닿아 사흘 만에 나간 작전에서 병사들이 죽고 다치는 일이 터졌다. 트럼펫 연주를 배경 음악으로 깔고 〈국군은 죽어서 말한다〉를 낭송했다. 방송을 들은 맹호부대 및 인접 정글 숲에 진을 치고 있던 백마부대, 청룡부대 파견 병사들이 울음보를 터뜨렸다. 사병뿐 아니라 부대장까지 울었다. 나중에 〈국군은 죽어서 말한다〉를 방송했다는 이유로 진짜 죽도록 맞았다. 사기를 북돋우고 규율을 세우기 위해 하는 것이 진중방송인데, 쓸데없이 전사 소식이나 알리고, 병사들을 감상에 빠뜨려 기를 꺾는다는 것이었다."

어느 일간신문에 소개된 글이다.

임신행이 65년 4월, 경기도 양평 육군 28사단 상황실 작전병으로 있을 때 월남 파병이 있다는 소식을 듣고 전쟁터에 가면 죽기 십상이라고 다들 피했지만, 그 당시 집안이 가난했고 제대하면 대학 등록금이 있어야 하는 등 절박함 때문에 자원하여 월남전에 참전하면서 있었던 일화인 것이다.

임신행의 휴머니즘은 그의 작품의 토양이다.

"오마니, 우리도 북조선 동포들한테 신세진 적이 있어시오?"

"고롬 있지. 십여 년 전에 우리가 사는 이곳 연변에 가뭄, 흉년이 들었제. 그때 북조선에서 우리에게 쌀과 밀가루를 보내 줘 고마웠제. 제일 먼저 우리를 도와 준 것이지. 남 먼저 도운 것은 중국도, 소련도 아니었어, 살기 어려운 북조선 동포들이 구호 양곡을 보내 왔었디. 그때가 아니라도 우리는 선뜻선뜻 도와줘(줘)야 해, 북조선 인민은 우리와는 피를 나눈 같은 형제니끼, 피는 물보다 딘(진)하디."

"우리도 부자가 아닌데요?"

"부자라야 남을 도우남. 없으면 없는 대로 나눠 먹으면 되지. 원래 부자는 남을 잘 안 도우디, 가난한

사람들이 사정을 알고 서로 도우디."

어머니는 부엌에서 아침을 먹었다. 방에 있는 소년이 잠을 깬다며 서둘러 먹었다.

－〈붉은 찔레꽃〉에서

북조선 소년 만석이가 배고픔을 견디지 못하고 탁아소에서 슬쩍해 온 장난감 권총과
창칼을 주머니에 넣고, 두만강을 건너 연변 도문으로 좁쌀이든 고구마든 구하려 온 것이
다. 만석이가 연변 마을 불빛을 향하여 뛰어가서 형편이 좋아 보이는 집으로 양식을
구하러 숨어든 곳은 순철이네 집이었다. 위의 인용 글은, 결국 발각되고 나서, 만석이
가 피곤에 지쳐서 세상 모르고 잠에 빠져들었을 때 순철이와 순철이 어머니가 나누는
대화다. 이 대화 속에는 따스한 인간미가 내비친다.

만석이는 비록 소년이지만 집에 숨어들어 물품을 훔치는 강도인 셈이다. 그럼에도 불
구하고 순철이의 어머니는 만석이를 오히려 불쌍히 여기면서 "부자라야 남을 도우남.
없으면 없는 데로 나눠 먹으면 되지, 원래 부자는 남을 잘 안 도우디, 가난한 사람들이
사정을 알고 서로 되지."라고 말하면서 그에게 따스한 보살핌의 손길을 펼치는 것이다.

이 작품에서 임신행은 북한의 동포들에 대한 따스한 인간애를 남다르게 보인다. 이
작품은 1998년 아동문예에서 발간한 동화집 《흰 고래를 잡으러》에 수록한 것이다. 이
시기는 마침 국민의 정부가 막 출범하기 시작하면서 북한에 대하여 햇볕정책을 기조로
대북 완화 정책이 시행되었던 때다. 그러나 임신행의 휴머니즘은 정치적인 견해에 따
라 드러나기보다는 작가로서의 세계관에 기인한 것이다.

순철이가 그의 어머니에게 "죽은 김일성이나 김정일은 모두가 위대한 지도자라면서
요?"라고 물었을 때 어머니는 "위대하긴 개코가 위대하냐 닌(인)민은 굶어 죽고, 지는
비싼 술을 프랑스에서 수입해다가 배 터지게 먹는 게 위대한 지도자냐? 우리는 진작 도
망쳐 나와 중국에서 살기를 백번 잘했지. 기냥 살았드라면 이 꼴이 됐갔디."라고 대답
하고 있다. 여기서 북한 집권자에 대한 임신행의 인식을 보여 준다. 이 작품에서 북한
주민에게 무한한 연민을 보이면서도 김일성이나 김정일에 대한 서슬 푸른 비판적 인식
을 보이는 것은 당시 일부에서 보인 감상적 인도주의와는 궤를 달리하고 있다.

"그럼, 대나무가 바람을 다 먹어치우잖아."

"아! 대나무가 바람을 먹느라고 몸을 뒤척이고 있구나."

새빨간 딸기를 하나 입에 넣으며 여주는 자란자란 웃었다.

"난 마른 대나무 잎 냄새와 잎이 썩는 냄새가 너무 좋아, 여기서 동화책을 읽으면 꿈속에 있는 것 같

아, 넌?"

"나도."

둘은 딸기를 먹으며 재잘거렸다.

"……?"

가람이와 여주는 겁먹은 눈빛으로 서로 마주보았다.

"너희들 맛있는 것 먹고 있구나. 나도 좀 줘!"

- 〈쑥새와 별꽃〉에서

교통사고로 졸지에 엄마 아빠를 하늘나라로 보내고 할머니 댁에서 외롭게 생활하는 여주를 남모르게 보살펴주는 가람이의 따스한 마음과 그들을 역시 격려하고 지켜보는 선생님의 아름다운 마음씨가 수채화 같은 필치로 펼쳐진 아름다운 동화다. 가람이는 공개적으로 선행을 베풀지 않고 은밀하게 행한다. 그것을 아무도 눈치채지 못하지만 선생님만은 알고 있는 것이다.

"이 새끼줄, 명수야 네 것이지?"

외할머니는 황구렁이처럼 똬리를 틀고 있는 새끼줄을 집어들었습니다.

"네가 기관사 하거라, 난 차장 할게."

외할머니는 새끼줄 끝과 끝을 질끈 묶었습니다. 외할머니는 묶은 새끼줄을 타원형으로 만들었습니다. 명수는 냉큼 새끼줄 안으로 들어갔습니다. 외할머니는 명수 뒤쪽에 섰습니다. 아주 멋진 새끼줄 기차가 금세 만들어졌습니다.

"개…… 액……."

- 〈칙칙, 폭폭 동네 한 바퀴〉에서

연탄가스 중독으로 부모를 여의고 그나마 소아마비에 몸이 불편한 외손자 명수를 돌보는 외할머니의 따스한 육친애를 다룬 작품이다. 이 작품의 서두에서부터 새끼줄 기차놀이에 "한 번만 태워 주라."고 애원하는 명수를 새끼줄 기차 차장인 순옥이의 "안 된다면 안 돼."라는 싸늘한 말 한 마디에 상처받은 명수의 아픔이 잘 드러난다. 인용 글은 따돌림 당한 외손자를 위해서 외할머니가 몸소 기차놀이를 하면서 명수의 상처를 씻어주는 대목이다. 결국 이 동화는 할머니의 중재로 아이들과도 동화되는 해피엔드의 결말을 보인다.

〈붉은 찔레꽃〉의 순철이 어머니, 〈쑥새와 별꽃〉의 가람이, 〈칙칙, 폭폭 동네 한 바퀴〉의 명수 할머니 등은 가상적 캐릭터로 보이지는 않는다. 그것은 모두 임신행 휴머니즘의 페르소나다. 이 글 앞부분에서 그의 자전적 휴먼, 인간으로서의 임신행에 대해서 일

부 제시한 것은 그의 작품 캐릭터가 그를 그대로 투영하고 있다는 것을 암시하기 위해
서다. 아무튼 작품 속에 등장하는 휴머니틱한 캐릭터가 실상 인간 임신행의 내면세계
를 투영한다는 것이다. 이것이 임신행 휴머니즘의 진실이다.

2. 시사성과 환상 리얼리티

임신행의 예지력은 대단하다. 필자에게 언젠가 명함을 건내준 적이 있었는데, 그때
가 5년여 전이었던가. 흐린 기억이지만 그 명함에 자신의 홈페이지 주소가 있었다.
그 명함을 받고 다소 의아해했다. 그때만 해도 인터넷 홈페이지가 일상화되지 않은 시
점이었기 때문이다. 앞으로 인터넷이 새로운 매체로 등장할 것을 예견했기 때문에 남
보다 먼저 홈페이지와 이메일 주소를 만든 것이다. 임신행은 이제 초등학교에서 정년
퇴직을 하고 대학에서 아동문학을 강의하고 있다. 연륜으로 보아도 인터넷과는 거리가
있을 것 같지만 그는 누구보다 시대를 먼저 읽는 촉수를 지니고 있다.

그가 월남전에 참전 직후 60년대 중반 첫 동화집으로 《베트남 아이들》을 낸 데 이어
《꾸몽고개의 무지개》, 《하노이에서 온 아이》, 《파란 마음 하얀 마음》 등을 잇달아 펴냈
는데, 비록 남의 나라가 배경이긴 하지만, 이 같은 작업은 한국 최초의 '전쟁동화'로 기
록되고 있다. 그는 또, 일찍이 JSA 공동경비구역을 배경으로 한 작품 〈알밤은 떨어지
는데〉를 60년대 발표했다. 그리고 보면 영화 〈JSA〉보다 20여년을 앞서 민족 정체성
과 암울하고 비극적 현대사를 누구보다 앞질러 동화로 그려냈다는 사실은 우리가 묵과
해서는 안 될 것이다. 그는 분단의 아픔을 국소적으로 시사하지 않고 빈곤과 전쟁으로
피폐해지는 지구촌을 둘러보고 이재에 눈이 먼 각 나라의 지도자들을 은근슬쩍 꾸짖고
삶의 지표를 정직성으로 시사한다.

임신행은 어린이와 동심을 안고 사는 어른의 눈을 드넓게 더 멀리, 생각은 보다 깊고
논리적 성찰을 해보라는 메시지를 숨기고 있다. 임신행은 시대를 읽는 능력이 탁월하
다. 그래서 지금 무엇을 써야 할지를 알고 있는 것이다.

동화집 《흰 고래를 잡으러》(1998)만 보아도 알 수 있다. 앞서 지적한 것처럼 90년대
후반 김대중 정부 출범과 함께 바로 북한 문제를 다루고 있지 않았는가. 〈붉은 찔레꽃〉
에서 김일성, 김정일 부자의 허구성과 그때문에 겪는 북한 주민의 피폐상과 탈북 현상
등을 이미 이슈화하여 다루고 있다. 그뿐 아니다. 〈쑥새와 별꽃〉에서도 벌써 부모를 여
윈 아이를 할머니가 돌보는 오늘의 농촌 문제를 다루고 있지 않았는가. 그것이 〈칙칙,
폭폭 동네 한바퀴〉에서는 더욱 구체화되었다.

임신행은 다른 작가들보다 늘 한발 앞서 간다. 그것은 거듭 말하거니와 시대를 읽는
예지력 때문이다. 그래서 그의 작품은 당대에 다루어져야 할 이슈를 남보다 먼저 형상

화하고 있는 것이다. 이같이 단단한 시대 의식에다 그의 동화는 환상성을 결부시킴으로써 더욱 드라마틱하다. 《흰 고래를 잡으러》는 시대성과 환상성이 그야말로 환상적으로 결합된 수작이다. 이 작품은 천전리 각석을 소재로 하고 있다. 부산에 있는 배덕이와 그의 친구들이 언양 대곡마을에서 버스를 내려 천전리 각석의 신비한 암각화를 탐사하는 여정을 그리고 있다.

"정말 고래를 우리가 잡을 수 있니?"

시내는 등산용 금빛의 지팡이를 흔들며 어딘가 초조해 보이는 배덕이한테 물었다.

"그럼!"

"정말?"

버스 차창 밖으로 아지랑이가 이는 야트막한 산자락을 보며 봄비가 그냥 싱글거리고 있는 배덕이한테 또 한번 물었다. 시내는 등산용 금빛의 지팡이로 고래를 그것도 흰 고래를 잡는다는 것은 어쩐지 찜찜해 견딜 수가 없었다.

"있지. 잡을 수 있고말고."

동화의 첫머리에서 환상성이 드러난다. 배덕이가 등산용 금빛의 지팡이로 흰고래를 잡을 수 있다고 호언장담하고 그의 친구들은 미심쩍어한다. 등산용 지팡이로 고래를 잡는다는 것은 환상이 아닐 수 없다. 배덕이의 그 말에 친구들은 호기심에 가득 차서 고래잡이를 함께 떠나게 된다. 버스를 타고 가는데 버스는 산을 넘고 점점 바다와는 상관없는 곳으로 달린다. 버스에서 내리자마자 배덕이 친구들인 진상이, 민석이, 재연이, 봄비, 시내가 사방을 두리번거리며 바다를 찾았지만 바다는 나오지 않는 것이다. 그런데도 배덕이는 "암말 말고 나만 따라오라고……." 하면서 입가에 묘한 웃음만 짓는 것이다. 이런 과정에서 서스펜스가 더하고 점점 긴장감이 고조하는 것이다.

아파트 3층 높이쯤 되어 보이는 바위 언덕이 나왔다.

바위 위에 정자가 턱 버티고 앉아 있었다.

반구대. 반계서원대(조선 숙종 38년 세움).

"야들아, 저기가 바로 반구대고 그 위의 정가가 포은 정몽주 선생님이 유배되어 와 귀양살이를 하며 눈물의 세월을 보내시며 책을 읽던 곳이야. 나중에 구경하기로 하고 고래를 잡으려면 빨리빨리 나를 따라와. 서둘지 않으면 다 놓쳐."

일행은 반구대 반계서원도 보게 된다. 이곳이 정몽주 선생이 유배되어 글을 읽고 마음을 달래던 역사의 현장이다. 이처럼 이 동화는 고래를 잡으러 산으로 간다는 환상성을 드러내지만 그런 여정 속에서 역사의 현장과 마주친다. 따라서 환상 유희로 끝나는 것이 아니라 환상적 리얼리티를 확보하고 있다. 역시 그 절정은 이 작품의 테마인, 사슴·호랑이·멧돼지를 비롯하여 고래·곰·토끼·여우 등의 동물들과 사슴 사냥하는 광경, 고래잡이하는 모습 등이 새겨져 있는 천전리 각석에 도달한 것이다.

> 작살을 쥔 배덕이가 은빛의 계곡물에 아랫도리를 담그고 바라보는 그곳에는 분명 거대한 흰 고래가 한 마리 있었다.
>
> "?"
>
> 뒤늦게 온 아이들은 암벽의 고래를 황홀한 듯 바라보고 있는 배덕이와 암벽에 수없이 그려져 있는 암각화를 들여다보며 입을 다물지 못했다.
>
> "있잖아, 여기엔 고래가 이 흰 고래 말고 마흔여덟 마리가 있고 사슴, 산돼지, 소 이런 것들이 백오십 마리 더 된다."
>
> 아이들은 암벽의 고래를 유심히 살폈다.
>
> "아니 여긴 새끼를 등에 업은 엄마 고래가 있다!"
>
> 볼에 눈물이 얼룩져 있는 봄비가 환호성을 질렀다.
>
> '고래는 바다에만 있는 것이 아니고 이렇게 산에도 있다고, 이 흰 고래는 옛날에, 아주 옛날 청동기 시대에 바다에서 사냥한 고래를 새겨 놓은 거야. 이 암벽은 기념물 제 57호야…….'
>
> 아이들은 입을 다물지 못하고 감동 어린 눈으로 바라보고 '어쩌면! 어쩌면!' 연신 감탄의 말을 늘어놓았다.

임신행 동화의 묘미는 시사성을 토대로 한 환상성과 리얼리티다.

이 동화는 역사적 지식을 통해서 선인들의 삶의 모습을 배우게 한다. 그러나 그것이 교훈 일변도의 상투적인 동화가 아니라 호기심을 극도로 자극하는 환상 리얼리티를 발휘함으로써 특별한 감동을 자아내는 것이다.

3. 시인의 동화, 빛나는 문채(文彩)

임신행은 동화작가이기도 하지만 시인이기도 하다. 그는 문학 세계사에서 《동백꽃 수놓기》, 문학수첩에서 《버리기와 버림받기》, 백미사에서 《섬엉겅퀴 비에 젖어》, 천지서관에서 《진실로 사랑하는 사람의 가슴에만 자귀나무꽃은 핀답니다》, 민음사에서 《케니 G를 위하여》 같은 시집을 상재한 바 있거니와 지금은 월간지 크리스챤 문예에 〈우포늪에서 보내는 편지〉 연작시를 연재하고 있다. 그는 시인으로서도 중견이다. 따라서 임신행 동화에서는 유달리 문채(文彩)의 빛이 이채를 띤다.

침묵이 흘렀다.

마을에는 개 짓는 소리로 어수선했다.

긴장한 어머니가 침을 삼키는 소리가 '꼴깍' 났다.

"너그 아바디한테 무슨 일이 없어야 할 턴디."

어둠 속에 고구마 자루처럼 도사리고 앉아서 어머니는 혼잣말을 했다.

— 〈붉은 찔레꽃〉에서

적막한 밤에 두려움에 떨고 있는 풍경이다. 도둑이 올 것 같은 무서운 밤이다. 북조선으로 장사하러 떠난 남편 걱정을 하는 순철이 어머니가 "너그 아바디한테 무슨 일이 없어야 할 턴디."라고 '어둠 속에 고구마 자루처럼 도사리고 앉아서' 혼잣말을 한다고 묘사하고 있다. 적확한 비유가 아닌가. 고구마는 구황식품이다. 목숨을 영위하게 해주는 필수 식품인 것이다. 어머니와 고구마는 잘 어울리는 비유다. 그리고 이 비유를 통해서 당시의 시대적 정황을 드러내는 효과도 있다. 어둠 속의 고구마 자루가 도사리고 있는 모습과 어머니의 걱정스런 모습이 병치하여 극적 풍경을 드러낸다.

"나진댁, 치운데 날래 돌아가시라우요. 우리 집 아무 일 없시야요."

소리 죽여 방문을 열고 어머니는 말했다.

박하맛 같은 찬 바람이 들어왔다.

"뎡(정)말 아무 일 없디(지)요?

"네, 아무 일 없이요."

— 〈붉은 찔레꽃〉에서

'박하맛 같은 찬 바람'이란 비유는 또 어떤가. 도둑이 출몰하는 적막하고 무서운 밤에 이웃집 나진댁이 사립문을 흔들면서 별일 없는지 안부를 물을 때 어머니가 소리 죽여 방문을 연다. 그때 들어오는 바람이 박하맛 같은 것이다. '박하맛'이 함의하는 특이한 맛이 곧 그 밤의 두려움과 공포심을 환기한다.

개 짓는 소리는 숙지막해진다 싶으면 다시 짖어 밤새 마을을 흔들었다.

어머니는 죽었는가 싶어 고양이 걸음으로 방에 들어가 소년의 가슴에 귀를 갖다대고 숨소리를 들었다.

마음 속에 담고 있던 의문을 순철이는 끄집어냈다.

눈가에 묘한 웃음을 만들며……

어머니 입김 같은 연기가 처마끝으로 피어오르는 것은 너무나 아름다웠다.

먹통 속같이 사방은 먹물을 부은 듯 캄캄 어두웠다.

뒤집혔던 거북이 몸을 뒤척이듯 만석이는 바둥거리다가 일어나 어둠 속을 살폈다.

한 마리 아기곰이 되어 눈이 내리는 두만강을 건너는 만석이의 등에다 낮은 목소리로 순철이는 말했다.
"우리의 마음속엔 이미 통일이 된 거나 진배 없는데……."

〈붉은 찔레꽃〉에서 눈길 가는 대로 임의로 옮겨본 것이다. 물론 다른 동화작품에도 〈붉은 찔레꽃〉 못지 않게 수많은 비유들로 가득하다.
한 편의 동화에만도 이렇듯 정확하고 빛나는 비유들로 가득 차 있는 것은 무엇을 말하는가. 시인의 문채(文彩)가 아닌가.
〈붉은 찔레꽃〉에서 하나 더 지적하고 싶은 것이 있다. 그것은 결말의 처리다.

"연이 올라야 할 터인데, 연이……."
어깨의 눈을 털며 순철이는 간절한 목소리로 말을 하고는 어둠 속에서 눈이 내리는 두만강 쪽을 사무친 듯 바라보고 서 있었다.

만석이는 순철이가 메고 온 쌀자루를 옮겨 받고 살아남으면 다시 만나기로 하고 또한 무사히 북조선에 도착하면 아침부터 연을 계속 올릴 것이라고 약속을 했다. 그래서 인용한 결말 부분에서는 순철이가 "연이 올라야 할 터인데, 연이……."라고 말하면서 어둠 속에서 눈이 내리는 두만강을 사무친 듯 바라보는 것이다. 순철이가 염원하는 '어둔 하늘에 오르는 연'은 만석이가 집에 무사히 도착했다는 기호로 그치는 것이 아니라, 일종의 상징으로 의미가 확장한다. 하늘을 박차고 오르는 연은 우리 모든 겨레의 비원이 아니고 무엇이겠는가.
동화 〈쑥새와 별꽃〉의 결말 처리도 인상적이다.

"그래, 우리 여주는 이 별꽃처럼 예쁘고 가람이는 쑥새고."

이 선생은 여주와 가람이를 양 품에 포근히 안았다.

"왜? 나는 꽃 안 주니?"

뽀로통해진 여주가 손을 가람이 앞에 불쑥 내밀었다.

"알았어!"

오던 길을 다시 돌아가 가람이는 순결하리만치 하얀 별꽃 한 송이 꺾어 또 하나의 별꽃으로 서 있는 여주 앞으로 다가갔다.

가람이와 여주의 아름다운 우정을 지켜보는 선생님은 가람이는 쑥새라고 명명하고 여주는 별꽃이라고 명명한다. 이 동화의 제목이 바로 두 주인공을 표상하는 꽃 이름이다. 임신행의 시적 상상력은 사물과 인간의 동일성을 회복시켜주고 있다. 인간의 순결한 품성이 꽃이나 식물, 나무 등으로 아름답게 표상된다는 점도 간과해서는 안 될 대목이다. 자연과 인간이 분리되는 것이 아니라 그의 동화에서는 하나로 수렴한다. 그의 동화에 두루 드러나는 자연물을 비유와 상징체로 활용하여 문채(文彩)로 빚어낸 것은 단순한 수사적 기교 차원으로 그치는 것이 아니다.

윤 교감이나 교장은 순우를 우악스럽게 밀쳐내고 사정없이 톱질을 하려고 나섰습니다.

"절대 안 됩니다."

"벤다면?"

어이가 없는지 교장 선생이 작은 목소리로 물었습니다.

"내가 준 알밤 다 내 놓으이소."

- 〈섬진강 아이〉에서

순우도 역시 임신행의 페르소나라고 보아도 좋다. 교장 선생님이 미관상 보기에 거슬린다고 대나무를 베어버리려고 할 때 "절대 안 됩니다."라고 단호하게 말하는 섬진강 아이 순우를 통해서 보이는 것은 "아무리 작은 것이라고 해도 살아 있는 것은 얕잡아 보거나 깔봐서는 안 된다."고 하는 임신행의 생명 사랑 정신이다. 이같이 살아 있는 생명 정신을 토대로 하고 있기 때문에 그가 구사하는 비유나 상징이 수사적 기교를 넘어서는 문채(文彩)의 빛을 발휘하는 것이다.

4. 신화와 판타지 그리고 몇 가지 문제

우리 아동문학에서 우리 신화를 바탕으로 하여 생산된 작품이 드물다. 동시 쪽에는 이종기, 신현득의 작품을 내놓을 수 있고 동화 쪽에는 이주홍을 논할 수 있을 정도다.

민화나 전설, 위인전기에 대해서는 흡족하지는 않지만 어느 정도 성과를 거두고 있고 전기 작품에서는 도리켜 봐야 할 영역이 있다. 그것은 하나같이 인물을 영웅화 내지 총명, 비범하고 명석한 것으로 묘사되었을 뿐 아니라 이야기 전개가 다양하지 못하고 틀에 박힌 것이 결코 내세울 것이 못된다는 사실이다. 전기 작품이 뭇 인간의 삶을 기록한 이야기라면 다양해야 한다.

임신행은 앞으로 남은 시간을 김동리나 이주홍 김달진 황순원 김수영 윤동주 서정주 박태원 백석 정지용 같은 현대 인물 전기를 생산하는데 관심을 가져야 할 것이다. 또한 신화를 패러디하는 작업도 간과해서는 안 될 것이다.

누구나 다 아는 앎이지만 신화는 여러 사람 사이에서 구전되며 이야기가 불어나간 것이다. 어느 나라의 신화이든 신화는 자연에 대한 의문을 제기하고 그를 통하여 현실의 문제들을 해결하려는 노력이라 할 수 있다. 유구한 역사의 흐름 속에 인간의 생각과, 구전 과정을 통해 부풀리고 삭제되는 과정이 계속되며 만들어질 여지를 가진 것에 무한한 매력을 지녔기 때문이다. 우리나라의 단군 신화가 신화로 남을 것이 아니라 다양한 얼굴로 어린이들에게 나타나야 한다는 말이다. 그리스 신화나, 로마 신화를 보면 다른 나라의 신화와는 다르게 '토머스 불핀치'라는 이름을 자주 만날 것이다. 그는 그리스 신화를 모으고 모아 정리한 사람이기 때문이다.

우리는 기록하고 모으는 일에 소홀히 하고 있다. 문명의 이기가 덜 들어간 도서 벽지나 외딴 섬 연세 많은 어른들이 은닉하고 있는 보물보다 더 소중한 이야기 보물을 채록하고 집대성해야 한다.

판타지가 현실과 환상을 오가며 환상의 매력을 강력하게 표출하는 것이라면 어디까지나 강한 현실감이 존재해야 한다.

다시 판타지가 우리에게 호기심과 특출한 매력을 지니게 하는 것은 오랜 옛날부터 각 나라의 억새같은 민간에 의해 전승되어 온 과학적 상상력을 한껏 환유와 은유를 연결시키어 환상의 구름에 휩싸이게 하는 주술적 힘을 지녔기 때문이다. 임신행은 환상과 리얼리티를 기조로 하는 판타지에서 민족적 판타지를 더욱더 적극적으로 살려 작품을 생산할 책임이 있음을 지적하고 싶다.

그리고 작품마다의 캐릭터 살리기에 보다 노력해야 하겠다. 작품에 나오는 주인공의 이름 짓기와 배경 살리기에 지나치게 노력하는 종래의 관습에서 탈피하고 작품성의 굴대가 보다 굵은 작품 주제를 곰삭혀 훌륭한 작품을 생산하라고 당부한다.

끝으로 그의 많은 작품 중 주종을 이루는 장편을 언급하지 못함을 아쉬워하며 다음 기회를 엿볼 수 있기를 바란다.

어린이와 함께 선생이 걸어온 길

1940년 일본 오사카(大阪) 스위다쉬에서 모 장소임(張少任)과 부 임재근(任載根) 사이 장남으로 태어남. 집 뒤로는 대나무 숲이 우거진 빨강 양철 지붕의 2층 집. 벚나무 동산을 끼고 앞으로 나가면 큰 공장과 긴 층계가 있었고, 집 옆 산은 삼나무로 우거져 있었음. 비행기 폭격을 피해 산으로 숨어 다닌 일들을 또렷이 기억함.

1945년 대한민국이 해방됨. 일본으로 시집간 모는 억누르고 있던 자아를 찾았다. 모의 자아는 향수병과 깊은 관계가 있었음. 도진 향수병으로 모는 장남인 신행(信行)과 두 살 아래인 남동생 준언(俊彦)을 데리고 귀국선을 타고 현해탄을 건너 옴. 부 임재근과는 영영 생이별을 함. 모는 두 아들을 데리고 나서면 일본인 남편은 저절로 따라올 것으로 생각함. 친정인 경북 김천시로 옴. 친정에다가 형제를 떠맡기고 돈벌이를 나섬. 이때부터 본인의 뜻과는 무관하게 외가에 더부살이를 하며 어둡고 암울한 유년을 보냄.

1949년 초등학교 3학년 때 일본의 아버지가 밀항 거간꾼을 보내 형제를 일본으로 데려오게 함. 어리지만 어머니냐, 아버지냐를 두고 사흘을 생각한 끝에 따라나서기로 함. 김천서 부산 다대포로 이동. 이틀 낮 밤을 다대포 몰운대 솔숲에 숨어 밀항선을 기다림. 자정을 넘긴 시간에 밀항선이 와 밀항선을 탐. 두 자식을 놓지 못해 모는 대성통곡을 함. 놀란 밀항선 선장이 어둔 바닷가에 형제만 내려주고 달아남. 모의 울음으로 밀항은 실패. 다음 날 아침, 모의 흰 손수건에 벌겋게 묻은 피눈물을 처음 봄. 아픔과 슬픔이 깊으면 눈에서 피눈물이 흐른다는 것을 어린 몸으로 확인함. 김천으로 다시 온 형제는 곤고한 나날을 보냄.

1951년 다니는 둥, 마는 둥하다가 금능초등학교를 마치고 부산으로 내려감.

이후 피난민으로 들끓는 부산국제시장에서 간판집 견습공, 실공장 견습공을 하다가 결핵 증세로 다시 김천에 옴. 김천중학교에 편입됨. 김천중학교를 겨우겨우 마침. 농업을 가르치던 김이득 교사의 은혜로 졸업할 수 있었음. 고등학교 진학을 위해 노력. 일본의 부 사망 소식을 풍문으로 접함.

1957년 모가 있는 부산으로 형제가 다시 감. 부산국제시장 1공구 A동에 진을 치고 봄, 여름, 가을에는 감, 사과, 복숭아, 자두, 과자를 새벽 거리 장에서 팔기도 하고, 겨울에는 숯장사를 하였고, 야경꾼, 짐꾼 노릇도하여 품삯을 받음. 그 돈으로 공부도 하고 네 식구 입에 풀칠을 함.

1960년 동생 준언의 도움으로 부산 동아고등학교 2학년에 편입. 보수동 헌책방 골목을 드나들며 사서 읽은 문학작품으로 지독한 문학병에 듦. 〈국제신문〉, 〈부산일보〉, 〈민주신문〉에 작품을 투고 발표함.

시인 오규원, 김종해, 김종철의 이름을 익히고 〈학원〉에도 작품을 투고함.

1961년 국학대학 주최 전국 고등학교 문예작품 현상 모집에 소설 부문 당선됨(김동리 선생 심사). 당선작 〈용바우골〉.

1962년 고등학교를 졸업하고 대학 진학이 좌절되자 전투 경찰에 응시, 3위로 합격함. 〈자유문학〉에 단편소설 응모, 당선작 없는 가작으로 등단함.

국학대학 소설 당선을 빌미로 서라벌예대 문예창작과 특기생으로 입학했으나 6개월만에 귀향함.

1963년 군에 입대함.

1964년 양평 주둔 제28사단 수색중대 근무 중 소설가 한승원의 눈에 들어 사단사령부 작전상황실에서 근무하게 됨.

1965년 월남 파병 지원. 〈국제신문〉에 장편동화 〈성게와 가자미〉를 연재함.

1966년 파월 맹호부대 정훈대에 근무하면서 〈소년한국〉에 〈꾸몽 고개의 무지개〉 동화를 발표함. 귀국. 베트남 전쟁을 소재로 한 작품 〈베트남 아이들〉을 최계락 선생의 소개로 교학사에서 출간함.

1967년 〈강강술래〉, 〈꿈꾸는 강아지〉를 교학사와 금강출판사에서 냄.

1968년 문화공보부 주최 5월 신인 예술상에 동화 〈강강술래〉가 당선됨.

외우 안정효의 권유로 초등학교 교사 임용 서열 고시에 응시, 하동군 6위에 합격함. 소정의 교육을 이수, 강사로 하동군 양보면 우복초등학교에서 첫발을 내딛음. 동화집 《강강술래》, 《베트남에서 가져 온 이야기》가 교학사서 동시에 출간됨. 베트남 전쟁과 베트남 풍물과 전쟁의 비참함을 소재로 한 《메콩강 이야기》, 《숑강의 아이들》, 《꾸몽 고개의 무지개》, 《탄이라는 아이》, 《반과 물소》 등이 보영출판사에서 출간되었으나 파산으로 지형이 유실됨.

1969년 대한교육연합회가 간행하는 〈새 교실〉 현상 공모에 동화 〈민들레〉가 당선됨. 문교부장관상을 받음. 동화집 《꽃배》를 교학사에서 출간함.

1970년 〈서울신문〉 신춘문예에 동화 〈하얀 물결〉이 당선됨. 12월 28일 〈베트남 아이들〉 외 네 권의 동화집 출판기념회를 향파 이주홍 선생의 도움으로 부산 광복동에서 가짐. 이 출판기념회에서 인접 횡천초등학교에 근무하는 교사 전풍영과 백년가약을 맺음. 주례는 향파 이주홍 선생. 이후로 이주홍 선생과 깊은 인연을 가짐.

1971년 장남 지헌을 얻음.

1972년 구연동화집 《분홍조가비》(공저)를 금강출판사에서 출간함. 차남 지우를 얻음.
　　　동화집 《들꽃숲의 이야기》를 교학사에서 출간함.

1974년 부산·경남예술인에게 주는 눌원문화상 본상을 수상함. 경상남도가 주는 도문화
　　　상(문학 부문)을 수상함.

1976년 판소리 〈토끼전〉을 어린이 정서에 알맞도록 한 《토끼전 홍계월전》을 대우출판
　　　사에서 출간함. 《꽃무지개》를 문성출판사에서 출간함. 경남 아동문학회 창립
　　　(주선함).

1977년 딸 지민을 얻음.

1978년 동화집 《방울귀신》을 문성출판사에서 출간함.

1979년 〈소년한국일보〉 제정 세종아동문학상을 동화 〈겨울 망개〉로 받음.

1980년 〈소년조선〉에 장편 산악동화 〈지리산 아이〉를 8개월간에 걸쳐 연재함. 동화집
　　　《꽃불 속에 울리는 방울소리》를 문학 세계사에서 출간함.

1981년 동화집 《꽃불 속에 울리는 방울소리》로 제2회 한국어린이도서상 저작 부문 상
　　　을 수상함.
　　　장편 산악동화집 《지리산 아이》 상, 중, 하를 백미사에서 출간함. 동화집 《방울
　　　이와 도깨비》를 견지사에서 출간함.

1982년 동화집 《잎새에 이는 아기 바람》을 아동문학사에서 출간함. 베트남 전쟁 이야
　　　기를 다룬 장편 《하노이에서 온 아이》를 교학사에서 출간함.
　　　동화집 《까치네 집》을 문학 세계사에서 출간함. 25편 동화집 《안개섬 아이들》
　　　이 삼성당에서 출간됨. 동화집 《까치네 집》으로 대한민국문학상 아동문학 부문
　　　우수상을 수상함. 장편동화 〈꽃사슴〉을 〈어린이 문예〉에 연재함.

1983년 장편동화 《아이들의 동물》을 백미사에서 출간함. 동화집 《방울이와 도깨비》로
　　　이주홍아동문학상을 수상함. 장편동화 《골목마다 뜨는 별》이 계몽사어린이문
　　　학상 가작에 당선됨. 심훈 《상록수》를 어린이들 정서에 알맞도록 개작하여 문
　　　학 세계사에서 간행함.

1984년 장편 해양동화 《해저 동굴》을 문학 세계사에서 출간함.

1985년 동화 《하얀 풀꽃》을 금성출판사에서 출간함. 《갈매기 섬 아이들》을 가톨릭출판
　　　사에서 출간함. 〈새벗〉에 장편해양동화 〈안개섬 동굴〉을 연재함.

1987년 장편동화 《서울 아이들》을 동보출판사에서 출간함. 난지도 삶을 다룬 《난지도
　　　하늘에 뜬 무지개》 장편 해양동화 《도깨비섬의 동굴》을 문공사에서 출간함. 동
　　　화집 《마법의 집》을 문학 세계사에서 출간함. 시집 《섬 엉겅퀴 비에 젖으며》를
　　　거암사에서 출간함.

1989년 장편 해양동화《안개섬 동굴》을 새벗사에서 출간함.

1990년 해양소년소설집《해뜨는 섬》,《이상한 섬 다람쥐》등 다섯 권의 동화집을 윤성
　　　　출판사에서 출간함.

1991년 윤성출판사에서《물빛 갈매기》를 출간함.

1992년 제1회 황금도깨비상 대상을 수상함.《황룡사 방가지똥》을 민음사에서 출간함.
　　　　중원사에서 동화집《초록머리 물떼새》를 출간함.

1993년 제3회 방정환아동문학상을 수상, 제4회 경남문학상을 수상함.

1994년 원시의 늪 우포늪을 배경으로 한 본격 환경동화《갈대숲속 작은집의 비밀》상,
　　　　중, 하를 비룡소에서 출간함.

1996년 아동문예사에서《공룡아 공룡아 뭘하니》를 출간함. 시집《버리기와 버림받기》
　　　　를 문학수첩에서 출간함.

1997년 아동문예사에서《흰고래를 잡으러》를 출간함.

1998년 어린이문화예술상 대상을 수상함. 민음사에서 시집《케니 G를 위하여》를 출
　　　　간함.

1999년 영남아동문학상을 수상함. 장편 환경동화《우포늪에는 황금 도깨비가 산다》를
　　　　계간〈동시와 동화나라〉에 연재함.

2000년 민족동화문학상을 수상함. 아동문예에 장편〈아기 코뿔소〉연재됨.

2002년 삶의 기둥이셨던 어머니를 잃음. 탈북 어린이를 주제로 장편동화《붉은 꼬마
　　　　원숭이 으싸》를〈경남도민일보〉에 연재함. 천등아동문학상을 수상함.

2003년《로빈슨 크루소》개작 출간함.《아기 코뿔소》를 세계출판사에서 출간함.《붉은
　　　　꼬마 원숭이 으싸》를 세계출판사에서 출간함.
　　　　월간〈창조문예〉에〈우포늪에서 보내는 편지〉연재를 마침.

2004년〈경남신문〉신춘문예 동화 심사를 맡음. 창조문예서 자연 생태 시《우포늪에
　　　　서 보내는 편지》를 출간함.

2005년 경남문학연구 제3호에 윤성 구상 선생의 작품 세계〈시인의 초상〉을 발표함.
　　　　〈부산일보〉신춘문예 동화부 심사를 맡음. 제5회 최계락문학상을 수상함. 장
　　　　편 생태동화《노랑 할미새는 알고 있을까》.〈오빠생각〉의 최순애 작품론을 발
　　　　표함.

2006년 부산〈국제신문〉신춘문예 동화부 심사,〈경남신문〉신춘문예 동화부 심사를
　　　　맡음.

2007년 부산〈국제신문〉신춘문예 동화부 심사,〈경남신문〉신춘문예 동화부 심사를
　　　　맡음.〈열린아동문학〉에〈내 이름은 방실금〉발표함.

2008년 우포늪 홍보대사로 위촉받음. 장편동화《풀산 딸나무 그 꽃》간행. 부산 〈국제
　　신문〉 신춘문예 동화부 심사, 〈경남신문〉 신춘문예 동화부 심사를 맡음. 김달
　　진문학관 주관 〈시야 놀자〉 동시 〈클릭〉 외 14편 낭송 및 강연. 장편 자연생태
　　동화 〈우포늪 아기도깨비〉를 출간함.

2009년 〈경남신문〉 신춘문예 동화부 심사를 맡음. 창작동화집《언제나 꽃피는 과수
　　원》문학 세계 아이들판서 출간함. 제1회 천강문학상 동화부 심사를 맡음.

2010년 파주 한국 아동문학인 100인 서가전 참여. 〈경남신문〉 신춘문예 동화부 심사
　　를 맡음. 마산 문협 50년사 아동문학 집필 조유로 작품론을 발표함. 제20회 시
　　민불교문화상을 수상함. 남해 제1회 유배문학상 동화부 심사를 맡음.

2011년 〈경남신문〉 신춘문예 동화부 심사를 맡음. 경상도 사투리를 바탕으로 한 장편
　　동화 〈우짜건노 그쟈〉 연재함. 제1회 세계아동문학축제 문학 강연. 제1회 창원
　　아동문학상 심사를 맡음. 〈시애〉 제5호에 〈이야기로 듣는 영남문학사(이주홍
　　선생)〉 집필.

2012년 월간 〈창조문예〉에 자연생태사진 동화 〈우포늪 그 아이〉 연재 중. 〈열린 아동
　　문학〉(제53호)에 〈내 작품의 고향 지리산아이. 꽃불 속에 울리는 바울소리〉 발
　　표함. 제2회 창원아동문학상 심사를 맡음.

한국 아동문학가 100인

유경환

대표 작품
〈오대산 4〉 외 5편

작품론
영혼을 적셔 주는 샘물

어린이와 함께 선생이 걸어온 길

오대산 4

산은
가슴만 덮고 잔다.

머리 내놓고
다리 내놓고

가슴엔
구름 이불

이런
가슴에

나도
머리 묻고 싶다.

오대산 5

산이 내려오지
못하나

산그림자로
내려와

내 뒷머리
한 번 쓰다듬어 주고

할아버지처럼
돌아앉는다.

오대산 6

그동안
헤어진 사람들

산길에서
다시 만난다.

내게 남긴
눈웃음 보듯

꽃잎으로
만난다.

양지바른 길에서
다시 만난다.

오대산 7

달빛
흐르다

잠깐씩
끊기면

그 틈새에
자리하는

보랏빛
쑥부쟁이.

오대산 8

안개가
지워버려도

구름이
지워버려도

하늘까지
지워버려도

아스라이
떠오르는

오대산
능선 한 줄.

갯마을
아이들

1

"내일이면…… 내일이면 축구공이 생긴다, 히히."

"야, 오늘 일찍 들어와야 축구공을 내일 살 수 있지. 늦게 들어오면 모레나 살 수 있 단 말야."

"아빤 축구공만 약속한 게 아냐…… 또 한 가지……."

"그게 뭔데?"

"그건 비밀이야."

"비밀? 어쭈우! 언제까지?"

"말 안 해!"

"……."

"형아? 형아에겐 아빠가 뭘 해준댔어?"

"만선이면…… 농구화!"

"농구화? 그게 내 비밀인데?"

"그래? 핫핫핫…… 비밀 오래 가네……."

진이와 민이는 벽에 걸린 괘종시계 밑에서 마주 보며 이야기를 나누고 있습니다. 벌 써 두 시가 지났습니다. 갯내음이 불어와 비린내를 마루 위에 확 뿌리고 갑니다. 점심 을 차려준 엄마가 말없이 나갔다 들어왔다 합니다. 날이 잔뜩 흐렸습니다. 날이 흐리면 갯마을 전체가 우울할 수밖에 없습니다.

2

"아빠는 3년만 고깃배를 탄다고 했어."

"그럼 3년 뒤엔 뭘 해?"

"벌써 2년 지났으니까……. 1년만 더 나가면 되는 거지."

"그럼 1년 뒤엔 뭘 해?"

"어디…… 어디드라? 도시로 나간다고 했어……."

"아빠만?"

"아니…… 자리를 잡으면 우리 식구 다 데리고 간다고 했어."

"형아, 그거 언제 들은 얘기야?"

"언젠가 아빠가 제대하고 온 뒤에 엄마한테 하는 얘길 들었어……."

"형아도 함께 앉아 들었어?"

"아니…… 난 자는 척하고 들었어."

"아빠가 제대하고?"

"으응…… 아니, 무슨 훈련 마치고 와서일 꺼야…… 군복, 아니 예비군복 입고 와서…… 그 얼룩무늬 군복 입은채로 돌아와서……."

"왜 진작 나가지 않고 3년이야?"

"넌…… 참…… 맨손으로 나가?"

"아…… 그러니까 고기잡이 배를 따라다니며 돈을 마련해서 나간단 말이지?"

"넌 정말 형광등이구나."

벽시계가 석 점을 쳤습니다.

바람이 처마 밑까지 파고들어 이엉을 들썩였습니다. 벽시계가 흔들리는 듯해서 진이가 벽시계를 잡았습니다.

"밤부터 부는 바람이 자질 않는구나!"

"그래서 걱정이 돼서 엄마가 저렇게 들락날락하는 거야."

고요한 바다에 만선 고깃배가 들어오면, 갯마을 사람들이 몰려나와 만세를 불렀습니다. 이른 놀이 서쪽에 걸리면 더욱 좋았습니다. 그러길 바랐습니다.

그러나 오늘은 틀렸습니다. 먹구름이 하늘과 바다를 뒤섞어 놓았고, 바람이 먹구름의 머리채를 잡고 휘둘렀습니다.

3

"지금 아빠는 어디쯤에 있을까?"

"오고 있는 중이지."

"아니, 어디까지 갔었을까?"

"사흘 걸리는 중국 쪽까지 간대."

"중국 쪽?"

"하루는 나가고, 하루는 고기잡고, 또 하루는 돌아오고……."

"그래서 사흘이야."

"넌 어른들 얘기하는 걸 못 들었니?"

"하루 종일 나가면…… 중국 땅에 얼마나 가깝게 갈까?"

"아니 밑으로 내려가면 큰 바다로 가는 거지."

"밑으로?"

"넌 지도도 안 보니?"

"우리 학교엔, 세계지도가 작은 것뿐이야."

"봤으면…… 대만을 알아?"

"우리나라 쪽으로 말야."

"우리나라 쪽으로는, 밑으로 흑산도나 소흑산도쪽……."

"거기쯤 어딜 꺼야."

"아빠 온 담에 물어봐야지!"

"오면 곧 잠만 자는데……?"

"몰라……."

"……."

"하여간 첫날은 하루 종일 나가고, 둘째 날엔 어망을 풀었다가 밤새도록 걷어올리고, 그리고 사흘 되는 날 돌아오는 거야."

"형아는 가 보지도 않고 어떻게 알아?"

"……."

"아빠 힘들겠다. 그래서 고기잡이 대신 도시로 나가려고 하는구나."

민이 얘길 들으면서, 진이가 눈을 껌뻑였습니다. 눈매 끝이 젖어왔기 때문입니다. 나이 두 살이 위인 진이는, 민이와 달라 눈매 끝을 적셨습니다. 진이는 천정을 쳐다보며 눈을 자꾸 껌뻑였습니다.

4

벽시계가 넉 점을 쳤습니다.

마루에 누웠다 일어났다 하던 두 아이가 몸을 꼬기 시작하였습니다. 일어나 까치발을 하며 갯가로 눈길을 돌렸습니다. 바람이 파도를 해바라기울 밑까지 끌어왔습니다. 물보다는 시든 해바라기 꽃판을 흠씬 때려적셨습니다.

"다른 때 같으면……."

"다른 날 같으면 벌써……."

"세 시면 뱃고동이 울렸을 텐데……."

"네 시에라도 배가 들어오면…… 다섯 시엔 읍내에 나갈 수 있을까?"

"공판장에서 돈을 받아야지."

"그게 그렇게 오래 걸려?"

그때 엄마가 머릿수건을 벗어 손바닥에 탁탁 치면서 들어왔습니다. 누렇게 탄 얼굴 한쪽이 찌그러져 있습니다. 엄마는 꿈을 믿는 사람처럼 꿈 얘길 자주 합니다. 오늘 아침에도 꿈을 꾸었다고 했습니다. 좋은 꿈이면 꿈 얘길 할 텐데, 안 하는 걸 보면, 돼지 꿈이 아닌 모양입니다.

"이 녀석들 이젠 아빠한테 하는 말버릇 좀 고치지 못하겠니? 아빠가 올 때가 아니고, 오실 때가 됐다고 해봐! 오실 때가 됐다고!"

엄마가 어쩐 일인지 악을 쓰면서 말했습니다.

"오실 때가 됐다구우……!"

엄마는 또 한 번 와락 소리쳤습니다.

진이와 민이는 눈을 동그랗게 뜨면서 왜 엄마가 갑자기 저러는지 겁먹은 표정으로 마주 보기만 하였습니다.

"오실 때가 됐다구요!"

진이와 민이도 똑같은 말을 합창하듯 소리쳤습니다.

"틀림없이 돌아오실 꺼예요…… 엄마!"

진이가 나직한 목소리로 말했습니다.

5

"새 농구화를 신고 축구를 시작하면 1년이면 축구부에 들어갈 수 있겠지?"

"1년이면 군내 대회에 출전할 수 있을지도 몰라."

"유니폼은 어떻게 하지?"

"학교 축구부에서 마련해 주겠지."

"축구부를 다시 만들어야 하는데……."

"우리반 담임선생님이 만든다고 했어."

"언제?"

"봄에 담임이 되면서 그랬어!"

"교장선생님도 좋다고 했대?"

"그건…… 몰라."

"형아, 형아는 어떤 농구화 살꺼야?"

"넌?"

"난 갈고리."

"갈고리?"

"응, 이렇게 된 거 말야…….."

민이가 손가락을 꾸부려 보였습니다.

"뭐라 하더라…… 나 자가 들었는데……."

"나…… 뭐라는 거?"

"응 나이커?"

"아, 나이키, 나이커가 아니라 나이키이."

"하하하……."

"뭐가 우스워?"

"형아는?"

진이와 민이, 모두 웃었지만 서로 마주 보고 웃는 웃음이 아니라, 슬픔이 묻은 억지 웃음이었습니다.

그때 엄마가 들어오더니

"이 녀석들아…… 지금 웃게 됐니?"

하면서 털썩 마루 끝에 주저앉았습니다.

"기다림…… 기다림…… 지겹다 지겨워……."

엄마는 해바라기 울타리 쪽을 바라보며 이렇게 중얼거렸습니다.

철 지난 해바라기꽃들이 고개를 축 숙인 채 갯바람에 시달리고 있었습니다.

그러다 엄마는 또 일어나 나갔습니다.

"산다는 건 기다림이래……."

"뭐라구?"

"산다는 건 기다림이라구……."

민이는 바람소리 때문에 못들은 줄 알고, 진이에게 더 큰 소리로 답했습니다.

"너, 그 말 어디서 들었니?"

"할머니에게서……."

"어느 할머니?"

"돌아가신 우리 할머니 말야……."

"언제?"

"아빠가 처음 고깃배를 타고 나갔다가 돌아온 날……."

"너…… 그 말…… 무슨 뜻인지 아니?"

"몰라……."

"모르면서, 외우고 있어?"

"할머니가…… 형아 없을 때 늘 그랬단 말야."

진이는 돌아서 금방 비를 쏟아부을 것 같은 하늘을 쳐다볼 뿐이었습니다.

6

벽시계가 다섯 점을 쳤습니다.

다섯 번째 시계소리가 힘없는 소리를 내었습니다. 민이가 얼른 일어나 시계 앞에 섰습니다. 재깍 소리도 힘이 빠졌습니다. 민이가 힘없는 소리로

"시계 약이 다 된 모양이야……."

하고 말했습니다.

"건전지 약이 다 닳은 모양이로구나."

진이는 건전지라고 말했습니다.

"형아, 건…… 전…… 지 갈아끼자."

"없을 꺼야…… 아빠가 그때 한 개만 사다 갈아끼웠거든……."

진이는 마른침을 꼴깍 목으로 넘겼습니다. 그때 진이가 할 수 있는 것은, 마른침을 넘기는 일 밖에는 없다는 표정으로, 침을 넘기며 눈을 감았습니다.

"태엽을 감아주는 시계였다면……."

민이는 하지 않아도 될 말을 혼잣말로 흘렸습니다.

배가 들어오면 닻을 내리곤 하는 선창가 쪽으로, 민이가 까치발을 하며 목을 쳐들었습니다. 벌써부터 선창가로 달려나가고 싶었지만, 엄마가 막무가내로 안 된다고 해서 못나간 것입니다.

그래도 선창가엔 어느새 하나 둘씩 사람들이 모여들었습니다. 바람에 머리칼을 날리며 웅크린 채 모여들었습니다. 누구 하나 입을 여는 사람은 없고, 팔장만 끼고 바다를 보고 흙을 보고 왔다갔다 했습니다.

진이와 민이는 더 이상 농구화나 축구공 얘길 꺼낼 수 없다는 것을 알아차렸습니다.

시계가 다섯 시 5분에서 멈췄습니다. 재깍 소리도 죽었습니다. 참으로 견디기 어려운 순간순간이 새끼줄처럼 똑 똑 부러져 이어졌습니다. 진이가 민이를 바라보고, 민이도 진이를 말없이 쳐다봅니다.

"올 꺼야…… 아빠는 틀림없이 온단 말이야."

"이 녀석! 오신다고 그러라고 했잖아?"

엄마가 부엌에서 나오며 소리를 질렀습니다.

"알았어요, 엄마······."

"아빠는 꼭 오신다구요!"

"그래요····· 오신다구요!"

엄마가 저고리 소매로 눈가를 훔치며 부엌으로 다시 들어갔습니다.

"그럼! 아빠는 꼭 돌아오신다구!"

진이는 엄마가 들으라고 일부러 큰 소리로 말했습니다.

"그래, 맞아! 아빠는 오신다구!"

민이도, 진이처럼 이어서 큰 소리로 말했습니다.

"아빠는 꼭 오신다구요오······!"

진이가 해바라기 울타리 너머를 바라보며 소리를 질렀습니다.

"우리 아빠는 약속을 지키는 사람이라구요!"

민이는 목소리를 더 높여 소리쳤습니다.

하지만 목소리엔 울음결이 묻어 있습니다.

그때 경찰관이 자전거를 비스듬히 해바라기 울타리에 세웠습니다.

"진이 엄마 있어요?"

경찰관이 엄마를 불렀습니다.

엄마가 종종걸음으로 나갔습니다. 나가면서 머릿수건을 벗었습니다.

경찰관이 엄마에게 가까이 다가서더니, 귀엣말을 했습니다. 아주 짧게.

"아이구우····· 우린····· 어쩌란 말야!"

엄마가 그 자리에 풀썩 주저앉으며, 외마디 울음을 터뜨렸습니다.

민이가 진이의 뺨에 흐르는 눈물을 보았습니다. 진이도 민이의 뺨을 타고 내리는 눈물을 보고 있습니다.

영혼을
적셔 주는
샘물

김자연

1. 시의 문을 열며

근래에 출간된 유경환 시집을 읽었다. 읽는 동안 즐거워 또 읽었다. 한 시인의 시집이 이토록 커다란 즐거움을 안겨 주는 이유는 뭘까. 《냉이꽃 따라가면》(파랑새어린이, 2001), 《나무가 무슨 생각을 하는지》(문원, 2001), 《꽃씨 안이 궁금해》(국민서관, 2002), 《마주선 나무》(창작과비평사, 2002), 《낙산사 가는 길》(문학수첩, 2002), 이 중 《낙산사 가는 길》은 그에게 정지용문학상을 안겨 준 시집이기도 하다. 《낙산사 가는 길》을 제외한 나머지 4권이 동시집이다. 그러나 그는 굳이 문학으로서 시와 동시를 따로 구분하지 않는다. 다만 동시는 어린이가 읽을 만한 내용의 시라는 것이다. 그러고 보니 2~3년 사이에 다섯 권의 시집을 낸 셈이다. 대단한 창작열이다. 그뿐 아니다. 그는 현재 〈아동문예〉와 〈한국동시문학〉에 동시에 대한 창작론을 연재하고 있다. 또 얼마 전, 한국 아동문학연구회와 한국 아동문학인협회에서 주관한 세미나에서 동시에 대해 주제 발표를 하기도 했다. 무엇이 그토록 왕성하게 동시 활동에 전념하도록 만드는가? 그러나 그보다 더 중요한 것은 이즈음 그가 내보인 동시집은 이제까지의 유경환 시 세계를 응축시킨 것이라고 해도 좋을 만큼 대표성을 띄고 있다는 사실이다. 그만큼 그의 시는 이전 시들에 비해 훨씬 편안하고 자유롭고 맑고 따뜻하다. 또한 어린이 독자에게 가깝게 다가서고 있다.

물질 세계를 지배하는 것은 중력이다. 지구 가운데로 잡아당기는 힘이다. 그렇다면 시인을 지배하는 힘은 무엇일까. 제한된 시간에 한정된 작품을 가지고 그것을 추적하는 것이 무리일지 모른다. 그러나 시인은 자기의 사상이나 감정과 특수한 체험을 시속의 사물로 표현해 내는 존재이다. 시 속에 표현된 사물은 주관적 세계로 윤색된 것이라는 점에서 사물의 지속적인 현상에 관심을 가져본다면 이러한 추적은 어느 정도 가능해질 수 있다. 이 글은 그의 시에 대한 총체적인 접근보다는 근작 시에 나타난 현상에 주목하여 시인이 추구하고자 하는 지향점이 무엇인지 살펴보려 한다. 우선 그의 시집 제목에서 간파되는 것은 '따라 가면'과 '가는 길'에서의 '길'이라는 공간과 '따라 가면', '생각을 하는지', '궁금해'에서의 '사고', '마주 선'에서 느껴지는 '거기 또는 지금'이라는 시간이다. 따라서 여기서는 '길'이라는 공간과 '지금'이라는 시간적 배경을 토대로, 시집에 수록된 발문이나 후기를 참고하여 그의 시 세계를 하나로 모으는 힘을 좁혀나가려 한다. 그런 점에서 이전의 시에서 지속적으로 나타난 '길'과 생각하는 행위, 지금을 상징하는 '밤'과 '새벽'이 최근의 시집에도 계속 이어지고 있는 것은 매우 흥미로운 일이다. 무엇을 사고하고 찾아내려는 길인가?

2. 존재의 전환

　　사람이 태어나 지나간 자취를 우리는 길이라 할 수 있다. 한 사람의 행적과 의식 세계를 살필 때 우리는 그 사람의 길을 추적한다. 집에서 나온 사람은 길 위에 있기 마련이다. 길은 사람을 사회로 연결시켜 주고, 때론 내면세계로 안내하기도 한다. 그것은 사색의 길이다. 사람의 움직임이 행해지는 진행의 공간으로의 길은 그 길을 통과하면서 다른 것들을 재생시킨다. 사람은 새로운 삶의 전환을 모색하고자 할 때 길을 떠난다. 사람이 삶의 전환을 모색하는 것은 대부분 무엇인가를 상실했을 때이다. 상실한 것을 회복하려는 열망은 사람을 현재의 공간과 시간에 머물 수 없게 만든다. 이때의 길은 삶의 이치, 삶의 수단으로서의 길을 의미한다. 그렇다면 이즈음 유경환이 상실한 것은 무엇인가?

　　"언론 현장에서 40여 년 일했다. 정년을 맞아 물러난 뒤, 바로 심장의 혈관 수술을 받았다. 덤으로 사는 삶이 시작되었다."(〈낙산사 가는 길〉) 그는 평생 몸담아온 직장을 잃었고 더군다나 대수술을 받았다. 일과 건강은 사람의 존재 가치를 확인받을 수 있는 가장 본질적이면서도 중요한 요소이다. 그런데 그는 이 두 가지를 한꺼번에 잃었다. 무엇보다도 그가 느낀 상실감은 상당히 컸으리라. 상실감이 큰 그가 자기의 길을 재점검하고 새로운 길을 모색하는 것은 어쩌면 당연한 일일지도 모른다. 존재의 전환을 위해 그가 선택한 길은 산으로 가는 길이다. 나무와 풀과 바위, 새와 샘을 품고 있는 산, 그것은 우주적 질서의 모태라 할 수 있는 자연을 상징한다. 자연과 대화를 나누려면 먼저 그것과의 교감이 이루어져야 한다. 그러기 위해선 순수해져야 하고 버려야 하고 자연의 이치를 깨달아야 하며, 마음이 열려야 가능하다. 그러나 어찌 그것이 쉬우랴. "문을 열면 또 문 / 열어 젖히면 또 가서는 문 / 열수록 열기 어려운 문 / 온 힘 다한 문 열기 / 마지막이라 여겼을 때 / 마침내 들리는 한마디 / 네 마음이 마지막 문이야. //" 이 세상에 가장 힘든 것은 나를 넘는 것이다. 나를 넘어 너에게로 가는 길이다.

　　그가 찾아가는 산행은 전과는 다르다. 그 길은 "사람은 무엇으로 삶과 죽음의 흐름을 건너는가. 무엇으로 바다를 건너며, 무엇으로 고통을 이기는가. 무엇으로 순수하게 깨끗해질 수 있는가. 이런 물음에 대답을 얻기 위한 산행이 아니라, 절벽에 매달린 고드름이 햇빛을 받아 한 방울씩 녹아 떨어지는 그 찬란함을 맛보기 위한 산행이다." 절벽에 매달린 고드름이 햇빛을 받아 녹는 유한적 삶이기에, 한 방울 한 방울이 떨어지는 시간이기에 시인의 의식은 더욱 또렷해질 수밖에 없다. 인간의 의식을 정서 의식으로 해명한 하이데커는 인간은 세계 속, 즉 거기에 있으며, 세계 속에 '던져져' 있다, 동시에 인간은 언젠가는 죽을 수밖에 없는 시한성을 하는 지닌 시간의 존재라고 말한 바 있다. 이런 두 가지 실존적 조건에 의해 인간의 근본 구조는 '근심'이라는 것이다. 그의 근심은 유한한 시간에 대한 의식이다.

저믄 하늘로

새들이
저믄 하늘로
날아가네.

달빛 이불
덮고
잠자러 가네.

별무늬 이불
덮고
꿈꾸러 가네.

저믄 하늘쪽으로
새처럼 나도
마음이 날아가네.

시간의 문제는 인간이 고통스럽게 마주한 가장 근원적인 문제이다. 인간 존재의 근심은 시간의 방향성에서 온다. 시간의 흐름에 대한 인간의 반응은 파멸과 허무의 근원으로 보는 부정적 태도와 창조와 재생의 근원으로 보는 긍정적 태도로 나누어진다. 유경환은 후자에 속한다. 그의 시집에는(겨울 느티나무, 겨울밤, 겨울새, 겨울 산길, 겨울산, 겨울 나무 설악산 달밤, 밤 기차) 등 겨울과 밤이라는 단어가 많이 나온다. 겨울은 계절의 끝이요, 하루 중 밤은 그 날의 끝이다. 하루가 소멸하는 저무는 밤 끝에서 바라보는 세계는 더욱 반성과 안타까움을 동반한다. 그러나 시인은 날 저믄 하늘에서 별과 달을 발견한다. 어둠 속에서 오히려 더욱 또렷하게 존재를 들어내는 별과 달의 의미는 순환하는 우주 질서, 곧 삶의 이치를 상징한다.

3. 탐색하기

"조금 열린 틈새로 고개를 갸웃이 디밀고 조용한 뜰 안을 들여다보는 아이에게 나는 가만히 속삭이고 싶습니다. '얘! 활짝 열고 들어와!' 화들짝 놀라는 표정의 아이에게 눈웃음을 주면서 더 낮은 목소리로, '어서 들어와! 어서…….' 그제야 아이는 뺨살을 옆으로 늘이는 웃음으로 성큼 들어섭니다." 이것은 그의 동시집《나무가 무엇을 생각하는지》에 수록된 머리말의 일부분이다.

마주 선 나무

까치 한쌍 앉아서
맑은 소리를 낸다.

옆의 나무 슬며시
팔을 내민다.

한 마리 옮겨 앉아
마주 보고 깟깟

나무 두 그루
상쾌한 아침 맞는다.

빛과 물레

아침이면 동쪽에서
누군가 크신 분이
아주 크나큰 물레로
빛을 풀어낸다.

저녁이면 서쪽에서

누군가 크신 분이

아주 크나큰 물레로

빛을 감아들인다.

물레를 돌리는 분은

얼마나 크시기에

한 손은 동쪽 한 손은 서쪽

누구일까 누구일까.

그 사이 짜여지는

내 마음의 무늬

마주하여 자신에게 묻고 대답하면서 시인은 나누는 지혜와 지는 해와 뜨는 해가 동시에 공존하는 우주적 질서를 깨닫는다. 결국 소멸과 탄생의 진정한 의미는 다 내 마음에 있다. 정신에 있다. 그런 점에서 이 시는 존재와 시간에 대한 시인의 마음을 잘 나타내 주고 있다.

밤 기차

노란 불빛 한 줄기로

미끄러져 가는 밤 기차

칸칸마다 따슨 불빛

칸칸마다 따슨 불빛

소리도 없이 쏟아 놓고 간다.

노란 불빛 하나로 밤을 가르며 달리는 기차. 밤 기차의 칸칸마다 무엇을 태워 보내고 싶었을까. 그것은 지난 시간이요, 놓지 않고 끊임없이 매달리는 집착이지 않았을까. 어둠 속에서 빛나는 불빛만 남기고 싶은 시인의 마음. "멀고 가까움의 거리가 / 거울 속에선 / 유리 한 겹이고 // 미움과 사랑의 거리가 / 눈물 속에선 / 마음 한 겹이다. // (〈마음〉)" 아름다운 생각과 올곧은 마음은 바르고 편협하지 않은 바탕에서 이루어진다. 멀고 가까움이 마음 한 겹 차이인 것을 깨달은 시인에게 모든 대상은 좀 더 편안해지고 따뜻하게 다가온다. 그 불빛은 다름 아닌 영혼을 밝힐 수 있는 불빛이니 왜 아니 편안할까. 바람에도 어둠에도 스러지지 않고 자기 존재를 드러낼 수 있는 불빛을 가졌는데. 그 불빛은 때론 저녁 하늘에 외로이 떠서 자기 존재를 말없이 들어내는 별빛과 달빛이기도 하다.

4. 버리기

수아가 조개껍질을 줍고 있다.

눈부신 모래밭에 살랑살랑 나와서
조그만 조개 껍질 하나 들고
후 불고 치마에 문대 모래를 털고
줍고 버리고 줍고 또 줍고
모래밭 가로질러 두 손 꽉 차자
먼저 것 대 보고 버리고 다시 줍고

마침내 모래밭에 늘어 놓고
예쁜 것만 남겨도 두 손 가득
햇살 기울어
"수아야, 밥 먹어라."
엄마 한마디에 그 보물 모두 버리고
두 손 털고 달려가는 수아
수아는 누구일까.

자기가 마련한 것을 모두 털어 내기란 그리 쉽지 않다. 줍고 버리고 줍고 또 줍고 모래밭 가로질러 두 손 꽉 차자 먼저 것 대 보고 버리고 다시 줍고.

시인에게도 어머니가 있는 집으로 가는 길은 쉽지 않다. "어디서나 길은 마주한 다른 저쪽이 오므라든 한 끝으로 아득히 보이지만, 기어이 힘들여 그곳에 가 보면, 다시 활짝 열려 또 다시 이끌어 주게 마련이다. 길 한끝이 사라져 버린 것으로 보일 때면 힘에 겨워 낙심하기 일쑤이나, 어금니를 깨물고 무릎에 힘주어 가보면 다시 시작하는 길임을 늘 경험해 왔다." 외롭고 아픈 경험을 통해 그가 길속에서 느낀 것은 푸른색이다. 푸른색은 겨울이라는 소멸의 시간을 거쳐 다시 재생하는 색깔이며, 어린이와 새싹, 계절

봄 등을 상징한다. 그의 동시집《냉이꽃 따라가면》,《나무가 무슨 생각을 하는지》,《꽃씨 안이 궁금해》 등에 유독 산과 나무, 풀과 돌, 흙, 물 등 자연적인 것이 많이 등장하는 것도 이런 측면에서의 해석을 가능케 한다.

연두빛

땅 속엔

초록 물감

얼마나 많기에

봄마다 해마다

해마다 해마다

해마다 봄마다

퍼올려도 퍼올려도

저리도 고운

연두빛 산과 산

시인이 걷는 길은 이전보다 훨씬 가볍고 즐겁다. 주먹으로 움켜 쥔 것들을 놓아버리고 자연의 이치, 가벼운 정신만을 남겼기 때문이다. 이제 그가 걷는 길은 순간 순간이 고맙고 모든 것이 경이롭고 생명 있는 것들에 대한 애정을 느끼며 걷는 길인 것이다. 이러한 그의 마음은《꽃씨 안이 궁금해》에서 특히 초록색, 연두색이나 아침을 마시고 날아오르는 새, 대지를 깨우는 봄비, 노래하며 흐르는 냇물, 연두빛 바람으로 나타나기도 한다. 마음 하나 차이가 이렇게 다르다.

5. 나누고 가벼워지기

동구 밖 느티나무

지나갈 때마다 눈길 주어

나무도 날 안다.

바람 없어도 가지 흔들어

안다고 말한다.

할아버지의 할아버지만한

동구 밖 느티나무

하늘 안고 선 줄기찬

꼿꼿함

세상에 남길 것

넓은 그늘이면 족하다.

"시인이 일반인과 다른 것은 언어에 대한 지배력뿐이다." 모든 것을 다 버리고 언어
에 대한 지배만을 소유하고자 하는 시인의 존재. 바로 유경환 시에서 느낀다.

아침 숲

새가

나무 기둥에

동그란 집을

팠다.

나무는

눈 감고

새의 노래

듣는다.

새도

나무도

아침이

즐겁다.

누군가를 위해 내 가슴을 내어 주면 아픔일 줄 알았는데 빼앗기는 것인 줄 알았는데
즐거움을 얻는 것이네. 넓은 그늘을 만들어 바람과 새들을 쉬게 하는 기쁨이네. 같이 아
침을 맞는 따뜻함이네. 이 시에는 더불어 함께 하는 시인의 기쁨이 오롯하게 담겨 있다.

6. 영혼의 샘물을 마시고

현대 문명 속에서 살아가는 현대인은 원초적 생활에 대한 무한한 향수와 인간적인 것에의 회귀를 갈망하는 본능이 있다. 이것은 혼란과 공포, 권태와 절망으로부터 벗어나고자 하는 욕구에서 비롯된다. 그렇다. 유경환은 그의 시를 통해 현대인의 메마른 영혼을 적셔주는 샘물을 파고 있었구나. 그랬구나. 어머니와 산과 나무와 풀 같은 마음이 담긴 샘물을 파왔구나. 죽음 가까이에서도 살아날 수 있는 정신의 물줄기를 만들려고 했구나. 파도 파도 끝이 보이지 않는 그 샘물을 파는 길이었구나. 그것은 외로움과 죽음에 직면해 비로소 얻은 울음으로 고인 것이었구나. 그러나 이 세상 눈물 없이 가는 길이 어디 있으랴. 버리고 가벼워져도 정신의 등불은 놓지 않는 의지, 비로소 그의 시가 모든 것을 아우르는 동심원에 이르는 것이다. 동심원에 담긴 그 물은 존재의 전환을 일깨워 주는 자연수이자 모든 문학을 아우르는 동시라는 샘물이다. 모든 것을 버리고 나누고 그는 마침내 그의 정신이 새처럼 가벼워져 영혼을 적셔주는 동시라는 샘물에 도달할 것이다.

어린이와 함께 선생이 걸어온 길

1936년 황해도 장연군 대구면 송천리 706번지에서 태어남. (부 유한식, 모 김순학)

1952년 대구에서 이원수 주간의 월간문학지 〈소년세계〉가 주최한 제1회 소년세계문학
　　　상을 동화 〈오누이 가게〉로 받음.

1953년 서울에서 기독교서회 발행인 월간 〈새벗〉의 제1회 현상모집에 당선, 새벗문학
　　　상을 받음.

1954년 월간 〈학원〉의 학원문학상을 받음.

1955년 고등학교(경복고등학교) 학생으로 김종원·정규남과 함께 3인 시집 《생명의 장》
　　　을 민성문화사에서 펴냄.

1956년 연세대학교에 들어감. 박두진 시인을 연세대에서 만남.

1957년 〈조선일보〉 신춘문예 동시 부문에 〈아이와 우체통〉이 당선작 없는 가작으로
　　　뽑힘. 〈현대문학〉 4월호에 시가 추천됨(박두진 추천).

1958년 〈현대문학〉 11월호에 시 추천이 완료되어 문단에 등단함(박두진 추천). 추천 작
　　　품: 〈바다가 내게 묻는 말〉, 〈석화(石花)〉, 〈혈화산(血火山)〉 등 3편.

1959년 월간 교양종합지 〈사상계〉에 기자로 입사, 11월호에 발령됨.

1960년 김은숙(金銀淑)과 결혼함.

1961년 장녀 태어남(유사라). 육군에 입대. 육군본부 정훈감실에서 복무함.

1962년 차녀 태어남(유혜라).

1963년 유엔군사령부로 전속, 《자유의 벗》 편집. J. D. Salinger의 《The Catcher in
　　　the Rye》를 《호밀밭의 파수꾼》으로 한국에서 처음 번역하여 평화출판사에서
　　　간행함.

1964년 만기 제대. 〈사상계〉에 복직함.

1965년 장남 태어남(유태균). 〈사상계〉 편집부장 피임.

1966년 첫 동시집 《꽃사슴》을 숭문사에서 펴냄.

1967년 월간 〈사상계〉가 수난을 당함.

1968년 〈조선일보〉로 전직함. 〈주간조선〉 창간에 참여, 1년간 편집실장 역임함. 이후
　　　편집국 사회부 차장, 문화부 장석(席), 문화부장으로 근무함.

1969년 첫 시집 《감정지도》를 삼애사에서 펴냄.

1970년 월간 문예지 〈현대문학〉이 주관하는 현대문학상을 받음.

1971년 첫 동화집 《오누이 가게》를 대한기독교서회에서 펴냄.

1972년 첫 번역동화집 《흰 사슴》을 삼화출판사에서 펴냄. 시 〈산노을〉이 작곡가 박판

길에 의해 가곡으로 작곡되어 '한국가곡선집'에 들어감.

1973년 미국 하와이대학교(University of Hawaii)로 유학.

East-west Center의 Jefferson Fellowship으로 신문학을 전공함.

1974년 귀국하여 문화부장에 복직. 소천아동문학상 받음. 첫 수필집《길에서 주운 생
각들》을 범우사에서 펴냄.

1975년 〈조선일보〉 논설위원 피임. 이후 〈조선일보〉 제1면 컬럼인 〈만물상〉을 5년간 씀.

1978년 〈조선일보〉에 집필했던 컬럼 〈만물상〉을 간추려 《70년대 변주곡》으로 평화출
판사에서 펴냄. 또 그 이후에 쓴 〈만물상〉을 《뒷돌에 낙수》로 태창문화사에서
펴냄. 〈조선일보〉에 집필했던 문화 관계 사설을 간추려 《유경환의 기침소리》로
도서출판 까치사에서 펴냄.

1979년 동시집 《노래를 쏘는 총》에 수록된 동시를 작곡가 홍연택이 작곡, 서울 장충동
국립극장에서 교성곡으로 연주 공연됨. 이 동시집이 대한출판문화협회의 출판
문화저작상을 받음.

평론집 《한국현대동시론》을 배영사에서 펴냄.

1980년 미국 미시간대학교(University of Michigan)에 플브라잇 교환 교수 자격으로
유학함.

1981년 귀국하여 〈조선일보〉 〈소년조선일보〉 주간에 피임. 대한민국문학상 아동문학
부문에서 동시집 《풀꽃편지》로 우수상을 받음.

1983년 〈조선일보〉 논설위원으로 재임명됨. 장녀 결혼함. 모친 사망.

1984년 시 〈민들레〉가 작곡가 김동진에 의해 작곡, 한국가곡에 선정됨.

1985년 연세대학교 대학원에서 신문방송학 전공으로 박사 학위 과정을 마침.
(1982~1985)

1986년 부친 사망. 동포문학상 본상 받음.

1987년 〈조선일보〉 70년사 집필을 위한 사사(社史) 편찬실장에 피임(논설위원 겸직).

1988년 장남 결혼함.

1989년 연세대학교 대학원에서 〈한국 소년신문의 사회적 기능에 관한 연구〉
논문으로 언론학 박사 학위를 받음.

이주홍아동문학상을 《난 별이 되는 법을 알아요》라는 동화집으로 받음.

차녀 결혼함.

1990년 《조선일보 70년사》 3권을 집필, 〈조선일보〉에서 간행함.

박홍근 아동문학상(제1회)을 받음.

1991년 현대그룹이 창간한 〈문화일보〉로 전직, 일간 〈문화일보〉 창간 사업에 참여함.

　　　　대한민국동요대상을 받음. 〈문화일보〉 논설위원에 피임.

1992년 〈문화일보〉 편집국장 직무대행 수행.

1993년 〈문화일보〉 논설위원실 실장 피임.

1994년 〈문화일보〉 이사대우 논설주간 피임.

1997년 〈문화일보〉 정년 퇴임. 논설고문 위촉. 추계예술대학교 문창과 강사.

　　　　연세대학교 언론홍보대학원 강사.

　　　　연세대학교 사회과학대학 신문방송학과 겸임교수.

　　　　월간 〈아동문예〉가 주관하는 한국동시문학상을 받음.

1998년 한국 아동문학 교육원 설립, 교육원 원장에 취임함.

　　　　계간 〈열린아동문학〉을 창간, 편집인 겸 주간으로 활동.

1999년 〈조선일보〉와 〈동아일보〉의 신춘문예 아동문학 부문 심사 위원 위촉.

　　　　대산문화재단의 창작지원 심사 위원(아동문학 부문)으로 위촉.

2000년 수필 전문지 〈계간수필〉의 편집 위원으로 위촉.

2001년 만 65세로 연세 및 추계 강단에의 5년 동안의 출강을 끝냄.

2002년 한국문인협회가 주관하는 한국문학상을 받음.

2003년 작곡가 윤해중 교수와 함께 가곡 〈오솔길〉 등 20곡의 노랫말을 써서 윤해중가
　　　　곡집으로 출판. 정지용문학상을 〈낙산사 가는 길 3〉으로 받음. 한국잡지언론상
　　　　을 받음. 가곡 박판길 작곡의 〈산노을〉, 〈유월 나비〉 김동진 작곡의 〈민들레〉
　　　　윤해중 작곡의 〈오솔길〉 김정식 작곡의 〈바람 속의 주〉, 〈제비꽃 핀 언덕에〉 등
　　　　2백여 곡의 노랫말(시)이 한국음악저작권협회에 등록되어 있음.

동시집

1966년 《꽃사슴》(숭문사)

1974년 《아기사슴》(일지사)

1975년 《겨울과수원》(세종문화사)

1977년 《겨울 들새》(일지사)

　　　　《은모래》(유진기념관)

1979년 《노래를 쏘는 총》(배영사)

　　　　《호수에 돌 던지기》(서문당)

　　　　《내 고향 솔내》(창조사)

1983년 《풀꽃편지》(견지사)

　　　　《한살부터 열다섯살까지》(계몽사)

1985년 《싸리꽃》(웅진출판사)

《산나리꽃》(꿈동산)

1986년 《일요일에 만나고 싶은 아이》(견지사)

1987년 《작은 새》(대교문화)

《비 오는 날의 꿈》(꿈동산)

1991년 《내 고향 솔내(재출간)》(아이템플)

《산새 두 마리》(용진)

《은하수의 합창》(용진)

《글짓기 첫걸음(동시작법)》(대원사)

1997년 《나도 그랬었다》(예림당)

2001년 《나무가 무슨 생각을 하는지》(문원)

《냉이꽃 따라가면》(파랑새어린이)

2002년 《꽃씨 안이 궁금해》(국민서관)

《마주 선 나무》(창작과비평사)

2003년 《농사리 사람들》(대교출판)

동화집

1971년 《오누이 가게》(대한기독교서회)

1978년 《비단조개》(예림당)

1979년 《햇볕의 호수》(일지사)

《꿈새》(견지사)

1980년 《빨간코 아기곰》(삼성당)

1981년 《별을 끌어내리는 아이들》(갑인출판사)

《금빛 구슬》(어문각)

1982년 《짤룩이와 동고리》(동화출판공사)

《무지개와 다람쥐》(겸지사)

1983년 《해님의 일기》(예림당)

《꿈나라에서 얻은 새알》(꿈동산)

《이름 모를 산새》(어문각)

《아기새》(겸지사)

1984년 《풀꽃이야기》(견지사)

《종이배(〈하얀길〉수록)》(금성출판사)

1985년 《오누이 가게(재출간)》(새벗사)

1986년 《나무 속의 꼬마요정들》(계몽사)

　　　　《외딴집 굴뚝의 파란 꽃연기》(계몽사)

　　　　《사또가 된 숯장수》(일신각)

　　　　《피리 부는 섬바위 낙지》(샘터사)

1987년 《등대섬(3년인집)》(집현전)

　　　　《생일선물》(꿈동산)

1988년 《뿔사슴》(교육문화사)

　　　　《난 별이 되는 법을 알아요》(동화문화사)

1989년 《꾸러기 다람쥐 형제》(새벗사)

1990년 《다람쥐대장 짤룩이》(삼익출판사)

　　　　《털가슴이 고운 새》(태양사)

1991년 《가발 쓴 다람쥐》(어린이교육연구원)

1992년 《다섯개의 창이 있는 집》(두산동아)

2003년 《닷새장 가는 길》(예림당)

시집

1969년 《감정지도》(삼애사)

1972년 《산노을》(일지사)

1974년 《흑태양》(일조각)

1975년 《고전의 눈밭에서》(일조각)

1977년 《이 작은 나의 새는》(일지사)

1979년 《새가 그리는 시월》(근역서재)

1981년 《누군가는 땅을 일구고》(일지사)

1985년 《혼자 선 나무》(일지사)

1986년 《겨울 오솔길》(문학 세계사)

　　　　《촛불 한자루 마주하고》(융성출판)

1991년 《노래로 가는 배》(문학아카데미)

1997년 《원미동시집》(문학아카데미)

2000년 《시간의 빈터》(세손)

2002년 《낙산사 가는 길》(문학수첩)

번역 동화집

1972년 《흰 사슴》(삼화출판사)

1977년 《정글북》(계몽사)

1981년 《조디와 아기사슴》(계몽사)

수필집

1974년 《길에서 주운 생각들》(범우사)

1977년 《유럽의 국제열차》(관동출판사)

　　　　《새끼손가락의 약속》(일지사)

1978년 《70년대 변주곡》(평화출판사)

　　　　《툇돌에 낙수》(태창문화사)

　　　　《유경환의 기침소리》(까치)

　　　　《환상의 겨울·눈밭의 발자국》(연희)

1981년 《어린이를 위한 에세이》(배영사)

　　　　《나무의 영혼》(연희출판)

1986년 《한 그루 꿈나무를 위하여》(동화출판공사)

　　　　《아픔 끝이 사랑인 것을》(써레)

　　　　《눈으로 말하는 것》(범우사)

1987년 《사랑의 나침반》(써레)

1989년 《사랑의 무릎학교》(동화문화사)

1990년 《문틈으로 스민 한줄기 빛이》(강천)

　　　　《우리가 산다는 의미는》(동화문화사)

1991년 《누워서 들어야 들리는 이야기》(대교출판)

1998년 《나무 호미》(세손)

2002년 《초록비》(선우미디어)

평론집

1972년 《안중근》(태극출판사)

1976년 《퇴계선생·율곡선생》(동서문화사)

1979년 《한국현대동시론》(배영사)

1984년 《겨레의 스승 도산 안창호》(흥사단출판부)

1985년 《삼학사전》(민족문화추진회)

《김구》(견지사)

1992년 《도산 안창호(증보판)》(흥사단)

2003년 《이상재》(파랑새어린이)

한국 아동문학가 100인

고성주

대표 작품
〈오두막집 경사〉

인물론
우표값과 은촛대

어린이와 함께 선생이 걸어온 길

오두막집
경사

- 때 : 아기 예수가 탄생하시던 옛날

- 곳 : 깊은 산속

- 나오는 사람들 : 아기 예수(남자 어린이로 신비롭고 환상적인 분장을 함.)

  아이(깊은 산속 오두막집 아이로 동화 속의 아이)

  별①②③④(여자 어린이로 푸른색 의상에 별을 쓰개로 씀.)

  다람쥐①②③④(남자 어린이로 줄무늬 있는 의상에 가면을 씀.)

  새①②③④(여자 어린이로 파랑, 검은, 흰색의 환상의 새들)

  선녀들(흰색의 선녀복을 입은 무용수들)

무대

깊은 산속 오두막집 한 채. 멀고 먼 깊은 산속인데 겨울을 맞아 나무들도 앙상하고 산들도 검기만 하다. 멀리로는 눈이 덮여 희끗한 높은 산이 웅장함을 자랑하지만, 이야기를 펼쳐갈 오두막집은 아담한 동화 나라의 작은 집이다. 군데군데 고목이 몸집에 구멍을 내고 섰지만 그중에서도 다람쥐 집을 낸 한 그루가 오두막 왼쪽으로 자리 잡았다.

막이 오르면

밤이고, 하늘에는 별이 총총히 떴다.

맑고 신비로운 음악이 잠시 흐른다. 이윽고, 춤곡으로 바뀌면 무대 사이사이에서 별들이 나타나 춤을 추기 시작한다.

음악이 끝나갈 무렵 별들도 무용을 마치고 날아갈 듯한 동작으로 무대 뒤편으로 늘어선다.

별들 : 안녕하셔요? 아기 예수님!

아기 예수 : (두리번거리며) 어어? 이 깊은 산속에서 누가 날 알아보고 부르지?

별들 : 흐음, 누가 아기 예수님을 모를까 봐.

아기 예수 : (계속 두리번거리며) 누구니? 말대꾸를 하는게.

다람쥐들 : 잘 찾아보셔요.

아기 예수 : 이건 또 누군고?

새들 : 호호호. 아기 예수님은 하늘나라에만 계셔서 몰라보시는 거야.

아기 예수 : 참 이상도 한 일이지. 아무도 보이지 않는데 말소리만 들리니.

별들 : 잘 찾아보시라니까요.

아기 예수 : 그래.

아기 예수, 맑고 경쾌한 음악에 맞추어 율동으로 나무 사이를 맴돈다. 여기도 기웃 저기도 기웃. 얼마쯤 춤을 추는데 별들에 이어 다람쥐들과 새들도 차례로 나타나 아기 예수와 어울려 춤을 춘다. 또 한 차례 흥겨운 춤이 진행되고…….

아기 예수 : (별들, 다람쥐들, 그리고 새들을 꽉 잡으며) 하하, 너희들이었구나.

별들 : 예, 저희들은 하느님의 신하 별들이지요.

다람쥐들 : 저희들은 산속의 귀염둥이 다람쥐들이고요.

새들 : 저희들은 하늘을 나는 새들이어요.

아기 예수 : 그런 걸 가지고 내가 몰랐구나.

별들 : 죄송합니다. 아기 예수님.

다람쥐들 : 미안합니다. 아기 예수님.

새들 : 뵙게 되어 반가워요, 아기 예수님.

아기 예수 : 아니야, 아니야. 정말 아니야. 몰라본 내가 잘못이지.

별① : 그런데 아기 예수님!

아기 예수 : 그래, 만났으니 재미있는 이야기나 하자.

별② : 여기는 왜 오셨나요?

아기 예수 : 응, 그건.

별③ : 저희들처럼 깊은 산속 맑은 물에 목욕이라도 하시러 오셨나요?

아기 예수 : 아아니.

별④ : 아니신데 왜 오셨나요?

아기 예수 : 그 얘길 꼭 듣고 싶단 말이지?

모두들 : 그럼요.

아기 예수 : 꼭 듣고 싶다면 이야기하마.

모두들 : 예에, 어서 해 주셔요.

아기 예수 : 나는 말이다.

모두들 : 예에.

아기 예수 : 오늘 밤, 밤이 깊으면 넓고 넓은 이 세상엘 오려고 한단다.

모두들 : (놀라서) 예에?

별① : 무슨 말씀을 하십니까? 아기 예수님.

별② : 그건 안 되어요.

아기 예수 : 안 되긴 왜 안 된다는 말이냐?

별③ : 세상은 아기 예수님 같은 착한 사람이 사실 곳이 못 된답니다.

별④ : 예, 그래요. 슬픈 일이 많은 세상은 아기 예수님 같은 어진 사람이 사실 곳이 못 되니까요.

아기 예수 : 모르는 소리.

별들 : 모르시는 것은 아기 예수님이신걸요.

아기 예수 : 아니란다. 세상에 슬픈 일이 많기 때문에 내가 와야 한다.

별① : 안 됩니다. 제발, 어지러운 세상에 아기 예수님이 오시는 건.

아기 예수 : 그건 모르는 소리라니까.

새① : (나서며) 이 세상에 오셔서 무슨 일을 하시려고요?

아기 예수 : 많은 일을 할 테다. 배고픈 사람에게 양식을 주고, 가엾은 사람에게 사랑을 베풀고, 병든 사람은 고쳐줄 테다.

새② : 정말이신가요?

아기 예수 : 암, 정말이고말고.

새③ : 그렇다면 세상 사람들은 아기 예수님의 탄생을 기뻐할 거에요.

새① : 지금껏 세상 사람들을 그토록 돌봐 준 이가 없었으니까요.

아기 예수 : 너희들 내 맘을 알아 주는구나.

별들 : 저희들도 알지만, 아기 예수님이 가엾어서 그런답니다.

아기 예수 : 가엾긴 내가 할 일이 바로 그건걸.

다람쥐들 : (박수를 치고 나서며) 핫하하 잘됐구나.

새① : 잘되다니?

다람쥐① : 불행한 사람들이 행복해지고 슬픈 사람들이 기쁨을 맞게 되었으니까, 안 그러니 얘들아.

다람쥐들 : 맞아. 핫하하…….

다람쥐들, 어느새 스며든 음악에 맞추어 즐겁게 춤을 춘다. 이어서 새들도 따라 춤을 추는데, 별들 아기 예수를 감싸며 퇴장한다. 잠시 신비로운 음악이 흐른다.

다람쥐② : 야! 우리 이럴 때가 아니다.

새③ : 이럴 때가 아니라니?

다람쥐② : 오두막집 아이도 깨우고 동네방네 알려야지.

다람쥐들 : 좋아.

다람쥐들 오두막집 앞으로 몰려간다.

다람쥐들 : (문을 두드리며) 나와라 나와.

다람쥐③ : 잠꾸러기 오두막집 애야, 어서 나와 봐.

오두막집 아이 눈을 비비고 나온다.

아이 : 웬일이니? 너희들.

다람쥐④ : 얘, 기쁜 소식이야.

아이 : 기쁜 소식? 이 깊고 깊은 산골에도 기쁜 소식이 찾아들었단 말이니?

다람쥐① : 암.

아이 : 무슨 소식인데?

다람쥐② : 오늘 밤 아기 예수님이 오신대.

아이 : 아기 예수님이?

다람쥐들 : 그렇다니까.

아이 : 야! 즐거운 일이구나. 즐거운 일.

새들 : 즐거운 일이고말고.

아이 : 만백성 구하러 아기 예수님이 이 세상에 오신다더니 드디어 오시는구나. 나는 믿고 있었지. 언젠가는 오시리라고.

새들 : 축하한다, 애야.

다람쥐들 : 기뻐하렴, 애야.

아이 : 암 축하하고 기뻐해야지. 이 기쁨은 나의 기쁨일 뿐만 아니라 모두의 기쁨이지.

다람쥐① : 아기 예수님은 이 세상에 오셔서 배고픈 사람들에게 양식을 주시고.

다람쥐② : 가엾은 사람에게 사랑을 베푸시고.

다람쥐③ : 병든 사람을 고쳐 주신댔어.

아이 : 이 기쁨을 온누리에 알려야지.

다람쥐들 : 암, 알려야 하고말고.

새들 : 오늘 밤, 깊은 밤에 이 세상 사람들을 구하기 위해 아기 예수님은 세상으로 오
신댔어.

아이 : 얘들아, 우리 다 같이 기쁨을 나누자. 아기 예수님의 태어나심을 진심으로 축
하하는 기쁨을 나누자.

새들 : 암, 그래야지.

다람쥐들 : 그래야 하고말고.

모두들 인사를 나눈다.

다람쥐들 : 축하합니다! 축하합니다!

축하 인사가 그칠 줄 모르는데. 이때다.

어디선가 신비로운 허밍 음악 스며들어 서서히 높아진다.

이어서 하늘을 가르는 밝은 빛이 어두운 무대를 비춘다.

무대는 어느 새 신비 속에 젖어들고 서광만이 허밍 음악을 지켜준다.

잠시 후. 선녀들이 날아갈 듯 춤을 춘다.

어디선가 교회의 종소리가 은은히 들린다.

종소리 뒤를 이어 별들이 하나씩 둘씩 등장한다.

그 뒤를 따라 나오는 아기 예수.

아이, 조용히 합장을 하고 무릎을 꿇는다.

아이 : 오! 아기 예수님, 거룩하시도다!

아기 예수 : (울림 마이크로) 얘야 기뻐하라. 나는 너희들을 위해 이 땅에 왔느니라!

조용한 가운데 성탄 노래 〈기쁘다 구주 오셨네〉가 합창으로 높아진다.

해설 : 이렇게 해서 오랜 옛날 아기 예수님은 깊은 산속 오두막집에도 오셨답니다.

다시 합창 소리 높아졌다 낮아지는데 막이 조용히 내린다.

우표값과
은촛대

이규희

1. 1963년, 그해 봄

살아가면서 문득, 아름다운 만남들은 왜 항상 가장 어려움에 처해 있을 때 나를 찾아오는가, 이런 생각을 한 적이 있었다. 무엇인가 가득 채워졌을 때는 눈에 보이지도, 다가오지도 않았던 어떤 만남들이 항상 온 사방이 캄캄하고 오도가도 못한 채 주저앉아 울고 있을 때 찾아오는 것일까, 하고.

돌이켜 생각해 보면 사랑하는 사람이나 동화를 만났을 때도 그랬고, 집안의 몰락과 함께 고향인 천안을 떠나 탄광 지대인 강원도 황지로 전학을 갔던 열두 살, 그저 황지 연못에 풍덩 빠져 죽고 싶을 만큼 사방천지가 캄캄하기만 했던 그해 봄도 그랬다. 나는 그 막막하기만 하던 황지 시절, 평생 살아가면서 가꾸고 꽃피워야 할 '문학'이라는 씨앗 하나를 심어 준 선생님을 만났으니까.

그 선생님은, 갓 스물한 살의 젊은 나이에 강릉사범학교를 졸업하고 푸르른 한 그루의 나무처럼 첫 부임지 '황지국민학교'로 왔던 고성주 선생님이었다.

그 선생님은 황지에 와서 두 번째 해에 나의 담임이 되었다.

꽃샘추위가 얇은 옷 속을 파고들던 1963년 봄, 5학년이 된 열두 살 어린 소녀와 풋내기 교사였던 스물두 살의 젊은 선생님은 그렇게 만났다.

어쩐지 나를 조금은 깔보는 듯하던, 지나치게 짜증이 많던 오동통한 여선생님 밑에서 4학년 내내 잔뜩 주눅 들어 지냈던 나는 선생님의 환한 웃음이 너무나도 마음에 들었다. 씩씩하고 활기 넘치게 공부를 가르치고, 운동장을 휙휙 가로질러 다니며 아이들과 공차기를 하고, 등사실에서 손에 잉크를 묻혀가며 해가 저물도록 문집을 만들고, 학예회 때 공연할 연극 지도를 해 주던 싱그러운 모습들이 너무나 좋았다.

아침에 눈을 뜨면 빨리 학교에 가고 싶었다. 전학을 와서는 일 년 내내 어떻게 하면 학교에 안 갈까, 궁리만 하던 4학년 때와는 정말 딴판이었다.

어쩌면 그런 선생님과의 만남은 내게, 딴 집 살림을 차린 아버지에 대한 미움과 그리움을 한꺼번에 씻어 줄 수 있었던 시원한 소나기였는지도 모른다.

선생님은 강릉사범에 다닐 때부터 희곡을 쓰고, 연극에 대한 꿈을 지니고 있었다고 했다. 그 옛날 어린 시절, 마을을 찾아온 악극단의 공연을 볼 때나, 학예회 때 다른 아이들이 연극을 하는 것을 볼 때면, 비록 배우가 되어 무대에 서서 공연을 하지는 않아도 가슴이 설레던 생각이 들어서 연극을 하게 되었다는 선생님, 그 선생님은 이미 강릉사범 2학년 재학 중에 강릉방송국에 라디오 단막극 〈김노인〉을 써서 방송되기도 했다고 하였다.

그런 선생님은 마치 '흙 속에 묻힌 진주'를 찾아내듯, 낯선 강원도 생활에 적응을 못한 채 잔뜩 주눅 들어 있던 내 속에서 여러 가지 재주들을 찾아내 주셨다.

그러자 나는 물을 만난 물고기처럼 글짓기를 하고, 연극을 하고, 웅변대회에 나가 상을 받고, 졸업식 때는 재학생 대표로 송사를 읽어 운동장에 모인 사람들을 눈물바다로 만들고……. 마치 어깨에 별을 단 듯 반짝거렸다.

그때까지 나를 그토록 반짝이게 해 준 사람은 아무도 없었다. 엄마도 아버지도 자신들의 삶의 무게가 너무 버거워 언제나 나보다 더 힘들어했으니까.

나는 나를 그토록 반짝이게 해 준 선생님이 정말 좋았다. 그래서 방과 후에는 일부러 친구들과 함께 선생님의 하숙집을 찾아가 놀기도 하였다. 지금도 내 기억의 지도 속에는 선생님이 살았던 집이 오롯이 떠오른다. 학교 가는 길, 그 먼지 풀풀 날리던 신작로를 따라가다 보면 왼쪽 편에 약간 움푹 내려앉은 듯하던 집, 그 조그만 하숙방이. 어느 날은 친구들과 숨바꼭질을 하다가 살금살금 선생님 집까지 가보면 창호지 문으로 선생님보다 더 커다란 그림자가 어른거리고 있는 걸 그저 바라보기도 했었다. 어쩌면 그 시간, 선생님은 〈현대문학〉이나 〈사상계〉 같은 잡지를 읽고 있었을지도 모를 일이다.

그 두꺼웠던 잡지, 생각하면 지금도 가슴이 두근거린다. 얼마 전 나온 자전동화 《아버지가 없는 나라로 가고 싶다》에도 밝힌 이야기지만, 이젠 정말 이 지면을 끝으로 다시는 꺼내고 싶지 않은, 그러나 이미 문단에 다 알려진 '우표값 사건'이 새삼 또 떠오른다.

어느 날, 선생님은 방과 후, 내게 군대에 간 친구에게 보낼 두꺼운 잡지 한 권과 우표값을 주며 우체국에 가서 부치라고 하였다. 하지만 그걸 들고 나오던 나는 학교 앞에 있던 풀빵 아저씨가 굽고 있는 노릇노릇하고 달콤해 보이는 풀빵을 보자 그만 나도 모르게 그쪽으로 다가갔다. 고소한 풀빵 냄새는 솔솔 풍겨 오고, 입 안 가득 군침은 고이고, 아침에 시래기죽만 먹은 배에서는 꼬르락 꼬르락 소리가 나고……. 선생님이 주신 우표값을 쥔 손에는 진땀이 바작바작 났다. 하지만 나는 더 이상 참지 못하고 풀빵 아저씨께 돈을 불쑥 내밀고 말았다. 아저씨가 준 풀빵 봉지를 받아든 손이 바들바들 떨리고 가슴이 후들거렸지만 이미 엎질러진 물이었다. 달콤하고 고소한 풀빵의 유혹은 그보다 더 강렬했으니까.

그 후 선생님은 내가 우표값을 떼먹은 줄도, 군대에 간 친구에게 보내라는 월간잡지가 우리 집 앉은뱅이 책상 깊은 곳에서 잠자는 줄도 모른 채 여전히 나를 믿고 어여삐 여겼다. 그러나 그 우표값을 떼먹었던 그때의 일이 내내 살아가면서 선생님을 그리워하게 될 사건임은 그때는 몰랐다. 5학년 담임을 끝으로 선생님은 강원도 고성군 오호초등학교로 전근을 가고, 나도 6학년이 되자마자 아버지가 먼저 가 있던 영월로 또다시 전학을 가느라 황지를 떠났음에도, 그 기억만은 두고두고 나를 따라다닐 줄을. 선생님이 떠나던 날, 반 아이들과 함께 그 움푹 들어간 선생님의 하숙집에 몰려가 눈물을 흘리던 나를 꼭 안아 주던 그 기억을 끝으로 선생님을 다시는 볼 수가 없었는데도 말이다.

하긴 선생님은 그 기억 말고도 내게 심어 주고 간 게 너무 많았다. 나는 그 일 년 동안 이미 다른 아이가 되어 있었다. 무언가 겁에 질리고 알 수 없는 슬픔으로 잔뜩 주눅 들어 있는 아이에서, 마음속에 '작가'라는 씨앗을 담고 있는 꿈 많은 아이로 변해 있었으니까.

2. 1981년, 초가을

1981년 그해 가을, 나는 이미 한 아이의 엄마였다.

초가을 햇살은 눈부시게 아름다웠고 서울역 뒤 중림동 성당으로 올라가는 가파른 언덕길, 그 왼편에 있던 이름 모를 묘비에도 햇빛이 반짝이던 10월 8일 토요일 오후였다.

나는, 여기저기 궁금한 게 많아 자꾸 해찰을 해대는 세 살짜리 딸의 손을 꼭 잡은 채 성당 안으로 들어섰다. 그날은 〈아동문예〉가 제정한 문학상 시상식이 있는 날이었기 때문이다. 등단한 지 겨우 3년여 밖에 안 된 햇병아리 동화작가였던 나는 선배 동화작가들에게 공손히 인사를 하고는 무심코 입구에서 나눠 준 시상식 팜플렛을 들여다보다가 그만 소스라쳐 놀라고 말았다.

한국동극문학상 부분에 '고성주'라는 이름 석자가 씌어 있는 게 아닌가?

갑자기 온몸으로 소름이 돋았다. 살아가면서 문득문득 '아, 어디 계실까?'라고 생각했던 선생님, 우표값을 떼먹었던 선생님, 내게 글을 쓸 수 있는 씨앗을 심어 줬던 선생님……. 한때 내게 우물과도 같았던 선생님……. 아주 짧은 순간이었지만 별별 생각이 다 스쳐 지나갔다. 하지만 나는 선뜻 선생님 앞에 나설 용기가 없었다. 그래서 옆에 계시던 어떤 선생님께 조심스레, '저, 고성주 선생님이 저의 국민학교 5학년 때 담임선생님이셨어요.' 했더니 그 선생님은 다짜고짜 나를 끌고는 선생님 앞으로 가서는 '고성주 선생, 당신, 이규희 알아?'라고 묻는 게 아닌가. 그러자 놀랍게도 선생님은 나를 보며 '아니, 그 한약방집 딸, 이규희? 그렇지, 맞지?' 하는 게 아닌가?

어쩜, 20여 년 전, 그 어린 제자를 단박에 알아보는 선생님을 보자 나는 갑자기 눈시울이 뜨거워졌다. 그리곤 황지에서의 일들이 마치 흑백영화처럼 휙휙 내 머릿속을 스쳐 지나갔다. 황지연못에 풍덩 빠져 죽고 싶을 만큼 슬펐던 어린 소녀에게 꿈의 씨앗을 심어 주었던 그 선생님을 20여 년이 지나 같은 '아동문학'이라는 길을 걸어가는 동료로 만나게 될 줄이야.

선생님이 그날 〈학마을 이야기〉라는 6·25를 소재로 한 작품으로 한국동극문학상을 받는 걸 바라보며, 나는 '아, 선생님도 스무 살 적의 꿈을 버리지 않으셨군요.' 하는 마음에 마냥 기뻤다.

황지를 떠나 고성으로 전근을 갔던 선생님은 그 후 강원도 거진, 양양, 철원을 거쳐 사립학교인 서울 '계성초등학교'에서 근무한다고 하였다.

그날 이후 나는 선생님이 20년 세월이 지나는 동안 황지 시절처럼 가는 곳마다 학교 신문을 만들고 글쓰기 지도를 하고 동극을 써서는 연극을 무대에 올리곤 하였음을 알았다. 또 교육방송의 ST(study of teacher) 및 방송작가로 활동하는 한편, TV 단막극이며 TV 시리즈 인형극 등 수없이 많은 일을 하였다는 것도. 그사이 같은 강릉사범학교 동문인 아름다운 김주자 선생님과 결혼을 하여 딸 고정민과 아들 고정훈을 낳아 행복한 가정생활을 하신다는 것도 말이다.

〈아동문예〉 시상식장에서 선생님을 만난 이후, 나는 잡지나 문단 소식을 통해 이렇게 선생님의 이야기를 들을 때마다 너무나 자랑스러웠다.

선생님은 그 후에도 희곡 〈나비야 청산 가리〉가 〈월간 문학〉에 당선되고, 또 명동 창고극장에서 어린이 전문극단에 의하여 새 아파트를 찾아 후조처럼 이사 다니는 도시인들의 사회상을 다룬 동극을 일주일 동안이나 공연을 하고, 동극집 《노란 은행잎의 꿈》이 출간되는 것을 기쁨으로 바라보았다.

사람들은 고성주 선생님이 우리나라 아동극, 동극 분야의 개척자라고 말한다.

그 당시 주평을 비롯한 몇몇 동극작가들이 있긴 했지만 그들은 대부분 노랑머리, 뾰족구두의 서양 동화나 서양 궁중이야기, 안데르센의 동화를 각색하여 동극으로 발표하고, 무대에 올리곤 할 뿐이었다. 말하자면 대부분 시대 미상, 국적 미상, 작가 미상의 작품들을 각색하여 어린이들에게 읽히고, 보여 준 것이 전부였다. 그럴 때 선생님은 우리나라 아이들의 정서에 맞는, 우리의 얼과 혼이 담긴 창작 동극을 내보였으며 작품 속에서 여러 갈등 구조들을 설치해 놓고는 그 갈등을 어른이 해결해 주는 게 아니라 아이들 스스로 해결 방법을 찾아 나가는 모습을 보여 줌으로서 자주적이고 창조적인 어린이가 되도록 이끌어 준 것이다. 또한 선생님은 러·일 전쟁이 한창이던 아름다운 울릉도 마을을 배경으로 그 당시 러시아 선장과 울릉도 촌장 간의 가슴 뭉클한 인류애, 인간미가 담긴 〈보물섬〉 등 역사를 소재로 한 작품도 많이 발표하였다.

이렇게 지난 20년간 조금도 쉼 없이 많은 동극 작품을 발표하는 한편 교육자의 길에서도 몸과 마음을 아끼지 않은 선생님은 창신초등학교 교장을 거쳐 지금은 반포초등학교 교장으로 아이들과 함께하고 있으니, 그야말로 문학과 교육, 두 마리의 토끼를 다 잡은 게 아닐까?

나는 그 옛날 푸르른 나무와 같던 선생님이 이제는 가지가 사방으로 뻗어 나간 우람한 나무가 되었음을 새삼 느꼈다.

3. 2004년, 이른 봄

얼마 전, 어느 출판사 편집부에서 원고에 관한 이야기를 하고 있을 때였다. 다음 호 〈시와 동화〉의 '이 시대의 아동문학'편에서 고성주 선생님을 다루기로 했는데 선생님의 인간과 문학에 대한 글을 써 줄 수 있느냐는 전화가 걸려 왔다.

나는 그 전화를 거절할 입장이 아니었다. 문단에서 이미 스승과 제자 사이임을 다 알고 있는 터에, 그걸 다른 사람에게 미룰 수는 없다는 생각이 들었기 때문이었다. 하지만 나는 솔직히 누군가의 문학을 논할 만큼 글을 보는 안목이 있거나 박식한 편이 아니라 '문학' 쪽에 초점을 맞추고 글을 쓸 수는 없고, 그저 선생님과 나에 관한 이야기밖에 쓸 수가 없는데 괜찮겠느냐고 했더니, 그것도 재미있는 글이 되지 않겠느냐, 하는 말에 그만 선뜻 이 글을 쓰겠다고 약속을 하였다.

하지만 마감일이 가까워 올수록 마음이 조급해졌다. 가만히 생각해보면 내가 고성주 선생님을 안다고 하는 게 어디까지나 열두 살 어린 소녀 적의 기억에 갇혀 있을 뿐, 그 외에는 가끔 문단 모임에서 마주칠 때마다 인사를 올리며 몇 마디 이야기를 나눴을 뿐이었다. 선생님을 서울에서 다시 만난 게 벌써 20여 년이 지났건만 여지껏 찾아 뵙고 식사 한 번 대접하지 못했단 말인가, 절로 후회가 될 지경이었다.

'그래, 떼먹은 우표값도 갚을 겸 오늘은 선생님께 식사 대접을 하며 이야기를 나누자.'

이렇게 작정을 하고 전화를 드리자 선생님은 흔쾌히 그러자고 하였다.

토요일 12시, 반포에서 선생님을 만나 어느 일식집으로 들어가 앉으니 나는 마치 누군가를 처음 만나는 듯 가슴이 설레었다. 그리곤 선생님께 웃으며 말했다.

"선생님, 오늘, 제가 점심값 낼 거예요. 아직 선생님께 우표값도 못 갚았잖아요."

선생님은 어쨌든 술이나 마시자며 웃었다.

그렇게 40여 년 만에 단둘이 만난 스승과 제자는 술을 마시며 이런저런 이야기 속으로 빠져들었다. 스물두 살 선생님은 이제 머리가 희끗희끗하고 머리숱이 빠진 60대가 되었고, 열두 살이었던 나는 눈가에 주름이 진 50대가 되었으니 정말 세월의 더께가 무상했다. 누군가의 싯귀처럼 그건 늙음이 아니라 '발효의 시간'이었을까. 선생님과 나는 마치 그 시절로 돌아간 듯 기억을 끄집어내며 마치 추억을 짜깁기하듯 즐겁게 이야기를 나누었다.

그러면서 나는 비로소 뒤늦게 선생님의 속이야기를 들을 수 있었다. 연극 공연이 끝나고 텅 빈 객석을 바라볼 때마다 느꼈던 쓸쓸함에 대해서, 이젠 6개월 후 정년퇴직을 하고 나면 여기저기 발로 찾아다니며 그동안 쓰지 못했던 작품을 쓰겠노라는 이야기, 사모님과 아들 딸 이야기 등 도대체 언제 다섯 시간이 훌쩍 지나갔는지 모를 만큼 이야기는 꼬리를 물고 이어졌다.

나는 그 자리에서 선생님께 폐허가 된 '탄광촌'을 소재로 동극을 써보는 게 어떠냐는 제안을 하였고, 선생님은 언제 기차를 타고 함께 '황지'에 가 보자는 이야기를 하였고. 그렇게 긴 시간 이야기를 나누고 자리에서 일어난 나는 그만 깜짝 놀랐다. 어느 틈에 선생님이 계산을 끝내셨다는 게 아닌가?

나는 결국 그날 선생님께 우표값을 갚지 못한 채 돌아서고 말았다.

그런데 돌아오는 차 안에서 나는 문득 깨달았다. 선생님은 결코 그 우표값을 받지 않으리라는 것을. 어쩌면 은촛대를 훔쳐 갔던 장발장을 용서해 준 신부님처럼 선생님은 내가 그 우표값을, 그 옛날의 나처럼 배가 고픈 사람들에게 갚으라는 뜻임을 말이다. 그걸 깨닫자 왜 갑자기 눈시울이 뜨거워졌을까.

나는 흘러나오려는 눈물을 간신히 안으로 감춘 채 동작대교를 건너며 뉘엿뉘엿 저물어 가는 저녁노을을 바라보았다. 그 강을 타고 어디선가 봄이 올 것 같은 2월 어느 토요일에.

어린이와 함께 선생이 걸어온 길

1942년 4월 22일 강원도 양양군 손양면 하양혈리(뱀골)에서 아버지 고대우(高大禹)와
어머니 윤해응(尹海應)의 장남으로 태어남.

1951년 2월 19일 6·25 전쟁 중 전염병으로 아버지가 별세함(58세).

1955년 3월 20일 양양국민학교(초등학교)를 졸업함.

1958년 3월 10일 양양중학교를 졸업함.

1960년 6월 5일 사범 학교 2학년 재학중에 강릉방송국에 라디오 단막극 〈김노인〉 방
송으로 전파를 탐.

1962년 2월 8일 강릉사범학교를 졸업함.

4월 2일 강원 삼척군 황지초등학교에 첫 발령을 받아 교직의 길을 걷기 시작함.

학교문집 《메아리》 제작 발행함.

1964년 3월 5일 강원 고성군 오호초등학교로 전출함.

학교신문 《아카시아》를 제작 발행함.

6월 10일 고성주 작·연출 〈간첩선〉 제작 순회공연을 함(군예술제 참가·군부대
공연·대주민 위안 공연).

11월 5일 새로운 글쓰기 지도 방법 〈가필가식법·연상법·워크샵법·명시암송법
등〉을 적용 공개 발표회 엶.

1965년 3월 1일 강원 고성군 거진초등학교로 전출함.

학교신문 월보 〈등대〉 제작 발행함.

1967년 4월 11일 강원 양양군 강현초등학교로 발령을 받음.

계간문집 〈새오동〉을 제작 발행함.

1969년 9월 1일 강원 철원군 신철원초등학교로 전출함.

10월 25일 전교생 시화전을 개최함.

1970년 3월 1일 강원도 철원군교육청에 발령받아 교육청에서 근무하기 시작함.

1971년 5월 9일 사범 학교 동문출신 교원 김주자(金周子)와 결혼함.

1972년 3월 1일 문교부 장관 우수교원 표창을 받음.

1974년 3월 27일 사립 서울 계성초등학교로 직장을 옮김.

7월 8일 서울특별시 성북구 돈암동 538번지에서 장녀 고정민(高廷旼)이 출생함.

1975년 4월~ 교육방송 ST 및 방송작가로 활동함.

20여 년간 ST출연 영역 / 교과 영역, 대담 영역, 아동문학 지도 영역,
시사프로 등. 집필 영역 / 특집극, 어린이 극장, 위인전 빛을 남긴 사람

들, 이야기 국사, 음악가의 생애와 예술, 시사프로그램 5분 드라마 등과
TV단막극, TV시리즈 인형극, TV교과 프로그램 등을 집필함.

1975년 5월 30일 동극 〈잠자는 공주〉(주평 작, 고성주 지도, 탤런트 서인석 연출)가 서
울 유관순기념관에서 개최한 한국아동극협회(회장 주평) 주최 전국아
동극경연 대회에서 최우수작품상을 수상함.

6월 5일 〈잠자는 공주〉 명동국립극장에서 재공연함.

1978년 3월 4일 서울특별시 도봉구 미아동 321번지에서 장남 고정훈(高庭勳)이 출생함.

6월 27~30일 동극 〈희망의 속삭임〉을 탤런트 신국 연출로
서울세종문화회관 별관에서 4일에 걸쳐 공연함.

1980년 2월 25일 명지대학교 행정학과를 졸업함.

7월 10~12일 동극 〈외로운 별〉 제작·연출로
세종문화회관 별관에서 3회에 걸쳐 공연함.

9월 10일 도서출판 범아서적에서 첫 동극집 《희망의 속삭임》이 출간됨.

1981년 4월 1일 한국희곡작가협회 사무국장 업무를 맡아 보기 시작하여 향후 20여 년
간 지속적으로 협회일을 봄.

5월 1일 한국동극작가협회 창립, 회장에 피선됨.

6월 5~7일 동극 〈크리스마스 송가〉 제작·연출로
세종문화회관 별관에서 2회에 걸쳐 공연함.

10월 8일 월간 〈아동문예〉가 제정·시상하는 한국동극문학상을 수상함.

1982년 5월 9일 동극 〈놀〉작·연출로 명동성당 문화관에서 공연함.

1983년 10월 1일 한국교육출판에서 두 번째 동극집 《아동극 세계》가 출간됨.

12월 6일 한국문예진흥원에서 제정·시상하는 대한민국문학상 신인상을 수상함.

1984년 4월 1일 희곡 〈나비야 靑酸가리〉가 〈월간 문학〉에
당선된 뒤부터는 동극은 물론 성인 희곡을 쓰기 시작함.

4월 26일 문화공보부에서 제정·시상하는 어린이도서상(저작부문)을 수상함.

12월 20일 한국교육출판에서 동극이론서
《아동극의 이론과 실제》가 출간됨.

1985년 3월 1일 사립 계성초등학교에서 공립 창경초등학교로 근무처 옮김.
이후 학부모 교양 강좌, 직원 연수, 대주민 교양 강좌 강의 등을 지속
적으로 함.

5월 4~10일 어린이 전문 극단에 의하여 새 아파트를 찾아 후조처럼 이사다니
는 도시인들의 사회상을 다룬 동극〈전학 온 아파트 아이〉가 명동

창고극장에서 7일간에 걸쳐 공연됨.

1986년 5월 1일 도서출판 아동문예에서 세 번째 동극집《노란은행잎의 꿈》이 출간됨.

6월 5일 KBS 라디오 일일 연속극 '내일은 푸른 꿈' 등을 집필함.

1987년 12월 10일 가톨릭출판사에서 네번째 동극집《외로운 별》이 출간됨.

1989년 3월 1일 창작동화〈꽃가게 할아버지〉가 초등학교 3학년 도덕 교과서에 수록됨.

3월 1일 서울 숭덕초등학교 교감으로 승진 임명됨.

6월 2일 어머니가 노환으로 별세함(85세).

1991년 4월 1일 한국희곡작가협회 상임이사직을 맡아 협회일을 봄.

1992년 1월 1일 한국문인협회 감사에 임명되어 6년간 감사를 역임함.

1993년 9월 16일 어린이 극 운동에 이바지한 공적으로 색동회 제9회 눈솔상을 수상함.

9월 20일 도서출판 아동문예에서 다섯 번째 동극집《슬픔이 가득한 가을 이야기》가 출간됨.

1994년 3월 1일 서울 중현초등학교 교감으로 전출함.

4월 1일 장남 고정훈이 서울 대원외국어 고등학교에 입학하자 통학 시간을 줄이기 위하여 지근거리인 서울 중랑구 면목동 1501번지로 이주함.

5월 10일 YWCA에서 주부 대상 문학 강좌를 6년간 함.

7월 30일 가톨릭출판사 발행 동극집《외로운 별》재판 1쇄 나옴.

8월 1일 10여 년간 서울시 교원연수원에서 주관하는 교원자격연수 및 각종 직무연수 국어과 강사로 강의를 함.

1995년 4월 1일 한국희곡작가협회 부회장을 맡아 협회 일을 지속적으로 봄.

11월 28일 제6회 박홍근아동문학상을 수상함.

12월 8일 한국희곡작가협회가 제정·시상하는 한국희곡문학상을 수상함.

1996년 5월 15일 제 17회 스승의 날 기념 교육부장관 연공상을 받음.

1997년 3월 1일 장남 고정훈 군 서울대학교 경제학부 입학함.

서울 을지초등학교 교감으로 전출함.

3월 26일 장남 통학 거리를 줄이기 위하여 서울 서초구 방배동 921번지로 거주지 이전을 함.

6월 5~6일 서울시 교원연수원에서 교원을 대상으로 학예회 부활을 위한 학예회 구성, 동극 콘티 짜기, 학교극 지도에 대한 특강을 함.

1999년 2월 1일 한국교육신문사에서 이론서《학교극·아동극의 이론과 실제》를 출간함.

3월 1일 서울 창신초등학교 교장에 승진 임명됨.

2001년 1월 12일 한국 아동문학인협회 부회장에 피선됨.

12월 23일 장녀 고정민이 사위 김선빈 군과 결혼함.

2002년 7월 1일 〈월간 문학〉에 장막 희곡 〈장마〉(3막 5장)를 발표함.

10월 10일 동극집 《슬픔이 가득한 가을 이야기》 재판 1쇄 나옴.

11~12월 〈월간 문학공간〉에 희곡 〈나비야 훠이 훠이〉를 분재하여 발표함.

2003년 3월 1일 서울 반포초등학교 교장으로 자리를 옮김.

11월 1일 〈월간 문학〉에 희곡 〈강영감 도리 지키다〉를 발표함.

12월 8일 〈평화신문〉 평화방송 신춘문예 극부분 맡아서 심사를 봄.

12월 20일 한인현글짓기장학회가 제정·시상하는 제34회 한인현글짓기지도상
          을 받음.

한국 아동문학가 100인

김종상

대표 작품
〈속이 차면〉 외 4편

나의 동시
나는 동시를 이렇게 썼다

작품론
모성 지향의 시

어린이와 함께 선생이 걸어온 길

속이 차면

빈 양동이는 요란하지만
속을 채우면 소리가 없지,

얕은 냇물은 시끄럽지만
깊은 강물은 잠잠하단다.

잔가지는 바람에 흔들려도
굵은 둥치는 꿈쩍도 안 하지,

생각이 넓고 깊은 사람은
늘 신중하고 조용하단다.

자전과 공전

만약 지구가 자전을 하지 않는다면
땅덩이 반쪽은 천년만년 밤일 테지
그 반쪽에는 아무것도 안 보일 테지.

지구가 만약 공전을 하지 않는다면
땅덩이 반쪽은 천년만년 겨울일 테지
그 반쪽에는 아무것도 못 살 테지.

지구가 쉼 없이 태양계를 도는 것은
땅덩이에 햇빛을 고루 쬐어주려는 게지
목숨 가진 모두를 고루 사랑해서지.

생명의 불씨

누가 그 많은 불씨를
산과 들에 심었을까?
봄이 오는 오솔길을
환히 밝혀주는 꽃불들.

누가 그 많은 불씨를
나무마다 댕겼을까?
봄을 맞은 가지마다
곱게 피어나는 잎불들.

그건 해님이 심었지.
흙 속에서 나무 꼭대기까지
골고루 심은 해님의 불씨
활활 타오르는 생명의 불길.

참 대단해요

이웃집 언니는 참 대단해요
까망머리가 노랑으로 되었다가
빨강이나 파랑으로 되기도 해요.

그 언니는 눈도 참 대단해요
쌍꺼풀인데 눈썹도 엄청 길어요
눈동자도 색깔이 자주 바뀌어요.

이웃집 언니는 정말 대단해요
얼굴 화장과 옷 치장이 바뀌면
전혀 딴 사람처럼 되기도 해요.

나도 언니만큼 나이를 먹으면
머리칼 색깔도 그렇게 변하고
모습까지 달라질 수 있을까요?

봄눈

누가 봄눈을 희다고 했나?
머리를 젖히고 하늘을 쳐다보면
까맣게 몰려오는 하루살이 떼

봄눈은 분명 하루살이다.
한껏 꾸미고 모양을 내봤자
금방 한 톨 물방울로 지는 것을

그래서 봄에 내리는 눈송이는
설레는 마음처럼 흔들린다.
눈앞이 아찔하도록 기쁜 만남과
가슴 저리도록 슬픈 헤어짐도
미친바람처럼 지나가는 것을

누가 눈을 하얗다고 했나?
아득한 잿빛 하늘 벼랑 끝에서
무리로 떨어져 내리는 봄눈은
모두가 새까만 하루살이다.
우리의 삶처럼 금방 지고 마는.

나는 동시를
이렇게 썼다

G.L.L. 뷔퐁은 '글은 곧 그 사람'이라고 했다. 사람은 환경의 산물이고 글의 내용은 환경이 결정한다고 보기 때문이 아닌가 한다. 나의 경우도 그러했다는 생각이다. 내가 글을 쓰기 시작한 것은 1955년 상주 외남에 교사로 부임한 것과 때를 같이 한다. 6·25 전쟁 직후라 모두가 살기 힘든 때였지만 그해는 더욱 어려웠기에 '쌍팔년'이라고 불렀다. 1955년이 단기로 4288이었기 때문에 끝 두 글자 88을 따서 그렇게 불렀던 것이다. 학급 담임 외에 문예반(文藝班)까지 맡은 나는 읽을 책이 없는 아이들에게 내가 글을 써서 읽어 주며 글쓰기 공부를 시켰다. 곶감과 고치와 쌀로 이름난 '삼백의 고장' 상주는 11월이면 감도 감잎도 모두 빨갛게 물들어 마을은 온통 불타는 숲으로 덮인다. 어느 가을날, 나는 저녁놀이 붉게 드리운 황혼 속에서 고추잠자리를 쫓는 아이들을 바라보다가 메모장을 꺼냈다. 나는 노을 속의 아이들 모습을 그림으로 그리듯 글로 스케치했다.

파랗던 풋감도 / 홍시로 익듯 /

하늘도 그렇게 익는 것일까? //

하루 해가 서산에 질 때 /

하늘이 빨갛게 물이 드네 /

세상이 온통 감빛이네. //

빠알간 감잎이 구르는 황톳길에도 /

고추잠자리 쫓는 아이들 옷깃에도 /

노을이 빨갛게 젖어 있네.

– 〈노을〉(1956)

이렇게 쓴 글을 아이들에게 읽어주는 나는 기뻤고, 내가 쓴 글을 듣는 아이들은 좋아했다. 그래서 나는 더욱 열심히 글을 썼다. 젊은 날에는 누구나 한 번쯤은 문학도의 꿈을 가져보듯이 나도 이 무렵에는 시인이나 소설가의 꿈이 조금은 있었다. 그래서 1958년에는 〈새교실〉 4월호 4, 5, 6학년 편에 자유시 〈너를 찾아 가련다〉를 발표하고, 8월호에는 소설 〈부처손〉이 독자문예란에 곽종원 선생 심사로 뽑혔다. 그때부터 몇 편의 시와

소설을 〈교육자료〉와 〈새교실〉 등에 발표했으나, 그것은 내 아이들에게 읽어줄 글이
되지 못하였다. 그래서 아이들을 위한 글을 써야겠다고 생각하고 동시를 쓰기 시작했
고 1959년에는 〈새벗〉 7주년 기념 현상문예 공모에 동시 〈산골〉이 뽑혔다.

앞산과 / 뒷산이 / 마주 앉았다. //

하늘이 / 한 뼘 //

해가 / 한 발자국에 / 건너간다. //

햇볕이 그리워 / 나무는 / 목만 길고 //

바위도 / 하릴없이 / 서로 / 등을 대고 / 누웠는데. //

산마루를 / 기어 넘는 / 꼬불길가에

송이버섯 같은 / 초가집 하나. //

해 지자 / 한 바람 실같이 / 저녁 연기 오른다.

– 〈산골〉(1959)

이 글은 나중에 〈외딴집〉으로 제목을 바꾸었지만 내가 자란 산골마을 풍경이었다.
위대한 자연 속에서 보면 사람은 참으로 하잘 것 없는 존재이다. 그래서 우리 조상들은
산수도에 사람을 그릴 경우에는 점만큼 작게 그려 넣었다. '초가집과 저녁 연기'에서 비
로소 사람의 존재를 생각하게 하는 이 글은 옛 산수도와도 같은 표현 기법이라 하겠다.
이때 내가 지도한 아이들 글도 여러 편이 뽑혀 상을 받았다. 상주가 '어린 문사의 고
장–동시의 마을'이란 이름에 걸맞는 큰 자랑이었다.
그해 나는 군에 입대를 하면서 그동안 쓴 동시를 신춘문예에 보내서 1960년 〈서울신
문〉에 당선됐다. 동시 〈산 위에서 보면〉이 당선 작품이다.

산 위에서 보면 / 학교가 나뭇가지에 달렸어요. //

새장처럼 얽어놓은 창문에, /

참새 같은 아이들이 / 쏙쏙 / 얼굴을 내밀지요. //

장난감 같은 교문으로 / 재조잘 재조잘

떠밀며 날아 나오지요.

– 〈산 위에서 보면〉(1960)

학교 앞 모래고개에서 바라본 학교 풍경이다. 나무 사이로 바라보이는 학교 모습이
나뭇가지에 달린 새장과도 같았다. 학교가 새장이면 아이들은 새들이다. 창문으로 얼

굴을 내밀기도 하고 짹짹거리며 교문을 날아 나오기도 하는 참으로 귀여운 새들이었다. 이 무렵의 내 글은 대부분 이렇게 자연 풍광을 스케치하듯 보이는 대로 그려내는 사생시(寫生詩)에 치중했던 것이다.

그러다가 1969년에 서울로 자리를 옮겼다. 서울 생활은 대단한 변화였다. 그 변화에 적응하지 못하는 나는 생활이 몹시 서툴렀다. 출근부터가 그랬다. 아침 버스는 언제나 만원이어서 어물거리다가는 밀려나기가 일쑤였다. 결사적으로 돌진해야 한다. 나는 어린이의 입장이 되어 그 경험을 소재로 시를 썼다.

아침 입석 버스는 / 언제나 만원이다. /

이것이 서울이구나, / 모든 것이 비좁기만 한……. //

체면과 질서를 밀치고 / 간신히 올라타도 /

손은 천장에 매달리고 / 발은 허공을 딛고, /

사람 사이에 끼어 / 남의 몸에 짓눌려 /

안간힘을 써도 / 챙길 수가 없구나. / 내 작은 몸뚱이. //

덜커덩! / 정류장 푯말 밑에 /

짐짝처럼 내동댕이쳐진 / 이게 정말 나인가? //

버스는 스컹크, / 매연을 뿜으며 / 저만큼 달려가는데, //

그래도 붙어 있구나, / 내 팔과 다리. /

모두 따라 내렸구나, / 내 책가방, / 내 모자.

– 〈만원버스〉(1969)

이렇게 바뀐 생활환경은 상당 기간 나에게 새로운 글감이 되었고, 나는 그것을 쓰는 것이 큰 위안이었다. 〈서울 누나〉, 〈거리 소음〉, 〈공기오염〉, 〈한강보호〉, 〈집찾기〉, 〈빌딩〉, 〈다방〉, 〈아파트〉, 〈네온싸인〉 등의 동시와 〈건널목에서〉, 〈제비들의 주택난〉, 〈택시 기사 이야기〉, 〈개가 된 사람들〉 등의 '수필'은 모두 한가로운 전원도시인 상주에서 쓴 글들과는 색깔을 달리했다.

나는 시골이 그리우면, 밤에 하늘을 쳐다보았다. 서울 하늘은 매연에 그을려 별도 달도 잘 볼 수가 없었다. 어쩌다가 빌딩의 어깨 너머로 달이 보일 때는 참 반가웠다. 그러나 그것은 시골에서 보던 달이 아니었다. 수심이 가득한, 빛이 낡은 달이었다. 나는 그때의 느낌을 다음과 같이 적었다.

서울의 달은 / 아무도 / 보아 주는 이 없어 /

쓸쓸하고 맥빠진 표정이다. //

억새숲을 헤치며 / 솔가지를 딛고 오르면 /

왁자하게 / 손 흔들어 반겨 주던 /

시골 어린이들을 / 생각하며, //

빌딩 숲 사이로 / 소란스러운 거리를 /

두리번거리는 / 서울의 달은, //

매연에 그을려 / 부석하고 짜증난 얼굴로 /

고가도로 난간에 앉았다가 /

슬그머니 떠나간다.

　　　– 〈서울의 달〉(1969)

　　나는 이따금 택시를 타고 서울 외곽을 돌아오곤 했다. 그것은 다소 경제적인 부담이 있었지만 마음이 울적하면 그럴 수밖에 없었다. 하루는 밤에 북악을 올랐다. 팔각정에서 내려다보는 서울은 황홀했다. 빌딩 창문마다 반짝이는 등불이며 길을 따라 물결처럼 흘러가는 자동차의 불빛과 오색찬란한 네온등으로 서울은 빛의 바다였다. 그것은 밤하늘의 어느 별자리보다도 찬란했다. 문득 나도 한 개의 별이란 생각이 들었다. 별 가운데서도 잠시 흐르다가 꺼져 버릴 반딧불보다도 작고 약한 유성 같은 것이겠지만. 그래서 그 순간의 느낌을 이렇게 적었다.

바다를 보았겠지, / 끝없는 물결 //

물방울이 빛이라면, / 밤 바다는 /

출렁이는 빛결로 / 살아 있는 별자리겠지 //

끝없이 펼쳐진 / 눈부신 소용돌이 /

굽이굽이 빛결 위로 / 부서지는 꽃불 //

돌고 달리고 / 치솟고 퍼지는……. //

육백만 가슴으로 / 저마다 엮는 꿈이 /

찬란한 빛으로 피어 / 서울은 끝없는 별의 바다. //

어디서 쏟아져 / 어디로 흐를까? / 이 별자리는. //

은하수 강변을 / 유성이 흘러가듯 //

나도 이 밤 / 북악을 흘러간다. /

한 개의 외로운 별.

　　　– 〈밤 북악에서〉(1970)

어느 일요일 하루, 시내 구경을 나섰다. 남대문 시장으로 갔다. 장사꾼들이 살아가는 모습을 보았다. 충청도 사투리로 멍게를 파는 아주머니, 전라도 말씨로 번데기를 외치는 아저씨, 경상도 토박이말로 싸구려를 부르는 젊은이 모두가 열심히 살고 있었다. 우리나라 각처의 사람들이 모두 거기에 와서 함께 어울려 살아가고 있었다. 그들의 얼굴에서 순박한 시골 농민들의 모습을 떠올렸다. 이농 현상으로 시골의 논밭이 묵어가고 있음을 걱정하는 까닭을 알 것 같았다.

충청도와 전라도 / 강원도와 경상도에서 /
고향을 버린 사람들 / 모두 여기 있구나. //
밤늦은 시장 골목 / 가스등 아래 /
멍게를 팔고 / 번데기를 외치며, //
서툰 하루를 / 남의 흉내로 사는 /
분이네 오빠. / 돌이 아저씨. //
소나기 딛고 간 / 밭이랑마다 / 팔걷고 풍년을 심던 /
그 흙빛 주먹엔 / 호미가 없어도, //
착한 황소 눈엔 / 아직도 서려 있구나 /
전설 같은 고향 이야기.
– 〈시장골목〉(1970)

남대문 시장을 나와 덕수궁 뒷길을 걸어 서소문으로 넘어갔다. 길 왼편에 의족원이 있었다. 고무와 플라스틱으로 만든 팔다리가 진열되어 있었다. 한 젊은이가 주인인 듯한 남자의 도움을 받으며 장화를 신듯 의족을 다리에 끼우고 있었다. 어쩌다가 다리를 잃었을까? 전쟁터에서, 공사장에서, 팔다리를 잃은 사람들을 생각했다. 무엇으로도 대신할 수 없는 잘려나간 팔다리를 그렇게라도 때워 붙여야 하는 심정들은 어떨까?

전쟁터에서 / 공사장에서 /
거룩한 이름으로 바친 / 팔과 다리를 위해 //
푸줏간 살코기처럼 / 진열장에 내걸린 / 의족, 의수들. //
포탄에 찢긴 다리를 보며 / 조국을 부르던 병사, /
톱니바퀴에 뜯긴 팔을 안고 / 어머니를 찾던 사람들. //
모두 여기 와서 찾는구나, / 그 잃어버린 팔과 다리. //
헤진 신발을 바꾸어 신듯 / 뚝 잘려나간 팔다리를 /

여기 와서 때워 붙이고 / 하늘을 쳐다보는 / 표정 잃은 얼굴들. //

아! 비가 내린다. / 구멍난 가슴 속으로. //

메아리도 없는 여울이 /

멍든 마음을 씻어 내린다.

– 〈의족원〉(1972)

건강한 내 다리에 감사하며, 의족원을 뒤로 하고 서대문 로터리를 지나 경기대학 언덕길로 향했다. 날이 저물고 있었다. 나는 북아현동 친지집에 숙식을 의지하고 있었기 때문에 종종 이 길로 다녔지만 그날은 참 한적했다. 어디선가 물소리가 들렸다. 귀에 익은 골짝물 소리였다. 반가웠다. 물소리가 나는 곳은 맨홀이었다. 얼굴이 못나고 행동이 나빠도 목소리는 기막히게 고운 사람이 있다. 하수도를 흐르는 구정물 소리가 이렇게 맑을 수가 있을까 하는 생각이 들었다.

맨홀을 빠져 나온 물소리는 / 숨이 가쁘다. //

발길에 짓밟히고 / 차바퀴에 갈리면서 /

회오리바람에 쫓기는 / 나비들처럼 /

지친 날개를 파닥이며 / 내 귓가에 매달린다. //

목욕탕 배수구나 / 음식점 구정물통에서 /

모여들어 / 하수도를 흐르면서도 /

싸리꽃 피는 / 산골짝인 줄만 아는가? //

졸졸졸 / 숨이 끊어질 듯 이어가는 /

하수도의 물소리.

– 〈물소리〉(1969)

30년이 지난 지금 나는 그때 쓴 이 시들을 다시 읽으며, 그간 서울도 참 많이 변했다는 사실에 새삼스럽게 놀라고 있다. 변화에도 가속이 붙고 있었다. 서울은 더욱 그렇다. 이제는 그때와는 다른 모습의 서울을 노래할 수 있었으면 하는 마음 간절하다.

그러다가 1973년 나는 어머니를 잃었다. 살아 계실 때는 몰랐는데, 잃고 나니 그의 빈자리가 너무 넓었다. 어머니는 나에게 사랑과 희망의 불꽃을 끊임없이 피워 주신 불씨였던 것이다. 그 불씨를 피워 뜨거운 사랑으로 우리를 감싸 주시고 밝은 빛으로 가는 길을 밝혀 주시는 어머니는 누구에게나 원초적인 사랑이고 영원한 그리움일 것이다. 그래서 그 불이 꺼지면 모든 빛이 한꺼번에 떠나는 것이다.

한 목숨 산다는 것이 / 불꽃 같은 것이라면 /

활활활 날며 타는 / 횃불일 수도 있을 텐데, /

어머니 지나온 일생은 / 잿불 같은 것이었네. //

제 몸을 나누어서 / 새 빛으로 피워 주며 /

언제나 아궁이 깊이 / 없는 듯 숨어 있어 /

보듬어 속으로 뜨거운 / 그러한 불씨였네. //

그 불이 다 사그라져 / 마지막 꺼지던 날, /

하늘과 땅 사이는 / 다 빈 듯 허허롭고 /

이 세상 모든 빛들이 / 함께 따라 떠났네.

— 〈불씨〉(1973)

　자신의 모든 것을 희생해서 길러 주신 어머니를 나는 한 번도 제대로 모시지 못했다. 서울로 모셔 와도 사흘을 못 넘기고 시골로 내려가시곤 했다. 그것은 아버지도 마찬가지였다. 흙내와 풀 향기가 그립고 자신들이 평생을 땀으로 가꿔 온 논밭을 잠시도 떠날 수가 없었던 것이었다. 그래서 어쩔 수 없이 나는 멀리 두고 생각만 했다. 생각은 아버지보다도 어머니를 향한 그리움이었으니, 어머니는 곧 고향산천이었고 간절하리만큼 가슴 저린 향수였다.

구름 너머 고향을 두고 / 그리움을 앓던 나날 /

어머니 무명치마는 / 구비구비 푸른 산자락 /

언제나 내가 쉴 곳은 / 거기 두고 있었네 //

괴로움의 그늘에서도 / 즐거움을 기르시고 /

미움도 어루만져 / 사랑으로 가꾸시는 /

어머니 높은 산맥에 / 나 하나는 무얼까? //

때로는 바람을 맞고 / 눈비에 지친 날에도 /

그 품에 깃을 풀면 / 꽃이고 잎이었지만 /

끝내 그 높은 뜻은 / 헤아리지 못했네.

— 〈어머니 무명치마〉(1973)

　어머니를 그린 이러한 나의 동시는 초등학교 국어에 〈어머니〉, 특수학교 중등 국어에 〈그 이름〉이 실린 것을 비롯하여, 〈기다림〉, 〈고향 마을〉, 〈다시는 오지 않을〉 등과 나의 서울 생활 모습을 담은 동시를 모아 어머니 1주기가 되는 1974년에 《어머니 그 이름은》이란 동시집으로 펴냈다.

이래서 나의 동시는 '전원의 한가로움'에서 '도시의 이방인'으로 옮겨지고, 다시 '어머니를 향한 그리움'으로 시점이 바뀌었다. 시상도 보호색을 띠는지 나의 동시는 생활환경을 따라 이렇게 그 몸빛을 달리해 온 것 같다. 그 후 어느 정도 서울 생활에 길들여진 뒤에는 새로운 변화를 시도해 보았는데, 그중의 하나는 동시의 글감을 아이들 속에서 찾는다는 것이었다.

우리 반 어린이 수는 /
내가 있어야 / 60명이 된다. //
우리나라 인구 속에 /
나도 / 한 명으로 들어간다. //
지구의 무게를 계산할 때 /
내 몸무게도 / 더해지겠지. //
크고도 넓다는 / 이 우주에서 /
내가 차지한 넓이는 얼마일까? //
내가 없으면 / 우리 어머니는 /
온 집안이 다 빈 것 같단다.
– 〈나〉(1982)

사람이 아무리 많아도 어머니는 한 분 뿐이듯이 세상에 아이들이 아무리 많아도 어머니에게 아들인 나는 하나뿐이다. 그래서 나는 작아도 존재 가치는 큰 것이다.

이 시는 그런 나의 존재 가치를 하나하나 확인해 본 것이다. 우리 반은 내가 빠지면 60명이 못 된다. 우리 집 식구, 우리 마을 주민, 우리나라 인구도 내가 있어야 숫자가 차게 된다.

체격 검사를 했다. / 내 몸무게가 /
6kg이나 불었다. / 일 년 사이에. //
땅덩이 무게도 6kg 더 늘어났겠다. //
새들이 알을 까서 / 식구들이 불어날 때 /
씨앗이 싹이 터서 / 큰 나무로 자라날 때 //
땅덩이도 그만큼 / 무게가 더해지겠지. //
오늘은 비가 와서 / 시냇물이 불어나고 /

마을 앞 저수지도 / 가득히 채워졌다. //

땅덩이 무게도 / 참 많이 늘어났겠다.

   – 〈땅덩이 무게〉(1986)

학급에서 체격 검사를 하는데, 한 여자 아이가 체중이 많이 불었다며 좋아했다. 깡마르고 체구가 작은 그 아이는 키가 크고 몸무게가 느는 것이 소망이었다는 것이다. 그 순간 나는 아이의 몸무게가 6kg 불어나면 땅덩이 무게도 그만큼 늘어날 것이라는 생각을 했다. 땅덩이 무게만이 아니다. 우주의 부피 계산에도 아이는 자신의 체격만큼 당당히 한몫으로 끼게 될 것이다. 곧 우주 속에서의 아이의 존재를 생각해 본 것이다.

한 옛날에 큰 사람이 있어 / 그의 두 눈은 해와 달이고 /

그의 팔과 다리는 산맥이고 / 그의 머리칼은 숲이었단다. //

그 사람은 얼마나 컸던지 / 그의 소리는 천둥이었고 /

그의 숨결은 폭풍이었고 / 그의 몸은 곧 우주였단다. //

아가야, 귀여운 내 아가야 / 그 사람이 누군지 아니? /

이 엄마의 마음속에서는 / 그게 너란다. 우주만큼 큰.

   – 〈큰 사람〉(2001)

큰 사람은 어머니에게 있어서 아기는 얼마나 귀한가를 중국의 천지창조 신화를 가져와 이야기했다. 재미있게 읽는 사이에 사랑의 어머니 마음을 생각해 보게 하려는 글이다. 하지만 어찌 아기만이 크고 귀하랴. 동시의 세계는 세상 만물을 모두 내 몸같이 생각하는 이상의 세계다.

부처님은 '천상천하 유아독존'이란 말로 사람의 존귀함을 가르쳤지만 어머니에게 있어서는 우주보다 큰 것이 아이의 존재다.

교육에서 꼭 생각해야 할 것이 세 가지 있다. '①왜 가르치는가? ②무엇을 가르칠 것인가? ③어떻게 가르칠 것인가?' 하는 것이 그것이다. 나는 근간에 와서 동시를 쓸 때면 이 말을 자꾸 떠올린다. 동시의 소재나 주제, 효용 가치에 확신을 갖지 못하기 때문이다. 억지로 꾸며낸 말장난 같은 글, 무엇을 보여 주려는지 알 수 없는 글, 기본 문장도 제대로 되지 않는 글들을 동시라는 이름으로 양산하고 있는 일들이 많아서이다. 그런 글들을 왜 쓰며 아이들에게 왜 읽혀야 하는지 답이 나오지 않는다. 읽힐 이유를 찾을 수 없는 글이 많기 때문이다.

나는 동시를 통하여 아이들에게 바르고 고운 말, 크나큰 사랑의 마음을 심어줘야 한

다고 생각한다. 그래서 부처님의 가르침인 천지동근(天地同根) 만물일체(萬物一體)의
크고 높은 사랑을 가슴으로 그려낸 동시를 가장 곱고 아름다운 문장에 실어 보여 주고
싶다. 그것을 위해 노력할 것이다.

모성
지향의 시

전병호

　1960년대 본격 동시 운동에 선두 주자 중의 한 사람으로 활약한 김종상을 가리켜 이재철 교수는《한국현대아동문학사》에서 "교단 출신답게 어린이에 대한 원초적 사랑을 바탕으로 윤석중 이래의 동요·동시의 사적 전통을 이어가면서 동시의 기본 성격인 '아동들에게 주로 읽힌다.'는 대전제를 지키는 한계 내에서 동요·동시의 현대화 및 시로서의 위상 정립에 소임을 다했다."고 평가했다. 그러나 이 평가만으로 김종상의 문학적 업적 전모를 다 살펴볼 수는 없다. 대표적인 사례 몇 가지만 들어도 이는 금방 알 수 있는 사실이다. 김종상은 '한국시사랑회' 회장으로서 어린이 시 읽기 운동을 십여 년간 전국적으로 확산시켜온 아동문학 운동가이다. 또, 동요 복권 운동 등 현대화된 동요 보급에도 힘써 지금까지 작곡된 동요만도 무려 1,000여 곡을 헤아리는 동요 시인이기도 하다. 그리고 한국문예교육연구회 회장, 한국글짓기지도회 회장 등을 다년간 역임하는 등 교육적 차원에서 시작한 시 쓰기 지도를 교육 현장에서 선도적으로 실천해온 교육 공로자이기도 하다. 최근에는 여러 해에 걸쳐 본인이 직접 사진을 찍고, 시를 써서《시가 담긴 우리 꽃 202가지》를 펴내는 등 시를 통한 우리 꽃 사랑 운동에도 적극 앞장서고 있다.

　그렇지만 여기에서는 동시인으로서 김종상의 시 세계를 살펴보는데 촛점을 맞추기로 한다. 필자는 김종상의 시를 모성 지향의 시라고 보았다. 따라서 김종상의 시가 모성 지향의 시로 형성되는 과정을 살피는 것이 이 글의 주된 목적이 된다. 필자가 택한 주요 텍스트는《날개의 씨앗》이다. 이 책은 김종상이 회갑을 기념하여 펴낸 엄선된 동시 선집으로 시기별 주요 작품이 총망라되어 있을 뿐 아니라 전체 시 세계를 한눈에 조감할 수 있는 대표적인 동시 선집이라고 생각된다. 그리고《어머니의 무명치마》《나는 시를 이렇게 썼다》등의 저서와 다른 자료도 일부 참고했다.

1. 사물에 투영된 동일성 지향 의식

　초기작에서 빈도 높게 나타나는 시적 특징 중의 하나는 상승 이미지이다. 상승 이미지는 〈안개길〉에서 '하늘과 땅이 하나로 / 이어져 있네.'나 〈안개 구름〉에서 '비탈밭들이 / 하늘로 올라가는 / 층계길이 되었다.'에서 보듯 여러 시 작품에서 지속적으로 나타난다.

앞산과 뒷산이 / 마주 앉았다. // 하늘이 한 뼘 //

해가 한 발자국에 / 건너간다. // 햇볕이 그리워 / 나무는 /

목만 길고 // 바위는 하릴없이 / 서로 / 등을 대고 / 누웠는데, //

산마루를 / 기어 넘는 / 꼬불길가에 / 송이버섯 같은 /

초가집 하나. // 해 지자 / 한 바람 실같이 / 저녁 연기 오른다.

　　　　　　　　　　　　　　　　　　　　　　　　　－〈산골〉 전문

　　매우 흥미로운 풍경화 한 폭이 담겨있는 〈산골〉에서도 상황은 다르지 않다. 꼬불길은 깊은 산골에서 산마루를 넘는 유일한 길이다. 그런데 산마루를 '기어 넘는'다고 표현함으로써 많은 어려움이 숨어 있을 거라는 암시를 하는 듯 하다. 또한 그 깊은 산골에도 사람이 살고 있음을 나타내기 위해 '한 바람 실같이' 저녁 연기가 피어오르지만 그때문에 화면을 2등분하는 듯한 묘한 착시 현상을 일으켜 세계와의 단절감을 상징하는 듯도 싶다. 그렇지만, 마주 앉은 앞산과 뒷산 사이 한 뼘 하늘을 해가 한 발자국에 건너가고, 햇볕이 그리워 나무는 목만 길어졌다는 진술에서 대하듯 산 너머 저쪽을 향한 간절한 그리움이 감지된다.

　　그는 항상 하늘에 닿고 싶어 하고 산 넘어 먼 어느 곳에 가고 싶어 한다. 하늘은 이상향이며 영원한 동경의 대상이기 때문이다. 그러나 이는 필시 좌절감과 단절감을 수반하기 마련이어서 반대 급부로 이상향에 대한 더욱 간절한 욕망을 꿈꾸게 할 수 있다. 끝내 도달할 수 없는 하늘이라는 불협화한 외부 세계와 그곳에 도달하기를 꿈꾸게 된 시적 자아는 필연적으로 세계와 자아의 동일성 획득을 갈망하게 된다. 그런데 이 동일성 지향 의식은 지상의 사물이 시적 대상이 되었을 때는 또다른 모습으로 나타난다. 즉, 하늘이나 산 너머 저쪽을 꿈꾸는 상승 이미지는 단절감 또는 좌절감과 그리움이 혼재된 모습을 보여 주지만 지상의 사물이 시적 대상이 되었을 때는 동일성 지향 의식이 어느 정도 성취된 모습을 보여 준다.

파랗던 풋감도 / 홍시로 익듯 / 하늘도 그렇게 익는 것일까? //

하루 해가 서산에 질 때 / 하늘이 빨갛게 물이 드네 /

세상이 온통 감빛이네. // 빠알간 감잎이 구르는 황톳길에도 /

고추잠자리 쫓는 아이들 옷깃에도 / 노을이 빨갛게 젖어 있네.

　　　　　　　　　　　　　　　　　　　　　　　　　－〈노을〉 전문

　　초기작인 〈노을〉이다. 이 시에 나타난 주조색은 감빛 혹은 주홍색이다. 홍시, 노을진

하늘, 감잎, 황톳길, 고추잠자리, 노을 젖은 옷깃 등 모든 사물이 빨갛게 젖었다. 사물들이 가진 고유색이 모두 감빛으로 동화되어 버린 것이다. 붉은 감빛은 흥분, 충만감, 흥겨움 등의 고양된 감정을 자아낸다. 이렇게 고조된 감정을 '황홀'이라고 표현했다. 이른바 물아일체의 세계를 경험하게 되는 것이다. 이때 시인은 자연의 아름다움 속에서는 '가난도 은혜'가 될 수 있다는 생각을 한다. 이는 매우 주목할 만한 발언으로서 고향과 어머니를 집중적으로 노래하는 그의 시 세계를 들여다볼 수 있는 단서를 제공하기도 한다. 김종상은 〈노을〉을 스케치 시라고 언급하면서 사람 사는 모습이 담겨있지 않아서 불만이라고 한다. 그렇지만 삶의 현장을 담아낸 시에서도 유사성을 바탕으로 한 시인의 동일성 지향 의식은 변함없이 나타나는 시적 특징이 된다. 1960년 〈서울신문〉 신춘문예 당선작인 〈산 위에서 보면〉도 이런 시작 원리가 어김없이 적용된 시인 것이다.

산 위에서 보면 / 학교가 나뭇가지에 달렸어요. //

새장처럼 얽어놓은 창문에, / 참새 같은 아이들이 / 쏙쏙 /

얼굴을 내밀지요. // 장난감 같은 교문으로 / 재조잘 재조잘 /

떠밀며 날아 나오지요.

– 〈산 위에서 보면〉 전문

시적 화자는 산 위에서 나뭇가지 사이로 마을 학교를 바라보고 있다. 나뭇가지, 마을 학교 두 사물 사이에 놓인 심리적 거리가 완전히 소멸되어 일체감을 갖게 된다. 이제 학교는 새집처럼 나뭇가지에 달린 학교가 된다. 사물들이 지닌 개별적 의미가 소멸되고 제3의 새로운 시적 사물이 태어난다. 이때 두 사물이 지닌 의미의 전이도 이루어지기 때문에 나뭇가지에 달린 학교에 대한 새로운 시적 사유를 필요로 하게 된다. '산 위 나뭇가지에 매달린 새장=학교'에서 '새장처럼 얽어놓은 창문'으로 '쏙쏙 / 얼굴을 내'미는 아이들이 '장난감 같은 교문으로 / 재조잘 재조잘 // 떠밀며 날아 나오'는 모습을 상상해 보면 오늘날 교육에도 많은 시사점을 안겨 주는 시라는 생각이 든다.

이처럼 이질적인 사물 사이의 심리적 거리를 해소하고 이들을 긴밀하게 결합시킴으로써 김종상은 새롭고 독특한 그만의 시적 이미지를 창조해낸다. 불협화한 세계와 자아의 동일성 획득을 끊임없이 갈망하는 치열한 시작 정신으로 그만의 개성적인 시 세계를 열어가게 된 것이다.

2. '어머니'를 통해서 바라보는 세상

김종상의 대표작을 들라면 아마도 많은 사람들이 〈어머니〉를 첫 손가락에 꼽을 것으

로 생각한다. 〈어머니〉는 김종상의 시적 특성이 유감없이 표출된 시이며, 그의 전체 시
세계를 파악하는 데도 없어서는 안 될 중요한 의미를 지닌 작품이다.

> 들로 가신 엄마 생각, / 책을 펼치면 / 책장은 그대로 /
>
> 푸른 보리밭. // 이 많은 이랑의 / 어디만큼에 /
>
> 호미 들고 계실까, / 우리 엄마는. // 글자의 이랑을 /
>
> 눈길로 타면서 / 엄마가 김을 매듯 / 책을 읽으면, //
>
> 싱싱한 보리숲 / 글줄 사이로 / 땀 젖은 흙냄새 / 엄마 목소리.
>
> – 〈어머니〉 전문

〈어머니〉는 김종상이 상주 재직 시절인 1968년 〈은방울 동인지〉 2월호에 최초로 발
표되었다. 그 후 초등학교 제4차와 제5차 교육 과정 국어 교과서에 수록되어 오랜 기
간 많은 어린이들에게 읽혔다. 〈어머니〉는 책장에서 보리밭 이랑을 유추해 낸 발상의
참신함과 특이성으로 단번에 시선을 끌기에 충분하다. 책장에서 보리밭 이랑을 찾아낸
유추 능력은 참으로 탁월하다 할 것이다. 이런 시적 발상이 가능했던 것은 유년 시절의
농촌 생활 체험이 의식의 심층부에 고스란히 각인되어 있었기 때문일 것이다. 어머니
는 들에 나가 김을 매고 아이는 집에 남아 책을 읽는 모습은 과거 농촌에서 생장한 기
성세대에게는 하나도 특이할 것이 없는 지극히 평범한 일상이다. 그렇지만 〈어머니〉처
럼 절실하게 농촌 생활상을 시적으로 형상화시킨 작품은 많지 않다. 특히 일제강점기
라서 너나없이 어려웠겠지만 김종상에게는 혹독이라는 말이 적절할 정도로 고난의 시
절이었기 때문에 이런 시적 발상과 형상화가 가능했으리라고 판단된다.

　김종상은 1935년 경북 안동군 사후면 대두서에서 아버지 김계명 씨와 어머니 강봉석
씨 사이에 2남 1녀 중 장남으로 태어났다. 일찍이 조부께서 일본 통치를 반대하였기 때
문에 일본 경찰의 심한 감시와 탄압을 받아왔다. 그러던 중 일본 경찰 앞잡이인 문곡이
라는 조선 순사의 농간으로 농토의 대부분을 수탈당한다. 그러고도 일제의 압제가 더
욱 심해지자 아버지는 국외로 피신하고 조부도 방랑의 길을 떠난다. 이때 조부께서는
일본 교육은 절대로 받지 말라는 말씀을 남긴다. 그 까닭에 소년 김종상은 야학도 다니
지 못한 채 남의 집 품팔이로 가계를 이어나가는 홀어머니 슬하에서 초동으로 성장한
다. 해방 후 아버지가 귀국하여 친일파들에게 빼앗긴 재산과 농토를 되찾으려고 사법
기관에 제소한다. 그러나 해방된 조국에도 친일파들이 그대로 권좌에 앉아 있어 뜻을
이루지 못하게 된다. 그래서 고향을 버리고 풍산면 죽전동 관음사촌으로 이주한다.

　김종상은 11살이 되던 해 비로소 초등학교 4학년에 입학한다. 취학 연령은 벌써 지났

지만 학교엔 꼭 가야 한다는 아버지의 뜻에 따라 문맹으로 뒤늦게 입학하여 학교 공부를 시작하게 된 것이다. 김종상은 '매일 저녁마다 아버지에게 속성으로 교육을 받았'고 또 뜨거운 학구열을 발휘함으로써 월반을 거듭한다. 그리하여 병산중학교를 거쳐 안동 사범학교 본과를 졸업하고 상주군 외남국민학교 교사로 부임함으로써 마침내 평생을 봉직할 교직에 첫발을 들여놓게 된다. 이러한 김종상의 유년기 성장 체험은 그의 작품 전반에 진하게 투영되어 나타난다고 판단된다. 이 유년 체험은 김종상 문학을 형성하는 모태가 된다. 신현득 시인이 김종상의 문학을 '민족주의 샘에 근원을 둔 문학'이라는 평가를 내리게 된 근거도 이런 배경에서 찾아야 할 것이다.

그러나 그의 성장 과정에서 특히 눈여겨보아야 할 것은 어머니에 대한 부분이다. 농토를 수탈당하고 아버지는 국외 피신, 조부마저 방랑의 길을 떠난 뒤 품팔이로 남은 식솔의 생계를 책임진 어머니의 존재가 소년 김종상에게는 삶의 모든 것을 의존하는 절대적 존재가 아닐 수 없었다. 그것도 주권을 강탈당한 피지배 민족으로서 핍박받으며 생계를 연명해야 했던 고난의 시대에 어머니에 대한 의존도는 더욱 절대적이었을 것임을 짐작하기 어렵지 않다. 이때 심적 상황은 '엄마를 기다리다 / 혼자 잠든 아기 곁엔 / 실에 꿴 창머루와 풀각시 하나.'라고 읊은 〈아기〉에서 보듯 외딴집에 혼자 남아 해종일 일나간 엄마를 기다리는 아기의 경우와 크게 다르지 않다. 초기 시에서 빈번하게 나타나는 적막감과 고독감은 모성 이탈에 대한 불안 심리가 크게 반영된 것으로 보인다. 모성 이탈로 인한 불안감이 가중될수록 모성 이탈을 거부하는 심리도 더없이 강렬해져서 이는 마침내 모성과 자아의 일체감을 획득하려는 동일성 지향 의식으로 나타난다.

〈어머니〉는 시적 화자가 모성 이탈로부터 촉발된 근원적 불안감을 해소하고 나아가 모성과 일체감을 획득하고자 갈구하는 마음을 표출시킴으로써 마침내 책장에서 '푸른 보리밭'을 찾아내기에 이른다. 시적 화자가 '엄마가 김을 매듯 / 책을 읽'을 때 싱싱한 보리숲과 글줄이 오버랩되면서 마침내 아이의 학업은 엄마가 김매는 행위와 동일시된다. 그럼으로써 엄마의 땀 젖은 흙냄새는 시적 화자의 땀이 되고 시적화자가 책 읽는 목소리는 곧 엄마 목소리가 된다. 이로써 시적 화자는 모성 이탈에 대한 불안감을 해소하고 심리적 안정감을 갖게 된다. 이처럼 모성 이탈을 거부하고 모성과 일체감을 이루고자 갈망하는 심리는 김종상에게 강도 높게 나타나는 행동 특성으로 이는 김종상의 시를 형성하는 중요한 시작 원리로 자리잡게 된다. 후기에 접어들면 이 모성에 대한 동경심은 어머니의 타계를 계기로 사회와 세계에 대한 관심으로 확대되면서 세계와 자아의 동일성을 지향하는 김종상 시의 형성 원리로 더욱 심화, 발전되어 나간다. 〈어머니〉, 〈산 위에서 보면〉을 비롯하여 〈길〉, 〈산마을 아이들〉, 〈선생님〉, 〈단풍〉, 〈메뚜기〉, 〈눈 오는 날〉 등 그의 대표작으로 손꼽히는 일련의 작품들이 세계와 자아의 동일성 지향 의식을 성공적으로 발현시킨 시인 것으로도 충분히 증명된다.

3. 모성(母性)을 가진 산

　연보에 의하면 어머니가 타계하신 것은 1973년이다. 상주에서 서울로 상경한 후이다. 이와 함께 김종상의 시도 산골 외딴집에서 농촌으로, 농촌에서 다시 도시로 편입된다. 그러나 어머니가 타계함으로써 '어린 날의 고향과 어머니에 대한 정을 연작 동시 〈어머니〉로 쓰면서 끝없는 회한으로 1년을 보냈다.'고 기술하고 있듯 심리적 충격이 엄청나게 컸던 것으로 짐작된다. 이때 쓴 연작 동시 〈어머니〉는 제6회 한정동아동문학상을 수상하는 영광도 안겨 주었지만, 한편으로는 김종상 시에 적잖은 변화를 가져오는 계기가 된다. 이 시기를 전후해서 그의 시는 전기와 후기로 나뉜다.

　　한 목숨 산다는 것이 / 불꽃 같은 것이라면 / 활활 날며 타는 /
　　햇불일 수도 있을 텐데 / 어머니 지나온 일생은 /
　　잿불 같은 것이었네. // 제 몸을 나누어서 / 새 빛으로 피워 주며 /
　　언제나 아궁이 깊이 / 없는 듯 숨어 있어 / 보듬어 속으로 뜨거운 /
　　그러한 불씨였네. // 그 불이 다 사그라져 / 마지막 꺼지던 날 /
　　하늘과 땅 사이는 / 다 빈 듯 허허롭고 / 이 세상 모든 빛들이 /
　　함께 따라 떠났네.
　　– 〈불씨〉 전문

　연작 중의 한 편인 〈불씨〉는 아직도 그 절절함으로 읽는 이의 가슴을 울린다. 어머니의 타계는 곧 존재 근원에 대한 상실이다. 이후에 쓰여진 여러 편의 시에서도 어머니의 부재와 상실의 아픔이 지속적으로 드러내는 것은 곧 상실감의 크기를 단적으로 나타낸다고 할 것이다.

　　눈이 내린다 / 낡은 그림을 지워버리듯 /
　　산도 내도 하얗게 덮는다. // …… (중략) …… // 꽃이 피고 지고 /
　　바람 불고 구름 가는 / 이 커다란 화폭 위에서 //
　　가는 날이 아쉬워 / 안타까워도 해 보고, / 두근거리는 가슴으로 //
　　새 날을 기다리며 사는 / 우리의 작은 목숨은 /
　　어떤 색깔로 그려질까
　　– 〈눈 오는 날〉 일부

〈눈 오는 날〉 역시 전환기에 쓰여진 작품이다. 어머니의 타계는 곧 나의 존재에 대한 진지한 탐색으로 이어진다. 그 결과 〈나(2)〉에서 보듯 '진짜 나는 여기에 / 따로 있어도 // 어머니, 아버지의 생각 속에 내가 있어요.'라는 깨달음과 함께 나를 '어머니, 아버지의 생각' 속에 있는 연속성을 가진 존재로 파악하기에 이른다. 혼자만의 '나'가 아니라 아버지·어머니 속의 '나'라는 인식의 전환이 시에 그대로 반영되어 나타난다.

그림붓이 스쳐간 자리마다 / 숲이 일어서고 새들이 날고, /
곡식이 자라는 들판이 되고, // 내 손에서 그려지는 /
그림의 세계. // 우리가 살고 있는 이 세상도 /
아무도 모르는 어느 큰 분이 / 그렇게 그려서 만든 것은 아닐까?
– 〈미술 시간〉 일부

〈눈 오는 날〉이 새롭게 다시 그리기 위해 이미 그려진 세상을 깨끗이 지우는 작업이었다면, 〈미술 시간〉은 새롭게 그려진 세상에 대한 경외감을 나타낸 것이다. 이 세상을 그려서 만든 '아무도 모르는 어느 큰 분'은 곧 절대자를 연상하게 하지만 어머니와의 밀접한 관련도 부정할 수 없다.

산은 말이 없어도 / 풀과 나무를 가꾸고 / 토끼 사슴을 기르며 /
어머니처럼 정을 줍니다. // 산은 말이 없어도 /
머루 다래를 익히고 / 버섯 약풀도 키우며 /
어머니처럼 젖을 줍니다. // 산은 말이 없어도 /
구름을 날려 보내고 / 샘물을 흘려 보내며 /
어머니처럼 꿈을 줍니다.
– 〈산은 어머니처럼〉 전문

어머니의 타계로 텅 빈 마음 속에 이제는 모성을 가진 자연이 들어와 앉게 된다. 시인은 세상 모든 사물 속에서 어머니를 다시 만난다. 어머니의 육신은 비록 세상에 계시지 않지만 어머니의 무한한 사랑은 세상 모든 만물을 통해 살아 있음을 깨닫게 된 것이다. 이런 과정을 거치면서 그의 시는 모성 지향적 경향을 보다 확실하게 갖게 된다. 이는 어머니의 사랑을 세상 살아가는 원리로 삼고, 그 사랑으로 세상 모든 것을 보듬어 안게 됨을 의미한다. 그럼으로써 어머니는 영원히 김종상의 가슴에 살아 있게 된 것이다.

이 모성 지향적 경향은 여러 모습으로 구체화되어 나타난다. 가령, 〈지우개〉에서는

'사람이 살다 간 자리 / 세월이 지우고 가도 / 우리가 사랑한 마음은 / 아무도 지우지 못하지.'라고 말하게 된 '사랑'인가 하면, 〈모두가 하나〉에서는 '마음을 열어요. / 친구와 친구 사이 // 마음이 닫혀서 / 너와 내가 다르지 // 마음을 열면은 / 모두가 하나'라고 이웃 간에 '담장 헐기'로 나타난다. 또 〈날개의 씨앗〉에서는 '세상의 모든 것은 / 저마다 가슴 깊이 / 본디부터 갖고 있지. / 훨훨훨 날고 싶은 / 날개의 씨앗.'에서 보듯 정체성 찾기를 기원하는 마음으로 표출된다. 그런데 이 모성을 달리 말하면 교육애라고 규정지을 수도 있을 것이다. 이외에 〈잠이 오지 않는다〉, 〈씨〉, 〈별자리〉, 〈나무의 손〉, 〈나의 빛은〉 등도 모성이 교육애로 발현된 시라고 할 수 있다. 그렇다면 '나의 시 쓰기는 교육적 차원에서 시작되었다.'고 밝힌 그의 염원은 훌륭하게 실현된 것이다.

한편, 이 시기에 김종상이 전통 운율에 기울였던 관심을 간과해서는 안 될 것이다. 전통 운율에 대한 관심은 곧 동요와 밀접한 관련이 있기 때문이다.

우리의 전통적인 가락을 잘 살린 동요를 쓰는 일도 필요하지만 새로운 감각에 맞는 현대 동요의 개발도 중요하다는데 의견이 모아졌습니다. 그렇게 하자면 먼저, 3·4조나 4·4조, 7·5조에 묶여 있는 가락을 풀어줘야 합니다.

김종상의 시 세계는 향토 서정에 기반을 둔 세계이다. 유년 시절 인상 깊었던 단위 체험들이 시작의 모티브로 나타나면서 전통 운율을 의도적으로 차용하고 있는 듯 보인다. 그렇지만 옛것을 그대로 답습하지는 않는다. 3·4조나 4·4조, 7·5조에 묶여 있는 리듬을 풀어줘야 한다고 한다. 즉, 음수율이 아니라 음보율을 추구해야 한다는 인식에서 비롯된 것이다. 향토 서정의 시에 전통 운율을 차용함으로써 음악성 획득과 함께 민족적 가락을 가진 시로 거듭나기를 갈망한 결과 얻어낸 결실인 것이다.

4. 돌, 또 다른 시적 자아

김종상이 평생 관심을 갖고 형상화해오고 있는 또 하나의 소재가 '돌'이다. 결론적으로 말하자면 돌은 김종상의 분신이며 자화상이고, 모든 가치관과 인생관이 함축된 객관적 상관물이다. 돌을 소재로 한 시적 형상화는 초기작인 1962년 〈소년한국〉 신인상을 받은 〈바위는〉부터 시작된다. 이것이 모티브가 되어 후엔 연작 동시 〈돌〉을 발표하게 된다.

걸거쳐서 / 주워 모으면 / 돌무더기. //

원을 실어 / 포개 쌓으면 / 탑 되는 돌.

－〈돌〉 전문

　　연작 동시 〈돌〉에 대한 서시쯤으로 여겨지는 이 작품은 결국 시인의 삶에 대한 화두를 담고 있다고 할 것이다. '돌무더기가 될 것인가 탑이 될 것인가'는 결국 자신과 독자들에게 동시에 던지는 삶에 대한 진지한 질문이 될 수밖에 없다. 등장하는 돌은 〈공깃돌〉, 〈냇돌〉, 〈주춧돌〉, 〈부싯돌〉, 〈돌담과 돌탑〉 등 다양하다. 시인은 〈돌〉을 통하여 세상 모든 사물은 제자리에 놓임으로써 제 역할을 다 할 수 있다는 메시지를 전하려고 한다. 다분히 교훈적인 경향을 보이는 이 시들은 시인의 교육관을 상징적으로 담아낸 것이다.

　　김종상이 35년간 근속해온 현재의 유석학교가 '생각하는 돌멩이'로 상징되고 있다는 사실에서나 그의 시 〈생각하는 돌멩이〉에서 형상화된 환상의 세계에서도 그러한 사실을 재확인할 수 있다.

　　커다란 돌멩이가 있었습니다. / "음, 좋은 돌이야." /
　　조각가가 다듬기 시작했습니다. / 돌멩이는 모양이 변해 갔습니다. /
　　아기를 안고 있는 어머니였습니다. / "참 훌륭한 모자상이구나." /
　　－〈생각하는 돌멩이〉 일부

　　어머니는 아이에게 돌을 닮으라고 한다. 돌은 언제나 꿋꿋하고 변함이 없기 때문이다. 그리고 돌은 '속으로 뜨거운 사랑'을 담고 있기 때문이다. 김종상 시인의 시 세계 형성에 절대적 영향을 끼친 사람이 누구이며 그 핵심이 무엇인가를 알 수 있는 예이다. 현재 유석 교정에는 또다른 《생각하는 돌멩이》란 시가 커다란 바위에 음각되어 있고, 매년 발행하는 졸업문집도 〈생각하는 돌멩이〉다.

　　김종상은 초기작부터 세계와 자아의 동일성 획득을 지향하는 시작 태도를 보여 왔다. 이것이 모성과 자아의 일체감 획득으로 구체화되는 과정을 통하여 시 세계도 몇 번 크고 작은 전환의 계기를 갖게 된다. 모성 지향적 경향은 어머니의 타계로 인한 존재 근원에 대한 상실의 아픔을 세계와 자아의 동일성 지향 의식으로 승화시킨 결과이다. '사랑'을 바탕으로 한 모성은 교육 현장에서는 따뜻한 교육애로 발현되며, 이웃과 세계에 대해서는 지대한 관심으로 나타난다. 김종상의 시가 세상 모두를 감싸안는 따뜻한 사랑의 시로 거듭날 수 있었던 것은 모성 지향의 시이기에 가능했던 것이다.

어린이와 함께 선생이 걸어온 길

출생: 경북 안동군 서후면 대두서동(한두실).

본적: 경북 안동시 풍산읍 죽전동 572번지.

주소: 서울 마포구 도화동 184-7(2/1).

생일: 1937년 1월 17일(양력)/ 1936년 12월 5일(음력).

학력: 풍산중학교(3회)와 안동사범학교 본과(6회) 졸업함.

　　　대원불교교양대학과 연세대교육대학원 교육문화고위자과정 수료함.

▶ 경력

교단 경력

1955~1969년 경북 상주 외남, 상영초등학교에서 교사 생활을 함.

1969년 서울 유석초등학교 교사, 교감, 교장을 지냄.

1999~2003년 명지대학교 인문대학원 및 특수대학원 강사로 일함.

문단 경력

1990년 한국 아동문학가협회 회장을 지냄.

1992년 한국시사랑회 창립 회장을 지냄.

1995년 국제펜클럽 한국 본부 이사를 지냄.

　　　한국불교아동문학회 회장을 지냄.

2001년 사단법인 한국문인협회 이사를 지냄.

　　　국제PEN한국본부 이사 및 심의위원을 지냄.

　　　한국시사랑회 명예회장을 지냄.

2002년 한국동시문학회 고문을 지냄.

2003년 강서문협 회장, 국제문학교류센터 설립추진 위원을 지냄.

교육 연구

1975년 교육개발원 교육체제개발 연구 위원을 지냄.

1980년 서울서부교육청 국어교과연구회 회장을 지냄.

　　　교육개발원 국정교과서(국어)연구·집필 위원을 지냄.

1983년 문교부 재미한인학교 교육용교재 검토 위원을 지냄.

1987년 서울대학교 재외국민교육원 한국어 심의위원을 지냄.

1997년 서울강서교육청 국어교과연구회 명예회장을 지냄.

1998년 교육부 제7차 교육 과정 심의위원을 지냄.

1999년 서울국어교육연구회 고문을 지냄.

작문 교육

1957년 상주글짓기연구회 회장을 지냄.

1966년 한국어린이신문지도협회 회장을 지냄.

1978년 한인현글짓기 장학상 운영 위원을 지냄.

1982년 서울서부교육청 독서 지도 위원을 지냄.

　　　한국문예교육연구회 회장을 지냄.

1985년 한국생활작문연구회 회장을 지냄.

1986년 한국글짓기지도회 회장을 지냄.

1987년 서울 서대문도서관 운영 위원을 지냄.

1993년 사단법인 국민독서진흥회 '책읽는 나라 만들기' 추진 위원을 지냄.

1998년 교육부 독서 교육 발전 자문 위원(이명현 장관 때)을 지냄.

사회 단체

1970년 사단법인 색동회 이사를 지냄.

1978년 문교부 국민학교 교가 작사 위원을 지냄.

1991년 사단법인 한국어문회 지도 위원을 지냄.

1994년 서울시 아동 복지 위원(2000년까지)을 지냄.

1995년 사단법인 어린이문화진흥회 부회장을 지냄.

　　　한국동요동인회 회장을 지냄.

1996년 한국불교청소년문화진흥회 부이사장을 지냄.

　　　새마을중앙회 자문 위원을 지냄.

　　　서울시교육위원회 서울어린이다짐 제정 위원을 지냄.

2000년 한국동요음악연구회 자문 위원을 지냄.

2003년 사단법인 한국동화구연지도사협회 이사를 지냄.

　　　사단법인 한국IT소년단 운영 위원을 지냄.

　　　강서구청 공직자 윤리 위원을 지냄.

▶ 저서

창작동시

1964년 동시집 《흙손엄마》(형설출판사)

1974년 동시집 《어머니 그 이름은》(세종문화사)

1979년 동시집 《우리 땅 우리 하늘》(서문당)

1982년 동시집 《해님은 멀리 있어도》(문학교육원)

1984년 동시집 《하늘빛이 쌓여서》(가리온출판사)

1985년 동시집 《어머니 무명치마》(창작과비평사)

1986년 동시집 《하늘 첫동네》(웅진출판사)

1987년 동시집 《땅덩이 무게》(대교문화)

1988년 동시집 《동시를 감상하셔요》(도서출판 청화)

1992년 동시집 《생각하는 돌멩이》(현암사)

1993년 동시집 《매미와 참새》(아동문예사)

1995년 동시집 《나무의 손》(미리내)

1996년 동시집 《날개의 씨앗》(오늘어린이)

2000년 동시집 《곰은 엉덩이가 너무 뚱뚱해요》(문공사)

　　　　동시집 《시가 담긴 우리꽃》(전3권, 프로방스)

2001년 동시집 《노래로 마음을 닦아요》(문공사)

2002년 동시집 《중영쌍어동시》(대만 인류문화공사)

2003년 동시집 《쌍어동물동시(수정판)》(대만 인류문화공사)

창작동화

1980년 동화집 《아기사슴》(삼성당)

1982년 동화집 《생각하는 느티나무》(보이스사)

1983년 동화집 《갯마을 아이들》(도서출판 여울)

　　　　동화집 《개구쟁이 챔피언》(견지사)

　　　　동화집 《여우대왕》(예림당)

　　　　동화집 《간지럽단 말야》(꿈동산)

　　　　동화집 《잃어버린 하늘》(일선출판사)

1988년 동화집 《새벽의 대작전》(효성사)

　　　　동화집 《창기라는 아이》(교육문화사)

1989년 동화집 《색동나라》(교육문화사)

　　　　동화집 《3 3 3》(서강출판사)

1990년 동화집 《우리 식구 네눈이》(새소년사)

　　　　동화집 《정아와 귀염이》(삼덕출판사)

　　　　동화집 《방울이의 신발》(태양사)

1991년 동화집 《물과 불을 찾아서》(대연)

　　　　동화집 《생명을 찾은 섬》(대연)

　　　　동화집 《우주전쟁》(도서출판 용진)

　　　　동화집 《밤바다 물결소리》(도서출판 동지)

1992년 동화집 《융통성 없는 아이》(학원출판공사)

1993년 동화집 《범쇠와 반달이》(중원사)

1996년 동화집 《재주많은 왕자》(오늘어린이)

　　　　동화집 《물웅덩이》(한국유아교육개발원)

　　　　동화집 《형제》(한국유아교육개발원)

1997년 동화집 《예나의 숲》(여명출판사)

1998년 동화집 《아기해당화의 꿈》(학원출판공사)

　　　　동화집 《연필 한 자루》(학원출판공사)

　　　　동화집 《나뭇잎 배를 탄 진딧물》(학원출판공사)

2000년 동화집 《엄마 따라서》(도서출판 꿈동산)

　　　　동화집 《사람을 만들어요》(한국비고츠키)

　　　　동화집 《모두모두 잘 해요》(한국비고츠키)

2002년 동화집 《쉿, 쥐가 들을라》(예림당)

작문 교재

1970년 글짓기 사례기 《글밭에서 거둔 이삭》(세종문화사)

1975년 동시교육 실천기 《사랑과 그리움의 세계》(문조사)

1977년 글짓기 지침서 《글짓기 지도 교실》(한국교육출판)

　　　　독후감 쓰기 지도 《독서감상문교실》(교학사)

　　　　일기 교육 《1, 2학년 일기쓰기》(한국글짓기지도회)

1978년 실용문 쓰기 《생활하는 글짓기 ①》(교학사)

　　　　학술문 쓰기 《생활하는 글짓기 ②》(교학사)

　　　　예술문 쓰기 《생각하는 글짓기》(교학사)

1981년 동시 짓기 사례기 《동시의 마을》(문학교육원)

1983년 행사글짓기 《현장글짓기교육》(대한교육연합회)

1984년 글짓기 교육 《새 글짓기 공부》(유신각)

글짓기 교육 《글짓기 동산》(청석수련원)

종합 글짓기 《새 글짓기 완성》(효성사)

1985년 독서와 글짓기 《국어발전학습4-① ②》(연구사)

읽기와 쓰기 《일학년 공부》(도서출판 서당)

글짓기 지침서 《사례별 글짓기》(대한교육연합회)

1986년 편지글 지도지침서 《편지글 쓰기》(경원각)

어린이 작품집 《모범예문집 ① ②》(견지사)

1987년 교과서 동시 감상 《교과서 동요 동시 시조》(예림당)

동시 짓기 교육 《시를 써보셔요》(도서출판 청하)

1988년 글짓기 실천기 《우리들의 글쓰기선생님》(미리내)

독서와 글짓기 《독서감상문 교실 ①》(금성출판사)

독서와 글짓기 《독서감상문 교실 ②》(금성출판사)

독서와 글짓기 《독서감상문 교실 ③》(금성출판사)

동시 짓기 사례기 《나는 시를 이렇게 썼다》(효성사)

1990년 동시 감상 《1, 2, 3학년 교과서 동시》(예림당)

1991년 동시 감상 《4, 5, 6학년 교과서 동시》(예림당)

동시 짓기 이론과 실제 《동시 교실》(예림당)

1993년 일기 쓰기 지도 《내가 쓴 나의 전기》(교육문화사)

동시 짓기 지도 《아름다운 사랑의 노래》(교육문화사)

기행문 쓰기 지도 《신나는 여행 이야기》(교육문화사)

독후감 쓰기 지도 《독서감상문교실》(교육문화사)

종합 글짓기 《꿈의 나라 글마을 ㊤》(새벗사)

종합 글짓기 《꿈의 나라 글마을 ㊦》(새벗사)

글짓기 자습서 《스스로 글짓기 ①》(재능출판사)

글짓기 자습서 《스스로 글짓기 ②》(재능출판사)

글짓기 자습서 《스스로 글짓기 ③》(재능출판사)

1995년 글짓기 안내서 《글나라로 가는 길》(현암사)

글짓기 이론서 《글짓기 선생님》(어린이재단)

1998년 글짓기 지도서 《글나라로 가는 길》(중국 조선민족출판사)

동요 작사

1995년 동요 400곡집 《아기잠자리》(한국음악교육연구회)

2001년 동요 321곡집 《별을 긷지요》(한국음악교육연구회)

2004년 동요 400곡집 《꽃과 별과 노래》

교육 수필

1995년 교육수상집 《개성화시대의 어린이, 어린이문화》(집문당)

기타 저작

1970년 《국민교육헌장독본》(동아출판사)

1971년 《이야기로 엮은 국민교육헌장》(대한교련)

1982년 《바닷속에 묻힌 임금님》(민족문화추진회)

1985년 논문 〈노래와 인성교육〉(초등교사작곡강습회)

1986년 《어린이 명상록》(예림당)

      《위대한 생애》(민족문화추진회)

1989년 《마음 ②》(예림당)

      《슬기의 옹달샘》(서강출판사)

1991년 《진흙 속의 진주》(서강출판사)

1998년 《할머니의 선물》(관일미디어)

      《꽃과 시와 설화》(전5권, 한국독서지도회)

1999년 《바른 마음 참된 생활》(교보문고)

2001년 〈북한의 언어정책〉(지방순회 문학강연 원고)

2003년 《옛날 스님들은 어떻게 살았을까》(파랑새어린이)

그 밖에 인성 교육과 독서 자료 도서 50여 권과 세계 명작과 위인전기 등 엮어 펴낸 아동 도서 100여 권.

▶ 상훈

문학 관계

1958년 지우문예 소년소설 입선(새교실)

1959년 〈영남일보〉에 신춘문예 시 입선함. 새벗 7주년 현상문예 동시 입선함.

1960년 〈서울신문〉 신춘문예 동시 당선됨.

1962년 〈소년한국일보〉 동시 신인상 수상함.

1967년 〈영남일보〉 신춘문예 소설 입선함.

1969년 〈영남일보〉 신춘문예 논픽션 입선함.

1974년 한정동아동문학상(동시 부문) 수상함.

1980년 세종아동문학상(동시 부문) 수상함.

　　　　세계아동의해 기념문예 최우수상(문교부장관상) 수상함.

1992년 어린이문화대상 본상(동화 부문) 수상함.

　　　　대한민국문학상 본상(동시 부문) 수상함.

1993년 어린이도서상(우수 도서 저작 부문) 수상함.

1995년 대한민국동요대상(노랫말 부문) 수상함.

1996년 대한민국 5·5문화상(문학 부문) 수상함.

　　　　방정환문학상(동시 부문) 수상함.

　　　　불교아동문학상(동시 부문) 수상함.

2001년 《시가 담긴 우리 꽃》으로 이주홍아동문학상 수상함.

2003년 《중국판 쌍어동물동시집》으로 청하문학상 대상 수상함.

교육 기타

1963년 현장교육연구 특공상(글짓기교육연구/경북교육위원회) 수상함.

1966년 경향교육상 본상(상주글짓기연구회 대표/〈경향신문〉) 수상함.

1967년 대한교련 교육공로 특공상(교육공로/대한교련) 수상함.

1969년 글짓기 교육 논문 특선(한국글짓기지도회) 수상함.

1972년 글짓기 지도상(한국글짓기지도회) 수상함.

1977년 글짓기 지도교사상(한인현글짓기장학회) 수상함.

1980년 도덕과 학습지도안 개발 1등급(대한교련회장상).

　　　　숨은 유공교사 대통령 표창(교육연구/총무처)을 받음.

1985년 경향사도상 횃불상(독서교육공로/〈경향신문〉) 수상함.

1998년 중국조선족 작문교재출판 감사패(흑룡강성 조선민족출판사) 받음.

1999년 교육 공로 표창(서울특별시교육회) 받음.

2001년 한국교육자대상 스승의 상(〈한국일보〉) 수상함.

　　　　인천광역시교육감 감사패(인천애향의 노래 작사) 받음.

2003년 안동대학 자랑스런동문상(안동대학총동창회) 받음.

　　　　한중학생교류 감사패(중국 도문철도소학교) 받음.

2004년 제2회 효행교육대상(한국고령사회복지위원회) 수상함.

한국 아동문학가 100인

문삼석

대표 작품
〈찐빵〉 외 4편

인물론
나와 아동문학, 그리고 동시

작품론
문삼석 동시 작시법에 대한 연구

작가론
부처님 가운데 토막 같은 양반

어린이와 함께 선생이 걸어온 길

찐빵

엄마가 쪄주신
하얀 찐빵,

후후!
뜨겁다.

그래도
맛있다.

후후!
후후!

엄마는 옆에서
후후만 하신다.

오물오물 내 입만
바라보시면서…….

좀처럼 비 그치지 않는 날

– 이렇게 비가 오는데
 어떻게 꿀을 따러 가니?

아기나빈 이렇게
혼나고 있을 거고,

– 이렇게 비가 오는데
 어떻게 꽃가루를 따러 가니?

아기벌도 이렇게
야단맞고 있겠지?

좀처럼 비
그치지 않는 날

축구공 들고 서성이는
나처럼 말이야.

함께들 살아요

숲 1

난 여기,
넌 거기,

난 위로,
넌 옆으로…….

스스로 사는 길
스스로 찾아

함께들 살아요.
숲 속 식구들…….

탓하지 않고

숲 2

작은 얼굴이라고
누가 탓하지도 않고

큰 키라고
누가 탓하지도 않고…….

오순도순 살아가요.
숲 속 식구들…….

작은 얼굴은 그냥
작은 얼굴인 채로,

큰 키는 그냥
큰 키인 채로…….

꼭 있어요

숲 3

숲에는
아무리 작은 소리라도
꼭 들어주는 귀가 있어요.

그래서 풀벌레들
작은 소리로 날마다
쉬지 않고 노래해요.

아주 작은 모습이라도
숲에는
꼭 봐주는 눈이 있어요.

그래서 작은 풀꽃들
점점이 숨어서도 언제나
잔잔하게 웃고 살아요.

나와 아동문학,
그리고 동시

아마도 휴전 무렵이었을 것이다. 〈구국신보(救國新報)〉였던가, 기억이 확실치는 않지만, 그 당시 내가 살던 군(郡)의 무슨 단체에선가(아마도 전쟁에 관한 선무(宣撫)나 홍보를 담당하던 기관 내지는 단체였을 것이다) 발간하던 신문이 있었다. 물론 오늘날처럼 인쇄 시설을 갖추고 대량으로 찍어내는 인쇄판 신문이 아니고, 일일이 원지(原紙)라고 불렸던 유지(油紙)에다가 끝이 송곳처럼 뾰족한 철필(鐵筆)로 긁어 써서 팔이 빠지도록 시커먼 롤러를 밀어대야 나올 수 있었던 등사판 신문이었다. 그렇지만, 그 위력은 대단했다. 그 무렵 모두의 관심사는 전쟁이었고, 전쟁에 관한 이런저런 소식들은 그 신문을 통해서만 알 수 있었기 때문이었다. 질 나쁜 용지에다 몇 면 되지 않은 신문이었지만, 그나마 볼 수 있는 사람은 관공서에 다니는 공무원이거나, 마을의 유지급 인사 몇 사람에 지나지 않을 정도로 귀한 신문이기도 했다.

어느 날 아침, 나는 전교생이 도열한 시골 초등학교 운동장에서, 선생님들이나 올라가시는 구령대에 올라 〈구국신보〉를 펼쳐들었다. 그리고, 떨리는 목소리로 〈수학여행을 다녀와서〉라는 제목의 기행문을 읽어 내려갔다. 그건 물론 수학여행을 다녀온 뒤 숙제로 써낸 내 글이었는데, 아마도 담임선생님의 눈에 들어 신문 편집자에게 건네진 모양이었다.

내가 최초로 글(또는 작문)에 대해 남다른 관심을 가지게 된 동기는 아마도 이 기행문 사단이 아니었을까 싶다. 토끼와 입 맞춘다는 궁벽한 시골에서, 그것도 초등학생에 불과한 내 글이 신문에까지 실렸으니, 그게 어디 보통으로 넘기고 말 일이던가? 나는 한껏 우쭐해졌고, 그때부터 '글은 곧 나'라는 해괴하면서도 당돌한 등식을 가슴 속에 품게 되었다. 마침 그때 돼먹지 않은 내 생각에 잔뜩 기름을 부어 준 선배가 한 분 계셨다. 당시 순천 소재 모 고등학교에 다니던 그 선배는 어느 날 학교에까지 찾아와서 내 기행문을 읽었다면서, 문학에 관한 이런저런 이야기를 입담 좋게 들려주었다. 그러면서 은근히 바람을 넣는 것이었다.

"너는 나중에 훌륭한 문학가가 될 수 있어."

그의 현란한 언변은 나로 하여금 장래의 위대한 시인을 꿈꾸게 하는 데 결코 모자람이 없었다. 중학생이 되어서까지 나는 낙서에 지나지 않은 글 조각들을 들고 그 선배네 집을 수시로 드나들었고, '시는 영혼의 창'이니, '감정은 이성이 알지 못하는 진리를 안다.' 느니 하는 뜻도 모르는 여러 정의(定義)들을 사뭇 심각한 표정으로 중얼거리고 다녔다 (그 선배의 성함은 추홍련, 그러나 그는 유감스럽게도 문명을 떨치기도 전에 요절했다).

중학교를 거쳐 사범 학교에 진학한 나는 당연한 일처럼 문예부에 들었고, 극성스런 몇몇 친구들과 함께 문학 동인회(同人會)를 결성하여 '문학 활동'이라는 것을 열심히 했다. 예컨대, '초록별'을 거쳐 〈악(嶽)〉이라는 동인지를 십호 넘게 발간하면서, 매주 한곳에 모여 합평회를 갖는가 하면, 제법 구색을 갖춘 교내 시화전을 열기도 하면서 부산을 떨었다.

당시만 해도 문학에 관한 학생들의 선망은 대단했다. 언론들의 관심도 비교적 높은 편이어서, 당시로는 유일하던 그 지역 신문이 일주일에 한 번 꼴로 '학생문예란'을 꾸며 중·고등학생들의 문예작품을 소개해 주고 있었는데, 우리들은 거기에 작품을 발표할 욕심으로 밤잠을 설치기가 일쑤였다.

졸업과 동시에 나는 고향의 초등학교 교사가 되었다. 잘 넘어가지 않는 밤송이머리를 억지로 눌러가며 햇병아리 선생님 노릇을 하면서도 예의 그 '문학'에 대한 관심은 여전히 수그러들지 않았다.

그러나, 3·15 부정선거로부터 시작하여 4·19와 5·16이라는 국가적인 격랑을 겪어나가면서 나는 공직자의 무력감을 심하게 앓아야 했다. 그런 가운데에서도 신춘문예 모집 광고는 나에게 큰 빛이었고 구원이었다. 나는 몇 편의 시를 써서 신춘문예에 응모했다. 나름대로는 시사성에 바탕을 둔, 상징적인 작품이었다고 기억되는데, 결과는 본선 탈락이었다.

다음 해, 나는 우연히 어떤 교육신문에서 〈아동문학〉이라는 월간지가 발행된다는 광고를 보았다. 가히 문단의 태산북두인 강소천, 김동리, 박목월, 조지훈, 최태호 선생 등이 편집 위원으로 소개되어 있었고, 아동문학의 이론을 다룬다는 내용이었는데 말미에 신인을 모집한다는 작품 모집 요령이 실려 있었다. 솔직히 그때까지만 해도 나에게는 아동문학에 대한 이해나 관심이 별로 없었다. 그런데 광고에 난 편집 위원들의 면면이 주는 일종의 중압감은 새삼 아동 교육을 담당하고 있는 초등학교 교사로서의 사명감 같은 것을 되새기게 했고, 한편 그 책에 대한 호기심도 강하게 발동하여 신인 추천 제도에 관심이 쏠리는 걸 어쩔 수가 없었다. 우선 도서실을 찾았다. 벽지나 다름없는 시골 학교에 책다운 책이 있을 리 없었다. 가까스로 찾아낸 동시집은 몇십 권으로 짜여진 세계아동문학전집 속에 묶인 한 권의 번역 동시집이었다. 선 채로 몇 페이지를 넘기던 나는 눈을 떼지 못한 채 의자를 끌어당겼고, 끝장까지 다 읽고 나서는 형언하기 어려운, 일종의 희열감 같은 감정에 흠뻑 빠져있는 자신을 발견하고 놀라움을 금할 수가 없었다.

　가히 신천지였다고나 할까? 실상 그 가운데 상당량은 이미 눈에 익은 것들이었는데도, 달걀 꾸러미처럼 한 줄로 꿰어진 것을 차근차근 맛보고 나니, 이전과는 전혀 색다른 느낌에 젖게 된 것이었다. 아마도 그 당시의 어수선하고, 심각하고, 골치만 아프게 했던 현실에의 반감이었는지도 몰랐다. 내가 읽은 동시는 우선 즐겁고 재미있었다. 그리고 순수하고 밝고 아름다웠다. 입으로만 중얼거렸던 구원(救援)의 의미가 다가오는 듯했고, 바로 이게 우리가 추구해 마지않는 동심(童心)이라는 것이로구나 하는 생각이 들었다. 문학은 우리에게 칼만이 아니고, 즐거운 위안일 수 있다는 생각을 갖게 해준 고마운 이름들, 그리고 작품들……. 로세티, 스티븐슨, 그리고 마더 구스 등등…….

　나는 그 희열감이 가라앉기도 전에, 마침 들려오는 수업 시작 종소리를 소재로 하여 한 편의 동시를 뚝딱 써서는 우표를 붙여 버렸다. 그리고, 얼마 뒤 〈아동문학〉 3집이 우송되어 왔는데, 그 책에는 글돌이란 이름으로 응모했던 〈학교종〉이라는 내 작품이 박목월 선생의 선고 소감과 함께 입선작으로 실려 있었다. 지금 보면 엉성하기 짝이 없는 작품이지만, 나로서는 최초 발표작이라는, 약간은 각별한 의미를 띤 작품이기도 하다.

학교종

　　　　글돌

제멋대로 밖에 나와
놀기만 해 봐.

"들어갓!"
골이 나서 호통을 치고,

조용조용 열심열심
공부를 해 봐.

"나왓!"
쩌렁쩌렁 을러대는걸.

짓궂은 심술은
그 뿐인가 뭐.

```
)
  )
```

운동장 텅텅 비는
공일만 지냄.

"다 모여랏!"
심술 나서 소리치는걸.

(수업 시작은 세 번, 수업 끝은 두 번, 운동장 집합은 네 번씩 종을 침.)

그해 겨울을 맞으면서 나는 또 무슨 업보처럼 신춘문예병을 앓기 시작했는데, 마감 날짜가 거의 박두한 시점에서 이왕이면 동시도 한 번 응모해 보면 어떨까 하는 생각을 했다.

어느 날, 수업 시간 중에 아이들에게 문제 풀이를 시켜놓고 난롯가를 어정거리다가 문득 난로를 소재로 해서 작품을 쓰면 뭔가 될 것 같다는 생각이 들었다. 곧바로 책상에 앉아 한 편의 작품을 써냈다. 시골 학교 아이들의 밝고 풋풋한 생활상을 그린 것인데, 기존의 틀을 무시하고 최대한 자유롭게 써보자는 의도여서였는지 별 망설임이 없이 술술 씌어진 작품이었다. 운 좋게도 이 작품은 1963년 1월 1일자 〈조선일보〉에 당선작이라는 꼬리표를 달고 발표가 되었다(통신 시설이 열악한 시골에서 살던 때라, 나는 사전 통지를 받지 못하고 신문에 발표된 연후에야 당선 사실을 알았다. 그것도 새해 아침 출근길에서 동료 교사가 멀리서 보고 큰 소리로 '어이! 한턱내야 쓰겠네!' 운운하면서 당선 소식을 알려준 뒤에서야…….).

시골 학교 난롯가에는

시골 학교 난롯가에는
뜨거운 김이 무럭무럭 납니다.
드럼통으로 만든 시골 학교 난롯가에는
뜨거운 냄새도 무럭무럭 납니다.

순복이 자리에선
산냄새가 뜨겁게 나고,
복돌이 자리에서도

뜨겁게 산냄새가 나고,

무럭무럭 김이 오른 순복이 자리에선

동뭿산에 오른 산냄새가 나고,

무럭무럭 김이 솟는 복돌이 자리에선

뒷동산에 오른 산냄새가 나고,

순복이에게서 오른 김은

금방 하얀 토끼 모양이 되고,

복돌이에게서 오른 김은

금방 쑥떡 토끼 모양이 되고,

정말 새벽 풀잎을 차며 순복인

동뭿산에서 하얀 토끼 덫을 풀었고,

정말 새벽 이슬을 털며 복돌인

뒷동산에서 쑥떡 토끼 덫을 풀었고,

—낼 장에 내다

양말 한 켤레 사 신어야지.

순복이 하얀 토낀

순복이 하얀 양말.

—낼 장에 내다

장갑 한 켤레 사 끼어야지.

복돌이 쑥떡 토낀

복돌이 쑥떡 장갑.

그럼 순복인 통 발이 안 시려

쑥떡 토끼도 더 잡을 수 있고,

그럼 복돌인 통 손이 안 시려

하얀 토끼도 더 잡을 수 있고,

드럼통으로 만든 시골 학교 난롯가에는

뜨거운 김도 냄새도 자꾸 나는데,

순복인 하얀 토끼처럼 또록또록 눈이 더 커지고,

복돌인 쑥떡 토끼처럼 또록또록 눈이 더 커지고.

그렇게 해서 나는 아동문학가라는 표찰을 달게 되었고, 이후 줄곧 동시 창작에 매달려 왔다.

따지고 보면, 초등학교 때 한 장의 등사판 신문에 발표되었던 수학여행 기행문과 어느 선배의 충언 한마디가 나를 문학의 길로 들어서게 했고, 〈아동문학〉이라는 잡지 광고와 초등학교 교사로서의 일종의 사명감 같은 것이 아동문학이라는 장르에 매달리게 한 계기가 된 셈이다.

동시는 나에게 즐거움을 준다. 어디선가에서도 밝혔지만, 그 고되던 군 생활도 나는 동시 쓰는 일로 무난하게 극복했었다. 훈련에 지쳐 파김치가 되었다가도 동시를 생각하면 생기가 돌았고, 뭔가 한 구절이라도 건진 날에는 고된 훈련도 즐거운 유희처럼 여겨졌던 것이다.

'이녁이 좋아하는 글을 쓰게. 그래야 남도 그 글을 좋아하는 법이시.'

이 말은 사범 학교 시절, 학생문학회를 지도해 주시던 소설가 오유권(吳有權) 선생님의 경구다. 그렇다. 내가 좋아하지 않은 글을 누가 좋아해 줄 것인가? 우선 내가 좋아하고 나를 즐겁게 해주는 작품이라야, 남을 즐겁게도 하고 또한 마음을 움직일 수도 있지 않겠는가?

그래서, 나는 동시를 쓸 때마다 내 작품을 대할 어린이를 생각한다. 그리고, 내가 옛날 시골 학교 도서실에서 느꼈던 재미와 즐거움을 그들도 느낄 수 있을 것인가를 생각한다. 밝고, 맑고, 즐겁고, 새롭고, 재미있는 동시를 쓰는 일, 날이 갈수록 더욱 굳어져 가는 나의 믿음이자 또한 소망이기도 하다.

문삼석 동시 작시법에 대한 연구

김만석

들어가는 말

문삼석 선생은 한국 동시단에서 일정한 위치를 차지하고 자기의 독특한 동시 품격을 과시하고 있는 저명한 동시인이다.

최근에 우리 아동문학연구소에서는 문삼석 선생의 동시 80수를 추려서 《하늘나라 놀이터》라는 제목으로 한중대역동시집을 출판하였다.

80수 동시 가운데서 47수가 땡땡 소리가 나는 명동시로서 전반 작품 가운데서 58.8퍼센트를 차지한다. 이것은 동시 성공률이 대단히 높다는 것을 의미한다.

문삼석 선생의 동시를 보면 동심 발굴에서 남달리 개성적이고 형상화에서 놀랄 정도로 기발하여 독자들을 무시로 경탄케 한다. 무엇 때문에 문삼석 선생의 동시가 이토록 매력적인가? 그 숨은 비결은 도대체 어디에 있는가?

이 문제를 풀어보자고 필자는 문삼석 선생의 동시 작시법에 대하여 나름대로 연구 분석하여 보았다.

깜찍한 회화동시

회화(繪畫)동시란 시적 대상을 보고 그것을 동심의 안광으로 보면서 말로 그림을 그려 대상화한 동시를 말한다. 이런 동시는 유년기 아이들이 제일 즐기는 동시이다.

여기서 관건은 작자가 동심의 안광으로 시적 대상을 보고 그것을 아이들의 정서에 맞는 예술적인 그림으로 대상화하는 데 있다.

문삼석 선생은 바로 이런 대상화에서 남다른 솜씨를 보여 주면서 깜찍한 예술적 효과를 거두고 있다.

첫째, 정적인 대상에 대한 대상화

동시 〈고추〉, 〈개미〉, 〈코끼리는〉, 〈하얀 두루미〉 등 4수는 바로 정적인 대상을 동심적인 안광으로 관찰하고 깜찍하게 대상화한 동시들이다.

동시 〈고추〉는 빨간 고추의 특징을 말로 시각화하여 그려내고 있다.

가을 해랑 놀다가 / 빨개졌다. / 알몸으로 놀다가 / 빨개졌다. // 가을 해 눈짓 땜에 / 빨개졌다. / 빨
간 몸이 부끄러워 / 빨개졌다.

작자는 빨개진 고추를 대상화할 때 그런 빨간색으로 변하게 된 원인을 동심적으로
밝혀내고 있다. 즉 고추가 알몸으로 빨간 해와 놀아서 빨갛게 되었고 또 그런 알몸이
부끄러워서 빨갛게 되었다는 것이다.

바로 여기서 문삼석 선생의 작시법에서의 독특한 개성이 발로된다. 시적 대상을 동
심적으로 보고 동심적인 사색을 굴려 동심적인 결론을 도출해내어 대상화의 예술적 의
거로 삼고 있다. 하여 빨간 고추를 한층 더 돋보여 주면서 예술적으로 형상화하는 데
성공하였다.

동시 〈하얀 두루미〉는 말 그대로 그림같이 아름답고 깨끗한 동시이다.

파란 논에 두루미 / 하얀 두루미, // 다리 걷고 서 있네. / 하얀 두루미. // 파란 모 잘 자라나 / 둘러보
시는 // 아빠처럼 서 있네. / 하얀 두루미.

제1연에서 작자는 '파란 논에 다리 걷고 서 있는 하얀 두루미'를 담담한 수채화 같이 독
자들 눈앞에 소담하게 그려 놓았다. 이런 대상화에서 작자는 멋을 부리지 않고 고결한 하
얀 두루미의 이미지만 떠올려 주면서 독자들에게 충분한 사색의 여지를 깔아주고 있다.

제2연에서는 연상의 힘을 빌어 하얀 두루미를 '파란 모 잘 자라나 둘러보시는 아빠'
를 떠올리면서 아빠의 형상을 하얀 두루미로 승화시키고 있다.

농사 짓는 아빠, 하얀 옷을 입은 아빠, 두루미처럼 깨끗한 아빠, 두루미처럼 고결한
아빠……. 아빠의 형상은 끝없는 이미지를 발산하는 형상이다. 여기서 우리는 아빠를
한껏 흠모하고 자랑하며 또 그런 아빠로 하여 끝없는 자호감을 느끼고 있는 시적 주인
공(시적 자아)의 고운 마음을 보아낼 수가 있다.

이처럼 작자는 간결한 필치로 소박하게 대상화하고 연상적 이미지로 대상화된 시적
형상의 의의를 한껏 펼쳐주고 있다.

둘째, 동적인 대상에 대한 대상화

1. 원래 정적인 대상을 의인화하여 동적인 대상으로 둔갑시킨 후에 그것을 다시 동
적인 대상화를 시도한 시들이 있는데, 그런 시들로는 〈초롱꽃〉, 〈호박넝쿨〉, 〈나풀나
풀〉, 〈입을 하양〉 등 4수가 있다.

동시 〈초롱꽃〉을 보면 정말 재미난다.

손님이 오시나 봐. / 숲 마을에……. // 초롱꽃 초롱 들고 / 마중 나왔네. // 숲 마을 찾는 손님 / 길 잃을까 봐 // 조롱조롱 꽃초롱 / 들고 서 있네.

여기서 초롱꽃은 걸어 다니지는 못하는 꽃이다. 그런데 작자는 이 초롱꽃을 의인화하여 숲 마을 찾아오는 손님 맞으러 초롱 들고 마중 나왔다고 하면서 동적인 형상으로 바꾸어 놓았다.

이 과정에서 작자는 동화적인 상상을 도입하여 초롱꽃이 숲 마을 오는 손님이 길 잃을까 봐 '조롱 조롱 꽃초롱 들고 서 있다.'고 입체적인 군상을 돋보여 주고 있다.

이처럼 정적인 대상을 동적인 대상으로 둔갑시켜 재미나게 대상화한 것 역시 문삼석 선생의 독특한 수법의 하나이다.

2. 무형의 대상을 가시적 대상으로 둔갑시키고 동적인 대상화를 하는 데서도 성공하였다. 이런 동시들에는 〈가을바람〉, 〈사철이야기〉 등 2수가 있다.

바람은 공기의 이동으로 워낙 눈으로는 바람 그 자체를 보기 힘들다. 그러나 바람은 자기의 존재를 타 사물에 의탁하여 과시하게 된다.

동시 〈가을바람〉에서 작자는 가을 산에 단풍든 나무잎을 '빨간부채', '노란부채'라고 표현하면서 그런 부채가 '살랑살랑' 춤추는 것으로써 '가을바람'을 대상화하였다.

그리고 그런 '빨간부채', '노란부채'를 한 차원 인상시켜 '색동부채'로 형상화하고 더 나아가서 '가을바람'을 '색동바람'으로 형상화한 것은 실로 기발한 착상이며 또한 시적 재능의 표현이라고 하지 않을 수가 없다.

3. 동적인 대상을 말로 대상화하는 데서도 능란한 솜씨를 보여 주고 있다. 이런 동시들로는 〈병아리〉, 〈소나기〉, 〈밤차〉, 〈바람 부는 날〉 등 4수가 있다.

동시 〈병아리〉에서는 살아 움직이는 병아리를 놀라울 정도로 아름답게 대상화하였다.

우선 병아리를 '털뭉치'로 비겨놓고 거기에 색깔을 입혀 '노랗고' 거기에 형상을 살려 '동그란'으로 만들어 시각적인 형상으로 대상을 한껏 미화하였다.

다음 이번엔 '삐용삐용'이란 소리로 청각적 형상으로 대상화하여 깜찍한 병아리 형상을 다각적으로 그려내었다.

하여 문삼석 선생은 말로써 살아 있는 병아리의 그림을 아름답게 그려 독자들에게 미적 향수를 느끼게 하고 있다.

동시 〈바람 부는 날〉은 작자가 동적인 대상을 어디 한번 말로써 대담하게 대상화하여 보려고 시도한 작품이다.

말로써 정적인 대상을 그리기는 그렇게 어렵지가 않다. 그러나 말로써 동적인 사물을 대상화 한다는 것은 그렇게 쉽지가 않은 줄로 안다.

동시 〈바람 부는 날〉에서는 몸부림치는 미루나무를 빌어서 바람 부는 객관 세계를 보는 듯이 대상화하였다.

먼저 '미루나무 잎들이 쓰러지며 / 다시 일어서며'라고 하면서 시적 대상인 '잎'들의 상향적인 변화를 시도하였다. 하여 독자들의 눈앞에 바람이 아래로부터 위로 분다는 시각적인 느낌을 주고 있다.

다음 '미루나무 가지가 일어서며 / 다시 쓰러지며'라고 하면서 시적 대상인 '가지'의 하향적인 변화를 시도하였다. 하여 독자들의 눈앞에는 바람이 위로부터 아래로 분다는 시각적인 느낌을 주고 있다.

그다음 '미루나무 가지가 하늘을 우러르며 / 다시 고개 내저으며'라고 시적 대상인 '가지'의 상향적인 이동을 보여 주고 있다.

마지막으로 '미루나무 잎들이 고갤 내저으며 / 다시 하늘을 우러르며'라고 시적 대상인 '잎'의 상향적인 움직임을 의도적으로 보여 주고 있다.

하여 바람 부는 날 광풍폭우 속에서도 '하늘을 우러러 고개를 내젓는' 미루나무의 억센 기상을 보는 듯이 대상화하였다.

이처럼 문삼석 선생은 부동한 수법들을 널리 이용하여 시적 대상물을 나이 어린 독자들의 눈앞에 가시적인 형상으로 대상화하는 데서 자기의 장기를 남김없이 보여 주고 있다.

재미나는 화적동시

화적(話的)동시란 동심에 맞는 재미나는 이야기를 고도로 간추려 암시적으로 쓴 동시를 말한다. 화적동시는 유년기와 동년기 아이들이 즐기는 동시이다.

화적동시 창작에서의 관건은 동심에 맞는 재미나는 이야기를 발굴해 내는 데 있다.

첫째, 생활의 한 순간을 포착하고 그것을 확대 조명하면서 놀랍고도 재미나는 이야기를 활짝 펼쳐 주다.

이런 동시들로는 〈우산속〉, 〈도토리〉, 〈정말 우습겠지〉, 〈정미소에서〉, 〈산골물〉, 〈어른〉 등 6수이다.

뭇 사람들에게는 아주 평범한 현상이어서 허투로 대할 그런 순간적인 현상을 문삼석 선생은 그저 스쳐 지나지 않았다. 비 오는 날 우산을 들고 나서면 빗방울이 우산에 '두두두두' 떨어진다. 이런 현상은 너무나도 평범한 현상이다.

그러나 문삼석 선생은 동심적인 생각을 굴려 그 '빗방울이 우산 속으로 들어오고 싶어 한다.'고 느낀다. 이것은 실로 아이들만이 느낄 수 있는 그런 생각이다.

작자는 여기에서 그친 것이 아니라 '우산 속'은 '엄마 품 같다.'는 생각에까지 치달아 오른다. 이 얼마나 엉뚱한 착상이며 놀라운 발견인가!

하여 비 오는 한 순간을 포착하고 빗방울이 우산 속으로 들어오려 한다는 재미나는 이야기를 펼쳐 독자들을 황홀하게 만들어 준다.

동시 〈정미소에서〉는 정미기가 벼를 찧는 한 순간을 포착하고 깜찍한 이야기를 꾸며 흥미 있는 동시를 써냈다.

작자는 정미기 속에서 나오는 쌀을 보고 '옷을 입고 들어갔던 벼'들이 정미기 속에 들어갔다가 '하얗게 옷을 벗고 나왔다.'고 엉뚱한 발견을 한다.

그리고는 '옷을 벗은 쌀'들이 '부끄러워' 자루 속으로 서둘러 들어간다는 해학적인 이야기를 살짝 꾸며 독자들을 현혹케 한다.

둘째, 생활 가운데서의 그 어떤 갈등을 포착하고 동심에 맞는 재미나는 이야기의 한 장면을 묘하게 그려낸 동시

이런 동시들로는 〈봉투와 풀〉, 〈기린과 하마〉, 〈걱정을 했대요〉 등 3수가 있다. 동시 〈봉투와 풀〉은 의인화 수법을 이용하여 봉투와 풀의 이른바 '갈등'으로 깜찍한 이야기를 꾸며 놀랍게 쓴 동시이다.

입 빠른 '봉투'가 '풀'을 보고 '난 순이 마음 다 안다. / 말해 줄까?'라고 한다. 그러자 '풀'이 대뜸 '안 돼, 그건 비밀이야!' 하면서 금시 말하려는 '봉투'의 입을 '콩 막아버렸다.'는 이야기의 한 장면이다.

이 얼마나 참신한 발견인가! 그토록 평범한 생활의 한 순간을 보고 이같이 깜찍한 이야기의 한 장면을 설계한 문삼석 선생의 시적 재능은 정말 독자들을 경탄케 한다.

셋째, 생활 가운데서 벌어진 재미나는 이야기를 고도로 간추려 암시적으로 쓰는 방법

1. 생활 속에서 벌어진 이야기를 그대로 간추려 쓴 동시들이다. 이런 동시들로는 〈눈 내리는 날〉, 〈엄마는 참〉, 〈난 알지요〉 등 3수가 있다.

동시 〈눈 내리는 날〉은 시적 주인공이 공중전화실로 들어가서 전화를 거는 극히 간단한 이야기를 점층적으로 펼치면서 눈 오는 포근한 날 눈을 즐기는 시적 주인공의 차분한 정서를 다분히 담아 주고 있다.

이 동시에서 작자는 '공중전화실'에 들어간 '소복이 눈모자 쓴' 꼬마가 '소복이 눈 내린' 거리를 내다보며 그 누구에게 '소복이 눈 내렸다.'고 전화 거는 이야기를 다루고 있다.

여기서 작자는 '소복이'라는 부사를 연이어 쓰면서 눈이 내리는 겨울날을 한껏 포근하게 그려 내고 있다. 그리고 그런 눈을 즐기는 꼬마가 그런 기쁨을 혼자만 누릴 수가 없어서 그 누구에게 전화 거는 애틋한 심정을 조용히 펼쳐 보이고 있다.

생활 가운데서 발생한 간단한 이야기를 간추려 간단히 다루면서 시적 주인공의 형상을 은근히 살려주고 그윽한 정서를 노래한 작자의 시적 기교가 또다시 표현되고 있다.

2. 현실 가운데의 사물을 보고 의인화 수법을 이용하여 동화적인 상상으로 간단한 이야기를 꾸며 노래한 동시들도 있다. 이런 동시들로는 〈망원경을 씌워 봐〉, 〈바람과 빈 병〉, 〈봄볕이 몰래〉 등 3수가 있다.

동시 〈바람과 빈 병〉은 바람과 빈병을 의인화하여 동화적인 상상으로 재미나는 이야기를 꾸며 냈다.

바람이 '숲 속에 버려진 빈 병'을 보고 '쓸쓸할 거야.' 하고 생각한다. 그래서 '바람'은 '함께 놀아주려고 / 빈 병 속으로 들어간다.'

친구를 얻은 '빈 병'은 기분이 너무 좋아서 '보오 보오 / 맑은 소리로 휘파람 분다.'

이 얼마나 재미나는 동화적 이야기인가! 작자는 이런 이야기로써 친구지간의 의로운 정을 이야기 전반에 잔잔히 물결쳐 흐르게 하여 훌륭한 예술적 효과를 거두었다.

이처럼 문삼석 선생은 아이들의 안목으로 생활을 관찰하고 아이들의 구미에 맞는 이야기를 꾸며 아이들의 정서에 맞는 재미나는 동시를 쓰는 데서 풍만한 성과를 올리었다.

여기서 문삼석 선생의 화적동시는 시적 대상을 비록 가벼운 이야기로 다루고 있지만 아이들의 동심을 깊이 파고 들었기 때문에 남다른 그윽한 정서를 느낄 수가 있고 또 은근한 시적 내용을 음미할 수가 있게 된다.

엉뚱한 사색동시

문삼석 선생은 자기의 동시 대상을 유년과 동년 초기의 아이들로 잡고 있다.

때문에 이런 대상의 정도를 너무나도 잘 아는 문삼석 선생은 사색적인 동시를 쓸 때에도 대상의 정도를 언제나 우선적으로 고려하고 있다.

사실 동시를 창작할 때 대상의 정도를 떠나면 난해시로 전락되고 만다. 때문에 문삼석 선생은 이런 사색동시를 조심히 쓰고 있다.

첫째, 문제를 제기하고 그 문제를 풀어가면서 사색하게 한 동시

동시 〈빵 세 개〉는 시적 주인공이 동생과 함께 빵 세 개를 어떻게 나누어야 하는가? 하는 문제를 제기하고 있다. 하여 이 동시는 나이 어린 아이들더러 사색을 굴리며 올바른 판단을 하게 함으로써 아이들더러 스스로 도덕적 교양을 받도록 꾀한 작품으로 되고 있다.

먼저 '나 2개, 동생 1개'라고 하면서 '난 형이니깐 / 난 더 크니깐' 하고 그 근거를 당당하게 제기하고 그런 나눔법을 합법화한다. 이것은 실로 아이들 그대로의 심리표현으로 된다.

그 다음 시적 주인공은 자신의 판단을 '그게 아니지!' 하고 자기 스스로 부정한다. 작자는 여기서 기특한 시적 주인공의 내심 세계를 옳게 파고들었다.

'나 1개, 동생 2개. / 난 형이니깐 / 난 더 크니깐!'

이 얼마나 놀라운 변화인가! 아주 평범하지만 여기서 시적 주인공의 순간적인 성장을 보아 낼 수가 있다. 아이들은 바로 이런 순간순간의 성장의 거듭으로 날마다 자라나고 있다.

나이 어린 독자들은 시적 주인공의 이런 변화에 대하여 두 눈을 깜박거리며 '왜 그럴까?'라고 하면서 그 원인을 파고들게 된다.

무엇 때문에 '내가 형이니깐 / 내가 더 크니깐' 하는 똑같은 원인을 가지고서 나눔법은 이렇게 완전히 달라지게 되는가? 여기서 작자는 나이 어린 아이들에게 이른바 형으로서의 처사도리를 살그머니 깨우쳐주고 있다.

둘째, 아이들에게 의문을 제기하고 사색하게 하는 동시

이런 동시에는 〈아빠 시계〉와 〈할아버지 안경〉 등 2수가 있다.

동시 〈아빠 시계〉는 아이들에게 의문을 제기하는 방법으로 아이들더러 사색하게 하고 있다.

아빠는 일에 바삐 도는 아빠다. 아빠는 시계를 차고 다니는 아빠다. 여기서 이른바 아빠와 시계 사이의 모순을 설정하고 아이들 정도에 맞는 문제를 제기하고 아이들더러 사색하도록 꼬드기고 있다.

아빠는 시계를 볼 때마다 웬일인지 '시간이 없어. / 시간이 없어.' 한다. 이건 나이 어린 아이들로서는 이해하기 힘든 문제가 아닐 수 없다.

문삼석 선생은 이런 문제를 제기하고 아이들 정도의 사색을 굴리며 아이들 정도의 의문을 제기하는 방법으로써 그 사색의 깊이를 더 파려고 시도하고 있다.

시적 주인공은 '아빠 시계엔 왜 / 시간이 없는 거지?' 하고 도리머리를 한다. 이런 의문을 갖고 아이들은 사색하면서 점점 자라나 그런 의문을 풀어 갈 날을 맞이하게 될 것이 아닌가?

동시 〈할아버지의 안경〉도 〈아빠 시계〉와 똑같은 방법으로 쓴 동시이다.

　그런데 〈아빠 시계〉보다 한 차원 높아진 동시로서 그것은 사회적 문제에로 아이들을 눈뜨게 했다는 점에서 새로운 돌파를 가져온 동시이다.

　할아버지의 안경을 써보니 도수가 높아 어지럽다. 이렇게 안경의 도수가 높아 어지러운 것은 그 누구나 느낄 수가 있는 자연스러운 느낌이다. 뭇 사람들은 여기서 이 정도의 느낌에서 그치고 말 것이다.

　그러나 작자는 이런 느낌을 동심화하면서 할아버지의 남다른 느낌과 연관시켜 남다른 예술적인 효과를 보고 있다.

　'아하, 그래서 할아버진 / 의례 신문을 보실 때마다 / 세상이 어지럽다 / 세상이 어지러워!' 하고 혀를 끌끌 차는 것이라고 나이 어린 시적 주인공은 자기 나름대로의 판단을 내리고 있다.

　여기서 시적 주인공이 '도수 높은 안경을 써보니 어지럽다.'는 것과 할아버지가 '세상을 내다보고 어지럽다.'고 하는 데서의 '어지럽다'는 똑같은 느낌이다. 그러나 그 느낌의 그 본질적인 의의는 완전히 다르다.

　할아버지가 '세상이 어지럽다'는 것은 도수 높은 안경을 쓴 것 때문만은 결코 아니다. 그럼 무엇 때문인가? 그것은 나이 어린 독자들이 이제 두고 두고 따져볼 과제로 남겨준 것이 아니겠는가?

　이처럼 문삼석 선생은 유년과 동년 시기 아이들을 대상으로 한 사색동시를 쓸 때 우선 대상의 인식 정도와 접수 정도를 충분히 고려하고 있다.

　그러면서 아이들에게 문제를 주어 자기 스스로 그런 문제를 풀게 하면서 그 어떤 도리를 깨치게 하거나 그 어떤 의문을 주어 잠시는 그 대답을 찾지 못하더라도 두고두고 생각하여 자기 스스로 깨치도록 하는 방향에서 동시를 구사하여 좋은 성과를 올리고 있다.

오묘한 상징동시

　상징법이란 어떤 사물과 현상의 명칭을 직접적으로 가리키는 대신에 다른 사물과 현상에 비겨서 표현하는 예술적 표현 수법이다. 다시 말하면 보조 관념으로 원관념을 표현하는 은유적인 표현 수법을 말한다.

　필자가 여기서 취급하는 이른바의 '상징동시'는 '상징주의 동시'가 아니라 아이들 정도에 맞는 상징 수법을 이용하여 창작한 동시를 염두에 두고 하는 말이라는 것을 먼저 짚고 넘어가려 한다.

　주지하는 바와 같이 은유적인 방법은 보다 높은 차원에서의 비유로서 나이 어린 유년과 동년기 아이들에게는 어려운 표현 방법이 아닐 수가 없다.

그런데 문삼석 선생은 자기의 동시 대상의 정도에 맞게 은유적인 수법을 조심스럽게 받아들여 좋은 예술적 효과를 보고 있다.

첫째, 하나의 원관념을 하나의 보조 관념으로 풀이하여 알기 쉬운 예술적 형상을 창조하다

이런 동시들로는 〈예쁜 두더지〉, 〈그게 나래〉, 〈하늘나라 놀이터〉 등 3수가 있다.

동시 〈예쁜 두더지〉는 원관념 '내 동생'을 보조 관념 '두더지'로 풀이하고 있다.

제1연에서 '내 동생은 / 두더지래요.'라고 직접 보조 관념 '두더지'를 전면에 내세우고 있다.

이런 '두더지'를 '내 동생'으로 이해하자면 나어린 아이들로서는 퍽이나 어렵게 된다. 작자는 이점을 감안하고 그것을 형상적으로 풀어 이런 상징 수법을 이해할 수 있도록 아이들을 풍겨주고 있다.

작자는 '언제나 엄마 품만 / 파고들지요.'라고 하면서 이런 형상적인 표현으로 '두더지'와 '내 동생'의 공통점을 제시함으로써 '두더지'와 '내 동생'의 관계를 이해하는 데 도움을 주고 있다.

그 다음 '요, 요, 요 / 예쁜 두더지야!'라는 판단을 스스로 무난히 내릴 수 있도록 하여 좋은 예술적 효과를 보고 있다.

둘째, 하나의 원관념을 여러 개의 보조 관념을 도입하여 병렬적으로 표현한 동시

동시 〈우리 아기〉는 정말 재미나는 동시이다.

꽃, 하면 정말 꽃이 되고 / 달, 하면 정말 달이 되는 // 방글방글 우리 아기 / 예쁜 우리 아기 // 해, 하면 정말 해도 되고 / 별, 하면 정말 별도 되는 // 둥기둥기 우리 아기 / 귀여운 우리 아기.

여기서 보면 원관념 '우리 아기'를 '꽃', '달', '해', '별'이라는 보조 관념을 동원하여 병렬적으로 풀이하면서 '예쁜 우리 아기', '귀여운 우리 아기'를 복합적으로 그려내는 데 성공하였다.

셋째, 한 동시에서 두 개의 원관념을 두개의 보조 관념으로 각각 상징하면서 그들 사이의 관계를 대조시키는 방법으로 쓴 동시

동시 〈연필과 지우개〉가 바로 이런 수법으로 쓴 동시이다.

끄적 끄적 / 연필 / 아기는 연필. // 쓰윽쓰윽 / 지우개 / 엄마는 지우개.

원관념 '아기'를 보조 관념 '연필'로 상징하고 원관념 '엄마'를 보조 관념 '지우개'로 형상화하여, '연필'과 '지우개' 관계로써 '엄마'와 '아기'의 인간관계를 예술적으로 표현하였다.

여기서 우리는 '아기'가 잘못하면 그것을 따라 가며 고쳐주고 일깨워 주는 부지런한 '엄마'와 '엄마'의 사랑을 받으며 무럭무럭 자라나는 '아기'의 모습을 눈앞에 선히 떠올릴 수가 있다.

이처럼 문삼석 선생은 어려운 상징 수법을 조심스럽게 이용하여 유년과 동년기 아이들이 능히 이해할 수 있고 또 접수할 수 있는 엉뚱한 상징동시 창작에서도 기꺼운 성과를 올리고 있다. 여기서 문삼석 선생의 상징동시는 난해성이 제거된 극히 간단한 동시이지만 그 상징적 의미는 시적 형상을 초월하는 그런 심원한 의의를 가지고 있음을 느낄 수가 있다.

맺는 말

위에서 문삼석 선생의 한중대역동시집《하늘나라 놀이터》에 수록된 80수의 동시 가운데서 그 일부를 필자 나름대로 따져 보았다.

오늘 문삼석 선생의 동시작시법을 연구하는 것은 한민족 동시를 총화하고 우리 동시를 새로운 차원에로 도약시키는 데 일정한 도움이 되리라고 보아진다.

문삼석 선생은 전문 유년과 동년 초기의 아이들을 대상으로 예쁜 동시를 쓰는 동시인이다.

문삼석 선생은 자기 동시 대상의 나이, 심리적 특징과 그들의 심미적 요구를 깊이 헤아리면서 우선 작가 자신의 아동화를 선행시킨 한국의 저명한 동시인이다. 말 그대로 아이들과 눈높이를 같이 하는 동시인이다.

하여 그 많은 동시 가운데서도 유년기 아이들과 동년 초기 아이들이 제일 즐기는 회화동시, 화적동시를 기본으로 창작하면서 풍만한 성과를 올리고 있다.

그리고 자기 동시 대상의 접수 능력을 충분히 고려하면서 사색동시와 상징동시도 조심스럽게 개발하여 기꺼운 성과를 올리고 있다.

문삼석 선생은 수수께끼 같은 '아이들의 정서 세계'를 깊이깊이 파고들어 '동심'이라는 '금빛 보물'을 캐내는 데 성공하였다.

그가 얻어낸 '금빛 보물'은 그처럼 깜찍하고 재미나며 엉뚱하고 오묘하여 독자들을 경탄하게 한다.

　문삼석 선생의 동시는 얼핏 보면 간단하고 가볍고 평이하다. 그러나 그런 동시에 음미를 요구하는 형상적 처리가 뒤따라가기 때문에 문삼석 동시는 자기의 시적 무게를 따로 가지고 있다.

　이런 무게는 깜찍한 동심을 깊이 파낸 데서 표현되며 아이들에게 엉뚱한 사색을 풍겨 준 데서 표현되며 아이들에게 오묘한 의문을 제기해 준 데서 표현된다.

　문삼석 선생의 동시가 성공한 가장 주요한 원인은 시적 발견에서의 동심화와 시적 형상화에서의 동심화라고 본다. 이런 결론은 너무 일반적이 아닌가? 하는 의문이 제기될지는 모르나 실지로 그것을 창작 실천에 옮기기란 그렇게 쉽지가 않다는 것을 필자는 힘주어 강조하고 싶다.

　문삼석 선생의 동시는 아이들뿐만 아니라 심지어 어른들까지 너무 예뻐서 한 번 읽고, 너무 재미나서 두 번 읽고, 너무 묘해서 세 번 읽고……. 읽고, 읽고, 또 읽고 있다.

　바라건대 문삼석 선생께서 자기의 동시 창작을 잘 총화하고 새로운 도약을 하여 아이들에게 더 재미나고 더 예쁜 동시를 선물하여 주시기를 바라마지 않는 바이다.

부처님 가운데
토막 같은 양반

김향이

    문삼석 선생님과의 인연은 1991년 5월 계몽아동문학상 시상식장에서 시작되었다. 그 날 선생님은 소천아동문학상 수상자로 나와 함께 수상자 자리에 앉아있었다.

    계몽아동문학상 1회 수상자이기도 한 선생님과 함께한 뒤풀이 자리에서 계몽아동문학회 결성에 관한 얘기가 나왔다. 그날 이후 일사천리로 창설 업무가 추진되어 계몽아동문학회가 결성되었는데, 계몽아동문학상이 제정되고 만 10년만의 결실이었다.

    그해 8월 창립 총회를 하고 선생님이 회장직을 맡게 되었다. 오순택 선생이 사무국장을 맡고 내가 재무간사를 맡게 되었는데 당시 문단에 첫 발을 내디딘 신인이 두 분과 함께 문학회 일을 본다는 것은 크나큰 광영이 아닐 수 없었다. 이후 계몽문학회의 트라이앵글이라는 소리를 들을 정도로 우리 세 사람은 자주 만나게 되었다. 그렇게 십여 년 세월이 흐르는 동안 육친같이 임의롭고 편안한 사이가 된 것이다.

    92년 1월 충무 수국 작가촌으로 첫 번째 겨울 세미나 겸 문학 기행을 갔을 때였다(연 2회 개최하는 문학 기행이 지금까지 맥을 이어 온 것도 회원 모두를 '가족처럼 연인처럼' 감싸 안는 선생님의 포용력 때문이다.). 선생님의 제의로 회원 가족을 동반한 여행을 하게 되었는데, 2박 3일 동안 동행을 하며 선생님을 지켜보신 우리 친정어머니가 '부처님 가운데 토막 같은 양반'이라고 인물평을 했다. 나는 우리 어머니가 사람 보는 눈이 매섭다는 것을 익히 알고 있는 터라, 선생님의 성품을 그대로 드러내는 적확한 표현에 감탄을 했다.

    선생님은 모친께서 마흔 다섯에 낳은 늦둥이 외동아들이다. 선생님은 늦둥이 외동아들로 자랐다는 게 믿어지지 않을 정도로 소탈하고, 넉넉하고, 느긋하고, 털털하고, 따뜻하고, 편안하다. 선생님과 함께 식사를 해 본 사람이면 단박에 그런 성품을 알 것이다. 얼굴과 외모에서 풍기는 신사답고 부드러운 기품을 아동문학 하는 사람치고 모르는 이가 없을 터이지만…….

    배추김치 한 가닥 손으로 쭉 찢어서 김이 모락모락 나는 밥숟갈 위에 척 걸쳐 먹는 맛이 제일이라는 선생님, 잘 익은 된장에 풋고추 두 개면 행복하게 점심을 먹는다는 소박한 식성은 그분의 성품을 그대로 대변해 준다.

섬진강변의 가난한 농가에서 자란 선생님은 나이 드신 부모님 마음을 아프게 하지 않으려고 아무거나 주는 대로 먹었다고 한다. 맛이 있거나 없거나 내색하지 않았다. 어쩌다 구운 갈치 토막이 상에 올라오면 어머니는 눈에 넣어도 아프지 않을 늦둥이 외아들에게 살만 발라 먹였다. 씁쓰레한 창자 부위에 젓가락을 가져가던 어머니 마음을 알아차린 선생님은 어머니보다 먼저 배 부분의 살이 맛있다고 골라 먹는 효심 깊은 아들이었다. 그것이 버릇이 되어 이제는 별미로 알게 되었다고 한다.

부모님이 얼마나 힘들게 농사를 짓는지 익히 보아온 선생님은 쌀 한 톨 남기지 않고 밥그릇을 비운다. 음식을 남기면 복이 달아난다는 어머니 말씀을 금과옥조로 알고 평생을 지켜온 것이 버릇이 되었기 때문이다.

음식뿐만 아니라 술잔마저 알뜰하게 비우는 데는 걱정이 되지 않을 수 없다. 회식 자리에 앉으면 인간성 좋은 선생님은 술잔 세례를 받게 되는데 한 번도 거절하는 걸 본 적이 없다(회장님의 건강이 염려스러운 나는 회장님 앞에 줄지어 놓은 술잔을 들어 젊은 후배들 잔에 슬쩍 슬쩍 부어준다. 그러면 술 좋아하는 후배들은 자기를 생각해서 주는 줄 알고 희희낙락이다.).

인정 많은 데다 남의 말을 잘 믿어주는 회장님은 청탁 또한 거절을 못하는데, 돈을 빌려주거나 보증을 서기도 해서 낭패를 당하는 경우도 왕왕 있다. 그러고도 선생님은 불신으로 서로를 경계하는 사회가 얼마나 삭막한 세상이냐고 인간에 대한 믿음을 저버리지 못한다.

뿐만 아니다. 우리 계몽 회원들이 일년에 두 번 세미나 겸 문학 기행을 떠날 때마다 적지 않은 경비가 소요되는데, 선생님은 회원들에게 부담을 덜 주기 위해서 관광버스를 대절하고 자료집을 발간하는 등의 목돈을 당신이 부담하신다. 어쩔 땐 관광지의 특산품을 회원 모두에게 선물로 사주기도 하는데, 그럴 때면 나는 은근히 함께 동행한 사모님의 눈치를 보게 된다. 그러나 단 한 번도 사모님께서 불쾌한 기색을 보이신 적이 없으시다. 회장님과 사범 학교 동기인 사모님은 일찍이 선생님의 후덕한 쓰임새를 아셨을 테니 알고도 모르는 척 눈감아 주실 터이다. 더구나 사모님께서는 자녀들에게 아버지 재산은 문학상 운영 기금으로 쓸 것이니 유산은 없는 것으로 알라고 미리 언질을 주셨다니 사모님의 선생님에 대한 사랑을 짐작할 수 있겠다.

어느 해인가 문학 기행 중에 사모님과 한 좌석에 앉게 되었다. 이런저런 이야기를 나누었는데 지금도 기억나는 몇 가지 일화가 있다.

사모님의 옷장이 비좁아서 사모님 옷을 회장님 옷장에 걸어두었다 한다. 어느 날 회장님이 외출을 하시는데 사모님 옷을 입으셨더란다. (여자 티셔츠를 꼭 끼게 입은 회장님 모습을 상상해보시길……). 사모님이 왜 내 옷을 입었냐고 의아해 하셨는데 그 대답이 선생님답다.

"못 보던 옷이 있어서 당신이 내 옷을 사다 걸어 놓은 줄 알았지. 사다 놓은 옷을 안 입으면 당신이 서운해할까 봐서……."

문학 기행을 하는 동안 사모님이 회원들과 이야기를 나누는 모습을 눈여겨보셨던지 사모님에게 한마디 하시더란다.

"당신이 말을 많이 하면 회원들이 말할 기회가 줄어드는 것 아니오? 회원들이 말을 할 기회를 주고 당신은 그저 듣기만 해요."

선생님이 당신 자신보다는 남을 먼저 생각하고, 받기보다는 주는 것에 익숙하신 분이라는 것은 알만한 사람은 다 안다. 아동문학인들의 애경사에 빠지지 않고 다니시면서 정작 당신 아드님의 혼사는 가족끼리 조촐하게 치른 분이시다. 남에게는 성심성의 베풀기를 즐겨 하시면서 자신의 일로 남에게 피해주는 일은 않으시겠다는 생각이시다.

남에게 피해를 주지 않으려는 노력은 약속 시간을 칼 같이 지키는 것만 봐도 알 수 있다. 선생님은 약속시간보다 30여분 일찍 나오셔서 기다리신다. 약속 시간에 늦는 사람은 늘 늦게 마련인데, 한두 시간 지체하고 기다릴 경우 불평 없이 기다려 주고 늦게 온 사람이 미안해하지 않도록 배려해주신다.

선생님은 점잖으시다. 남을 헐뜯거나 험담을 하는 것을 들은 적이 없다. 설혹 누군가의 언행이 못마땅해서 오고가는 말에도 맞장구치시기보다는 그 사람 편에서 왜 그런 행동을 하게 되었는지를 변명하고 두둔하시는 편이다.

또 큰소리를 내거나 역정을 내시는 모습도 보지 못했다. 화가 날 경우도 조용히 속으로 삭이고 참으신다. 오죽했으면 내가 '회장님도 운전대 잡으면 육두문자가 나오나요?'라고 물었을까?

선생님의 고향은 전라남도 구례군 구례읍 신월리 잔수마을이다.

밤마다 여울을 빠져나가는 섬진강 물소리가 베갯머리를 적시곤 했다고 추억하신다. 섬진강에서 개헤엄을 치고, 피라미를 낚았으며, 앉은뱅이 썰매를 타고 노셨다. 홍수로 집채들이 떠내려가는 것을, 폭격으로 다리가 무너지던 추억을 고스란히 기억하고 계신다. 그 강가에서의 놀이가 훗날 선생님의 창작 모티브가 되는 것은 어쩌면 당연한 일인지도 모른다.

〈산골물〉과 〈이슬〉 연작을 통해 '맑고 투명함', '맑음과 밝음'에 집착하게 된 근원이 되었으리라.

동시를 쓸 때마다 당신 작품을 대할 어린이를 생각하신다는 선생님은 '밝고, 맑고, 즐겁고, 새롭고, 재미있는 동시'를 쓰신다.

나는 아이들과 수업이 있는 날이면 칠판에 동시 한 편씩 써놓곤 했는데, 아이들이 원고지에 옮겨 적으면서 낭송을 하고 감상문을 쓰도록 했었다. 어느 날 2학년 사내아이가 시를 옮겨 적으며 내게 물었다.

"선생님, 이거 어떤 애가 썼어요?"

그 물음이 어찌나 듣기 좋던지 그날 나는 교과서에 소개된 선생님의 시와 함께 다른 시들도 보너스로 낭송을 시켰다.

계몽아동문학회에 대한 아니, 후배들에 대한 선생님의 사랑은 남다르다. 계몽사의 사업 실패로 계몽아동문학상이 중단되었다. 17회 이후로 신입 회원을 맞이할 수 없는 현실을 안타까워하셨다. 드디어 선생님의 의지로 계몽아동문학회 회원들이 황금펜아동 문학상을 제정하게 되었다. 회원 전체가 투명하고 공정하게 심사를 하고, 회원 전체가 십시일반 회비를 모아 상을 주고, 그렇게 맞이한 신입 회원을 물심양면 이끌어 주자는 취지인 것이다.

섬진강은 선생님의 의식을 키우고 작품의 배경으로 살아나고 또한 선생님의 성품까지도 강물로 비유할 수 있는 바탕이 되었다. 도도하게 끊임없이 하염없이 흐르는 강물처럼 선생님의 작품들도 유장하게 흐르게 되기를 바란다.

선생님 이야기를 중구난방 쓰면서 부족한 필력 탓을 하는데, 마당의 감나무에서 매미가 운다. 나는 문득 선생님의 짧고도 재미있는 동시를 떠올렸다.

참매미가 웁니다. 차암차암차암차암…….
참나무에서 웁니다. 차암차암차암차암…….

참 덥다고 웁니다. 차암차암차암차암…….
참나무랑 웁니다. 차암차암차암차암…….

참매미 한 마리가 내 입술에서 논다.

어린이와 함께 선생이 걸어온 길

출생

1941년 2월 17일(음력) 전라남도 구례군 구례읍 신월리 324-5번지에서 부 문계연(文啓淵)과 모 임판심(林判心)의 1남 3녀 중 막내로 태어남.

학력

1953년 구례남(신월)초등학교를 졸업함.

1956년 구례중학교를 졸업함.

1959년 광주사범학교를 졸업함.

1971년 광주교육대학교 부설 교원교육원을 수료함.

1973년 광주교육대학교를 편입학 졸업함.

1976년 서울대학교 사범대학부설 교원교육원 국어과를 수료함.

1978년 전남대학교 교육대학원 국어교육과를 수료(석사)함.

등단

1962년 〈아동문학〉 3집에 동시 〈학교종〉이 박목월 선고로 입선함.

1963년 〈조선일보〉 신춘문예에 동시 〈시골 학교 난롯가에는〉이 당선(선고 윤석중)됨.

교단 경력

1959년 원촌초등학교, 구례남초등학교, 광주주암초등학교, 광주계림초등학교, 광주중앙초등학교.

1978년 장흥여자고등학교, 곡성종합고등학교, 광주서광여자중학교, 서울구로고등학교, 서울잠신고등학교, 서울고등학교 교사.

1998년 서울대림여자중학교, 서울녹천중학교 교감.

1999년 명예퇴임(교장특별승진, 국민훈장 동백장 수훈).

가족 관계

1968년 1월 18일 사범 학교 동창인 백창덕(白昌德)과 결혼함.

딸 정아(靜雅) 출생함.

1969년 부친 별세(72수)함.

1971년 모친 별세(74수)함.

아들 정훈(靜勳) 출생함.

2000년 정아 최항진과 결혼, 정훈 박혜정과 결혼함.

2001년 정아 아진(손녀) 출산, 정훈 수연(손녀) 출산함.

저서

1967년 동시집 《산골물》(배영사) 발간됨.

1978년 동시집 《가을 엽서》(아동문예사) 발간됨.

1983년 동시집 《바람 하늘 산》(이문석 이봉춘 공저, 규장각) 발간됨.

　　　동시집 《이슬》(아동문예사) 발간됨.

1988년 동시집 《별》(아동문예사) 발간됨.

1990년 동시집 《빗방울은 즐겁다》(아동문예사) 발간됨.

1992년 동시집 《아가야 아가야》(계몽사) 발간됨.

　　　동시집 《바람과 빈 병》(아동문예사) 발간됨.

1993년 동시집 《우산 속》(아동문예사) 발간됨.

　　　말하는 그림책 《땅과 바다》(계몽사) 발간됨.

　　　말하는 그림책 《해와 달과 별》(계몽사) 발간됨.

　　　말하는 그림책 《물은 요술장이》(계몽사) 발간됨.

　　　말하는 그림책 《불은 심술꾸러기》(계몽사) 발간됨.

　　　말하는 그림책 《고마운 공기》(계몽사) 발간됨.

1996년 그림동화집 《당나귀 알》(계몽사) 발간됨.

　　　그림동화집 《토끼전》(계몽사) 발간됨.

　　　그림동화집 《서대쥐전》(계몽사) 발간됨.

　　　그림동화집 《은혜 갚은 학》(계몽사) 발간됨.

　　　그림동화집 《성냥팔이 소녀》(계몽사) 발간됨.

1997년 동시집 《도토리 모자》(아동문예사) 발간됨.

1999년 《2학년을 위한 동시집》 발간(지경사) 발간됨.

　　　《엄마랑 읽는 아가 동시》(아동문예사) 발간됨.

2001년 3인 동시집 《1학년이 읽고 싶은 아주 특별한 동시》(문삼석, 손광세, 손동연, 글송이) 발간됨.

　　　3인 영역 동시집 《Verse for Children with Hamster》(문삼석, 손광세, 손동연, 글송이) 발간됨.

　　　고운말 동시집1 《나비랑 눈이랑》(교원) 발간됨.

고운말 동시집2 《엄마 아빠 그리고 나》(교원) 발간됨.

2002년 유아동시집 《엄마랑 종알종알 말놀이 동시》(글송이) 발간됨.

2004년 중국어번역동시집 《하늘나라 놀이터》(중국 연변 인민출판사) 발간됨.

수상

1976년 전남아동문학가상(제1회, 전남아동문학가협회) 수상함.

1982년 계몽아동문학상 수상(제1회, 계몽사)함.

　　　　한국동시문학상 수상(4회, 아동문예사)함.

1983년 세종아동문학상 수상(16회, 〈소년한국일보〉)함.

　　　　전라남도 문화상 문학 부문 수상(전라남도)함.

1988년 대한민국문학상 우수상 수상(문예진흥원)함.

1991년 소천아동문학상 수상(25회, 계몽사)함.

1992년 박홍근아동문학상 수상(3회, 박홍근아동문학상운영 위원회)함.

1994년 이주홍아동문학상 수상(이주홍아동문학상운영 위원회)함.

1998년 가톨릭아동문학상 수상(제1회, 가톨릭신문사)함.

1999년 방정환문학상 수상(아동문학평론사)함.

　　　　국민훈장 동백장 수훈(정부).

2002년 한국청소년문화대상(한국청소년문학회) 수상함.

2004년 대한민국동요대상(서울YMCA, 삼성전자) 수상함.

문단 활동

1. 60년대 중반 이후 광주, 전남 지방을 중심으로 전남아동문학연구회 회원, 솔방울 동인회원, 영산강 시조동인회원, 전남문인협회 아동문학 분과회장, 광주아동문학회장, 전남아동문학가협회장 등을 역임함.

2. 서울에 거주하면서 가톨릭문우회, 계몽아동문학회(회장), 광주문인협회, 국제펜클럽 한국 본부, 동심의 시 동인회, 서울교원문인협회(이사), 서초문인협회(이사), 새싹회, 색동회, 세종아동문학회(회장 역임), 한국교단문인협회(부회장 역임), 한국동시문학회(자문 위원), 한국동요작사작곡가협회(부회장), 한국문예학술저작권협회(이사 역임), 한국문인협회(이사), 한국 아동문학연구회, 한국 아동문학인협회(고문), 한국 아동문학학회(이사), 한국어린이문화진흥회(이사)에서 활동하고 있음.

한국 아동문학가 100인

소중애

작가론

문학과 결혼한 다산성(多産性)의 에너지

작품론

소중애 동화의 지향점

어린이와 함께 선생이 걸어온 길

문학과 결혼한
다산성(多産性)의
에너지

윤성희

부끄럽고 미안한 일이지만 내게는 동화책을 읽은 기억이 많지 않다. 유소년 시절에 읽은 책이라야 기억에 남는 것은 고작 해외 명작으로 지칭되는 몇 권 정도. 성장기를 거쳐 문학 공부를 하고 있는 지금까지도 그런 사정은 여전하다. 변명이기는 하지만 실제로 5, 60년대에 동화다운 동화가 있었는가 싶기도 하고, 그게 아니라도 책을 읽을 만한 충분한 독서 환경이 갖춰졌었는가 싶기도 하다.

사정이 달라진 지금도 동화를 가까이 끼고 사는 처지는 되지 못한다. 그런 가운데도 유독 소중애의 작품을 그나마 많이 접할 수 있었던 것은 작은 행운에 속한다고 할 것이다.

문학평론으로 내가 막 등단의 절차를 마쳤을 무렵 한 지역 신문사의 청탁을 받아 그녀를 만난 것이 첫 인연이었다. 지역의 문인들을 조명하는 연재 원고를 쓰기 위해 집필 순서를 정해야 했는데 소중애는 벌써 맨앞의 한두 자리쯤 뒤 서열에 성큼 서 있었다. 기왕의 작품들이 십수 권이 있었고 그러면서 물이 한창 올라 왕성한 필력을 구가하고 있는 중이었다.

천안역 인근에 있는 이층의 작은 찻집에서 만났다. 사군자도 치고 문인화도 그리는 여류가 소일 삼아 운영하던 가게에서 그녀는 나 말고 또 다른 기자와 인터뷰를 하고 있었다. 시쳇말로 더블 데이트였던 것이어서 첫 만남에서 그렇게 친근감을 느낀 것 같지는 않다. 그때 그녀로부터 저서 몇 권을 증정받았는데, 그 작품들을 읽으면서 그녀에 대한 처음의 인상을 바로잡지 않으면 안 되었다.

그 후 같은 지역에 산다는 인연 때문에 이런저런 일로 적잖이 마주칠 일이 생겼고, 그런 사이에 나는 보석과도 같은 그녀의 가치를 냉큼 알아차렸다. 아니다, 그보다는 의기투합을 이루어 내었다고 하는 편이 정확할 것 같다. 의기가 상투하는 데는 술의 조력 또한 만만치 않았다. 그녀는 술에 관한 한 성차(性差)를 따지지 않는 것처럼 보이곤 했다. 나보다 술발이 센 편인 그녀와 2차, 3차 술집을 순행하다가 그것도 싫증이 나면 우리들의 밤무대였던 천안의 다가동이나 온양 나들이 길가에 털썩 앉아 되지도 않은 노래를 뻑뻑 불러 대거나 심훈의 〈그날이 오면〉 같은 시를 외쳐 대기 일쑤였다. 지금 생각하면 얼굴이 화끈거리는 객기였지만 어느새 저 멀리 달아나 버린 젊음의 끈을 망연히 바라볼 때가 많다.

그런 중에도 그녀는 어디서 그런 에너지가 솟구치는지 열심히도 글을 써 댔다. 연보를 보니 1991년 한 해 동안만 무려 10권의 창작집이나 장편동화를 간행했다. 그러니 지난 번 100권 출간을 축하하는 출판기념회를 조촐하게 열었던 것까지 합하여 책이 나올 때마다 자축, 타축으로 마셔 댄 술의 양을 어찌 헤아릴 수 있으리. 그러나 우리가 경배하여 마지않았던 주님에 대해서는 이만 입을 다물고 그녀의 문학적 삶을 말해야 할 차례인 것 같다.

자본주의 체제에서는 문학도 생산과 유통이라는 경제 질서에 구속될 수밖에 없다. 생산자인 작가는 자신이 만든 상품을 시장에 유통시키게 되고, 상품은 즉시 소비자에 의해 평가된다. 그 결과 수요가 발생하지 않으면 시장은 즉시 유통을 중단하는 체제, 곧 수요와 공급의 시장 관계가 가장 선명하게 반영되는 유통 구조를 갖는 것이다.

소중애는 이러한 문학 시장에서 확실한 비교 우위를 확보하고 있는 작가이다. 생존 문제와의 직결성(直結性)이 약한 문학은 시장이 불황일 때 가장 타격을 많이 받는 상품이다.

최근 들어 계속되고 있는 우리나라 경제 위기는 문학의 생산과 유통을 거의 파국으로 몰아넣을 정도이다. 문학 생산자들이 거의 휴업의 상황에 직면하게 되었을 때, 그러나 소중애는 계속 밀려드는 주문으로 비명을 질러야 했다.

'즐거운 비명'. 남들은 소위 '잘 나가는 작가' 소중애가 눈코 뜰 새 없이 일에 묻혀 살아야 하는 상황을 그렇게 부르고 싶어한다. 반은 부러움으로, 반은 시샘으로. 그러나, 시샘이 시샘하는 사람 자신에게 창조적 자극과 분발을 동반하게 한다는 점에서 그녀는 또 다른 기여를 하는 셈이다.

소중애가 오늘날 그같이 잘나가는 작가의 반열에 올라 있기 위해서는 뼈를 깎는 혼신의 노력이 있지 않고서는 안 될 일이었다. 어떤 스타급의 작가도 다 그렇듯이 그녀 또한 짧지 않은 시간 동안 무명(無名)의 설움을 견뎌야 했다. 사석에서 그녀가 술회한 데뷔 시절의 추억은 한 편의 어리숙하고도 순진한 코믹 드라마처럼 들렸다. 서산 차동 초등학교 재직 시절 〈교육자료〉에서 동화로 추천을 받고, 몇 년 후에 본격적인 아동문예지인 〈아동문학평론〉에서 다시 추천을 받아 동화작가로 재출발을 했다.

그렇지만 그녀에게 물밀듯이 쇄도할 줄 알았던 원고 청탁은 단 한 건도 들어오지 않는다. 절치부심(切齒腐心), '그날이 오기'만을 기다려도 이렇다 할 소식이 없자 마침내 회심의 작품집을 발간하기로 마음먹는다. 그리하여 1984년 〈아동문예사〉에서 그녀의 100권이 넘는 출판물 중 제1호 분신(分身)이 될 단편동화집《개미도 노래를 부른다》를 자비 출판하기에 이른다. 그런데 거기서 웃지 못할 넌센스가 발생하고 만다. 자비로 출판한 처녀 작품집이 물경 4,000권이나 되었던 것인데 비교적 계산에 어두운 그녀가 이를 양적으로 환산할 리 만무했던 것이다. 4,000권을 싣고 들이닥친 화물 트럭을 보고 단칸방에 세들어 살던 그녀의 눈앞이 캄캄해졌을 것은 당연한 이치다.

황당한 경험이기는 했어도 소중애는 내친김에 그 책들을 선배 작가나 출판사, 주변 독자들에게 아끼잖고 나누어 준다. 처치 곤란했던 책더미를 적절하게 처리할 수도 있었거니와 신인의 이름과 문학적 재능을 문단에 알리는 결과를 가져오게 되었으니 이는 도랑치고 가재잡은 격이라 할 만하다. 그녀가 늘 말하는 '세상에 나쁜 경험은 하나도 없다.'는 좌우명도 바로 이때 터득된 것이 아니었을까.

어찌 되었든 《개미도……》가 그녀를 까무라치게 만들었다면, 이번에는 그녀의 100권이 넘는 저작이 독자들의 입을 딱 벌어지게 만든다. 왕성한 필력과 이야기꾼으로서의 기질을 유감없이 보여 주는 소중애만의 아주 특별한 문학적 성취라고 하겠다. 유아 동화를 비롯한 아동문학 저작물의 원고량이 성인물에 비해 월등히 적은 탓이라고 딴죽을 걸고 싶은 사람도 있겠지만 이는 소설집과 시집의 원고량을 10대 1로 단순 비교하려는 악의를 드러내는 것과 다를 바 없다.

하기야 일각에서는 소중애의 소설을 상업 소설로 폄하해 버리는 경향이 없지 않은 듯도 하다. 문학연구자들이 소중애 문학을 외면하기 위한 알리바이로 쓰기에 가장 적당한 논리이다. 그러나, '인기 작가 =상업주의 작가'라는 도식에 익숙해져 있는 까닭이 아니라면 소중애 소설의 양적 부피에 겁을 먹은 때문이 아니라고 말할 수 없을 것이다. 아니면 많이 쓰는 작가는 정교하지 못할 것이라는 선입견 때문일지도 모른다. 사실로 말하면 쓰지 않는(못하는) 사람이 작가가 아닌 것이지 많이 쓰는 사람이 작가가 아닐 수는 없다. 그녀가 많이 쓸 수 있는 것은 글을 가볍고 엉성하게 다루는 데 기인하는 것이 아니라 천부적 재능을 가지고 문학과 결혼했기 때문에 가능한 것이다.

우리나라 창작동화에 대해 대체로 인색한 평가를 내리고 있는 최윤정이 쓴 다음과 같은 글은 소중애에 대한 저간의 오해를 푸는 데 적절한 방증이 될 만하다.

(《연변에서 온 이모》에서) 영표와 연변 이모라는 두 인물의 성격 대비, 밀도 있는 심리 묘사, 군더더기 없는 이야기 전개, 깔끔한 감정 처리 등 한 편의 이야기를 성공적인 것으로 만드는 요인 외에도 이 작품 속에서 높이 사고 싶은 것은 아이들의 시선과 밀착되고자 하는 작가의 노력이다. 수없이 쏟아져 나오는 우리 창작동화의 많은 부분이 재미없는 것은 작가가 혼자서 결론 내린 올바른 삶에 대한 가치관을 일방적으로 전달하려고 하기 때문이다. 그러나 소중애는 다르다. 그의 많은 작품들에서는 다양한 아이들의 삶을 감싸 안으면서 그 속에서 아이들과 함께 고민하고 아이들을 다독거려 하나의 결론을

아이들 스스로 찾아내도록 도와주는 것 같은 작가의 따스한 손길이 느껴진다.
– 《책 속의 어른 책 밖의 아이》(문학과 지성사, 1997, p.193)

기왕에도 소중애 동화에 대한 긍정적인 논의가 없었던 것은 아니나 최근 들어 몇몇 본격적인 접근이 이루어지는 것은 작가 자신을 위해서라기보다 독자를 위해서, 혹은 이 나라 아동문학사를 위해서 퍽 고무적인 일이 아닐 수 없다.

김정애는 소중애의 소년소설 작품 20권을 대상으로 인물 유형, 주제 유형을 분석하여 석사 학위 논문으로 제출하고 있다. 이에 따르면 소중애 소년소설의 인물은 희극적 인물, 현실 지향적 인물, 영웅적 인물, 도덕적 인물로 나누어지는데, 인물의 이와 같은 뚜렷한 성격 창조가 어린이들에게 사랑과 환영을 받는 이유가 된다. 또한 소중애의 소설은 교육 현장 체험담, 가족 사랑, 사춘기의 사랑 등의 주제로 묶일 수 있다.(김정애, 〈한국 소년소설의 일 연구〉, 단국대학교 교육대학원, 1996)

한편 한국교원대학교의 신헌재는 〈소중애 동화의 지향점〉이라는 논문에서 작가의 대표작 10권을 주 대상으로 하여 그의 단편과 장편소설이 어떻게 상호 침투하며 발전적으로 전개되는지의 양상을 밝히면서 그 지향점을 탐색하고 있다. 그의 논지의 핵심을 정리하면 소중애 동화는 환상성과 사실성의 적절한 하모니를 토대로 다음과 같은 지향점을 갖는다.

첫째, 인간과 자연의 협력적 관계 속에서 살아가는 삶의 가치를 주테마로 삼는 작품이 많다. 이는 특히 우화류의 환상적 동화에서 두드러지게 나타나는데 우정, 상호부조와 같은 보편적 덕목을 지향하는 작가 정신의 일단을 보여 준다.
둘째, 작가 자신의 삶을 동화 세계에 투영시키는 경향의 작품들로 작가의 삶에 대한 긍정적 가치관이 나타나 있다.
셋째, 다소 촌스럽고 투박한 인물 설정과 이들을 긍정적으로 바라보는 인물관이 표출되고 있다. 특히 이런 인물의 특성을 강조하여 작품의 해학적 효과를 극대화하는 경향을 보이고 있다.
넷째, 작중 인물이 미숙한 상태에서 보다 높은 단계로 성장 발전하는 과정을 보여 주는 작품 경향이 있다.
다섯째, 사회적 문제의 고발과 더불어 이를 극복하기 위한 대안으로 우화적 트릭과 동화적, 판타지적인 해결책을 제시하는 기법을 사용한다. 이로써 동심의 여유와 활기를 지향하는 작가 의식을 확인할 수 있다.(신헌재, 〈아동문학평론〉 봄호, 2000)

이상과 같은 작업으로써 지금까지 전개되어 온 소중애 문학의 특징적인 일단이 밝혀진 셈이다. 그러나, 전문적인 연구자들이라 할지라도 워낙 방대한 양의 작품들을 일거에 독파하기란 그리 쉽지 않은 일이다. 그런 점에서 소중애 문학은 아직 미개척의 영지(領地)를 늠름하게 거느리고 있는 하나의 제국이다.

그렇다면, 소중애 문학이 왜 좋은 문학인지를 좀더 적극적으로 말해야 할 차례이다. 먼저 아동문학가 이오덕이 쓴 탁월한 평문 〈시 정신과 유희 정신〉에서 천명하고 있는 바 '아이들이 좋아하는 작품'의 기준을 귀담아 들어볼 필요가 있다. 소재가 아동에게 친숙한 것일 것, 주제는 아동들이 그 생활에서 절실히 요청하는 문제일 것, 유머와 재치로 아이들에게 해방감을 줄 수 있어야 할 것, 이야기가 극적으로 짜여져 있고 단순 뚜렷해야 할 것, 호흡이 짧고 읽기 쉬운 친절한 문장이어야 할 것 등이 이오덕이 요구하는 최소한의 기준이다.

물론 '아이들이 좋아하는 문학'과 '좋은 문학'을 단순 논리로 등치시킬 수는 없다. 그러나, 아이들이 좋아하지 않는 문학은 결코 좋은 문학이 될 수 없다. 최소한의 필요 조건으로서 좋은 문학이란 아이들이 좋아하는 문학인 것이다. 특히 정치한 아동문학론이 정립되지 못한 상황에서 잠정적으로라도 필요 조건으로서의 좋은 문학을 염두에 두고 말한다면 일단 소중애 문학이 결코 과소평가되어서는 안 될 것이다.

그런 점에서 《아무도 교실에서 일어나는 일들을 가르쳐 주지 않는다》는 소중애 문학의 또 한 자락을 펼쳐 보이기에 충분한 작품이다. 이 이야기는 면 소재지 학교에 초임 발령을 받아 부임한 한 여교사가 겪었던 애환을 아름답게 반추하는 회상 구조의 작품이다. 직접 아이들을 가르치는 개인적인 이력 때문에 작가의 회고담처럼 읽히기도 하는 이 작품은 그러나 교사인 성인 화자가 이야기를 이끌어 가는 진행 방식에도 불구하고 철저하게 아이들 중심적이다. 문체가 빚어 내는 아기자기한 동심의 분위기, 4학년 4반 교실로 사건의 중심 공간을 설정한 점, 특히 내적 주인공이 그 교실 속의 아이들로 분담되어 있는 점 등이 그렇다.

그러나 무엇보다도 《아무도 교실에서……》의 가장 중요한 미덕은 이야기가 가지고 있는 재미의 요소이다. 극적인 구성과 단순 명쾌한 주제도 재미의 원천이지만 아이들 정서의 중앙부를 자극하는 갈등 구조도 재미의 요소이다. 선생님과 4학년 4반 악동들 사이에서 만들어지는 대립과 갈등은 그것 자체로써 약동하는 생명력과 리얼리티를 느끼게 할 뿐 아니라 아동 심리의 미묘한 흐름을 대리 체험할 수 있게 해 준다. 여기에 유머와 재치까지 가세하여 아이들에게 해방감과 지적 유희의 즐거움을 안겨 준다. 그런 점에서 이오덕이 강조하는 관점을 한번 더 빌려 말한다면 "아이들이 재미있게 읽는다면 그 작품은 잘 된 작품이요, 성공한 작품이라고 보아야 한다".

그러나 소중애 문학이 갖추고 있는 재미는 독서 후 공허함만 남기는 통속적인 시류 영합과는 구별되어야 한다. 얄팍한 교훈의 주입과 교육적 철학의 강요로 식상해 있는 어린이들에게 소중애 문학이 가지고 있는 파격은 신선한 즐거움을 유발한다. 그의 소설에서 대접받는 주인공은 소위 가정과 학교에서 대접받는 '범생이'가 아니라 위악적인 악동들이 대부분이다. 가령, 《누가 박석모를 고자질했나》에서의 '박석모'나 '무스 황'이 그들인데, 악동들은 가정과 학교에서 외면당하고 살지만 소중애 소설에서는 의젓한 주인공으로서의 품위를 덤으로 얻는다. 그 점이 파격의 즐거움이다.

이런 아이들에게 작가는 짐짓 또래 악동처럼 짓궂은 표정으로 다가와 슬며시 주제를 던져 놓고 간다. 주제는 물론 인간에 대한 신뢰와 사랑이다. 엄숙한 주제를 엄숙하지 않은 표정으로 전달하는 데서 소중애식 감동과 설득력이 생긴다. 어른스러움이나 인위적인 조작의 냄새 없이 슬며시 다가와 공감의 지평을 열어 보이는 일이야말로 가장 소중애 문학다운 모습이다.

우리 아이들은 지금 텔레비전과 비디오 프로그램, 비교육적 만화와 컴퓨터 오락에 거의 무방비 상태로 놓여 있다. 또한 감각적이고 즉흥적이며 이국적인 쾌감만을 즐기도록 훈련되고 조직되어 있다. 이것이 이 땅의 문화적, 교육적 현실이라면 부모들에게는 걱정이 아닐 수 없다. 그래서 이 땅의 부모들은 큰 맘 먹고, 아니면 강박관념으로 아이들 손목을 쥐고 서점에 들른다. 가보면 알겠지만 어른의 눈은 학습용 도서가 진열되어 있는 방향으로 움직이고, 아이들의 눈은 만화나 황당한 이야기책 쪽으로 달아난다. 이런 때 부모와 아이가 절묘하게 타협하는 것이 황금의 가발을 뒤집어쓰고 있는 국적 불명의 도서를 선택하는 일이다.

그렇다면 이식된 외국 정서와 타협하지 않고 교육적인 처방까지 고려한, 어린이가 즐길 수 있는 책은 없는 걸까. 동심을 키워 주는 상상과 재미와 감동의 세계는 없는 걸까. 소중애는 바로 그런 바람에 답하기 위해 즐거운 피로를 누리며 밤을 하얗게 밝히고 있을 것이다.

컴퓨터 자판음을 경쾌한 음악 삼아 손목 시린 줄도 모르며 자판을 신나게 두드리고 있을 것이다. 가진 것이라곤 온 방을 가득 채우고도 넘치는 책과 컴퓨터, 매장량 무한대의 창조적 에너지, 그리고 '시원언한' 맥주 한 잔뿐임에 틀림없을 그녀는 지금 또 하나의 주인공을 회임(懷妊)하고 있을 것이다. 그녀는 죽어도 책무덤 속으로 들어갈 것이다.

소중애 동화의
지향점

신헌재

1. 서론

작가 소중애는 1982년 〈아동문학평론〉에서 동화로 추천을 받고 1984년에 첫 창작동화집, 《개미도 노래를 부른다》를 펴낸 뒤부터 1999년에 창작장편동화집 《햄스터 땡꼴이의 작은 인생이야기》에 이르기까지 16년 동안에 총 74권이나 낸 이로, 아동문학계에서 보기 드문 다작가이다. 이 74권을 작가 스스로 분류한 것을 따르면[1] 다음과 같이 나눌 수 있다.

곧, 단편동화, 단편생활동화, 유아동화(전래, 창작), 학습동화, 번안우화, 장편동화, 장편아동소설, 학습동화(교양도서, 학습동화), 단편극화가 그것이다. 이를 내용과 길이에 따른 유형별로 도표화 해보면 다음과 같다.

내용 길이	전래	창작	생활	극화	번안	교양·학습	번안
단편		단편동화	단편생활동화 단편아동소설	단편극화		교양도서 단편동화	수상집
장편	전래동화	장편동화 창작동화	단편생활동화 단편아동소설	장편극화		학습동화	위인전
기타	전래 유아동화	창작유아동화 유아동화			번안우화	교양도서 학습동화 교양도서	

〈표-1〉 작가 스스로 분류한 데 따른 소중애 작품의 유형들.
　　　　음영표시는 출판사의 기획물이 아닌, 작가의 순수 창작동화 영역에 속함을 뜻함.

이상의 많은 유형을 지닌 작품집 74권 가운데, 작가가 스스로 지정해준 대표작을 나열하고 각 작가가 분류한 유형을 각 작품집마다 병기해보면 다음과 같다.

1　작가가 손수 1999년 8월 23일에 정리하여 들고 온 자료를 보면, '소중애 출판 도서 및 약력'이란 제목 아래, 총 74권의 도서명을 적고 각 도서별로 출판사, 출판 연도를 표시했을 뿐 아니라, 비고란에다가 각 작품 유형을 '단편동화, 단편생활동화, 단편유아동화……' 식으로 기재해놓고 있다. 아울러 동화별로 창작동화와 기획동화 여부를 명시해놓은 뒤, 약력란에 다음과 같이 기술해놓고 있다. 〈아동문학평론〉지에서 동화 추천완료 / 창작동화 48권 기획 동화 26권
해강아동문학상, 중·한 작가상, 충남문학대상 수상
한국문인협회 천안지부장 역임 / 한국문인협회 충남지회 부지회장 역임
현재 충남 우동문학회 회장 / 현재 한국문인협회 천안지부 회원
현재 천안예총 부회장 / 현재 천안 남산 초등학교 근무

1. 단편창작동화집 《개미도 나를 부른다》(아동문예사, 1984)

2. 장편아동소설 《윤일구씨네 아이들》(대교문화, 1988)

3. 장편아동소설 《내 작은 연인》(새소년, 1989)

4. 장편명랑아동소설 《시장통 아이들》(현암사, 1990)

5. 장편아동소설 《선생님이 울잖아》(십일월출판사, 1991)

6. 단편생활동화집 《누가 박석모를 고자질하였나》(고려원, 1991)

7. 장편창작동화 《환상여행》(한국어린이교육연구원, 1991)

8. 장편아동소설 《구슬이네 아빠 김덕팔씨》(예림당, 1993)

9. 장편아동소설 《연변에서 온 이모》(웅진출판, 1994)

10. 단편창작동화집 《아빠의 가르침》(꿈동산, 1995)

그리고 이 10권을 유형별로 분류하면 다음 표와 같다.

	창작	생활
단편	단편동화집-2권	생활동화집-1권
장편	창작동화-1권	장편아동소설-2권

작가가 정한 대표작 10편의 유형별 분류표

곧, 장편 아동소설이 대종을 이루고 있고 단편동화로는 고작 3권 뿐임을 알 수 있다. 그러나 그의 10여년의 작품 연표를 다시 한 번 살펴보면 이 3권의 단편동화집이야말로 그의 창작의 궤적에서 처음·중간·끝이라는 의미심장한 위치를 차지하고 있음을 엿볼 수 있다.

필자는 그의 이 세 가지 단편동화집에 실린 작품들의 성향을 분석하여 크게 네 가지로 구분하고자 한다. 그리고 이 네 가지로 정리된 작품 경향들이 그 이후에 나오는 장·단편동화들과 어떤 연관성을 갖고 있는지 점검하여 보고자 한다. 그리하여 이 성향들을 통해서 소중애의 작가적 면모의 핵심을 꿰뚫어 볼 수 있는 단초를 찾아보고자 하는 데 본 연구의 목적이 있다.

2. 작품의 전개 양상

작가가 문단에 등단하면서 6년동안 쓴 글을 선별하고 정리해서 엮었다는 첫 창작집, 《개미도 노래를 부른다》에는 모두 14편의 동화가 선을 보인다. 이 14편 가운데 13편이

주로 이솝우화식의 짤막한 이야기들이다. 곧 우화적인 세계에서 동심의 판타지와 정서의 진수를 펴고자 하는 창작 경향을 엿볼 수 있다. 그러다가 1991년에 펴낸《누가 박석모를 고자질하였나》에 수록된 20편 가운데에는 4편을 빼고 16편이 모두 아이들의 삶과 사회적 문제를 대상으로 삼은 소위 생활동화들이다. 곧, 작가의 창작 분야가 판타지적인 세계에서 현실 세계로 그 활동의 무대를 넓힌 것이다. 물론 이 변모는 이미 1987년《개구장이 일기》라는 동화집을 내기 전후해서부터 드러나기 시작한 것이다. 이어서 1995년에 펴낸《아빠의 가르침》에는 9편이 수록되어 있는데 거기에는 앞서의 창작 경향에 따라 작가가 자기 신변을 소재로 한 생활동화와 우화적 세계를 다룬 의인체 동화가 고루 있는데, 이 두 경향이 섞여서 생활동화상의 주제 구현의 묘미를 깊게 하거나 환상적 동화의 실질적 가치를 높이는 데 기여할 만한 것으로 발전하는 면을 보여 준다. 그리하여 교사 동화작가답게 미숙한 이가 훈육을 통해 성장 발전하는 보람과 아름다움을 효과적으로 그린 작품이라든지, 사회적 문제와 대결하여 동심의 판타지적 승리를 이룬다든지 하는 내용들이 새로운 범주로 나온다. 하긴 이런 훈육·성장과 사회문제에 대한 작가적 관심은 그 전에 나오는 작품에도 부분적으로 그 일단을 보여 왔다. 그러다가 이 작품집이 나오고부터 좀더 명시되어 나타난 것이라고 할 수 있다.

이상의 세 단편동화집에 나오는 작품 경향을 토대로 하여, 우화식 의인체 이야기, 작가의 신변적 이야기, 훈육·성장을 주제로 한 이야기, 사회 문제 고발과 환상적 대책 이야기 등으로 나눠서 그 각각의 전개 양상을 기술해 보고자 한다.

1) 우화식 의인체 이야기

의인체 이야기는 작가가 간행한 초기 작품의 주된 경향으로 나타난다. 첫 단편동화집에 실린 대부분의 작품이 여기에 속할 뿐 아니라 두 번째 상재한 장편동화도 거북이를 주인공으로 한《거북이 행진곡》이다.

여기 실린 단편들은 대부분 이솝 우화식으로 되어있으며 그 짤막한 우화 속에 촌철살인(寸鐵殺人)하는 작가 나름의 주제들을 담아놓고 있다.

1978년에 쓴 〈하루살이〉는 순간의 달콤한 유혹에 넘어가 허망하게 파멸하는 우둔함을 풍자한 글이다. 같은 해 11월에 쓴 〈까치이야기〉도 웃어른들의 말씀에 순종하고 이웃과 상호부조(相互扶助)하는 정신으로 살아야한다는 교훈을 담은 우화다.

1980년 10월에 쓴 〈수탉 끼오〉는 허영심보다 근실한 자세로 상호협동하는 삶의 소중함을 주제로 삼고 있다. 1982년에 쓴 〈개미도 노래를 부른다〉는 실용적인 가치 추구에만 급급해하는 세태를 비판하고 음악과 예술의 미적 가치를 귀하게 여기는 이의 판타지적인 승리를 그린 작품이다.

1982년 가을에 쓴 〈엄지병아리〉는 동기와 이웃을 위해 헌신적 행동의 보람과 가치를 그린 글이다. 이 작품은 또한 본디 덤벙대는 엄지병아리가 동기를 위해 헌신·봉사하는 이로 성장하는 모습을 그린 일종의 성장 이야기와도 맥을 같이 한다.

1983년에 쓴 〈억새와 도둑개〉도 상호 협동의 소중함을 그리고 있고, 같은 해 7월에 펴낸 〈아침들판〉은 실험실의 쥐 '흰순이'가 자유와 위험의 갈등 속에서 들판의 쥐 '검돌이'의 협조 속에 자유를 택함으로써 자유의 소중함을 강조하고 있다. 또 그해 9월에 쓴 〈감자밭〉은 흙과 감자들이 상호 협동함으로 어려움을 극복한다는 우화이다.

그 밖에 〈바위산 너머에는〉에서는 황발이라는 주인공을 통해 이기적인 금계네 동네보다 협동하며 사는 황발이네 동네가 더 가치로움을 드러내 보이고 있다. 또 〈조그만 섬에 있었던 이야기〉는 그 섬에 유일하게 사는 한 아이와 뱀이 서로 우정을 나누며 협동하며 살다가 섬에 사는 새들의 원성을 받고 까마귀의 농간에 속아 서로 의심하다가 불화를 낳는데 종말에는 그 불화가 모두의 자멸을 초래한다는 내용이다. 결국 협동을 훼손하는 의심과 불화의 해독을 우화적으로 고발함으로써 순수한 우정과 협동의 소중함을 강조하는 효과를 보인다.

그리고 1983년 8월에 쓴 〈푸른 별 이야기〉도 진정한 친구를 갖는 게 꿈이던 보석 푸른별이 이웃과 주인에게 버림을 받고 나서야 그동안 자기를 보호해 주던 십팔금 테두리의 우정을 발견하고 서로 '영원히 남을 감격'을 나누는 진정한 친구가 된다는 내용을 담고 있다. 이상의 우화는 서로 정을 나누며 협동하여 사는 아름다운 삶의 가치를 주제로 한 것들이 대종을 이룬다.

이 의인체 형식은 1995년에 펴낸 단편동화집 《아빠의 가르침》에서도 두 편이 발견된다. 〈배다리 고양이들〉이라는 도둑고양이 이야기에서는 다소 한계를 보인다. 곧, '떠돌이' 고양이가 생선에 물들이고 약품을 뿌리는 오복집 식당의 비리를 알고 나서 사람들에게 이를 알려 주기 위해 일부러 거기서 나오는 생선만 먹다가 미친 상태로 죽는다는 이야기인데, 도둑고양이가 제 몸을 바쳐 악덕 횟집 주인의 비리를 고발한다는 것이 아무래도 동기면에서나 서술 전개 과정에서 설득력을 잃고 있다. 결국 작가가 의인체를 통하여 사회 비리 고발에 원용하는 부분에서는 다소간 한계를 보인다.

그러나 〈못생긴 나무〉는 우리나라 고유의 정자나무를 배경으로 한 우화로서 어느 정도 긍정적인 면을 보인다. 이 작품의 주인공 '칠태'는 못생긴 탓으로 늘 형제들에게 따돌림을 받는 이인데, 역시 못생긴 탓에 장수하는 정자나무의 격려를 받고는 삶의 큰 힘을 얻기에 이른다는 내용으로 어느 정도 우화다운 묘미와 여운을 지니고 있다.

결국 작가가 쓴 의인체 수법의 우화는 대부분 우정, 상호부조 등의 개인적 보편 덕목을 주제로 삼은 것들에서 그 진가를 드러내고 있음을 알 수 있다.

이러한 유형의 이야기는 뒤에 그 환상성이 짙어가면서 판타지적 경향이 짙은 작품들로 발전하는데 그 대표적인 작품이 1991년에 펴낸 《환상여행》이다. 이것은 아이들이 온전한 성인으로 성장해 가는 데 필수적인 우주 여행을 제시하는데, 꼭 들러야 할 여덟 개의 별들을 제시하면서 어느 곳에도 머물러서는 안 되고 반드시 여덟 곳을 다 돌아서 본디 살던 '좋은 별'로 돌아와야 된다는 것이다. 이때 아이들의 거쳐야 할 여덟 개의 별들은 각기 아이들이 극복해야 할 어린이 특유의 문제거리들인 마음과 자세들을 상징하고 있다. 예컨대 '몽니별'은 심술부리는 마음을, '어리별'은 어리광부리고 울고 보채는 마음을, '휘파람별'은 낭비하며 화려하게 꾸미고 싶은 마음을, '막무가내별'은 고집부리고 싸우는 마음을, 또 '흐놀다별'은 부모나 가까운 이를 조금도 떠나려 하지 않고 집착하는 마음을, 그리고 '짱당그리다별'은 냉혹하여 남을 너그럽게 받아들이지 못하는 마음을, '바싹별'은 인내와 믿음없이 조급해하고 불신하는 마음을, 그리고 '시나브로별'은 주위 사람들에 대한 끝없는 험담하는 마음을 상징하는 것이다. 그리고 그 별에 안주해서는 안 된다는 뜻이 그 부족한 것들에 매이지 말고 그로부터 벗어나야만 바람직한 성인으로 성장할 수 있다는 이야기다. 그런 메시지가 담긴 점에서 본 작품은 뒤에 나오는 훈육으로 성장하는 이야기 경향과도 연관성을 가지고 있다고 하겠다.

2) 작가의 신변 이야기

작가 소중애는 1952년도에 태어나 충남 서산 바닷가에서 초등학교 장학사와 교장을 지내신 부친 밑에 자라난 이로 서산에서 중고등학교를 나오고 1970년에 교원양성소를 수료한 뒤, 20세 초반부터 가업을 이어받아 초등학교 교편을 잡은 이다. 그리고 서산군 해미초등학교에서부터 시작하여 서산군과 당진군 어름의 시골 학교와 천안시의 도회지 학교를 오가며 교사생활을 해오면서, 1982년 〈아동문학평론〉에서 동화로 추천을 받은 이로 미혼의 현직 교사 작가이다. 이러한 작가의 경력이 그의 작품들 가운데에 상당히 많이 나타나고 있는데 그런 경향은 특히 그의 장편들 가운데에 두드러짐을 알 수 있다.

이런 경향의 작품으로 상재된 책 가운데 제일 먼저 나온 것이 1987년에 현암사에서 낸 《개구장이 일기》이다. 이 책 내용은 그 소제목인 〈종업식〉, 〈예방주사 소동〉, 〈나머지 공부〉, 〈즐거운 소풍〉 등에서도 엿볼 수 있듯이 처음 학교생활을 하기 시작한 1학년 아동들의 1년간의 모습을 소재로 한 생활동화이다. 처음 학교생활을 하는 1학년 아이들의 꾸밈없는 모습을 인철이라는 주인공 화자를 통한 1인칭 시제로 그대로 나타내 줌으로써, 서술방식부터 동심의 진솔한 면모를 드러내도록 하려는 작가의 의도를 엿보게 한다.

이 경향은 작가 자신의 어린 시절과 가정의 특성을 재현시켜 작품화하는 데로도 나아가고 있는데 그 대표적인 작품이 1988년도에 펴낸 장편동화, 《윤일구씨네 아이들》이

596

다. 일찍이 엄마를 잃은 작가의 어린시절을 모델로 한 이 작품은 엄마를 잃은 어린 6남매가 슬픔을 딛고 일어나, 밝고 건강하게 자라다가 아버지의 재혼도 기지로 성사시킨다는 이야기다. 그 6남매 가운데 특별히 책읽기를 좋아하고 깜찍한 생각들로 주위를 놀래키는 주인공 '세연'이가 작가의 어린시절 자신임을 쉽게 알게 해주는 것은 물론이다.

이처럼 작가 개인의 신변을 소재로 삼는 경향은 뒤이어 1989년에 펴낸 장편동화《내 작은 연인》에서도 나타난다. 이 동화는 '책머리에'에서부터 작가의 신변담임을 밝히고 있고, 서술 시점부터 작가의 신변 체험담답게 어느 노처녀 여교사의 1인칭 시점으로 되어 있어 친근감을 준다. 이 작품은 주인공 '형우'라는 남자 어린이가 다섯 살 때부터 서술화자인 여선생을 '내 색시'라며 따르다가 주인공이 먼 시골 학교로 전근간 뒤에도 찾아와 마음의 위로거리를 주고 뒤에는 신부 지망생 청년이 되어 나타난다는 이야기다. 끝부분에서 주인공 청년은 '선생님이 혼자 사시는 것을 알고 저도 용기를 내어 결심했어요.'라고 가톨릭 신부 지망생이 된 동기의 일단을 말하면서, '선생님은 혼자서도 보람 있게 사시고 있으며 그 일로 행복하시다는 것을 느꼈어요. 선생님의 온몸에선 자신감이 넘쳐요.'라고 토로하고 있다. 바로 이런 대화문 속에 작가가 스스로 혼자 사는 삶에의 자긍심까지 은근히 드러내고자 하는 심경의 일단을 엿보이게 한다.

그밖에 1991년도에 펴낸《선생님이 울잖아-아무도 교실에서 일어나는 일들을 가르쳐 주지 않았다》란 장편도 주인공이 20년 전에 시골 학교에 첫부임하여 4학년을 맡은 햇병아리 여교사가 겪은 내용을 돌아보는 형식으로 쓴 것인데, 이것도 작가 자신이 1970년도에 첫부임한 서산군 '해미초등학교' 시절을 소재로 쓴 일종의 회고담이라고 할 만하다. 앞부분에 바람 많은 풍경과 그 학교 부근에 있는 옛 동헌 뜰에 있는 '교수목'(絞首木) 장면은, 바로 작가가 실제 처음 발령받은 학교, 바다에서 멀지 않은 해미초등학교를 이 작품의 배경으로 하고 있음을 알려 준다. 또 애띤 초등교사가 아동 천사주의의 환상 속에서 부임했다가 첫날부터 환상이 깨어지는 과정이 작가의 체험담을 통해서만이 얻을 수 있는 풍부한 화제와 유머로 전개되고 있다. 그리고 드센 아이들에게 시달리며 그 앞에서 울기까지 하던 햇병아리 여교사가 할머니로부터 '아이들은 공과 같아서 이쪽에서 마음을 닫으면 부딪혀서 튀어나가고, 마음을 부드럽게 하면 살며시 와 안긴다.'는 충고를 받으며, 점차 가르치는 보람과 교육애를 키워가는 모습이 여실하게 그려져 있어서 진솔감을 주는 작품이다. 또한 짚고 넘어갈 일은 비록 작가가 경험한 학교와 시골 마을로 한정된 이야기지만, 그것을 소재로 장편을 엮어가는 작가의 남다른 이야기꾼으로서의 역량을 유감없이 보여 주고 있다는 점이다.

이 경향은 단편 작품에서도 심심찮게 찾아볼 수 있는데, 그 대표적인 것들이 동화집《아빠의 가르침》속에 수록되어 있다. 먼저, 이 동화집의 서문을 일부 인용하여 보기로 한다.

> (……) 나는 한동안 바닷가 학교로 출·퇴근을 했습니다. 그때 나는 아침마다 바닷가에 앉았다가 학교
> 에 가곤 했습니다. (……) 바다가 너무 좋아서 바다의 얼굴을 한 번 보고 싶었기 때문입니다. (……) 그
> 바다에서 많은 친구들을 만났습니다. (……) 갈매기도 만났고, 방파제 바위틈에서 사는 도둑고양이들
> 도 만났습니다. 나는 그들을 살며시 기억 주머니에 담아 두었습니다. (……) 봄이 되어 철새가 돌아가
> 는 것도 보았고 혼자만 노는 댕기머리의 쇠오리도 만났습니다. (……)

여기서 말한 바닷가라는 무대와 여기서 만난 '친구'들은, '쇠오리친구들' '쓰레기 낚시
질' '닻'이란 소제목을 단 〈삽교천〉이란 동화 속에 그대로 재현되어 나온다. 작가가 바
다를 사랑하며 거기서 본 삼남매 어린이들이 쇠오리의 벗이 되고자 하고 바다의 쓰레
기를 줍는 일에 공감할 뿐 아니라 탁 트인 바다를 바라보면서 거기서 얻은 지혜를 통해
교편생활에서 찌든 마음의 때를 벗고 해방감을 맛보게 된다는 작가의 모습이 수채화처
럼 담담히 그려져 있다.

이런 작가 스스로의 이야기 말고도 작가 주변에서 일어난 일들을 살펴서 자료로 삼
아 쓴 장·단편 작품들이 또 적잖이 있다. 단편들 가운데는 1991년도에 펴낸 동화집《누
가 박석모를 고자질하였나》에 실린 작품 가운데 학교 교실을 소재로 한 대부분의 작품
들인, 〈긴급구조요망〉, 〈알 수 없는 일〉, 〈누가 박석모를 고자질하였나〉, 〈무스 황〉,
〈아버지와 아들〉이 여기에 속한다. 이 중에 〈아버지와 아들〉은 담임교사반 아이중에
친자식이 있었던 경우를 소재로 삼은 것인데, 이 작품은 1987년에 펴낸《개구장이 일
기》에도 그대로 실려 있는 것을 보아, 특이한 소재로 인하여 작가가 특별히 아끼는 작
품임을 알 수 있게 해준다.

그밖에 1995년에 펴낸 동화집《아빠의 가르침》에 실은 대부분의 작품들도 작가가 주
변에서 살펴보고 '기억의 주머니'에 넣어 두었던 소재들을 살려 쓴 것들이다. 단편들로
는 〈배다리고양이들〉, 〈시장님의 이빨로 만든 동물원〉 등이 여기에 속한다고 하겠다.

그리고 장편들로도 이 경향의 작품이 여러 권 있다.

우선, 1990년에 펴낸《시장통 아이들》은 작가가 도회지 학교에서 근무했을 때의 경
험을 토대로 한 것이다. 이 작품은 시장이 커져서 도넛같이 둘러싸인 초등학교를 배경
으로, 시장통에 살며 때로 깡패와 사기꾼들에 시달리며 장사하는 부모와 아이들의 이야
기이다. 아이들 중에는 부모를 속이고 아이들을 괴롭히는 아이들이 있는가 하면 그들에
눌려 아부하며 사는 아이도 있다. 부모의 돈을 타거나 훔쳐서 용돈을 쓰는 아이가 있는
가 하면, 신문을 팔거나 별거한 엄마의 보호자 노릇을 하는 어른 같은 아이도 있다. 그

리고 친구들의 인기를 독차지하는 아이가 있는가 하면, 말을 더듬는다고 붙여 주지 않는 외로운 아이와 집안 형편이 안 좋아 병원에서 몰래 기거하는 외로운 아이도 있다. 그런 대조적인 면과 더불어 등장인물들의 '아이 같지 않은 어른, 어른 같지 않은 아이'의 모습을 부각시킴으로써, '장편명랑동화'라고 쓴 작품 표제에 어울릴 만큼 웃음을 자아내게 하는 데 작가는 남다른 솜씨를 보이고 있다. 그리고 그런 속에서 아이들 간에 어른처럼 서로 사랑하고 미워하고 용서하는 과정에서 잔잔한 미소와 감동을 자아내게 한다.

그 다음 '서림리 아주 작은 농촌 마을'과 바닷가를 배경으로 하고 1993년에 펴낸 《구슬이네 아빠 김덕팔씨》란 작품이 있다. 작가는 이 작품의 동기를 다음과 같이 밝히고 있다.

> 그런 경운기를 타고 바다에 갔다 왔는데도 그렇게 행복한 얼굴을 하다니……. 미정이의 모습은 내 가슴 속에 깊이 새겨져 떠날 줄을 몰랐습니다. 그 모습이 불씨가 되어 3년 만에 이 글을 쓰게 되었습니다.

이 글을 통해서 알 수 있듯이 이 작품은 작가가 시골 학교에 근무했을 때 반 아이 가운데 온식구가 경운기를 타고 해수욕을 다녀온 이야기를 소재로 하여 쓴 것이다. 이 작품의 제목으로 오른 김덕팔씨는 '아는 것도 많고 인정도 많아서 남의 일도 자기 일처럼 몸 아끼지 않고' 거들어서 '오지랖 넓은 김씨'로 통하는 호인이다. 그리고 주인공 구슬이는 작은 키에 동그란 눈과 알사탕을 문 것같이 튀어나온 뺨을 하고 양옆으로 묶은 머리가 위로 뻗친 여섯 살짜리의 전형적인 귀여운 말괄량이 모습을 한 아이다. 이처럼 작가의 주인공으로 나오는 아이들은 다소 희화화된 말괄량이거나 거칠지만 순박한 본심을 지닌 이들이고, 성인들은 대개 선량하고 촌스런 호인들이다. 이들이 벌이는 이야기도 구슬이네 다섯 식구가 복순이라는 개까지 데리고 수영복도 없이 경운기를 하나 산김에 그것을 타고 멀고먼 바다까지 해수욕을 하러 가는 희화적인 모습이다. 아는 이들로부터 개를 보신탕으로 팔라는 유혹과 촌놈이라는 비웃음을 물리치고 호젓한 곳에서 단란하게 해수욕을 하는 것으로 끝나는 본 작품을 통해 작가는 세속의 재미나 체면의식을 벗어난 촌놈정신의 승리를 그리고 있는 듯하다.

1994년에 펴낸 《연변에서 온 이모》도 '지은이의 말'을 통해서 볼 때, 작가가 백두산과 연변을 여행하면서 만난 우리 동포의 순박한 모습을 보고, 저들이 일자리를 찾아 고국에 많이 와서 사기를 당하기도 하는 세태를 보고 거기서 동기를 얻어 쓴 것으로 되어 있다. 이 작품은 횟집의 무남독녀인 깍쟁이 영표라는 아이의 시점으로, 연변에서 일하러 온 촌스런 아가씨의 모습을 그리고 있다. 연변 이모로 불리는 아가씨가 충직하게 벌어서 저금하다가 노사장이라는 이의 사기에 넘어가 3백만 원이나 빼앗기는 전말을 보면서, 영표는 처음에 '야만인'이라고 흉보더니 이모가 떠날 때는 자기 저금통장까지 주면서 애석해하는 이로 변한다. 이런 변모를 통해 작가는 연변에서 온 동포들의 순박한 모습을 소중히 여기고 이를 통해 고국의 찌들어진 성품도 치유하기를 바라는 작가의 생각의 일단을 엿보게 한다.

결국, 작가의 신변을 소재로 쓰는 경향에서는 서사문학의 리얼리티를 살린 작품들이 중심이고, 따라서 짧은 동화보다 장편 아동소설이 대종을 이루고 있음을 알 수 있다. 그리고 작가 자신의 이야기를 소재로 한 작품에서는 자신의 삶과 동화의 세계를 하나로 만드는 면모를 볼 수 있고, 작가를 둘러싼 주변의 이야기를 소재로 한 작품에서는 인물들의 대조적인 설정을 통한 해학의 묘미를 살리는 한편, 투박하고 촌스런 이들을 긍정적으로 바라보는 작가의 시선을 엿볼 수 있다.

3) 훈육·성장하는 이야기

이번에는 교단 작가답게 작중 인물들이 미숙했던 상태에서 웃사람의 훈육을 통해 성장·발전하는 과정을 그린 작품 경향들이 적잖이 있음을 보일 차례다. 작가는 교직에 종사하신 선친의 가업을 이어받아 스무 살이 채 안 되는 1970년부터 30년 동안 교직에 종사해온 이다. 따라서 그의 작품은 작가 초기부터 지속적으로 이 경향을 보이고 있는데 특히 단편동화들을 통해서 여러 편 엿볼 수 있다.

초기에는 1984년에 나온 《개미도 노래를 부른다》에 나오는 〈겁장이 야옹〉과 〈아버지와 아들 (1) - 수염-〉을 들 수 있다.

〈겁장이 야옹〉에서는 높은 데서 뛰어내리기는커녕 쥐들한테도 꼼짝 못하는 겁쟁이 까만 고양이를 훈련시키는 엄마 고양이 이야기가 나온다. 엄마 고양이는 도망가려는 아기 고양이를 억지로 창틀에서 뛰어내리기를 시키고, 다리 아래 떨어뜨려 시궁쥐들과의 싸움까지 시킨다. 처음엔 도망만 다니던 야옹이가 갑자기 위에서 날라온 연탄재를 맞아 정신을 잃은 엄마 고양이한테 달려드는 시궁쥐를 보고 처음 공격하여 물리치는 과정에서 용기를 회복하고 엄마 고양이를 만족하게 한다는 이야기다.

〈아버지와 아들 (1) -수염-〉은 사업에 실패한 아들이 당장 회사 문을 닫고 도피하러 가기 직전에 병환 중의 부친께 인사드리러 온 길에 수염을 깎아드리며 대화를 나누는 이야기다. 부친은 이를 눈치채고 '다했다고 생각하지 말라.'는 충고를 하는데, 아들은 부친의 그 혜안에 놀라는 한편, 수염을 깎다가 드러난 흉터, 곧 자기가 어릴 때 물에 빠져 죽을 뻔한 순간 부친께서 살리느라 다친 턱의 흉터를 보면서 마음을 고쳐먹고 회사로 돌아가 최선을 다하여 회복시킨다는 이야기다. 그리고 회복한 회사 형편을 전화로 알려드리고 직접 찾아뵈오러 갔을 때는 이미 돌아가신 뒤라, 아들이 통곡하며 시신의 수염을 마지막으로 깎아드린다는 것으로 끝냄으로, 동화에 어울리지 않는 비장미 어린 여운을 남기기까지 한다.

이 작품은 작품명에 일련번호를 붙인 데서 알 수 있듯이 부자간의 훈육을 다룬 내용을 시리즈로 내려는 작가의 의욕의 일단을 보인 셈이다. 그것은 1987년에 펴낸 작품집 《개구장이 일기》후반부에 '아버지와 아들'이라는 부제를 쓰고 그 안에 앞서의 '수염'을 비롯하여 여섯개의 단편들을 모아 놓은 데서 그 의욕이 실현됨을 알 수 있다. 그 가운데 〈담임선생님〉이란 제목으로 실린 작품은 1991년도에 나온 《누가 박석모를 고자질하였나》에 〈아버지와 아들〉로 개명되어 그대로 실려 있고, 〈한라산 등반〉은 1995년 《아빠의 가르침》에 작품집과 동명의 부제가 곁들인 〈얼음꽃〉이란 이름으로 개명되어 실려 있다.

이 경향은 1991년도에 펴낸 《누가 박석모를 고자질하였나》란 동화집에서도 몇 편 나타나는데, 부자간의 대화를 통해 그릇된 어머니의 교육 방식을 고친다는 〈아빠는 조각가〉와 부자간에 바둑을 두며 '지는 공부'를 하라는 아버지의 훈계를 듣는 〈바둑〉이란 작품들이 그것이다.

이처럼 아버지의 훈육을 통해 아들이 성장해 간다는 모티프에 대한 작가의 진지한 관심은 1995년에 펴낸 동화집 제목을 《아빠의 가르침》이라고 지음으로 해서 명백하게 드러낸다.

이 작품집에는 《아빠의 가르침》이란 제목 아래, 〈검도〉와 〈얼음꽃〉이란 두 개의 단편을 실어 놓았다. 〈검도〉란 작품은 아빠한테 배운 검도를 가지고 주인공 택현이가 새 학년 질서 찾기에서 최고가 되어 자만심을 가진 것을 보고 아빠가 검도 시합을 통해서 검도가 결코 자랑거리로나 남과 싸우기 위해 배우는 것이 아니라는 것을 가르친다는 내용이다. 이런 교훈을 아버지와의 대결에서 패함으로 깨닫고 뉘우친다는 것이 다소 어린이들에게 막연하고 부자연스런 면이 엿보이기는 하나 검도를 통한 부자 간의 진지성과 엄숙성이 돋보인다고 하겠다.

〈얼음꽃〉은 서울 이모 댁에서 학교를 다니는 동협이가 겨울 방학 때 고향인 제주도에 와서 섣달 그믐날, 아버지와 함께 한라산을 등반하면서 겉멋 들린 아들에게 검소함과 근면함을 가르친다는 내용인데 〈검도〉보다는 비교적 자연스럽고 여운을 주는 작품이다.

《아빠의 가르침》에 실린 작품 가운데는 또 하나 〈어린 도둑〉이란 작품이 있다. 주인공 현이는 불구자인 아버지를 둔 데다, 학교에 들어가기도 전인 어린 나이에 어머니를 잃은 결손가정 어린이다. 아버지 정씨는 교통사고로 두 다리를 잃고 술만 마시는 폐인이 되고, 어머니는 빌딩 계단 청소를 하다가 떨어지는 사고사를 당한 것이다. 엄마를 잃은 현이는 입학 첫날부터 적응이 안 되고 문제시 당하면서 점차 성정이 비뚤어져가다가 담임선생님의 가방까지 뒤져서 돈을 훔치는가 하면 시장에서 돈을 훔치는 문제아까지 된다. 그래서 어느 날 시장에서 돈을 훔쳐서 달아나다가 한구석에서 손수레를 끌며 장사하는 아버지 정씨가 가로막는 바람에 함께 넘어지면서 현이는 정신을 잃고 병원에 입원할 정도로 다치게 된다. 병원에서 현이는 아버지의 '우리들이 (……) 엄마몫까지 사랑하며 살아간다면 돌아가신 엄마는 참 기뻐할 거야.'라는 말씀에 눈물을 흘리며 마음을 돌이킨다. 이 작품은 본래 장편 아동소설로 전개해야 합당할 소재인데 이를 단편동화로 맞추려는 무리함이 다소 보이기는 하지만 작가의 박진감 있는 필력이 어느 정도 그 한계를 보완하고 있다.

4) 사회 문제 고발과 환상적 대책 이야기

작가는 앞서 소개한 〈어린 도둑〉에서도 결손가정 어린이의 문제를 한 소재로 다루었는데 이와 같은 아동들의 문제를 좀더 확대하여 아이들과 관련된 학교 안팎의 문제와 나아가 대사회적 문제까지 작품의 소재로 다룬 경향도 보인다. 이런 경향의 작품들은 문제만 고발하고 끝내는 리얼리즘적 소설이 아니라, 이 문제들에 대한 동화적, 환상적인 대책을 강구하여 해결을 모색하고자 하는 면도 보여서 작가 나름의 특성으로 지적할 여지를 보인다.

이런 경향의 작품은 주로 1995년도에 펴낸 동화집 《아빠의 가르침》 속에 실려 있는데, 〈시장님 이빨로 만든 동물원〉, 〈이상한 저울〉, 〈바람〉과 같은 작품들이 그것이다.

〈시장님 이빨로 만든 동물원〉은 아이들이 원하는 공간을 만들어 주는 일에 대한 가치를 무시할 정도로 지나치게 경제적인 논리만 앞세우는 행정가들의 문제점과 여기에서 기인된 사회적 문제를 제기한 작품이다. 작가는 여기에서 시장님이 이를 빼는 과정에서 만난 어느 소년과의 교류를 갖게 한다. 그리고 이 소년의 영향을 받아 시장님은 마침내 동심의 세계를 회복함으로써 동물원 건축을 반대하는 마음을 고쳐먹게 되어 별칭 '시장님 이빨로 만든 동물원'을 짓는다는 것으로 끝맺고 있다. 곧 문제 해결의 핵심은 시장님의 마음에 동심을 회복시켜주도록 하는 판타지적인 대책이었던 것이다.

〈이상한 저울〉은 거리 청소와 질서 하나 자발적으로 유지시키지 못하는 도회지 사람들의 비협조적, 비도덕적인 문제점을 작가가 의식하여 제기한 작품이라고 볼 수 있다. 그리고 이에 대한 해결책으로 작가가 내세운 것은 다름 아니라 마음의 정직과 협동심을 잴 수 있는 이상한 저울이다. 이 고물 저울은 아이들로부터 어른과 시장에 이르기까지 마음을 좋게 만듦으로 결국 그 거리를 조용하고 깨끗한 거리로 만들고 만다는 것이다. 이처럼 '이상한 저울'이라는 다분히 우화적 트릭일 수 있는 동화적, 환상적인 대책을 작가는 제시함으로써 문제 해결을 도모하고 있는 것을 볼 수 있다.

〈바람〉은 학교 주변에서 어린이들이 상급 학생인 깡패들에게 얻어맞고 돈을 뜯기는 사회적 문제를 다룬 작품이다. 여기서 작가는 학부형들이 자기 자녀만 다치지 않으면 된다는 이기적인 생각으로 그런 위급한 상황일 때에 그 깡패들에게 주라고 비상금을 주는 풍조에 대하여 문제의식을 갖고 있다. 그런 문제의식을 작가는 주인공 소년에게 갖게함으로, 비상금을 주는 엄마한테 다음과 같이 대들게 한다. '그러면 그 애들은 자꾸만 우리들을 괴롭힐 거예요. 돈 없는 애들은 옆집 형처럼 자꾸만 얻어맞고요.' 그리고 깡패를 만났을 때 비상금을 멀리 내팽개친 결과로 크게 얻어맞아 입원까지 한다. 그런데 주인공 소년은 몸만 아픈 것이 아니라 '자신의 행동을 어리석다고 말하는 어른들 때문에 가슴이 아팠다.'고까지 기술하는 데에서는 소년답지 않은 부자연스러움과 더불어 작가의 작위성마저 엿보인다. 그러나 바람이 직립보행을 시도하다 어른들의 뭇매를 맞던 원시아이에 관한 옛이야기를 하면서 병상의 소년을 달래 주는 부분과 긍정적으로 귀결되는 부분에서는 작가 나름의 동화적, 환상적 방식으로 문제를 해결해가는 묘미를 보여 주어서 음미할 만하다.

이처럼 작가는 사회적 문제를 고발하는 데 그치지 않고 그것을 극복하기를 도모하는 면까지 보이는데, 그 방식으로는 우화적 트릭과 같은 수법을 쓰든가, 상대방의 마음에 동심을 회복시킬 수 있는 동화적인, 판타지적인 대책을 제시하고 있다. 그리하여 현실의 각박한 사태를 동심의 눈으로 새롭게 보게 하는 마음의 여유와 더불어 미적 여운을 남기는 효과를 보인다.

3. 작가 정신의 지향점(결론)

지금까지 소중애 작가의 작품 전개 양상을 살펴서 네 가지 경향, 곧 우화식, 의인체 담류, 작가의 신변담류, 훈육, 성장담류, 및 사회 문제 대책 담류로 나눠 살펴보았다.

이 네 유형들을 통해서 우선 살펴볼 수 있는 것은 작가의 환상적인 필치와 사실주의적 필치 양면이 고루 드러나고 있다는 점이다. 물론 우화식 의인체 이야기류에서는 환상적인 필치가 우세한 것이 사실이다. 그러나 훈육·성장 이야기류와 특히 사회 문제 대책 담류에서는 대체로 환상성과 사실성의 양면이 고루 균형 있게 배합된 구성과 필체로 서술되고 있어 작품의 질을 높여 주고 있다.

이와 같이 동화의 핵심이 되는 환상성과 사실성의 적절한 하모니를 토대로 한 문학 세계는 다음과 같은 세 가지 경향 내지 지향점으로 정리해 볼 수 있다.

첫째, 온 인류와 우주 만물이 서로 돕고 사랑하며 사는 삶의 가치를 주제로 삼는 작품이 많다. 이는 특히 의인체 수법의 우화류의 환상적 동화에서 중심을 이루고 있는데 우정과 상호부조와 같은 보편적 덕목을 지향하는 작가 정신의 일단을 가리키고 있다.

둘째, 작가 자신의 삶을 동화의 세계 속에 투영시켜 미화하려는 경향을 보인다. 이는 주로 작가 자신의 이야기를 소재로 한 작품들 속에서 돋보이는데 동심을 바탕으로 한 작가 자신의 삶에 긍정적 자아관에서 비롯된 결과로 보인다.

셋째, 인물 설정에 있어서 다소 투박하고 촌스런 이들을 긍정적으로 바라보는 작가의 인물관을 볼 수 있다. 아울러 이런 인물의 특성을 강조시켜 희극화 시킴과 더불어 인물의 대조적 설정 방식을 이용하여 작품의 해학적 효과를 극대화시키는 경향도 보인다.

넷째, 작중 인물들이 미숙했던 상태에서 윗사람의 훈육을 통해 성장, 발전하는 과정을 즐겨 그리는 경향을 보인다. 이는 작가의 작품 초기부터 지속적으로 드러나는 경향으로 30여 년간 교직을 지켜 온 교단 작가다운 일면을 엿보게 하는 것이다.

다섯째, 사회적 문제 고발과 더불어 이의 극복책으로써 우화적 트릭 내지, 동화적, 판타지적인 대책을 제시하는 면을 보인다. 그럼으로써 현실의 각박함을 극복하기 위하여 동심의 여유와 활기를 지향하는 작가의 면모를 찾아볼 수 있다.

【참고 문헌】

《개미도 나를 부른다》(아동문예사, 1984)

《거북이 행진곡》(아동문예사, 1985)

《윤일구씨네 아이들》(대교문화, 1988)

《내 작은 연인》(새소년, 1989)

《시장통 아이들》(현암사, 1990)

《선생님이 울잖아》(십일월출판사, 1991)

《누가 박석모를 고자질하였나》(고려원, 1991)

《환상여행》(한국어린이교육연구원, 1991)

《구슬이네 아빠 김덕팔씨》(예림당, 1993)

《연변에서 온 이모》(웅진출판, 1994)

《아빠의 가르침》(꿈동산, 1995)

어린이와 함께 선생이 걸어온 길

1952년 2월 21일 서산군 이북면 이북초등학교 교장 관사에서 아버지 소병선 씨와 어머니 김정례 씨 사이에서 넷째 딸로 태어남(후에 이곳은 태안시 이원면 이원초등학교로 바뀜).

1958년 3월 2일 서산시 인지면 인지초등학교 1학년 청강생으로 들어갔으나 교장 선생님인 아버지를 믿고 친구랑 싸우고 선생님 말을 안 들어 쫓겨남.

1959년 3월 2일 아산시 천도초등학교에 정식으로 입학함.

1960년 2학년 겨울 방학에 어머니 돌아가심.

온양 온천초등학교로 전학함.

1961년 조치원 교동초등학교로 전학함.

1962년 천안 중앙초등학교로 전학함.

1963년 아산 오목초등학교로 전학함.

1964년 아산 온양여중에 입학함.

1966년 예산여중으로 전학함.

1967년 예산여고에 입학함.

1969년 서산여고로 전학함.

1970년 서산여고 졸업함. 대학에 떨어지고 초등교원 양성소에 들어가 4개월 교육을 받은 후에 11월 25일에 서산 해미초등학교로 부임함.

1970~1978년 해미초등학교에 있는 동안 어리다고 아무도 놀아 주지 않아 혼자 책 읽고 글 끄적거리고 주말이면 텐트 짊어지고 산과 들을 쏘다님. 여기저기에 글을 투고함.

1978~1981년 팔봉초등학교, 차동초등학교로 이동하면서 글쓰기를 계속함. 〈교육자료〉에서 동화 천료(이원수 선생님 심사) 투고한 동화로 벽시계 상을 탐.

1982년 〈아동문학평론〉에 〈엄지병아리〉 동화 천료(정진채 선생님 심사).

1984년 《개미도 노래를 부른다》 첫 동화책 4,000권 자비로 출간함(아동문예). 1톤 트럭에 실려 온 책을 보고 4,000권의 책이 그렇게 많은 줄 처음 알았음. 물론, 오랫동안 그 책들은 독자를 찾지 못하고 자취방에, 학교 교실 뒤에, 아버지가 사시는 관사에 쌓여 있었음(지금은 단 한 권 남아 있음).

첫 출판 기념회를 엶.

〈아동문예〉에 〈거북이 행진곡〉을 연재함.

1985년 《거북이 행진곡》(아동문예) 출간함.

1986년 《거북이 행진곡》으로 해강아동문학상을 수상함. 수상을 알려주는 부산에서 걸려온 장거리 전화를 받고 쇼크로 며칠 동안 고생함(심장이 나빴음).

1987년 대만에 가서 한중작가상을 수상함.

《개구쟁이일기》(현암사) 《책귀신과 금메달》(신원사) 《너는 바보다》(대교문화) 《효녀 심청》(예림당)을 출간함.

1988년 한국방송통신대학 졸업함.

《윤일구씨네 아이들》(대교문화) 《황금산의 비밀》(견지사) 《별가사리》(예림당)를 출간함.

배낭을 메고 혼자 훌쩍 유럽으로 날아감. 중학교 1학년 수준의 영어 실력으로 24일 동안 11개국을 돌아다니고 의기양양하여 돌아옴.

1989년 《발가락은 믿을 수 없다》(대교문화) 《내 작은 연인》(새소년) 《참 이상한 아이들》(지구마을) 《악동행진곡》(새벗) 《새우젓 같은 여자》(깊이와 넓이) 《라듐의 어머니 퀴리부인》(대원사)을 출간함.

1990년 천안에서 8년 케이스로 당진 성당초등학교로 나감. 빨간 소형차로 하루에 세 번은 죽을 뻔하면서 다섯 번은 죽일 뻔하면서 당진까지 통근함.

4월 아버지 돌아가심.

《울음산 호랑이》(고려원) 《생글이와 투덜이》(문공사) 《독고선생님과 해홍이의 유럽 여행》(집현전) 《시장통 아이들》(현암사)을 출간함.

1991년 《어린 청춘》(홍익출판사) 《해저 5호 마을》(윤성출판사) 《집이 너무 작아요》(대연) 《밖에 나온 두돌이》(대연) 《누가 박석모를 고자질 하였나》(고려원미디어) 《우리 학교 삼악동》(대교문화) 《환상 여행》(어린이교육연구원) 《아무도 교실에서 일어나는 일들을 가르쳐 주지 않았다》(11월 기획) 《우리가 잠들면 별들이 땅에 와 놀다간대》(동지) 《자분치의 서울 나들이》(대교문화)를 출간함.

1992년 한국문인협회 천안지부장에 선출됨. 원고 쓸 시간이 줄어 겨우 책 2권을 집필함.

《노처녀 우리 선생님》(예림당) 《내 사랑 몽구리 앞짱구》(지경사)를 출간함.

1993년 단국대학교 교육대학원 국어교육학과를 졸업함.

천안문학 후원회 조직, 1년에 두 번의 《천안문학》을 출간토록 함. 재미도 있지만 힘들고 작품 쓸 시간이 부족하여 천안문인협회 지부장 사임함.

《우리들의 화이트 데이》(예림당) 《개구쟁이 컴맹의 모험》(11월기획) 《구슬이네 아빠 김덕팔씨》(대교문화) 《열일곱개의 점이 있는 인형》(예림당) 《아버지의 시계》(동아출판)를 출간함.

1994년 《연변에서 온 이모》(웅진) 《공포의 교장실》(예림당) 《해바라기 가족》(지경사)을 출간함.

어린이가뽑은작가상을 수상함.

1995년 충남문학대상을 수상함.

《빛 속의 아이들》(중앙일보사) 《아빠의 가르침》(꿈동산)을 출간함.

1996년 《가재가 된 징거미》(한국안데르센) 《밭에서 캐낸 요술 항아리》(한국 안데르센) 《깃털 알록이》(삼성출판사) 《뛰뛰 빵빵》(계몽사) 《즐거운 소풍》(계몽사) 《미국에서 온 찬이》(계몽사) 《할머니는 요술쟁이》(계몽사) 《특수반 아이들》(교학사)을 출간함.

1997년 《겁쟁이 토끼》(새벗) 《동물 아파트》(새벗) 《웃기는 임금님》(새벗) 《영리한 아기 양》(새벗) 《어리석은 사자》(새벗) 《나비 번데기》(새벗) 《따아악 한 가지》(새벗) 《고자질한 이리》(새벗) 《소리개와 비둘기》(새벗) 《부엉이는 바보》(새벗) 《할아버지의 걱정》(새벗) 《이솝이야기》(새벗) 《EQ동화》(문공사) 《아빠와 함께 목욕을》(관일 미디어)을 출간함.

1998년 11월 로타리 문화 친선 장학생으로 미국 센디에고에 가서 3개월간 어학 공부함. 시간이 있을 때마다 바닷가에 가 책 읽고 공부하다가 세계적으로 유명하고 비싼 호텔에 가 화장실을 이용했던 가장 한가롭고 여유로웠던 시절이었음.

《초등학생 때 하지 않으면 안 될 56가지》(문공사) 《푸른 아기별》(학원출판공사) 《내 자전거가 최고》(학원출판공사) 《우리를 닮은 지구》(학원출판공사) 《행운의 푸른 별》(학원출판공사) 《신나는 우주 여행》(학원출판공사) 《깡통이와 친구들》(학원출판공사) 《새나와 빛》(학원출판공사) 《자기가 쥐인줄 알았던 병아리》(예림당) 《인기 있는 아이들의 40가지 이유》(문공사)를 출간함.

1999년 《햄스터 땡꼴이의 작은 인생 이야기》(예림당)를 출간함.

2000년 12월 천안시민상을 수상함.

《천사와 드래곤》(문공사) 《아빠의 생일 떡》(삼성출판사) 《보이나, 보이네》(교원) 《구렁덩덩》(교원) 《사랑을 파는 벼룩시장》(여명) 《2학년이 읽어야하는 생각 동화》(파랑새) 《울보 선생님》(어린이 교육 연구원) 《학교에 가면》(삼성출판사) 《파브르 곤충기》(지경사)를 출간함.

2001년 《엄마, 동생 하나 만들어 주세요》(지경사) 《찢어진 공책》(바른사) 《오마갓 공주》(여명) 《거짓말쟁이 최효실》(채우리) 《꿀빵과 아이스크림을 좋아한 뾰족섬 꼬마 임금님》(현대문학 어린이) 《반딧불이 사랑》(한국독서지도회) 《부활》(지경사)을 출간함.

2002년 1월 한국아동문학상을 수상함.

《담을 넘는 아이》(문공사) 《아빠의 선생님》(영림 카디널) 《누리에게 아빠가 생겼어요》(어린이 중앙) 《학교에 간 토끼 마빡이》(예림당) 《천재갑수 바보갑수》(어린이교육연구원) 《학교에 갈 거야》(세상의 모든책) 《횃불낭자 유관순》(천안문화원) 《유관순》(파랑새어린이)을 출간함.

2003년 《미미 안에 또 다른 미미》(문원)를 출간함.

2004년 1월 《사람을 길들이는 개, 쭈구리》로 100권의 책 출판기념회를 가짐.
방정환문학상을 수상함.
《사람을 길들인 개, 쭈구리》(예림당) 《우리 아이 이야기친구》(애플비) 《아빠는 전업주부》(계림) 《달팽이의 꿈》(대교출판)을 출간함.

2005년 《돋보기》(한국헤밍웨이) 《다빈이의 호떡》(구몬학습) 《다금이》(소년)를 출간함.

2006년 《생각많은 강아지 몽상이》(자람) 《인도야, 인도야 라마스테》(어린른이)를 출간함.

2007년 《동글이의 눈물》 《밤산, 도토리 산》(한국비젼북) 《꼼수 강아지 몽상이》(문원) 《선생님과 줌의 교환 일기》(홍진) 《거북이 장가 보내기》(청어람) 《꿈꾸는 몽이》(교원)를 출간함.

2008년 《햄봉아 학교 가자》(한국슈타이어) 《콩알 하나 오도독》(지경사) 《방정환》(웅진 싱크하우스) 《잉카야 올라》(어린른이) 《웅식이와 깡패삼촌》(기댄 돌)을 출간함.

2009년 《작은 기적들》(영림카디널)을 출간함.

2010년 《샌디에고의 어부》(삼성당) 《급식실에 웬 돼지 한 마리》(그림북) 《나도 연예인》(거북이 북스) 《기태야, 기태야》(글뿌리)를 출간함.

2011년 《친절한 퉁퉁이》(꿀바른 책) 《우당탕탕 동물 병원》(거북이북스) 《사돈나라 베트남 캄보디아》(어린른이) 《앗쭈구리 산골 가다》(어린른이)를 출간함.

2012년 《미안해, 미안해.》(처음 주니어) 《현도일은 선생님이 될 수 있을까요?》(거북이북스) 《찌질이 삼촌 선생님 되다》(효리원) 《우리 집에 김장하러 오세요》(푸른숲)를 출간함.

2013년 《야구왕 돼지 삼형제》(비룡소) 《이야기 따라 실크로드》(어린른이)를 출간함.

2014년 《짜증방》(거북이북스) 《싫어》(꿈소담) 《숲속 화장실》(예림당)을 출간함.

2015년 《아빠를 버렸어요》(봄봄) 《흑기사 황보 찬일》(교학사)을 출간함.

2016년 《별을 사랑한 윤동주》(꿈터)를 출간함.

2017년 《수상한 여행 친구》(거북이북스)를 출간함.

2018년 《세상에 나쁜 아이는 없다》(거북이북스) 《노랑》(봄봄) 《요코할바는 내 제자》(꿈터) 《엄마를 버렸어요》(봄봄)를 출간함.

한국 아동문학가 100인

노원호

대표 작품
〈강아지 콕〉 외 3편

작가론
어느 시인의 초상

작품론
인간과 자연, 그 아름다운 하모니

어린이와 함께 선생이 걸어온 길

강아지 콕

강아지 '콕'이 없어졌다.
내가 그렇게 좋아했던
콕인데
그는 며칠 후
길가에서
죽은 몸으로 발견되었다.
이를 어쩌나
이를 어쩌나
나는 나를 이기지 못해
그저 하늘만 쳐다보고
콕이
꼭 별이 되기를 빌었다.

용서

나무는 제 그림자를 밟아도
아무 말도 않는데
나는 내 짝의 공책이
내 자리로 조금 넘어 왔다고
홱 밀어 버렸다.
그런데 내 짝은
내 연필이 자기 자리로 넘어 갔는데도
못 본 체했다.
내 짝은
나를 용서하는 걸까?

코스모스가 노래를 한다[1]

강가 언덕바지
코스모스가 흐드러지게 피었다.

바람에 꽃대궁이 흔들리더니
바이올린 소리가 들리고
하프 소리가 들리고
플루트와 첼로 소리가 들리고

하늘 위로
수많은 고추잠자리가 날아오르자
코스모스가 일제히 노래를 한다.

나는 그만
그 코스모스 꽃밭에서
바이올린을 켜는
한 마리 고양이가 되어 버렸다.

---

1 일본의 황실작가 후지시로 세이지의 작품, 〈코스모스가 노래를 한다〉를 시로 나타냄.

휴지 한 장

코를 풀어
홱 던져 버린 휴지 한 장
어디로 갈지 몰라
이리 뒹굴 저리 뒹굴거리다가
그만 바람에 날려
어디론가 사라져 버렸다.
아직 내 코에는
찢어진 휴지 쪽지가 붙어 있는데
그놈의 휴지는 어디로 갔을까
참 미안하다.

어느 시인의
초상

정두리

    이른 봄 어느 날, 노원호 선생과 나는 대전 현충원의 국가유공자 묘역에 계신 윤석중 선생님을 뵈러 갔다. 그날 따라 햇볕은 따사롭고 바람은 금실자락같이 감겨 오는 날씨였다.

    어린이날 노랫말이 새겨진 묘비 앞에 국화 꽃다발을 놓고, 우리는 나란히 서서 절을 올렸다. 다른 이가 놓고 간 마른 꽃다발들, 아직은 물기 없이 푸석이는 잔디가 우리를 올려 보고 있었다. 손기정 선생님, 최형섭 선생님이 이웃해 계시는 걸 보며,

    '우리 선생님이 외롭지 않으시겠구나.'

하고 그가 말했다. 잘 관리된 묘역을 돌아보며 윤석중 선생님을 추억하는 얘기 속에 그도 나도 함께 등장하고 그것이 어색하지 않으니 얼마나 다행인가.

    그렇다. 노원호 선생과 나의 인연은 새싹회와 함께라고 해야 한다. 나보다 꼭 10년 먼저 새싹문학상을 받은 선배이고, 새싹회의 크고 작은 일은 모두 그의 손을 거쳐야 했던 윤석중 선생님의 미더운 일꾼이던 그를 쫓아 뒤늦게 투입된(?) 사람이 나였다고 하는 것이 정확하다.

    그는 대우빌딩 새싹회 사무실에서 자주 만나는 나의 문단 교류의 유일한 사람이었지만, 개인적으로 우리는 특별하게 가까운 사이는 아니었다. 지금이나 그때나 말수 적고 나서지 않는 그의 성격은 그대로이고 나 또한 낯가림이 심한 편이라 쉽게 다가가질 못했다. 아마 우리는 서로에게 크게 끌리지 않았는지도 모르겠다.

    어쨌거나 이제 그와의 인연도 20년이 넘는다. 20년이란 짧지 않은 시간을 보내면서 나는 그를 그냥 보기만 했을까? 그랬다면 그건 안 될 일이다.

    정년을 맞아 출간한 어느 선생님 기념문집에 수록된 사진 중에 엄청 젊어 보이는 노원호 선생의 모습을 보았다. 약간 부끄럼 타는 듯한 표정, 왼쪽 가르마 탄 풍성한 머리숱, 30대의 그는 이렇게 젊고 풋풋했구나! 스땅달이든가, 그 여자의 20대를 모르면 그녀를 다 안다 할 수 없다고 했던 말, 그건 남자라고 다를 게 없는 일이 아닌가!

    그의 20대를 모르는 나, 나의 20대를 알 길이 없는 그, 우리는 진정으로 안다고 할 수가 있겠는가? 그러나 지내 놓고 보면 우리의 삶이 20대엔 얼마나 혼돈의 자유 속에 살았던가? 그 시절로 다시 돌아가고픈 마음은 없다. 20대를 인생의 정점으로 올리고

싶지 않다는 얘기다. 서로의 20대를 모르면서도 그는 나를 지목했다.

〈시와 동화〉의 '우리 시대의 젊은 작가' 편에 내가 아는 노원호에 대해 말해 달라고. 나는 짐짓 사양했다. 잘 쓸 수 없을 거라고 겁을 주기까지 하면서. 사실 그 말은 진심이기도 했다.

내가 누구를 안다는 것은 그 사람의 영혼의 빛깔까지 알아볼 수 있어야 하는 게 아닐까? 나는 그것이 두렵고 버거웠다. 그 사람이 살아가는 힘, 견뎌 내는 아픔까지 꿰뚫어 보듯 알게 되는 것이 안타까우니까. 그래서 그를 다독이고 싶어지고 또 오지랖 넓게 나서게 될지도 모르는 일이니까. 누구를 잘 안다는 것은 사랑하는 것보다 더 넓은 이해와 너그러움을 품어야 하는 일. 그냥 바라보는 일도 세월이 쌓이면 절로 깊게 알게 되는 것임을. 나는 이제사 알게 되는 것인가?

초임지 초등학교는 바닷가에 있었다. 늘 바다를 보며 시를 생각하고, 시 때문에 불면의 밤을 보낸 적이 많았다. 지금은 그런 시에 대한 열정과 사랑이 줄어든 것 같다.

1993년, 세종아동문학상 시상식 때 그의 수상 소감을 기억한다. 시에 대한 열병으로 '입술이 부르튼 적이 있다.'는 말도 덧붙이던 그. 수상 소감을 어설프게나마 기억하고 인용하는 것은 무색무취의(이건 본인의 말임을 밝힘.) 그를 다시 보게 된 계기가 되었기 때문이다. 시에 대해 전력투구하는, 고독까지 감미로운 그대. 그 푸르고 아름답게 떠오르는 그림이 부럽지 아니한가!

말이 났으니 말인데, 그는 진정 무색무취인가? 아무 빛깔이 없고 아무런 냄새가 없는 경지에 이르기는 얼마나 오래, 또 어렵게 자신을 다스려야 하는 일일진데, 그가 자신을 그렇게 표현한 것은 무색무취이고 싶은 심중을 은연 중에 드러낸 것이라고 보여진다. 무색무취야말로 색상표에 없는 신묘한 색이요, 특별한 향기라는 걸 그는 이미 알고 있었는지도 모른다.

노원호 선생은 겉과 속이 다르지 않고 신중한 사람, 말로 안개를 피울 줄 모르는 사람, 여간해서 속내를 내보이지 않는 조금은 답답함도 함께 지닌 사람. 이번에 이 글을 쓰면서 그 사실을 다시 확인하게 되었다.

지난 해 신일학원에서 주는 신일스승상을 받았다는 것 말이다. 많은 액수의 상금도 놀라움이지만 감추듯이 큰 상을 받았다는 건 좀 그렇다. 시효가 지났지만 모두 알게 된 마당에 언제 그 상 턱을 내리라 믿고 있다.

그는 아주 깔끔한 옷차림을 좋아하는 듯하다. 아들 옷을 잠깐 빌려 입고 나온 듯 젊은 풍의 옷을 입고 나타날 때도 그만의 분위기는 지닐 줄 안다.

그는 노래 부르기를 좋아한다. 대학 시절 합창단이었다는 그의 노래가 다양한 레퍼토리와 흔들고 질러 대는 젊은 그룹에 밀려 노래방에서 빛을 보지 못하는 것을 안타까이 여긴다.

국수를 좋아하고, 즐겨 마시는 커피는 블루 마운틴이고, 한 잔 술에도 붉어지는 주량이지만 언제나 말 술을 마실 듯한 자세를 취해서 모르는 사람을 착각하게 만든다.

와아, 이렇게 줄줄이 쓰고 보니, 그에 대해 내가 알고 있는 게 이렇게 많았구나. 문단의 선배이고, 나이도 나보다 쬐끔은 위이고, 그래도 내가 그와 공유할 수 있는 건 시적인 관심이 닮아 있기 때문이라 여기고 있다.

윤석중 선생님이 어촌의 작은 학교에서 오로지 시 쓰는 일에만 몰두하는 싹수 있어 보이는 젊은 시인을 찾아 낸 것은 그 분의 혜안이셨다.

그가 새싹문학상을 받고 고향보다 더 애착이 간다는 울진을 떠나 서울살이를 시작한다. 2년 동안 〈소년조선일보〉 기자 생활을 했고, 영원한 선생님으로 남고자 다시 학교로 옮겨 오늘에 이른 노원호 시인. 내가 그의 연대기를 적어 나가기엔 이 지면이 부족하리라.

그는 여전히 바쁘다. 두 곳의 대학에 출강하고 새싹회 이사직을 맡고 있고, 한국동시문학회 회장으로 동시단을 위해 봉사하고 있다. 그의 시와 진솔한 마음을 알게 모르게 좋아하는 이들이 모여 만든 카페 '노원호 시인을 사랑하는 모임'이 운영되고 있다는 것을 아는 이가 많지 않은 듯해서 밝혀 놓고 싶다.

3년 전에 출간한 그의 시집을 꺼내 다시 읽는다.
《그대 가슴은 아직도 따뜻하다》
제목부터가 예사롭지 않다. 그가 이런 사랑 시집을 묶어 낼 줄이야.

눈물을 모르는 사람한테는
사랑이 없다.
가슴을 아파할 줄 안다는 것은
아직도 마음을 적실
사랑이 있다는 증거다.
– 〈사랑과 눈물〉 앞부분

시집 첫 페이지서부터 마지막까지의 화두는 사랑이다. 사람은 어떤 말을 접할 때 감지한다. 그 말에 담긴 마음까지를.

사랑은 순수의 말이다. 또한 그리움이고 따뜻함이다. 그의 사랑 또한 그러하리라. 사람, 사랑, 사탕, 사탄 혼자 중얼거려 본다. 기다리고, 그리워하고, 아파하고, 사람의 사랑은 사탕처럼 달콤하고 사탄의 유혹처럼 흔들리기도 하는 것.

그의 시에 등장하는 사랑(여성)은 누구인가? 궁금해하는 사람이 많았던 걸로 안다. 나도 그중의 한 사람이다. 그러나 그 사람이 누구인가는 크게 중요하지 않다고 생각한다. 내가 알기론 그는 남한강과 북한강의 유장한 강물을 사랑하고, 들꽃을 측은히 여기고, 양수리를 아끼는 것이 먼저인 사람이다.

그가 백 번 가까이, 아니 셀 수 없이 능내리와 양수리를 찾은 것도 단순히 사람을 사랑하기 위해서가 아닐 것이다.

나는 이 시집이 발간되기 전 200편 가까운 원고를 미리 읽어 볼 기회를 가졌는데, 그때 어렴풋이 그가 꿈꾸는 사랑을 헤아리게 되었다.

그가 시에 사용한 '산나리꽃', '속독새', '초이레달빛', '호주머니 속 그대 손', '후적후적 빗소리', '미끄러지는 달빛' 등등은 눈에서 마음으로 여과된 그의 모습이고 목소리인 것도 알았다.

그때부터 나는 그를 '양수리 시인'이라 부른다.

촬영소 부근의 맛있는 국수집과 강물이 제일 보기 좋은 찻집을 알고 있는 사람, 다산 묘소 부근 굽어진 강자락, 능내리에 매물로 나온 허름한 집을 갖고 싶어 망설였다는 사람, 그가 현주소를 조안면에 두고 있지 않아도 양수리 시인이 되고도 남는다.

내친 김에 한 마디 더 보탠다면 그의 사랑함이야말로 시를 쓰는 원천이 되리라 믿어지고 또 어쩜 살짝 부러운 일이기도 하다.

벌써 8년 전이네요.

이주홍문학상 시상식에 참석하기 위해 서울역에서 새마을호를 함께 탔지요? 선생님은 수상자로, 박홍근 선생님은 심사 위원장으로, 나는 순수한 축하객으로 말이지요. 아참, 정화 어머니(사모님)도 동행했고, 대학생이던 희석이도 함께한 축하 열차였어요. 우리는 식당차에서 늦은 아침을 먹고 커피도 마셨고요.

기차가 동대구를 지나자 선생님은 열심히 창밖을 보았고, '저어기 저기가 내 고향 청도'라고 손으로 가리키며 일러 주었어요. 내 눈엔 그저 평범해 보이는 대한민국 어디에나 있음직한 마을을 기차는 무심히 지나고 있었지요. 자신의 고향을 알려주고 싶어하는 마음, 산문 시집 《고향 그 고향에》가 태어난 건 우연한 일이 아니었던 거지요?

고향은 어머니의 품속처럼 늘 따스하고 그립다는 선생님 시의 밑바탕을 이루는 그곳, 고향은 시인에게 와서 시가 되었고 눈물이 되었어요. 고향의 앞산을 닮은 시, 보리밭 같은 푸른 시, 우리는 시가 없었다면 만날 수나 있었을까요?

시가 주는 기쁨과 우울을 생각해 봅니다.

고백하자면 '새싹회'에서 '연필시 동인'에 이르기까지 선생님과 함께 하는 시간들을 귀하게 여기고 있습니다.

그러나 노원호 선생님, 내가 선생님을 위해 이런 글을 쓰는 게 아니었다는 생각을 다시 합니다. 선생님과 내가 운명처럼 벗어나지 못하는 운문에의 틀을 빌어 솔직하고 또 조금은 유쾌한 시 한 편을 이뤄 내는 것이 더 타당하고, 수월한 일이었겠다고 믿고 있기 때문이지요. 내가 진정으로 하고 싶은 말과, 다른 이가 읽어 낼 행간의 여백 속에 선생님의 참 모습을 남겨 두는 일. 그것이 선생님을 멋지게 하는 일이고 나를 나답게 하는 일이기에.

그렇긴 해도 노원호 선생님, 이제부터라도 우리는 비밀을 공유한 자끼리의 결속감 같은 것이 있어야겠지요? 연보에 실린 공개된 사실 말고, 지금처럼 누가 누구에 대해 말해 주어야 할 때 궁하지 않게 나만 알고 있는, 이제는 말할 수 있다며 내놓을 수 있는, 숨겨졌기에 아름다운 이야기들 말입니다. 그건 꼭 핑크빛 이야기가 아니어도 되겠지요?

이 세상에서 제일 오래 남고 지워지지 않는 빛은 핑크빛이라 하더만요. 여태 마련하지 못한 핑크빛보다 더 명징한 빛이 우리 사이에 고이고 있다는 걸 느끼고 있어요. 그게 뭔 빛이냐 묻고 싶은가요?

그건 연둣빛입니다. 청청한 초록으로 나아갈 수 있는, 노랑으로 뒤쳐질 수도 있는 연둣빛, 생뚱스럽게 연둣빛을 좋아하게 된 건 지난 겨울이 내게 너무 길었던 탓이라 여겨 주시면 됩니다. (선생님도 연두에 한 표 던져 주세요.)

선생님, 아무나 누구나 강물을 사랑할 수 있는 건 아닐 테지요? 나는 선생님이 오래오래 강물에 대해 변치 않는 사랑을 지니고 있기를 바랍니다. 또 앞으로도 강물로 쓸 수 있는 시가 무진장 많았으면 좋겠습니다.

내가 살고 있는 산골은 지금부터가 살 만한 곳입니다. 우리 동네 얘기만 꺼내면 '좋은 데 사네.'란 말을 후렴처럼 붙여 주었지요? 지금 우리 동네는 선생님 말대로 좋은 동네랍니다. 지난가을, 대문 앞 느티나무 잎이 바람에 후루루 흩날리는 걸 보며 '조오타, 영화 장면이다.' 했지요?

이번 주말에 놀러 나오세요. 지난번처럼 정화 어머니와 함께 오세요. 여의치 않으면 선생님 혼자 오셔서 연둣빛 그림자를 만들어 놓고 가셔도 좋고요.

늘 건강하시고 좋은 글 쓰시기 바랍니다.

인간과 자연,
그 아름다운
하모니

정구성

1. 서론

육당 최남선에 의해 태동되었던 아동문학은 소파 방정환의 출현으로 본격적인 시동
을 걸게 된다. 동시는 1924년 윤석중의 〈시냇물〉을 기점으로, 1932년 우리나라 최초의
동요집인 《윤석중 동요집》과 1933년 그의 첫 동시집 《잃어버린 댕기》(노원호, '윤석중
연구', 한국외국어대 대학원 석사 학위논문, 1991, p.2)가 출간되면서 성장하기 시작했
다. 물론 그 당시에는 시적인 속성보다는 요적인 속성이 주류를 이루고 있었지만, 윤석
중의 동시집 간행으로 요적인 틀을 조금씩 벗어나기 시작했다. 그 이후 1960년대에 들
어서면서 '동시도 시가 되어야 한다.'는 기치를 내걸고 지난 시기 운율 중심의 동시에서
문학성을 강조한 동시가 활발히 전개되어 왔다.

1970년대에 들어서면서 한국 사회는 급격한 산업화 과정에 돌입하여 여러 가지 사회
변동을 겪게 된다. 이런 시대 상황에 맞물려 문학계도 참여 문학과 순수 문학의 두 양
상으로 극명하게 구분되어지는 시기를 맞게 된다. 아동문학계도 예외는 아니었다. 참
여시를 써야 한다는 계층과 순수 문학을 지향해야 한다는 계층으로 양분되었다.

이 시기(1972)에 등단한 작가들 중 노원호는 지적이면서도 내면화된 서정성을 강조
한 동시를 내놓음으로써 출발부터 문단의 주목을 받아왔다. 그는 등단 이후 현재까지
도 한국 동시 문단에 많은 영향을 끼치면서 동시를 발전시켜온 중진 작가이다. 그가 철
저하게 다듬어진 시를 내놓는 시작 태도와 다양한 이미지 표현 기법을 통하여 아동문
학계에서 주목받는 작가가 되어왔음은 다양한 문단 경력(한국현대아동문학가협회 상임
이사, 한국 아동문학인협회 부회장, 한국 글짓기 지도회 부회장, 새싹회 상임이사, 교
육인적자원부 초등학교 국어과 편찬 심의 위원 및 집필 위원, 현재 한국동시문학회 회
장 등)과 각종 문학상 수상을 통해서 확인할 수 있다(1975년 새싹문학상, 1983년 한국
동시문학상, 1986년 대한민국문학상, 1993년 세종아동문학상, 1997년 이주홍아동문학
상, 2001년 제1회 은하수동시문학상, 2005년 방정환문학상 수상 등).

또한 7차 교육 과정 초등학교 국어과 교과서에 그의 동시 3편이 실려 있기도 하다.

등단 이후 30년이 넘게 동시를 써 오면서 작품을 내놓을 때마다 문단의 주목을 받아

온 그의 동시가 한국 동시 문단에서 차지하는 비중과 영향이 어떤 것인지 알아보고, 앞으로 한국 동시의 발전적 방향을 모색하는 데 그 주안점이 있다.

노원호의 동시에 대한 논문은 아동문학평론가 김용희와 이정석의 평론이 있다. 김용희는 1999년에 펴낸《동심의 숲에서 길찾기》(청동거울, 1999)란 평론집에서 '푸르름의 세계에 이르는 꿈'이라는 제목으로 노원호의 동시를 평하였으며, 이정석은《한국현대 아동문학 작가 작품론》(한국 아동문학학회, 2000, p.130)이란 평론집에서 '사색하는 휴머니스트'란 제목으로 노원호의 동시에 대해 분석해 놓았다. 김용희의 논문은 노원호의 작품에 대하여 푸르름의 이미지만을 추출하여 설명하였고, 이정석은 전체 작품을 몇 가지 소재 중심으로 분석하고 있다. 김용희의 평론은 이미지의 분석에서, 이정석의 평론은 소재 중심의 분석에 그 깊이를 보이고 있으나, 두 논문 모두 전체 작품에 대한 심층적인 이미지 분석에 대한 언급은 없는 실정이다.

따라서 본고에서는 그가 등단한 이후 현재까지 창작한 모든 작품에 대하여 자연과 인간에 대한 주된 관심을 이미지 중심으로 분석해 보고자 한다.

2. 인간과 사물의 성숙한 결합

노원호의 동시 표현 기법이나 시작 태도는 30년이 넘게 일관된 자세를 보이지만, 작품의 소재는 그의 나이 40세(1986)와 50세(1996)를 전후해서 조금씩 변화를 보인다. 그의 나이 40이 되던 해에 제3동시집《아이가 그린 가을》이 출간되고, 50이 되던 해에 제6동시집《바다를 담은 일기장》이 출간된다. 또한 2005년 초 제7동시집《e메일이 콩닥콩닥》이 출간된다. 동시집을 기준으로 구분해 보면 제1동시집《바다에 피는 꽃》부터 제3동시집《아이가 그린 가을》까지는 주로 순수 자연을 노래한 시들이 담겨있다.

제4동시집《울릉도 사람들》부터 제5동시집《내 가슴에 초인종 하나 있다면》까지는 인간 세계로 눈을 돌려 화두와도 같은 어머니나 아이들 또는 우리 삶의 이야기를 소재로 하여 인간애를 다루기 시작한다. 그런데 제6동시집《바다를 담은 일기장》을 기점으로 또 다른 변화가 나타나는데, 이때부터는 사물과 인간을 결합시켜 아름다운 서정을 노래한 시들이 주를 이룬다.

1) 마음의 고향, 자연 이미지

노원호는 초기에 순수 자연을 노래하였다. 그는 제3동시집《아이가 그린 가을》을 발간하면서 책머리에 다음과 같은 서문을 실었다.

자연은 이 세상에서 가장 순수하고 아름답다. 그러면서도 우쭐대거나 멋을 부리지 않는다. 조금의 보탬도 없이 있는 그대로 보여 주는 것이 자연이다. 나는 그러한 자연의 진지한 태도에 내 정신을 빼앗겨보기도 하고, 시의 마음을 건져 올리기도 한다.

　　　－《아이가 그린 가을》 책을 내면서

　자연의 모든 것이 그의 눈에 닿으면 아름다운 시가 되었다. 그의 말처럼 우쭐대거나 멋을 부리지 않는 자연의 순수함에 매료되어 정신을 빼앗겨 보기도 하고, 그 속에서 시심을 건져 올리기도 한다. 그는 이때에 약 190편에 가까운 자연에 관한 동시를 발표한다.

　이 많은 자연에 관한 시들을 몇 가지 소재로 구분하여 보면 바다, 고향, 꽃과 나무 등이다.

㉮ 영원한 고향, 바다

　자연을 소재로 한 동시는 노원호 문학의 출발점이다. 자연을 노래한 그의 동시에서 많은 부분을 차지하는 작품이 바다에 관한 시다. 그가 바닷가 마을에서 직장을 다니면서 처음으로 대하게 된 바다, 그 바다에 관한 시를 쓰면서 그로 인해 문단에 등단을 하게 되고, 각종 문학상을 받게 되니 바다는 그의 출발점인 동시에 은인과도 같은 존재이다. 그 후 직장을 서울로 옮긴 후에도 바다는 늘 그의 발목을 잡던 소재 중의 하나다.

　제3동시집에도 여러 편의 바다에 관한 시가 등장하는데, 이 바다에 관한 시는 제4동시집까지 이어진다. 그러나 제4동시집에서의 바다는 울릉도를 여행하며 쓴 기행시들이 보이며, 바다 사람들의 일상에 관한 시여서 논의를 미루기로 한다.

　노원호의 바다를 소재로 한 동시 중에 두드러지게 나타나는 시어는 꿈과 꽃이다. 그는 원시적이며 신비한 바다에 꿈과 꽃을 등장시켜서 색다른 희망과 아름다움의 이미지를 만들어 내고 있다.

마음 한껏 부푼
꿈다발이 오르네요.
－〈바다에는〉 마지막 연

하늘보다 높고
바다보다 깊은
꿈을 짠다.
마음을 짠다.
－〈바다에 피는 꽃〉 마지막 연

온갖 꿈을 엮은

햇덩이

꽃다발이 되어 오르네.

- 〈해돋이(I)〉 마지막 연

또 하루

아침의

나팔꽃으로 피고 있다.

- 〈해돋이(II)〉 마지막 연

영원한

내 꿈의 속삭임

- 〈달빛 바다〉 마지막 연

바다를 소재로 한 그의 시에 나타나는 꿈과 꽃의 이미지는 어떤 작용을 할까? 바다는 태초의 원시적 꿈틀거림을 상징하며, 꿈과 꽃은 희망과 아름다움을 상징한다. 결국 태초의 원시적 바다를 미래의 희망과 아름다움으로 승화시켜나가는 역할을 주도하는 것이 바로 꿈과 꽃인 셈이다.

노원호의 첫 동시집 《바다에 피는 꽃》에서부터 《울릉도 사람들》을 거쳐 제6동시집 《바다를 담은 일기장》에 이르기까지 산재된 바다 심상은 이런 반복적으로 순환하는 꿈의 상승적 이미지로 가득 차 있다. 결국 바다로 지향하는 도정 끝에 노원호 동시 세계의 약속된 궁극은 꿈과 희망을 담은 이상 세계인 것이다.

- 김용희 《동신의 숲에서 길찾기》(청동거울, 1999)

그의 동시에서 이상 세계는 무엇일까? 김용희가 언급한 것처럼 그는 거친 파도도 원시적 꿈틀거림도 모두 아름답고 희망적인 꿈과 꽃으로 승화시켜 나타낸다. 그의 이상 세계는 어린이고 동심이다. 이처럼 그는 바다에 꿈과 꽃을 등장시켜 그의 이상 세계로 상승하게 하는 이미지 기법을 활용하고 있는 것이다.

바다 아침은

계절도 없이

반짝반짝

꽃을 피운다.

물굽이 이랑마다

떨어지는 빛살로

마치 그물이라도 이루듯

바다 아침은

꽃으로 철썩거린다.

– 〈바다에 피는 꽃〉 1~3연

〈바다에 피는 꽃〉은 제1동시집의 표제어가 되는 동시이며, 그의 초기 작품을 대표하는 동시가 된다. 이 동시에서 보듯이 그의 바다는 거칠고 험한 바다가 아니다. 또한 어둡고 비관적인 바다도 아니다. 이별의 순간을 체험한 눈물의 바다도 아니며, 그물망을 고쳐가며 고기잡이를 해야 하는 가슴을 짓누르는 바다는 더욱 아니다.

거칠고 무서운 파도도 그의 눈에 닿으면 꽃으로 피어난다. 떨어지는 햇살을 파도 위에서 꽃으로 다시 피어나게 하여 아름다운 아침의 바다를 형상화하고 있다. 더구나 공감각적 이미지를 구사하여 꽃으로 철썩거리는 바다까지 만들어내는 있는 것이다.

그는 감각적 이미지를 적절히 구사하여 시의 맛을 더하게 한다. 그의 동시에서 바다 이미지는 단순한 시각적 이미지가 아니다. 눈에 보이는 푸른 바다의 모습만 그리는 것이 아니라 그의 귀는 바다의 언어까지 듣고 있다. 그는 다양한 감각을 통해 얻은 자신의 바다를 누군가에게 목이 쉬도록 전하고 있다.

바다는

수천수만의 소리로

늘 깊은 얘기를 한다.

언제든

바닷가에 나서면

귀를 간지럽히는

파도의 큰 얘기

…… (중략) ……

철썩 촤르르

철썩 촤르르

목이 쉬도록

또 다른 누군가를

부르고 있구나.

– 〈말하는 바다〉 1~2, 8~9연

〈말하는 바다〉의 일부분이다. 그의 조용하던 어조가 격렬해지는 것을 볼 수 있는 시다. '철썩 촤르르'라는 단순한 바다의 언어를 그는 수천수만의 여러 가지 소리로 듣고 있다. 뿐만 아니라 또 다른 누군가를 부르는 바다의 쉰 목소리까지도 그의 귀는 놓치지 않고 있다.

그는 바다를 대할 때 눈과 귀만 열어 놓는 것이 아니다. 그의 입도 쉬지 않고 철저히 바다의 살점을 물어뜯어 짭졸한 바다의 맛을 본다. 또한 그의 코도 쉼 없이 벌름거리며 바다의 구석구석 냄새를 맡는다.

1

언젠가 삼켰던

한 자락의 파도를 깨물면

푸른 물이 퍽 터지는

싱그러운 맛

– 〈바다를 그리워하는 날〉 2연

2

씹으면

푸른 물이

툭툭 퉁길 듯

– 〈말하는 바다〉 5연

3

짭졸한 바다의 살점이

온몸에 넘쳐서

마치

비릿한 생선처럼

한 마리 고기가 된 듯

– 〈바다를 그리워하는 날〉 2, 3연

4

동해 바다

짠 내음

물씬한 비린내를 안고

꽃이 피듯

한 잎씩

햇살로 떨어지면

– 〈해돋이〉 4연

　1, 2의 동시들은 미각 이미지를 3, 4의 동시들은 후각 이미지를 통해서 바다의 실체를 해부한 시다. 위의 시들을 읽다보면 절로 입맛을 다시고 코를 벌름거리게 된다. 바다를 소재로 한 시에 미각과 후각의 이미지가 담긴 동시는 그리 많지 않다. 그런데 그는 이런 감각 이미지를 통해 독자에게 바다의 냄새까지 전해주고, 바다의 맛까지도 전하게 되는 효과를 얻어내고 있는 것이다.

　감각 기관을 통해 이렇게 철저히 바다의 실체를 알아낸 후 그는 넓은 가슴에 바다를 담는다. 그의 가슴에 담겨 있는 바다는 여러 가지 이미지가 복합되어 있는 총체적 바다의 모습이다.

지난 여름

해변을 다녀온 일기장에

동해의 퍼런

바다가 누워 있다.

깨알 같은 글씨

바다를 읽으면

골골이 담겨진

바다의 비린내

한 잎
갈피를 넘기면
확 치미는 파도 소리
갈매빛 바위에서
울어대는 물새 소리

아
바다가 들어와
누운 그 자리

눈을 감아도
팽팽히 일어서는
파도 소리
우르르

장마다
미친 듯 신이 들려
파랗게 넘치는
바다의 살점들

이제는
바다를 멀리 두고서도
바다를 껴안은 듯

일기장 구석구석
줄줄이 읽으면
바닷물이 어느 새
몸에 와 찰싹인다.
– 〈바다를 담은 일기장〉 전문

〈바다를 담은 일기장〉은 1975년 〈조선일보〉 신춘문예에 당선되어, 그의 이름을 중앙 문단에 올리게 된 대표작이다. 이 동시에는 그동안 다양한 각도로 해부된 바다의 모든 모습이 총체적으로 담겨져 있다. 바다의 비린내, 파도 소리, 그리고 내 몸에 철썩이는 바다의 모습까지도 모두 담겨져 있다. 그는 〈바다를 담은 일기장〉에서 이미 바다와 한 몸이 되어 버린다. 바다를 소재로 한 여러 동시에 담았던 다양한 이미지가 복합되어 나타나는 바다 동시의 완결판이라고 해도 과언이 아니다.

노원호 동시에서 바다는 가슴 가득 깊은 얘기를 간직한 바다이다. 계절도 없이 꽃으로 파도를 일으켜 하늘보다 높고 바다보다 깊은 꿈을 짜게 하는 그런 바다이다. 오직 누구도 볼 수 없는 그만의 바다, 바로 동심의 바다인 것이다.

그의 바다 이미지는 푸르른 시각적 이미지와 철썩거리는 청각적 이미지와 바다의 귀를 간질이는 촉각적 이미지까지 함께 간직하는 모든 감각기관이 총동원된 복합적인 공감각적 이미지이다. 그의 바다가 아름다운 동시로 태어나는 연유가 그의 가슴에 자리 잡은 다양한 바다 이미지 때문이다.

④ 그리움의 종착지, 고향

노원호 동시에는 고향을 소재로 것이 많다. 〈아동문예〉에 1년 동안 연재했던 고향을 주제로 한 52편의 산문시들을 제2동시집으로 엮으면서 그는 다음과 같이 마음을 풀어 놓는다.

고향은 어머니의 품속처럼 늘 따스하고 그립다. 고향의 산과 들이 그렇고, 강물이 그렇고, 미루나무 숲이 그렇고, 마을 사람들의 인정이 그렇다.

푸르름이 짙은 논둑길이며, 감꽃 무더기로 떨어진 시골집 마당이며, 가을하늘 머리에 이고 빨갛게 물든 사과밭이며, 이 모두가 고향을 잊지 못하게 하는 나의 꿈밭이다.

사람은 누구나 고향이 있다. 그러면서도 그 정다운 고향을 가끔씩 잊어가면서 살아가고 있다. 흙 냄새 물씬 풍기는 고향의 모습들이 언제나 우리들 머리 속에 가득 차 있는 것을 보면 고향은 정녕 우리들의 마음밭인가 보다.

– 노원호, 《고향, 그 고향에》(열화당, 1984, p.123) 책을 내면서

고향에 관한 시에서 그는 농촌 가정의 고난과 즐거움을 시적 환상으로 나타내고자 노력한다. 고향의 여러 가지 이야기를 다양한 제재를 사용하여 지난날의 추억과 그리움을 쏟아 붓고 있는 것이다.

이들 고향에 관한 시에 나타난 이미지의 특징을 두 가지로 나누어 볼 수 있다.

하나는 고향 시에 많이 대두되는 어머니의 모습이 다양한 이미지로 그려져 있다는 것이다. 또 다른 하나는 시골 마을의 모습들을 한 폭의 수채화처럼 그리고 있는데, 추

억을 자극하는 그리움의 이미지로 나타내고 있는 것이다.

연재된 시들을 읽다보면 마치 추억의 편지를 읽는 듯 착각을 하게 된다. 그 추억의 언저리에는 언제나 고향의 어머니가 있다. 그의 시에 나타난 어머니의 모습은 세 가지 형태로 나눌 수 있다. 들꽃처럼 단아한 모습, 엄격하게 절제된 모습, 고난과 인내 속에서도 타인을 위한 몸짓을 거부하지 않는 어머니의 모습 등이 노원호의 고향을 주제로 한 시에 드러나 있다. 이러한 다양한 어머니의 모습은 결국 어머니에 대한 그리움으로 귀착된다.

학교 갔다 돌아오던 길에 실개천을 만났다. 물은 졸졸졸, 끝없이 밑으로 내려갔다.

개천가에 늘어선 이름모를 풀꽃들이 빙긋이 웃고 있었다. 토끼풀 위에 털썩 주저앉은 내 옷은 매콤한 풀냄새로 젖어가고 있었고, 하얀 들꽃이 꼭 어머니 웃음 같이 보였다.

질경이 옆에 앉은 개구리 한 마리 실개천 여울물에 눈길을 쏟고, 구름 몇 점이 물 속을 둥둥 떠내려가고 있었다.

아─
지금쯤 어머니는 무엇을 하고 계실까.
하얀 들꽃이 자꾸 어머니의 얼굴처럼 보인다.
─〈실개천에서〉 전문

〈실개천에서〉는 마치 한 폭의 그림을 보는 것처럼 하얀 들꽃과 어머니 얼굴을 결부시켜 이미지화한 작품이다. 다른 장소도 마찬가지지만 특히 어린 아이들의 꿈과 추억이 많이 담겨있는 작은 개천가에서도 그는 피어있는 이름 모를 하얀 들꽃을 찾아내고, 어머니 얼굴에 오버랩시킨다.

일반적인 관념의 눈으로는 개울가에서 송사리 떼, 고무신 놀이, 종이배 들을 찾아내지만, 그는 이름 모를 들꽃과 어머니를 떠올리고 있다. 관념의 눈으로 찾아낼 수 있는 소재들은 추억을 재생시키는 도구는 될 수 있지만 문학적 작품으로 승화시키기엔 너무 지루하고 진부하다. 노원호의 동시엔 그런 지루함이 없다. 적당하고 신선한 시어를 찾아내어 이미지를 정돈시킨다. 그래서 그의 동시는 지루하지 않고 상큼한 청량제와 같다. 고향시에 나타난 어머니의 첫 번째 모습은 들꽃처럼 단아한 모습이다. 어머니는 하얀 들꽃이다. 깨끗하고 순수한 들꽃이다. 그런 어머니를 그의 고향 어디를 가도 만날 수 있다.

고향에서 듣는 빗소리는 어머니 목소리. 저녁마다 멍석 위에 앉아서 도란도란거리는 이야기 소리. 그 소리 속에는 산새가 폴폴 날아와 어깨 위에 앉기도 하고, 산골 옹달샘의 가지가지 이야기들이 들리기도 하고, 목소리는 내 귓가에서 점점 가까워지는 물메아리.

오늘은 빗소리가 크게 들린다. 어머니 목소리로 내리는 빗소리는 여름 날 콩밭 고랑을 김매기하던 어머니의 흥얼거림을 안고 왔고, 아들 녀석 데리고 밤하늘의 별을 헤던 어머니의 웃음소리도 가져왔다.

후줄후줄 내리는 빗소리야, 하늘과 땅 사이를 가득 메워라. 잊혀지질 않는 내 어머니의 목소리를 고향 집에 언제나 머물게 하여라.
- 〈빗소리〉 전문

〈실개천에서〉의 시에서 하얀 들꽃을 어머니 웃음으로 이미지화 하였다면 〈빗소리〉는 고향에서 듣는 빗소리를 어머니의 목소리로 이미지화 한 작품이다. 〈실개천에서〉가 한 폭의 그림을 보는 듯하다면 〈빗소리〉는 하나의 교향악을 듣는 듯하다. 다양한 자연의 소리까지 어머니의 목소리에 연결하여 놓고, 그 목소리를 고향집에 머물도록 기원하고 있다.
고향에 관한 시에서 드러나는 두 번째의 어머니 모습은 절제된 모습이다.

내가 지금 고향으로 가는 이유를 그는 알까. 집마당 둘레에 늘어선 키 큰 감나무. 그는 가지마다 붉게 물들어 가는 열매를 무겁게 달고 있었지만 휘어진 가지를 추겨 세우지 않고 있었다.

어머니는 언제나 그 이유를 내게 말하지 않았다. 긴 장대로 잘 익은 감 한 개를 따서 내게 먼저 건네주면서도, 학교 갔다 돌아오면 언제나 웃어 주면서도 어머니는 애써 말하려 하지 않았다.

해바라기의 까만 얼굴이 담 너머로 고개를 내밀어도 어머니는 변함이 없다.

감나무잎 몇 개를 깔고 나무 그늘에 앉은 어머니. 그 주름진 손마디가 다시 주름을 몇 개 더 보태더라도 어머니는 내게 말하지 않을 것이다.
오늘 고향집 마당에서 다시 본 감나무. 나는 휘어진 가지의 무게를 알 수 있었다. 어머니는 오늘도 감 한 개를 따서 내게 먼저 건네주고 얼굴 가득 웃음을 머금고 있었다.

- 〈감나무〉 전문

〈감나무〉에 등장하는 어머니는 역시 순수한 웃음으로 자식에게 반가움을 드러내지
만 매우 절제력이 강한 모습으로 그려진다. 변함없이 어머니의 자리를 지키는 엄격한
모습도 상징적으로 나타난다. 감나무 가지의 휘어진 어깨만큼이나 고난의 덩어리를 등
에 매고 사시는 어머니, 그러나 자식에게 불평하거나 어려움을 토로하는 모습은 보이
지 않는다. 주름을 몇 개 더 보태도 그 어려움은 말하지 않을 것이라고 작가는 절제된
어머니의 태도를 단정한다.

마지막 나타나는 어머니의 모습은 고난과 인내를 주렁주렁 매달고 살아가는 전형적
인 한국의 어머니로 그려진다.

1
어머니는 넓고 흰 바다에 그물을 던진다. 마음을 낚듯 머리칼이 희어진 세월을 헤아리며 웃는 어머니
의 거친 손마디, 문풍지가 바람에 파르르 떤다.

어머니는 무엇을 발랐을까.
이마에 내리는 따슨 빛살을, 겨레의 하얀 마음을 바람개비처럼 돌돌 감아갔다.

아— 문풍지를 바르는 우리 어머니, 하얀 겨레의 어머니. 지나간 세월을 하나하나 바르고 있다.
— 〈문풍지를 바르며〉 4~6연

2
고향하늘에 맷돌이 감긴다.
뒤뜰에 내리는 햇빛 한 자락, 어머니의 옷자락을 붙들고 있다. 어둠을 질겅질겅 씹으며 고향 마을을
돌리고 있던 납작한 맷돌, 오늘은 콩 한 줌 넣고 고향 마을 사람들의 마음을 갈고 있다.
— 〈맷돌을 돌리며〉 1연

자신보다는 타인을 위한 삶 속에서도 묵묵히 고향을 지키며 일하는 어머니의 모습이
그려진 시다. 1의 동시는 정성스레 문풍지를 바르는 어머니의 모습을 단순한 노동이 아
닌 전통을 잇는 아름다운 겨레의 어머니 모습으로 승화시키고 있다. 어머니가 바른 것
은 추위를 모면하기 위한 삶의 방편이 아니라 지난 세월을 바르고 있다는 것이다. 인고
의 삶 속에 문풍지를 바르며 숙명처럼 받아들이던 어머니의 숭고한 모습과 애절한 삶

의 모습을 그는 완벽하게 동시 속에 그려내고 있는 것이다.

2의 동시도 일하는 어머니의 모습을 그린 작품이다. 분위기는 사뭇 다르지만 두 동시에 나타나는 어머니의 모습은 하나다. 맷돌은 급함이 통하지 않고, 인내를 요구하는 도구이다. 타인에게 맛있는 음식을 먹여줄 생각으로 천천히 은근과 끈기있게 돌려야만 한다. 맷돌은 그렇게 은근하게 살아오던 어머니의 모습을 상징하는 도구로 등장한다.

다른 사람을 위해서는 어떤 일도 마다하시면서 자신을 위해서는 작은 몸짓 하나도 거부하면서 살아온 어머니의 모습, 바로 겨레의 어머니 모습이 노원호의 고향을 소재로 한 동시에 등장하는 어머니의 세 번째 모습인 것이다.

고향의 봄은 봄 들에 앉은 어머니 옷자락에서 피어오른다. 보릿골에 돋아난 풀포기를 뽑으며 한 줌씩 봄을 피워 올리는 어머니. 어머니의 얼굴에 봄 들의 아지랑이가 아물거린다.

– 〈봄들〉 4연

보리를 밟으며 세상을 지키시는 어머니. 내 눈엔 보릿골이 파랗게 일어서고 있다.

– 〈보리밟기〉 4연

고향에 가면 내 어머니의 흙손을 만날 수 있다. 함 줌의 흙을 보듬으며 푸른 보릿골에 앉은 어머니. 그 어머니의 따뜻한 마음을 만날 수 있다. 숱한 시간이 지나도 내 마음 속에 괴어있는 것은 고향의 흙냄새. 그 진한 냄새를 어머니의 치맛자락에서 맡을 수 있다.

– 〈고향, 그 고향에〉 3연

위의 시들은 모두 어머니에 대한 그리움을 나타낸 시다. 고향을 주제로 한 시에 등장하는 어머니의 모습은 단아함과 절제, 그리고 고난과 인내의 삶으로 구분 할 수 있지만, 이 모든 어머니의 모습은 그에게 그리움으로 다가온다. 단아한 모습의 어머니나 절제된 모습의 어머니나 또 타인을 위한 인고의 삶을 살아온 어머니의 모습들이 그에게는 그리움인 것이다. 그에게 고향은 어머니요, 또 어머니는 그리움인 것이다. 그는 고향에 어머니를 등장시켜서 그리움의 이미지를 효과적으로 나타냈다고 볼 수 있다.

노원호 고향 시의 두 번째 특징은 고향 마을의 정겨운 모습들을 한 폭의 수채화처럼 그려내고 있다는 점이다. 그런 그의 시는 언제든지 고향 마을로 달려가고 싶은 그리움을 자아내게 한다.

해질 무렵이면 우리 마을은 귀를 연다. 그리고 새소리, 바람 소리 귀에 담는다. 대숲의 사각대는 소리 소리도, 하나도 빠짐없이 귀에 담는다.

해질 무렵이면 우리 마을은 큰 눈을 뜬다. 서산 마루에 걸린 놀을 끌어안고 깊은 잠에 잠길 준비를 한다. 들판에서 돌아오는 황소의 방울 소리도 보릿잎의 푸르름을 몰고 들어온다.

텃밭의 포름한 상치잎들도, 울타리가에 피어오른 토끼풀들도, 지는 해를 붙잡고 속삭이고 있다.

해질 무렵이면 우리 마을은 도란거린다. 그러면서도 깊은 생각에 잠긴다. 어둠이 내릴 때까지 가슴에 채워둔 모든 생각을 한 점씩 한 점씩 쏟아붓는다.

마당가 감나무의 참새 몇 마리도 어둠을 기다리고, 기다리고 있다.

– 〈해질 무렵〉 전문

유월의 들길은 싱그럽다. 누나가 바구니 끼고 걸어 다니던 그 들길엔 풀잎들이 반짝인다. 보리 누런 들판을 가로질러 꼬불꼬불 꺾어든 들길, 그 들길 위에 종달새 몇 마리가 지저귄다.

"누이야, 누이야!"

종달새는 끝없이 누이를 부른다.

밀이삭을 꺾어들고 다시 걸어본 들길, 뻐꾸기 울음으로 넘실거린다. 들길에 늘어선 하얀 풀꽃, 그 풀꽃이 꼭 누이를 닮았다.

– 〈들길〉 전문

〈해질 무렵〉은 시골 마을의 저녁 모습을 잔잔하게 나타낸다. 해질 무렵 각자의 자리를 찾아 밤을 준비하는 모습이 보인다. 요즈음에는 문명의 이기로 밤낮의 구별 없이 살고 있지만 예전의 시골은 그렇지 않다. 밤이 되면 모든 것이 정지된 암흑의 상태이다. 밤이 오기 전에 만반의 준비를 해야 한다. 황소도 일하던 들판에서 돌아오고, 심지어는 텃밭의 상추나 토끼풀, 참새들조차 어둠을 맞이할 준비를 한다. 그렇게 밤을 준비하는 시골 마을의 정경이 잔잔한 그리움의 이미지로 떠오른다.

〈들길〉 또한 비슷한 이미지로 떠오르는 시골의 정경을 그린 동시다. 싱그런 유월의 들길에 등장하는 하얀 풀꽃, 꼬불꼬불 난 들길, 뻐꾸기 울음까지 넘실거리는 모습 등의 소재 자체도 그립고 정겨운 것들이다. 그런데 그 정겨운 시골 들길에 누이까지 등장시켜 더욱 그리움이 깊어지게 하고 있다.

이처럼 노원호의 고향은 어머니요, 어머니는 그리움이다. 그의 고향은 영원한 그리움의 종착지이며, 그의 마음속에 있는 끝없는 향수이다. 그의 고향을 소재로 한 동시는 이처럼 애틋한 그리움의 이미지로 규정지을 수 있다.

㉰ 동심의 꿈, 꽃과 나무

노원호 동시에서 또 하나 지나칠 수 없는 것이 꽃과 나무와의 만남이다. 그의 제1동시집 《바다에 피는 꽃》은 표제어부터 바다와 꽃의 만남을 보인다. 그의 동시에 꽃이 많이 등장한다. 꽃과 나무는 그의 동시에서 어떤 이미지로 나타나는가?

그의 동시에 나타나는 꽃들은 시골 주변에서 많이 피는 순수한 재래의 꽃들이다. 즉 달맞이꽃, 찔레꽃, 감꽃, 들꽃, 코스모스, 들국화, 사과꽃, 억새꽃 등으로 시골 들길에서 많이 볼 수 있는 꽃이다.

> 사과꽃이 피면 누이는 하얀 이를 드러낸다. 대보름날 저녁, 하얗게 빛나는 어머니의 무명저고리처럼
>
> 가만가만 웃음 짓는 누이의 얼굴에 사과꽃이 하얗게 피어난다.
>
> 한해를 살아갈 고향 사람들의 기쁨이 사과밭 가득히 피어오른다.
> - 〈사과꽃 필 때〉 4, 5연

〈사과꽃 필 때〉는 농촌 사람들의 만족감을 사과꽃에 빗댄 누이의 웃음으로 나타낸 시다. 물론 사과꽃의 소박함이나 누이의 가만가만 웃는 웃음이나 조용하고 차분한 이미지다. 그러나 마지막 연에 사과밭 가득히 피어난 하얀 꽃을 고향 사람들의 기쁨이 피어난 것으로 표현하여 사과꽃은 보기만 해도 흡족한 기쁨의 이미지로 드러난다.

> 1
> 한밤 내 하늘 쳐다보던 코스모스
> 꽃잎마다 별을 달고
> 가을을 지켜섰다.
>
> 동구밖길 달려나온
> 몇몇의 아이
> 코스모스 꽃밭에서
> 꽃이 되고 별이 되고
>
> 아이들 술래 잡는
> 꽃대궁 사이사이
> 또 다른 별들이

하얗게 웃고 있다.
– 〈코스모스〉 전문

2
산모퉁이
외진 곳마다 떨고선 억새꽃

높은 하늘 우러러
여름 내내 다진 몸매

가을날 줄기마다 눈꽃송이 퍼붓고
산모퉁이 곳곳마다 별을 끌어안고 있다.
– 〈억새꽃〉 전문

3
들판에
수많은 별들이 내렸다.

가지마다 박아놓은 듯
피어난 별들
찬서리 이기며
꼿꼿이 섰다.
해질녘 텃밭에서 일하다
허리 펴 보는 어머니 얼굴

어쩌면 그 얼굴에도
별이 된 들국화가
웃고 있을까.
– 〈들국화〉 전문

위의 1, 2, 3의 동시 모두 꽃을 별의 이미지로 승화시킨 동시라고 할 수 있다.
1의 동시에서 코스모스는 가느다란 꽃대 때문에 가녀림이나 하늘거림의 이미지로 많이 대두되는 꽃이다. 그러나 이 시에서 하늘의 별로 코스모스를 이미지화시켜서 색다른 맛을 느끼게 하고 있다. 코스모스가 별이 되어서 아이들 곁에 와서 서 있다. 아이들의 꿈이고 이상 세계인 별이 현실 세계인 코스모스 꽃밭에서 아이들과 함께 서서 웃고 있다는 것이다. 그가 아이들의 이상과 현실을 하나로 이어놓은 유일한 수단이 그의 시에서 꽃으로 나타난다.

2의 동시에서 '억새꽃'의 지향점도 하늘이고 별이다. 여름 내내 다져진 몸으로 하늘을 향하게 되고, 가을날 드디어 별을 끌어안고 있게 된다. 가을을 기다려 하얀 눈꽃을 피우고 마침내 하늘의 별을 끌어안고 내려와 산모퉁이에 피어나게 한다. 여기서도 마찬가지다. 이상 세계인 별을 지상 세계로 끌고 내려와 산모퉁이에 피어나게 한다.

3의 동시는 하늘의 별이 들판에 피어난다. 이 별은 들국화라는 꽃이다. 들국화는 우리나라 들판에 가면 어디서나 볼 수 있는 꽃이다. 들국화도 이 시에서 별이 되어 들판에 피어나고, 그 별은 결국 들판에서 일하던 어머니 얼굴에 웃음으로 피어나고 있다.

이와 같이 그의 동시에 나타나는 꽃들은 아이들의 이상 세계인 별로 나타나는 경우가 많은데, 이때의 별을 아이들 곁에 있는 현실 속으로 끌고 내려와 같은 거리에 두고 나타낸다.

또한 그의 동시에 나타나는 '나무'는 대부분 튼튼하게 대지에 뿌리를 박고 변함없이 서 있는 굳건한 이미지로 그려지고 있다. 이런 나무의 이미지는 일관된 삶의 전형으로 그려진 어머니의 이미지로 나타내고 있다.

오늘 고향집 마당에서 다시 본 감나무. 나는 휘어진 가지의 무게를 알 수 있었다. 어머니는 오늘도 감 한 개를 따서 내게 먼저 건네주고 얼굴 가득 웃음을 머금고 있었다.
– 〈감나무〉 마지막 연

많이 달려있는 감의 무게만큼 휘어진 가지에 자식들에 대한 걱정을 주렁주렁 매달고 살아가시는 어머니의 모습을 대입시키고 있다. 즉 감나무를 어머니 모습으로 나타낸 것이다. 그의 나무에 관한 동시에서는 어머니의 모습을 자주 만날 수 있다.

눈을 감은 듯하면서도 뜨고

눈을 뜬 듯하면서도 지그시 감고

팔을 벌려

눈밭을 지켜 선

겨울나무

아무리 보아도
어머니 같은데
어머니처럼 훈훈한
피가 맴돌 것 같은데

바람이 불어도
한 마디 말이 없다.
눈발이 내려도
옷만 촉촉이 적시고 있다.
…… (중략) ……
오늘도 어머니가 되어
하얀 눈을 받고 있다.
– 〈겨울나무〉 1, 2, 3, 5연

　　위의 동시는 굳건히 서 있는 겨울 나무의 모습을 어머니의 모습에 비유한 동시다. 겨울 나무는 어머니처럼 따스한 피가 맴돌 것 같은데, 한 마디 말없이 서있을 뿐이다. 주변의 어떤 고난과 어려움에도 일제 대응 없이 그저 묵묵히 서 있을 뿐이다. 어떤 어려움이 닥쳐도 생의 고달픔을 가벼운 웃음으로 대처하는 어머니의 모습과 흡사하다. 노원호 동시에 등장하는 나무는 그런 어머니의 모습으로 말없이 하얀 눈을 받고 있다.

눈 오는 날이면
하얀 목도리를 두른다.
껍질마다 바람 소리 삭여가며
눈밭에 어우러진
하얀 산의 이야기를 풀어낸다.

겨울 산기슭에서
햇빛 한 자락 나뭇가지에 걸고
어머니처럼
어머니처럼

기도하며 서 있다.

　　　- 〈상수리나무〉 3, 4연

〈상수리나무〉에도 어머니 모습이 나타난다. 여기에 나타나는 어머니는 기도하는 어머니의 모습이다. 산의 이야기를 모두 어깨에 건 상수리나무처럼 자식들의 복잡한 사연들을 어깨에 걸고 기도하는 어머니의 모습으로 나타난다.

이처럼 노원호의 동시에 나타나는 나무들은 주렁주렁 고난을 매달고 있지만 튼튼한 버팀목이 되어 우리들 곁에 서 있는 어머니의 모습과 자식들을 위해 변함없이 기도하는 모습으로 이미지화되어 있다.

2) 끝없는 사랑, 인간과 삶의 이미지

등단 이후 제3동시집을 발표하기까지 자연을 주된 소재로 다루던 그가 제4동시집《울릉도 사람들》부터는 인간에 대한 사랑과 삶의 이야기로 눈을 돌리기 시작한다. 제5동시집《내 가슴에 초인종 하나 있다면》부터는 인간애와 삶의 이야기들이 더욱 많이 나타난다. 이때도 자연에 관한 동시가 나타나지만 초기의 자연과는 차이가 있다. 자연 속에 인간사를 결부시키면서 순수 자연을 노래한 시는 부쩍 줄어든다.

그의 이런 인간과 삶의 이야기를 소재로 한 시들을 몇 가지 유형으로 나누어 보면 어머니에 대한 사랑, 아이들에 대한 사랑, 그리고 삶의 이야기들로 구분할 수 있다.

㉮ 그리움의 승화, 어머니

노원호의 어머니에 대한 사랑은 아주 각별하다. 그가 초등학교 4학년 때, 아버지가 돌아가셨기 때문에 아버지에 대한 기억이 적은 반면, 어머니에 대한 애정이 더욱 깊었는지도 모른다.

그의 시에는 유난히 어머니가 많이 등장한다.

그는 어머니를 제재로 하여 직접 어머니를 그린 작품은 많지 않다. 다른 소재를 통하여 어머니의 모습을 간접적으로 그려낸 것이 대부분이다.

이런 간접 화법을 통해 어머니의 고난과 어머니에 대한 애정을 아름다움과 그리움으로 형상화 시킨다.

보이지 않는 곳에서

보이는 것을 위해

손발을 내민 하얀 풀뿌리

어머니처럼 큰일을 하면서도
항상 그 많은 것들을
어깨에 메고 있다.

때로는 흔들리는 몸을 위해
작은 흙부스러기를 잡고
때로는 무거운 어깨 눌림에
그 무게를 이겨 보고

실핏줄처럼
단단히 움켜잡은 하얀 풀뿌리

정작, 파란 풀잎을 위해서는
모두 비워버리는
아무것도 없는 어머니의 손바닥
그 손바닥의 가느다란 실핏줄이 되어 본다.
– 〈풀뿌리〉 전문

풀뿌리를 어머니의 손에 비유한 시다. 풀뿌리가 흙을 단단히 움켜잡는 것을 어머니가 자식을 품에 안는 것으로 표현하고 있다. 자식을 위해 아무것도 가지지 못하는 어머니의 손바닥, 하얀 풀뿌리를 보면서 그는 어머니의 손바닥을 생각해 낸 것이다. 그의 시는 화두처럼 달라붙는 어머니 생각을 떼어 내지 못한다.

봄비가 온다.
엄마의 약속을 지키려고 봄비가 온다.
엄마는 늘 말씀하셨다.
작은 것일수록 한 번 더 봐주고
약한 것일수록 손을 더 많이 잡아주고.

봄비도
큰 것보다 작은 것에 소리 없이 내린다.

마른 잔디풀

나뭇가지 볼록한 잎눈

시멘트 바닥 갈라진 틈서리까지

봄비는 구석구석 파고든다.

이것은 엄마의 마음이다.

봄비가 해야 할

엄마의 작은 약속이다.

– 〈봄비의 약속〉 전문

봄비도 엄마의 약속을 지키기 위해서 내려온다. 어쩌면 봄비는 노원호 자신인지도 모른다. 늘 작은 것에도 사랑을 주라고 하시는 엄마와의 약속을 지키기 위해서 봄비가 온다고 한다. 봄비가 작은 것에 내리는 것을 보고서도 엄마의 약속을 생각해낸 것이다. 작은 것에도 사랑을 주라는 어머니의 가르침을 시로 나타내지만 교훈적으로 흐르지 않은 것은 봄비라는 상징물을 활용했기 때문이다.

많은 동시에서 어머니에 대한 사랑을 간접적으로 그려내고 있지만, 어머니에 대한 그리움과 사랑을 직접 그린 작품도 두세 편 보인다.

1

어머니가 담가놓은

김치를 먹는다.

푸른 배춧잎에 묻어 온

고향 냄새가

김칫독 가득 채워져 있다.

한 점 한 점 입에 넣을 때마다

온 겨울을 걱정하시던 어머니 생각

– 〈김치를 먹으면서〉 1, 2, 3연

2

호박엿을 먹으면서

어머니 생각에 눈을 감았습니다.

잘근잘근 씹으면서

둥글둥글 굴리면서

고향 들녘 밭둑에서

호박덩이 안으시던 우리 어머니

그 어머니 얼굴을 그렸습니다.

　　　　　　　– 〈호박엿을 먹으면서〉 1, 2연

　1, 2의 시는 둘 다 음식을 먹으면서 떠오르는 어머니 생각을 하고 있는 내용이다. 1의 시는 김치를 먹으면서 어머니가 손수 담가주신 그 정성과 고마움을 그린 시이다. 2의 시는 그가 울릉도를 여행 한 후, 어머니에게 서간문 형식으로 쓴 동시이다. 여행 중 호박엿을 먹다보니 호박을 둥글리며 일하시던 어머니의 모습이 떠올라서 쓴 시이다. 이들 시에는 어머니에 대한 사랑이 그대로 드러나 있다. 그의 많은 시 중에서 이 동시처럼 어머니에 대한 고마움과 그리움을 직접 토로한 시는 흔하지 않다. 김치를 먹다가 또는 호박엿을 먹다가 어머니 얼굴을 떠올린다는 것은 지금까지 사물에 견주어 의미를 은근히 드러내던 다른 동시들과는 매우 다른 독특한 모습의 시들이다.

　이처럼 그의 동시에는 어머니의 사랑을 나타낸 시가 많다. 어머니는 여러 가지 모습으로 나타나지만 주로 사물을 노래하면서 비유적으로 어머니의 모습을 많이 그리고 있다. 즉 사물의 특성과 어머니의 특성 중 비슷한 점을 찾아내어 어머니의 이야기로 결말을 짓는다. 어떤 사물이든지 그에게서는 어머니에 대한 그리움이나 사랑으로 귀결되어지는 경우가 많다.

㉯ 도화지 같은 순수, 아이들

　노원호의 시에서 아이들은 절대 순수를 지향하는 아이들이다. 그의 시에 등장하는 아이들은 색칠하는 대로 물이 드는 도화지와 같은 존재다. 파란 하늘에 닿으면 파랗게 물이 들고, 빨간 저녁놀에 닿으면 빨갛게 물이 드는 그런 존재다.

바다를 다녀온

아이들의 얼굴엔

바다가 깊이 살아 있고

들판을 달려온

아이들의 마음에는

마음 가득 푸른빛이 되살아난다.

— 〈여름 아이들〉 1, 2연

바다를 다녀온 아이들 얼굴에는 바다가 살아 있고, 들판을 달려 온 아이들 마음에는 들판의 푸른빛이 되살아난다고 했다. 그는 아이들의 그런 순수한 마음을 절대 놓치지 않는다. 그의 시에서 아이들은 자연과 동화되는 존재로 나타난다. 언제나 자연과 하나가 된다. 여름과 만나면 여름 아이들이 되고, 가을과 만나면 가을의 아이들이 된다.

그가 1993년에 발간한 《내 가슴에 초인종 하나 있다면》에는 아이들의 입장에서 독백 형식으로 쓴 연작 시로 '서울'이라는 부제를 달고 8편이 실려 있다. 화자가 시골에서 서울로 전학을 온 아이인데, 서울의 구석구석을 다녀 보고, 시골 생활과 다른 면을 독백하는 형식으로 쓴 시다. 이들 시에서 나타나는 아이의 모습도 처음에는 서울 생활이 이상하여 겉돌지만 결국에는 서울 생활에 익숙해져서 금세 서울의 아이가 된다는 것이다.

골목길에 나가도

아무도 없으니 참 이상해.

내 고향 골목길엔

아이들이 언제나 법석대는데

여기는 왜 이런가?

낮부터 아이들이

잠자지도 않을 텐데

그렇다고 아이들이 어디로 간 것일까.

고개만 자꾸 갸웃거릴 뿐

궁금증은 아직도 풀리지 않네

이상하지

서울의 골목엔 낙서도 없지

여기는 우리들의 꿈도 없나 봐

시골의 골목길 내 친구들을

이곳으로 불러와 뛰어 봤으면.

— 〈골목에 나갔더니〉 전문

　한 아이가 서울로 전학을 와서 시골의 생활과 다른 점을 독백 형식으로 나타내었다. 각박한 서울의 생활 속에서 부모의 양육 아닌 사육처럼 느껴지는 서울의 아이들을 시골 아이의 눈으로 바라보고 있는 것이다. 그는 결국 시골의 친구들을 서울로 불러오고 싶다는 생각을 한다. 아이가 아이다운 면이 없다는 것이 서울 아이의 모습이라 여기고, 그 많은 원인을 어른들이 제공하고 있다고 독백하고 있는 것이다.

　　서울은
　　왜 이리도 지루한가
　　소를 몰고 들판으로 나가
　　풀냄새를 맡을 수 있는 재미도 없고
　　강가에 나가
　　강물에 종이배를 띄울 한 줌 싱그러움도 없고
　　그렇다고
　　아우 데서나 놀 수 있는 땅도 없으니
　　서울은 정말 이상해.
　　어쩌다 골목길에서 놀다보면
　　―이놈들 시끄러워.
　　우리들의 기분을 망쳐버린 그 말들이
　　서울 하늘을 흐리게 하지.
　　이렇게 하늘이 뿌연 날
　　나는 어쩔 수 없이
　　집으로 돌아올 수밖에.
　　– 〈우리들의 놀이터(서울.3)〉 전문

　모처럼 놀이터에 나가보면 어른들이 시끄럽다고 야단을 치니, 서울은 어린이들이 갈 곳이 없다고 여긴다. 꿈 많은 아이들이 놀이터마저 빼앗겨버린 서울의 현실을 안타깝게 생각하며 발길을 돌리게 된다. 이처럼 적응하지 못하고 겉돌던 아이가 금세 서울 생활에 적응하게 된다.

　　전학 와서 한 달 남짓
　　서울 사람 다 된 듯
　　시내 구경했었지.

차들이 정신없이 왔다갔다 하여도
빌딩들이 그렇게 높아 보여도
하나도 이상하지 않게 보이네.

…… (중략) ……

서울이 나를 눈멀게 한 건지
내가 서울 사람 다 된 듯
빤질빤질해졌는지
도무지 모르겠네, 정말 이상해.
– 〈내가 서울 사람인가(서울.5)〉 1, 2, 4연

아이는 불과 한 달 만에 서울의 아이가 되고 만다. 그 정신없던 서울이 하나도 이상
하게 보이지 않는 것이다. 그리고는 자신을 돌아보며 서울이 나를 눈멀게 한 것 아니냐
고 독백처럼 되뇐다. 그렇게 쉽게 서울 생활에 동화된 자신을 믿을 수 없다는 것이다.
이같이 그의 시에는 쉽게 자연에 동화되는 아이들의 모습을 그린 시가 많다.
그러나 아이들의 이상 세계를 향한 활기찬 희망과 꿈을 그린 시도 있다.

수유리 네거리서는
바람이 멈췄다 간다.

화계사 입구서는
더욱 더 큰 눈을 뜨고 멈춘다.

아이들의 칼칼한 목소리
아이들의 화사한 얼굴이 출렁이는
학교 운동장에서는
바람이 어깨춤까지 춘다.
해를 궁굴리며
해를 따 내리며
햇빛보다 밝은 웃음 터뜨리는

수유리 아이들

눈을 크게 뜨고 있다.
팔을 힘껏 벌리고 있다.
꿈을 높이 띄우고 있다.
– 〈수유리 아이들〉 전문

이 시에 등장하는 아이들은 해를 따 내리고 궁굴리며, 꿈을 하늘로 띄우고 있는 모습
이다. 아이들이 바라는 현실의 소원이 아니라 이상 세계인 높은 하늘로 향하는 꿈을 띄
우고 있다. 이는 아이들의 꿈과 하늘이 맞닿아 현실에서 이상 세계로 상승하는 이미지
를 담고 있는 시다.

노원호의 동시에 등장하는 아이들의 모습은 무엇에든지 쉽게 동화되는 인물로 나타
나거나 꿈이 이상 세계로 향하는 소망을 그리고 있다.

㉴ 반성과 자각, 삶의 이야기

노원호는 90년대 들어서면서 자신의 삶의 이야기들을 그의 시로 옮긴다. 사소한 일
부터 작은 것에 대한 관심까지 전반을 드나들면서 삶의 이야기를 그의 시로 바꾸어 놓
는다. 자신의 삶의 철학도 그의 동시에 스며들기 시작한다.

내가 모르는 사이
가을은 이미 떠나고 있네.
길가에 늘어선 코스모스의 꽃빛이 그렇고
외진 산모퉁이 연보랏빛 들국화도
가을을 떠나보내고 있네.
이럴 때 나는 어디쯤 서 있어야 할까.
어제 보았던 담벼락의 낙서도 지워졌고
가으내 휘둘렀던 잠자리채도
뒤꼍에 누워 있고
다만 길가에 버려진 작은 돌멩이 하나만이
아직도 낯익은 얼굴로 뒹굴고 있네.
내가 모르는 사이
그 돌멩이도 누군가의 발에 채여 사라지겠지.

가을은 이렇게 소리 없이 떠나고 있네.

이럴 때 내 가슴에

초인종 하나 있다면

누군가 가을이 간다고 눌러줄 텐데…….

– 〈내가 모르는 사이〉 전문

위 동시는 계절의 변화도 모르고 바쁘게 살아온 자신을 안타까워하는 마음이 담겨 있다. 주변에 눈을 돌릴 마음의 여유조차 없는 각박한 현재의 생활을 한탄하는 자아 독백형의 동시이다. 때로는 자신이 어디에 서 있어야 할지를 모르겠다고 독백도 한다. 또 누군가 내 가슴의 초인종을 눌러주기를 바라기도 한다. 그렇지만 현실은 그렇지 않다. 시간은 덧없이 흘러 어느 새 가을은 내가 모르는 사이에 내 곁을 떠나고 있다.

바쁜 삶에 매달려 앞만 보고 달려가는 여유 없는 자신의 삶에 대한 반성이다. 자신의 삶에 대한 자각을 노래한 시가 많이 등장하기 시작한다.

그는 커다란 우주론적 시각에 의해 보면 인간이 얼마나 작은 존재인가를 밝히며 자신의 몸을 낮출 것을 전하고 있다.

외진 산모퉁이에

풀꽃 하나 피어 있다.

질경이보다 더 납작하게 엎드려

가을 한쪽을 베어 문 그 모습

어제 육교에서 본

작은 소년 같았다.

누굴 만나려는지

꽃잎에 바람을 올려놓고

저만치 산 아래를 내려다보는 풀꽃

이 세상 어딘가에

점 하나로 있을 소년처럼

고개를 떨구고 있다.

쌀알보다 작은 개미 한 마리도

발걸음을 멈추고 눈여겨보고 있다.

나도 이 세상 어디쯤에서는

점 하나로 보이겠지.

- 〈풀꽃 하나〉 전문

작은 풀꽃은 육교에서 본 작은 소년처럼 고개를 숙이고 있다. 질경이보다 더 자세를 낮춘 풀꽃이 육교 위에서 고개를 떨꾸고 있는 작은 소년처럼 보인다. 풀꽃과 소년은 하나의 점이며, 자신도 이 세상 어딘가에서 보면 하나의 작은 점에 불과하다는 것이다. 이 시에서는 '작은 풀꽃=육교 위에서 만난 작은 소년=나(자신)=하나의 점'의 등식이 성립한다. 그는 작은 풀꽃이나 소년이나 자신을 모두 지구상의 하나의 점에 불과하다고 믿고 있다. 그리고 질경이처럼 자세를 낮춘 풀꽃 하나를 불러들여 자신의 삶에 대한 반성과 자각을 함께 그리고 있는 것이다.

자신과 주변의 삶을 시로 승화시킨다. 90년대 중반부터 나타나기 시작한 그의 이런 부류의 시들은 또 다른 시 세계를 구축하고 있으며, 더 나아가 90년대 후반에 들어가면서 자연과 인간에 대한 합일로 발전하게 된다.

노원호는 인간에 대한 끝없는 사랑을 노래한다. 화두와도 같은 어머니나 그의 동시의 존재 이유가 되는 아이들에 대한 사랑을 그리고 있다. 또한 삶의 이야기들도 시로 끌어들여 새로운 모습으로 탄생시킨다. 그의 시에서 인간과 삶의 모습들은 이처럼 끝없는 사랑의 이미지로 노래되고 있다.

3) 성숙된 결합, 인간과 사물 이미지

1990년대 후반부터 그의 시는 또 다른 변화를 보이고 있다. 〈나무의 귀〉처럼 제목부터 사물과 인간을 아예 하나의 개체로 인정하기 시작한다. 이때는 사물에 대한 관조와 인간애를 비단결처럼 고운 언어로 연결하여 마치 세련된 조각품 같은 시들을 구워낸다. 이 시기의 인간과 접목된 사물을 몇 가지로 나누어 보면, 인간과 하늘, 인간과 꽃, 인간과 나무로 구분할 수 있다.

㉮ 상승의 꿈, 인간과 하늘

인간의 하늘에 대한 동경은 끝없이 이어져왔고, 이는 문학에서도 마찬가지다. 인간은 하늘이라는 미지의 공간을 문학적 상상 속에서 활발하게 넘나들고 있는 것이다. 새나 별을 동시 속으로 끌어들인 노원호는 하늘을 향해 끝없이 비상하고, 인간의 곁으로 과감하게 끌고 내려와 아이들의 가슴 속에 심어준다. 그리하여 아이들의 상승의 꿈을 해소시켜주고 있다.

잔디밭에 앉아

하늘을 올려다봤다.

고추잠자리가 빙빙 돌고

새 한 마리가 쏜살같이 날아갔다.

내 눈은

새의 꽁무니를 놓칠세라

푸른 하늘을 내달렸다.

새는 점점 멀어졌지만

나는 계속 하늘을 올려다보았다.

푸르름에 흠뻑 젖어보는

가을날 오후

나도 새 한 마리가 되어

훨훨 날았다.

– 〈새가 된 날〉 전문

　잔디밭에 앉아서 한 마리 새가 날아가는 것을 보고, 자신이 직접 한 마리 새가 되어 훨훨 하늘을 날아보는 꿈을 그린 시다. 사물과 자신을 동일시하여 자신을 한 마리의 새로 설정하고, 하늘을 날게 하는 판타지까지 동시를 통해서 드러내고 있다. 그가 올려본 하늘에는 고추잠자리가 하늘을 빙빙 돌고 있었지만, 따라간 것은 한 마리의 새였다. 그리고 자신이 직접 한 마리 새가 되어 하늘을 훨훨 날아본다. 하늘의 여러 사물과 인간을 하나의 개체로 설정한 시들은 천상의 세계로 향하는 상승의 꿈을 드러내고 있다.

　그는 또 하늘의 별을 아이들 곁으로 끌어 내려와 가슴에 심어준다.

엄마와 함께 저녁 뜰에 나갔다.

머리 위로 쏟아지는 수많은 별들

내가 가슴에 안을라 싶으면

언제 달아났는지

별은 하늘에서 반짝인다.

…… (중략) ……

별이 가슴으로 내려온다.

내가 가슴에 다 안을 수 없을 만큼

무수히 쏟아지는 별

나도 별이 되어본다.

엄마의 말씀에

미움을 버린 새 아이가 되어 본다.

　　　－〈별이 된 아이〉 일부분

아이가 별이 되어 하늘로 놀라가고, 하늘의 별이 쏟아져 내려와 아이의 가슴에 안기게 한다. 아이가 별이 되고, 별이 아이가 되고, 천상과 지상이 하나가 되고, 자연과 인간이 하나가 되는 시의 환상성이 두드러지게 나타나는 작품이다.

인간과 하늘이라는 경계를 허물어뜨리고 동시의 전유물처럼 생각되던 판타지를 과감하게 동시에 삽입함으로써 읽는 어린이들도 함께 하늘로 상승할 수 있도록 한다.

㉴ 마음의 향기, 인간과 꽃

사람은 누구나 마음의 꽃을 피워왔으며, 오랫동안 꽃을 통해 우리 마음을 아름답게 다스려왔다. 그 마음의 꽃이야 말로 세상을 아름답게 만들 수 있으며, 어린이들에게 아름다운 정서를 심어줄 수 있는 것이다. 뿐만 아니라 꽃은 우리들의 모든 아픔들도 감싸줄 수 있는 그런 사물로 여러 문학작품에 등장하기도 한다.

노원호의 동시에 등장하는 꽃은 하고 싶은 여러 가지 이야기를 묵묵히 향기로 전하고 있다.

꽃은

아무에게나 말을 하지 않는다.

그러지 말아야지

그러지 말아야지 하면서도

입을 꾹 다물고 있다.

그러나 아름다운 말은 한다.

－나는 너를 좋아해.

－너에게 달려가고 싶어.

아무리 들어봐도 싫지 않은 말

그런 말만 모아

꽃향기로 전해준다.
꽃의 말은
바로 나의 마음이다.
– 〈꽃의 말〉 전문

〈꽃의 말〉은 꽃과 인간의 결합을 드러낸다. 꽃향기를 우리에게 전해주는 여러 가지
의 아름다운 말로 상징하여 나타내고 있다. 꽃은 말을 하지 않지만 향기로 그 말을 전
하고 있다. 즉 아름다운 말, 아름다운 생각을 꽃은 향기로 대신하고 있는 것이다. 이 시
에서는 꽃을 통하여 인간의 말을 앞세우는 행태를 꼬집는 듯하다가 마지막에서는 작가
의 마음과 꽃이 하나가 됨을 볼 수 있다.

들녘 끄트머리
혼자 서 있는 풀꽃 한 송이
누굴 기다리는지
눈을 크게 뜨고 있다.

바람이 불어도
풀잎들이 하나 둘씩 말라가도
좀처럼 흔들리지 않는 꽃

이 가을에
내가 옆에 서 준다면
그는 무슨 생각을 하게 될까?

푸른 하늘이 좋아서
혼자 고개를 들어보면
가슴 가득 그리움이 밀려온다.

이 가을
내 가슴에도
예쁜 풀꽃 한 송이를 키우고 싶다.
– 〈이 가을에〉 전문

이 시의 제재는 가을이지만 소재는 꽃이다. 푸른 하늘이 좋아서 고개를 들어보면 가슴 가득 그리움이 밀려오는 것은 그의 마음이며 꽃의 마음이다. 어쩌면 그가 곁에 서보고 싶어 하는 꽃은 그가 진정으로 그리워하는 누군가를 상징한 것인지도 모른다. 그는 마침내 그의 가슴에 예쁜 풀꽃 한 송이를 간직하고 싶어하고, 꽃과의 결합을 시도하고 있다.

㉰ 정신의 옷, 인간과 나무

인간과 사물을 결합하려는 의도가 나무에 와서는 완벽하게 하나의 개체로 결합된다. 그는 나무에게 귀를 달아주고, 또 정신의 옷까지 입힌다.

1
나무 밑에서
우연히 나무의 말을 듣는다.

잘 알아듣지도 못할
작은 귓속말이지만
얼굴 가득
걱정이 차 있다.

－어제는
눈이 아프고 팔도 몹시 저렸어.
새 소리도 들리지 않고
아름다움도 보이지 않았어.
어쩌면 좋아
이대로 가다가는
푸른 하늘조차 볼 수 없는
내가 되겠어.

내게 던진
나무의 이 귓속말

나는 그에게 무슨 말을 해줘야 되나

가슴이 자꾸 두근거린다.
– 〈나무의 귓속말〉 전문

2
나무는
겨울만 되면 기도를 한다.

입고 있던 옷마저 훌훌 털어버리고
가장 깨끗한 마음으로
기도를 한다.
가지마다 반짝반짝 빛을 낼
그런 별을 생각하면서

이듬해 봄
가지 끝마다 틔울
고운 새싹을 생각하면서

겨울나무는 그렇게
우리 어머니처럼
늘 기도를 한다.

찬바람이 불어와 몸을 때려도
나무는 울지 않고
꼿꼿이 서 있다.

이 겨울
우리 어머니는 무엇으로 또 기도를 할까?

겨울나무에서
어머니 같은 기도하는 모습을 본다.
– 〈나무의 기도〉 전문

1, 2의 시에서 보듯이 그의 나무는 귓속말도 하고 기도도 한다. 인간과 사물의 구분이 없어지고, 하나의 개체, 하나의 몸이 된다.

1의 시에서 그는 우연히 나무의 귓속말을 듣게 된다. 시인이 아니고는 들을 수 없는 나무의 귓속말이다. 그런데 그 귓속말을 듣고 무어라 말을 해줘야 되는데, 가슴만 두근거리고 할 말을 잃게 된다. 나무의 그 귓속말 속에는 우리 인간의 푸념과도 같은 말들이 들어 있다. 즉 나무의 말은 바로 우리 인간의 말이다. 그는 나무를 통해서 인간 자신에게 전하는 메시지를 들려주고 있다.

2의 시에서는 단순히 보고, 말하고, 듣는 것에서 더 나아가 기도까지 하는 나무로 설정한다. 기도라는 것은 우리의 정신세계를 일컫는 말인데, 나무에게 정신의 옷까지 입혀 기도하는 나무를 만든다. 인간과 나무를 몸은 물론이려니와 정신까지 완전한 일체로 만들어 놓는다.

최근 그의 시들은 사물에 대한 관조와 인간애를 통하여 사물과 인간의 성숙한 결합을 그려내고 있다. 인간과 사물을 하나의 개체로 인정하고, 사물에게 인간의 말과 행동은 물론 영혼까지 불어넣어주는 문학적 상상력의 극대화를 통해 새로운 시 세계를 구축하고 있다. 이러한 그의 시들은 한국 동시문단에 새로운 동시의 발전적 방향을 제시해주고 있다.

3. 결론

노원호는 1972년 〈매일신문〉을 통하여 등단하고, 1975년 〈조선일보〉에 '바다를 담은 일기장'이 당선되면서 본격적으로 한국 동시 문단에 이름을 올리기 시작하였다. 그는 등단 이후 30여 년 동안 작품을 발표할 때마다 문단의 주목을 받아 왔다. 그는 작품 활동뿐만 아니라 문단 활동도 꾸준히 하고 있다. 등단 이후 각종 아동문학 단체에서 문단의 발전을 위해 노력해왔으며, 현재도 그는 '한국동시문학회' 회장으로서 다양한 문학 활동을 통해 위축된 한국 동시문학의 활성화를 꾀하고 있다.

노원호 동시 중에는 등단 이후 제3동시집까지는 주로 순수 자연을 노래한 것들이 많다. 자연을 소재로 한 그의 시를 몇 개의 유형으로 구분하면 바다, 고향, 꽃과 나무 등으로 나눌 수 있다.

첫째, 바다를 소재로 한 동시는 노원호 문학의 출발점이다. 자연을 노래한 그의 동시에서 많은 부분을 차지하는 소재가 바다이다. 바다를 소재로 한 동시에 반복적으로 나타나는 시어는 꿈과 꽃이다. 그는 원시적인 신비한 바다에 꿈과 꽃을 등장시켜서 희망과 아름다움의 이미지를 만들어내고 있다.

둘째, 고향을 소재로 한 시에는 어머니의 모습이 많이 나타난다. 이때 등장하는 어머니의 모습은 단아함과 절제된 모습, 고난과 인내의 모습으로 그려지는데, 이 두 가지 어머니의 모습들은 그의 시에서 그리움으로 나타난다. 고향 시의 또 다른 특징은 고향의 정겨운 모습들을 한 폭의 수채화처럼 그려내어 고향 마을로 달려가고 싶은 그리움을 자아내게 한다.

셋째, 꽃과 나무를 소재로 한 시에서 꽃들은 아이들의 이상 세계인 별로 나타나는 경우가 많은데, 하늘의 별을 아이들 곁으로 끌고 내려와 현실과 이상 세계의 거리를 좁혀 준다. 나무는 대부분 튼튼하게 대지에 뿌리를 박고 변함없이 서 있는 굳건한 버팀목의 이미지로 그려지고 있다. 이런 나무의 이미지는 언제나 우리 곁에 있는 어머니의 이미지로 그려진다.

그는 제4동시집 《울릉도 사람들》에서부터 인간에 대한 사랑과 삶의 이야기로 눈을 돌리기 시작한다. 제5동시집 《내 가슴에 초인종 하나 있다면》에는 자연보다 인간사와 그에 대한 사랑이 많이 나타난다. 이때의 시들은 어머니에 대한 사랑, 아이들에 대한 사랑, 그리고 삶의 이야기가 주류를 이루고 있다. 그의 시에서 어머니에 대한 사랑은 다른 소재를 통하여 간접적으로 그려내는 것이 대부분이며, 이런 기법을 통해 어머니의 고난과 애정을 아름다움과 그리움의 이미지로 그려낸다. 그의 동시에 등장하는 아이들은 색칠하는 대로 물이 드는 도화지와 같은 존재로 그려진다. 그는 삶에 대한 이야기도 시로 옮긴다. 사소한 일부터 작은 것에 대한 관심까지 두루 드나들면서 삶의 이야기를 시로 바꾸어 놓는다. 자신의 생활 철학이 그의 동시에 스며들기 시작하여 삶에 대한 반성과 자각도 드러나기 시작한다.

제6동시집부터는 또 다른 소재면의 변화를 보이고 있다. 인간과 사물의 성숙한 결합을 노래하고 있다. '나무의 귀'처럼 제목부터 사물과 인간을 아예 하나의 개체로 인정하기 시작한다. 이때는 사물에 대한 관조와 인간애를 비단결처럼 고운 언어로 연결하여 마치 세련된 조각품 같은 시들을 구워낸다. 이 시기의 시는 그의 문학작품에서 황금기라고 볼 수 있다.

노원호는 자신만의 독특한 시 세계를 구축하고 있으며, '동시도 시가 되어야 한다.'는 일관된 시작 태도로 한국 동시 문단에서 주목받는 시를 써왔다. 그는 동시를 쉽다고 여기며 삽화적 가벼운 시를 양산해 내는 많은 동시인들을 달갑게 생각하지 않는다. 그래서 시적 요소를 철저히 갖춘 동시를 써야 한다는 발전적 방향을 제시해 주기도 한다. 작품이나 문단 활동을 통해 그가 한국 동시 문단에 끼친 영향은 매우 크다. 그래서 그의 동시가 더욱 관심의 대상이 되는지도 모른다.

【참고 문헌】

《동심의 숲에서 길 찾기》(김용희, 1999)

〈윤석중 연구〉 한국외국어대 대학원 석사 학위논문(1991)

《제1회 은하수동시문학상 수상 작품집》(은하수미디어, 2002)

노원호 제1동시집 《바다에 피는 꽃》(일지사, 1979)

노원호 제2동시집 《고향, 그 고향에》(열화당, 1984)

노원호 제3동시집 《아이가 그린 가을》(견지사, 1986)

노원호 제4동시집 《울릉도 사람들》(대교문화, 1988)

노원호 제5동시집 《내 가슴에 초인종 하나 있다면》(상서각, 1993)

노원호 제6동시집 《바다를 담은 일기장》(예림당, 1996)

노원호 제7동시집 《e메일이 콩닥콩닥》(문원, 2005)

윤석중 《잃어버린 댕기》(게수나무회, 1933)

이정석 《한국현대 아동문학 작가 작품론》(청동거울, 2001)

이재철 《아동문학개론》(숭문당, 1984)

【참고 자료】

교육인적자원부, 초등학교 2학년 1학기 국어과 읽기 교과서, 국정 교과서, 2004

교육인적자원부, 초등학교 5학년 1학기 국어과 읽기 교과서, 국정 교과서, 2004

교육인적자원부, 초등학교 6학년 2학기 국어과 말하기 듣기 쓰기 교과서, 국정교과
서, 2004

어린이와 함께 선생이 걸어온 길

1946년 6월 28일 경북 청도에서 태어남.

1962년 대구 능인고등학교에 입학함. 시조 시인 이우출 선생이 고 2·3학년 때 담임을 맡음.

1966년 대구교육대학에 입학하여 교사의 길을 걷기 시작함. 이때 한국 아동문학 이론 을 정리한 이재철 교수를 만나 시 공부를 함.

1968년 대구교육대학을 2년 졸업하고 동해 바닷가인 경북 울진군 북면 부구국민학교 에 첫 발령을 받음. 이때부터 본격적으로 시심을 키우기 시작함.

1972년 〈매일신문〉 신춘문예에 동시 〈산골샘〉이 입선됨. 월간 〈교육자료〉에 시 〈바다〉 가 1회 추천됨. 〈매일신문〉에 수필 〈한밤의 사색〉을 연작으로 발표함.

1974년 〈매일신문〉 신춘문예에 동시 〈바다에는〉이 당선됨. 〈교육자료〉에 시 〈續·바다〉 가 3회 추천 완료됨. 〈매일신문〉 신춘문예를 통해 등단한 권기환·강준영·하청호· 이명수와 함께 '매일문학회'를 만들고 동인지 〈잎·다섯〉을 출간함.(세종문화사)

1975년 〈조선일보〉 신춘문예에 동시 〈바다를 담은 일기장〉(심사 위원 윤석중)이 당선 됨. 동시 〈무명옷에서 들리는 물레 잣는 소리〉로 새싹문학상(새싹회)을 받음.

1976년 뜻을 같이한 아동문학가 강준영·하청호·김재수·배익천·김충도·송재찬·권오삼· 손원상과 함께 '한뜻모임' 동인을 만들어 〈꽃과 항아리〉 동인집을 출간함.

1977년 서울여자대학교 부설 화랑국민학교로 근무지를 옮김. 동인지 〈꽃과 항아리〉 2집 을 출간하여 어린이집과 학교 도서관에 무료로 나누어 줌.

1978년 동인지 〈꽃과 항아리〉 제3집을 출간함. 〈소년동아일보〉가 주관한 '전국 교가 지어주기 운동'에 참여하여 경북 봉화 도촌국민학교 등 10여 개 학교에 교가를 지어줌. 아동문학가 권오훈·김숙희·김학선·유창근·정용원·정하나·최영재·남궁 경숙·박성배·손수복·이상교와 함께 '서울아동문학동인회'를 만들어 작품집 《초 록 둥우리》를 출간함.

1979년 〈소년조선일보〉로 직장을 옮김. '세계 아동의 해'에 첫 동시집 《바다에 피는 꽃》을 일지사에서 냄.

1980년 새싹문학상을 받은 황베드로·정원석·김구연·권오순 등과 '방울나귀' 동인을 만 들어 동인지 〈방울나귀〉를 매월 발간함. 그 뒤 이해인·정채봉·정두리 등이 동 인이 되어 동인지를 80여 회 발간함.

1981년 〈소년조선일보〉에서 한국신학대학교 부설 한신초등학교로 직장을 옮김.

1983년 고향을 주제로 한 산문시 〈고향 그 고향에〉를 월간 〈아동문예〉(5월호)에 연재를 시작함. 한국동시문학상(아동문예사)을 받음.

1984년 산문동시집 《고향 그 고향에》를 열화당에서 냄. 전래동화집 《초립동이》를 아동
　　　문학사에서 냄. 글짓기 지도서 《새 글짓기 공부》를 신원문화사에서 냄.

1985년 글짓기 지도서 《어린이 글짓기 공부》를 홍신문화사에서 냄. KBS 2TV(오후
　　　5:30~6:00) '책나라 탐험' 진행을 맡음.

1986년 동시집 《아이가 그린 가을》을 견지사에서 냄. 이 작품집으로 대한민국문학상
　　　아동문학부문 우수상(한국문화예술진흥원)을 받음. 반공도서 《꿈 잃은 노예들》
　　　을 평화문제연구소에서 내어 문화공보부 추천 도서로 선정됨. 교육도서 《교통
　　　질서》를 교학사에서 냄.

1987년 위인전기집 《루신》을 아동문학사에서 냄. 동화집 《서울은 즐거워요》를 평화문
　　　제연구소에서 냄. 국토통일원 방송 평가요원으로 위촉됨.

1988년 동시집 《울릉도 사람들》을 대교문화에서 냄. 위인전기집 《아문센》과 《원효》를
　　　신태양사에서 냄. 《안중근》을 문공사에서 냄. 한국 외국어대학교 교육대학원
　　　국어교육과에 입학함. 교육 자료 심의위원(한국교육자료협회)에 위촉됨.

1989년 위인전기집 《맥아더》를 교학사에서 냄. 한국동시 선집 《풀잎 작은 가슴》을 아
　　　동교육문화연구회(상서각)에서 엮어냄. 한국현대아동문학가협회 주최 여름 세
　　　미나에서 '90년대 아동문학의 방향'이란 주제를 발표함.

1990년 글짓기 지도서 《글짓기는 이렇게 하자 ①,②》와 《시튼 동물기》를 윤진문화사에
　　　서 냄. 시 전문지 월간 〈한국시〉 1월호에 동시 월평을 시작함.

1991년 한국외국어대학교 교육대학원 국어교육과를 수료함. 한국 아동문학가협회와
　　　한국현대아동문학가협회, 그리고 한국 아동문학회 일부 회원이 통합한 한국 아
　　　동문학인협회의 상임이사를 맡음. 교양도서 《별난 친구 별난 우정》을 도서출판
　　　윤진에서 냄.

1992년 이준관·하청호·박두순·손동연·권영상·이창건·정두리·신형건과 함께 '연필시' 동
　　　인을 만듦(5월). 재단법인 한국영재교육연구원에서 글짓기를 통한 사고력 프로
　　　그램 계발과 영재아동을 지도함.

1993년 동시집 《내 가슴에 초인종 하나 있다면》을 상서각에서 냄. 이 작품집으로 세종
　　　아동문학상(〈소년한국일보〉)을 받음. 1종 도서 국어과 편찬 심의위원으로 위촉
　　　됨(문교부).

1994년 글짓기 지도서 《재미있는 글쓰기 여행》을 동아출판사에서, 《생각하는 논설 교
　　　실》(송재찬 선생과 공저)을 대교출판에서 냄. 어린이 논리박사 《다시 태어난 눈
　　　사람》을 동아출판사에서 냄. 한국글짓기지도회 부회장을 맡음. 제5차 교육 과

정 1종도서 국어과 연구·집필 위원으로 위촉됨(한국교육개발원).

1995년 연필시 동인지《연필로 쓰는 시》를 대교출판에서 냄. 글짓기 지도서《글짓기 강좌》,《글짓기 교실》을 교학사에서 냄. 한국 아동문학인협회 부회장을 맡음.

1996년 동시 선집《바다를 담은 일기장》을 예림당에서 냄. 글짓기 지도서《논설문 쓰는 법》을 월간〈새벗〉에 연재하여 새벗사에서 단행본으로 냄.〈동아일보〉신춘문예 동시 부문 심사 위원을 지냄.

1997년 동시집《바다를 담은 일기장》으로 이주홍아동문학상(이주홍문화재단)을 받음. 글짓기 지도서《표준 논술 특강》을 교학사에서 냄.〈동아일보〉신춘문예 동시 부문 심사 위원, 계간〈아동문학평론〉신인상 심사 위원, 1종 도서 국어과 편찬 심의위원으로 위촉됨(문교부).

1998년〈동아일보〉신춘문예 동시 부문 심사 위원, 제7차 초등학교 특별활동 교사용 도서 심의위원으로 위촉됨(교육부).

1999년 연필시 동인지《가끔 새가 되고 싶을 때가 있다》를 예림당에서 냄. 신흥대학 문예창작과 강사로 위촉됨.

2000년〈동아일보〉신춘문예 동시 부문,〈한국일보〉신춘문예 동시 부문,〈대전일보〉신춘문예 동시 부문 심사 위원을 지냄. 계간〈문학과 의식〉가을호에 윤석중 선생님과 대담을 함. 소년동아일보문예상 심사 위원. 동시〈눈치 챈 바람〉이 2학년 1학기 국어(읽기) 교과서에 수록됨.

2001년 동시〈나무의 귀〉등 10편으로 제1회 은하수동시문학상 대상(시사랑회, 은하수 미디어)을 받음.〈동아일보〉신춘문예 동시 부문 심사 위원, 제2회 김영일아동문학상 심사 위원으로 위촉됨.

2002년 시집《그대 가슴은 아직도 따뜻하다》를 세손출판사에서 냄(한국문화예술진흥원 우수 도서로 선정됨). '노원호 시인을 사랑하는 사람들의 모임' 카페 (http//cafe.daum.net/loveoneho)가 운영됨. 한국동시문학회 창립 발기인으로 참여함. 연필시 동인지《얘, 내 옆에 앉아! 내 옆에 앉아!》를 푸른책들에서 냄. 한국 아동문학상(한국 아동문학인협회) 동시 부문 심사 위원을 지냄. 동시〈바람과 풀꽃〉이 5학년 1학기 국어(읽기) 교과서에, 동시〈어느날 오후〉가 6학년 2학기 국어(말하기·듣기·쓰기) 교과서에 수록됨(제7차 교육 과정).

2003년 명지전문대학 문예창작과 강사로 위촉됨. 연필시 동인지《몽당연필이 더 어른 이래요》를 푸른책들에서 냄.

2004년 한국동시문학회 제2대 회장으로 추대됨. 사단법인 '새싹회' 이사로 선임됨.〈한국일보〉신춘문예 동시 부문 심사 위원을 지냄. 한국 아동문학학회 창립 16주년 기념 '제8회 아동문학연구발표대회'(5월 15일)에서 '윤석중은 과연 초현실적 낙천주의 시인인가?'로 주제 발표를 함. 제3회 신일스승상을 수상함(신일 학원). 세계 명작 《시턴 동물기》를 효리원에서 냄.

2005년 〈부산일보〉 신춘문예 동시 부문 심사 위원(하청호 선생님과 함께). 한국동요작사작곡가협회 부회장 선임. 동시집 《e-메일이 콩닥콩닥》(문원)을 냄. 이 동시집으로 제15회 방정환문학상을 받음.(아동문학평론사 제정)

2006년 대산문화재단 창작기금 지원 심의위원을 지냄.

2007년 〈한국일보〉 신춘문예(동시) 심사 위원, 한국동요작사작곡가협회 회장으로 선임됨. 한국 아동문학인협회 부회장으로 선임됨.

2008년 사단법인 새싹회 제5대 이사장에 선임됨. 대한민국 녹조근정훈장 받음.

2009년 대구삼덕초등학교에 동시 〈꽃길을 걷다가〉 시비로 세워짐. 한국문화예술위원회 영아트프론티어 창작지원 심사 위원을 지냄.

2011년 동시집 《꼬무락꼬무락》(푸른책들)을 냄.

2013년 동시집 《공룡이 되고 싶은 날》(청개구리)을 냄.

2014년 제25회 대한민국동요대상(노랫말 부문) 수상, 제46회 소천아동문학상을 수상함.

2015년 제4회 한국작가수헌문학상을 수상함. 《노원호 동시선집》(지식을만드는지식)을 출간함. 동시 〈행복한 일〉이 6학년 2학기 국어(가) 교과서에 수록됨.

2016년 동시집 《e-메일이 콩닥콩닥》(청개구리) 개정판을 냄.

2017년 제18회 김영일아동문학상을 수상함. 동시 〈강물〉이 시비로 세워짐(경북 청도군 매전면 생태탐방로). 〈대전일보〉 신춘문예(동시) 심사 위원을 지냄.

2018년 동시집 《하늘에 말 걸기》(청개구리)를 냄. 제36회 조연현문학상 수상. 〈대전일보〉 신춘문예(동시) 심사 위원을 지냄.

한국 아동문학가 100인

송재찬

대표 작품
〈모래알 하나의 귀국 독주회〉

인물론
나의 동화 고백

작가론
영원한 아이, 영원한 첫사랑

작품론
찬란한 믿음을 향해

어린이와 함께 선생이 걸어온 길

모래알 하나의 귀국 독주회

　세계적인 피아니스트 나기철 귀국 독주회가 열리는 공연장은 공연 30분 전에 빈자리가 하나도 없이 가득 찼습니다. 아닙니다. 1층 앞자리, 비싸기로 소문난 로열석 두 자리만 비어 있습니다. 그 자리는 연주자를 가장 잘 볼 수 있고 피아노 음악을 가장 아름답게 들을 수 있는 자리입니다.

　"저 자리는 누군데 아직도 비어 있지? 공연 예의를 제대로 모르는 사람인가 봐. 최소한 30분 전에는 입장을 마쳐야지. 입장권에도 그렇게 써 있잖아."

　빈자리 뒤쪽에서 누군가가 입바른 소리를 했습니다. 그 소리를 들었는지 이번엔 빈자리 저 옆에 앉은 사람이 그건 모르는 소리라는 듯 입을 열었습니다.

　"저 빈자리, 나기철이 스승님 부부를 위해 잡아 둔 자리래."

　"그래? 어느 교수님이지?"

　"교수님이 아니고 초등학교 선생님이랜다. 6학년 때 담임이래."

　"대학 때 스승이 아니고 초등학교 때 담임?"

　"그렇대. 오늘의 나기철을 만든 분이래. 친구에게 부탁했단다. 꼭 찾아서 모시고 오라고."

　빈자리 주위에서 시작된 이야기가 바람에 날리는 향기처럼 공연장 전체로 퍼져 나갔습니다.

　"저기 저 앞에 있는 빈자리 나기철이 초등학교 때 스승을 위해 비워둔 자리래요."

　2층에 있는 사람들도 몸을 일으키며 그 빈자리를 보았습니다. 사람들의 눈길에 둘러싸인 빈자리는 외로운 섬 같습니다.

　"아깝다. 저 자리가 얼마나 비싼 자린데."

　3층에서도 빈자리를 두고 수근거립니다.

　연주회가 곧 시작된다는 것을 알리는 예비 종이 궁궁 긴 여운을 끌며 울렸습니다. 불이 천천히 꺼지고 출입문이 무겁게 닫혔습니다. 이제는 어느 누구도 문을 열고 들어올 수 없습니다. 무대를 비추는 조명 불빛만이 무거운 막을 비추고 있습니다. 막이 천천히 올라가기 시작했습니다. 무대만 보고 있던 사람들은 우레 같은 박수를 보냈습니다. 연미복을 단정하게 입은 나기철이 등장했기 때문입니다.

나기철은 목을 꼿꼿이 세웠지만 빈자리를 슬쩍 보았습니다. 청중들은 모두 그걸 느꼈습니다. 청중들도 나기철의 눈길을 따라 빈자리를 힐끔 보았습니다. 이가 빠진 것처럼 비어 있는 두 자리입니다.

'선생님, 기철이가 성공해서 돌아왔습니다. 살아 계시다면 소식 주십시오.'

나기철은 다시 한 번 빈자리를 보더니 피아노 위에 손을 올려놓았습니다. 사람들이 피아노 프로그램에 잠깐 눈길을 보냈습니다.

쇼팽……스케르조 2번.

피아노 음악이 물 흐르듯 쏟아지기 시작했습니다. 불길한 느낌까지 주는 처음 부분의 셋잇단음표를 연주하며 나기철은 다시 한 번 빈자리를 슬쩍 보았습니다.

그가 눈을 감습니다. 너무 오래 연습해서 눈을 감고도 연주할 수 있는 곡입니다. 피아노가 끄는 대로 손을 움직이기만 하면 됩니다.

'선생님, 6학년이 되던 그해 새 담임인 선생님을 처음 만났을 때는 선생님이 맘에 들지 않았습니다. 선생님은 정년을 두어 해 앞둔 너무 늙으신 선생님이셨고 옆 교실의 어린 여선생님은 교육 대학을 갓 졸업한 누나 같은 선생님이었지요. 선생님은 반듯하게 넥타이를 매셨지만 옆 반, 누나 같은 선생님은 아이들이나 다름없는 분방한 옷차림으로 늘 사푼사푼 걸으며 웃고 계셨어요. 나는 옆 반 아이들이 부러웠습니다. 할아버지 같은 선생님이 싫었습니다.'

피아노 음악은 지루할 정도로 같은 음을 반복하였습니다. 그러더니 활달한 멜로디가 지루한 장마 뒤의 금빛 햇살처럼 퍼져 나왔습니다. 청중들은 꼴짝 침을 삼켰습니다. 온몸으로 피아노를 연주하는 나기철의 긴장된 호흡이 그대로 사람들에게 전달되었습니다.

'여름 방학을 하자 선생님은 버스까지 대절해서 우리 반만의 여름 캠프를 떠났습니다. 참 재미있는 캠프였지요. 우리를 끌고 간 것은 선생님이었지만 선생님은 우리를 바람처럼 그대로 두셨습니다. 선생님도 어른이 아니라 어린 악동처럼 물고기도 함께 잡고 잠자리도 같이 잡고 가재에도 같이 물렸지요.'

어린 기철은 선생님이 좋아지기 시작했습니다. 그러나 물과 숲을 오가며 따따부따 떠들면서도 기철은 큰 못 하나를 가슴에 품고 있었습니다. 순간순간 그 못에 찔려 마음이 무겁고 아팠습니다. 피아노를 전공할 것인가 말 것인가를 그때까지도 결정하지 못한 상태였습니다. 피아노 레슨은 계속 받고 있었고 집에서도 예술 중학교에 입학하는 걸로 정해 놓고 있었지만 그는 기회를 봐서 피아노를 그만두고 싶다고 말하고 싶었습니다.

아버지가 그런 아들의 마음을 알고 있었던 듯 넌지시 말했습니다.

"기철아, 니네 선생님이 버스 대절해서 시골로 여름 방학 캠프 간다며? 너, 안가?"

"피아노 연습 때문에요."

예술 중학교에 가려면 하루도 쉬어선 안 됩니다. 그건 아버지가 더 잘 알고 있었습니다.

"다녀와. 대신 갔다 와서 더 열심히 하는 거야. 알았지?"

아버지는 등을 떠밀 듯이 말했습니다.

하루라도 쉬면 손이 굳어진다고 펄펄 뛰던 아버지였습니다. 이번 여름 방학에 열심히 해야 예술 중학교에 진학할 수 있다고 귀에 못이 박히게 말한 아버지입니다.

어린 기철이지만 그게 자신의 맘을 돌리려는 제스처라는 것을 알 수 있었습니다. 그러나 감히 못하겠다는 소리는 하지 못하고 자포자기하는 마음으로 여름 캠프 버스에 오른 기철입니다.

9분이나 걸리는 쇼팽의 스케르조 2번이 끝났습니다. 박수가 쏟아졌고 나기철은 호흡을 가다듬었습니다. 박수 소리가 잦아들었습니다. 2층 객석 어디에선가 마른기침 소리가 두어 번 큼큼 공연장 전체를 흔들더니 조용히 사람들의 침묵 속으로 사그라졌습니다. 나기철은 바쁜 여행길에 오르는 사람처럼 건반 위로 손을 올렸습니다.

지금까지와는 다른 선율이 쏟아졌습니다. 장대한 규모의 드라마를 보는 것 같은 분위기. 건반이 움직이며 소리를 낼 때마다 불꽃이 피어오르는 듯합니다. 쇼팽의 발라드 1번. 음 하나 하나가 엉키지 않고 분명한 소리를 내며 서로 화음을 만들어 갑니다.

'선생님, 그 여름의 하나 하나를 저는 잊을 수 없습니다.'

아이들이 캠프장으로 사용하는 곳은 담임 선생님과 초등학교 동창이라는 어느 농부의 집이었습니다. 안방과 대청 그리고 마당의 평상에까지 아이들이 잠자리를 만들었고 아이들이 식사까지 주인 내외가 다 해결해 주어서 아이들은 먹고 놀고, 놀다가 자고 다시 자다가 일어나 반딧불이를 잡으로 나가기도 하였습니다. 하고 싶은 대로 하는 캠프입니다.

캠프 마지막 날이었습니다. 아이들은 선생님과 냇가에서 멱을 감다 말고 도톨도톨 돋아난 소름을 볕에 말리며 이야기꽃을 피웠습니다. 너무 오래 물에 있어서 몸이 오그라들게 추웠습니다.

"선생님이 초등학교 다닐 때만 해도 이 마을엔 사람들이 많이 살았어. 여름엔 지금 우리처럼 여기서 멱을 감기도 하고 밤엔 옥수수 서리를 해다가 빈집에서 쪄 먹기도 했지. 부모님이 출타한 집은 서리한 옥수수를 몰래 쪄 먹기에 안성맞춤이었단다."

"선생님 서리하다가 들키면 어떻게 했어요?"

"주인에게 혼나기도 했지. 그렇지만 아이들이 장난삼아 몇 개 훔쳐 먹는 것을 대개는 용서해 주었지. 자기 집 애도 그렇게 하며 자라니까 서로서로 용서해 준 거야. 우린 그렇게 하며 자랐단다."

"선생님, 우리도 오늘 밤 옥수수 서리하러 가요."

"옥수수 서리? 여기서 옥수수 가꾸는 사람은 우리가 묵는 집 주인밖엔 없는 것 같던데."

갑자기 나온 옥수수 서리 이야기로 아이들은 핏대까지 올렸습니다.

"선생님, 우리도 옥수수 서리 가요."

아이들은 모두 떼를 쓰듯 말했습니다. 할 수 없이 선생님도 손을 들고 말았습니다.

"좋아 한 번 해 보자. 저기 저 밭이 주인집 옥수수 밭이다. 아주 맛있는 옥수수래. 그럼 이렇게 하자꾸나. 오늘 밤 우리는 저 아랫마을에 놀러 간다고 해놓고 옥수수를 따러 가자. 옥수수를 따서는 집주인에게 말하는 거야. 아랫마을에서 옥수수를 좀 사왔는데 쪄 주실랍니까? 어때?"

아이들은 깔깔거리며 손뼉을 쳤습니다.

"얘들아, 옥수수는 자기가 먹을 만큼만 따야 한다. 애써 지은 옥수수 농사를 다 망쳐서는 안 돼. 옥수수수염 끝을 만져서 시들시들 반쯤 시든 게 먹을 만한 거니까 잘 만져 보고 따야 해. 꼭 먹을 만큼만 따야 한다. 알았지? 옥수숫대 쓰러지지 않게 조심하고."

"예!"

아이들은 소리 지르고 나서 물속으로 풍덩풍덩 몸을 던졌습니다. 도톨도톨 추웠던 몸에서 어느새 송송송 땀이 돋고 있었습니다.

그날 밤 선생님은 아이들을 데리고 아랫마을에 놀러 간다고 집주인에게 말했습니다.

"그래? 잘 다녀와. 우리도 내일 아이들 먹일 수박이랑 참외 가지러 가려고 해. 너, 근배 알지? 니가 올해도 아이들을 데리고 여기 왔다니깐 수박이랑 참외 좀 가져가래."

"고맙기도 해라. 내가 나중에 고맙다고 전화할게."

선생님과 아이들은 아랫마을 면 소재지로 놀러 간다고 속이고 집을 나섰습니다.

휘영청 달이 밝았습니다. 선생님은 아이들을 데리고 냇가로 갔습니다.

"먼저 흙을 물에 묻혀서 얼굴 위장을 해야 해. 군인들은 야간 전투를 벌일 때 얼굴 광대뼈 같은 데를 흙으로 칠해서 얼굴에서 나오는 빛을 막거든. 밤에도 얼굴에선 빛이 난

단 말야. 특히 튀어나온 광대뼈 같은 곳은 흙을 잘 칠해야 해. 풀을 뽑아 뿌리 흙을 물에 묻히고 얼굴에 잘 발라라. 자 빨리.”

아이들은 낄낄거리며 얼굴에 흙칠을 하였습니다. 큰 전투에라도 나가는 것처럼 정성껏 위장했습니다.

“하하, 선미 좀 봐. 입술도 흙을 칠했어.”

아이들은 친구들의 얼굴을 보며 깔깔거렸습니다. 푸른 달빛 때문에 흙칠한 얼굴은 으스스했고 우스꽝스러웠습니다.

“선생님 얼굴 좀 봐! 흑인 같아.”

“쉿! 엎드려!”

갑자기 선생님이 풀밭에 엎드리며 말했습니다.

“주인 아저씨와 아줌마다.”

주인 내외는 바지게를 지고 손전등을 들었습니다. 어린 서리꾼들이 숨죽이며 엎드린 옆으로 다가왔습니다.

“여보, 이제 옥수수를 지켜야 하지 않을까요? 그저께 윗마을 정수 할아버지네 옥수수를 다 따갔대요.”

주인 아주머니가 말했습니다.

“그래? 내일 아이들 떠난다니까 떠나고 나면 옥수수 밭에 원두막 짓고 거기서 자야겠네.”

아저씨가 손전등을 들어 옥수수 밭쪽으로 불을 비추었습니다.

“여보, 불 내려요. 잠자는 옥수수 깨겠어요. 옥수수도 잠을 잘 자야 잘 익는다구요.”

아줌마는 손을 들어 아저씨의 손전등을 내리게 했습니다. 아이들은 숨을 죽이고 옥수수 밭으로 가는 길을 잘 봐 두었습니다. 마침내 손전등 빛이 저 멀리로 사라졌습니다.

“가자!”

선생님은 긴장한 아이들을 한 명 한 명 옥수수 밭으로 밀어 넣었습니다.

“기철아, 우리도 가자.”

마지막으로 선생님은 기철이 손목을 잡고 옥수수 밭으로 숨어들었습니다.

“기철아, 아무거나 따지 말고 잘 만져 보고 따야 해.”

“예.”

기철이는 선생님을 따라 가며 대답했습니다. 선생님도 옥수수밭 깊숙이 들어가며 옥수수를 만져 보았습니다.

“기철아 피아노 연습은 잘되니?”

“아뇨. 하기 싫어요.”

"왜 피아노 음악이 싫어?"

"피아노 음악은 좋지만 연습이 너무 힘들어요. 저도 다른 아이들처럼 게임도 하고 텔레비전도 실컷 보고 싶어요."

"힘들어서 피아노 치기 싫다고? 너답지 않구나. 역사를 움직이고 문화를 이끌어 간 사람들은 자신의 저급한 욕망을 눌러 이긴 사람들이야."

"저급한 욕망요?"

"쉿! 엎드려! 엎드려!"

선생님이 이야기 하다 말고 기철이 몸을 눌렀습니다.

손전등을 옥수수 밭으로 비추는지 옥수수 줄기 사이로 빛이 바쁘게 들어왔습니다.

"집주인이 가다 말고 돌아오고 있어. 뭔가 눈치를 챈 것 같아."

옥수수를 고르던 다른 아이들도 모두 엎드렸습니다.

"여보, 가다 말고 되돌아가재요?"

주인 아주머니의 목소리가 옥수수 밭으로 들어왔습니다.

"오늘 왠지 느낌이 안 좋아. 오늘 밤 꼭 옥수수 도둑이 들어올 것만 같아."

"여보, 도둑이 얼마나 약은데요. 옥수수 막 따려면 며칠 더 있어야 해요. 지금은 먹을 만한 게 얼마 안 돼요."

"그러니까 지켜야지. 아무거나 막 따서 옥수수 밭 다 망치면 어떻게 해."

아이들은 옥수수 밭에서 그 소리를 다 들었습니다. 아무거나 막 땄던 아이들은 가슴이 뜨끔했습니다.

"봐요. 불을 비추어도 아무도 없잖아요. 갔다 오다가 다시 살피자구요."

"그럴까?"

아이들은 옥수수 그늘에 엎드려서 손전등이 사라지는 것을 보았습니다.

"갔어."

"갔어."

엎드렸던 아이들은 후유 깊은 한숨을 내쉬며 몸을 일으켰습니다.

"옆으로 전달! 아무거나 따지 말고 소리 내지 마."

선생님이 어둠을 향해 말했습니다.

"옆으로 전달! 아무거나 따지 말고 소리 내지 마."

아이들의 소리가 조용조용 옥수수 밭으로 퍼졌습니다. 아이들은 고개를 끄덕이며 옥수수 수염 하나하나를 천천히 만졌습니다.

"기철아."

기철은 옥수수 하나를 겨우 따서 호주머니에 넣으며 고개를 돌렸습니다. 다른 곳으로 간 줄 알았던 선생님이 바로 옆에 있었습니다.

"예."

"조선시대 이야기인데 대금 연주의 명인 정약대라는 사람이 있었어. 정약대는 10년 동안 하루도 쉬지 않고 인왕산에 올라 대금 연습을 했다는구나. 〈도드리〉라고 7, 8분 걸리는 곡을 한 번 불고 나면 모래알 하나를 나막신에 넣었는데 모래알 하나하나가 쌓여 나막신에 모래가 넘쳤고 거기서 풀까지 돋았다는구나."

"풀까지요?"

"그래."

선생님은 옥수수 하나를 뚝 따며 말했습니다.

"〈도드리〉 한 곡을 연주하고 모래알 하나를요?"

"그래."

선생님은 다른 옥수수 수염을 만지며 말했습니다.

나기철은 어느새 쇼팽의 작품번호 10번을 연주하고 있었습니다. 연주하기가 아주 힘든 곡입니다. 손가락이 비틀어지지 않고는 연주할 수 없다는 우스개가 있을 정도로 연주하기가 어려운 곡을 나기철은 능숙하게 연주합니다.

'선생님, 그날 밤 옥수수는 너무 맛있었습니다. 집주인은 자기네 옥수수인 줄도 모르고 쪄 주었고 우리는 속으로 낄낄거리며 먹었지요. 집주인도 이렇게 맛있는 옥수수를 어디서 샀느냐고 게 눈 감추듯 먹어치웠지요. 그러나 선생님 저는 옥수수를 맛있게 먹으면서도 마음은 옥수수 밭에 있었습니다. 정약대…… 〈도드리〉…… 나막신…… 모래알 하나…… 싹이 돋았다…… 정약대…… 〈도드리〉…… 나막신…… 모래알 하나…… 싹이 돋았다…… 싹이 돋았다…… 싹이 돋았다…… 저는 제 피아노를 향해 막 달려가고 싶었습니다. 저도 정약대처럼, 그렇게 연습하고 싶다는 생각이 불꽃처럼 피어올랐습니다.'

어린 기철은 돌아오는 버스에서도 내내 피아노를 치고 싶다는 마음 때문에 병이 날 것 같았습니다.

다른 아이들은 달리는 버스에서 하나둘 눈을 감기 시작했습니다. 그런 아이들에게 심술을 부리듯 버스 운전기사가 길섶에 차를 세우더니 마이크를 들고 일어섰습니다.

"아아 마이크 시험 아아 마이크 시험 중."

졸던 아이들도 무슨 일인가, 하고 눈을 비볐습니다.

"너희들 어제 옥수수 서리했지? 그거 다 너희 담임 선생님이 꾸민 연극이야. 나도 너희 담임 선생님에게 배우고 너희들처럼 옥수수 서리를 했다구. 집주인도 일부러 능청을 떤 거라고. 옥수수 값을 미리 다 낸 거야."

담임 선생님의 제자라는 운전기사가 옥수수 서리의 비밀을 밝혔을 때 아이들은 캬악 캬악 어머머머 비명을 지르며 법석을 떨었습니다. 담임 선생님이 그런 아이를 보며 껄껄 웃었습니다. 즐거움 속에 꽁꽁 숨겨 두었던 죄의식도 모두 털 수 있었습니다. 그러나 기철은 무릎을 피아노 삼아 손가락 연습에 몰두해 있었습니다. 예술 중학교 입학 과제곡입니다.

청중들은 나기철의 신들린 듯한 연주에 마음을 빼앗긴 채 숨소리 하나 내지 않았습니다.

높은 음정의 건반에서 현란하게 움직이는 나기철의 손을 멀리서 방송 카메라가 잡고 있었습니다.

마침내 그 어렵다는 작품 번호 10번의 연주를 마쳤습니다. 사람들은 모두 일어서서 박수를 보냈습니다.

그날 밤 텔레비전 뉴스에서 세계적인 피아니스트 나기철의 독주회를 자세히 소개했습니다.

카메라는 가끔씩 빠진 이빨처럼 비어 있는 빈자리를 비춰 주기도 했고 연주가 끝난 후 행복한 얼굴로 연주회장을 빠져나오는 사람들의 표정을 생생하게 보여 주었습니다. 빈자리의 사연을 나기철이 직접 육성으로 들려주기도 하였습니다. 나기철이 말하는 동안 카메라 앵글은 또다시 빈자리를 잡았습니다. 꽃다발에 묻힌 빈자리입니다.

나의
동화 고백

'찬란한 믿음'에서 '노래하며 우는 새'까지

〈시와 동화〉 2005년 봄호 특집 제의를 받았을 때 나는 무심히 고개를 끄덕이고 말았는데 누가 무슨 부탁을 하면 사람 좋게 선선히 응낙해놓고는 돌아서서 후회하는 게 나의 고약한 버릇 중 하나이다. 한국 아동문학인협회 2004년 12월 정기 총회에 나갔다가 강정규 주간의 써주는 메모를 보고 그냥 고개를 끄덕였는데 준비해야 할 것은 사진과 그림, 신작 동화나 산문. 마감은 1월 25일이라고 못박혀 있었다. 나는 내가 좋아하는 사람이 부탁하면 좀처럼 거절하지 못하는 성격인데 이거야말로 쉽게 고개를 끄덕여선 안 되는 일이었다. 준비 기간이 한 달도 채 안 되는 시간에 창작이나 산문이라니. 거기다가 작품론이나 인간 송재찬을 이야기하는 원고는 누구에게 부탁한단 말인가. 누가 부탁하면 웬만해선 거절 못 하는 나는 그러나 누구에게 무슨 부탁을 하기는 입을 쉽게 떼지 못하는 성미다. 며칠을 벼르다가 어렵게 부탁해서 작가론과 작가 이야기는 김현숙과 이상교의 승낙을 받아냈다.

철딱서니 없이 첨에는 신작을 준비할까, 하는 마음도 먹어보았지만 탁월한 능력, 초인적인 힘이 아니고는 그것 역시 불가능한 일이다. 〈시와 동화〉 원고 이전에 이미 약속되어 있는 원고가 2월에 세 건이나 밀려 있는 형편이었는데 그것 역시 미룬다거나 도중하차할 성격의 원고들이 아니었다.

가슴을 쳤다. 나는 왜 이렇게 자기 관리가 안 되는가. 이 일만 끝내면 정말 정신 바짝 차려서 되도록이면 쓰지 말아야지, 한 편 한 편에 정성을 다 쏟을 수 있는 시간을 가지며 살아야지, 하는 생각을 거듭거듭 했다. 또 그 생각이 났다. '좋은 동화 한 편을 위해 이 세상 모든 것을 버리겠다는 각오로 글을 쓰겠다.'는 나의 신춘문예 당선 소감.

이 순간 몹시 부끄럽다. 다시 그 당선 소감까지 들먹이며 나를 제대로 관리하겠다고 혼자 선언해 보지만 결국 내 나쁜 버릇은 얼마 가지 않아 나를 또 궁지에 몰아놓을 것이다.

신앙인들의 글 중에는 '나의 신앙 고백'이라 글들이 꽤 있는데 나는 '나의 동화 고백'이라는 제목을 생각해 냈고 연대기 별로 사진을 찾아내기로 했다.

이 작업을 하는 동안 나는 또 한 번 내 자신의 자잘한 못된 버릇들과 맞닥뜨렸다. 내 물건들은 제대로 정리되어 있는 게 하나도 없었다. 책도 사진도 기억에만 차례대로 입력되어 있을 뿐 현물은 없는 게 꽤 있었다.

내 모든 것 담은 신춘문예 당선 소감

신춘문예 당선 작품 스크랩은 가끔 짐을 정리할 때 가끔씩 여기저기서 보였지만 이 글을 준비하는 동안에는 꼭꼭 숨어 나타나지 않았다. 신춘문예 당선 소감과 사진은 그 당시의 내 모든 것을 담고 있다. 문학잡지나 시집·소설집에서 보았던 작가들의 멋진 사진들처럼 나는 멋진 사진과 그럴듯한 당선 소감을 쓰고 싶었다. 버스도 오지 않고 전기도 들어오지 않는 산골에 사진관이 있을 리 없고 학교를 졸업앨범을 제작했던 면소(면 소재지) 마을 사진사도 내 맘에 차지 않았다. 더 멋진 사진을 찍기 위해 나는 한 시간을 걸었고 버스를 갈아타며 영주(경북 영주시)까지 나갔다. 사진이 완성되는 동안 여관 잠을 자며 쓴 것이 신춘문예 당선 소감이다. 비장하기까지 한 사진, 핏발선 각오가 고스란히 드러난 사진과 온갖 멋을 다 부려 쓴 당선 소감을 부치고 산골 하숙집으로 돌아와 보니 〈문학사상〉에서 전보가 와 있었다. 신춘문예 당선자 화보와 인터뷰 건으로 상경 바람. 사진 필요. 나는 그 당시 〈창작과 비평〉, 〈문학사상〉을 읽고 있었기 때문에 〈문학사상〉이 신춘문예 당선자 특집을 꾸미고 있다는 것을 알고 있었다. 그러나 거기에 아동문학 신인들은 등장한 적이 없었다. 내가 밤을 새며 읽고 있던 그 잡지에 내 기사가 나간다! 생각만으로도 하늘을 찌를 일이었다. 신춘문예 당선자도 전부가 실리는 것이 아니고 〈문학사상〉이 신춘 당선자 중에서 다시 골라 예닐곱 명 정도의 사진만이 실리는 것이다. 흥분을 감추지 못하고 지난해의 〈문학사상〉 신인 특집 화보를 들추니 증명사진이 아니라 분위기를 한껏 살린 스냅사진들이 대부분이었다. 나에겐 그런 사진이 없었다. 서랍 속에 들어있는 사진들을 죄다 꺼내 하나하나 들여다보았지만 화보에 어울릴 것 같은 사진은 하나도 없었다. 하나같이 경직되어 있고 무표정했다. 고르고 골라 단체 사진 중의 한 부분과 증명사진을 챙겨들었다. 그게 〈문학사상〉 42호, 1976년 3월 호에 실린 사진이다. 나의 프로필은 이렇게 시작되었다.

5분 인터뷰 담당은 김승희 기자. 지금은 소설까지 겸하는 서강대 교수로 후진까지 양성하고 있지만 그 당시 그녀는 촉망받는 젊은 시인이었고 빼어난 인터뷰 기사로 〈문학사상〉을 빛내던 기자였다. 그녀는 이것저것을 물었고 동화에 대한 관심을 드러내었다. 나는 그런 그녀를 보며 그녀의 신춘 당선작 〈프란다스의 개〉를 떠올렸다. 그 시에는 내가 꿈꾸는 동화가 이미 들어 있었다. 동화를 쓰면 잘 쓸 것 같은 시인으로 아직도 나는 김승희 시인을 꼽는다. 나중에 잡지가 나와 펼쳐보니 인터뷰 기사의 질문은 내 당선 작품을 그대로 인용한 독특한 인터뷰 기사였다.

생활동화와 幻想동화의 찬란한 交織

〈빈 가슴으로 산다는 것은 슬픈 일이야. 다른 것으로라도 채워보렴. 그러면 고향을 조금은 잊을 수 있을거야.〉

– 정말 저는 고향 제주도에서 25년을 살다가 2년 전에 경북 봉화군 재산면 동면국민학교로 전근을 왔습니다. 황폐한 벽촌이지요. 그곳에서 처음으로 고향 떠난 그리움과 허물어져가는 자신의 꿈과 고향 잃은 者의 짙은 비애를 느꼈습니다. 너무나 어두웠지요. 그래서 제 동화 〈찬란한 믿음〉에선 바다를 떠나 풀숲에 버려진 소라 껍데기를 주인공으로 삼았던 겁니다.

이렇게 시작되는 기사는 생활동화가 주류를 이루고 있기 때문에 생활과 환상이 잘 교직된 작품을 쓰고 싶다는 바람으로 끝을 맺고 있다.

첫 작품집 《민들레 섬의 나비》

내 처음 얼굴이 실린 〈문학사상〉은 찾아내었지만 첫 작품집 《민들레 섬의 나비》는 아무리 뒤져도 없다. 표지에 민들레꽃과 나비가 화려하게 그려진 내 첫 작품집 《민들레 섬의 나비》는, 무명으로 세상을 떠난 신창호 시인 덕분에 나온 나의 첫 책이지만 신춘문예 당선 작품이 200자 정도 사라져버린 작품집이어서 특별한 경우가 아니고는 돌리지 않은 비운의 작품집이다. 신인들의 작품은 거의 자비 출판하던 시절이라 나는 작품집 출간은 꿈도 못 꾸고 있었다. 같은 면내에 근무하는 이오덕 선생님 소개로 권정생 선생님을 찾아가게 되었고 권 선생님의 소개로 알게 된 신창호 시인. 교회 주일학교 전국 연합회에 간여했던 그는 기독교 관계 책을 주로 내는 목양사에서 내 작품집이 나오도록 주선해 주었다. 목양사 김봉익 사장은 제주도 출신으로, 동향 출신의 무명 동화작가의 책을 선뜻 내주었는데 1,000부 인세를 책으로 받았다. 고등학교 국어 교사인 처남에겐 5,000부를 찍었다고 터무니없는 호기를 부려 그의 고개를 갸웃거리게 했지만 그 1,000부도 제대로 소화되지 않아 한참 동안 서점에 꽂혀 있었다. 인세로 받은 책은 내가 살던 산골까지는 배송되지 못하고 대구의 김상삼 선생 집으로 배송되었다. 김상삼 선생은 대구 아동문학회 때문에 알게 된 분으로 대구에 가면 대개 그 집 신세를 졌다. 예나 지금이나 한결같은 김상삼 선생은 형님 같은 푸근함으로 시골에서 올라온 젊은 작가들을 먹이고 재웠는데 필자 말고도 배익천 김병규 박두순 김재수, 대구에 가면 늘 따뜻하게 대해 주었던 하청호, 강준영 같은 분들이 그 집에서 밤을 새며 이야기를 했고 화투판을 벌이기도 했다. 이상하게 초저녁엔 시인들이, 밤이 깊어갈수록 동화작가들이 기세를 올렸다.

시골까지는 책을 배송해 줄 수 없다 하여 김상삼 선생의 집으로 책이 왔는데 사라져 버린 200자 때문에 나는 그 책에 애착이 가지 않았다. 꼭 드려야 할 분들에겐 사라진 200자를 써서 드렸다. 대구에 들릴 때마다 몇 권씩 가져다가 집에 쌓아두었던 그 책은 이사하는 동안 이리 굴리고 저리 굴리다 지금은 그나마도 딱 한 권이 남아 있을 뿐이다. 내가 귀히 여기지 않으니 스스로 자진하여 사라져 버린 것일까.

신춘문예에 당선되기 전 대구에서 시상하는 창주문학상에 동화에 뽑힌 덕분에 대구아동문학회에 가입하게 되었고 다시 하청호, 강준영, 노원호 선배가 앞장서서 결성한 '한뜻모임'에 들어가게 되었는데 글 잘 쓰는 하청호, 강준영, 노원호 선배는 나의 우상 같은 분들이었다.

동인지 한뜻문고 1집-아동문학 9인집 〈꽃과 항아리〉가 나온 것은 1976년 5월 5일이다. 회원 9명 전원이 참여했는데 강준영, 하청호, 김재수, 노원호, 배익천, 김충도, 송재찬, 권오삼, 손원상이다. 이중 강준영 선생은 세상을 떴다. 〈그리움 나무〉, 〈진주조개 이야기〉, 〈날개〉같은 빼어난 작품으로 동화의 지평을 넓혀갔던 그가 있었다면 우리 동화는 더욱 풍성했을 것이다.

첫 청탁받던 날

신춘에 당선되었지만 작품 발표는 1년에 한 편 정도였다. 고맙게도 월간 〈소년〉에선 해마다 청탁서가 날아왔고 나는 그 청탁서를 자랑스럽게 책상 앞 벽에 붙여놓고 날마다 들여다보며 마음을 다잡았다. 그리고 녹색 잉크의 만년필로 정성껏 작품을 쓰곤 했다. 지금도 청탁서를 보내주던 분의 이름이 선명하게 내 마음에 찍혀있다. 특이한 이름이다. 이단원. 〈소년〉을 오랫동안 만들었던 김원석 선생님도 내 녹색 만년필 글씨를 기억하고 있었다. 얼마 전 그 이야기를 해서 나는 새삼스럽게 〈소년〉을 떠올렸다. 그 소년에 자전적인 작품 〈노래하며 우는 새〉 18회 연재를, 2005년 2월호로 끝냈다. 계속해서 소년의 지원을 받아온 셈이다.

〈소년〉과 함께 나를 훈련시킨 것은 대구아동문학회와 한뜻모임 동인이다.

대구아동문학회는 해마다 기관지를 냈기 때문에 거기에 싣기 위해 작품을 써야했고 한뜻 모임 동인지에도 작품을 내야했다. 알게 모르게 나는 그렇게 동화작가의 길을 걷고 있었다.

연재소설을 쓰다

〈아동문예〉는 처음에 광주에서 시작되었다. 광주 〈아동문예〉부터 서울〈아동문예〉에까지 나는 많은 작품들을 아동문예를 통해 발표했다. 아동문예는 70매가 넘는 작품들도 과감하게 실어 아동 문단에 새바람을 일으켰고 여럿이 이어서 쓰는 동화, 나를 주제로한 소년소설 등 다양한 기획으로 아동문학을 풍성하게 했고 김목, 김문홍같은 신예 작가들에게 연재를 맡기기도 했다. 나는 거의 모든 기획물에 참여하는 영광을 누리게 되어 연재까지 하게 되었는데 거기에 연재한 〈유채꽃 피는 고향〉은 나중에 책으로 묶어내지 못한 작품으로 남았지만 나중에 〈소년동아〉에 연재소설을 쓸 수 있는 힘을 길러주었다.

〈유채꽃 피는 고향〉을 끝낸 얼마 후에 내가 살던 산골, 이장댁에 설치되어 있던 새마을 스피커가 크게 울렸다.

"장전국민학교 송재찬 선생님 서울에서 전화왔십니더 빨리 오이소."

학교에 전화도 없는 궁벽한 곳. 전화라고는 이장댁에 있는 행정 전화가 고작이었다. 마을 사람들에게 전화가 오면 스피커를 통해 동네방네 알리는 그런 전화였다. 나는 헐레벌떡 뛰어갔다.

"〈소년동아일보〉 성인환 기자입니다. 일간지 연재소설을 70년대 작가들이 맡기 시작한 거 아시지요? 우리 소년지도 신인들에게 연재소설을 맡기기로 하고 〈동아일보〉 출신 중에서 송 선생을 골랐으니 자신 있으면 한번 올라오세요."

나는 멍했다. 어떻게 나에게 이런 행운이 온 것일까. 나는 자신 없다고 할 수가 없었다.

"제목과 줄거리를 대강 생각해서 한번 올라오세요."

이렇게 해서 나온 게 실질적인 나의 첫 장편 《돌마당에 뜨는 해》이다. 복사기도 컴퓨터도 없던 시절. 나는 몇 번을 공책에 옮기며 일주일치 씩을 한꺼번에 써 보냈는데 늘 시간에 쫓겨 마지막 마감 날에는 아이들에게 완성된 원고를 한 장씩 쓰게 해서 복사본을 만들어 놓곤 했다.

그 당시 연재는 대개 서울 분들이 했다. 담당 기자와 자주 연락하며 작품을 진행시켜 나가야 했기 때문이다. 나는 시골에 있었기 때문에 1주일에 한 번 꼭 전화를 해 달라고 했다. 나는 한 시간을 걸어 우체국에 가서 전화를 걸었다.

연재를 하는 동안 자주 독자들의 편지가 〈소년동아〉를 거쳐 배달되었고 〈동아일보〉 출판국에서 아동물을 시작할 때 〈소년동아〉는 내 연재작품을 추천해 주었다.

《돌마당에 뜨는 해》는 기자들도 열심히 읽은 작품이었다고 한다. 그러나 처음 일주일 분을 연재했을 때는 아찔했다고 했다. 잘못 맡겼구나, 하고 크게 후회했다는 것이다. 너무 무게를 잡아 역시 신인이라 이렇구나 했는데 2주째 들어서면서 제법 자리를 잡아갔고 독자들의 반응도 연재 작품 중 제일 좋았다는 이야기를 성인환 기자가 전해 주었다.

〈소년〉-〈아동문예〉-〈동아일보〉를 거치며 작품을 쓸 때 보이지 않게 나를 이끈 분이 있다. 자주자주 나는 그분을 잊었지만 그분은 언제나 내가 손 내미는 자리에서 내 연약함을 붙잡아 주었다. 저 하늘에 계시다는 하나님 아버지이다.

사진 속 지인들이 그립다

사진을 고르다 보니 뜻밖의 사진이 나왔다. 권정생 동화의 밤. 카메라 셔터를 누를 때 고개를 돌린 저 세상의 전우익 선생님이 먼저 눈에 띄고 젊은 날의 이현주 목사님, 내 작품을 보며 안타까워했을 이오덕 선생님도 보인다. 신창호 선생님이 보이고 이름이 가물가물한 시인 목사님도 보인다.

총각으로 객지 생활을 하던 나는 토요일이면 가끔 권정생 선생님을 찾아가 이런 저런 이야기를 하며 저녁을 얻어먹기도 하고 때로는 자고 오기도 했다.

내가 볼 때 그 분은 소년같이 맑은 눈에 늘 단단한 정신은 지니고 있었다. 그가 보여주는 삶과 동화에 대한 투철함은 늘 나를 채찍질했다. 이오덕 선생님 앞에 가면 너무 어려워서 말도 조심스럽게 했지만 권정생 선생님 댁에 갔을 땐 맘놓고 떠들고 크게 웃기도 했다. 헤어져 돌아올 땐 많은 생각을 했다.

결혼하고 아내와 인사를 드리러 갔을 때는 연탄을 옮기도 있었다. 나는 양복을 입은 채 연탄 나르는 일을 도왔는데 새 양복을 입은 게 어찌나 부끄러웠는지 진땀을 흘리며 연탄을 날랐다. 아내는 파스텔톤의 투피스를 입고 쩔쩔매는 나를 지켜보았다.

내 주변의 사진 속 얼굴들이 빠르게 바뀌기 시작한 것은 서울로 옮기면서부터였다. 풀무모임(정하나, 노원호, 박성배, 김학선, 송재찬) 사진들이 해마다 다른 모습으로 나타나고 친구 노릇을 제대로 못하는데도 늘 불러주는 비슷한 연배들인 배익천, 김병규, 이동렬, 이상교, 이규희, 소중애, 강원희에다 화가 이영원까지의 모습들이 내 사진첩의 주류를 이루고 있다. 비슷한 연배인 이들은 내가 늘 고마워하는 얼굴들로 그들의 장점들을 새삼스럽게 발견할 때마다 몰래 내 마음을 벼리곤 한다. 이들 사이에 끼여 있었기에 내가 지금 이런 글을 쓸 수 있었던 게 아닐까? 사람 노릇 제대로 못하고 주변머리도 없는 내가 이만큼 설 수 있었던 것은 데뷔 무렵부터 이어온 배익천, 김병규, 이동렬의 따뜻한 배려 때문이었다. 내가 생각해도 나는 답답하고 막힌 사람이다. 그런데도 이들은 아직까지 나를 불러내 주고 챙겨주고 말없이 책망하기도 한다. 어디 말로 해야 책망인가, 내가 못하는 것들을 거침없이 해내고, 내가 잘 쓰지 못 하는 것들을 잘 써내고 반듯하게 살아가는 걸 보며 그들을 닮으려 애쓴다.

새롭게 연재 시작

그때그때 최선을 다했다고 생각했지만 되돌아보니 어찌 이리 허한 구멍들이 많은가. 야무지지 못한 내 모습들이 지나온 세월 곳곳에 무수히 쓰러져있다. 지난해《노래하며 우는 새》를 연재할 때도 다른 원고는 쓰지 말고 이 일에만 전념하리라 했었다. 그러나 2004년에도 이런 저런 원고에 치여 마감일에 쫓기며 컴퓨터 앞에 앉았고 연재가 끝나서도 전력투구하지 못하고 아쉬운 마음으로 출판사에 넘겼다.

그러나 다시 새봄이 오고 있다. 새봄에 기대어 다시 시작하자. 다른 길이 없다. 그래도 아직은 시간이 남아 있을 것이다.

영원한 아이,
영원한 첫사랑

이상교

처음 만남

기억하기로 우리는 스물일곱과 스물여덟으로 만났다. 물론 내가 한 살이 위이다.

그와 내가 이름만 익히다가 처음 만난 것은 1978년 부산 세미나 때였다.

그는 그 무렵 경상북도 한 시골 초등학교 교사로 재직해 있었다. 그는 반짝거리지 않는 차림에 순진하기 이를 데 없는 표정으로 내게 왔다.

한국 아동 문단의 키가 큰 남녀 간의 첫 만남인 셈이었다. 그 첫 만남을 연유하여 세간에서는 우리 두 사람을 첫사랑 사이로 알기도 한다. 내 경우, 손해나는 장사는 물론 아니다.

우리는 그때 1박 2일의 부산 세미나 일정을 마치고 '아무렇지도 않게' 제각기 머물렀던 곳으로 돌아갔으며 세월은 또 무심힌 듯 우리 두 사람 곁을 스치고 지나갔다.

이상한 것은 그 무렵보다 그는 더욱 더 아이 같아졌다라는 사실이다. 이 말은 내가 전에 비겨 훨씬 어른스러워진 까닭이리라. 나는 그보다 한 살이나 더 많으므로.

전에 그의 이름만 듣다 처음 얼굴을 본 후배가 했던 말이 생각난다. '참으로 보기 드물게 선한 인상'이라는 것이다. 너무도 오래 익혀온 얼굴이며 표정이라서 미처 깨닫지 못하고 있었는데 과연 그랬다.

송재찬, 그는 입을 열어 말을 꺼내기 전에 얼굴에 가득 웃음을 머금는 버릇이 있다. 약간은 어눌한 말투의 그가 이야기를 시작하면 나는 이야기 내용에 앞서 그이의 눈빛과 말투에 더 먼저 마음이 가는 것을 마지 못한다.

이야기 중간 '그래서 뭐냐…….'를 넣는 버릇이 있는 그이. 때로는 여성스러움을 느끼게 하는 까닭은 어린 시절 이모들의 사랑을 듬뿍 받고 성장한 까닭이 아닐까 생각한다.

큰 키에 준수한 외모, 참으로 선한 인상의 사나이, 송재찬!

그와 내가 '첫사랑 사이'로 불리기도 하나 사실 그렇지는 않다라는 것을 알 사람은 안다. 그럼에도 우리는 만나면 마치 첫사랑 사이처럼 가깝게 느껴지는 것을 스스로도 깨닫곤 한다.

사실 나는 그가 몇 년도에 경북의 초등학교에서 서울로 옮겨와 근무하게 되었는지 정확히 알지 못한다. 그리고 어떤 인연으로 내가 아닌 다른 아름다운 여인을 만나 결혼에 이르게 되었는지도 알지 못한다.

　첫 만남 뒤 우리는 사는 일에 쫓겨 세미나 때나 시상식 모임이 있을 때 등 잊지 않을 만큼 만나 인사를 나누며 지내왔다. 참으로 무심한 듯. 그러다 다시 가까워지기 시작한 것은 부산 배익천 형의 초청으로 몇몇이 1박 2일로 부산을 드나들면서였다. 아니, 아니, 내가 술을 꽤 거하게 잘 마시면서 그리고 잘 떠들게 되면서였을 것이다.

　언제 한번은 그이의 부인과 여럿이 자리를 함께할 기회가 있었는데, 나는 늘 해오던 버릇대로 그만 '송재찬은 나의 첫사랑' 이라는 말을 입에 올리고 말았다.

　내외는 그 일을 기억 못할 수도 있겠으나 나는 불쑥 말해놓고는 퍽 쑥스럽고 멋쩍고 낭패스러웠다. 그때는 지금보다는 훨씬 덜 뻔뻔했으며 덜 자신만만했다.

　한번은 송재찬이 내게 말했다.

　"우리 슬기 엄마가 이상교 선생을 좀 더 가까이 알게 되면 내가 좋아하는 것보다 아마 더 많이 좋아하게 될 거야!"

　그는 진심으로 말했다.

　"에이, 무슨 소리야? 그런 경우가 어디 있어?"

　"아냐, 정말이라니까!"

　나는 그 말을 죽을 때까지도 잊지 못할 것이다. 아, 그는 나를 정말이지 좋아하는 구나!

좋은 선생님, 훌륭한 동화작가

　그는 아다시피 초등학교 선생님이자, 동화작가이다. 그이의 작품 세계며 작품 활동, 경향 등에 대해서는 장을 달리하며 다른 이가 꽤 꼼꼼하게 다룰 것을 알고 있으므로 어 줍잖은 이야기는 말기로 한다. 자칫 잘못 말했다가는 안하느니만 못할 것이기 때문이다. (지금, 이 글을 쓰고 있는 심정도 매한가지지만)

　그는 먼저 내가 알고 있는 좋은 선생님 가운데 드물게 좋은 선생님으로 여겨진다. 선생님들이야 모두 선생님다운 훌륭한 덕목을 갖추었을 것으로 생각한다. 여기서 그를 훌륭한 선생님일 것이라고 여기는 까닭에는 이유가 있다.

　몇 해 전, 선생님 반에 싸움쟁이 여자아이가 있었단다. 하루도 싸우지 않는 날이 없었는데, 알고 보니 입양되어 온 아이였는데, 입양해 온 부모가 헤어지는 바람에 아이는 입양 부모의 한쪽인 아빠의 어머니인 할머니 손에 맡겨졌다는 것이다.

　제 삼자인 우리가 볼 때에는 파양되지 않고 할머니 손에 키워지게 된 것도 다행이다, 싶지만 아이로서는 견디기 어려운 불운감, 불행감으로 아무렇지도 않게 지내기란 쉽지 않았을 것이다.

어느 날, 송재찬 선생님은 아이를 불러 말했단다.

"그래, 친구들과 싸우고 싶으면 싸워도 좋아. 그 대신, 싸우기 전에 선생님한테 허락을 받고 싸우는 거야. 알았지?"

허락을 받고 싸움을 싸우기란 어디 쉬운 일인가. 아이의 싸움은 점차 줄었고, 한 날은 다가와 말하더란다.

"선생님은 어떤 선물을 받는 것이 제일 좋으세요?"

몇 가지 선물의 예를 드는데 유치원 때 만들었다는 종이찰흙 공작물이 제일 마땅할 것 같더란다. 아이는 선생님이 제게 쏟는 관심과 사랑이 마음 깊이 고마웠던 것이리라. 그래서 선생님이 제일 흡족해 할 선물을 드리고 싶었던 것이다.

그 이야기를 듣는 동안, 나는 어린 시절 송재찬 선생님이 담임인 반에 들어 공부를 하는 건데 하는 엉뚱한 생각을 했다.

송재찬 선생님은 늘 칭찬 속에 파묻혀 크는 아이, 부유하고 복된 가정의 아이를 관심 있게 돌아보기보다 가족이 없이 외로운 아이, 친구들로부터 소외된 아이, 그늘진 집안의 아이들에게 좀 더 깊은 사랑과 애정을 쏟아오고 있는 선생님, 정말이지 좋은 선생님으로 여겨진다.

특히 그런 느낌을 마지 못하는 까닭은 이따금 내가 그이가 담임으로 있는 반의 어린 제자로 돌아가 있기도 해서다.

내가 만일 그이가 맡는 반의 초등학생이라면 성실한 편의 학생이 아니었을 것이 뻔하다. 지각을 밥 먹듯 했을 것이며 선생님 얘기에 귀를 기울이는 대신 운동장 밖을 내다보기에 여념이 없었을 것이다. 걸핏하며 울었을 터이고 숙제 같은 것은 해오지도 않았겠지.

송재찬 성생님은 그런 나의 머리를 쓰다듬으며 말했을 것이다.

"이상교. 오늘도 숙제 안 해왔니? 아, 노느라 바빴구나. 그래, 너는 장래 훌륭한 동화작가가 될 터이니 그냥 놀렴. 네게 제일 맞는 건 노는 일로 보이는구나. 그래, 소질을 충분히 살려야겠지?"

송재찬 선생님은 따뜻한 눈빛과 온화한 말투로 나를 잘도 다독였을 것이다.

거꾸로 내가 어린 날의 그이의 선생님이고 그가 나의 제자라면.

그는 어린 날에도 키가 커서 맨 뒷자리에 앉을 것이다. 큰 키에 지금보다 얼굴이 좀 더 갸름했을 그는 해 오라는 숙제를 빠지지 않고 꼬박꼬박 잘도 해왔을 것이다. 학년이 바뀌도록 칠판에 썬 것을 공책 한 장에도 옮겨 적지 않는 나와는 달리 필기를 잘했을 것이며 준비물 또한 성실하게 챙겨 왔을 것이다.

이따금 물기가 도는 커다란 눈망울이라서 선생님인 나는 그의 작은 어깨를 다독여야 했으리. 더러는 안아주기도 했으리.

"송재찬, 반장해라. 너희 어때, 송재찬이 반장하는 거 불만 없지?"

편애가 대단히 심한 이상교 선생님이 되었을 것이 뻔하다.

그는 좋은 선생님 외에 부지런한 동화작가로도 알려져 있다. 한시도 손에서 책을 놓지 않는 것은 물론, 《돌아온 진돗개 백구》 같은 불후의 베스트셀러를 비롯, 문학성이 뛰어난 작품을 양산해 내는 일 외에 대외적인 임원 활동도 훌륭하게 해내고 있는 그이다.

영원한 첫사랑

그와 내가 좀더 급격히(!) 가까워지게 된 것은 어떤 한 사건을 연유해서였다.

그것은 내가 20년 가깝게 살았던 중곡동을 떠나 중랑천이 가까운 휘경동으로 이사 오면서부터가 아닌가 싶다.

거의 그렇지만 연고라곤 없는, 더구나 아파트에 살아본 적이 없는 우리 세 식구는 지금으로부터 3년 전쯤 중랑천이 가까운 휘경 주공 아파트로 이사를 해왔다.

이사를 해온 얼마동안 우리 세 식구는 새로운 이곳이 낯설기도 하고 외롭고 서먹서먹하였다. 새 아파트라서 입주 들어온 집도 많지 않았으며 크다란 장방형의 엘리베이터 안은 부근의 음식점, 미용실을 선전하는 광고 쪽지가 가득 붙여져 있었다.

그런 어느 토요일, 그가 전화를 걸어왔다.

"이사 잘했어요?"

"으응, 대강."

그이가 사는 집은 중랑천을 사이로 맞은쪽인 묵동인 것을 나는 알고 있었다.

"나 보여요? 나는 이상교 선생네가 살고 있는 아파트가 보이는데?"

자신의 집 이층 창문으로 우리가 살고 있는 아파트가 보이노라고 했다.

"정말?"

다른 높은 건물들에 가려 보일 리 없을 터인데도 그가 보인다고 하자, 정말 보일는지 모른다는 생각이 들었다. 그래서 발꿈치를 들고, 묵동 쪽으로 나있는 거실 베란다 유리문을 열고 내다보았다.

"어, 정말 보인다니까."

105동 아파트 사이로 하늘이 보이고 그이의 집 베란다 유리문을 열고 이마에 손 그늘을 만들고 웃고 있는 그가 보였다. 보이는 듯했다.

"어, 나도 보여. 아주 잘."

그리고 몇 시간 뒤, 그는 챙이 달린 운동모자 차림으로 우리 아파트를 찾아왔다. 아파트에 살려면 다른 무엇보다 가습기는 있어야 한다며 커다란 가습기 박스를 들고.

사실, 우리 집에는 가습기라는 것은 있은 적이 없었다. 대단한 살림꾼인 나는 저녁이면 집안에 젖은 빨래를 널어두는 일로 가습 효과는 충분하다고 믿어왔다. 가습기가 있게 되면 공연히 자리만 차지할 것이며, 부담될 만큼은 아니어도 전기값이 좀 나갈 것이며, 고장이라도 나면 고치려 다니느라 성가스럽기나 할 것이다 생각해 왔었다.

가습기는 옅은 보랏빛 커다란 달팽이를 본따고 있었다.

"차라도 한 잔 할래요?"

그는 오기 전부터 다른 일이 있어 차도 마시지 못하고 나오게 될 거라는 말을 미리 해 놓긴 했다.

"어떻게 해? 그냥 맨입으로 가게 해서……."

동생이 여섯이 되고 그중에 남동생이 넷이나 되지만 뚝뚝하기 짝이 없는 놈들.

"괜찮아. 이상교 선생. 그럼, 나 갈게요."

엘리베이터로 그를 내려 보내놓고 한동안 나는 더워진 눈시울의 초등학생으로 돌아가 있어야만 했다. 그가 담임인 반의.

"이상교, 힘내서 잘 지내. 내가 걱정하지 않아도 아마 잘 지낼 거야."

그날의 가습기 덕으로 우리 세 식구는 감기에 걸리는 일이 없이 지금까지도 잘 지내고 있다.

거실 안에 들여놓은 화분의 나뭇잎들은 까딱도 하지 않는다. 살아 움직이는 것이라곤 없게 느껴진다. 이러저러한 이유들로 해서 때로는 한 글자도 옮겨 적을만한 여력조차 잃은 채 컴 앞에 앉아 있는 때가 있다. 사는 일도 생각하는 일도 힘에 겹고 주저앉고 싶고…… 그때 귀에 들리는 소리 하나.

쏴아쏴아, 펄펄펄펄―

냉장고 옆의 한쪽 귀퉁이에 자리를 차지하고 앉아 흰 수증기를 뿜어내는 송재찬표 가습기.

건조한 실내를 촉촉하게 적셔 주는 놀라운 가습의 효과에 앞서 '그래, 펄펄펄 살아 있어야겠구나!' 새삼스레 드는 생각.

나만 말고 그이를 믿음직스러워 하며 좋아하는 선배들과 동료, 후배들은 많다. 그이를 싫어하는 사람을 나는 이제까지 본 일이 없다. 언제나 겸손하며 부지런히 스스로를 갈고 닦는 이. 훌륭한 작품 쓰는 일에 쏟는 그이의 열정은 끊임없을 것으로 알고 있다. 그런 그이를 나는 조금이라도 닮고 싶다.

아, 칭찬 일변도의 글을 써놓은 나는 이제부터 좀 켱기기 시작하누나!

궁색한 변명(?)같지만 내가 그에게 특별한 친근감을 느끼는 것은 키 큰 남동생이 넷이나 되는 터라 큰 남동생 같아서기도 할 것이다. (미안)

"그런데 뭐냐……."

전혀 매끄러운 말투가 아닌 그. 틈틈이 첼로를 연습한다는 그. 하나뿐(누구나 다 하나지만)인 아내를 사랑하는 그. 멀리 떨어져 공부하고 있는 아들을 누구보다도 사랑하는 그.

무엇보다 점점 더 단물이 오르게 될 그이의 찬연한 문학을 위해 오늘은 노래 한 곡을 불러주고 싶다. 조용필이 부른 노래 〈큐〉다.

"……너를 마지막으로 우리의 청춘은 끝이 났다. 우리의 사랑은 모두 끝났다. 램프가 켜져 있는 작은 찻집에서 나 홀로 우리의 추억을 태워버렸다. 사랑 눈 감으면 모르리, 사랑 돌아서면 잊으리. 사랑, 내 오늘은 울지만 다시는 울지 않겠다. 하얀 꽃송이, 송이 웨딩드레스 수놓던 날……."

송재찬, 그이의 선한 웃음이 보인다.

찬란한
믿음을 향해

김현숙

1. 미감과 고통

한라산의 기침. 이 아이디를 통해서 송재찬은 몇 가지 신상 정보를 제공한다. 제주도에서 태어나 자랐고, 키도 크고, 천식 때문에 콜록콜록 기침을 달고 다닌다는 말이다. 자신의 근거지인 제주도를 아끼는 마음과 제 형편을 슬쩍 드러내되, 이를 멋스럽게 가꿔서 내보이는 그의 미감을 엿볼 수 있다. 미감이라……. 그는 글씨도 예쁘게 쓴다. 악기도 잘 다루고 노래도 참 잘 부른다. 연극 무대에 오르고 싶은 달뜬 욕망도 간직하고 있다. 수줍은 듯 꺼낸 말이지만 구수하게 풀어가는 그의 이야기를 듣다 보면 마음이 착해진다. 이 멋진 남자가 쓰는 동화는? 이상하게 온갖 게 멋있는 작가가 풀어 놓는 동화에서 나는, 동화이기에 풀어 놓을 수밖에 없는 상처·고통·절망 그런 것들을 찾아내고 싶다. 상처 없는 영혼이 어디 있느냐고 랭보가 묻지 않았던가? 무슨 커다란 고통이 있다면 그가 가진 모든 예쁜 것들을 더 잘 이해할 수 있겠다는 생각을 막을 수 없다.

그는 오랫동안 말하지 않았던 '고통'을 근래 들어 말하기 시작했다.

아버지는 4·3 항쟁 때 제주도 '폭도'를 진압하러 왔던 경찰이었습니다. 어머니는 진압 대상자 가족이었고요. 아버지와 어머니는 마음이 통해서 결혼을 한 것이 아니었습니다. 외가에는 그때 좌익으로 몰릴 위기에 처한 사람이 있었어요. 당시에는 육지 경찰과 결혼하면 그 일이 덮어지는 경우가 있었는데, 아버지와 어머니는 그런 급박한 상황 속에서 결혼을 했지요. 그리고 사건이 끝나고 아버지가 다른 데로 발령받아갈 때 외할머니는 어머니를 보내지 않으셨어요. 어머니는 재혼을 하시고 저는 외할머니와 살았지요. 아버지는 나중에 제가 신춘문예에 당선되고 나서야 연락이 닿아서 만났습니다. 서먹서먹하고 그랬지요. 너무 오래 떨어져 살아서. 예전에는 어릴 때 일을 생각하면 울컥울컥 눈물이 나오곤 했었는데 이제는 많이 괜찮아졌습니다.(《열린 어린이》 2004년 3월호, pp.40~41)

1948년 제주 4.3 항쟁은 그의 출생에 관여하고, 1950년생 송재찬에게 평생을 안고 살아야 하는 슬픔을 주었던 것이다. 제주교대를 졸업한 후 첫 발령지 근무까지 마친 후 송재찬은 섬을 떠났다. 육지 학교에서 근무하던 첫 해인 1974년 이원수의 3회 추천 완료, 1975년 월간 〈기독교 교육〉 지령 100호 기념 동화 모집에 〈종을 치는 마음〉 당선과 대구의 창주문학상에 〈화가와 비둘기〉 당선, 1976년 〈찬란한 믿음〉이 〈동아일보〉 신춘문예에 당선됨으로써 동화작가로 신고식을 마쳤다. 수차례에 걸쳐서 받은 아동문학상들은 그가 끊임없이 활동하며 주목할 성과를 내놓은 작가임을 알려 준다.

올해로써 등단 31년을 헤아리지만 그는 지금도 가장 분주하게 작품을 생산하는 작가이다. 2005년 1월까지 송재찬이 발간한 창작동화책은 대략 장편 16권, 단편집 10권(선집 제외)을 헤아린다. 26권 중에서 동화작가 송재찬을 독자 대중에게 가장 널리 알린 작품은 《돌아온 진돗개 백구》이다. 백구 이야기는 어린 독자의 열렬한 반응을 끌어 낸 작품이다. 하지만 그를 다른 작가와 구별케 하는 가장 개성적인 작품으로는 〈하얀 야생마〉를 점찍게 된다. 이 작품을 중심으로 삼으면 주목할 만한 그의 작품들이 좌우 날개를 이루듯 모아지기 때문이다.

왼편으로는 〈제주도 할머니를 찾습니다〉-〈아버지가 숨어 사는 푸른 기와집〉-〈돌마당에 뜨는 해〉 등의 작품이 이어진다. 이 작품들은 어떤 내용들을 담았건 지극한 무엇을 상실한 존재가 갖는 애절함을 그린다는 공통점이 있다. 이 애절함은 송재찬에게 뼈와 살을 준 제주와 직·간접인 관계가 있다. 때문에 이 작품들에 제주의 고통이란 이름표를 붙일 수 있다. 오른편으로는 〈찬란한 믿음〉-〈새해 아침에 태어난 아이〉-〈해맞이〉-〈별을 보고 싶어〉 등의 작품이 이어진다. 무엇을 아름답게 표현해 보려는 그의 미감이 이들 작품의 주제나 양식에 깊이 관여하고 있다. 그러니 여기에는 송재찬의 미감이라는 이름표를 붙여보자. 송재찬은 이 두 날개로 아동문학가로서 30년이 넘는 세월을 부지런히 비행해 온 셈이다. 그러니 '고통'과 '미감'을 핵심어로 삼으면 그가 날갯짓을 통해 도달하고자 하는 세계로 들어가 볼 수 있으리라.

2. 고통의 제주는 그의 문학적 씨앗

1) 제주의 것으로 제주의 상처를 치유하라

《하얀 야생마》(세상모든책, 2002)부터 이야기를 풀어 보자. 강원도에 있는 할아버지에게 맡겨진 민태는, 언제 데리러 올지 모르는 부모를 기다리는 외로움과 부모님이 이혼할지도 모른다는 불안으로 언어를 잃은 채 지낸다. 할아버지는 민태에게 자신이 예전에는 제주도 말테우리(말목동)였다는 것과, 제주도 명의 진국태에 얽힌 민담을 들려주면서 언어를 되찾기 바란다. 고열에 들뜨던 진태는 꿈속에서 하얀 말을 만난 뒤 건강해진다. 하얀 말은 진국태의 의술 능력이 전이된 말의 후손인데, 말을 그리워하는 사람들이 사는 곳만 나타난다. 제주 말을 그리워한 할아버지 덕에 하얀 말이 민태에게 찾아왔고 병을 고친 것이다. 이 일을 계기로 민태는 닫아 두었던 말문을 연다. 그런데 하얀 말은 일종의 영적인 존재로 그치지 않고 실제로 민태와 할아버지 주위에 나타난다. 할아버지와 민태는 하얀 말과 그 식구들을 돌본다. 민태는 하얀 말을 자기 말로 삼고 각별한 정을 쌓아간다. 말안장을 올리고 하얀 말을 타는 민태 모습은 반 아이들에게도 공개된다. 그 아이들을 따라온 은철이는 자폐증으로 말을 안 하는 아이인데, 하얀 말을 만나면서 자폐증에서 벗어난다. 이를 계기로 하얀 말은 아이들 병을 고치는 신기한 말로 소문이 나고 아이들을 고친다.

민태가 왜 마음이 아팠고 어떻게 그 아픔을 풀어갔는지가 작품의 기본 줄거리를 이루고 있다. 때문에 이 작품은 마음의 상처를 가진 아이들이 동물을 통해 상처를 치유하는 과정을 담은 이야기군에 속한다고 할 수 있다. 이 작품의 특징이라면 민태를 도운 동물의 존재가 일상적인 말이 아니라 병을 치유하는 능력이 있는 일종의 영물이라는 점이다. 송재찬은 일찍부터 말에 대한 이야기를 쓰고 싶어 했다고 한다. 말은 고향 제주에서 흔히 보았던 동물이고 보니 동화작가로서 당연한 생각일 터이다. 막연한 계획은 하얀 말이라는 구체적 결과물을 만들어 냈다. 하얀 말의 품종은 제주 조랑말, 게다가 제주의 전설적 명의인 진 좌수의 치유 능력이 전이되어 있다. 고향이 제주이니 하얀 말을 그렇게 설정하는 건 자연스러워 보인다.

작품 전체의 서사를 끌고 가는 인물은 민태이다. 신비로운 존재 하얀 말은 민태의 현실에 자연스럽게 스미면서 어느덧 서사의 중심으로 떠오른다. 그러더니 민태가 가진 문제가 해결되었음에도 불구하고 떠나지 않는다. 민태가 하얀 말을 키우는 동안에 자신의 외로움과 불안을 이겨냈음을 드러낸 데서 이야기가 마무리되지 않는 것이다. 작품 후반에서 자폐증을 가진 은철이와 정신적 충격으로 말을 잃은 선혜를 등장시켜 하얀 말 이야기를 계속 끌고 간 것이다. 작가는 왜 그런 이야기를 덧붙였을까?

자신이 하얀 말에 대한 이야기를 더 풀어가고 싶은 욕구가 있었기 때문이다. 제주 말이 병을 고치는 게 강조된 뒷부분은, 고향 땅 제주에 얽혀 있는 자신의 상처를 어떻게든 치유하려는 그의 잠재 의식의 발현으로 보인다. 작가가 상당한 시간과 노력을 들여 형상화한 말이 병을 고치는 제주 말이라는 것부터가, 그의 내면의 상처 치유와 연관되어 있다. 이 말이 고치는 병은 주로 마음의 아픔에서 비롯되었다는 것은, 자기 마음의 아픔을 고치려는 송재찬의 무의식의 발로이다. 치료하는 말을 만들어 내서는, 외로움과 불안 속에서 말을 잃었던 민태에게서 이야기를 끝내지 않고 자폐증으로 말을 안 하는 은철이와 부모의 싸움이 준 충격으로 말을 잃은 선혜로 이어갔던 것이다. 하얀 말이 제주의 명의와 관계되었다는 것도 같은 맥락에서 이해된다. 제주에서 받은 상처는 제주만이 치료할 수 있다는 것이 그의 내면의 결론일 것이다. 〈하얀 야생마〉는 제주 특산품인 말과 제주 설화를 이용했기에 제주와 관련된 작품으로 지목된다. 그러나 더 근원적으로는 제주가 준 아픔을 고쳐 보자는 무의식이 작동되었다는 점에서 제주와 보다

의미 있는 관계를 맺었다고 볼 수 있다.

2) 통증의 은밀한 배출구, 설화

제주와 관계된 작품을 계속 읽어 보자. 《제주도 할머니를 찾습니다》(대교출판, 2004; 이 작품은 1995년 펴냈던 《날개를 잃어버린 사람들》의 재발간작)는 버려지고 고통당하는 노인 문제를 다룬 작품이다. 고아로 자라 남몰래 어머니에 대한 그리움을 간직하고 있는 민혜 아버지와, 자신이 아들의 발전에 걸림돌이 된다는 생각에 아들 곁을 떠난 제주 할머니 사이에서 일어난 만남과 교류, 그리고 헤어짐이 담겨 있다. 할머니는 비록 스스로의 의지로 아들 곁을 떠났지만, 자신이 아들에게 짐이 된다는 사실에 정신적 타격을 받은 인물이다. 작가는 그 충격을 날개 잘린 아기 장사 설화와 결합시켜 형상화시켰는데, 이 작품의 압권으로 꼽을 수 있다.

아기 장사 설화는 고달픈 자신들의 처지를 달래고 희망을 일구려는 민중의 비원담이다. 강력한 시대의 압력에 아기 장사의 날개가 꺾인다는 점에서 좌절된 비원담이다. 작가는 이 설화를 자식으로부터 소외당하는 노인들이 겪는 애절한 심정을 새기는 도구로 활용한다. 송재찬이 초점을 맞춘 부분은 아기 장수의 날개를 부모가 꺾었다는 점이다. 그렇게 하지 않으면 자식 목숨이 보존될 수 없으니 부모로서 어쩔 수 없이 한 일이지만, 자식의 큰 운명을 부모가 가로막았다는 그 참담한 심정을 주목한 것이다. 작품 속 제주 할머니도 그런 참담함을 경험한다. 자신을 미국으로 훨훨 날으려는 자식의 날개를 꺾은 방해물로 파악하고 있기 때문이다. 오로지 자식을 위해 살아온 자신이 아들의 짐이 되는 기막힌 운명이, 간간이 정신을 놓을 정도의 참담함으로 이끈 것이다.

혼자 사는 병약한 노인의 신산스런 처지와 아들과 헤어져 살아야 하는 아픈 심정을 빼어나게 전달한 이 작품은, 동화가 사회적 이슈를 어떻게 처리할 수 있는가를 모범적으로 보여 주었다. 그런데 작가가 노인 문제를 다루면서 제주 사람과 아기 장사 설화를 제주의 옛이야기로 꾸며 끌어들인 까닭은 좀 더 주목해야 한다. 작가가 제주에서 태어나 자랐다는 점에서만 그 이유를 구한다면, 이 작품이 가지고 있는 효용의 반만 추려낸 것이다. 제주 출신의 작가라고 모두 이처럼 작품을 끌어가지는 않기 때문이다.

아들을 떠나 보내고 괴로워하는 제주 할머니의 곁에 다가서는 사람은 민혜 아버지이다. 그는 엄마를 잃고 고아원에서 자란 인물이다. 남몰래 엄마를 그리던 그는, 제주 할머니가 아들에 대한 자책감으로 정신 분열을 일으킬 때마다 할머니의 아들이 되어 할머니를 달랜다. 처음엔 할머니를 위한 행동이었지만 어느덧 엄마에 대한 자신의 오랜 그리움을 그렇게 해서 해소시키게 된다. 이런 민혜 아버지 모습에는 작가가 투영되어 있다. 송재찬은 이 이야기를 써가며 자기를 안타깝게 그렸을 엄마의 마음을 더듬으며,

한편으론 어머니에 대한 오랜 그리움을 풀어 나가면서 자신의 상처를 치유해 나간 것이다. 이것이 이 작품의 나머지 효용이며, 그가 노인 문제를 그렇게 끌고 간 연유이다.

　제주를 환기시키는 작품들이 설화를 차용을 했다는 것은 우연한 일치로 넘기기 어렵다. 설화에 초점을 두고 생각해 보자. 설화는 그 설화를 향유하는 사람들의 비원이나 긍지의 표상물이기도 하다. 옛이야기를 오늘의 작품 속에서 활용할 때, 설화 속에 담긴 비원과 긍지는 변형과 왜곡을 거쳐 한 작가의 내면에 웅크리고 있던 감정이나 억눌린 욕망을 표출시킬 수 있다. 그러니까 직접적으로 드러내지 못할 말을 설화에 의지해 슬쩍 흘려보내는 것이다. 자신의 출생과 성장에 얽힌 비극을 마음에만 간직했던 송재찬도 마찬가지였다. 두 작품에 대한 언급에서 그가 설화를 끌어들임으로써 자신의 마음을 어떻게 드러내고 다스렸는지를 지적해 보았다. 옛이야기 한 토막을 끌어온 일은 작품을 더 풍요롭게 만드는 일이다. 그러나 송재찬은 그러한 창작 기법에 기대 남에게 드러내기 싫었던 아픔을 조금씩 은밀하게 흘려보내 왔다. 글쓰기가 한 개인을 구원하는 행위임을 생각한다면, 자신의 상처의 근원지인 제주를 환기시키는 작품들이 설화를 반복적으로 차용한 보다 세심한 의미를 짚을 수 있는 것이다.

　3) 제주를 극복한 전환지, 장전리

　《아버지가 숨어 사는 푸른 기와집》과 《돌마당에 뜨는 해》를 같이 읽어 보자. 《아버지가 숨어 사는 푸른 기와집》(파랑새어린이, 2002)은 엄마와 다른 가치관 때문에 집을 나가 산골 학교 교사로 지내는 아빠를 따라 나선 진화 이야기이다. 이혼이 사회적 이슈가 떠오른 만큼 동화는 이혼이나 별거 부부의 자녀에 대한 이야기를 많이 하는데, 이 작품도 그런 맥락에 닿아 있다. 이 작품의 특징이라면 부모의 갈등 때문에 겪는 진화의 고통이 어떤 것인지를 그리는 데서 끝나지 않고, 진화를 부모의 화해를 모색하려는 꿋꿋함을 가진 존재로 그렸다는 점이다.

　《돌마당에 뜨는 해》(계몽사, 1993)는 호기가 부모님을 잃자 예전에 살던 마을인 돌마당에 돌아와 혼자 힘으로 꿋꿋하게 자기 삶을 일궈 나가는 이야기이다. 5학년 호기가 혼자 사는 것을 가능케 했던 것은 주변인들의 도움이지만, 스스로 삶을 일궈 나가겠다는 호기의 매운 정신이 없었더라면 가능하지 않았던 일이다. 그런 호기가 때로는 지나칠 정도로 어른스럽고 독립적으로 보이지만, 그런 호기에게 이끌려 마지막까지 장까지 읽게 되는 것도 사실이다.

　이 두 작품과 〈하얀 야생마〉는 여러 공통점을 갖는다. 부모가 이혼할까 봐 전전긍긍하는 민태, 감정의 골이 깊은 부모를 화해시키려는 진화, 부모를 다 잃은 호기, 주인공들은 모두 부모를 그리워하는 처지라는 것이 첫 번째 공통 분모이다. 이 처지에 대응하는 세 아이의 자세는 각기 다르다. 민태는 할아버지와 하얀 말의 도움으로 부모에 대한 그리움과 불안함을 극복한다. 아빠하고 함께 사는 진화는 자기 고통을 삭이면서 부모의 화해를 도모하는 보다 의지적인 자세를 갖는다. 호기는 부모가 없는 가장 비참한 신세이지만 오히려 가장 독립적이고 의지적인 자세를 취한다. 결과적으로 볼 때 세 아이는 문제적 상황을 극복했는데, 이것이 두 번째 공통점이다. 송재찬은 유년 시절을 부모와 함께 살지 않은 데서 오는 허전함 속에서 보냈다고 한다. 그 허전함을 달래는 일은 그의 평생의 숙제였을 테고, 동화작가 송재찬은 자기 처지를 반영한 아이들을 주인공으로 삼았다. 하얀 말을 돌보는 민태, 푸른 기와집에서 엄마를 그리는 진화, 부모 부재의 슬픔을 독립적인 삶의 개척으로 승화시키는 호기 이야기에는 유다른 성장기를 보낸 그가 숨어 있다. 송재찬은 이 주인공들이 문제를 극복하는 이야기를 써내려감으로써 그 숙제를 조금씩 처리해 나갔던 것이다.

　세 번째 공통점은 세 작품이 모두 경북 금릉군 증산면 장전리를 배경으로 삼고 있다는 점이다. 송재찬은 그곳 학교에 근무하면서 동네 사람들과 가족같이 지내고 결혼도 했기 때문에, 가장 행복하게 지냈던 곳. 그래서 제2의 고향으로 삼는 곳이다. 그래서 산골을 배경으로 한 이야기를 쓸 때마다 떠올리곤 한다는데, 이곳에 사는 주인공들이 문제를 해결짓는다는 점은 의미심장하다. 1974년 부모와 함께 하는 평이한 행복을 누릴 수 없었던 제주를 떠나며 송재찬은 자기 운명을 전환시키겠노라는 결의를 다졌을 것이다. 그 결의가 열매를 맺었던 곳이 1977년 발령지인 장전리라고 할 수 있다. 그의 동화들이 되풀이해서 장전리를 상기하는 까닭이 짐작된다. 인생의 전환지로서의 장전리, 이를 잘 드러낸 것이 〈돌마당에 뜨는 해〉이다. 이 이야기는 1980년 〈소년동아일보〉에 연재했던 작품이다. 외로움과 두려움을 이기고 세상을 꿋꿋하게 헤쳐나가려 했고 결심대로 그렇게 살아가는 호기는, 수년 전 제주를 떠나며 다졌던 결의를 다졌던 송재찬의 모습과 가정을 꾸리며 세상사를 헤쳐 나가기 시작한 장전리에서의 송재찬을 동시에 담은 인물이다. 그리고 보니 호기가 그토록 어른스러울 수밖에 없었던 까닭이 잡힌다.

　송재찬이 제주 출신 작가로서 제주의 말과 민담과 사람을 등장시켜 작품을 써가는 일은 자연스러워 보인다. 그러나 그 자연스러움에 의지해서 작가가 감추어 둔 의미들을 더 듬어 가노라면, 제주에 얽힌 송재찬의 상처가 만져진다. 다시 말해 겉으로 드러내기 힘들었던 마음의 고통, 유년의 트라우마를 치료하는 데 동화 쓰기의 일부를 바쳤던 것이다. 그가 자신의 치유제로서 동화를 선택했던 것은 아니나, 동화 쓰기는 송재찬의 은밀한 치료제로 작용했다. 그가 끊임없이 제주 이야기를 풀어갔던 이유는 여기에 있다. 어멍도 아방도 없이 외할머니 손길로 자라던 제주, 그곳은 송재찬 동화 문학의 씨앗이었다.

3. 아름다움을 향한 문학적 순례

1) 상투성을 벗어야 아름다움을 입는다

그의 미감을 보면, 아름다움에 끌리는 것은 그의 천성인 듯하다. 사석에서 들려준 이야기에 따르면 그의 문학적 출발은 시였다. 손춘익의 동화를 만남으로써 동화를 받아들이고, 그렇게 해서 쓴 동화들이 추천을 받아 동화작가의 길로 정진할 수 있었다. 서사문학인 동화를 자신의 글쓰기 영역으로 삼았지만 그는 자신의 천성에 이끌려 아름다운 이야기와 보다 아름답게 표현하는 일에 마음을 기울였다. 장·단편을 막론하고 그의 이야기들이 날카롭고 강열한 현실 비판보다, 정감을 자극하며 사람의 아픔을 풀어가거나 지극하고 순수한 것을 드러내고자 했던 것은 이런 맥락에서 이해된다. 여기서 별이 된 소라 껍데기로 존재의 실현을 그려낸 〈찬란한 믿음〉(《작은 그림책》, 창작과비평사, 1985)을 읽어보자.

풀숲에 버려진 빈 소라 껍데기는 자신의 빈 가슴을 별이라는 아름다운 것으로 채우고자 한다. 빗물이 고이자 가슴에 별이 뜬 것도 잠시, 빗물은 증발되고 별은 다시 뜨지 못한다. 그러자 자신이 별이 되려는 소원을 품는다. 껍질에 구멍이 송송 뚫리는 세월이 지나도 소원은 이뤄질 기미조차 없다. 흔들리기도 하면서 자기는 별이 될 수 있다는 신념을 용케 다져온 어느 날, 소라의 신념에 감동한 사슴이 껍데기를 바닷가로 옮겨 준다. 그곳을 지나던 마차가 소라를 바숴뜨리고, 작은 파편으로 갈라진 소라 껍데기는 때마침 밀려온 파도의 물결 속에서 반짝인다. 빛 물결은 덩이를 이루어 하늘로 오른다.

미약한 존재가 찬란한 꿈을 이룬다는 것은 동화의 한 유형을 이룰 정도로 잦은 이야기이지만, 각 작품마다 그 내질과 감동의 방향은 제각각이다. 이 작품의 특징은 소라 껍질이 첫 소망과 그로부터 촉발된 두 번째 소망을 가지고 있었다는 것이다. 두 소원을 순차적으로 달성하게 함으로써 이 작품은 다음과 같은 성과를 거둔다.

첫 소망은 별이라는 아름다운 것으로 자기의 빈 가슴을 채우겠다는 것이다. 이때의 소라 껍질은 자신의 빈 손과 빈 이름을 인정받는 무엇으로 채우려는 우리들의 자화상이다. 채소밭의 분뇨 냄새, 아무 향기 없는 빗물 따위가 들어설 뿐 제 힘으로는 별을 영영 품을 수 없을 것 같아 소라 껍질이 절망, 그것은 가치 있는 것으로 자신을 채우려 동분서주하던 우리들이 흔히 맛보던 씁쓸한 감정 아니던가. 공감을 자극하는 내용이니, 빈 소라 껍질 가슴에 별이 뜨는 장면을 지켜보며 우리는 '그래, 꿈은 이뤄지는 거야.' 하며 환희에 찬 미소를 지을 법하다. 그러나 독자가 기쁨을 맛볼 여지를 제공해야 할 행간은 보이지 않는다. 이야기가 계속되기 때문이다. 사실 이야기가 여기서 그쳤더라면 일정한 공감은 자극했으되, 이 유형의 다수 이야기들처럼 꿈은 이뤄진다는 공공의 확신만 남기고 말았을 것이다. 그런 상투성에서 벗어난 것이 이 작품의 첫 번째 성과이다.

빗물이 마르면 별은 가슴에 품을 수 없는 것, 하여 빈 껍질은 두 번째 소망을 품는다. 별 그 자체가 되겠다는 것인데, 이는 껍데기라는 미약한 존재로서는 이루기 어려운 터무니없는 소원이다. 그러나 가치 있는 것을 소유함으로써 빈 부분을 메꾸려는 삶의 불완전성을 깨닫고 그 위에 세운, 가치 있는 그 자체가 되리라는 꿈은 찬란하다! 시간이 흐르면서 소망은 흔들리며 다져지며 점차 확신으로 자리잡는다. 사슴이 빈 껍질에게 호의적일 수 있었던 것은 그 확신 때문이었다. 채우려던 삶의 자세를 부서짐으로 전환시킨 것은 그 확신의 힘이다. 부서졌을 때 보잘것없는 존재가 품었던 원대한 꿈이 이뤄졌다는 역설 또한 확신이 없다면 성립되지 않을 진리이다. 별, 그것은 가치 있는 것 자체였고, 별이 되었다는 것은 채움에 의존하지 않고 확신에 차서 자신을 긍정하는 일이고, 그것은 본질적인 자아실현이라는 아름다움이었다. 이 아름다움을 인식하게 한 것이 이 작품의 두 번째 성과이다.

이 작품은 1976년 〈동아일보〉 신춘문예 당선작이다. 때문에 이 이야기는 송재찬의 초기의 작품 경향을 짐작하게 한다. 그를 동화작가로 안내한 추천작들을 보고 이웃 벽지 학교 교사였던 이오덕이 찾아왔다고 한다. 이 선배가 아름다운 동화보다는 아이들의 삶을 드러내라는 충고를 아끼지 않았다는 작가의 전언은, 그의 동화의 출발이 아름다움을 추구와 맞물리고 있음을 다시 한번 알려준다.

2) 현실과 비현실을 조율하는 미적 구조물들

작고 힘없는 빈 소라 껍질을 그만한 자아실현의 단계에 도달시킨 이 이야기를 통해서, 송재찬의 미감이 주제에 어떻게 관여하고 있는지 살펴보았다. 이제 표현적 측면에 눈길을 돌려보자. 소설의 서사는 대개 현실 시공간 안에서 진행된다. 그런 (아동)소설과 구별되는 동화와 특성은 시공간의 변화가 자유롭다는 점이다. 때문에 동화작가는 한 동화작품의 주제를 형상화하는 과정에서, 어떤 시공간을 선택할 것인가 내지는 시공간 변화를 어떻게 끌고갈 것인가라는 고민을 누릴 수 있다. 예민한 미감을 가진 송재찬은 그 고민과 적극적으로 씨름했을 때, 동일한 주제를 다루더라도 다른 작품과는 구별되는 미적 구조물로 만들 수 있다는 것을 일찍 간파했던 것 같다.

〈하얀 야생마〉는 아동소설일까 동화일까? 소설로 보았다면, 신묘한 존재 하얀 말을 작가가 현실 속으로 설득력 있게 끌고 들어온 결과이다. 이야기 자체는 강한 현실감을 가지고 있고 마치 현실에 있는 어떤 실화처럼 보인다. 그러나 하얀 말의 존재성 여부를 놓고 보았을 때 역시 꾸며 낸 이야기 속의 존재로 남게 된다. 그 경우 이 작품은 동화로 여기게 된다. 이렇게 따져 보는 까닭은 이 작품이 현실과 비현실의 경계를 넘나드는 작품임을 지적하기 위해서이다. 이 작품의 기본적인 시공간은 현실이지만, 전설과 꿈, 말이 병을 치료한다는 신기한 현상이라는 비현실적인 요소들을 투입시킴으로써 현실 시공간의 경계를 흔들고 있다.

송재찬은 현실과 비현실의 경계가 모호한 이야기들을 적지 않게 써왔다. 그중에서도 〈새해 아침에 태어난 아이〉, 〈해맞이〉, 〈별을 보고 싶어〉를 특히 주목할 필요가 있다. 작품 배경이 된 시공간의 경계가 흔들리는 일과 일정한 연관성을 가진 작품들이면서, 시공간이 흔들리는 양상의 변화를 더듬어 볼 수 있는 텍스트들이기 때문이다.

〈새해 아침에 태어난 아이〉(《작은 그림책》, 창작과비평사, 1985)는 진짜 사람이 되고 싶은 눈사람 이야기이다. 이 눈사람은 사람으로 변신은 했지만, 진짜 사람은 아니다. 착한 일을 많이 하고 진짜 사람으로 되기 전까지 따뜻한 곳에 가지만 않으면 인간이 된다는 이야기를 듣는다. 변신 눈사람은 착한 일을 하며 외딴 산골 마을로 흘러든다. 배고픈 눈사람에게 밥상을 차려 준 소년의 엄마는 죽어가는 자기 아이를 위해 방에 들어와 마지막 말벗이 되어 달라고 한다. 눈사람은 그 부탁에 응한다. 뜨거운 방에서 눈사람은 점점 녹아가고 소년은 점점 되살아난다. 날이 새자 새해 첫날, 떠돌이 소년이 앉았던 자리는 물만 흥건하고 죽어가던 소년은 건강해졌다. 엄마의 눈에 아들의 모습은 그대로이지만 느낌은 다르다. 그 아이는 자기 몸을 녹임으로써 진짜 사람이 된 눈사람이었던 것이다.

이 작품의 시공간은 현실계인 듯하나, 엄밀히 보면 인간이 아닌 눈사람이 인간처럼 생각하고 행동하는 비현실적인 시공간이다. 눈사람이 자기 목숨을 죽어가는 아이에게 내줌으로써 진짜 사람으로 태어나는 마지막 장면은 대단한 기적이다. 그러나 비현실계의 일이라는 점에서는 일어날 수 있는 일에 불과하다. 이렇게 따지노라면, 작품의 배경 시공간의 경계의 흔들림은 보이지 않는다. 그렇다면 시공간을 따지기 전에 작품을 순수하게 읽었을 때, 이 결말이 환상적이라는 심리적 반응을 일으켰던 것은 왜 일까? 작품의 시공간을 비현실계가 아니라 현실계로 이해했기 때문이다. 현실계라면 마지막 장면은 현실계에서는 불가능한 놀라운 것이다. 그렇다면 이 작품의 시공간을 현실로 받아들이게 되는 원인을 따져보아야 한다. 눈사람이 사람으로 변신한 존재라는 점에서 찾을 수 있다. 이 작품은 현실적인 듯 현실적이지 않은 존재로써 놀라움을 유발시키고 있다.

기적적 결말을 갖고 있다는 점에서 같은 양상을 보인 〈찬란한 믿음〉과 잠시 비교할 필요가 있다. 〈찬란한 믿음〉에는 비현실적인 시공간을 배경으로 취한다. 소라 껍데기와 다른 자연적인 존재들이 서로 말을 나누는 것은 현실 시공간 질서는 아니므로. 작품 말미에서 소라 껍데기가 별이 되는 것은 일종의 기적이다. 이 기적은 비현실적인 일로 간주되기 때문에, 작품의 배경인 비현실적인 시공간의 경계를 흔든다고 할 수 없다. 작품에 대한 감동은 있을지언정, 이를 환상으로 여기는 심리적 반응은 발생되지 않는다.

작품 전체에서 이야기의 배경이 되는 비현실적인 시공계의 경계를 흔들 현실계의 요소가 전혀 개입되어 있지 않기 때문이다.

〈해맞이〉(《찬란한 믿음》, 중원사, 1993)에서는 시공간의 경계를 흔드는 손길이 한층 거세졌다. 다리를 절기 때문인지 유달리 새를 좋아하는 누나는 곧 시집을 가게 된다. 부잣집 여인네들의 치맛폭에 수만 놓다가 어머니한테 수놓은 옷 한번 못 해 드리고 집을 떠나는 것을 안타까이 여긴 누나는, 어머니를 위해 수를 놓기 시작한다. 한 땀씩 놓아지는 새는 너무나 생생해서 마치 살아 있는 것 같다. 수놓기에 몰입한 탓에 다정함을 잃어버린 누나가 싫어서 동생은 수를 놓는 중인 치마를 갖다 버린다. 그러자 누나는 천을 마련해서 다시 자수에 몰입한다. 새해 아침에 어머니가 입으시게, 잠을 자지 않고 바늘에 손을 찔려가며 수를 놓는다. 동생은 수 놓인 새들이 주는 공포감을 못 이기고 그 옷감을 마당에 내던진다. 그러자 수로 놓였던 새들이 살아 날아오른다. 누나가 어미 새의 날개를 타고 날아오르는 듯한 환상도 잠시, 실제로 누나는 숨을 거두고 만다. 병석에 누웠던 엄마는 새가 수놓인 비단 치마를 입음으로써 건강해진다.

송재찬의 묘사를 보면 현실과 비현실이 섞이면서 형성하는 환상적 분위기가 몹시 생생하다.

> 누나의 슬픈 눈빛과는 상관 없이 수틀에는 세 마리의 새가 눈을 반짝이고 있었습니다. 반짝거리는 눈빛으로 나를 보고 있었습니다.
>
> 끼르륵거리는 새소리를 들은 것 같습니다. 나는 뒤로 물러앉았습니다. 왠지 몸이 떨립니다.
>
> 아기 새의 긴 종아리에다 바늘을 꽂고, 누나는 잠이 들어 있었습니다.
>
> 조심조심 수틀을 안은 나는 달빛이 출렁거리는 뒷동산으로 올랐습니다. 달빛을 받은 수틀의 새는 찬란한 빛을 내뿜었습니다. 정말 살아 있는 새처럼 생각되었습니다.
>
> 진짜 새를 안은 것처럼 내 팔이 무겁습니다. 새들이 자꾸 바둥거리는 것 같습니다. (p.106)

> 누나의 창백한 얼굴에 새들의 눈빛이 어른거립니다. 새들의 눈빛엔 누나의 얼굴이 박혀 있었습니다.
>
> 누나를 보면 새 같고, 새를 보면 누나 같고……. 나는 나도 모르는 새 수틀을 안고 밖으로 나갔습니다.
>
> …… (중략) ……
>
> 마당에다 힘껏 비단 옷감을 내던졌습니다. 순간 영롱하고 은그러운 빛이 하늘로 떠올랐습니다.
>
> 세 마리의 새. 날개를 펴고 날아오르는 새들의 날개에서 찬란한 빛이 비늘처럼 떨어지고 있었습니다.
>
> 거기 누나가 어미 새의 날개를 타고 웃고 있었습니다. (p.111)

묘사의 생생함이 동생의 기묘한 느낌을 실재의 체험처럼 여기게 한다. 게다가 동생이 갖는 그 기묘한 느낌은 단발의 느낌으로 끝나지 않고 반복되고 있어서, 동생의 희미한 느낌이 아니라 설명할 수 없는 무엇을 겪는 것은 아닐까라는 생각을 갖게 한다. 딸이 죽어가면서 수놓은 옷을 입은 엄마가 깊은 병을 깨끗하게 떨쳤다는 것은, 기이한 체험을 다수의 체험으로 확장시킨 부분이다. 체험이 복수화되면 훨씬 쉽게 일어난 일로 받아들일 수 있다. 그러나 작품은 끝까지 누나의 수 놓기에 얽힌 이 현상들을 현실의 실재적인 일로 확신시켜 주지는 않는다. 독자는 이 작품에서 현실과 비현실이 묘하게 섞여 있다는 느낌을 떨쳐버릴 수가 없다. 마치 현실 시공간의 경계가 흔들린 나머지 비현실적인 시공간으로 확장된 현장을 보는 듯하다. 그만큼 작가는 작품의 배경인 현실 시공간의 경계를 강하게 흔들고 있는 것이다.

〈별을 보고 싶어〉(《이 세상이 아름다운 까닭》, 대교출판, 2001)의 찬호는 환청 같은 전화벨 소리에 끌려 위험에 처한 낯선 아저씨를 도와 주게 된다. 이후 찬호는 그와 잦은 조우를 하게 되면서 가까워진다. 만날 때마다 이상한 분위기와 느낌에 휩싸인다. 아저씨는 먼 우주에 있는 어느 별의 왕자이다. 자기를 보며 꿈을 키웠던 한 지구 소년이 어른이 되어서는 순수한 꿈과 멀어진 채 돈과 명예만 움켜쥐자 이를 안타까이 여긴다. 그래서 그 소년을 만나기 위해 지구로 온 것이다. 찬호는 여러 가지 정황을 통해서 그 소년이 자기 아버지임을 깨달아간다. 아버지가 생사를 넘는 대수술을 받을 때, 별의 왕자도 아버지를 수술한다. 그것은 찬호의 눈에만 보이는 광경이다. 그 수술을 통해 아버지는 소년 시절의 잃었던 순수함과 꿈을 되찾아간다.

찬호는 별나라 왕자를 만날 때마다 기묘한 느낌과 현상을 체험한다. 두 존재의 만남은 현실 시공간과 비현실 시공간의 접촉을 뜻한다. 그러니까 찬호의 이상한 느낌이나 체험은 현실 시공간의 질서가 일렁거리는 순간에 대한 묘사로 이해할 수 있다. 이 작품에서 현실 시공간의 경계가 흔들리는 것은 내부적 무엇 때문이 아니라 비현실 시공간의 접촉이라는 외부적 요인 때문이다. 두 시공간의 접촉의 결과 찬호가 무언가 기묘한 것을 느낀 것은, 낯선 존재를 둘러싼 시공간의 질서가 찬호가 사는 현실계의 질서와 다르기 때문이다. 그 어느 별의 하루와 지구의 하루가 다른 길이를 갖는다는 것은, 두 시공간의 질서가 다르다는 것을 알려 준다. 그렇다면 이 이야기는 서로 다른 질서를 가진 두 개의 시공간이 존재하고 있는 셈이다. 그렇다면 이것은 판타지이다. 이때 판타지는 서로 다른 질서를 가진 두 개의 시공간을 가진 작품들의 집합이라는 장르적 개념이다. 앞 작품들에서는 배경이 되는 작품의 시공간의 경계가 흔들리는 것 같거나 흔들렸지만, 새로운 시공간의 질서가 나타난 적은 없다. 때문에 판타지가 아니다. 환상동화이다.

〈새해 아침에 태어난 아이〉, 〈해맞이〉, 〈별이 보고 싶어〉는 현실적인 듯하면서 비현실적인 듯한 이야기들이라는 공통점을 갖는다. 앞의 두 작품은 실제적으로는 단일한 시공간을 갖고 있지만, 내부의 요소들은 그 작품의 배경으로 등장한 시공간의 경계를 흔들어 보고 있었다. 반면에 뒤의 한 작품은 질서가 다른 두 시공간을 갖고 있음으로 해서, 작품의 배경이 되는 시공간의 경계를 흔들고 있었다. 단편동화 속에서 시공간의 경계를 흔드는 작업은 상상력은 물론이고 구체적으로 그것을 다듬어 내는 과정에서 상당한 문학적 기교를 요한다. 〈새해 아침에 태어난 아이〉에서 출발했던 그의 시공간의 경계 흔들기는 〈해맞이〉라는 강력한 진동을 거쳐 〈별을 보고 싶어〉라는 두 경계의 부딪침이라는 단계로 발전해 왔다. 이들 세 작품은 송재찬의 30년 아동문학 여정을 놓고 볼 때, 각기 초기 중기 그리고 근래의 작품에 속한다. 때문에 세 작품이 공유한 특징이 시간의 흐름을 따라 어떻게 변화했는가를 비교할 수 있는 미적 구조물들이다. 이런 비교를 가능하게 한 그는 자신의 문학적 기교의 증진과 발전에 상당한 노력을 기울여온 작가로 평가할 수 있다. 자기 서사문학을 보다 정교하게 다듬으며 다양한 표현태를 계발하게 한 원동력은 무엇일까? 아름다움에 대한 그의 깊은 감수성에서 그 답을 찾을 수 있을 것이다.

4. 찬란한 믿음을 향해 나는 새

이 글은 송재찬 작품의 전모를 살피는 대신, 그가 감추고 드러낸 고통과 미감을 통해 한 작가가 꾸려온 동화 문학의 진정성을 찾아보고자 했다. 새가 좌우 날개를 서로 긴밀한 연관 속에서 작동시키며 하늘을 날듯, 돌아보면 그의 고통과 미감은 좌우의 날개로 이루면서도 서로를 간섭하고 있음을 알 수 있다. 즉 좌편의 작품들에서도 그의 미감이 간여한 흔적은 발견되며, 우편 역시 고통을 염두에 두었을 때 그 속뜻이 선명하게 드러나는 경우가 많은 것이다. 〈제주도 할머니를 찾습니다〉는 제주 할머니의 현실 속에서 아기 장수 설화라는 비현실적인 이야기를 조율하는 과정을 겪어야 했다. 그 과정에서 작가가 자신의 미감을 치열하게 불태웠던 것이다. 반대로 〈새해 아침에 태어난 아이〉의 눈사람과 〈해맞이〉의 누나는 지극한 무엇을 위해 자기 생명을 내준 존재들이다. 이 글은 고통과 미감이 가장 잘 접점을 이룬 작품으로 〈하얀 야생마〉를 지적했다. 이 작품에 드러난 고통과 미감은 이미 해당 장에서 설명되었으니 여기서 더 언급할 필요는 없겠다.

고통과 미감은 찬란한 자아실현을 향해 날아가는 송재찬의 두 날개이다. 찬란한 자아실현은 아름다운 삶의 또 다른 이름이다. 이것은 송재찬에게 궁극적인 삶의 목표인 듯하다. 그곳은 자기 고통을 다스리지 않고서는 도달할 수 없으며, 자신의 일상을 지배하는 현실과 그 궁극점과의 거리를 민감한 미감으로 조율하지 않으면 이르기 어려운 곳이다. 송재찬은 그것을 이미 알고 있고, 자기 동화를 통해 부지런히 날아온 작가이다.

어린이와 함께 선생이 걸어온 길

1950년 6월 3일 제주도 북제주군 조천면 신촌리 1874번지에서 출생함.

　　　신촌국민학교, 조천중학교, 제주제일고등학교, 제주교육대학을 졸업함.

1971년 9월 1일 남제주 대정초등학교에 발령됨.

1974년 3월 1일 경상북도 봉화군 춘양초등학교에서 근무함.

　　　이원수 선생님의 추천으로 교육잡지에 동화 3회 추천 완료.

　　　안동의 권정생 선생님을 뵙고 그의 삶에 깊은 감동을 받음.

1975년 3월 1일 봉화군의 벽지, 동면초등학교에서 근무함.

　　　월간 〈기독교 교육〉 지령 100호 기념 동화 모집에 〈종을 치는 마음〉,

　　　대구에서 주는 창주문학상에 〈화가와 비둘기〉가 뽑힘.

1976년 〈동아일보〉 신춘문예에 〈찬란한 믿음〉이 당선됨.

1979년 3월 1일 금릉군 장전초등학교로 옮김.

　　　〈아동문예〉 9월 호부터 〈유채꽃 피는 고향〉 연재 시작함.

　　　동화집 《민들레섬의 나비》(목양사) 펴냄.

　　　《안개와 들꽃》으로 한국동화문학상을 수상함.

　　　동화집 《안개와 들꽃》(교학사) 펴냄.

1980년 동화 《새는 다시 돌아오지 않았다》로 제7회 한국아동문학상을 수상함.

　　　4월 〈소년동아일보〉에 〈돌마당에 뜨는 해〉 연재를 시작함.

1981년 〈아동문예〉 1월호에 〈어둠 속의 빈집〉 연재를 시작함.

　　　9월 서울 화랑초등학교로 직장을 옮기고 서울 생활 시작함.

1982년 소년소설 《다시 찍은 사진》(재활문고 간행회) 펴냄.

1984년 소년소설 《돌마당에 뜨는 해》(동아일보사) 펴냄.

1985년 동화집 《작은 그림책》(창작과 비평사) 펴냄.

　　　《애국자 다바코》(웅진출판주식회사) 펴냄.

1986년 3월 서울교육대학 3학년에 편입함.

　　　동화집 《먼 나라 이야기 섬》(인간사) 펴냄.

1987년 동화집 《손톱만큼 작은 돈》(대교문화) 펴냄.

1988년 2월 서울교육대학 졸업함.

　　　2월 월간 〈아동문예〉에 〈노래하며 우는 새〉 발표함.

　　　3월 한신초등학교로 자리를 옮김.

1989년 소년소설 《아름다운 약속》(휘문출판사),

동화집《이상한 여행》(교육문화사) 펴냄.

1990년 소년소설《어둠 속의 빈 집》(서강출판사) 펴냄.

1991년 소년소설《작은 어린이 나라를 아십니까》(지경사),

유년 동화집《민호의 금메달》(문공사),

유아그림동화《나무 거인들과 꽃 난장이》(프로벨) 펴냄.

1992년 동화집《커닝주식회사》(도서출판동지),

동화집《어느 천사의 작은 이야기》(학원출판공사),

동화집《유리산 도깨비의 봄나들이》(늘푸른) 펴냄.

동화집《유리산 도깨비의 봄나들이》로 제2회 대교문학상을 수상함.

1993년 장편동화《혼자서 움직이는 그림자》(동아출판사) 펴냄.

소년소설《돌마당에 뜨는 해》(계몽사) 다시 펴냄.

동화선집《찬란한 믿음》(중원사) 펴냄.

〈소년동아일보〉에 연재했던 〈열쇠〉를 제목을 바꾸어《황금열쇠의 비밀》(지경
사)로 펴냄.

1995년 3월 서울 상봉초등학교로 자리를 옮김.

8월 동화선집《장미꽃과 열쇠고리》(꿈동산) 펴냄.

12월 장편동화《날개를 잃어버린 사람들》(중앙일보사) 펴냄.

1996년 5월 18일 장편 〈날개를 잃어버린 사람들〉로 제16회 이주홍아동문학상을 수상함.

7월 유아그림동화《남규와 홍길동 인형》(삼성출판사) 펴냄.

2월 장편환경 소설《물이 없는 나라》(두산동아) 펴냄.

2월 유아동화《다람쥐형제》(한교)《산딸기엄마》(한교) 펴냄.

1997년 8월 장편《돌아온 진돗개 백구》(대교출판) 펴냄.

1999년 1월 인물 이야기《원효·의상》(파랑새 어린이) 펴냄.

2000년 2월 월간 〈소년〉 2월호에 소설 〈비둘기 날아가는 푸른 아침〉(~2001년 2월)
연재함.

3월 서울면일초등학교에서 근무함.

3월 〈먼 나라 이야기 섬〉을 개작한 장편동화《큰불 장군과 작은불 왕자》(문공
사) 펴냄.

2001년 1월 인물 이야기《아름다운 농부 원경선 이야기》(우리교육) 펴냄.

2월 장편동화《숲 속의 이상한 샘》(한국어린이교육연구원-효리원) 펴냄.

3월 장편동화《골목학교 할머니 선생님》(중앙출판사) 펴냄.

6월 단편동화집《이 세상이 아름다운 까닭》(대교출판) 펴냄.

8월 단편 〈늑대와 사냥꾼〉을 개작한 중편 《무서운 학교 무서운 아이들》
(푸른책들) 펴냄.

2002년 10월 단편동화집 《앵복 한 벌의 아버지》(진선출판사) 펴냄.

11월 장편동화 〈어둠 속의 빈 집〉을 개작하여
《아버지가 숨어사는 푸른 기와집》(파랑새 어린이) 펴냄.

12월 장편동화 《하얀 야생마》(세상모든책) 펴냄.

2003년 2월 역사인물동화 《방정환》(파랑새 어린이) 펴냄.

5월 장편동화 《하얀 야생마》(세상모든책)로 제35회 소천문학상을 수상함.

10월 자전소년소설 소년에 〈노래하며 우는 새〉 연재(2005년 2월까지 18회) 시
작함.

2004년 5월 장편동화 《나는 독수리 솔롱고스》(두산 동아) 펴냄.

9월 〈날개를 잃어버린 사람들〉을 개작 《제주도 할머니를 찾습니다》
(대교출판) 재출간함.

10월 옛이야기 《전우치전》(한겨레아이들) 펴냄.

12월 전래동화 《해님달님》(국민서관) 펴냄.

2005년 5월 21일 장편동화 《나는 독수리 솔롱고스》(두산동아)로
제15회 방정환문학상 수상함.

한국 아동문학가 100인

정두리

대표 작품

〈운동화 말리는 날〉 외 4편

인물론

그녀가 사랑하는 것들에 대하여

작품론

모성애적 상상력과 사랑의 가치

어린이와 함께 선생이 걸어온 길

운동화 말리는 날

운동화 박박 씻어 햇빛에 세웁니다.
내 발이 담겼던 자리에 바람이 왔다 가고
햇볕 한 주먹은 아직 그대로 남았습니다.
내 발이 시릴까 데워 놓고 가려고요.

운동화 말리는 날

눈물은

웃음은 하늘로 날려 보내지만
눈물은 가슴에 고입니다.
우리 몸을 돌아나오는 것 중에서
가슴에 고였다 나온 눈물만
맑고 따뜻합니다.

거미의 집

하룻밤 사이 세상에서 제일 아름다운 집을 지었어요.
바람은 걸림 없이 미끄러져 나가고
이슬 방울은 차양으로 매달았어요.
가볍게 일렁이며 해먹 탈 수 있는 집
우리 집은 빗장을 달지 않았답니다.

지구

내가 살고 있는 땅의 뒤편에도
나 같은 사람이 살고 있겠지?
바르게 살겠다는 생각
예쁘고 싶다는 마음, 가끔 게으르고 싶은
숨어 있는 마음까지 닮은 사람
누굴까, 보고 싶다.

700

귀

좋은 말은 듣고
나쁜 말은 귓바퀴에 걸어라.
바람이 알고 와서 걷어가 버리게.

바른 말은 듣고
어긋나는 말은 정수리에 얹어라.
슬그머니 떨어져 흙 속에 묻히게.

그녀가
사랑하는 것들에
대하여

이규희

1. 그녀는 예뻤다 – 방배동 시절

다른 사람들의 첫 만남은 어디서 어떻게 시작되었을까. 내가 정두리 선생을 처음 만난 건 묘하게도 아주 오래 전 여성 잡지에서였다. 그 무렵, 단칸 셋방 하나를 얻어 간신히 신혼살림을 하고 있던 나는 우연히 미장원에 앉아 지나간 잡지를 뒤적이다가 정두리, 그녀를 보게 되었다. 지금 생각하면 그녀가 마악 《유리안나의 성장》이라는 첫 시집을 냈던 무렵이 아닌가 한다. 분홍빛 두 뺨 가득 웃음을 머금고 있는 그녀의 얼굴은 너무나도 앳되어 보이고 아름다웠다. 게다가 나를 더욱 놀라게 한 건 그녀가 살고 있는 방배동 집 풍경이었다. 대리석으로 된 멋진 집과 나무가 많은 넓다란 정원과 집안 구석구석에 놓인 조각품이며 벽에 걸린 그림들, 그리고 단아하고 고상한 가구들, 그녀가 바로 그 집의 안주인이었다.

나는 그 잡지를 보며 알 수 없는 부러움에 눈시울이 뜨거워졌다. 그녀가 살고 있는 집은 그 무렵 내겐 아무리 해도 가 닿을 수 없는 꿈처럼 여겨졌으니까. 그 집을 한 번도 가 본 적이 없음에도 지금도 머릿속에 생생히 그 모습이 남아 있는 것이 참 이상한 일이지만 말이다.

그 후 어쩌다 모임에서 그녀를 보았지만 우리는 그저 눈인사나 주고받는 게 고작이었다. 그녀의 단정하고 아름다운, 너무나도 부르주아적으로 보이던 모습들 때문에 선뜻 가까이 하기가 어려웠는지도 모른다.

그러던 1992년 겨울이었던가. 그녀가 세종아동문학상을 받은 지 얼마 지나지 않아서였다. 그 당시 학교에 근무하고 있던 나는 오후 서너 시에 열리는 시상식에 좀처럼 갈 수가 없었기에 뒤늦게 모임에서 그녀를 만나곤 먼저 다가가 말했다.

"선생님, 축하해요. 이제 내년 2월이면 제가 학교를 그만두니까 언제 제가 차 한 잔 살게요."라고.

그 '언제'가 바로 이듬해 4월 중순쯤 되는 어느 날이었다. 학교를 그만두고 이리저리 설레어 지내던 나는 약속대로 전화를 했고, 우리는 난생처음으로 인사동 언저리에서 단둘이 만나게 되었다. 그날, 처음 만난 우리는 차를 마시고 식사를 하고 또다시 차를 마시는 동안 마치 오래 사귀어 온 친구처럼 문단과 선후배들 이야기, 살아가는 이야기며 여행 이야기 등 수많은 이야기를 나누었다. 그러다가 깜짝 놀랐다. 어쩜 그리도 서로 생각하는 거며, 좋아하는 거, 느끼는 속내가 비슷한지 말이다. 그 첫만남에서 우리는 연인들처럼 이미 서로에게 반하고 말았다.

그 후 나와 그녀는 한 달에 한 번쯤 만나 전시회를 가고 분위기 좋은 곳에서 차를 마시곤 하였다. 그런데 참 이상한 일이었다. 이렇게 자주 만나 가깝게 지내다 보니 내가 그동안 그녀에 대해 몇 가지 오해를 하고 있었음을 알았다. 사람들하고 잘 어울릴 줄 모르고, 어쩐지 도도해 보이고, 부르주아적으로 보였던 모든 것들이 사실은 그 반대라는 걸.

그녀는 누구보다 이야기꾼이었다. 그녀는 결코 나처럼 목소리를 높이거나 흥분하는 법도 없이 시냇물이 졸졸 흘러나듯 나붓나붓 끝도 없이 이야기를 하였다. 또 알고 보니 그녀는 아동문학가들 중 누구보다 인정 많고 누구보다 남에게 베풀기를 잘하는 따뜻한 사람이었다.

문득 언젠가 어느 아동문학 잡지에서 아동문학가들이 제일 좋아하는 작가가 누구인지 설문 조사를 했던 일이 떠올랐다. 그때 여성 작가들 중 제1위가 '정두리'라는 조사 결과를 보곤 나는 속으로 적잖게 놀랐다. 새침데기처럼 사람들과 말도 잘 안 건네고, 모임이 끝나고 뒤풀이가 있을 때면 슬그머니 도망가기 일쑤인 그녀를 왜 그토록 많은 사람들이 좋아하는지 알 수가 없었으니까.

하지만 그녀와 만나는 횟수가 늘어나자 나는 저절로 고개가 끄떡여졌다. 우리는 살아가면서 때때로 빈말을 참 잘한다. '언제 차 한 잔 해요.', '언제 한 번 만납시다.' 하는 그냥 지나가는 인사성 말들을. 하지만 그녀는 절대 빈말을 할 줄 모르는 사람이었다. 자기가 한 약속은 누구보다 철두철미하게 지켰으며, 다른 사람은 그냥 지나쳐 버리기 쉬운 경조사를 누구보다 살갑고 따뜻하게 챙겨 주곤 했으니까.

이런 그녀를 늘 아끼고 사랑해 주는 분들이 참 많다는 걸 나는 새삼 알게 되었다. 은사인 이재철 교수님을 비롯하여 피천득 선생님, 박홍근 선생님, 그리고 돌아가신 구상 선생님, 윤석중 선생님, 어효선 선생님 등 원로 작가뿐 아니라 '연필시' 동인들, 그리고 그녀를 좋아하는 수많은 동료 후배들 말이다.

나는 옆에서, 그녀가 자기 주변 사람들과 만들어 가는 이런 관계들을 볼 때마다 속으로 사람이 누군가를 진심을 다해 좋아한다는 게 얼마나 아름다운 일인가, 새삼 깨닫곤 하였다.

나는 그녀를 만날 때마다 점점 나이 차이를 떠나, 얼굴만 예쁜 게 아니라 마음은 더 예쁜, 정말 속 깊은 친구 하나를 얻은 기분이었다.

2. 그녀는 변했다 – 분당 시절

그러는 사이 한 해 두 해 세월이 흘러갔다. 그녀와 나는 가랑비에 옷이 젖듯 서서히 정이 들어갔다. 그러던 어느 날 조금은 수척해진 얼굴로 나를 만나러 나온 그녀가 내게 말했다. 방배동 집을 떠나 분당으로 이사를 하였다고. 남편의 사업 일로 오랫동안 살아오던 단독주택을 떠나 아파트로 이사를 하면서 그녀는 너무나 많은 걸 깨달았다고 하였다.

"내가 그동안 얼마나 많은 걸 누리며 살아왔는지, 남편과 주변 사람들에게 얼마나 큰 사랑을 받으며 살아왔는지 새삼 느꼈어요."

그녀는 눈시울을 붉히며 말했다.

나는 그 순간 느낄 수 있었다. 그녀가 단순히 집을 옮긴 게 아니라 또 하나의 삶의 껍질을 벗고 더욱 성숙해지고 더욱 좋은 글을 쓰리라는 것을 말이다.

정말이지 분당으로 이사 간 후 그녀는 변했다. 자기 위주의 삶에서 아내, 어머니로서의 삶으로 서서히 자리를 잡아가기 시작한 것이었다. 그녀는 마치 뒤늦게 살림을 배운 새댁처럼 날마다 이런저런 음식을 만들어 식구들을 즐겁게 해 주고, 아껴 쓰고, 나눠 쓰는 살림 재미에 푹 빠졌다. 우리가 만날 때면 가끔 직접 만든 음식을 조그만 플라스틱 통에 담아서 갖다 주기도 하였는데 그 손맛이 보통이 아니었다. 그러면서도 그 무렵부터 그녀는 더욱 부지런히 동시를 쓰기도 하였다. 《작은 거라도 네게는 다 말해 줄게》, 《서로 간지럼 태우기》, 《우리 동네 이야기》 등의 동시집이 나온 게 바로 그 무렵이었으니까.

어느 날 그녀는 수줍게 웃으며 말했다.

"사실, 그동안은 내 인생에서 시가 그렇게 중요하다고 생각하지 않았어요. 하지만 요즈음 나를 지탱해 주는 끈이 바로 시라는 걸 깨닫자 왜 그리 행복한지요."

그녀는 살림 재미뿐 아니라 동시를 쓰는 기쁨, 동시를 쓰는 행복까지 새롭게 느끼기 시작한 거였다. 나는 그 순간 그녀의 글이 앞으로 더욱 깊어지고, 더욱 빛나리라는 걸 의심치 않았다.

하지만 글을 쓰는 일 외에 그녀를 꿋꿋하고 든든하게 만들어 주는 또 하나의 힘은 바로 가족이었다. 스물셋이라는 꽃다운 나이에 결혼하여 철부지 아내였던 그녀에게 늘 든든한 버팀목이 되어주고, 아동 문단에서도 유명한 외조가인 남편 배영춘과 아들 배태완, 딸 배송이 말이다.

그러던 그녀에게 나이가 들자 또 다른 가족이 생겨났다.

한 8년 전쯤이었을까. 어느 날 그녀가 말했다.

"우리 아들 결혼해요."

일찍 결혼한 탓에 장성한 아들을 둔 그녀가, 대학을 졸업하고 LG에 다니고 있던 아들의 혼사를 치른다는 거였다. 나는 그녀가 이제 곧 젊은 시어머니가 된다는 사실에 놀랐는데, 결혼식 하객을 딱 백 명만 초청을 하게 되었다는 말에 더욱 깜짝 놀랐다. 그동안 수많은 사람들의 경조사를 챙겨 온 그녀였으니 당연히 다른 사람들의 축하도 받아야 마땅하지 않을까, 하고 말이다. 하지만 그녀는 번잡스러운 결혼식보다는 양가의 가까운 사람들끼리 모여 조촐한 결혼식을 올리고 싶다고 하였다.

결국 그녀의 생각대로 결혼식이 열리고 나는 송구스럽게도 몇 안 되는 문인들 중 한 사람으로 그 자리에 참석을 하였지만 지금도 과연 그때 내가 잘한 일인가 두고두고 후회를 하고 있다. 아무리 그녀가 사양을 했더라도 몇몇 친한 사람들에게 알리고 축의금이라도 좀 건넸어야 도리가 아니었나, 하고 말이다. 어쨌든 그녀는 젊은 나이에, 일본에서 대학을 나온 똑똑하고 아리따운 며느리를 보게 되었다. 그리곤 얼마 후 너무나도 귀여운 손녀 '아인'이를 얻었다.

그때부터였을까? 그녀는 잘 모르겠지만 그녀의 삶과 동시가 더욱 따뜻해지고 편안해졌다는 걸 느꼈다. 그녀는 아인이가 자라는 모습을 지켜보며 여느 할머니와 다름없이 손녀 사랑에 시간 가는 줄 몰랐다. 그 무렵 그녀가 쓴 《애기똥풀 꽃이 자꾸자꾸 피네》라든가 유아동시집 《엄마 없는 날》 같은 동시집을 보면 손녀와 그 또래의 아이들에 대한 할머니의 사랑이 듬뿍 담긴 작가의 마음이 잘 나타나 있음을 볼 수 있다.

그러던 어느 날부터였다. 그녀가 그토록 사랑하는 손녀 아인이를 독차지할 기회가 생기고 말았다. 결혼 후에도 대기업이나 국영 기업체에서 일본어를 가르치는 등 활발한 활동을 하던 며느리 '김성미'가 어느 날 영국의 유명한 '르 꼬르동 블루'라는 요리학교에 가서 1년 동안 초콜릿 만드는 공부를 하겠다고 떠난 거였다.

"선생님, 어떡해요?"

할머니에서 졸지에 엄마 노릇까지 하게 된 그녀가 나는 내심 걱정이었다.

그러나 그녀는 손녀를 위해 음식을 만들고 유치원 행사에 쫓아다니는 등 대리 엄마 노릇을 제법 잘하였다.

덕분에 며느리는 우수한 성적으로, 그것도 우리나라 제1호 '쇼콜라티에', 즉 초콜릿 아티스트가 되어 돌아왔다. 그리곤 곧 수원여대 교수가 되더니 젊은이들 사이에 유행하는 밸런타인데이나 무슨 기념일에는 그녀가 만든 초콜릿이 입소문을 듣고 찾아온 사람들에 하나둘 팔려 나가기 시작하였다. 그리곤 온 여성 잡지며 일간 신문에 젊고 유능한 전문직 여성으로 소개가 되었으며, 얼마 전에는 '김동건이 만난 사람들'이라는 텔레비전 프로에 초대될 만큼 유명세를 타고 있다. 게다가 현재 강남 압구정동의 갤러리아 백화점에다 자기만의 초콜릿 작품을 선보이고 있다니 그저 놀랍기만 하다.

그렇게 되기까지에는 며느리 본인의 타고난 예술적 감각과 뼈를 깎는 노력도 있었겠지만, 그 뒤에는 시어머니인 그녀의 헌신적인 희생과 아낌없는 사랑이 뒷받침되었으리라 생각한다.

하지만 나는 그녀가 한 번도 며느리 자랑하는 걸 들어본 적이 없다. 그저 내가 잡지나 신문, 텔레비전을 보고 놀라서 소식을 전해 주면 그때서야 겨우 "아휴, 그거 별 거아니에요." 하며 손을 내저을 뿐이었다.

하긴 그녀의 딸 또한 내로라하는 재원이었다. 어려서부터 영국에서 공부를 한 후 런던 LSE정경대학과 대학원을 졸업하고, 대기업 삼성에서 근무를 하던 딸은 얼마 전 같은 대학원 친구였던 리카르도 창이라는 유능한 청년과 결혼을 하였다. 그녀의 사위가된 리카르도는 아버지가 변호사인 멕시코 상류 사회의 아들이었으며 중국계 3세라고했다. 그래서 그런지 사진을 보니 동양적인 분위기가 물씬 풍기는 멋진 청년이었다.

그녀는 딸의 결혼식을 멕시코에서 멕시코 식으로 치렀다. 그녀의 딸은 그곳에서 제너럴 일렉트릭(GE) 회사에 다니면서 신혼살림을 차렸는데, 그 외국인 사위는 그녀를 '영(young)두리'라고 부를 만큼 좋아하고, 장인 장모와 이야기를 하기 위해 날마다 한국말을 배우고, 장모님이 해 주신 음식이 제일 맛있다고 너스레를 떨 만큼 한국적인 사위가 되었다.

얼마 전 그녀는 딸의 산바라지를 위해 미국엘 다녀왔다. 사위가 멕시코를 떠나 미국 휴스턴에 있는 한 컨설팅 회사로 직장을 옮겼기 때문이었다.

그녀는 이제 '리아'라는 예쁜 손녀 하나를 더 얻었다.

이제 그녀는 한 가족 모두의 어머니가 되었다. 아들과 딸, 그리고 며느리, 사위, 어여쁜 두 손녀까지. 세월은 그녀를 어미닭처럼 가족들을 사랑스레 품에 안게 만들었고, 그녀의 품은 가족들에겐 더할 나위 없이 따뜻하고 넉넉한 우주가 된 것이었다.

3. 그녀는 날마다 심는다 – 금어리에서

분당 아파트로 이사를 간 후 어느 날 그녀는 내게 말했다.

"땅이 있는 집으로 이사 갔으면 좋겠어요. 예전처럼 크고 넓은 집이 아니라 그냥 농사지을 텃밭이 딸린 조그맣고 아담한 집 말이에요."

"어머, 선생님이 농사를 짓는다고요?"

나는 화들짝 놀라 물었다. 어디를 봐도 그녀가 농사지을 사람처럼 보이지 않았기 때문이었다. 하지만 그건 내 기우였다. 그녀는 어느새 경기도 용인 금어리에다 땅을 마련하더니만 뚝딱뚝딱 집을 지어 정말로 이사를 간 거였다. 그해 늦여름, 평소 가깝게 지내던 정영애 선생과 둘이 새로 지은 집 구경을 갔다가 나는 깜짝 놀라고 말았다.

"여기 있는 거 모두 밭에서 키운 거예요."

식탁에 내놓은 푸성귀들이며 김치, 나물 모두가 다 직접 농사를 짓고 산에서 뜯어다 만든 거란다.

"시골에서 살려면 부지런해야 해요. 아침 일찍 일어나서 밭에 나가 일하고 해가 뜨겁기 전에 들어와야 하거든요. 흙을 만질 때마다 새삼 땅의 고마움을 느껴요."

그녀는 농사를 지어 본 적이 한 번도 없는 도시내기건만 이웃 사람들에게 묻고 배워서 배추며 무, 상추, 씨앗, 고추 등 온갖 걸 다 심었다. 조그만 씨앗을 뿌리면 땅은 그걸 어머니처럼 품고 있다가 별별 걸 다 내 준다는 진리를 몸소 깨닫는 거였다.

그날, 그녀가 차려 준 식탁은 그야말로 풍성했다. 무공해 야채에다 전이며 나물, 고기를 구워 주는 그녀의 솜씨는 먼 데서 온 반가운 손님을 맞이한 듯 안주인의 정성이 가득 담겨 있었다.

그 후, 그녀는 만날 때마다 조그만 봉지에 갓 딴 상추나, 어린 배추, 고추 따위를 싸 들고 나와 나를 행복하게 해 주곤 하였다. 아마도 가까운 아동문학가들 중에는 그녀가 손수 가꾼 푸성귀를 받아들곤 나처럼 기뻐한 사람들도 더러 있을 것이다. 우리 모두는 돈으로 치면 얼마 안 되는 푸성귀를 받았지만, 사실은 그 어떤 값으로도 매길 수 없는 그녀의 정성과 사랑으로 행복한 밥상을 차릴 수 있었으리라.

금어리(金魚里)―금빛 물고기가 사는 동네인 그곳에 가서 그녀는 정말 금빛 물고기를 건진 듯 마냥 행복해 보였다. 도시적이던 그녀는 점점 자연을 닮아 더욱 넉넉하고 푸근해지기 시작했으니까.

그런 마음의 여유와 편안함 때문이었을까. 그녀는 금어리에 가서 농사짓는 일 외에 새로운 취미 하나를 갖게 되었다. 바로 서예였다. 이제 막 서예를 시작했다고는 하지만 그녀는 일주일에 두세 번 분당에 있는 서실에 나가 꾸준히 글씨를 쓰는 시간이 너무나 행복하단다. 나는 그녀가 천천히 먹을 갈고 화선지 앞에 앉아 한 자 한 자 써 내려가는 글 속에서 얼마나 많은 이야기들이 숨어 있을까, 마냥 궁금해졌다. 이제 머잖아 그녀가 가장 좋아한다는 예서체로 쓴 연하장이 우리에게 날아올지도 모르겠다.

이처럼 금어리로 내려간 그녀는 그 어느 때보다 자기 자신, 가족, 자연과 가장 잘 어우러져 행복하게 살고 있는 듯 보였다.

어느 날, 〈시와 동화〉에 이 글을 써 달라는 청탁을 받고 내가 흔쾌히 그러마고 했던 것도 그런 이유에서였다. 학교를 그만두고 10년이 넘도록 가까이에서 바라본 그녀의 삶이 너무나 반듯하고 아름다워서 누군가에게 마구 자랑을 하고 싶었던 참이었으니까.

마침내 그 일을 빌미로 나는 얼마 전 다시 그녀의 집을 찾아갔다.

집안은 일 년 전보다 더욱 곳곳에 그녀의 손때가 묻어 있었다. 마당에는 제 자리를 찾은 나무들이 쑥쑥 자라 있었고, 여기저기 심어 놓은 야생화들은 가을볕에 서서히 꽃 잎이 시들어가고, 산에서 캐다 심었다는 담쟁이는 어느새 한쪽 벽을 발갛게 물들이고 있었다.

그녀의 집은 그 어떤 부잣집에서도 흉내 낼 수 없는 그녀만의 예술적 정취가 묻어 있었다. 각 여행지에서 사온 아기자기한 장식품들이며 손때 묻은 도자기와 그림들, 그리고 벽에 걸린 그녀의 젊은 시절의 사진들은 보는 사람을 즐겁게 해 주었다.

또 2층에 자리한 그녀의 넓고 반듯한 서재는 집 앞의 아담한 산과 마을이 내려다보이고, 그녀가 그곳에 앉아 동시를 쓰고 누군가에게 편지를 쓰고, 화선지 앞에 앉아 글을 쓰는 모습이 저절로 상상되었다.

나는 그날 그녀를 바라보며 속으로 중얼거렸다.

"참 잘 살고 있구나." 하고.

하긴 가끔 그녀도 마음이 흐트러질 때가 있었겠지, 가끔 누군가를 미워할 때도 있었겠지, 그리고 욕심을 부릴 때도 있었겠지, 그리고 때때로 너무 외로워서 홀로 울 때도 있었겠지. 하지만 그녀는 그 모든 걸 안으로 감춘 채 마치 한 폭의 단아한 그림처럼 그렇게 살고 있는 게 정말 아름다워 보였다.

4. 그녀는 꿈꾼다 – 온 세상을 향해

지난 가을 그녀의 집에 갔을 때였다. 그녀는 내게 살며시 웃으며 비밀스럽게 이야기 하나를 들려주었다.

"지난번 송이를 만나러 멕시코에 갈 때였어요. 우연히 한 신문에서 멕시코에서 영세민이나 결손 가정의 여자 아이들을 위한 '소녀의 집' 학교의 교장으로 근무하고 있는 '정말지' 수녀님에 대한 기사를 보았어요. 그분은 한국의 텔레비전 방송에서도 특집으로 다룰 만큼 널리 알려진 분이었는데, 문득 멕시코에 가서 그분을 만나 뵙고 싶다는 생각이 들더라고요. 그래서 멕시코에 가서 어느 날 전화를 걸고 찾아갔답니다."

그녀는 '정말지' 수녀가 낯선 이국 땅에서 멕시코 여성 교육을 위해 애쓰고 있다는 기사를 보곤 용기를 내어, 멕시코시티에서 1시간쯤 떨어진 찰코시에 있는 '소녀의 집'을 찾아갔다.

그날, 정말지 수녀는 먼 고국에서 온 천주교 신자이자 시인인 그녀를 반갑게 맞아 주었으며, 극히 예외적으로 그곳 수녀원에서 묵게 해 주었다.

그런데 4,000여 명이 모인 강당 뒷자리에 앉아 예배를 볼 때였단다. 그녀는 갑자기 가슴께가 뜨거워지면서 저절로 눈물이 마구 쏟아지기 시작하였단다.

"이유를 알 수 없었어요. 갑자기 내가 죄인이구나, 너무 이기적으로 살았구나, 하는 죄책감이 들고, 또 한편으론 이때까지 살아온 모든 일들이 너무나 감사하고, 여러 가지 감정이 복받쳐서 나도 모르게 울고 만 거예요."

그날 이후 그녀는 하느님 앞에 더 가까이 다가갔다고 하였다. 그래서였을까. 그녀는 멕시코 여행길에 한 수도원에서 너무나도 아름다운 십자가를 사 와서는 집에 걸고, 또 평소 아끼는 천주교 신자인 후배에게도 선물로 주곤 하였다.

정말지 수녀를 만나고 와서 그녀는 말했다.

"그날 '소녀의 집'에 머물 때, 수녀님이 일자리가 없는 여성들을 위해 '실크 공장'을 만들고 싶다는 이야기를 하셨어요. 하지만 어딘가에 도와 달라고 하기 전에 스스로 조그마한 기금이라도 마련하고 싶다는 말씀을 하시더라고요. 그때 어떻게 하면 조금이라도 수녀님을 도울 수 있을까, 곰곰 궁리를 하다가 문득 수녀님이 그림을 그린다는 걸 알고는 시화전을 떠올렸어요. 제가 시를 쓰고 수녀님이 그림을 그려서 전시회를 하는 거예요. 그런 다음 그 수익금으로 기금을 만드는 거 말이에요."

10여 년 전, 한국의 유명한 일러스트레이터들과 삼성 동방플라자 미술관에서 시화전을 열어 성황리에 전시회를 마친 경험이 있던 그녀가 마침내 아이디어를 내놓은 거였다.

그녀의 여릿여릿해 보이는 성격 어디에 그런 놀라운 추진력이 숨어 있었을까? 그녀는 당장 정말지 수녀와 의논을 하여 일을 꾸미기 시작하였다. 그녀가 시를 써서 멕시코로 보내면, 정말지 수녀가 그 시에 어울리는 그림을 그려 다시 한국으로 보낸다는 거였다. 다행히 얼마 전 정말지 수녀가 한국을 방문하였을 때 더 구체적인 일들이 논의되었다고 했다. 현재 정말지 수녀가 일하는 멕시코 찰코의 '소녀의 집'에 제일 큰 도움을 주고 있는 한국의 대기업 LG에서 전시회를 열어 준다는 거였다. 그리고 그 시화전에 나온 그림들을 몽땅 LG에서 사 준다는, 정말로 놀라운 소식이었다.

"전시회 수익금은 모두 정말지 수녀님이 있는 '소녀의 집'으로 보내, 뽕나무를 심을 거예요. 뽕나무가 자라면 누에를 쳐서 실을 잣고, 실크를 짜서는 머플러 같은 걸 만드는 실크 공장을 세우는 거예요. 그러면 일자리가 없는 수많은 여성들이 그 실크 공장에 와서 일을 하고 월급을 받게 되는 거지요."

그녀는 눈을 반짝이며 설명을 해 주었다.

그녀의 작은 정성과 따뜻한 마음이 이렇게 큰 울림으로 되돌아오다니, 나는 놀라지 않을 수 없었다. 물론 시화전으로 생긴 수익은 정말지 수녀가 세우려는 '실크 공장' 계획의 백 분의 일, 천 분의 일도 안 되지만 그 씨앗은 점점 자라 언젠가는 더욱 무성하게 꽃을 피우리라는 걸 나는 의심치 않았다.

그녀는 이처럼 소리 높여 말하지 않고도, 다른 사람 앞에 나서지 않고도, 차분하고 조용하게 자기 몫을 다 하는 사람이었다.

　　나는 문득 이제 그녀는 자기 자신과 가족을 위한 글을 쓰는 것뿐 아니라 더 나아가 온 세상의 어렵고 힘든 사람들에게 꿈이 될 글을 쓰고 있다는 걸 다시금 깨달았다.

　　이제 내년 꽃피는 어느 봄날, 우리는 그녀와 정말지 수녀가 만든 아름다운 시화전을 볼 수 있으리라.

　　그날 나는 세상에서 제일 아름다운 꽃다발을 그녀의 가슴에 안겨주며 말하리라.

　　"선생님, 정말 대단해요."라고.

모성애적
상상력과
사랑의 가치

김용희

1. 모성애적 상상력의 두 흐름

정두리(鄭斗理, 1947~)의 동시는 아름답다. 그의 동시가 아름다운 것은 언어의 정
갈함에서 오는 것이라기보다 시를 빚는 시인의 순수한 마음에서 우러나오는 따뜻함 때
문이다. 곧 대상을 바라보는 시각의 새로움에 있다기보다 우리가 더불어 살아야 한다
는 삶 인식에서 오는 정감의 아름다움이다. 그 따뜻한 시심 안에는 늘 지순한 모성애가
내재해 있다. 다시 말해 정두리 동시 세계의 아름다움은 모성애적 상상력에서 발산되
는 맑고 순수한 사유와 따뜻한 감성에서 우러나온다.

정두리 동시 세계에 담긴 시적 상상력의 근원은 이같이 모성애이다. 그의 모성애는
'유리안나와 그의 모든 벗들에게' 준다고 고백한 첫 동시집《꽃다발》(1985)에서부터 쉽
게 감지된다. 어쩌면 그의 동시 쓰기는 자신의 분신인 '유리안나의 성장'에 따른 필연적
인 선택이었는지 모른다. 그만큼 그의 동시는 일상 생활의 제재로부터 꽃, 눈, 비, 바
람, 별, 흙, 계절 등 자연물과 자연 현상에 이르기까지 모두가 모성애적 상상력에 의해
사유의 길을 뜨고 의미화되고 있다. 그것은 그의 지순한 모성애가 자연스럽게 동심을
떠올리는 희망의 동력이며, 시 정신을 강화하는 의식의 장력이 되고 있다는 뜻이다.

정두리의 동시 세계는 그 모성애적 상상력을 가교로 두 개 의식의 지향성에 의해 형
성된다. 하나는 첫 동시집《꽃다발》에서《안녕, 눈새야》(1992),《우리 동네 이야기》
(1992) 등으로 이어지는 외향화된 모성애, 곧 모정의 발산으로, 다른 하나는《어머니의
눈물》(1988)에서《혼자 있는 날》(1988) 등으로 이어지는 내면화된 모성의 성찰 과정에
서이다. 전자는 어머니의 입장에서 아이들이 세상을 살아가게 하는 삶의 방법론적 문
제에 속한 일이라면, 후자는 어머니라는 자신의 내면 깊숙이 잠재된 모성의 의미를 성
찰해 가는 인식론적 문제에 속한 일이라 할 수 있다. 이렇듯 정두리의 동시 세계는 자
신의 분신인 '유리안나'가 직접적인 모태가 되어 모정과 모성을 분별해 가며, 진정한 모
성의 면모를 성찰하는 과정의 문학이라 할 수 있다. 그 모성의 성찰 과정에 대자연의
순리를 수렴하고, 거기에 순응하는 삶의 자세를 통해서 정두리의 동시 세계는 의미화
되고 확장되었다.

2. 모성애에 담긴 시적 의미

첫 동시집 《꽃다발》(1985)에는 모성애의 아름다움이 그대로 노정되어 있다. 그는 1984년 〈동아일보〉 신춘문예에 동시 〈다리 놓기〉가 당선되어 본격적으로 동시 쓰기를 시작한 직후 서둘러 《꽃다발》을 출간한다. 이 동시집 머리말에도 "첫걸음을 내딛고 머뭇거릴 새도 없이 작은 《꽃다발》을 묶었습니다."라고 토로하고 있다. 그가 그토록 첫 동시집 출간을 머뭇거릴 새도 없이 서두른 까닭은 무엇이었을까? 그것은 온전히 '유리 안나와 그의 모든 벗들에게' 향한 뜨거운 모성애에서 비롯된다. 바로 《꽃다발》은 '유리 안나와 그의 모든 벗들'의 건강한 성장을 축원하는, 어머니의 고귀한 '꽃다발' 선물이었던 셈이다. 이 《꽃다발》에서 아이들의 삶 인식에 필연적인 물음표가 눈에 많이 띄는 것도 그런 연유이다. 곧 '유리안나와 그의 모든 벗들'이 조금씩 성장해 가면서 바라보는 세상이 온통 신기한 것으로 가득 차 있으리라는 인식에 근거한다. 사실 세상의 물상과 현상에 대해 아이들은 보는 것마다 천진한 의문이 생기고, 그들이 던지는 천진한 질문은 세상 물상에 눈뜨는 과정이 된다.

너는 누구니? / 긴 이파리에 싸여 / 안 찾으면 안 보이는 / 밤톨만 한 얼굴
— 〈고욤나무〉 1연

그런데, 정말 누구였었니? / 아무도 모르게 / 아직 잠에서 덜 깨었을 때 // 사알짝 노란 옷 입혀 주신 분 / 조그맣게 씨앗을 디밀고 가신 분 / 그러고도 멀찌막이 웃고 계신 분
— 〈과일 가게에는〉 4〜5연

천진한 아이들의 마음과 눈에 투영된 세상은 온통 의문투성이고, 평범한 것도 경이롭고 새롭게 보이기 마련이다. 고욤나무에 달린 작고 둥근 "밤톨만 한 얼굴"이 "이파리에 싸여" 있는 것도 신기하고, 과일 가게에 탐스러운 과일이 놓일 수 있게 한 분이 누구인지도 궁금할 뿐이다. 눈에 보이는 것마다 천진한 질문을 던지는 것은 동심으로 세상을 새롭게 보는 일이며 일상의 것들과 새로운 만남을 형성하는 일이다. 그래서 모든 자연 현상과 사물의 속성이 정두리에게는 그대로 물음표가 된다.

《안녕, 눈새야》(1992)에 오면, 정두리는 천진한 질문을 던지는 일에서 한 걸음 더 나아가 보다 적극적으로 세상의 물상과 만나고자 한다. 그것은 저 먼저 인사를 건네는 친화 행위를 통해서인데, 남보다 먼저 인사를 건넨다는 것은 진정한 나눔을 이루는 일이며, 자기 스스로 세상에 다리를 놓는 일이다.

첫 눈이 내린 아침은 / 반가운 인사를 나누는 날이다. // 눈에 보이는 모두가 / 눈으로 가득하다. / 눈으로 아득하다. // 아이들은 일부러 / 눈 속에 발을 빠뜨린다. / 보뜨득 뽀득 / 눈의 인사를 / 크게 듣고 싶어서다. // 지붕 끝에 살짝 앉은 / 한 마리 새 / 안녕, 눈새야! // 머리에 눈을 얹고 섰는 / 측백나무 / 안녕, 눈 나무야! // 눈이 내린 아침은 / 눈으로 빛나는 인사말이 / 하얗게 쌓여 간다.
— 〈안녕, 눈새야〉 전문

안녕이란 인사말처럼 반갑고 아름다운 말이 또 있을까? 눈 내린 날 아침에 나누는 인사는 더 반갑고 더 정겨워 보인다. 안녕이란 인사말 자체도 정겨운 것이지만, 흰 눈을 보며 감추지 못하는 설레는 마음은 더욱 흥겹게 마련이다. 그런 눈 내린 날 아침, 아이들은 "눈의 인사를 크게 듣고 싶어" "일부러 / 눈 속에 발을 빠뜨"리거나, 신바람이 나서 "지붕 끝에 살짝 앉은 한 마리 새"에게도, "머리에 눈을 얹고 섰는 측백나무"에게도 먼저 인사를 건네고 싶어 한다. 기다리고 기다리던 눈이 반갑게 내린 아침은 모두가 동심으로 돌아가 그저 반갑게 인사를 먼저 건네고 싶고, 기쁜 눈 소식을 남보다 먼저 전하고 싶은 마음에서이다. 눈 내린 날 아침 인사는 그래서 정결하고 신선하다. 아무도 모르게 밤새 내린 흰 눈이 일상의 아침을 온통 정결하게 바꾼, 그 새로움에서 오는 것이기도 하다.

정두리 동시는 이처럼 정결하면서도 정겹다. 그것은 아무런 가식도 없는 순수함에서 오는 것이다. "눈을 밟으면 / 쌀과자 한 입 베어 문 / 소리가" 나고, "얼음을 밟으면" "겨울 속까지 보"(〈겨울〉)일 것 같다고 한 것처럼, 그의 동시는 마음 바닥까지 보일 만큼 해맑고 순수하다. 그가 속까지 보여 주는 가식 없는 겨울을 좋아하는 것도 그때문이다. 겨울은 나무들이 봄 가으내 달고 있던 가식의 이파리들을 모두 벗어 버리고, 때에 따라 흰 눈으로 새하얗게 옷을 갈아입는 계절이다. 정두리 동시에서 우리가 정결하게 만나는 심상은 그래서 겨울과 눈이며, 그 순수에 대한 열망이다. 정두리는 이런 계절이어야만 진정한 만남과 나눔을 이룰 수 있다고 여긴 것이다. "겨울을 견디는 나무라야 겨울을" 알고, "겨울을 친구로 지내본 나무는 / 누구랑도 친할 수 있는 나무로 큰다."(〈겨울나무〉)고 한 것처럼, '차갑고 냉정한' 추위를 견디어 본 자만이 비로소 진정한 만남과 나눔의 의미를 깨닫게 된다는 것이다. 《우리 동네 이야기》(1993)에 이르면, 정두리의 진정한 만남과 나눔은 삶의 현장을 통해 구체적으로 발현된다. 그 삶의 현장은 우리가 살아가는 생활의 터전이며, '유리안나와 그의 모든 벗들'이 실제로 살고 있는 우리 동네이다.

어디만큼 왔니? / 눈 감고 걸어도 / 알 수 있는 길 / 우리 동네 길 // 저만큼, 약국 / 거기서 또 저 만큼 / 비디오 가게 / 부동산 // 넓게 멀리 깨끗이 쓸어 논 / 가게 앞을 지날 때면 / 팡팡 앙감질로 뛰어도 / 발이 가볍다.

— 〈봄이 오는 길〉 1~3연

낯익은 우리 동네가 아이들에게는 언제 보아도 봄이 오는 길목처럼 설레고 정겹다. 눈을 감아도 훤히 알 수 있는 길과 집들, 늘 다니던 '가게 앞을 지날 때면 / 팡팡 앙감질로 뛰어도 / 발이' 가벼워지는 곳이다. 그《우리 동네 이야기》에 오면, 시적 제재가 산골의 물상에서부터 도시의 골목 풍물에 이르기까지 모든 것이 자연이라는 하나의 섭리로 화해롭게 수렴된다.《우리 동네 이야기》에는 자연과 도시적인 것의 인위적 구분 자체가 아예 없다. 그저 이곳에 살면 이곳에 적응하고 저곳에 가면 저곳에 쉽사리 어울려 사는 아이들의 천진스런 생존법과도 같다. 따라서《우리 동네 이야기》연작에는 "쓰레기만 쓸어 가는 기운 센 아저씨"를 비롯해 "시장길 구두 닦는 아저씨"에서, 하다 못해 "버려진 차"나 눈에 익은 간판에 이르기까지 우리 동네의 낯익은 풍경들을 바라보는 따뜻한 시선으로 채워져 있다. 그리고 '피자', '햄버거', '통닭구이', '떡볶이', '자장면' 등 아이들이 즐겨 찾는 음식에서부터 살피는 일에 이르기까지 모든 물상이 어린아이의 천진스러운 눈으로 간취된다. 세상에 존재하는 모든 물상이 비록 하찮은 것일지라도 우리가 만나고 겪어야 하는 필연적인 삶의 과정들이기 때문에 그 모두가 소중할 뿐이다. 단지 그는 진정한 만남과 나눔을 위반하는 행위에 대해서만은 직설적 어조로 부정한다.

한 집 건너만큼 / 커다랗게 내건 / 새로운 이름표 // 읽어 보렴 / '주차 금지' // 살갑지 않은 / 싸늘한 외침표 // 빗금쳐 놓고 / 여긴 내 땅이야! / 그런 목소리 // '주차 금지' / 다시 불러 보렴 // 아무래도 대문 앞에 / 내걸기는 부끄러운 / 큰 문패.

— 〈큰 문패〉 전문

정두리가 '우리 동네'에서 강력한 목소리로 부정하는 것은 바로 이웃하기를 거부하는 '주차 금지'란 "살갑지 않은 싸늘한 외침표"이다. 분명 같은 동네에 살면서 '주차 금지'라고 써 붙인 '큰 문패'는 진정한 만남과 나눔을 거부하고, 아이들의 천진한 생존법을 위반하는 행위이다. 그 "한 집 건너만큼 / 커다랗게 내건 / 새로운 이름표"는 언제부터 시작되었는지 모르게 "여기는 내 땅이야!" '들어오지 마!' 하고 소리치는 것처럼 들리게 마련이다. 주차금지 표시는 "아무래도 대문 앞에 / 내걸기에는 부끄러운 / 큰 문패"일 뿐만 아니라 '유리안나와 그의 모든 벗들에게' 마음의 상처까지 남기는 푯말일 따름이다. 그래서 정두리는 "우리 집에 왜 왔니?"라는 구전 동요 놀이에 대해서도 "이젠 다른 말로 바꾸면 어때? / 우리 집에 놀러 와 / 놀러 와 놀러 와 친구야!"(〈우리 집에 왜 왔니?〉)로 새롭게 바꿔 부르기를 권한다.

이러한 사실들을 미루어, 우리는 첫 동시집 《꽃다발》의 진정한 의미를 알게 된다. 바로 '꽃다발'은 갖가지 꽃들이 모여 다발을 이루며 아름다움을 창조해 내는 묶음이다.

개개의 개성이 모여 조화를 이루며 새로운 개성으로 아름다움을 창조하는 것, 그것은 함께할 때만이 가능한 일이다. 결국 정두리가 '유리안나와 그의 모든 벗들에게' 머뭇거릴 새도 없이 선물했던 '꽃다발'은 진정한 만남과 나눔을 실현하고, 함께 더불어 살아가는 삶의 아름다움을 일러 주고자 했던 것임을 알 수 있다. 정두리는 그들이 아름답고 건강하게 성장하기를 바라는 모성애에서 동시 쓰기를 시작했고, 또 그들에게 동시로 세상의 물상에 눈뜨는 법과 살아가는 의미를 이야기하고 싶었던 것이다.

3. 자연의 순리와 모성의 발견

정두리의 모성애적 상상력은 다른 한편으로는 내향화되어 내면 깊숙이 잠재해 있는 모성을 새롭게 성찰해 내고자 한다. 그 삶의 성찰은 새삼 자신을 유리안나처럼 키워 낸 어머니를 각인하며 진정한 모성을 발견해 내고자 하는 일이다. 거기에는 내밀한 고백적 언어와 정갈한 시적 사유가 동반된다. 《어머니의 눈물》(1988)은 그러한 시적 사유를 잘 구현해 낸 제2동시집이다.

정두리의 내면 깊숙이 잠재해 있는 어머니는 달빛처럼 "가만히 방문을 열고 들어오"시거나, 바람처럼 "조그맣게 숨소리를 내시"거나, 별빛처럼 "반짝 눈을 뜨게 만드"시는, "보이듯 안 보이게 안 보이듯 보이는"(〈어머니〉) 분이다. 그런 어머니가 내면 깊이에서부터 전면으로 부각될 수 있었던 것은 어머니의 숭고한 눈물과 아픔의 기억에 연유한다.

회초리를 들었지만 차마 못 때리신다 / 아픈 매보다 더 무서운 / 무서운 목소리보다 더 무서운 / 어머니의 눈물이 손등에 떨어진다 / 어머니의 굵은 눈물에 내가 젖는다.
— 〈어머니의 눈물〉 전문

조용하다 / 빈집 같다 // 강아지 밥도 챙겨 먹이고 / 바람이 떨군 / 빨래도 개켜놓아 두고 // 내가 할 일이 뭐가 또 있나 / 엄마가 아플 때 / 나는 철든 아이가 된다 // 철든 만큼 기운 없는 / 아이가 된다.
— 〈엄마가 아플 때〉 전문

〈어머니의 눈물〉과 〈엄마가 아플 때〉는 모두 어머니에 대한 연민 어린 사랑을 떠올리는 동시들이다. 무슨 잘못을 저질렀는지 아이는 어머니 앞에 꿇어앉아 "아픈 매"를 초조하게 기다린다. 그런데 어머니는 그 "아픈 매보다 더 무서운" 눈물을 "손등에 떨어"뜨리기만 할 뿐이다. 못난 자식 앞에서 겉으로 엄격하면서도 속으로는 곧잘 울곤 하시는 그런 어머니가 정두리의 내면 깊이에 각인되어 있는 모성의 진정한 모습이다. 반면에 엄마가 아프면 집은 빈집처럼 썰렁해진다. 그동안 잊고 지내던 어머니의 무게감이 절실하게 가슴에 와 닿는 순간이다. 그때야 비로소 아이는 자기 할 일을 스스로 찾아서 하는 '철든 아이'로 돌아오지만, 그 "철든 만큼 기운 없는 / 아이가" 되어 버린다. 이처럼 모성은 꾸중을 하실 때와 아파서 누워 계실 때에야 비로소 마음 깊은 곳으로부터 떠올라 육중한 무게로 각인되었던 것이다.

정두리는 내면에 잠재해 있던 모성을 이같이 각인하면서, 만물이 생성 소멸하는 대자연에서 모성의 추상을 새롭게 발견해 내고자 한다. 그것은 세속과 대척의 거리에 놓인 자연이야말로 우리가 되찾아야 할 순수성의 전범(典範)이며, 삶의 의지처로 인식했기 때문이다. 따라서 정두리의 모성애적 상상력은 자연 현상으로 지향하면서 동시 세계가 보다 확장되고 의미화된다. "아기 소나무를 보며 / 바람이 매를 듭니다. // 쑤─욱 / 가슴을 펴! / 매를 맞으며 우는 것은 / 소나무가 아닙니다. // 회초리 내던지고 / 긁힌 자국 만져 주며 / 오래도록 // 바람은 울고 있습니다."라고 한 〈바람의 울음〉은 바로 모성애적 상상력을 자연에서 구현한 일례이다. 여기서 바람은 물론 모성의 변형이며, '바람의 울음'은 곧 '어머니의 눈물'이다. 모성은 자식을 위해 자기 희생을 감수하는 눈물겨운 사랑의 화신이다. 자연으로 지향하는 정두리의 모성애적 상상력은 내밀한 고백적 언어와 정갈한 사유에 의해 보다 삶을 성찰하는 계기를 마련한다.

> 나무는 옷을 입을 때와 / 옷을 벗을 때를 잘 알고 있다. // 뜨거운 볕을 가리울 / 이파리가 하나둘 달리는 동안 / 나무는 버젓한 옷을 입었다. // 그래, / 나무를 감싸는 이파리는 / 나무의 옷이다. // 차가운 바람을 막아 줄 / 흰 눈이 가지를 다독일 수 있도록 / 나무는 서둘러 옷을 벗는다. // 그래, / 나무의 깊은 생각은 / 누구도 따를 수 없는 일이다. / 일 년 열두 달 / 생각해 볼 일이다.
> ─ 〈생각해 볼 일〉 전문

정두리가 새롭게 삶을 성찰하면서 가장 먼저 실현하는 것은 말을 아끼는 일이다. 《어머니의 눈물》(1988)은 그런 사실을 그대로 입증한다. 《어머니의 눈물》에는 61편의 동시가 수록되어 있지만, 그 동시들은 모두 5행으로 이루어져 있다. 말을 아낀다는 것은 생략된 행간 사이사이에 깊이 있는 생각을 담았다는 뜻일 터이다. 그래서 말을 아끼는 법은 생각하고 인식하는 법과 동일한 의미를 지닌다. 정두리의 삶의 성찰은 "나무의 깊은 생각"처럼 "일 년 열두 달 / 생각해" 보는 자연의 순리에 따른다. 그런 '일 년 열두 달' 성찰의 길에서도 《꽃다발》에서 보여 주던 물음표는 그대로 지속된다.

어느 봄날 / 꽃으로 천천히 붉어지는 산 / 그 많은 슬기로움을 / 산은 누구에게 배웠을까?
— 〈산은 누구에게 배웠을까〉 일부

가지 칠 때와 그냥 둘 때 / 그것 잘 아는 일은 / 누구에게 배울 수 있는 것일까요?
— 〈나무에게 배우는 일〉 3연

봄날이 되면, 어김없이 죽은 듯 시침을 뚝 떼고 있던 나무들이 물이 올라 파릇파릇 새싹이 돋고, "꽃으로 천천히 붉어지는 산"을 우리에게 보여 줄 수 있는 것은 오묘한 자연의 이치에 의해서이다. 또 나무의 "가지를 칠 때와 그냥 둘 때"를 잘 아는 일을 나무에게 배울 수밖에 없는 것 또한 자연의 이치이다. 자연의 일은 자연에서 배우는 것이야말로 슬기로움이다. 아무리 과학이 발달하더라도 정두리에게 삶의 슬기는 자연의 순리를 따르는 일에서 얻어진다. 곧 정두리는 자연을 통해서 존재하는 것의 의미와 생명의 신비에 대한 겸허한 자세를 배우고, 자연의 순환 질서와 거기에 순응하는 삶의 자세로 세상의 이치를 터득한다. 따라서 정두리에게 모성도 늘 자연의 순리와 질서를 따르는 창조자의 모습일 뿐이다. 정두리는 그것을 '가을'과 '흙'의 상징성을 통해 우리에게 다시금 확인시켜 준다.

꽃이 / 예쁘지 않은 일이 없다 / 열매가 / 소중하지 않은 일도 없다 // 하나의 열매를 위하여 / 열 개의 꽃잎이 힘을 모으고 / 스무 개의 잎사귀들은 / 응원을 보내고 // 그런 다음에야 / 가을은 / 우리 눈에 보이면서 / 여물어 간다 // 가을이 / 몸조심하는 것은 / 열매 때문이다 / 소중한 씨앗을 품었기 때문이다.
— 〈가을은〉 전문

비가 물이 되어 / 목을 적셔 주고 // 햇살이 여기저기 / 구겨진 곳 매만지고 // 순한 바람이 잎 속에 숨었다가 / 더위 식혀 주고 // 나무야, 탄탄하고 여물게 / 열매를 익혀라. // 흙이 할 일은 / 따로 두었다 // 이듬해 봄이 되면 / 씨앗을 소중하게 품어 / 싹을 틔우는 일이다.
— 〈흙이 하는 일〉 전문

〈가을은〉과 〈흙이 하는 일〉은 정두리의 모성애적 상상력이 무엇을 의미하는지를 잘 살필 수 있게 해 주는 동시이다. 이 두 동시는 모두 자연의 순환 이법을 따르고 있다.

꽃이 예쁘고 열매가 소중한 이유는 무엇인가? 바로 "소중한 씨앗을 품었기 때문"이라는 것이다. 또 흙이 하는 일이 무엇인가? "씨앗을 소중하게 품어 / 싹을 틔우는 일"이라고 한다. 가을에는 봄, 여름 내내 꽃잎과 잎사귀들이 함께 힘을 모으고 응원을 보내는 진정한 나눔을 통해 열매라는 하나의 완성을 이루고, 흙은 씨앗을 품어 소중한 생명을 틔워 내야 하는 막중한 임무를 맡았다는 것이다. 가을과 흙은 함께 나눔의 결실로 열매라는 가치를 달고, 씨앗이라는 또 다른 가치를 품게 된다. 즉 열매로의 완성은 또다시 씨앗으로 새로운 시작을 의미한다. 진정한 만남과 나눔을 통해 완성을 이루어 내고 또다시 새롭게 시작하게 되는 것은 바로 자연의 순환 이치이며 질서인 것이다. 그 가을과 흙은 모두 모성의 창조성과 결합된, 모성애적 상상력에 입각한 정두리 동시 세계의 중심 제재인 것이다.

이렇듯 정두리에게 모성은 생명의 원천이며 창조의 주체로서 영원성을 지닌다. 그런 모성은 신성한 의미를 지닌 거룩한 존재이며, 늘 자연의 질서에 순응하는 창조자일 따름이다. 그러므로 정두리에게 자연은 향유의 대상이나 단순한 휴식의 공간이 아니라 사유의 공간이며 신성한 경외의 대상이 된다. 자연의 생성과 소멸은 자연의 순환 이치이며, 그 속에 창조성이 결합되어 모성의 의미를 낳게 했던 것이다. 정두리는 모성을 이처럼 자연 속에서 성찰해 내면서 자신의 시적 세계를 심화시켜 나갈 수 있었던 것이다.

4. 아름다운 사랑의 가치 고양

이와 같이 정두리의 동시 세계는 두 흐름의 시적 과정에 의해 의미화되었다. 하나는 《꽃다발》에서 시작되어 《안녕, 눈새야》, 《우리 동네 이야기》 등으로 이어지는 모성애의 확인 과정에서, 또 하나는 《어머니의 눈물》에서 《혼자 있는 날》 등으로 이어지는 모성의 성찰 과정에서였다. 전자는 진정한 만남과 나눔의 아름다운 세계를 꿈꾸는 순수에 대한 열망이 내재해 있다. 가장 최근에 '재미있는 생활 동시'라는 부제를 달고 출간된 《싫어 싫어》(2005)도 '공기' '귀이개' '나비 머리핀' '목도리' '헌 운동화' '피자' '목욕탕에서' '수영장에서' '우리 동네 마을버스' '도란도란 이야기' 등에서 쉽게 간취되듯, 전자의 시적 과정과 연계성을 지니고 있다. 후자는 자연의 순환 질서를 따르는 창조의 주체자로서 영원성에 대한 갈망이 내재해 있다. 곧 정두리는 한편으로 일상적 삶의 단면을 아름답게 형상화하며 아이들에게 삶의 방법을 인지시키고자 했고, 다른 한편으로 모성을 성찰하는 성숙한 사유의 깊이를 내보이며, 자신의 시적 도정을 충실히 걸어왔던 것이다. 달리 표현하면, 모성애 곧 모정이 정서적 측면을 담당하고, 모성은 정신적인 측면을 감당해 왔다고 할 수 있겠다. 정두리의 동시 세계가 사랑의 가치를 고양하며 순수함과 따뜻함을 견지할 수 있었던 것은 그런 연유에서이다. 결국 정두리는 천진한 질문

을 끊임없이 던지고 답하는 시적 과정을 통해 '유리안나와 그의 모든 벗에게' 자연의 이
치에 순응하는 삶의 자세로 더불어 사는 세상의 아름다움을 일러 주고, 또 창조의 주체
로서 모성의 아름다움을 일깨우고자 했던 것이다. 그러한 정두리는 여성적 감성과 모
성애적 상상력을 가교로 자신의 문학적 존재 의미를 찾고 시적 세계를 구축한 대표적
인 여성 시인이다.

어린이와 함께 선생이 걸어온 길

1947년 11월 14일 경남 마산에서 아버지 정의영, 어머니 김무생의 딸로 태어남.

1960년 마산 성호초등학교를 졸업함.

1963년 마산 성지여자중학교를 졸업함.

1966년 마산 성지여자고등학교를 졸업함.

1970년 배영춘과 결혼, 아들 태완 태어남.

　　　　전국주부백일장 시(詩) 부문 1등에 당선됨.

1975년 딸 송이 태어남.

1978년 단국대학교 국어국문학과에 입학함.

1979년 첫 시집 《유리안나의 성장》 출간됨.

1982년 단국대학교를 졸업함.

　　　　한국문학 신인상 시부에 당선(심사 위원 박재삼)됨.

　　　　시집 《겨울일기》 출간됨.

1983년 중앙대학교 신문방송대학원 수료(출판잡지 전공)함.

　　　　〈아동문학평론〉 동시 추천됨.

1984년 〈동아일보〉 신춘문예 동시 〈다리놓기〉 당선됨.

1985년 시집 《낯선 곳에서 다시 하는 약속》 출간됨.

　　　　첫 동시집 《꽃다발》 출간(아동문예)됨.

　　　　제13회 새싹문학상 수상(새싹회)함.

1986년 새싹회와 한국야쿠르트 주최 '건강 글짓기 대회' 심사 위원을 맡음.

1988년 한국문화예술진흥원의 발간 지원금으로

　　　　동시집 《어머니의 눈물》 출간됨.

　　　　동시집의 그림을 그린 강인춘, 김복태, 김천정, 이규경, 이한중과

　　　　동방플라자에서 시화전 개최함.

　　　　동시집 《혼자 있는 날》 출간(대교출판)됨.

　　　　한국동시문학상, 현대아동문학상, 단국문학상을 수상함.

　　　　시집 《바다에 이르는 길》 출간됨.

1992년 동화집 《별에 닿는 나무》 출간(자유문학사)됨.

　　　　제25회 세종아동문학상을 수상함.

　　　　하청호, 이준관, 노원호, 박두순, 손동연, 권영상, 이창건, 신형건과

　　　　'연필시' 동인 결성함.

1993년 초등학교 국어교과서 집필 위원으로 위촉받음.

　　동시집《우리 동네 이야기》출간(대교출판)됨.

1994년 시집《바람의 날개》출간됨.

1996년 동시집《작은 거라도 네게는 다 말해 줄게》출간(예림당)됨.

1997년 초등학교 5학년 2학기 국어(말하기·듣기·쓰기)에 〈엄마가 아플 때〉수록됨.

1999년 한국문화예술진흥원의 문학창작지원금으로

　　동시집《서로 간지럼 태우기》출간됨.

　　7회 눈높이 아동문학상 동시 부문 심사를 맡음.

　　박홍근아동문학상을 수상함.

　　시집《사람이 되어 더 부끄러운》출간됨.

2000년 유아동시집《엄마 없는 날》출간(파랑새어린이)됨.

　　〈아동문학평론〉신인상 심사 위원을 맡음.

　　한국문화예술진흥원 창작지원금 심사를 맡음.

2001년《엄마 없는 날》로 한국어린이도서상을 수상함.

　　유아동시집《와! 맛있는 동시》출간(계림)됨.

　　유아동시집《달팽이 똥은 노랑색이래요》출간(계림)됨.

　　(소년조선일보 우수 도서로 선정됨).

　　초등학교 4학년 1학기 국어(읽기)에 〈떡볶이〉수록됨.

2002년 초등학교 6학년 2학기 국어(읽기)에 〈소나무〉수록됨.

　　한국아동문학상 동시 부문 심사를 맡음.

　　동시집《애기똥풀꽃이 자꾸자꾸 피네》출간(파랑새어린이)됨.

2003년 교육인적자원부 기초학력 보정교육자료(읽기)에 〈아까시 나무〉수록됨.

　　경기문화재단의 경기문예진흥지원금으로 시집《슈베르트의 집》출간됨.

　　〈소년조선일보〉연재를 묶어《우수 동시 40》《우수 동시마을 60》을 냄(계림).

2004년 방정환문학상을 수상함.

　　한국 아동문학인협회 부회장을 맡음.

　　사단법인 새싹회 이사를 맡음.

　　마해송문학상 운영 위원을 맡음.

2005년 동시집《싫어싫어》출간(파랑새어린이)됨.

　　〈싫어싫어〉가 문예진흥원 우수문학 도서에 선정됨.

　　세종아동문학상 심사를 맡음.

2006년 〈한국일보〉신춘문예 동시 심사를 맡음.

동시 〈운동화 말리는 날〉이 한국문화예쑬진흥회 창작지원작품에 선정됨.

동시집 《찰코의 붉은 지붕》 출간(답게)됨.

〈문화일보〉 갤러리에서 정말지 수녀와 동시화전을 엶.

영풍문고(종로) 교보문고(강남)에서 팬사인회 개최함.

《찰코의 붉은 지붕》으로 제15회 경기도문학상 대상을 수상함.

2007년 《찰코의 붉은 지붕》 스페인어 번역판 출간됨.

제15회 눈높이문학상 동시 부문 심사를 맡음.

우덕갤러리에서 시서전을 엶.

동화집 《울다 웃는 울 엄마》 출간(한국솔로몬북스)됨.

2008년 동시집 《세상을 움직이는 100 사람의 위인 동시》 출간(일곱난장이)됨.

제11회 가톨릭문학상을 수상함.

한국문화예술진흥회 우수 도서, 09년도 공모사업 심사를 맡음.

공무원 문예대전 심사를 맡음.

동시집 《싫어싫어》 한우리 우수 도서에 선정됨.

한국인의 애송동시 〈엄마가 아플 때〉 선정(〈조선일보〉)됨.

2009년 제7차 초등학교 국어 1학년 2학기(쓰기) 〈우리는 닮은 꼴〉,

국어 2학년 2학기(읽기) 〈은방울꽃〉 수록됨.

대구삼덕초등학교 교정에 동시 비 세움.

푸른문학상 심사, 제17회 눈높이문학상 심사를 맡음.

2010년 시집 《사람이 꽃보다 아름답다지만》 출간(답게)됨.

동시집 《마중물 마중불》 출간(푸른책들)됨.

동서문학상심사, 마로니에여성백일장 심사를 맡음.

눈높이 아동문학대전 동시심사를 맡음.

우수문학 도서 선정(문화예술진흥회)됨.

2011년 제9회 우리나라좋은동시문학상 수상함.

제7차 초등학교 5학년 1학기 국어(읽기) 〈운동화 말리는 말〉,

6학년 1학기 국어(읽기) 〈산수유 꽃〉 수록됨.

제14회 가톨릭문학상 심사, 제5회 서덕출문학상 심사를 맡음.

동시집 《신나는 마술사》 출간(문학과지성사)됨.

《신나는 마술사》로 제4회 난정문학상 수상, 문화예술진흥회 우수 도서 선정됨.

2012년 동시집 《꿀맛》 출간(처음주니어)됨.

2013년 제24회 경기예술대전 문학부문본부상을 수상함.

공무원 문예대전 심사를 맡음.

1~2학년군 국어교과서 4~가 〈떡볶이〉 수록됨.

펜문학상 수상, 〈경상일보〉 신춘문예 심사를 맡음.

2014년 동시집 《초파리의 용기》 출간(아이앤북), 이주홍문학상 수상, 세종 우수 도서
　　　선정됨.

2015년 《정두리 동시선집》 출간(지만지), 시선집 《파랑주의보》 출간(인간과문학)됨.

2016년 제7대 새싹회 이사장 선임됨.

　　　동시집 《내일은 맑은》 출간(청개구리), 김영일문학상을 수상함.

2017년 제33회 윤동주문학상 수상, 시집 《기억창고의 선물》 출간(답게)됨.

현재 한국동요작사작곡가협회 부회장, 여성문학인회 이사, 한국문인협회 자문 위원,
　　　국제PEN한국본부 자문 위원, 한국 아동문학인협회 이사, (사)새싹회 이사장으로
　　　활동함.

한국 아동문학가 100인

배익천

대표 작품
〈염색 공장으로 간 임금님〉

인물론
이 시대 마지막 선비

작품론
할 말과 공감이 있는 동화를 찾아서

어린이와 함께 선생이 걸어온 길

염색 공장으로
간 임금님

"차라리 풀을 뜯어 먹고 사는 게 훨씬 마음이 편하겠어."

깊은 산속에 사는 호랑이 범식이가 마른 입술을 핥으며 말했습니다. 몹시 배가 고픈 목소립니다. 그러나 범식이는 이제 더 이상 노루나 토끼를 잡아먹지 않기로 마음을 단단히 먹었습니다. 노루네 때문입니다. 며칠 전에 아버지 호랑이가 잡아온 커다란 노루를 식구대로 배불리 먹었지만 마지막 순간에 범식이는 그 노루와 눈이 마주쳤습니다. 채 감지 못한 슬픈 눈이었습니다. 범식이는 배불리 먹은 것을 모두 토해 내지 않을 수 없었습니다. 살아 있는 목숨으로 배를 채운다는 것이 너무너무 부끄러웠기 때문이지요. 그리고 며칠 동안 눈물을 뿌리고 다니는 노루네 식구들을 보면서 다지고 다진 마음이었습니다.

"풀은 어디 살아 있는 목숨이 아닌강? 저리 비켜! 답답해 죽겠어."

퍼질러 앉은 엉덩이 쪽에서 들리는 소립니다. 꼭 마음을 들여다본 듯한 목소립니다.

"어이쿠!"

범식이는 얼른 엉덩이를 쳐들었습니다. 아무 생각 없이 앉았던 풀밭인데 풀밭도 살아 있다니, 범식이는 네 발에 힘을 잔뜩 주고 등을 힘껏 웅크렸습니다.

"덩치는 큰 게 순진하긴……."

총총총 연미색 꽃봉오리를 달고 있는 둥굴레가 비스듬히 누웠다가 일어서면서 중얼거렸습니다. 하나, 둘, 셋, 넷, 한두 뿌리가 아니었습니다.

"어이, 미안, 미안해!"

범식이는 얼른 곁에 있는 바위 위로 훌쩍 뛰어올랐습니다. 누웠다가 일어나는 둥굴레의 모습들이 하나같이 예사롭지 않았습니다. 와락 한꺼번에 달려들면 커다란 이불을 뒤집어 쓴 듯 꼼짝할 수 없을 것 같았습니다.

"저렇게 예쁜 꽃을 피우고 있는 것들을 토끼나 노루가 막 뜯어먹는단 말이지. 나쁜 녀석들. 그 녀석들은 우리에게 잡아먹혀도 싸지. 그러나……. 나는 이제 녀석들을 잡아먹지 않을 거야. 절대로."

범식이는 부스럭부스럭 일어서고 있는 둥굴레들을 보면서 고개를 절레절레 흔들었습니다.

"그런 마음으로는 이 산속에서 살 수 없지, 암, 없고말고."

아주 묵직한 목소립니다.

"누구세요?"

범식이는 온몸의 털을 곤두세웠습니다.

"날세. 자네를 업고 있는 바윌세."

"아이쿠, 죄송합니다. 그러고 보니 제가 마음 놓고 앉을 수 있는 곳은 아무 데도 없네요."

범식이는 또 발끝에 힘을 주고 등을 잔뜩 웅크렸습니다.

"편안히 앉게. 자네 정도야 열도 넘게 업을 수 있으니까."

"그렇게나요? 고맙습니다. 그런데 제가 왜 여기서는 살 수 없나요?"

"야, 이 녀석아. 짐승하면 호랑이가 제일인데, 호랑이 중에서도 클 만큼 큰 네 녀석이 토끼 한 마리 못 잡아먹겠다니 어디 호랑이라고 할 수 있겠나? 호랑이가 토끼 잡아먹는 것, 토끼가 풀잎 뜯어먹는 것, 다 하늘이 정해 준 일이야. 그것을 못한다면 여기서 살 수 없는 거지."

"여기서 살 수 없으면 저는 어디 가서 살아야 하나요?"

"야, 이 녀석아. 네가 짐승을 잡아먹지 못하면 풀을 뜯어 먹고 살겠니, 흙을 파 먹고 살겠니? 죽는 수 밖에 없지."

"죽다니요. 저는 죽기 싫어요."

"죽기 싫으면 사람이나 되든지."

"사람이 되다니요?"

"사람이 되면 좋지. 제 손으로 짐승을 잡아먹지 않아도 되고, 풀도 뜯어 먹지 않아도 되고. 사람 중에서도 임금이 되면 다른 사람들이 다 먹여 주지. 온갖 맛있는 것을 배부르게 먹여 주지."

"아, 그거 참 좋겠네요. 어떻게 임금이 될 수 있나요?"

"잘은 모르지만 예전에 곰하고 호랑이하고 누가 먼저 사람이 되나 내기했다가 곰이 먼저 됐다는 이야기는 있지."

"곰이 사람이 됐다고요?"

"암, 사람이 되면 임금 되기는 시간 문제지. 열심히만 하면."

"어흥! 그러니까 저도 얼마든지 사람도 될 수 있고 임금도 될 수 있겠네요."

"될 수 있고말고. 세상 일이란 무엇이든 간절히 바라면 꼭 이루어지게 마련이니까."

"야호! 어흥, 어흥!"

범식이는 너무나 기쁜 나머지 껑충껑충 뛰면서 한 번도 해 본적이 없는 재주넘기를 했습니다.

"아이쿠나야!"

바위 위에서 재주를 넘던 범식이는 풀밭에 '철퍼덕' 하고 떨어지고 말았습니다.

"아이쿠, 아프겠구나. 그러나 자네, 그 사이 사람으로 변했네 그려. 아주 훌륭한 청년일세."

커다란 바위가 손뼉을 치듯이 말했습니다.

"제가 사람으로요?"

범식이는 도무지 믿어지지 않았습니다.

범식이는 덩실덩실 춤을 추듯이 산을 빠져 나와 마을로 내려갔습니다. 사람이 되었으니 어서 임금이 되고 싶었기 때문이지요. 범식이가 마을에서 제일 처음 만난 사람은 산비탈 감자 밭에서 풀을 뽑고 있던 할머니였습니다.

"할머니, 저 임금이 되고 싶은데요."

범식이는 두 손을 모으고 공손히 말했습니다.

"임금은 무슨 임금? 임금은 아주 옛날 일이야."

할머니가 이상한 눈빛으로 범식이를 바라보았습니다.

"그러면 저는 어떻게 해요?"

"어떻게 하긴 어떻게 해. 구름 잡는 꿈꾸지 말고 열심히 일해야지."

"열심히 일하면 짐승을 잡아먹지 않아도 되나요?"

할머니는 어이가 없었습니다.

"멀쩡한 젊은이가 짐승을 왜 잡아먹어! 할 일 없으면 여기 와서 풀이나 뽑아."

임금이 되고 싶었던 범식이는 긴 손톱 밑에 흙똥이 잔뜩 끼도록 감자 밭에 난 풀을 뽑고 또 뽑았습니다.

"아이구, 힘도 좋지. 젊은이 덕분에 이틀 일을 하루에 다 끝냈네."

할머니는 아주 기뻐하며 밥상 가득 저녁밥을 차려 주었습니다. 어느 것 하나 맛나지 않은 것이 없었습니다.

'내가 임금인가 봐.'

범식이는 너무 기뻤습니다. 힘들게 짐승을 잡지 않고도 배부르게 먹을 수 있다는 것이 신기하기만 했습니다. 마음 아파하지 않고 먹는 음식은 기분도 좋게 만들었습니다.

할머니는 잠도 재워 주고 여비까지 챙겨 주었습니다. 아침밥까지 얻어먹은 범식이는 또 다른 마을을 찾아가다가 이번에는 마늘 밭을 매는 할아버지를 만났습니다.

"할아버지, 저 임금 하러 왔는데요."

범식이는 두 손을 공손히 모으고 꾸벅 절까지 했습니다.

"임금 하러 왔다니?"

허리를 쭈욱 편 할아버지가 어리둥절한 눈빛으로 되물었습니다.

"할아버지 일 거들어 주고 임금 하고 싶은데요."

범식이는 감자 밭을 매던 할머니를 생각하며 성큼 마늘 밭으로 들어섰습니다. 할아버지는 가까이 온 범식이를 한참 뜯어보더니,

"허 참, 별난 녀석이네. 일 거들어 주고 임금하는 게 아니라 일 거들어 주고는 임금 달라고 해야 된다네. 일손 없던 차에 잘됐구만. 어서 들어와 풀이나 뽑게."

범식이는 그날 하루 또 임금이 됐습니다. 임금 하는 게 정말 너무너무 신이 났습니다. 범식이는 마을에서 마을로 떠돌아다니며 임금 하는 재미에 푹 빠졌습니다.

어느 날 범식이는 염색하는 공장에 정식으로 취직을 했습니다. 취직하는 첫날 염색 공장 사장이 물었습니다.

"띠가 무슨 띤가?"

'띠라니?'

범식이는 띠라는 것이 무엇인지 도무지 짐작이 안 갔습니다. 그래서 불쑥,

"호랑이요."

라고 말해 버렸습니다.

"음, 범띠라고? 그래, 그러고 보니 범같이 생겼구나. 범같이 힘 있게, 열심히 일해라!"

사장이 범식이 어깨를 힘 있게 치며 말했습니다. 그 힘이 예사 힘이 아니었습니다. 휘청거리는 몸을 겨우 가누는데 마당 가득 널려 있는 길다란 천 뒤에서 작은 얼굴 하나가 쑥 삐져 나왔습니다. 범식이 또래의 예쁜 단발머리였습니다. 눈이 크고 서리 맞은 머루처럼 눈동자가 까맸습니다. 범식이는 가슴이 쿵덕쿵덕 뛰면서 스르르 녹아 내리는 것을 느꼈습니다. 얼굴이 화끈거리는 것 같기도 했습니다. 동그란 얼굴에 방긋 웃음이 일었습니다. 무릎 아래까지 내려온 까만 치마 밑으로 보이는 종아리가 눈처럼 하얗습니다.

"순미야!"

보이지 않는 곳에서 카랑카랑한 아주머니 목소리가 들렸습니다. 동그란 얼굴 속의 웃음이 사라진 것은 바로 그 순간이었습니다.

"딸랑딸랑 딸랑딸랑."

바람에 펄럭이는 천 사이사이에서 방울이 요란하게 울었습니다.

황톳빛, 쪽빛, 감물빛, 쑥빛, 치잣빛.

마당 가득 널려 있는 길다란 천이 색색으로 펄럭였습니다. 긴 바지랑대에 고인 채 물결처럼 출렁이며 펄럭였습니다.

까만 치마 밑으로 하얗게 서 있던 종아리가 펄럭이는 천 사이로 보일락말락하며 사라졌습니다.

"철퍼덕철퍼덕."

까만 고무신 속에 물이 고여 있었던지 멀어지는 발자국 소리에 물소리가 흥건했습니다.

길고 긴 하얀 천에 황톳빛, 쪽빛, 감물빛, 쑥빛, 치잣빛 물을 들이는 염색공장 사람들은 황톳빛, 쪽빛, 감물빛, 쑥빛, 치잣빛만큼 곱지 못했습니다.

"범처럼 힘 있게, 열심히 일해라!"

하던 사장이나,

"순미야!"

하고 펄럭이는 천 너머에서 카랑카랑한 목소리를 내던 아주머니나 마찬가지였습니다.

"순미야!" 하는 카랑카랑한 목소리 뒤에는 언제나 딸랑딸랑 딸랑딸랑 방울 소리가 따라다녔습니다.

순미는 귀가 어두웠습니다. 소리를 잘 듣지 못하는 만큼 입도 늘 닫혀 있었지요. 방긋 웃는 것이 말의 전부였습니다. 기쁨의 전부였습니다. 딸랑딸랑 방울이 울릴 때마다 마당 가득 널린 색색의 천이 흔들리는 것은 순미를 부르는 소리였습니다.

어느 날 해질 무렵입니다.

순미가 뽀송뽀송하게 말라가는 천이 해지기 전에 더 빨리 마르라고 바지랑대를 높이 쳐들고 이리저리 흔들고 있을 때였습니다.

"순미야!"

하는 소리와 함께 방울이 요란스럽게 울렸습니다.

드럼통으로 만든 커다란 솥을 씻어 내고 있던 아주머니가 이리저리 얽힌 빨랫줄에 이어진 줄을 당기며 순미를 불렀습니다. 이 시간에 순미를 부르는 것은 빨리 와서 드럼통 솥에 물을 가득 채우라는 뜻입니다. 내일 할 일을 위해서지요. 그러나 순미는 그 전처럼 아주머니에게 빨리 달려가지 못했습니다. 아주머니가 줄을 잡아당기는 바람에 높이 치켜든 바지랑대가 푹, 쓰러져버렸기 때문입니다.

"푸르르륵!"

커다란 새가 커다란 날개를 접듯이 빨랫줄 가득 널려 있던 색색의 천이 땅바닥에 풀썩 주저 앉았습니다. 고르지 못한 땅바닥에는 젖은 천에서 흘러내린 물이 여기저기 고여 있었습니다.

"저런, 저런!"

멀리서 보고 있던 아주머니가 멧돼지처럼 씩씩거리며 뛰어왔습니다.

"아이구 이 멍청한 것아! 귀가 어두우면 눈치라도 밝고 손끝이라도 매워야지. 곱게 물들인 천이 엉망이 되었으니 이 일을 어쩐단 말이야!"

하더니 엉겁결에 들고 온 나무 막대기로 순미의 엉덩이와 하얀 종아리를 사정없이 때렸습니다. 나무 막대기는 커다란 드럼통 솥에 담긴 천에 물감이 고루 묻으라고 휘휘 저을 때 쓰는 알록달록 물이 든 물푸레나무 막대기였습니다. 순미의 하얀 종아리에도 물푸레나무 막대기처럼 알록달록 물이 들었습니다.

"흐이그, 밥값도 못하는 것. 어디서 온지도 모르는 것을 밥 먹여주고 잠재워 줬더니 겨우 한다는 게 이 모양이냐?"

나무 막대기를 던져 버린 아주머니가 순미의 단발머리를 움켜잡고 마구 흔들었습니다.

"어흐흥!"

마침 다음 날 쓸 나무를 해 오던 범식이가 그 모습을 보고 큰 소리로 울었습니다. 아주머니가 순미의 머리채를 움켜잡은 채 뒤돌아 보았습니다.

"이게 무슨 소리야. 짐승 소리야, 사람 소리야?"

깜짝 놀란 아주머니가 순미를 내동댕이친 채 다시 나무 막대기를 주워 들었습니다.

"철퍼덕!"

그 바람에 순미는 얕게 고인 물웅덩이에 짚단처럼 쓰러졌습니다.

범식이 눈에서 시뻘건 불길이 일었습니다.

범식이는 다시 호랑이가 되고 싶었습니다. 나무 막대기를 든 아주머니의 손목을 덥썩 물어 버리고 싶었습니다.

'안 돼, 안 돼, 나는 내 입술에 핏물을 묻히기 싫어서 사람이 된거야, 참는 거야, 참는 거야.'

범식이는 부릅 뜬 눈을 스르르 감았습니다. 섬뜩함을 느낀 아주머니도 슬그머니 나무 막대기를 놓고 집 안으로 들어가 버렸습니다.

그날 밤 범식이는 밤이 깊도록 강변에서 잔디를 떼와 넓은 마당에 촘촘히 심었습니다. 길고 긴 색색의 천에서 떨어지는 물방울이 맨바닥에 고이지 않고 잔디 속에 스며들도록 하기 위해서지요. 펄럭이며 마르는 색색의 천이 떨어져도 흙탕물이 묻지 않게 하고 순미의 하얀 종아리에 색색의 줄이 서지 않도록 하기 위해서지요.

새벽 무렵이었습니다.

할머니네 감자 밭에 풀을 뽑을 때처럼 긴 손톱 밑에 까맣게 흙똥이 끼도록 잔디를 옮겨 심고 있는 범식이 등 뒤로 시커먼 그림자 하나가 성큼성큼 다가갔습니다.

"이 밤중에 이게 뭣 하는 짓이야?"

오줌을 누러 나왔는지, 갑자기 나타난 사장이 버럭 소리를 질렀습니다.

그와 동시에,

"철퍼덕!"

하고 큰 손바닥이 범식이 등줄기를 후려쳤습니다.

"바보 같은 녀석. 천이 마르는 것이 어디 햇볕 때문만인 줄 아나? 선들선들 바람이 불어야 하고 맨땅에서 되올라오는 열도 있어야 되는데, 이렇게 풀을 심어 놓으면 어쩌란 말이냐, 엉? 위아래가 마르는 게 달라서 천에 얼룩이라도 지면 네가 책임질래? 이 바보 같은 녀석아!"

깜짝 놀라 일어서는 범식이를 향해 사장은 또 한 번 있는 힘을 다해 뺨을 후려갈겼습니다.

범식이는 애써 심어 놓은 잔디밭에 벌렁 넘어졌습니다. 두 눈에서 시퍼런 불빛이 이글거렸습니다.

"어흐흥!"

달밤에 산마루에 올라가 산 아래를 내려다보며 소리치듯 입을 크게 벌리고 고함을 질렀습니다.

"아아아!"

두 눈을 이글거리며 소리지르는 범식이를 보자 사장은 가슴이 서늘했습니다. 그러나 사장도 만만찮았습니다.

"너 지금 반항하는 거지? 밥 먹여 주고 잠 재워 줬더니 너, 지금 나한테 달려드는 거지?"

무지막지한 힘이었습니다. 사장의 손과 발이 문어발처럼 범식이를 덮쳤습니다.

"아, 아, 악!"

범식이는 두 손으로 머리를 감싸 쥐고 새우처럼 몸을 구부리며 숨 넘어가는 소리만 낼 뿐이었습니다.

"한 번만 더 그런 눈으로 달려들어 봐. 아주 병신으로 만들어 버릴 테니까."

제 풀에 지친 사장이 두 손을 털며 어둠 속으로 사라졌습니다.

얼마나 지났을까, 하늘에는 별이 총총하고 땅 위에는 달맞이꽃이 쓸쓸하게 피어 있는 어스름 속에서 검은 그림자 하나가 살금살금 움직였습니다.

검은 그림자는 죽은 듯이 쓰러져 있는 범식이 곁으로 다가가 가만가만 어깨를 흔들었습니다. 그러나 범식이는 이리저리 흔들리기만 할 뿐 아무 말이 없었습니다.

"음, 음, 머, 머……."

순미였습니다. 방긋 웃는 것이 말의 전부이고 기쁨의 전부이던 순미가 소리를 냈습니다.

"음……머, 음……머, 음머, 음머!"

갑자기 말이 빨라진 순미가 이리저리 살피더니 우물가로 달려갔습니다.

"푸아, 푸아, 푸아."

바가지째로 떠온 물을 입에 물고 수없이 범식이 얼굴에 뿜었습니다.

"<u>으으으으!</u>"

울음소리인지 신음 소리인지, 범식이가 돌아누우며 호랑이 소리 같은 사람 소리를 냈습니다.

"순미구나."

겨우 눈을 뜬 범식이가 축 늘어진 팔을 움직여 자기를 부축하고 있는 순미의 손을 잡았습니다. 그리고는 더듬더듬 종아리를 찾았습니다. 어둠 속이지만 순미의 종아리는 갓 뽑아 낸 무처럼 맑은 흰색으로 살아 있었습니다. 그러나 그 희고 흰 종아리에는 빨래판처럼 우둘두둘 줄이 그어져 있었습니다.

범식이 눈에 눈물이 고였습니다. 두 눈에 가득 고인 눈물이 연잎에서 미끄러지듯 주루룩 흘러내렸습니다. 그와 동시에 범식이 얼굴에도 뚝뚝 물방울이 떨어졌습니다. 순미의 눈물이었습니다.

"순미야."

범식이가 순미의 손을 꼭 잡았습니다.

"가자, 여기를 떠나자. 여기는 네가 있을 곳이 못 돼. 내 종아리가 부러지더라도 나는 너를 여기서 데려갈 거야."

범식이가 몸을 일으켰습니다. 그러나 신음 소리와 함께 도로 누워 버렸습니다.

"오빠, 오빠는 범이지?"

"뭐, 뭐, 뭐?"

범식이가 다시 몸을 벌떡 일으켰습니다. 범이라는 말보다 순미가 말을 했기 때문이지요.

"나, 오빠가 호랑이 따라고 말할 때 그때 오빠가 범인 줄 알았어. 오빠, 범 맞지?"

느릿느릿하지만 편안한 목소리였습니다.

"나도 사실은 송아지야. 태어나서 젖을 떼자마자 엄마가 풀밭에서 풀을 뜯어 먹으라고 했지. 그러나 나는 그것을 뜯어 먹을 수가 없었어. 가느다랗고 예쁜 풀잎들이 작은 소리로 아프다고 했거든. 그리고 작고 흰 꽃들도 너무 많이 피어 있었어. 나는 그것을 차마 뜯어 먹을 수가 없었던 거야. 고집을 부리고 며칠을 굶었더니 어느 날 사람이 되어 쓰러져 있었어. 이 집 마당에."

"……."

범식이 눈에서 계속해서 뜨거운 눈물이 흘러내리고 잡은 손에는 꼬옥 꼭 힘이 주어졌습니다.

"말을 못하는 것은 아주머니가 맨 처음 나에게 너무 뜨거운 물을 먹였기 때문이야. 풀잎을 먹어야 할 내 입에……."

"……."

"그러나 나는 이제 무엇이든지 다 할 수 있어. 아마 오빠의 마음이 내 마음 속에 들어왔기 때문일 거야. 오빠, 가자. 내가 일으켜 줄게."

순미가 범식이를 일으켜 세웠습니다. 얼굴을 약간 찌푸렸지만 범식이는 쉽게 일어나 순미의 어깨에 팔을 둘렀습니다. 따뜻한 팔이었습니다.

"그래 순미야, 가자. 아무도 없는, 우리만 살 수 있는 곳으로 가자. 토끼나 노루를 잡아 먹지 않아도 되고 풀잎과 꽃잎을 뜯어 먹지 않아도 살 수 있는 그곳으로 가자, 여기는 우리가 살 곳이 아니야. 사람은 우리와 함께 살 수 없어. 절대로."

하늘에는 별이 총총하고 땅 위에는 달맞이꽃이 함초롬히 피어 있는 새벽 어스름 길을 범식이와 순미는 어깨를 나란히 하고 걸었습니다. 끝없이, 끝없이. 아침이 오고, 저녁이 오고, 해가 뜨고, 별이 뜨고 몇 날 며칠을 걸어서 어느 날 기차를 탔습니다. 온통 초록색 나뭇잎으로 꾸민 기차였습니다. 크고 작은 꽃이 수없이 꽂혀 있어 타자마자 향기에 취해 잠이 드는 기차였습니다.

범식이와 순미는 손을 꼬옥 잡은 채 아주 달콤한 잠 속으로 빠져들었습니다. 몇 날 며칠.

어느 날 깊은 산속에 들어갔다가 나온 사람이 말했습니다.

"지금 다시 찾으라면 찾을 수는 없지만 그곳에 말이야. 호랑이 한 마리와 송아지 한 마리가 아주 다정하게 잠들어 있더라. 새액새액 숨을 쉴 때마다 비눗방울처럼 꽃송이가 피어나더라니까."

이 시대
마지막 선비

송재찬

　신춘문예에 대해서 구체적으로 알게 된 것은 아이들을 가르치면서부터였다. 시를 쓰다가 동화를 써 봐야겠다는 마음을 먹고 있을 때 나는 배익천을 신춘문예작품에서 알게 되었다. 1974년 〈한국일보〉였다.

　당선 소감에 실린 그의 사진은 또 다른 나를 보는 느낌이었다. 그의 당선 소감은 순식간에 내 가슴을 흔들었다. 당선 통지를 받고 아무도 없는 빈 교실 구석에서 실컷 울었다는 그의 당선 소감을 읽으며 나도 신춘문예에 당선되면 그처럼 교실 구석에 가서 울어야지, 하는 생각까지 했다. 그러나 〈달무리〉라는 당선 작품은 곳곳에 배치되어 있는 상징적인 비유 때문에 나를 절망스럽게 했다.

　'나는 죽어도 이런 작품은 쓸 수 없겠어.'

　그즈음의 신춘문예 당선 동화들은 이처럼 산문시 같은 문장들을 취하고 있었다. 1973년 신춘문예에서 읽은 권정생 선생님의 〈무명저고리와 엄마〉에서도 나는 그런 느낌을 강하게 받았다.

　'동화는 시처럼 쓰는 것이구나.'

　신춘문예작품들을 읽으며 내가 제일 먼저 정리해 낸 것은 이런 것이고 내 적성에도 맞을 것 같았다.

　그해 신문에서 읽은 여러 편의 당선 작품 중에서 그에게 축하 엽서를 띄우게 한 것은 1950년생이라는 동년배에다 초등학교 교사라는 동료 의식이 크게 작용했을 것이다. 그러나 더 근본적인 이유는 당선 소감과 당선 작품 속에 숨어 있는 그의 매력 때문이었다. 30년 전의 일들을 떠올리니 그때의 느낌들이 고스란히 살아난다. 〈달무리〉를 읽으며 붉은 밑줄을 치던 내 모습까지.

　'신춘문예 당선을 축하합니다.' 하는 짤막한 엽서를 보내고 나서 답장은 한참 있다가 받았다. 나는 동화를 쓰고 싶다는 편지를 썼고 그는 아주 정성스런 답장을 보내 주었다.

　경상북도의 신예 동화작가 배익천과 제주도의 문학청년 송재찬과의 우정은 이렇게 시작되었다.

　내가 학교를 옮겨 경상북도로 오게 된 것은 내 삶에서 차선의 선택이었지만 그러나 그건 감히 이야기하건데 하나님의 축복이었다. 그리고 그 축복의 숲에는 하나님이 준비해 둔 따뜻한 손, 배익천이 있었다. 경상북도, 배익천이 있는 땅. 나는 그 끈만 의지해서 덜컥 전근 신청을 했고 육지 생활이 시작되었다.

몇 번의 편지를 주고받은 후이긴 했지만 나는 육지 생활 첫해에 배익천의 많은 것들을 얻어 듣게 되었다. 배익천과 같은 교실에서 공부한 여선생이 있어서 그에 대해 많은 이야기를 들을 수 있었다. 그러나 그때까지도 우리는 그저 편지를 주고받는 동화작가와 동화작가 지망생에 불과했다.

5월이었을 것이다. 나는 이웃 학교에 계신 이오덕 선생님을 따라 대구에 가게 되었다. 김성도 선생님의 작품집《꽃씨와 인형》출판 기념회에 가자고 해서 따라나선 것이다. 그때 나는 〈새교실〉이란 교육잡지에 1회 추천을 받은 무명의 동화작가 지망생이었다. 모두 쟁쟁한 분들이어서 몸 둘 바를 모른 채 한 구석에서 출판 기념회를 지켜보았다.

'아, 저이가 배익천인가 보다. 사진이랑 똑같네.'

나는 다른 사람보다 배익천을 보게 된 게 기뻤다.

내가 다가가 인사하자 그는 무척 반갑게 내 손을 잡아 주었다. 한눈에도 그는 순수해 보였고 진지했다. 그 첫인상 그대로 그는 지금도 변함이 없다. 작품을 쓰는 진지함도 그렇고 사람을 대하는 마음씀도 그때 그대로다.

그날 거기 모였던 많은 사람들은 2차, 3차를 거쳐 같은 여관으로 갔다. 배익천과 나는 다른 사람들 틈에 끼어 같은 방에서 자게 되었는데 하얀 러닝셔츠가 눈에 훤하다. 막 여름이 시작되던 무렵이었다.

그 후 나는 자주 배익천에게 편지를 썼고 그도 꼬박꼬박 답장을 보내 주었는데 다 모았다면 사과 상자 하나에 다 담지 못할 정도였다. 여기저기 이사 다니며 책 상자도 잃어 버리고 편지 상자도 잃어 버렸는데 배익천의 편지들도 그렇게 사라져 버렸다.

얼마 전 돌아가신 이오덕 선생님 댁에 갔다가 내 편지까지 고스란히 복사되어 있는 자료 묶음을 보고 깜짝 놀랐다. 거기엔 낯익은 추억의 필체도 있었는데 '배립우' 올림이다. 배립우는 배익천이 데뷔 초기에 즐겨 썼던 필명이다.

육지의 첫 부임지인 춘양 생활을 1년 만에 접고 나는 벽지로 자원해 들어갔다.

버스가 안 들어오는 곳, 밤이면 푸른 별들만 하늘 빈틈없이 돋아나는 곳에서 나는 배익천에게 편지를 쓰는 것으로 외로움을 달랬다. 편지를 못 쓰는 날은 대개 작품에 매달려 신음하는 시간들이었다. 작품을 끝내면 다시 편지를 썼다.

나는 그에게 온갖 이야기를 다 적어 보냈다. 아무에게도 이야기하지 못했던 우리 가족 이야기도 썼다. 그렇게 편지를 쓰며 나는 문장력을 연마했고, 더 문학적인 문장으로 그가 답장을 보내 주었다. 하루에 두 통의 편지를 쓰기도 했고 두 통의 편지를 받기도 했다.

집배원은 나에게 편지를 주기 위해 꾸불꾸불 먼 산길을 달려왔고, 나처럼 총각이던 그 집배원은 내 사택에서 점심을 지어 먹고 떠나곤 했다. 한여름에는 내 방에서 한잠을 자고 가기도 했다.

배익천은 매번 단정한 글씨로 답장을 보내 주었다. 나는 시를 쓰듯 동화를 쓰듯 그렇게 편지를 썼다. 그의 편지도 마찬가지였다. 아이들이 다 돌아가고 산 그림자가 밀려오는 교실 창가에서 나는 그의 편지를 읽고 또 읽었다. 가끔은 그가 써 보낸 시를 읽기도 했다.

객지에서의 두 번째 여름 방학. 그런데 뜻밖에도 방학 이튿날, 그러니까 실질적인 방학이 시작되는 그날 배익천이 우리 동네까지 걸어왔다. 그의 고향인 영양이 바로 이웃 군인 줄은 알았지만 그가 고향으로 가는 길에 우리 마을까지 올 줄은 전혀 상상하지 못한 일이었다. 나는 그를 따라 영양으로 갔고 그의 가족들의 따뜻한 환영을 받았다.

배익천의 어머니는 기품이 있고 정감이 넘치는 분이었다. 그가 그토록 아름다운 동화를 쓸 수 있는 것은 그 어머니에게 물려받은 성품일 거라고 가끔 생각한다. 그리고 시골 집 벽에 오도카니 걸려 있던 바이올린. 나는 그 악기를 그때 처음 보는 촌놈이었다. 초등학교 교장이었던 배익천의 아버지는 드물게 바이올린을 하던 분이었다. 배익천의 음악성은 아버지에서 받은 것이다. 지금도 눈에 선하다. 아름답고 단정한 기품의 어머니와 형아를 부르던 그 동생들, 그리고 배익천 선생을 따라 소쿠리를 들고 옥수수를 따던 그 저녁 하늘. 그가 쓴 동시 '식구 수 대로 / 옥수수를 따고' 같은 구절들.

배익천이 미성을 가지고 있다는 것을 확인한 것은 노래방이라는 것이 일반화되면서부터였다. 이흥렬의 가곡 〈바위 고개〉에서부터 최성수의 가요 〈동행〉까지 그의 미성에 어울리는 노래는 한 두 곡이 아니다. 그를 동화작가답게 하는 것은 어디서건 마무리는 대개 동요로 끝낸다는 점이다. 〈나뭇잎배〉, 〈과꽃〉, 〈겨울나무〉, 〈꽃밭에서〉 같은 동요들이 그의 애창곡들이다.

그는 늘 혼자인 나를 염려해 주었고 틈만 나면 나를 불러 내어 멋진 술집으로 데려가곤 했는데 언젠가는 울산에서 못 마시는 술을 잔뜩 마시고 경주에서 가까운 그의 자취방으로 가게 되었다. 거기까지는 좋았다. 그날 나는 그 깨끗하고 푹신한 그의 이불을 온통 더럽히고 말았다.(상상력이 뛰어난 독자들은 무슨 일이 있었는지 상상해 보시길!) 그러나 그는 전혀 싫은 내색을 하지 않고 내 속이 아픈 것만 걱정해 주었다.

그가 결혼하고 나서도 우리의 편지는 이어졌다. 첫아이 보늬를 안고 찍은 사택 마당엔 국화가 노랗게 피어 있었고 글이 제대로 안 된다는 하소연을 자주 보내 왔다. 나는 보늬를 보기 위해 겨울 방학을 이용해 기차를 타기도 했다. 그들 부부는 둘 다 교사였다.

보늬가 다 크기 전에 보늬 엄마가 생활 근거지인 부산으로 옮겨갔고, 얼마 후 그도 부산 MBC로 직장을 옮기며 부산 사람이 되었다.

부산 생활을 시작하면서 배익천의 생활은 많이 바뀌었다. 술을 더 많이 마시는 것 같았고 작품은 조금 덜 쓰는 것 같았다. 어린이 문예지지만 방송국에서 내는 잡지였기 때문에 방송국 사람들과도 자주 어울리는 것 같았다. 그래도 우리들은 동화작가라는 같은 길을 걸었기에 일 년에 두어 번씩은 볼 수 있었다. 그러던 어느 날이었다. 우리 동화작가 몇이 배익천의 초대를 받아 부산으로 가게 되었는데 느낌이 좋은 횟집으로 우리를 데리고 갔다. 나는 거기서 '또 한 사람의 배익천'을 만나게 되었다. 부산 민락동에 자리잡은 횟집 '방파제'.

그 음식점을 경영하는 분은 바로 홍종관 박미숙 부부이다. 홍 사장과 배익천은 음식점 주인과 손님으로 처음 만나 그 인간됨에 서로 끌려 순식간에 가까워졌고 어느새 형제보다 더 가깝게 지내고 있었다. 나는 앞에서 홍종관 사장을 '또 한 사람의 배익천'이라고 표현했다. 배익천의 삶이 홍 사장을 만나며 더 풍성해졌다. 내가 아는 한 배익천은 인간성을 중시하는 사람이었다. 그런데 그가 형제처럼 지내는 사람이라면 전폭적으로 믿어도 좋은 사람일 터였다.

처음 만남에서부터 홍종관 부부는 서울에서 내려간 우리들을 위해 밤을 같이 새워 주었고 잠자리까지 마련해 주었다. '허허, 정말 배익천이 자기하고 똑같은 사람을 만났구나.' 나는 부신 눈으로 감로 선생이라 부르는 홍 사장을 보았다.

그날 이후 부산의 배익천을 떠올리면 방파제의 감로 선생을 함께 떠올리게 되었다. 감로 선생은 음식점을 운영하는 틈틈이 창을 하고 서도를 즐기는 분이다. 부인인 미숙 씨가 보여 준 사군자의 수준도 상당했다. 감로 선생은 우리 아동문학에도 지원을 아끼지 않은 분이었다. 나는 그런 모습을 볼 때마다 감탄하곤 한다. 사람이 어떻게 저럴 수 있을까.

누구나 배익천을 찾아가면 융숭한 대접을 받는다. 사심이 조금도 없는 융숭한 대접. 그런 대접을 하기란 쉽지 않다. 배익천은 진심으로 최선을 다해 사람을 대한다. 그래서 그와 함께 술을 하고 밤을 지낸 사람들은 그를 잊지 못한다. 우리가 내려갈 때마다 우리와 함께 밤을 새우는 게 예사다. 그러나 배익천이 서울에 왔을 때 우리는 그만큼 해주지 못할 때가 많다.

언젠가 박홍근 선생님이 껄껄 웃으며 "배익천이 말야. 찾아오는 사람 다 대접하고 어떻게 살림하는지 모르겠어." 하고 이야기 한 적이 있다. 그게 바로 배익천이다. 그를 생각하면 이 시대 마지막 선비라는 이미지가 바로 떠오른다.

　사심없이 베풀고 뒤를 생각하지 않는 그러한 진심이 배익천다운 삶이다. 그는 그런 삶을 즐기며 사는 것처럼 보인다. IMF 때 부산 MBC는 〈어린이문예〉를 휴간하고 방송인들도 구조 조정을 했다. 그런데 어린이 잡지 일을 하던 배익천은 그 살벌한 구조 조정에서 오히려 FM음악 PD가 되어 흘러간 노래와 2년여를 함께했다. 그때는 부산 가면 괜찮은 가수와 함께 노래 부르며 놀 수도 있었다. 그게 배익천의 힘이다. 전문 방송 PD도 아닌데 자리를 바꾸면서까지 그를 데려다 쓰는 데는 배익천만이 가진 힘이 있었기 때문이다. 다시 〈어린이문예〉가 복간되어 잡지 일을 하고 있지만 이 시대 마지막 남은 선비 정신을 다른 눈들도 알아본 것이리라.

　그는 아직 이메일을 모른다. 원고도 육필로 쓴다. 그런 그가 〈어린이문예〉 편집주간이다. 그러나 그것은 그의 단점이 아니라 오히려 급변하는 시대를 살아가는 그만의 남다른 개성이다. 그러나 아무 불편 없이 살아간다. 그런 정신으로 그는 오늘도 동화를 쓴다. 그리고 적당한 때가 되면 오래 전부터 가꾸어 온 고성 땅으로 들어가 일만 평의 산으로 꾸민 '동화나무의 숲'에서 또 다른 동화나라를 만들며 살 것이다. 동화를 사랑하는 사람들과 함께, 그를 사랑하는 사람들과 함께. 어느 신문의 신간 서평에 그의 동화를 '장자 같은 동화'라고 했던 게 기억난다. 그렇다. 21세기에 장자 같은 동화를 쓰는 이 시대의 마지막 선비인 그가 자랑스럽다.

할 말과
공감이 있는
동화를 찾아서

김현숙

1. 동화에서 문학까지 싸는 보자기, 순수함

배익천은 〈냉이꽃의 추억〉의 작가이다. "〈냉이꽃의 추억〉이 어떤 작품인데?" 드물겠지만 혹시 물으실 독자께, 한 소녀를 좋아하는 소년의 애틋하고 순수한 사랑 이야기라고 간단히 소개 드릴 수 있다. 황순원의 〈소나기〉가 언뜻 생각날 정도로 애잔한 분위기가 깊다는 것도 곁들여 말씀드린다. 한바탕 퍼붓고 사라지는 비 소나기를 제목으로 삼은 〈소나기〉는, 소녀의 죽음으로 소년의 사랑에 시간적 한정성을 드리워 그 애틋함을 더 비극적이고 강렬하게 전달했다. 냉이꽃이라는 쪼그맣고 희고 여린 풀꽃을 내세운 〈냉이꽃의 추억〉은, 주변의 이목을 끌어당기며 눈부시게 피어나지 못하고 살짝살짝 터트리는 소년의 사랑에 간직된 여림과 애틋함을 더욱 아련하고 그리운 것으로 만든다는 차이가 있다.

배익천은 〈냉이꽃의 추억〉과 비슷한 작품을 여러 편 써냈다.

이 작품들은, 소년은 소녀를 좋아한다, 감정은 뜨거우나 표 나지 않게 조심한다, 소녀 역시 소년을 마음에 두고 있다, 등의 이야기들이 닮아 있다. 심지어는 소녀들의 모습까지도 판에 박았다. 찰랑거리는 단발머리, 사슴처럼 맑은 눈, 하얀 얼굴, 말없음이라는 특징을 가진 이 소녀는 배익천의 베아뜨리체로 다가온다. 사실 그의 사랑 이야기는 데뷔작부터 시작되고 있었다. 동화와 이성에 대한 사랑 이야기라. 그리 적합하고 익숙한 관계는 아닌 듯한데 배익천은 스스럼없이 이 둘을 연결해 온 셈이다.

기왕지사 두 작품을 한 자리에 같이 있게 했으니 조금 더 말을 이어 보자. 중학교 교과서에 자리를 튼 〈소나기〉는, 대한민국 십 대에게 그야말로 소설 읽는 재미를 한껏 고무시키고 새롭게 한 작품이다. 영원한 십 대의 작품이다. 동시에 맑고 아릿한 정서의 환기를 통해 특정 연령대를 넘어서서 모두를 자기 독자로 끌어들였다. 유사한 결을 지닌 소년의 사랑 이야기인 〈냉이꽃의 추억〉도 사정은 비슷하리라. 황순원은 어린 소년의 사랑 이야기를 단편소설로 써 내렸고, 배익천은 동화로 써 나갔음을 빌미로, 두 작품이 두 독자층을 넘나들며 마음에 남기는 효과가 다르다 하기 어렵다. 단편소설인 〈소나기〉에 그림을 달아 한 권 동화로 펴내는 지금의 현실은, 소년의 순수한 사랑 이야기에 대한 어린 독자의 반응이 어떤 것인가를 일러 준다. 이제 이성 간의 사랑은 동화 문학의 자연스럽고 당연한 제재임을 부인할 수 없게 되었다.

그가 자기 동화에서 소녀에 대한 소년의 순수한 마음을 즐겨 다룬 까닭은 무엇일까? 소년이 소녀를 사랑할 때의 마음 상태, 그 순수성이 그리웠던 것이다. 배익천이 순수한 사랑을 일찍부터 여러 번 끌어들인 것은, 그가 자기 동화를 통해서 끊임없이 인간의 순수성에 대해서 말하고자 했음을 보여 준다.

그는 순수함을 추구하는 작가일 뿐만 아니라, 동화 쓰기 자체에도 순결한 열정을 바치는 작가이다. 어린 독자를 염두에 두는 글을 쓰되 순수함이라는 제재를 통해 모든 독자의 감성에 호소하고자 했던 것은, 모두에게 읽히는 문학을 하려는 뜻이 잠재되어 있다. 이것은 동화 창작이 본격적인 문학 창작이어야 한다는 것과, 동화가 아이들에게만 읽히는 수준 낮은 문학이 아니라 누가 읽어도 좋은 수준 높은 작품들이어야 한다는 테제의 실행이기도 하다. 〈냉이꽃의 추억〉이 준 이러한 추억 내용은 다른 작품들에서도 거듭 확인된다.

순수함에 대해서 말해 온 동화작가는 많다. 배익천이 추구하는 순수함은 어떤 질감의 것인지 궁금하다. 순수함에 대해서 발언한 동화작가들은 때로는 어른 독자를 위한 나약한 감상만 흘려 놓았을 뿐, 가장 받들어야 할 어린 독자와의 소통에는 만족스런 결과에 이르지 못하는 경우도 종종 보아 왔다. 배익천은 어떤 성과를 드러냈는지 눈여겨보아야 할 것이다.

2. 어린 독자는 때로 금 밖에 있다

나는 배익천의 〈병정개미의 날개〉를 한 가지로 읽어 낼 수가 없다. 뒤틀린 글이 불만스럽기도 하고, 좋다는 생각이 들기도 한다.

첫 번째 읽기는 이런 것이었다. 미루나무 밑에 개미집이 있는데 한 마리 병정개미가 높은 나무 꼭대기에 올라가려는 유별난 소원을 간직하고 있다는 출발에서, 개미가 어떤 난관에 봉착하고 이를 뚫어 낼 것인가가 이야기의 핵심으로 파악하게 된다. 쪼그만 병정개미는 높은 미루나무를 오르기 시작했고, 오르는 것 자체가 '다리가 다 닳도록 기어야 하는' 엄청난 시련임은 바로 드러났다. 그런데 개미는 운수 좋게 나무 꼭대기를 향하는 뱀 등에 올라타게 된다. 뱀은 나무 꼭대기 까치를 먹으러 가는 길인데, 개미는 뱀을 악마로 규정하고 맞선다. 어느덧 서사의 국면은 나무를 오르는 일에서 비켜나 뱀으로부터 까치를 구하는 일로 옮겨갔다. '남다른 뜻을 가진 개미가 나무에 오른다.'와 '까치를 잡아먹겠다는 뱀과 싸운다.'는 두 이야기는, 서로 다른 테마를 간직한 것이기에 이 작품이 불편했다. 이야기가 일그러지고 있다는 판단이 든 것이다. 이렇게 되니, 뱀과 함께 아래로 떨어졌던 병정개미가 날개를 달고 나무 꼭대기로 오른다는 엔딩은 감동을 이끌어 내려는 뻔한 장치일 뿐 멋진 환상으로 다가오질 않았다.

두 번째 읽기는 이러했다. 나무 꼭대기의 세계를 동경하는 병정개미는 나무 밑 개미집의 일상에 안주하지 않는 존재이다. 나무 위에서는 많은 것을 볼 수 있다는 것은 병정개미다운 구실이고, 나무 위를 동경한다는 것은 그 자체로 상징적이다. 개미는 지극히 높은 곳을 향해 출발했고, 다리가 다 닳도록 기어가야만 도달하는 곳임을 알았어도 오르기를 포기하지 않았다. 이때 출현한 뱀을 병정개미는 다음 두 가지 이유로 맞서 싸울 존재로 파악한다.

하나는, 서로 돕고 열심히 일해서 먹을 것을 얻지 않고 힘으로 약자를 공격해서 먹이를 얻는 존재라는 것이다. 이때 뱀은 우리 일상에 범람해 있는 삶의 양식을 의미한다. 뱀과의 싸움은 그런 양식에 대한 도전을 뜻한다. 이러한 도전을 작품 속에 넣었다는 것은 먹이를 위해서는 싸워야 하는 우리 현실을 어떻게 이해할 것인지를 일단 검토하겠다는 뜻이다. 두 번째로, 뱀은 새끼 까치에 대한 연민 따위는 눈꼽만치 없이 오직 자신의 주린 배를 채우는 악마라는 것이다. 이때 뱀은 순수함의 대척점에 위치한다. 때문에 뱀을 친절한 동행으로 여기고 편승하는 것은 악마의 유혹을 받아들이는 일이 된다. 왜냐하면 그렇게 해서 나무 꼭대기에 오르는 순간 나무 꼭대기의 의미는 상실되기 때문이다. 순수함을 잃고서는 그런 정신의 자유와 고양은 가능하지 않기 때문이다. 병정개미는 유혹을 제거해야만 했다.

수많은 동화들이 현실이 제기하는 장애 국면에 대한 사유 없이 오직 개인의 의지와 일구월심하는 자세만으로 드높은 완성상태에 도달하곤 했음을 기억한다. 배익천은 뱀 한 마리를 통해 관념적인 측면에서만 순수를 구축하는 일과는 일단 거리를 두었다. 이 일이 만족스럽게 형상화된 것은 아니나, 병정개미는 순수하려는 것에는 어떤 일이 따라야 하는가를 보여 주었다. 이 동화가 좋다고 했던 것은 이 대목에서였다.

두 개의 읽기가 서로 다르니 곰곰이 그 까닭을 더듬게 된다. 결정적으로 뱀이 문제였다.

"까만 꼬마야, 너는 왜 미루나무를 기어 오르고 있지?"

"나는 하늘의 끝을 보고 싶어."

"또?"

"미루나무 꼭대기에 올라가서 이 세상 모든 것을 보고 싶어."

"너는 참 바보로구나. 하늘은 끝이 없는 거야. 그리고 이 세상은 미루나무 위에서도 다 볼 수 없는 거야."

뱀은 유식하게, 그러면서도 친절하게 개미를 타일렀습니다.

"너는 그걸 어떻게 아니? 미루나무 꼭대기에 올라가 본 것은 까치밖에 없어."

까치란 말에 뱀은 매우 못마땅한 표정을 지었습니다.

"너도 까치를 잡아먹으러 가는 건 아니겠지? 물론 너는 까치에 비해 너무 작으니까. 그러나 미리 말해 두지만 까치는 내 것이야. 나는 지금 너무 시장하단 말이야."

병정개미는 깜짝 놀랐습니다. 갑자기 다리가 굳어지는 느낌이었습니다.

"그건 매우 나쁜 일이야. 우리 개미들은 그런 방법으로 배를 채우지는 않아. 서로 돕고 열심히 일해서 먹을 것을 얻는단다."

"나도 물론 열심히 싸워야 먹이를 구할 수 있지. 열심히 일하는 것보다 열심히 싸우는 것이 더 힘들다는 것을 너는 모르고 있구나."

능글능글 이야기를 하면서도 뱀은 자꾸자꾸 기어오르고 있었습니다. (pp.54~55)

텍스트에서 나타난 뱀의 첫 말은 왜 나무를 오르냐는 물음이었다. 나무 위로 올라 더 많은 것을 본다는 것이 어떤 의미인지 명료한 인식이 없어 보이는 병정개미에게, 이러한 질문은 작의를 다듬어가는 긴요한 장치로 다가온다. "또?"라고 묻는 뱀은 깨우침에 이르지 못한 몽매한 개미를 이끄는 현자처럼 보인다. 그리고 개미의 답에 대한 뱀의 평가는 상당히 지혜롭다. 이런 뱀이니 배고파서 까치를 잡아먹겠다는 발언은, 힘없는 존재를 약탈하는 포악한 존재로 보이게 하지 않고, 현실을 직시하게 하는 냉철한 시선으로 다가온다. 이에 비해 뱀의 삶의 방식을 규탄하는 개미의 발언은, 자기식 삶의 양식만 알았지 다른 방식에 대해서는 무지와 이해의 결핍을 드러낸 존재로 여기게 된다.

요약하자면, 뱀이 포악한 존재로 선뜻 받아들여지지 않는다는 것이다. 읽기2 입장에서 볼 때 뱀과 개미의 대화 내용은, 뱀이 지시하는 바를 쉽게 간취할 수 없게 하는 방해물이었다. 읽기1로 흘러갔던 것은 그때문이었다. 읽기2가 작의에 합당한 독해라면, 작품이 목적한 바를 작품으로 형상화하는 데에 필요한 작가의 사유가 성글어 작의를 글에 면밀하게 녹여 내지 못했다고 할 수 있다.

두 읽기를 이만치 풀어 낸 건, 순수를 지향하는 배익천의 동화의 힘과 결함을 짚어보기 위해서이다. 그의 동화들을 읽고 나면, 그가 순수를 갈망하는 것은 습득된 주제의식이라기보다는 타고난 성향에서 비롯된 바가 더 크다는 느낌이 든다. 예컨대 다음과 같은 작품들, 목발을 짚은 아이의 곤고한 마음을 달래려는 튀밥 할아버지의 마음을 환상으로 처리한 〈섣달 스무 여드레〉, 밭에 핀 채송화 한 포기를 갖고 싶어 망설이는 아이의 마음을 헤아리는 밭 주인을 그린 〈마음을 찍는 발자국〉, 자기를 걷어 준 할머니가 돌아가셨지만 할머니 앞에서 했던 약속을 지키려 서른이 되도록 장가를 가지 않는 〈우리 동네 팔바우〉, 자유로이 제 가고 싶은 곳을 가는 새들을 사랑한 다리 절룩 할아버지가 기차 건널목에서 아이를 구하고 새가 되었다는 내용을 설득력 있게 담아 낸 〈새가 된 할아버지〉 등등은 그런 판단을 내놓게 한다. 그의 작품을 모아 읽기 전, 나는 그가 활화산 같은 내면을 가진 로맨티스트라고 말한 적이 있다. 무슨 근거가 있어서가 아니라 두어 번 자리를 함께하면서 가졌던 단편적인 인상이었다. 작품에서 얻은 인상은 순수함에 대한 열정이 가득한 사람이니, 둘은 얼추 통한다고 할 수 있다. 배익천이 그런 인물이어서 그런지, 그의 동화를 읽고 나면 사람이 순수함을 잃고서는 사람답지 못하다는 것이 사뭇 몹시 진정성 있게 다가온다. 〈병정개미의 날개〉를 좋게 읽었을 때도 그러했다. 이것이 순수를 지향하는 배익천 동화의 힘이다.

그러나 두 개의 읽기를 유발한 것은 결함이다. 뱀의 출현은 작품의 울림을 넓히는 요소이지만, 작의에 걸맞게 제시하고 있지 못했다. 무엇을 의도해 놓고 이를 거슬리지 않게 다듬지 못한 까닭은 무엇일까? 뱀이 갖는 함의를 치밀하게 정돈해 내지 못한 것이다. 그래서 순수에 대한 적지 않은 울림을 느끼는 과정이 쉽지 않았던 것이다. 뱀은 인간 내면과 현실과의 관계에 대한 생각거리를 제공한다. 때문에 이 둘의 관계에 대한 작가의 깊은 사유가 선행되어야 했는데, 그게 부족했던 것이다.

어린 독자가 읽는 동화는 어려운 이야기를 간명하게 정리할 것을 요구한다. 겉으로 드러난 것은 단순하지만, 그토록 단순하게 말할 수 있으려면 더 많이 생각하고 생각한 것을 더 여러 번 다듬는 일이 필요하다. 여기에 부족함이 생기면 그 결과는 가혹하다. 〈병정개미의 날개〉는, 배익천의 동화가 자신과 어른 독자에게는 정직한 문학이었으되, 어린 독자를 끌어들이고 서로 소통하는 일에는 어려움을 겪으리라는 짐작을 불러일으킨다.

3. 동화에 대한 낭만적이고도 동심주의적 접근

순수함에 대해서 말하는 배익천, 그가 어떤 스타일로 자신의 말을 드러냈는지 살펴볼 필요가 있다. 초기 작품은 비유가 대단했다.

윤사월 나른한 햇볕이 종일 머물다 간 강변에 잠자리 나래 같은 어둠이 깔리고 있었습니다.

강변을 오르내리는 한 줄기 바람 외에는 아무도 모르고 있는 작은 집, 보랏빛 으름꽃 송이가 드리워진 작은 집에도 어두움이 밀려들고 있었습니다. 그 집은 꽁지가 하얀, 아빠 물새를 잃어 버리고 혼자 사는 엄마 물새의 집이었습니다.

홍시빛 저녁 하늘이 강변을 물들이고 간 강물에는, 이따금씩 배때기 하얀 피라미 몇 마리가 물방울을 튀기며 자맥질을 하고, 그때마다 미루나무 긴 그림자는 강물 속에서 일렁이었습니다.

어둠 속에서도 연보랏빛 으름꽃 송이송이가 초롱등처럼 간들간들 흔들리었습니다.

하루 종일 강변의 모래밭을 거닐던 엄마 물새의 작은 눈망울 속에도 어둠이 깃들고 그보다 더 까만
피로와 아픔이 고여 흐르고 있었습니다.
적삼깃 매무새처럼 단정하고, 옹달샘처럼 맑아 보이는 엄마 물새이어도 그 엄마 물새의 가슴속엔 대
추씨처럼 여문 멍울 하나 들어 있었던 것입니다.

〈찔레꽃〉 첫 부분이다. 비유를 밤하늘의 폭죽처럼 터트리고 있다. 작품 끝에 이르기
까지 현란한 비유에 정신을 팔다 보면 서사의 흐름을 깜빡깜빡 놓치기도 한다. 다행히
분출되던 비유는 곧 절제되었고, 그는 쓸 만큼만 쓰되 적실하고 아름다운 비유로 윤기
도는 글을 일궈 갔다. 어쨌든 비유는 배익천이 작품에 들이는 공력이 얼마만한 것인지
가늠케 한다. 한편, 남편을 그리는 엄마 물새의 녹아드는 애간장을 표현하기 위해 어휘
와 문체에는 질척하다 할 정도로 물기가 공급되어 있음도 놓칠 수 없다. 현란하고 능란
한 비유뿐 아니라, 시를 읽는 듯한 문체를 마주 대하노라면, 한없이 섬세한 그의 손끝
을 마주 대하는 듯하다.

이 섬세한 치장에는 순수함을 잃지 말자는 말을 독자 가슴에 간곡하게 전달하려는
의도가 간직되었다. 그러나 같은 내용의 발언과 같은 의도를 가진 다른 작가는 또 다른
스타일을 갖추고 있질 않은가. 그렇다면 배익천이 표현에 있어서 만찬의 식탁을 차려
낸 것은 문학에 대한 그의 이해와 관계 있을 것이다.

먼저 배익천이 문학을 받아들이는 경로를 잠시 더듬어 보자. 문학적 치장에 특히 민
감하게 반응하는 때인 고교시절부터 문학 써클을 꾸려 문학 대회를 누비며 이름을 날
렸다. 그의 문학 창작의 첫걸음은, 같은 것이라도 일상어와 달리 멋스럽고 향취 높게
표현하고자 하는 길 위에 놓였던 것이다. 게다가 1950년생이니 문학청년 배익천이 문
학의 전범으로 받아들이는 작품들의 경향이 대략적으로 낭만주의일 것이라는 것도 짐
작된다. 한국 문학사에서 낭만주의의 발현이 어떤 맥락이었던, 그것은 오랫동안 한국
인들에게 문학을 이해하고 문학적 감수성을 가꾸어 온 중요한 통로였기 때문이다. 인
용 부분이 낭만주의 문학작품의 한 부분을 대하는 착각에 빠졌던 것은 우연한 현상이
아닌 것이다.

1980년 그의 첫 동화집 《빛이 쌓이는 마을》에서 2003년 장편동화 《오미》까지 그의
작품을 일별하면, 그에게 순수를 추구하는 낭만주의자라는 딱지를 일단 붙이게 된다.
낭만주의라. 낡아 보이는 게 내키지 않는 용어인데도 쉽게 뇌리를 떠나지 않는다. 다시
그의 작품집을 넘겨 본다. 순수한 마음을 강조하고 있는 작품이 많다. 여기서 순수함이
란, 뒤에 살필 《별을 키우는 아이》의 다니의 말을 빌면, '남의 아픔을 내 것으로 받아들
이고 남을 도우려는 마음 자세'를 뜻한다. 이 마음은 사람으로서 마땅히 해야 할 도리,

인(仁), 동심, 휴머니즘 등 다양한 용어로 표현되어 왔다. 몹시 중요한 것임을 알 수 있다. 그러나 그 넘치는 중요성에 비해 현실 생활에서 몹시 목마른 덕목이다. 앞만 보고 달려도 빠듯한 현실이 그러한 덕목을 실천하는 일은 이상적인 행위로 여기기 때문이다. 이런 세상을 향해 누군가 '그래도 그렇게 생각하고 실천하면 세상이 달라진다. 그 세상이 얼마나 아름다운가. 그러니 우리 그렇게 하자. 우리는 할 수 있다.'고 이야기 한다면 '참 낭만적이네.'라는 대꾸를 내놓는다. 자기 작품에서 이런 순수함을 꾸준히 드러내는 배익천은, 냉담한 대꾸 앞에서도 말하기를 멈추지 않는 낭만주의자이다.

한국 문학사에 드리운 낭만주의의 그림자를 상기하면, 배익천의 동화 문학이 낭만주의 작품을 전범으로 하여 꾸려지는 과정이 쉬이 수긍된다. 기질적으로도 순수한 배익천은, 낭만주의를 문학의 한 영역으로 받아들일 만큼 객관적 거리를 확보하지 못했을 터이다. 그러니 낭만주의 작품이 보여 준 문학적 이상을 자신의 동화 문학이 궁극적으로 도달해야 할 목적지로 삼았을 것이다.

배익천의 문학과 낭만주의를 짚어 보았으니 동심주의에 대한 이야기를 꺼내도 좋겠다. 동화작가라면 동심과 무관할 수 없다. 동심의 의미와 가치를 살피는 일과, 동심을 지키기 위해 동심을 위협하는 현실을 고발하며 바람직한 상황을 이루려는 노력, 이 두 가지 모두가 동화작가의 임무로 떠오른다. 대부분의 동화작가는 자신의 문학에 대한 이해와 성향에 따라 한 가지 임무에 집중한 채 창작에 임하게 마련이다. 그 결과로 우리 아동문학은 동심주의 아동문학과 현실주의 아동문학이라는 구별된 두 경향을 노정시켜 왔던 것이다.

배익천은 동심주의 작가에 속한다. 그가 부단히 구축해 간 순수함은 동심 세계를 그 나름대로 집약한 결과물로 이해되기 때문이다. 동심주의 작가들이 유럽 낭만주의의 문학적 태도를 자주 환기하는 것을 보면, 낭만주의와 동심주의의 친연성도 짐작된다. 순수한 배익천은 동심주의로의 몰입이 빨랐을 것이고, 그의 내면에서 낭만주의와 동심주의는 별다른 갈등 없이 화합했을 것이다. 그는 자신이 쓰는 동화가 아이들의 마음을 가꾸고 성장시키리라고 확신했을 것이다. 여기에는 아이들을 위한 동화에서 시작했으나 동화로서 문학에 이르려는 꿈도 담겨 있었다.

4. 벽 앞에 선 공감

배익천은 1974년 〈한국일보〉 신춘문예로 등단해서 2005년 현재까지 200여 편에 이르는 단편동화와 7편의 장편동화를 발표해 온 중견 동화작가이다. 상당한 작품량은 30년 세월의 집적물이다. 그러나 그가 직장인이었음을 염두에 두면, 높게 쌓아 올려진 이 동화책들은 창작에 대한 드높은 열의를 알린다. 그의 작품을 발간 순서에 따라 읽으면 작품 경향은 여일하나 한동안 정체기를 겪은 듯한 대목이 있다. 1980년대 후반에서 1999년 장편《별을 키우는 아이》를 내놓기까지 약 10년 동안은, 산뜻하거나 무게감이 느껴지는 작품이 드물다. 이 기간의 그의 이력을 보면 발표한 작품도 적지 않고 상 또한 여럿 받았다. 당시로서는 그는 힘껏 동화에 정진했을 터이고 상은 그 노고를 치하했던 것이리라. 그러나 시간의 무게를 뚫어 낼 만한 것은 그리 많지 않다.

조금 더 다듬어졌더라면 혹은 더 긴장되었더라면 등등의 아쉬움이 남는 작품들이 자주 눈에 띈다. 작가의 의지랄까 만만치 않은 뚝심이 작품을 그렇고 그런 교훈물로 전락하지 못하게 버텨 주었지만, 결국 훈화물로 미끄러지는 일도 잦아지고 있었다. 이야기가 중심을 잡지 못하고 흔들리는 경우도 여러 번이다. 이 기간의 작품들에서 충분히 무게 있고 아름다운 것을 써 낼 수 있는 저력은 여전히 느껴진다. 그러나 구체적 작품들이 순수함을 화두로 삼아 동화를 문학에 육박시키려는 그의 의지에 값하지 못하는 경우들이 많음을 지적하지 않을 수 없다. 써 내야 한다는 강박관념으로 스케치하듯 그려 낸 글들을 보면, 동화가 짧다고 쉽다고 생각하지는 않았을 그가 이렇듯 여유를 잃게 하는 것이 무엇인지 묻게 된다.

독자와의 소통이 그를 괴롭혔던 것이다. 그가 정체기 전에 발표한 작품인 〈병정개미의 날개〉가 어린이들에게 어떻게 읽혔을지 생각해 보자. 아마 마음 착한 병정개미가 나쁜 뱀을 처치하는 단순한 이야기로 읽힐 공산이 크다. 작품에 얽힌 순수함에 대한 작가의 발언은 어른 독자에게는 나름의 울림을 줄 수 있지만, 그 울림이 어린 독자에게 전해질 가능성은 미약해 보인다. 〈찔레꽃〉을 읽는 아이들은, 치렁거리는 장식에 질식할 듯 힘들어하며 엄마 물새가 죽은 남편을 그리워하는 이야기임을 겨우 이해하는 데서 그칠 수도 있다. 1980년대 후반은, 배익천이 동화에 대한 순수한 열정을 분출한 글쓰기가 독자의 반응을 어떻게 얻고 있는지 객관적 평가가 가능한 시간이었다. 뜨겁지 못한 아동 독자의 반응을 느끼며 작가 배익천은 자신의 문학을 놓고 고민에 빠졌을 것이다. 그러한 작가적 처지가 1990년대 후반까지 정체기를 겪어야 했던 원인이다.

정체기에 발표되었던 〈냉이꽃의 추억〉은 독자와의 소통이 원활했던 작품 중의 하나이다. 그러나 이 작품 이후를 보면 그나마 확보하고 있던 독자와의 교감이 계속 활발하게 이뤄지고 있지 못하다. 소년의 순수한 사랑 이야기가, 아이들이 만족스러워하고 어른이 읽어도 좋은 문학으로 확대되지 못하고 주춤거리고 있는 형국이었다. 전반적으로 봤을 때, 여전히 아이들의 삶과 정서가 작품 깊숙하게 개입되지 못하고 있는 것이다. 순수함으로 아이들과 소통할 길을 마련했지만 그 길이 불안하게 흔들리고 안타까이 좁아지곤 하는 건, 활발하지 못한 아동 독자와의 소통 때문이었음을 선명하게 인식하지 못한 채 그는 긴 정체기를 보냈다.

정체기까지의 그의 작품은 대체로 '할 말'은 담고 있으되 '공감'까지 넉넉히 확보하고 있다고 하기 어렵다. 이러한 현상은 그를 비롯한 동심주의 작가들의 공통된 형편이었을 것이다. 동심주의 아동문학은 '아이들의 읽을거리'를 떠나 '아이들이 읽는 문학'을 이뤄 보겠다는 의지가 강했다. 출발은 아이들 독자에게 좋은 문학 그리고 창작자 어른인 나에게도 흡족한 문학을 목표로 했고, 동심을 중심으로 삼았으니 잘 맞물려 돌아갈 것처럼 보였다. 그러나 결과는 예상 밖이었다.

동심주의 아동문학이 추상적인 동심에 몰두하다 보니 구체적인 동심을 미처 챙기지 못한 탓이었다. 어린이의 기쁨과 슬픔, 고민과 관심사를 자기 문학에 끌어들이지 못한 것이다. 공감은 교감을 전제로 한다. 어린 독자와 교감하려면 아이들의 관심사와 정서가 무엇인지 알아야 한다. 코드가 다른 아이들의 시선으로 삶을 바라볼 필요가 있었다. 그렇지 못한 채 추상적 동심을 담았을 때 '아이들을 위한 이야기'는 나올 수 있어도, 아이들 입장에서 읽고 싶은 '아이들의 이야기'는 드물게 된다. 구체적 동심을 확보하기 위해서는 아이들 삶을 둘러싼 현실에 대한 근원적 통찰도 필요하다. 그러나 동심주의 아동문학은 인간 내면과 본성에 집중하느라 현실에 대한 통찰을 그리 면밀하게 진행하지 못했다. 동심에 의지해서 문학과 어린이 둘 다를 잡아 보려는 의지는 강고했다. 동심주의 문학은 자신이 쌓는 문학의 성 안으로 아이들이 쉬이 들어오지 못한다는 것을 눈치채지 못한 채 혹은 외면한 채 성벽을 높여갔다. 독자를 밀어 낸 결과는 씁쓸했다.

다시 배익천에게로 돌아가자. 가치는 담았을지언정 공감이 부족한 자기 글을, 문학적 치열성이라면 누구에게도 양보하고 싶지 않았던 그가 아무렇지 않게 바라볼 수는 없었을 것이다. 〈병정개미의 날개〉는 애매하고 어정쩡한 부분들이 있었으나, 작가의 문학에 대한 신념이 작품 전체를 장악한 탓에 나름의 아우라가 존재할 수 있었다. 그러나 1992년에 나란히 발간된 세 권의 단편집에는, 신념은 있으되 확신을 잃은 이야기들이 맴을 돌고 있었다. 그의 글쓰기는 신열에 들떠서 무언가를 향해 달리는 말, 그러나 방향을 잃고 달리는 말의 질주와 같았다. 자신을 에워싸고 있는 문학적 태도에 어떤 문제가 있는지를 파악하지 못했기에, 달리고 또 달림으로써 그 난국을 타개하고자 했던 것이다.

5. 야광별 별빛은 흐릿하고 짧다

그에게 돌파구로 작용했던 것은 1990년대 중후반의 문학적 흐름이었다. 새로 진출한 작가들이 당대 어린이의 일상을 구체적으로 담아 내며 전에 보기 어렵던 발랄한 아동의 감수성을 반영함으로써 나름의 성공을 거두기 시작한 것이었다. 배익천은 자신이 무엇을 놓치고 있었는지를 비로소 깨달았던 듯싶다. 장편 《별을 키우는 아이》(문공사,

1999)는 자신이 꾸준히 구축했던 순수함을 다루면서도 아이들 곁으로 한결 가까이 다가가고자 노력한 작품이므로 눈여겨 볼 필요가 있다.

이 작품은 신장이 아픈 아이 예별이 이야기이다. 육신의 병을 앓는 아이를 내세웠으나 그 속뜻은, 나쁜 신장을 좋은 신장으로 밀어 내듯, 자기 내부에 갇혀 있는 마음을 남을 함께 생각하는 마음으로 밀어 내는 마음의 변화를 보여 주는 일이었다. 어린 독자에게 쉽지 않은 내용이다. 작가는 세 가지 그림을 겹쳐 주제를 조근조근 풀어 냈다. 예별이네 가족이 지난한 고통을 담담히 견디며 시간을 두고 끈질기게 병과 대응해 가는 모습을 담백하고 따뜻한 배경으로 깔아 두고, 예별이가 자기 방 천장에 붙인 야광별과 천진하면서도 내면적인 교류를 통해 세상과 새롭게 마주하는 과정에 주력하되, 같은 병을 앓고 있는 한별이 이야기를 장막 뒤의 이야기로 삼았다가 서로의 구원자로 대면케 함으로써 작품이 하려는 말을 묵직하고도 깔끔하게 마무리시켰던 것이다.

작가가 독자에게 제시하려는 건 예별이의 마음 변화이다. 열 살이 되도록 자신의 아픔만 생각하며 지냈던 예별이였다. 그러나 마음을 따뜻하게 하는 친구를 만들고, 아픔을 가지고 있는 다른 사람들에게 관심을 갖고, 더 나아가 아픔을 서로 나눔으로써 그 아픔을 극복하는 관계에 대해서까지 생각하는 아이로 바뀌었다. 이 변화에 독자를 집중시키기 위해, 작가는 혈액 투석을 하러 하루 걸러 하루씩 병원에 다니는 예별이가 겪는 육신의 아픔은 상당히 절제해서 드러냈다. 예별이에 대한 상투적인 동정을 막고, 대신 신기한 야광별 하나를 제시해서 예별이의 마음 변화를 설득력 있게 빚어갔다. 때문에 마침내 예별이에게 맞는 신장 기증자를 찾아낸 결말이 작의를 위한 무리한 해피 엔딩으로 여겨지는 않는다. 한별이까지 같은 기적에 끌어들인 것은 꽉 찬 항아리에 물 붓기로 보였지만 말이다.

마음을 변화시키는 과정을 면밀히 살피면, 어린 독자의 마음에 공명을 일으키고자 작가가 상당히 고심했음을 알 수 있다. 추상적일 수밖에 없는 마음 이야기인지라 난해해지기 쉽고, 자칫 교훈적인 이야기로 전락되기 쉽다. 그렇기에 어린이가 부담 없이 다가오게 하고, 작가를 대변하는 존재가 나서서 메시지를 들려 주는 방식은 피할 것이 요구된다. 이 두 개의 함정을 배익천은 다음과 같이 피해 갔다.

《별을 키우는 아이》에서 독자의 호기심을 자극하는 것은 다니이다. 다니는 별을 유난히 좋아하는 아버지가 예별이의 열 살 생일 선물로 천장에 붙여 준 야광별 중의 하나이다. 다른 별은 불빛을 머금었다가 불이 꺼진 후 희미하게 빛나는 야광 물질에 불과하지만, 다니는 예별이에게 말을 걸고 어디론가 여행도 할 수 있는 존재이다. 흔히 보는 야광별에 상상력을 불어 넣어 신기하고 생명력 있는 존재로 태어나게 한 것이다. 아이들로서는 퍽 반가울 것이다. 완전히 낯선 환상 물체보다 훨씬 가까이 다가오기 때문이다.

친근해서 어딘가 그럴 듯한 이 환상적 존재는 독자를 작품으로 편히 끌어들일 것이다.

다니는 독자를 유혹하는 때깔 좋은 환상물일 뿐만 아니라, 작품의 내적 요구에 부응한 환상물이라는 점도 주시할 필요가 있다. 어찌 보면 이 야광별은 예별이가 자신을 투사한 대상물이다. 행동에 제약을 받을 수밖에 없는 예별이로서는 어디든 자유롭게 쏘다니고 싶었을 것이고, 그 욕망은 천장 위에 있는 별 하나에 투입되어 자유로이 쏘다니는 다니를 만들어 냈을 것이다. 다니의 초현실적 능력을 오직 예별이만 느낀다는 것은, 다니가 예별이의 투사물임을 알려 준다. 다니의 출발점은 투사물이었지만, 작가는 다니를 마음이 그린 허상에서 그치지 않고 살아 있는 존재로 만들었다.

작품의 내적 요구에 부응하는 환상적 존재 다니는, 동화작품들이 작품의 맥락과 상관없이 가벼이 제시하는 흔한 환상적 존재들과는 구별된다. 신비하면서도 친근한 환상적 존재인 다니는 독자를 작품으로 쉬이 끌어당겼다면, 작품의 내적 요구에 부응하는 환상적 존재 다니는 독자가 작품의 주제를 쉽게 받아들이도록 했다.

구체적 사물에 자신을 투사하는 행위는 그 자체로 의식의 새로운 각성을 지향한다. 이 작품의 제목이 '별을 키우는 아이'인 것은, 예별이가 다니에게 끊임없이 자아를 투영시키면서 의식의 각성을 꾸준히 진행했음을 의미한다. 이 과정은 작의를 구체화하는 과정과 고스란히 맞물린다. 사정이 이러하므로 다니는, 예별이가 자기 내부에서 바깥으로 눈을 돌리게 하는 안내자 노릇을 자연스레 담당하게 된다. 이 지점에서 작가는 하려는 말을 다니를 통해 고스란히 내뱉고 싶은 유혹에 빠지기 쉽다. 그렇게 했더라면 작품은 계도성 짙은 이야기로 전락했을 것이다. 그러나 배익천은 다니가 예별이의 친구 자리에서 벗어나지 않도록 자신을 잘 다스렸다. 독자로서는, 예별이를 좌지우지하는 다니나 작가를 대변하는 다니를 만나지 않았기에, 스스로 넉넉히 주제를 즐겨 볼 여유를 갖게 된 것이다. 메시지를 들려 주는 방식을 용케 피해 간 것이다.

그런데 이상하게도, 어린 독자들이 작가의 이런 노력에 부응해 열렬한 반응을 보일 것 같지가 않다. 조였다 풀어지는 리듬을 좀처럼 타지 못하는 이야기가 지루하게 다가온다. 적절한 갈등과 여기서 유발되는 긴장이 없는 탓이다. 이 작품은 구체적 인간관계나 특정 사건에 얽힌 이야기가 아니라, 마음에 대한 이야기이므로 인간 실존이나 의식을 그린 소설과 비교해서 생각해 볼 필요가 있다. 예컨대 인간 실존의 허무와 고독을 명료하게 파악하게 했던 카프카의 《변신》을 생각해 보자. 이 작품에는 매력적 주인공이나 갈등과 긴장으로 얼룩진 사건은 없다. 그러나 독자는 이 작품에 집중한다. 주인공이 벌레로 변신했다는 설정이 주인공과 그를 둘러싼 세계와의 갈등을 촉발시켰기 때문이다. 예별이 이야기에는 주인공을 갈등 상태에 몰아 넣는 장치가 없다.

대략의 줄거리를 보자. 어떤 아픈 아이가 신기한 야광별을 친구 삼아 가슴에 키우면서 자기 안만 보았던 마음을 열어 갔는데, 바깥을 볼 만큼 마음을 열자 신장 기증자가 나타났다. 이러한 내용이 긴장을 일으키려면 서로 대립각을 형성하는 캐릭터와 관계 설정이 필요하다. 작품의 예별이는 큰 병을 앓는 아이치고 지나치게 의젓하다. 공이 너무나 차고 싶은데 나는 이게 뭐냐며 투정 부리고, 방 안에서만 갇히다시피 지내는 게 너무나 갑갑하다고 짜증 내고, 혈액 투석이 지긋지긋하고 못 참겠다고 울부짖는 예별이라면, 독자가 현실감을 인정하고 공감을 표할 수 있는 인물로 받아들였을 것이다. 예별이가 독자의 공감 저편에서 서성거릴 때, 이야기는 마음을 적시지 못한다. 착했고 야광별을 마음의 친구로 삼아 어느덧 남에게 시선을 돌리는 예별이, 수긍은 되지만 그다지 매력적이지 않다. 독자는 예별이가 변모하든 말든 관심권 밖으로 밀어내기 십상이다. 야광별 다니는 순수함의 표상물이다. 예별이와 다니는 둘 다 착하니, 갈등이 들어서기 어렵다. 자분자분 작의를 구체화시켜 나가기에만 좋았을 뿐이다. 독자로서는 밍밍한 맛을 짜릿한 맛으로 바꿀 수 있는 갈등과 그것의 해결을 기다리느라 지칠 법하다.

작가는 예별이의 고통과 눈물을 왜 절제시켰던 것일까? 독자를 예별이의 내면에 주목시키기 위해서였을 것이다. 그래야 예별이의 변화를 촉발시키고 변화의 동력이 되는 다니를 쉽게 받아들일 수 있고, 궁극적으로는 작의가 잘 전달될 수 있기 때문이다. 그러나 추상적인 주제를 전달하기 위해 현실적인 요소들을 억압했던 것은, 끝내 작품의 생기를 빼앗는 일이 되고 말았다. 예별이와 다니의 관계가 보다 생동감 넘쳐야 했다. 둘의 관계는 서사를 이끄는 주요 내용을 이룰 뿐 아니라, 그 관계 양상에 따라 아동 독자들이 작품에 대한 교감의 깊이가 달라지기 때문이다.

만만치 않은 주제이지만 차분하게 독자에게 다가서려고 작가가 기울였던 노력은 충분히 감지된다. 야광별이라는 아이들 주변 물건을 환상적 존재로 단장시킴으로써 아동 독자의 눈길을 사로잡고, 그 야광별을 친구로 삼은 예별이가 타인에게 마음을 열어 가는 과정을 따뜻하게 풀어 갔던 것이다. 그러나 어려운 주제를 자상하고 차근차근하게 처리해야 한다는 책무감이 여전히 그를 지배하고 있음을 놓칠 수 없다. 사정이 그러하니 작품에 기울인 작가의 노력이 큰 빛을 발할 수 없다.

별은 오랜 세월 동안 수많은 동서 문학가들의 작품 속으로 무수히 흘러 들어왔다. 별 하나를 놓고 자신의 문학적 욕망을 마음껏 풀어 보고 싶지 않은 작가는 없을 성싶다. 새로 독자를 의식하고 작품 쓰기에 나섰던 배익천이 중심 소재로 별을 삼았던 것은 의미심장하다. 긴 정체기를 털어 내면서 영원한 것을 남기도록 찬란하게 비상하고 싶었던 것이다. 독자를 의식하고 가까이 가려는 이 의욕적인 도전은 한계를 보였지만 실패하지는 않았다. 2년 뒤에 발표한 《내가 만난 꼬깨미》(효리원, 2001)가 독자와의 교감 면에서는 상당한 성과를 보였던 것이다.

꼬깨미는 또 하나의 다니이다. 꼬깨미 역시 다니처럼 환상적인 존재이면서 남의 어려움을 내 어려움으로 받아들이는 순수한 마음을 뜻하기 때문이다. 《내가 만난 꼬깨미》는 꼬깨미를 잊고 살았던 어른 동이가 꼬깨미와 함께 했던 어린 시절을 회상한 이야기이지만, 회고적 자세를 훌쩍 뛰어넘는다. 꼬깨미를 귀신으로 생각한 동이가 진땀 흘리는 장면을 거치면, 동이의 일상의 갈피에서 자연스레 어울려 있는 꼬깨미를 볼 수 있다. 순수한 마음과 아이 일상의 자연스런 엮임, 그것이 바로 독자와 어린 독자들의 교감 지대이다.

《별을 키우는 아이》 이전의 작품에서 독자와의 교감을 산뜻하게 성취해 간 이야기들이 없던 것도 아니었다. 그때의 배익천은 독자와의 교감을 이토록 의식적으로 목적하지 않았어도 어린 독자를 동화의 품으로 너끈히 안았던 것이다. 그러니 독자와 가까워지려는 배익천의 노력, 그것은 한 작가가 보인 자기 문학의 갱신으로 풀이할 수 있다. 그것은 동심주의 아동문학 자세에 대한 새로운 성찰과 맞물리는 일일 터이다.

6. 할 말과 공감이 있는 동화를 찾아서

어른으로 아이들이 읽는 문학작품을 쓰다 보면, 끊임없이 두 가지 문제와 치열한 대결을 벌이게 된다. 문학 창작자로서 문학에 대한 자의식과 어른 작가로서 아동 독자와의 소통이다. 배익천의 경우 전자와의 대결 의식이 강한 작가였다. 그는 순수한 마음이야말로 세상을 아름답게 만드는 힘으로 보았다. 또한 순수함은 배익천이 동심의 세계를 나름대로 압축한 결론이기도 했다. 때문에 그는 자신의 동화 문학을 통해 순수함에 대한 발언을 끊임없이 진행함으로써 자신의 문학 행위의 의미를 구했다. 이 글에서는 그가 동화를 통해서 구축해 나갔던 순수함의 양상까지는 자세히 다룰 수는 없었지만, 순수에의 의지가 그가 문학을 하는 이유임은 거의 분명하다. 요컨대 순수함은 동화작가로서 배익천이 '할 말'의 궁극적 내용이었던 것이다.

문학에 대한 배익천의 자의식이 작품 내적인 측면에서는 순수함의 구축으로 요약되는 작품 세계를 형성케 했다면, 작품 외적으로는 동화 문학을 일반 문학만큼 문학성과 가치를 확보한 것으로 이끌어 보려는 열정을 견지하게 했다고 할 수 있다. 그의 작품에서는 그런 포부와 의지가 느껴진다. 동화작가로서 그의 문학적 자의식은 동화 문학의 위치와 역량이라는 문제에서도 초점을 겨누고 있었던 것이다.

배익천의 문학적 자의식이 위와 같았기에 아동 독자와의 소통에는 상대적으로 소홀해질 수밖에 없었다. 보다 엄밀하게 말하면 상대적 소홀이 아니라 기본적으로 이 문제를 표나게 인식하지 못했다. 크게 보아 한국 아동문학 자체가 1990년대 중반까지 독자와의 소통이라는 문제를 의식의 표면으로 선명하게 떠올리지 못했다고 할 수 있다. 동심주의·현실주의 작가를 막론하고, 아이들을 위해 어떤 이야기를 들려주겠다는 자세가 지배적이었던 것이다. 배익천도 이러한 태도에서 예외일 수 없었다.

배익천의 경우 문학에 대한 순결한 자세와 치열성이 더욱 승한 작가였던 만큼, 자신이 견지해 왔던 문학적 태도에 투철하기만 하면, 좋은 동화를 써 낼 수 있으리라고 더 강력하게 믿었을 것이다. 이때의 좋은 동화에는 아이들과의 소통에 대한 구체적 판단까지 작용한 개념은 아니었다. 그렇다 할지라도, 그가 자신의 신념 위에서 자신의 문학세계라 할 수 있는 순수함에 대한 발언을 간명하고 산뜻하게 전달했더라면, 그의 더 많은 동화들이 어린 독자들의 가슴 속으로 간절하게 스며들었을 것이다.

간명하고 산뜻한 전달이 가능하려면, 순수함에 대한 적지 않은 성찰이 요구된다. 그런데 배익천의 순수함은 동심의 요약에서 그치고 있다는 인상이 짙다. 순수함을 인간마음의 자리로 파고들지만 말고, 삶의 자리의 문제나 존재에 대한 탐색도 관련시키면서 유기적이고 촘촘하게 진행했더라면, 순수함에 대한 뚝심과도 같은 그의 순결한 헌신은 상당한 빛을 발했을 것이다. 그가 1990년대 중후반 새로운 문학적 흐름의 형성에 힘입어 그가 독자를 새롭게 의식하고 나섰음에도 불구하고 막혔던 독자와의 소통을 시원하게 뚫어 내지 못했던 원인도 여기에 있다. 애오라지 사람 마음에만 의지하여 순수함을 풀어 가고자 했기 때문이었다. 배익천에게 문학을 한다는 것은 사람의 마음을 순수하게 가꾸는 일이었기에, 그가 한순간에 이런 자세를 벗어던질 수는 없을 것이다. 이러한 시선을 버릴 필요는 없다. 그러나, 자신의 화두를 마음 밖의 일들과도 연관시켜 정진시킬 것이 요구된다. 그래야 그의 동화가 순수함이 없는 상태가 우리의 삶과 존재에 어떤 문제를 제기하는지 독자를 긴장하게 하고 몰입하고 긍정이든 부정이든 반응을 보일 수 있기 때문이다.

요컨대 드센 문학적 자의식으로 말미암아 할 말을 내뱉는 목소리는 우렁찼다. 그러나 우렁찬 목소리임에도 불구하고 깊은 공감을 불러오지 못했다. 웅숭깊은 메아리를 불러오기에는 그의 발성에 얽힌 문학적 환경이 풍요롭지 않았다. 어린이를 위해서 어른의 목소리를 들려주기에 급급했던 우리 아동문학의 전반적인 흐름이나 동심을 인간 내면의 탐색으로만 이어가던 동심주의 흐름이 그를 에워싸고 있었던 것이다.

그러나 이제 새로운 흐름이 형성되었다. 이 흐름은, 아이들을 위하여 무엇을 쓰고 들려주겠다는 어른 작가의 자세가 코드가 다른 아동 독자와의 소통에 얼마나 도움이 되는가를 물었다는 의미가 있다. 문학은 작품을 매개로 창작자와 독자의 소통이 이뤄지는 곳이다. 특히 아동문학은 코드가 다른 두 존재들이 어우러지는 영역이니만큼 어른 작가 스스로가 소통에 각별한 신경을 기울여야 한다. 배익천이 이 문제와 치열하게 대결하노라면, 자기 문학의 주제를 접근하는 방향이 보다 다양해질 필요성을 자각하리라고 본다.

독자와의 거리를 좁히던 동화 문학에 나타난 새로운 흐름이 처음의 신선함을 잃고 그렇고 그런 시류의 양을 띠고 있다. 근래 들어 이 흐름에 대해 독자는 얻었지만 문학성과는 멀어지고 있다는 우려가 조심스레 제기되고 있는 것이다. 이런 시점에서, 독자의 공감 확보라는 새로운 과제를 처리하면서도 동화 문학의 자의식을 지켜가는 그의 몸부림은 의미가 있다. 읽을거리가 아니라 문학으로 남고자 하는 그의 의지에서 무릇 문학을 한다는 것의 의미를 새롭게 환기하기 때문이다. 그러나 들려줄 말에 몰입한 탓에 독자와의 교감을 넉넉히 확보하는 일에 소홀할 수는 없다. 문학작품으로 거듭나는 일과 독자와의 거리를 좁히는 일 둘 모두 동화작가들의 과제이다. 그가 새롭고 의식적으로 시작한 독자와의 소통 작업을 멈추지 말 것을 주문한다. 배익천의 동화가 아름답고 아울러 친근한 것이 되길 바란다.

어린이와 함께 선생이 걸어온 길

1950년 3월 22일 경북 영양군 석보면 주남리 166번지에서 아버지 배문수 씨와 어머니
　　　　서옥주 씨의 5형제 중 장남으로 태어남.

1962년 신사, 영양, 방전초등학교를 거쳐 청기초등학교에서 졸업함.

1963년 영양중학교를 졸업함.

1965년 대구상업고등학교를 졸업, 고등학교 3학년 때 대구상고 재학생들의 모임인 '소
　　　　라문학동인회'를 만들어 현재까지 이어지고 있음.

　　　　고등학교 3학년 때 대한적십자사 경북지부 주최 제5회 도내 고교생 백일장에서
　　　　시부 장원, 전북대학교 학보사 주최 제13회 전국 고교생 작품 모집에 수필이 당
　　　　선 없는 입선됨.

1971~1972년 안동교육대학 교내 문예 현상 모집에서 동화, 수필 당선, 백일장 시부 장
　　　　원 2회.

1973년 안동교육대학 졸업함.

1973~1979년 경북 월성군 내남면 명계초등학교, 강동면 양동초등학교, 외동면 모화초
　　　　등학교 교사를 지냄.

1974년 〈한국일보〉 신춘문예에 동화 〈달무리〉 당선됨.

1975년 새교실 대상 동화 부문 우수상과 교육자료 대상 문예 부문 특상을 받음.

1976년 강준영, 하청호, 김재수, 송재찬, 김충도, 권오삼, 손원상, 노원호, 김상삼 선생
　　　　과 함께 '한뜻모임'을 만들고 동인지 〈꽃과 항아리〉 발간(3집까지).

1979년 부산문화방송으로 일자리를 옮겨 월간 〈어린이문예〉 편집장으로 일함.

1980년 첫 동화집 《빛이 쌓이는 마을》(태화출판사) 펴냄.

1981~1988년 장편동화 《꿀벌의 친구》 씀.

1982~1990년 매달 동화신문 〈작은 글마을〉 발행(62호까지).

1983년 〈소년조선일보〉에 소년소설 〈비탈 위의 작은 집〉 연재함.

1984년 동화집 《떡갈나무네 식구들》(예문당) 펴냄.

　　　　동화집 《마음을 찍는 발자국》(견지사) 펴냄.

1985년 동화집 《큰바위와 산새》(웅진출판사) 펴냄.

　　　　장편소년소설 《비탈 위의 작은 집》(동아일보사) 펴냄.

　　　　장편소설 《비탈 위의 작은 집》이 KBS TV에 단편 드라마로 방영.

1985~1988년 부산문인협회 사무국장 지냄.

1986년 동화집 《큰바위와 산새》로 제12회 한국아동문학상 받음.

1987년 동화집 《거인과 소녀》(써레) 펴냄.

1988년 장편동화집 《꿀벌의 친구》(대교출판) 펴냄.

　　　　동화집 《거인과 소녀》로 제8회 해강아동문학상과 제回 이주홍아동문학상 받음.

　　　　동화집 《꿀벌의 친구》로 제21회 세종아동문학상 받음.

1990년 월간 〈어린이 동산〉에 동화 〈은빛 날개의 사슴〉 연재함.

　　　　장편소년소설 〈오미〉 씀.

1991년 중편동화집 《냉이꽃의 추억》(아동문예) 펴냄.

　　　　월간 〈나이테〉에 소년소설 〈별로 뜨는 민들레〉 연재됨.

　　　　장편동화 〈꿀벌의 친구〉가 MBC-TV에서 만화영화로 제작되어 설날 특집으로
　　　　방영됨.

1992년 동화집 《꽃씨를 먹은 꽃게》(새남) 펴냄.

　　　　동화집 《눈사람의 휘파람》(늘푸른) 펴냄.

　　　　동화집 《꽃도깨비의 옛날이야기》(학원출판사공사) 펴냄.

　　　　동화집 《꽃씨를 먹은 꽃게》로 대한민국문학상 아동 부문 우수상 받음.

1993년 동화 〈꽃씨를 먹은 꽃게〉가 KBS라디오에서 단편 드라마로 제작 방송됨.

　　　　동화선집 《벽에서 나온 아이》(중원사) 펴냄.

1995년 〈소년동아일보〉에 소년소설 〈내 마음의 하늘〉 연재함.

　　　　동화선집 《그림자를 잃은 아이》(꿈동산) 펴냄.

　　　　동화 〈해가 세 번 뜨는 산〉이 EBS라디오에서 단편 드라마로 제작 방송됨.

　　　　〈어린이문예〉가 11·12월로 휴간.

　　　　편성국 FM제작부로 자리를 옮겨 FM PD로 일함.

1996년 동화집 《므므와 재재》(책만드는 집) 펴냄.

1997년 동화집 《밤도깨비와 싸우는 아이》(성바오로) 펴냄.

　　　　장편소년소설 《별로 뜨는 민들레》(교학사) 펴냄.

　　　　장편동화집 《은빛 날개의 사슴》(해성) 펴냄.

　　　　동화 〈왕거미와 산누에〉가 초등학교 6학년 1학기 국어 읽기 교과서에 수록됨.

1998년 〈부산일보〉 신춘문예 동화 부문 심사(이후 2005년까지)를 맡음.

1999년 장편동화집 《별을 키우는 아이》(문공사) 펴냄.

2000년 동화집 《별을 키우는 아이》로 박홍근문학상 받음.

　　　　〈어린이문예〉가 5·6월호로 복간되어 편집주간을 맡음.

2001년 장편동화집 《내가 만난 꼬깨미》(효리원) 펴냄.

2002년 동화선집 《이상한 옛친구》(진선출판사) 펴냄.

동화집《내가 만난 꼬깨미》로 제12회 방정환문학상 받음.

2003년 장편소년소설《오미①②》(배동바지) 펴냄.

2005년 부산문화방송 기획심의실 홍보심의부에서 홍보담당부장으로 재직함.

한국 아동문학가 100인

김원석

대표 작품
〈예솔아〉 외 2편

작가론
동심의 시어를 가진 동지

인물론
언제나 내 뒤에 선 김원석 선생님

작품론
자연과 일상을 아우르는 성찰의 생활시

어린이와 함께 선생이 걸어온 길

예솔아

예솔아!
할아버지께서 부르셔
예!
하고 대답하면
너 말고 네 아범

예솔아!
아버지께서 부르셔
예!
하고 달려가면
너 아니고 네 엄마

아버지를
어머니를
예솔아—
하고 부르는 건

내 이름 어디에
엄마와 아빠가
들어 계시기
때문일 거야.

네 웃음으로 산단다

회사에서 속상한
아빠의 마음을
네 웃음이
기쁘게 한단다.
아이야—

하루 종일 일에 지친
엄마의 마음을
네 웃음이
가볍게 한단다.
아이야—

아이야,
아이야—
아빠와 엄마는
엄마와 아빠는

네 웃음을 받아먹으며
슬픔을 기쁨으로 빚고
고통과 괴로움을 이기며 산단다.
아이야—

할머니

뜨거운 물을 마셔도
아이 시원해

매운 국을 드셔도
아이 시원해

콩콩-
어깨를 두드려도
아이 시원해
아이 시원해

지근지근
다리를 밟아도
아이 시원해

나도
나이 먹으면
할머니처럼
모두 시원할까?

동심의 시어를
가진 동지

윤극영

내 노래의 발자국

아버지 시계 / 째깍째깍 / 손목시계 // 우리시계 / 뚝딱뚝딱 / 벽시계 // 내 시계 / 쪼르륵쪼르륵 / 배
꼽시계
— 〈시계〉 전문

엄마 / 엄마가 아니고 / 맘맘야 / 맘마 // 맘마 / 맘마가 아니고 / 엄마야 / 엄마 // 빠빠 / 빠빠가 아
니고 / 아빠야 / 아빠 // 아빠 / 아빠가 아니고 / 빠빠야 / 빠빠
— 〈우리 아가〉 전문

이 두 편의 동시 중 어느 것에 곡을 붙일까 한참 망설였다.

〈배꼽시계〉, 〈엄마맘마〉들의 가사가 무슨 문답이나 하는 것처럼 연달아 뒤바뀌는 바
람에 어느 하나에만 마음을 쓸 수 없었다.

끼니 때가 되기도 전에 쪼르륵쪼르륵 '어서들 오라.'고 배 안에서 독촉을 한다.

"엄마! 배에서 쪼르륵 소리가 나."

"오냐, 맘마 줄까."

엄마는 맘마였나, 엄마가 좋아라 눈을 맞추며 종합영양의 젖을 먹는 아기.

다섯 살이 넘도록 나는 엄마 팔에 안기어 빈 젖꼭지나마 자주 빨았다. 지금 그 엄마
는 안 계신다. 그러나 주제의 가사들이 불현듯 그분의 모습을 내 눈앞에 가져다 주었
다. 새삼 엄마맘마가 그리워졌다. 저때의 정경을 회고하며 나는 홀로 계면쩍은 웃음에
얼굴이 뜨거워지기도 했다.

그러는 동안에 나는 마음을 정했다 〈배꼽시계〉에 곡을 붙이기로 하고 다시금 그 가
사를 음미했다. 1, 2절에서는 손목시계 벽시계를 들고 나오더니 3절에 이르러 그것들
을 쪼르륵쪼르륵에 맞추어 보라는 듯 새로운 전환의 느낌을 자아 낸다. 화신술도 근사,
무슨 변증법인가. 배꼽은 배꼽이다. 손목이나, 벽과는 거리가 멀다. 째깍째깍은 뚝딱뚝
딱이 아니다. 이들에 비하여 쪼르륵 소리는 아예 다르다.

　　한데 이들 형용사에 시계라는 일반개념을 붙여 가다 어느덧 배꼽을 주격삼아 쪼르륵 시계로 숨길을 돌리며 아기 예술을 탄생시켰다. 이런 나의 해석에 대하여 이의도 있을 성싶다. 한번 읽어 쉽사리 납득이 가는 동시 따위를 그토록 어렵게 되까릴 필요가 있겠느냐고. 그렇다. 그러나 아무리 쉬운 단편 시라 하더라도 그 나름의 철학이 없으랴? 더욱이 생철학(生哲學)이란 난해대작(難解大作)의 독점물이 아니다. 동요인 〈시계〉나 〈우리 아가〉에 나오는 말들만 해도 원천어(源泉語)라 할까, 태생어(胎生語)라 할는지……, 원시사회 이전의 생성적 형용어 같다. 감각, 감정, 재치, 재롱, 공상, 유희…… 나아가서는 눌언, 궤변, 웅변, 해학…… 그리고 무능의 자각, 겸양의 주체심, 드디어는 창의적 감수성…… 통틀어 이런 것들이 한 작은 생명체 안에 부풀고 있지 않았던가. 모든 예술에는 미래를 보는 무한 가능의 것들이 고무하고 있다.

　　쓰다보니 무당 넋두리가 되어 버린 듯. 그러나 내 이면에선 어느 예술인을 대하게 되든 그런 내 나름의 종합적 평가 작용이 꿈틀거리고 있었다.

　　우연히 처음으로 시인 김원석 씨와 대화를 가졌을 때만 해도 마찬가지였다.

　　그 후 우리는 사무적으로 자주 만나게 됐다. 이렇게 교분이 쌓여 갈수록 나는 그의 깊이나 높이를 알게 되었다. 그는 따끈한 전기난로가 아니라 훈훈한 숯불 화로 같았다. 그 인격이 소박 겸손도 했거니와 말이 적은 그의 사념에는 여러 가지 내면적 갈등도 없지 않았겠지만 언제나 평온한 감정으로 사람들을 싸안는 듯 그의 말투는 은근하고도 부드러웠다. 그런가 하면 때에 따라 숨은 결기를 포정할 적도 있었다. 그리고 그는 줄기찬 노력으로 전진을 다짐하는 부지런쟁이였다. 또한 어린이다운 붙임성도, 익살스러운 장난기도 엿보이는 듬직한 그릇이었다.

　　문득 나는 소파 방정환이가 연상됐다. 얼굴이 둥그스레 한 것이며 뚱뚱보는 아니지만 때에 따라 배짱을 부릴까도 싶은 풍부한 몸집에다 키도 방불, 성격도 비슷, 현대판 방정환이로구나 하며 60여 년 전 색동회 창립 시절의 향수를 느끼며 원석 씨를 다시 보기도 했다. 그러다 보니 붓대가 본론을 저버린 채 인물평이라도 한 것 같다. 하지만 예술은 '인생이다, 인품이다, 사회다, 역사다…….' 이런 논리에 비추어 보면 망발은 아닐 테지.

　　각설하고 원석 씨의 시문학은 단편이며 단편의 연결이었다. 동시나 성인 시 모두가 그랬다.

　　나는 그의 동시집 《초록빛 바람이……》를 읽어 나가다가 우연히 〈섬〉이란 시에 머물렀다.

바다를 건너는 갈매기 / 날개 아플까 봐 / 듬성듬성 놓인 징검다리 // 바다를 들볶는 파도 / 모래톱이 불러들여 / 품에 안아 달래고 // 구름이 물에 젖을까 / 하늘을 받치는 // 종일토록 파도 소리, 새 소리,

바람 소리, 뱃고동 소리 / 모두 품어 바다가 '엄마' 하고 부르는 섬

이 시에 대하여 미안하지만 내 멋대로 지껄여 보련다.

이 시는 단편 넷의 연결이다. 세 번째 구절을 빼 놓곤 그중 어느 한 편만으로도 훌륭히 시의 틀은 잡힐 것 같다. 그런가 하면 좌우로 상하로 종횡무진의 전체감을 메아리는 세계가 떠오르기도 한다. 바다를 건너는 갈매기에게 숨을 돌려가라는 징검다리의 역할이 맹랑하다.

바다에 징검다리라니 좀 의심쩍지만 그것은 다도해로 보아도 좋겠지.

바다를 들볶는 썰물밀물의 치고받는 혼란을 넌지시 불러들여 품에 안아 준다는 모래톱. 해안이나 강변의 모래밭을 일컬음일 텐데 지그재그의 해안선이 톱니의 날카로움을 시늉하면서 부드럽게 물살들을 안아 들이는 모순감을 차원 높은 수법으로 처리한 듯, 피카소의 입체파적 운필을 보여 주는 것처럼, 일면 그것은 치밀하고도 상냥한 모성애가 짓궂은 선 모습들을 안아 달래 주는 상징적 표현이기도 했다. 이상 두 절은 횡적이며 평면적이다. 수평상에 제한된 나들이다.

한데 제3절에서 불쑥 구름이 나선다. 구름은 높다라니 하늘을 떠돌아다니는 방랑자. 꿈 많은 나그네의 바람 먹은 소맷자락 같은 것. 너는 바람을 불러 흐트러지기도 하고 비가 되어 떨어지기도 하면서 때로는 소나기로 둔갑, 바다에 광란을 일으킬까 싶은 모험가, 위험 내포의 개구쟁이가 아니었던가.

한데 구름이 물에 젖을까 하늘을 받친다니 웬 말인가. 의미가 애매하다. 다의(多意)적인 듯 알송달송한 대로 제4절의 결구가 매혹적이다. 파도, 새, 바람 뱃고동…… 모두 소리 소리 연달아 하늘을 받쳐 드는 가운데 불현듯 바다가 이것들을 가득 품은 채 흘러 굴러 지그시 기다리고 있는 섬나라에 다닫자 '엄마!' 하고 외쳤다했나. 여기 씌운 '엄마'는 명사 이상의 감탄사다. '어머나!' 천야만야 흰꽃송이 날리는 비무(飛舞)의 축제였던가. 그리고 시간이 갈수록 이런 내 나름의 감상을 반성해 보자 거듭 나는 미안해졌다. 조용히 부드럽게 회술된 서정의 연맥을 너무 충격적으로 납득했기 때문인가.

그럼 평가의 평가는 작가에 맡기기로 하고 다시 본제의 〈시계〉 노래로 돌아가 본다.

애교 재롱의 희담이 담뿍 실린 이 가사의 리듬을 따라 한 곡조 붙이고저 우선 나는 나에게 동심적 채비를 요청했다. 내가 당장 어린이가 될 수도 없거니와 기억을 더듬어 간신히 나의 유년시대를 상기해봤댔자 소용없는 일. 십년이면 강산도 변한다는데 현재의 그들과는 한 80년 가까운 동안이나 멀어져 있으니 말이다. 아무리 내 깊은 곳에 묻힌 동심을 자각한다 해도 오늘날의 어린이가 지닌 그것과는 비슷하다곤 할 망정 아예

똑같을 수는 없다. '흡사하다, 방불하다, 유사하다, 서로가 다른 대로 가까워진다, 등등'에서 공감대는 열리는 것이 아닐까. 그러므로 나는 어린이다운 어른이 되어 우정적으로 같이 놀아 주는 가운데 그윽한 교육 기능의 보람을 찾자는 의식 구조를 역설했던 것이다. 이론적으로는 이렇게 강조도 했지만, 일껏 그런 곡을 붙여 보자니 〈시계〉 가사는 만만치 않았다.

이웃집 5~6세 동이에게나 알아볼까 또는 그 엄마의 도움이라도 청해 볼까, 생각을 거듭할수록 어렵기만 했다. 어쩌다 곡 하나 되어져 나오면 몇 번이고 웅얼거리다 맞갖지 않아 처분해 버리기도 했다. 이런 고정(苦情)을 밑거름으로 타당성 있는 작품을 벌려봤지만 그 역시 희망에 그쳤을 뿐 드디어 별것도 아닌 곡조가 되어졌다. 유치원 아기들이 좋아 불러 줄 것인지, 과연 그들 엄마 앞에 선택될 것인지 두고 봐야 할 것이다.

아기들은 그 자체가 예술적이다. 아기 예술은 모두 상징적이다. 더듬는 말투나 옹아리에 방불한 가락이나 부니는 몸짓 등등 암시며 투영, 해조(諧調) 아닌 것이 없다. 이런 것들을 늙은 어린이쯤으로 시늉내 보자는 것이 무리였을지 몰라도 한껏 내 본래의 동심을 기우려 미숙한대로 제작해 놓았다.

묻노니 김원석 씨도 나와의 멀지 않은 위치에서 모두 어린이 예술에 참여하지 않았던가. 우리는 이로 말미암아 동심적 시어(詩語)를 통해 언약 없는 인간 동지가 되어진 것 같다. 원석 씨는 소년지의 편집 책임자이다. 문외한인 내가 어찌 왈가왈부하랴만 인기 전술이나 돈벌기 작전을 비켜 동심일의로 순도 높은 편찬을 연구, 실천하려는 의지만은 뚜렷해 보였다.

언제나
내 뒤에 선
김원석 선생님

강용규

2005년 겨울

홍대 앞 번화가를 벗어나 호젓한 곳, 지하에 자리한 '얼굴'은 윤정선 씨가 운영하는 생음악 카페다. 벽면은 1970년대 초, 일명 통기타 가수들 LP 음반들로 장식되어 있다. 장현, 송창식, 박인수, 김세환, 장은아, 키보이스, 윤항기, 이장희 외 수십 명과 기타를 든 주인 윤정선 씨 음반 재킷도 걸려 있다.

김원석 선생님 전화로 작곡가 이규대 선생을 불러 냈다. 가짜 예솔이 아빠와 진짜 예솔이 아빠가 정담을 나누다가 가짜 예솔이 아빠가 〈예솔아〉를 한 곡 부른다.

좀처럼 일터에서 노래를 부르지 않는 윤 사장이 가짜 예솔이 아빠가 튜닝한 기타를 들고 유일한 히트곡 〈얼굴〉을 부른다.

동그라미 그리려다
무심코 그린 얼굴

저 노래, 저 사람은 얼마나 많이 불렀을까? 뒤이어 쑥스럽게 자리한 장은아 씨가 〈고귀한 선물〉, 〈이 거리를 생각하세요〉에 이어 〈지금 그 사람 이름은 잊었지만〉을 앙코르 송으로 불렀다.

"자아, 한 잔 듭시다."

25년의 세월을 가로지르며 조용히 잔을 부딪쳤다.

1978년 늦은 봄, 가톨릭출판사 〈소년〉 편집부에 원고 청탁 차 들른 초면인 내게 김 선생님은 차나 한 잔 하자며 골목길로 안내했다.

"병어회 한 접시, 탁주 한 되!"

그렇게 인연이 시작되었다. 복간한 〈새벗〉 편집부에서 일을 하는 동안 선생님과의 만남은 드문드문 이어졌다.

서너 시쯤 되었을까? 종로 2가 한국기원 건물 1층 다방에 와 계시다는 연락을 받고 달려갔다.

"웬일이세요?"

"비가 와서. 강 형은 맑은 날 낮술 마시면 골 아프다며? 그래서 흐린 날 왔지."

직장 초년병인 내게 땡땡이를 종용하러 온 것은 아닐 테고, 무슨 긴한 이야기가 있는 것은 아닐까?

"강 형, 동화 한번 써 봐."

"제가요?"

쌍화탕을 한 사발씩 들이키고 자리를 옮겨서도 똑같은 주문을 했다.

"강 형, 동화 한번 써 봐."

"글쎄요."

그렇게 무너진 나는 2, 3년이 족히 흐른 뒤에야 동화 한 편을 갖고 선생님을 찾아갔다. 댓바람에 읽고 난 후, 원고에서 시선도 떼지 않은 채 내게 물었다.

"이 동화 모티프 혹시 바슐라르 아냐?"

그 동화가 박홍근 선생님의 추천으로 〈소년〉에 실린 〈달빛 진주〉였다.

그 후 선생님과 함께하는 술자리 초대 손님은 다양했다.

융과 보르헤르트, 다자이 오사무와 자끄 마리땡, 엘리 위젤의 《흑야》와 레비 스트로스의 《슬픈 열대》 이상과 윤동주와 용재총화, 전래동화의 판타지에 취했다.

짐 크로스의 〈Time in a bottle〉 가사와 황진이의 시조를 비교하며 동서양의 정서를 논하기도 했다. 러시아 로망스를 불렀던 당대 최고의 여 가수 안나 게르만과 베빈다의 가사 속을 헤매기도 하고, 고은의 시구(詩句) '그리운 것은 문이 되어 닫혀 있더라.'와 서영은의 소설 제목을 씹기도 했다.

"그리운 것은 모두 문이 되어 있어야지, 왜 '모두'가 빠진 거야?"

"모두가 들어가면 바람둥이 소리 들을까 봐 뺏겠지요."

"모두가 들어가면 시가 아니라, 연애편지 구절이 되지."

1980년대 초, 선생님 댁은 군포 산본리였다. 텃밭이 달린 농가였다. 서울에서 시작한 술자리는 종종 그곳까지 이어졌다. 서부역을 거쳐 안양 가는 직행 버스가 생긴 뒤부터는 더욱 빈번했다. 권오삼, 방원조, 장태범 선생님과도 어울렸다.

어느 날, 버스 안에서 가방을 열고 필통을 꺼내 보여 주신다.

"강 형, 이 필통을 열고 바닥을 보면 면도칼이 있어, 여기. 그리고 우황청심환도 있고. 혹 나 쓰러지거나 하면 면도칼로 귀밑을 째면 돼."

혈압이 높은 줄은 알고 있었지만 이 정도일 줄이야!

선생님과의 만남을 피하거나 만나더라도 술을 안 먹거나 해야 했지만 둘 모두 불가했다. 다행히 면도날을 찾아 피를 보는 일도 벌어지진 않았다.

다만, 예솔이 어머니께서 내 이름 석 자를 네거티브하게 각인하게 되었다.

"당신은 왜 강용규 씨만 만나면 떡이 돼서 들어오는 거야."

선생님은 예나 지금이나 무엇을 주지 못해 안달이다. 당신 것이 눈에 띄지 않으면 선물 받은 은단 한 갑이라도 내민다. 만나기만 하면 초 한 개, 곶감 한 꼬치, 김 한 첩, 양말 한 켤레라도 건네준다. 내게만 그런 게 아니다. 이창건 선배와 박민호 형에게도 마찬가지이다.

뿐만 아니라 내가 몇몇 친구들에게 미식가(?)로 통하는 것도 선생님의 선물이다. 남들이 모르는 작고 허름한 음식점을 중심으로 서울은 물론 전국에 걸쳐 꿰뚫고 있다. 내가 아는 30여 군데의 음식점 모두 선생님이 안내한 곳이다.

결혼 후 내가 유일하게 가족 여행을 떠난 것도 선생님 덕이다. 올해 대학을 가는 막내가 태어나기 전이니까 20년도 훨씬 넘은 일이다. 예솔이와 예솔이 엄마 아빠, 태웅이와 내 아내까지 여섯 명이 온천 나들이를 했다. 예매한 기차표를 내보이며 강권하는 바람에 그 추억을 아직 간직할 수 있게 되었다.

"강 형, 일 년에 한두 번은 좀 움직이자고."

선생님이나 나나 가정에 충실하지 못한 죄책감에 동의한 일이지만 그 약속은 그 후로 지켜지지 못했다.

나는 선생님의 시 중에 〈안개꽃〉을 제일 좋아한다.

하나가
아니고
여럿이 어울리고

내가
아니라
너를 돋보이게 하는

어머니 같은

하늘꽃.

이 시를 음미하다 보면 어머니가 생각나고 장미꽃과 기도가 생각난다.

더불어 不患人之不己知 患不知人也(불환인지부기지, 환부지인야: 남이 나를 알아 주지 않는 것을 근심하지 말고, 내가 남을 알아 주지 못하는 것을 근심하라.)란 명구(名句)도 떠오른다. 논어(論語) 학이편(學而篇)에 실린 공자님 말씀이다.

장미꽃을 돋보이게 하는, 그 역할을 자임하는 낮춤의 미학이 안개꽃의 주제일 것이다. 기도는 나를 낮추는 행위이다. 그래서 우리는 무릎을 꿇는다. 라마교에서는 오체투지를 행한다.

가톨릭에 귀의하고 영세를 받으며 박홍근 선생님을 대부로 모셨고 견진성사에는 선생님을 대부로 모셨다. L 모 교수와의 18년 동안의 우의를 등지고 괴로워할 때도 나를 바로 세운 것은 기도였다. 새벽 미사를 마치고 성당의 담을 따라 내려오며 분노와 미움을 삭이게 한 것도. 정작 그 뒤에는 선생님이 있었다.

"강 형, 잘못이 없다면 강 형이 왜 괴로워 해. 그 사람이 괴로워야지. 잊고 지워 버려. 힘들어 하면 강 형이 잘못한 거야."

2005년 송년회를 거르자, 음력 기준하여 2006년 연초에 자리를 가졌다.

화두는 톨스토이였다. 노년의 삶, 악에 대한 무저항주의를 이야기하였다.

쇠락한 강북의 유흥가 북창동의 밤은 노래방 옥외 스피커에서 흘러나오는 1970년대의 유행가로 깊어 가고 있었다.

자연과 일상을
아우르는
성찰의 생활시

이창건

1

바람이 / 며칠 두고 / 속삭이니까 / 사과 얼굴이 / 빨개진다. // 얼마 뒤에 또 / 무어라고 하니까 / 사과는 / 힘없이 / 툭 떨어져 / 맨땅에 주저앉는다. // 미처 / 손이 못 미친 / 구석구석을 / 샅샅이 찾아드는 / 바람이 / 오늘은 / 나를 / 하루 종일 에워싼다. // 사과만큼도 / 알아듣지 못하는 / 내 귓가에 / 바람은 / 가만가만 속삭인다.

— 〈초록빛 바람〉 전문

김원석(金元錫, 1947~) 시인은 바람이 하는 말도 알아듣는다. 귓가에 와 가만가만 속삭이는 바람이 하는 말을 관음하는 시인이다. '사과만큼도 / 알아듣지 못' 한다고 자탄하고 있지만 사실 그렇지 않다. 그렇다. 자연은 자연의 섭리를 따른다. '바람이 / 며칠 두고 / 사과에게 / 속삭이니까 / 사과 얼굴이 / 빨개진다. // 얼마 뒤에 또 / 무어라고 하니까 / 사과는 / 힘없이 / 툭 떨어'진다. 자연은 자연의 질서를 좇는 것이다. 그런데 '미처 손이 못 미친 / 구석구석'도 샅샅이 찾아드는 바람이 시인을 에워싼다. 아니다. 바람이 시인을 에워싸는 것이 아니라 시인이 바람을 가슴에 품는 것이다. 시인의 가슴속에 자연을 수용하는 것이다.

예솔아! / 할아버지께서 부르셔 / 예! / 하고 대답하면 / 너 말고 네 아범. // 예솔아! / 아버지께서 부르셔 / 예! / 하고 달려가면 / 너 말고 네 엄마. // 아버지를 / 어머니를 / 예솔아— / 하고 부르는 건 / 내 이름 어디에 / 엄마와 아빠가 / 들어 계시기 / 때문일 거야.

— 〈예솔아〉 전문

1990년대 매스컴에서 많이 불려져 어린이들뿐 아니라 어른들에게까지도 잘 알려진 노래다. 김원석 가정의 일상이 그대로 드러난 시다. 이 노래에 나오는 예솔이는 김원석의 아들이다. 할아버지께서 '예솔아!' 하고 부를 때 '예! 하고 대답하면 / 너 말고 네 아범'이라고 하신다. 또 '예솔아!' 하고 '아버지께서 부르'실 때 '예! 하고 달려가면 / 너 말고 네 엄마'라고 말씀하신다. 할아버지와 아빠, 엄마 그리고 주인공의 세대가 정으로 뭉쳐 있음을 느낄 수 있다. 가족의 정이 흠씬 드러나는 일상이다. 이렇듯 가정의 단란함을 건져 낸 〈예솔아〉에서 그의 시심이 일상에 있음을 쉽게 알 수 있다. 이 두 편을 글머리에 놓은 이유는 그의 동시가 무엇을 어떻게 담는지를 살펴볼 수 있는 실마리가 될 수 있음직해서다.

김원석의 동시는 자연과 일상을 아우른다. 그의 제1시집 《꽃밭에 서면》(광문출판사, 1974)과 제2시집 《초록빛 바람》(카톨릭 출판사, 1981), 그리고 제3시집 《아이야 울려거들랑》(도서출판 새남, 1987), 한편 제1시집과 제2시집을 재편집해서 엮은 제4시집 《초록빛 바람》(도서출판 새남, 1988), 제5시집 《바람이 하는 말》((주)대교출판, 1994) 또 제3시집 《아이야 울려거들랑》을 17년만에 이름을 바꾸어 낸 《예솔아》(으뜸사랑, 2004)를 받치는 김원석 시인의 문학적 토대는 자연과 일상 속에 있다.

2

그의 초기 시는 자연에 있다. 그의 제1시집 《꽃밭에 서면》은 그가 28세 때 28수를 모아 낸 동요동시집이다. 몇 편의 시가 눈에 띈다.

바람은 어디서 오나 / 파도가 모래를 덮은 자리에 / 모래들의 숨소리…… // 파도가 스친 자리에 / 휴— / 모래들의 가쁜 숨소리 // 뿌우웅— / 뱃고동 타고 / 바람은 파도처럼 밀려서 올까 // 바람은 어디서 오나 / 갈나무 소나무 조는 산속에 // 솔잎 갈잎 한숨 소리가 / 앞산과 뒷산의 이야기 소리 // 야호— / 메아리에 실려 / 산울림처럼 밀려서 올까
— 〈바람은 어디서 오나〉 전문

시는 끝없는 의문으로 창조된다. 의문을 호기심이라 해도 좋고 몽상이라 해도 좋고 상상이라 해도 좋다. 시는 대상에 대한 호기심과 의문의 결과로 빚어진다. 대상에 대한 의심과 의문을 풀어가는 과정이 시 창작의 과정이다. 우주에 대한 끝없는 호기심과 의문의 모색이 시로 태어나게 되는 것이다. 호기심과 의문을 갖는 것은 우주의 근원을 찾는 행위이며, 진리를 발견하는 탐구 행위이다. 그것은 철학 행위에 다름 아니다.

어린이들은 호기심이 강하다. 의문이 많다. 동심에 투여된 세상은 온통 의문투성이이며 그것은 모르는 것에 대한 관심으로, 경이로움에 대한 감탄으로 나타난다. 동시 창작에서 대상에 대한 특성을 드러내는 방법으로 의문을 이용한 것이다. 이런 방법을 통

해서 빚어진 시는 단순하다. 소박하다.

이 시도 '바람은 어디서 오나'라는 호기심과 의문으로 잉태된다. 그리고 의문의 모색 과정으로 '파도가 모래를 덮은 자리에 / 모래들의 숨소리…… // 파도가 스친 자리에 / 휴 — / 모래들의 가쁜 숨소리'는 아닐까 하고 상상해 본다. 또한 바람은 '갈나무 소나무 조는 산속에 // 솔잎 갈잎 한숨 소리가 / 아닌지 또는 / 남산과 뒷산의 이야기 소리'가 바람이 된 것은 아닌지 대답해 본다. 이런 호기심과 의문의 과정을 거치는 것들이 그의 시에는 꽤 있다.

키가 얼마나 크길래 / 연못 가운데 있을까 //
— 〈연꽃〉 첫 연

목화송이마냥 / 하이얀 눈이 털실이라면 / 고웁게 짜서 / 길다란 엄마 못에 겨울을 쫓을까 //
— 〈눈〉 첫 연

바람이 하늘쪽으로 몰려가더니 / 바다 끝에 불이 났다 // …… / 누가 바다에 불을 질렀기에 / 하늘까지 불길이 오르는 걸까 //
— 〈저녁 노을〉 2행, 7, 8행

일상의 사물에 호기심을 가지고 의문을 갖는 것은 동심으로 우주를 새롭게 보는 일이며 일상의 대상과 새로운 만남을 형성하는 촉매가 된다. 그것은 상상의 즐거움으로 안내하는 다리가 되기도 한다. 자연을 소재로 한 상상의 즐거움을 주는 시 한 편이 있다.

연못은 기차가 되어 떠난다 / 물땡땡이는 연일 사이사이를 헤엄쳐 / 연못을 끌고 나간다 // 마름 위에 잠들던 바람은 / 깊은 잠에 하늘에 닿았고 / 그 위에 솟은 빌딩 / 허리를 폈다 구부렸다 // 쉬지 않고 떠나는 연못 / 빌딩이며 / 개나리며 바위며 외등을 싣고 / 동그라미 그리며 마구 떠난다
— 〈연못은 기차가 되어〉 전문

연못이 기차가 되어 떠난다니 엉뚱하다. 기발하고 산뜻하며 재미있다. 싱싱하고 힘차다. 연못에 바람이 불어와 앉는다. 그래서 연못의 깊은 잠은 하늘에 닿았다. 그런 연못에 개구쟁이 같은 물땡땡이 한 마리가 헤엄을 친다. 헤엄을 치는 물땡땡이로 하여 물무늬가 동그랗게 동그랗게 원을 그리며 퍼져 나간다. 그 퍼져 나가는 동그라미가 시심의 확장에 따라 동그란 기차 바퀴가 되어 굴러가는 것이다. 물땡땡이가 기관차의 엔진

동력이 되어 연못이라는 기차를 끌고 간다. 그리고 연못에 실려진 허리를 폈다 구부렸다 하는 빌딩이며, 개나리며, 바위며, 외등을 싣고 신나게 신나게 달리는 것이다. 마치 여행을 떠나는 기분같이 즐겁다. 이와 같은 동심의 여행은 상상의 즐거움을 준다.

한편, 첫 시집에서 함께 실린 시 가운데 김원석의 시의 세계를 풀어 주는 열쇠같은 작품이 있다. 〈달님의 얼굴〉이다.

> 달님의 얼굴이 / 동그란 것은 / 엄마의 얼굴을 / 닮았기 때문이야 // 달님의 얼굴이 / 작아지는 건 / 엄마가 점점 늙기 때문이야 // 달님의 얼굴이 / 커지는 것은 / 내가 점점 자라기 때문이야 //

이 시도 의문의 연장선상에 있다. 질문과 대답의 형식을 띠고 있다. '달님의 얼굴이 / 동그란 것은 / 왜 그럴까?' 하고 혼자 질문하고, 그것은 '엄마의 얼굴을 닮았기 때문이'라고 대답하는 것이다. '달님의 얼굴이 / 작아지는 건 / 엄마가 점점 늙기 때문이'라고, 또한 '달님의 얼굴이 / 커지는 것'도 '내가 점점 자라기 때문이'라는 것이다.

그런데 이 시에서 중요한 것은 달이라는 자연과 엄마, 나로 대조될 수 있는 인간의 관계를 시의 모티브로 공유한 것이다. 자연과 일상을 두 축으로 하는 문학의 출발점을 마련하고 있는 것이다. 이 시는 〈예솔아〉를 태어나게 한 씨앗과 같은 작품이다.

3

> 아가의 얼굴은 / 엄마의 얼굴 // 아가의 얼굴은 / 아빠의 얼굴 // 아빠 얼굴 조금 / 엄마 얼굴 조금 // 아가 얼굴 속에 / 들어 있어요.
> — 〈아가의 얼굴〉 전문

이 시는 《아이야 울려거들랑》(도서출판 새남, 1987)에 실려 있다. 그의 시를 대표하는 시 〈예솔아〉와 닿아 있다. 또한 제1시집의 〈달님의 얼굴〉에 기초하고 있다고 볼 수 있다.

〈아가의 얼굴〉은 엄마 얼굴과, 아빠의 얼굴을 조금 조금씩 닮는다는 극히 평범한 내용이다. 〈아가의 얼굴〉 속에는 '아빠 얼굴 조금 / 엄마 얼굴 조금'이 숨어 있다는 것은 일상적으로 누구나 다 알고 있고, 누구나 그렇게 느낀다. 시의 중심이 일상의 생활 속으로 옮겨져 있음을 감지할 수 있다.

《아이야 울려거들랑》은 생활 시집이다. 표지에 '생활시'라고 스스로 밝히고 있다. 시인의 시심이 자연에서 일상으로 바뀐 것이다. 일상의 생활에서 시의 소재를 많이 찾고 있다. 〈전철〉, 〈출근〉, 〈지렁이〉, 〈쓰레기통〉, 〈비누〉, 〈구둣주걱〉 같은 제목들만 열거해도 쉽게 알 수 있다. 그의 생활시는 어린이의 눈높이로 일상을 살아가는 우리들의 생활찾기다. 생활의 경험과 생활의 감동, 생활의 사유를 그때그때 직설화법으로 투영하고 있다. 생활에서 얻어지는 시의 심상들을 쉽게, 재미있게, 진술하고 있다.

내 친구 명락이는 / 나보다 키가 훨씬 커 / 그런데도 키 작은 나와 / 스스럼없이 어깨동무를 한다. // 꼬마야! 땅딸아! / 친구들은 / 이름대신 부르지만 / 명락이는 꼬옥 내 이름을 부른다. // (원석아) // 꼬마야! 땅딸아! / 부르는 친구들보다 훨씬 큰 / 명락이가 내 이름 부르면 괜스레 좋다. / 키가 명락이만큼이나 커진 것 같다.
　　　— 〈내 친구 명락이〉 전문

이 시를 읽으면 가슴이 시원해진다. 건강해진다. 시인은 친구, 명락이를 통해 삶의 즐거움과 행복을 느낀다. 그렇다. 우리들도 친구를 통해 생활의 희로애락을 느낀다. 친구가 내 이름을 부르면 괜히 좋은 것이다. 친구와 어깨동무를 할 수 있으면 그 삶은 대단히 건강한 것이다. 또한 정겨운 것이다. 천진난만한 어린이들의 일상 관계가 그대로 담겨 있다. 〈내 친구 명락이〉는 우리들에게 일상의 인식을 새롭게 한다.

엄마라고 부를까요 / 어머니라고 부를까요 // 어머니라고 부르며 / 갑작스레 / 내가 / 어른이 된 것 같아요. // 어머니라고 부르면 / 더 늙으신 것처럼 / 느껴져요.
　　　— 〈뭐라 부를까요?〉 전문

시인은 평범한 이 시에서 생활 속의 느낌을 사물에 대한 인식의 단계로 끌어올린다. 경험을 인식의 수준으로 높여가고 있는 것이다. 평범한 일상을 인식의 수준으로 고양하는 것이야말로 시를 성숙하게 하는 든든한 지렛대가 된다.

엄마. / 새벽은 밤의 끝이어요. / 아침의 시작이어요? // 밤잠을 자지 않으면 / 밤의 끝 같고 / 새벽에 눈을 뜨면 / 아침의 시작 같아요. // 엄마 / 별은 새벽에 집으로 들어가고 / 새들은 새벽에 집에서 나와요. // 엄마. / 새벽이 밤의 끝이라면 / 어두움 모두 어디가 감추었고 / 아침의 시작이라면 / 해님은 어디에 있어요? // 엄마. / 새벽이 없다면 / 밤이 있을까요?
　　　— 〈새벽은〉 전문

앞에서 언급한 호기심과 의문이 인식의 단계로 정착된 작품이다. 밤과 새벽이 갖는 양면성이 인식적 물음을 갖게 한다. '엄마. / 새벽이 없다면 / 밤이 있을까요?' 라는 존재 대상의 인식에 미치게 된다. 일상 생활의 호기심과 의문이 인식의 세계에 이르고 있음을 알 수 있다. 또 다른 작품에서도 인식의 세계가 깔려 있다.

> 엄마. / 물이 생물이에요 / 무생물이에요 // 생명이 있으니…… // 꽃나무에 물을 주면 / 자라서 꽃이 피고 // 사람은, / 바둑이도 / 물을 먹어야 살잖아요. / 그러니까 / 물은 생명이죠.
> ─ 〈생물〉 전문

어린이의 삶에 인식의 세계가 깃들면 그 삶은 성숙하게 된다. 그래서 시인은 하찮은 존재까지 시심의 삽을 들이댄다.

> 햇빛을 숨어 / 흙 속을 기어 다녀도 / 다 알 수 있어요. // 비가 올 것인지 / 안 올 것인지를 배 밑에 스치는 / 흙만으로도 / 다 알 수 있어요. // 기름진 땅인지 / 아닌지 // 때때로 / 햇빛에 붙잡혀 / 타 죽지만 / 햇빛이 / 왜 그러는지 / 다 알 수 있어 / 감사드려요.
> ─ 〈지렁이〉 전문

시심의 삽이 흙 속의 〈지렁이〉를 건졌다. 햇빛을 숨어 흙 속을 기어다니는 지렁이를 통해 사물의 이치를 새롭게 인식하려는 김원석의 삶의 자세를 엿볼 수 있다. 그의 시는 다른 지형을 만든다.

4

> 바로 보라고 / 똑바로 보라고 / 쓴 / 안경인데 // 렌즈를 아무리 닦아도 / 도수를 높여도 // 바로 못 보고 / 똑똑이 볼 수 없다 // 밖이 아니고 / 내 안을 // 환히 볼 수 있는 / 또 다른 / 안경이 있었으면…….
> ─ 〈안경〉 전문

〈안경〉은 시력을 보완한다. 희미하게 보이는 사물을 똑똑하게 보게 한다. 초점이 불분명하게 잡힌 사물을 명확하고 정확하게 판단하게 한다. '바로 보라고 / 똑바로 보라고 / 쓴 / 안경인데 // ……바로 못보고 / 똑똑이 볼 수 없다 //' 김원석은 〈안경〉으로 사물의 외연을 보려 하지 않고 내연을 보려 한다. '밖이 아니고 / 내 안을 // 환히 볼 수 있는 / 또 다른 / 안경'을 가지고 싶어한다. 이것은 그의 시가 인식의 세계를 너머 삶에 대한 성찰의 단계로 성숙했음을 알 수 있다.

하늘 나라가 어딨어요? / 하늘 아주 꼭대기예요? / 비행기 타고 갈 수 있어요? // 살아서 가기 힘든데 / 어떻게 / 죽어서 가죠?
— 〈하늘 나라〉 전문

이제 김원석은 '하늘 나라'까지 생각한다. 시는 역설의 언어다. 살아서 가기 힘든 '하늘 나라'를 어떻게 죽어서 가느냐고 역설적으로 묻는다. 그러면서 정신 세계의 상승을 꿈꾼다. 자신의 삶을 돌아보며 높은 곳에 있는 삶의 숭고한 자리로 들어가려 한다. 삶의 진리를 절실하게 탐구하고자 한다.

봄이면 / 나뭇가지에 / 꽃이 피어 / 사람들은 나무를 / 퍽 / 좋아했습니다. // 여름에는 / 그늘을 주어 / 지친 마음을 쉬게 했습니다 // 가을에는 / 풍성한 열매를 / 나누어 주었습니다 // 모두들 / 나무를 좋아했습니다 // 나무를 / 자라게 하는 / 비를 알지 못하고 / 열매를 주는 / 해님도 알지 못하고 // 아니. 그보다 / 더 크신 그분의 사람을 / 알지 못했습니다 // 사람들은 / 그저 / 나무에게만 / 고마워했습니다.
— 〈그 나무에는〉 전문

〈아낌없이 주는 나무〉를 떠올리게 하는 작품이다. 봄에는 꽃을 피워 사람들을 아름답게 하고 여름에는 그늘을 주어 사람들을 쉬게 하고, 가을에는 풍성한 열매로 결실의 기쁨을 준다. 그래서 사람들은 나무를 좋아한다. 그러나 '나무를 / 자라게 하는 / 비를 알지 못하고 / 열매를 주는 / 해님을 알지 못하고 // 아니, 그보다 / 더 크신 그분의 사랑을 / 알지 못'하는 우리들의 무지를 안타까워 한다.

시인은 어느덧 신에 접근해 있다. 신의 존재를 일상의 생활 속으로 끌어들인다. 그리고 일상의 삶을 신에게 고백한다. 일상의 가치를 신에게서 찾는다. 인간의 삶은 쉽게 부서진다. 일상의 삶이 때로는 환하기도 하지만 대체로 어둡고 피곤하다. 우리의 일상에 어두움이 드리거나 절망에 다다르면 우리가 의지하는 것은 신이다. 우리 존재의 뿌리이며 생의 원천이 되는 신께 매달리게 된다. 우리의 삶을 신에 의탁할 때 우리는 평화로운 삶을 영위할 수 있다.

〈사진틀〉을 보자.

어머니, / 보고픈 어머니를 모셔 오고 // 럴럴럴 응 어꾹— / 귀염둥이 아가를 담고 // 어디 그뿐입니까? / "수고하고 무거운 짐을 진 자들아, / 다 내게로 오라." 고 말씀하신 / 그분을 모시고 있으니 / 그저 고맙습니다.

이제 일상의 사물들이 그에게서 어떻게 사유되는지 다음 작품을 보자.

아무거나 / 버려도 된다고 / 닥치는 대로 / 버리지 마세요. // 버리기 앞서 / 버려도 되는가를 / 한 번 더 보고 / 제게 주세요. // 늘, / 제 몸에서 / 좋지 못한 냄새가 나고 / 썩은 진물이 질질 흘러 / 저를 더럽다고 멀리 하지만 // 저희들이 없다면 / 누구나 / 저와 똑같을 거예요. // 혼자 더러움으로 / 모든 이를 / 깨끗함을 나눠 주는 / 마음을 주시다니…….
— 〈쓰레기통〉 전문

시인은 〈쓰레기통〉을 통해 자신을 죽여 남을 살리는 이타의 삶을 생각한다. 이와 같은 삶의 태도는 신에 대한 감사와 고마움으로 자신을 비운 후, 그 빈자리에 우리들의 존재 이유를 앉히고 있다. 이런 시는 김원석으로 하여금 생활시를 인식과 사유의 시로까지 승격시킨 성과라고 평가하게 한다. 이런 시로 〈파리〉, 〈아기똥〉, 〈풍금의자〉, 〈주전자〉, 〈휴지〉, 〈성냥개비〉, 〈비누〉, 〈삽〉, 〈구둣주걱〉, 〈자동차 바퀴〉가 있다.

거의 / 늘 / 뒤꿈치와 구두 사이에 끼어 / 낑낑거리지만 / 조금도 슬퍼하지 않습니다 // 아주 조금 / 그리고 잠깐 / 힘들지만 / 내 주인은 / 신을 편히 신을 수 있으니 말입니다.
— 〈구둣주걱〉 전문

들꽃이며 / 지렁이며 / 개미를 / 마구 짓밟아 / 괴롭습니다. // 제가 / 바라지 않는 것도 주인이 바라면 / 그대로 해야 하니 말입니다. // 함부로 / 들꽃이며 / 풀벌레의 목숨을 앗더라도 / 용서해 주십시오.
— 〈삽〉 전문

어서 / 제 몸을 / 없어지게 해 주세요. // 반들반들 / 그대로 있기 보다는 닳아 사그러져 내 몸에 닿는 / 모든 걸 / 깨끗하게 해 주고 싶습니다.
— 〈비누〉 전문

독자들은 김원석이 생활에서 찾은 시로 사물에 대한 사유의 세계로 안내하는 것을 쉽게 느낄 수 있다. 그는 일상 속에 감추어진 삶의 가치, 존재의 가치를 편하게 인식하게 한다. 이것이 김원석 생활시의 강점이며 장점이다. 일상에 대한 깊은 성찰이 사유의 생활시를 창조하게 한 것이다.

5

김원석은 1994년에 《바람이 하는 말》(대교출판)을 낸다. 《꽃밭에 서면》, 《초록빛 바람》, 《아이야 울려거들랑》에 이어진다. 그동안 우리 사회는 많이 변했다. 자연과 전통이 파괴되고 인공과 진보가 사회의 앞머리를 이루었다. 〈어릴 때 남산〉은 지금의 남산이 아니다. 한강도 어제의 한강이 아니다. '전깃줄에 앉아 / 지지배배 봄을 알리던 // 제비 소리도' 들리지 않는다. 대신 '자나깨나 / 어디서든 / 부르릉부르릉 / 빵─빠앙 / 자동차 소리만 가득하다. 〈아파트〉라는 길고 높은 괴물들이 여기저기 우뚝우뚝 서 있다.

우리 동네 / 아카시아 꽃 피면 / 온통 흰나비 속에 묻힌 / 나지막한 산 // 드르릉드르릉 / 땅 깎는 차가 / 산을 너머뜨리고 / 빨간 흙을 / 마구 끌어내리더니 산허리를 잘라 냈다. // 동네 위 한쪽에 / 삐죽 솟은 아파트 // 아파트 사는 애 주택 사는 애 동네에서도 / 학교에서도 / 친구들이 갈라졌다. // 청군 백군처럼 / 머리띠만 / 갈라진 게 아니다. / 마음까지 갈라졌다.
— 〈물과 기름〉 전문

물과 기름은 이질이다. 서로 섞일 수 없는 성질의 물질이다. 물과 기름은 따로따로다. 아파트가 들어서면서 '아카시아 꽃 피면 / 온통 흰나비 속에 묻힌 / 나지막한 산'도 깎이고, 허리가 잘린다. '동네에서도 / 학교에서도 / 친구들이 아파트 사는 애 / 주택 사는 애'로 갈린다. 마음도 갈린다. 산업 사회 문명 사회의 폐해를 드러낸 작품이다. 김원석은 이런 시를 통해 산업 사회의 오류를 지적하고 있다. 그런 산업 사회의 오류 지적에 독자들의 공감을 유도하고 있다. '전깃줄에 앉아 / 지지배배 / 봄을 알리던' 제비 소리가 어디 갔을까? 하는 자탄에 빠지기도 하지만 그는 산업사회의 일상을 동심의 눈으로 아름답게 짚고 있다. 김원석의 탁월성이다.

뽀얀 먼지로 / 화장하고 // 종일토록 / 손 흔들어 / 인사하는 / 길 가장자리 풀꽃 // 자동차들이 잠든 밤 / 달빛이 / 별빛이 / 사르르 내려와 / 풀꽃 얼굴도 닦아 준다.
— 〈풀꽃〉 전문

시는 영혼을 달랜다. 인간의 불안을 해소한다. 연민의 정을 갖게 한다. 김원석의 이 시집에서 새롭게 등장하는 것이 '사랑'이다. 사랑만이 삭막한 사회의 쓸쓸함을 치유하는 길이라 생각한 것 같다.

> 지우개를 빌려줘. / 네 필통에도 있잖아. // 어머 그렇구나. // 연필 좀 빌려 줘. / 연필이 뭉툭해서 // 내게 더 뭉툭하다 얘 // 새로 같이 앉게 된 짝꿍 / 자꾸 얘기하고 싶다. / 짝꿍 얼굴도 / 똑바로 / 볼 수가 없다.
> ― 〈코흘리개 사랑〉 전문

현대의 학교 사회에서는 아파트 사는 애, 주택에 사는 애들이 끊임없이 오고간다. 전학을 와서 새로 같이 앉게 된 친구를 사랑하게 되어 '짝꿍 얼굴도 / 똑바로 / 볼 수가 없다.'는 〈코흘리개 사랑〉이 눈길을 끈다. 이 작품에서 시인은 사랑의 원초적인 모습을 발견한다. 순진무구한 사랑이 슬픈 일상을 행복하게 할 수 있다는 신념을 일깨운다. 김원석은 그의 시에서 일상을 꾸밈없이 솔직하게, 어쩌면 직설적이라 할 정도로 산문적으로 드러낸다. 이것은 생활시의 생명력을 높이는 김원석의 특별하고도 효과적인 표현양식이다. 앞의 시집들에서 김원석의 생활시가 사유의 시로까지 읽히게 되는 성과를 가져왔다면 이 시집에서는 한 단계 더 높은 존재의 성찰에까지 다다른 느낌이다.

> 비가 오자 / 나뭇잎이 떨어진다. / 빗줄기를 맞으며 / 푸르름으로 빛나던 나뭇잎이 떨어진 나뭇잎이 / 마음속에 파고든다. // 나무가 아니라 / 나뭇잎이라서 그럴까? 나는……?
> ― 〈낙엽〉 전문

계절의 쓸쓸한 정취에 젖기보다는 존재의 성찰을 드러낸 작품이다. 나는 도대체 무엇인가? '내가 나무가 아니라 / 나뭇잎이라서 그럴까?' 하고 묻는다. 존재의 확인이다. 이러한 존재의 성찰은 김원석이 산업 사회를 겪으면서 깨달은 필연의 산물인지도 모른다. 이러한 시의 지형은 〈너와 내가 만나고 있는 것은〉에서 뚜렷하다.

> 미루나무는 / 하늘과 만나려고 / 목을 쭉 빼고 하늘로 오르지만 / 미루나무가 하늘과 만나는 것은 / 비에 개인 조그만 웅덩이란다. // 그것도 빗물이 있을 동안 // 아이야! / 너와 / 엄마와 / 아빠가 / 만나고 있는 건 / 조그만 웅덩이인지도 모른다 // 빗물이 없어지면 / 다시는 만나지 못할 / 미루나무와 하늘처럼 말이다.

'하늘과 만나려고 / 목을 쭉 빼고 하늘을 오르'는 미루나무지만 정작 미루나무가 하늘을 만나는 것은 비에 패인 조그만 웅덩이다. 그것도 빗물이 있을 동안 그렇다. 인생은 유한하다. 인생은 찰나다. 무한한 하늘과 유한한 미루나무를 인간사에 비유하고 있다. 이 시는 우리들의 삶이 도대체 무엇인가 하는 근원적인 물음을 갖게 한다. 이제 김원석도 이순에 가까워져 있다. 자연과 일상을 아우르며 화사한 시의 모습도 보여 주었고, 일상의 의미를 사유의 뜨락에 앉히기도 했다. 사회의 오류를 예리하게 지적하기도 했다. 흔들림과 번민 속에서 존재의 성찰을 꾀하기도 했다. 바람이 하는 말을 조심스럽게 듣기도 했다. 앞으로 그의 시가 자연과 일상을 두루 아우르며 인생의 깊은 맛을 우러내는 시작(詩作) 행위는 김원석 자신의 몫이다.

6

이상으로 김원석의 동시가 자연과 일상을 두루 아우르며 사유와 존재 성찰에까지 이르는 일관된 노력을 살펴보았다.《꽃밭에 서면》에서부터《초록빛 바람》을 거쳐《아이야 울려거들랑》을 지나《바람이 하는 말》에 이르렀다. 자연과 일상에 대한 호기심과 의문으로 시작된 시작(詩作) 활동이 존재의 성찰에까지 이르렀다.

그는 자연과 일상에서 발견한 시를 통해 우리의 삶을 바르게 보고, 진리를 밝히는 방법이 무엇인지를 알려 주었다. 자연과 일상을 두 축으로 한 그의 문학 궤도가 인식과 존재에 대한 사유로까지 확장한 것은 그의 시작에서 특기할 만한 성과라고 볼 수 있다.

그는 동시인이면서 동화작가이기도 하다. 본 지면에서는 동시인 김원석의 시만을 살펴보았다. 그의 동화에 대한 평가는 따로 이루어져야 할 부분이다.

어린이와 함께 선생이 걸어온 길

1947년 7월 5일 서울 중구 중림동에서 아버지 김종만, 어머니 최기준의 큰아들로 태어남.

1963년 서울 이태원초등학교를 졸업함.

1965년 서울 청운중학교를 졸업함.

1967년 서울 경희고등학교를 졸업함.

1968년 고려대학교 사회학과 입학함.

1971년 육군 입대(30사단)함.

1973년 육군 30사단 병장 만기 제대(위생병)함.

1974년 3월~1977년 3월 한국자유교육협회 월간 〈자유교양〉 편집장을 지냄.

1974년 첫 동시집 《꽃밭에 서면》(광문출판사) 펴냄.

1974년 2월~1977년 11월 월간지 기자 협회 운영 위원을 지냄.

1975년 〈월간문학〉 신인상 당선으로 문단에 나옴(동시, 〈내 발목에 매어 달린 달〉, 〈할머니의 주름진 얼굴〉, 필명 김원우), 한국잡지언론상 수상(취재 부문)함.

1976년 국토통일원 주최 통일 글짓기 심사를 맡음.

1977년 2월~1987년 12월 대한적십자사 월간 〈청소년〉 편집 위원을 맡음.

1977년 김광준과 김영자의 넷째 딸 김성옥과 결혼함(주례는 구상 선생님).

1977년 4월~1977년 9월 월간 〈독서생활〉 편집부장을 지냄.

1977년 10월~1989년 12월 가톨릭출판사편집부장 겸 월간 〈소년〉 편집부장을 지냄.

1980년 아들 예솔 태어남. 동시집 《초록빛 바람》(가톨릭출판사) 펴냄. 국방부 주최 호국문예상에 중편소설 〈훈장〉 입선함. 에너지 절약 글쓰기 심사(에너지관리공단)를 맡음.

1981년 한국동시문학상 수상(연작시 〈강〉)함.

1982년 동고초등학교 교가 작사(작곡 차주용). 경남 거제 연구초등학교 교가 작사(작곡 이수인). 제5회 건강 글짓기 심사를 맡음.

1983년 첫 단편동화집 《하얀 깃발》(효성출판사) 펴냄. 단편동화집 《지하철 역의 나비》(홍신문화사) 펴냄.

1984년 영세받음(12월 12일 서울대교구 소성당에서 오지영 신부님께. 세례명 대건안드레아).

〈소년동아일보〉에 실린 동시 〈예솔아〉(발표 당시 제목 〈내 이름〉)를 이규대가 작곡함.

1985년 한국잡지언론상 수상(편집·기획 부문). 소년조선일보문예상 심사(동시 부문).

건군 37주년 기념 진중문예 심사(전우신문). KBS 라디오 어린이 시간 '이 주일의 책' 고정 출연(PD 김영실). 〈동아일보〉 소년소설 〈황금사자 시리즈⑩〉,《꼬마 기자 장다리》(동아일보사) 펴냄. 1990년 대교출판에서 개정판 펴냄.

1986년 대한신학대학교 국어국문학과를 졸업함. 〈예솔아〉 작사로 유럽 방송연맹 은상을 수상함. 한국아동문학상 수상(동시 〈내 어릴 때 남산〉). 전래동요로 엮어 만든 동화집《고추 먹고 맴맴》(현암사) 펴냄. 덕성여대 출강(아동문학). KBS 라디오 '하오의 교차로' 진행(PD 유운상). 제5기 잡지대학 강사(한국잡지협회 잡지 편집실무). 소년소설집《꼬마기자 장다리》 KBS1 라디오 연속극 방영됨.

1987년 소천아동문학상 수상(동화집《고추 먹고 맴맴》). 생활시집《아이야 울려거들랑》(가톨릭출판사) 펴냄. 샘터 파랑새문고《신약성서 이야기》(샘터) 펴냄. KBS TV1 월요기획 고정출연(PD 이종석). 유럽방송연맹(EBU)이 개최하고 문화방송이 주최하는 세계어린이방송청취글짓기대회 심사를 맡음.

1988년 동시집《꽃바람》(대교출판사) 펴냄. 동시집《예솔아》(현암사) 펴냄. 번역서《하이디》(예림당) 펴냄. 단편동화집《알록이 달록이》(교육문화사) 펴냄. 월간 〈소년〉 어린이 작품 '시마을 글동네' 심사. 교과서 1종 도서(생활의 길잡이, 4학년 1, 2학기) 집필 위원(한국교육개발원). MBC 라디오 어린이 시간 고정 출연(PD 유혜자).

1989년 5월~1991년 3월 〈여성동아〉 편집 자문 위원을 지냄.

1989년 출판대학 강사(한국출판협회 단행본 편집론)로 활동함.

1990년 1월~1993년 10월 한국청소년연맹 편집 위원을 지냄.

1990년 1월~1992년 8월 (株)주간 〈리빙뉴스〉 신문사 감사를 지냄.

1990년 소년소설집《꼬마기자 장다리》(개정판, 대교출판) 펴냄. 소년소설집《엄마야 누나야》(서강출판사) 펴냄. 마인드 콘트롤로 꾸민 소설집《날마다 새로운 나》(도서출판 전원) 펴냄.

1991년 석동(윤석중 선생님 아호) 문학연구회 발족(회장 어효선, 부회장 정원석, 간사 유경환, 정채봉, 김원석). 동화집《벙어리 피리》(윤성출판사) 펴냄, 주부글잔치 심사(크라운베이커리). 제1회 대교문학상 동요·동시 부문 심사를 맡음.
전래동화(인물편) 영문 번역.
⑤ The Shining Folding Screen, ⑥ Osung and hanum, ⑦ The General and the Old Man, ⑧ Humorous Sun-Dal(ARIANG BOOKS, DAEKYO)

1992년 10월~1995년 10월 (株)주간 〈리빙뉴스〉 신문사 사장을 지냄.
동화구연대회 심사(한국어린이문화예술원)를 맡음.

1993년 동시집 《예솔이의 기도》(기쁜 소식) 펴냄. 어린이 새농민 중편동화 심사, 제12회
　　　계몽사 아동문학상 단편동화 부문 심사를 맡음.

1994년 동시집 《바람이 하는 말》(대교출판사) 펴냄. 풍수지리 이야기 소년소설집 《소년
　　　지관 꺽쇠》(예림당) 펴냄.

1995년 12월~1998년 10월 가톨릭출판사 월간 〈소년〉 주간을 지냄.
　　　제14회 계몽아동문학상 동요·동시 부문 심사, 제4회 한국아동문학상 심사, 제
　　　25회 삼성문예상 심사를 맡음.

1996년 수원대학교 교육대학원 국어교육학과를 졸업함. 제4회 MBC 창작동화대상 심
　　　사를 맡음.

1997년 제5회 눈높이아동문학상 심사. 4학년에 맞춘 《눈높이 학습동화》(대교출판) 펴
　　　냄. 1학년 《독서 익힘책》(대교출판) 펴냄.

1998년 11월~2000년 1월 (株)주간 〈통일정보신문사〉 이사 겸 기획편집국장을 지냄.
　　　SK 제6회 환경사랑전국어린이글짓기 심사를 맡음.

1999년 제8회 전국반달여성이야기대회 심사. 전래동화집 《양초로 국을 끓여》(푸른나
　　　무) 펴냄. 초등학교 인성교육교재(전라북도 교육감 인정) 《바른 마음 참된 생
　　　활》에 〈예솔아〉 실림.

2000년 동화집 《지하철은 엄마 뱃속》(문공사) 펴냄. 동화집 《대통령의 눈물》(문원) 펴
　　　냄. 전래동화집 《부자가 되려면》(푸른나무) 펴냄. 전래동화집 《똥싼 도깨비》
　　　(푸른나무), 전래동화집 《엄마 지혜가 뭐예요?》(영림카디널) 펴냄.

2001년 3월 재단법인 평화방송·〈평화신문〉 이사 겸 비서실장을 지냄
　　　5월 재단법인 평화방송·〈평화신문〉 상무이사. 박홍근아동문학상 수상(동화집
　　　《대통령의 눈물》). 제34회 소천아동문학상 심사. 《우리고전 전래동화-1, 2, 3학
　　　년》(예림당) 받음. 전래동화집 《약 올리는 수탉, 성난 누렁이》(엄지검지), 《나무
　　　그늘을 산 총각과 욕심쟁이 할배》(엄지검지) 펴냄.

2002년 버림받은 개들의 이야기 동화집 《사이버 똥개》(영림카디널) 펴냄. 개와 신부님
　　　의 우스운 이야기 동화집 《똥뗑이 똥뗑이》(으뜸사랑) 펴냄.
　　　단편동화집 《예솔아 고건 몰랐지?》(세상모든책) 펴냄. 서울시청 발행 《내 친구
　　　서울》 편집 자문 위원. 엄마 아버지의 별거 가정을 그린 소년소설 《아빠는 모
　　　를 거야》(예림당) 펴냄. 해양모험 소년소설집 《노빈손 장다리》(이 글은 〈중학
　　　생조선일보〉 창간 기념 소설로 원래 제목은 〈떠도는 무인도〉, 송우출판사) 펴
　　　냄. 금강산 육로가 처음으로 열리던 날 금강산 시찰. 숭의여대 출강(유아교육
　　　학과 유아문학). 전래동화집 《중국을 놀라게 한 최치원》(엄지검지) 펴냄. 《재미

있는 우리 고전》(위즈덤북) 펴냄. 위인전《안창호》(파랑새어린이) 펴냄.《중국에 이름을 빛낸 우리 인물》(대교출판) 펴냄. 지명에 얽힌 동화집《오천년 우리 땅 이름 이야기 동네방네》(대교출판) 펴냄.

2003년 PBC 라디오 어린이 시간 '초록나라 꿈동산'에 시마을 글동네 진행(어린이 글평 현재). PBC 소년 소녀 합창단 단장(현재). 제11기 민주평화통일자문회 자문위원. PBC 초대석 '우리 시대 이사람' 진행(현재). 아들 예솔이 육군 만기 제대. 〈문학수첩〉 장편동화 최종 심사. 서울YMCA 동요 심포지움 동요 '예솔아'를 중심으로 '교문 안 동요와 교문 밖 동요' 발표함. 초등학생이 알아야 할 동시집《동시 365》(세상모든책) 펴냄.

2004년 〈평화신문〉 '소리없는 말' 연재됨. 제9회 동요 아닌 동요 〈아이야 네 웃음으로 산단다〉(이규대 작곡)로 한국문화예술상 대상 받음. 초등학교 여자 어린이 초경에 관한 동화집《꽃파티》(세상모든책) 펴냄. 다시 쓰는 우리 신화1《태양을 쏘아 버린 대별왕》(대교출판) 펴냄. 다시 쓰는 우리 신화2《삼신할미가 된 당곰애기》(대교출판) 펴냄. 다시 쓰는 우리 신화3《저승사자가 된 강림도령》(대교출판) 펴냄. 교황 전기집《교황님 교황님 우리들이 교황님》(영림카디널) 펴냄. 엮어 새로 쓴《암행어사열전》(문학수첩) 펴냄. 다른나라 동화집《보물섬》(효리원) 펴냄.

2005년 다시 쓰는 우리 신화4《어머니를 살린 잿부기 삼형제》(대교출판) 펴냄. 다시 쓰는 우리 신화5《이승으로 쫓겨난 세민황제》(대교출판) 펴냄. 교황 베네딕토 16세 즉위─대한민국 정부 사절단으로 바티칸 파견. 제14회 동요심포지엄 '아름다운 노래, 아름다운 가정'〈문학을 바탕으로 한 '동요·가요운동 펼쳐야'〉발표(서울 YMCA). 시조집《솔솔 재미가 나는 우리 옛시조》(파랑새어린이) 펴냄. 한 권으로 읽는《한국의 기담괴담》(문학수첩) 펴냄. 숭의여자대학 출강(유아교육과에서 미디어 문예창작과, 아동문학). 이 시대의 슬픔을 기쁨으로 빚는《아버지》(자람) 펴냄.《옛이야기 1, 2, 3》(꿈소담이) 펴냄. 2학년 2학기 국어 읽기에 동시 〈목욕탕 저울〉 실림.

한국 아동문학가 100인

이동렬

인물론
갈비뼈를 칼처럼 품고 사는 남자

작품론
도깨비야, 흙냄새 맡으러 가자

어린이와 함께 선생이 걸어온 길

갈비뼈를
칼처럼 품고
사는 남자

배익천

동글동글한 이동렬

이동렬, 동글동글한 이동렬, 내가 이동렬을 터놓고 만난 것은 그가 〈새교실〉 기자 무렵이었으니까 1982에서 1983년쯤 되겠다.

우리 둘이 공통으로 가지고 있는 나쁜 버릇 중 하나가 동년배쯤 되어 보이면 무조건 말을 함부로 하는 것인데, 어느 해 취재차 부산에 와서 나를 찾은 그에게 내가 '예예' 해 줄 리 없었고, '요것 봐라.' 한 그 역시 마찬가지였다. 그래서 소주잔이 오고 간 우리는 50년생 동갑내기이자 장남이라는 것에 죽이 맞아 그날 주혈이 낭자한 첫날밤을 보냈다. 때때로 이동렬은 자기가 49년생인데 민적이 잘못됐다고도 하지만 세상천지에 두루 쓰이는 것은 주민등록번호인데 어쩌랴.

우리보다 확실하게 두 살 많은 김병규 형은 아직도 우리의 불손한 말버릇 때문에 고생을 하고 있지만, 1970년대에 등단한 1948년에서 1953년생 동화작가들은 대부분 이동렬 때문에 동글동글 하나가 되어 있다. 그것이 언제부터인지는 확실치 않지만 우리는 출생년도와 데뷔년도를 떠나서 막무가내로 술을 마시고 날밤을 새우기도 하며 아직도 〈시와 동화〉에서 인정해 주는 '우리 시대 젊은 작가'로, 후배들에게 그리 부끄럽지 않은 현역으로 남아 있다.

이동렬은 우리들을 그렇게 만든 일등 공신이며, 아직도 분위기가 자기 마음에 들지 않으면 속옷을 벗어 흔들어서라도 제 분위기를 맞춰 놓고야 만다. 동글동글한 몸집만큼이나 성격도 동글동글한 이동렬, 이동렬은 모난 것을 못 보고 사는 옷자락 넓은 양동(楊東)인이다.

이동렬 동화의 마그마 - 양동

나도 한때는 경북 월성군 양동리에서 교사로 산 적이 있어 양동이라는 말을 자주 하지만, 이동렬과 함께 있으면 하루 저녁에 너댓 번은 들어야 되는 말이 양동이다. 이동렬은 경기도 양평군 양동면 매월리에서 태어났다.

여름이면 철길따라 노란 루드베키아가 무심히 피었다 지는 간이역이 있는 매월리,

이동렬이 여덟 번째 신춘문예에 떨어지는 데 결정적인 역할을 해 준 그 간이역을 지나면 이동렬 부부가 정말 피땀 흘려 만든 '화운조산재(花雲鳥山齋)'가 있다.

이동렬의 부인 이경자 선생은 정말 이동렬에게는 절대적으로 필요한 배필이다. 오늘의 이동렬은 그 절반이 이경자 선생의 작품이라 해도 별로 틀린 말이 아닐 것이다. 이경자 선생은 이동렬의 인천교대 동기 동창으로 그가 입에 달고 다니는 양동초등학교에서 만나 결혼까지 했는데, 내가 이경자 선생을 경하해 마지않는 것은, 낭랑 17세에 시집와서 25세에 두 아들을 데리고 혼자가 된 이동렬의 할머니, 8대 종손인 똑똑한 이동렬의 타관출세를 위해 초등학교 4학년 때까지 눈비 오는 하교길을 업어서 날라다 준 할머니, 밭자락을 팔아 서울에 유학시킨 할머니가 88세 되던 해 대퇴골절로 대소변을 못 가리자 천직으로 여겼던 학교에 과감하게 사표를 내고 시할머니를 간호한 데다, 본인이 난소암 3기를 선고 받고 사경을 헤매면서도 특유의 긍정적인 사고로 병마를 물리치며 이 화운조산재를 가꾼 것 때문이다. 아마 이동렬을 조금이라도 아는 사람은 이 화운조산재를 거의 다녀왔을 것인데, 그것을 거의 이경자 선생 혼자서 가꾸었다는 사실을 안다면 놀라지 않을 수 없을 것이다.

이동렬이 끔찍이도 사랑하는 양동은 그곳이 고향이라는 원초적 향수도 있겠지만 그의 가슴 깊은 곳에서 끊임없이 동화를 만들어 내는 '할머니', '아버지', '어머니'와 절대로 무관하지 않다.

양동, 그곳은 마흔둘의 젊고 젊은 그의 아버지가 마을 산불을 끄다가 산화한 곳이자 마흔둘의 젊은 신랑을 잃은 젊은 어머니가 조롱조롱한 6남매를 눈물로 키운 곳이기도 하기 때문이다. 소아마비를 앓아 불편한 다리지만 동네 반장이라는 책임감 하나로 불길 속에 뛰어든 그의 아버지는 지금도 잠자는 이동렬을 '벌떡벌떡 일어나게' 하고 그 불길은 '온 식구의 가슴을 평생 타게 만들고' 있다.

갈비뼈를 칼처럼 가슴에 품고 사는 남자

이동렬이 제 기분에 안 맞으면 속옷을 벗어 흔들어서라도 분위기를 맞추려는 기질은 자기 가슴에 한으로 남아 있는 아버지에 대한 눈물이 정제되고 표백된 소금 같은 희극에서 연유한다. 그는 언젠가 말했다. 스무 살에 덜컥 아버지가 돌아가시자 늪에 빠진 것 같은 집안 분위기를 살리기 위해서는 내가 미친 척하지 않으면 안 되겠더라고. 그러면서 그 이전에는 샌님 중에서도 샌님이었던 청년기가 있었음을 이야기했다. 그랬다. 이동렬은 자신의 갈비뼈를 칼처럼 품고 사는 무서운 사람이다. 더러 이동렬을 명랑소설을 비롯해 상업적 작품을 많이 쓰는 작가로 알고 있는 이가 있다. 그러나 이동렬은 절대 그렇지 않다. 그는 동화도 쓰고, 위인전도 쓰고, 글쓰기 지도서도 쓰고, 전래동화와 외국 명작도 윤색하고, 그림동화도 썼다. 그래서 지금까지 낸 책이 장편동화집 27권, 단편동화집 26권, 유년 동화집 24권 등 자그만치 154권이다. 등단 26년의 결실이다. 거기에는 장안대학교 문창과 겸임교수를 포함한 프리랜서 생활 15년도 함께 녹아 있다. 그 세월 동안 그의 갈비뼈는 늘 울고 있었다. 1999년 이주홍아동문학상을 받을 때 그는 수상소감에 이렇게 썼다.

"요즘 문창과 학생들에게 강의를 하면서 '문학성'과 '재미성', '아동문학의 주 독자'에 대해 많은 생각을 하던 참이거든요. 동화가 자꾸 어려워지고 있어 고민이었답니다. 나도 그렇게 써야 하나 하고 말입니다."

그는 저울 위에 반듯하게 서서 이 땅의 동화 문학을 위해 온몸으로 울고 있었던 것이다. 누가 이동렬을 보고 상업주의 작가라고 할 것인가?

가족의 화목을 중시하는 땅딸보 중대장

어느 해 여름 이동렬은 무려 스물다섯이나 되는 대식구의 대장이 되어 부산에 나타났다. 그 모습은 흡사 몽골 벌판을 행군해 온 대장군의 모습 같았다. 부산의 명물 횟집 방파제의 홍종관 사장하고는 알고 보니 고등학교 선후배 관계라 서로 알콩달콩 지내는 사이지만 무려 스물다섯이라니, 우리는 놀라지 않을 수 없었다. 그러나 그 스물다섯이 어머니를 비롯해 6남매에 딸린 식솔이라는 것을 알고는 더 더욱 놀라지 않을 수 없었다. 이동렬은 이 중대 병력을 거느리고 일 년에 한 번, 전국을 유람한다는 것이다. 우리의 이동렬, 대단한 이동렬. 우리는 그날 저녁 이동렬을 온 식구 앞에서 하늘 끝까지 비행기 태워 주었다. 나는 밤늦게 혼자 집으로 가면서 준엄하게 내게 물었다. 니는 뭐 하는 놈이고, 그리고 어둠처럼 짙은 울음을 울었다.

이동렬의 가족애와 부부애, 그리고 형제애와 효성은 정말 지극정성이다. 지금도 이동렬은 주말이면 아주 특별한 일이 없는 한 매월리로 간다. 어머니와 동생이 있기 때문이다. 동생 이동우 씨는 어머니를 모시고 있으면서 사슴 목장도 하고, 양계장도 하고, 농사도 적당하게 짓는 영농 후계자다. 이동렬은 '어머니를 모시고 있는 동생'을 위해 가지고 있는 현금도 모자라서 집 잡혀 마련한 돈까지 몽땅 '영농 자금'으로 줄 때도 있다. 그리고 매월리 사람들은 왜 그리 정도 많은지 어느 때는 멀리 부산까지 고춧가루며 참깨, 더러는 피 철철 흐르는 사슴뿔까지 보내 올 때도 있다. 그 정은 이동렬에게도 고스란히 남아 있는 그대로, 마음속에 든 그대로 주머니 먼지 털 듯 몽땅 털어 주어야 속이 시원하다. 그래서 돌아오는 것이 반에도 못 미칠 때는 그제사 서운해하기도 하고 그렇게 홀랑 털어 내지 못하는 우리를 욕할 줄도 안다.

슬프고도 아름다운 8전 9기

인정 많은 이동렬. 이동렬은 자기가 말한 대로 대한민국 아동문학가 중에서 키가 제일 작다. 자기사 소주병이 얼어터지는 양동리 강추위 때문에 성장점마저 얼어붙어서 그렇다고 너스레를 떨지만 스스로는 거기에 대한 상당한 스트레스를 안고 있는 것이 분명하다. 그래서 그는 작은 고추의 매운 맛을 보여 주기 위해서 초등학교, 중학교를 줄곧 1등으로 졸업했고, 서울로 유학 가서도 유수의 서울 학생들을 제치고 고등학교도 2등으로 졸업한다. 그리고 신춘문예도 무려 8번 떨어졌지만 9번 만에 당선의 영예를 안는다. 8전 9기, 그가 쓴 대학교재《동화 창작의 실제》에 보면 이 슬프고도 아름다운 8전 9기가 오뚝이처럼 또렷하게 쓰여 있다. 스스로 실력이 없다고 말하면서, 말하는 그 순간부터 칼을 빼들고 무섭게 쓰는 이동렬은 우리가 인정하는 우리나라 최고의 다작 동화작가다.

아버지를 대신해 8남매의 맏이로 다섯 동생들(둘은 일찍 사망함)을 공부시키고 시집, 장가보내느라 자신의 공부는 소홀히했던 이동렬. 그러나 그는 이제 스스로 돈벌어 대학원까지 졸업하고(1등은 아니지만) 대학의 겸임교수가 됐다. 자기 말대로 동화를 쓰려고 컴퓨터 앞에 앉으면 대통령도 부럽지 않은 대한민국의 대표적 동화작가다. 그리고 소주 한 잔 마시면 훌쩍훌쩍 옛날이야기를 명주실처럼 풀어 내는 이동렬은 우리 아동문단의 보배가 아닐 수 없다.

똥렬아(우리는 자정이 넘으면 자주 그렇게 부른다), 이 풍진 세상, 그래도 우리는 죽을 때까지 술은 마시면서 살재이.

도깨비야,
흙냄새
맡으러 가자

신혜순

1. 깊게 뿌리 내린 나무

어느새 한국 아동문학의 역사가 100년이 되었다.[1] 그 긴 세월 동안 서사물인 동화도 탄소 동화 작용을 하여 유기 물질을 만들어 내는 나무처럼 대를 이어 성장해 왔다. 아름드리 나무가 해마다 나이테를 늘려 가듯이 동화도 키가 자라고 지름이 두꺼워졌다. 그러는 사이 늙어 버린 나무도 있고 이제 열매를 맺는 어린 나무도 생겼다. 이러한 시점에서 동화작가 이동렬의 작품을 논하는 것은 그가 이미 깊게 뿌리 내린 나무가 되어 지난 26여 년 동안 끊임없이 새로운 세포를 생산해 내는 중심점에 서 있기 때문이다.

나는 교사가 된 이후 학교를 옮겨 다니면서 글쓰기에 매달려 작가라는 명예를 얻는 데 9년이 걸렸다. 신춘문예의 여러 장르에 응모해서 8년간 떨어지는 아픔을 겪어야 했다. 8년은 긴 시간이었지만 나는 글쓰기를 절대로 포기할 수가 없었다. 그 정도면 스스로 재주가 없는 것을 눈치챔직도 한데 나는 오히려 심사 위원들의 실력을 의심하면서 '오기'를 키웠다. 그 결과 오늘날 나는 잘 쓰는 작가는 아니더라도 열심히 쓰는 작가로 남게 되었다.[2]

이동렬은 스스로 재주가 없는 사람이라고 말한다. 동화를 쓰면서 '오기'를 키웠다고도 말한다. 글을 쓴다는 것은 무엇일까. 타고난 재능이 없어도 끈기와 오기만 있으면 되는 걸까. 그의 말과 작품을 보면 그 말에 믿음이 간다. 동화작가 이동렬은 외모만큼이나 어린이와 같은 순수한 마음과 열정이 있다. 재주가 뛰어나고 끈기와 노력이 있어도 동심이 없었다면 지금의 이동렬은 없었을 것이다.

그는 1979년 〈한국일보〉 신춘문예에 〈봄을 노래하는 합창대〉가 당선된 이후 지금까지 쉬지 않고 꾸준히 작품 활동을 해 온 몇 안 되는 작가다. 본인은 재주가 없어서 남들보다 몇 배 열심히 뛰고 있다고 말하지만 부지런하고 성실한 것도 재주라면 재주가 아

---

1 우리나라 최초의 아동문학 잡지인 〈소년 한반도〉(1906~1907년 통권3권)를 기준으로 봤을 때도 그렇고 뒤이어 나온 육당 최남선의 〈소년〉(1908~1911년 통권23호)을 기준으로 해도 아동문학의 역사는 100세가 된 셈이다.

2 이동렬, 《동화 창작의 실제》, 자료원, 2003, 머리말.

닐까. 그의 성실과 노력은 작품 수를 보아도 알 수 있다. 유년 동화를 포함한 단편동화
가 〈가나다 지킴이〉, 〈가슴마다 뜨는 무지개〉, 〈갈뫼봉이 그리운 용바위〉 등을 비롯해
200여 편, 중편이 〈가시고기 일생〉, 〈갈참나무의 엉뚱한 꿈〉 등을 비롯하여 13여 편,
장편동화가 《목장에 핀 우정》, 《하얀 무지개》, 《푸르니의 앨범》, 《서울에 온 백두산표
범나비》 등 27여 편이나 된다. 어림잡아도 240편이 넘는다. 자 그럼, 시골뜨기 이동렬
의 흙냄새 풀풀 나는 동화 속으로 들어가 보자.

2. 가족의 가치와 민족의 정체성 찾기

(1) 고향에서 경험적 상상력

이동렬은 1949년 물 좋고 경치 좋기로 소문난 경기도 양평군 양동면 매월리에서 태어
나 고등학교를 서울로 다니기 전까지 고향의 넉넉함 속에서 살았다. 그래서 그의 작품을
살펴보면 자연을 소재로 한 작품이 많이 눈에 띈다. 특히 초기 작품에서는 자연 속에서 풍
요로움을 느끼며 살아가는 인간의 참모습을 농촌이라는 배경을 통해 그려 낸 것이 많다.

장편 《둥지를 찾아서》는 잡지 〈소년〉에 연재했던 것을 보완하여 나온 작품으로 농촌
을 배경으로 '고향'을 지키려는 할아버지 내외와 물질적 풍요를 찾으려는 부모, 그 사이
에서 묻혀 버린 아이들의 안타까운 모습이 현대 문명의 발전과 더불어 피폐해 가는 농
촌의 모습과 겹쳐져서 그려진다. 더불어 민족의 정신적인 뿌리 노릇을 못하고 있는 고
향의 모습이 안타깝게 그려진다.

봄을 기다리는 연못 속 생물의 모습을 그린 등단 작품 〈봄을 노래하는 합창대〉[3]나 장
편 《우리들의 곤충판매주식회사》, 《할아버지와 고양이》, 《목장에 핀 우정》, 《하얀 무지
개》 등이 자연을 바탕으로 하고 있다는 점에서 알 수 있듯이 그에게 농촌은 창작의 밑
그림이 되었다. 작가의 경험이 밑바닥에 짙게 깔린 《하얀 무지개》는 나환자 미감아 학
생이 시골의 작은 학교 생활을 시작하게 되면서 벌어지는 경험담을 토대로 그려졌다.

> "야, 너는 서울 살았는데도 찔레를 다 아는구나."
>
> 영찬이가 놀라는 얼굴을 하고는 찔레 덤불을 향해 걸어갔다.
>
> "그전에 시골 외가에 갔다가 먹어 봤어."
>
> 영찬이의 귀에는 순화의 말이 들리지 않았다. 이미 밑뿌리에서부터 돋아난 먹음직한 왕찔레를 꺾는
>
> 데 온 정신이 팔려 있었기 때문이다.

---

3 "그가 햇병아리 교사 시절 저수지 근처에 근무했던 경험을 살려 못을 배경으로 한 몇 편의 단편에서는 판타지적 요소와 더불
어 자연의 아름다움을 그리고 있는데 내면을 들여다보면 결국 이타적이고 희생적인 순수한 인간의 모습을 나타내고 있다." 원유
순, 〈이동렬론〉, 〈아동문학평론〉(가을호), 아동문학평론사, 2000, p.70

영찬이는 찔레 잎을 훑어 내려서 제일 굵고 통통하게 살찐 것을 순화에게 내밀었다.

순화는 그것을 받아서 껍질을 벗겨 내렸다. 그리고는 입에 넣고 잘근잘근 씹었다. 달착지근한 풀물이 입 안 하나 가득 고였다.[4]

벌써 밖에는 산 그림자가 집을 다 덮고 있었다. 이러고 조금만 있으면 어둠이 깔리기 시작했다. …… 낮에는 멋지던 큰 나무들도 어둠 속에서는 줄을 맞춰 서서 병정놀이를 하는 도깨비들처럼 보였다. 간간이 이름 모를 산짐승 울음소리도 소름을 돋게 했다. 별들은 나뭇잎에 가리워져 어둠만이 골짝을 덮고 있었다. 또렷이 들리는 것은 흐르는 물소리와 개구리 울음소리뿐이었다. 산 개울이라도 큰 개울이었기에 개구리들이 살고 있었다.[5]

찔레 잎을 먹는 장면이나 산 그림자가 집을 덮을 때의 풍경은 경험에서 나오는 시골의 전경이 섬세하게 묘사되고 있음을 보여 준다.

최근에는 계절의 변화에 따라 농촌 체험을 시리즈로 엮은 장편《씨, 씨, 씨를 뿌려요(봄편)》,《자연과 함께 해요(여름편)》,《알알이 여물어요(가을편)》,《내년 농사를 준비해요(겨울편)》를 네 권으로 펴냈다. 농촌에서 어린 시절을 보낸 그에게 자연은 그림이나 사진으로 그리던 상상의 세계가 아니다. 몸에 배어 익숙해진 일상 생활처럼 언제나 찾아가면 손에 닿을 곳에 있는 곳, 두 팔 벌려 안길 수 있는 어머니 품속 같은 안식처다. 이처럼 몸과 마음으로 느낀 농촌 생활의 체험은 경험적 상상력의 밑거름이 되었고 치밀하고 자연스럽게 이야기 구석구석에서 흙냄새를 풍기고 있다.

(2) 가족의 가치와 중요성

하루가 다르게 변해 가는 현실 속에서 가족은 어떤 의미가 있을까. 뿔뿔이 흩어져 가족이라는 말을 무색하게 만드는 현실 속에서 가족은 이야기의 뿌리이며 이야기의 줄기가 된다. 장편《푸르니의 앨범》은 가족사를 중심으로 꾸며진 옴니버스 형식의 작품으로 가족이라는 존재가 어떤 의미가 있는지 보여 주고 있다. 한 장, 한 장의 작가 가족의 실제 사진과 함께 펼쳐지는 이야기들은 일반적인 삽화에서는 느낄 수 없는 사실적인 감동과 긴장감까지 주어 이야기를 한층 더 흥미롭게 만든다. 이야기 중심에 선 할머니의 모습은 현재 우리의 가족에게서는 느낄 수 없는 기둥 역할을 하고 있다. 가족의 구심점은 무엇인지, 가족이라는 울타리 안에서 서로를 이해하며 더불어 사는 것이 무엇인지

4 이동렬,《하얀 무지개》, 아동문예사, 1986, pp.26~27

5 이동렬, 위의 책, pp.94~95

보여 주고 있는 것이다.

증조할머니, 할머니, 삼촌, 고모, 남편과 아내, 아들과 딸 등의 가족 구성원은 이동렬의 작품에 자주 등장하는 소재가 된다. 〈어머니와 고등어〉, 〈호랑나비를 닮은 아버지〉, 〈아버지와 방망이〉, 〈가시고기 일생〉, 〈탯줄〉, 〈절름발이 산지기〉, 〈할머니의 손톱과 달〉, 〈할머니와 까만 염소〉, 〈우렁이와 할머니〉, 〈이 빠진 하모니카〉, 〈여울이와 할머니의 귀〉, 〈할머니의 꽃〉 등 가족 구성원의 독특한 삶의 방식을 인정하고 함께 살아가는 방법을 제시해 주며 가족의 가치를 일깨워 주고 가족 안에서 어른의 역할과 가족의 의미를 생생하게 보여 준다. 가족이란 부딪혀서 흩어지는 것이 아니라 모여서 더 큰 기쁨과 행복을 만들어 가는 것임을 가족의 모습을 통해 알 수 있다. 아버지는 할아버지를 통해 배우고, 아들은 아버지의 행동을 다시 배우게 되는 과정 속에서 가족의 기둥과 뿌리가 어떻게 만들어져야 하는지 제시해 줌으로써 대물림의 미학을 보여 주는 것이다. 이는 초기 자연을 소재로 한 작품에서 확대된 것으로 보이며 현실의 삶에서 빚어지는 실제 가족사를 투영시켜 가족의 의미와 가치의 중요성을 진지하게 그렸다고 하겠다.

(3) 우리 것에 대한 애착

문학은 그 무엇보다도 그 나라의 모습을 재현하는 데 아주 효과적인 상품이다. 따라서 우리 이야기 안에 우리만의 대표적인 정서를 담아 내는 것은 당연한 일이다. 그런 의미에서 2000년에 발표된 〈떠돌이 장승〉은 빼놓을 수 없는 작품이다. 마을 입구에 있던 장승과 아기 도깨비가 도목이의 영혼과 함께 우리 것을 찾아 여행을 떠나는 이야기다. 장승과 도깨비는 누가 뭐래도 우리 민족의 정서를 잘 나타내고 있는 소재다.

도목이 영혼은 천하대장군의 느닷없는 말에 두 눈을 황소 눈만하게 떴다.
"길에 끝이 없으니까 사람들이 그 끝을 보려고 자꾸 걷는 거야. 그 길 끝에는 대개 자기가 찾던 희망이나 행복이 있다고 믿거든. 만약 길이 짧아 그 끝을 빨리 찾는다면 실망도 그만큼 클 것 아니냐. 더 찾을 목표가 사라졌으니까 말이야."
"……."
"이 땅 위에 난 길은 지구를 돌며 서로 엉겨 있지. 둥근 지구가 깨질까 봐 밧줄로 단단히 조여 맨 것처럼 말이야. 그러니까 사람들은 그 길을 통해 오가면서 역사를 만들어 가는 거야."[6]
돌하르방이 얘기를 하다 말고 자기 스스로 놀라 손으로 입을 가리며 당황해했다.

---

6 이동렬, 《떠돌이 장승》, 문공사, 2000, pp.56~57

"왜 그러세요?"

"내가 처음 이 마을에 와서부터 몇 백 년은 너만한 아이들이 대를 이어 커 갔지. 그런데 지금은 모두 떠나고 이 마을은 관광객을 위한 빈 마을이 되어 버렸어."[7]

우리 것을 지켜 내는 것은 누가 해야 할까. 실제 대화 재현을 통해 그 해답을 얻게 된다. 우리 모두가 이 땅을 지켜야 하는 지킴이이며 긴 역사의 길 위에서 함께 살아가야 할 동행자임을 보여 주고 있다. 대를 이어야 할 아이들이 부재하고 텅 비어 있는 마을의 모습을 보면서 도목이의 영혼은 자신의 역할과 책임을 깨닫게 된다.

장승과 아기도깨비와 떠나는 여행은 시공간을 초월한 환상의 세계이며 도목이의 어린 영혼이 만나는 과거의 세계이며, 그 모든 세상이 조상의 얼과 우리 민족의 정신이 담긴 소중한 재산임을 알려 주는 공간이기도 하다.

그 외에《개똥참외를 찾는 아이들》이나《사라져 가는 세시 풍속》에서도 잊혀져 가는 우리나라의 풍습과 절기에 따른 민속놀이를 빼놓지 않고 알기 쉽게 풀어 놓았다. 이러한 작품을 통해 독자는 풍성한 지식과 지금은 찾아볼 수 없는 토속적인 분위기를 마음껏 느낄 수 있다. 그 밖에도 우리 것에 대한 애착과 민족의 정신이 담긴 작품으로는 교과서에 실린 단편〈마지막 줄타기〉가 대표적이다. '줄타기'라는 민속 문학적 소재를 이용하여 우리 것을 지켜나가는 장인의 삶과 고통을 현실감 있게 다루었다. 그 외에도 장편《아기도깨비가 심심해서》와《꾸도깨비의 이상한 장난》등은 모두 '도깨비'를 등장시켜 도깨비 자체가 갖는 환상성을 이용, 도깨비의 모습에 순수한 어린아이의 모습을 덧입혀 장난기 가득한 도깨비의 모습으로 재탄생시켰다.

이동렬 작품에서 특이할 만한 것은 과거와 현재를 이어가는 중개자의 역할이다. 예를 들어《떠돌이 장승》에서의 '길'이나〈마지막 줄타기〉의 '줄'은 모두가 하나로 이어지는 기능을 하며 쉽게 끊을 수도 있는 이중적 의미를 가지고 있다. 이러한 모티브는 작품 곳곳에 비춰지고 있으며 이동렬 작품에서 중요한 역할을 하고 있다. 또한 전통적인 가족 제도에 대한 긍정적인 자세와 우리 문화에 대한 애정은 작품 곳곳에 깔린 낯선 우리말의 사용과 지명의 사용을 통해서도 짐작해 볼 수 있다.

(4) 분단의 아픔을 노래

우리에게 통일의 문제는 전 세계적으로 유일한 분단 국가라는 치명적인 약점과 함께 문학작품의 소재로 다양하게 사용되었다. 하지만 동화에서 만큼은 그리 쉽게 접근할

7 이동렬, 위의 책, p.153

수 있는 소재가 아니었다. 오랜 시간 고쳐지지 않고 재발되는 운동선수의 아킬레스건처럼 통일의 문제는 여전히 해결할 수 없는 숙제가 되어 버린 것이다.

이동렬은 이러한 역사적 현실을 적극적으로 담아 낸 작가라고 할 수 있다. 1998년 3월부터 11월까지 〈아동문예〉에 연재되었던 장편 《서울에 온 백두산표범나비》는 〈소년한국일보〉 창간 기념호에 단편동화 〈백두산표범나비〉로 미리 선을 보인 작품이기도 하다. 이후 우리 민족의 아픔인 분단의 문제를 제기하여 장편으로 날개를 다시 달게 되었고, 제19회 이주홍아동문학상을 안겨 주므로 작가 이동렬에게도 하나의 날개를 더 달아 준 작품이라고 하겠다. 실제로 백두산에 갔다가 관광 버스에 날아든 한 마리의 나비가 모티브가 되어 창작된 작품으로 전쟁이라는 황폐함 속에서도 꿋꿋하게 살아가는 우리 민족의 정서를 생생하면서도 담담하게 그린 서사적인 작품이란 점에서도 의미가 있다.

두산이와 두리가 벅찬 가슴을 누르지 못하고 한참 종알거리고 있을 때 어른들이 숨을 몰아쉬면서 올라왔다. 호범이도 그때서야 헉헉거리며 올라왔다.

어른들도 천지를 보고 감격스러워하기는 마찬가지였다.

"야, 이게 우리에게는 정신적인 기둥 구실을 하는 백두산 위의 천지구나!"

"나는 죽을 때까지 이제 원은 없네! 그렇게도 가 보고 싶던 백두산 정상에 이렇게 우뚝 서 있으니 말이야. 지금 현실이 잘 믿어지지 않는 게 꼭 꿈을 꾸는 기분이군 그래."

"누가 아니래. 내 나라 땅을 놔두고 중국 땅으로 돌아서 올라온 게 좀 서운하지만 그래도 기분은 참 좋네. 가슴이 벅찬 나머지 눈물이 다 나네……."

나이 많은 화가 한 분이 감정이 북받치는지 이내 목소리를 떨더니 눈물을 펑펑 쏟았다.[8]

두리와 두산이가 아주 들뜬 목소리로 말하면서 짐을 풀자 할아버지와 삼촌이 호기심어린 눈매로 내려다보셨다.

"무슨 선물을 가져왔는데?"

그때서야 할머니가 입을 여셨다.

"이 나비요."

나비를 할머니의 고향 선물로 가져왔다는 말에 어머니와 삼촌의 눈빛은 말을 안 했지만 매우 실망한 눈치셨다. 하지만 할아버지와 할머니의 눈빛은 사뭇 달랐다.

"나비? 어! 이건 우리 고향 근처에만 사는 백두산표범나비구나! 야, 이걸 어떻게 잡아 왔니? 이 나비는 이쪽에서는 전혀 볼 수 없는 나비인데……!"

8 이동렬, 《서울에 온 백두산표범나비》, 아동문예, 1998, pp.127~128

할머니의 눈에 갑자기 생기가 돌았다. 마치 전쟁터에 나가 죽었다던 자식이 돌아왔을 때처럼 전혀 다른 사람의 눈빛이 되었다.[9]

가장 가까운 곳에 백두산이라는 자연환경을 갖고 있으면서도 중국을 통해서 바라봐야 하는 가슴 아픈 역사적 현실과 고향 땅을 밟아 보지 못하는 할머니에 대한 애틋한 심정이 읽는 이로 하여금 가슴 아픈 우리의 현실을 다시 한 번 느끼게 한다. 또 고향에 가지 못한 할머니를 위해 선물을 준비하는 주인공의 순수한 마음까지 어우러져 더욱더 진한 감동을 준다.

주인공 두리와 두산이의 눈을 통해 이산의 아픔과 고향을 잃은 실향민의 삶을 진지하게 그렸으며 장가가기 힘든 농어촌 현실의 삶까지 폭넓게 확대된 주제 의식은 이동렬의 작품 세계를 종합적으로 보여 주고 있다고 하겠다. 특히 우리의 역사를 솔직하게 제시하고 나비의 부활을 통해 우리 민족에 대한 새로운 희망의 메시지를 안겨 주려 노력했으며 금강산이라는 해결의 열쇠가 등장하는 것도 재미있는 시선으로 보인다. 또 통일에 대한 문제의식을 다시 한 번 제시하여 우리 민족의 우수성과 자부심까지도 전달하고자 애쓴 작품이다.

〈서울에 온 백두산표범나비〉가 조금 어렵다면 〈토토야! 우리 백두산 가자〉라는 작품을 읽으면 된다. 흰빛 털을 가진 토끼와 잿빛 털의 토끼가 초록별에 사이좋게 살았다. 그러나 처음부터 섞여 살지 않았던 게 실수였을까. 응달 마을에 사는 흰빛 토끼와 양달 마을에 사는 잿빛 토끼들은 사소한 경쟁심에 말다툼이 일어나게 되고 급기야 두 마을은 오랫동안 갈라져 연락이 끊긴 채 살아가게 된다. 자세히 살펴보면 두 마을이 오랫동안 떨어져서 살아야 할 이유가 없다.

"그만 둬! 이게 무슨 짓들이야? 다른 동물들이 보면 얼마나 비웃겠어? 같은 귀 큰 놈끼리 싸운다고 말이야."

흰빛 끼끼 달록이가 한 발짝 앞으로 나서며 말렸습니다.

"달록이 말이 맞아. 디룩이, 너는 말을 할 때 항상 조심해. 상대방 기분을 생각하면서 말을 해야지. 더구나 우리는 다 같이 가랑잎초등학교에 다니는 학생 토토와 끼끼들이 아니니?"

"별것도 아닌 것을 가지고 싸우면 어쩌니? 흰빛이면 어떻고 잿빛이면 어때? 우리는 같은 핏줄인데."

잿빛 토토 홀쭉이도 한마디 하면서 앞으로 나섰습니다.

"맞아. 흰빛 끼끼라고 해서 호랑이가 되는 것도 아니고, 잿빛 토토라고 해서 들쥐가 되는 것도 아냐.

9 이동렬. 위의 책. pp.188~189

털빛은 다르지만 우리는 같은 피가 흐르는 영원한 형제들이라고."[10]

　　사소한 일로 말다툼을 하는 토끼들의 대화 재현은 우리의 현실과 많이 닮아 있다. 이 야기의 화자는 토끼들의 상황을 우리 민족의 현실에 빗대어 역사적 현실과 고통, 어리석음을 섬세하게 지적해 주고 있는 것이다. 우리는 같은 핏줄이고 한 핏줄이라는 사실을 강조하면서 그렇게 싸우는 모습은 다른 동물들에게 비웃음거리가 된다는 사실을 강조한다. 대화를 통해 그러한 현실을 깨닫도록 돕는 것도 이 작품의 재미다.

　　그 외 단편동화 〈가나다 지킴이〉 역시 민족의 통일 문제를 제시한 작품이다. 통일이라는 소재를 이야기에 녹여 낸다는 것은 말처럼 쉬운 일이 아니다. 그만큼 통일을 소재로 한 작품도 많지 않다. 만약 우리나라가 통일이 되었다면 더 많은 동화가 쏟아졌을지도 모른다. 올해로 광복 61주년이 되었다. 동화를 읽는 어린이도, 그런 어린이를 가르치는 부모도 광복 61주년의 의미와 통일의 문제에 대해 얼마나 심각하게 생각하고 있을까. 결국 작가는 피해 버리고 싶은 우리 역사의 약점을 정확하게 인식하고 어려운 숙제를 치열하게 해낸 셈이다.

3. 실험 정신이 빚어 낸 환상의 세계

(1) 새로운 이야기 서술 방식 시도

　　우리나라 동화의 이야기 구성은 대부분 연대기적 순서로 시간과 사건의 재배치를 허락하지 않는 편이다. 다시 말해 시간적 순서의 구성 방식에서 크게 벗어난 작품이 없다는 것이다. 사건을 연속적으로 일어나는 행동이라고 정의했을 때 시간의 순서가 복잡하게 얽혀 있지 않다. 결국 등장인물의 행동이나 사건을 따라가다 보면 보편적이고 일반적으로 이야기 진행이 이루어지고 갈등과 문제가 해결된다.

　　예를 들면 A에서 시작한 사건이 B의 과정을 거친 후 C의 결말을 이끌어 내는 경우이거나 A에서 시작된 사건이 B를 거친 후 다시 A'로 돌아오는 경우이다. 그러나 이동렬의 중편 〈가시고기의 일생〉과 〈탯줄〉은 이러한 보편적인 구성을 깨고 새로운 형식에 도전했던 작품이라고 하겠다. 물론 중편이라는 점이 조금은 복잡한 형식을 가능하게 했다고 할 수 있다. 〈탯줄〉의 경우 탯줄이라는 소재 자체가 새로운 데다가 구성도 다른 형식을 취하고자 노력한 흔적이 엿보인다.[11] A에서 시작된 이야기가 B의 과정을 거친

10　이동렬, 《토토야! 우리 백두산 가자》, 효리미디어, 2001, pp.12~15

11　〈탯줄〉은 작중 화자를 아버지와 아들로 설정한 이중구조의 짜임을 갖는 아동소설의 형태를 띠고 있다. 과거와 현재의 시점을 오가며 아버지와 아들이 각기 다른 관점에서 이야기를 이끌어 가는데 동화 문학에서 익숙하지 않았던 이야기의 구조로 발표 당시(1989)에는 실험성을 띤 작품으로 평자들의 관심의 대상이었다. 원유순, 〈이동렬론〉, 아동문학평론(가을호), 아동문학평론사, 2000, p.75

후 다시 A로 돌아오면 끝나는 것이 아니라 다시 B의 위치로 돌아가 다시 한 번 그 과정을 반복하고 있기 때문이다.

A(현재)

차창으로 보이는 하늘은 온통 잿빛투성이로 꾸물거렸습니다. 꼭두새벽에 거동을 해서 그런지 자리를 잡고 앉으니 약 먹은 꿩처럼 자꾸 졸음이 몰려왔습니다. 나는 아버지 어깨에 머리를 기댄 채 눈을 감았습니다. 졸리움이 얹힌 눈꺼풀은 천근 만근 무거웠습니다…… (중략) ……

B(과거)

책보를 싸며 밖을 보니 빗발이 더욱 거세지기 시작했습니다. 시오리 길을 비를 맞으며 갈 생각을 하니 걱정이 태산 같았습니다. 슬쩍슬쩍 옆 아이들을 보니 우산이나 비옷을 안 가지고 온 아이들은 다 근심 어린 눈빛으로 유리창을 때리는 빗발을 힐끔힐끔 훔쳐보고 있었습니다…… (중략) ……

A(현재)

아버지는 하릴없이 앉아 계셨습니다. 나는 우산을 아버지 머리 위로 가져가며 채근을 했습니다.
"아빠, 옷이 다 젖었어요. 그러다가 감기 드시면 어쩌려고 그래요? 이제 그만 가시지요. 저 앞 가게에 가서 전화로 택시를 불러 타고 가시지요."
"……."
아버지는 한숨을 푹 쉬고는 하늘을 쳐다보셨습니다. 나는 감은 아버지의 눈가에서 이슬비 방울보다 더 큰 물방울을 보았습니다. 아버지는 말없이 황톳길을 터벅터벅 걷기 시작하셨습니다…… (중략) ……

B(과거)

이튿날 비가 그쳤지만 개울을 건널 수 없어 아이들은 이틀이나 학교를 결석했습니다. 무시미 개울 말고도 개울을 네 번이나 더 건너야 했기 때문입니다.
사흘 후 개울물이 줄어들기 시작하자 아이들은 용재네 바깥마당에 모여서 학교로 갔습니다.
아직도 무시미 개울물은 무릎을 넘어 허벅지에 닿았습니다…… (중략) ……

A(현재)

나는 우산을 약간 뒤로하고 하늘을 쳐다보았습니다. 빗발이 선을 그으며 떨어지고 있었습니다. 빗발이 내려오며 긋는 선이 하늘과 땅을 이어 준다는 생각이 퍼뜩 들었습니다.
"가자."

아버지가 돌멩이에서 궁둥이를 떼며 말하고는 내 손을 잡았습니다.

비를 맞았는데도 손이 따뜻했습니다. 그 따뜻한 체온은 내 손을 타고 온몸을 훈훈하게 했습니다. 나도

아버지를 쳐다보며 가볍게 웃었습니다…… (중략) ……

B(과거)

성만이는 어렵게 어렵게 학교를 마쳤습니다. 빨리 돈을 벌 수 있는 선생님이 되기 위해 교육 대학에

진학했습니다.

그런 성만이 아버지인 이규택 씨는 봄이 되면서 더욱 마음이 편치 않았습니다…… (중략) ……

A'(현재와 과거의 사건이 현재 위치에서 해결)

할아버지의 산소는 양지바른 뒷골 산기슭에 있었습니다. 우리가 갔는데도 할아버지는 바위처럼 누워

만 계셨습니다. 쓰다달다 말이 없었습니다.

……

"저 철길은 중앙선변에 살다 떠난 사람들의 고향으로 통하는 탯줄이란다. 어머니한테서 영양을 공급

받던 탯줄하고 같은 역할을 하는 길이지."

……

"그렇다마다. 병원에서 낳았다고 고향이 병원일 수는 없지. 내 몸에서 낳았으니까 이 애비 고향이 네

고향이지. 내가 늙어 죽으면 이 할아버지 앞에 엄마와 같이 눕고, 너 또한 늙어 죽으면 내 앞에 누워

오순도순 천년만년 사는 거지. 고향의 품속에서 탯줄로 맺어진 인연끼리 아팠던 추억 얘기하며 재미

있게 사는 거지."

……

아버지의 말을 듣고 보니 할아버지의 산소와 할머니가 사시는 집은 오솔길이라는 탯줄이 이어져 있었

습니다.[12]

이 동화에서 탯줄은 할아버지와 아버지 그리고 아람이까지 3대를 연결해 주는 연결
고리가 되었다. 아버지가 추억하는 고향에 대한 기억이 아들인 아람이까지 연결되는
것은 아람이가 아버지의 기억을 이해하고 마음으로 받아들일 수 있기 때문이다. 또 아
람이가 아버지를 이해하는 것은 태어나기 전부터 탯줄이라는 끈으로 맺어진 운명적 관
계이기 때문이다. 현재와 과거의 사건이 반복되면서 그러한 사실을 유감없이 증명해
보여 준다.

12　이동렬, 〈탯줄〉, 《워리와 벤지》, 대원사, 1995, pp.41~58

서술된 이야기는 사건의 등장인물과 함께 진행되고 배치되며 요약되고 시간적인 순서에 따라 재구성된다. 하지만 우리가 읽는 텍스트는 이야기 속에서 반드시 시간적인 순서를 지킬 필요가 없다. 소설의 경우 이러한 의사 소통은 자유로운 편이지만 동화의 경우 아동이라는 대상이 분명히 있는 편이므로 제약적인 이야기 진행이 있었던 편이었다. 그런 의미에서 이 작품은 좀 더 다양한 서술 방법을 시도했다고 볼 수 있다. 또한 경험적 세계에 있어서 작가는 이야기를 처음부터 끝까지 만들어 가며 소통에 대한 책임을 진다. 즉, 이야기 안에서 화자는 청자에게 의사를 전달하고 화자는 그 의사 소통의 과정에 책임을 지는 것이다. 따라서 독자는 그 이야기의 진행 과정 속에서 지식을 획득하고 서술된 내용을 전달받게 되는데 이러한 사건의 진행은 일반적이고 보편적인 사건의 진행보다 긴장감은 떨어지지만 느슨한 가운데 서술자의 목소리에 진지해질 수밖에 없다. 이야기의 시작 부분에서 이미 예비된 결말을 찾기보다는 사건의 진행에 귀 기울이게 되고 현재와 과거의 사건을 독립된 이야기로 볼 수도 있기 때문이다. 또 좀 더 다양한 이야기로 해석할 수도 있다. 그런 의미에서 〈탯줄〉은 A와 B의 이야기가 어떻게 모아지는지에 대한 궁금증을 불러일으키고 긴장감보다는 여유로움으로 제목이 주는 '탯줄'의 의미를 생각하면서 읽게 되는 것이다.

(2) 환상 세계, 그 멀고도 험한 길

동화는 아동을 대상으로 한다는 특수성[13] 이외에도 성인이 되기 전에 거치게 되는 현실세계를 이해하기 위한 통로가 된다는 점에서 특권을 누리고 있다. 동화가 "시적이요 공상적인 이야기"[14]라고 해도 동화는 역사의 뒤편에 서서 뒷짐만 지고 있을 수는 없는 것이다. 과거의 아픈 상처도 어루만져야 하고 그 기억이 사라지지 않도록 오래오래 보관도 해야 한다. 그러니 치열한 삶의 현장에서 시적이고 공상적인 이야기만을 전할 수 없는 것이다. 그렇다 보니 지금의 많은 동화들이 현실 세계를 다룬 사실 동화에 갇혀 있게 된 것도 사실이다. 문제는 동화를 쓰는 주체가 소재와 표현에 있어서 새로운 변화의 기회를 찾지 못하고 있다는 것이다.

등단 작품 〈봄을 노래하는 합창대〉는 봄이 오기 전 자연의 숨소리를 들려주고 있다. 우리가 환상동화를 읽다 보면 엉뚱하고 기발한 생각 중에 논리적으로 어긋나는 경우를

---

[13] 그것은 아동문학의 작자와 독자 및 소재와 기능의 한계와 성격, 곧 아동문학이 가지는 생산면과 수요면 및 소재면이나 기능면의 특수 조건, 그리고 그 내용적·형식적 특성에서 비롯되는 것이다.……아동문학의 주된 독자는 아동이다. 구체적으로 취학기를 전후한 시기로부터 중학생이다. 그러나 넓은 의미의 대상에는 성인도 포함된다. 이재철, 《한국 아동문학연구》, 개문사, 1983, p.11

[14] 산문이면서 시적이요 공상적인 이야기로서, 발생적으로는 소설의 모체이며 함축성 있는 단순한 묘사로써 그 내용에서도 공상적, 초자연적인 세계를 그릴 수 있다. 이원수, 《아동문학 입문》, 웅진출판, 1984, p.30

보게 된다. 그렇기 때문에 환상의 세계를 접근할 때 가장 먼저 바라보게 되는 것이 자연 생태계의 변화에 맞물린 동식물의 세계다. 하지만 결코 쉬운 문제가 아니다. 보고 듣고 느낀 것만으로는 그 세계를 자연스럽게 그릴 수 없다.

〈봄을 노래하는 합창대〉의 경우 봄을 기다리며 준비하는 주인공들의 모습이 봄빛에 피어나는 아지랑이처럼 잔잔하면서도 자연스럽게 녹아 있다. 햇살이 변하고 땅이 녹고 물이 흐르는 못의 풍경이 그림처럼 그려진다. 자연적 환상의 세계가 풍경화처럼 시작된다. 〈위대한 그림〉은 등단 7년 만에 세종아동문학상을 안겨준 중편 환상동화다. 화가는 도화지에 뭐든지 그려 낼 수 있는 매력적인 존재다. 이 동화는 대부분 사건의 재현보다는 요약과 반복으로 되어 있으며 마법사가 등장한 것은 아니지만 마술을 부리는 듯한 신비감을 느낄 수 있는 작품이다. 중편 〈갈참나무의 엉뚱한 꿈〉은 어느 국립공원의 아름드리 소나무들 옆에 곱사등처럼 생긴 갈참나무의 이야기다. 외모만큼 속도 썩어서 몸뚱이만 흔들린다. 하지만 갈참나무의 의지와는 관계없이 구렁이와 뱀이 쉬었다 간다. 그 뒤 다람쥐 부부가 들어와 겨울잠을 잔다. 여름이면 오색 딱따구리가 살고 부엉이가 오랫동안 산다. 그렇게 갈참나무로 드나드는 동물들이 많아지자 갈참나무의 구멍이 커지고 어느 겨울 곰이 겨울잠을 자고 떠난다. 어느 날 길 잃은 어린아이가 헤매다가 갈참나무 구멍을 발견하고 들어와 밤을 샌다. 그제야 아름드리 소나무들은 썩은 몸뚱이를 가진 갈참나무가 죽을 목숨을 살렸다고 칭찬을 한다. 늙어 쓸모없을 것 같았던 갈참나무의 존재를 인정하는 순간이다. 갈참나무는 그 말을 듣고서야 자신이 바라던 꿈을 이루었다는 걸 깨닫는다.

환상의 세계는 우리가 꿈꾸는 세계다. 작가는 곱사등 갈참나무를 통해 잃은 만큼 채워지는 걸 보여 주었다. 갈참나무의 구멍이 커지면서 독자의 마음도 열리고 갈참나무를 바라보는 소나무의 마음도 열렸다. 물론 갈참나무의 마음도 갈참나무의 꿈도 가까워졌다. 작가는 나무와 동물이 공존해 가는 겨울 숲의 겨울나기를 그리면서 우리의 일상에서 느끼는 소외된 현상을 꼬집고 누구나 행복한 세상을 꿈꿔 본다. 장편《생쥐 찌찌와 쭈쭈의 풍선 여행》과 최근 발표된 그림동화《장난꾸러기 하늘나라 쿵쿵》역시 밝고 경쾌하고 발랄하게 환상적 세계를 그려 놓았다. 특히《장난꾸러기 하늘나라 쿵쿵》은 글자의 모양과 크기를 변화시키는 등 작가의 재치가 돋보인다.

그런가 하면 장편《개똥참외를 찾는 아이들》은 정보의 홍수 속에 사는 요즘 아이들이 과거로 여행을 하면서 경험하는 이야기로 구성되어 있다. 꼭 지금 아이들에게 들려주고 싶은 우리의 풍습을 정감 있는 풍속화와 함께 담아 냈다. 화롯불에 앉아 감자, 고구마를 호호 불어 가며 책을 읽어 준다면 어떨까 싶을 정도다. 이 작품은 컴퓨터를 하던 아이들이 컴퓨터를 통해 과거의 환상으로 들어가도록 장치를 했다. 시대의 변화와 흐름에 맞추어 씌어진 것이다. 그만큼 이동렬의 작품은 다양한 소재를 이용한 환상의 세계를 그리고 있다.

장편 〈떠돌이 장승〉, 〈아기도깨비가 심심해서〉에서처럼 도깨비가 작품에 자주 등장하는 것도 우리 고유의 환상 세계를 그리려고 하는 작가의 의도 때문일 것이다. 도깨비는 예나 지금이나 환상적 소재이며 환상의 대상이다. 도깨비가 도깨비 방망이를 휘두르듯 작가의 손에서도 환상의 세계가 척척 만들어지면 얼마나 좋을까. 그러나 환상은 그렇게 단순하지도 않고 그렇게 쉽게 만들어지지도 않는다.

현대의 무수한 작가들이 자신만의 환상 세계를 그리기 위해 얼마나 노력하는가. 그것을 아는 사람이라면 누구도 동화 창작의 보편적 세계가 환상의 세계를 만드는 것이라고 말하기 힘들 것이다. 그래도 포기할 수 없는 게 환상이라면 우리 것을 가지고 새로운 환상 세계를 만들어 가야 하지 않을까. 그런 면에서 이동렬 작품의 환상 세계는 서양의 것을 어설프게 흉내내지도 않았고 억지로 그 세계라고 주장하지도 않는다. 우리 민족이 옛날부터 가지고 있었던 요소들을 적극적으로 작품에 등장시켜 우리 민족의 정서와 정체성이 담긴 자신만의 환상 세계를 개척해 가고 있는 것이다.

(3) 환상의 세계를 향한 노력

최근 아동문학은 많은 연구자들과 역량 있는 작가들에 의해 양적, 질적 성장을 가져왔다. 하지만 독자의 주 대상이 아동에 있다는 특수성과 교육적 가치와 효과에 동화작품의 목적이 치우치다보니 자성의 목소리가 여기저기에서 들려오는 게 사실이다.[15] 특히 동화의 경우 천편일률적인 소재와 식상한 이야기 전개 방식, 비슷비슷한 인물과 배경, 문학성과 작품성을 고루 갖추지 못한 작품, 이 모든 것이 현재 우리 동화의 현실이다. 또한 경쟁적으로 출판되고 있는 아동 도서의 상업적 매너리즘은 아동문학을 하는 이들에게까지 채찍질이 되고 있다.

현재 우리나라 아동 도서는 포화 상태라고 할 수 있다. 하지만 좋은 작품, 좋은 작가를 찾기는 쉬운 일이 아니다. 또 순수한 동화작품보다는 교육적 효과를 노린 목적성 도서가 많은 것도 사실이다. 이동렬 역시 1980년대 말 상업주의에 물든 게 아니냐는 의혹을 받아 왔다. 하지만 이를 계기로 더욱 문학성 있는 작품을 쓰기 위해 꾸준히 노력해 왔다. 신춘문예를 통해 7전 8기의 모습 이상을 보여 준 그의 끈기와 노력이 지금의 문

15 조대현, 〈이 시대 우리 동화, 무엇이 문제인가〉, 〈한국 아동문학〉(가을호), 한국 아동문학인협회, 2003, pp.31~45 김상욱, 강무홍, 선안나, 염희경, 이재복, 김제곤, 〈현실주의 동화, 어떻게 볼 것인가〉, 〈창비어린이〉(여름호), 창작과비평사, 2004, pp.10~81 김영자, 이창수, 박두순, 이규희, 이동렬, 〈아동문학 오늘과 내일〉, 〈아동문학가〉(봄호), 한국문인협회, 2005, pp.18~34 그 외 다수

학을 이끌어 온 원동력이 되었다. 재주 없었던 사람은 이후 남보다 부지런하고 성실하게 노력해서 끈기와 인내라는 재주를 가졌다.

등단하기 전에는 시나 시조, 소설 공부도 했었다는 그는 동화를 쓰기 시작하면서부터 동화에만 전념했다고 한다. 자신의 단점을 성실성으로 만회하면서 다양한 소재와 형식으로 작품을 쓰려고 끊임없이 도전하는 작가의 모습이 아름다워 보인다. 시간이 지날수록 동화의 본질이라고 스스럼없이 말하며 새로운 환상의 세계를 만들기 위해 애쓰는 모습이 작품을 통해 나타나고 있다. 실제로 1990년대 이후 사실적 경험을 바탕으로 한 동화보다는 환상동화를 주로 쓰고 있는 것만 보아도 알 수 있다.

환상의 세계는 무한하고 끝이 없다. 그러나 공상과는 또 다르다. 시대에 관계없이 누구나, 언제나 읽어도 상상의 세계를 그릴 수 있는 동화를 만드는 것이 이동렬 작품의 꿈이며 우리 모두의 꿈일 것이다. 아주 가까운 곳에서 일어나는 경험적 상상력의 세계를 바탕으로 환상적 세계를 형상화해 나가는 그의 행보가 기대된다. 우리나라 작가만이 쓸 수 있는 독특하고 차별화된 소재와 문학성을 갖춘 작품, 우리 것에 대한 애정과 민족의 정체성이 담긴 작품이 그의 작품 세계를 만들어 가고 있다.

작가의 키만큼이나 되는 작품을 모두 헤아려 보기 위해 덤빈 것부터가 어리석은 짓이었을지도 모른다. 좀 더 치밀하게 다가가지 못한 부분들, 좀 더 진지하게 다루었으면 하는 아쉬움들, 동화를 읽으면서 새로이 알게 된 사실들은 다음 기회를 기약해 볼 일이다. 고향에서 시작된 문학적 상상력과 변하지 않는 동심이 미래의 환상 세계까지 확대되어 동화라는 열매가 주렁주렁 열리는 뿌리 깊은 나무가 되길 바란다.

어린이와 함께 선생이 걸어온 길

1949년 6월 19일(음력) 경기도 양평군 양동면 매월리 718번지에서 8남매 중 맏이로 태
　　　어남(주민등록에는 1950년생임). 8대 종손임.

1963년 양동초교, 1966년 양동중학교, 1969년 서울 균명(현 환일)고등학교를 졸업함.

1969년 인천교육대학(현 경인교육대학교) 입학함. 1학년 때 교내 백일장에서 〈땀〉이라
　　　는 제목의 시가 장원함. 이 일이 계기가 되어 문학의 길로 접어듦.

1970년 아버지가 고향 마을에서 산불을 끄다가 심한 화상을 입고 원주병원으로 이송
　　　중 사망함. 이날 이후 평생 고생보따리 신세.

1971년 인천교대 졸업함. 경기도 양평군 산음·거단 분교·양동(미감아 재학 학교)·인천
　　　숭의초교에서 10년 간 교사로 재직함.

1975년 동기 동창인 이경자와 결혼함.

1979년 〈한국일보〉 신춘문예 동화부문에 〈봄을 노래하는 합창대〉로 8전 9기 만에 당
　　　선함.

1980년 첫 동화집 《봄을 부르는 합창대》를 교학사에서 냄.
　　　교직을 그만 두고 한국교육신문 출판국 기자로 자리 옮김.

1983년 〈아동문예〉 잡지에 장편동화 〈지도 위에 그린 섬〉 연재 시작함.
　　　두 번째 동화집 《꼬꼬의 숲속 여행》을 홍신문화사에서 냄.

1985년 단편동화집 《위대한 그림》을 인간사에서 첫 인세로 냄.

1986년 미감아가 주인공인 〈하얀 무지개〉를 〈아동문예〉에 5회 분재함.
　　　방송대학교 행정학과를 졸업함.
　　　〈아동문예〉에서 장편동화집 《하얀 무지개》를 출간함.
　　　중편동화 〈위대한 그림〉으로 제19회 세종아동문학상을 수상함.

1988년 〈소년〉에 장편동화 〈둥지를 찾아서〉 연재 시작함.
　　　교육문화사에서 단편집 《가슴에 숨어 있는 작은 별나라》 출판함.

1989년 가톨릭출판사에서 단편동화집 《마지막 줄타기》 출판함.
　　　〈중학생조선일보〉에 〈일기장 속의 비밀〉을 연재함.
　　　〈한국교육신문〉을 그만두고, 한국프뢰벨(주) 연구개발실장으로 옮김.

1990년 경원대학교 경영대학원 졸업(학위 논문: 노동 조합이 기업 성과에 미치는 영향
　　　에 관한 연구)
　　　지경사에서 《국민 학교 7학년》 1, 2권 출판함.
　　　한국프뢰벨(주)을 사직함. 본격적인 프리랜서 생활을 시작함.

1991년 대교출판사에서 장편동화집《우리들의 곤충 판매 주식 회사》를 출판함.

　　　한국프뢰벨 출판사에서 그림동화책《꽃게와 등대》,《황소와 다람쥐》를 출판함.

　　　윤성출판사에서 장편동화집《둥지를 찾아서》를 냄.

　　　늘푸른출판사에서《까치가 감나무에게 들려준 동화들》을 출판함.

1992년 도서출판 계림에서 교과서에 나오는 위인들만 모아서《위인들의 전기 1, 2, 3》

　　　을 출판함.

　　　선화교육사에서 유년그림동화책《개미와 빨간 우산》,《배가 된 꽃신》,《못난 아

　　　기토끼》,《생쥐와 난로》를 냄.

1993년 중원사에서 단편동화집〈달빛이 그네 타는 아버지〉를 펴냄.

　　　부산에서 해강아동문학상을 받음(수상작:〈파뿌리 선생님과 뭉치 제자들〉).

　　　〈소년동아일보〉에 연재했던 장편동화〈동물원에 갇힌 사람들〉을 지경사에서

　　　《유리병 속의 사람들》로 제목을 바꿔서 펴냄.

　　　대원사에서 단편동화집《워리와 벤지》출판함.

1994년 지경사에서 저학년장편동화집(옴니버스 스타일)《생쥐 찌찌와 쭈쭈의 풍선 여

　　　행》을 출판함.

　　　중편동화〈흰구름이 흐르듯〉으로 제12회 불교아동문학상 수상함.

　　　예림당에서 장편동화집《아기도깨비가 심심해서》펴냄.

　　　문공사에서《토론은 즐거워》,《토론은 유익해》를 펴냄.

1995년 꿈동산에서 단편동화선집《고무신이 열린 감나무》펴냄.

　　　올해의 작가상 수상함.

1996년 장안대하 문예창작과에 출강한.

　　　초등학교 4학년《생활의 길잡이》집필 위원을 지냄.

　　　교학사에서《푸르니의 앨범》을 펴냄.

1997년 6학년 1학기 국어 읽기 교과서에 동화〈까치와 느티나무〉수록됨.

　　　한교출판에서 유아그림동화집《털장갑 한 짝》,《내 친구들은 어떻게 울까?》,

　　　《꾸러기 도깨비의 이상한 장난》,《느티나무가 울고 있어요》등 4권 출간함.

　　　초등학교 6학년 2학기 국어 읽기 교과서에 동화〈마지막 줄타기〉수록됨.

1998년 장안대학 문창과 겸임교수로 출강함.

　　　학원출판공사에서 자연과학그림동화집《왜 집을 지고 다니니?》,《어, 달이 깨

　　　졌네!》,《벼가 익었어요》등 3권 출간함.

　　　눈열린교육에서 그림동화집《엉뚱한 아이, 별난 숙제》펴냄.

1999년 견지사에서《꾸도깨비의 이상한 장난》을 출판함.

《서울에 온 백두산표범나비》로 이주홍아동문학상을 받음.

《아동문학창작론》을 학연사에서 공저로 펴냄.

2000년 아동문예사에서 동화의 종류별 작품 감상용 교재인 《오줌싸개 꼬마 눈사람》을
펴냄.

삼성출판사에서 유아그림동화책 《산에는 누가누가 살까》를 냄.

문공사에서 장편동화집 《떠돌이 장승》을 출판함.

2001년 오늘출판사에서 단편동화집 《별난 생일 선물》을 출판함.

경인교대 인천 캠퍼스 평생교육원에서 아동 글쓰기 지도법 강의 시작함.

한국비고츠키에서 유년그림동화집 《곰돌이 마을 버섯 잔치》, 《판다와 바둑이》
를 냄.

한국어린이교육연구원에서 저학년장편동화 《토토야, 우리 백두산 가자》 출판함.

두산동아에서 세시풍속 동화 《사라져 가는 세시 풍속》, 세시풍속 장편동화집
《개똥참외를 찾는 아이들》을 출판함.

2002년 가천길대학 문창과에 출강함.

키출판사에서 맹자 말씀을 가지고 《임금 노릇 쉽게 해요》를 출판함.

은하수미디어에서 그림동화책 《땡글이의 세상 구경》을 펴냄.

은하수미디어에서 저학년단편동화집 《달님을 사랑한 굴뚝새》를 다시 선집으
로 냄.

2003년 《동화 창작의 실제》를 자료원에서 출판함.

고향 산자락에 집필실 '화운조산재(花雲鳥山齋)'을 준공함.

파랑새어린이에서 장편동화집 《외눈박이 덕구》를 출판함.

도서출판 문원에서 단편동화집 《토끼시계는 무슨 소리가 날까》를 출판함.

2004년 《글쓰기 지도의 이해와 실제》를 학연사에 출판함.

그림동화책 《갈뫼봉이 그리운 용바위》를 '으뜸사랑'에서 냄.

2005년 그림동화책 《달력 나라의 코흘리개 왕자》를 한국헤밍웨이서 냄.

MBC창작아동문학상 장편 부문 본심 심사함.

《그림동화 한 편 써 보자》를 학연사에서 출판함.

협성대학교 문창과에 동화 창작 강의 시작함.

세종아동문학상 심사를 맡음.

그림동화책 《장난꾸러기 하늘나라 쿵쿵》을 으뜸사랑에서 펴냄.

교원문학상 동화 부문 심사함.

마해송아동문학상 심사함.

2006년 농촌 체험 동화집인 《씨, 씨, 씨를 뿌려요(봄편)》《자연과 함께 해요(여름편)》
　　　　《알알이 여물어요(가을편)》《봄을 준비해요(겨울편)》을 시리즈로 해피북스에서
　　　　완간함.
2007년 가족사적인 장편동화《초승달 가족》을 어린른이출판사에서 냄.
　　　　영림카디널에서 《박문수전》을 개작해 인세로 냄.
　　　　9월부터 청람 전도진(田道鎭) 선생한테 한문서예를 사사받기 시작함.
2008년 홍진P앤M출판사에서 《새가 되어 날아간 할아버지》 출간함.
　　　　덕성여대 대학원, 협성대와 장안대 문창과, 경인교대에서 강의 계속함.
2009년 제41회 소천아동문학상을 가족사적인 〈새가 되어 날아간 할아버지〉로 수상함.
2010년 소천아동문학상 신인상 심사함.
　　　　제46회 전국공모 인천미술대전 서예 한문부문(예서)에 입선함.
2011년 도서출판 가문비어린이에서 장편동화집《하늘을 날고 싶은 괴물 물고기》 냄.
　　　　고향인 양평군을 빛낸 인물로 선정됨.
　　　　고향인 양동도서관(163권), 모교인 양동초등학교(120권)와 고송분교(25권),
　　　　인천용유초등학교와 무의도 분교(120권)에 본인이 지은 책 기증함.
　　　　도서출판 어린른이에서 장편동화집《아리아리랑》 냄.
2012년 경인교대 김선형 교수에게 사군자 배우기 시작함.
2013년 한국 아동문학인협회 부회장에 피선됨.
2015년 만취 김용복 선생에게 사군자 공부를 이어감.
2016년 부산 〈국제신문〉 신춘문예 동화 부문을 배익천 선생과 심사함.
　　　　제48회 소천아동문학상 심사를 신헌득 선생님과 같이 심사함.
2017년 아동문학평론에서 장편동화집《강물 속에 집을 지은 집》 발행함.
　　　　인천서예대전 문인화 부문 입선.
　　　　대한민국 단군서예대전 문인화 부문 입선과 특선함.
2018년 한·중·일·대만 합동 신춘소품서화전에 춘란과 매화 출품함.
　　　　대한민국 단군서예대전에서 삼체상 수상(세 종류 그림이 동시에 모두 특선)함.
　　　　방정환아동문학 수상함(작품: 〈강물 속에 집을 지은 할아버지〉).
　　　　아이들판출판사에서 《천년 도깨비와 인면조의 별난 여행》 출판함.

한국 아동문학가 100인

이상교

대표 작품

〈비 내리는 날〉 외 4편

인물론

눈물꽃 바람꽃

작품론

천진한 아이 같은 시인

어린이와 함께 선생이 걸어온 길

비 내리는 날

비가 내리자
우산이 활짝 활짝 펴진다.

비야, 어서 와!
반가워하며
활짝 활짝 우산꽃이 피어난다.

비 내리는 날 우산은
비에게 드리는 둥그런 꽃다발.
노랑, 파랑, 분홍, 연두, 빨강
색색 꽃다발.

여들여들 풀

비 온 뒤 아파트 뒷길에
풀이 많이도 돋아 나왔다.
토끼풀, 소루쟁이, 민들레, 질경이……

여들여들 연한 풀을 보니
토끼 생각이 난다.

만일 토끼를 키운다면
연하고 보드라운 풀
신발주머니에 잔뜩 뜯어갈 텐데.
토끼는 갈곰갈곰 잘도 뜯어 먹을 테지.

내 입에 고였던 침이
꼴깍 넘어갔다.

청둥오리

개울에 갔다.
물 위에 청둥오리들이 둥실둥실
헤엄쳐 다닌다.

작은 머리통을 물에 담그고
먹이를 찾는다.
깊은 물 속 먹이를 낚을 때면
꽁무니를 하늘로 추켜올리고
곤두박질친다.

물을 바르고 나오는 귀여운 머리통
거꾸로 추켜올린 신통한 꽁무니

날 때면
날개를 파닥파닥
잘했어! 잘했어! 참 잘했어!
손뼉을 치면서 난다.

가만히 들어 봐

여기는 아파트 10층
창문에서 내려다보자면
땅보다 하늘이
더 가까워 보이지.

들어보렴.
무슨 소리인지 들리지?

아득히 먼 아래지만
들릴 거야.
맨 발바닥으로 발 내려놓는
빗방울, 빗방울 소리.

내리는 빗줄기를 타고
아파트 꼭대기로 되올라오는 소리.
다른 소리는 들리지 않아도
빗방울, 빗방울의 발자국 소리는
귀에 잘 들리지.

나무의 입

나무의 입은 잎사귀여요.
연둣빛 뾰조록 입이어요.
이른 새봄, 나무들은 입을 달기 시작하지요.

입이 작아 소리도 작지요.
지금 소리를 키우는 중이어요.

조금 더 두고 보세요.
작은 입술에 푸른 힘살이 그어지고
갸우스름 입술 꼴을 갖추게 되면
밤낮으로 가만히 있지 않을 거예요.

바람아, 안녕!
햇볕아, 안녕!
곁의 친구야, 안녕!
가지에 앉은 새야, 안녕!
와수수수 – 우수수수 –
하루 종일 버스럭버스럭 떠들 거예요.
한시도 가만히 있지 않을 거예요.

눈물꽃
바람꽃

이동진

커다란 손

상교는 아무에게나 불쑥불쑥 손을 잘 내민다.

그의 손은 누구라도 덮고 누울 만큼 커서 좋다.

그의 손은 우둥스럽지 않고 정직해서 좋다.

보자기같이 온갖 것을 다 담아 내는

그의 손은 아랫목처럼 따듯해서 좋다.

가늘고 긴 상교의 손에는

언제나

철따라 아름다운 것들이 들려져 있다.

어떤 때는 노랑 장미가 피어나기도 하고

또 어떤 때는 프리지아

그리고 어떤 때는 멸치볶음

— 제가 볶은 거예요 잡숴 보세요.

가끔은 새로 나온 동화책이나 동시집

마치 미안하기라도 하다는 듯 웃으며 머리를 쓸어올린다.

상교의 손은 깊어서 좋다.

그의 손은 무엇이든 퍼 나르는 삽을 닮았다.

그래서

호주머니에서 꺼낸 그의 손에는

하다못해 쓰던 지우개 하나라도 담겨져 있다.

그렇게

상교의 손은 하얀 옥양목 이불 홑청을 펴듯 넓고 크지만

상교의 손은

해탈한 스님이 마음을 열듯 구석구석 감출 것이 없는 편안한 손이다.

그래서 그의 손은 모든 것을 다 안다는 부처님 손 같다.

따뜻한 손
눈물나는 손

하얀 손수건

아직 아이들이 방학을 하지 않은 철이라 공항은 한산했다.

"뭐 하러 나와? 끝에서 끝인데."

개도 가고 소도 가는 미국엘 가는데 일부러 공항까지 배웅을 나온다는 일이 오히려 멋쩍고 쑥스러운 일이었다.

"이거 조카들 용돈인데 언니 만나면 전해 주세요."

상교는 커다란 손에 들었던 조카들 용돈 봉투를 내밀며 말문을 열었다.

"소윤이 아빠는 어떠셔? 좀 괜찮으신가?"

소윤이 아빠가 위암 진단을 받고는 그 좋아하던 바둑도 멀리한 채 집에서 요양을 하고 있다는 소식을 들은 지가 제법 된 것 같아 안부를 했는데 상교는 그 말에 창 밖으로 눈길을 돌린다.

그리고는 잠시 아무 대꾸도 못하고 섰던 상교가 대답 대신 눈물을 쏟아 낸다.

그냥 입 다물고 있을 걸 괜시리 물어봤나 싶어, 나도 상교 얼굴을 똑바로 쳐다보지 못하고 상교에게서 받은 봉투를 만지작거렸다.

"안 좋아요."

몸에 있는 열 탓인지 아니면 먹은 음식을 소화시킬 수 있는 힘이 떨어져 그런지 소윤이 아빠는 열흘째 아무것도 먹지 못하고 힘들어한다며 상교는 다시 눈물을 찍어 냈다.

"오래 갈 것 같지 않아요."

병수발에 지쳐 초췌해진 상교는 입에 침이 말라 더 말을 잇지 못했다.

"제가 가끔씩 그이 통장에 돈을 넣어 줬어요. 남자가 어떻게 용돈이 필요하다고 일일이 다 말을 하겠어요. 때로는 말 못할 일도 있을 것 아니에요."

"그랬어? 야! 정말 말만 들어도 멋지다. 진짜 부러운 일인걸."

어쩌다가 만나면 상교는 가끔씩 집안 이야기를 하곤 했다.

소윤이 아빠가 건강했을 때 일이다.

그런데 그런 이야기는 아마도 내가 소윤이 아빠와 동갑내기였기에 입에 올렸을 말들이었다.

"언니 만나걸랑 아무 이야기도 하지 마세요. 괜한 걱정만 할 거예요."

그림 공부를 한 상교의 언니인 이상경은 상교에게는 언제나 액자에 넣어 벽에 걸어

둔 초상화같이 다가갈 수 없는 영원한 상징적인 존재였다.

"우리 언니 이쁘죠?"

예술은 가지고 태어나는 것이지 가르치고 배우는 것이 아니다.

상교는 언제서부턴가 혼자서 색연필과 물감을 가지고 그림을 그려 내더니 드디어 그림에서도 자기 빛깔을 갖게 되어 언니보다도 더 예쁜 그림을 모아서는 그림쟁이들도 하기가 쉽지 않은 전시회까지 가졌다.

누가 알아 주건 안 알아 주건 그런 일 따위는 상교에겐 아무 문제가 되지 않았다.

옷깃을 스친 인연

상교는 위도 아래도 없이 사람을 좋아한다.

상교는 그가 신는 신발 문수만큼 발이 넓어 그가 만나는 사람은 글을 쓰는 사람뿐만이 아니라 온갖 계층의 문화인들이 망라된다.

하지만 그 주변에 사람이 많아 오히려 상교는 고독하다.

그런데 그렇게 많은 사람들과 만나면서도 상교가 만나는 사람들을 적어 둔 그의 치부책에 내 이름은 올라 있지 않다. 이유가 있다면 단지 내가 술을 먹지 못한다는 일일 뿐일 게다.

그러니 나는 어쩌다가 일 년에 한 번쯤 상교가 전화를 했을 때나 그를 만나 볼 수 있었는데, 어렵사리 그를 만나고도 고작 점심밥이나 먹는 일이 전부였다. 그것도 요 근자에는 오랫동안 연락마저 두절되어 있었다.

나는 그림을 그리니 상교를 만나면 그와는 글에 관한 이야기를 나누는 일도 드물었다.

그리고 설혹 그가 글에 대한 이야기를 한다고 해도 내가 잘 못 알아들으니 만나서 나누는 이야기는 자연히 신변잡기에 대한 이야기들일 수밖에 없다.

그래서 상교를 만나면 나는 그가 입을 열어 던져 오는 이야기를 그냥 듣고 있기만 하면 되었고, 그러노라니 둘이 만나면 상교도 나도 별로 할 이야기가 많지 않았다.

그럼에도 불구하고 상교가 나에게 꾸준하게 연락을 한 것은 내가 그의 동화책《옴팡집 투상이》에 그림을 그려 주면서부터 맺어진 인연을 상교가 소중하게 생각하고 있기 때문이었는데, 막상 지내 놓고 보니 상교는 나 말고도 그렇게 맺은 모든 사람과의 인연을 빠짐없이 소중하게 지키며 살고 있었다.

그러기에 그의 주변에는 늘 사람들이 많다.

그런데 나와는 평소에 그렇게 말수가 많지 않던 상교가 말이 좀 많아지게 된 일이 있었는데, 그때가 바로 상교네 둘째인 예쁜 떼쟁이 민지가 고등학교에 들어갔을 무렵이었다.

아침밥을 먹고 도시락을 싸 주면 으레 학교에 가는 것을 당연하게 생각해야 할 민지가 담임선생과 마찰을 빚으며 학교 생활에 싫증을 내기 시작했다. 큰 어려움을 몰랐던 상교에게는 감당할 수 없는 일이었다.

꽃 같은 소윤이와 민지가 그 나이가 되도록 잘 키웠고, 두 아이가 자라는 것을 이야기 삼아 여러 권의 동화를 쓸 만큼 아이들에 대한 사랑과 이해가 많았으면서도 막상 당하게 되는 어려운 일이 남의 이야기가 아니라 자신의 일이 되고 보니, 상교는 허둥대며 갈피를 잡지 못했다.

세상 사는 일에 놀 것이 많아지면서 어른들은 문제아들이 많아졌다고 말들을 하지만 가만히 들여다보면 문제아 못지않게 학교 안에는 문제선생이 많아진 것도 분명한 일이다.

학생이 특별한 이유도 없이 학교 생활에 적응을 못해 학교에 가지 않으면 당연히 관심을 가져야 할 선생이나 학교에서는 별 반응이 없다고 했다.

상교는 그런 학교의 무관심에 더 속상해했다.

상교는 가끔 나에게 전화를 해서는 동화를 쓰듯 마음대로 다룰 수 없는 자식 키우는 일에 대해 푸념을 했는데, 상교가 나에게 그 일로 전화를 한 것은 내가 한때 선생을 한 일이 있기에 그래도 무엇인가 얻어들을 것이 있나 해서였다.

민지 일로 상교는 글 쓰는 일도 접은 채 민지와 함께 많은 시간을 보냈다.

하지만 분꽃에서는 분꽃 씨가 열린다던가?

잠시 제 길을 찾지 못해 흔들렸던 민지는 시방 엄마의 뒤를 이을 작가가 되기 위해 대학을 다니며 문학 수업을 쌓고 있다.

봄 여름 가을 겨울

세월이 지나며 모든 것은 얇아지고 작아졌다

갯수도 줄어들었다

과자 봉지 속의 과자도 줄어들고

반창고 두께도 반으로 얇아지고

한 입에 넣으면 목이 메던 찹쌀떡도 메추리알만 해졌다

모든 것이

모든 것이

얇아지고 작아져

우리네 양심은 오그라들고 인심은 말라붙었다

오직 두꺼워진 것은 서로간의 불신이고

넓어지고 커진 것은 우리네 뻔뻔스러움과 욕심이다

하지만 상교는 이렇게 세상 돌아가는 것과 상관없이

한결같이 글로써만 자기 생각을 이야기하지
다른 치장을 하지 않는다

그래서 상교에게는 특별한 것이 하나도 없다
키가 크고 손이 크니 발이 큰 것 외에
눈에 띄고 드러나는 것이 하나도 없다
그는 시계도 없고 반지도 없다
그의 옷은 언제나 검소하고
철따라 길어졌다가 짧아질 뿐 달라지는 것이 없다
그리고 그의 옷 빛깔은 늘 눈부시지 않은 무채색이다
그가 즐겨 신는 신발도 거의가 운동화다
세상에 돌아가는 유행이란 애당초 그에게는 관심 밖이다
그래서 상교는 그가 소중하게 생각하는 그의 보석은
석류처럼 모두 그의 마음속에 담아 가지고 다닌다

가끔 글을 읽는다
글 쓰는 누가 글 쓰는 누구를 생각하며 쓴 글이다
그런데 이것은 아부가 아닌가 하는 생각이 들만큼
칭찬이 지나쳐 오히려 욕이 될 것 같고
당사자마저 민망해할 그런 글을 읽어 내려가다 보면
아슬아슬해서 발바닥이 간질간질하고
가슴이 조마조마해지는 화려한 글을 읽는다
하지만 상교에게는 그런 아름다운 글들이 어울리지를 않는다

인사동 하늘

상교는 늘 인사동에서 사람을 만난다. 그래서 그의 머릿속에는 인사동 골목골목이 지도처럼 그려져 있다. 그는 둥근 사람을 만나면 둥근 바람이 되고 네모난 사람을 만나면 네모난 바람이 된다. 하지만 그가 높은 사람을 만나건 낮은 사람을 만나건 그는 항시 낮은 바람이다.

그래서,

인사동 하늘에는 이상교가 있다.

천진한
아이 같은
시인

이준관

1. 아이들 마음의 진솔한 표현

　이상교 시인이 펴낸 동시집 《우리 집 귀뚜라미》, 《나와 꼭 닮은 아이》, 《자전거 타는 내 그림자》, 《1학년을 위한 동시》, 《살아난다 살아난다》를 다 읽고 나서 맨 먼저 떠오른 생각은 '천진한 아이 같은 시인'이라는 말이었다. 이 말처럼 이상교 시인을 적절히 설명해 주는 말이 어디 있으랴. 생각하는 거며 말하는 거며 걷는 거며 그는 영락없이 키 큰 아이이다. 친구들과 어울리기 좋아하고 신바람이 나면 어디서나 스스럼없이 노래를 부르는 구김살 없는 모습이 천진한 아이 그대로다. 그의 머릿속은 늘 동심적인 상상력으로 가득하다. 그는 호기심 가득한 눈으로 아파트 주변의 꽃을 들여다보기도 하고 고양이와 친구가 되어 어울리기도 한다.

　이처럼 이상교는 늘 아이의 마음으로 산다. 그러기에 그의 동시는 '아이'가 된 시인 이상교가 쓴 시이다. 시인 이상교가 열 살이나 열두 살쯤의 아이로 돌아가 그 아이의 시선으로 세계를 바라보고 쓴 시이다. 아이의 마음으로 살아가기 때문에 그가 하는 말이나 생각 그 자체가 바로 동시요 동화다.

　　이 일은 이
　　이 이는 사……
　　구구단 외우는 교실 창 밖
　　꽃밭에 선
　　해바라기.

　　목을 길게 빼고
　　창 너머로
　　우리 교실 칠판을 본다.

　　구구단 숙제를 안 한 아이는

나까지 여섯,

교실 뒤에서 벌서면서

속으로 따라 외운다.

삼 사 십이, 삼 오 십오……

해바라기는

우리 여섯이 부끄러워할까 봐

칠판만 본다.

나도 칠판 쪽만 바라보았다.

— 〈해바라기〉 전문

이 시는 구구셈을 해 오지 않아 교실 뒤에서 벌을 서는 아이의 마음을 표현한 작품이다. 이 시에는 아이의 마음이 오롯이 들어 있다. 교실 뒤에서 벌을 서면서도 속으로 아이들을 따라 구구셈을 외우는 대목이 바로 그것이다. 그리고 "벌 서는 아이들이 부끄러워할까 봐 해바라기가 칠판만 본다."고 생각하는 구절도 아이다운 행동과 생각을 보여 주는 대목이다. 이상교는 아이들 마음을 잘도 찾아 내어 시로 표현하고 있다. 그가 아이들 마음을 잘 짚어내는 것은 그가 늘 동심 속에 살고 있기 때문이다. 좋은 동시란 아이들 마음을 온전히 담아 낸 시이다. 그런 면에서 아이들 마음을 잘 포착하여 시로 표현한 그의 동시는 좋은 동시의 조건을 갖추고 있다고 하겠다.

어떤 동시는 너무 어른스러워서 불만스럽고 어떤 동시는 너무 유치해서 마음에 들지 않은 경우가 많다. 그런데 이상교의 동시는 너무 어른스럽지도 유치하지도 않고 동시로서 알맞다. 이상교는 억지로 동심을 꾸미거나 만들지 않는다. 아이들의 생각과 목소리를 어설프게 흉내를 내지도 않는다. 이상교의 동시엔 꾸미지 않은 싱싱한 동심이 있다. 특히 열 살이나 열두 살 아이의 마음으로 쓴 시가 그러하다. 그의 시는 열 살이나 열두 살쯤의 어린아이의 생생한 목소리가 담겨 있다. 아이의 마음을 아이의 목소리로 생동감 있게 표현하고 있는 시가 바로 이상교의 동시다.

이 세상 어딘가에

나와 꼭 닮은 아이가

다시 또 하나 있는 건

참 다행이지.

앞에서 두 번째 자리에 앉는

작은 키,

주근깨투성이의 얼굴,

반에서 중간밖에 안 되는 시험 성적.

그런 아이가

나 말고 다시 또 한 아이가

있는 건

참 다행이지.

속상할 때면

가만히 거울 속을 들여다본다.

거울 속 아이도

날 내어다본다.

— 〈거울〉 전문

　앞에서 두 번째 자리에 앉는 작은 키의 아이. 주근깨투성이의 못생긴 얼굴, 게다가 성적은 중간밖에 안 되는 아이. 이런 아이에게 누가 관심을 갖겠는가. 아마 친구도 없을 것이다. 그래서 속상한 일도 많을 것이다. 그런 아이가 거울 속의 자신의 모습을 들여다보며 나와 꼭 닮은 아이가 있어서 다행이라고 자신을 위로한다. 거울 속의 '나'와 대화를 나누며 슬픔과 아픔을 삭이고 풀어가는 아이의 모습이 인상적이다. 우리는 흔히 아이들이 엄마한테 야단맞거나 속상할 때 꽃을 들여다보며 혼자 중얼거리는 모습을 볼 수 있다. 이와 같이 아이들은 다른 사물과 대화를 나누면서 마음을 달랜다. 특히 친구가 없는 외로운 아이의 경우는 더욱 그러하다. 이상교의 동시의 매력은 이처럼 아이의 마음을 온전히 나타내고 있다는 점이다.

　그의 시는 의도가 뻔히 들여다보이는 얄팍한 교훈주의나 동심천사주의의 시가 아니다. 그저 친구들과 시시덕거리며 떠들기도 하고 때로는 삐져서 토라지기도 하는 평범한 아이들의 진솔한 마음을 담은 시이다.

난 착한 애가

아닌지도

모른다

— 〈눈물〉 일부

이런 진술 속엔 가식하지 않은 아이들 마음이 나타나 있다. 아이들을 보고 착하다느니 귀엽다느니 하는 것은 어른들의 생각일 뿐이다. 아이들은 자신을 그렇게 생각하지 않는다. 오히려 심술궂다거나 욕심쟁이라고 생각한다. 이상교는 그런 아이들의 심리를 진솔하게 시로 표현하고 있다.

2. 일상 생활 속의 작고 사소한 것들에 대한 애정

이상교의 좋은 시는 아이의 눈으로 바라본 세계를 아이의 목소리로 들려주는 시이다. 그런 시는 대개 생활 속에서 건져 올린 시이다. 그의 작품을 보면 자신의 생활 주변의 이야기나 자전적인 이야기들이 많다. 특히 동화는 사소설적인 경향이 강하다. 그것은 동시도 마찬가지다. 그는 생활 주변에서 만난 아이들이나 사물이나 자연을 무심히 지나쳐 흘려보내지 않고 거기서 반짝 빛나는 시를 건져 올린다. 엘리베이터를 함께 타고 가는 아이를 만난 사소한 일상도 재미있는 한 편의 시가 되고, 우산을 함께 받고 가는 일도 따스한 시 한 편이 된다. 때로는 집에서 기르는 고양이가 재미있는 시의 주인공이 되기도 한다. 생활 속의 사람이든 동물이든 사물이든 자연이든 호기심 많은 그의 눈길을 사로잡은 것들은 예외 없이 한 편의 시로 태어난다. 그의 시의 소재들은 일상 생활 속에서 접하는 작고 사소한 것들이다. 〈붕어빵 봉지〉, 〈파리〉, 〈좀약〉, 〈고양이〉, 〈토끼똥〉, 〈콩〉, 〈손톱달〉, 〈남긴 밥〉, 〈도깨비 바늘〉, 〈방 빗자루〉, 〈새끼 발가락〉 등등 일일이 열거하기 어려울 정도로 많다. 그는 이런 작고 하찮고 볼품없는 것들에 눈길을 돌려 그들의 소중한 가치를 보여 준다.

강아지가 먹고 남긴

밥은

참새가 와서

먹고

참새가 남긴

밥은

쥐가 와서

먹고

쥐가 먹고 남긴
밥은

개미가 와서 물고 간다.
쏠쏠쏠 물고 간다.
— 〈남긴 밥〉 전문

　강아지가 먹는 밥은 하찮은 것이다. 그러나 강아지가 남긴 보잘것없는 밥이 참새에
겐 배를 채울 식량이 된다. 참새가 먹고 남긴 밥은 쥐에게 식량이 되고 개미에게도 또
한 소중한 식량이 된다. 시인은 강아지가 남긴 하찮은 밥에 눈길을 돌려 그것의 소중함
을 보여 주고 있다. 이와 같이 그는 생활 주변의 작고 사소한 사물이나 자연에 시선을
돌려 그들의 아름다움과 가치를 보여 주고 있다.

3. 시에 깃든 따뜻한 시인의 마음

　동시든, 동화든 따뜻하지 않은 작품이 어디 있으랴. 아동문학은 사랑의 문학이기에
가슴 훈훈한 정과 사랑이 깃들어 있기 마련이다. 이상교의 동시 또한 따듯함과 가슴 뿌
듯한 훈훈한 온정이 담겨 있다. 사람과 사람과의 관계 중에 그의 동시에 가장 많은 것
은 친구와의 관계이다. 평소 사람을 좋아하는 그의 성품대로 친구와의 관계를 노래한
시들이 많다.

친구와
우산 한 개를
나눠 쓰고 걸었다.

어깨를 가까이 하고
걸었는데도
내 한쪽 어깨가
다 젖었다.

젖은 어깨가

축축했다.

친구 어깨는

젖지 않았다.

"내 어깨는

조금 젖었어."

나는 말하고 웃었다.

— 〈한쪽 어깨〉 전문

이 시는 이상교다운 작품이다. 친구와의 따뜻한 정을 노래한 점이나 생활 주변에의 작고 사소한 일을 다루고 있다는 점에서 그러하다. 그리고 또한 어렵지 않고 평이하다는 점에서 그러하다. 일견 평범해 보이는 진술 속에 따뜻한 마음과 깊은 뜻이 담겨 있다는 점도 이상교 동시답다. 이 시의 겉에 드러난 이야기는 친구와 우산을 나란히 쓰고 갔는데 친구는 어깨가 안 젖고 자기는 젖었다는 것이다. 친구 어깨가 젖지 않은 것은 친구의 어깨가 젖지 않게 그쪽으로 우산을 받쳐 주었기 때문이다. 친구를 배려하는 마음은 마지막 연에 잘 나타나 있다. '나'는 어깨가 축축히 젖었다. 그런데도 친구가 미안해할까 봐서 "내 어깨는 조금 젖었어." 하고 웃어 줌으로써 친구를 안심시킨다. 남을 배려하는 얼마나 따뜻한 마음인가. 이상교 시인도 남의 처지를 먼저 생각하고 배려하는 따뜻한 마음을 지니고 있다. 이 시의 주인공 '나'는 바로 이상교의 모습과 꼭 닮았다. 이 시의 화자는 다름 아닌 이상교의 분신인 것이다. 그의 동시는 이상교 자신의 모습이 투영되어 있는 때가 많다. 그러기에 그의 동시는 그의 동화와 마찬가지로 자전적인 성격을 강하게 띠고 있다.

4. 이상교와 닮은 개성 있는 시

이상교 시인은 늘 아이의 마음으로 살아간다. 그는 늘 아이의 눈으로 세계를 바라본다. 그리고 또한 아이의 마음으로 생각하고 느낀다. 그러기에 그의 동시는 아이들과 호흡이 맞는 동시다. 시인 자신이 아이가 되어 세계를 바라보고 쓴 작품이라서 아이들 눈높이와 정서에 맞다. 이상교는 자기가 보는 만큼, 느낀 만큼만 시로 표현한다. 그래서 그가 다루는 소재는 주로 그가 생활 주변에서 접하는 것들이다. 그는 자기 생활 주변에서 흔히 보는 작고 보잘것없는 것들에 눈을 돌려 그들의 가치와 아름다움을 보여 준다.

그는 열 살이나 열두 살 아이의 시각으로 세계를 바라본다. 그래서 시 속의 화자는 그 나이 또래의 어린아이이다. 그의 시는 일상 생활 속의 아이의 생각과 행동을 아이의 목소리로 들려주거나 때로는 아름다운 자연을 감각적인 심상으로 펼쳐 보여 준다. 그의 시에는 이상교 시인의 삶과 인간이 그대로 투영되어 있다. 정이 많고 친구를 잘 사귀고 마음이 따뜻한 시인의 마음이 시에도 따뜻한 온정으로 담겨 있다. 이상교의 동시는 이상교와 닮은꼴이다. 그래서 그의 동시는 이상교만이 쓸 수 있는 시이다. 그것이 그의 동시의 개성이요 독특한 매력이다.

어린이와 함께 선생이 걸어온 길

1949년 1월 서울에서 아버지 이덕중(경기도 가평군 외서면 대성리)과 어머니 진원(경
       기도 안성군 미양면 고지리)의 여덟 형제 가운데 차녀로 태어남.
       성동여자실업고등학교를 졸업함.
1973년 〈소년〉 잡지 동시 추천 완료.
1974년 〈조선일보〉 신춘문예 동시 부문 입선함.
1977년 〈동아일보〉 신춘문예 동화 부문 입선함.
       〈조선일보〉 신춘문예 동화 부문 입선함.
1979년 12월 김성식과 결혼, 2녀를 둠.
1985년 한국동화문학상 수상함.
1993년 해강아동문학상 수상함.
1996년 세종아동문학상 수상함.
2004년 한국아동문학협회상 수상함.
2006년 방정환문학상 수상함.

동시집

《우리집 귀뚜라미》(대교)
《나와 꼭 닮은 아이》(현암사)
《일학년이 읽는 동시》(지경사)
《자전거 타는 내 그림자》(베틀북)
《살아난다, 살아난다》(문학과 지성사)
《먼지야, 자니?》(산하)

동화책

《꿈꾸는 사다리》(가톨릭출판사)
《머리가 하늘까지 닿겠네》(중앙 M&B)
《뭐라고 이름을 짓지?》(꿈동산)
《이야기 마을로 가는 기차》(교학사)
《축하해요 1학년》(효리원)
《화가 아저씨와 방울이》(은하수미디어)
《엄마, 배꼽이 빠지겠어요》(여명)

《꽃이 된 엄마》(진선출판사)

《초생이는 이동우 고양이다》(세상모든책)

《옴팡집 투상이》, 《푸른 휘파람》(현암사)

《수탉을 이긴 깜둥이 토끼》(한국어린이교육연구원)

《롤러블레이드를 타는 의사 선생님》, 《안녕하세요, 전 도둑이랍니다》(푸른책들)

《종묘 너구리네》(대교)

《처음 받은 상장》(국민서관)

그림동화책

《동이와 자전거》(아이템플)

《나는 잠이 안 와》(가나)

《내가 할래요》, 《안녕! 잘 잤니?》(한솔)

《아주 조그만 집》, 《수염 할아버지》, 《야, 비온다》(보림)

《내가 데려올 테야》(삼성당)

《그림 속 그림 찾기 ㄱ, ㄴ, ㄷ》(사계절)

《너무 멀리 가지 마》(세상모든책)

《외딴 마을 외딴 집에》(아이세움)

《도깨비와 범벅장수》(국민서관)

한국 아동문학가 100인

이상배

대표 작품
〈황소가 기가 막혀〉

인물론
은행골의 뚝배기

작품론
'정과 슬픔과 아름다움'의 혼화

어린이와 함께 선생이 걸어온 길
내 인생에서 만난 세 사람의 이야기꾼

황소가
기가 막혀

내 이름은 누렁이입니다.

나를 부리는 박서방이 붙여 준 이름입니다.

하지만 난 이름이 마음에 들지 않습니다.

내 온몸을 덮고 있는 털이 유난히 누래서 붙여진 이름인데, 덩치가 집채만 한 황소한 테는 어울리지 않습니다.

따뜻한 봄날입니다.

나는 오늘도 아침 일찍 들로 나갔습니다. 나흘째 모내기를 할 논을 갈아엎고, 논갈이 가 끝나자 산비탈 밭을 갈기 시작한 것입니다.

박서방은 밭갈이를 하면서 이런 노래를 부릅니다.

가자 가자 어서 가자.

네가 네가 빨리 가면

나도 나도 빨리 가고

네가 꾀부리지 않으면

나도 꾀부리지 않는다.

'가자 가자 어서 가자'는, 빨리 빨리 쉬지 말고 밭갈이를 하자는 것이겠지요.

'네가 꾀부리지 않으면 나도 꾀부리지 않는다'고요?

난 여태껏 꾀부린 적이 없는데 왜 이런 노래를 부르며 나를 부리는지 모르겠습니다.

천성 좋은 누렁이야.

너는 너는 나의 동무

누렁머리 누렁 몸은

옛적 어른 하신 말씀처럼

우리 집에 보배로다.

"음머. 보배라고요?"

나는 목을 쳐들어 하늘을 보고 울었습니다.

사람들은 소를 가리켜 '농부 집의 보배'라 하고, 또 '농가의 조상'이라고도 합니다.

천한 집짐승인 소를 보고 왜 '보배'이니 '조상'이니 하는 격언을 쓰겠어요.

그 말이 무슨 뜻인지는 알겠어요. 농사를 짓는 데 소가 매우 중요하므로 이르는 말이라는 것을. '매우 중요하다.'는 것은 힘든 농사일을 도맡아한다는 말이겠지요.

멍에를 지우고 쟁기를 끌어 논밭을 갈고, 등에 길마를 지워 무거운 짐을 나르고, 달구지에 짐을 싣고 끌기도 합니다. 이런 일은 사람의 힘으로는 할 수 없는 힘든 일입니다. 얼마나 힘든 일인지 누구든 당장 논밭을 갈고, 짐을 져 나르고, 달구지를 끌어 보라고요.

나는 이렇게 힘든 일을 하루도 쉬지 않고 하고 있습니다.

박서방은 내가 덩치가 커서 힘이 세고, 튼튼해서 일을 잘한다고 합니다. 이건 칭찬이 아니지요. '황소'니까 당연히 덩치가 커야 되고, 힘도 세고, 일을 잘해야 한다고 생각하는 것이지요.

"체, 덩치 크고 힘센 사람은 쉬지 않고 일만 하나요."

박서방은 햇수로 10년째 주인 노릇을 하면서도 내 마음은 조금도 모릅니다. 황소 따위는 '마음'이라는 것이 없는 줄로 압니다. 말 못하는 짐승이라고 생각이 아예 없는 줄 아는 것이지요.

왜 소라고 생각하는 마음이 없겠어요. 나도 힘들면 끙끙, 신음소리를 냅니다. 덩치는 크지만 개구리가 펄쩍 튀어 나오면 깜짝 놀라 두 발을 껑충 올리기도 하고, 우리 아기를 낳은 어미 소가 그리우면 일을 하다가도 도리질을 치며 아내를 불러 보기도 합니다. 또 어느 곳으로인지 팔려간 송아지가 보고싶으면 먼 하늘을 바라보며 이름을 불러 봅니다.

이렇게 신음하고, 놀라고, 울고 하는 것은 다 마음이 움직이기 때문이 아니고 무엇이겠어요.

어느 날은 박서방이 들에 나가면서 내 등에 올라탔습니다.

"허허, 아주 편하고 좋구나."

박서방은 말을 탄 대감이라도 된 듯이 기분 좋아했습니다.

"이랴, 어서 가자."

박서방이 고삐를 채었습니다.

나는 터벅터벅 걸었습니다.

"아, 여보게. 왜 힘들게 소에 타고 다니나?"

논일을 하던 송영감이 보고 참견을 했습니다.

"허허. 영감님도 언제 한번 타 보세요. 기분이 그만입니다."

"그러다가 황소가 화가 나 냅다 내달리기라도 하면 어쩌려고?"

"성질 둔하고 온순한 소가 무슨 화를 내겠어요."

그때 나는, 정말이지 두 눈 딱 감고 논두렁 밭두렁 가리지 않고 내달리고 싶은 걸 꾹 참았습니다.

옛말에 '모든 만물에는 조금씩은 다 덕이 있다.'고 했습니다.

생쥐 같은 녀석은 밤새 잠을 안 자고 바스락거려, 사람에게 바쁘다는 교훈을 준다고 하였습니다.

그런데 쥐새끼보다 몇 수십 배 더 큰 나는 어째서 조금의 덕도 교훈도 주지 못하는 걸까요?

내가 어리석기 때문일 것입니다.

진창길을 철벙철벙 가리지 않고 가니까, 마른 길도 모르는 어리석은 황소라고 합니다.

온순하고 둔하고, 잔병치레 안 하니까, 천성이 튼튼하고 유순하다고 합니다.

오줌이나 똥을 아무 데나 싸고, 똥오줌 눈 자리에 누워 자고 되새김질하니까, 미련퉁이라고 합니다.

어쩌다 말을 듣지 않고 고집을 부리다가도 '이랴' 하는 한 마디에 온순해지는 것은, 겁이 많기 때문이라고 합니다.

개는 주인이 바뀌면 천 리를 마다 않고 찾아오기도 하는데, 소는 주인이 바뀌어도 모르는 무식한 동물이라고 합니다.

그래요. 난 못나고 바보 같은 집짐승입니다.

고삐 길이 만큼만 앞으로 나아가고, 고삐를 채면 금방 뒤돌아 섭니다.

박서방 당신은, 이 세상에 나 같은 못난이 동물들만 있으면 좋아서 하하하 웃어 대겠지요.

하지만 한 번이라도 나에게 '앞으로 달려.' 하고 말한 적이 있나요. 지금 당장 그 명령을 내려 보라고요. 난 세상 끝까지 땅 먼지를 흔들며 내달릴 수 있습니다.

박서방은 걸핏하면 이렇게 말합니다.

"도대체 이눔의 황소 눈은 멀뚱멀뚱 뭘 보고 있는지 모르겠어."

참 답답하네요. 내가 뭘 보고 있겠어요?

하늘, 땅, 강, 나무, 꽃, 쇠파리, 풀, 그리고 당신 박서방…….

내 눈앞에 보이는 것은 다 보고 있다고요.

그뿐인 줄 아세요. 귀로도 다 듣고 있어요.

박서방한테 묻고 싶어요.

나의 얼굴을 한 번이라도 가까이서 본 적이 있나요?

나의 눈을 한 번이라도 눈여겨본 적이 있나요?

나의 숨소리를 한 번이라도 귀담아 들어본 적이 있나요?

그러면 내 얼굴이 기쁜지 슬픈지, 나의 눈이 무엇을 말하는지, 나의 숨소리가 편안한지 신음소리인지를 진작에 알았을 거예요.

박서방은 10년 동안 나의 주인 노릇을 하고 있지만, 늘 고삐 길이만큼 떨어져 나를 바라봅니다. 혹시라도 뒷발에 채일까 봐 그런 것이겠지요. 그리고 고삐를 채어 나를 다룹니다. 고삐 하나로 집채만 한 황소를 가벼이 다룰 수 있는 건 무엇 때문이겠어요.

그건 '코뚜레'가 있기 때문입니다.

나는 아직도 코뚜레 뚫던 날을 생생히 기억하고 있습니다.

나도 아기들처럼 우리 엄마 뱃속에서 280일을 살다가 바깥세상에 나왔지요. 철퍼덕, 바깥세상으로 나온 나는 얼떨떨하고 정신이 없었습니다. 나는 잠시간 가만가만 숨을 가다듬고 비틀비틀 두 다리를 딛고 일어섰습니다. 정말 신기하지요. 엄마 뱃속에서 송치였을 때는 온몸을 웅크리고 지냈는데, 바깥세상에 나온 지 얼마 안 되어 두 다리로 일어서 걸을 수 있으니 말입니다. 그때부터 난 신이 났습니다. 엄마 젖을 쭉쭉 빨다가 심심하면 경중경중 마당을 뛰어다니며 일을 저지르는 장난꾸러기였습니다.

어느 날, 엄마가 말했습니다.

"얘야, 오늘부터 젖은 그만 먹고 풀을 먹어라."

"음매. 난 엄마 젖이 좋아요."

"젖만 먹고는 어른이 되지 못한단다. 그러니 주인이 주는 여물과 풀을 배불리 먹어야 해."

난 엄마가 들로 일하러 나가면 따라갔습니다.

"이 풀은 냄새가 독하니 먹어서는 안 된다."

엄마소는 먹는 풀과 못 먹는 풀을 가르쳐 주었습니다.

"여기는 그늘이니 저쪽 양지로 가 있거라."

엄마소는 끙끙 일을 하면서도 나에게서 눈길을 떼지 않았습니다.

밤이면 외양간에서 먹은 것을 질근질근 되새김질하는 것도 배웠습니다.

나는 길들지 않은 부룩송아지가 되었습니다. 뒷발질도 해 보고 싶고, 머리로 받아 보고 싶고, 멀리 더 멀리 달아나고 싶었습니다.

그러던 어느 날, 주인이 내 고삐를 꽉 잡았습니다.

웬일인지 엄마소가 '움머어, 음머어.' 하고 계속 울어 댔습니다.

나도 엄마를 따라 '음매애, 음매애' 울었습니다.

엄마 눈에 진물 같은 눈물이 흐르고 있었습니다.

그때야 나는 알았습니다. 엄마하고 헤어지는 것을.

내가 끌려 간 곳은 소들을 팔고 사는 시장이었습니다.

"여기 천지 모르고 날뛰는 부룩송아지가 있군."

누군가 내 엉덩이를 철썩 때렸습니다.

나는 깜짝 놀라 그 사람을 머리로 받는 시늉을 하였습니다.

"허허. 이눔이 부사리가 될 모양이네. 좋아, 이 송아지를 사겠소."

나는 그날 낯선 집으로 끌려갔습니다. 새로운 주인이 여물과 풀을 주었지만 먹지 않았습니다. 엄마 생각만 났습니다.

"음매, 음매."

목이 쉬게 엄마를 불렀습니다.

"음머."

어디에선가 엄마의 대답 소리가 들리는 듯했습니다.

하지만 며칠이 지나자 나는 엄마를 잊었습니다. 배가 고파 여물을 배불리 먹으니 엄마 생각이 나지 않았습니다. 나는 풀이든, 구정물이든 주는 대로 먹었습니다.

어느 날, 주인이 고삐를 바짝 끌어당기더니 내 코를 뚫어지게 살펴보았습니다.

"이제 목매기가 되었으니 코를 뚫을 때가 되었다."

'코를 뚫는다고?'

그말이 무슨 뜻인지 나는 몰랐습니다.

나는 두엄터 말뚝에 고삐를 매이게 되었습니다. 두 다리도 꽁꽁 묶였습니다.

"히잉, 히잉."

잔뜩 겁에 질려 오줌을 싸며 울었습니다.

주인 박서방은 고삐를 바짝 끌어 잡고 내 코청을 뜨거운 물로 문질렀습니다.

"자, 이제 너도 어른이 되는 게다. 그러니 얌전히 있거라."

"이봐요. 도대체 뭘 하려고 이러는 거요. 이제부터 날뛰지 않고 얌전히 있을 테니 제발 고삐 좀 놔 주세요."

하지만 박서방이 어린 소의 겁먹은 소리를 알아들을 리 없지요.

하모니카를 잘 부는 박서방의 친구가 검은 보자기로 내 얼굴을 덮었습니다. 그리고 잠시 후, 무엇인가 훅 뜨거운 것이 코청을 쑥 파고들었습니다.

"히잉, 히잉."

나는 기절할 듯이 비명을 질렀습니다. 온몸을 비틀어 댔지만 꼼짝할 수가 없었습니다. 나는 숨을 헐떡이며 눈물을 뚝뚝 흘렸습니다. 보자기가 걷어지고 내가 땅을 내려다 보았더니 빨간 피가 얼룩져 있었습니다.

나의 코에는 박달나무로 만든 코뚜레가 끼워졌습니다. 둥근 고리 모양의 코뚜레에 왕골로 꼰 고삐가 매어졌습니다.

여덟 살 난 아이한테 내 고삐를 잡혀 보세요. 그래도 난 꼼짝 못하고 끌려갑니다. 코뚜레의 고삐는 노예의 발목을 맨 사슬 같은 것입니다. 이 세상에 코 뚫고 고삐 매고 순하지 않을 동물이 어디 있겠어요.

하지만 내가 코뚜레 고삐를 잡히고 산다고 하여 언제까지 순한 황소는 아닙니다. 우리 조상이 지금까지 만 년을 순하게 살아왔지만, 앞으로도 만 년을 순하게만 살아가라는 법은 없지요.

박서방 주인님!

내 눈은 그냥 큰 게 아닙니다. 두 뿔은 보기 좋으라고 솟은 것이 아닙니다. 아무 때나 함부로 눈을 부릅뜨지 않으나, 한번 화나면 내 눈은 햇불처럼 타오르고, 10년 주인도 단숨에 뿔로 받아 넘길지 모릅니다.

바람이 좋은 어느 날, 박서방 친구가 들에 나와 하모니카를 불었습니다.

"여보게, 박서방. 저 황소도 하모니카 소리를 좋아할까?"

"그게 무슨 소리야. 쇠 귀에 경 읽기라는 말도 못 들었나."

그래요. 우둔한 황소에게 하모니카 소리가 아니라 아무리 아름다운 음악을 들려준들 무슨 소용이 있겠어요.

"아냐. 짐승들도 신나는 음악을 들으면 반응을 보일 거야."

그 친구가 하모니카를 신나게 불었지만 나는 풀만 뜯어먹고 있었습니다. 솔직히 무슨 소리인지 알아들을 수가 없었습니다.

"봐라. 쇠 귀에 경 읽기란 속담이 맞지 않니."

그때였습니다. 배가 불러 먼 하늘을 쳐다보고 있는데, 어디선가 피리 소리가 들려왔습니다.

삘릴리 삘릴리.

들에서 놀던 한 아이가 버들피리를 만들어 부는 것이었습니다. 아이는 피리로 별의 별 소리를 다 내었습니다. 삐악삐악 병아리 소리도 내고, 멍멍 강아지 소리, 꽥꽥 오리 소리, 윙윙 모기 소리도 들렸습니다.

나는 기분이 좋아 귀를 쫑긋거리기도 하고, 꼬리를 휘휘 내젓기도 했습니다.

이런 소리는 내가 제일 좋아하는 소리이거든요. 물론 잘 알아들었다는 뜻입니다.

나는 내일도, 모레도, 글피도……. 아니 죽는 날까지 멍에를 메고 끙끙 일을 할 겁니다.

그래도 나는 박서방의 말대로 순한 소, 미련한 소, 무식한 소인 내가 좋습니다.

바보라고 놀려도 좋고, 겁쟁이라고 놀려도 상관없습니다. 평생 동안 등짐을 지고, 멍에를 메고, 길마를 지는 것이 소인 내가 할 일이기 때문입니다.

나는 고양이나 개처럼 주인과 친구가 되는 것은 싫습니다. 그냥 끙끙 일하는 소가 좋습니다.

무엇이 좋으냐고요?

동산에서 풀을 뜯다가 흰구름을 보며 '음머' 하고 송아지를 부르는 게 좋습니다.

사람들은 너무 바빠서 나처럼 한가롭게 구름을 볼 시간이 없지 않습니까.

똥이 말라 딱지가 앉은 뱃가죽과 꼬리에 파리가 날라들면, 꼬리를 휘휘 젓는 것이 좋습니다. 설마 내 꼬리에 맞아 죽겠어요?

깊은 밤, 외양간에서 콧김을 뿜으며 한번 먹은 것을 슬근슬근 되새김질하는 그 맛은 아무도 모를 겁니다. 사람은 한 번 먹은 음식이 자기 입에서 나온 것도 더러워하잖아요.

주인이 열 번 바뀌어도 금방 주인을 알아보는 나의 천성이 좋습니다. 사람들은 여러 주인을 섬기는 게 서툴지요.

이만 하면 황소의 인생도 살만하지 않나요.

한 가지 박서방이 조심할 것은, 내 고삐를 항상 단단히 쥐고 있어야 합니다.

어느 날, 내가 고삐를 뿌리치고, 눈을 횃불처럼 켜고 저 흙 들판을 내달리며 눈에 보이는 것은 죄다 두 뿔로 받아 버릴지 모르니까요.

은행골의
뚝배기

이영

이상배는 충청북도 내륙, 괴산 부근의 첩첩산골 은행정에서 태어나 자란 시골뜨기이다. 어린 시절부터 책 만들고 글 쓰는 것이 꿈이었는데, 두 가지 꿈을 다 이루었다.

은행정! 내가 한번 꼭 가 보고 싶은 곳이었다. 이상배가 늘 자랑하는 고향이며, 그의 동화의 뿌리가 출발한 곳이다. 한때 그가 경영했던 출판사 이름이 '은행나무'일 정도로 그는 은행정에 있는 은행나무를 끔찍이 사랑한다. 도대체 어떤 곳이기에 그처럼 노래를 할까 싶었다.

벼르던 일이 성사되어 지난 5월 초순, 함께 내려갔다. 5월의 대지는 싱그럽기 이를 데 없었다. 음성을 지난 차가 증평들로 접어들자, 상배는 벌써부터 마음이 설렌다. 이 작은 읍내에서 고향 마을까지는 시오리나 된다고 했다. 읍내에는 '중앙서점'이라는 책방이 있었는데, 어릴 적 이곳까지 걸어서 동화책을 사러 왔다고 했다.

증평을 지나 청안으로 들어서자 눈에 익은 산천이 바싹 다가든다. 그러자 상배는 '먼 산나무'로 화두를 뗐다. 어렸을 때, 작은 지게를 지고 나무를 하러 다녔던 먼 산을 바라보며 회상에 젖는다. 나는 이상배를 24년 전에 처음 만났다. 내가 소년소설 〈징검다리〉로 데뷔한 직후 한창 부풀어 있을 때였다. 나보다 먼저 〈천년바람〉으로 데뷔한 그를 난 지면을 통해서 알고 있었다.

처음 보는 그의 눈빛이 예사롭지 않았다. 프로 골퍼 최경주처럼 확고한 눈빛이었다.

"작품 참 좋습디다."

내게 하는 인사말이었다. 내 데뷔작 〈징검다리〉를 읽어 본 빛이었다. 그 말뿐이었다. 그는 그처럼 말을 아낀다. 그리고 절대로 큰소리치는 일이 없다. 아무리 화가 나도 목소리를 높이지 않는다. 요즘 유행하는 말로 고음불가도 아닌데 말이다. 또한 남하고 싸운 일도 없지만, 특히 정신적인 싸움에서 진 적이 없다. 단체나 그룹에서 늘 앞장서는 리더로 주어진 일을 즐긴다. 아닌 것은 아니라고 주장하되 절대로 목소리를 높이지 않는다. 그렇게 자제력이 강한 외유 내강형이다. 그리고 무슨 일이든 완벽주의자이다. 그런 점으로 미루어 보아 강한 성격일 것 같으나 솜털처럼 부드럽다. 그러면서 이야기를 잘하는 달변가이다.

"〈천년바람〉의 주제가 뭐요?"

나도 인사차 물었다. 그러자 그는 한 번 피식 웃는 것으로 대답했다. 그만큼 난 문학적 소양이 부족하다. 그가 존 웨인의 정통 서부 영화라면, 난 프랑코 네로의 마카로니 웨스턴이다. 그래서 난 늘 그한테 한 수 배운다.

이상배에게는 묵직한 카리스마가 있다. 경기 내내 공수 라인을 향해 카리스마 넘치는 목소리를 내지르는 골키퍼 같다. 그것이 부담스러울 때도 있지만, 어쩔 수 없는 천성이자 그만의 매력이다. 트레이드 마크다. 해병대 장교 경력이 그의 카리스마 켜를 더 두텁게 만들었을 것이다. 그 카리스마가 써레동인을 태동시켰고, 성년이 된 써레의 재도약을 진두 지휘한다.

난 이상배를 살코기에 곧잘 비유한다. 씹으면 씹을수록 더 좋은 맛이 우러나서이다. 또한 뚝배기 같은 남자다. 투박하지만 늘 맛있는 찌개가 보글보글 끓고 있는 뚝배기!

이상배는 마당발이다. 하지만 아무나 덥석 만나는 스타일이 아니다. 그렇다고 만남에 차별을 두지도 않는다. 일단 만난 후부터는 더 정이 붙는다. 내가 그보다 연장이지만, 우린 나이 같은 것은 초월한 채 친구처럼, 형제처럼 지낸다. 아무나 덥석 사귀지 않는 그가, 24년이 지나도록 나와 실과 바늘 같은 우정을 나누고 있는 것은, 아마도 내가 불쌍해서일 거다.

은행정에 닿았다. 그의 대표작인 〈옛날의 은행골〉, 〈부엌새 아저씨〉, 〈북치는 소년〉, 〈옛날에 울아부지가〉, 〈별이 된 오쟁이〉, 〈도깨비 아부지〉, 〈아리랑〉 등의 배경인 은행정. 마치 삼태기 모양의 아늑하고 포근한 시골 마을이었다. 그의 마음이 늘 푸근한 것도, 삼태기 같은 은행정 품에서 자란 연유이리라.

마을 앞 질펀한 논에서, 이랴 쩌쩌 소 몰며 써레질하는 아버지가 그의 두 눈에 보인다. 논두렁길로 새참을 이고 오는 어머니도 보인다.

아니, 이게 누구여? 상배 아녀? 요즘은 왜 테레비에 안 나오능겨? 누룽지를 긁어 주던 누님 같은 은행정 아낙네들은 다투어 상배를 얼싸안고 싶어한다. 하지만 동행한 낯선 나그네 때문에, 짐짓 안 그런 척 내숭들을 떤다. 절간에 가서도 새우젓 보쌈을 얻어먹고 남을 은행정 누님들.

그가 살던 옛집은 흔적도 없고, 그 자리에 슬라브 집이 앉아 있었다. 가재가 나와 놀던 집 뒤 도랑도 축사가 빼앗아 가 버렸다. 젖소들이 되새김질을 하며 두 나그네를 경계했다. 이때쯤이면 꽃향기가 콧속을 아리게 하던 집 옆의 복숭아 밭(복숭아가 유난히 붉고 달았다고 아쉬워했다)도 작물밭으로 변해 있었다.

머위가 자라는 언덕 너머에 구릉 같은 동산이 있었다. 유년 시절 자주 올라 노래 부르고 작가의 꿈을 키워 왔던 이상배의 꿈동산이다. 그 동산 역시 물어뜯긴 듯이 허연 배때기를 드러낸 누에처럼 누워 있었다. 축사 울타리가 동산에 오르는 길을 막아, 다시 동네로 내려왔다. 슬라브 집 틈에 끼인 폐가 몇 채의 흙벽이 무심한 세월을 탓하고 있었다.(그는 동네가 너무 많이 변했다고 가는 한숨을 내쉬었다.)

고샅길을 걷던 그가 슬그머니 어느 집으로 들어갔다. 인기척을 알아차린 60대 초반의 후덕한 누님 같은 여인네가 나왔다.

"명순이 아가씨는 어디 살지요?"

상배의 물음에 의아해하던 여인네가, 투박한 충청도 사투리로 답해 주었다.

"충주유."

"아주머니 말 놓으세요. 저 상배예요."

"어매, 상배라구? 아니, 왜 이렇게 변했어."

반색하는 그 여인네는 바로 명순이의 올케였다.

"옛날에 명순이를 무척 좋아했는데……."

상배는 쑥스러워하지도 않았다.

"우리 고모가 원래 이뻐유. 지금 중핵교 교감 부인인데 잘 살어유."

상배와 명순이 올케의 정담이 무르익는 마당가에 솜방망이 같은 매화 가지가 눈부셨다. 조만간 사발덩이 같은 꽃을 터뜨릴 주먹만 한 수국 망울들 밑으로 5월의 철쭉이 화사했다. ……흐음, 요게 첫사랑을 고향에 숨겨 두었었군.

다시 고샅길을 걸어 내리는 상배의 눈에 어릴 적 친구들의 모습이 선하다. 동구, 노근이, 갑석이, 한우, 청희, 인회, 영주, 영숙이, 음전이, 그리고 명순이……, 고샅이 왁자하게 뛰어 논다.

"아니, 상배 아녀?"

"어이구, 노근이잖어?"

마침 들에서 돌아오던 어릴 적 친구 노근이를 만났다. 둘은 잡은 손을 놓지 못하고 이야기꽃을 피운다. 노근이 부인이 재촉하는 바람에 잡았던 손을 놓는다. 노근이는, 이 친구가 어릴 적에 무척 똘똘하고 총명했다고 추켜세운다.

"나이는 나보다 위지만 늘 나한테 당했어."

상배는 완전한 꼰대가 다 되었다면서 노근이 흉을 봤다. 저도 꼰대이면서. 그런 걸 보면 아무래도 노근이하고 라이벌이었나 보다. 아하! 명순이와 삼각 관계였나 보다.

드디어 마을 옆 밭가에 있는 은행나무에 갔다. 그 옛날에는 그곳이 마을 어귀였던 모양이다. 수고 10미터, 둘레 6미터의 우람한 은행나무 한 그루가 하늘을 떠받들고 서 있었다. 500여 년 넘게 은행정 마을을 지켜온 그 은행나무에서 이상배의 모든 작품이 출발한다.

"친구들과 이 나무 터에 와서 많이 놀았는데."

상배는 감회가 새롭다. 은행나무 밑동에 크게 뚫린 굴(지금은 시멘트로 봉했다.) 속에 들어가 재미있는 놀이를 했다. 여름이면 마을 사람들이 큰 그늘 아래서 자리를 깔고 낮잠을 즐겼으며, 6·25 전쟁 때는 인민군의 작전 터가 되기도 했다.

노근이는 다람쥐처럼 나무를 잘 탔다. 언젠가는 그 노근이가 올라갔다 떨어졌는데도 다치지 않았다. 마침 할 일이 없어 심심해하던 노근이 아버지(81세)가 달려와 여러 가지 이야기를 들려주었다. 단옷날, 은행나무 가지에 그네를 매고 타는데, 여러 사람이 그네를 타다가 떨어졌는데 한 사람도 다친 적이 없다고 하였다. 이렇게 은행나무가 은행정 사람들을 위한다고 했다. 그래서 신묘한 은행나무를 마을 사람들이 돌아가며 지킨다고 했다. 그러니까 노근이 아버지는 우리 둘을 감시하러 온 거였다. 더 크지도 않고 늘 그 크기인 은행나무는, 지금도 가지가 휘도록 은행을 단다고 덧붙였다. 좌르르촤르르, 바람에 은행나무 잎이 나부꼈다. 그늘진 쉼터 주위엔 노란 애기똥풀이 지천으로 피어 있었다.

마을 가운데 웅덩이 같은 연못 앞에 섰다. 어렸을 땐 꽤 큰 연못으로 깊었다고 한다. 어른들이 모두 들로 나간 어느 해 여름 한낮의 일이었다. 상배는 막 학교에서 돌아온 형에게 잠자리를 잡아 달라고 졸랐다. 배고픈 것도 참고 형은 동생을 데리고 연못가로 나왔다. 각시잠자리, 신랑잠자리, 장수잠자리들이 연못물에 꼬랑지를 담그며 더위를 식히고 있었다.

자마리 동동, 파리 동동……. 실 끝에 작은 잠자리를 잡아 매달고 잠자리들에게 최면을 걸던 형이 그만 연못에 풍덩 빠지고 말았다. 허우적거리며, 살려 달라는 형의 비명이 하늘에 닿았다. 상배는 들로 내달렸다. 일하는 어른들을 데리고 다시 달려왔을 때, 형의 모습은 보이지 않았다. 그날 흙바닥을 뒹굴며 가슴을 찢던 어머니의 피울음!

연못을 바라보는 상배의 눈이 슬퍼 보였다. 그 연못 밑으로 미나리꽝, 미나리꽝 옆으로 대파밭, 그리고 마늘밭…….

그가 어린 시절, 멱감으며 놀던 저수지로 갔다. 그의 동화 〈중간이 아저씨〉의 배경이 되는 곳이다. 5월의 훈풍이 잔물결을 잡으며 수면 위로 미끄러졌다.

"이 저수지 둑이 왜 이렇게 낮아졌지?"

그에겐 아직도 어릴 때의 순진함이 남아 있다. 함께 걷는 저수지 둑 길섶엔 풍년초와 쇠뜨기가 군락을 이루고 있었다. 제비꽃 한 포기가 수줍은 보라색 웃음을 웃었다. 머지 않아 송홧가루 날릴 저수지 뒷산은 신록의 물이 들고 있었다. 명순이와 함께 삘기를 뽑아 씹던 그 산비탈에서 구우구 산비둘기가 울고, 꺽꺽 장끼가 퉁명스럽게 울었다.

코흘리개 시절, 몽당연필 달그락거리는 책보를 메고 학교 다니던 오솔길. 포장도로로 변한 그 길가에 그 시절 푸르던 느티나무가 늙은 모습으로 서 있었다. 학교에 오가다 다리쉼을 하던 느티나무다. 학교에 늦을까 봐 뛰어다니기 일쑤였다. 그래서인지 운동회 때 청백군 릴레이를 하면, 양쪽의 선수는 모두 은행정에서 나왔다.

학교를 오가자면 꼭 건너야만 했던 도안천 냇물. 다리가 없던 그 시절엔 비만 좀 내려도 학교를 못 갔다. 범람한 도안천을 건널 수 없기 때문이다. 어쩌다 명순이를 업어 건네 줘야 할 땐 노근이와 서로 다투었으리라. 추억의 도안천 위로 현대식 번듯한 도안교가 놓인 지 오래다.

도안교를 지나면 도안역이다. 이상배의 작품 〈아름다운 꿈〉의 무대이다. 충북선 간이역인 그 역엔 예나 지금이나 타려는 승객보다 역무원 수가 더 많다.

그 역 부근의 도안초등학교에 다니는 소년은, 학교가 끝나기 무섭게 역으로 달려온다. 지나가는 기차 구경을 하기 위해서다. 지나가는 기차에 햇게 같은 손을 흔들어 주곤 한다.

소년은 기차를 타고 싶다. 그래서 날마다 금테 두른 둥근 모자를 쓴 역장에게 부탁을 한다.

"아저씨, 기차 좀 태워 주면 안 돼요?"

역장의 대답은 늘 '그래. 안 된다.'였다. 그렇더라도 멋진 역장의 모습에 반한 아이는 커서 역장이 되겠다는 꿈을 꾼다.

은행정에서 저수지를 거쳐 산 속 길을 지나고, 도안천 징검다리를 건너 도안역을 지나 학교까지는 십 리 길이다. 그 주변이 몽땅 이상배 동화의 텃밭이다. 아니, 고향 은행정을 비롯해서 그의 숨결과 눈길 닿은 곳 모두가 그의 동화다. 그의 작품 중에 고향 냄새가 나지 않는 작품이 거의 없다. 그처럼 그는 고향의 모든 것을 사랑한다. 풀 한 포기, 꽃 한 송이, 심지어는 고향에 부는 바람까지. 그래서 이상배 특유의 작품 세계를 가지고 있다. 그는 예쁜 척, 닮은 듯한 작품 쓰기를 거부한다. 그리고 늘 새로운 작품 세계를 탐구한다.

한때는 대그룹의 계열사 전문 경영인으로 출세도 했었다. 그러나 글 쓰는 작업을 위해 40대 중반에 자리를 박차고 나왔다. 그리고는 경영인으로 일하면서 쓰지 못했던 작품을, 요즘 독하게 마음먹고 쓰고 있다.

이상배. 그는 타고난 일꾼이며 글쟁이다. 어린이 도서 출판 편집인이라는 한우물 직업을 가지고 지금까지 수많은 베스트셀러를 기획 출판하였으며, 거기에다 동화 쓰는 직업까지 가졌다. 요즘은 수술(목디스크)도 미룬 채 일에 파묻혀 있다. 그래서 이 세상에서 가장 바쁘고 행복한 사람이다. 그런 이상배이지만 고독하다. 마당발 인간관계를 가지고 있지만, 우울증 비슷한 고독감을 가지고 있다. 아니, 그 고독을 즐긴다.

"이런, 깜빡하고 아버지 산소에 안 다녀왔네."

돌아오는 차 안에서 그가 탄식했다.

"어이, 친구! 수일 내로 은행정에 또 오자구. 이번엔 잊지 말고, 아버지 무덤 위에 한 줌 흙을 다독거려 드리자구."

이상배의 고향 은행정이 점점 멀어지고 있었다.

'정과 슬픔과
아름다움'의
혼화

최명표

1. 서언

이상배는 등단 이후 줄곧 동화에서 사람들 사이의 '정과 슬픔과 아름다움'(〈아름다움의 뿌리를 캐며〉)을 이야기해 왔다. 이 세 가지 미학적 심급이야말로, 그가 동화를 쓰는 이유이다. 정과 슬픔은 한민족의 기원 이래 고유한 정서의 결정이다.

정은 정착 생활을 하던 농경 사회의 유산으로, 공동체적 질서를 유지하는 감정의 매개항이었다. 슬픔은 봉건 사회의 상하 관계가 야기한 억압된 욕망의 앙금이며, 외적의 침략으로 인해 숱하게 반복된 전쟁의 결과가 빚은 것이다.

정은 인간관계의 친밀도를 고양하는 데 기여하지만, 슬픔은 개인적 차원의 다양한 감정 상태를 하향화시킨다. 슬픔은 양가적 속성을 지니고 있어서 세상을 견디는 힘으로 작용하기도 한다.

극한의 슬픔은 체념을 양산하지만, 때로는 극도의 응집력을 발휘하여 현재의 물질적 토대를 성찰하도록 조장하기도 한다. 슬픔이 생산적 차원으로 편입되면, 종래의 부정적 이미지를 불식하고 미학적 성취를 거두는 문학적 기반이 된다.

이런 측면에서 그는 정과 슬픔을 소재로 동화적 아름다움을 추구하는 작가이다.

지금까지 발표된 이상배의 동화는 크게 나누어 역사에 대한 관심을 드러낸 동화, 아버지로 대표되는 고향의 세계, 그리고 도깨비로 상징되는 구술적 동화의 세계로 분류할 수 있다. 세 가지는 공통적으로 과거 시제를 함의하게 되는데, 그의 의식 지향을 추측할 수 있는 준거로 기능한다. 또한 이 세 가지 국면은 아버지의 존재에 의해 적절하게 배분되고 있다. 말하자면 그는 동시대 어린이들의 생활 장면보다는, 자신이 겪은 바를 충실하게 복원하여 후대에 계승시키는 일에 초점을 맞추고 있다는 얘기다. 그러므로 그의 작품에서 발견되는 체험담은 자전적 요소로 수용되어도 무방하다.

이러한 구분에 따라 본고는 이상배의 동화 세계를 검토하고자 한다.

그는 1982년 〈월간문학〉과 월간 〈아동문예〉의 신인상을 받으며 등단한 이후, 대한민국문학상(1987), 한국아동문학상(2000), 김동리문학상(2004), 이주홍문학상(2006) 등을 수상하며 중견작가의 반열에 올라섰음에도 불구하고, 아직까지 활발하게 조명 받은 적이 없다. 본고는 필자의 〈비인간스러운 인간의 역사―이상배의 역사동화론〉(〈아동문학평론〉, 2004. 겨울호)을 잇는다.

2. 원시적 세계를 향한 휴머니즘 동화

1) 구술적 세계를 찾아서

한국인들은 자라나는 동안에 누구나 도깨비담을 듣는다. 도깨비는 고대로부터 지금까지 아이들의 관심에서 멀어진 적이 없으며, 한국사가 다하는 날까지 민족의 생활에서 수명을 다할 것이다.

도깨비는 만물에 정령이 깃들어 있다는 원시적 사유 체계의 산물이다. 삼라만상의 온갖 물상에 정령이 배어 있으니, 세상을 지배하는 인간이라고 해도 겸손해지지 않을 수 없다.

조상들은 후세들에게 일상적 삶에 대한 성찰의 기제를 마련해 주기 위해 도깨비를 창안하였다. 물론 도깨비는 다른 나라에도 존재한다. 그렇지만 한국의 도깨비는 다종다양할 뿐만 아니라, 인간들을 크게 위해하지 않는다. 차라리 그들은 인간들에게 능글맞은 해학을 제공하고 보은의 중요성을 일깨워 주는 등, 인간의 삶에 깊숙이 개입하여 교훈과 카타르시스를 선사한다. 그러므로 도깨비는 "초인적인 힘, 창조적 능력, 위험하리만큼 의식을 능가하며 동물들의 육감에 해당하는 본능, 어디에 보배가 있는가, 어디에 진실성이 있는가를 꿰뚫어 보는 직관, 자유분방한 거친 원시적 감정, 때로는 파괴력으로 변환될 수 있는 미증유의 리비도―도깨비는 우리 마음속에 있는 이런 요소들의 투사상"(이부영, 〈심리학적 측면에서 본 도깨비〉, 《한국의 도깨비》, 열화당, 1985, p.73)이라는 점에서, 한민족의 원형 심상을 대변하기에 충분하다.

도깨비는 귀신의 일종이다. 도깨비의 한자 표기가 '독각귀(獨脚鬼)'인 것으로 보아, 조상들은 도깨비를 귀신으로 보았다. 도깨비의 구체적 형상을 포착하기는 힘들다. 다만, 지금까지 발견된 고구려의 귀면숫막새기와, 백제의 귀면무늬와당, 조선의 귀면망와 등을 통해 그 형상을 추측할 뿐이다. 이러한 귀면의 공통점은 도깨비의 헌상굿은 캐릭터를 극대화하기에 적합하도록 과장되었다는 사실이다.

귀면의 대부분은 눈, 코, 입이 차지하며, 머리에 뿔이 돋아 있다. 눈은 반구형으로 돌출되어 있으며, 입은 크게 벌려서 하반부의 반 이상을 차지하고, 코는 구멍을 과대하게 나타내어 들창코 형상을 하였다. 귀면의 형상은 표면상으로는 고약한 인상을 풍기는 듯하지만, 자세히 바라보면 규모의 과장으로 인해 익살스러운 모습으로 변모한다.

그것은 한국의 전통적인 그로테스크 미학과 연루된다. 따라서 도깨비는 미적 특성상 태생적으로 악행을 자행할 수 없는 운명을 갖고 태어났다. 그는 자신에게 부여된 임무에 충실할 뿐, 더 이상의 역할 기대로 인간을 실망시키지 않는다. 이러한 속성 때문에 도깨비를 둘러싼 이야기에는 웃음을 기저로 놀라움의 효과가 내재되어 있다.

이상배는 《도깨비 삼시랑》(국민서관, 2000)에서 도깨비 이야기를 집성하였다. 그가 도깨비에게 계속하여 관심을 표명하는 것은, 결국 민족적 심상에 대한 집요한 탐구라고 할 수 있다. 그가 도깨비에게 기울이는 관심은 현실 속에서 사라져 버린 구술성의 세계, 곧 농경 문화적 사유에 대한 향수에 기인한다. 곧, 그는 도깨비를 기록문학의 발달과 문명의 개화 속도에 밀려서 더 이상 구술되지 못하는 전통적인 세계의 사유 방식을 담보한 문화 유산으로 수용하고 있는 것이다. 그는 이 책에서 도깨비의 속성을 자세하게 언급하고 있다. 예컨대 그는 도깨비 사회의 집단적 위계, 도깨비의 활동 시간, 도깨비 씨름, 도깨비의 신통력 등을 여덟 편의 이야기 속에 적절하게 배분하면서 독자로 하여금 도깨비의 삶을 개괄할 수 있도록 돕고 있다.

"우리 도깨비는 사람을 해치기보다는 사람을 도와준다. 단, 우리의 신통력을 보여 주는 것은 좋은 사람한테 이득을 주는 것이다. 나쁜 사람은 당연히 혼내 준다."

도깨비의 세계에서 좌장격인 훈장 도깨비가 동료들에게 이르는 행동 지침이다. 이 속에는 도깨비가 인간 세상에서 살아가며 지켜야 할 윤리 규범이 들어 있다. 그들은 자신들이 갖고 있는 천부적인 신통력과 마술적 힘을 남용하지 않는다. 그들은 신통력을 발휘하기 위한 조건을 '좋은 사람한테 이득을 주는 것'으로 한정하고, 권선징악이라는 인간들의 율법을 추종하여 인간계에서 공존하는 길을 선택한다.

이러한 도깨비들의 속성을 파악한 한국인들은 악귀를 물리치기 위해 도깨비로부터 신통력을 빌리기도 하고, 작가가 말하듯이 도깨비를 "우리를 보고 박서방, 김서방 하고 부르고, 씨름을 하자고 조르고, 시를 읊고, 사람을 골탕 먹이려다가 오히려 도움을 주고, 싸움에서 지면 깨끗이 승복하고, 은혜에 보답할 줄 알고, 또 슬기로움이 무엇인지 일깨워."(책 읽기 전에) 주는 존재로 받아들였다. 지금까지 전해지는 도깨비 관련 설화에서 사람들이 치명적인 사태에 직면하는 대신에, 도깨비와의 조우나 충돌에서 자신의 허물을 뉘우치는 얘기가 주종을 이루고 있는 점이 작가의 말을 뒷받침한다.

그러므로 도깨비를 소재로 끌어들이게 되면, 의당 교훈적 요소가 따르기 마련이다. 이 점을 알아차리고 있는 작가는 도깨비를 취급하면서 교훈적 요소를 사상하고, 그 대신에 해학적 요소를 강조하여 이야기성을 배가시킨다. 그의 도깨비담에서 억지스럽고 식상한 느낌을 주지 않고 독자들에게 흥미를 유발하는 것도 이 덕분이다. 그는 소재의 특수한 조건을 작품의 형식에 맞도록 변형하는 것이다.

"응, 누구냐?"

아, 세 번째 부름에 상수는 대답을 해 버리고 말았습니다.

대답을 한 순간부터 상수는 제정신이 아니었습니다.

왕도깨비가 상수의 정신을 빼앗았기 때문입니다.

이때부터 상수는 도깨비에게 홀린 것입니다.

"빨리 나와 봐."

왕도깨비의 재촉에 상수는 바람처럼 휙 달려 나왔습니다.

신발도 신지 않은 맨발에 웃옷과 바지를 벗은 속옷 차림이었습니다.

사람들 사이에서 흔히 오르내리는 도깨비에게 홀리는 장면이다. 이와 같이 도깨비는 상황에 맞도록 형상을 조절하고, 목소리를 변조하여 대상을 유혹한다. 도깨비의 꾐에 넘어가는 사람들은 항상 문제 행동을 보인다. 그들의 추문이나 악행은 도깨비의 참견 본능을 자극하고, 도깨비의 관심사로부터 자유롭지 못하다.

하지만 도깨비는 늘 익살스러움을 은닉하고 있는 까닭에, 그의 유혹이 험악하더라도 청자는 두려움에 떨지 않는다. 그런 모습은 일본의 '오니(鬼)'와 구별되는 변별점이다. 오니는 머리에 뿔이 돋고, 얼굴은 험상궂으며, 송곳니가 입 밖으로 길게 튀어 나왔고, 가시 돋친 철봉을 들고 잔인한 행동을 서슴지 않는다.

이에 비해 한국의 도깨비는 흉측한 외양과 달리, 인정과 의리를 행동 덕목으로 실천하는 친밀한 이웃이다. 도깨비는 한편으로 욕망의 불충족성을 은유한다. 민중들이 춤판에서 양반들의 위선을 과장된 몸짓으로 표현하듯이, 눈의 돌출과 입의 구개화는 볼 수 없었고 먹을 것이 부족했던 시기의 궁핍한 형편을 적나라하게 담아 내기도 한다.

이상배가 최근에 발표한 〈도깨비 아부지〉(〈아동문예〉, 2006. 4)는 중편동화이다. 그는 이 작품에서 이전에 발표했던 도깨비 연작에서 나아가 현실계와 환상계를 자유롭게 넘나드는 상상력을 보여 준다. 그의 상상은 마법적 힘에 의지하지만, 그는 결코 전통적인 도깨비의 캐릭터를 손상하지 않는다. 가령, 그는 동순씨를 통해 도깨비의 종류를 상세하게 열거하고 있다. 예를 들면, 그는 "웃자란 보리밭을 밟아 대는 심술 도깨비, 쇠똥이 약이라고 먹는 바보 도깨비, 한겨울에 참외 수박을 배부르게 먹었다고 자랑하는 거짓말 도깨비, 볶은 깨를 씨앗으로 뿌리는 어리석은 도깨비, 가난한 외딴 집 할머니에게 쌀가마니를 지어다 준 착한 도깨비, 시장 골목에서 주운 치약으로 이를 닦는 멋쟁이 도깨비, 술 취한 머슴들과 씨름 내기 좋아하는 씨름 도깨비, 장마에 떠내려간 섶다리를 단숨에 놓은 신통방통 도깨비, 도깨비 방망이를 잃어 버리고 망신당한 노망 도깨비, 도깨비불로 술 취한 장사꾼 홀리는 귀신 도깨비, 아이들이 찬 축구공을 엉뚱한 데로 날려 보내는 꾸러기 도깨비, 둥근 달을 보고서 시를 지어 읊는 시인 도깨비, 어떤 아이의 잃어 버린 운동화를 찾아 준 버들 도깨비" 등, 가히 도깨비 박물관이라고 해도 지나치지 않을 정도로, 많은 종류를 거명하고 있다.

이처럼 도깨비는 인간의 형상을 하고 인간의 삶터에서 인간과 공존한다. 그들은 마치 인간의 행동거지를 모방하도록 살아가는 것을 최상으로 선정한 듯 보인다. 인간의 생활과 밀접한 관련을 맺고 있는 도깨비의 속성상 당연히 도깨비로 인해 생성된 관용구도 많다. 작가의 인용을 재론하자면, "도깨비도 수풀이 있어야 모이는 법이야, 도깨비를 사귀었나?, 도깨비 기왓장 뒤지듯이, 도깨비 땅 마련하듯, 도깨비 장난, 도깨비 놀음, 도깨비 방망이, 도깨비 살림" 등, 그 용례는 헤아릴 수 없을 정도로 많다. 이상의 용례는 한국인들의 언어 생활을 윤택하게 도와주며, 도깨비의 활동 모습이 문화의 각 부문에 깊숙하게 침투한 양상에 다름아니다. 이상배가 도깨비에게 지극한 관심을 쏟는 것도 사실상 구술성이 마멸되어 가는 현실에 대한 안타까움의 표시라고 할 수 있다.

2) 아버지와의 추억을 찾아서

1960년대 이후 이 땅에 불기 시작한 산업화 열풍은 낯선 문물이 낯익은 제도를 구축하도록 조장하였다. 그리하여 고래로 전해 내려오던 익숙한 삶의 문법 체계는 구시대의 유물로 격하되었고, 그 자리에는 합리와 실용을 중시하는 물량 문명이 들어서게 되었다. 더불어 농촌은 이향민들이 속출하면서 순식간에 공동화되었고, 전국적인 계급의 분화 과정을 통해 신분은 재편성되었다. 아버지들은 산업 전사로 명명되었고, 그들은 가족을 부양하고 조국의 근대화를 앞당기는 데 헌신하도록 강요받았다. 그의 노동에 힘입어 가족의 삶은 질적 향상을 도모할 수 있었으나, 그에 반비례하여 아버지의 전통적인 권위는 회복 불가능할 정도로 변모하였다. 아버지는 더 이상 권위의 상징이 아니며, 질서의 수호자가 아니다. 그는 이제 가정의 화목을 위해 자진하여 권위를 포기하는 시대에 살고 있다.

하지만 아버지의 권위를 일방적으로 배제한 결과, 한국 사회는 정향성을 상실하게 되었다. 특히 한국 문학의 과도한 여성 편향성은 문단의 상시 시비거리이거니와, 아버지에 관한 서사물의 부족은 문학적 자양을 박하게 만드는 요인이다. 이런 상황에서 어머니보다는 아버지에 대한 그리움이 현저한 이상배의 동화는 값지다. 그것은 유별난 부자간의 애정을 확인하는 문자적 행위이기도 하겠지만, 아버지를 상실한 채 편모 슬하에서 살아가는 동시대 어린이와 어른의 처지에 대한 안타까움의 표시이기도 하다. 또한 아버지에 대한 가없는 존경심은 아버지의 권위가 존재하던 원시적 세계에 대한 그리움이기도 하다. 그는 〈아름다움의 뿌리를 캐며〉(《꿈꾸는 밀짚모자》, 샘터, 1987)

에서 아버지와의 생생한 기억을 부기한 바 있다.

> 아버지는 나를 들쳐 업고 밤길을 걸으셨습니다. 울다가 지쳤던 나는 아버지 등에 얼굴을 묻고 잠들었습니다. 아주 깊고 깊은 잠을.
> 이 세상에 태어나 아직 그때만큼 울다 지치고, 달고 깊은 잠을 잔 적이 없습니다. 그리고 아버지에 대한 나의 기억은 그 일이 너무도 생생히 새겨져 다른 일들은 빛이 바래 버리고 말았습니다.
> 또한 그날 밤만큼 까만 어둠과 웅성거림도 아직 경험해 본 적이 없습니다.
> 한 편의 이야기를 시작할 때마다 그때의 어둠과 웅성거림, 그리고 젊으셨던 아버지의 모습을 떠올려 봅니다.

그는 백중날 밤 장터에서 벌어진 씨름판을 구경갔다가 아버지를 잃어버렸다. 어둠 속에서 찾아 헤매던 자식을 데리고 귀가하는 아버지의 심정은 예나 지금이나 반가움과 자책으로 범벅일 터이다. 더군다나 작가가 1950년대산이라는 사실에 주목하면, 자식의 대한 애정 표현을 억제하도록 교육받은 아버지는 자식을 잃어 버린 순간의 실수를 두고두고 원망했을 터이다. 이처럼 이 땅의 아버지는 모든 것을 자신의 과실로 규정하기에 앞장섰으나, 어머니의 세심한 사랑에 가려 제대로 평가되지 못한 실정이다.

그의 동화집 《옛날에 울 아부지가》(문공사, 2000)에는 "어린이들이 우리의 아버지, 아버지의 아버지들이 흘러간 시간 속에 키운 아름다운 꿈과 뿌리를 가슴속에 소중히 간직했으면"(〈가슴속에 소중히〉) 하는 바람이 집적되어 있다. 그의 기대는 집단적 차원에서 아버지들이 감당했던 이 나라 역사에 대한 관심으로 승화되기도 하고, 개인적 차원에서 아버지에 대한 애절한 사부곡으로 나타나기도 한다. 이 동화집의 도입부에 해당하는 '서낭제—신화의 시작'은 "사람들은 고향을 떠나기 시작했습니다."라는 문구로 출발한다. 곧 그가 문제삼는 '서낭제', '신화', '이향'은 자연스럽게 아버지의 세대에 대한 그리움을 불러일으킨다. 특히 서낭제가 신화로 굳어버린 현실을 인정할 수밖에 없는 작가의 안타까움은 은행골의 일년을 서술하도록 충동한다. 은행골은 "이 세상 모든 것들과 같이 어우러져 뒹굴 수 있는 땅"이라는 점에서, 작가의 서사적 고향이며 이상적 공간이다.

> 멀리서 바람 소리가 수런거리며 다가옵니다. 작은 뒤바람입니다. 곧 추워질 것입니다. 그러나 은행골 또래들은 추위쯤 아랑곳하지 않습니다.
> 은행골은 또래들의 고향이자 천국입니다. 이 세상 모든 것들과 같이 어우러져 뒹굴 수 있는 땅입니다.
> 그래서 은행골 또래들은 어른이 되어서도 그 땅을 떠나지 않았습니다.

그리고 겨울 덤불 속에 도깨비들도 떠나지 않고 새봄을 기다리고 있습니다.

작가는 은행골에서 벌어지는 한 해 동안의 모습을 서술하는 동안에 유년기의 그리운 얼굴들과 해후하며, 무시간적 공간에서 그들과 원시적 놀이를 공유한다. 또래 집단의 놀이 체험은 작가로 하여금 은행골에 대한 공간애를 증대시키고, 유년기의 몽상을 본래 모습으로 충실하게 재현해 준다. 그의 동화에서 자주 출현하는 은행나무(은행골)는 개인적 표상으로 볼 수 있다. 은행잎의 화석이 갖는 영원한 시간성을 전제하면, 은행나무(은행골)에 집착하는 그의 태도는 추억의 전승 의지를 표상한다. 그런 점에서 이 동화집은 아버지가 살았던 은행골의 추억을 후대에 고스란히 구전하고 싶은 개인적 욕망의 산물이다. 그것은 그가 수범하는 작가적 책무의 발로이고, 어린이에 대한 어른의 배려이기도 하다. 그의 동화에서 되풀이 강조되는 아버지의 노고는 자식을 위해 헌신하는 모습으로 구체화되었다. 그것은 작가의 각별한 세대 의식에서 말미암은 것으로 보인다. 전후에 성장하여 조국의 발전을 이루는데 기여한 그는, 어느 날 자신의 기억 속에서 잊혀졌던 아버지의 모습을 찾아 내게 된다. 자신이 어느덧 아버지의 나이에 접어들었다는 물리적 사실 앞에서, 작가는 아버지의 역할 수행 정도를 반추하는 과정에서 과거적 기억들을 회고하게 되는 것이다.

그의 회고 속에서 고향 사람들은 서사적 인물로 다시 태어난다. 이상배의 〈씨오쟁이〉와 〈별이 된 오쟁이〉는 연작이다. 전자의 오쟁이는 《옛날에 울 아부지가》의 서사 공간인 은행골에서 살았던 '멍충이'이고, 후자는 몹쓸 병에 걸려 금적굴에서 병사하여 별이 된 오쟁이이다. 전자에서는 오쟁이가 장성하여 어머니에게 성묘하기 위해 남몰래 고향을 찾아오는 이야기이고, 후자는 병든 아들을 돌보기 위해 낯선 마을에서 궂은 일을 다하는 중간이 아저씨의 아들 사랑 이야기이다. 두 작품 공히 비정상인의 삶을 영위했던 인물을 다루고 있다. 과거에 어느 마을에나 존재하던 '무녀리' 같은 사람들의 억눌린 삶을 공식적 차원에서 문제시하는 작가의 의도는 명백하다. 그들의 억압된 일상을 해체하여 정상적인 상태로 되돌려주는 것만이 추억을 온전하게 재구성하는 것이다.

3) 역사의 '슬픔과 아름다움'

G. 루카치는 명저 《역사 소설론》에서 역사란 현재 역사의 구체적 전사이며, 과거를 현재의 전신으로 파악하여 인식되는 것이라고 하였다. 그의 언급은 역사 소설이 끊임없이 생산되어야 할 근거가 되며, 동일한 이유로 역사동화의 발표 역시 간단없이 이루어져야 할 명분이 된다. 왜냐하면 우리들은 역사를 통해 현재적 삶의 과거적 근원과 미래적 전망을 동시에 획득해야 하기 때문이다. 이런 측면에서 역사동화는 소위 순수 동

화에서 탈락한 역사적 관점을 제공하며, 현재의 물질적 토대를 인간적인 상태로 변화시키는 심리적 계기로 기능한다. 아울러 역사의 실수를 반복하지 않기를 바라는 작가의 충정은 역사동화를 발표하는 원동력이다.

동화 〈북치는 소년〉은 북장이 삼대의 비극적 이야기이다. 이상배는 외세 의존적인 신라에 의해 철저히 삭제된 백제의 한을 '북치는 소년'을 통해 되살리고 있다. 그는 백제 최후의 결전이었던 주류성 전투에 참가한 나이 어린 용이의 경우를 다룸으로써, 역사는 침략군의 의지에 의해 단절되는 것이 아니라는 불변의 신념을 드러낸다.

어린 소년이 북을 쳐서 쇠잔해진 국운을 되살릴 수도 없으려니와, 악화된 전황을 역전시킬 수도 없을 터이다. 하지만 무릇 역사란 기성 세대의 후손으로서 어린 세대가 담당하는 순간, 주체 세력의 변모에 알맞도록 새롭게 쓰인다.

용이는 문득 그 날의 어머니 북 장단이 생생히 떠올랐습니다. 한 소절 한 소절 끊어질 듯 노래를 부르며 북을 치던 어머니…….

그때, 주류성 성루에서 북을 치던 독전병이 작은북을 치며 다가오고 있는 어린 고수를 내려다보았습니다.

"용아, 용아!"

그의 입 속에서 짧은 외마디 소리가 터져 나왔습니다.

그때 어디선가 불화살 하나가 어린 백제군 북장이를 향해 날아갔습니다.

"용아!"

그 순간 성루 위의 독전병이 피를 토하듯 외치며 성 밖으로 몸을 날렸습니다.

북소리가 점점 잦아들었습니다.

운명의 순간에 용이 부자가 북소리를 매개로 해후하는 비극적 결말을 취택한 이 작품은 작가의 역사관을 여실히 드러내 준다. 그는 전쟁통에도 가족간의 혈연 관계는 단절되어서는 아니 되며, 부자에게 당면한 죽음이야말로 인간의 탐욕에서 비롯된 전쟁이 인간에게 저지르는 가장 비인간적인 범죄 행위라는 사실을 강조하고 있다. 곧, 이승에서 진행되는 어떠한 전쟁도 가족의 소중함보다 중요할 수 없다는 평범한 진리를 그는 결론으로 제시한다.

그는 조국을 위해 산화한 이름없는 북장이들의 참전담을 통해서 인간의 광기를 고발하고 있는 셈이다. 특히 나이 어린 용이와 삼대에 걸친 참전 경력은 전쟁의 야만성을 폭로하는 데 안성맞춤이다.

이상배의 동화 〈부엌새 아저씨〉는 전쟁이 한 인간의 영혼을 얼마나 피폐화시키는지를 증언한다. 작가는 본명을 숨기고 '부엌새 아저씨'로 불리는 인물의 후일담을 통해 전쟁의 비인간성을 고발하고 있다. 그가 애써 전쟁의 상흔을 서사화하는 것은 역사적 책무라기보다는, 차라리 전쟁의 목격자로서 선대의 아픔을 후대에 전해 주려는 증언자로서의 의무감에서 비롯된 것이다. 이것은 아버지로서의 책임감에서 비롯된 것으로, 기성 세대의 잘못을 후속 세대들이 되풀이하지 않기를 바라는 염려이기도 하다.

> 덕빙이는 가는 숨을 내쉬었다. 바지 주머니에서 얼른 부싯돌을 꺼냈다. 탁, 탁, 마주쳐 빛을 냈다. 부엌새였다. 참새보다 작은 몸통의 까만 새. 부엌 같은 어두컴컴한 곳에서 울며 산다고 해서 부엌새라 불렀다.
> 그 새는 은행나무 굴 속에서 살아왔다. 가끔은 굴 속에서 빠져 나가려고 비행하다 나무 벽에 부딪혀 상처를 입었다.
> 바보새 같으니. 눈이 보이지도 않니. 공중으로 날아야지. 하늘로 날아야지. 새는 하늘에서 날며 하늘에서 살아야지. 부엌새는 바보다. 덕빙이는 더는 움직이지 않는 부엌새를 한구석에 놓아 주었다. 그리고 나무 굴 속에서 나왔다.

부엌새 아저씨가 최덕봉(덕빙)이라는 본명을 감추게 되는 사건을 암시하는 구절이다. 덕빙이는 한국 전쟁을 겪으면서, 어린 시절에 '바보새'라고 이름 붙였던 부엌새의 운명을 따라가게 된다. 그는 한때의 잘못으로 평생 동안 죄의식 속에서 살아가는 비극적 인물이다. 따지고 보면 그의 잘못은 잘못이라고 할 수 없다. 도붓장사였던 부모가 장에 나가고 형은 학교에 간 어느 날, 그는 심심해서 혼자 놀다가 전쟁을 만났다. 그는 동리 사람들이 모두 피난간 마을에 혼자 남겨진 채 워리와 함께 가족들을 기다린다. 아홉 살배기에게 죄의식의 단초를 제공한 것은 마을 사람들이었다. 그들은 소년을 홀로 두고 피난하면서 은행나무 밑에 숨어 있도록 당부한다. 하지만 그것은 자신들의 안녕을 도모하기 위한 임시방편일 뿐이지, 소년의 안위를 걱정한 조처가 아니었다.

아홉 살짜리 덕빙이는 인민군들의 위협에 굴복하여 동네 사람들의 피난처를 알려 주는 대가로 인민군의 손아귀에서 벗어날 수 있었다. 하지만 그 순간 금적산에 숨어 있던 마을 사람들의 대량 학살이 진행된다. 마을의 비밀을 누설한 소년의 죄책감은 가슴속에서 내면화된다. 그는 부엌새 아저씨로 장성해도 본명을 은폐해야 하고, 세상 어디에도 정착할 수 없는 비극적 운명을 지닌 채 철부지 시절의 죄업을 되새김한다. 이것이 그에게 부하된 운명의 무게이다. 덕빙이는 영영 부엌새의 운명을 떨어 낼 수 없다. 이와 같이 전쟁은 다수 민중들의 영혼을 불구화시킨다. 세상의 어떤 명분도 인간의 생명보다 우선할 수 없다는 자명한 진리를 이 작품은 보여 주고 있다. 철부지 아홉 살 소년의 인생을 망친 것은 인간의 비인간스러운 광기였다. 작가는 인간에게 내재된 광기를 폭로하기 위해 두 편의 전쟁 동화를 쓰게 된 것이다. 그것은 전쟁 체험 세대의 간절한 소망의 피력이며, 진정한 '이성'을 가진 사람들이 감내해야 할 숙명이다.

민요 〈아리랑〉은 아주 먼 옛날부터 겨레의 삶을 담보해 주는 노래이다. 〈아리랑〉을 통해 한민족은 비로소 하나로 이어지며, 민족적 정체성을 확인하게 된다. 한민족의 구송 속에서 〈아리랑〉의 세마치 장단은 겨레의 감정 상태를 표현하는 데 가장 알맞은 형식으로 자리잡았다. 이상배의 《아리랑》(파랑새어린이, 2006)은 '아리랑'의 근원에 대한 동화적 탐색이다.

그는 머슴 리랑과 떠돌이 머슴의 딸 성부를 등장시켜, 억압받는 민초들의 삶과 항거를 다루었다. 장단 속에서 양반의 호흡을 배제하였듯이, 《아리랑》은 굴곡 많은 서민들의 애환을 담고 있다. 이런 점에서 《아리랑》 속의 두 인물 설정은 적절하다. 더욱이 두 사람이 동년배라는 사실은 '아리랑'의 계승 가능성을 확보하고 있다는 점에서 시사적이다.

리랑은 흉년에 씨앗 곡식을 받아오라는 김 좌수의 분부를 따르지 않아 매를 맞는다. 비참한 농민들의 실상을 알고 있는 리랑으로서는 좌수의 심부름을 따를 수 없었다. 그는 이 사건을 계기로 사회적 모순을 정확히 인식하게 되고, 모순을 해결하기 위한 전략을 수립하게 된다. 그는 소작농과 종들을 설득하여 마침내 차별 없는 세상을 건설하기 위한 일보를 내딛는다.

노랫소리는 슬픈 고개를 넘어가듯 이어졌다.

그 고갯길이 높고, 힘들고, 한스러워 못 넘어갈 거 같았다.

그러나 노랫소리는…… 노래를 부르다 보면 슬픈 고갯길을 넘어가는 힘이 생겼다.

슬픈 고갯길을 넘어간 노랫가락은 희망의 힘으로 용솟음쳤다.

리랑이도, 성부도, 천서방도, 마서방도 그리고 수락산을 찾아가는 구만리 농부들도 아무리 힘든 고갯길이라도 아리랑을 부르며 넘어간다.

백성들은 아무도 괴롭히지 않고 모두가 주인인 새 세상을 건설하기 위해 〈아리랑〉을 부르며 아라고개를 넘는다. 사람답게 살 수 있으리라는 희망은 출신 성분도 다른 사람들을 하나로 결속하여 〈아리랑〉이라는 노래를 만들어 냈다. 이 한 편의 노래가 좋은 세상을 이루는 바탕이 된 셈이다. 이와 같이 노래는 사람들을 연대시키는 커다란 힘을 갖고 있다. 그러나 그 힘은 리랑의 감정 상태가 '엄마에 대한 그리움 ─ 김 좌수에 대한 원망 ─ 새 세상을 향한 희망'으로 바뀌는 과정에서 진정한 모습을 드러낸다. 곧, 이상배의 《아리랑》은 리랑의 슬픔을 묘사하는 데서 나아가 〈아리랑〉을 부르며 모든 사람들이 하나 되는 아름다운 순간을 그린 작품이다.

3. 결론

이상에서 살펴본 바와 같이, 이상배는 일관되게 인간 세상의 '정과 슬픔과 아름다움'을 즐겨 다룬다. 그 소재는 유년 체험에 기인하고 있는 바, 공간상으로는 충북의 고향이 해당한다. 그는 가슴이 따뜻한 휴머니스트답게, 작품의 도처에서 고향의 인물들을 재생한다. 그들은 이 땅에 살았던 민초들의 삶을 대변한다는 점에서, 그의 동화는 언제나 사실성을 확보하고 있다. 특히 그의 작품 속에서 자주 등장하는 고향의 아버지는 말할 것도 없이 이 땅에서 명멸해 간 범상한 존재에 지나지 않는다. 그는 이와 같이 사소한 인물들의 중요한 의미를 집요하게 탐색한다. 아버지는 도깨비가 살았던 시절의 경험을 자식에게 하나라도 더 들려주기 위해 노력하는 사회적 화자이며, 자신이 겪었던 전쟁의 비극적 체험을 증언하는 역사적 증인이며, 여전히 고향의 어귀에서 자식의 환향을 기다리는 영혼의 수호자이다.

결국 그가 아버지와의 추억을 오늘에 되살리기에 노력하는 것은 가장으로서의 책임감 때문이다. 예컨대, 그가 역사동화에서 가문의 몰살과 개인의 정체성을 파괴하는 전쟁의 슬픔을 고발하는 것은 이 땅에서 다시는 전쟁의 참상을 반복하지 않으려는 결의이며, 후손들에게 도깨비와 공존하던 사람들의 정이 남아 있는 고향의 구술적 세계를 보전하여 한국적 아름다움을 옹호하고자 하는 작가로서의 의사 표시이다. 바로 이런 점 때문에 이상배의 동화는 "어린이의 마음을 살찌게 하는 과일 같은 것"(권용철, 〈깊은 맛을 지닌 과일 같은 동화 세계〉,《별이 된 오쟁이》(배동바지, 2004)이라는 평가를 받는 것이다.

이상배의 동화가 갖고 있는 묘력은 슬픔 속에서 발견되는 아름다움에 있다. 그는 비인간적인 역사적 사건을 다루면서도 세대간의 화해에 기초하기 때문에, 등장인물들이 한데 어울려 살아가는 아름다운 장면을 연출한다. 그것은 작가의 내면에 자리하고 있는 아버지 의식에서 기인한다. 그의 아버지는 개인적 차원을 초월하여 작품 속에서 대부분의 장면을 통제하며, 인물들로 하여금 동화적 결말을 향해 나아가도록 독려하는 역할을 수행한다. 따라서 이상배의 동화에서 구현되고 있는 '정과 슬픔과 아름다움'의 혼화는 온전히 아버지의 힘이라고 할 수 있다.

내 인생에서 만난
세 사람의 이야기꾼

이상배

1

내가 입버릇처럼 중얼거리는 말이 있다.

"사는 게 뭔지, 인생이 뭔지."

이 말을, 꼭 잠자리에 막 드러누워 한마디씩 한다.

기분 좋을 때나 우울할 때나 마찬가지로 중얼거린다.

그럴 때마다 아내가 한마디 한다. '세상에 가장 행복한 사람'의 넋두리라고.

이 말은 맞다. 나는 참 행복한 사람이다. 왜? 내가 하고 싶은 일을 마음껏 하며 살아왔기 때문이다.

나는 어릴 적 첫 번째 가진 꿈이 책을 만드는 사람이 되겠다는 것이었다. 두 번째 마음에 새긴 것이 글을 쓰고 싶은 것이었다. 이 두 가지 꿈 중, 첫 번째 꿈은 내가 사회에 첫 발을 내딛는 순간부터 이루어졌으며, 두 번째 꿈도 몇 년 후에 이루어졌다. 그리고 지금까지 이 두 가지 일을 나름대로 열심히 하고 있다. 그러니 어찌 행복한 사람이 아니겠는가.

2

나는 6·25 전쟁 중에 태어났다. 어머니께서 나를 낳고 3일만에 피난을 떠났다고 하였다. 눈이 엄청나게 쏟아지는 추운 겨울이었지만 피난을 떠나지 않을 수 없는 상황이었다. 핏덩이나 마찬가지인 어린 것을 싸안고 고향(충북 괴산군 도안면 도당리 은행정)에서 남쪽인 보은으로 떠났다. 날이 저물어 한 농가에 머무르게 되었는데, 그 집에 피난민이 넘쳤다고 한다. 전쟁 중에도 사람들은 갓난아기와 엄마에게 인정을 베풀어 그 집 안방 아랫목에 자리를 마련해 주었다. 그런데 밤중에 안방 다락문이 누워 있는 갓난아기의 몸으로 떨어졌다. 피난민이 다락방까지 쉴새없이 드나들어 고리가 고장이 난 것이다.

아기는 비명 같은 울음을 짧게 울고는 아무 소리도 없었다고 한다. 놀란 어머니와 아버지가 아기 가슴에 귀를 대 보니 숨을 안 쉬고 있었다. 죽은 것이었다. 어머니는 흐느껴 울며 밤새 아기를 품고 밤을 지새웠다.

이튿날, 다시 피난길을 떠났다. 어머니는 죽은 아기를 솜이불에 감싸안고 떠났다. 아버지가 눈 속에 묻어 주자고 해도 어머니는 듣지 않았다. 가는 길마다 죽은 아이들이 버려져 있었다고 했다. 가족들의 길 재촉에 어머니는 할 수 없이 아기를 눈 위에 버려야 했다. 어머니는 한 걸음 가다가 뒤돌아보고 다시 가다가 뒤돌아보고……. 마침내는 죽은 것이라도 찬 눈 속에는 못 버리겠다고 다시 돌아와 아기를 안았다. 그런데 이게 웬일인가? 아기가 두 눈을 뜨고 있지 않은가.

"아가!"

분명 살아 있었다. 어머니는 눈물을 흘리며 아기를 꼭 안았다.

그 아기가 이상배이다. 전쟁의 피난 중에 눈 속에서 죽을 목숨이 다시 살아난 것이다. 이 피난이 1·4 후퇴이다. 그러니 나는 1951년 1월 1일생인 셈이다.

3

나의 아버지는 평생 논밭을 일군 농부였다. 그때의 여느 집처럼 4남 2녀의 대가족이었다. 누나, 형 순으로 세 번째였으며, 형과는 나이 터울이 아홉 살 차이었다. 집안 형편은 중농가였다. 우리 형제들은 아버지를 도와 농사일을 열심히 하였다. 초등학교 1학년 때부터 새끼 지게를 지고 풀도 베어 나르고, 나무도 하고, 거름도 지어 날랐다.

나는 농사가 재미있었다. 아버지처럼 농사를 짓는 농사꾼이 될 것이라고 생각했다. 학교에서 돌아오면 공부 같은 것은 한 적이 없다. 어머니가 시키는 들심부름(아버지나 일꾼들에게 새참으로 막걸리나 고구마 같은 것을 가져다 줌.) 하기를 좋아하고, 들에 나가면 아버지를 따라 일을 하였다.

"넌 천상 농사꾼이다."

그래서 아버지는 나를 무척 좋아하였다. 들일을 하면서 재미있는 이야기를 해 주었다. 평소에도 사랑방이나 집에서 얘기를 잘 하는 아버지였다. 조상에 관한 이야기, 장터에서 생긴 일 등, 여러 이야기들을 흥미롭게 들려주었다.

그 시절에는 봄이 되면 땔감이 부족했다. 아버지는 여러 다른 아버지들과 어울려 십 리가 더 되는 먼 산으로 나무를 하러 다녔다. 새벽에 떠난 나무꾼들은 저녁 무렵이 되어서야 돌아왔다. 나는 해가 설핏해지면 고개 너머 저수지 둑으로 달려가 아버지를 기다렸다. 수십 명의 나무꾼들은 큰 나뭇짐을 지고 한 줄로 돌아오곤 하였는데, 붉은 저녁놀이 물든 저수지 둑에 나뭇짐을 받치고 땀을 닦는 장면은 잊을 수가 없다.

나는 물주전자를 가지고 아버지에게 달려가 따라 주었다. 물을 맛있게 들이킨 아버지는 꼭 선물을 주었다. 나뭇짐 위에 한 다발씩 꽂힌 진달래 아니면 버들개지, 삘기 같은 것이었다.

그런 날 밤, 아버지는 먼 산 나무 길에서 있었던 일을 재미있게 들려주곤 하였다. 이렇듯 아버지는 힘든 농사일을 하는 농부였지만 입을 닫고 사는 분이 아니었다. 당신이 보고 듣고 생각한 것을 늘 자식들에게 이야기로 들려주었다.

나는 아버지에게서 들은 이야기를 내 나름대로 보태 지어 동무들에게 들려주었으며, 동네 어른들에게 이야기를 잘하는 아이로 알려졌다.

아버지는 겨울이면, 장터에서 파는 첩북(chep books-난전에서 파는 필사본)을 사왔다. 《춘향전》, 《홍길동전》, 《박문수전》 같은 책들로, 화롯가에 동네 아주머니들이 모인 자리에서 나는 책을 읽었다. 처음에는 높낮이가 없는 책 읽기 수준이었지만 점점 구연 기술이 늘어나 나중에는 마치 변사처럼 능숙해졌다.

이렇듯 아버지는 내가 처음 만난 이야기꾼으로, 나에게 남 앞에서 부끄러워하지 않고 책을 읽어 주는 사람으로 만들었다. 나는 어른이 되어서도 아버지와 마주 앉아 얘기하기를 좋아했다. 내가 궁금해하는 일을 아버지는 기억을 더듬어 소상하게 들려주었으며, 당신이 유추하여 생각하는 것까지 들려주었다. 중편 〈부엌새 아저씨〉는 아버지가 경험하고 들려준 이야기를 토대로 하여 쓴 것이다.

4

초등학교 4학년 새학기 때, 새로운 부임한 선생님이 담임이 되었다. 첫 시간, 출석을 부르고 난 선생님이 공부를 않고 이야기를 시작했다. 《집 없는 아이》였다. 두 시간 동안 이어진 고아 소년 르미 이야기는 내 마음을 쏙 빼놓았다. 그때까지 아버지에게서 듣던 생활적인 이야기나 옛날이야기의 맛이 아니었다. 나는 처음으로 명작을 이야기로 들은 것이다.

이야기를 마친 선생님은 이런 말을 했다.

"여러분도 동화 속에 나오는 르미처럼 꿋꿋하게 살아야 하며, 비탈리스 노인이 가르친 대로 책을 많이 읽고 노래도 배워야 합니다."

그날 내 머릿속에는 선생님이 들려준 '르미' 이야기로 꽉 찼다. 세상에 이처럼 멋진 이야기가 있었구나. 그 감동은 두고두고 내 마음을 사로잡았으며, 지금도 생생히 남아 있다.

선생님은 일주일에 한 번 꼴은 명작을 이야기해 주었다. 그런 어느 날 선생님은 이런 말을 했다.

"선생님 집에 지금까지 얘기해 준 책이 많으니 빌려 가 읽어도 좋아요."

선생님은 학교에서 십 리 떨어진 증평이라는 읍내에서 하숙을 하고 있었다. 나는 토요일, 십 리 넘는 신작로를 걸어 선생님 집을 찾아갔다. 크지 않은 하숙방의 책장에 책이 빼곡하게 꽂혀 있었다. 땀을 뻘뻘 흘리며 찾아온 나에게 선생님은 잘 왔다고 하며 찬물을 한 잔 내 주었다. 그날 나는 선생님이 읽기를 권하는 책 다섯 권을 책보에 싸들고 다시 십 리 넘는 길을 걸어왔다.

그날부터 등잔불 밑에서 책을 읽었다. 책 속에서 처음 만나는 새로운 세계에 나는 완전히 매료되었다.

"책이란 이렇게 재미있는 것이구나."

틈만 나면 책을 읽었으며, 소 고삐를 끌고 동산에 올라가 책을 읽는 것이 제일 즐거운 시간이었다. 나는 토요일마다 선생님을 찾아가 책을 빌려 왔다. 선생님은 국어시간에 나에게 앞에 나와 읽은 책을 이야기로 들려주라고 하였다. 나는 신나게 얘기했다.

이렇듯 초등학교 4학년 담임이었던 연용흠(延容欽) 선생님은 내가 만난 두 번째 이야기꾼으로, 나에게 책과 친해지는 인연을 맺어 주었으며, 내가 나중에 재미있는 책을 만드는 사람이 되어야겠다는 꿈을 심어 주었다.

5

초등학교 6학년 때의 일이다. 책을 많이 읽은 나는 무척 조숙했다.

외가는 산 고개 너머 마을에 있었다. 외가에 누나가 있었는데, 당시 열여덟 살이었다. 길게 땋은 머리 가닥이 엉덩이까지 내려오고, 얼굴은 달덩이처럼 흰하고 예쁜 누나였다. 나는 누나를 무척 좋아했다. 방학 때는 외가에서 살다시피 했으며, 누나는 나를 귀여워해 주며 이곳저곳으로 데리고 다녔다.

여름 방학이었다. 초저녁 무렵에 외삼촌이 우리 집에 들렀는데 아버지와 어머니에게 무슨 말인가 귓속말을 나누었다. 어른들은 매우 심각한 모습이었다. 무슨 일일까? 나중에 알고 보니, 누나가 집을 나간 지 이틀이 되었다고 하는 것이다. 사방으로 누나를 찾으러 다닌 외삼촌이 마지막으로 우리 집에 온 것이었다. 얌전하게 집안일밖에 모르는 누나가 왜 집을 나간 것일까? 나는 충격을 받아 잠을 이룰 수가 없었다. 그런데 더 충격적인 일이 기다리고 있었다. 이튿날, 누나의 시체가 동네 앞 저수지에 떠오른 것이다. 아버지와 어머니는 소식을 듣고 허둥지둥 달려갔다. 뒤를 따르는 나에게 어머니는 손을 저으며 오지 말라고 했다. 하지만 나는 참을 수가 없었다. 뒤따라가 보니 저수지 둑에 사람들이 하얗게 몰려 있고, 외삼촌 아주머니가 땅바닥에 구르며 통곡하고 있었다.

누나는 바로 뒷집에 사는 총각과 서로 사랑하고 있었다. 하지만 같은 성을 가진 씨족 마을의 먼 친척으로 이룰 수 없는 사랑이었다. 그런 중에 다른 남자와 혼담이 오고가 누나는 마지막에 죽음을 택한 것이었다.

그해 여름은 나에게 잔인했다. 나는 틈만 나면 외가가 보이는 뒷동산 언덕에 올라가 누나를 부르며 그리워했다. 모든 게 시시해졌다. 밥도 안 먹고 시름시름했다. 어머니는 "네 놈이 그런다고 죽은 누이가 살아오느냐."고 야단쳤다.

개학을 며칠 앞두고, 나는 공책에다가 소설을 썼다. 누나를 그리워하는 마음을 생각 나는 대로 써 내려갔다. 꽤 여러 장이 되었으며, 글을 쓰면서 나는 공책 위에 눈물을 떨구었다.

개학하여 나는 이 소설은 방학 숙제로 제출하였다. 며칠 후, 공부를 종례하는 시간에 선생님(연용흠)이 내 이름을 부르고 교무실로 오라고 하였다. 교무실에 가니, 선생님이 나를 보고 빙긋이 웃었다.

"상배야, 이 소설 네가 쓴 거 맞니?"

선생님이 노트를 들어 보이며 물었다.

"네."

대답하는 순간 나는 무척 부끄러웠다. 주위에 있던 다른 선생님들이 와 하고 웃었기 때문이다. 다들 돌려가며 읽어 본 것이다.

"네가 책을 많이 읽더니 글까지 쓰는구나."

선생님은 부드럽게 말하고, 의자에 앉으라고 했다.

"선생님이 읽어 보니 네가 글솜씨가 있구나. 나중에 소설가가 되면 어떻겠니?"

나는 고개를 푹 숙였다. 괜히 눈물이 나려고 했다. 누나 생각이 났고, 선생님 말씀도 고마웠기 때문이다. 나는 그때부터 공상하는 것을 좋아했다. 머리 속에 그린 것을 공책에 적어 보기 시작했다. 그 일이 재미있고, 나만의 비밀스런 것을 간직하는 즐거움이 있었다. 이렇듯 연용흠 선생님은 나에게 글을 쓰는 즐거움까지 주신 잊을 수 없는 스승이다.

6

나는 오늘까지 책 만드는 일을 해 오고 있다. 첫 직장이 상공부 산하의 '한국디자인포장센터'로 출판 디자인실에서 〈디자인〉과 〈패키지〉라는 잡지의 기자로 일했으며, 이후 '동화출판공사'로 옮기면서 어린이 책과 만나게 되었다. 당시 이 출판사에는 이근배 시인, 노경식 희곡 작가, 박건한 시인, 서정춘 시인 등이 있었으며, 자매지인 〈한국문학〉에는 한분순 시인, 김년균 시인, 김동리(발행인) 선생 등이 있었다.

'우리 작가가 쓰고, 우리 화가가 그린 그림 나라 100'을 편집하면서 아동문학에 관심을 갖게 되었다. 1981년 아동문학가에 대한 자료를 수집하던 중, 인사동에 사무실이 있던 〈아동문예〉 박종현 사장을 알게 되고, 1982년 〈아동문예〉 신인상에 동화 〈천 년 바람〉이 김요섭 선생의 선으로 당선되었으며, 이어 〈월간문학〉 신인상에 〈엄마 열목어〉가 당선되었다.

등단하고 작품 발표를 활발하게 하였다. 학교(중앙대 문예창작과. 1973년) 선후배들이 신문이나 잡지(문예지·사보 등등)사에 많이 근무하고 있어 그 덕을 많이 보았다.

856

1982년에 〈아동문예〉를 통해 등단한 작가 아홉 명이 '써레' 동인(김관식, 김영훈, 손기원, 송남선, 양점열, 이 영, 이창건, 조명제)을 결성하여 지금까지 동인 활동을 해 오고 있다.

1984년 첫 창작집 《꽃이 꾸는 나비꿈》을 출간하였고, 이후 《꿈꾸는 밀짚모자》(1987), 《북치는 소년》(1989, 대한민국문학상 수상), 《눈물꽃》(1993), 《옛날에 울아부지가》(2000, 한국아동문학상 수상), 《도깨비 삼시랑》(2000), 《별이 된 오쟁이》(2004, 동리문학상 수상), 《아리랑》(2006, 이주홍문학상 수상) 등의 창작집을 출간하였다.

나름대로 열심히 작품 활동을 하던 나에게 제동이 걸렸다. 10년 넘게 근무하던 동화출판공사에서 대교출판으로 일자리를 옮기면서부터이다. 이곳은 내가 어린이 책을 만들면서 가장 꽃을 피웠던 직장이다. 아동 출판 시장을 주도하는 베스트셀러를 많이 기획 출판하면서 아동 도서의 속성을 깨달았고, 그 성과로 직급도 주간에서 편집이사, 대표이사로 고속 승진을 하였다.

어린 시절 책을 만드는 사람이 되겠다는 꿈의 절정기를 맞이한 것이다. 하지만 한 가지를 이루면 다른 한 가지는 잃는 것일까. 글을 쓸 수 있는 여건이 안 되었다. 전문 경영인으로 작품 활동을 할 수 없는 제약이 따랐다. 임원으로 근무하는 동안 작품 발표는 물론 자사에서도 책을 낼 수 없었다. 이 기간이 길어지면서 나는 결국 동년배들에 비해 작품 활동의 성수기를 갖지 못하였다.

1987년 나는 사십 대 중반임도 불구하고 직장을 떠났다. 작품 활동에 대한 욕망도 컸고, 출판 일의 프리랜서를 선언한 것이다. 이후 아동 도서의 활황기를 맞으면서 편집인으로 제2의 전성기를 누렸다. 작품을 창작하는 일은 뒷전으로 밀렸다. 그런 중에도 소위 기획 도서의 집필은 꾸준히 하였다. 생태동화의 유행을 불러온 《민들레 자연과학동화》(전10권)는 70만부를 판매하였으며, 중국 삼국지 유적을 네 차례나 답사하고 집필한 《삼국지 구비동화》(전12권)도 나에게는 소중한 취재 경험의 공부를 하게 한 책이었다.

7

바쁘게 출판 일을 하면서도 나는 늘 나의 문학의 미완성에 대해 자괴하고 있었다. 아니, 미완성은 둘째 치고라도 그동안 쓰고 싶었던 작품을 마음껏 쓰는 성수기라도 가져 보았으면 하는 생각이었다. 하지만 중이 제 머리 못 깎듯이 만날 남의 책 만드는 일만 열심이었지 정작 내 일은 벼르고만 있었다. 아마 진지하게 매달려야 하는 창작 작업에 두려움을 안고 있었던 것일 것이다.

이렇게 벼르기만 하는 전(前) 동화작가에게 기(氣)를 불어 넣어 준 사람은 소설가 최인호(崔仁浩) 선생이다. 선생은 내가 가톨릭 종교로 귀의하게 인도해 준 대부(代父)이기도 하다. 처음 인연은 동화출판공사 근무할 때, 선생은 전속 작가 같은 관계였다. 당시 출간한 소설《고래 사냥》은 초베스트셀러가 되기도 했다. 그때부터 나는 선생을 따르며 그분의 독특한 문학과 인생을 엿보기도 하고 배우기도 하였다.

선생은 독특한 기질을 가지고 있다. 잘난 것으로 치부할 수만은 없는 유아독존적인 사고방식과 행동은 문학가의 이미지를 대중화시키는 기술이기도 하며, 붓끝이 마를 새 없이 저술하는 열정과 변신은 40년이 넘게 '인기 작가'라는 닉네임을 달고 있는 비결이기도 하다.

선생은 만날 때마다, "사랑하는 상배야, 요즘 작품 쓰고 있지. 글 쓰는 일이 얼마나 행복하냐. 나는 하루하루가 정말 해피하다."

하는 식으로 나를 격려하고 부추겼다.

선생은 밥을 먹어도, 운동을 해도, 술을 마셔도 대자(代子) 앞에서 농담처럼 지나치는 말을 하지 않는다. 무슨 말이든 재미있게, 흥미진진하게, 그러면서도 뼈 있게 한다. 일 년 열두 달 해외에 나가는 일을 빼고는 하루도 거르지 않고 새벽에 청계산을 오르고, 하루에 무슨 이야기를 쓰든 원고지 50장을 메우는 것을 멈추지 않는다. 나는 선생의 이 같은 열정에 기를 팍팍 받았다. 느슨해져 있다가도 선생을 만나고 오는 날은 가슴이 벌렁벌렁 뛰고 힘이 솟았다. '아동 문단에서 최인호가 되자.' 이렇게 생각한 적이 여러 번이다. 그분의 문학을 천직으로 아는 열정과 욕망, 철저한 자기 관리, 끝없는 변신과 공부, 그런 기질을 닮고 싶은 것이다.

이렇듯 최인호 선생은 내가 20대 후반에 만나 지금까지 나의 문학적 정신을 일깨워 주고 채찍질하는 정신적인 스승이다.

8

이 글은 이 특집의 연보를 대신해서 쓴 것이다. 원래 연도와 날짜를 꼼꼼하게 기록하며 내용을 달아야 하겠지만, 그런 준비가 되지 못했다. 현재 목 디스크로 시달리고 있어 자료를 찾아 내어 날짜 같은 것을 정확하게 짚을 수 없었다.(다음 기회에는 기록으로 남을 수 있게 미리 정리할 것임.)

위 글에서 밝혔듯이 나는 어린 시절(초등학교)에 책 만드는 일과 글을 좋아하게 되었으며, 거기에는 아버지와 초등학교 때 두 차례 담임을 했던 연용흠 선생님이 있었기 때문이다. 아버지는 1992년 79세 나이로 타계하였으며, 연용흠 선생님은 아직 건강하시다. 지난 1월에는 〈왕의 남자〉를 늙은이 혼자 보기 부끄럽다고 하여 모시고 함께 보았다. 이렇듯 나는 세 분의 훌륭한 스승을 두어 정말 행복한 사람이다.

나는 앞으로 앞에서 말했듯이 나의 문학의 완성도가 아니라, 성수기를 갖기 위해 진지하게 작업할 것이다. 이는 생각만 해도 즐겁고 기쁜 일이 아닌가. 이어령 선생은 "동화는 반드시 숲이나 구름에만 있는 것은 아니다. 아이들의 시선 속에서는 하찮은 쓰레기라도 환상의 날개를 달고 번뜩거린다."고 말하였다. 무엇을 어떻게 써야 하는지를 말해 주고 있으며, 특히 나는 이 말을 되새기고 싶다. 예치한 돈에서 이자가 생기듯이, 오늘 내가 쓰는 동화가 훗날 어린이들에게 배당(이익)이 되는 가치가 되도록 노력하겠다. 요즘 나와 가장 많은 시간을 나누는 손자(승민. 3살)를 위해서도 말이다.

한국 아동문학가 100인

하청호

대표 작품
〈폭포〉 외 3편

인물론
따뜻한 가슴을 지닌 낭만의 시인

작품론
지성과 감성의 융해

어린이와 함께 선생이 걸어온 길

폭포

누구인가.

높푸른 바위 벽에
하늘에서
땅으로 내리치는
저 힘찬 손길

흰 물감 듬뿍 찍어
하늘에서
땅으로
단숨에 내리 긋는
저 힘찬 붓질

하얀 폭포.

벚꽃

왜 그리
서둘러 왔다가
서둘러 가는지
봄 햇살은
네게서 머뭇거리고

너를 보내기 싫어
떨어지지 않는
내 발걸음보다 먼저

하르르 하르르
꽃잎이 지네
봄날이 가네.

매발톱꽃

마을 꽃밭에
누군가
매발톱꽃 두 포기를
심어 놓았네.

꼬부라진
분홍빛 매발톱
지나가는
바람 한 자락을
할퀴네.

매는 날아가고
발톱만 남았네.

누가 가르쳐 주었을까

비 오는 날
연잎에
빗물이 고이면
가질 수 없을 만큼
빗물이 고이면

고개 살짝 숙여
또르르 또르르
빗물을 흘려 보내는 것을

누가 가르쳐 주었을까
가질 만큼만 담는 것을.

따뜻한
가슴을 지닌
낭만의 시인

권영세

1

하청호 시인은 가슴이 참 따뜻한 사람이다. 때로는 성격이 너무 깔끔하며 끊고 맺음이 분명한 조선의 선비 같다. 그래서 간혹 접근하기 힘들어하는 사람들이 있긴 하지만, 만나 보면 전혀 그렇지 않다. 그는 사람 만나기를 좋아하고, 만나는 사람과 정담 나누기를 좋아한다.

하청호 시인! 그는 여러 분야의 사람들과 두루 폭넓게 교분(交分)을 나눈다. 그는 만나는 사람들에게 그만이 지닌 따뜻한 향기를 나누어 주는 정감 있는 사람이다.

하청호 시인과 나는 오랫 동안 인연을 맺어 왔다. 지금도 이웃해 살고 있다. 교직에 몸담고 있으면서 한 직장에서 근무하기도 했고, 함께 문학 이야기를 하며 인생살이의 애환을 나누기도 했다. 그럴 때마다 그는 큰 형님처럼 나를 따뜻하게 품어 주었다.

나와 하청호 시인이 처음 만나 인연이 시작된 것은 30여 년 전이다. 1977년도 3월 신학기에 시골 학교에서 대구 시내로 전입한 때였다. 내가 문학 공부를 한답시고 마구잡이로 습작하며 방향도 제대로 잡지 못하고 혼자 방황할 때 그를 처음 만났다. 그 인연이 내 문학 인생을 결정하는 데 중요한 계기가 되었다.

1970년대 말 신혼 시절, 내 집이라고 마련한 대구 효목동의 작은 아파트 바로 옆 동(棟)에 하청호 시인이 살았다. 가끔 그의 집을 방문할 때면 문학 서적으로 둘러싸인 좁은 거실에서 그는 독서삼매경에 빠져 있었다. 그때 나는 하청호 시인의 그런 모습이 정말 부러웠다. 누구보다도 문학을 사랑하며 문학에 대한 열정이 있는 그는 늘 책과 함께 사는 사람으로 내 눈에 비쳤다.

독서를 좋아하는 하청호 시인은 문학 강연이나 강의, 그리고 사람들과의 대화 중에도 자신이 읽은 책 내용을 즐겨 인용한다. 독서를 통해 얻은 다양한 분야의 박식한 교양은 그의 풍부한 독서량을 짐작하게 하고도 남음이 있다. 그것은 돈으로도 계산할 수 없는 그의 재산이다. 그런 그가 나는 부러웠고, 때로는 흉내내 보려고 애썼지만 늘 내 능력과 끈기가 부족함을 느낀다.

하청호 시인은 국내외 여행을 즐긴다. 최근 몇 년 동안에도 여러 차례 외국 여행을 다녀와서 보고 느낀 것을 이야기 하는 그를 보면서 정말 멋진 인생을 살고 있다는 것을 느낀다.

지난 2월 교직을 정년 퇴임한 직후에도 미국 여행을 다녀왔는가 하면, 그로부터 얼마 지나지 않아서 또다시 일본을 다녀온 여행 체험담을 이야기한 적이 있다. 이렇게 여행하면서 보고 듣고 얻은 경험들이 그의 문학작품에 배어 있다. 그래서 그가 쓴 한 편 한 편의 글들은 살아 숨쉬며, 그래서 읽는 이의 가슴을 울려 주는가 보다.

하청호 시인은 정(情)이 많은 사람이다. 마음 맞는 사람들과 어울리면 시간 가는 줄 모르고 인생을 이야기하고 문학을 논하며, 때로는 잡담하는 일을 즐긴다.

대구에서 초등학교에 몸담고 있으면서 문학을 하는 여섯 사람이 매월 첫째 월요일에 만나는 모임이 있다. 1980년대 초부터 시작된 이 모임은 이제 어언 20여 년이 지났다. 하청호 시인과 나, 그리고 김몽선 시조 시인, 문무학 시조 시인(현재 대구문협회장), 김형경 동시인(대구 죽전초 교장), 심후섭 동화작가(대구시 교육청 장학관) 등 여섯 사람의 이 모임은 별다른 이름이 없다. 그저 6인 모임이다. 회칙도 없고 회장이나 총무가 따로 없이 매월 당번이 되는 사람이 장소 마련과 식사 제공을 한다. 만나면 세상 사는 이야기에서부터 문학 이야기, 걸쭉한 음담패설에 이르기까지 일관된 장르가 없다. 그저 만나면 반갑고 헤어질 때면 다음 만날 때까지 아쉬워하는 것이 모임의 매력이다.

이 모임에서도 하청호 시인은 분위기 조절에 적극적이다. 그는 체질적으로 술은 잘 못하지만, 노래방엘 가면 전혀 어색하지가 않다. 늘 분위기 있는 레퍼토리와 느낌 있는 그의 목소리는 함께 자리한 이들의 마음을 즐겁게 한다. 이렇듯 하청호 시인은 낭만을 아는 멋쟁이다. 그래서 그의 삶은 늘 열정적이다.

2

하청호 시인은 대구의 교번 일번인 대구초등학교를 졸업하고, 경북중학교와 대구사범학교를 졸업하였다. 아쉽게도 그의 학업 환경이 그가 지닌 잠재 능력과 학문 추구에 대한 욕망을 충족시키기에는 그다지 좋은 여건이 아니었다는 것을 평소 그와의 대화를 통해서 알고 있다.

그는 당시 수재들만 간다는 대구에서도 첫손 꼽는 중학교를 졸업하고, 사범 학교를 졸업하면서 서울대학교 치의예과에 합격을 했지만, 경제 사정으로 대학 진학을 포기하고 교직에 발을 들여놓았다. 40여 년의 교직 생활에서 교육자로서 큰 업적을 쌓았지만, 그때 치과 대학에 진학했더라면 틀림없이 훌륭한 치과 의사로서 그 분야에서도 탁월한 능력을 발휘하였을 것으로 짐작한다.

그의 교직 생활은 늘 동료들에게는 모범적이었다. 나는 짧은 기간 동안 그와 같은 학교의 동학년 담임교사로 근무한 적이 있다. 내가 곁에서 지켜 본 그는, 동료 교사나 후배들에게 귀감이 될 만큼 교육 철학과 사명감이 투철했다. 교사에서 교감, 교장 그리고 교육 전문직으로서의 교직 생활을 지난 2월 말에 마감하고 이제는 자연인으로 돌아갔지만, 아직도 교육에 대한 열정은 완전히 식지 않았다.

특히 그는 교육 전문직으로 있을 때에 시교육청 유아 교육 담당 장학관으로서 관내의 공사립 유치원 교육에 남다른 열정을 보였다. 그가 유아 교육에 대한 특별한 신념이 있어서 대학원에서 유아 교육을 전공하는 등 그 분야의 전문적인 소양을 갖추기 위해 노력했던 것으로 나는 익히 알고 있다.

그의 교직 생활의 마지막 근무지는 경북대학교 사범대학 부설 초등학교였다. 국립학교인 그곳에 근무하는 동안 일반 초등학교의 선구적인 역할과 교육인적자원부의 상설 연구 학교로서의 역할 수행에 있어서 그의 탁월한 지도력 발휘로 학교의 위상을 크게 향상시켰다. 또한 학교 행정과 교육 시설 및 교육 환경 개선 등에 있어서도 효율적인 경영 관리로 학교의 교육 풍토 쇄신에 큰 힘을 쏟았다. 그 결과 퇴직 시에는 교육 수요자인 학부모들의 마음에서 우러난 감사와 함께 그의 퇴임을 매우 아쉬워했다는 소문이 들리기도 했다. 이처럼 하청호 시인은 투철한 교육 철학을 바탕으로 한 남다른 열정과 소신 있는 교육자로서 주위로부터 많은 칭송을 받았다.

하청호 시인의 교직 생활에 있어서 가장 큰 영광은, 〈한국일보〉가 제정하여 지금까지 시상하고 있는 제1회 한국교육자대상을 일찍이 수상한 것이 아닌가 생각한다. 이렇듯 하청호 시인은 그의 청춘을 불태운 직업인이었던 교육자로서도 남들로부터 신뢰와 존경을 받았던 사람이다.

3

내가 하청호 시인을 처음 만난 것은 1970년대 후반이다. 시골의 초등학교에 근무하다가 1977년 3월 1일자로 대구 시내 초등학교에 전입된 직후다. 20대 후반의 청년 교사였던 나는 문학에 대한 갈망은 있었지만, 그 분야의 정보는 너무나 부족했다. 오로지 서점만을 드나들며 문학 잡지와 문학 관련 서적들을 탐독하면서 문학에 대한 열정을 쏟고 있을 그때 하청호 시인을 처음 만났다. 그는 이미 지방의 일간 신문과 중앙지의 신춘문예에 동시 당선, 그리고 월간 시 전문지인 〈현대 시학〉의 시 추천을 완료한 문단의 주목받는 시인이었다. 그땐 나도 교사들이 구독하는 교육 잡지 〈교사문원〉에서 시로 추천은 마쳤지만, 나 자신 문학적인 소양이 너무 부족하다는 것을 알고 있었다. 다행스럽게도 문학을 향한 열정이 활화산처럼 타오르던 그때 하청호 시인을 만난 것이 오늘날 내가 본격적으로 문학 활동을 하게 된 계기가 되었다.

하청호 시인의 첫인상은 참 겸손하다는 것이었다. 우리의 인연이 시작되고 얼마 지나지 않아서 내가 쓴 동시 습작품 몇 편을 하청호 시인에게 보인 적이 있었다. 그때 그는 내 작품에 대한 직접적인 평보다는, 동시가 문학으로서 갖추어야 할 여러 가지 조건과 기본 요소에 대해서 이야기한 것으로 기억이 된다. 대선배 시인 앞에서 주눅이 들어 있을 나를 생각하여 문학 저변 이야기들을 하면서 자연스럽게 동시문학에 대한 안목을 키워 주려고 했던 것이었다. 그는 상대를 배려하는 마음이 정말 많구나 하는 것을 나는 훗날에야 깨달을 수 있었다.

그 후부터 나는 보다 편안한 마음으로 하청호 시인과 만남의 기회를 자주 가졌다. 그때마다 그는 자신의 인생과 문학에 대해 많은 것을 나에게 이야기해 주었다. 직설적인 작품의 평가보다는 문학 주변의 이야기들이 문학의 입문기에 있던 나에게는 정말 많은 도움이 되었다.

하청호 시인은 후배 문인 배출에도 많은 힘을 기울였다. 그는 결코 인정에 치우쳐 마음을 기울이지 않았다. 그에게는 문학적인 잠재 능력과 자질을 가지고 있으면서 충분한 가능성을 지닌 사람을 동시인으로 당선시켜야 한다는 나름대로의 소신과 문학적인 철학이 있다. 그래서 그를 통해 문학 잡지 추천이나 일간 신문의 신춘문예로 등단한 동시인들은 지금 경향 각지에서 문학 활동에 두각을 나타내고 있다.

하청호 시인! 그는 자신의 문학 활동에 있어 늘 새로움을 추구하는 한국 동시단의 선두 주자이다. 그가 지금까지 빚어 낸 주옥같은 여러 시편들이 현행 초등학교 국정 교과서에 실려 학생들에게 읽혀지고 있다.

그가 지면을 통해 발표하는 시편들마다 평론가들의 큰 관심을 끄는 것은 우연이 아니다. 그것은 오늘의 사회 환경 속에서 새로운 소재를 찾아 그만의 독특한 시의 목소리를 담아 동심을 시로 형상화하고자 하는 그의 끈질긴 집념 때문이다. 비록 지방에 살고 있지만 작품 활동에 있어서는 한국 동시단의 어느 누구에게도 뒤지지 않는 하청호 시인이 있기에 대구의 아동 문단은 언제나 자긍심을 가진다.

지난 2월, 교직에서 물러난 그는 이제 대구아동문학회의 회장을 맡아 모임의 분위기 쇄신을 통해 운영의 활성화에 힘을 기울이고 있다. 매월 있는 월례회 때마다 회원들이 윤번제로 돌아가면서 주제 발표를 하고, 작품을 토론하는 것은 역사와 전통을 자랑하는 대구아동문학회가 침체의 늪에서 벗어나고 있는 새로운 모습이다.

회원의 수도 매월 늘어나 월례회 때면 방이 좁을 정도로 모임이 활성화되고 있는 것은, 회장인 하청호 시인의 회의 운영 방식과 그를 신뢰하고 따르는 회원들의 화합된 마음 때문이다. 무슨 일이건 맡으면 체계를 세워서 조직적이면서도 합리적으로 추진해 나가는 그의 경영 마인드는 머지않아 대구 아동 문단의 위상을 한층 더 높여 줄 것으로 기대해도 좋을 것이다.

이제 두 아들을 모두 결혼시켜 각자의 보금자리를 마련해 주고 대구의 변두리 산밑 마을에 자리잡은 조용한 아파트에서 책을 읽고, 시를 쓰고, 또 정다운 사람들을 만나는 하청호 시인! 미래를 살아가야 할 이 땅의 어린이들에게 꿈과 희망을 심어 줄 시를 빚으면서 자신도 늘 동심을 잃지 않고 살아가는 그의 삶은 진정 고귀하다.

지성과
감성의 융해

하청호 동시집 《둥지 속 아기새》에서 《무릎 학교》에 이르는 시학

최용

1. 은빛 시어를 찾아

1974년 첫 동시집 《둥지 속 아기새》(중외출판사)를 낸 이후 철학적 사유와 원초적 내면 구현의 시를 써 온 하청호는 제9동시집 《무릎 학교》(만인사)에서 자신의 작품 세계를 집약해 보여 준다. "이 땅의 아이들을 위해, 동심을 간직한 많은 어른들을 위해, 은빛 시어를 찾는 노력은 계속 될 것이다."라는 시인의 육성이 준열한 시적 자세를 확인시켜 준다.

하청호의 동시는 동심을 둘러싼 현실을 주된 시적 재료로 하면서 현실 묘사나 비판 또는 저항보다는 동심과 현실의 중간자임을 자처한다. 《무릎 학교》에 나타난 현실 대응력 표상은 그의 시선이 용속하지 않고 예리함을 더해감을 방증해 준다. 문학적 연륜과 함께 원숙함 속에서 깨어 있는 현실 의식과 언어의 정제미로 동시가 쓸 자리가 좁아진 문단에 그만의 작품 공간을 넓힌 것이다.

그의 작품은 여전히 독자들이 가볍고 쉽게 접근하는 것을 허락하지 않는다. 평범하고 일상적인 제재의 표현과 심상 속에서도 그가 앓고 있는 모순된 사회와 비인간화에 대한 열병은 현실을 간과하지 않는다. 가공되지 않은 순수한 동심의 덩이를 인위적인 현실 세계에 투영하는 과정에서 그만의 시학이 두드러진다.

하청호는 무엇보다도 동시 쓰기에 철저하다. 그의 내면은 동심과 시심으로 충일하다. 그에게 동시는 화려한 문단 활동 이면에 가린 개인적인 번뇌를 벗어나는 구원으로서도 의미를 갖는다. 본래의 마음자리로 돌아가려는 의지가 선연하다.

필자가 하청호 동시에 대한 첫 인상으로 신선하고 감각적인 시어와 선명한 이미지의 구조화라는 긍정적인 평가와 한편으로는 난해성의 회의적인 비판을 든 바 있다. 시류에 영합하지 않는 진지한 응시의 눈빛이 하청호의 두터운 안경테에 배여 있고, 그가 입버릇처럼 말하는 동심의 프리즘은 그의 잘 닦은 안경알일지도 모른다는 생각을 해 왔다.

그렇다고 해서 하청호는 동심의 총체를 투명한 유리로만 투영하지는 않는다. 그는 다양한 경험 가운데에서 절실한 동심의 윤곽을 그리고자 할 뿐이다. 사물을 그리는 것이 아니라 사물에 드리워진 동심의 그림자를 그린다. 삶의 근원적 문제를 규명하는 냉

철한 지성과 따스한 감성이 작품 세계의 근간을 이룬다.

　동시를 시로 확대하지 못하는 일부 동시인들과는 거리가 멀어보인다. 성인 시의 어설픈 모방과 동심 지상주의로 유아 의식 수준에서 자연과 사회를 투사하는 정도에 머무른 동시문학의 안일함을 하청호는 넘어선다. 내용이 불명확하거나 내용이 있어도 미숙한 표현 기법, 난삽한 어휘와 의미 구조의 흐릿함이 독자들에게 유리됨은 하청호와는 무관하다.

2. 어머니, 그 진한 모국어의 체취

　유년기에서 반추하는 어머니에 대한 기억은 남다르다. 시적 화자를 통하여 시인은 유년 시절의 아련한 기억 속에서 안타까움에 젖는다. 힘든 삶을 사는 것 같은 어머니는 역설적으로 건강한 삶을 노정한다. 시인은 인류 보편적 정서인 모성애를 그윽하고 정겨움으로 시적 장치 속에서 여과시킨다. 시의 출발은 어머니와의 대화를 바탕으로 펼쳐지는 그리움의 세계이다. 이 그리움 속에서 아름다운 고향 이야기를 듣고 어머니의 삶을 공유한다.

　어머니 등은 / 잠 밭입니다. // 졸음 겨운 아기가 / 등에 업히면 // 어머니 온 마음은 / 잠이 되어 / 아기의 눈 속에서 / 일어섭니다. // 어머니의 등은 / 꿈 밭입니다. // 어느새 /아기가 / 꿈 밭길에 노닐면 / 어머니 온 마음도 / 꿈이 되어 / 아기의 눈 속으로 달려갑니다. // 아기 마음도 / 어머니 눈 속으로 달려옵니다.
　— 〈어머니 등〉 전문

　어머니와 아기의 교감에서 동심의 원형을 추출해 낼 수 있는 작품이다. 어머니의 등을 잠 밭, 꿈 밭으로 은유화하여 영원한 안식과 귀의처로서 의미를 부여한다. 잠과 꿈은 단순한 생리, 일상적인 생활 유형으로서가 아니라 동심의 세계를 지향하는 열려 있는 통로이다.

　시어가 새롭다거나 화려한 이미지를 담은 것은 아니다. 하청호의 내면에서 자아올린 인간적인 정이 시적 형상화로 작품의 완성도를 더한다. 어머니의 치마폭에 안주하는 유약한 동심에서 탈피하여, 어머니의 진한 체취를 맡으며 건강하게 자라나는 아기의 충일한 생명력을 노래한다.

　나는 / 내가 살아가면서 / 마음 깊이 새겨 두어야 할 / 귀한 것들을 / 이 조그만 학교에서 배웠다. // 무릎 학교 / 내가 처음 다닌 학교는 / 어머니의 무릎 / 오직 사랑만 있는 / 무릎 학교였다.

— 〈무릎 학교〉 일부

어머니는 마음의 고향이며 동심의 원형이다. 하청호의 마음에는 언제나 어머니가 자리한다. 어머니의 무릎은 참다운 인간으로 성장할 수 있는 학교로서 시적 의미를 지닌다. 무릎 학교라고 명명한 것은 유아 교육의 해박한 지식에서 온 것이다.

이 작품에서 주목하고자 하는 것은 그의 시 세계 전반에 굵게 자리잡은 그리움의 정서이다. 칠판도 숙제도 벌도 어머니의 무릎에서는 무의미하다. 지난 날의 조그만 학교를 회상하는 마음은 모성애를 희구하는 현재의 심정과 등가를 이룬다. 비바람, 눈보라에도 포근할 수 있었음은 어머니의 사랑이 융해됨이다. 하청호의 그리움은 자아 존재의 근저에서 시적 공간으로 확산된다. 그의 그리움이 인간애, 모성애로 이어지는 양상을 보인다.

그리움 그 자체가 사랑이다. 은근하면서도 강력한 힘이다. 그리움 가운데 어머니에 대한 그리움만큼 아련한 것은 드물다. 하청호의 어머니에 대한 애정은 남다르다. 어머니를 생각하게 하는 작품들이 많다. 그에게 어머니란 평화와 행복이며 냇물이고 나무이다. 시인의 방, 그 문 밖에서 미소로 기다리는 어머니의 마음을 통해서 대화를 나누는 즐거움을 누린다.

비록 세상을 떠나 빈자리로 남아 있지만, 그는 그 빈자리에 자기의 마음을 올려놓고 있습니다. 이것이 바로 어머니에 대한 그리움입니다.
—노원호, 〈별의 속삭임과 어머니의 향기〉 동시집 《풀씨 이야기》 해설 일부

하청호 시인의 머릿속에는 온통 어머니를 향한 기도로 꽉 차 있다고 할 수 있습니다. 그만큼 어머니를 향한 안타까운 심정이 많다는 얘기지요.
—최명표, 〈시를 쓰는 아홉 가지 표정〉, 동시집 《연필로 쓰는 시》 해설 일부

3. 자연에게 배우는 철학적 사유

갈등과 모순에 찬 삶, 각박한 사회에 내던져진 자연은 척박한 조건에서도 제 모습을 간직하고 있다. 풀은 뿌리가 있음으로써 생명을 유지할 뿐만 아니라 자연의 소중함을 들려주고 삶에 대한 사유를 가능하게 해 준다. 인간적인 삶을 유추할 수 있다는 진단은 하청호가 빈번하게 등장시키는 풀의 강인함, 물의 너그러움 이미지와 상통한다.

풀을 뽑는다. / 뿌리가 흙을 움켜쥐고 있다. / 흙 또한 / 뿌리를 움켜쥐고 있다. / 뽑히지 않으려고 푸

들거리는 풀 / 호미날이 칼빛으로 빛난다. / 풀은 작은 씨앗 몇 개를 / 몰래 / 구덩이에 던져 놓는다.

— 〈잡초 뽑기〉 전문

풀을 벤다. / 머리채 잡듯 거머쥐고 / 낫질을 한다. // 얘야, 아무리 잡풀이지만 / 그렇게 잡으면 못 쓴다. / 풀을 잡은 아버지 손을 / 가만히 보니 / 풀을 쓰다듬듯 감싸고 있다. // 아버지 눈빛이 / 하늘색 풀꽃처럼 맑다.

— 〈풀 베기〉 전문

시인의 생명 존중 자세가 반영된 작품들이다. 자연물인 풀을 인간의 소유물로 한정시킬 것이 아니라 자연으로 회귀시켜야 하는 가르침을 준다. 풀 한 포기가 주는 의미는 가볍지 않다. 생명에 대한 시인의 외경심이 울림으로 다가선다. 풀이 흙을 잡으려는 긴장과 씨앗을 놓아 주는 이완 사이에서 독자들은 문학성과 교육성을 음미할 수 있는 〈잡초 뽑기〉이다.

무심코 바라본 잡초 뽑기, 풀 베기를 그냥 보아 넘기지 않는 시인은 침잠해 있는 내면세계를 통찰력으로 일깨우면서 시적 의미들을 부여해 마음의 밭 혹은 정신의 밭으로까지 의미를 확대해 낸다. 시는 체험과 사유의 접점에서 뚜렷해진다. 시인은 세속적인 삶의 허울을 벗어 버리고 자기의 참모습을 찾는 의지를 갖는다. 그런 면에서 풀은 시인 자신이며 풀이 뽑히거나 베여진 작품의 배경 설정에서 하청호 시인의 시 쓰기의 비밀은 건강한 삶의 현현에 있음을 알 수 있다. 쉽게 만나는 풀이지만 내밀한 풀의 속마음을 알아 내기 위해서 시인 자신이 감정을 이입하여 풀이된다.

이 작품들은 자연의 생명력과 대지의 포용력을 융해한다. 풀은 생명력의 모태이며 자연의 섭리를 구현하는 삶의 바탕이다. 풀은 호미날 칼빛에도 생명의 싱싱한 씨앗을 틔우려 한다. 뿌리내리는 것들의 모태라는 의미를 함축하고 있는 흙에 대한 회귀와 풀의 강인함 예찬에는 필연적으로 흙과 풀의 대척점에 서는 파괴적인 물질문명에 대한 비판을 함유한다. 문명 비판, 비인간화를 간접화된 양식으로 표상하는 이 시는 흙을 기반으로 살아가는 풀과 꽃, 나무를 가꾸는 아버지의 진솔한 삶을 배우게 한다. 하찮은 것이라도 생명에의 외경심(畏敬心)을 지녀야 함을 가르쳐 준다. 〈잡초 뽑기〉에서 잡초는 외부의 힘에 뿌리까지 뽑히면서도 씨앗 몇 개를 구덩이에 몰래 던져 놓는 끈질긴 생명력을 보여 준다. 〈풀 베기〉는 생태계 구성 요소로서의 잡풀을 인식하는 안목과 가치 부여를 하는 시적 자아의 태도가 엿보인다. 풀을 쓰다듬듯 감싸는 아버지의 풀 베기에서 생명 존중 사상을 보게 된다.

하청호는 철학에 관심을 가지고 작품을 쓴다. 그래서 그의 동시는 어렵다는 비판을

들곤 한다. 그의 작품은 생각하는 힘을 길러준다. 동시의 주된 독자인 어린이들의 상상
력과 사고력을 한 단계 상승함에 사물과 현상을 고도의 이미지로 환치시켰음이다.

현상이 아닌 본질, 사실이 아닌 진실을 노정하는 것이 철학적 사유이다. 하청호는 자
연과 인간의 본질을 찾고자 힘쓰며 그러한 과정과 결과의 다양함을 시정신으로 응집시킨
다. 그만큼 작품 공간이 광활함을 뜻한다. 이는 하청호의 폭넓은 체험과 심오한 사색에
서 비롯함이다. 여러 경험과 사상을 구체화한 후 양질의 동시를 쓰는 것이다. 사상과 감
정을 표현함에 설명조가 아니라 시적 감흥을 수반하는 이미지의 형상화를 중요시한다.

> 물이 흐른다. / 앞선 물의 어깨를 / 가만가만 밀어 주며 흐른다. // 산을 비집고 나와 / 들꽃을 보며 도
> 시를 지난다. / 온갖 더러운 것이 기다렸다는 듯이 / 물의 가슴으로 파고든다. / 물은 싫다 않고 품어
> 주며 / 낮게 낮게만 흐른다. //
>
> ― 〈물〉 일부

하청호의 생각이 다다르기 전까지 물은 있는 그대로의 물이다. 단순히 애정을 갖는
다 하더라도 물이 본질적 의미를 쉽게 보여 주지 않는다. 시적 화자가 물의 입장에서
의미를 파악할 때 가능하다. 낮게만 흐르는 물은 겸허한 자세로 생명의 원동력이 되어
가치 있는 삶을 영위하는 시인의 몸짓이기도 하다. 물을 통한 삶의 자세와 생활 지표를
배우게 된다. 물의 흐름이라는 지극히 당연한 자연 현상을 철학적 사유로 상쇄시킨다.
이 작품은 이면에 교훈성을 함축하고 있지만 표면화되지는 않았다.

하청호는 동시를 시의 수준으로 상승시킴에 동심적 철학을 매개체로 한다. 그의 작
품에는 생각이 내재해 있다. 빛, 잠, 물, 별, 꿈, 소리 등 추상적인 시어들이 많다. 동시
속에 생각을 불어넣어 동시를 사유화하는 시도로 이해된다. 직조된 관념의 동심이 더러
난해성의 문제로 드러나기는 해도 독특한 시적 여과 장치, 동시 전체를 관류하는 풍부
한 상상력으로 해서 난해성의 오해를 벗어나 철학적 사유화를 획득할 수 있는 것이다.

4. 세상 모든 것을 사랑하는 법

1972년 등단 이래 동시집 《무릎 학교》에 이르기까지 하청호의 시 세계에 흐르는 내적
질서는 바로 사랑이며 그리움의 정서이다. 봄의 선명한 이미지, 어머니의 존재가 30여
년의 시적 편력 속에서 아이의 순수한 마음을 거쳐 사랑의 본질에 접맥되어 있다.

시의 화자가 배우고 싶어하는 것은 '글을 읽고 글을 짓고 / 셈을 하고 / 노래 부르는
법 / 컴퓨터 사용법'과 '크면 저절로 알게 되는 사랑하는 법'이 아니라, '작은 풀벌레, 산
과 강, 이웃과 동무' 세상 모든 것을 사랑하는 법이다. 주변의 존재하는 모든 것들을 사

소한 것이든 중요한 것이든 아니면 평범한 이웃이든 하찮은 벌레이든 겸허하고 따뜻하고 애정 어린 눈으로 대상을 지켜보고 동심을 꿈꾸는 마음을 가진다.

나는 보자기가 되고 싶습니다. / 둥근 것은 둥근 것대로 / 네모난 것은 네모난 것대로 / 작은 것, 큰 것…… / 제 모습 그대로 감싸 주는 / 그런 보자기가 되고 싶습니다.
— 〈보자기〉 일부

보자기로서 자신의 본분을 되찾자는 사물에 대한 인식의 새로운 전환을 제시한다. 둥근 것, 네모난 것, 작은 것, 큰 것을 가리지 않고 감싸 주는 너그러운 자세는 시인이 보자기가 되는 삶의 추체험에서 가능하다. 자신을 희생하는 자세가 역설적으로 더 큰 것을 얻는 고매한 인격에 이를 수 있다는 가르침을 준다.

사물과 현상을 동심의 언어로 그려 내기만 하면 동시가 되는 때가 있었지만 오늘의 동시는 그것만으로 안 된다. 하청호는 동심을 자의식에 의해 분석하고 그 속에서 철학적 사유를 한다. 존재론적 만남을 무시하고 섣불리 동심을 글로 옮기지 않는다. 작품들은 유별나다거나 감각적이지는 않다. 어머니로 상징되는 가족애의 따스함과 봄날 정경에서 느껴지는 자연 친화력의 진지함이 독자들의 눈길을 끈다.

하청호는 탄탄한 이론과 거시적 비평 안목을 갖추면서, 풍부한 감성으로 자연과 현실에 대한 동심의 본질을 시적 긴장감을 유지하여 형상화한 점에서 주목받는다. 원초적 세계 구현에 철학적 사유를 적절히 조화하여 투명한 동시 조형물을 구축해 오고 있다.

하청호를 동심의 원형 탐구에 일가견이 있다고 극찬하는 논자나, 그의 철학적 작품을 인정하면서도 난해성을 벗어나라고 요구하는 논자들이 그의 작품 세계 장점으로 더러는 단점으로 지적하는 것은 깨어 있는 의식의 구현이다. 깨어 있는 의식의 구현은 동심의 철학적 이해와 수사적 표현 기교의 능숙함을 거쳐서 가능한데, 하청호의 시적 여정에서 보여 준 동심을 껴안는 진솔한 작업의 결과이기도 하다.

그의 재능과 업적에 값하는 수상 경력은 1976년 제9회 세종아동문학상(제2동시집《빛과 잠》), 1980년 제3회 경북문학상(제3동시집《하늘과 땅의 잠》), 1989년 제11회 대한민국문학상 아동문학부문 우수상(제7동시집《별과 풀》), 1991년 제1회 방정환문학상(제5동시집《잡초 뽑기》) 수상 등이다.

동시는 많은 불신을 받아 왔다. 현실에 적극 맞서지 못하고 개인적 감정 해소에만 머무를 때도 있었다. 진력나는 일상에서 매너리즘에 젖기도 했었다. 어른들을 위한 동시도 생각해 봄직하다. 그런 면에서 하청호의 좋은 시는 '시도 동시도 아닌 어정쩡한 사이비 동시만 있지 독자들이 없다.'는 동시단의 자성을 이끌고 활력을 불어넣어 동시인들의 창작 의욕을 고취시키는 데 기여할 것이다.

하청호의 시 정신은 돋보인다. 얄팍한 책 읽기에 젖어 있는 시대에 그의 작품집은 쉽게 손에 잡혀지지 않는다. 그는 시의 형식이나 기교를 넘어서 서술적 언술을 구사한다. 그가 해결해야 할 과제는 동심적 삶의 실체와 현실에서 여유로워지는 것이다. 철학적이고 근원적인 주제를 주관적 사유로 한정할 것이 아니라, 객관적 상관물로 융해시켜 형상화해야 한다.

하청호는 동심의 시인이다. 내밀한 동심적 공간에서 그만의 시학을 꿈꾼다. 그의 시가 편협한 소재주의에 머무른다거나 상상력이 한계를 보임은 아니다. 그 특유의 여유 있고 개성적인 음성으로 독창적인 세계를 구현하고 있음은 물론이다. 하청호의 시가 지향하는 바의 예견을 유보해 둔다. 동심적 현실에 대한 냉철한 비판에 못지않은 원숙한 인생론을 담아 낼 것을 믿기 때문이다.

어린이와 함께 선생이 걸어온 길

아호 : 공산(公山, 어효선 선생께서 지어 주심).

1943년 10월 14일(음) 경북 영천시 신령면에서

　　　　아버지 하응룡 님과 어머니 박귀주 님의 차남으로 태어남.

1956년 대구초등학교를 졸업함.

1959년 경북중학교를 졸업함.

1963년 대구사범학교 본과를 졸업 후, 서울대학교 치의예학과에 합격하였으나

　　　　가정 형편으로 학업을 포기함.

　　　　4월 경상북도 상주시에서 초등학교 교직 생활을 시작함.

1967년 군 복무(육군 하사)를 마치고 경상북도 상주시 함창중앙초등학교로 복직함.

1968년 상주에서 둥지 동인을 조직하고 활동함(권태문 외 10인).

1971년 김영숙과 결혼함.

1972년 〈매일신문〉 신춘문예 동시 부문 〈둥지 속 아기새〉로 당선됨.

　　　　(심사 위원 : 김성도, 이재철)

　　　　〈소년〉 잡지에 동시 〈삼월의 산〉 외 1편으로 3회 추천 완료.

　　　　(심사 위원 : 이석현, 박경용)

1973년 〈동아일보〉 신춘문예 동시 부문 〈봄에〉로 당선됨.

　　　　(심사 위원 : 김요섭, 어효선)

　　　　12월 중등학교 교원자격시험 고시검정, 전형 검정(생물)에 합격하고,

　　　　모교인 대구초등학교로 전근됨.

　　　　장남 하석준 출생함.

1974년 첫 동시집 《둥지 속 아기새》(중외출판사) 발간됨.

　　　　동인 한뜻모임을 조직하고 활동함(강준영 외 8인).

1975년 한국방송통신대학 초등교육과를 졸업함.

　　　　차남 하효준 출생함.

1976년 〈현대시학〉 시 〈오동나무〉 외 1편으로 추천 완료.

　　　　(심사 위원 : 전봉건)

　　　　동시집 《빛과 잠》(학사원) 발간됨.

　　　　이 작품집으로 제 8회 세종아동문학상을 수상함.

1977년 이후 대구 MBC 어린이 노래극 〈파란 마음 하얀 마음〉 방송대본을 67회 집필함.

1978년 이후 33회까지(2005) 창주문학상 심사 위원을 지냄.

1979년 동시집《하늘과 땅의 잠》(도서출판 대일) 발간됨.

　　　이 작품집으로 제3회 경북문학상을 수상함.

1980년 3인 동시집 (박인술, 이무일, 하청호)《봄이 오는 길》(교학사) 발간됨.

1982년 동시집《보리, 보리문둥아》발간됨.

　　　제1회 한국교육자대상을 수상함.

1985년 한국방송통신대학교 행정학과를 졸업함.

1986년 동시집《잡초 뽑기》(도서출판 대일), 동시 선집《어머니의 등》(견지사),

　　　동화집《훈이와 아저씨》(한국서적공사) 발간됨.

　　　현대 시학 출신 시 동인 자연시를 조직하고 활동함(박곤걸 외 9인).

1987년 동시 선집《별과 선생님》(대교출판) 발간됨.

　　　〈매일신문〉 신춘문예 동시 심사 위원(2001년까지)을 지냄.

1988년 첫 시집《새소리 그림자는 연잎으로 뜨고》(혜진서관) 발간됨.

　　　계명대학교 교육대학원 졸업함(유아 교육 전공).

1989년 동시집《별과 풀》(아동문예사) 발간됨.

　　　이 작품집으로 대한민국문학상 우수상을 수상함.

　　　첫 산문집《시인은 왜 아름다운 사람인가》(도서출판 새벽) 발간됨.

　　　오페레타〈선생님 사랑해요〉 대본을 집필함(작곡 권태복).

　　　대구 MBC 주최 / 대구시민회관 대공연장에서 초회 공연함.

1990년 어린이를 위한 수필집《큰 나무가 작은 나무에게》(대교출판) 발간됨.

　　　대구광역시〈독서의 노래〉 작사함(작곡 박대종).

　　　신일전문대학 강사를 지냄.

1991년 동시집《잡초 뽑기》로 제1회 방정환문학상을 수상함.

　　　세종아동문학상 심사 위원을 지냄.

　　　대구광역시 수성구〈구민의 노래〉 작사함(작곡 이상희).

　　　화성그룹(동아백화점, 화성건설) 사가 작사함(작곡 임우상).

1992년 동시 동인 연필시를 조직하고 활동함(이준관 외 8인).

1993년 오페레타〈선생님 사랑해요〉

　　　대구 KBS 주최 / 대구시민회관 대공연장에서 2회 공연함.

1994년 동시집《풀씨이야기》(대교출판) 발간됨.

　　　동화집《녹색 잎파랑이의 비밀》상, 하(장원교육) 발간됨.

　　　대구광역시 북구〈구민의 노래〉 작사함(작곡 임우상).

1996년 대구대평초등학교 교감으로 승진함.

1997년 이론서 〈아동문학〉 하청호, 심후섭 공저(정민사) 발간됨.

　　　초등 국어(말하기 듣기 쓰기 / 6학년 2학기) 동시 〈폭포〉 수록됨.

　　　초등 국어(말하기 듣기 쓰기 / 6학년 1학기) 연구 위원을 지냄.

　　　대구광역시남부교육청 장학사 전임함.

1998년 한국 아동문학인협회 부회장 피선됨.

1999년 산문집 《질항아리 속의 연두 빛 스케치》(페스탈로찌) 발간됨.

　　　역사 인물시리즈 《궁예, 견훤》(파랑새어린이) 발간됨.

2000년 글짓기 지도서 《너는 연필로 글을 쓰니》(장원교육) 발간됨.

　　　초등 국어(말하기 듣기 쓰기 / 2학년 1학기) 동시 〈돌다리〉 수록됨.

　　　초등 국어 (말하기 듣기 쓰기 / 6학년 2학기) 동시 〈그늘〉 수록됨.

　　　〈부산일보〉 신춘문예 동시 심사 위원을 지냄.

　　　아내 김영숙과 사별함.

　　　대구광역시 교육청 초등교육과 장학관으로 승진함.

2001년 대구 안일초등학교 교장으로 승진함.

2002년 은하수동시문학상 심사 위원장을 지냄.

2003년 동시집 《무릎 학교》(만인사) 출간됨.

　　　3인 동시집 《연필이 신날 때》(은하수 미디어) 발간됨.

　　　산문집 《그 많은 아이들이 어디로 갔을까》(북 랜드) 발간됨.

　　　한국아동문학상 심사 위원을 지냄.

　　　경북대학교 사범대학 부설초등학교 교장 전보.

2005년 대구광역시문화상(문학 부문) 수상함.

　　　〈부산일보〉 신춘문예 동시 심사 위원을 지냄.

　　　성덕대학교 겸임교수를 지냄.

　　　이선효와 결혼함.

2006년 동시집 《도라지 꽃밭(저)》《아기물방울(중)》《여름날 숲속에서(고)》 전3권 권영
　　　세 외 5인 공저(학이사) 발간됨.

　　　경북대학교 사범대학 부설초등학교장을 끝으로 43년간 교직 생활 정년 퇴임함.

　　　정부로부터 황조근정훈장 서훈받음.

　　　한국청소년연맹으로부터 훈장 홍익장 받음.

　　　제8대 대구아동문학회장 피선됨.

한국 아동문학가 100인

김병규

작품론
소외된 진실과 숨겨진 아름다움 찾기

나의 삶 나의 꿈
아이들한테서 배운다

어린이와 함께 선생이 걸어온 길

꼬리에 붙이는 글
쑥스러운 일 다섯 가지

소외된 진실과
숨겨진
아름다움 찾기

김병규의 《푸렁별에서 온 손님》과 《아침에 부르는 자장가》

정진

1. 머리말

위대한 문학작품이 독자와 관객을 감동시키는 것은 논리적 설득력이 아니라 인간의
마음을 뒤흔들어 일상적 논리를 파괴하는 상상력의 압도적인 힘에 있다.[1] 그래서 일찍
이 독일의 낭만주의 시인인 힐데를린은 "인간은 머리로 생각할 때 거지와 같이 초라하
다. 그러나 상상할 때, 꿈꿀 때에 인간은 신(神)이 된다."고 했다.[2]

인간이 꾸며 낸 이야기 중에서 가장 아름다운 꿈인 동화에서 판타지는 실과 바늘처
럼 불가분의 관계에 있다. 판타지란 인간의 상상력이 빚어 낸 문학의 총아로써, 현실
속에 비현실의 이야기를 합리적 수단으로 끌어들여 불가능을 가능으로 이끄는 창조적
생명력이라고 할 수 있다.[3] 그러므로 어린 시절 판타지의 세계에 뛰어들어 맘껏 논 어
린이는 그만큼 왕성한 정신의 힘을 기르고, 어른이 되었을 때 그 힘의 원천을 풍요한
예술적 가치로 승화시킬 것이다.[4]

본고에서는 우리 동화에 판타지가 직접 미치는 영향을 알아보기 위해, 아름다운 우
리 말 문장과 한국인의 본토박이 정서를 잘 표현하는 동화작가 김병규의 장편동화에
나타난 판타지에 대해 연구해 보려고 한다. 그의 장편들 중에서 《푸렁별에서 온 손님》[5]
과 《아침에 부르는 자장가》[6]에 사용된 판타지의 여러 유형을 살펴보고, 작가가 판타지
를 사용한 결과 작품에서 어떤 효과를 얻고 있는지 알아보려고 한다. 특히 판타지가 작
품에 미치는 영향을 구체적으로 확인할 수 있는 방법으로, 같은 소재와 비슷한 주제를
다루었으나 판타지가 있는 동화 《아침에 부르는 자장가》와 판타지가 없는 이청준의 동

1 안성찬, 〈숭고의 미학〉, 서강대학교 독어독문학과 대학원 박사 논문, 2000, p.5

2 김열규, 《어머니, 동화는 이렇게 읽어 주세요》, 춘추사, 1993, p.23

3 박상재, 《한국창작동화의 환상성 연구》, 집문당, 1998, p.3

4 김은숙, 〈창작동화에 있어서 환상의 미적 기능 연구〉, 연세대학교 석사 논문, 1984, p.16

5 1993년 두산동아에서 출간된 《푸렁별에서 온 손님》은 제28회 소천아동문학상을 받은 작품이다.

6 1995년 〈중앙일보〉에서 출간된 《아침에 부르는 자장가》는 제1회 물뿌리개문학상을 받은 작품이다.

화 《할미꽃은 봄을 세는 술래란다》[7]를 비교 분석해 보겠다.

2. 《푸렁별에서 온 손님》

1) 등장 인물에 나타난 전승적 판타지

'푸렁별'이라는 외계에서 온 주인공 '자스'는 서원 마을 어귀에 서 있는 장승과 똑같은 모습이다. 원래의 장승과 다른 점은 수염이 없고 얼굴이 앳된 것이다. 양옆으로 치켜올라간 부리부리한 왕눈, 두루뭉실한 코, 뒤둥그러진 입, 방방한 턱하며 나무 뿌리 같은 뻣뻣한 머리카락이 장승과 똑같은 모습이라고 묘사되어 있다.

실제로 장승을 만나게 되었을 때, '자스'의 반응은 놀라움에서 그리움으로 금세 바뀌게 된다.

> "아니!"
>
> 자스의 눈이 휘둥그래졌습니다. 그러나 이내 입가에 미소가 피어올랐습니다.
>
> "이게 장승이로구나."
>
> 여태까지 자스는 장승에 기대고 있었던 것입니다.
>
> 뿌리째 뽑은 나무를 거꾸로 세워 만든 장승입니다.
>
> 자세히 볼수록 푸렁별 시민을 닮았습니다.
>
> 문득 어머니가 그리워지고, 과학자 할아버지가 생각났습니다.
>
> '지구별 사람들이 어떻게, 그 멀리 떨어지고 한번도 본 적이 없는 푸렁별 시민들의 얼굴을 그려 냈을까?'
>
> 우주에는 도저히 알 수 없는 일들이 너무 많습니다.
>
> 자스는 도로 정승 앞으로 다가갔습니다. 손으로 조심스레 쓰다듬었습니다. 옅지만 따스함이 전해 왔습니다.[8]

장승은 누구인가. 예로부터 우리 조상들에게 장승은 엄하면서도 친근한 마을의 수호신이었다. 마을 신앙의 상징물로서, 사찰 입구에 서 있거나 옛 읍과 성을 보호하는 역할도 맡아 했고, 때로는 거리를 나타내는 이정표 구실도 하여 길을 지켰다. 어찌 보면 장승의 삶은 '길'에서 시작되어 '길'에서 끝나는 것이다.

많은 사람들을 만난다는 점에서 '길'의 삶은 유동적이다. 길은 공간적으로 사람을 만

7　소설가 이청준이 쓴 동화집 《할미꽃은 봄을 세는 술래란다》는 열림원에서 1995년에 출간되었는데, 임권택 감독이 만든 영화 〈축제〉의 핵심 테마로 사용되었다고 알려져 있다. 이청준은 1939년 전라남도 장흥에서 출생했고, 서울대 독문과를 졸업했으며, 1965년 〈사상계〉에 단편 〈퇴원〉을 발표하면서 작가가 되었다. 펴낸 책으로는, 《당신들의 천국》, 《낮은 데로 임하소서》, 《이어도》, 《서편제》, 《흰옷》 등이 있다. 동인문학상, 이상문학상, 한국일보문학상 등을 수상하였다.

8　김병규, 《푸렁별에서 온 손님》, 두산동아, 1993, pp.97~98

날 수 있는 장소가 되기도 하지만, 또한 새로운 마을이나 모르는 세계를 향해 들어가는 방법이 되기도 한다. 그래서 '길'을 지키는 장승은 우리 삶을 이곳에서 저곳으로 전환시키는 통로가 될 수도 있다. 푸렁별과 지구를 넘나드는 주인공인 '자스'가 '장승'을 닮았다는 설정은 그래서 의미심장하게 다가온다.

또한 우리 조상들의 절박한 소원이나 자잘한 걱정거리마저 너그럽게 포용하는 신령한 힘을 가진 '장승'과 외계에서 왔으며 신비한 초능력을 가진 '자스'가 닮았다는 설정은 전승적 판타지로 볼 수 있다. 먼 우주에서 온 소년 '자스'가 지극히 전통적인 이미지를 가진 장승과 생김새가 같다는 점 때문에, 독자들은 주인공에 대해 신기하면서도 친밀한 느낌을 갖게 되는 것이다.

그렇다면 김병규의 다른 작품에 등장하는 '우주 소년'은 어떤 모습인지 살펴보자.

〈찌푸마카토토의 그림〉[9]이라는 단편동화에도 우주의 '토토별'에 사는 소년이 등장한다.

'요즘 아이들은 우주인을 만나고 싶어한다던데…….'

문득 이런 생각이 머리를 스쳤습니다.

화가 할머니는 다시 붓을 잡았습니다.

멀고 먼 별나라를 상상하며, 밤이 이슥토록 우주인을 그렸습니다.

초가지붕에 얹힌 박처럼 둥근 머리와 조그맣지만 웃음이 신비로운 입, 그리움이 가득 고인 맑고 커다란 외눈, 그리고 길쭉한 손가락을 가진 우주 아이였습니다.

옛날 고구려 아이가 입던 바지저고리를 입히고, 무명 버선을 신겼습니다.

화가 할머니가 우주 아이를 다 그리고 붓을 물에 씻다가 깜짝 놀랐습니다.

그 우주 아이가 어느 사이에 그림 속에서 나와 화가 할머니께 꾸벅 절을 하는 것이었습니다.[10]

그림에서 나온 우주 아이는 이름이 '찌푸마카토토'인데, 그 이름이 가진 뜻은 '토토별에서 온 박 바가지 머리, 외눈박이'라고 한다. 옛날 고구려 아이가 입던 바지저고리와 무명 버선을 신고, 초가 지붕에 얹힌 박처럼 둥근 머리를 가진 '찌푸마카토토'의 생김새도 예사롭지가 않다. 이 아이의 모습에서도 우리 고유의 전통적인 이미지가 발견된다. '고구려' 아이의 옷차림과 '박'이 어울리면서 캐릭터에서 전승적 판타지가 발생하고 있다.

9　김병규, 단편동화집, 《희망을 파는 자동판매기》, 좋은 생각, 2000, pp.142~150
10　앞의 책, p.145

'자스'와 '찌푸마카토토'는 신비한 초능력(매직적 판타지)을 사용하여 지구인을 도와
주고 평화를 사랑한다는 공통점을 갖고 있다. 여기에서 판타지를 통해 작가가 꿈꾸는
'우주적 친화의 세계'가 이루어진다.

2) 소재에 나타난 복합적인 판타지

톨킨에 따르면 동화는 회복과 탈출, 위안의 기능을 가지고 있다. 그가 말하는 회복이
란 세상을 새롭게 바라볼 수 있는 맑은 눈의 회복이다.[11]

우리 눈에 들어간 티를 씻어 주는 것은 우리 자신의 눈물이다. 김병규의 동화에서 '눈
물'은 주제를 형상화하기 위한 대표적인 소재로 자주 나타난다. 박상재는 그 '눈물'의
의미를 순수와 정서와 감성과 인간미, 즉 박애주의의 중요한 깨달음이라고 보았다.[12]

《푸렁별에서 온 손님》에도 역시 '눈물'이 소재로 등장한다. '자스'가 사는 푸렁별에서
'눈물'은 '가장 아름다운 보석'으로 존재하는데, 그 귀한 '눈물'이 메말라 버린다. 그래서
'자스'는 할아버지 과학자가 '눈물별'이라고 가르쳐 준 지구에 '눈물'을 배우러 온다.

"여기가 너희들의 눈물이 떨어진 곳이지?"

"그래, 여러 방울이 떨어졌을 거야."

"그럼 됐어. 내가 눈물이 얼마나 귀한지를 보여 줄게."

자스는 눈의 초점을 모아 검은 땅을 내려다보았습니다.

아이들은 무슨 일인가 하고 숨소리를 죽였습니다. 자스 눈동자에서 꽃송이가 피어났습니다.

밝은 빛 한 줄기가 땅 속으로 뻗쳤습니다.

얼마 뒤, 검은 땅을 뚫고 파란 새싹이 돋았습니다. 이어서 잎이 나고 줄기가 자랐습니다.

꽃망울이 맺혔습니다. 꽃이 피어났습니다.

"이야!"

아이들의 입에서 탄성이 터져 나왔습니다. 바람에 꽃이 흔들렸습니다. 향기가 퍼졌습니다.

"이게 눈물에서 피어난 꽃이야?"

"그렇다, 봄이 오면 눈물이 떨어진 곳마다 이 꽃이 피어날 게다."

"여긴 굉장히 많은 사람들이 눈물을 뿌렸어. 그렇다면 꽃동산이 되겠는걸."

아이들의 얼굴이 한결 밝았습니다.[13]

11 　손향숙, 〈영국의 판타지에 대하여〉, 〈아침햇살〉, 2000년 봄호, p.39

12 　박상재, 《한국동화 문학의 탐색과 조명》, 집문당, 2001, p.231

13 　김병규, 위의 책, pp.55~56

까만 먼지가 강물처럼 흐르는 탄광촌에서 아이들은 까만 땅이 싫어서 울고 있다. 이때 나타난 '자스'는 아이들의 눈물로 아름다운 눈물꽃을 피운다. 먼지만큼 캄캄한 현실이 판타지를 만나면서 아름답고 환한 세계로 새롭게 변화되는 것이다. 매직적 판타지와 심리적 판타지와 시적 판타지가 절묘하게 복합되어, 남루한 현실을 아름답게 변화시키는 연금술사의 위력을 발휘한다. 뿐만 아니라 고단한 현실의 아픔들을 따스하게 감싸 주는 판타지의 치유적 기능을 볼 수 있다.

3) 두 세계를 연결하는 통로

동화는 과제부와 해결부, 결실부와 충족부, 문제 제기부와 성취부 등으로 두 조각 나게 엮어진다.[14]

할아버지 과학자로부터 '자스'는 과제를 부여받는다. '눈물'을 되찾는 방법을 배워 오는 것이다. 할아버지 과학자는 '자스'에게 '가장 진실된 것은 눈물'이고, '자스'라는 이름은 눈물별(지구)의 말로 옮기면 '진실'이란 뜻이라고 가르쳐 준다. 그러므로 '자스'가 '눈물'을 되찾으러 눈물별로 떠나는 것은 예정되어 있었던 운명처럼 받아들여진다.

이미 있는 기성 질서의 파괴, 탈이 없었던 안정의 파괴, 존재하던 것의 존재 상실 등으로 이야기의 실마리를 풀기 시작한 동화는 결국 끝에 가서 질서를 돌이키고, 안정을 되찾고, 그 세계는 다시금 존재하게 된다. 그러므로 동화의 줄거리는 안정 회복을 그 골자로 삼고 있다.[15] 푸렁별에서 온 손님 '자스'도 무사히 과제를 해결하고 외로운 떠돌이 신세를 면하게 된다. '자스'가 지구별에서 배운 눈물은, 언 땅을 녹이고 새싹을 키우는 봄을 데려다줄 해동비이다. 그래서 '자스'가 고향으로 돌아간다는 것은 푸렁별에도 진실을 되살리는 봄이 올 것이라는 암시를 준다.

그런데 아쉽게도 '자스'가 '눈물별'인 지구에 처음 나타나는 장면에서, 두 시공간을 연결하는 '통로'의 허술함이 발견된다.

현실 세계에, 비현실적인 존재가 나타나거나 비현실적인 사건이 일어나는 경우가 있다. 여기에서 비현실적인 세계는 암시적으로 존재하기 때문에, 이 유형을 '암시적인 비현실 세계 판타지'라고 할 수 있다.[16] 비현실 세계와 현실 세계라는 두 시공간은 주인공이 두 세계를 연결하는 통로를 통해서 다른 시공간으로 넘어감으로써 시공간의 전환이 이루어진다.[17] 그런데 주인공이 다른 시공간으로 넘어가는 '통로'에서 판타지의 역동성

14 김열규, 《어머니, 동화는 이렇게 읽어 주세요》, 춘추사, 1993, p.52

15 앞의 책, p.52

16 김현숙, 〈현대 아동문학의 판타지 연구〉, 동덕여대 대학원 국어국문학과 석사 논문, 2000, p.37

17 앞의 논문, p.38

이 발휘되지 못하는 바람에, '자스'라는 주인공의 캐릭터가 신비롭게 부각되지 못했다고 본다.

> 그때였습니다. 문밖에서 이상한 기척이 났습니다.
>
> 이어서 문고리를 만지작거리는 소리가 달그락달그락 들렸습니다.
>
> 버들이는 일부러 못 들은 척했습니다.
>
> 숨소리도 죽였습니다.
>
> 이번에는 문을 가볍게 흔들었습니다.
>
> "누구야?"
>
> "……."
>
> "다지니?"
>
> "아니, 손님이다. 들어가도 돼?"
>
> 귀에 선 음성이었습니다. 동굴 속에서 듣는 소리처럼 울림졌습니다.
>
> "손님? 그래, 좋다."
>
> 버들이는 문을 탁 밀쳤습니다.[18]

초능력을 가진 우주 소년인 '자스'와 지구 아이인 버들이의 첫 만남은 동화의 구성상 가장 흥미진진하고 아슬아슬한 장면이 될 수 있는데, 의외로 평범하고 진부하게 진행된다. 스스로 '손님'이라고 밝히고, 문고리를 만지작거리거나 문을 가볍게 흔드는 '자스'의 일상적인 움직임은 판타지가 전혀 개입되지 않아서 실망스럽다. 작가가 현실 세계와 비현실 세계를 연결하는 '통로'를 허술하게 마련했기 때문이다. 독자에게 놀라움과 신비함을 주는 기이한 세계를 창조하기 위해 매직적 판타지와 우의적 판타지를 좀 더 사용했다면, 두 세계의 통로는 훨씬 자유롭고 재미있게 연결되었을 것이다.

3. 《아침에 부르는 자장가》

고향에 갔다가 친구로부터 요즘 세상에 보기 드물게 진실된 한 부부에 대한 이야기를 들었습니다.

"이들은 가난하지만 사람의 도리를 지키며 살려고 애썼는데, 특히 효성스런 아내는 정신이 온전치 않은 시어머니를 업고 다닐 정도로 극진히 모셨대. 그 시어머니는 세상을 떠난 뒤, 자꾸 꿈에 나타나서 어디의 빈터를 사라고 쾌치더래. 형편에 턱없는 일이었

---

18 김병규, 《푸렁별에서 온 손님》, 두산동아, 1993, p.25

지만, 차마 거역할 수 없어서 여기저기서 돈을 끌어다가 시키는 대로 했지. 그랬더니, 곧 그 땅값이 다락같이 올라 내로라하는 큰 부자가 되었다는 거야."

그날 내가 쳐다본 하늘은 아득히 파랬습니다.

얼마 지나서, 서울에서 다른 고향 친구를 만났습니다. 오랜만에 만난 그 친구는 이런 저런 소식을 알려 주더니, 뜻밖에도 또 그 전설 같은 이야기를 들려주는 것이었습니다.

그 순간, 내 가슴이 뛰었습니다.

"좋은 동화 감이야."

그래서 《아침에 부르는 자장가》를 쓰게 되었습니다.

흔히 '늙으면 도로 애기가 된다.'고 말들 하지요.

지금도 나는 '노인의 마음은 동심의 극치'라는 생각을 가슴속에 불씨처럼 묻어 두고 지냅니다.[19]

'노인의 마음은 동심의 극치'라는 작가의 주제 의식이 돋보이는 이 작품은 '노인성 치매'에 관한 편견을 깨뜨리기 위해 판타지를 도입하였다는 점이 새로운 특징이다. 그래서 이 작품에 나타난 판타지는 모두 따스하고 아름답다.

1) 교차형 판타지가 발생하는 이유

판타지를 받아들이는 육감을 가진 사람은 모든 어린이와, 어른의 경우에 특별한 사람들이라고 한다. 즉 노인, 성직자, 시인, 정신 박약자들이며 이들은 모두 동심의 소유자이다. 노인은 아이로 돌아가기 때문이요, 성직자는 하루 종일 아이들과 놀 수 있으며, 시인은 속세에 빠지지 않고 이상을 찾아 살기 때문이요, 정신 박약자는 순진하고 단순하기 때문에 판타지를 받아들인다[20]는 견해에 공감한다.

《아침에 부르는 자장가》에 나오는 할머니는 어린 손녀인 '고리'와 함께 아무도 모르는 외출을 여러 번 한다. 이 비밀스러운 외출은 현실에서 판타지의 세계로 시공간이 옮겨지는 것을 의미한다.

이처럼 동화에서 시공간의 전환이 여러 번 이루어지는 것을 김현숙은 '교차형 판타지'라고 부른다. 기본 배경은 현실 공간이고, 비현실 세계는 자주 경험하는 시공간으로 설정되는 교차형 판타지에서 중요 관심사는 주인공이 비현실 세계로 자주 들어가는 이유와 그 의미를 밝히는 것이다.[21]

---

19 김병규, 《아침에 부르는 자장가》, 중앙일보사, 1995, 지은이의 말.

20 김영희, 〈한국 창작동화의 판타지에 관한 연구〉, 연세대학교 교육대학원 석사 논문, 1997, p.25

21 김현숙, 〈현대아동문학 판타지연구〉, 동덕여대 국어국문학과 대학원 석사 논문, 2000, p.53

할머니가 찾아가는 신기하고 낯선 세상은 지금 할머니의 의식이 '치매 상태'에 들어가 있다는 것을 뜻한다. 우리는 '치매 상태'에 관해 인지 기능이 떨어지는 바람에 사고 판단을 제대로 하지 못해서 현실 검증이 불가능한 것으로 알고 있다.

그런데 작가는 판타지를 도입하여 '치매 상태'를 놀랍게 전복시킨다.

치매는 완전히 의식이 없는 것이 아니라, 다른 질서의 의식을 가지고 있는 상태이다. 즉 치매자의 내면에 잠겨 있던 과거의 욕망이나 기억들이 규범적이고 논리적인 의식층이 허약해진 틈을 뚫고 표출되었음을 뜻한다. 치매 순간의 현실은 자신의 과거 세계의 현실화이며 동시에 내면세계의 외면화라고 할 수 있다. 그렇다면 치매란 현실자가 비현실적인 시공간을 실제로 체험하는 순간이라고 할 수 있다. 한편 비현실적인 공간으로 진입한다는 것은 현실의 논리가 배격된다는 것이고, 이는 현실적이고 논리적인 정신에서 비껴남을 의미한다. 이런 점에서 치매 상태와 비현실적인 세계는 유사성을 갖는다.[22]

'본다.'는 것을 '이해한다.'와 동의어로 삼는 세상에서 사람들이 보지 못하는 어딘가 다른 세상으로 자꾸 찾아가는 할머니는 조금도 외롭지 않다. 판타지의 왕국에 당연히 입국이 허용되는 어린 길동무가 있기 때문이다. 그래서 어린이와 특별한 사람인 노인은 판타지의 세계에 들어갈 수 있다.

2) 외출에 나타난 복합적 판타지

"예서부터는 할미가 앞에 설게."

할머니가 앞서고, 고리가 뒤따랐습니다. 갑자기 사방에서 안개가 몰려들었습니다. 짙은 안개가 온몸을 친친 휘감았습니다.

할머니가 몽당비로 안개를 쓸어 내며 나아갔습니다. 그러자 신기하게도 길이 트였습니다. 그 길은 마치 안개 속에 뚫린 동굴처럼 생겼습니다.

고리는 할머니가 끄는 대로 따라갔습니다.[23]

"주인님, 저를 따라오세요. 아가씨도요."

어느새 몽당비에 눈도 코도 입도 생겨났습니다. 앙증스런 팔다리도 있었습니다.

몽당비는 길을 싹싹 쓸며 앞으로 나아갔습니다.

이제 고리도 놀라지 않았습니다.

---

22 김현숙, 〈현대아동문학의판타지연구〉, 동덕여대 대학원 국어국문학과 석사논문, 2000, p.55

23 김병규, 《아침에 부르는 자장가》, 중앙일보사, 1995, p.44

할머니는 팔을 휘휘 내두르며 걷습니다. 그 뒤를 고리가 종종걸음으로 따라갔습니다. 또 이상한 행진이 시작되었습니다.

"얘야, 어디로 가니?"

고리가 몽당비에게 물었습니다.

"가 보면 알지요."[24]

할머니와 고리가 현실 세계에서 비현실 세계로 들어가는 장면이 참 자연스럽다. 두 세계를 연결하는 통로에서 몽당비가 길을 열어 간다는 발상이 기발하고, 고리 할머니의 이미지와 잘 어울린다. 특히 우리는 마녀가 빗자루를 타고 다니는 것에 익숙하지만, 몽당비로 길을 깨끗하게 쓸어가다 새로운 길을 만난다는 발상이 퍽 재미있게 다가온다. 더군다나 '몽당비'는 절박한 위기의 상황에 할머니의 도움을 받아 구출된 사연을 가지고 있다. 그래서 옛이야기에 나오는 두꺼비처럼 할머니한테 은혜를 갚으려고 길잡이로 나선 것이다.

할머니와 고리의 '외출'에 관한 장면에는 복합적인 판타지가 나타날 수밖에 없다. 우선 '도깨비' 같은 몽당비가 전승적 판타지와 우의적 판타지를 만들어 내고, 꿈(몽환적 판타지)을 한번도 사용하지 않았기 때문에 심리적 판타지와 매직적 판타지가 동시에 나타난다.

첫 번째 외출에서는, '더러움을 없애는 역할'의 빗자루들이 더러움을 상징하는 쓰레기로 전락하여 절망하는 것을 보고, 할머니가 꾸지람으로 빗자루들을 일으켜 준다. 할 일을 찾으라는 할머니의 말에 정신이 든 빗자루들은 몸이 근질근질해져서 쓰레기를 쓸어 내기 시작한다. 그러다가 꿈꽃씨들을 찾아 내고, 진귀한 것들을 점점 더 찾아 내면서 '낮에 달이 뜨고 밤에 해가 뜨는 세상'을 새로 꾸민다. 당연히 이 세상에서 '주인님'은 고리 할머니이다.

두 번째 외출에서는 자기 역할을 다하고 밀려난 바가지들이 모여 있는 마을을 만나게 되고, 그곳에 사는 노인들은 바가지로 꽃에 물을 주며 산다.

세 번째 외출에서 할머니는 '그릇 곳간'이 있는 마을에 간다. 예전에 할머니가 썼던 못난이 사발을 찾아서 가장 좋은 열매를 받아 고리와 즐겁게 먹는다.

마지막 외출에서 고리와 할머니는 말[글]이 꽃으로 피어나는 마을을 찾아간다. 그곳에는 아름답고 탐스러운 꽃들이 저마다 명칭을 달고 있어서 어떤 선한 뜻을 가진 말이 피운 꽃인지를 알려준다. 꽃들을 구경하고 나오다가, 고리와 할머니는 다음과 같은 글이

---

24 앞의 책, pp.92~93

쓰여 있는 것을 발견한다. "여기 꽃들의 거의 모두는 어린이와 노인이 피운 것들이다."

어린이와 노인이 동심을 같이 간직했기 때문에, 어린이와 노인은 같은 존재라고 보는 작가의 주제 의식이 다시 한 번 드러나는 장면이다.

마지막 외출에서 '몽당비'는 이제 현실 세계로 돌아가지 않는다고 한다. 주인님을 위해 할 수 있는 일이 없기 때문이라고 한다. 여기에서 '몽당비'와의 작별은 더 이상 할머니와 고리의 비밀스런 외출이 일어나지 않는다는 것을 의미한다. 두 세계를 인도하는 길잡이였던 '몽당비'가 사라진다는 것은, 할머니가 떠나던 비현실 세계의 수명만 다한 것이 아니라, 현실 세계에서도 할머니의 생명이 얼마 남지 않았음을 뜻한다.

할머니가 평온한 얼굴로 세상을 떠나고, 동화에서 이제 판타지는 더 이상 나타나지 않는다. 그러나 실화이면서도 판타지보다 더 신비한 일이 생겨서 고리네 가족은 별안간 큰 부자가 되고, 부자가 되어도 성품이 변하지 않은 고리와 고리네 부모는 여전히 부지런하고 검소하게 산다. 할머니가 세상을 떠난 20년 뒤에, 고리는 '노인성 치매 전문 병원'의 병원장이 되어 노인들을 진료하고, 고리네 부모는 자원봉사자처럼 노인들을 돌보면서 살아간다.

어느 사진 기자는 이제 할아버지, 할머니가 된 고리네 부모의 사진을 찍어 신문에 보도한다. '이 세상에서 가장 아름다운 노인의 모습'이라는 사진 설명과 함께.

할머니가 세상을 떠나고 동화에서 '판타지'가 사라진 것은 효과적인 구성이라고 본다. 이제부터 고리와 고리네 부모에게 판타지보다 더 아름답고 감동적인 현실이 시작되기 때문이다.

3) 같은 소재를 다룬《할미꽃은 봄을 세는 술래란다》

《아침에 부르는 자장가》와 같은 해에 몇 달 먼저 출간된《할미꽃은 봄을 세는 술래란다》는 소설가 이청준이 '동화'라고 쓴 작품이다.

키가 작아져 가고 정신이 흐려져 가는 모든 할머니들을 위하여,

보다는 그로 하여 그 늙음이 난감하고 꺼려지기 시작한 이 땅의 모든 아들 딸과 손주들을 위하여[25] '지은이의 말'을 통해, 이청준 역시 치매 노인에 대한 소재로 동화를 썼다는 것을 알 수 있다. 할머니들이 나이를 먹을수록 키가 거꾸로 작아지고 기억력이 사라지는 것은, 우리 뒷사람들에게 귀한 삶과 지혜를 아낌없이 나누어 주기 때문이라는 작가의 작품 주제는 인생에 대한 깊은 통찰에서 비롯된 것이다.

---

25   이청준,《할미꽃은 봄을 세는 술래란다》, 열림원, 1995, 지은이의 말

그런데 어린이를 대상으로 한 동화에서, 이 무거운 주제를 부모와 딸이 오로지 대화로만 풀어 나간다.

은지가 아빠와 나누는 대화의 한 장면을 살펴보자.

"아빠, 할머니께선 요즈음 어째서 자꾸만 옛날 얘기만 하세요? 그리고 점점 어린애처럼 되어 가세요?"

그러니까 아빠는 이번에도 모든 것을 다 알고 계신 듯 고개를 끄덕이며 차근차근 말씀해 주십니다.

"음, 그것은 할머니께서 은지에게 나이를 덜어 주실 때 그 나이에 담긴 지혜도 함께 나눠 주시기 때문이지.

할머니의 나이 속에는 그 나이 시절의 여러 가지 기억들과 함께 많은 지혜가 담겨 있는데, 그 나이를 누구에게 나눠 주면 할머니에게선 그런 기억들과 함께 그 시절의 지혜도 그 사람에게로 옮겨가게 되거든. 그래서 할머니는 다른 사람들에게 나눠 주시는 나이만큼씩 키가 작아지실 뿐만 아니라, 기억이나 지혜도 자꾸만 옛날 일들로 되돌아 가시며 어린애처럼 되어 가시는 거란다. 그 대신 은지는 할머니께서 나눠주시는 나이의 힘으로 키와 지혜가 함께 자라서 어른이 되어 가는 거고……."[26]

그렇다면 엄마는 은지에게 어떤 이야기를 하고 있는지 살펴보겠다.

"그렇지만 너무 걱정하지 마라. 할머니께선 우리 곁을 떠나시더라도 할머니의 모든 것이 사라져 없어지는 것은 아니란다. 사라져 없어지는 것은 자꾸만 작아져 간 할머니의 모습뿐, 그 속에 간직되어 있는 할머니의 영혼은 옛 육신의 집을 빠져나가 어디선가 다시 새 아기의 모습을 얻어 예쁜 갓난아기로 다시 태어나게 된단다.

마치 나비의 애벌레가 고치 속에서 고운 나비로 변하여 헌 고치를 벗고 날아가는 것처럼 말이다. 그러니 우리는 할머니의 모습이 자꾸 더 작아지는 걸 걱정스러워 할 일만은 아니란다. 할머니의 모습이 아주 작아져서 우리 곁에서 사라지는 것은 섭섭하고 슬픈 일이지만, 한편으론 기쁘고 다행스런 일일수도 있잖겠니? 그것은 할머니의 영혼이 낡은 옛날의 모습을 벗고 나가 다른 새 갓난아기로 태어나실 준비의 일이기도 하니까 말이다."

할머니의 죽음을 걱정하는 딸에게 엄마는 불교적 윤회관을 지닌 대답을 해 준다. 은지의 엄마는 나비에 관한 '비유'를 들어서 죽음에 대한 초월적인 입장을 전하고 있다. 그런데 엄마와 이야기를 나누는 대상은 초등학교 4학년인 소녀이다.

이 작품에서 부모가 어린이를 존중하며 대화를 나누는 것은 평등해 보이나 사실은

---

26 위의 책, pp.33~34

권위적이다. 소크라테스의 '산파술'보다 못한 방법이다. 적어도 소크라테스는 상대방이 스스로 깨닫도록 옆에서 도와주는 역할을 했는데, 은지의 부모는 은지가 고민하는 물음에 대해 철학적인 정답을 알려 준다.

은지의 부모가 아무래도 철학자보다는 초인이라고 느껴지는 장면은 할머니가 돌아가셨을 때이다.

> 그런데 얼마 뒤, 바깥일에서 돌아오신 아빠가 그 할머니의 방에 들어갔다 나오시며 조용히 말씀하셨습니다.
> "할머니께서는 오늘 마지막 남은 나이를 다 나눠 주신 모양이다. 할머니의 영혼이 옛 모습의 옷을 벗고 우리 곁을 떠나셨구나."
> 할머니가 마침내 돌아가신 것입니다.[27]

어머니의 죽음 앞에서 담담할 뿐 아니라, 어머니의 죽음을 딸에게 여전히 철학적인 의미로 설명해 주는 아빠와 이에 호응하는 엄마, 그리고 신통하게도 부모의 말을 그대로 잘 받아들이고 이해하는 성숙한 은지.

소설가 이청준은 어린이의 눈높이를 전혀 고려하지 않고 작가의 철학을 노골적으로 드러내고 있다. 등장인물들의 캐릭터도 생생하지 못하고, 할머니의 모습은 작품에서 너무나 희미하게 나타난다. '인간이 늙어 가는 과정과 죽음'에 대한 대화체의 명상록을 한 권 읽은 느낌이다. 그런 의미에서 이 작품은 교훈성과 교화적 기능이 강한 권위주의적 문학이라고 본다.

이에 비해 동화작가 김병규가 쓴《아침에 부르는 자장가》는 다양한 판타지를 표현해서 어린 독자가 재미와 감동을 얻으며 노인에 대한 공경심과 진정한 효도를 깨달을 수 있도록 한 작품이라고 생각한다. 그러므로 '동화의 세계는 미지의 세계와 자연의 배후에 숨어 있는 신비의 세계에 대한 통찰이며 그 통찰은 판타지에 의해 가능하다.'[28]고 보는 원유순의 견해는 옳다고 본다. 판타지를 통해, 어린이 스스로 깨닫고 성장할 수 있도록 인도하는 것이 더 건강한 대안이다.

4. 맺는말
《푸렁별에서 온 손님》은 인류의 평화뿐 아니라, 자연과 더불어 상생하고 우주의 평화

---

27 위의 책, p.70
28 원유순, 〈리얼리즘 동화 속에 나타난 판타지에 관한 연구〉, 인하대 교육대학원 국어교육전공 석사 논문, 1997, p.14

(달, 별, 외계)까지 기원하는 작가의 평화주의가 드러나는 작품이다. 이 작품에 드러나는 판타지의 유형은 다양하다. 우선 주인공인 우주 소년 '자스'의 캐릭터에 '장승'을 닮은 우리 고유의 이미지를 도입하여 전승적인 판타지를 자아 낸다. 또한 소재에서도 복합적인 판타지를 사용하여 '눈물'이라는 소재를 시적 이미지로 형상화하는 데에 성공하고 있다. 작가의 '평화 사상'은 독자에게 판타지를 통하여 아름답고 따스하게 전달되는 효과를 얻고 있다.

그러나 현실 세계와 비현실 세계를 연결하는 통로에서 한 가지 아쉬움이 발견되는데, 허술한 통로는 주인공의 독특한 캐릭터를 약화시키며 작품을 진부하게 만들었다.

김병규의 《아침에 부르는 자장가》와 이청준의 《할미꽃은 봄을 세는 술래란다》는 '치매 할머니'라는 같은 소재를 다루고 있는 작품이다.

그런데 동화의 표현 방법에 있어 뚜렷한 차이점이 보인다. 김병규가 동화에 적절한 판타지를 사용하여 재미와 감동을 얻고 있음에 비해, 이청준은 아이와 부모가 묻고 대답하는 '대화'에만 의지해 이야기를 지루하게 풀어 나간다. 그래서 독자인 어린이의 눈높이를 고려하지 않은 지나친 교화성 때문에 권위주의적 문학으로 비친다.

작가가 동화에서 철학적인 주제를 다루는 것은 유익한 일이다. 그러나 어린이에게 어렵고 딱딱한 주제를 다룰 때에 다양한 판타지를 적절하게 사용한다면, 판타지는 작가가 세상에 알리고 싶은 소외된 진실이나 인생의 숨은 아름다움을 언제든지 찾아줄 것이다.

【참고 문헌】

김열규, 《어머니, 동화는 이렇게 읽어 주세요》(춘추사, 1993)

박상재, 《한국 창작동화의 환상성 연구》(집문당, 1998)

박상재, 《한국 동화 문학의 탐색과 조명》(집문당, 2001)

손향숙, 〈영국의 판타지에 대하여〉, (〈아침햇살〉, 2000년 봄호)

안성찬, 〈숭고의 미학〉, 서강대학교 독어독문학과 대학원 박사 논문(2000)

김영희, 〈한국 창작동화의 판타지에 관한 연구〉, 연세대학교 교육대학원 석사 논문, 1977

김현숙, 〈현대 아동문학의 판타지 연구〉, 동덕여대 국어국문학과 대학원 석사 논문, 2000

원유순, 〈리얼리즘 동화 속에 나타난 판타지에 관한 연구〉, 인하대학교 교육대학원 석사 논문, 1997

아이들한테서
배운다

못 오를 나무 훔쳐보기

"못 오를 나무는 쳐다보지도 말아라."

이 말을 나를 오도가도 못하게 옭아매는 주문이었습니다.

어린 시절 아버지한테 들은 그 숱한 말씀 가운데 내가 지금까지 온전히 기억하는 건 오직 이 한 마디뿐입니다.

허황한 꿈은 물구나무서서 걷는 것과 같다고 하셨습니다. 손으로 바닥을 짚고 몸을 거꾸로 세우고서야 아무리 재주가 좋아도 몇 걸음 가겠느냐는 것이었습니다. 두 발로 땅을 딛고 서야 비로소 가려는 쪽으로, 가고 싶은 곳까지 이를 수 있다는 지론이었습니다.

나에 대한 아버지의 바람은 '농사만 짓지 않고 살았으면' 하는 정도로 소박했습니다.

논밭 몇 뙈기가 가진 것의 전부였던 아버지는 일년 내내 땀흘리며 땅을 파도 딸 넷 아들 셋, 아홉 식구의 입에 풀칠하기도 버거웠을 터이니, 자식만은 그 굴레에서 벗어나게 해 주고 싶었던가 봅니다.

아버지는 나에게 지게질이나 써레질을 가르치지 않았습니다. 아예 농사일을 모르면 농투성이는 되지 않을 것으로 여기셨던 것입니다.

하지만 학교에 가면 분위기가 달랐습니다.

선생님은 늘 "큰 꿈을 가져라."고 부추겼습니다. 그 탓인지 아이들에게 커서 무엇이 되고 싶으냐고 물으면, 으레 '장군'이라고 대답했습니다. 전쟁이 끝난 지 얼마 안 된 무렵이라 전쟁놀이가 성행하던 시절이었으니까요. 또 새 나라가 세워지고 첫 대통령을 뽑은 영향으로 '대통령'이 되겠다는 꿈도 야무진 아이들도 수두룩했습니다.

하여튼 나는 꿈의 줄타기를 할 수밖에 없었습니다. 현실과 이상 사이에 걸려 있는 그 줄 위에서 균형을 잡는 것은 어린 나에겐 힘에 겨운 짐이었습니다.

이런 가위눌림에서 벗어나기 위해 나는 은밀히 내 꿈을 정했습니다. 그러나, 아무에게도 그 꿈을 말하지 않았습니다.

내 가슴에 꼭 숨겨진 그 비밀은 바로 '선생님'이었습니다. 사실 나는 대통령은 뭔지도 몰랐고, 장군은 무서웠습니다. 고종사촌 누나가 선생님이었는데, 정말 멋졌습니다.

아버지께서 이 사실을 알면 '쯧쯧' 혀를 찰 것 같았습니다. 그것도 내가 못 오를 나무로 여길 것 같았으니까요.(이것은 나의 지레 짐작이었어요.) 그렇지만 나는 그 나무를 훔쳐보기로 했습니다.

선생님이나 친구들은 내 꿈을 들으면 '에잇'하며 비웃을 게 뻔했습니다. 하다 못해 군수나 서장쯤은 꿈꾸어야지 그게 뭐냐고 놀릴 게 분명했습니다.

그러니 가슴에 꽁꽁 숨겨 놓을 도리밖에 없었습니다.

나는 얼른 커서 선생님이 되고 싶었습니다. 수줍음이 많았던 나로서는 남에게 들키기 전에 선생님이 되어 버리는 게 상수였습니다.

마음이 조급했습니다.

연 날리기

그 시대의 아이들은 거의 모든 장난감을 직접 만들어서 가지고 놀았습니다.

나도 조그만 내 손으로 팽이를 나무로 깎아서 돌리고, 돌을 갈아서 만든 것으로 구슬치기를 하고, 수제 썰매로 미끄럼을 타고, 나무 칼·딱지·바람개비·종이배도 솜씨껏 만들었습니다. 이런 것을 만들다가 칼에 벤 상흔이 지금도 손 곳곳에 흐릿하게 남아 있습니다.

무슨 연유인지 몰라도 연만은 아버지가 손수 만들어 주셨습니다. 그것은 방패연이었는데, 방구멍 위 이마에 둥근 달을 오려 붙여 멋을 냈습니다. 물론 마을의 또래들이 가진 연 가운데 가장 컸습니다.

아버지는 가끔은 빈 들판에 나가거나 언덕에 올라 연날리기를 가르쳐 주기도 했습니다.

"연 날릴 때 하늘만 쳐다보면 안 된다."

"그럼 연 날리는데, 땅을 봐요?"

"물론이지. 먼저 땅을 봐야 한다. 그래서 발바닥을 땅에 착 붙이는 거야."

"이렇게요?"

나는 두 발을 땅에 붙이고, 무릎을 앞으로 좀 고푸리며 말타기 자세를 해 보였습니다.

"옳지! 그래야 연줄을 바로잡을 수 있는 거다."

바람은 연을 어디든 멀리 가져다 팽개쳐 버리려 합니다. 줄은 연이 달아나지 못하도록 꽁꽁 묶어 두려고 기를 씁니다. 서로 반대로 작용하는 이 두 힘이 조화를 이룰 때 연은 하늘 높이 떠오르게 됩니다. 이 조화라는 것은 8할이 땅에 붙인 발에서, 나머지 2할은 줄을 잡고 조종하는 손에서 이뤄진다는 것이었습니다.

나는 아버지의 설명을 제대로 알아들을 나이가 아니었습니다. 그러나 어렴풋이 이렇게 짐작했습니다.

'높은 나무의 우듬지를 억지로 쳐다보려고 고개를 젖히다 보면, 몸이 기우듬히 기울

어지게 마련이지. 만만한 나무를 마주 볼 적처럼 편안한 자세를 하라는 모양이구나.'

그래서 나는 아버지 앞에서 고개를 앙증맞게 끄덕였습니다.

나중에 내가 어른이 된 다음에, 민간 항공기의 기장인 조종사에게 아버지께 배운 연 날리기 비법을 들려주었더니, 그 친구가 놀라워했습니다.

"우리 조종사들도 하늘을 날면서 땅을 본단다. 기준은 늘 땅이거든."

친구의 이 말에 나는 공감할 수 있었습니다. 이는 아버지 말씀에 뒤늦게 맞장구치는 꼴이지만, 내 마음은 무척 편안했습니다.

오종이 분다

누구나 어린 시절을 생각하면, 아쉬운 게 한둘이 아니겠지요.

내게 가장 아쉬워하는 것을 손꼽아 보라면 두 가지를 들겠는데, 모두 눈과 관계가 있습니다.

첫째는 자세히 보는 습관을 들이지 못한 것입니다. 건성꾼은 과학은 물론이고 예술의 바탕도 못 갖춘 쭉정이로 봐야겠지요.

또 아름다움에의 눈뜸이 미진했습니다. 그 시절 시골은 참 아름다웠습니다. 텃밭에도, 길에도, 들에도, 산에도 철철이 온갖 꽃이 자지러지게 피었습니다. 강에도 그냥 먹어도 괜찮은 맑은 물이 흘렀고, 그 투명한 물 속에는 별별 물고기들이 자유롭게 헤엄쳤습니다. 강가에는 맑게 씻긴 자갈과 반짝이는 모래가 수십 리 펼쳐 있었습니다. 푸른 숲속의 새 떼처럼 숨겨진 보석들도 많았습니다.

이런 기막힌 자연 속에서 살면서 그게 아름다운 줄 몰랐으니, 나는 청맹과니였습니다. 마치 물 속의 물고기가 목말라하듯 책에서 읽은 딴 세상을 동경했습니다.

그때 누가 나뭇잎만 보지 말고 잎맥도 보고 잎 뒤도 살펴보라고 가르쳐 주었으면 얼마나 좋았을까요. 또 제비꽃이나 냉이꽃은 작지만 그 보라의 신비와 하양의 순수가 가없음을 이야기해 주고, 장미·라일락·카네이션 따위보다 군색스럽지 않음을 일깨워 주었으면, 지금보다 좀더 나은 내가 되었을 터입니다.

어른이 되어서 뒤늦게 자세히 보는 눈과 아름다움을 아는 눈이 긴요함을 알았습니다. 그래서 밤 새워 책을 읽고 여행을 하고 사색을 하며, 눈을 밝게 하려고 무진 애를 썼습니다. 하지만 이미 무디어진 감각을 살리는 데는 한계가 있었습니다.

이런저런 얽매임과 옥죔이, 스스로의 움츠림이, 나를 왜소하게 만들었습니다.

그렇지만 다행히 나에겐 기댈 언덕이 있었습니다. 그것은 상상의 언덕이었습니다.

상상만은 누구의 간섭도 받지 않았습니다. 상상은 아지랑이와 같아 잡을 수도 없고, 상상은 안개와 같아 가둘 수도 없었습니다. 상상의 공간은 고스란히 내 것이었고, 무한 자유였습니다. 혼자 있어도 외롭지 않고, 맨손으로도 무엇이든 할 수 있었습니다.

본디 소심한 나는 심히 내향성인 소년이 되어 갔습니다.

아무리 더듬어 봐도, 어린 시절에 내가 글을 쓴 기억을 별로 없습니다.

'국민학교' 4학년 때였습니다. 여름 방학 숙제로 '오종이 분다'는 동시를 썼습니다. 그 시절엔 낮 12시에 사이렌이 불었는데, 그것을 정오를 알리는 종소리라는 뜻으로 '오종'이라 했습니다. 대충 이런 내용이었지요.

강에서 목욕을 하는 아이

산에서 소 뜯기는 아이

읍내에 심부름 간 아이

골목에서 놀던 아이

아버지 일하는 밭머리에서 기다리던 아이

모두 오종이 불면 집으로 간다.

그렇게 조종하는 오종은 요술쟁이다.

원고지도 아닌 갱지에 쓴 이 글을 읽고 선생님은 고개를 갸웃거렸습니다. 머뭇거리다가 내 얼굴을 힐끔 보더니, 왼쪽으로 밀쳤습니다. 오른쪽 더미에 올려졌다면 상을 받는데, 서운했습니다.

그런데 생각해 보면 그건 참 다행한 일이었습니다.

무슨 근거가 있는 것은 아니지만, 그때 그 동시로 상을 받았다면 지금 나는 동화작가가 되지 못했을 것만 같습니다. 분명히 그랬을 것입니다.

선생님·기자, 그리고 동화작가

솔티고개의 찔레나무 숲에는 도깨비가 살았습니다. 그 도깨비에게 홀린 술꾼들이 밤새도록 가시덩굴 속으로 끌려 다녔다는 소문이 가끔 떠돌았습니다.

그 가파른 비탈로 버스가 굴러 떨어졌습니다. 이런 사고는 만날 판박이 같은 일상을 보내는 시골 아이들의 가슴을 설레게 했습니다.

우리 또래 몇이 오 리쯤 달려 현장에 가서 보니, 고랑창 바닥에 떨어진 버스는 바퀴를 하늘로 향한 채 뒤집혀 있었습니다. 마치 도깨비가 좀 심한 장난을 치고 달아나 버린 듯했습니다.

그 둘레에서 경찰들이 줄자를 들고 이리저리 재고 있었습니다.

길섶에 생나무 말뚝을 박고 쳐 놓은 새끼줄 가에서 구경꾼들이 웅성웅성했습니다.

그때 오토바이가 달려왔습니다. 오토바이에서 내린 사람은 새끼줄을 훌쩍 넘어 안으로 들어갔습니다. 그는 끈이 긴 카메라를 어깨에 메고 있었습니다.

"신문 기자다!"

누가 말했습니다. 기자 아저씨는 수첩에 적기도 하고, 또 경찰에게 이것저것 묻기도 했습니다. 사진을 몇 장 찍었습니다.

그러더니, 다시 오토바이를 타고 아까 왔던 길을 되돌아갔습니다.

다음 날, 두어 아이가 집에서 보는 신문을 학교에 가져왔습니다. 어제 사고의 기사가 엽서만 한 크기로 실려 있었습니다. 꽤 여럿이 다쳤고, 한 여학생이 아까운 목숨을 잃었다는 내용이었습니다.

'그 기자가 이렇게 신문에 냈구나!'

이런 생각을 하니 참 신기했습니다. 어떤 과정을 거쳐 보도되는지 몰랐지만, 신문 기자가 신비롭게까지 여겨졌습니다. 신문 냄새가 오랫동안 내 코끝에 맴돌았습니다.

'나는 신문 기자가 될 수 없을까?'

문득 혼자 이런 생각을 하다가 얼굴을 붉혔습니다. 그것은 정말 오르지 못할 나무를 쳐다보는 것이었으니까요.

그런데, 나중에 내가 뜻밖에도 어린이 신문의 기자가 됩니다. 지금 생각해 봐도 꿈이라는 건 정말 대단한 것이었습니다. 남 몰래 품었던 꿈 씨앗 하나가 싹트고 나도 모르는 사이에 자라는 것이 신비롭습니다. 꿈을 가진 사람은 다 마술사인지 모릅니다. 인생의 오묘함을 느낍니다.

나는 교육 대학을 졸업하고 초등학교 교사가 되었습니다.

이 무렵부터 동화작가가 되려는 뜻을 품고 글을 썼습니다. 누구의 가르침을 받지 않고 순수하게 독학으로 문학 수업을 했습니다.

예나 지금이나 작가로 나서는 가장 확실한 길은 신춘문예에 당선하는 것이지요.

나는 아홉 번 떨어지고 열 번째 응모 끝에 〈한국일보〉 신춘문예에 동화 〈춤추는 눈사람〉이 당선되어 동화작가로 등단했습니다.

그리고 몇 년 뒤, 나는 정말 느닷없는 제안을 받았습니다.

"50명 안팎의 한 학급의 담임 교사가 아닌, 전국 어린이들의 담임을 맡아 볼 생각은 없습니까? 어린이 신문 기자가 바로 그런 자리지요."

그래서 〈소년한국일보〉 기자가 되어, 오늘까지 20년 넘게 한우물을 파고 있습니다.

요즈음 나는 참 행복합니다. 이렇게 행복을 누릴 수 있는 삶에 대해 늘 감사하고 있습니다.

돌이켜보면, 나의 꿈이었던 초등학교 교사와 동화작가와 신문 기자, 이 세 가지를 다 이룬 셈입니다. 대단한 행운이지요.

하지만 내가 이런 행운에 도취해서 행복이 어쩌고저쩌고 하는 것은 결코 아닙니다. 이 세 가지 직업을 통해 늘 어린이들을 만날 수 있어 행복한 것입니다.

꿈은 내가 꾸고, 그것을 이뤄 준 것은 어린이들이었습니다.

아이들한테 배운다

기자는 질문을 잘해야 합니다. 좋은 질문을 해야 알맹이 있는 답이 나오고, 그래야 기사를 제대로 쓸 수 있거든요. 그래서 기자의 질문을 광부의 곡괭이에 견줍니다.

그런데 나는 아이들한테 질문하기보다 살피고 귀기울여 듣기에 더 신경을 썼습니다. 무엇을 캐내려 안달하기보다 스스로 속내를 털어 내보이기를 기다렸습니다. 어떻게 보면 곡괭이질이 서툰 광부와 같은 기자였지요.

나는 아이들로부터 기사 거리만 찾는 게 아니고, 눈빛과 몸짓과 무언으로 말하는 것까지 들으려 애썼습니다. 이런 나를 미쁘게 보았던지 아이들은 이슬 한 방울 같은 지혜를 귀띔해 주었습니다. 그것은 너무나 당연하고 단순하고 뻔해서 우리가 하찮게 여기거나 지나치기 쉬운 이치들이었습니다. 공기가 귀함을 다시금 일깨워 주는 것 같은 태초의 목소리를 들려주었습니다.

그동안 나는 참 많은 아이들을 만났고, 그들은 진지한 가르침을 주었습니다.

이제 나에게 스승 같은 존재였던 아이들의 이야기를 하겠습니다.

1988년 여름에 중학생 50명과 함께 미국에 갔습니다. 포틀랜드에서 2주간 민박을 한 뒤, 1주 동안 뉴욕·로스앤젤레스 등지를 견학했습니다.

뉴욕에 왔을 적에 한 중학생 교포 소녀가 자원봉사로 안내를 맡았습니다. 이름은 잊었지만, 미국 대통령 장학생에 뽑혔을 정도로 우수한 학생이라고 했습니다.

그날 빡빡한 일정을 마무리하고 저녁을 먹으러 갈 때였습니다.

현지 여행사 직원이 저녁 메뉴는 갈비탕이라고 알려 주었습니다. 그러자 우리 학생들이 '와' 환성을 질렀습니다.

나도 오랜만에 입에 맞는 음식을 맛보게 되어 입안에 군침이 고였습니다.

그때 그 교포 여학생이 이상하다는 표정으로 나에게 물었습니다.

"미국까지 와서 한국 음식을 먹어요? 며칠 후 한국에 돌아가면 매일 먹을 텐데…….
여기 음식을 한 가지라도 더 맛보고 가야지요."

"……."

나는 아무 대답도 할 수 없었습니다. 공교롭게도 그 여학생과 같은 식탁에 앉았는데, 나는 부끄러워서 갈비탕을 제대로 먹을 수 없었습니다.

　　이창호 기사가 이대부속초등학교 6학년 때(1987)의 일입니다. 최연소 프로 바둑 2단으로 승단, 화제가 되었지요. 이 소년 기사를 취재하러 한국기원에 갔습니다. 마침 무슨 대국 중이어서 창 밖에서 지켜보아야 했습니다.

　　그런데 10분, 20분이 지나도 바둑 알 하나 옮기지 않는 것이었습니다. 마냥 바둑판만 바라보고 있었습니다. 처음엔 조바심이 났습니다. 빨리 취재하고 신문사에 들어가서 기사를 써서 마감해야 했거든요. 거의 한 시간이 지나도 그대로였습니다.

　　'저 바둑돌 하나의 무게가 도대체 얼마나 되기에……'

　　이런 생각을 하다가 나도 모르는 사이에 나를 잊는 경지에 빠져 버렸습니다. 바둑을 전혀 모르는 내가 그 진지함과 긴장, 고요, 신중, 숨막힘, 기다림에 매몰된 것이었습니다.

　　드디어 이 기사가 한 수를 두었습니다. 그 순간에 천 근의 바위를 옮기는 듯한 힘을 넉넉히 느낄 수 있었습니다. 정말 내 손에도 땀이 촉촉이 배었습니다.

　　얼마 뒤, 다행히 이 기사가 화장실에 가려고 나와서 잠깐 만날 기회를 가졌습니다. 함께 간 사진 기자가 얼른 사진을 찍었습니다. 그 사이에 내가 몇 마디 질문을 던졌지만, 그는 고갯짓만 끄덕끄덕, 도리도리 하더니 그만 대국장으로 들어가 버렸습니다.

　　오히려 사진 기자가 '어쩌지?' 하며 난감한 얼굴을 했지만, 나는 아무 걱정이 없었습니다. 이미 2시간 넘게 한 내 취재는 완벽했으니까요.

　　― 어려운 고비에도 실망하지 않고, 유리하다고 마음을 놓지 않아요.

　　― 바둑을 배운 아이라면 흰 돌을 검은 돌이라고 말하지는 않지요.

　　그날 오랜만에 내 마음에 드는 기사를 써서 기분이 좋았습니다.

　　한때 천재 시인으로 알려진 시골 소녀가 있었습니다. 오빠 둘과 함께 각종 백일장에서 300차례 이상 입상해서 '시인 3남매'로 매스컴을 타기도 했습니다. 그 아이는 지금 생각해도 가슴이 아려옵니다.

　　나는 이 아이들의 작품이 어디에서 나오는지 확인하고 싶었습니다. 목포에서 거룻배를 타고 영산강을 바라보면서 바다를 건너서 이 아이들을 찾아갔습니다. 토담집 헛간을 고쳐 꾸민, 이들의 공부방 벽은 상장으로 도배되어 있었습니다.

　　그 방에서 이들 3남매와 이야기를 나누다 보니, 이내 내 귀가 먹먹하고 가슴이 북받쳤습니다.

　　이들이 그동안 써 온 작품들은 진실과 거리가 멀었습니다. 멀쩡한 아버지를 글 속에서 정신 이상으로 그리고, 가난 탓에 헤어진 누나에 대한 그리움을 이야기하는데 정말이라는 믿음이 가지 않았습니다.

　　이들의 작품은 동심을 씨줄로 하고 진실을 날줄로 해서 짠 비단이 아니라, 이 조각 저 조각을 마구잡이로 붙여서 꿰매고 짜깁기한 누더기였습니다.

풀 뜯던 황소가 / 밟아 버려도

또다시 돋아나는 / 노란 민들레.

이 민들레는 진실의 꽃이 아니라, 거짓의 꽃이었습니다.

진실을 담지 아니한 글은 겉만 멀쩡하고 속은 썩은 과일과 같습니다. 향기가 없고 고약한 냄새가 납니다.

아, 올라서는 안 될 나무의 꼭대기에 올라서 세상을 내려다보고 있는 아이들…… . 먼 훗날에도 내가 다시 만날 일은 결코 없을 것이라고 생각하며, 상장 조립 공장을 나와 이들과 헤어졌습니다. 저녁 햇살이 내려앉는 무화과나무 사이로 걸어나오는 내 등 뒤에서 바람이 소슬히 불었습니다.

이들의 이름을 기억하면서 여기서 밝히지 못하는 게 가슴 아플 뿐입니다.

동화작가인 나에게 이 아이들이 준 가르침은 엄청난 것이었지요.

이 밖에도 책 1,000권을 읽은 3학년 소년의 초롱초롱한 눈빛, 전교생이 넷인데 둘만 더 붙었으면 좋겠다던 남쪽 바다 끝에 외따로 떨어진 나라섬(국도) 아이들의 해맑은 미소가 눈에 선하고, '우리의 소원'을 부르는 대성동 아이들의 청정한 목소리가 아직도 귀에 쟁쟁합니다.

나는 또 어린이신문의 기자인 덕분에 '특별한 아이'도 만났습니다. 한국의 슈바이처로 불렸던 장기려 박사님과 김수환 추기경님, 두 분입니다. 달리 표현하면, 아이보다 더 아이 같은 '특별한 어른'이시지요.

1992년 초봄에 부산 송도 앞바다가 내려다보이는 언덕배기에 있는 고신의료원의 옥상에 꾸민 방에서 장 박사님을 만났습니다. 어렸을 적에 친구의 팽이를 훔친 뒤부터 남의 물건에 손을 대지 않겠다고 마음먹은 게 가장 큰 결심이고, 여태 한 일이라곤 양보뿐이며, 아픈 아이를 봐도 예쁘다는 생각밖에 할 줄 모른다고 하셨습니다. 이러며 웃으시는 얼굴이 아이 중에서도 아이였습니다.

김수환 추기경님을 처음 뵌 것은 1993년 3월 어느 날 명동성당에서였습니다. 그 뒤 동화작가 정채봉 선생과 함께 추기경님을 모시고 경북 군위에 다녀오기도 했습니다.

추기경님께서 초등학교 시절을 보냈던 군위에 갔다 오는 길이었습니다.

대구공항에서 탑승 수속을 위해 추기경님께 주민등록번호를 여쭈었더니, "어, 나 그것 모르는데…… ." 하며 얼굴을 붉혔습니다. 그 모습이 어찌나 아이 같던지!

그 얼굴은 이상한 감동으로 내 가슴이 출렁이게 했습니다.

사실 나는 여태 아이들이라는 땅을 딛고 살아왔습니다.

그 땅은 절대 청정 지역이었으며, 그래서 일급수와 완전 공기만을 마실 수 있었습니다.

이 맑은 우주를 내가 오염시키지 않도록 앞으로 조심조심할 것입니다.

그렇게 살다 보면, 언젠가 나도 아이 같다는 말을 들을 수 있을지 모르겠습니다.

어린이와 함께 선생이 걸어온 길

쓸데없는 짓

그 시절, 나는 아래채 토담방을 아버지와 같이 썼다.

백열등 아래서 책을 읽거나 원고지를 긁적거리다 보면 어느새 밤중이 되었다. 고된 농사일에 일 탓에 초저녁에 끙끙 앓으며 잠에 곯아 떨어졌던 아버지께선 늘 그맘때면 잠에서 깨어나셨다.

처음엔 "그만 자라."고 하셨다. 나는 대답만 "예." 하고는 계속 책을 뒤적거렸다.

다시 설핏 잠에 든 듯 가늘게 코 골던 아버지는 얼마쯤 뒤에 다시 깨어나서는 나를 돌아보셨다.

"잠 안 자고 뭘 하나? 어서 불 꺼라!"

좀 짜증 섞인 목소리로 재촉하는 것이었다.

나는 대꾸도 않고 그냥 하던 일을 계속했다.

조금 뒤 아버지는 화를 내셨다.

"쓸데없는 짓 그만하고, 자라니까!"

이번엔 나도 화난 척 아무 대꾸도 않고 책을 덮고, 불을 툭 껐다.

그러고는 아버지 옆에 누웠다. 아버지한테서는 땀 냄새가 물씬했다. 그 냄새는 좋기도 하고 싫기도 했다. 아버지께선 다시 잠이 들었는지 아무 말씀이 없었다.

외양간에서는 소가 한숨을 쉬었고, 동네에서 개 짖는 소리가 들렸다. 멀리 산에서 산짐승의 울음이 들리기도 했다.

내 나이가 갓 스무 살이고 아버지 연세는 쉰네댓이었다.

그해(1968) 나는 교육 대학을 갓 졸업하고, 고향 초등학교의 햇병아리 교사가 되어 있었다.

아버지께서는 내가 중학생 때부터 초등학교 교사가 되길 바라셨다. 내가 안 것이 그 무렵이지 아마 그전부터 그랬을 게다.

하여튼 아들만은 등이 휘도록 지게를 지며 살지 않도록 하는 게 당신의 목표였다. 그래서 아예 나에겐 지게질을 가르치지 않으셨다. 지게질을 못하면 별 수 없이 딴짓으로 먹고 살 것이라는 묘한 계산에서였다. 그 덕분에 또래들은 여남은 살부터 지게를 졌지만, 나는 형벌같이 지긋지긋한 지게질과 인연을 맺지 않을 수 있었다.

내가 교사가 됨으로 아버지의 큰 목표 하나가 이뤄진 것이다. 한 달에 한 번씩 꼬박꼬박 월급을 받아 오지, 여기저기서 혼처도 나오지, 아버지는 흐뭇할 수밖에 없었다.

이제 쇠심보다 질긴 가난을 끊을 수 있을 것 같았고, 머리 좋기로 소문난 막내아들은 제대로 공부를 시킬 수 있다는 꿈도 부풀었을 것이다.

그런데 내가 밤마다 책을 뒤적이고 무엇을 긁적이니, 아버지로서는 이해할 수 없었던 모양이었다.

"쓸데없는 짓 그만하고, 자라니까!"

이 역정을 곧이곧대로 들으면, 이런 뜻을 읽을 수 있었다. 이미 선생님이 되었는데, 더 무슨 공부냐? 낮에 아이들 가르치는 것도 힘들 터인데, 몸 상하게 밤에 또 책을 보느냐? 심심하면 나가서 친구들하고 술이라도 마실 것이지 그 무슨 궁상이냐? 이런 애정이 어린 나무람이었을 것이다.

그러나 나는 그럴 수 없었다. 그런 것 말고도 내가 할 수 있는 일이, 아니 해야 할 일이 있을 것 같았다. 아버지의 성취를 나의 이룸으로 받아들이기에는, 또 아버지의 만족을 내 만족으로 삼기에는, 내 팔팔한 젊음이 허용하지 않았다.

아버지를 실망시킬 수 없어 말은 못했지만, 내 머리와 가슴은 불만으로 가득 차 있었다. 아이들을 가르치는 것이 즐겁지 않고 신경질이 났다. 교실에서는 아이들과 눈맞춤 하기보다는 창 밖의 신작로를 바라보기 일쑤였다. 나를 에워싸고 숨막히게 하고 있는 현실로부터 벗어나려고 마음부림 치고 있었다. 뭔가 새로운 꿈을 꾸고 싶었다.

분명히 그랬을 것이다. 내가 이렇게 마음을 붙이지 못하는 걸 아버지가 눈치채지 못할 리 없었다. 아버지께서 그런 나를 꿰뚫어보고 계셨다. 아버지가 보시기엔 내가 도모하는 것이 뜬구름 잡는 것이고, 무모하고, 불온하고, 쓸데없는 것이었으리라.

그래서 불안했던 게 틀림없다.

내 아버지를 불안하게 했던 것, 그 고약한 것이 바로 '문학'이라는 신기루였다.

한심한 착각

아버지의 구박을 받아가며 한 해 동안 끙끙거려서 중편소설 한 편을 썼다.

고향에 살았던 간질병 여인을 모델로 그녀의 기구한 삶을 그린 것인데, 제목이 〈허허허(虛虛虛)〉였다. 마침 대구의 〈매일신문〉이 창간 몇 주년 기념으로 당시로서는 드물게 중편소설 공모를 했다. 이 작품을 겁 없이 여기에 응모했고, 마지막 대여섯 편이 남는 최종심에까지 올랐다.

이 성과(?)에서 나는 가능성을 발견했다고 착각했다. 한심한 일이었다. 이 착각은 아버지를 놓아 주지 않았던 가난이란 심줄보다 더 질기게 오늘날까지 내 생을 옭아매고 있다.

사실 내 성장 환경은 문학과 너무나 거리가 멀었다. 집안에 교과서 말고는 책이라고는 없었으며, 주변에 곁멋으로도 문학 분위기를 풍기는 사람 하나 없었다. 억지로 끌어다 붙여 자연 속에서 어린 시절을 보냈다는 게 문학적 소양이 되었다면, 그것까지 아니라고 할 수는 없는 노릇이지만…….

하나 기억 나는 것은 중학교 1학년 때 친구한테 빌린 소월 시집 〈진달래꽃〉을 그대로 베껴서 통째 외웠던 사건이 있다. 이것은 내 문학의 젖줄이 되었다.

지금 초등학교 교장이자 수필가인 내 친구 김한성은 내 문학 토양의 한 부분을 주었다. 이 친구야 '당찮은 소리'라며 손사래를 치겠지만, 나는 그 고마움을 잊을 수 없다. 시조 시인이었던 그의 아버지께서 고향에서 '문아당'이란 아름다운 이름의 서점을 하셨는데, 나는 거기서 공짜로 책을 많이 읽었다. 좋은 책은 이 친구한테서 빌려서 읽기도 했다. '한성이' 집의 문학적 분위기를 한없이 부러워하며, 나는 값진 자극을 엄청나게 받았다.

그 뒤, 대구교육대학에서 이재철 교수님을 만난 것도 내가 문학을 하게 된 주요한 계기가 된다. 30대의 시인이었던 이 교수는 문학이 어떻다고 시시콜콜하게 가르쳐 주지는 않으셨다. 하지만 문학을 하게끔 젊은이의 가슴에 바람을 잔뜩 넣어 주는 데는 뭔가 있는 분이셨다. 내가 지금 풍길 수 있는 문학 바람의 8할은 이 교수님한테서 배운 것이다.

〈허허허〉 이후에 소설을 접고 동화를 썼다. 별다른 의미는 없었고, 어린이들과 함께 생활하고 있으니 자연히 동화로 관심이 기울어졌던 것 같다. 지금 생각하면 이런 결정은 참 기특하다.

당선까지의 거리를 멀리 잡아도 5년쯤이면 넉넉하겠지 했던 막연한 계산은 엄청난 착오였다. 내리 아홉 해를 떨어지고, 10년만에 당선 소감을 쓸 수 있었으니까 말이다. 그야말로 9전 10기였다.

나의 문학 수련법은 '투고'

나는 스스로 생각해도 자존심 상할 정도로, 필요 이상으로 겸손할 때가 있다.

그 하나의 보기가 되겠지만, 신춘문예도 지방 신문에 당선한 뒤에 중앙지에 응모하는 게 옳은 순서라고 여겼다. 그래서 일차 목표로 삼을 것이 〈매일신문〉이다.

당시의 〈매일신문〉의 동화 심사는 김성도 선생이 도맡았다. '어진길'이란 호를 가진 김 선생은 〈대포와 꽃씨〉·〈색동〉 등 뛰어난 동화를 썼고, 문단에서 존경받던 분이셨다.

김 선생은 내 작품을 해마다 최종심에는 올려놓고는 '스토리가 빈약하고…….'와 같은 흠 하나를 딱 짚고는 떨어뜨렸다.

그러면 나는 스토리가 뭔지 찾아보고, 당선작과 내 동화를 견주어 보았다. 솔직히 말하면 그래도 스토리가 뭔지 알 수 없었고, 이모저모 따져 봐도 당선작이 뭐가 더 좋은

지 알 수도 없었다. 그것이 내 깜냥이었으니까.

지나치게 내성적이었던 나는 작품을 써서 누구에게 보여 주고 뭐가 잘 되고 어디가 잘못되었는지 물어볼 줄도 몰랐다. 또 그럴 선배나 문학을 아는 사람도 내 주변에는 없었다. 오로지 혼자 써보는 철저한 독학이었다. 그리고 투고하는 것이 내 문학의 수련법이었다. 돌로 돌을 깨서 연장을 빚는 타제석기식 수련이었다.

목표로 잡았던 5년이 넘자 불안해졌다. 나의 한계라는 것이 마음을 짓눌렀다. 신춘문예에 당선해서 작가가 되는 사람은 여느 사람과 다른 무엇을 가졌다는 생각이었다.

그런데 나는 그것이 없는 것 같았다. 그래서 원고 뭉치를 불살라 버리고 한 해는 신춘문예를 포기했다.

미련처럼 끈질긴 것이 있을까? 가을 바람이 불고, 신문에 신춘문예 모집 사고가 나오면 슬슬 열병이 도졌다. 그때부터 또다시 원고지와 씨름하지 않을 수 없었다.

또 한 가지 미련을 못 버리게 하는 것도 있었다. 신춘문예에 떨어진 작품을 좀 손질해서 교육 전문지의 문예상에 투고하면 뽑히는 것이었다.

1977년 〈기독교 교육〉이란 월간 잡지에서 모집한 기독교아동문학상에 〈한 송이 꽃의 의미〉가 당선됐다. 이것이 5회였는데, 1회 당선작이 그 유명한 권정생 선생의 〈강아지똥〉이다. 심사 위원인 유영희 선생은 '강아지똥 이후 가장 흠 없는 작품'이라고 했다.

여기서 용기를 얻어 그해 가을에 동화 2편을 썼다. 내가 봐도 한 편이 좀 더 나았다. 어느 것을 지방지에, 어느 것을 중앙지에 투고할 것인지 고민이 되었다. 이럴 때 나는 내가 정해 놓은 원칙에 따른다. 순리대로 당당하게 한다는 것. 좀 못한 것을 〈매일신문〉에 보내고, 나은 작품을 〈한국일보〉에 보냈다.

그해 세밑에 〈한국일보〉로부터 감격의 당선 전보를 받았다. 1987년 1월 1일자 〈한국일보〉에 당선이 발표되고, 5일 자에 〈춤추는 눈사람〉이 실렸다.

〈매일신문〉에서는 역시 심사평에 이름 석 자와 몇 마디 나무람만 나왔다.

여기서 한 마디 하고 넘어가고 싶은 게 있다. 내가 〈매일신문〉 신춘문예에 목을 매달고 있던 10년 동안의 당선자 가운데 아홉이 여자였다. 이들이 그 뒤에 아동 문단에서 활동하는 것을 나는 보지 못했다. 남자 한 사람은 졸업을 앞둔 고등학생이었는데, 나중에 소설가로 등단하는 것을 보았을 뿐이다.

그 무렵 대구·경북 일원에서 〈매일신문〉 신춘문예를 노리던 문학 지망생들로 배익천·송재찬·김상삼 등이 있었는데, 이 분들도 나와 비슷한 과정을 거친 것으로 알고 있다.

이 이야기는 나의 넋두리일 뿐 김 선생님을 깎아 내릴 의도는 전혀 없다.

이제 나도 신춘문예를 비롯해 여러 문학상을 심사하면서 그때가 새삼스레 떠오르는 것이다.

텔레비전이 가져다 준 기적들

내가 〈한국일보〉에 응모한 데는 까닭이 있다. 좀 엉뚱하지만 텔레비전 때문이었다.

당신 신춘문예 동화 당선작의 고료가 20만 원이었다. 그런데 〈한국일보〉만은 거기에다 텔레비전 한 대를 덤으로 주었다. 그 텔레비전에는 이런 의미가 담겨 있었다.

"한 사람의 작가가 태어나기까지 그 가족들의 기다림과 고통은 또 얼마나 컸겠는가? 그 가족에게 부상으로 텔레비전을 드린다."

멋진 〈한국일보〉가 아닌가.

30년 전의 텔레비전은 흑백이지만 대단한 것이었다. 나는 결혼하면서 집사람이 혼수로 가져온 텔레비전을 부모님께 드리고 몇 해 동안 라디오만 들으며 지냈다.

집사람에게는 "맡겨 놓은 텔레비전이 있으니까, 곧 찾아오겠다."고 했다. 그 뚱딴지 같은 말을 들으며, 집사람은 텔레비전을 부모님께 드린 것이 미안해서 내가 그러려니 여겼다고 한다.

냉기 가득한 셋방에서 내가 밤 깊도록 원고지와 씨름하는 것을 보며, 아내는 아버지와 또 다른 거부 반응을 보였다. 차라리 중학교 교사 자격 시험을 보거나, 공부를 더 계속하는 것을 바라는 눈치였다. 내가 기독교아동문학상을 받자, 그 태도는 조금 달라졌다.

그런 중에 나는 기적같이 신춘문예에 당선한 것이다.

그해 1월 말, 시상식 날은 무척 추웠다. 텔레비전은 교환권으로 줄 것으로 짐작했는데, 박스 채로 주었다. 친구들과 술을 마시러 가려고, 그것을 〈소년한국일보〉에 근무하던 신현득 선생님께 맡기러 갔다.

그때 〈소년한국일보〉 편집국을 들러 김수남 편집국장께 인사를 하고, 잠시 한 의자에 앉았는데, '나도 여기서 한번 근무해 봤으면…….' 하는 생각을 언뜻 머리를 스쳤다.

다음 날 그 텔레비전을 찾아서 고속버스에 싣고 대구까지 가서는, 다시 시외버스를 타고 군위로 향했다. 군위 정류장에 내려서는 그 텔레비전을 어깨에 둘러메고, 일부러 먼 곳을 돌아서 셋방으로 갔었다.

그날 저녁, 아직 안테나를 세우지 못해 나오지 않는 텔레비전 앞에 앉아 있으면서 우리 부부는 참 행복했다.

"아버지, 이 텔리비 진짜로 나와요?"

그 옆에서 이렇게 묻던 큰딸 현령이는 벌써 시집을 가서 그때 자기만 한 아들을 두고 있다.

이 텔레비전이 정말 내 인생을 바꿔 놓았다.

텔레비전에 욕심이 나서 〈한국일보〉 신춘문예를 고집했고, 그것이 인연이 되어 그 몇 해 뒤 텔레비전을 잠시 맡기러 가서 넘보았던 그 〈소년한국일보〉 편집국에서 기적처럼 내가 근무하게 된 것이다. 이처럼 절묘한 인연도 있다. 이제 어린이 신문사 기자 노릇도 20년을 훌쩍 넘었다.

지난 해 여름에 고향에 가서 아버지와 함께 텔레비전을 보고 있었다.

올해 연세가 우리 나이 셈으로 아흔 둘이신 아버지는 소리가 잘 안 들리고, 화면도 겨우 보신다. 그렇지만 아직 기억력은 초롱초롱하고 정신은 매우 맑으시다.

집안일에 대한 이야기를 나누다가 화제가 끊어져 그냥 텔레비전을 보고 있었다.

아버지께서 문득 생각이 난 듯 이렇게 말씀하셨다.

"그때 말이다. 네가 서울에서 텔레비전 타 올 때, 내 첨 좋았다."

"정말, 그랬어요?"

이렇게 대꾸하는데 나도 모르는 사이에 눈에서 눈물이 핑 돌았다.

살아온 자취 ― 문학 활동을 중심으로

1948년 2월 20일 경북 군위군 군위읍 정2리(좌정골) 383번지에서 태어남(농사를 짓는
　　　　아버지(김진두)와 어머니(이복남) 사이에 태어난 7남매 가운데 넷째, 아들로 맏
　　　　이다. 집안 형편은 밥을 굶지 않을 정도였다).

1960년 군위초등학교를 졸업함.

1963년 군위중학교를 졸업함.

1966년 군위고등학교를 졸업하고, 대구교육대학에 입학함.

1967년 〈대구교육대학학보〉에 단편소설 〈하나의 꽃잎이 피어날 때〉를 연재함.

1968~1982년 모교인 군위초등학교에서 10년 동안 후배를 가르친 것을 비롯하여 15년
　　　　간 교편 생활을 함.

1974년 도금미와 결혼함(주례 백장흠 목사).

1976년 큰딸 '현령' 태어남.

1977년 제5회 기독교아동문학상(월간 〈기독교교육〉 공모)에 동화 〈한 송이 꽃의 의미〉
　　　　가 당선됨.

1978년 〈한국일보〉 신춘문예에 동화 〈춤추는 눈사람〉이 당선, 등단함(심사 위원: 김요
　　　　섭·신지식).

1981년 둘째 딸 '수령' 태어남.
　　　　〈중앙일보〉 신춘문예에 희곡 〈심심교환〉이 가작으로 선정됨.(심사 위원: 유
　　　　영민).

1982년 첫 창작동화집 《은하로 가는 길》(아동문학사)을 펴냄.

1983년 제5회 현대아동문학상(한국현대아동문학가협회 제정, 수상작 창작동화집 〈은

하로 가는 길〉)을 받음.

동극집 《뿔》(목양사)을 펴냄.

3월 1일, 〈소년한국일보〉 편집국(취재부 기자)으로 일자리를 옮김.

1984년 제7회 한국동화문학상(월간 〈아동문예〉 제정, 수상작 중편동화 〈귀 없는 돌미륵〉)을 받음.

1985년 창작동화집 《꽃으로 성을 쌓은 나라》(웅진출판)를 펴냄.

1987년 〈소년한국일보〉에 장편동화 〈그림 속의 파란 단추〉 연재함(10월~12월).

1988년 장편동화 《그림 속의 파란 단추》(한국일보사)를 펴냄.

창작동화집 《하늘을 나는 집》(예림당)을 펴냄(이 책은 2002년 판을 바꿔 20년 가까이 증쇄를 거듭해 오고 있다).

1989년 제9회 해강아동문학상(해강아동문학상 운영 위원회, 수상작 장편동화 〈그림 속의 파란 단추〉)을 받음.

월간 〈새벗〉에 장편동화 〈까만 수레를 탄 흙꼭두장군〉을 연재함.

창작동화집 《요리사의 입맛》(백수사)을 펴냄.

1990년 장편동화 《까만 수레를 탄 흙꼭두장군》(서강출판사)을 펴냄.

초등학교 교과서 국어 읽기(6학년 1학기)에 동극 〈닫혀진 문〉, 국어 말하기·듣기(6학년 1학기)에 동극 〈뿔〉이 실림.

1991년 〈까만 수레를 탄 흙꼭두장군〉이 MBC 창사 30주년 기념 장편 만화 영화(제목 〈흙꼭두장군〉)로 만들어져 방영됨(우리나라에서 창작동화를 만화영화로 제작한 것은 이것이 처음이다).

창작동화집 《나무는 왜 겨울에 옷을 벗는가》(대원사)를 펴냄.

1992년 대한민국문학상(한국문화예술진흥원 제정) 아동문학 부문 우수상(수상작 창작동화집 《나무는 왜 겨울에 옷을 벗는가》)을 받음.

어른을 위한 동화집 《마음을 다는 저울》(중원사)을 펴냄.

1993년 창작동화집 《푸렁별에서 온 손님》(동아출판사)을 펴냄.

1994년 제28회 소천아동문학상(계몽사 제정, 수상작 창작동화집 《푸렁별에서 온 손님》)을 받음.

장편동화 《꽃골 마을과 키다리 아파트》(웅진출판)를 펴냄.

1995년 장편동화 《아침에 부르는 자장가》(중앙일보사)를 펴냄.

1996년 제1회 물뿌리개문학상(제정, 수상작 장편동화 〈아침에 부르는 자장가〉)을 받음.

창작동화집 《열세 번째 민주의 방》(예림당)을 펴냄.

장편동화 《그림 속의 파란 단추》(문원)를 다시 출간함.

초등학교 교과서 국어 읽기(5학년 1학기)에 동극 〈쓴 약 단 약〉이 실림.

1997년 동극집 《춤추는 눈사람》(문원)을 펴냄.

1998~2004년 동국대학교와 동국대학교 문화예술대학원에서 동화 창작법을 강의함.

1999년 창작동화집 《다섯 게으름뱅이의 춤》(현암사)을 펴냄.

2000년 어른을 위한 동화집 《희망을 파는 자동 판매기》(좋은생각)를 펴냄.

　　　　장편동화 《흙꼭두장군의 비밀》(원제목 〈까만 수레를 탄 흙꼭두장군〉)을 다시
　　　　출간함.

2001년 창작동화집 《고장— 하늘이 고장나야 무지개가 뜬다》(파랑새어린이)를 펴냄.

　　　　초등학교 교과서 국어 읽기(3학년 1학기)에 동화 〈도련님과 인절미〉가 실림.

　　　　〈한국일보〉 신춘문예·소천아동문학상·샘터동화상·대교아동문학상·삼성문학
　　　　상·새벗아동문학상·계몽아동문학상, MBC 창작동화 대상·마해송문학상·〈어린
　　　　이동산〉 중편동화 공모·대산창작 지원금 등의 심사를 맡음.

　　　　〈소년한국일보〉 편집부국장, 소천아동문학상 운영 위원, 동화학교('동화세상'
　　　　부설) 선생, 추계예술대학교 강사를 역임함.

2001년~ 추계예술대학교에서 동화 창작법을 강의함.

2003년 창작동화집 《백 번째 손님》(세상모든책)을 펴냄(이 책은 KBS—TV의 〈TV 동화
　　　　행복한 세상〉에 방영된 〈백 번째 손님〉, 〈반쪽짜리 편지〉 등으로 엮었다).

　　　　큰딸 '현령'이 결혼함(사위 배재성).

2004년 외손자(배원빈) 태어남.

　　　　장편동화 《시집간 깜장 돼지 순둥이》(샘터)를 펴냄.

2005년 제14회 이주홍문학상(이주홍문학상 운영 위원회 주관, 수상작 장편동화 〈시집
　　　　간 깜장 돼지 순둥이〉)을 받음.

2006년 그림동화 《가시도 아프다》(효리원)를 펴냄.

　　　　어른을 위한 동화집 《사람이 가장 아름답다》(예담)를 펴냄.

쑥스러운 일
다섯 가지

1

지난 봄부터 머리카락 염색을 그만두었다.

그 까닭은 젊은 척하기 싫고, 눈속임하기가 기껍지 않아서였다. 다시 말하면, 생긴 꼬락서니대로 살고 싶어서다.

그러고 보니, 반백이 훨씬 넘었다. 버스나 지하철에서 자리를 양보하는 기특한 젊은이도 가끔 만난다. 거리에서 중학생들이 전단을 나눠 주며, "할아버지, 이것 받으세요."라고 해서, 옆에 노인이 있는가 하고 돌아본 적도 있다.

하기야 외손자까지 보았으니, 나는 분명히 할아버지다.

그런데, '우리 시대 젊은 작가'라는 시리즈 제목이 쑥스럽다.

2

사진을 고르면서 많은 회상을 했다. 그 가운데 기쁘고 자랑스러운 일보다 부끄럽고 죄스러운 사연이 더 많았다. 사진 속에 사람들이 하는 말을 남은 못 이해하겠지만, 나는 중얼거림은 물론이고 마음속으로 하는 말까지 속속들이 알아들을 수 있다. 나만 듣는다는 것이 그렇게 다행스러울 수가 없었다. 그래서 남이 보기에 그럴 듯한 사진만 골랐다.

이런 짓을 하고도 시침을 떼려니까 참 쑥스럽다.

3

쑥스러운 일 하나만은 덜고 싶었다.

누가 나를 잘 아는 척하며 있는 일, 없는 일 다 들춰 내어 잉크가 마르도록 칭찬해 주면 너무 쑥스러운 것 같았다. 나를 잘 안다면, 또는 나를 좋아한다면, 나의 단점까지 훤히 꿰뚫고 있어야 할 것이다.

그래서 여태까지의 틀을 깨트려 보려고, 한 친구에게 나에 대한 험담을 마음껏 해 달라고 했다. 얼마 뒤 그는 '도저히 쓰여지지 않는다.'며 사양했다. 죄다 까발리기에 내 치부가 너무 어둡고 칙칙하고 지저분해서였을까?

　이번에는 연락이 잘 안 되는 한 후배에게 어렵게 전화를 걸어, 어디에 쓸 것이라고 밝히며 '김병규에 대한 글' 한 편을 부탁했다. 그는 "그런 글을 제가 어떻게?"라며 웃었다. 손사래치는 모습이 보이는 듯했다.

　"저는 선생님을 그냥 좋아할 뿐인걸요."

　"그러니까 스쳐 가며 본 모습, 옆에서 언뜻 느낀 뜻밖의 면모, 그리고 어쩌다 만난 자리에서 들은 이야기가 더 진실하지 않을까요? 그런 걸 써 줘요."

　하지만 나는 끝내 그를 설득하지 못했고, '인물론'을 아예 빼 버리기로 마음먹었다.

　쑥스러운 일을 덜려고 하다가 저지른 이런 일탈이 자못 쑥스럽다.(발행인에겐 죄송하고…….)

　4

　쑥스러운 고백까지 해야 하는 것이 또 쑥스럽다.

　'나의 삶, 나의 꿈 — 아이들한테 배운다'는 〈나는 무슨 씨앗일까요?〉(샘터)에 실려 있는 것을 조금 손질하여 다시 수록했고, '등단 무렵 이야기' 역시 〈아침햇살〉 2004년 겨울호에 소개했던 것이다. 염치없는 짓이지만, 이런 내용의 글을 이보다 더 진솔하게 쓸 자신이 없었던 탓이다. 쑥스럽지만, 해량하여 주시기 바랄 수밖에 없다.

　5

　쑥스러운 이야기가 한둘이 아니어서 정말 쑥스럽다.

　어쩌면 '우리 시대의 젊은 작가'에 낄 자격이 없는데, 분수를 몰랐던 게 아닌가하는 생각은 나를 더욱 쑥스럽게 한다.

한국 아동문학가 100인

박두순

대표 작품
〈사람 우산〉 외 3편

인물론
바지런하고 열정적인 시인

작품론
향기를 품은 태양

어린이와 함께 선생이 걸어온 길

사람 우산

집에 오는 길
소낙비가
와르르 쏟아졌다.

형이 나를
와락 끌어안았다.

그때 형이
우산이었다.

들에서 일하는데
소낙비가
두두두 쏟아졌다.

할머니가 나를
얼른 감싸 안았다.

그때 할머니가
우산이었다.

따뜻한 사람 우산이었다.

봄이 하는 일

나비와
별과
개미에게
밖에 나가 놀아도 된다고
알려 주어요.

새

새 한 마리가
마당에 내려와
노래를 한다.
지구 한 모퉁이가 귀를 기울인다.

새 떼가
하늘을 날며
이야기를 나눈다.
하늘 한 귀퉁이가 반짝인다.

다람쥐

고맙습니다
고맙습니다.

조그만
도토리도

두 손으로
받쳐 들고 먹지요.

바지런하고
열정적인 시인

권태문

깊이 있는 동시에 대한 고민

누구를 족집게처럼 집어 이렇다고 한 말로 표현하기란 매우 어렵다. 대충 두루뭉실하게 말하기가 일쑤다. 박두순 시인도 한 말로 표현하기가 쉽지 않다. 장점이 많아서 무얼 말해야 할지 머뭇거려진다. 덕담이나 몇 마디 해야겠다.

박두순 시인과의 인연은 1970년대 상주에서 맺어졌다. 30년이 넘는다. 박두순 시인은 봉화에서 나는 안동에서 태어났으니, 그 지역성에 있어서 예사롭지 않는 인연의 끈이 이어졌다고 생각한다. 같은 안동 문화권에서 태어났다는 것은 보통 예사롭지 않는 일이라 할 수 있다. 모래알처럼 수많은 사람 가운데서 같은 문화권을 가졌으니 말이다. 그래서 상주에서 조우(遭遇)한 것은 전생의 끈적끈적한 인연의 실타래가 이어졌다고 나는 믿는다. 그리고 같은 장르의 문학 활동을 하는 것이 바로 이런 것을 방증(傍證)하는 건 아닐까? 내가 몇 년 먼저 이 세상에 태어났고, 몇 년 먼저 문단에 나왔다는 문단 일상의 이야깃거리를 늘어놓으려는 건 아니다.

인간 쪽에서 바라보면 박두순 시인은 참 바지런한 사람이다. 부지런한 거와 바지런한 것은 그 뜻이 풍기는 뉘앙스가 다르다. 바지런함은 그 행동이 날렵하고 무엇에 대해 해결을 보지 않으면 직성이 풀리지 않는 성격을 말한다. 경상도에서는 아직도 이런 사투리 비슷한 말을 한다. 이런 아름다운 말이 서울 지방에서는 듣기 어려운 듯하다. 그는 고등학교 검정고시 합격으로 고등학교 과정을 뛰어넘어 대학에 들어갔을 만큼 목적한 길을 향하여 달려가는 목적 의식이 남다른 사람이다. 엔간히 바지런하지 않고는 그 길을 뚫지 못한다고 하겠다. 그래서 문학 수업도 혼자 씨름하면서 해 냈다. 나는 이런 점에서 그가 돋보이고 자랑스러운 후배라고 여긴다.

그의 시가 자주 허물을 벗는 것도 그 하나이다.

처음 박두순 시인을 봤을 때 퍽 당차다고 느꼈다. 퇴근 후 우리는 상주에서 '둥지'라는 다방에 모여 커피를 한 잔씩 들고 작품에 대한 갑론을박을 시작했다. 이것은 퇴근 후의 일과였다. 가슴의 생각이 식는 건 아닌지…… 나를 둘러보는 시간이라 할 수 있었다. 2차는 단골 주막이었다. 그곳에 가면 주모가 시래기 국물 맛 같은 구수하고 인정스러운 데가 있어 우리들의 발길은 으레 그리로 향했다. 메밀묵 한 모 썰어 넣고 김치

한 줌 썰어 넣어 끓인 국물이 고작 안주였다. 이 안주로 막걸리 사발을 들이키면 배창자가 화끈 달아오른다. 그때부터 동시론(童詩論)이 터져 나오고 정리되지 못한 이론을 곁들여 열을 올리곤 했다. 이것이 상주에서 아동문학의 싹이 튼 계기가 되었다고 지금도 느낀다.

그때 박두순 시인은 눈을 지그시 감은 채 졸고 있기가 일쑤였다(그는 지금도 그렇다). 그는 술을 입에 대지 못하는 편이었다. 그런데도 늘 술판에 끼어 한 자리를 차지하곤 했다. 조는 듯한데 우리들의 이야기를 하나도 빼놓지 않고 듣고 있었다. 아마 우리들이 흘린 말 중에서 쓸 만한 것을 그렇게 주워 담고 있었는지도 모른다.

"뭘 졸아. 귀한 진주도 못 주워 담고."

옆에서 옆구리를 툭 치면 싱긋이 웃으며 거든다.

"다 듣고 있습니다."

그는 이렇게 그저 지나치는 듯한데 매사가 대충대충이 아니다. 그가 써 들고 나온 초기의 시들은 서경의 경지를 벗어나지 못하고 있었다. 그러다가 그의 시는 몰라보게 변모를 거듭했다. 정말 시에 눈을 뜨고 있었다.

'1950년대까지만 해도 거개의 동시가 요적(謠的)인 성격을 띤 채 시에 접근하지 못했다. 그러던 것이 1960년대에 들어서서 시적(詩的) 접근을 보게 되고, 이어 1970년대에 이어 시적 격상(詩的 格上)을 가져왔다. 이런 발전에도 불구하고 사과의 맛에 비견할 수 있는 사상을 끌어 내는 작업이 미흡하여 동시의 한계성은 철거되지 못했다. ……(중략) …… 생각의 깊이가 있는 동시여야 할 것 같다.'

박두순 시인은 이렇게 동시의 흐름을 정리하면서, 자기 시의 동심천사주의적인 것에서 탈피를 시도했다. 인간(어린이)의 고민, 회의, 번뇌 같은 소재를 깊고 깊은 광구(鑛區)에서 캐올리는 작업을 하게 되었다. 아이들의 눈높이에 맞는 소재와 시어를 찾는 노력을 게을리하지 않았다.

서정으로 녹여 시를 빚는 남다른 재주

너의 조용한 숨결로 / 들이 잔잔하다. // 바람이 / 너의 옷깃을 흔들면 / 들도 조용히 흔들린다. // 꺾는 사람의 손에도 / 향기를 남기고 / 짓밟는 사람들의 발길에도 / 향기를 남긴다.
 ― 〈들꽃〉 일부

들꽃은 시인 자신이다. 조용한 숨결로 들이 잔잔하다고 한 것은 시인 자신이다. 박두순 시인은 정말 이름 없는 들꽃처럼 조용하다. 항상 조용한 목소리로 남을 감동시킨다.

가끔 외압이나 자신에 대해 인격 손상을 가해 와도 오히려 들꽃처럼 잔잔한 마음과 웃음으로 대한다. 그것이 박두순 시인에게 풍기는 향기라 하겠다. 모든 대상을 박두순 시인은 서정으로 녹여 시를 빚는 재주가 남다르다.

> 돕고 살아야지 / 그런 마음일까. // 풀씨 몇 개를 날개에 실어 / 저쪽 산 벗어진 등성이에 올려 심는다. // 이쪽 산이 먼저 소나기 한 줄기로 몸을 식히고 / 건너편 산의 어깨에도 쏟아 부어 / 함께 시원해진다. // 다람쥐에게 도토리 몇 알을 물어 보내는 산 / 답으로 보낼 망개를 빨갛게 익히고 있는 산 // 산은 말 대신 꽃을 피워 / 기쁨을 나누고 / 외로움도 달랜다. / 이쪽 산은 도라지꽃을 피우고 / 저쪽 산은 나라꽃을 피운다.
> – 〈산〉 전문

박두순 시인의 눈은 이렇게 넓어지고 있었고, 거기에다 남다른 생각(詩的, 이미지)을 가지고 모든 사물을 사랑으로 보고 그 속에 담긴 외로움, 근심, 격정, 분노까지도 찾아내어 동시로 빚는다. 〈산〉에서는 사랑의 눈으로, 〈들꽃〉에서는 격정과 분노를 삭일 줄 아는 인간(아이)을 다루고 있다. 이런 것은 우리들이 〈상주아동문학〉을 매월 프린트 판으로 내며 동시론을 펼친 영향이라고 생각한다.

'매월 한 번쯤 모여 서로의 작품을 살피고 서로의 머리가 잠들지나 않았는지, 아니면 가슴이 냉랭해지지나 않았는지 경계하고 일깨우기 위한 자그마한 모임으로 발전시켜 나갈 것이다.'

이것은 상주아동문학회 동인 회보 창간호에 그가 한 말이다. 정말 가슴이 냉랭해지지 않게 머리가 잠들지 않게 서로 보듬고 노력했다. 회보 편집도 도맡아서 했다. 참으로 바지런한 시인이다.

박두순 시인의 열정은 정말 가슴에서 활활 타고 있었다. 시에 대한 열망으로 들끓고 있었다. 그러다 그는 노이로제에 걸려 7년 동안이나 고통의 터널을 헤맸다고 한다. 고통스러워 자살을 하려고 마음먹기까지 했다고 최근에 내게 털어놓았다.

시인으로서 새로운 출발

인간은 어쩌면 철새인지도 모른다. 박두순 시인도 한 마리 철새였다. 직장을 서울로 옮겨 소도시에서의 생활이 대도시의 생활로 변하게 되고, 〈소년한국일보〉에 몸을 담게 되고부터 그의 시선은 깊어져 시의 뼈대가 한층 더 단단해졌다. 그래서 한국아동문학상, 대한민국문학상, 소천아동문학상 등 큼직한 문학상을 안기도 했다. 그리고 7권의 동시집을 내는 열정으로 이어졌다.

그는 동시의 한계성에 대해 늘 불만을 가진 채 시작 활동을 했다. 자기 삶을 표현할 수 없다는 것이었다. 그래서 그는 동시에 머물지 않고 본격 시로 도전했다. 여간 용기 있는 행동이 아니다.

'시에 도전하면 누가 욕하지 않을까요?'

박두순 시인은 시를 써서 내게 보이며 조심스럽게 내 뜻을 살폈다. 나는 본래 작가나 시인은 한 우물을 파야 된다고 대폿집에 앉으면 노래처럼 읊조렸다. 여러 가지를 하는 것보다 하나를 잘해야 된다는 뜻이다. 우직하게 한 우물을 파라는 의미를 강조한 것이었다. 박두순 시인은 아마 내 말을 기억하고 조심스럽게 입을 연 모양이었다.

"왜, 내 말이 거슬렸어요?"

나는 눈웃음으로 대답했다. 내가 한 우물을 파라고 한 뜻은, 자기가 판 우물을 잘 간수하고 샘물이 마르지 않게 관리해야 된다는 뜻도 들어 있었다.

"이만하면 새로 판 샘물이 마르지 않고 잘 솟아날 것 같네요."

이리 해서 시 5~6편을 모아 성인 계간 문예지 〈자유문학〉 시 부문 신인상에 응모했다. 1998년이었다. 〈귀양살이〉 외 4편의 시가 당선되었다. 지금까지 빚었던 동시들이 하나같이 시적 이미지와 서정성을 담고 있었기 때문에 좋은 시로도 빚어진 것이다.

강물은 나직이 말했습니다. / 고향을 떠나 성공했느냐고 / 실패를 솔직히 털어 내 놓지 못하는 / 나에게 물었습니다. // 강물도 형편이 나아진 게 없었습니다. / 갈대숲 새들을 잃어 버리고 / 몇 마지기 모래톱도 잃어 버리고 / 몸 얼룩지긴 나와 비슷했습니다. …… (중략) …… // 그래도 강물은 고향을 지키며 / 이웃마을마다 물소리를 실어다 주고 / 목마름 풀어 준 사랑을 나누었다고 / 하나 못 이룬 쓸쓸한 나에게 / 강물은 나직이 말했습니다. // 강줄기 하나쯤은 되리라고 / 고향을 떠났던 나는 / 오래 내 안에 살던, 알지 못하던 물소리가 / 비로소 고향 강물 소리란 걸 알았습니다. // 여울물줄기 하나 거느리지 못한 나는 / 조용히 나를 맞아 주는 / 고향 강물소리에 섞였습니다.

– 〈강물과의 대화〉 (낙동강에서) 일부

'구성이나 시어의 치밀성에 있어서 빈틈이 없는 기성 문인의 실력을 보여 주고 있다. 박두순 시인은 한국 문단 풍토에 맞게 자유시 부문에 늦깎이로나마 등단해서 본격적으로 성인 시도 쓸 생각으로 이제 〈자유문학〉을 통해 재출발하기로 한 것 같다.(추천사 시인 신세훈)'

이 추천사대로 박두순 시인은 자유시에의 도전을 무사히 통과했다. 다른 우물을 판 것이 조금도 부끄럽지 않고 자랑스러워 보인다. 이대로 가면 자유시와 동시의 두 우물을 길러 우리들에게 감로수를 안겨 줄 것이라고 믿어 의심치 않는다.

또 부산대 정영자 교수는 박두순 시인의 추천작 〈강물과의 대화〉를 칭찬한 바 있다.

…… (중략) …… 성공하여 강줄기 하나쯤은 될 것이라고 생각하면서 고향을 떠난 시적 화자가 자신의 몸 안에 흐르던 알지 못하던 물소리가 결국 고향으로 되돌아온 날의 강물 소리란 걸 안다. …… (중략) …… 질곡의 한 세월을 살아온 사람이 고향의 강가에서 가지는 삶의 자각적인 인식과 새로운 세상 살기의 시작으로 나타나고 있다. 정말 그렇다. 강물과 고향 회귀와 생태 환경 문제와 세속적인 성공을 노래하는 시인의 마음은 현실에 대한 애틋한 마음을 읽을 수 있어 감동을 더해 준다.

등단 후에 발표한 그의 시도 주목을 받고 있다. 〈향수(香水)〉라는 시를 읽어 보자. 이 시는 김용태 시인으로부터 '인생을 향기롭게 살고 싶도록 잔잔한 감동을 일으켜 주고 있다.'는 호평을 받은 작품이다.

욕실에 향수를 뿌리다가 / 향수병을 떨어뜨려 박살이 났다. / 향수는 하수구로 몽땅 흘러들어 갔다. / 향수가 다 사라진 줄 알았다. / 그런데 웬일인가. / 역한 냄새만 올라오던 하수구에서 / 며칠 동안 향수 냄새가 올라왔다. / 진짜 좋은 냄새는 역한 데서 살아난다. / 냄새 좋은 사람도 / 어느 곳에 두어도 냄새가 날까. / 죽어서 더 향기로운 사람이 있다. / 50년 넘게 앉아서 잠자고 세상 떠난 스님의 / 사진과 일생이 신문 한 면을 가득 메웠다. / 며칠 동안은 세상 역한 냄새가 덜 났다. // 봐라, 그가 / 깨어진 향수병이었다.
– 〈향수〉 전문

동화와 동시, 제 자리 찾기에 노력

박두순 시인은 한국 아동문학계에 대해서도 조심스럽게 불만을 토로하고 있다. 한국문인협회에 동시와 동화 장르를 구별하여 두 개의 분과로 등록되기를 요청하기도 했다. 사실 그렇다. 동화와 동시가 제 자리를 찾아야 한다고 생각한 그는 한국동시문학회 조직에 앞장서고, 동시 전문지 〈오늘의 동시문학〉을 계간으로 발간하여 동시 발전에 심혈을 기울이고 있다. 아무나 할 수 있는 일이 아니다. 나는 그런 면에서 박두순 시인을 사랑하고 격려를 아끼지 않는다. 같은 길을 가는 문학 동지로서 그가 옆에 있으면 늘 든든하다.

'요즈음 들어 동시들을 보면 언어를 너무 헤프게 사용하고 산문에 가까운 진술이나 묘사, 구어체의 남발, 대화체의 빈번한 사용으로 시가 일기의 한 부분처럼 느껴질 때가 있다. 이런 동시는 긴장감이 없어 식상해진다. 어린이의 언어나 행동의 한 부분을 여과 없이 옮겨 어린이의 생활을 재현해 보여 주는

듯한 동시도 많다. 시적(詩作)의 기법이 무시된 듯한 동시가 대부분이다. 동시도 시의 기본인 비유, 상

징, 압축에 충실해야 한다고 본다.'

위의 인용 구절처럼 박두순 시인은 오늘의 동시를 이렇게 한국문인협회에서 발간하는 〈아동문학가〉 창간호의 대담에서 역설하고 있다. 오늘의 동시가 가야 할 길을 제시하고 있으며 수준 미달의 동시가 범람하는 걸 안타까워하고 있다.

그래서 그의 후배 양성에 심혈을 기울여 돋보이는 동시인을 만들려고 노력하는 모습은 눈물겹다. 이런 노력은 한국 아동문학의 위상을 한층 높여 주리라고 믿는다.

향기를
품은 태양[1]

이정석

1. 들머리

동물들 중에서 특히 사람은 먼저 눈을 통해서 산, 강 등의 자연계라는 대상을 감각적으로 인식한다. 시각보다 후각이나 청각이 더 많이 발달한 동물이 따로 있긴 하지만 인간에게서 외부 세상을 인식하는 가장 중요한 일차적 감각 기관은 눈이다. 이 눈은 인간을 외부지향적인 존재로 만들었다고 할 수 있다. 눈으로써 자기 주위의 사물들을 보고, 나아가 골목, 동네, 그리고 뒷산과 앞 강을 인식한다. 길 따라 물 따라 시야의 확대에 따라 인식의 범위도 넓어지며 이 공간적 확산은 인간의 성격이나 형성하고 사고의 틀을 규정 지을 수 있게 한다. 그러므로 한 인간의 인생관이나 세계관도 개인의 단순한 공간적 경험이나 인식에서부터 출발한다고 해도 과언은 아닐 것이다.

박두순은 '꽃 피울 곳도 / 씨앗 뿌릴 곳도 여기야. / 대한민국 / 경상북도 봉화군 법전면 눌산리'[2]라고 그의 작품 속에서 고향을 소개하고 있다. 그의 고향은 들꽃이 있고, 시내와 산이 있는 아름다운 곳이긴 하지만 추측컨대 분지 같은 산간 벽촌임에 틀림없다. 사방으로 산이 둘러싸인 이런 산골 오지의 공간에서는 끊임없이 시각적 확산을 이루지 못하기 때문에 고향에서 유년 시절을 보낸 박두순 시인의 성격과 태도에 자연스럽게 자아성찰적이고 명상적인 분위기가 형성되었을 것이다. 넓은 평야가 나오고 거기서 철도와 큰 도로가 연결되어 대도시가 보이면 시야 확대에 따라 자연스럽게 사고의 영역도 넓어진다. 그러나 이런 공간적 확산을 경험하기 어려운 두메산골에서는 메아리가 다시 제 자리로 돌아오듯 눈빛이 자신의 존재로 즉 자기 자신의 내부로 되돌아오는 것이다. 협소한 환경이 주는 단조로움이 시각에 의한 공간 개념보다는 지각에 의한 인지 개념이 발달하고 확대되는 것이다. 즉 원심력보다는 구심력이 작용하며 수렴적 사고가 발달되어 명상적 인간으로 성숙될 수밖에 없는 것이다.

그래서인지 박두순의 작품은 특히 인간 탐구, 삶의 깊은 의미를 찾는 경우가 많다. 비교적 그의 동시는 어렵게 다가온다. 그러나 난해한 시라는 생각은 들지 않는다. 이런

---

1 이 글은 원래 2001년 이재철 박사 고희기념논총 《한국현대아동문학작가작품론2》에 실린 것인데 박두순 시인의 2006년 현재까지 변화한 내용을 삽입 보완한 것을 재수록한다.

2 박두순, 〈고향〉 3연, 제5동시집, p.15

느낌을 들게 하는 것은 바로 명상적 경향에서 오고 있음을 알 수 있다.

> "나의 시는 동시의 폭을 넓혀 보자는 생각에서 씌어졌기 때문에 쉽게 읽혀지지 않을 것이다. 한두 번쯤 더 생각하고 상상의 나래를 펴야만 이해되고 재미를 느낄 것이다. 나의 시로 인해서 마음이 잔잔히 가라앉고, 아름다움의 세계를 접할 수 있다면 지은이로서는 소망을 이룬 것으로 여길 것이다."[3]

그의 말대로 '동시의 폭을 넓혀 보자는 생각으로 썼기 때문에' 동시보다는 시적인 경향이 짙다고 할 수 있다. 또한 '한두 번쯤 더 생각하고 상상의 나래를 펴야만 이해'될 수 있다는 말은 그의 시가 어려울 수 있음을 전제하고 있다. 그의 작품은 소위 생각하는 철학 동시 계열이라고 할 수 있다.

박두순의 작품이 어렵게 느껴지는 또 하나의 이유는 그의 작품 속에는 생활적인 요소가 별로 없기 때문이다. 사람도 거의 등장하지 않는다. 우리가 보고 듣는 주변의 물건도 소재도 별로 없다. 일상적인 관심이나 세상에 흘러가는 이야기도 어쩌다 한두 개 보일 뿐이다. 그의 작품 속에 등장하는 것들은 들과 산, 꽃과 이슬 등 거의 자연적인 소재들이다. 그는 자연적인 소재를 통해 산야를 노래하고, 자연을 찬미하고 인생의 깊은 의미를 이야기한다. 그래서 그의 동시가 어렵게 느껴지며, 다른 동시인의 작품과는 구분이 되고 있음을 발견할 수 있다. 결국 박두순의 시 세계가 독특하다는 것을 말하고 있는 것이 된다.

지금까지 그가 펴낸 동시집은 일곱 권이다.[4] 그의 작품집 중에서 제2동시집은 최춘해, 김재수와 함께 펴낸 3인 동시집이고, 제5동시집은 들꽃에 대한 연작시 40편이 실린 작품집이다. 이 연작시는 '사람이 태어나면서 죽을 때까지의 삶의 모습을 들꽃을 통해 드러내려고 힘쓴'[5] 그의 노작들이다. 들꽃을 통해 인생의 의미를 탐구하고, 삶의 목적을 밝히고 있다. 그의 이런 시작 태도는 다른 작품집에서도 역력히 보이고 있으며 박두순의 문학 본류를 형성하고 있다고 할 수 있다. 다만 다른 작품집에서는 제5동시집에서처럼 의도적이지 않고 자연스럽게 작품 속에서 스며 나오게 장치하고 있을 뿐이다.

그런데 그의 시의 흐름을 일목요연하게 정리하기는 쉽지 않다. 새로 창작된 작품을 모아 순차적으로 시집을 펴내지 않고, 하나의 동시를 여러 작품집에 싣고 있기 때문이

---

3 박두순, 제1동시집, p.118

4 제1동시집 《풀잎과 이슬의 노래》, 흐름사, 1980
제2동시집 《마을 이야기》, 교학사, 三人 共著, 1980
제3동시집 《마른 나무 입술에 흐르는 노래》, 은행나무, 1984
제4동시집 《말하는 비와 산과 하늘》, 대교출판, 1988
제5동시집 《들꽃과 우주통신》, 아동문예, 1989
제6동시집 《누군가 나를 지우개로 지우고 있다》, 예림당, 1996
제7동시집 《망설이는 빗방울》, 21문학과 문화, 2001

5 박두순, 제5동시집의 머리말 중에서

다. 한 시인의 시대적 변화를 살필 수 없는 것이 아쉽게 느껴진다. 반면에 그의 초지일 관적인 면모를 파악할 수 있는 장점도 있었다. 자연과 대비한 인간에 대한 끊임없는 탐구가 박두순 문학의 전부라고 할 수 있다. 작가의 생활 터전이 바뀌면 작품의 성향도 바뀔 법도 하다. 박두순의 20년 이상 되는 문단 활동 중에서 삶의 공간이 경상도 상주 땅에서 서울이라는 도시로 바뀌었지만 그 작품의 자연적인 경향은 여전함을 보여 주고 있는 것이다. 그만큼 그가 추구하는 시의 세계가 일관되어 있다는 것을 말한다. 이런 시작(詩作) 태도의 일관성은 문학의 지향점에 대한 강렬한 천착일 수 있으며, 그의 유년 시절의 문학적 체험과 함께 겸손한 성격도 일조를 하고 있지 않나 여겨진다. 그런 모습은 다음 글에서 잘 나타난다.

"어떤 사람은 나더러 시인이라 부른다. / 그럴 땐 자랑스레 어깨를 조금 올리지만 / 귀뚜라미의 노래 앞에 이르면 / 나의 자랑스러움은 무너진다. // 평생을 바쳐 몇 편의 시를 남긴다 해도 / 누가 나의 시를 읽고 / 눅눅하고 어두운 마루 밑을 밝히는 / 귀뚜라미 노래만큼 곱다고 하겠는가. // 허물 많은 사람이 쓴 / 시 한 줄이 / 정말이지 어느 쓸쓸한 아이의 가슴과 / 어두운 골목길에서 / 한 줄기 햇살로 비치겠는가."[6]

그는 자신의 문학을 '눅눅하고 어두운 마루 밑을 밝히는 귀뚜라미 노래'보다 곱지 않다거나, 자신의 시 한 줄이 과연 '어느 쓸쓸한 아이의 가슴과 어두운 골목길에서 한 줄기 햇살'이 될 수 있겠는가라고 겸손해하고 있다. 다른 사람 앞에는 그래도 자랑스러움이 보이지만 자연의 아름다움이나 자연의 노래 앞에서는 오히려 그 자신은 왜소하고 하찮은 존재일 수밖에 없다는 겸손함이 나타나 있다.

2. 자그만 발자국을 남기기 위해

각양각색의 얼굴만큼이나 우리 인생의 모습도 각기 다르다. 이 세상은 살아가는 환경이 차이가 나고, 만나는 사람이 다르며, 경험하는 일이 모두 다른 천차만별의 사람들이 살아가는 곳이다. 그리고 삶의 목적이나 목표 또한 모두 다르다. 출세 지향적인 삶을 추구하는 사람이 있는가 하면, 삶의 방법과 과정을 소중히 여기는 사람이 있고, 부귀영화와 명예를 탐하는 자가 있는가 하면 인생의 마무리와 끝자락을 중요시하는 자도 있다. 현실에 충실하려는 사람도 있고, 내세를 꿈꾸며 준비하는 사람도 있는 것이다.

시에는 시인이 꿈꾸며 추구하는 세계가 드러나 있다. 어떤 때는 은유적인 방법으로,

6 박두순, 〈누가 나의 시를 읽고〉, 제3동시집의 머릿시, 은행나무, 1984.

어떤 때에는 직설적인 표현으로 자기 이상 세계를 보여 준다.

　박두순이 추구하는 삶의 모습이나 인생의 지향점은 그의 작품 속에 고스란히 녹아 있다. 그는 작품 속에 철저하게 인간의 존재나 삶의 태도, 인간과 인간의 관계 등 삶 속에 필요한 의미를 자연을 통해서 철학적으로 제시하고 있음을 볼 수 있다.

바닷가 모래밭에서 / 외줄기 발자국을 본다. // 문득 / 무언가 하나 / 남기고 싶어진다. // 바람이 지나고 / 물결이 스쳐 / 모든 흔적이 사라져도 // 자그만 발자국을 남기고 싶다.

　　　- 〈발자국〉, 《제3동시집》

　이 작품의 배경은 '바닷가 모래밭'이라는 전혀 변화무쌍하여 고정된 형태를 유지할 수 없는 무상(無常)의 원리가 적용되는 곳이다. 그 바닷가의 모래밭에서 발견한 다른 사람의 '발자국'을 보면서 박두순 그도 '발자국'을 남기고 싶다는 지극히 인간적인 꿈을 꾸고 있다. 모든 인간은 살아 있었다는 증거를 남기고 싶어 한다. 그래서 절대적이고 일회적인 삶이 가져다 주는 간절함이나 애절함이 인류 문화를 만들었는지도 모른다. 성씨나 족보가 그러하고, 예술품이 그러하고, 명예가 그러하고, 문학이 그러하다. '발자국'은 모든 인간들이 가지는 소망의 다른 이름이다. 1연에서 그는 다른 사람의 '외줄기 발자국'을 통해 인간 스스로는 고독한 존재이고, 어쩌면 동일한 삶이 없는 개인적이고 주체적인 개체를 이야기하고 있는지 모른다. 여기 '외줄기'가 가지는 쓸쓸함은 그렇게 크게 가슴을 저미지는 않는다. 오히려 3연에 나타나는 '모든 흔적이 사라져도'가 눈 앞을 흐리게 한다. 그래도 그는 마지막 4연에서 '자그만 발자국'이라도 남기고 싶다고 간절히 소망하고 있다. 설령 쌓아 놓은 어떠한 문학 유산도 언젠가는 사라지리라는 제행무상의 진리를 깔고 있다 하더라도 그가 살아 있는 동안 만큼은 자신의 삶의 목적과 목표를 위해 성실하게 살아 보겠다는 강한 삶의 의욕을 드러내고 있음을 볼 수 있다. '자그만'의 단어가 가지는 의미도 그렇게 왜소하지만은 않다. 인생에 대한 진실한 모습을 보이고 있으며, 충실하고 겸손한 태도도 엿볼 수 있는 것이다.

　그가 남기고 싶어하는 '무언가 하나'가 무엇일까? 그리고 '자그만 발자국'은 어떤 삶의 형태를 말하는 것일까? 아니면 인생 끝에 남겨지는 명예나 문학적 성과물을 말하고 있는 것일까?

몸 안 가득 / 해를 품음이여 // 우습게 보지 마라. / 작다고 // 업신 여기지 마라. / 작다고 // 해를 품는 가슴이니

　　　- 〈이슬〉, 《제4동시집》

　　그는 스스로를 작은 사람[7]이라고 말하고 있다. 그래서 그는 자연 속에 존재하는 작은 것들에 대해 애정을 느낀다고 하였다. 이슬은 작은 존재이면서 생명을 가지지 않는 무생물이며, 한시적으로만 볼 수 있는 가변적 물체이다. 그러나 그는 아침 태양이 떠오를 때에 보이는 이슬마다 영롱하게 비치는 태양을 발견하고는 '이슬'을 '우습게 보지 마라.'고, '업신 여기지 마라.'고 외치고 있는 것이다. 이 작품 속의 '해'는 단순한 의미를 지닌 시어는 아니다. 해는 지구의 만물을 키우는 소중하고 위대한 존재이다. 또 언제나 밝음과 따사로움, 빛을 발산하며, 스스로의 힘으로 다른 별들을 이끄는 중심부, 핵심인 것이다. 해의 상징성은 바로 지은이가 꿈꾸는 자신의 이상과 희망 자체라고 할 수 있다. 여기서 이슬이 품는 태양은 인간 등 다른 커다란 자연물이 품는 태양과 다르지 않다. 그렇지만 작은 '이슬'이 품는 태양은 상대적으로 더 큰 존재가 되지 않는가. 또한 작은 이슬도 태양을 품을 수 있다는 당당함과 주체적 힘을 상징적으로 보여 주고 있다는 것이다.

　　여기서 작은 존재인 '이슬'과 몸집, 키가 작다고 한 그를 조심스럽게 환치시켜 보자. 그러면 이 작품 속에 들어 있는 의미가 무엇을 가리키고 있는지 금방 알 수 있을 것이다. 그가 해를 품고 있는 존재이며, 커다란 이상과 미래에 대한 희망을 가득 안고 있는 거인이라는 것을 역설적으로 이야기하고 있는 것이다. 결국 그는 몸집은 작지만 '해를 품고' 사는 거인이며, '자그만 발자국'을 남기고 싶어하는 겸손한 인간임을 암시적으로 드러내고 있다고 할 수 있다.

　　'이슬'이라는 동일한 제목을 지닌 작품이 또 하나 있다.

풀잎에 기대인 / 투명한 살결. // 체중이 줄어들고 / 죄어드는 아픔 // 마지막 / 저 하늘 높은 곳으로 / 빛살을 띄운다.

　　– 〈이슬〉, 《제1동시집》

　　조금은 간단한 구조를 가진 작품이지만 앞의 작품과 비교가 되는, 박두순의 또 다른 자아 모습을 명징하게 엿볼 수 있다. 이 작품의 형식은 정형성을 지닌 시조와 비슷하다. 그가 현대 시조 형식에 맞춰 의도적으로 창작한 것인지 아니면 자연스럽게 쓴 작품인지는 알 수 없지만 구별 배행이라든지, 3연(종장)의 3음절로 된 첫구라든지, 음수율에서 우리 고유의 시조와 맞닿아 있는 것을 보면 시조의 율격이 우리 민족의 정서와 일맥상통한 것이구나 하는 감탄이 절로 나온다.

7　박두순은 그의 제5동시집의 머리말에서 다음과 같이 적고 있다.
"나는 키도 작고 몸집도 작다. 그래서인지는 몰라도 작은 것들에 마음이 쏠린다. 작음, 남들은 시시하게 생각할지도 모르나 나는 소중하게 여긴다."

이 시는 풀잎 위의 이슬 방울이 아침 태양열로 말미암아 기화되는 자연 현상을 고통과 고난을 딛고 빛살로 자기 완성하여 상승하는 과정을 그린 작품이라고 할 수 있다. 여기서 무생물인 이슬을 통하여 생명의 죽음이 곧 자연 소멸이 아니라 자아 실현이나 완결을 의미한다고 한, 박두순의 예리한 관찰력과 냉철한 시적 안목을 엿볼 수 있다고 할 수 있다. 1연이나 2연에서 '살결', '아픔'의 명사의 종결 형태가 팽팽한 긴장감을 유지시키고 있어 더욱 시적 감흥을 일으키고 있으며, 3연의 서술어로 종결 형태를 맺음으로써 고통이 끝난 다음의 고요하고 잔잔한 상태나 자아 실현의 완결 뒤에 오는 느슨함이 보이고 있다.

시상 전개는 1연 '살결'(이슬) → 2연 '아픔' → 3연 '빛살'(태양)로 연결되는 점층적 구조의 특징을 보여 주고 있다. 이 작품 속에 숨겨진 의미는 유한적 존재(물질성) → 고통과 시련 → 무한적 이상(추상성)으로 발전하고 있다. 작고 하찮은 이슬 방울이 통과 의례로서의 시련과 고통을 인내하고 얻은 것은 태양과 같은 의미를 지닌 '빛살'이라는 새로운 생명인 것이다. '이슬'을 통해 바로 성숙을 위한 처절한 자기 노력이나 정체되지 않고 끊임없이 변화되어 가는 노력의 과정을 표현하고자 한 것이다.

앞의 제4동시집의 〈이슬〉과 뒤의 제1동시집의 〈이슬〉은 상당히 다른 면모를 보이고 있다. 물론 전자의 해를 품는 존재와 후자의 '빛살'로 대변되는 해 같은 존재는 동일한 대상이라고 할 수 있다. 그가 추구하는 최종의 목표 의식은 해와 같은 거대한 이상인 것이다. 하지만 전자가 외부를 향해 타인에게 외치고 있다면, 후자는 내부를 향해 자신에게 외치고 있는 것이다. 몸부림치면서 외치는 목소리는 전혀 다른 내용인 것이다. 이 두 작품의 발표한 시기를 보면 내면 지향적인 후자의 작품이 먼저 발표가 되고 8년 뒤 외부 지향적인 전자의 작품이 발표되고 있음을 볼 때, 후자의 작품이 발표된 초창기에는 자기 내면에 대한 성숙에 큰 관심을 기울이고 있었다는 사실을 알 수 있다. 그러나 전자의 작품이 외부로 향해 있다고 하지만 외부에 대한 반항이나 대결 의식, 또는 타인의 무관심에 대한 원망 같은 의식은 보이지 않는다. 그것은 '해를 품는'다는 것을 1연과 마지막 연에 반복시킴으로써 그의 관심은 여전히 '해를 품은 가슴'이라는 내부에 있다는 사실을 강조하고 있기 때문이다.

박두순은 '이슬'을 통해 우선 자신에게 항상 해와 같은 커다란 이상을 품고 살고 있겠다는 것과 그것을 위해 끊임없는 자기 노력을 보여 주고 싶다는 것을 알 수 있다.

3. 끊임없는 자기 성숙을 위해

한 인간이 추구하는 삶의 모습은 크게 두 가지 면모로 살펴볼 수 있다. 그 하나는 자기 자신에 대한 모습을 어떻게 가꾸는가를 알아보는 것이다. 이것은 주로 내부적 면모를 살피는 것이다. 다른 하나는 외부에 대한 태도나 인간관계를 어떻게 설정하고 행동하고 있는가를 알아 보는 것이다. 이것은 주로 사회 생활 면모를 살피는 것이다. 물론 자아상과 외부상이 독립적으로 따로 존재하지는 않는다. 복합적이고 중복적인 형태로 나타나는 것이 일반적이다. 작품 속에 나타난 작가들의 모습도 개별적으로 나타나지 않는다.

앞에서 살펴본 박두순의 두 작품 〈이슬〉은 자기 자신에 대한 진지한 탐구라고 할 수 있다. 그의 작은 몸 속에 들어찬 거대한 태양은 이상과 희망을 상징하는 자아를 표현한 것이며, 끊임없는 자기 노력을 아끼지 않는 각고면려의 모습을 나타낸 것이라고 할 수 있다. 그의 목표 의식과 노력 과정은 독특하게도 작은 이슬 방울 속에 내재되어 있다. 그의 이런 표현 방식은 시적 대상자를 객관적으로 관찰하면서 점점 그 대상자로 몰입해 가는 이른바 물아일체의 수법을 사용하고 있다. 그의 자아상은 치열한 내부 연소의 과정을 거치면서 완성되고 있다.

어느 옛집 처마밑 돌에 / 움폭 패인 작은 구멍 / 몇천 년을 두고 두고 / 빗방울이 뚫었대요. / 남이 눈치 못채게 / 소낙비 오는 한밤에도 // 그 여린 살결로 / 그 작은 몸집으로 / 돌의 몸을 깎다니! / 일생을 바수어 던지면 / 실금 한 올 못 그을까.

   – 〈빗방울의 노래〉, 《제4동시집》

그의 관심의 초점은 여전하다. 단지 이슬 방울이 물방울로 대체되어 있을 뿐이다. 그는 처마 밑에 놓아서 마당의 토사 유실을 막기 위해 깔아 논 작은 돌을 보고 자신의 삶의 태도를 추스리고, 중요한 인생 목표를 가늠하고 있는 것이다. 외부 지향적이 아니라 내부 지향적이다. 그의 눈은 자기 내면의 세계로 향해 있는 것이다. 시적 화자인 '나'라는 시어가 직접 등장하지 않았지만 '실금 한 올 못 그을까.'의 설의적 표현은 '나'의 강렬한 의지의 표출이며 내면의 거울을 보고 조용히 외치는 결의인 것이다. 구멍이 움폭 패인 돌에서 인생을 배우고 교훈을 얻는 시적 화자는 곧 '여린 살결'과 '작은 몸집'을 지닌 빗방울 같은 박두순의 분신인 것이다. 몸집 작은 그의 고백을 다시 들을 필요는 없을 것이다. 이 작품에서도 경상도 봉화땅에서 유년 시절을 보내면서 형성된 자아 의식의 구심력은 여전히 굳건함을 보여 주고 있는 것이다.

이 작품을 성격적으로 구분해 보면 1연이 자연적, 객관적, 사실적인 반면 2연은 인간적, 주관적, 내면적이다. 1, 2연은 내용적으로 동일한 구조를 가지고 있다. 1연을 돌 — (빗방울) → 구멍으로 발전한 것으로 구조화한다면 2연은 일생 — (나) → 실금으로 구조화할 수 있다. 1연에서는 몇천 년을 두고두고 노력하고 정성을 다하는 '빗방울'에, 2연에서는 '몸을 바수'고 온갖 고통과 고난을 참고 견디는 '나'에게 초점이 맞춰져 있다. 그런데 이 작품의 핵심어인 '실금'은 무엇을 의미하고 있는가? '일생을 바수어' 이룰 수 있는 것은 무엇일까? 1연의 '구멍'과 같은 동일한 무게를 지닌 '실금'은 나이를 먹음에 따라 생기는 세월과 연륜의 주름일 수도 있다. 하지만 그렇게 간단하게 처리할 수 있는 시어는 아니다. 고난 끝에 오는 자기 완성이나 이상 실현일 수 있으며, 불가능한 세계의 도전일 수도 있다. 큰 금도 아닌 '실금'의 시어 속에서 겸손하면서도 엄숙한 자기 선언을 하는 박두순을 볼 수 있는 것이다. '인생을 바수어 던지면' 얻을 수 있는 실금의 의미를 살필 수 있는 작품이 또 있다.

불볕도 못 덥히던 가슴이 / 칼날 바람도 못 식히던 가슴이 // 꽃 지고 / 잎 지니 / 실금 한 올 갑니다.
– 〈산바위〉, 《제1동시집》

그의 '실금'은 〈산바위〉에서도 '불볕'이나 '칼날'에 의해 생기는 실금이 아닌 것이다. 아름답고 화려한 꽃이나 싱싱한 잎이 지고 난 다음에야 생기는 '실금'인 것이다. 계절로는 꽃과 잎이 시들고 열매가 익어가는 늦가을쯤을 말하고 있는 것 아닐까. 인생으로 따진다면 청년과 중년을 지난 장년의 나이나 될까. 지천명을 알고 중후한 인생의 참맛을 느낄 때, 바로 '실금'을 얻는 것이다. 달관한 자아의 완성이 실금일 수 있는 것이다. 그는 내면의 거울을 닦으며 정성을 다하는 삶, 화려함보다는 인생의 깊이를 아는 삶을 살고자 하고 있는 것이다.

그래서인지 그는 봄이나 여름, 가을의 꽃과 잎을 노래하지 않고 앙상한 겨울에 멋없이 서 있는 나무에 더 애정과 관심을 쏟고 있는 것이다. 여느 시인들처럼 꽃의 화사함을 취하기가 쉽고 잎의 푸르고 무성함을 노래하기도 쉽다. 그러나 그는 그런 화려한 전면보다는 사그라드는 뒷모습이나 다음을 준비하는 심중에 깊은 의미를 부여하고 있는 것이다. 그는 관객과 배우가 다 떠난 무대 위의 쓸쓸함 속에서 다음 공연을 위해 준비하는 사람의 희망을 보고 싶어하고, 그것을 증언하고 싶은 것이다. 아니 항상 화려한 외양보다는 생각하는 내면의 세계를 고집하고 있는 박두순, 그의 자신에 대하여 쉼없이 추구하고 싶은 것인지 모른다.

잎도 열매도 / 떠나 보내고 / 이제 할 일이 없어 조용하겠다. / 나를 쳐다보는 / 모든 이의 눈빛이 그랬습니다. // 허나, 잎이 떠난 자리에 / 열매가 떠난 자리에 / 햇볕이 화안하여 / 더욱 허전한 그 자리 // 둘레 둘레 / 싸늘한 바람이 일어 / 아픔이 더해지는 그 자리를 // 겨울이 오기 전 / 꼭꼭 바느질 할 일이 남아 있습니다.
– 〈겨울 나무〉, 《제1동시집》

겨울 산에 올라가 보았다. / 까칠한 산수유나무 / 몸도 싸늘했다. / 꽃눈들 살갗도 싸늘했다. / 만져 보니 단단했다. // 그렇구나. / 산수유나무는 꽃눈이 추울까 봐 / 가지에 잔뜩 힘을 주고 있음이 틀림없다. / 마음을 온통 거기에 쓰고 있음이 틀림없다. //

– 〈겨울 산수유나무〉 일부, 《제4동시집》

'열매가 떠난 자리'에 서 있는 그의 눈에는 환호성에 싸인 과거에 연연하지 않는다. 그는 만족과 포만감에 취하지 않는다. 허전함과 삭풍의 아픔을 참으면서 내년을 위해 바느질을 준비하고 있는 것이다. 바느질은 수고와 시간이 필요한 노동이다. 바느질은 적당히 얼버무릴 수가 없는 꼼꼼한 손질과 마무리가 필요한 일인 것이다. 그렇게 그는 자신에게 충실하고자 하는 것이다. 겨울 산수유나무에게는 미래의 화려한 주인공이 될 꽃눈을 보호하고 기를 의무와 책임이 있다. '겨울나무'와 '겨울 산수유나무'로 대변되는 박두순, 그는 계절의 고통을 참으며 바느질을 준비하고 꽃눈을 보호하는 처절한 순교자라고 할 수 있는 것이다. 그만큼 자신의 내부와 싸움에도 항상 이길 수 있는 자신감의 발현이며 내면의 충실함을 보여 주는 것도 되는 것이다.

잎도 / 꽃도 / 피울 만큼 피웠다. // 열매도 맺을 만큼 맺었다. // 텅 비워 버린 가슴에 / 바람이 휑이 돌아간다. // 달빛이 훤한 봄날 밤 / 그림자를 내려다보며 / 그림자만큼이나 긴 생각에 잠겼다.

– 〈고목〉, 《제3동시집》

이 〈고목〉은 언뜻 살피면 잎과 꽃을 피울 수 없는 늙은 나무의 비애감을 그린 작품으로 볼 수 있다. 더욱 봄날의 약동하는 계절적 배경 속에 대조적인 모습으로 서 있는 고목에게는 상실감과 고독감이 엄습하고 있다는 것으로 더욱 단정지을 수 있다. 그러나 4연 마지막 행의 '그림자만큼이나 긴 생각에 잠겼다.'는 시구에서 단번에 절묘한 극적 반전을 이루고 마무리되고 있음을 볼 때 결코 늙은 나무의 아픔을 표현하고 있지 않음을 알 수 있다. '봄–고목' 사이의 간극은 '남극–북극' 사이 만큼 먼 이질적 격차이다. 이 물리적인 심대한 간격을 말끔히 메우고 있는 것이 고목의 '그림자만큼이나 긴 생각'인 것이다. 그것은 봄밤의 환한 달빛 아래 고요하고 너그럽게 온갖 풍상을 이긴 달관자나 초월자의 모습으로 고목이 사색하고 있기 때문이다. 고목의 '생각'은 외로움에 상심하는 처연함도 아니요, 과거의 아름다운 추억에 잠긴 감상주의도 아닌 것이다. 이 작품 속에서 흰 머리카락에 곱게 늙어간 어느 도인의 모습을 발견하거나 상상할 수 있지 않은가. 박두순은 벌써부터 너그럽고 여유 있는 자신의 미래 모습을 '고목'을 통해 그리고 있는지 모른다. 관용과 포용은 어디에서 오는가? 수난과 고통을 이기고 닦아진 절제된 자아, 자기 수련을 다한 성숙한 삶 속에서 생기는 보석과 같은 것이 관용과 포용일 것이다.

'그림자'도 범상한 의미를 지닌 시어는 아니다. 고목의 '생각'이 깊으므로 '그림자' 역시 생각이 깊든지 더 성숙하다고 거꾸로 유추할 수 있다. 그러므로 고목의 분신이 그림자이며 고목의 또 다른 이름이 그림자인 것이다. 제6동시집에 실린 〈달밤에〉 속에 그림자의 의미를 찾을 수 있는 단서를 제공하고 있다. "…… // 몇 년 지나 생각해 보니 / 내가 자라면 / 그림자도 자라고, / 내가 어른이 되면 / 그림자도 어른이 된다는 걸 알게 되었다. // 자기 그림자와 평생 같이 산다는 것도 알게 되었다."에서처럼 그림자는 자신의 분신임을 암시하고 있다.

여기서 우리는 내면의 세계, 사유의 세계에서 너그럽고 느긋하게 소요하고 있는 몸집 작은 한 선비를 발견할 수 있다. 그는 비록 초간모옥에 등을 기대고 사는 촌부일지라도 가슴에는 커다랗고 더운 태양을 안고 있으며 눈은 조금 높은 곳을 보고 있는 자연주의자이다. 바로 그가 박두순이다.

4. 따뜻한 인간관계를 위하여

많은 사람들은 세상을 살아가면서 세상을 위해 자신을 던지기보다는 자신의 이로움을 위해 세상을 자기 쪽으로 끌어당기려고 발버둥을 친다. 세상의 현상을 아전인수격으로 해석하고 견강부회를 하려 든다. 세상을 살아가는 기준이 남이 아닌 자기요, 나의 생각이 세상을 평가하는 기준척이 되는 것이다. 또한 사람을 위해 존재하는 것이 자연이며 인간이 만물의 척도라고 여긴다.

그러나 박두순은 먼저 자신을 세상의 중심으로 생각하지 않는다. 내 자신을 통해 세상을 바라보지 않는다. 남을 통해 나를 표현하고 부각하는, 상대적 존재로 서술하고 있다. 어찌 보면 주체적이지 못하고 능동적이지 못한 사람으로 보일 수 있다. 소극적이고 피동적인 주변인으로 인식되기 쉽다. 그러나 이런 잘못된 인식은 사람들의 일방적이고 이기적인 태도에서 기인된 것이며 어디까지나 인간과 인간 사이에서는 평등주의가, 나아가 인간과 자연 사이에는 호혜주의나 상호주의가 절대적 객관적 기준으로 자리잡아야 하는 것이다. 그는 앞의 내면적 자아상에서 살펴본 것과 마찬가지로 외부상에서도 철저히 자연을 통해서만 인간 사회를 평가하고 해석하는 것이다.

흔들리며 / 산다. // 흔들수록 / 짙은 향기를 내뿜는다. // 흔들릴수록 / 진한 향기를 뿌린다. // 흔들리며 / 산다.

— 《제5동시집》의 머릿시

이 작품에서 가장 먼저 눈에 띄는 것은 '흔들리며' 사는 주체 즉 문장의 주어가 생략되어 있다는 점이다. 당연히 주어가 시적 화자를 말하고 있는데 그가 누구인가로 초점이 모아진다. 물론 제5동시집을 읽어 보면 그 시적 화자가 '들꽃'임을 알 수 있지만 결국 박두순이 내뱉은 자신의 심중 고백인 것이다. 그런데 읽어보면 참 희한하다. 향기는 흔들지 않아도 흘러나오며, 내가 뿌려주면 더욱 짙게 내뿜는 물질이 아닌가. 왜 그는 스스로 흔들지 않고 반대로 남이 흔들어 주기를 바랄까? 인간은 자신의 인생관에 따라 다양한 삶을 표현하고 누리는데 이 작품에서처럼 '흔들리며 산다.'는 박두순의 인생관과 삶의 태도는 무엇일까?

'흔들다'와 '흔들리다'는 단순한 능동과 피동만을 진술하는 것은 아니다. 주체자의 능동적 행위로서 '흔들다'는 남을 생각하지 않는 독선적, 일방적 의미를 내포하고 있지만 피주체자의 수동적 행위로서 '흔들리다'는 조건적, 상호적 의미를 가지고 있다고 할 수 있다. 박두순은 주체적으로 흔드는 행위에서 오는 일방적 강요를 거부하고, 소극적이라는 인식을 감수하면서 흔들리는 위치를 고수하는 것은 자신의 진면목을 스스로 밝히기를 꺼리는 겸손함을 지니고 있기 때문인 것이다. 몇 줄 되지 않는 작품이지만 그의 인생관과 사회적 삶의 모습이 적나라하게 나타나 있다고 할 수 있다.

작품 속의 중요한 시어인 '향기'는 인격과 인품이기도 하고, 남에게 주는 이로움도 되기도 한다. 남들이 흔들어 댈수록 자신의 향기가 더욱 퍼져 나간다는 사고의 저의에는 상대적인 인간관이나 자연관을 가지고 있음을 말해 주고 있다. 흔드는 주체자가 누구냐에 따라 짙은 향기를 뿜어 내는 것이다. 바람이 흔들면 바람에게, 방랑자가 흔들면 방랑자에게 향기를 원하는 만큼 뿌리는 것이다. 빨리 흔들어 달라는 조급성은 아예 없다. 관심은 흔드는 주체자의 태도에 달린 것이다. 일면에는 박두순의 고고함이나 도도함이 서려 있는 점도 보이지만 첫연과 끝연의 '흔들리며 산다.'는 수미상관적 구성에서 그가 독선적 태도를 버리고 역지사지의 상호성을 견지하고 있음을 볼 수 있다.

그리고 그의 흔들리는 행위는 순간적이거나 일회적이지 않다. 1연 2행과 4연 마지막 행으로 처리된 '산다'는 것은 지속적이고 반복적인 일상임을 알려 주는 시어이다. 그는 일생 동안 '흔들리며' 살겠다는 의지의 표현이며, 항상 흔들릴 수 있다는 자기 인생관을 피력하고 있는 것이다. '산다'는 표현은 지극히 평범한 사람의 보통 생활을 보여 주고 있다. 의도적으로 다른 사람에게 모범이 되고 교훈적인 특별한 모습을 보여 주고자 노력하는 것은 아니다. 있는 그대로 체질화한 상태, 즉 가식없이 진실한 한 범부의 삶을 말하고자 하는 것이다. 이 작품 속에는 그의 더불어 사는 사회적인 삶의 행태와 개인적인 소망이 함께 내재되어 있다고 할 수 있다.

박두순의 사회적 인식은 이와 같이 외부로부터 출발한다. 눈의 초점이 다른 사람에게서 시작하여 자신으로 옮겨 오고, 자연으로부터 융기하여 인간에게 귀결된다. 모두 (冒頭)에서 그의 의식은 구심력이 강하다고 했는데 여기서도 구심력이 그대로 적용되고 있는 것을 확인할 수 있는 것이다. 그래서 그는 인간의 사회적 좌표를 정할 때 단순하게 인간과 인간의 사이에 놓인, 일직선 상의 존재로 서술되기를 거부한다. x축은 자연의 생물과 무생물들의 모습으로 채우고, y축에 비로소 자신을 비롯한 인간의 행위로 채우고 있다. x값에 따라 y값이 산출되면 일정한 좌푯값이 정해진다. 질서정연하고 정직한 자연계(x)에서 무절제하고 이기적인 인간에게 한편으로 질타하고, 한편으로 설득하여 진실한 모습(y)을 유도하고 있다. 마지막에 산출 귀결되는 점은 언제나 우리 인간의 참모습인 것이다. 이것이 박두순의 문학 방정식인 것이다.

1 늘 얼굴들을 가까이 두고 있다. // 어둠이 깊어 / 얼굴이 보이지 않을 땐 / 숨결을 가까이 둔다. // 고요한 별 아래서 자고 깨며. // 등을 돌려 대는 법을 모른다. // 서로 그늘을 드리워 주며 / 서로 땡볕을 막아 서 주며 / 그렇게들 산다.
　　- 〈나뭇잎 식구들〉, 《제1동시집》

2 큰 꽃 / 작은 꽃이 / 기대 서 있다. // 나도 가만히 / 꽃에 기대 서니 / 그들이 / 무엇을 하는지 알 수 있었다. // 가위 바위 보 / 가위 바위 보 / 바람이 불 때마다 / 일제히 손들을 펼쳐 보였다, 빈 손 // 꽃들은 / 바람 속에서 / 욕심없이 살고 있었다.
　　- 〈꽃밭에서〉, 《제1동시집》

3 도라지가 꽃을 피운다, 말 대신 / 산의 빛깔을 드러낸다. // 바위도 말 않고 지낸다. / 꽃이 피어도 / 꽃이 져도, / 몇천 년 그렇다. / 사과나무 복숭아나무 대추나무도 / 말 없이 / 열매를 맺는다. // 풀들도 말 않고 / 씨앗을 떨구어 묻고 / 조용히 몸을 눕힌다. / 사람들만 분주한 발자국 소리를 내며 산다.
　　- 〈말 대신〉, 《제3동시집》

4 아지랑이의 / 일렁이는 살결이 보인다. / 환한 물의 속살도 비친다. // 산의 둥그스름한 어깨도 / 잘 보인다. / 푸름에 젖어 / 잔잔한 어깨 // 슬쩍 했던 거짓말이 / 맘에 걸린다.
　　- 〈맑은 날〉, 《제3동시집》

5 산이 / 어깨동무를 한 것은 / 언제부터일까. // 휴전선 / 지뢰밭에서도 // 바다 한가운데 / 조그만 섬에서도 // 비가 쏟아지는 날에도 / 눈보라 치는 날에도 // 어깨동무를 / 풀지 않고 있다. // 다정함이 무엇인지 / 문득 / 생각난다.

　　　　　　－〈산의 어깨동무〉,《제3동시집》

　⑥ 새들은 벌써 일어나 있었다. / 참새, 까치, 비비새, 멧새들 / 나무 꼭대기의 저들 놀이터에 모여 / 이야기를 나누고 있다. / 듣기 좋은 음성 / 4월에는 새들의 이야기도 싹이 돋는다. / 아무리 귀여겨 들어도 / 큰소리로 지껄이는 새는 없는 것 같다. / 고함을 지르거나 / 다투는 목소리를 들을 수 없다. / 도대체 우리는 왜 싸우는 걸까.

　　　　　　－〈숲속에서〉,《제4동시집》

　⑦ 안개는 일찌감치 걷히고 / 벌들이 기웃거리는 / 아침 // 어제 보지 못한 / 새 얼굴들이 / 맑게 / 맑게 / 서 있다. // 그들 옆에 가만히 서니 / 오늘은 누구하고도 다투지 않을 것 같다.

　　　　　　－〈새로 핀 꽃들〉,《제5동시집》

　⑧ 필 때면 / 얼굴을 든다. // 나도 마음이 가벼울 땐 / 얼굴을 든다. / 그럴 때 / 마음에 향기가 / 고이는 모양이다. / 꽃처럼. // 나날을 남에게 / 향기로운 얼굴을 / 보이고 싶다.

　　　　　　－〈꽃〉,《제6동시집》

　　우리는 ①~⑧의 작품들에서 초창기 제1동시집부터 최근 제6동시집까지 일관되게 나타난 박두순의 사회적 인식 형태를 발견할 수 있다. 앞에서 언급한 대로 자연계에서 출발한 눈의 초점이 인간(또는 자신)으로 최종 귀착하고 있다. 다시 말하면 동물이나 식물의 삶의 양태(x)에서 인간의 모범적인 삶(y)을 추출함으로써 그에 마땅한 종합 좌표가 결정된다는 것이다. 여기서 말하는 종합 좌표는 누구에게 주어지는 것일까? 그것은 그의 시를 읽는 독자들의 몫이라고 할 수 있다.

　　①~⑧의 구조는 거의 동일한 형태를 갖추고 있다. 전반부는 자연 현상을, 밑줄 그은(*밑줄은 필자가 사용한 것임.) 후반부는 인간의 모습을 그리고 있다. ①~⑧을 읽고 나면 그가 바라는 인간 사회의 아름다운 삶이 어떤 것인가를 금방 알 수 있는 것이다. 그런데 이와 같은 형태는 ③~⑧에서 비교적 확실하게 유지하고 있지만 ①과 ②는 초창기의 작품이어서 정형화된 형태를 갖추고 있지 않음을 알 수 있다. 독자에게 메시지를 전달 면에서도 ①과 ②는 자연 현상을 노래하는 데 가깝기 때문에 ③~⑧보다는 훨씬 약하다고 할 수 있다. 그래서 박두순은 차차 ③~⑧과 같은 틀을 선호하게 되었을 것이라고 생각된다.

　　①~⑧은 모두 인간 사회에 필요한 많은 가치 덕목을 제시하고 있다. 보통 위의 가치 덕목을 노래하다 보면 자칫 설교조나 강요된 진술 형식으로 전락하기 쉬운데 ①~⑧은

고루 서정성을 유지하고 있으며, 시적 완성도가 높고 충실함을 엿볼 수 있다. 1에서는 협동, 2는 욕심 없는 삶, 3은 외화내빈을 경계하고 본분을 다하는 삶, 4에서는 정직, 5는 함께 다정하게 어울리는 삶, 6과 7은 싸우지 않는 삶, 8은 남에게 베푸는 향기로운 삶을 각각 이야기하고 있는 것이다.

그러나 사실 1~8에서 눈여겨보아야 할 것은 각 작품의 전반부로서 메시지를 도출하기 위해 도입한 자연 현상이다. 이 부분은 자연을 바라보는 박두순의 섬세한 시적 안목이 잘 드러난 곳이기도 하다. 그가 1~8의 작품을 통해 제시한 가장 근본적인 것은 따뜻한 인간관계를 유지하는 것이다. 서로 그늘을 드리워 주고 있는 나뭇잎들, 서로 기대고 서 있는 꽃들, 어깨동무를 풀지 않는 산들, 서로 이야기를 나누고 있는 새들, 맑게 서 있는 새로 핀 꽃들, 남에게 향기로운 얼굴을 보이고 싶은 꽃 등 그가 품고 있는 시상의 기저에는 이렇게 따뜻한 인간관계를 전제하고 있다는 점이다. 각 작품의 후반부에 나오는 협동, 무욕, 정직, 분수 등은 기실 따뜻한 인간관계를 위한 부차적이고 지엽적인 문제일 뿐이다. 그러나 박두순 그도 따뜻한 인간관계를 유지하지 못해 인간적 고민에 빠진 적이 있다. 제6동시집의 〈처음 안 일〉에서 "지하철 보도 계단 맨바닥에 / 손 내밀고 엎드린 / 거지 아저씨 손이 텅 비어 있었다. / 비 오는 날에도 / 빗방울 하나 움켜쥐지 못한 / 나뭇잎들의 손처럼 // 동전 한 개 놓아 줄까 / 망설이다 / 그냥 지나치고 // 내내 무얼 잊어버린 듯…… / 집에 와서야 / 가슴이 비어 있음을 알았다. / 거지 아저씨의 손처럼 // 마음 한 귀퉁이 / 잘라 주기가 어려운 걸 / 처음 알다."고 고백한 것이다. 동전 한 개의 집착 때문에 마음 한 귀퉁이를 잘라 주지 못해 따뜻한 인간관계를 일거에 무너뜨린 일은 그도 평범한 인간임을 알려 주는 동시에 이상적인 인간관계를 맺는다는 것이 얼마나 어려운가를 알려 주는 에피소드라고 할 수 있다.

산을 향해 / "사랑한다" 소리치면 // 산의 가슴에 / 갸웃 귀 대어 보고 / "사랑한다!" / 산의 마음을 전하는 / 메아리 // 산을 향해 / "미워한다" 소리치면 // 산의 가슴에 / 갸웃 귀 대어 보고 / "미워한다!" / 산의 마음을 전하는 / 메아리. // 우리 모두는 / 볼록 볼록 / 작은 산봉우리 아닐까. // 산봉우리여서 / 사랑한 일이나 / 미워한 일이나 / 메아리 되어 돌아오지 않을까.
  – 〈메아리〉, 《제1동시집》

그는 인간관계에서 내가 남에게 먼저 '사랑한다'고 소리치고, 마음 속에는 타인에 대한 진정한 애정이나 자비심을 가져야만 한다고 믿고 있다. 성경 속의 황금률처럼 콩 심은 데 콩이 나고 팥 심은 데 팥이 날 수밖에 없는 것이다. 사랑과 미움 같은 인간 상호의 친소 관계가 메아리로 다시 자신에게 되돌아온다는 시적 발상은 그의 문학적 구심력이 여전히 강력하게 작용한 증거라고 할 수 있다. 그리고 인간 개개인을 '산봉우리'로 표현한 것도 참신하다. 결국 '메아리'로 표현된 인간관계는 박두순이 추구하는 가장 핵심적인 사회상이며 외부상이라고 할 수 있다.

박두순 문학의 화두인 '무언가 하나'와 '자그만 발자국'에 대해 그 자신이 요란스럽게 말하지 않고 있다. 그는 분명 위대한 업적이나 명예와 같은 것을 '무언가 하나'와 '자그만 발자국'으로 말하지 않았다. 작은 것을 통해 끊임없이 노력하는 자아상과 따뜻한 인간관계를 바라는 사회상이 그의 작품 속에 질펀하게 깔려 있는 것으로 보아 이것이야말로 그가 바라는 진정한 '무언가 하나'와 '자그만 발자국'이라고 할 수 있을 것이다.

5. 제6동시집 이후 모습

박두순은 등단 초기에는 작은 이슬 방울 속에서 '빛살'을 뽑아 내고 몇 년이 지난 뒤에는 가슴에 커다란 '해'를 품었다. '빛살'과 '해'는 그가 품은 희망과 이상을 말해 주기도 하고 그의 인생에 대한 자신감의 표현이기도 했다. 그런데 등단한 지 20여 년이 넘은 뒤 제6동시집에서 그 자신을 '초승달'로 떠 있다고 생각한다.

> 누군가 나를 / 커다란 지우개로 / 지우고 있다. / 몰래 지우고 있다. // 안에서 / 밖에서 / 조금씩 / 내가 지워지고 있다. // 아무리 찾아봐도 / 보이지 않던 내가 / 지워지고 나니 보인다. / 지워진 내가 보인다. // 나도 지우고 / 남도 지우고 / 조금씩 지워 들어간 // 내가 요즘은 / 초승달로 떠 있다.
> – 〈누군가 나를〉, 《제6동시집》

이 작품도 '흔들리며 산다.'고 제5동시집의 머릿시처럼 피동 형태를 취하고 있다. 머릿시에서는 피동 접미사 '-리-'를 이용하였지만 여기서는 '-어지다'라는 어미를 사용하고 있다. 더욱이 지우고 나니 보인다는 날카로운 역설이 돋보이는 작품이다. '흔들리며 산다.'에서는 철저히 다른 사람에 의한 인격의 향기를 발산한다. 그러나 〈누군가 나를〉에서는 다른 사람과 함께 '나'도 참가하여 지우고 있다. 자아의 실체를 파악하기 위해서는 '나'도 참가해야 한다는 의미가 들어 있는 것이다. 누구나 자기 자신의 진면목을 스스로 찾아 내기란 어렵다. 남들의 도움과 자신의 노력이라는 공동의 작업으로 진아(眞我)를 찾을 수 있는 것이다.

그런데 박두순의 제7동시집 〈망설이는 빗방울〉에서는 그가 마음 속에 품고 있는 '태양'의 의미가 무엇인지를 구체적으로 보여 주었다.

> 큰길만 다니는 게 아니다. // 꽃 속 / 오솔길에서 / 한나절 놀다 가고 // 창턱에 걸터앉아 / 한나절 쉬

다 가고 // 물결 위에서 / 찰랑찰랑 / 하루를 노래하고. // 들로 걸어와 / 일하는 어머니의 / 이마도 짚어 보고.
― 〈태양의 길〉, 《제7동시집》

그는 '태양'을 어떤 위대한 존재, 숭앙하는 대상이 아니라고 넌지시 이야기하고 있다. 〈태양의 길〉은 그런 의미에서 그가 생각하는 '태양'의 한 단면을 살필 수 있는 작품이라고 할 수 있다. 작품 속에 나타난 태양은 눈을 부시게 하는 세속적 출세, 개인적 영달이나 부귀공명 등과는 전혀 다른 모습이다. '태양'은 '오솔길에서 / 한나절 놀다 가고' 혼자 '노래하'는 여유가 있으면서 따뜻하고 인간적인 모습을 지니고 있다. 그는 위대한 태양을 꿈꾸지 않고 시골 어머니의 건강을 돌보는 우리와 동일한 평범한 사람임을 알 수 있다.

들판에 가득 내린 / 빗방울들 // 들판이 넓어 / 너무나 넓어 // 어디로 갈까 / 망설이네요. // 이리저리 살피며 / 떠다니네요. // 넓은 세상 어디쯤에 / 걸어가는 나처럼.
― 〈망설이는 빗방울〉, 《제7동시집》

그는 지금도 넓은 세상에서 고민과 갈등을 하면서 살아가고 있다고 고백하고 있다. 〈망설이는 빗방울〉은 그의 삶의 일면을 보여 주고 있는 작품이다. 그는 바람에 흔들리는 '빗방울'과 동일한 위치에 있다고 생각하고 있는 것이다.

어깨에 떨어지는 / 빗방울 하나도 / 너무 무겁다. // 머리에 떨어지는 / 빗방울 하나도 / 너무 아프다.
― 〈수재민〉, 〈아동문학평론〉 2003년 여름호

박두순의 〈수재민〉은 수해를 입은 사람들의 아픔을 그린 짧은 작품으로 제7동시집 이후 일반인의 삶을 그린 소수의 동시 중 하나이다. 작품은 1연과 2연이 대구를 이루면서 반복적인 효과도 얻고 있는데 간단명료하게 압축된 시상이 수많은 이야기를 함축하고 있음을 알 수 있다. 즉 수재민의 눈물과 아픔을 굳이 자세히 나열할 필요가 없다는 것을 이 작품을 통해 알 수 있을 것이다. 넘치는 빗물 때문에 당한 아픔이 다시 또 내리는 폭우의 한 방울이 무겁고 아플 수밖에 없는 것이다. 생략의 기법의 중요성을 알려주는 작품이다.

별들은 왜 / 깜빡 / 깜빡 / 깜빡거리기만 하나 // 빛 아끼려고! // 그래야 오래 / 빛나는 별로 떠 있지.
― 〈별빛〉, 〈아동문학평론〉 2003년 여름호

박두순의 〈별빛〉은 영롱히 반짝이는 별의 아름다움을 표현한 작품으로 별은 영원불변의 존재라는 일반적 관념을 깔고 전개한 작품이라고 할 수 있다. 이 작품에서 핵심은 2연 '빛을 아끼려고!'에 있다. 별이 깜빡인다는 것은 빛을 아끼고 싶어서 그런다는 것이다. 참 재미있는 발상이다. 그런데 이 작품 속에는 두 가지 과학적 사실이 숨어 있다. 하나는 별이 반짝이는 현상이고, 다른 하나는 전기의 방전 현상이다. 전자(前者)는 지구의 대기권에 존재하는 공기의 흐름에 의해 별빛이 산란되기 때문에 일어난 현상을 말하며, 후자(後者)는 일정한 전기의 양이 빛의 에너지로 변환되면 그 전기의 양은 점차 감소한다는 현상을 말하고 있다. 별의 반짝임과 전기의 감소 현상은 별개의 과학 현상이다. 이런데도 전자의 현상을, 전혀 이치에 맞지 않은 후자로 설명(비유)하고 있으니 문학의 재미는 과학의 사실을 초월하고 있는 게 아닌가. 문학의 재미는 여기에 있다고 할 수 있다.

6. 마무리

박두순은 아직도 인격적으로 부족하다는 사실을 솔직히 털어놓고 있다. 그래서 그는 경북 상주에서 살던 젊은 시절이나 뛰어난 아동문학가로 서울 대도시에서 사는 지금이나 항상 마음 속에 두고 있는 것은 인격적 성숙이다.

하느님은 / 저울을 들고 나타나신다. // 열매 하나 하나 / 무게를 재어 보곤 / 크기만큼 / 향기를 채우신다. // 열매들 곁에 / 우리를 세우시고 / 무게를 달아보시는 하느님 // 나의 무게는 얼마나 될지…… / 하느님이 / 저울에 올라서라 하신다.
– 〈가을에〉,《제7동시집》

인간의 한평생 중에서 '가을'에 해당하는 중년이나 장년까지 자신이 키워 온 인생의 '열매'의 크기와 무게는 얼마나 될까? 그는 지천명을 한참 넘긴 지금도 인품의 '향기'에 대하여 스스로 깊이 성찰하고 있음을 본다. 또한 4연 '나의 무게는 얼마나 될지……'에서는 자신감 부족이 아닌 겸손이라는 의미가 더 함축되어 있다는 것도 알 수 있다. 그는 향기를 품고자 하는 사람이다. 그가 시인이니 인격적 향기뿐만 아니라 문학적 향기를 지니려고 노력하는 사람이다. 그래서 그는 지금도 크고 무거운 열매 하나를 키우고 있다.

날마다 '하느님의 저울'에 올라서는 자아 성찰적인 박두순 시인을 보면서 독자로서 가슴이 서늘해지는 까닭은 무얼까?

어린이와 함께 선생이 걸어온 길

1949년 7월 17일(음력임, 호적은 1950년 7월 15일) 경북 봉화군 법전면 눌산리 1015번
    지에서 아버지 박인덕, 어머니 김옥한 사이에 막내(1녀 2남)로 태어남.

1950년 6·25 전쟁으로 아버지가 행방불명이 돼 홀어머니 손에서 자람.

1963년 법전국민학교(현, 춘양초등학교)를 졸업함.

1966년 춘양중학교를 졸업 후, 집안 형편이 어려워 고등학교 과정 독학을 시작함.

1967년 대학 입학 자격 검정고시 합격함(고졸 인정, 평생의 가장 기쁜 일 중의 하나).

1970년 대구교육대학을 졸업함.

1970~1982년 상주군 화령, 옥산, 상영초등학교 교사, 어린이들과 어울리며 동시문학
    의 거름을 쌓음.

1973년 도경자와 결혼함.

    장남 한별 낳음.

1973~1980년 신춘문예 열병과 습작 과잉으로 노이로제에 걸려 고통의 시절을 보냄.
    그러나 이때 문학의 자양분이 형성된 값진 시절이었다고 생각함.

1976년 차남 한산 낳음.

1977년 〈아동문예〉, 〈아동문학평론〉 동시 추천 완료, 동시단에 얼굴을 내보임.

1980년 첫 동시집《풀잎과 이슬의 노래》(흐름사) 펴냄(일생의 이정표 중 하나).

    동시집《마을 이야기》(공저, 교학사) 펴냄.

1982년 교사를 그만두고 무작정 상경(上京), 출판사에서 4개월 일하다 〈소년한국일보〉
    에 입사해 취재부에서 근무 시작, 서울로 이사함.

1983년 한국 아동문학가협회 사무국장을 맡음으로써 문단에 깊이 관여하게 됨.

1984년 동시집《마른 나무 입술에 흐르는 노래》(은행나무) 펴냄.

1985년 위 동시집으로 제11회 한국아동문학상과 대한민국문학상(아동문학 부문 신인
    상) 받음.

1988년 선집 성격의 동시집《말하는 비와 산과 하늘》(대교출판) 펴냄.

1989년 동시집《들꽃과 우주 통신》(아동문예) 펴냄, 연작 동시 '들꽃' 게재함.

    통일 서적《평양 특파원》(평화) 펴냄.

1991년 시집《그대를 적시는 빗소리》(성하) 펴냄.

    유아동화집《꾀 많은 사냥꾼》(고려원미디어) 펴냄.

    교양서《민족의 맥을 잇는 사람들》(지경사) 펴냄.

    한국시사랑회(어린이 시사랑회) 창립, 시 낭송 운동에 나섬.

1994년 《한국 명작 동시 마을》(아동문예) 엮음.

1995년 글짓기 지도서 《글짓기 여행》(한국복지재단) 펴냄.

1996~1999년 한국아동문예작가회 회장을 지냄.

1996년 《코망쇠 만화 동시》(대교출판)를 오원석 화백과 함께 엮음.

　　　　낭송시집 《시나라로 가는 길》(현암사) 펴냄.

　　　　동시 선집 《누군가 나를 지우개로 지우고 있다》(예림당) 펴냄.

1997년 위 동시 선집으로 제31회 소천아동문학상 받음.

1997~2001년 현대아동문학작가회 회장을 역임함.

1998년 50세부터는 자유로워야 된다고 생각, 16년 일한 〈소년한국일보〉를 나옴.

　　　　논술 지도서 《논리 척척 논술 박사》(꿈동산) 펴냄.

　　　　《5,6학년 낭송 동시》(파랑새어린이) 엮음.

　　　　〈자유문학〉 시부 신인상 수상으로 시단에 나옴.

1999년 출판사 〈21문학과 문화〉 등록, 운영을 시작함.

　　　　한국아동문학상 심사를 맡음(본인이 처음 받은 문학상이어서 감회가 남다름).

2000년 유아동시집 《아기가 웃으면 눈물도 웃어요》(은하수미디어) 펴냄, 이때부터 유
　　　　아 동시에 관심을 기울임.

2000~2006년 한국시사랑회 회장을 역임함.

2000~2005년 자유문학회 회장을 역임함.

2001년 제35회 소천아동문학상 심사, 수상자 내지 못함.

　　　　유아동시집 《아주 특별한 동시》(공저, 글송이) 펴냄.

　　　　동시집 《망설이는 빗방울》(21문학과 문화) 펴냄.

　　　　한국 아동문학인협회 부회장에 선출됨.

2002년 시집 《행복 강의》 펴냄.

2003년 한국 최초 동시 전문 계간지 〈오늘의 동시문학〉(창간시는 〈한국동시문학〉) 창
　　　　간, 주간을 맡음.

　　　　동시집 《망설이는 빗방울》로 제13회 방정환문학상과 제13회 박홍근아동문학상
　　　　받음.

　　　　《온가족 낭송시집》(예림당) 엮음.

2004~2005년 《학년별 동시 읽기(1~6학년)》(깊은책속옹달샘) 엮음.

2005년 제3회 월간문학동리상(수상작, 동시집 《망설이는 빗방울》) 받음.

　　　　제13회 눈높이아동문학상 심사를 맡음.

　　　　우리나라좋은동시문학상 심사를 맡음.

2006년 〈조선일보〉 신춘문예 심사를 맡음(신춘문예 당선 못한 아쉬움 풀다).

2006~2008년 한국동시문학회 회장을 역임함.

2008년 한국 동시 100주년 기념 동시집 《한국 대표 동시 100편》(큰나) 엮음. 《한국 동시 100년에 빛나는 동시 100편》(예림당) 엮음.

2009년 서울문화재단의 지원을 받아 동시집 《나도 별이다》(문학과 문화) 펴냄. 제자들이 회갑 기념으로 동시 선집 《들꽃》(문학과 문화)을 펴내 줌. 《한국 대표 낭송 동시 100편》(큰나) 엮음.

2010년 〈강원일보〉 신춘문예 심사를 맡음.

2011~2012년 대산문화재단 창작지원금 심사를 맡음.

2012~2013년 한국현대시인협회 부이사장을 역임함.

2012~2013년 〈강원일보〉 신춘문예 심사를 맡음.

2013년 계간 〈오늘의 동시문학〉 창간 10주년 기념으로 동시 평론집 《한국 동시, 어제와 오늘 내일을 읽다》(문학과문화) 엮음.

2013~2017년 국제PEN한국본부 부이사장을 역임함.

2014년 제3시집 《찬란한 스트레스를 받고 싶다》, 동시집 《사람 우산》 발간, 《사람 우산》으로 한국문협작가상 수상함(한국문인협회 제정).

2015년 〈강원일보〉 신춘문예 심사를 맡음.

　　　동시 선집 〈박두순 동시 선집〉(지식을 만드는 지식) 출간함.

2015~2016년 세종도서나눔 선정 심사를 맡음.

2016년 14년 펴내던 한국 최초 동시전문지 〈오늘의 동시문학〉을 50호로 종간함.

　　　12월 27일 시집 《찬란한 스트레스를 가지고 싶다》로 종합문예지 〈자유문학〉 제정 제16회 자유문학상 수상함.

2017년 1월~현재 〈조선일보〉 '가슴으로 읽는 동시' 해설 연재함.

　　　우수 도서콘텐츠, 천강문학상 심사를 맡음.

2018년 〈경상일보〉 신춘문예, 서울문화재단 문학창작지원 심사를 맡음.

한국 아동문학가 100인

윤수천

대표 작품

〈따끈한 손수건〉

나의 삶 나의 문학

동화가 곁에 있어 오늘도 행복하다

작품론

현실 문제 접근 방식

어린이와 함께 선생이 걸어온 길

따끈한
손수건

골목집 할머니는 '손수건 할머니'로 더 유명합니다. 항상 손수건을 주머니에 넣고 다니면서 이런저런 일에 쓰다 보니 그런 별명이 붙었습니다.

"얘야, 이리 좀 와! 노는 것도 좋지만 땀은 닦고 놀아야지. 감기 들면 어쩌려고."

골목집 할머니는 아이들이 땀을 흘리며 노는 것도 그냥 못 봅니다. 주머니에서 손수건을 꺼내 들고 다니며 아이들의 이마와 목덜미에 난 땀을 일일이 닦아 줍니다.

그럴 때 보면 꼭 아이들의 친할머니 같습니다.

"순구 할머니, 잠깐만! 아무 데나 엉덩이를 붙이면 옷이 더럽혀지잖아. 여기 앉으시우."

골목집 할머니는 남이 아무 데고 앉는 것도 그냥 보지 못합니다. 얼른 손수건을 꺼내어 깔아 줍니다. 그러면 그 사람은 펄쩍 뛰면서,

"어이구, 고맙기도 하셔라. 하지만 그 깨끗한 손수건에다 어떻게……."

하며 손사래를 칩니다.

골목집 할머니는 손수건 한 장으로 별의별 일을 다 합니다. 세면장에서 얼굴이나 손을 닦은 후에도 쓰고, 식사 때 집안 가족들이 흘린 김치 국물이나 반찬 자국을 닦을 때도 씁니다. 그런가 하면 옆 사람에게 책이나 신문을 건넬 때도 씁니다. 책이나 신문에 뭐가 묻어 있는 것도 아닌 데도 슬쩍 한 번 닦아 낸 뒤에 주는 것입니다. 골목집 할머니는 그게 버릇이 되었습니다.

그뿐만이 아닙니다. 친구들을 만나 시간을 보내다가 헤어질 땐 영화 속의 주인공처럼 주머니에서 손수건을 꺼내 흔듭니다. 친구들은 골목집 할머니의 그 손수건 배웅이 너무너무 예쁘다며 좋아합니다.

또 있습니다. 우리나라 선수들의 운동 경기 때도 손수건 응원은 빼놓지 않습니다. 비록 텔레비전 앞에서 하는 응원이지만, 경기장 안의 응원 단장은 저리 가라입니다.

며칠 전엔 동네 공터에서 공을 차던 한 아이가 넘어져 무릎에서 피가 나자 손수건으로 그 아이의 무릎을 감아 주어 피를 멎게 했습니다.

"할머니, 정말 고맙습니다. 손수건 덕분에 피가 멎어서……. 그런데 이 피 묻은 손수건은 어떡하지요?"

그 아이의 엄마가 피 묻은 손수건 걱정을 하자, 골목집 할머니는,

"뭘 어떡해? 내가 빨아서 쓸 테니 그런 걱정일랑 하지 마. 애들 피가 뭐 어떻다고."

하며 돌려보냈습니다.

날이 새려면 아직 어둑어둑한 새벽.

방금도 골목집 할머니는 자리에서 일어나자마자 손수건부터 챙겨 주머니에 넣었습니다.

성 돌러 갈 시간이 된 것입니다. 아침마다 하는 일과입니다.

성은 몇 발짝만 떼면 닿는 가까운 거리에 있습니다. 성 주위로는 오솔길이 나 있어서 산책 코스로 그만입니다.

골목집 할머니는 가벼운 옷차림에 운동화를 꺼내 신었습니다. 벽시계를 보니 여섯 시가 채 안 되었습니다. 다른 날보다 조금 이르다 싶었지만 그냥 나가기로 했습니다.

'오늘은 내가 일등이다!'

골목집 할머니는 아침마다 성에서 만나는 할망구들의 얼굴을 떠올리며 빙그레 웃었습니다.

현관문을 열고 마당으로 내려서자, 기다렸다는 듯 복돌이가 끙끙대며 아양을 떱니다. 제 깐엔 성에 함께 가자고 아양을 부리는 것입니다.

"안 돼. 복돌이 넌 집에 있거라. 이 할미 얼른 한 바퀴 돌고 올 테니."

골목집 할머니는 복돌이의 머리를 쓰다듬어 주고는 대문을 나섰습니다.

싸아한 새벽 공기가 상쾌하기 그지없습니다. 몇 걸음 떼어 놓자 언덕이 나타납니다. 언덕을 올라가자 이내 성입니다. 성곽동이란 말이 붙을 만도 합니다. 이 동네 사람들은 엎어졌다 하면 누구 할 것 없이 코가 성에 가 닿습니다.

애완 동물은 데리고 나오지 마십시오.

성 입구에 푯말이 세워져 있습니다. 개를 데려오지 말라는 경고문입니다. 그런데도 개를 데리고 오는 사람들이 더러 있습니다.

시간이 일러서인지 아무도 나온 사람이 없습니다. 골목집 할머니는 공연히 기분이 좋아집니다. 1등은 뭐든 다 좋은 것 같습니다.

'아니!'

그때 골목집 할머니의 눈 끝이 위로 치켜 올라갔습니다.

웬 처음 보는 젊은 여자가 송아지만 한 개를 데리고 나온 것입니다. 게다가 녀석의 하는 꼴이 우습기 짝이 없었습니다. 한자리에서 빙글빙글 도는 게 똥을 누우려는 게 틀림없었습니다.

"이놈아, 잠깐!"

골목집 할머니는 자기도 모르게 달음박질을 했습니다. 그러고는 주머니에서 얼른 손수건을 꺼내어 풀밭에 깔았습니다.

"이놈아, 여기다 누거라!"

골목집 할머니 소리에 개가 멈칫했습니다. 개 주인은 얼굴이 발게 가지고 어쩔 줄 몰라 했습니다.

"괜찮아. 어서 눠!"

골목집 할머니가 소리를 냅다 질렀습니다. 개가 알아듣기라도 한 듯 눈치를 보더니 엉덩이를 내리고 가래떡 같은 똥을 떨어뜨렸습니다.

손수건 위로 개똥이 수북이 쌓였습니다. 덩치값을 하려는 듯 개는 똥도 상당히 누었습니다.

"어이구, 많이도 쌌구나. 으 냄새! 이봐요, 아가씨. 여긴 개를 데려와선 안 되는 곳이오. 푯말도 못 봤수? 굳이 개를 데려오려면 비닐 봉지 한 장쯤은 가지고 다녀야지."

골목집 할머니가 개 주인을 향해 나무랐습니다.

"죄송하구먼요. 이담부터는 할머니 말씀대로 하겠어요. 그나저나 저희 집 개 때문에 귀한 손수건을 버려서 어떡하시죠?"

젊은 여자는 미안한 듯 얼굴을 붉혔습니다.

"비누칠해서 빨면 되니까 걱정 말고 어서 가 보시우."

골목집 할머니의 말에 젊은 여자는 개를 데리고 사라졌습니다.

골목집 할머니는 개똥이 밖으로 나오지 않도록 잘 싸서 손에 들었습니다. 손수건에 개똥을 싸는 것은 오늘이 처음입니다. 하지만 기분은 과히 나쁘지 않았습니다.

"골목집 할멈 일찍 나왔네. 그런데 손에 든 건 뭐야?"

언제 나왔는지 기름집 할망구가 고개를 갸우뚱거리고 쳐다봅니다.

"응. 뭔지 알아맞혀 봐."

골목집 할머니는 손수건을 흔들어 보입니다. 몰캉몰캉한 촉감이 손에 느껴집니다. 게다가 따끈따끈하기까지 합니다.

"글쎄, 떡 같기도 하고……."

기름집 할망구가 잘 모르겠다는 듯 말끝을 흐립니다. 골목집 할머니는 웃음이 나오려는 것을 가까스로 참습니다.

"할망구들 일찍도 나왔네. 그런데 그건……?"

하나 둘씩 나온 할망구들이 골목집 할머니를 쳐다보며 묻습니다.

"알아맞혀 보래두. 내 이것 알아맞히는 할망구에겐 상을 주지."

"힌트도 안 주고 맞히라는 거야?"

"텔레비전에서 하는 퀴즈도 힌트를 주던데……."

친구들이 한 마디씩 합니다.

"따끈따끈해."

"또?"

"몰캉몰캉도 하고……."

골목집 할머니는 시치미를 뚝 떼고 성을 따라 걷습니다. 그 뒤를 동네 할망구들이 고개를 갸우뚱거리며 따라갑니다.

"따끈따근하고, 몰캉몰캉도 하고……. 그게 대체 뭘까?"

"힌트치곤 꽤나 어렵네."

동쪽 하늘이 빠끔히 열리면서 햇살이 비치기 시작합니다.

동화가
곁에 있어
오늘도 행복하다

부끄러움을 무릅쓰고

그날은 안성농고 문예반 모임이 있은 날이었다. 갑자기 웬 "고등학교 문예반?" 하겠지만, 사실이 그렇다.

우리는 졸업 후에도 지금까지 장장 45년이란 세월을 교문 밖에서 만나고 있는 것이다. 문학이 질기고 아름답다는 것을 이 하나만으로도 우리는 여봐라는 듯이 세상에 증명해 보이고 있다 할까.

인원은 10명. 이 가운데서 문단에 등단한 사람은 작고한 임홍재 시인(1975년 〈동아일보〉 신춘문예 시조, 〈서울신문〉 신춘문예 시 당선)을 합쳐 모두 세 명이다. 시조 시인 김경제와 아동문학을 하고 있는 내가 전부다. 우린 모두 중앙 일간지 신춘문예를 통해 문단에 나왔다. 그 밖의 다른 사람들은 문학과는 다른 길을 걸어왔지만 아직도 문예반을 탈퇴하지 않고 있다.

모임이 끝난 뒤, 수원 가는 국철(나는 서울을 오갈 때 가끔씩 국철을 이용한다. 저녁에는 필히. 이유는? 기차가 가지고 있는 그 향수가 좋아서.) 안에서 휴대폰을 열어 보니 부재중 전화가 한 통 들어와 있었다. 통화 키를 누르니,

"강정규입니다."

하는 것이었다. 강정규? 강 선생님이 갑자기 왜 날 찾지? 궁금하기 짝이 없었지만, 나는 기차 안이라는 사실을 정중히 말씀드리고 집에 도착하는 대로 다시 걸었다.

그런데 이게 웬 아닌 밤중에 홍두깨인가. 〈시와 동화〉 겨울호에 박두순 선생과 나를 작가 특집으로 넣겠다는 것이었다. 나는 얼굴부터 화끈거렸다.

"저는요, 젊은 작가도 아닐 뿐더러 작품도 시원찮은데요."

서너 번도 더 사양했을 것이다. 그리고 그건 사실이었다. 지금까지 그 난은 내로라하는 싱싱한 작가들의 무대였지 나같이 후줄근한 나이에 작품도 시원찮은 사람이 낄 자리가 아니었다.

하지만 강정규가 누구인가. 당대의 동화작가에다가 〈시와 동화〉 발행인이 아닌가. 나는 어쩔 수 없이 그의 강력한 힘 앞에 굴복 당할 수밖에. 그런 경우 나는 기쁨이나 환

희보다는 낭패스러움과 먼저 만난다.

　하여, 이 글을 쓰는 지금도 부끄럽긴 마찬가지다. 한 가지 위안이라면 이거야말로 '사기 진작' 차원에서 내가 운 좋게도 낙점을 받은 게 아닌가 하는 생각이다. 아마 틀림 없을 것이다. 하지만 아무려면 어떠랴. 이런 귀한 지면을 할애 받은 것만 해도 내겐 행운이 아닐 수 없다. 그저 고맙고 감사할 따름이다.

돌아가는 배

　〈한국일보〉 논설 고문이었던 김성우 선생은 자기를 낳아 준 섬을 향해 이젠 돌아가고 싶다는 글을 적은 산문집《돌아가는 배》를 세상에 내놓았다. 그의 글을 읽으면서 인간은 나이를 먹으면 돌아갈 곳을 그리워한다는 것을 새삼 깨달았다.

　나라고 예외겠는가. 돌아다보니 늦깎이로 문단에 나온 지도 어느덧 30년이 넘었다. 1974년 소년중앙문학상에 동화 〈산마을 아이〉를 내어 입상하고, 이듬해 같은 문학상에서 동시 〈아침〉이 당선되고, 1976년 〈조선일보〉 신춘문예에 동시 〈항아리〉를 내어 당선한 것이 내 등단 경력의 전부다. 등단 초기엔 주로 동시를 썼고 동시집도 두 권이나 내었다. 그러다가 동화로 전환했는데 드러내놓고 얘긴 안 했지만, 처음엔 다들 조금 뭣한 눈으로 보는 것 같았다.

　내가 동화로 전환해서 첫 번째로 발표한 작품이 〈아동문예〉에 나간 〈도둑과 달님〉이란 동화였다. 이 동화는 달님(양심)을 두려워하는 한 어리석은 도둑이 스님의 말을 듣고 자루를 뒤집어쓰고 남의 집에 들어갔다가 붙잡힌다는 동화인데, KBS-TV '어린이 시간'에 탤런트 전무송 선생이 소개하는 바람에 더욱 알려졌다.

　그 당시 나는 우화 형식을 빌어 많은 동화를 썼다. 내 동화가 그런 대로 재밌다는 평을 받은 데는 이런 형식도 한몫을 한 게 아닌가 여겨진다. 자화자찬 같지만 나는 이야기를 꾸미는 데 조금 능한 구석을 가졌다. 내 동화를 읽은 이들이 '재미있다.'느니 '술술 읽힌다.'느니 하는 것도 그래서 나왔지 싶다.

　첫 동화책은 견지사에서 나왔다. 당시만 해도 책을 내기가 수월하지 않았는데, 유경환 선생님의 도움이 컸다. 선생님은 나를 견지사에 추천했고, 그것이 인연이 되어 올 컬러 인쇄의 첫 동화책을 세상에 내놓을 수가 있었다.《예뻐지는 병원》이 바로 그 책인데, 이때 받은 원고료로 초등학교에 다니는 두 아이의 책상과 내 책상을 마련할 수 있었던 것은 큰 기쁨이 아닐 수 없었다.

　요즘엔 문단에 갓 등단한 신인급 작가도 책 내기가 그리 어렵지 않지만, 아니 오히려 나이 든 작가보다도 더 환영을 받는 게 현실이지만 당시엔 꿈도 꾸기 어려운 일이어서 주위로부터 축하를 많이 받았다. 비록 매절이긴 했지만 당당히 원고료를 받은 것도 어깨가 으쓱해지는 일이었다. 나는 그 뒤에도 견지사에서 여러 권의 책을 냈다. 《도깨비마을의 황금산》을 비롯 《피리섬》, 《뽀숭이의 여행》, 《별난 생일 선물》, 《수박머리 우탁이》 등을 계속 내었다. 한 출판사에서 이렇게 책을 계속해서 낸 경우도 흔치 않다고 본다. 거기에는 첫 권인 《예뻐지는 병원》이 의외로 많이 팔린 데도 이유가 있었다. 지금은 고인이 된 김시환 사장과의 인연은 자연 깊었다고 할 수 있다.

《예뻐지는 병원》을 내고 얼마 안 되어 〈소년〉 편집부장인 김원석 선생으로부터 만나자는 전화를 받았다. 서울역 뒤편 가톨릭출판사로 찾아갔더니 한 달에 한 편씩 재미있는 동화를 써 낼 수 있겠느냐고 물었다. 평소 내 동화에 대해 재밌다는 평을 주었던 김 부장이 큰 맘 먹고 새로운 기획을 한 것이었다. 나는 앞뒤 생각 않고 하겠다고 대답했다. 이렇게 해서 나는 다음 달부터 20매 짜리 동화를 〈소년〉에 발표하게 되었다.

이렇게 해서 2년을 연재하고 나자 단행본으로까지 꾸며 주었는데, 이것이 소년문고 1호의 영예까지 차지했으니 내겐 경사가 겹친 셈이다. 1985년 5월에 나온 《천사의 선물》이 그 책이다. 이때 처음으로 인세란 것을 받았다. 비록 많지 않은 돈이었지만 내겐 자긍심을 갖게 해 주었다. 지금은 인세를 받는 게 일반화되었지만 당시만 해도 그렇지 못했기 때문에 나로서는 기쁘기 이를 데 없었다.

그 당시 동화책의 판매량은 그리 많지 않았다. 그러다 보니 동화를 쓰는 사람들 역시 각자의 직업을 따로 갖고 있는 게 보통이었다(지금도 몇몇 인기 작가 외엔 직업들을 갖고 있지만). 나는 일찍부터 공무원 생활을 하고 있었던 관계로 원고료에 목을 맨 입장이 아니어서 되도록 쓰고 싶은 작품을 쓰려고 노력을 했다.

1995년 여름이라고 기억하는데, 수원의 새어린이신문사 박운석 사장한테서 전화가 걸려 왔다. 어린이들을 위해 동화 한 편을 보내 달라는 요지의 전화였다. 나는 며칠 끙끙거린 끝에 〈행복한 지게〉를 써 보냈다. 어렸을 적 더위를 피해 냇가에서 놀다가 아버지 등에 업히어 집으로 돌아오던 일이 생각나서 이를 소재로 동화 한 편을 만들었던 것이다. 이 〈행복한 지게〉는 내게 숱한 행운을 가져다 주었다. 교과서에 실린 것은 물론, KBS-TV 동화로도 나갔을 뿐 아니라 명작동화나 대표작으로 묶이는 곳에는 빠지지 않고 끼었다. 또 그림동화책으로까지 만들어졌다.

동화가 내게 더욱 고마운 존재가 된 것은 직장을 그만두면서부터였다. 1998년 12월, 〈국방일보〉 논설위원을 끝으로 32년간의 공직 생활을 마감했을 때 동화는 새로운 삶의 에너지였다. 아침에 눈이 뜨이면 '오늘은 어떤 재미난 동화를 쓸까?' 하고 생각하다 보면 하루가 그렇게 즐거울 수가 없었다. 게다가 가끔씩 들어오는 강의 요청도 내겐 신바람 나는 일이었다. 문학 강연, 일반 강좌에다 심지어 통일에 관한 강의도 들어왔다. 통일 대비 강의는 내가 〈국방일보〉 논설위원을 한 경력을 안 교직 연수 단체에서 있었다.

강사료가 원고료보다 낫다는 것도 나는 이때 알았다. 특강은 시간에 관계없이 고액의 강사료를 주었다. 공무원 및 기업체 직원, 시민을 대상으로 특강도 여러 번 했다. 그 바람에 비행기와 KTX를 번갈아 타고 제주도, 광주, 밀양 등지를 다녀오기도 했다. 몇 해 전부터는 환경에 관한 강의도 해 오고 있다. 그 모든 것이 문학을 한 덕분으로 안다. 문학의 위대함(?)을 나는 강의에서도 새삼 느꼈던 것이다. 같은 강의라도 문학을 적절히 버무리면 독특한 향과 맛을 낼 수 있었다.

사람은 바쁠수록 오히려 일을 많이 하게 된다. 나는 명예 퇴직 후 동화책도 여러 권을 내었다. 평균 잡아 일 년에 두 권은 낸 것 같다. 《야옹 망망 꼬끼오 버스》, 《지구를 먹어치운 공룡 크니》, 《은행나무 마을의 주먹코 아저씨》, 《인사 잘하고 웃기 잘하는 집》, 《별난 도둑 별난 가족》, 《등불 할머니》, 《멍깨비와 밥할머니》, 《웅천이는 단추 귀신》, 《엄마와 딸》, 《방귀쟁이하곤 결혼 안 해》, 《행복한 지게》, 《까오탕 아저씨, 힘내세요》, 《열 살 아저씨》, 《똥 할아버지는 못 말려》, 《다섯 개의 얼굴을 가진 여우》, 《잘 가! 고릴라》, 《나 이제 동생 싫어》 등……. 비록 뛰어난 작품을 쓰진 못했지만 게으르지 않았다는 말만은 들을 것 같다.

그렇다고 이 책들을 전부 청탁에 의해서 썼느냐 하면 그건 아니다. 요즘 나 같은 또래의 작가에게 청탁을 하는 출판사가 몇이나 되겠는가. 젊디젊은 작가들도 수두룩한 데다가 '참신함'을 앞세운 신인급 작가도 얼마나 많은가. 부끄러운 얘기지만 나는 원고를 쓰고 나면 어디다 줄까부터 고심한다. 그러다가 마음에 집히는 곳을 골라 이메일로 보낸 뒤 하회를 기다린다. 단번에 통과한 작품이 대다수지만 퇴짜를 맞은 작품도 몇 개 된다. 이런 작품은 다시 새 주인을 찾아가야만 한다. 그런데 아이러니한 것은 첫 번째 주인에게서 퇴짜를 맞은 작품이 오히려 새 주인을 잘 만나 후한 대접을 받음은 물론 판매에서도 성공한 경우가 있다. 《엄마와 딸》이 대표적인 예다. 이 작품은 다른 곳으로부터 청탁을 받아 쓴 것인데, 스토리가 약하다고 고개를 갸우뚱거리는 것을 빼앗다시피 도로 받아서 다른 곳에 이전시킨 작품이다. 이 《엄마와 딸》은 두 달이나 교보문고 베스트셀러에 올랐을 뿐 아니라 대만, 중국, 태국에 판권이 팔리기도 했다.

나는 책도 제 운명을 타고난다고 생각하는 사람이다. 어떤 책은 주인을 잘 만나 호강을 하고 독자로부터도 환영을 받는가 하면, 어떤 책은 주인의 사랑도 제대로 못 받고 독자한테서도 홀대를 받는다. 내가 지금까지 쓴 책들이 그런 대로 조금씩 판매되고 있는 것은 참으로 고마워해야 할 일이다. 그리고 그때마다 조금씩 들어오는 인세로 책도 사 보고, 여행도 다니고, 친구들과 어울려 술 한 잔 하게 되는 일 또한 얼마나 행복한 일인지 모른다.

나는 오늘도 이런 동화에 무한히 감사하며 살고 있다.

나와 컴퓨터

다른 작가들처럼 나도 컴퓨터로 동화를 쓴다. 아니 친다! 벌써 10년도 넘었다. 기계치인 내가 컴퓨터와 친하게 된 데에는 컴퓨터만이 가진 그 탁월한 기능에 매료된 덕분이라고 해야 할 것 같다.

컴퓨터로 글을 치기 전에는 나도 원고지를 사용했다. 그런데 원고지에 곧바로 글을 쓰지 못하고 언제나 초고를 대학 노트나 갱지에다 적다 보니 이게 보통 수고스러운 게 아니었다. 게다가 초고를 원고지에다 옮기는 과정에서 글씨가 맘에 안 들어 파지를 내는 일은 고통 중의 고통이었다. 그래서 생각해 낸 게 컴퓨터였던 것이다. 그러나 컴퓨터를 배우려고 하니 그 또한 쉬운 일이 아니었다. 두 손을 움직여 자판을 익히는 데만도 여러 날이 걸릴 것 같았다. 나는 급한 대로 컴퓨터를 한 대 들여놓고 우리 집 큰 녀석한테 컴퓨터 작동법을 순서대로 적어 달라고 부탁했다. 그리고 글자를 만드는 데 필요한 최소한의 동작도 함께 적으라고 일렀다.

나는 큰 녀석이 적어 준 컴퓨터 작동법과 타자법을 벽에 붙여 놓고 그날부터 당장 원고를 치기 시작했다. 오른쪽 둘째 손가락 하나만 가지고 치는 왕초보 타자법이었다. 왼손은 받침이 들어가는 글자를 칠 때만 사용했다. 나는 지금도 오른쪽 둘째 손가락 하나만 가지고 동화를 치고 있다. 10년도 넘게 해오고 있는 나만의 독특한 타자법이다. 우리나라 작가 가운데 이렇게 작업하는 사람은 나밖에 없을 줄 안다.

남들은 말했다. 그렇게 해서 언제 동화책 한 권을 쓰느냐고. 그러나 그건 모르는 소리다. 비록 한 손가락만 가지고 치는 원시적 타법이지만 그렇게 해서 나는 지금까지 여러 권의 동화책을 써 냈다. 그리고 그 과정을 통해서 소중한 삶의 교훈을 얻었다. 바로 '하루 조금씩'의 철학이다. 많은 양은 아닐지라도 하루에 조금씩 매일 하다 보면 그 양은 결코 적은 게 아니라는 것이다.

기계치인 내가 컴퓨터에 매료된 데에는 또 다른 중요한 이유가 있다. 컴퓨터로 원고를 치면서 신기하게도 초고가 필요 없게 된 것이다. 컴퓨터 앞에 앉았다 하면 실이 실패에서 풀려 나오듯 글이 술술 생각나는 것이니 이 얼마나 감지덕지해야 할 일인가!

나는 주로 새벽 시간을 이용하여 동화를 써 오고 있다. 새벽에 눈이 뜨이면 지체 없이 일어나 샤워를 하고 컴퓨터 앞에 앉는다. 그리곤 어제 치다 만 화면을 연다. 그러면 술술 생각이 떠오르는 것이다. 기발한 착상도 이때 얻는다. 이러니 컴퓨터에 감사하지 않을 수 없다.

소설가 김영하 선생은 그의 산문집 《포스트 잇》에서 물건에도 어떤 정령이 들어 있는 게 아닐까 하는 의문을 품고 있다고 했다. 기계도 사람의 말을 알아듣는 귀를 갖고 있어서 주인의 애정을 받는 물건은 좀처럼 달아나지 않는 대신, 애정을 받지 못한 물건은 곧잘 주인 몰래 줄행랑을 놓는다는 것이다. 나는 그 글을 읽고 나서 느낀 바가 있어 컴퓨터에게 애정의 표시를 잊지 않는다. "나는 자네를 사랑해!", "오늘은 정말 수고 많았어!" 그러면 컴퓨터도 내 말을 알아듣고 "고마워요!" 하며 행복해하곤 한다.

지난번 생일 때 아이들이 새 컴퓨터를 사 주겠다는 것을 나는 사양했다. 원래 한 번 정이 들면 좀처럼 바꾸지 못하는 성격 탓도 있지만, 왠지 지금 사용하고 있는 컴퓨터하고 나하고는 궁합이 맞는 것 같아서였다.

"그만둬라. 내겐 저 컴퓨터 하나면 된다!"

그날 나는 컴퓨터 들으라고 일부러 큰 소리로 말했다. 그랬더니 그 말을 알아들었는지 컴퓨터는 더욱 재미있는 이야기를 술술 내주었다.

오늘도 설레는 마음으로

〈쥐라기 공원〉과 〈ET〉 등을 만들어 영화의 귀재로 불리는 스티븐 스필버그는 기자들 앞에서 이런 고백을 했다. 아침에 눈이 뜨이면 자기는 '오늘은 어떤 새로운 일이 나를 기다리고 있을까?' 하고 생각한다는 것이다.

그 얘기를 들은 뒤부터 나는 아침에 눈이 뜨이면 '오늘은 어떤 재미난 동화를 쓸까?' 하고 생각하곤 한다. 물론 생각만 하다가 글 한 줄 못 쓰고 하루해를 보내는 날이 많지만, 다음 날 아침이면 또 '오늘은……' 하며 하루를 시작하고 있다.

문단에 나와 동화를 쓴 지도 어느새 30년이 넘었다. 세월로만 보자면 남에게 크게 뒤지지 않는 것 같은데, 작품에 대해 말하라면 부끄럽기 그지없다. 한 가지 분명한 사실은 작가마다 문학적 체질이란 게 있게 마련이고 동화의 그릇 또한 크기나 모양도 각기 다르게 마련이어서 그것을 일정한 잣대로 잴 수는 없지 않나 하는 생각이다. 남들은 어떻게 볼지 모르나 내 동화는 거창한 의미보다는 작지만 '재미'와 '따뜻함'으로 얘기가 될 듯싶다. 따라서 나는 지금까지 그래왔듯이 앞으로도 크게 욕심 부리지 않고 내 그릇의 동화를 담는 데 힘을 쏟을 생각이다.

추운 날, 손이 시린 이에게 털장갑 한 켤레 떠 준다는 생각으로 오늘도 동화를 쓰고 있다. 그리고 그 속에서 삶의 보람과 행복을 얻고 있다.

현실 문제
접근 방식

2000년대 발표작을 중심으로

원유순

1. 동화의 재미를 잃지 않는 작가

동화작가 윤수천은 1942년생으로 올해 만 64세가 된다. 보통 이순(耳順)을 넘긴 작가들을 주변에서 보면 창작의 수를 줄이고 후학을 위한 강의에 전념하거나, 자작(自作)을 정리하여 선집(選集)을 출간하거나, 이따금 창작을 선보이더라도 자연에 대한 서정성이나 인간의 보편성을 담은 자연 회귀를 지향하고 있다.

그러나 윤수천은 그와는 퍽 다르다. 젊은 작가 못지않은 왕성한 창작력으로 어린이의 현실을 그린 작품집을 끊임없이 내놓고 있다.[1] 대충 보아도 한 해에 두세 권의 창작집을 출간하고 있다는 것을 알 수 있다. 이는 팔리지 않는 책의 출간이 어려운 요즘의 출판계 현실을 감안할 때 그가 어린 독자들의 사랑을 꾸준히 받고 있는 작가라는 사실을 증명한다.

그의 무엇이 어린 독자들을 끌어들이는가? 그것은 이미 필자가 쓴 '윤수천론'[2]에서 밝혔듯 '동화 속에 재미'를 갖고 있기 때문일 것이다.

문학의 기원은 쾌락주의 원칙에서 찾을 수 있으며, 쾌락성을 만족시키는 문학의 기본 전제 조건은 재미와 감동이다. 작품의 재미는 문학에서 절실한 조건이면서도 평가 절하되어 왔다. 왜냐하면 문학작품에서의 재미는 동화 문학의 대중성을 확보하는 근거이면서 문학의 예술성을 잃게 만드는 요소가 될 수 있다는 위험성에서 그래왔다. 그러나 상업적 논리에 힘입어 독자의 구미를 맞추는 천박한 재미와 작가가 뚜렷한 철학을

1 《잘 가, 고릴라》, 섬 아이, 2006
《다섯 개의 얼굴을 가진 여우》, 효리원, 2006
《똥 할아버지는 못말려》, 아이앤북, 2005
《열 살 아저씨》, 계림북스쿨, 2005
《까오탕 아저씨, 힘내세요》, 해토, 2004
《행복한 지게》, 문공사, 2003
《방귀쟁이하곤 결혼 안 해》, 여명미디어, 2003
《엄마와 딸》, 계림북스쿨, 2002
《옹천이는 단추 귀신》, 대교출판, 2002
《멍깨비와 밥 할머니》, 파랑새어린이, 2002
《인사 잘하고 웃기 잘하는 집》, 시공주니어, 2001

2 원유순,《한국현대아동문학작가작품론Ⅱ》,〈풍자와 해학으로 동화의 재미 회복, 윤수천론〉(2001. 10. 한국 아동문학학회)

가지고 작품의 감동을 주는 품위 있는 재미가 있는데, 품위 있는 재미를 그렸을 때 문학은 대중성과 예술성을 확보하는 것이다.[3]

윤수천은 오랫동안 몸담아 왔던 〈국방일보〉 논설위원 자리에서 1998년 퇴임한 후, 그의 전작을 정리하여 단편동화집 《등불 할머니》를 출간하였는데, 머리말에서 그의 동화에 대한 생각을 표현한 바 있다.

> 책이랑 놀면 절대로 후회하지 않을 거예요. 외로울 때나 심심할 땐 '동화야, 놀자!' 했거든요. 자, 여러
>
> 분도 한 번 해 보세요. '책아, 놀자.', '동화야, 놀자!'

이처럼 그는 어린 독자들이 가지고 있던 책의 엄숙함, 딱딱함의 선입견을 깨며 '책(동화)과 놀면서 깨달음'을 주고자 노력했음을 알 수 있다. 그러면 그가 어린 독자들과 재미있게 놀면서 어떤 깨달음을 주고자 했는지, 그의 작품에서 나타난 철학과 작품의 재미 코드를 2000년대 이후 발표한 작품집을 중심으로 살펴보자.

2. 재미 코드

1) 신비 코드

문학에 있어 재미란 무엇인가? 독자에게 호기심을 일어나게 하고 그 호기심을 연속적으로 충족시켜 주어야만 작품을 읽고 나서 재미있다고 말한다. 호기심을 충족시켜 주는 이야기의 구성 요소는 두말 할 것도 없이 인물, 사건, 배경에서 찾을 수 있다. 그 중에 인물 설정은 제일 중요한 비중을 차지한다. 인물의 성격과 심리, 행동은 이야기 구조를 설정하는 데 결정적인 모티브가 되고, 독창적인 인물의 설정이야말로 이야기의 성패를 좌우할 수 있는 필수 요소이다.

《열 살 아저씨》에서 열한 살 소년 한우는 이야기의 화자로서 시종 관찰자의 시점에 머물러 있고, 주된 인물은 열 살 어린이처럼 순수한 마음을 가진 서른을 훨씬 넘긴 독신 남자이다. 그는 스스로 '열 살밖에 안 됐다.'라고 말하면서 '열 살에서 더 자라지 않기로' 했다고 말한다. 또한 동네 노인들은 '야가 밥이나 제 때에 묵고 댕기는지 모르겠데이.', '길을 건널 땐 자동차가 오나 안 오나 잘 살피고 건너야 할 낀데…….'라며 열 살짜리 어린애를 걱정하듯 한다. 그는 힘없고 가진 것 없는 노인들을 돕고, 요즘 아이들조차도 외면하는 동요를 즐겨 부른다. 그가 노인들을 돕는 방식은 특별한 것이 아니다. 그저 고장난 수도꼭지를 고쳐 주고, 형광등을 갈아 끼워 주며 외로운 노인들의 친구가

---

3 최지훈, 《어린이를 위한 문학》, 비룡소, 2001, pp.160~161

되어 주는 것이 고작이다. 그런 면에서 그는 때 묻지 않은 동심의 소유자다.

'동심'의 정의를 따지고 들면 복잡하게 논의될 수 있으나, 여기서는 '순수하고, 소박한 것, 정의에 편드는 마음, 악에도 선에도 끌리기 쉬운 순백의 것'으로 정의되는[4] 원론적 의미의 동심을 말한다. 그런 동심을 지닌 '열 살 아저씨'는 다분히 비현실적 인물이다. 이 시대에 존재하지 않는 인물이다. '비현실적'이란 말은 신비스럽다는 말과도 통한다. 흔히 우리는 비현실 세계 속에서 신비로운 존재를 만나지 않는가? 선녀가 그렇고 용이나 봉황 등 신비로운 동물이 그렇다.

《행복한 지게》에 덕보 역시 순수 동심을 지닌 어른으로서 비현실적 인물의 틀에서 벗어나지 못한다. 그는 지능이 조금 모자란 반면 마음씨는 천사처럼 곱디곱다. 그는 아버지를 자동차대신 지게에 태우고 날마다 동네를 한 바퀴 돈다. 덕보 아버지 역시 바보 덕보의 행동을 순순히 받아들이고, 날마다 죽는 날까지 덕보의 지게타기를 마다하지 않는다.

'인사 잘하고 웃기 잘하는 집'의 주인공 '동호'는 또 어떤가? 동호는 날마다 꼭두새벽에 일어나 슈퍼마켓을 하는 부모님을 돕는, 요즘 어린이답지 않게 착한 어린이다. 그는 소아마비를 앓아 휠체어를 타야 하는 누나를 위해, 교회 신자도 아니면서 매일 기도를 하는, 보기 드물게 밝고 명랑하며 순수하다.

《잘 가, 고릴라》에서 고릴라 최항서는 친구가 괴롭혀도 전혀 화낼 줄 모르고, 포장마차를 하는 어머니를 돕는 어린이다. 이처럼 그의 동화 속의 주인공들은 한결같이 요즘 현실과는 거리가 먼, 순수하고 착한 마음을 지녔다.

요즘 우리 동화의 현실은 아동의 현실을 리얼하게 보여 주는 '아동소설'과 초현실 세계를 그리면서 인간의 보편성에 초점을 두는 '순수 동화'로 구분할 수 있다.[5] 아동소설 (생활동화 포함)은 예전과는 달리 소재의 폭이 무한정 넓어졌다. 10여 년 전 만해도 다루지 못했던 이혼, 가정 폭력, 성폭력, 외국인 인권 문제, 사회 부조리 현상, 심지어 죽음까지 소재의 폭을 넓혀 왔다. 이런 아동소설은 현실 세계를 철저하게 그리면서 인물의 묘사 또한 철저하게 현실적이지 않으면 안 된다. 그러한 아동소설(생활동화)에서 비현실적 인물은 자칫 동심천사주의에 머물러 있다는 비판의 빌미가 될 수도 있다.

그러나 물질 만능주의, 배금주의에 물들어 어른 뺨치게 영악한 어린이들은 때 묻은 어른들이 순수 동심을 그리워하듯, 어쩌면 그들 역시 잃어버린 동심을 그리워하고 있는지도 모른다. 특히 사회의 어두운 단면이나 불행한 현실을 다룬 동화작품에서는 작중 인물이 철저하게 현실적이어서 일독하고 나면 독자는 우울하고 답답한 감정을 주체하기 어려워진다. 그래서 어린 독자들은 역설적으로 이미 현실에서는 찾을 수 없는, 순수하고 아름다운 동심을 지닌 비현실적 인물을 통해 불행한 현실을 잊어 버리고, 이루어야 할 이상적인 세계를 꿈꾸고 있는지도 모른다.

2) 유쾌 코드

무릇 동화란 암울한 현실 속에서도 긍정적인 면을 찾을 수 있어야 하며, 그 현실을 타결할 수 있는 방향을 제시할 수 있고, 순수이상향을 지향할 수 있어야 함은 너무 당연한 일임에도 언제부턴가 우리 동화 현실은 사회의 부도덕하거나 타락한 현실을 적나라하게 고발하는 데 그치고 있음을 안타깝게 생각한다. 만일 어린이들이 그런 동화만을 계속 읽고 자란다면 사회에 대한 불평불만이 가득하거나 적절한 대안 없는 비판만하는 부적응자가 되지 않을까 염려스러울 때가 있다.

윤수천 동화를 읽다 보면 마음이 밝아진다. 불행한 현실도 가볍게 보아 넘기며 유쾌한 것으로 만드는 매력이 있다. 어린이 마음이란 바로 이런 것이 아닐까?

어린아이들은 울다가도 잘 웃는다. 커다란 눈망울에 눈물이 가득하다가도, 콧구멍에 콧방울을 달고도 누군가 곁에서 웃겨 주면 언제 울었더냐 싶게 금방 헤헤거린다.

그의 동화 속에는 울다가도 웃게 만드는, 불행한 현실을 한 방에 날려 버리는 유쾌한 코드가 곳곳에 숨겨져 있다.

> 엄마도 내가 고릴라와 짝이 된 것에 상당히 실망한 눈치였다.
> "누구랑 짝을 못해서 하필이면 그런 애하고 했니?"
> 엄마는 그래도 고릴라란 말만은 빼고 말했다. 아빠도 어렸을 적엔 별명이 곰이었다.
> "다 내 팔자지 뭐. 누구는 곰하고도 사는데……."
> 내 말에 엄마는 어이가 없다는 듯 웃었다.
> ─《잘 가, 고릴라》에서

주인공 세희가 고릴라 항서와 짝이 된 후 엄마와의 대화 장면이다. 세희는 엄마의 염려를 '누구는 곰하고도 사는데.'라는 한 마디로 유쾌하게 날려 버린다.

> 바로 우리 아빠와 엄마가 그랬대요. 친구들 모임이 있었는데 첫눈에 번쩍하더라나요. 그게 바로 홀딱
> 반했던 거래요.
> 엄마가 물었습니다.

"너도 아라랑 번쩍했니?"

– 《인사 잘하고 웃기 잘하는 집》에서

아라의 부모님은 동호네 '새벽을 여는 가게' 바로 옆에서 장사를 하는데, 동호네와 앙숙으로 지낸다. 동호는 아라를 은근히 좋아하지만, 부모님들의 사이가 좋지 않아 내색을 하지 못하다가, 어머니의 '번쩍했니?' 한 마디에 답답했던 가슴이 뻥 뚫려 버린다.

'어?'

힘을 주자 닫혔던 항문이 열리면서 뭔가가 움직이는 느낌이 왔습니다. 신기했습니다. 주호는 고개를 숙이고 아래를 내려다보았습니다.

"캬!"

꼭 가래떡 같았습니다. 똥이 이렇게 반가워 보기는 처음이었습니다. 주호는 고개를 더욱 숙인 채 어금니를 꽉 물었습니다. 그러고는 힘을 주어 김이 무럭무럭 나는 가래떡을 변기 속으로 떨구는 데 성공했습니다.

…… (중략) ……

"주호야, 나왔지?"

할아버지가 웃으면 물으셨습니다.

"네, 할아버지. 그런데 여기 왜 쪼그리고 앉아 계세요?"

"나도 너랑 같이 똥을 누었잖냐. 몰랐냐?"

– 《똥 할아버지는 못 말려!》에서

시골에 사시던 할아버지가 주호네 집에 합류하면서 주호는 할아버지에게 거부감을 갖게 된다. 할아버지와 손자의 어색했던 관계가 변비로 막혔던 똥을 누면서 단번에 해결되는 장면이다.

요즘 어린이의 생활은 어른 못지않게 각박하다. 빠듯한 시간을 쪼개가며 다람쥐 쳇바퀴 돌듯 학원을 돌고, 수준에 맞지 않는 어려운 책도 머리 터지게 읽어 내야 한다. 즐기며 읽어야 할 동화 내용조차도 답답하고 무겁다.

윤수천은 어린이의 아픈 현실을 직설적으로 파헤쳐 상처를 내기보다 은근 슬쩍 덮어 주며 딴전을 피우는데, 그 딴전 속에 유머가 있어 얽히고설킨 갈등을 유쾌하게 해결해 버린다.

3. 철학 코드

1) 가족의 새 정체성 찾기

사전적 의미로서 가족은 '부부를 중핵으로 그 근친인 혈연자가 주거를 같이하는 생활 공동체'이다. 여기서 주목을 해야 할 것은 '부부 중핵'이라는 낱말과 '혈연'이라는 낱말이다. 그러나 이러한 '가족'이란 개념은 현대 사회에서는 참으로 모호해졌다. 즉 부부 공동체가 해체되어 모녀·모자 가정과 부녀·부자 가정이 넘쳐나고, 독신주의를 선호하는 사람도 많아졌다. 그러나 아직 우리 사회는 그들을 당당한 가족의 한 형태로 받아들일 자세는 부족한 것 같다. '결손 가정'이라는 말이 버젓이 자리잡고 있고, 독신으로 당당하게 살고 있는 커리어우먼들이 명절 때만 되면 '결혼하라'는 친인척들의 시달림이 싫어 고향 가기를 회피하고 있다니 말이다.

윤수천의 동화에서는 다양한 형태의 가족이 등장한다.

독신남인 '열 살 아저씨'는 가난하고 힘없는 노인들을 가족처럼 돌보며 지낸다. 그의 단골집인 만두집 할머니는 그를 친아들 이상으로 아끼고 사랑하며, 검버섯 할아버지는 임종을 열 살 아저씨에게 의존한다.

"응, 머잖아 하늘나라로 가시려나 봐."

열 살 아저씨가 먼 하늘을 쳐다보았다. 아저씨의 눈에 이슬이 비쳤다.

"아들이 서울에 있다면서요?"

"있으면 뭐해. 자식 노릇을 해야지. 전화를 했으니 한번은 내려오겠지. 너무 걱정 마."

열 살 아저씨는 들를 곳이 있다면서 시장 쪽으로 걸어갔다.

– 《열 살 아저씨》에서

이처럼 열 살 아저씨에 있어서 가족의 개념은 혈연이 아닌, 사랑으로 뭉친 가족이다.

《엄마와 딸》에서는 아빠가 교통 사고로 사망하는 바람에 아빠 부재의 모녀 가정이 등장한다. 우리 사회는 아직도 그들을 결손 가정으로 분류하며 아빠가 있는 완전 가정이 되기를 은근히 강요한다. 그래서 다림이는 엄마가 재혼을 할까 봐 불안해하며 엄마의 남자 친구(독신주의를 고집하는 출판사 사장)를 적대적으로 대한다.

다림이는 손을 내밀어 아저씨 손을 잡았어요.

"손을 잡으니까 더욱 반갑네요. 우리 좋은 친구합시다!"

최덕진 아저씨가 다림이의 손을 꽉 쥐며 말했어요.

…… (중략) ……

"아저씨, 저보다도 우리 엄마랑 오래오래 친구해 주세요. 우리 엄마는 아주 외롭거든요. 그렇지만 친구만 해야 해요. 알았죠?"

다림이가 아저씨의 귀에다 대고 말했어요. 아저씨가 웃으면서 고개를 끄덕였어요.

– 《엄마와 딸》

다림이는 친구 옥자와 '여자와 남자가 친구가 될 수 있는가?'에 대해 설전을 벌인다. 옥자 역시 홀어머니와 사는데, 옥자는 남자와 여자는 친구가 될 수 없다며 자기 엄마의 남자 친구가 곧 새 아빠가 될 것이라고 말한다. 한동안 불안에 떨던 다림이는 엄마의 마음을 이해하고, 단순한 '친구'일 뿐이라는 사실을 흔쾌하게 인정하기로 한다. 독신주의 남성과 남편을 사별한 여성의 자연스런 친구 관계도 인정하는, 진일보한 가족 형태를 열어 보이고 있다.

《똥 할아버지는 못 말려!》에서는 시골에서 모셔 온 할아버지가 합류하면서 진통을 겪는 이야기다. 핵가족 형태에서 대가족 형태로의 역변이 과정에서 생기는 가족 구성원 간의 마찰과 불협화음을 혈연의 정과 사랑을 통하여 극복하는 과정을 보여 준다.

"주호야, 눈 딱 감고 할아버지랑 한 달만 지내. 알았지?"

수요일 오후, 엄마는 학교에서 돌아온 주호를 붙잡고 신신당부를 하셨습니다.

"한 달이나요?"

주호는 눈앞이 캄캄했습니다. 일주일도 아니고 한 달이나 할아버지랑 지내야 한다는 것이 생각만 해도 끔찍했습니다.

"할아버지, 똥구멍이 째지게 가난했던 때 이야기 또 해주세요."

참 이상한 게 할아버지 이야기는 다 재미있었습니다. 그 가운데에서 똥구멍이 째지도록 가난했던 시절의 이야기가 제일 재미있었습니다. 하지만 어떤 이야기는 가슴이 아리고 눈물이 나기도 했습니다.

"녀석도! 그런 이야기가 뭐가 그리 좋다고 또 해 달라는 거냐?"

– 《똥 할아버지는 못 말려!》에서

처음 부분은 시골에 계시던 할아버지가 서울 사는 아들네로 합류하는 과정에서 손자는 할아버지와 지낸다는 것이 끔찍할 정도로 싫었다. 그러나 나중 인용 부분은 할아버지와 한 방을 사용하면서 서로 마음이 통하게 되는 장면이다. 작은 소제목도 '끔찍한 한 달'과, '이불 속 이야기, 냠냠'이다. 사랑은 거리와 반비례한다는 말이 있다. 비단 이것은 남녀 간의 사랑에서만 적용되는 말이 아니리라. 직접 부대끼기 전에는 끔찍한 쓴 맛이었다가, 부대끼고 나서는 냠냠 달콤한 맛으로 변하는 것이다.

이러한 일련의 작품들 속에 나타나는 가족의 형태는 피상적으로는 불완전하고 불행한 가족이다. 그러나 작가는 가족 구성원이야 어떻든 따뜻한 사랑으로 맺어지면 완전한 가족으로 인정하고 있음을 알 수 있다. 즉 중요한 것은 형식적인 가족의 형태가 아니라, 서로를 신뢰하며 각 구성원의 사생활을 인정하는 자세라는 것이다.

겉으로 번듯하고 남부러울 것 없는 가족의 형태를 갖추고 있지만 병들고 곪아 있는 가족이 현대 사회에는 얼마나 많은가?

이러한 현대 사회의 다양한 가족 형태를 보는 작가의 바람직한 의식이 작품 속에 녹아들어 어린 독자들의 편협적인 시각을 넓혀주고, 서로 다름을 인정하는 자세를 갖게 할 것이다.

2) 아픔 속에서 피는 꽃

필자는 윤수천 동화 속 인물들을 두 가지 부류로 나눈 적이 있다. '하나는 작가가 의도적으로 희화(戲畵)시키고 웃음거리로 만들어 작가의 의도를 전달하는 매개물로 삼은 인물이며, 다른 하나는 착한 성품으로 각박한 사회 현실에 발 빠르게 적응하지 못하지만 나름대로 충실히 살면서 자신의 본분을 다하는 인물'이었다.[6]

2000년대의 작품 속 인물들도 그 틀에서 크게 벗어나지 않고, 대부분 후자 쪽에 가까웠다. 그들은 사건 속에서 충분히 갈등을 야기시킬 수 있고 대결 구도를 가질 만한 인물임에도 불구하고 묘하게 한쪽의 일방적인 화해와 수용으로 대결 구도를 적절하게 비켜간다. 이는 전적으로 인물의 착한 성품 탓이었고, 갈등의 요소를 안으로 녹인 결과였다.

《잘 가, 고릴라》에서 고릴라 항서는 친구들이 놀리고 무시해도 생전 화낼 줄 모른다. 항서의 짝꿍인 세희의 뾰족한 성깔까지 이해하고 보듬는다.

> "야, 저기 별 온다!"
>
> "고릴라의 별 온다!"
>
> 나는 화가 났다. 고릴라를 불러 세웠다.
>
> "야! 내가 어떻게 네 별이니?"
>
> 나는 고릴라에게 따지듯이 물었다.
>
> "미안해. 기분 많이 나빴지?"

---

6 원유순, 같은 책, p.267

고릴라는 고개를 숙인 채 눈만 끔뻑거렸다.

– 《잘 가, 고릴라》에서

글짓기 시간에 항서가 짝꿍 세희를 '땅에 있는 별'이라고 표현해서 놀림감이 되어 세희가 화를 내는 장면이다. 앙칼진 세희의 반박에도 항서는 그저 소처럼 순하게 눈만 끔뻑거리면서 웃을 뿐이다.

그러나 속마음까지 아프지 않은 건 아니다. 항서는 자신의 비만을 극복하기 위해 새벽에 일찍 일어나 남몰래 달리기를 하다가 트럭에 치여 죽고 만다. 어린아이가 꼭두새벽에 일어나는 것이 얼마나 힘든지는 누구나 짐작하고도 남을 것이다. 쏟아지는 잠을 이기고 새벽 달리기를 해야 했던 어린 항서의 고통은 그만큼 치열했던 것이다.

수업을 끝낸 뒤, 우린 시내 버스를 타고 장례식장으로 갔다. 장례식장 가는 것은 처음이다. 기분이 묘했다. 선생님은 우리를 향냄새가 나는 방으로 데리고 갔다. 벽 중앙에 고릴라의 독사진이 걸려 있었다. 만날 한쪽 귀퉁이에만 서 있던 고릴라가 오늘은 중앙 한복판에, 그것도 혼자서만 떡하니 서 있었다.

– 《잘 가, 고릴라》에서

늘 한쪽 귀퉁이로 밀려 있던 항서는 죽어서야 중앙에 서게 된다. 꼭꼭 눌러 두었던 아픔이 죽음이라는 충격요법을 통해 선명하게 밖으로 드러나는 것이다.

"이봐, 주호 할멈! 날씨가 추워지는데 어떻게 지내? 난 주호네 식구랑 잘 지내고 있어, 시골집도 거의 다 지었어. 열흘만 있으면 새 집으로 들어가. 하지만 할망구가 없으니 새 집에 들어가는 기분도 안 나네. 에이, 몹쓸 사람!"

– 《똥 할아버지는 못 말려!》에서

시골집을 수리하느라 한 달간만 아들 집에 있기로 한 주호 할아버지의 마음 속 아픔이다. 늘 웃음을 잃지 않는 할아버지에게 할머니를 먼저 떠나 보낸 아픔이 있을 줄, 어린 손자는 알지 못했다. 할아버지 역시 외로움이라는 아픔을 가슴 깊이 간직하고 있을 뿐이다.

"아저씨가 병이 나셨다고 하기에 병문안 왔어요."

"소문 한 번 빠르구나. 우리 할머니가 그러셨지?"

'우리 할머니'란 말이 퍽 다정하게 들렸다. 나는 고개를 끄덕였다.

"만두도 주셨어요."

나는 은박지를 벗겼다. 김이 모락모락 나는 만두를 보자 열 살 아저씨의 눈에 눈물이 그렁그렁했다.

"아저씨, 우세요?"

내가 놀리자 열 살 아저씨는 그렁그렁한 눈으로 억지웃음을 지었다.

– 《열 살 아저씨》에서

동요를 부르며 어린아이 같은 그도 외로움이라는 아픔이 있다. 병이 났을 때 물 한 모금 떠먹여 줄 수 있는 가족이 없는 쓸쓸함을 그 역시 마음속에 꼭꼭 감춰 두고 산다. 눈물을 머금고 입으로 웃는 그의 모습에서 우리는 더욱 진한 아픔을 엿보는 것이다.

이 밖에 《인사 잘하고 웃기 잘하는 집》은 제목만 보아도 독자는 환한 아침 햇살을 떠올린다. 실제로 그 가족들은 아침 햇살처럼 밝고 명랑하다. 그러나 그들도 가슴 속에 커다란 대못을 박고 산다. 즉 몸이 불편하여 휠체어를 타야 하는 딸이 있는 것이다. 그러나 그들은 아픔을 속 깊이 감추고 드러내지 않으려 애쓰며, 묵묵히 상처를 보듬으며 살아간다. 이런 사랑은 고스란히 몸이 불편한 딸의 밝은 성격으로 이어진다. 그녀는 가난 때문에 휠체어를 사지 못해 방 안에만 갇혀 지내면서도 가족을 원망하지 않고 그 일원으로 당당하게 살아간다.

《엄마와 딸》의 다림이 역시 그렇다. 교통 사고로 아빠를 잃었으면서도 내색하지 않고 학급이라는 사회에 잘 적응하며 기죽지 않고 당당하게 산다. 엄마 역시 자신의 처지를 비관하지 않으며 있는 그대로 받아들이고 적응하는 모습을 보여 준다.

《행복한 지게》의 덕보 역시 정신 지체를 가진 사람으로 가족의 아픔이다. 그러나 그 아픔이 삶에서 장애가 되지 않는다. 아들의 어리숙한 행동을 있는 그대로 받아들이며 따스하게 보듬어 안는 덕보의 부모, 또 그의 어린 딸이 펼치는 사랑의 모습이 한 폭의 수채화처럼 마음을 적신다.

이처럼 윤수천의 동화에서는 불행과 상처가 커다란 갈등의 요소로 부각되지 않는다. 왜냐하면 아픔을 간직한 인물들이 아픔을 밖으로 드러내지 않기 때문이다.

이들을 보는 작가의 눈은 상처를 파헤치고 수술을 해서 치료하는 양의사가 아니라, 성난 종기를 안으로 삭혀 없애는 한의사적 기질이 강하다. 고름이 생기면 메스를 들이대 째고 눌러 짜내는 것이 아니라, 가만가만 살며시 입으로 빨아 내는 우리네 할머니 같은 모습이다. 그래서 더욱 희망적이며 진보적이다. 작은 조각천이 한 폭의 아름다운 이불보를 만들듯, 그렇게 샘물처럼 잔잔하게 고인 사랑이 한 송이 아름다운 꽃을 피운다.

4. 마무리하며

윤수천은 충북 영동에서 태어나 경기도 안성에서 자랐다. 어린 시절 그의 아버지는 그를 업고 냇가에 자주 나갔다가 해거름이면 다시 업고 돌아오곤 하셨다 한다. 그의 아버지는 그가 등에서 떨어질까 봐 반드시 두 팔로 당신의 목을 감은 뒤 깍지를 끼도록 일렀고, 얼마쯤 오다가 노래를 부르라고 하셨으며 그의 노래를 듣고 아버지는 '잘한다, 잘한다.'며 칭찬을 아끼지 않으셨다 한다.[7] 이처럼 그는 아버지의 따뜻한 사랑을 듬뿍 받고 자랐으리라. 보통 엄하기만 했던 우리네 아버지 모습과는 사뭇 다른 모습이다. 아버지의 모습이 이럴진대 어머니의 사랑 역시 지극했으리라 짐작한다. 부모님의 사랑을 듬뿍 받고 자란 사람은 대개 여유 있고, 매사에 너그럽다. 그런 성품이 작품 속 인물들을 빚는 데 한몫 했으리라 짐작한다.

초기에 그는 동시 쓰기에 전념하였으나, 1980년대 들어 동화 쓰기 작업에 전념하면서 많은 작품집을 내놓았다. 당시 작품들은 주로 우의적 발상을 바탕으로 상징적이고 풍자적인 기법을 가미하여 예술성, 교육성과 함께 읽는 재미를 동시에 만족시켰다.

2000년대로 넘어오면서 그는 주로 저학년을 대상으로 한 아동소설을 연이어 발표하였다. 이 작품들에서는 상징적이고 풍자적인 과거 성향에서 비껴나, 보다 진솔하게 현실 문제에 접근하였다. 현대 어린이가 겪는 갈등과 문제를 더욱 심도 있게 들여다보고, 그 심리를 파악하여 곧바로 말하지 않. 에둘러 조근조근 말하고 있었다. 이는 젊은 작가들이 치열하게 현실을 파헤치고 접근하는 수법과는 확연히 달랐다. 마치 잘못을 저지른 아이가 어머니에게 매 맞고 훌쩍훌쩍 울고 있을 때, 할아버지 할머니가 품에 안고 달래 주면서 우스갯소리도 섞어가며 은근히 잘못을 일깨워 주는 느낌이 들었다. 이런 여유가 바로 정신없이 바쁘게 살아야 하는 현대 어린이들을 끌어들이는 흡인 요소가 아닐까? 마치 할머니, 할아버지의 푸근한 품처럼 말이다.

---

7 윤수천, 《행복한 지게》, 작가의 말 중에서, 문공사, 2003

어린이와 함께 선생이 걸어온 길

1942년 음력 7월 29일, 충북 영동에서 부 윤기현과 모 차분악 사이에서 출생함.

1949년 영동초등학교 입학함.

1954년 부모님이 경기도 안성으로 이사를 하시는 바람에 안성초등학교로 전학함.

1955년 안성초등학교를 졸업 후 안성중학교 입학함.

1958년 안성중학교를 졸업 후 안성농업고등학교 입학함.

1959년 중앙학도호국단 발행 학도주보에 수필 〈가을과 S〉 발표(내 이름이 최초로 활자화된 사건이었다). 단국대 주최 전국 고교생 독서주간 논문 모집에서 입상함. 경북대 주최 전국 고교생 논문 모집에서 입상함. 학원문학상 단편소설 입상함.

1960년 고3 가을, 문총 주최 전국 고교생 한글시 백일장에서 〈하늘〉로 장원. 국학대학 주최 전국 고교생 문예작품 공모에서 단편소설 〈역〉으로 입상함.

1961년 안성농업고등학교를 졸업 후 국학대학 국문학과에 문예장학생으로 입학함.

1962년 국학대학을 그만둠(5·16 후 부실 재단 일제 정비로 학교가 폐교됨).

1963년 공군에 지원 입대. 3년간의 복무 중 2년을 서해안 최북단 백령도에서 보냄.

1967년 국가 공무원 공개채용 시험에 합격하여 안성우체국에 첫 부임함.

1969년 이종진과 결혼함.

1970년 장남 용구 태어남.

1971년 차남 용화 태어남.

1974년 딸 정희 태어남. 소년중앙문학상 모집에서 동화 〈산마을 아이〉로 우수작 받음. 수원체신청 총무과로 발령받음.

1975년 소년중앙문학상 모집에서 동시 〈아침〉으로 우수작 받음. 제3회 창주문학상 모집에서 동시 〈누나의 가을〉로 당선됨. KBS 및 MBC 주최 광복 30주년 애국가요 가사 모집에서 〈소망〉과 〈우리들의 새 노래〉로 최우수작 당선됨.

1976년 부친 별세. 〈조선일보〉 신춘문예작품 모집에서 동시 〈항아리〉로 당선됨. 첫 동시집 《아기 넝쿨》을 아동문예사에서 출간함. 한국신문인협회 주최 신군가 가사 모집에서 〈젊은 용사들〉로 당선됨.

1978년 두 번째 동시집 《겨울 숲》을 월간문학사에서 출간함. 국방부 정훈국으로 자리 옮김.

1981년 첫 동화집 《예뻐지는 병원》을 견지사에서 출간함. 군가 〈조국이 있다〉 작사함(이 군가는 영화 〈아벤고 공수군단〉의 주제곡으로 채택됨).

1982년 제21회 경기도문화상(문화예술 부문) 수상함.

1985년 동화집 《천사의 선물》을 가톨릭출판사에서 출간함. 군가 〈전선 이상무〉, 〈통일 두 글자〉 작사함.

1986년 동화집 《피리섬》을 견지사에서 출간함.

1987년 동화집 《난쟁이와 무지개 나라》를 신원출판사에서 출간함. 이 동화집으로 제 3회 경기문학상을 받음. 군가 〈우리는 국군〉 작사함.

1988년 국군홍보관리소로 자리 옮김. 88서울올림픽 기념 경기도 축제 행사 공연 대본 〈한민족이여 영원하라〉 집필. 동화집 《뽀숭이의 여행》을 견지사에서 출간함. 군가 〈여기에 섰다〉, 〈여긴 내 자리〉, 〈푸른 사나이〉 작사. 한국문인협회 경기 도지부장에 추대됨.

1989년 동화집 《도깨비 마을의 황금산》을 견지사에서 출간하고 출판 기념회를 수원 상 아그릴에서 가짐. 동화 〈꽃가게 손님〉으로 제15회 한국아동문학상을 받음. 경 기도 문화예술회관 개관기념 교성곡 〈경기 찬가〉 작사함.

1990년 초등학교 4학년 2학기 읽기 교과서에 동시 〈연을 올리며〉가 수록됨. 웅진 홈스 쿨에 소년소설 〈원시인은 살아있다〉를 연재됨. 연재 후엔 지경사에서 단행본 으로 출간함. 수필집 《우리 집 별밭》 출간함.

1991년 〈소년동아일보〉에 소년소설 〈꿈꾸는 굴렁쇠〉 연재됨. 연재 후엔 지경사에서 단 행본으로 출간함. 동화집 《별난 생일 선물》을 견지사에서 출간함. 동시집 《우리 선생님 안경》을 한국어린이교육연구원에서 출간함. 동화집 《찌찌는 외롭지 않 아요》를 동지에서 출간함.

1992년 모친 별세. 동화집 《다섯 개의 얼굴을 가진 여우》를 한국어린이교육연구원에서 출간함. 제2회 월간 경기 선정 올해의 경기인 대상을 수상함.

1993년 〈국방일보〉 광고부장직을 맡음. 동화집 《노래 도둑》을 한국어린이교육연구원 에서 출간함. 〈경인일보〉 신춘문예 동화 부문 심사를 맡음.

1994년 〈국방일보〉 문화부장으로 자리 옮김.

1995년 장남 용구 결혼함. 국방일보 논설위원직을 맡음. 동화집 《멍청이 도깨비와 살 구나무집 할머니》를 한국어린이교육연구원에서 출간함.

1996년 동화집 《돈키호테 소방관》을 고려원미디어에서 출간함. 초등학교 3학년 2학기 읽기 교과서에 동화 〈별에서 온 은실이〉, 4학년 2학기 말하기 듣기에 동화 〈행 복한 지게〉 수록됨.

1997년 동화집 《수박머리 우탁이》를 견지사에서 출간함. 소년소설 《최봉철 노인은 못 말려》를 교학사에서 출간함. 《돈키호테 소방관》으로 제7회 방정환문학상을 수 상함. 동화 〈도깨비 말의 황금산〉이 극단 성 기획으로 춘천 국제 인형극제 특별 무대로 공연됨. 이 작품은 수원 화성문화제에서도 공연됨.

1998년 손녀 혜원 태어남. 동화집《병신 하느님》을 신아출판사에서 출간함. 시집《너에게는 나의 사랑이 필요하다》를 하문사에서 출간함. 산문집《아름다운 사람 맑은 생각 하나》를 좋은글에서 출간함. 경기도립무용단으로부터 무용극 대본을 청탁받아〈일어서는 빛〉을 창작. 이 무용극은 부천, 수원, 서울에서 공연되었음. 한국 아동문학인협회 부회장직을 맡음.〈국방일보〉논설위원을 끝으로 32년간의 공직 생활을 마감하고 명예 퇴직함.

1999년 대교 눈높이문학상 단편동화 부문 심사.〈새어린이신문〉주간직을 맡음. 경기 문학인협회 회장직을 맡음.

2000년 딸 정희 결혼함. 동화집《야옹 망망 꼬끼오 버스》를 문원에서 출간함. 동화집《지구를 먹어치운 공룡 크니》를 대교출판에서 출간함. 이 두 동화집을 가지고 팬 사인회를 수원 동아문고에서 가짐. 산문집《아름다운 약속》을 북스토리에서 출간함. 2002 FIFA 월드컵 수원 경기 문화행사 자문 위원으로 위촉됨.

2001년 외손녀 손채현 태어남. 장편동화《은행나무 마을의 주먹코 아저씨》를 문원에서 출간함. 장편동화《인사 잘하고 웃기 잘하는 집》을 시공주니어에서 출간함. 동화집《별난 도둑 별난 가족》을 삼성당아이에서 출간함. 초등학교 3학년 1학기 읽기 교과서에 동화〈쫑쫑이와 넓죽이〉, 중학교 1학년 도덕 교과서에 시〈바람 부는 날의 풀〉이 수록됨. 2002 FIFA 수원 월드컵 주제가〈우린 모두 축구를 사랑하지〉와 동요〈수원이 좋아요〉작사. 화성시 노작문학상 추진 위원. 고 정 운엽 시인 10주기 추모의 밤을 주관함.

2002년 동화선집《등불 할머니》를 문원에서 출간하고 출판기념회를 수원 캐슬에서 가짐. 동화집《멍깨비와 밥할머니》를 파랑새어린이에서 출간함. 동화집《웅천이는 단추 귀신》을 대교출판에서 출간함. 장편동화《엄마와 딸》을 계림북스쿨에서 출간됨(이《엄마와 딸》은 대만, 중국, 태국에 판권이 수출됨).

2003년 장편동화《방귀쟁이하곤 결혼 안 해》를 삼성당아이에서 출간함. 이《방귀쟁이하곤 결혼 안 해》와《엄마와 딸》을 가지고 수원 동양문고에서 팬 사인회를 가짐. 그림동화책《행복한 지게》를 문공사에서 출간함. 이《행복한 지게》로 경기 문학인상을 수상함.

2004년 동화집《까오탕 아저씨, 힘내세요》를 해토에서 출간함. 그림동화책《행복한 지게》가 KBS-TV 동화 '행복한 세상'으로 방영. 장편동화《열 살 아저씨》를 계림북스쿨에서 출간함. 대산창작기금 아동문학 부문 심사. 경기문화재단 효 창작 동화 심사를 맡음.

2005년 장편동화《똥 할아버지는 못 말려》를 아이앤북에서 출간함. 경기방송 주최 제1회 자랑스런 경기인대상(문화예술 부문) 수상. 대산창작기금 아동문학 부문 심사. SBN-TV '정상환의 만나고 싶었습니다' 출연함.

2006년 그림동화책《다섯 개의 얼굴을 가진 여우》를 효리원에서 출간함. 중편동화〈잘가! 고릴라〉로 한국동화문학상, 한국문화예술위원회에서 주는 문예지 우수작 지원금 받음.《잘가! 고릴라》를 섬아이에서 출간함. 장편동화《나 이제 동생 싫어》가 삼성당아이에서 출간함. 시〈가을역〉이 KBS-TV '가요무대' 시간에 방영됨.

2007년 차남 용화 결혼함. 저학년 동화《꺼벙이 억수》를 좋은책어린이에서 출간함. 장편동화《우리 누나가 최고야》를 홍진에서 출간함. 장편동화《어른들은 우리 마음 몰라》를 가문비어린이에서 출간함. 그림책《늑대는 아이스크림을 좋아해》가 대만에 판권 수출됨.

2008년 손자 찬영 태어남. 저학년 동화《나쁜 엄마》를 좋은책어린이에서 출간함.《인사 잘하고 웃기 잘하는 집》이 일본에 판권 수출됨. 서울 국제도서전에서《꺼벙이 억수》와《나쁜 엄마》를 가지고 팬 사인회. 파주 꽃박람회에서 허영자 시인, 지연희 수필가와 함께 팬 사인회.〈나쁜 엄마〉가 KBS-TV '행복한 세상'으로 제작 방영됨. 장편동화《심술통 아기 할머니》를 좋은책어린이에서 출간함. 저학년 동화《놀기대장 1학년 한동주》를 아이앤북에서 출간함. 그림동화책《아람이의 배》를 지경사에서 출간함.

2009년 장편동화《연습벌레 송광현》을 와이즈아이에서 출간함.〈꺼벙이 억수〉가 초등학교 2학년 2학기 말하기 듣기 교과서에 수록됨. 장편동화《방귀쟁이하곤 결혼 안 해》를《방귀쟁이랑은 결혼 안 해》로 개작하여 문공사에서 재출간함. 저학년 동화《꺼벙이 억수와 아나바다》를 좋은책어린이에서 출간함.

2010년 손녀 채영 태어남. 동시〈연을 올리며〉가 초등 학력평가고사 국어 시험에 출제됨. 저학년 동화《꺼벙이 억수와 꿈을 실은 비행기》를 좋은책어린이에서 출간함.

2011년 장편동화《잘 가! 고릴라》를《내 짝은 고릴라》로 개작하여〈계림북스에서 재출간함. 동화집《고래를 그리는 아이》를 시공주니어에서 출간함. 실화동화《경민이의 아주 특별한 친구》를 북스토리아이에서 출간함. 저학년 동화《꺼벙이 억수와 방울소리》를 좋은책어린이에서 출간함. 파주 출판단지에서 있은 한국 아동문학가 100인 서가전에 선정 설치됨.